Cody Mcfadyen

Die Blutlinie
Der Todeskünstler

Zwei Smoky-Barrett-Romane in einem Band

Aus dem amerikanischen Englisch von Axel Merz

BASTEI LÜBBE
TASCHENBUCH

BASTEI LÜBBE TASCHENBUCH
Band 17028

1. Auflage: Mai 2014

Dieser Titel ist auch als Hörbuch erschienen

MIX
Papier aus verantwortungsvollen Quellen
FSC® C014496

Vollständige Taschenbuchausgabe
der im Gustav Lübbe Verlag erschienenen Hardcoverausgaben

Titel der amerikanischen Originalausgaben:
»Shadowman« und »The Face of Death«
Für die deutschsprachigen Ausgaben:

Titelillustration: © shutterstock/Oksana Bratanova;
© shutterstock/Andrey Orlov; © shutterstock/Nella
Umschlaggestaltung: Kirstin Osenau
Satz: Druck & Grafik Siebel, Lindlar
Gesetzt aus der Adobe Caslon Pro
Druck und Verarbeitung: GGP Media GmbH, Pößneck
Printed in Germany
ISBN 978-3-404-17028-9

Die Blutlinie

Thriller

Für meine Eltern, die mich ermutigten, in unbekannte Gefilde aufzubrechen. Für meine Tochter, die mir das Geschenk der Vaterschaft bereitete. Für meine Frau, der ich für ihren unerschütterlichen Glauben, ihre fortwährende Inspiration und ihre nie endende Liebe danke.

Danksagung

Diane O' Connell sei herzlich für ihre redaktionelle Hilfe und ihre ständige Ermutigung gedankt; ferner Frederica Friedman für ihre unschätzbaren redaktionellen Ratschläge; Liza und Havis Dawson für ihren nimmermüden Einsatz für mich, zu dem einige großartige redaktionelle Hilfestellungen sowie tausend andere Dinge gehörten; Bill Massey, meinem Lektor bei Bantam Books; Nick Sayers, meinem Lektor bei Hodder; meiner Frau, meiner Familie und meinen Freunden, die mich in meinem Wunsch unterstützt haben, etwas zu schreiben. Und schließlich bedanke ich mich bei Stephen King für sein Buch *Das Leben und das Schreiben*. Es war sehr wichtig für mich und hat mir entscheidend dabei geholfen, meinen Schreibplan in die Tat umzusetzen.

Teil 1

Träume und Schatten

KAPITEL 1 Ich habe einen meiner Träume. Insgesamt sind es nur drei; zwei sind wunderschön, der dritte ist voller Gewalt. Alle drei lassen mich zitternd und allein zurück.

Der Traum heute Nacht handelt von meinem Mann. Er geht ungefähr so:

Ich könnte sagen, er küsst meinen Hals, und es dabei belassen, der Einfachheit halber. Doch das wäre eine Lüge, im grundlegendsten Sinn des Wortes.

Es wäre ehrlicher zu sagen, dass ich mich mit jeder Faser meines Wesens, mit jedem letzten, brennenden Zentimeter meines Selbst danach sehne, von ihm auf den Hals geküsst zu werden, und als er es tut, sind seine Lippen die eines Engels, gesandt vom Himmel, um meine fiebrigen Gebete zu erhören.

Ich war damals siebzehn, genau wie er. Es war eine Zeit, in der es noch keine Verbindlichkeit und keine Dunkelheit gab. Nur Leidenschaft, scharfe Kanten und ein Licht, das so hell brannte, dass es die Seele schmerzte.

Er beugte sich vor im Dämmerlicht des Kinos, und (*o Gott*) er zögerte für einen kurzen Moment, und (*o Gott*) ich erschauerte wie am Rand eines Abgrunds, obwohl ich tat, als wäre ich ruhig, und *o Gott o Gott o Gott* er küsste meinen Hals, und es war der Himmel, und ich wusste gleich dort und damals, dass ich für immer mit ihm zusammen sein wollte.

Er war der Eine für mich. Die meisten Leute, ich weiß, finden den Ihren nie. Sie lesen darüber, träumen davon oder spotten über die Vorstellung. Doch ich hatte den Meinen gefunden. Ich hatte ihn gefunden, als ich siebzehn war, und ich ließ ihn nie wieder gehen, nicht einmal an dem Tag, an dem er sterbend in meinen Armen lag, nicht einmal, als der Tod ihn mir entriss, während ich schrie und weinte, nicht einmal heute.

Gottes Name in diesen Tagen bedeutet Leiden. *O Gott o Gott o Gott* – ich vermisse ihn so.

Ich erwache mit der Präsenz jenes Kusses auf meiner siebzehn Jahre alten Haut und begreife, dass ich nicht siebzehn bin und dass er überhaupt nicht mehr altert. Der Tod hat ihn im Alter von fünfunddreißig Jahren konserviert, auf ewig. Für mich aber ist er immer siebzehn, beugt sich immer vor, berührt immer meinen Hals in jenem einen, vollkommenen Augenblick.

Ich strecke die Hand nach der Stelle aus, wo er eigentlich schlafen sollte, und ein Schmerz durchbohrt mich so plötzlich und schneidend, dass ich bete, während ich erzittere, um den Tod bete, um ein Ende der Schmerzen. Natürlich atme ich weiter, und bald lässt der Schmerz wieder nach.

Ich vermisse einfach alles von ihm in meinem Leben. Nicht nur die guten Dinge. Ich vermisse seine Fehler genauso schmerzhaft wie seine wunderbaren Seiten. Ich vermisse seine Ungeduld, seinen Ärger. Ich vermisse den herablassenden Blick, mit dem er mich manchmal angesehen hat, wenn ich wütend war auf ihn. Ich vermisse es, mich darüber zu ärgern, dass er ständig vergessen hat zu tanken und dass das Benzin immer fast aufgebraucht war, wenn ich irgendwohin wollte.

Das ist es, denke ich häufig, was einem nie in den Sinn kommt, wenn man darüber nachdenkt, wie es wäre, jemanden zu verlieren, den man liebt. Dass man nicht nur die Blumen und die Küsse vermisst, sondern die Gesamtheit der Erfahrungen. Man vermisst die Fehlschläge und die kleinen Missgeschicke mit genau der gleichen Verzweiflung, wie man es vermisst, mitten in der Nacht in den Armen gehalten zu werden. Ich wünschte, er wäre jetzt hier und ich könnte ihn küssen. Ich wünschte, er wäre jetzt hier und ich könnte ihn betrügen. Alles wäre mir recht, sehr recht, wenn er nur da wäre.

Manchmal, wenn sie den Mut aufbringen, fragen die Leute, wie es ist, jemanden zu verlieren, den man liebt. Ich antworte ihnen, dass es schwer ist, und belasse es dabei.

Ich könnte zu ihnen sagen, dass es wie eine innerliche Kreuzigung ist. Ich könnte ihnen erzählen, dass ich in den Tagen danach fast ohne Unterbrechung geweint habe, selbst während ich in der Stadt unterwegs war – auch wenn ich den Mund geschlossen hielt und kein Geräusch von mir gab. Ich könnte ihnen berichten, dass ich diesen Traum habe, jede Nacht, und dass ich ihn erneut verliere, jeden Morgen.

Aber warum sollte ich ihnen den Tag verderben? Also sage ich ihnen nur, dass es schwer ist. Das scheint sie in der Regel zufrieden zu stellen.

Es ist bloß einer von diesen Träumen, und er treibt mich aus dem Bett. Zitternd.

Ich starre in das leere Zimmer. Dann wende ich mich dem Spiegel zu. Ich habe begonnen, ihn zu hassen. Manche würden sagen, das ist normal. Dass wir uns alle unter das Mikroskop unserer Selbstbetrachtung legen und uns auf die Fehler konzentrieren. Wunderschöne Frauen schaffen sich Ärger- und Sorgenfalten, weil sie genau danach suchen. Teenager mit wunderschönen Augen und Figuren, für die manch einer sterben würde, weinen, weil ihr Haar die falsche Farbe hat oder weil sie glauben, ihre Nase sei zu groß. Diesen Preis zahlen wir, weil wir uns durch die Augen anderer richten, einer der Flüche der menschlichen Rasse. Und ich bin damit einverstanden.

Trotzdem sehen die meisten Menschen nicht das, was ich sehe, wenn sie in den Spiegel blicken. Wenn ich mich selbst betrachte, dann sehe ich das:

Ich habe eine zerklüftete Narbe, ungefähr einen Zentimeter breit, die mitten auf der Stirn an meinem Haaransatz beginnt. Sie verläuft senkrecht nach unten, dann biegt sie in einem nahezu perfekten 45°-Winkel nach links ab. Ich habe keine linke Augenbraue; die Narbe hat ihren Platz eingenommen. Sie überquert meine Schläfe, von wo aus sie in einer trägen Schleife hinunter zu meiner Wange verläuft. Von dort zieht sie sich zu meiner Nase, tippt an ihren Rücken und kehrt wieder um, läuft diagonal über meinen linken Nasenflügel, dann an meinem Kiefer vorbei am Hals nach unten und endet auf meinem Schlüsselbein.

Die Wirkung ist beachtlich. Wenn man mich nur von rechts sieht, scheint alles ganz normal. Man muss mich von vorn ansehen, um den Gesamteindruck zu erhalten.

Jeder schaut sich wenigstens einmal am Tag im Spiegel an. Oder er sieht den Eindruck von sich in den Blicken anderer. Und er weiß, womit er zu rechnen hat. Er weiß, was andere sehen werden, was wahrgenommen wird. Ich aber sehe nicht länger das, was ich zu sehen erwarte, sondern das Spiegelbild einer Fremden, die mich hinter einer Maske hervor anstarrt. Einer Maske, die ich nicht abnehmen kann.

Wenn ich nackt vor dem Spiegel stehe, wie jetzt, dann sehe ich auch den Rest. Ich trage eine Art Halsband aus runden, zigarrengroßen Narben, das sich von einem Schlüsselbein zum anderen zieht. Weitere gleichartige Narben bedecken meine Brüste und führen von dort hinunter über mein Brustbein und meinen Bauch bis zum Ansatz meiner Schamhaare.

Die Narben sind zigarrengroß, weil sie von einer Zigarre stammen.

Wenn man all das beiseite lassen würde, sähe es gar nicht so schlecht aus. Ich bin klein, eins fünfzig groß. Ich bin nicht dünn, aber in Form. Mein Mann nannte meine Figur immer »verlockend«. Außer wegen meines Wesens, meines Herzens und meiner Seele, so sagte er immer, habe er mich wegen meiner »mundgroßen Brüste und meines herzförmigen Hinterns« geheiratet. Und ich habe langes, dichtes, dunkles lockiges Haar, das bis unmittelbar über besagten Hintern reicht. Auch mein Haar mochte er.

Es fällt mir schwer, an diesen Narben vorbeizublicken. Ich habe sie hundertmal gesehen, vielleicht tausendmal. Sie sind immer noch alles, was ich sehe, wenn ich in den Spiegel blicke. Sie stammen von dem Mann, der meinen Mann und meine Tochter getötet hat. Den später ich getötet habe.

Ich fühle eine überwältigende Leere in mich hineinströmen, wenn ich daran denke. Sie ist riesig, dunkel und absolut empfindungslos. Es ist, als würde man in ein betäubendes Gelee sinken.

Keine große Sache. Ich bin daran gewöhnt. So ist mein Leben heute eben.

Ich schlafe nicht länger als zehn Minuten, und ich weiß, dass ich heute Nacht nicht wieder einschlafen werde.

Ich erinnere mich, wie ich vor ein paar Monaten tief in der Nacht aufgewacht bin, einfach so. Diese Zeit zwischen halb vier und sechs Uhr morgens, wenn man sich fühlt, als wäre man der einzige Mensch auf der Erde – falls man zufällig auf ist. Ich hatte, wie immer, einen von meinen Träumen geträumt, und wusste, dass ich nicht wieder einschlafen würde.

Ich zog ein T-Shirt an und eine Jogginghose, schlüpfte in meine alten Turnschuhe und ging nach draußen. Ich rannte und rannte durch die Nacht, rannte, bis mein Körper nass war vor Schweiß, bis der Schweiß meine Kleidung durchtränkte und die Turnschuhe füllte, und rannte weiter. Ich schonte meine Kräfte nicht, und mein Atem ging schnell. Meine Lungen fühlten sich an wie vereist durch die Kühle der morgendlichen Luft. Aber ich hielt nicht an. Ich rannte schneller. Arme und Ellbogen pumpten, und ich rannte, so schnell ich konnte, ohne mich um irgendetwas zu kümmern.

Ich landete vor einem jener Bedarfsartikelläden, die das Tal füllen, am Straßenrand, wo ich Magensäure hochwürgte und nach Luft rang. Zwei andere morgendliche Geister starrten zu mir herüber, dann wandten sie die Blicke ab. Ich richtete mich auf, wischte mir über den Mund und stieß die Tür zum Laden auf.

»Eine Packung Zigaretten bitte«, sagte ich zu dem Inhaber, noch immer völlig außer Atem. Er war Mitte fünfzig, vermutlich ein Inder.

»Welche Marke möchten Sie?«

Die Frage verblüffte mich. Ich hatte seit Jahren nicht mehr geraucht. Ich starrte auf die Reihen hinter ihm, und mein Blick blieb an den früher geliebten Marlboros hängen.

»Marlboros. Rote.«

Er legte eine Packung vor mir auf den Tresen und tippte den Preis in seine Registrierkasse. In diesem Augenblick wurde mir bewusst, dass ich in Joggingsachen unterwegs war und kein Geld bei mir hatte. Statt verlegen zu sein, reagierte ich wütend.

»Ich hab meinen Geldbeutel vergessen«, sagte ich mit trotzig vorgerecktem Kinn. Provozierend. Ich forderte ihn heraus, mir die Zigaretten nicht zu geben oder mich auf irgendeine Weise lächerlich zu machen.

Er musterte mich einen Moment lang. Es war wohl das, was Schriftsteller eine »prägnante Pause« nennen. Dann entspannte er sich.

»Sie waren laufen?«, fragte er.

»Ja. Bin davongelaufen vor meinem toten Mann. Vermutlich besser, als mich umzubringen, ha-ha.«

Die Worte klangen merkwürdig in meinen Ohren. Ein wenig laut, ein wenig erstickt. Ich nehme an, ich war ein wenig verrückt. Doch statt zusammenzuzucken oder mir einen unbehaglichen Blick zuzuwerfen, den ich mir so sehr wünschte in jenem Moment, wurden seine Augen weich. Nicht vor Mitleid, sondern vor Verständnis. Er nickte und reichte mir die Packung Zigaretten über den Tresen, damit ich sie nahm.

»Meine Frau in Indien gestorben. Eine Woche, bevor wir nach Amerika gehen. Sie nehmen Zigaretten, bezahlen nächste Mal.«

Ich stand kurz da und starrte ihn an. Dann schnappte ich die Zigaretten, drehte mich um und rannte nach draußen, so schnell ich konnte, bevor die Tränen über meine Wangen liefen. Ich umklammerte die Packung Zigaretten und rannte weinend nach Hause.

Der Laden liegt ein wenig abseits für mich, aber ich gehe nie mehr irgendwo anders hin, wenn ich Zigaretten haben will.

Ich setze mich auf und lächle schwach, als ich die Schachtel Zigaretten auf dem Nachttisch sehe. Ich muss an den Typ im Laden denken, während ich mir eine anstecke. Ich schätze, ein Teil von mir liebt diesen kleinen Mann – auf die Weise, wie man nur einen Fremden lieben kann, der einem eine wunderbare Freundlichkeit erweist in genau dem Augenblick, in dem man sie am dringendsten braucht. Es ist eine tiefe Zuneigung, ein Stich im Herzen, und ich weiß, dass ich mich bis zu meinem Tod an ihn erinnern werde, auch wenn ich seinen Namen niemals erfahre.

Ich inhaliere einen hübschen tiefen Zug und betrachte die Zigarette, die perfekte kirschrote Spitze, die im Dunkel meines Schlafzimmers leuchtet. Das, denke ich, ist das Heimtückische an all den verbotenen Dingen. Nicht die Nikotinsucht, obwohl sie schon schlimm genug ist. Eher die Art und Weise, wie eine Zigarette in bestimmten Momenten einfach passt. Morgendämmerung mit einer dampfenden Tasse Kaffee. Oder einsame Nächte in einem Haus voller Geister. Ich weiß, dass ich wieder aufhören sollte damit, bevor sie ihre Klauen ein weiteres Mal tief in mich versenken. Doch ich weiß auch, dass ich das nicht tun werde. Sie sind alles, was ich im Moment noch habe. Eine Erinnerung an Freundlichkeit und Trost und ein Quell der Kraft, alles in einem kleinen weißen Stängel zusammengerollt.

Ich atme den Rauch aus und beobachte, wie er nach oben steigt, hier und da von winzigen Luftströmungen erfasst, bevor er immer dünner wird und schließlich verschwindet. Wie das Leben, denke ich. Leben ist wie Rauch. Wir machen uns nur etwas vor, wenn wir glauben, dass es anders ist. Es genügt eine kräftige Böe, und wir schweben davon und lösen uns auf, und zurück bleibt nichts außer einem Hauch unserer Existenz in Form von Erinnerungen.

Ich huste unvermittelt und lache angesichts all der Assoziationen. Ich rauche. Das Leben ist Rauch, und mein Name ist Smoky. Smoky Barrett. Das ist tatsächlich mein Name. Meine Mutter hat ihn mir gegeben, weil sie fand, er klinge »cool«. Ich muss kichern in der Dunkelheit, in meinem leeren Haus. Und während ich lache, denke ich (wie schon früher), wie verrückt Lachen klingt, wenn man ganz allein lacht.

Das gibt mir für die nächsten drei oder vier Stunden etwas zum Nachdenken. Die Frage, ob ich verrückt bin, meine ich. Schließlich ist morgen der Tag.

Der Tag, an dem ich entscheide, ob ich wieder zu meiner Arbeit beim FBI zurückkehre oder ob ich nach Hause gehe, mir eine Pistole in den Mund stecke und mir das Gehirn wegblase.

KAPITEL 2

»Haben Sie immer noch die gleichen drei Träume?«

Das ist einer der Gründe, warum ich meinem Seelenklempner vertraue, den man mir verordnet hat. Er macht keine Gedankenspielchen, tanzt nicht um die Dinge herum und versucht nicht, sich an mich heranzuschleichen und mich in die Enge zu treiben. Er geht geradewegs auf den Kern des Problems zu, ein direkter Angriff. So sehr ich mich beschwere und mich gegen seine Heilungsversuche wehre, das respektiere ich.

Er heißt Peter Hillstead und ist vom Aussehen her so ziemlich das genaue Gegenteil vom Freud'schen Stereotyp. Er ist ungefähr eins achtzig groß, hat dunkles Haar, ein attraktives Model-Gesicht und einen Körper, der mich bereits bei unserer ersten Begegnung erstaunt hat. Am beeindruckendsten sind jedoch seine Augen. Sie sind von einem derart leuchtenden Blau, wie ich es vorher noch nie bei jemand Brünettem gesehen habe.

Doch obwohl er wie ein Filmschauspieler aussieht, kann ich mir nicht vorstellen, dass es bei diesem Mann zu einer Übertragung kommt. Wenn man bei ihm ist, denkt man nicht an Sex. Man denkt an sich selbst. Er ist einer von jenen seltenen Menschen, die sich wirklich um diejenigen kümmern, mit denen sie es zu tun haben. Daran gibt es nicht den geringsten Zweifel, wenn man bei ihm ist. Wenn man ihm etwas erzählt, hat man nie das Gefühl, dass er mit den Gedanken woanders ist. Er schenkt einem seine volle Aufmerksamkeit. Er gibt einem das Gefühl, dass man das Einzige ist, was in seiner kleinen Praxis zählt. Das ist es, was es mir unmöglich macht, mich in diesen wunderbaren Therapeuten zu verlieben. Wenn man bei ihm ist, sieht man ihn nicht als Mann, sondern als etwas sehr viel Wertvolleres: als Spiegel der Seele.

»Die gleichen drei«, antworte ich.

»Welchen hatten Sie gestern Nacht?«

Ich rutsche ein wenig unbehaglich auf meinem Stuhl hin und her. Ich weiß, dass er es bemerkt, und ich frage mich, was es seiner Meinung nach über mich verrät. Ich bin ständig am kalkulieren und abwägen. Ich kann nichts dagegen tun.

»Den, in dem Matt mich küsst.«

Er nickt. »Konnten Sie hinterher wieder einschlafen?«, will er wissen.

»Nein.« Ich starre ihn an und sage nichts weiter, während er wartet. Heute ist keiner meiner kooperativen Tage.

Dr. Hillstead sieht mich an, das Kinn in der Hand. Er scheint über irgendetwas nachzudenken, wie ein Mann an einer Weggabelung. Welchen Weg auch immer er von hier aus einschlägt, es gibt keinen Weg zurück. Fast eine Minute vergeht, bevor er sich seufzend zurücklehnt und seinen Nasenrücken massiert.

»Smoky, wussten Sie, dass ich unter meinen Kollegen keinen besonderen Ruf als Therapeut genieße?«

Ich zucke zusammen bei seinen Worten, sowohl wegen der Vorstellung als auch wegen der Tatsache, dass er mir überhaupt davon erzählt. »Äh, nein. Das wusste ich nicht.«

Er lächelt. »Es stimmt. Ich vertrete einige kritische Standpunkte gegenüber meinem Berufsstand. Der wichtigste ist der, dass wir meiner Meinung nach über keine wirklich wissenschaftliche Lösung für die Probleme der menschlichen Seele verfügen.«

Was zur Hölle soll ich darauf erwidern? Mein Seelenklempner erzählt mir, dass der von ihm gewählte Beruf keine wirklichen Lösungen für psychische Probleme bereithält? Das klingt nicht gerade vertrauenerweckend. »Ich kann mir vorstellen, dass solch eine Ansicht auf Widerstand stößt«, sage ich. Es ist die beste Antwort, die mir auf die Schnelle einfällt.

»Verstehen Sie mich nicht falsch. Ich sage nicht, dass ich denke, wir hätten *überhaupt keine* Lösungen für psychische Probleme.«

Und das, glaube ich, ist ein weiterer der Gründe, warum ich meinem Therapeuten vertraue. Er besitzt einen rasiermesserscharfen Verstand, bis hin zu dem Punkt des Hellsehens. Es schüchtert mich nicht ein. Ich verstehe es. Jeder wirklich begabte Verhörspezialist besitzt diese Fähigkeit. Vorauszuahnen, was sein Gegenüber über das denkt, was man zu ihm sagt.

»Nein. Was ich meine, ist Folgendes: Wissenschaft ist Wissenschaft. Sie ist exakt. Gravitation bedeutet, wenn Sie etwas fallen lassen, dann fällt es auch. Immer. Zwei plus zwei ist immer vier. Nicht-Varianz ist das Wesen jeder Wissenschaft.«

Ich denke darüber nach und nicke.

»Und was macht mein Berufsstand angesichts dieser Tatsache?« Er gestikuliert. »Welche Haltung nehmen wir gegenüber der Seele und ihren Problemen ein? Keine wissenschaftliche – zumindest noch nicht. Wir sind noch nicht bei zwei plus zwei angekommen. Wären wir das, würde ich jeden Patienten heilen, der durch diese Tür hereinkommt. Ich würde wissen, dass ich im Fall von Depressionen gemäß A, B und C vorgehen muss, und es würde immer funktionieren. Es würde Gesetzmäßigkeiten geben, die sich niemals ändern, und das wäre Wissenschaft.« Er lächelt nun; es ist ein ironisches Lächeln. Vielleicht ein wenig traurig. »Doch ich heile nicht jeden Patienten. Nicht einmal die Hälfte.« Er verstummt kurz, dann schüttelt er den Kopf. »Was ich tue, meine Arbeit, ist keine Wissenschaft. Es ist eine Ansammlung von Methoden, die man ausprobieren kann und von denen die meisten auch in früheren Fällen schon mehr als einmal funktioniert haben. Und weil das so ist, lohnt es sich, sie erneut anzuwenden. Das ist allerdings auch schon alles. Ich habe begonnen, diese Meinung in der Öffentlichkeit zu vertreten, und daher … genieße ich bei vielen meiner Standeskollegen nicht den besten Ruf.«

Ich denke eine Weile über seine Worte nach, während er wartet. »Ich glaube, ich verstehe den Grund«, sage ich. »In einigen Bereichen des FBI geht es heutzutage mehr um das Image und weniger um die Resultate. Wahrscheinlich ist es bei Ihren Kollegen, die Sie nicht mögen, genauso.«

Er lächelt erneut, diesmal ist es ein müdes Lächeln. »Pragmatisch gleich zum Kern der Sache, wie immer, Smoky. Zumindest bei den Dingen, die Sie nicht selbst betreffen.«

Ich zucke bei diesen Worten innerlich zusammen. Es ist eine von Dr. Hillsteads Lieblingstechniken, eine normale Unterhaltung als Deckmantel für die seelenenthüllenden Bemerkungen zu benutzen, die er so ganz nebenbei gegen einen abfeuert. Wie die kleine Scud-Rakete, die er soeben in meine Richtung geschossen hat. Du hast einen messerscharfen Verstand, Smoky, besagen seine Worte, aber du benutzt ihn nicht, um deine eigenen Probleme zu lösen. Autsch. Die Wahrheit schmerzt.

»Und doch bin ich hier, trotz allem, was andere von mir denken mögen. Einer der vertrauenswürdigsten Therapeuten, wenn es um Fälle geht, die FBI-Agents betreffen. Was glauben Sie, warum das so ist?«

Er sieht mich erneut an, abwartend. Ich weiß, dass er auf irgendetwas hinauswill. Dr. Hillstead sagt nie etwas Unüberlegtes. Also denke ich darüber nach.

»Wenn ich raten müsste«, erwidere ich, »dann würde ich raten, dass es so ist, weil Sie gut sind. Gut sein zählt immer mehr als gut wirken, jedenfalls bei meiner Sorte Arbeit.«

Erneut dieses leichte Lächeln.

»Das ist richtig. Ich bringe Resultate. Das ist nichts, womit ich hausieren gehe, und ich klopfe mir deswegen nicht jeden Abend vor dem Schlafengehen auf die Schulter. Doch es ist die Wahrheit.«

Er sagt das im einfachen, überhaupt nicht arroganten Tonfall eines vollendeten Profis. Ich verstehe ihn sehr gut. Es geht nicht um Bescheidenheit. In einer taktischen Situation, wenn man jemanden fragt, ob er gut umgehen kann mit einer Waffe, will man eine ehrliche Antwort. Wenn dein Partner schlecht schießt, dann willst du es wissen, und dein Partner will, dass du es weißt, weil eine Kugel den Lügner genauso schnell tötet wie den ehrlichen Mann. Wenn es hart auf hart geht, musst du die Wahrheit über die Stärken und Schwächen deiner Partner kennen. Ich nicke, und er fährt fort.

»Das ist es, worauf es in jeder militärischen Organisation ankommt. Ob man Resultate bringt. Halten Sie es für eigenartig, dass ich das FBI als militärische Organisation betrachte?«

»Nein. Wir sind im Krieg.«

»Wissen Sie, was das größte Problem jeder militärischen Organisation ist, immer?«

Ich fange an mich zu langweilen und werde unruhig. »Keine Ahnung.«

Er sieht mich missbilligend an. »Denken Sie nach, bevor Sie antworten, Smoky. Bitte verschwenden Sie nicht unnötig meine Zeit.«

Abgestraft gehorche ich. Ich spreche langsam, als ich endlich etwas sage. »Vermutlich … das Personal?«

Er richtet einen Finger auf mich. »Bingo! Und ... warum?«

Die Antwort springt mich an, wie es manchmal passiert, wenn ich an einem Fall arbeite, wenn ich wirklich richtig nachdenke. »Wegen der Dinge, die wir sehen.«

»M-hm. Das gehört dazu. Ich nenne es Sehen-Handeln-Verlieren. Was man sieht, wie man handelt, was man verliert. Es ist ein Triumvirat.« Er zählt es an seinen Fingern ab. »Wenn man für das Gesetz arbeitet, sieht man die schlimmsten Dinge, zu denen menschliche Wesen fähig sind. Man tut Dinge, die kein Mensch tun müssen sollte, angefangen mit dem Anfassen verwesender Leichen bis – in einigen Fällen – hin zum Töten anderer Menschen. Und man verliert Dinge, ob sie unfassbar sind wie die Unschuld oder der Optimismus, oder ob sie real sind wie ein Partner oder ... die Familie.«

Er mustert mich mit einem Blick, den ich nicht zu deuten vermag. »Und das ist der Punkt, an dem ich ins Spiel komme. Ich bin genau wegen dieses Problems hier. Und dieses Problem hindert mich auch daran, meine Arbeit so zu tun, wie sie getan werden sollte.«

Jetzt bin ich ebenso verwirrt wie interessiert. Ich sehe ihn an, um ihm zu signalisieren fortzufahren, und er seufzt. Es ist ein Seufzen, das sein eigenes »Sehen-Handeln-Verlieren« zu enthalten scheint, und ich frage mich, was für Leute sonst noch alles ihm gegenüber sitzen, hier auf diesem Stuhl. Welchen anderen Qualen er lauscht und mit zu sich nach Hause nimmt, wenn er geht.

Ich versuche mir das vorzustellen, während ich ihn ansehe. Dr. Hillstead, wie er zu Hause sitzt. Ich kenne die wichtigsten Daten, habe ihn flüchtig überprüft. Nie verheiratet, wohnt in einem zweistöckigen Fünfzimmerhaus in Pasadena. Fährt einen Audi Sport Kombi. – Der Doc mag es ein wenig schnell, ein Hinweis auf einen Teil seiner Persönlichkeit. Doch das sind alles nur leere Fakten. Nichts, das einem wirklich verraten könnte, was passiert, wenn er durch die Vordertür seines Hauses tritt und sie hinter sich schließt. Ist er ein Mikrowellen-Junggeselle? Oder brät er sich Steaks, trinkt Rotwein und sitzt allein an einem makellos gedeckten Tisch, während im Hintergrund Vivaldi spielt? Hey, vielleicht kommt er ja nach Hause, schlüpft in ein paar hochhackige Schuhe und trägt dazu nichts anderes und macht die Hausarbeit, mit haarigen Beinen und allem.

Ich erwärme mich an diesem Gedanken, ein wenig heimlicher Humor. Ich nehme mir meine Lacher, wo ich sie kriegen kann in diesen Tagen. Dann zwinge ich mich wieder zur Konzentration auf das, was er zu mir sagt.

»In einer normalen Welt würde jemand, der das Gleiche durchgemacht hat wie Sie, Smoky, niemals wieder zurückfinden. Wären Sie ein durchschnittlicher Mensch in einem durchschnittlichen Beruf, würden Sie sich in Zukunft von Waffen, Mördern und Leichen fern halten, und zwar für immer. Doch meine Aufgabe besteht darin herauszufinden, ob ich Ihnen dabei helfen kann, bereit zu sein, zu alldem zurückzukehren. Das wird von mir erwartet. Verwundete Seelen aufzufangen und wieder zurück in den Krieg zu schicken. Klingt vielleicht melodramatisch, ist aber wahr.«

Jetzt beugt er sich vor, und ich spüre, dass wir uns dem entscheidenden Punkt nähern, auf den er hinauswill.

»Wissen Sie, warum ich bereit bin, daran zu arbeiten? Obwohl ich weiß, dass ich jemanden in die gleiche Sache zurückschicke, die ihn so schwer verwundet hat?« Er zögert. »Weil es das ist, was neunundneunzig Prozent meiner Patienten wollen.«

Er massiert sich erneut den Nasenrücken und schüttelt den Kopf.

»Die Männer und Frauen, die ich sehe, ausnahmslos psychisch schwer verwundet, wollen von mir geheilt werden, damit sie wieder zurück in die Schlacht können. Und die Wahrheit ist, dass – was auch immer Leute wie Sie die meiste Zeit über antreiben mag – zurückzukehren genau das ist, was Sie brauchen. Wissen Sie, was mit den meisten von denen passiert, die nicht zurückkehren? Manchmal kommen sie ganz gut zurecht. Die meiste Zeit trinken sie. Und immer wieder bringt sich der eine oder andere um.«

Er sieht mich an, während er die letzten Worte spricht, und ich fühle mich plötzlich verfolgt und frage mich, ob er meine Gedanken lesen kann. Ich habe keine Ahnung, wohin das führen soll. Es bringt mich aus dem Gleichgewicht, irritiert mich und vermittelt mir ein ziemlich unbehagliches Gefühl. Und all das ärgert mich. Meine Antwort auf Unbehagen ist ganz und gar irisch, das stammt von meiner Mutter – ich werde sauer und gebe der anderen Person die Schuld dafür.

Er greift über seinen Schreibtisch nach links und nimmt einen dicken Ordner zur Hand, der mir vorher nicht aufgefallen ist. Er legt ihn vor sich hin und schlägt ihn auf. Ich blinzle angestrengt und erkenne überrascht, dass mein Name auf dem Einband steht.

»Das ist Ihre Personalakte, Smoky. Ich habe sie seit einiger Zeit hier liegen, und ich habe sie mehr als einmal gelesen.« Er blättert die Seiten um und fasst laut zusammen. »Smoky Barrett, geboren 1968. Weiblich. Abschluss in Kriminologie. 1990 ins FBI aufgenommen. Abschluss als Jahrgangsbeste in Quantico. 1991 dem Black-Angel-Fall in Virginia zugewiesen, administrative Fähigkeiten.« Er blickt auf und sieht mich an. »Aber Sie sind dort nicht am Spielfeldrand geblieben, nicht wahr?«

Ich denke zurück und schüttele den Kopf. Natürlich hab ich mich nicht zurückgehalten. Ich war zweiundzwanzig Jahre alt, grüner als grün. Aufgeregt darüber, endlich eine Agentin zu sein, und noch aufgeregter angesichts der Tatsache, an einem großen Fall mitzuarbeiten, selbst wenn ich hauptsächlich die Schreibtischarbeit erledigen musste. Während eines der Briefings war mir etwas zum Fall im Gedächtnis haften geblieben, ein Detail in einer Zeugenaussage, das nicht zu stimmen schien. Ich wälzte es immer noch im Kopf herum, als ich schlafen ging, und erwachte um vier Uhr morgens mit einer Erleuchtung –

etwas, das mir im Laufe der Zeit vertraut werden sollte. Meine plötzliche Erkenntnis gab dem Fall eine ganz neue Wendung. Es ging darum, in welche Richtung sich ein bestimmtes Fenster öffnete. Ein winziges, übersehenes Detail war zur Erbse unter meiner Matratze geworden, und es führte dazu, dass ein Mörder hinter Schloss und Riegel kam.

Damals habe ich es als Glück bezeichnet und meinen Beitrag heruntergespielt. Echtes Glück war, dass der Leiter der Task Force, Special Agent Jones, einer von diesen ganz seltenen Chefs war. Einer, der nicht allen Ruhm an sich reißt, sondern ehrt, wem Ehre gebührt. Auch wenn es sich dabei um eine völlig unerfahrene Agentin handelt. Ich war immer noch neu, also bekam ich noch mehr Schreibtischarbeit, doch von diesem Zeitpunkt an war ich auf der Überholspur. Unter dem wachsamen Auge von Special Agent Jones wurde ich für das CASMIRC ausgebildet, für das Child Abduction and Serial Murder Investigative Ressources Center, das sich mit Kindesentführung und Serienmorden befasst.

»Drei Jahre später zum CASMIRC versetzt. Das ist ein ziemlicher Karrieresprung, nicht wahr?«

»Der durchschnittliche Agent beim CASMIRC hat vorher zehn Jahre lang fürs FBI gearbeitet.« Ich prahle nicht. Es stimmt. Er liest weiter.

»Eine Reihe weiterer Fälle gelöst, phantastische Beurteilungen. Und dann, 1996, wurden Sie zur Leiterin der CASMIRC-Zweigstelle in Los Angeles ernannt. Und da fingen Sie erst richtig an zu glänzen.«

Meine Gedanken wandern zurück zu jener Zeit. »Glänzen« ist genau das richtige Wort. 1996 war ein Jahr, wo nichts, aber auch überhaupt nichts schief ging. Ich hatte meine Tochter 1995 bekommen. Dann wurde ich zum L.A.-Büro versetzt, ein gewaltiger Karrieresprung. Und Matt und mir ging es gut, genauso gut wie immer. Es war eines von jenen Jahren, in denen ich jeden Morgen ausgeruht und voller Tatendrang aufwachte.

Das war damals, als ich meine Hand ausstrecken und ihn spüren konnte, dort, wo er sein sollte.

Es war alles so, wie es im Hier und Jetzt nicht ist, und ich merke, dass ich auf Dr. Hillstead zornig werde, weil er mich daran erinnert hat. Und weil er die Gegenwart noch leerer und schwärzer wirken lässt, als sie es ohnehin schon ist.

»Worauf wollen Sie hinaus?«

Er hebt eine Hand. »Einen Moment noch. Die Leistung des Büros in Los Angeles war nicht gut. Man gab Ihnen freie Hand, es personell neu zu besetzen, und Sie haben drei Agenten aus Abteilungen in unterschiedlichen Teilen der Vereinigten Staaten zu sich geholt. Damals fand man Ihre Wahl ungewöhnlich. Doch am Ende hat sie sich als gut erwiesen, stimmt's?«

Das, denke ich, ist eine Untertreibung. Ich nicke nur, immer noch ägerlich.

»Tatsächlich ist Ihr Team eines der besten in der Geschichte des FBI, nicht wahr?«

»Es ist das beste.« Ich kann nicht anders. Ich bin stolz auf mein Team, und ich bin außerstande, mich bescheiden zu geben, wenn das Gespräch auf mein Team kommt. Außerdem ist es die Wahrheit.

»Richtig.« Er blättert ein paar Seiten weiter. »Jede Menge gelöster Fälle. Weitere hervorragende Beurteilungen. Einige Bemerkungen, dass Sie als erster weiblicher Acting Director überhaupt in Betracht gezogen wurden. Eine historische Sensation.«

All das entspricht der Wahrheit. Und es macht mich noch ärgerlicher. Den Grund dafür begreife ich nicht. Ich weiß nur, dass ich sauer bin, innerlich zu kochen beginne, und wenn das so weitergeht, dann werde ich explodieren.

»Noch etwas in Ihrer Akte hat meine Aufmerksamkeit geweckt. Anmerkungen über Ihre Schießkunst.«

Er blickt zu mir hoch, und ich fühle mich, als wäre er mir von hinten in den Rücken gefallen, und ich habe nicht die geringste

Ahnung, warum. Irgendetwas rührt sich in mir, und ich merke, dass es Angst ist. Ich umklammere die Lehnen meines Stuhls, während er fortfährt.

»In Ihrer Akte steht, dass Sie mit der Handfeuerwaffe wahrscheinlich zu den besten Schützen der Welt zählen. Stimmt das, Smoky?«

Ich starre meinen Therapeuten an und spüre, wie in mir alles taub wird. Die Wut verebbt.

Ich und die Pistolen. Alles, was er sagt, ist wahr. Ich kann eine Waffe nehmen und damit schießen, wie andere Leute ein Glas Wasser trinken oder Fahrrad fahren. Es ist instinktiv, und es war schon immer so. Es gibt keine Begründung dafür. Ich hatte keinen Vater, der eigentlich einen Sohn wollte und mir deswegen im Kindesalter beibrachte, wie man schießt. Im Gegenteil, Dad hasste Waffen. Ich konnte einfach schießen. Von Anfang an.

Ich war acht Jahre alt, und mein Dad hatte einen Freund, der als Green Beret in Vietnam gewesen war. *Er* war ein Waffennarr. Er wohnte in einer heruntergekommenen Eigentumswohnung in einer heruntergekommenen Gegend im San Fernando Valley – was zu ihm passte, weil auch er selbst heruntergekommen war. Trotzdem erinnere ich mich bis heute an seine Augen. Scharf und jung. Glitzernd.

Sein Name war Dave. Irgendwie gelang es ihm, meinen Vater zu einem Schießplatz in einer etwas anrüchigen Gegend im San Bernardino County mitzuschleppen, und mein Dad nahm mich mit – vielleicht in der Hoffnung, den Ausflug kurz zu halten. Dave brachte meinen Dad dazu, ein paar Magazine zu verschießen. Ich stand daneben und sah zu, mit Ohrenschützern, die zu groß waren für meinen kleinen Mädchenkopf. Ich beobachtete die beiden, wie sie die Waffen hielten, und war fasziniert. Hingerissen.

»Darf ich auch mal?«, fragte ich.

»Ich glaube nicht, dass das eine gute Idee ist, Süße«, entgegnete mein Dad.

»Ach, komm schon, Rick. Ich gebe ihr eine kleine Kaliber zweiundzwanzig. Lass sie doch ein paar Schuss abfeuern.«

»Bitte, Daddy?« Ich blickte mit meinem flehendsten Blick zu meinem Vater auf, einem Blick, von dem ich sogar mit acht Jahren schon wusste, dass ich ihn damit rumkriegen konnte. Er schaute zu mir herab, und in seinem Gesicht spiegelten sich die widersprüchlichen Gefühle. Dann seufzte er.

»Also gut. Aber nur ein paar Schuss.«

Dave ging die Zweiundzwanzig holen, ein winzig kleines Ding, das in meine Hand passte, und sie organisierten einen Hocker für mich, auf dem ich stehen konnte. Dave lud die Waffe und drückte sie mir in die Hand. Dann trat er hinter mich, während mein Dad mich besorgt beobachtete.

»Siehst du die Zielscheibe da hinten?« Ich nickte. »Als Erstes musst du entscheiden, wo du treffen möchtest. Nimm dir Zeit. Wenn du abdrückst, mach es langsam. Nicht zucken, oder du schießt daneben. Bist du so weit?«

Ich nickte. In Wirklichkeit hatte ich ihm kaum zugehört. Ich hatte die Waffe in der Hand, und irgendetwas in mir klickte. Es fühlte sich gut an. Es passte. Ich blickte die Schießbahn hinunter auf die menschenförmige Zielscheibe, und sie schien überhaupt nicht weit weg zu sein. Sie wirkte sehr nah, erreichbar. Ich richtete die Waffe darauf, atmete einmal durch und drückte ab.

Ich war verblüfft und aufgepeitscht vom Rucken der kleinen Pistole in meinen Kinderhänden.

»Verdammt!«, hörte ich Dave jubeln.

Ich blinzelte erneut in Richtung Zielscheibe und sah, dass mitten im Kopf ein winziges Loch erschienen war, genau da, wo ich es hatte haben wollen.

»Vielleicht bist du ein Naturtalent, junge Lady«, sagte Dave zu mir. »Versuch noch ein paar.«

Die »noch ein paar« wurden zu einer eineinhalbstündigen Schießübung. Ich traf mehr als neunzig Prozent meiner Ziele, und als wir aufhörten, wusste ich, dass ich für den Rest meines Lebens schießen würde. Und dass ich gut darin war.

Mein Dad unterstützte mein Hobby in den folgenden Jahren, trotz seiner Abneigung gegen Waffen. Wahrscheinlich begriff er, dass es ein Teil von mir war; etwas, wovon er mich nicht würde abhalten können.

Die Wahrheit? Ich bin unheimlich gut. Ich behalte es für mich und gebe nicht öffentlich damit an. Doch wenn ich für mich bin? Ich bin eine Annie Oakley. Ich kann Kerzenflammen ausschießen und in die Luft geworfene Münzen durchlöchern. Einmal, auf einem Freiluft-Schießstand, habe ich mir einen Pingpongball auf den Rücken der Schusshand gelegt, die Hand, mit der ich auch die Waffe ziehe. Und dann habe ich gezogen und die Waffe abgefeuert und den Pingpongball getroffen, noch bevor er den Boden berühren konnte. Ein alberner Trick, sicher, aber es war eine sehr befriedigende Erfahrung.

All das geht mir durch den Kopf, während Dr. Hillstead mich beobachtet.

»Es stimmt«, antworte ich.

Er klappt die Akte zu. Verschränkt die Hände und sieht mich an. »Sie sind eine außergewöhnliche Agentin. Ganz sicher eine der besten Agentinnen in der Geschichte des FBI. Sie jagen die Schlimmsten der Schlimmen. Vor sechs Monaten hat sich ein Mann, den Sie gejagt haben, Joseph Sands, gegen Sie und Ihre Familie gewandt. Er hat Ihren Mann vor Ihren Augen erschossen, hat Sie vergewaltigt und gefoltert und Ihre Tochter umgebracht. Durch eine Anstrengung, die man nur als übermenschlich bezeichnen kann, haben Sie die Situation umgedreht und Sands getötet.«

Ich bin inzwischen ganz von Taubheit eingehüllt. Ich weiß nicht, worauf das alles hinauslaufen soll, und es ist mir auch gleichgültig.

»Und hier bin ich nun, mit einem Beruf, in dem zwei plus zwei nicht immer vier ergibt und die Dinge nicht immer zu

Boden fallen, wenn man sie loslässt, und versuche, Ihnen dabei zu helfen, zu alledem zurückzukehren.«

Der Blick, mit dem er mich ansieht, ist so voll von aufrichtigem Mitgefühl, dass ich wegsehen muss; die Emotionen darin drohen mich zu verbrennen.

»Ich mache meine Arbeit schon seit langer Zeit, Smoky. Und Sie kommen nun schon seit einer ganzen Weile zu mir. Ich habe mit den Jahren ein Gefühl für bestimmte Dinge entwickelt. – Sie würden es wahrscheinlich als sechsten Sinn bezeichnen. Und wissen Sie, was mein sechster Sinn mir sagt? Ich glaube, dass Sie zu entscheiden versuchen, ob Sie wieder zurück zu Ihrer Arbeit gehen oder sich das Leben nehmen sollen.«

Ruckartig starre ich ihn an – ein unfreiwilliges Geständnis, das der Schock mir entlockt hat. Während die Taubheit mit einem Schrei von mir abfällt, erkenne ich, dass er mich manipuliert hat, mit großem Geschick manipuliert hat. Er hat um den heißen Brei herumgeredet, ist abgeschweift, hat sich hier und da vorgetastet und mich verunsichert und im Unklaren gelassen über sein eigentliches Ziel, um dann erbarmungslos zuzuschlagen. Direkt auf den Lebensnerv. Ohne zu zögern. Und es hat funktioniert.

»Ich kann Ihnen nicht helfen, Smoky, solange Sie mir gegenüber nicht rückhaltlos offen sind.«

Erneut dieser mitfühlende Blick, zu aufrichtig und ehrlich für mich in diesem Moment. Seine Augen sind wie zwei Hände, die mich an den psychischen Schultern nehmen und kräftig schütteln. Ich spüre, wie mir die Tränen kommen, und erwidere seinen Blick voller Zorn. Er will mich brechen, so wie ich zahllose Kriminelle in zahllosen Verhörzimmern gebrochen habe. Scheiße, verdammt.

Dr. Hillstead scheint meine Gedanken zu erraten und lächelt sanft.

»Okay, Smoky, es ist gut. Nur eine letzte Sache noch.«

Er öffnet eine Schreibtischschublade und nimmt einen

Beweismittelbeutel aus Plastik hervor. Zuerst kann ich nicht erkennen, was er enthält, doch dann sehe ich es, und was ich sehe, lässt mich gleichzeitig zittern und schwitzen.

Es ist meine Pistole. Die Waffe, die ich seit Jahren getragen und mit der ich Joseph Sands erschossen habe.

Ich kann den Blick nicht davon lösen. Ich kenne sie wie mein eigenes Gesicht. Meine Glock. Tödlich. Schwarz. Ich weiß, wie viel sie wiegt und wie sie sich anfühlt – ich kann mich sogar an ihren Geruch erinnern. Dort liegt sie, in diesem Beutel, und ihr Anblick erfüllt mich mit einem überwältigenden Entsetzen.

Dr. Hillstead öffnet den Beutel und holt die Pistole hervor. Er legt sie zwischen uns auf den Schreibtisch. Dann sieht er mich wieder an, nur ist es diesmal ein harter Blick, keine Spur von Mitgefühl. Er hat mich an der Nase herumgeführt. Mir wird klar, dass das, was ich für einen Frontalangriff gehalten habe, nichts als ein Ablenkungsmanöver, eine Finte war. Aus Gründen, die ich nicht begreife und die er offensichtlich sehr gut versteht, ist es diese Waffe, die mich weit öffnen wird. Meine eigene Waffe wird mich brechen.

»Wie oft haben Sie diese Pistole in der Hand gehalten, Smoky?«, fragt er. »Tausend Mal? Zehntausend Mal?«

Ich lecke mir die Lippen, die trocken sind wie Staub. Ich antworte nicht. Ich kann nicht aufhören, diese Glock anzustarren.

»Nehmen Sie sie. Jetzt sofort, und ich schreibe Sie tauglich für den aktiven Dienst, wenn es das ist, was Sie wollen.«

Ich kann nicht antworten, und ich kann den Blick nicht von der Waffe lösen. Ein Teil von mir weiß, dass ich in Dr. Hillsteads Praxis sitze und er mir gegenüber, doch die Welt scheint auf zwei Dinge zusammengeschrumpft zu sein. Auf mich und die Pistole. Alle Geräusche sind gedämpft, und in meinem Kopf herrscht eine eigenartige, fremde Stille, nur durchbrochen durch das Hämmern meines Herzens. Ich kann hören, wie es hart und schnell schlägt.

Ich fahre mir erneut mit der Zunge über die trockenen Lippen. Greif zu und nimm sie, sage ich zu mir. Es ist, wie er gesagt hat – du hast es zehntausend Mal getan. Diese Pistole ist eine Verlängerung deiner Hand. Sie zu ergreifen ist etwas Instinktives, wie Atmen oder Blinzeln.

Sie liegt einfach dort, und meine Hände umklammern unverwandt und steif die Armlehnen meines Stuhls.

»Na los. Nehmen Sie sie.« Seine Stimme ist hart geworden. Nicht brutal, sondern unnachgiebig.

Es gelingt mir, eine Hand von der Armlehne zu lösen, und ich strecke sie unter Aufwendung all meiner Willenskraft aus. Sie weigert sich zu gehorchen, und ein Teil von mir, der ganz kleine Teil, der analytisch und ruhig bleibt, kann nicht glauben, was hier geschieht. Wie kann solch eine Handlung, die bei mir kaum mehr ist als ein Reflex, plötzlich zur schwersten Aufgabe überhaupt für mich werden?

Ich merke, wie mir der Schweiß über die Stirn rinnt. Ich zittere am ganzen Leib, und mein Sichtfeld hat sich an den Rändern verdunkelt. Ich habe Mühe zu atmen, und ich spüre, wie in mir Panik aufsteigt, ein klaustrophobisches, eingeengtes, erstickendes Gefühl. Mein Arm bebt wie ein Baum in einem Hurrikan. Meine Muskeln verkrampfen und entkrampfen sich unablässig wie ein Sack voll lebender Schlangen. Meine Hand nähert sich der Pistole Zentimeter um Zentimeter, bis sie unmittelbar über der Waffe schwebt, und jetzt ist das Zittern gewaltig, schüttelt meinen gesamten Körper, und der Schweiß bricht mir aus allen Poren.

Ich springe vom Stuhl auf, der nach hinten kippt, und schreie.

Ich schreie und schlage mir mit den Fäusten gegen den Kopf, und dann spüre ich, wie ich anfange zu schluchzen, und ich weiß, dass er es geschafft hat. Er hat mich geöffnet, mich aufgebrochen und mir die Eingeweide herausgerissen. Die Tatsache, dass er es getan hat, um mir zu helfen, ist kein Trost für mich, überhaupt nicht, weil ich im Augenblick nur einen ungeheuren Schmerz spüre. Schmerz, nichts als Schmerz.

Ich weiche von seinem Schreibtisch zurück, zur linken Wand, sinke dort zu Boden. Ich merke, dass ich dabei leise stöhne, eine Art Totenklage. Es ist ein grauenvolles Geräusch. Es schmerzt mich, dieses Geräusch zu hören; es hat mich schon immer geschmerzt. Es ist ein Geräusch, das ich schon viel zu oft gehört habe. Das Aufstöhnen eines Überlebenden, der erkannt hat, dass er als Einziger noch am Leben ist, während alles, was er liebt, nicht mehr existiert. Ich habe es von Müttern und Ehepartnern und Freunden gehört, habe es gehört, wenn sie Leichen identifiziert haben oder wenn ich ihnen die Todesnachricht überbrachte.

Ich wundere mich, dass ich mich nicht schämen kann; es ist einfach kein Platz für Scham in mir. Der Schmerz füllt mich vollständig aus.

Dr. Hillstead ist aufgestanden und zu mir gekommen. Er wird mich nicht halten, nicht einmal berühren – das wäre unklug für einen Therapeuten. Doch ich kann ihn spüren. Er ist ein kauerndes, verschwommenes Etwas vor mir, und mein Hass auf ihn ist in diesem Augenblick vollkommen.

»Reden Sie mit mir, Smoky«, sagt er. »Erzählen Sie mir, was passiert ist.«

Er spricht zu mir mit einer Stimme, die so aufrichtig freundlich ist, dass sie eine neue Woge der Qual in mir heraufbeschwört. Es gelingt mir zu reden, abgehackt, von zitternden Schluchzern unterbrochen.

»Ich kann so nicht leben, nicht so ohne Matt, ohne Alexa, ohne Liebe, ohne Leben, alle tot, alle sind tot, tot und …«

Mein Mund formt ein »O«. Ich kann es spüren. Ich blicke zur Decke hinauf, packe meine Haare, und es gelingt mir, zwei Büschel mit den Wurzeln auszureißen, bevor ich das Bewusstsein verliere.

KAPITEL 3 Es scheint eigenartig, dass ein Dämon mit einer Stimme wie dieser zu reden vermag. Er ist beinahe drei Meter groß, hat Augen wie Glas und einen Kopf voller weinender, zähneknirschender Münder. Die Schuppen, die seinen Leib bedecken, sind so schwarz wie etwas, das verbrannt wurde. Und die Stimme klingt scharf und nasal und erinnert an die Südstaaten, als er zu mir spricht.

»Ich fresse Seelen für mein Leben gern«, sagt er im Konversationston zu mir. »Es geht doch nichts darüber, etwas zu fressen, das eigentlich für den Himmel bestimmt war.«

Ich bin nackt an mein Bett gefesselt, gebunden mit silbernen Ketten, die unglaublich dünn und trotzdem unzerbrechlich sind. Ich fühle mich wie Dornröschen, das durch ein Missgeschick in eine Geschichte von H. P. Lovecraft geraten ist. Das unter der Berührung einer gespaltenen Zunge aufgewacht ist statt unter dem sanften Kuss seines Helden. Ich habe keine Stimme, ich bin mit einem Seidenschal geknebelt.

Der Dämon steht am Fußende meines Bettes und blickt auf mich herab, während er spricht. Er sieht selbstzufrieden und zugleich besitzergreifend aus und starrt mich an mit dem Stolz, mit dem ein Jäger den Rehbock betrachtet, den er auf die Motorhaube geschnallt hat.

Er schwenkt ein gezacktes Kampfmesser in der Hand. Es erscheint winzig in seiner riesigen Klauenhand.

»Aber ich mag meine Seelen am liebsten gut durch und anständig gewürzt! Deiner fehlt irgendwas … vielleicht eine Prise Todesqual und ein Schuss Schmerzen?«

Seine Augen werden leer, und schwarzer Speichel, der aussieht wie Eiter, trieft von seinen Fängen, läuft ihm über das Kinn und tropft auf seine mächtige geschuppte Brust. Der Dämon bemerkt es überhaupt nicht, und das macht mir furchtbare Angst. Dann grinst er lüstern, zeigt seine zahllosen spitzen Zähne und schüttelt neckisch eine Klaue in meine Richtung.

»Ich hab noch jemand hier bei mir, meine Liebe. Meine süße, liebe Smoky.«

Er tritt beiseite und gibt den Blick frei auf meinen Prinzen, auf ihn, dessen Kuss mich hätte erwecken sollen. Meinen Matt. Den Mann, den ich seit meinem siebzehnten Lebensjahr kenne. Den Mann, den ich so gut kenne, wie ein Mensch einen anderen nur kennen kann. Er ist nackt auf einen Stuhl gefesselt. Er ist geschlagen worden, furchtbar geschlagen. Die Sorte von Schlägen, die sehr wehtun, ohne zum Tod zu führen. Die Art von Schlägen, die sich anfühlen, als seien sie endlos. Die jede Hoffnung töten, während der Körper am Leben bleibt.

Ein Auge von Matt ist zugeschwollen, seine Nase ist gebrochen, Zähne sind ausgeschlagen hinter dem zerfetzten Fleisch seiner Lippen. Sein Unterkiefer ist zerschmettert und formlos. Sands hat sein Messer an Matt benutzt. Ich sehe kleine, tiefe Schnitte überall auf dem Gesicht, das ich geliebt und geküsst und zwischen den Händen gehalten habe. Tiefere, längere Schnitte auf der Brust und dem Bauch. Und Blut. So viel Blut überall. Blut, das läuft und tropft und schäumt, während Matt atmet. Der Dämon hat Matts Bauch mit Blut beschmiert und »Vier gewinnt« darauf gespielt. Ich bemerke, dass die O gewonnen haben.

Matts unversehrtes Auge begegnet meinem Blick, und die vollständige Verzweiflung, die ich darin erkenne, füllt meinen Verstand mit einem furchtbaren Aufheulen. Es ist ein Aufheulen aus den Eingeweiden, ein seelenzerschmetterndes Geräusch, nacktes, stimmgewordenes Entsetzen. Ein Hurrikan von einem Schrei, lang genug, um die Welt zu zerstören. Ich bin erfüllt von einer alles verzehrenden Wut, die so intensiv, so überwältigend ist, dass sie jeden klaren Gedanken mit der Wucht einer Bombenexplosion zerfetzt. Es ist die Wut des Wahnsinns, die totale Dunkelheit einer Höhle tief unter der Erde. Sie verfinstert die Seele.

Ich brülle durch meinen Knebel hindurch wie ein Tier, die Art Brüllen, das die Kehle blutig macht und Trommelfelle zerfetzt, und ich stemme mich so wütend gegen meine Fesseln, dass sie in meine Haut schneiden. Meine Augen treten hervor, als wollten sie aus den Höhlen platzen. Wäre ich ein Hund, ich hätte Schaum vor dem Maul. Ich will nur eines: diese Fesseln sprengen und diesen Dämon mit meinen bloßen Händen töten. Ich will nicht, dass er einfach nur stirbt – ich will ihn ausweiden. Ich will ihn zerreißen, bis er nicht mehr wiederzuerkennen ist. Ich will die Atome spalten, die diesen Dämon ausmachen, und sie in Gas verwandeln.

Doch die Ketten sind zu stark. Sie reißen nicht. Sie lockern sich nicht einmal. Und die ganze Zeit über beobachtet mich der Dämon mit nachdenklicher Faszination, eine Hand auf Matts Kopf, die monströse Parodie einer väterlichen Geste.

Der Dämon lacht und schüttelt den ungeheuerlichen Kopf, und seine zahllosen Münder kreischen protestierend. Dann spricht er erneut, mit dieser Stimme, die nicht zu seiner Gestalt passt.

»Also fangen wir an! Wolfeszahn und Kamm des Drachen, Hexenmumie, Gaum und Rachen.« Er zwinkert. »Es geht doch nichts über ein wenig Verzweiflung, um Würze in eine heroische Seele zu bringen …« Eine kurze Pause, dann wird seine Stimme für einen kurzen Moment ernst, erfüllt von einer Art perversem Bedauern: »Mach dir keine Vorwürfe deswegen, Smoky. Selbst eine Heldin kann nicht immer gewinnen.«

Ich sehe erneut Matt an, und der Ausdruck in seinem Auge reicht aus, um mir zu wünschen, ich wäre tot. Es ist kein Ausdruck der Angst oder des Schmerzes oder des Entsetzens. Es ist ein Ausdruck von Liebe. Für einen kurzen Moment ist es ihm gelungen, den Dämon aus der Welt dieses Zimmers zu verdrängen, sodass nur Matt und ich existieren, und wir sehen uns an.

Eines der Geschenke einer langen Ehe ist die Fähigkeit, alles, einfach alles – angefangen von sanfter Missbilligung bis hin zum Sinn des Lebens – mit einem einzigen Blick zu kommunizieren. Es ist eine Fähigkeit, die man im Prozess der Verschmelzung der eigenen Seele mit der seines Partners erlangt – falls man willens ist, seine Seelen zu verschmelzen. Matt schenkt mir einen von jenen Blicken, und er sagt drei Dinge mit seinem einen, unverletzten, wunderschönen Auge: Es tut mir Leid, ich liebe dich und … Lebewohl.

Es ist, als beobachtete ich den Weltuntergang. Sie versinkt nicht in Flammen und Rauch, sondern in kalten, alles durchdringenden Schatten. Dunkelheit, die bis in alle Ewigkeit andauern wird.

Der Dämon scheint es ebenfalls zu spüren. Er lacht erneut und führt einen kleinen Freudentanz auf, wobei er mit dem Schwanz wedelt und Eiter aus seinen Poren tropft.

»Aaa-moreee. Wie süß das ist! Das ist die Kirsche auf meinem Smoky-Eisbecher. Der Tod der Liebe.«

Die Tür zum Zimmer öffnet sich und schließt sich wieder. Ich sehe niemanden eintreten … doch am Rand meines Blickfelds steht plötzlich eine kleine, dunkle Gestalt. Irgendetwas an diesem Anblick erfüllt mich mit Verzweiflung.

Matt schließt sein Auge, und in mir steigt erneut diese Wut auf. Ich stemme mich gegen meine Fesseln.

Das Messer fährt herab, und ich höre das nasse, schneidende Geräusch, und Matt schreit durch seinen Knebel hindurch, wie ich durch meinen schreie, und mein Prinz, mein Märchenprinz stirbt, mein Märchenprinz stirbt …

Schreiend wache ich auf.

Ich liege auf dem Sofa in Dr. Hillsteads Sprechzimmer. Er kniet neben mir, berührt mich mit Worten, nicht mit den Händen.

»Schhhh. Ist ja gut, ist alles gut. Es war nur ein Traum, Smoky. Sie sind hier. Sie sind in Sicherheit.«

Ich zittere am ganzen Leib und bin schweißgebadet. Ich spüre Tränen, die auf meinem Gesicht trocknen.

»Geht es Ihnen wieder besser?«, fragt Dr. Hillstead. »Sind Sie wieder da?«

Ich kann ihn nicht ansehen. Ich richte mich in eine sitzende Haltung auf.

»Warum haben Sie das getan?«, flüstere ich. Ich kann nicht länger so tun, als wäre ich stark, nicht vor meinem Therapeuten. Er hat mich zerschmettert, und jetzt hält er mein schlagendes Herz in den Händen.

Er antwortet nicht sofort, sondern steht auf, nimmt einen Sessel und stellt ihn dicht vor die Couch. Dann setzt er sich, und obwohl ich ihn immer noch nicht ansehen kann, fühle ich, dass er mich ansieht, wie ein Vogel, der mit den Flügeln ans Fenster schlägt. Zaghaft und beharrlich zugleich.

»Ich habe es getan ... weil ich es tun musste.« Er schweigt für eine Sekunde. »Smoky, ich arbeite inzwischen seit zehn Jahren für das FBI und andere Vollzugsbehörden. Sie und Ihre Kollegen, Sie sind aus unglaublich hartem Holz geschnitzt. Ich habe die besten Eigenschaften der menschlichen Spezies in dieser Praxis gesehen. Hingabe. Tapferkeit. Ehre. Pflichterfüllung. Sicher, ich habe auch ein wenig Böses gesehen, einiges an Korrumpiertheit. Allerdings war das die Ausnahme, nicht die Regel. Hauptsächlich habe ich Stärke gesehen. Unglaubliche Stärke. Stärke des Charakters und der Seele.« Er zögert, zuckt die Schultern. »In meinem Beruf sprechen wir normalerweise nicht über die Seele. Wir glauben normalerweise nicht daran. Gut und Böse? Das sind doch nur allgemeine Konzepte, keine fest definierten Dinge.« Er blickt mich grimmig an. »Aber das ist ein Irrtum, nicht wahr? Es sind nicht nur Konzepte, habe ich Recht?«

Ich starre weiter auf meine Hände.

»Sie und Ihre Kollegen, Sie bewachen Ihre Stärke wie einen Talisman. Sie verhalten sich, als wären Ihre Vorräte begrenzt. Wie Samson und sein Haar. Sie scheinen zu denken, wenn Sie hier drin schwach werden und sich öffnen, wirklich öffnen, dann verlieren Sie all Ihre Stärke und bekommen sie niemals zurück.« Er schweigt erneut, diesmal für eine ziemlich lange Weile. Ich fühle mich leer und trostlos. »Ich arbeite nun seit einer Reihe von Jahren in diesem Beruf, Smoky, und Sie sind eine der stärksten Persönlichkeiten, denen ich je begegnet bin. Ich kann mit nahezu absoluter Sicherheit sagen, dass keine der Personen, die ich in der Vergangenheit behandelt habe, imstande gewesen wäre, das zu ertragen, was Sie ertragen mussten und immer noch ertragen. Nicht eine von ihnen.«

Es gelingt mir, den Blick zu heben und ihn anzusehen. Ich frage mich, ob er sich über mich lustig macht. Stark? Ich fühle mich nicht stark. Ich fühle mich schwach. Ich kann nicht einmal mehr meine Pistole halten. Ich sehe ihn an, er sieht zurück. – Es ist ein unerschrockener Blick, und als ich ihn erkenne, durchzuckt mich ein Schock. Ich habe blutbesudelte Verbrechensschauplätze mit diesem Blick betrachtet. Verstümmelte Leichen. Ich bin imstande, derartig Entsetzliches anzusehen, ohne den Blick abzuwenden. Dr. Hillstead betrachtet mich mit dem gleichen Blick, und mir wird bewusst, dass dies seine Begabung ist: Er ist imstande, das Entsetzen der Seele mit einem steten, unerschrockenen Blick zu ertragen. Ich bin sein Verbrechensschauplatz, und er wendet sich nicht angewidert oder distanziert ab.

»Doch ich weiß auch, dass Sie dicht vor der Grenze dessen stehen, was Sie zu ertragen imstande sind, Smoky. Und das bedeutet, ich kann eines von zwei Dingen tun. Ich kann zusehen, wie Sie zerbrechen, oder ich zwinge Sie, sich zu öffnen und meine Hilfe anzunehmen. Ich habe mich für Letzteres entschieden.«

Ich spüre die Aufrichtigkeit in seinen Worten, die Ernsthaftigkeit. Ich habe Hunderte verlogener Krimineller angesehen. Ich bilde mir ein, dass ich eine Lüge selbst im Schlaf durchschauen würde. Er sagt die Wahrheit. Er will mir helfen.

»So. Jetzt ist der Ball auf Ihrer Seite des Spielfelds. Sie können aufstehen und gehen, oder wir können von hier an weitermachen.« Er lächelt mich an, ein müdes Lächeln. »Ich kann Ihnen helfen, Smoky, ich kann es wirklich. Ich kann nicht ungeschehen machen, was passiert ist. Ich kann Ihnen nicht versprechen, dass

Sie nicht für den Rest Ihres Lebens unter dem Schmerz leiden. Doch ich kann Ihnen helfen. Wenn Sie mich lassen.«

Ich starre meinen Therapeuten an, und ich spüre den Widerstreit in mir. Er hat Recht. Ich bin ein weiblicher Samson, und er ist eine männliche Delila, nur dass er mir erzählt, es würde nicht wehtun, wenn ich mir die Haare schneide. Er bittet mich, ihm auf eine Weise zu vertrauen, wie ich niemandem vertraue. Außer mir selbst.

»Und?«, höre ich die leise Stimme in mir selbst fragen. Ich schließe zur Antwort die Augen. Ja. Und Matt.

»Okay, Dr. Hillstead. Sie haben gewonnen. Ich versuche es.«

In dem Moment, in dem ich es sage, weiß ich, dass es richtig ist, denn ich höre auf zu zittern.

Ich frage mich, ob das, was er zu mir gesagt hat, die Wahrheit ist. Was meine Stärke angeht, meine ich. Bin ich stark genug weiterzuleben?

KAPITEL 4

Ich stehe vor der Fassade der FBI-Büros in Wilshire, Los Angeles. Ich blicke an der Fassade hoch und versuche, etwas dabei zu empfinden.

Nichts.

Dies ist kein Ort, wo ich im Moment hingehöre. Stattdessen habe ich das Gefühl, abgeschätzt zu werden. Die Fassade blickt stirnrunzelnd auf mich herab mit ihrem Gesicht aus Beton, Glas und Stahl. Nehmen es Zivilisten so wahr?, frage ich mich. Als etwas Imposantes und vielleicht ein wenig Hungriges?

Ich bemerke mein Spiegelbild im Glas der Eingangstüren und winde mich innerlich. Ich wollte einen Anzug tragen, doch es hätte sich zu sehr nach Verpflichtung zum Erfolg angefühlt. Sportsachen wären zu lässig gewesen. Als Hinweis auf meine Unentschiedenheit hatte ich mich für Jeans und eine Button-down-Bluse entschieden, einfache Halbschuhe und ein leichtes

Make-up. Und jetzt fühlt sich alles unpassend an, und am liebsten würde ich rennen, rennen, rennen.

Emotionen überrollen mich in Wellen, in brechenden, krachenden Wellen. Angst, Aufregung, Zorn, Hoffnung.

Dr. Hillstead hat unsere Sitzung mit einer Aufgabe beendet. *Gehen Sie, und besuchen Sie Ihr Team.*

»Es war nicht nur ein Job für Sie, Smoky. Es war etwas, das Ihr Leben ausgemacht hat. Etwas, das zu dem gehört, was Sie sind. Wer Sie sind. Stimmen Sie mir zu?«

»Ja. Das ist richtig.«

»Und die Leute, mit denen Sie zusammenarbeiten – einige von ihnen sind Freunde?«

Ich zuckte mit den Schultern. »Zwei von ihnen sind meine besten Freunde. Sie haben versucht, mir zu helfen, aber ...«

Er hob eine Augenbraue; eine Frage, auf die er die Antwort bereits wusste. »... aber Sie haben sie seit Ihrem Krankenhausaufenthalt nicht mehr gesehen.«

Sie haben mich besucht, als ich wie eine Mumie in Gaze eingewickelt im Krankenhaus lag und mich fragte, warum ich noch am Leben bin. Als ich mir wünschte, tot zu sein. Sie wollten bleiben, doch ich bat sie zu gehen. Jede Menge Telefonanrufe folgten, die ich ausnahmslos auf meinen Anrufbeantworter auflaufen ließ. Ich habe nie zurückgerufen.

»Ich wollte damals niemanden sehen. Und nachdem ...« Ich breche stockend ab.

»Nachdem was?«, bohrte er.

Ich seufzte und deutete auf mein Gesicht. »Ich wollte nicht, dass sie mich so sehen. Ich glaube, ich könnte es nicht ertragen, wenn ich Mitleid in ihren Blicken erkenne. Es würde zu sehr wehtun.«

Wir sprachen noch ein wenig darüber, und dann sagte er zu mir, der erste Schritt auf dem Weg, meine Waffe wieder in die Hand nehmen zu können, bestehe darin, meinen Freunden gegenüberzutreten.

Und jetzt bin ich hier.

Ich beiße die Zähne zusammen, rufe mir meine irische Starrköpfigkeit ins Gedächtnis und schiebe mich durch die Türen. Sie schließen sich in langsamer Lautlosigkeit hinter mir, und für eine Minute bin ich zwischen dem Marmorboden und der hohen Decke über mir gefangen. Ich fühle mich schutzlos, wie ein Kaninchen, das auf dem freien Feld überrascht wird.

Ich durchschreite die Metalldetektoren des Sicherheitsbereichs und zeige meinen Dienstausweis. Der Wachmann ist aufmerksam, mit harten, umherwandernden Augen. Sie zucken ein wenig, als er die Narben bemerkt.

»Ich wollte den Leuten vom CASMIRC und dem stellvertretenden Direktor Guten Tag sagen«, erzähle ich ihm, weil ich aus irgendeinem Grund das Gefühl habe, etwas sagen zu müssen.

Er schenkt mir ein höfliches Lächeln – es interessiert ihn nicht. Ich fühle mich noch schutzloser und lächerlicher und gehe zur Lobby mit den Aufzügen, während ich mich leise verfluche.

Schließlich stehe ich mit jemandem im Fahrstuhl, den ich nicht kenne und der es schafft, mein Unbehagen noch zu erhöhen (als wäre das überhaupt möglich), indem er seine heimlichen Seitenblicke auf mein Gesicht nur schlecht verbirgt. Ich tue mein Bestes, um es zu ignorieren, und als wir auf meiner Etage ankommen, verlasse ich den Aufzug vielleicht ein klein wenig schneller als üblich. Mein Herz hämmert.

»Reiß dich zusammen, Barrett«, grolle ich vor mich hin. »Was erwartest du? Du siehst aus wie der Glöckner von Notre Dame! Reiß dich zusammen.«

Die meiste Zeit über funktioniert es, wenn ich zu mir selbst rede, und das hier ist keine Ausnahme. Ich fühle mich besser. Ich gehe den Korridor hinunter, und dann stehe ich vor der Tür zu der Abteilung, die früher meine gewesen ist. Erneut steigt Angst in mir auf, verdrängt die Nonchalance, die ich aufgebracht habe. Es gibt Parallelen hier, denke ich. Ich bin durch diese Tür gegangen, ohne darüber nachzudenken, häufiger als ich zählen kann. Häufiger, als ich meine Waffe gezogen habe. Doch ich spüre eine ähnliche Angst, allerdings unterschwelliger.

Mir wird bewusst, dass hinter dieser Tür das Leben liegt, das ich zurückgelassen habe. Die Leute, die dieses Leben ausmachen. Werden sie mich akzeptieren? Oder werden sie ein gebrochenes Etwas mit Monstermaske sehen, mich überschwänglich begrüßen und dann nach Hause schicken? Werde ich Augen voller Mitleid spüren, die Löcher in meinen Rücken brennen?

Ich kann mir dieses Szenario mit einer Klarheit vorstellen, die mich erschreckt. Ich spüre Panik. Ich werfe einen nervösen Blick den Gang hinunter. Die Tür zum Aufzug steht noch offen. Ich muss nichts weiter tun als auf dem Absatz kehrtmachen und rennen. Rennen und weiterrennen. Rennen und rennen und rennen und rennen. Bis die Halbschuhe nass sind vom Schweiß, und mir eine Packung Marlboros kaufen und nach Hause gehen und rauchen und in der Dunkelheit vor mich hin kichern. Ohne Grund weinen, meine Narben anstarren und über die Freundlichkeit Fremder nachdenken. Der Gedanke gefällt mir so sehr, dass ich erschauere. Ich möchte eine Zigarette. Ich möchte die Sicherheit meines Schmerzes und meines Alleinseins. Ich will in Ruhe gelassen werden, damit ich weiter den Verstand verlieren kann und …

… und dann höre ich Matt.

Er lacht.

Es ist dieses leise Lachen, das ich immer so geliebt habe, eine kühle Brise aus Klarheit und Güte. »Genauuuu, Baby. Immer schnell wegrennen vor der Gefahr. Das ist *so typisch* für dich.« Das war eine seiner Begabungen. Die Fähigkeit zu spotten, ohne lächerlich zu machen.

»Vielleicht ist es wirklich typisch für mich«, murmele ich.

Es soll trotzig klingen, doch mein bebendes Kinn und meine verschwitzten Hände machen es mir schwer.

Ich kann spüren, wie er lächelt, freundlich und selbstgefällig und nicht wirklich da. Verdammt.

»Ja, ja, ja…«, murmele ich zu seinem Geist, während ich die Hand ausstrecke und den Türknauf drehe. In Gedanken stoße ich ihn weg von mir, dann öffne ich die Tür.

KAPITEL 5 Ich starre für einen Moment hinein, ohne einzutreten. Meine Angst ist sauber und klar und Übelkeit erregend. Mir wird bewusst, das dies der Kern dessen ist, was ich an meinem Leben am meisten hasse, seit das große Unglück passiert ist. Die konstante Unsicherheit. Eine der Eigenschaften, die ich an mir immer gemocht habe, war meine Entschlossenheit. Es war immer ganz einfach. Entscheiden und handeln. Heute heißt es: was, wenn…was, wenn…nein, ja, vielleicht… halt, geh, halt…was, wenn…was, wenn…und hinter alledem: Ich habe Angst…

Mein Gott, habe ich Angst. Ständig. Ich wache auf und habe Angst, ich gehe herum und habe Angst, ich gehe voller Angst schlafen. Ich bin ein Opfer. Ich hasse es, kann ihm nicht entkommen und vermisse dieses Gefühl von Unverwundbarkeit, das ich früher einmal gehabt habe. Ich weiß auch, ganz gleich, wie gesund ich wieder werde, dass diese Sicherheit nie wieder zurückkehren wird. Nie wieder.

»Reiß dich zusammen, Barrett!«, sage ich.

Das ist die andere Sache, die ich heute tue. Herumwandern, ohne je irgendwo anzukommen.

»Dann ändere es!«, murmele ich zu mir selbst.

O ja, sicher – und ich rede die ganze Zeit laut vor mich hin.

»Du bist vielleicht eine seltene Irre, Barrett«, flüstere ich.

Ein tiefer Atemzug, und ich gehe durch die Tür. Es ist kein großes Büro. Nur wir vier, Schreibtische und Computer, ein kleiner Konferenzraum, Telefone. Korktafeln mit Bildern des Todes. Es sieht nicht anders aus als vor sechs Monaten, als ich noch hier war. Doch so, wie ich mich fühle, könnte ich genauso gut auf dem Mond herumlaufen.

Dann sehe ich sie. Callie und Ann, mit dem Rücken zu mir, unterhalten sich leise, während sie auf eine der Korktafeln deuten. James ist auch da, mit seiner üblichen kühlen Konzentration in eine Akte vertieft, die aufgeschlagen vor ihm auf dem Schreibtisch liegt. Es ist Alan, der sich als Erster umdreht und mich sieht. Er sieht mich, und seine Augen werden weit, sein Unterkiefer sinkt herab, und ich wappne mich innerlich gegen einen Ausdruck des Abscheus auf seinem Gesicht.

Er lacht laut auf.

»Smoky!«

Es ist eine Stimme, die erfüllt ist von Freude, und in diesem Augenblick bin ich gerettet.

KAPITEL 6

»Verdammt, Zuckerschnäuzchen, du musst dich nie wieder für Halloween maskieren.« Das ist Callie. Was sie sagt, ist schockierend, krass und gefühllos. Und es erfüllt mich mit Fröhlichkeit. Hätte sie irgendetwas anderes gesagt, wäre ich wahrscheinlich in Tränen ausgebrochen.

Callie ist eine große, dünne, langbeinige Rothaarige. Sie sieht aus wie ein Supermodel. Sie ist einer von jenen schönen Menschen, die einem das Gefühl vermitteln, man blicke in die Sonne, wenn man sie zu lange anzustarrt. Sie ist Ende dreißig, hat einen Abschluss in Forensik mit Kriminologie als Nebenfach, ist brillant und verzichtet auf jedes soziale Getue. Die meisten Leute finden sie einschüchternd. Viele finden nach dem ersten Erröten, dass sie lieblos ist, möglicherweise sogar grausam. Sie könnten sich nicht gründlicher irren. Callie ist loyal bis zum Extrem, und niemand vermag ihre Integrität und ihren Charakter aus ihr herauszufoltern. Sie ist unverblümt, unglaublich ehrlich, brutal in ihren Beobachtungen und weigert sich, politische oder

PR- oder sonstige Spielchen zu spielen. Sie würde jeden, den sie als Freund bezeichnet, mit ihrem eigenen Körper vor einer Kugel decken.

Eine von Callies bewundernswertesten Eigenschaften ist etwas, das man leicht übersieht – ihre Unkompliziertheit. Das Gesicht, das sie der Welt zeigt, ist das einzige, das sie besitzt. Sie hält nichts von Wichtigtuerei und hat keine Geduld mit jenen, die sich aufspielen. Das ist wahrscheinlich die Krux jener, die hart in ihrem Urteil über sie sind: Wenn man es nicht erträgt, dass sie sich über einen lustig macht, verliert sie keinen Schlaf über das Unbehagen des anderen. Entweder macht man mit, oder man wird stehen gelassen. Denn, wie sie gern zu sagen pflegt: »Wenn du nicht über dich lachen kannst, dann kann ich nichts mit dir anfangen.«

Es war Callie, die mich nach meinem Kampf mit Joseph Sands gefunden hat. Ich war nackt und blutig und voll von Erbrochenem und schrie und weinte. Sie war todchic angezogen, wie immer, doch sie zögerte keine Sekunde, sondern nahm mich in die Arme und hielt mich, während sie auf den Notarzt wartete. Eines der letzten Dinge, an die ich mich entsinne, bevor ich das Bewusstsein verlor, war der Anblick ihres wunderschönen, maßgeschneiderten Kostüms, ruiniert von meinem Blut und meinen Tränen.

»Callie …«

Dieser Tadel kommt von Alan. Leise, ernst, auf den Punkt gebracht. So ist Alan. Er ist ein riesiger, furchteinflößender Schwarzer. Er ist nicht einfach nur groß, er ist gigantisch. Ein Berg auf Beinen. Sein finsterer Blick hat mehr als einen Verdächtigen im Verhörraum dazu gebracht, sich in die Hosen zu machen. Die Ironie besteht darin, dass Alan einer der nettesten und freundlichsten Menschen ist, die ich je kennen gelernt habe. Er besitzt eine unglaubliche Geduld, die ich stets bewundert und nachzuahmen versucht habe, und er bringt seine Ruhe in unsere Fälle. Er wird niemals müde, die Beweise noch ein weiteres Mal durchzugehen und selbst das kleinste Detail zu untersuchen. Es gibt nichts, was ihn langweilen könnte, wenn er einem Mörder auf der Spur ist. Und sein Blick für Kleinigkeiten hat uns in mehr als einem Fall den Durchbruch verschafft. Alan ist der älteste von uns, Mitte vierzig, und er verfügte bereits über zehn Jahre Erfahrung als Mordermittler der Polizei von Los Angeles, bevor er zum FBI kam.

Eine neue Stimme. »Was willst du hier?« Wenn Missvergnügen ein Musikinstrument ist, dann wäre dies eine Symphonie.

Die Worte kommen ohne Einleitung oder Entschuldigung, unverblümt wie Callie, doch ohne ihren Humor. Sie stammen von James, und James ist eben so. Wir nennen ihn hinter seinem Rücken Damien, nach der Gestalt in *Das Omen*. Damien, der Sohn Satans. Er ist der jüngste von uns allen, erst achtundzwanzig, und er ist einer der irritierendsten, unangenehmsten Menschen, denen ich je begegnet bin. Er geht einem auf die Nerven, bringt einen zum Zähneknirschen und macht einen wütend. Wenn ich mal jemanden wirklich ärgern will, dann ist James das Benzin, das ich ins Feuer werfe.

James ist aber auch brillant. Jene Art von weißglühender Nova von Brillanz, die jede Tabelle sprengt. Er hat die Highschool mit fünfzehn abgeschlossen, hervorragende Ergebnisse bei den Hochschuleignungsprüfungen erzielt und wurde von jedem College umworben, das in der Nation etwas auf sich hält. Er hat sich das College mit dem besten kriminologischen Lehrplan ausgesucht und es innerhalb von vier Jahren zum Doktor in Kriminalistik gebracht. Anschließend ist er zum FBI gekommen, wo er von Anfang an hinwollte.

Als James zwölf war, hat er seine ältere Schwester durch einen Serienmörder verloren, der einen Hang zu Schweißbrennern und schreienden jungen Mädchen hatte. An dem Tag, an dem seine Schwester begraben wurde, beschloss James, für diese Abteilung zu arbeiten.

James ist ein geschlossenes Buch ohne Titel. Er scheint nur

für eine einzige Sache zu leben – unsere Aufgabe. Er macht niemals Witze, lächelt nie, tut nie etwas Unnötiges außer seiner Arbeit. Er redet nicht über sein Privatleben oder sonst irgendetwas, das einen Hinweis auf seine Neigungen, seine Abneigungen oder seinen Geschmack geben würde. Ich weiß nicht, welche Art von Musik er hört oder welche Filme er mag und ob er sich überhaupt dafür interessiert.

Es wäre zu einfach zu denken, dass er lediglich effizient und von Logik getrieben ist. Nein, James hat eine Feindseligkeit an sich, die immer wieder aus ihm hervorbricht. Seine Missbilligung kann ätzend sein, und seine Gedankenlosigkeit ist legendär. Ich kann nicht sagen, dass er sich am Unbehagen anderer erfreut. Ich glaube vielmehr, dass es ihm weitgehend egal ist. Meiner Meinung nach ist James von einem unendlichen Zorn auf eine Welt erfüllt, in der Individuen wie das, das seine Schwester ermordet hat, existieren können. Trotzdem habe ich schon lange aufgehört, ihm seine Art zu verzeihen. Dazu ist er ein viel zu großes Arschloch.

Doch er ist brillant, und seine Brillanz blendet seine Umgebung wie nicht erlöschen wollende Blitzlichter. Und er teilt eine Fähigkeit mit mir, die uns verbindet, eine Gabe, die eine Nabelschnur erzeugt und ihn zu meinem bösen Zwilling macht. Er kann sich in einen Mörder hineinversetzen. Er ist imstande, in die Winkel und dunklen Ecken zu gleiten, die Schatten zu analysieren, das Böse zu begreifen. Ich kann das ebenfalls. Es ist nicht ungewöhnlich, dass wir in gewissen Stadien eines Falles zusammenarbeiten, auf eine sehr intime Weise. Während solcher Zeiten kommen wir miteinander aus wie Öl und Kugellager, gleitend, fließend, unaufhaltsam. Die restliche Zeit ist seine Gegenwart für mich ungefähr so angenehm, wie mit Sandpapier geschmirgelt zu werden.

»Ich freue mich auch, dich zu sehen«, antworte ich.

»Hey, du Arschloch«, brummt Alan leise in dunklem, drohendem Ton.

James verschränkt die Hände vor der Brust und starrt Alan kalt und direkt an. Noch so eine Fähigkeit von James, die ich widerwillig bewundere. Obwohl er nur einen Meter dreiundsiebzig groß ist und knapp sechzig Kilo wiegt, ist es beinahe unmöglich, ihn einzuschüchtern. Nichts scheint ihm Angst zu machen. »Es war nur eine Frage«, erwidert er.

»Na, was hältst du dann davon, deine verdammte Klappe zu halten?«

Ich lege Alan eine Hand auf die Schulter. »Es ist schon gut.«

Die beiden funkeln sich noch einen Moment länger an. Es ist Alan, der den Blickkontakt mit einem Seufzer beendet. James mustert mich mit einem langen, abschätzenden Blick, dann wendet er sich ab und versenkt sich wieder in die Akte, in der er gelesen hat.

Alan sieht mich kopfschüttelnd an. »Entschuldige.«

Ich lächle. Wie soll ich ihm erklären, dass selbst das, dieses Verhalten Damiens, im Moment *genau das Richtige* ist für mich? Es ist etwas, das noch so ist, wie es einmal war. James geht mir noch immer auf die Nerven, und das tröstet mich.

Ich beschließe, das Thema zu wechseln. »Was gibt's hier Neues?«, frage ich.

Ich trete ein paar Schritte vor, bis ich mitten im Büro stehe, und mustere die Korktafeln und die Schreibtische. Callie hat die Abteilung geleitet, während ich weg war, und sie ist es auch, die das Wort ergreift.

»Es war ruhig bei uns, Zuckerschnäuzchen.« Callie nennt jeden Zuckerschnäuzchen. Es heißt, sie hätte einen schriftlichen Verweis in ihrer Personalakte, weil sie sogar den Direktor Zuckerschnäuzchen genannt hat. Es ist eine Marotte, die sie sich zu ihrem eigenen Amüsement angewöhnt hat. Callie kommt nicht aus dem Süden, ganz und gar nicht. Einige Leute ärgern sich endlos über ihre Art. Für mich ist es einfach nur Callie. »Keine Serienmorde, zwei Entführungen. Wir haben uns ein paar der älteren, kälteren Fälle vorgenommen.« Sie lächelt. »Vermutlich sind all die bösen Buben mit dir zusammen auf Urlaub gegangen.«

»Wie sind die Entführungen ausgegangen?« Kindesentführungen gehören zu unserem Alltagsgeschäft und sind etwas, das alle anständigen Männer und Frauen bei den Vollzugsbehörden fürchten. Es geht nur selten um Geld. Meist geht es um Sex, Schmerzen und Tod.

»Eins haben wir lebend gefunden, eins war tot.«

Ich starre auf die Korktafel, ohne sie wirklich anzusehen. »Wenigstens haben wir beide gefunden«, murmele ich. Viel zu häufig ist das nicht der Fall. Jeder, der glaubt, keine Nachricht sei eine gute Nachricht, hat keine Ahnung davon, wie es ist, Vater oder Mutter eines gekidnappten Kindes zu sein. In diesem Fall ist keine Nachricht nämlich wie ein Krebs, der nicht tötet, sondern stattdessen die Seele aushöhlt. Oft sind Eltern im Verlauf der Jahre wieder und wieder zu mir gekommen in der Hoffnung, eine Nachricht über ihr Kind zu erhalten, eine Nachricht, die ich ihnen nicht geben konnte. Ich habe mit angesehen, wie sie von Mal zu Mal dünner wurden. Bitterer. Ich habe mit angesehen, wie die Hoffnung in ihren Augen starb und ihre Haare grau wurden. In Fällen wie diesen wäre es ein Segen, wenn wir wenigstens die Leiche des Kindes finden würden. Dann könnten sie wenigstens in Gewissheit trauern.

Ich wende mich an Callie. »Und wie gefällt es dir, der Boss zu sein?«

Sie schenkt mir ein typisches, gespielt hochnäsiges Callie-Lächeln. »Du kennst mich doch, Zuckerschnäuzchen. Ich wurde zu Höherem geboren, und jetzt trage ich endlich die Krone.«

Alan schnaubt bei diesen Worten, gefolgt von einem schallenden Lachen.

»Hör nicht auf diesen Bauern, Schatz«, meint Callie.

Ich lache, und es tut mir gut. Es ist ein echtes, unwillkürliches Lachen – so, wie es sein soll. Doch dann dauert es ein wenig länger an, als es sollte, und mit Entsetzen spüre ich, wie mir Tränen in den Augen aufsteigen.

»O Scheiße«, murmele ich und wische mir über das Gesicht.

»Tut mir Leid.« Ich blicke zu ihnen auf und lächle schwach. »Es tut einfach nur so verdammt gut, euch zu sehen, Leute. Mehr, als ihr euch vorstellen könnt.«

Alan, der menschliche Berg, kommt zu mir, und ohne Vorwarnung nimmt er mich in seine baumstammdicken Arme. Ich sträube mich nur für einen winzigen Moment, bevor ich seine Umarmung erwidere und den Kopf an seine Brust lehne.

»Du irrst dich, Smoky«, sagt er. »Das können wir. Das können wir sogar sehr gut.«

Er lässt mich los, und Callie tritt vor und schiebt ihn beiseite.

»Genug der Sentimentalitäten«, schnappt sie und sieht mich an. »Komm, ich lade dich zum Essen ein. Und versuch lieber erst gar nicht, Nein zu sagen.«

Ich spüre erneut Tränen in mir aufsteigen, und alles, was ich zustande bringe, ist ein Nicken. Callie schnappt sich ihre Handtasche, nimmt mich beim Arm und zieht mich mit zur Tür. »Ich bin in einer Stunde zurück«, ruft sie den anderen über die Schulter zu. Sie schiebt mich durch die Tür nach draußen, und sobald sich die Tür hinter uns schließt, beginnen die Tränen ungehemmt zu fließen. Callie legt von der Seite her kurz den Arm um mich.

»Ich wusste, dass du nicht vor Damien losheulen wolltest, Zuckerschnäuzchen.«

Durch die Tränen hindurch lache ich und nicke wortlos. Ich nehme das Taschentuch, das sie mir hinhält, und lasse mich in meinem Moment der Schwäche von ihrer Kraft leiten.

KAPITEL 7

Wir sitzen in einer Imbissbude an der Subway, und ich sehe fasziniert zu, wie Callie ihr offensichtliches Loch im Magen mit einem dreißig Zentimeter langen Frikadellen-Sandwich stopft. Ich habe mich immer gefragt, wie sie das macht. Sie isst wie ein Scheunendrescher, und doch nimmt sie nie auch nur ein Pfund zu. Ich grinse und überlege, dass es vielleicht an ihren täglichen Zehn-Kilometer-Morgenläufen liegt. Sie leckt sich schmatzend und mit solcher Hingabe die Finger, dass zwei ältere Damen am Nachbartisch missbilligende Blicke in unsere Richtung werfen. Als sie fertig ist, seufzt sie zufrieden, lehnt sich zurück und trinkt durch einen Strohhalm ihre Mountain Dew. Mir wird bewusst, dass das hier das Wesen von Callie ist. Sie lässt das Leben nicht einfach vorbeiziehen, sie verschlingt es. Sie schlingt es herunter ohne zu kauen, und sie kriegt nie genug davon. Ich lächle vor mich hin bei dem Gedanken, und sie runzelt die Stirn und schüttelt drohend den Finger in meine Richtung.

»Weißt du, ich hab dich nur zum Essen eingeladen, weil ich dir sagen will, wie sauer ich auf dich bin, Zuckerschnäuzchen. Du hast meine Anrufe nicht beantwortet, nicht einmal meine E-Mails. Das ist nicht akzeptabel, Smoky. Es ist mir völlig egal, wie beschissen es dir geht.«

»Ich weiß, Callie. Und es tut mir Leid. Ich meine das ehrlich. Es tut mir wirklich und aufrichtig Leid.«

Sie starrt mich sekundenlang an, ein intensives Starren. Ich habe gesehen, wie sie den einen oder anderen Kriminellen so angesehen hat, und ich schätze, ich habe es verdient. Der Moment vergeht, und dann schenkt sie mir ein strahlendes Lächeln, während sie abwinkt. »Entschuldigung angenommen. Und jetzt die eigentliche Frage: Wie geht es dir? Ich meine, wie geht es dir wirklich? Und komm nicht auf die Idee, mich anzulügen.«

Ich senke den Blick, betrachte mein Sandwich und sehe sie dann wieder an. »Bis heute? Schlecht. Richtig schlecht. Ich hatte Alpträume, jede Nacht. Ich hatte Depressionen, und es wurde immer nur schlimmer, nicht besser.«

»Du hast daran gedacht, dich umzubringen, stimmt's?«

Ich spüre den gleichen Schock, nur nicht ganz so stark, wie in Dr. Hillsteads Zimmer. Hier ist mehr Scham dabei. Callie und ich waren immer enge Freundinnen, und ob ausgesprochen oder nicht, es schwingt eine Art Liebe mit. Doch es ist eine Liebe, die auf Stärke fußt, nicht darauf, dass wir uns gegenseitig an der Schulter der jeweils anderen ausweinen. Ich habe Angst, dass diese Liebe nachlässt oder ganz schwindet, wenn Callie mich bemitleiden muss. Trotzdem antworte ich ihr.

»Ich hab dran gedacht, ja.«

Sie nickt, und dann schweigt sie. Ihr Blick geht in eine Ferne, die ich nicht sehen kann. Ich habe ein Gefühl von Déjà-vu. Sie sieht aus, wie Dr. Hillstead ausgesehen hat; als würde sie überlegen, welchen Weg sie von hier aus einschlagen soll. »Smoky, daran ist nichts Schwaches. Es wäre Schwäche, wenn du den Abzug wirklich durchziehen würdest. Weinen, Alpträume, Depressionen, Gedanken an Selbstmord, das alles macht dich nicht schwach. Es tut nur weh. Und jeder kann Schmerz empfinden, selbst Superman.«

Ich sehe sie an, sprachlos. Ich bin so verwirrt, dass mir keine Antwort einfällt. Das passt überhaupt nicht zu Callie. So etwas hätte ich nicht von ihr erwartet, und es hat mich überrascht. Sie lächelt mich freundlich an.

»Weißt du, du musst damit fertig werden, Smoky. Nicht allein für dich, auch für mich.« Sie zieht an ihrem Strohhalm. »Du und ich, wir sind uns beide sehr ähnlich. Wir waren immer Siegertypen. Die Dinge liefen immer genauso, wie wir es wollten. Wir sind gut in dem, was wir tun. – Verdammt, wir waren schon immer in allem gut, was wir uns in den Kopf gesetzt hatten, oder?«

Ich nicke. Mir fehlen immer noch die Worte.

»Lass mich dir etwas sagen. Etwas Philosophisches. Merk es dir, weil ich niemand bin, der normalerweise so etwas sagt.« Sie stellt ihren Drink ab. »Eine Menge Leute malen immer wieder das gleiche, alte Bild. Wir kommen unschuldig und blauäugig auf die Welt, und dann werden wir mit der Realität konfrontiert und stumpfen ab. Nichts ist mehr so gut wie früher, bla, bla, bla.

Ich habe immer geglaubt, dass das ein Haufen Mist ist. Nicht alle werden unschuldig geboren wie bei Norman Rockwell, oder? Frag irgendein beliebiges Kind in Watts. Ich war immer der Überzeugung, dass es nicht so sehr darum geht zu lernen, dass das Leben Scheiße ist. Es geht darum zu lernen, dass das Leben wehtun kann. Verstehst du, was ich meine?«

»Ja.« Ich hänge gebannt an ihren Lippen.

»Die meisten Leute lernen den Schmerz früh kennen. Du und ich – wir hatten bisher Glück. Sehr, sehr viel Glück. Wir sehen den Schmerz bei anderen, tun, was wir tun, doch es hat uns nie getroffen. Nicht wirklich. Sieh dich an: Du hast die Liebe deines Lebens gefunden, hattest ein wunderbares Kind, warst eine phantastische FBI-Agentin und gleichzeitig eine Frau mit einem raketengleichen Aufstieg. Und ich? Ich habe mich auch nicht schlecht geschlagen.« Sie schüttelt den Kopf. »Es ist mir gelungen, nicht allzu sehr von mir selbst eingenommen zu sein, aber mir sind die Knaben immer hinterhergelaufen, und ich hatte das Glück, nicht nur gut auszusehen, sondern auch noch was im Kopf zu haben. Und ich bin gut in meiner Arbeit fürs FBI, verdammt gut.«

»Das bist du«, stimme ich ihr zu.

»Das ist es allerdings auch schon, Zuckerschnäuzchen. Du und ich, wir haben nie eine Tragödie erlebt. Wir sind uns gleich in dieser Hinsicht. Und dann, ganz plötzlich, hören die Kugeln auf, an dir abzuprallen.« Sie schüttelt den Kopf. »Von dem Augenblick an, in dem das passiert ist, konnte ich nicht mehr furchtlos sein. Das war vorbei. Ich hatte Angst, richtige Angst, zum ersten Mal in meinem Leben. Zum allerersten Mal. Und seitdem habe ich ständig Angst. Weil du besser bist als ich, Smoky. Das warst du schon immer. Und wenn dir so etwas passieren kann, dann kann es verdammt noch mal auch mir passieren.« Sie lehnt sich zurück und legt die Hände flach auf den Tisch. »Ende der Ansprache.«

Ich kenne Callie schon ziemlich lange. Ich habe immer

gewusst, dass sie über verborgene Tiefen verfügt. Das Geheimnis dieser manchmal kurz aufblitzenden Tiefen hat für mich immer einen Teil ihres Charmes, ihrer Stärke ausgemacht. Jetzt hat sich der Vorhang für einen Augenblick geteilt. Es ist, als würde sich jemand zum ersten Mal nackt vor dir zeigen. Es ist der größtmögliche Vertrauensbeweis, und ich bin auf eine Weise gerührt, dass meine Knie schwach werden. Ich strecke die Hand aus und ergreife ihre.

»Ich werde mein Bestes tun, Callie. Das ist alles, was ich dir versprechen kann. Aber ich verspreche es.«

Sie erwidert meinen Händedruck, dann zieht sie ihre Hand zurück. Der Vorhang hat sich wieder geschlossen.

»Na ja, es wäre nett, wenn du dich beeilen könntest, okay? Ich genieße es, arrogant und unberührbar zu wirken, und du bist schuld daran, dass ich es im Moment nicht kann.«

Ich sehe meine Freundin lächelnd an. Dr. Hillstead hat mir gesagt, dass ich stark bin. Doch für mich war immer Callie meine heimliche Heldin, wenn es um Stärke ging. Meine krass daherredende Schutzheilige der Pietätlosigkeit. Ich schüttele den Kopf. »Ich bin gleich wieder da«, sage ich. »Ich muss mal zur Toilette.«

»Vergiss nicht, den Deckel runterzuklappen«, sagt sie.

Ich sehe es, als ich die Toilette verlasse, und was ich sehe, lässt mich stehen bleiben.

Callie hat mich noch nicht bemerkt. Ihre Aufmerksamkeit ist auf etwas in ihrer Hand gerichtet. Ich mache einen Schritt zur Seite, sodass der Eingang den Blick auf mich ein wenig verdeckt, und spähe in ihre Richtung.

Callie sieht traurig aus. Nicht einfach nur traurig, sondern verloren.

Ich habe Callie hochmütig, sanft, wütend, rachsüchtig, witzig erlebt, was auch immer, aber niemals traurig. Nie so wie jetzt. Und ich weiß irgendwie, dass es nichts mit mir zu tun hat.

Was auch immer sie in der Hand hält, es betrübt meine Heldin, und das schockiert mich. Ich bin sicher, dass es etwas Privates ist. Callie wird nicht wollen, dass ich sie so sehe. Sie mag vielleicht für alle Welt nur ein Gesicht haben, doch sie entscheidet, welchen Teil davon sie zeigt. Und sie hat beschlossen, mir *diesen* Teil nicht zu zeigen, was auch immer es ist. Ich gehe zur Toilette zurück. Zu meiner Überraschung ist eine der älteren Damen da. Sie wäscht sich die Hände und beobachtet mich im Spiegel. Ich erwidere ihren Blick und kaue an meinem Daumennagel, während ich nachdenke. Entscheide dich endlich!

»Ma'am«, sage ich. »Würden Sie mir vielleicht einen Gefallen tun?«

»Welchen denn, meine Liebe?«, fragt sie ohne Zögern.

»Meine Freundin draußen ...«

»Sie meinen die Unhöfliche mit den schrecklichen Essmanieren?«

Schluck.

»Ja, Ma'am.«

»Was ist mit ihr?«

Ich zögere. »Sie ... ich glaube, sie möchte im Augenblick für sich sein. Weil ich hier bin und sie allein am Tisch ... Ich ...«

»Sie möchten Ihre Freundin nicht in diesem Moment überraschen, ist es das?«

Ihr sofortiges und vollkommenes Begreifen lässt mich innehalten. Ich starre sie an. Stereotypen, denke ich erneut. So nutzlos. Ich hatte sie für eine kleinkarierte, selbstgerechte alte Frau gehalten. Jetzt begegnen mir freundliche Augen, Weisheit und ein feines Gespür für das Lächerliche. »Ja, Ma'am«, sage ich leise. »Sie ... sie ist immer so krass, aber sie hat das größte Herz, das ich kenne.«

Die Augen der Frau werden weich, und sie lächelt ein wunderschönes Lächeln. »Viele große Menschen haben mit den Händen gegessen, meine Liebe. Überlassen Sie alles mir. Warten Sie dreißig Sekunden, und dann kommen Sie zum Tisch.«

»Ich danke Ihnen«, sage ich. Ich meine es aufrichtig, und sie weiß es.

Sie verlässt die Toilette ohne ein weiteres Wort. Ich warte ein wenig länger als dreißig Sekunden, bevor ich ihr folge. Ich spähe um die Ecke und hebe die Augenbrauen. Die Frau steht vor unserem Tisch und redet mit erhobenem Zeigefinger auf Callie ein. Ich gehe zu ihnen.

»Manche Leute essen gern ungestört«, höre ich die fremde Frau sagen. Ihr Ton ist maßregelnd und scharf wie eine Waffe, wie eine olympische Disziplin. Die Sorte Ton, die einen eher beschämt als wütend macht. Meine Mom war Weltklasse in dieser Disziplin.

Callie blickt die Frau finster an. Ich kann die Sturmwolken sehen, die sich in ihr zusammenbrauen, und ich eile zu unserem Tisch. Die Frau erweist mir schließlich einen Gefallen; besser, wenn ich nicht warte, bis es zu einer heftigen Auseinandersetzung kommt.

»Callie …«, sage ich und lege ihr warnend die Hand auf die Schulter. »Wir sollten gehen.«

Sie starrt die Frau noch finsterer an, doch die Frau wirkt ungefähr so eingeschüchtert wie ein auf dem Rücken schlafender Hund an einem sonnigen Fleck.

»Callie«, sage ich erneut, drängender diesmal.

Sie sieht mich an, nickt, steht auf und setzt ihre Sonnenbrille mit einer arroganten Bewegung auf, die mich mit Bewunderung erfüllt. »9 – 9 – 10«, denke ich. Eine nahezu perfekte Wertung. Die Olympiade der Eisköniginnen ist dieses Jahr ein harter Wettkampf, und die Menge tobt …

»Ich kann gar nicht schnell genug weg von hier«, meint sie herablassend. Sie schnappt ihre Handtasche und neigt den Kopf in Richtung der Frau. »Guten Tag«, sagt sie. »Auf die Knie!«, bedeutet ihr Tonfall.

Ich schiebe sie hastig nach draußen und sehe über die Schulter noch einmal zu der fremden Frau hin. Sie zwinkert mir zu.

Wieder einmal fällt mir auf, wie unglaublich freundlich Fremde manchmal sein können.

Die Rückfahrt ist unterhaltsam. Callie giftet leise vor sich hin. Ich nicke und versichere ihr an den richtigen Stellen meine Zustimmung, während sie über »alte Schachteln« und »runzlige, vertrocknete Leute« und »aufgeblasene Mumien« schimpft. Währenddessen sind meine Gedanken erfüllt von jenem traurigen Blick, der so fremd auf dem Gesicht meiner Freundin wirkt.

Wir erreichen den Parkplatz und halten in der Nähe meines Wagens. Ich habe beschlossen, dass es genug ist für heute. Ich besuche den stellvertretenden Direktor ein anderes Mal.

»Danke, Callie. Sag Alan, dass ich irgendwann in nächster Zeit noch mal vorbeikomme. Auch wenn es nur darum geht, ›Hallo‹ zu sagen.«

Sie droht mir mit dem Finger. »Das werde ich ihm ausrichten, Zuckerschnäuzchen. Aber wag es bloß nicht mehr, unsere Anrufe zu ignorieren. Du hast in jener Nacht nicht jeden verloren, der dich liebt. Und du hast Freunde, auch außerhalb der Arbeit. Vergiss das nicht!«

Sie fährt mit quietschenden Reifen los, bevor ich antworten kann, und sichert sich so das letzte Wort. Das ist typisch Callie, und ich bin froh, dass ich ihr Opfer gewesen bin.

Ich steige in meinen Wagen, und mir wird bewusst, dass ich Recht gehabt habe letzte Nacht. Heute war der entscheidende Tag. Und ich fahre nicht nach Hause, um mir das Gehirn aus dem Kopf zu blasen. Wie sollte ich das auch? Ich schaffe es ja nicht mal, meine Pistole in die Hand zu nehmen.

KAPITEL 8 Ich habe eine furchtbare Nacht, eine Art Hitparade schlimmer Träume. Joseph Sands ist da mit seinem Dämonenanzug, während Matt mich mit blutverschmiertem Mund anlächelt. Dann sehe ich Callie im Subway-Imbiss. Sie blickt traurig von ihrem Blatt Papier auf, zieht die Pistole und schießt der fremden Frau in den Kopf. Dann wendet sie sich wieder ihrer Limonade zu und saugt am Strohhalm. Doch ihre Lippen sind zu rot und zu voll. Sie bemerkt meinen Blick und zwinkert mir zu wie eine Leiche, die ein einzelnes Auge schließt.

Ich wache zitternd auf und bemerke, dass mein Telefon läutet. Ich sehe auf die Uhr – es ist fünf Uhr morgens. Wer ruft um diese Stunde an? Ich habe keine Anrufe mehr um diese Zeit bekommen, seit ich nicht mehr arbeite.

Der Traum schwebt noch immer durch meinen Kopf, doch ich schiebe die Bilder von mir. Ich warte noch einen Moment, bis das Zittern verebbt ist, dann nehme ich den Hörer ab.

»Hallo?«

Schweigen am anderen Ende. Dann Callies Stimme. »Hi, Zuckerschnäuzchen. Tut mir Leid, dass ich dich wecke, aber … wir haben hier was, das dich betrifft.«

»Was? Was ist passiert?« Sie schweigt eine ganze Minute, und allmählich werde ich ungeduldig. Immer noch laufen kleine Schauer durch meinen Körper, während ich den Hörer halte. »Verdammt, Callie! Rede mit mir!«

Sie seufzt. »Erinnerst du dich an Annie King?«

»Ob ich mich an sie erinnere?«, frage ich ungläubig. »Ja, ich erinnere mich an sie. Sie ist eine meiner besten Freundinnen. Sie ist vor ungefähr fünf Jahren nach San Francisco umgezogen. Wir telefonieren noch alle sechs Monate oder so. Ich bin die Patentante ihrer Tochter. Ich erinnere mich also sehr gut an Annie. Warum? Was ist mit ihr?«

Callie schweigt erneut. »Verdammt«, höre ich sie flüstern. Es klingt, als hätte sie soeben einen Schlag in den Magen bekommen. »Ich wusste nicht, dass ihr Freundinnen wart. Ich dachte, sie wäre nur eine Bekannte von dir.«

Ich spüre, wie Angst in mir aufsteigt. Angst – und Gewissheit. Ich weiß, was passiert ist; oder wenigstens meine ich, es zu wissen. Doch ich muss es aus Callies Mund hören, bevor ich es glauben kann. »Was ist passiert?«, frage ich.

Ein langer, resignierender Seufzer. Dann: »Sie ist tot, Smoky. Ermordet, in ihrer Wohnung. Ihre Tochter lebt, aber sie ist katatonisch.«

Meine Hand ist durch den Schock gefühllos geworden, und fast lasse ich den Hörer fallen. »Wo bist du jetzt, Callie?« Meine Stimme klingt fremd in meinen Ohren.

»Im Büro. Wir machen uns fertig, um zum Tatort zu fliegen. Wir haben einen Privatjet, der in eineinhalb Stunden startet.«

Ich spüre etwas durch meinen Schock hindurch, eine Schwere auf Callies Seite der Leitung. Ich spüre, dass es noch etwas gibt, das sie mir bisher nicht gesagt hat.

»Was ist, Callie? Was hältst du vor mir zurück?«

Ein weiteres Zögern, ein weiterer Seufzer. »Der Mörder hat eine Nachricht für dich hinterlassen, Zuckerschnäuzchen.«

Ich sitze da und schweige. Lasse die Worte auf mich wirken. »Ich komm zu dir ins Büro«, sage ich schließlich und lege auf, bevor Callie antworten kann.

Ich setze mich auf die Bettkante und verharre dort. Ich lege das Gesicht in die Hände und versuche zu weinen, doch meine Augen bleiben trocken. Irgendwie tut es auf diese Weise mehr weh.

Es ist gerade erst sechs Uhr, als ich im Büro eintreffe. Der frühe Morgen ist die beste Zeit, um durch Los Angeles zu fahren. Die einzige Tageszeit, zu der die Highways nicht verstopft sind. Die meisten Leute, die jetzt unterwegs sind, führen nichts Gutes im Schilde oder sind auf dem Weg zu nichts Gutem. Ich kenne diese frühen Morgenstunden gut. Auf dem Weg zu blutigen Tatorten bin ich zahllose Male durch den Nebel und das graue Licht der anbrechenden Dämmerung gefahren, genau wie jetzt. Auf dem ganzen Weg hierher habe ich an nichts anderes gedacht als an Annie.

Annie und ich haben uns in der Highschool kennen gelernt,

als wir beide fünfzehn waren. Sie war Cheerleader und ich ein unbekümmerter Wildfang, der Haschisch rauchte und die Geschwindigkeit liebte. Nach den Gesetzen der Highschool waren unsere Wege nicht dazu bestimmt, sich zu kreuzen. Das Schicksal griff jedoch ein. Zumindest habe ich immer geglaubt, dass es das Schicksal war.

Meine Periode kam mitten im Mathematikunterricht, und ich musste mich melden. Ich packte meine Tasche und stürzte aus der Tür in Richtung Toilette. Ich war hochrot im Gesicht, während ich durch den Korridor rannte und hoffte, dass mich niemand bemerkte. Ich bekam meine Periode erst seit acht Monaten, und die ganze Angelegenheit war mir noch immer jedes Mal unerträglich peinlich.

Ich spähte in die Toilette und sah erleichtert, dass sie verlassen war. Ich betrat eine der Kabinen und wollte mich gerade um mein Problem kümmern, als mich ein Schniefen erstarren ließ. Die Binde in der Hand, hielt ich den Atem an und lauschte. Das Schniefen wiederholte sich, nur dass es diesmal in ein leises Schluchzen überging. Irgendjemand weinte zwei Kabinen weiter.

Ich habe schon immer eine Schwäche für alles gehabt, was leidet. Als ich jünger war, überlegte ich sogar, Tierärztin zu werden. Wann immer ich einem verletzten Vogel, einem Hund, einer Katze oder irgendetwas Lebendigem begegnete, ob es nun kroch, lief oder flog, so nahm ich es stets mit nach Hause. Die meisten Tiere, die ich mitgebracht hatte, schafften es nicht. Manche aber überlebten und wurden gesund, und diese wenigen Siege reichten aus, um mich zu weiteren Einsammelaktionen zu motivieren. Meine Eltern fanden es zuerst süß. Nach dem zigsten Besuch beim Notfalltierarzt wich ihr Entzücken allerdings dem Ärger. Doch auch wenn sie sich ärgerten, sie haben mich nie von meinen Mutter-Theresa-artigen Bemühungen abgehalten.

Als ich älter wurde, stellte ich fest, dass sich meine Anteilnahme auch auf Menschen erstreckte. Wenn jemand verprügelt wurde, mischte ich mich zwar nicht ein und rettete ihn, doch hinterher konnte ich nicht anders – ich musste hingehen und sehen, wie es ihm ging. Ich hatte immer einen kleinen Erste-Hilfe-Beutel in der Tasche und verteilte im achten und neunten Schuljahr unzählige Pflaster und Verbände. Ich war kein Stück verlegen wegen dieses Bedürfnisses. Es war schon eigenartig: Ich schämte mich zu Tode, weil ich wegen meiner Periode mitten im Unterricht auf die Toilette musste, doch kein Spott der Welt, nicht einmal der Spitzname »Schwester Smoky«, konnte mich davon abhalten, anderen zu helfen. Nicht im Geringsten.

Ich weiß, dass es dieser Charakterzug ist, der mich letztlich zum FBI geführt hat. Die Entscheidung, nach der Ursache für den Schmerz zu suchen und die Kriminellen zu jagen, die es genießen, ihn anderen zuzufügen. Ich weiß auch, dass das, was ich im Lauf der Jahre gesehen habe, diese Einstellung etwas verändert hat. Ich wurde vorsichtiger mit meiner Fürsorglichkeit. Mir blieb gar nichts anderes übrig. Mein Team und ich wurden zu dem, was früher mein Erste-Hilfe-Beutel war, und aus den Verbänden wurden Handschellen und eine Gefängniszelle.

Und weil ich so war, legte ich, als ich jemanden in der Toilette weinen hörte, meine Binde hastig und fast nebenbei ein, sämtliche Peinlichkeit vergessend, zog meine Jeans wieder hoch und stürzte aus meiner Kabine. Vor der Toilettentür, hinter der das Schluchzen zu vernehmen war, blieb ich stehen.

»Äh, hallo? Alles in Ordnung da drin?«

Das Schluchzen verstummte, auch wenn immer noch ein leises Schniefen zu hören war.

»Geh weg. Lass mich allein.«

Ich stand für eine Sekunde vor der Tür und überlegte, was ich tun sollte.

»Hast du dich verletzt?«

»Nein. Lass mich einfach nur allein!«

Da es offenbar keine physische Verletzung war, die dringend behandelt werden musste, beschloss ich, dem Wunsch der Unbekannten hinter der Tür zu entsprechen und zu gehen.

Doch irgendetwas ließ mich innehalten. Das Schicksal. Ich beugte mich vorsichtig vor. »Äh, hör mal … kann ich dir irgendwie helfen?«

Die Stimme klang verzweifelt, als sie endlich antwortete. »Niemand kann mir helfen.« Schweigen, gefolgt von einem weiteren dieser furchtbaren, herzergreifenden Schluchzer. Niemand kann so weinen wie ein fünfzehnjähriges Mädchen. Niemand. Eine Fünfzehnjährige weint aus vollem Herzen, hält nichts zurück, als wäre es das Ende von allem.

»Komm schon. So schlimm kann es gar nicht sein.«

Ich hörte ein schlurfendes Geräusch, dann flog die Tür der Kabine krachend auf. Vor mir stand ein blondes, sehr hübsches Mädchen mit gerötetem Gesicht. Ich erkannte sie sofort und wünschte, ich wäre ihrem Rat gefolgt und gegangen, als sie mich bat zu verschwinden. Annie King, der Cheerleader. Eines von diesen Mädchen. Sie wissen schon, eines von diesen versnobten, perfekten Mädchen, die ihre Schönheit und ihre makellosen Körper einsetzen, um die Highschool wie ihr Königreich zu regieren. Ich konnte nicht anders, genau so dachte ich damals. Ich hatte sie in eine Schublade gestopft und fest eingeordnet, auf die gleiche Weise, wie ich es hasste, von anderen eingeordnet zu werden. Und sie war wütend.

»Was weißt du denn schon darüber?« Ihre Stimme bebte vor Zorn, und sie war gegen mich gerichtet, frontal.

Ich starrte sie an, sprachlos und verdutzt, zu erstaunt, um zurückzugiften. Dann zerbrach ihre Maske, und ihre Wut verpuffte schneller, als sie gekommen war. Tränen rannen ihr über das Gesicht. »Er hat allen mein Höschen gezeigt! Warum hat er das gemacht, nach allem, was er zu mir gesagt hat?«

»Hä? Wer – was ist mit deinem Höschen?«

Manchmal – selbst auf der Highschool – ist es am einfachsten, mit einem Fremden zu reden. Und sie redete mit mir, wir beide ganz allein auf der Mädchentoilette. Der Quarterback des Footballteams, ein gewisser David Rayborn, ging seit fast sechs

Monaten mit ihr. Er war attraktiv, klug und schien sich wirklich etwas aus ihr zu machen. Er hatte sie seit Wochen bedrängt, »es« endlich mit ihm zu tun, und sie hatte seinem Drängen widerstanden. Aber er hatte so aufrichtig gewirkt und so zärtlich, dass sie vor ein paar Tagen doch nachgegeben hatte. Er war sanft gewesen und vorsichtig und liebevoll, und als es vorbei gewesen war, hatte er sie in den Armen gehalten und sie gefragt, ob er ihr Höschen behalten dürfte, als Erinnerung an dieses erste Mal. Er sagte, es würde ein Geheimnis zwischen ihnen beiden sein, etwas, das nur sie ganz allein miteinander teilten. Ein wenig unanständig, aber auch nett. Irgendwie romantisch. Wenn ich jetzt als Erwachsene daran zurückdenke, kommt es mir töricht vor, es so zu sehen. Doch wenn man fünfzehn ist …

»Heute bin ich nach dem Training vom Platz gegangen, und alle waren da. Die Jungs vom Team. David war bei ihnen, und alle zeigen auf mich und johlen und machen gemeine Gesichter. Und dann hat er es getan.« Sie verlor erneut die Fassung, und ich zuckte zusammen, weil mir klar war, wie es weiterging. »Er hat es in die Höhe gehalten. Mein Höschen. Wie eine Trophäe. Und dann hat er mich angegrinst, gezwinkert und gesagt, dass es das beste Stück wäre, das er bis jetzt in seiner Sammlung hätte.«

Und dann fing dieser Cheerleader wieder an zu weinen, nur, dass sie jetzt vollkommen in Tränen aufgelöst schien, im wahrsten Sinne des Wortes. Ihre Knie gaben nach, und sie fiel gegen mich und weinte und weinte, als wäre ihr Herz gebrochen und würde niemals wieder heilen. Ich zögerte einen Moment (nur einen Moment) und schlang die Arme um sie und hielt sie, während sie an meiner Schulter schluchzte. Dort in jener Toilette hielt ich diese Fremde an mich gedrückt und flüsterte ihr beruhigend in das Haar und sagte zu ihr, dass bestimmt alles wieder gut werden würde.

Nach einigen Minuten erstarben ihre Schluchzer nach und nach. Sie löste sich von mir und wischte sich über das Gesicht.

Sie konnte mir nicht in die Augen sehen, und ich erkannte, dass ihr die Sache ein wenig peinlich war.

»Hey, ich hab eine Idee«, sagte ich. Es war eine Entscheidung aus dem Bauch heraus, unerklärlich, doch fraglos richtig. »Komm, wir verschwinden von hier. Wir machen für den Rest des Tages blau.«

Sie sah mich blinzelnd an. »Blaumachen?«

Ich nickte grinsend. »Genau. Nur für heute, nur für einen Tag. Ich schätze, du hast es verdient, oder?«

Vermutlich kam ihre Entscheidung genauso plötzlich und aus dem Bauch heraus wie meine Frage an sie. Schließlich kannte sie damals ja nicht mal meinen Namen. Sie lächelte zurück, ein verzagtes Lächeln.

»Okay.«

Und so lernten wir uns kennen. Sie rauchte an jenem Tag ihren ersten Joint (zu dem ich sie überredete), und etwa eine Woche später hörte sie bei den Cheerleadern auf.

Ich würde ja gern berichten, dass David Rayborn seine gerechte Strafe bekam, doch so war es nicht. Trotz seines Rufes als Arschloch fielen weiterhin Mädchen auf ihn herein, und er sammelte weiter ihre Höschen als Trophäen. Er wurde später Star-Quarterback in seiner College-Mannschaft und spielte sogar einige Saisons als Zweitbesetzung in einem Footballteam der Nationalmannschaft. Man könnte sagen, das sei der Beweis dafür, dass es keine Gerechtigkeit gibt auf der Welt; man könnte allerdings auch sagen, dass er Annie und mich zusammengebracht hat – eine Freundschaft, die mir so viel gab und so viel bedeutete, dass ich ihm fast verziehen hätte für das, was er getan hat.

Annie und ich wurden zu einer unzertrennlichen Einheit, wie dies nur bei Soldaten im Kampf und bei Teenagern in der Schule der Fall ist. Wir verbrachten unsere gesamte Freizeit zusammen. Sie beschwor mich, mit dem Haschischrauchen aufzuhören, und ich folgte ihrem Ratschlag, weil meine Noten schlechter geworden waren. Ich brachte sie dazu, sich wieder mit

Jungs zu verabreden. Sie war für mich da, als mein Hund Buster, der mich seit meinem fünften Lebensjahr begleitete, eingeschläfert werden musste. Ich war für sie da, als ihre Großmutter starb. Wir lernten gemeinsam Auto fahren, gerieten gemeinsam in die verschiedensten Klemmen und befreiten uns gemeinsam daraus, wuchsen auf und wurden zu Frauen.

Annie und ich verband eine der intimsten Arten von Beziehung, die zwei Menschen haben können. Eine Freundschaft, während man vom Kind zum Erwachsenen reift. Das sind Erfahrungen und Erinnerungen, die einen das ganze Leben hindurch begleiten, bis ans Grab.

Was danach geschah, passiert immer wieder. Wir machten unseren Abschluss an der Highschool. Ich war damals bereits mit Matt zusammen. Annie hatte einen jungen Mann kennen gelernt und beschlossen, mit ihm durch das Land zu ziehen, bevor sie aufs College ging. Ich wartete nicht, sondern ging direkt zur UCLA. Wir taten, was alle in unserer Situation tun: Wir schworen uns, zweimal in der Woche miteinander zu telefonieren und unser Leben lang in Verbindung zu bleiben. Und dann taten wir, was alle tun, und wurden von unseren eigenen Leben so vollständig in Beschlag genommen, dass wir fast ein Jahr lang nicht mehr miteinander sprachen.

Eines Tages kam ich aus der Vorlesung … und da stand sie. Sie sah wild aus und wunderschön, und ich empfand Freude und Schmerz und einen sehnsüchtigen Stich, der mich durchzuckte wie ein Akkord von einer Gibson-Gitarre.

»Wie geht's denn so, College-Girl?«, fragte sie mich mit verschmitztem Lächeln.

Statt ihr zu antworten, fiel ich ihr in die Arme und hielt sie eine Ewigkeit an mich gedrückt.

Wir gingen zusammen essen, und sie erzählte mir von ihren Abenteuern. Sie waren fast ohne Geld durch alle fünfzig Staaten gefahren, hatten eine Menge gesehen und erlebt und so viel Sex an so vielen unterschiedlichen Orten gehabt, dass es für den

Rest des Lebens reichte. Sie lächelte geheimnisvoll, und dann legte sie die Hand auf den Tisch.

»Sieh mal«, sagte sie.

Ich sah hin, bemerkte den Verlobungsring und stieß einen überraschten Ruf aus, wie es von mir erwartet wurde, und dann kicherten wir beide und redeten über die Zukunft und über ihre Hochzeitspläne. Es war fast wie damals an der Highschool.

Ich war ihre Brautjungfer, und sie war meine. Sie zog mit Robert nach San Francisco, und Matt und ich blieben in Los Angeles. Die Dinge veränderten sich. Trotzdem gelang es uns, alle sechs bis acht Monate miteinander zu telefonieren, und immer wenn wir telefonierten, waren wir wieder zurück an jenem ersten Tag, an dem wir frei und jung und glücklich gewesen waren und die Schule geschwänzt hatten.

Robert erwies sich als unzuverlässig und verließ sie irgendwann. Einige Jahre später überprüfte ich ihn in der Hoffnung festzustellen, dass er sich zum Versager entwickelt hatte, dem es schlecht erging. Stattdessen fand ich heraus, dass er bei einem Autounfall ums Leben gekommen war. Ich weiß bis heute nicht, warum Annie mir das nie erzählt hat.

Als ich anfing, für das FBI zu arbeiten, und damit meine ich richtig arbeiten, dehnten sich die Zeitspannen zwischen unseren Telefonaten auf ein Jahr aus. Dann auf anderthalb. Ich war einverstanden, die Patenschaft für Annies Tochter zu übernehmen, doch ich muss zu meiner Schande gestehen, dass ich das Kind nur ein einziges Mal gesehen habe, und Annie hat meins nie kennen gelernt. Was kann ich sagen? Das Leben ging weiter, wie es das immer tut.

Manche mögen mich deswegen verurteilen. Es ist mir gleichgültig. Ich weiß nur, dass, wann immer wir miteinander sprachen, ob nun nach sechs Monaten oder nach zwei Jahren, es stets so war, als wären wir nie getrennt gewesen.

Vor ungefähr drei Jahren starb ihr Vater. Ich fuhr sofort hin und blieb länger als eine Woche, um ihr zu helfen. Oder es wenigstens zu versuchen. Annie war älter geworden und ausgelaugt und voller Schmerz. Ich erinnere mich an die Ironie dieses Anblicks: Ihr Schmerz und ihr Alter hatten sie schöner als je zuvor werden lassen. Am Abend nach der Beerdigung, nachdem sie ihre Tochter zu Bett gebracht hatte, saßen wir in ihrem Schlafzimmer auf dem Fußboden, und sie weinte in meinen Armen, während ich beruhigend in ihr Haar flüsterte.

Als Matt starb, hörte ich nichts von ihr, doch ich wunderte mich nicht deswegen. Annie hatte diesen Tick – sie verabscheute Nachrichten, ob gedruckt oder im Fernsehen, und ich habe nie angerufen, um es ihr zu erzählen. Ich weiß bis heute nicht, warum.

Während meiner Fahrt zum FBI-Büro denke ich an Annie. Ich denke an sie und wundere mich über meine Reaktion auf ihren Tod. Ich bin traurig. Am Boden zerstört sogar. Doch es trifft mich nicht so tief, wie es das eigentlich müsste.

Ich bin vor dem Büro angekommen, und in diesem Augenblick wird mir klar, dass ich jetzt meine gesamte Jugend verloren habe. Die Liebe meiner Jugend und meine Jugendfreundin. Alle sind tot. Vielleicht war der Verlust von Matt und Alexa zu viel für mich. Vielleicht ist das der Grund, warum ich nicht so viel Schmerz empfinde, wie ich meiner Meinung nach wegen Annies Tod empfinden müsste. Vielleicht ist einfach nicht mehr genug Schmerz in mir übrig.

»Was zur Hölle haben Sie hier zu suchen, Smoky?«

Es ist Special Agent Jones, mein alter Mentor. Nur, dass er inzwischen Assistant Director Jones ist, stellvertretender Direktor. Ich bin überrascht, ihn hier anzutreffen. Nicht, dass er nicht engagiert wäre oder zögern würde, sich die Hände schmutzig zu machen. – Es ist einfach die Tatsache, dass er nicht hier sein *muss*. Und er hat sicher genug zu tun. Was ist so dringend an diesem Fall?

»Callie hat mich angerufen, Sir. Sie hat mir von Annie King

erzählt und erwähnt, dass der Täter eine Nachricht für mich hinterlassen hat. Ich fliege mit.«

Er schüttelt den Kopf. »O nein, Smoky, das werden Sie nicht tun. Ganz bestimmt nicht, verdammt noch mal. Abgesehen von der Tatsache, dass sie Ihre Freundin war, was bedeutet, dass Sie diesen Fall sowieso nicht übernehmen können, sind Sie noch nicht wieder als arbeitstauglich eingestuft worden.«

Callie versucht zu lauschen, und Jones bemerkt es. Er winkt mich zu seinem Wagen und steckt sich eine Zigarette an, während wir gehen. Alle sind inzwischen draußen vor dem Büro und machen sich fertig für die Fahrt zum Privatflugplatz Van Nuys. Jones nimmt einen tiefen Zug, und ich sehe ihn sehnsüchtig an. Ich habe vergessen, meine Zigaretten mitzunehmen.

»Könnte ich eine von Ihnen haben, Sir?«

Er hebt überrascht die Augenbrauen. »Ich dachte, Sie hätten aufgehört?«

»Ich hab wieder angefangen.«

Er zuckt die Schultern und reicht mir die Packung. Ich nehme mir eine Zigarette, dann gibt er mir Feuer. Ich nehme ebenfalls einen schönen tiefen Zug. Ah!

»Hören Sie, Smoky. Sie kennen die Regeln. Sie sind lange genug dabei. Ihr Seelenklempner wahrt vollkommene Verschwiegenheit über das, was Sie in den Sitzungen mit ihm besprechen. Aber er schreibt einmal im Monat einen Bericht, in dem er uns einen Überblick darüber gibt, wo Sie seiner Meinung nach im Moment stehen.«

Ich nicke. Ich weiß, dass es stimmt. Ich betrachte das nicht als Vertrauensbruch. Es geht nicht um die Privatsphäre oder um Rechte. Es geht darum, ob man mir wieder zutraut, das FBI zu repräsentieren. Oder eine Waffe in der Hand zu halten.

»Gestern habe ich einen Bericht von Dr. Hillstead erhalten. Er schreibt darin, dass Sie noch ein ganzes Stück Weg vor sich haben und noch nicht arbeitsfähig sind. Punkt. Und jetzt tauchen Sie hier um sechs Uhr morgens auf und wollen mit zum

Tatort einer ermordeten Freundin?« Er schüttelt vehement den Kopf. »Wie bereits gesagt: unter gar keinen Umständen!«

Ich nehme einen Zug von der Zigarette und drehe sie zwischen den Fingern, während ich ihn mustere und überlege, was ich sagen kann. Mir wird bewusst, dass ich den Grund für sein Hiersein kenne. Er ist wegen mir hier. Weil der Mörder an mich geschrieben hat. Weil er sich Sorgen macht.

»Hören Sie, Sir. Annie King war meine Freundin. Ihre Tochter ist noch am Leben. Sie hat keine Familie mehr. Ihr Vater ist tot, und ich bin ihre Patentante. Ich würde sowieso nach San Francisco fliegen. Ich bitte das FBI doch nur um den Gefallen, mich mitzunehmen.«

Bei meinen Worten verschluckt er sich am Rauch und hustet. »Ich bitte Sie! Netter Versuch, aber wen zur Hölle glauben Sie vor sich zu haben, Agent Barrett?« Er richtet den Zeigefinger auf mich. »Ich kenne Sie gut genug, Smoky! Versuchen Sie nicht, mir irgendeinen Mist zu erzählen! Ihre Freundin ist tot – was mir übrigens sehr Leid tut –, und Sie wollen dort hin und den Fall selbst übernehmen. Das ist die Wahrheit. Und ich kann es nicht zulassen. Erstens sind Sie persönlich in den Fall verwickelt, und das verbietet Ihren Einsatz. Ausdrücklich sogar, so steht es in den Vorschriften. Zweitens sind Sie möglicherweise selbstmordgefährdet, und ich kann nicht zulassen, dass Sie in diesem Zustand einen Verbrechensschauplatz betreten.«

Ich starre ihn mit aufgerissenem Mund an. Als ich ihm antworte, sind meine Worte erfüllt von Wut und Scham. »Herrgott im Himmel, Sir! Hängt mir vielleicht ein Warnschild am Hals, auf dem steht, dass ich erwogen habe, mich zu erschießen?«

Sein Blick wird weich. »Nein, kein Schild. Uns allen ist einfach nur bewusst, dass jeder von uns daran denken würde, wenn er auch nur die Hälfte von dem durchgemacht hätte, was Sie durchmachen mussten.« Er wirft seine Zigarette auf das Pflaster und sieht mich nicht an, als er weiterspricht. »Ich habe selbst schon einmal daran gedacht, mir die Kanone in den Mund zu stecken.«

Wie bei Callie heute Mittag, so bin ich auch jetzt sprachlos. Er bemerkt es und nickt. »Es stimmt, Smoky. Ich habe einen Partner verloren, vor etwa fünfundzwanzig Jahren, als ich noch beim Los Angeles Police Department, dem LAPD, war. Ich habe ihn verloren, weil ich eine falsche Entscheidung traf. Ich habe uns ohne Rückendeckung in ein Gebäude geführt, und es ist uns über den Kopf gewachsen. Er hat den Preis bezahlt. Familienmensch, geliebter Ehemann und Vater von drei Kindern. Es war meine Schuld, und ich habe fast acht Monate daran gedacht, diese Ungerechtigkeit zu korrigieren.« Er sieht mich an, und in seinem Blick ist keine Spur von Mitgefühl. »Es ist nicht so, als hätten Sie ein Schild umhängen, Smoky. Es ist so, dass die meisten von uns denken, sie hätten sich an Ihrer Stelle das Gehirn weggeblasen.«

Das ist es, was AD Jones ausmacht. Kein Smalltalk, kein Herumreden um die Dinge. Und das ist gut so. Man weiß immer, woran man bei ihm ist. Immer.

Ich kann ihm nicht in die Augen sehen. Ich werfe meine halb aufgerauchte Zigarette weg und trete sie mit dem Absatz aus, während ich meine nächsten Worte sorgfältig überlege. »Sir, ich weiß Ihre Worte zu schätzen. Und Sie haben in fast allen Punkten Recht – bis auf einen.« Ich blicke zu ihm auf. Ich weiß, dass er meine Augen sehen will bei dem, was ich ihm als Nächstes sagen werde, damit er die Wahrheit meiner Worte abschätzen kann.

»Ich habe darüber nachgedacht, Sir. Verdammt lange. Aber heute? Seit heute weiß ich mit Sicherheit, dass ich es nicht tun werde. Und wissen Sie, was mich dazu gebracht hat, meine Meinung zu ändern?« Ich deute auf mein Team, das wartend auf den Stufen vor dem Gebäude steht. »Ich bin hergekommen und habe diese Leute gesehen, zum ersten Mal, seit es passiert ist. Ich bin hergekommen und habe sie gesehen, und sie waren alle da und haben mich akzeptiert. Na ja, die Jury ist noch unentschlossen, was James angeht. – Aber der springende Punkt ist, dass sie mich weder bedauert noch mir das Gefühl gegeben haben, ein gebrochenes Wrack zu sein. Ich kann Ihnen hier und jetzt und mit voller Überzeugung sagen, dass ich nicht länger selbstmordgefährdet bin. Und der Grund dafür ist, dass ich meinen Fuß wieder ins Büro gesetzt habe.«

Er hört mir zu. Ich weiß nicht, ob ich ihn überzeugen konnte, doch ich habe seine Aufmerksamkeit. »Hören Sie, ich bin noch nicht so weit, dass ich das CASMIRC wieder leiten könnte. Ich bin absolut noch nicht so weit, dass ich mich in irgendeine taktische Situation begeben könnte. Ich bitte nur darum, dass Sie mich den Zeh ins Wasser stecken lassen. Lassen Sie mich mitfliegen, damit ich mich darum kümmern kann, dass Bonnie versorgt ist. Und lassen Sie mich meine Gedanken zu diesem Fall beitragen, nur ein klein wenig. Callie hat weiterhin die Leitung. Ich werde unbewaffnet sein, und ich verspreche, mich sofort zurückzuziehen, wenn es mir zu viel wird.«

Er steckt die Hände in die Manteltaschen und mustert mich mit einem langen, strengen Blick. Er studiert mich angestrengt. Wiegt sämtliche Möglichkeiten ab, jedes Risiko. Als er den Blick abwendet und seufzt, weiß ich, dass ich ihn überzeugt habe.

»Ich werde es bereuen, aber meinetwegen. Unsere Abmachung lautet wie folgt: Sie fliegen hin, holen das Kind und sehen sich um. Sie können dem Team sagen, was Sie von der Sache halten, jedoch werden Sie die Show nicht leiten. Und sobald Sie sich auch nur ein ganz klein wenig unsicher fühlen, ziehen Sie sich verdammt noch mal zurück. Ich meine es ernst, Smoky. Ich brauche Sie wieder in meiner Abteilung, verstehen Sie mich nicht falsch. Aber ich brauche Sie gesund und fit, und das bedeutet, dass ich Sie nicht unbedingt schon wieder jetzt brauche. Haben Sie mich verstanden?«

Ich nicke wie ein Kind oder ein neuer Rekrut, yes Sir, yes Sir, yes Sir. Ich fliege mit, und ich spüre, dass es wichtig ist für mich. Ein Sieg. Er hebt eine Hand, winkt Callie herbei, und als sie bei uns ankommt, sagt er zu ihr, was er zu mir gesagt hat.

»Haben Sie verstanden?«, fragt er sie streng.

»Ja, Sir.«

Er schießt mir einen letzten Blick zu. »Das Flugzeug wartet schon. Machen Sie, dass Sie wegkommen.«

Ich gehe mit Callie davon, bevor er seine Meinung ändern kann.

»Ich würde zu gerne wissen, wie du das angestellt hast, Zuckerschnäuzchen«, murmelt sie. »Und was mich betrifft, ist es deine Show, es sei denn, du sagst mir etwas anderes.«

Ich antworte nicht. Ich bin zu sehr damit beschäftigt, mich zu fragen, ob meine Rückkehr ins Team nicht ein schrecklicher Fehler ist.

KAPITEL 9

»Seit wann haben wir denn einen Privatjet?«, frage ich.

»Erinnerst du dich an die beiden Kindesentführungen, von denen ich dir erzählt habe? Ein Kind lebend gerettet?«, erwidert Callie.

Ich nicke.

»Don Plummer war der Vater des kleinen Mädchens, das wir lebend zurückgebracht haben. Er besitzt eine kleine Flugzeugfirma. Sie verkaufen Flugzeuge, unterhalten eine Flugschule und so weiter. Er hat angeboten, dem FBI einen Jet zu schenken, was wir natürlich ablehnen mussten. Daraufhin hat er – ohne unser Zutun – dem Direktor geschrieben und ihm mitgeteilt, er würde uns gern günstig einen Jet zur Verfügung stellen, wann immer wir einen benötigen.« Sie deutet auf unsere Umgebung. »Und wenn wir jetzt schnell irgendwohin müssen ...«

Das Team hat einen zusätzlichen Mann für diesen Flug. Einen jung aussehenden Burschen, der nicht so recht in das FBI-Schema zu passen scheint. Er sieht aus, als sollte er Kaugummi kauen und mit einem Ring im Ohr herumlaufen. Ich blinzele und bemerke tatsächlich ein Loch in seinem linken Ohrläppchen. Meine Güte. Vielleicht trägt er einen Ohrring, wenn er nicht im Dienst ist. Die Abteilung für Computerkriminalität hat ihn ausgeliehen, erfahre ich von Callie. Er sitzt ein wenig abseits von den anderen und sieht zerzaust und verschlafen aus. Ein Außenseiter.

Ich sehe mich um. »Wo ist Alan?«, frage ich.

Die Antwort kommt von vorn, aus dem Halbdunkel. Mehr ein Grollen. »Ich bin hier.« Das ist alles, was er sagt.

Ich hebe die Augenbrauen und sehe Callie an. Sie zuckt nur die Schultern.

»Irgendwas macht ihm Probleme. Er sah ziemlich wütend aus, als wir hier ankamen.« Sie sieht einen Moment zu ihm hin, dann schüttelt sie den Kopf. »Ich würde ihn im Moment einfach in Ruhe lassen, Zuckerschnäuzchen.«

Ich blicke nach vorn zu dem Schatten, in dem Alan sitzt, und will irgendetwas unternehmen. Doch Callie hat Recht. Und ich muss schnellstens auf den aktuellen Stand gebracht werden.

»Klärt mich auf«, sage ich, als mir diese Tatsache bewusst wird. »Was haben wir bis jetzt?«

Ich wende mich an James bei meinen Worten. Er starrt mich an, und ich sehe Feindseligkeit in seinen Augen aufblitzen. Er ist voller Missbilligung.

»Du solltest nicht hier sein«, erwidert er.

Ich verschränke die Arme und sehe ihn an. »Gut, aber ich bin nun mal hier.«

»Es verstößt gegen die Vorschriften. Du bist eine Belastung für uns bei diesem Fall.« Er schüttelt den Kopf. »Du hast wahrscheinlich noch nicht mal die psychologische Freigabe, hab ich Recht?«

Callie schweigt, und ich bin ihr dankbar dafür. Das ist ein entscheidender Moment, etwas, das ich selbst regeln muss.

»AD Jones hat mir die Genehmigung gegeben.« Ich starre ihn an. »Meine Güte, James. Annie King war eine Freundin von mir.«

Er stößt den Zeigefinger in meine Richtung. »Ein Grund mehr, dass du nicht dabei sein solltest! Du bist persönlich betroffen, und du wirst Mist bauen!«

Ein Teil von mir registriert, dass ein Außenseiter, der dieses Gespräch belauscht, entsetzt wäre. Er könnte nicht glauben, dass James die Dinge sagt, die er sagt. Ich bin abgehärtet dagegen – bis zu einem gewissen Grad. Das ist typisch James. So ist er nun mal, und so redet er. Außerdem tut es mir gut. Ich spüre, wie sich etwas in mir regt. Die alte Kälte, die ich immer eingesetzt habe, um ihn zu zügeln. Ich halte mich an ihr fest und lasse sie in meine Augen sickern.

»Ich bin hier, und ich werde nicht gehen. Finde dich damit ab, und gib mir endlich die Informationen, die ich brauche. Und hör auf, mir auf die Nerven zu gehen.«

Er stockt sekundenlang und mustert mich von oben bis unten. Ich sehe, wie er sich entspannt. Er schüttelt noch einmal missbilligend den Kopf, doch ich weiß, dass er nachgegeben hat. »Meinetwegen. Aber ich will einen Vermerk fürs Protokoll. Meiner Meinung nach ist das eine eklatante Verletzung der Dienstvorschriften.«

»Ordnungsgemäß vermerkt.« Meine Stimme ist eine Messerklinge aus Sarkasmus, die an seiner Gleichgültigkeit stumpf wird.

»Gut.« Ich sehe, wie sein Blick ein wenig unscharf wird. Er hat keine Akte vor sich liegen; das Computergehirn in seinem Schädel hat auch so sämtliche Fakten parat. »Ihr Leichnam wurde gestern gefunden. Man nimmt an, dass sie drei Tage vorher umgebracht wurde.«

Ich zucke zusammen. »*Drei Tage* vorher?«

»Ja.«

»Und wie wurde der Leichnam gefunden? Wo?«

»Die Polizei von San Francisco bekam eine E-Mail. Sie enthielt als Attachment ein paar Fotos. Von ihr. Die Beamten fuhren zu ihrer Wohnung, um es zu überprüfen, und sie fanden die Leiche und das Kind.«

Mein Herz hämmert in meiner Brust, und ich spüre ein Sodbrennen. »Soll das heißen, dass die Tochter drei Tage lang bei ihrer toten Mutter war?« Meine Stimme klingt unnatürlich laut. Kein Schreien, doch kurz davor. James sieht mich an. Sein Gesicht wirkt ruhig. Er gibt lediglich Fakten wieder.

»Schlimmer. Der Täter hat sie an die Leiche ihrer Mutter gefesselt. Mit dem Gesicht zu ihrem Gesicht. Sie war die ganze Zeit so festgebunden.«

Blut schießt mir in den Kopf, und ich habe das Gefühl, gleich ohnmächtig zu werden. Die Magensäure kommt hoch, lautlos und widerlich. Ich kann sie in meinem Mund schmecken. Ich fasse mir an die Stirn.

»Wo ist Bonnie jetzt?«

»In einem der Krankenhäuser in der Umgebung, unter Bewachung. Sie ist katatonisch. Sie hat kein einziges Wort gesagt, seit sie gefunden wurde.«

Ich schweige. Callie mischt sich ein.

»Es gibt noch mehr, Zuckerschnäuzchen. Dinge, die du erfahren musst, bevor wir landen. Damit sie dich nicht kalt erwischen.«

Ich fürchte mich vor dem, was jetzt kommt. Ich fürchte mich davor wie vor dem Schlaf in der Nacht. Doch ich reiße mich entschlossen zusammen. Ich hoffe, dass niemand es bemerkt. »Schieß los. Ich will alles hören.«

»Drei Dinge, und ich erzähle sie dir nacheinander, ohne Kommentar. Erstens, sie hat dir ihre Tochter hinterlassen, Smoky. Der Täter hat ihr Testament gefunden und es neben ihrer Leiche liegen lassen, damit wir es finden. Darin wird dein Name als Vormund genannt. Zweitens, deine Freundin hat eine Sex-Seite im Internet unterhalten und ist persönlich darin aufgetreten. Drittens, die E-Mail des Killers an die Polizei von San Francisco enthielt einen an dich adressierten Brief.«

Mein Unterkiefer sinkt herab. Ich fühle mich, als wäre ich verprügelt worden. Als hätte Callie, anstatt zu reden, einen

Golfschläger gepackt und mich damit vermöbelt. In meinem Kopf dreht sich alles. Durch den Schock hindurch registriere ich eine sehr selbstsüchtige Emotion, eine, die mich beschämt und an der ich mich zugleich festhalte wie eine Ertrinkende. Es ist die Angst, vor dem Team die Fassung zu verlieren. Wie wird mich das vor ihnen dastehen lassen, besonders vor James? Selbstsüchtig, ja, doch ich erkenne sie auch als das, was sie ist – ein Werkzeug, das ich benutzen kann, um mich unter Kontrolle zu halten.

Ich nehme all meine Kräfte zusammen und verdränge den Schock und die Sorgen, die um die Oberhand kämpfen. Ich verdränge sie weit genug, um reden zu können. Ich bin überrascht über den Klang meiner Stimme, als sie schließlich ertönt: gleichgültig und gefasst.

»Gehen wir das Punkt für Punkt durch, okay? Punkt eins regele ich allein. Kommen wir zum zweiten … Du sagst, sie sei eine Art … eine Art Internet-Prostituierte gewesen?«

Eine fremde Stimme meldet sich zu Wort. »Nein, Ma'am, das stimmt nicht.«

Es ist der Knabe, der uns vom Bereich Computerkriminalität zugeteilt wurde. Mister Ohrring. Ich sehe ihn an.

»Wie heißen Sie?«

»Leo. Leo Carnes. Ich bin Ihnen wegen dieser E-Mail zugeteilt worden, aber auch wegen dem, womit Ihre Freundin ihren Lebensunterhalt verdient hat.«

Ich mustere ihn demonstrativ von oben bis unten. Er erwidert meinen Blick, ohne zurückzuzucken. Er ist ein gut aussehender Bursche, vier- oder fünfundzwanzig Jahre alt, dunkles Haar, ruhige Augen. »Was war das? Sie meinten, das stimme nicht. Also erklären Sie es uns.«

Er steht auf und kommt ein paar Sitze näher. Eingeladen in den Inneren Kreis, nutzt er die Gelegenheit. Jeder will dazugehören. »Es bedarf einer längeren Erklärung.«

»Wir haben die Zeit. Sprechen Sie.«

Er nickt, und ein Glänzen erscheint in seinen Augen, das ich als Aufregung erkenne. Computer sind seine Welt, seine Leidenschaft. »Um es zu verstehen, müssen Sie wissen, dass Pornografie im Internet eine ganz andere Subkultur ist als Pornografie in der ›realen Welt‹.« Er lehnt sich zurück, entspannt sich, macht sich bereit, einen Vortrag über ein Thema zu halten, über das er alles weiß. Es ist sein Moment im Scheinwerferlicht, und ich lasse ihm diesen Auftritt mit Vergnügen. Er verschafft mir ein wenig Zeit, meine Gedanken zu ordnen, und gibt meinem Magen Gelegenheit, sich zu beruhigen. Ich kann an etwas anderes denken als an die kleine Bonnie, die drei Tage lang ihrer toten Mutter ins Gesicht starren musste.

»Fangen Sie an.«

»Anfangs, etwa um 1978 herum, gab es etwas, das sich BBS nannte. Bulletin Board Systeme, Mailboxen. Der vollständige Name lautete ›Computerisierte Bulletin Board Systeme‹. Es waren die ersten nichtstaatlichen, öffentlich zugänglichen Netzwerke. Man brauchte lediglich ein Modem und einen Computer, um Nachrichten und Dateien auszutauschen und so weiter. Natürlich waren damals fast alle Nutzer Wissenschaftler oder Computerfreaks. Das ist wichtig, weil diese BBS ein Ort wurden, um pornografische Bilder zu tauschen. Man konnte sie tauschen, verkaufen, was auch immer. Und an diesem Punkt reden wir nicht bloß von einem neuen Wilden Westen, sondern von einem ganzen unentdeckten Land. Keine Aufsicht, nichts. Das ist ganz wichtig für die Porno-Konsumenten, weil …«

»Weil es umsonst und anonym war«, wirft James ein.

Leo grinst und nickt eifrig. »Genau! Man musste nicht mehr hinten in einen Pornoladen schleichen und seine Sachen in einer braunen Tüte nach Hause tragen. Man konnte sich in seinem Schlafzimmer einschließen und seine Pornobilder herunterladen, ohne dass man Angst haben musste, entdeckt zu werden. Es war gigantisch! Also, Bulletin Board Systeme waren das einzige öffentliche Netz, sie waren überall, und die Pornografie war bereits überall drauf.

Bulletin Board Systeme starben ziemlich schnell aus, als sich das Internet entwickelte und Webseiten aus dem Boden schossen und Webbrowser und Domainnamen und all das kamen. Die Bulletin Board Systeme waren für das Versenden und Empfangen von Daten erforderlich, wobei man sie erst nach dem Herunterladen sehen konnte. Heute haben wir Webseiten, auf denen man sofort alles sehen kann, sobald sie aufgerufen werden. Und was geschah mit der Pornografie?« Er lächelt. »Zwei Dinge sind passiert. Einerseits gab es ein paar clevere Geschäftsleute – ich rede von Leuten, die bereits Geld hatten –, die anfingen, Webseiten für Erwachsene zu entwickeln. Einige kamen aus der Audiotext-Industrie …«

»Was ist das?«, frage ich.

»Entschuldigung. Telefonsex. Diese Typen, die bereits mit Telefonsex Geld scheffelten, sahen das Web und erkannten sein Potential für die Pornografie. Anonyme, pro Ansicht zu bezahlende, jederzeit verfügbare Wichsvorlagen für Otto Normalverbraucher. Besagte Geschäftsleute nahmen einen Haufen Geld in die Hand und kauften dafür bereits existierende Pornografie. Hunderttausende eingescannter Bilder, die sie auf ihre Webseiten stellten. Um sie anzusehen, musste man zuerst die Kreditkarte zücken. Und an diesem Punkt änderten sich die Dinge in der Porno-Industrie.«

Callie runzelt die Stirn. »Was meinen Sie mit ›änderten sich‹?«

»Das erkläre ich noch. Verstehen Sie, bis zu diesem Punkt war man bei der Pornografie noch in irgendeiner Weise selbst beteiligt. Wenn man Videos beispielsweise verkaufte, dann steckte man bis zum Kragen in dieser Industrie. Also man war an Drehorten, hatte bei den Szenen zugesehen, kannte die Leute, stand vielleicht sogar selbst vor der Kamera. Bis dahin war es immer ein kleiner, geschlossener Kreis gewesen. Doch diese Typen mit den Webseiten waren ganz anders. Es gab eine Zwischenstufe zwischen ihnen und der Entstehung des Materials. Sie hatten Geld, und sie bezahlten die Pornohersteller für ihre Bilder. Die stellten sie ins Netz und kassierten von denen, die sie ansehen wollten. Erkennen Sie den Unterschied? Diese Typen waren keine Pornografen, nicht im klassischen Sinn jedenfalls. Sie waren Geschäftsleute. Mit Marketingplänen, Büros, Angestellten, dem ganzen Drum und Dran. Sie waren nicht mehr der anrüchige Bodensatz der Gesellschaft. Und es zahlte sich aus. Einige der ersten Firmen auf diesem Gebiet machen heute achtzig bis hundert Millionen Dollar im Jahr.«

»Wow!«, rief Callie. Leo nickt.

»Ja, wow. Es mag uns vielleicht nicht als große Sache erscheinen, aber wenn man sich wirklich mit der Geschichte der Pornografie beschäftigt, dann sieht man schnell, dass es ein Paradigmawechsel war. Die meisten Leute, die Anfang der Achtziger Pornos gemacht haben, waren aus den Siebzigern. Das heißt Drogen, promiskuitiver Sex, all die Klischees. Doch diese neuen Internet-Typen? Die meisten von ihnen hatten nichts am Hut mit Partnertausch oder Koksschnupfen, während sie einen geblasen bekamen; nichts dergleichen. Die meisten waren selbst noch nie an einem Pornoset gewesen. Es waren Typen in Geschäftsanzügen, die Millionen mit dem neuesten Dreh verdienten. Sie begannen, die Industrie respektabel zu machen. So respektabel Pornografie eben sein kann.«

»Sie sagten, zwei Dinge seien passiert«, unterbricht ihn Callie. »Was war das zweite?«

»Während diese Geschäftstypen ihre Imperien errichteten, ereignete sich eine weitere Revolution auf diesem Sektor. Es war eine grundlegendere, tiefgreifendere Veränderung.

Als Gegenstücke zu den Webseiten mit Bildersammlungen professioneller Porno-Stars schufen Frauen oder Paare Seiten, die sich um sie selbst und ihre realen sexuellen Eskapaden drehten. Diese Leute versuchten nicht, von Pornografie zu leben.

Diese Leute machten das aus Spaß. Es war der Exhibitionismus, der sie reizte. Das wurde ›Amateur-Pornografie‹ genannt.«

Callie verdreht die Augen. »Sie reden hier nicht mit Hinterwäldlern, Zuckerschnäuzchen. Ich denke, die meisten von uns wissen, was Amateur-Pornografie ist. Das ›Mädchen von nebenan‹, Swinger und was weiß ich.«

»Sicher. Entschuldigung. Ich rede wie ein Lehrer. Wichtig ist, dass die Nachfrage nach dieser Sorte von Pornografie, wie sich herausstellte, genauso groß war wie die Nachfrage nach professioneller Pornografie. So groß, dass die meisten dieser Frauen oder Paare es sich nicht leisten konnten, ihre Webseiten weiter gebührenfrei zu betreiben, als Hobby. Die Kosten für die zahllosen Zugriffe so vieler Betrachter waren atemberaubend. Also fingen auch sie damit an, Gebühren zu verlangen. Einige von ihnen, die früh damit angefangen hatten, verdienten Millionen. Und – das ist der entscheidende Punkt, den Sie verstehen müssen – es waren keine Leute aus der Porno-Industrie. Sie kannten niemanden in der Erwachsenenvideo-Branche. Sie waren nicht in Magazinen zu finden und auch nicht auf Porno-Videos. Es waren Menschen, die nicht vom Geld getrieben wurden, sondern von der Freude an dem, was sie taten.

Was auch immer Sie oder ich davon halten mögen – in der Porno-Industrie entstand auf diese Weise eine völlig neue Demografie. Mütter und Väter, Mitglieder der Eltern-Lehrer-Vereinigung, waren beteiligt. Nach außen hin ganz gewöhnliche Bürger, die ein geheimes Privatleben hatten und Geld scheffelten, indem sie es der Welt präsentierten.« Er wendet sich zu mir hin. »Das habe ich gemeint, als ich sagte, das stimme nicht. Ich habe die Webseite Ihrer Freundin gesehen. Es handelt sich nicht um harte Pornografie. Sie hat Softcore gemacht – keinen Sex mit anderen. Sie hat masturbiert und Spielzeuge benutzt und dergleichen. Sie hat Geld dafür genommen, dass man zusehen durfte, was ich nicht unbedingt gutheiße. – Eine Prostituierte war sie jedoch nicht.« Er sucht für ein paar Sekunden nach

Worten. »Ich meine, ich weiß nicht, ob es Ihnen hilft, wenn Sie es so betrachten, aber …«

Ich lächle ihn müde an und schließe die Augen. »Ich habe eine Menge zu verdauen, Leo. Ich bin mir nicht sicher, was ich von alledem zu halten habe. Aber ja. Es hilft.«

Meine Gedanken wirbeln umher, wirbeln, wirbeln. Ich denke an Annie, die sich entschieden hat, ihren Lebensunterhalt mit nackten Posen zu verdienen. Ich frage mich, was für Geheimnisse die Menschen haben. Annie war immer wunderschön, und sie war immer ein wenig wild. Sexuelle Geheimnisse hätten mich absolut nicht überrascht – doch das hier? Es bringt mich aus der Fassung. Teilweise auch deshalb, weil ich unsicher bin, ob es mich abstößt oder fasziniert.

Ein Bild steigt in mir auf, plötzlich und ungebeten. Matt und ich waren beide sechsundzwanzig. Der Sex, den wir in jenem Jahr hatten, kann nur als spektakulär bezeichnet werden. Kein Bereich unseres Heims blieb jungfräulich. Es gab keine Stellung, die wir nicht ausprobierten. Ich hatte mir bergeweise neue Unterwäsche gekauft. Und das Beste daran war, dass wir nichts von alledem aufgrund eines bestimmten Konzepts taten. Wir versuchten nicht, die Dinge »aufzupeppen« – sie waren ganz von allein peppig. Wir waren betrunken voneinander und tollten in unbekümmerter Geilheit umher.

Ich war immer die sexuell Abenteuerlustigere von uns beiden gewesen. Matt neigte dazu, sich eher konservativ und zurückhaltend zu geben. Doch wie heißt es so schön? Stille Wasser sind tief. Er folgte meiner Führung in dunkle Reiche ohne jedes Zögern. Er konnte direkt neben mir aus voller Kehle den Mond anheulen. Das war eins der Dinge, die ich so an ihm geliebt habe. Er war ein wundervoller, sanfter Mann. Er konnte allerdings auch die Gangart wechseln, wenn ich es brauchte, konnte rau und hart und ein wenig gefährlich sein. Er war immer mein Held. Und wenn ich ein wenig einen Schurken brauchte, dann war Matt eben auch das.

Wir waren ein modernes Paar. Wir sahen uns hin und wieder gemeinsam unanständige Videos an. Ich war diejenige, die ihn hin und wieder dazu überredete, sich einige der Webseiten für Erwachsene mit mir anzusehen. Wir meldeten uns immer auf seinen Benutzernamen an. Auch wenn ich selbst Big Brother war, so war ich gegenüber Big Brother paranoid. Ich konnte mir nicht erlauben, den Namen des FBI zu besudeln. Also sahen wir uns all die schmutzigen Bilder unter Matts Benutzernamen an. Ich neckte ihn immer deswegen, nannte ihn den Perversen in unserer Ehe.

Wir hatten eine Digitalkamera. Eines Abends in jenem Jahr kam mir, während er im Geschäft war, eine verrückte Idee. Ich streifte meine Sachen ab und schoss ein paar Nacktfotos von mir vom Hals an abwärts. Mit klopfendem Herzen und einem irren Grinsen lud ich die Bilder auf eine Webseite, die solche Dinge sammelte. Als Matt nach Hause kam, hatte ich mich längst wieder angezogen und gab mich ausgesprochen gesittet.

Eine Woche verging, und irgendwie hatte ich die Sache vergessen. Ich war in einen Fall vertieft. Außer Essen und Schlafen und Sex und Matt stand nichts auf meiner Agenda. Ich kam spät nach Hause und stapfte erschöpft ins Schlafzimmer hoch. Dort fand ich Matt auf dem Bett liegend, die Hände hinter dem Kopf verschränkt, und er sah mich ganz merkwürdig an.

»Willst du mir vielleicht etwas sagen?«

Ich blieb verwirrt stehen. Dachte nach. »Nicht, dass ich wüsste. Warum?«

»Komm mit.« Er erhob sich vom Bett und ging an mir vorbei in Richtung unseres Arbeitszimmers. Ich folgte ihm rätselnd. Er setzte sich an den Schreibtisch, wo unser Computer stand, und bewegte die Maus, um den Bildschirmschoner zu beenden.

Was ich sah, ließ mich so sehr erröten, dass ich meinte, mein Gesicht müsste anfangen zu brennen. Es war eine Webseite, und dort, für alle Welt zu sehen, standen die Fotos, die ich von mir aufgenommen hatte. Matt drehte sich im Stuhl zu mir um. Auf seinem Gesicht stand ein leichtes Lächeln.

»Sie haben zurückgemailt. Offensichtlich mochten sie die Bilder *sehr*, die du ihnen geschickt hast.«

Ich stammelte. Errötete noch mehr. Und noch mehr, als mir bewusst wurde, dass es mich anmachte.

»Ich denke, das solltest du nicht wieder tun, Smoky ... vom Hals abwärts oder nicht, es ist wahrscheinlich nicht besonders klug. Es ist sogar ausgenommen dumm. Wenn irgendjemand das herausfindet, wirst du schneller gefeuert, als du gucken kannst.«

Ich starrte ihn an, das Gesicht noch immer gerötet, und nickte. »Ja. Ich meine, du hast Recht. Ich mach es nicht wieder. Aber ...«

Er hob die Augenbrauen auf eine Weise, die ich immer so sexy wie nur irgendwas fand. »Aber ...?«

»Aber – jetzt lass es uns endlich tun!«

Ich riss mir die Sachen vom Leib, und er riss sich seine herunter, und es endete damit, dass wir den Mond anheulten. Das Letzte, was er zu mir sagte, bevor wir beide in jener Nacht einschliefen, klang damals so lustig, so typisch Matt, dass mir die Erinnerung daran einen Stich ins Herz versetzt. Er grinste, die Augen halb geschlossen.

»Was?«, fragte ich.

»Das FBI ist auch nicht mehr das, was es mal war, oder?«

Ich fing an zu kichern, und er lachte los, und wir liebten uns noch einmal, bevor wir aneinander gekuschelt einschliefen.

Ich richte nicht über die harmlosen Exkursionen, die Erwachsene machen, welche Haltung das FBI in dieser Frage auch öffentlich einnehmen mag. Ich sehe das Ende von Leben. Es fällt schwer, sich darüber aufzuregen, dass jemand seine Titten zeigt. Doch das ist ein ganzes Stück weit davon entfernt, eine eigene Webseite zu betreiben und Leute gegen Bezahlung dabei zusehen zu lassen, wie ich mir irgendwelche Dinger zwischen die Beine stecke. Ich frage mich, ob Annie mehr daraus gezogen hat als nur Geld, oder ob es ihr nur ums Geld gegangen ist. Wenn ich meine Freundin richtig einschätze, dann ging es nicht nur ums Geld. Sie war schon immer ein Freigeist, ein weiblicher Ikarus, der stets ein klein wenig zu dicht an der Sonne geflogen ist.

Ich schüttele die Tagträumerei von mir ab. Für einen Moment frage ich mich, ob ich den Bezug zur Realität verloren habe und zu einem von jenen bis ins Mark erschütterten Typen zu werden drohe, die mitten im Satz aufhören zu reden und in die Ferne starren. Ich merke, wie James mich aufmerksam beobachtet. Aus irgendeinem Grund erweckt die Vorstellung, dass er – von allen Leuten ausgerechnet er – die Bilder entdecken könnte, die ich ins Netz gestellt habe, einen irrationalen Schub von Paranoia. Gütiger Gott, dann würde ich mich tatsächlich umbringen müssen.

»Sie klingen, als würden Sie sich auf Ihrem Gebiet auskennen, Leo«, sage ich. »Wir brauchen Sie für die Computersachen, also hoffe ich sehr, dass Sie ein Supergeek sind.«

»Der superste«, versichert er grinsend.

»Dann möchte ich jetzt von dem Brief hören.«

Callie greift nach ihrer Mappe, klappt sie auf und nimmt einen Ausdruck aus einem Hefter. Sie reicht ihn mir.

»Hast du das gelesen?«, frage ich James.

»Ja …« Er zögert. »Es … es ist interessant.«

Ich nicke, begegne seinem Blick und spüre die Verbindung. Öl und Kugellager. Das ist der Punkt, an dem wir uns begegnen, und er will wissen, was ich davon halte, was auch immer er selbst dazu denkt oder fühlt.

Ich konzentriere mich auf die Worte und lese. Ich muss in den Verstand dieses Mörders eintauchen, und dies sind Worte, über die er lange nachgedacht hat. Für uns ist dieses Dokument unbezahlbar. Es kann uns eine Menge über dieses Monster verraten, wenn es uns gelingt, es zu entschlüsseln.

An Special Agent Smoky J. Barrett.
Ich wünschte, dies würden nur Ihre Augen sehen, aber ich weiß, wie wenig Ihr FBI die Privatsphäre respektiert, wenn es jemanden jagt. Jede Tür wird aufgestoßen, die Jalousien hochgezogen und die Schatten verdrängt.

Zuerst möchte ich mich für die lange Zeit entschuldigen, die zwischen dem Töten Ihrer Freundin und dem Alarmieren der Polizei vergangen ist. Es ging nicht anders. Ich musste zuerst gewisse Dinge in Bewegung setzen. Ich will versuchen, ehrlich zu Ihnen zu sein, Agent Barrett, und jetzt bin ich ehrlich zu Ihnen. Zwar war die erforderliche Zeit der zentrale Faktor, doch ich gestehe, dass der Gedanke daran, wie die kleine Bonnie während jener drei Tage direkt vor der Leiche ihrer Mutter lag, in ihre toten Augen starrte und den einsetzenden Gestank roch, einen eigenartigen Nervenkitzel für mich bedeutet.

Meinen Sie, Bonnie wird sich jemals davon erholen? Oder glauben Sie, dass sie von diesem Bild verfolgt werden wird bis zu dem Tag, an dem sie stirbt? Wird dieser Tag früher kommen, vielleicht durch ihre eigene Hand, weil sie versucht, die Geister und die Alpträume durch eine scharfe Rasierklinge oder durch Schlaftabletten zu vertreiben? Nur die Zeit gibt uns die Antwort darauf, doch der Gedanke daran ist interessant.

Ich bin immer noch ehrlich: Ich habe das Kind nicht angerührt. Ich genieße den Schmerz von Menschen, ich passe in dieses Klischee des Serientäters. Und ich habe keine moralischen Bedenken gegen sexuelle Handlungen an Jugendlichen; sie stellen lediglich keine besondere Verlockung für mich dar. Sie ist immer noch unberührt, zumindest physisch. Ihr Bewusstsein zu vergewaltigen war ein weitaus größerer Genuss.

Da Sie einer von jenen Menschen sind, die sich nicht vom Tod abzuwenden vermögen, erzähle ich Ihnen vom Tod Ihrer Freundin Annie King. Sie ist nicht schnell gestorben. Sie hat große Schmerzen erlitten. Sie hat um ihr Leben gefleht. Ich fand das sowohl amüsant als auch erregend. Was, so frage ich mich, werden

Sie daraufhin nun auf Ihrer Checkliste über mich ankreuzen, Agent Barrett?

Lassen Sie sich von mir einen Tipp geben.

Ich wurde als Kind weder sexuell missbraucht noch misshandelt. Ich habe nicht ins Bett gemacht, und ich habe keine kleinen Tiere gequält. Ich bin etwas weitaus Reineres. Ich bin ein Vermächtnis. Ich tue, was ich tue, weil ich einer Blutlinie entstamme; ich stamme vom ERSTEN ab.

Ich wurde wahrhaftig zu dem geboren, was ich tue. Sind Sie bereit für die nächste Eröffnung, Agent Barrett? Sie werden sich möglicherweise lustig über mich machen, doch hier ist sie: Ich bin ein direkter Nachfahre von Jack the Ripper.

Da. Es ist heraus. Ganz ohne Zweifel schütteln Sie den Kopf, während Sie diese Zeilen lesen. Sie stecken mich in eine Schublade mit irgendwelchen Irren, betrachten mich als verlorene Seele, die Stimmen hört und Befehle von Gott empfängt.

Wir werden diesen Irrtum aufklären, und zwar schon bald. Für den Augenblick belassen wir es bei Folgendem: Ihre Freundin Annie King war eine Hure. Eine moderne Hure vom Information Superhighway. Sie hat es verdient, schreiend zu sterben. Huren sind ein Krebsgeschwür auf dem Angesicht dieser Welt, und sie war keine Ausnahme.

Sie war die Erste. Sie wird nicht die Letzte sein.

Ich trete in die Fußstapfen meines Vorfahren. Wie er wird man auch mich niemals fassen, und wie bei ihm wird das, was ich tue, in die Geschichte eingehen. Möchten Sie mein Inspector Abberline sein, Agent Barrett?

Ich hoffe es sehr, wirklich.

Fangen wir auf folgende Weise mit der Jagd an: Seien Sie am zwanzigsten in Ihrem Büro. Man wird ein Paket für Sie abgeben; es wird meine Aussagen belegen. Ich weiß zwar, dass Sie mir nicht zuhören, doch ich gebe Ihnen mein Wort, dass das Paket keinerlei Fallen oder Bomben enthalten wird.

Gehen Sie und besuchen Sie die kleine Bonnie. Vielleicht können

Sie sich nachts gegenseitig wecken, wenn Sie schreiend aus Alpträumen hochschrecken, jetzt, da Sie ihre neue Mommy sind.

Und vergessen Sie nicht, Agent – es gibt keine Stimmen, keine Befehle von Gott. Ich lausche auf nichts weiter als auf mein eigenes Herz, das mir sagt, wer ich bin.

From Hell[1]

Jack Junior

Nachdem ich den Brief gelesen habe, schweige ich für eine Weile. »Das ist vielleicht ein Brief«, sage ich schließlich.

»Nur irgendein weiterer Irrer«, meint Callie mit einer Stimme, die vor Abscheu nur so trieft.

Ich schürze die Lippen. »Das glaube ich nicht. Ich glaube, der hier ist mehr als ein Irrer.« Ich schüttele den Kopf, um die Benommenheit zu vertreiben, und sehe James an. »Wir reden später darüber. Ich muss erst einmal darüber nachdenken.«

Er nickt. »In Ordnung. Ich möchte außerdem erst mal den Tatort sehen, bevor ich konkrete Schlussfolgerungen ziehe.«

Schon wieder diese Verbindung. Ich habe das Gleiche gedacht. Wir müssen an dem Ort sein, wo es passiert ist. Dort stehen, wo der Mord passiert ist. Wir müssen den Täter *riechen*.

»Da wir gerade davon sprechen«, sage ich. »Wer vom SFPD hat den Fall übernommen?«

»Deine alte Freundin Jennifer Chang«, ruft mir Alan zu meiner Überraschung aus dem vorderen Teil des Fliegers zu. »Ich hab gestern Abend mit ihr telefoniert. Sie weiß noch nicht, dass du mit uns kommst.«

»Chang, das ist gut. Sie ist eine der Besten.«

Ich habe Detective Chang bei einem Fall vor beinahe sechs Jahren kennen gelernt. Sie war ungefähr in meinem Alter, atemberaubend kompetent und besaß einen ätzenden Sinn für

---

1 »From Hell« (aus der Hölle) lautet die Überschrift eines mit hoher Wahrscheinlichkeit authentischen Briefes von Jack the Ripper (Anm. d. Übers.).

Humor, der mir gefiel. »Wie weit sind sie inzwischen? Haben sie den Tatort bereits auf Spuren untersucht?«

»Ja«, sagt Alan und kommt den Gang herunter, um näher bei uns zu sitzen. »Die Spurensicherung von San Francisco hat alles inspiziert, unter der Fuchtel von Chang. Ich hab gegen Mitternacht noch mal mit ihr telefoniert. Sie hat den Leichnam bereits in die Pathologie bringen lassen, alle Fotos liegen vor, und die Spurensicherung ist mit ihrer Arbeit fertig. Fasern, Abdrücke, alles. Diese Frau ist eine Sklaventreiberin.«

»So hab ich sie in Erinnerung. Was ist mit dem Computer?«

»Außer Fingerabdrücke abzunehmen haben sie ihn nicht angerührt.« Er deutet mit dem Daumen auf Leo. »Unser Superhirn hier hat ihnen gesagt, dass er sich darum kümmern wird.«

Ich sehe Leo an und nicke. »Was wollen Sie tun?«

»Ziemlich einfach. Ich werde mir den Computer zunächst oberflächlich anschauen und auf Fallen überprüfen, die dazu dienen sollen, die Festplatten zu löschen und dergleichen. Alles, was man vorab tun muss. Danach muss ich ihn mit ins Büro mitnehmen, wo die eigentliche Arbeit anfängt.«

»Gut. Sie müssen den Computer gründlich durchforsten, Leo. Ich brauche sämtliche gelöschten Dateien, einschließlich der E-Mails, Bilder, einfach alles – und ich meine alles! –, das uns weiterhelfen kann. Er hat sie über das Internet gefunden. Das macht den Computer zu seiner ersten Waffe.«

Leo reibt sich die Hände. »Überlassen Sie das nur alles mir.«

»Alan, du übernimmst unsere übliche Prozedur. Sammle Kopien von allem ein, was das San Francisco Police Department bis jetzt an Berichten, Untersuchungsergebnissen und so weiter hat, und dann hinterfragst du es.«

»Kein Problem.«

Ich wende mich an Callie. »Du übernimmst die Spurensicherung. Die Jungs in San Francisco sind gut, aber du bist besser. Versuch freundlich zu sein. Wenn du allerdings jemandem auf die Füße treten musst …« Ich zucke die Schultern.

Callie grinst mich an. »Meine Spezialität.«

»James, ich möchte, dass du einstweilen den Pathologen übernimmst. Setz ihn unter Druck, wenn es sein muss. Wir brauchen den Autopsiebefund noch heute. Anschließend werden wir beide gemeinsam zum Tatort fahren und alles in Augenschein nehmen.«

Die Feindseligkeit flackert wieder auf, doch er sagt nichts und nickt.

Ich halte für einen Moment inne und gehe in Gedanken alles noch einmal durch, um sicher zu sein, dass ich an alles Wichtige gedacht habe. Ich glaube, ja.

»Ist das alles?«, fragt Alan.

Ich sehe ihn an, überrascht wegen des Ärgers in seiner Stimme. Ich habe nicht die geringste Ahnung, was der Grund dafür sein könnte. »Ich denke schon, ja.«

Er steht auf. »Gut.« Dann kehrt er uns den Rücken zu, geht den Gang entlang und setzt sich wieder nach vorn ins Flugzeug, während wir anderen ihm verwundert hinterhersehen.

»Was ist dem denn über die Leber gelaufen?«, fragt Callie.

»Ja, muss ein ziemlicher Brocken gewesen sein«, stimmt Leo ein.

Callie und ich drehen ihm die Köpfe zu und starren ihn feindselig an.

Leo blickt nervös von einer zur anderen. »Was ist denn?«, fragt er.

»Es gibt ein hübsches Sprichwort, Junge«, erwidert Callie und stößt ihm den Zeigefinger gegen die Brust. »›Wag es nicht, meinen Freund zu verprügeln. Niemand verprügelt meinen Freund außer mir.‹ Kannst du mir folgen?«

Ich sehe, wie Leos Gesicht verschlossen und reglos wird. »Sicher. Sie meinen, ich bin nicht Ihr Freund, richtig, Rotschopf?«

Callie neigt den Kopf in seine Richtung und sagt etwas versöhnlicher: »Nein, Zuckerschnäuzchen, das habe ich nicht gemeint. Das hier ist keine Clique, und wir sind nicht auf der Highschool. Also spiel nicht den armen Freak, der von allen schikaniert wird.« Sie beugt sich vor. »Was ich meinte, ist, dass ich diesen Mann liebe. Er hat mir mal das Leben gerettet. Und du hast nicht das Recht, auf ihm rumzuhacken, wie ich das tue. Noch nicht. Kapiert, Zuckerpüppchen?«

Leos Abwehrhaltung weicht ein wenig auf; allerdings ist er noch nicht bereit, ganz aufzugeben. »Ja, gut, kapiert. Aber nennen Sie mich nicht ›Junge‹.«

Callie dreht sich zu mir um und grinst. »Vielleicht passt er ja doch zum Team, Smoky.« Sie wendet sich wieder Leo zu. »Noch was. Wenn dir dein Leben lieb ist, dann nenn mich nie wieder ›Rotschopf‹, Ohrring-Jüngelchen.«

»Ich werde mit Alan reden«, sage ich. Ich bin mit den Gedanken woanders und nicht so amüsiert über dieses Wortgefecht, wie ich es normalerweise wäre. Ein kleiner Teil von mir, der früher einmal ihr Anführer war, registriert, dass das, was Callie tut, gut ist für Leo und deshalb auch für das Team. Sie akzeptiert ihn auf ihre Weise. Ich bin froh darüber. Manchmal, wenn Teams für einen langen Zeitraum zusammenarbeiten, werden sie zu insular, beinahe xenophob. Das ist nicht gesund, und ich bemerke erleichtert, dass sich unser Team nicht auf eine Insel zurückgezogen hat. Nun ja, zumindest Callie nicht. James hingegen starrt aus dem Fenster, verschlossen, kalt und teilnahmslos. Im Grunde genommen typisch James. Nichts Neues.

Ich erreiche die Sitzreihe, zu der Alan sich zurückgezogen hat. Er starrt zu Boden, und die Anspannung, die von ihm ausgeht, ist erdrückend. »Was dagegen, wenn ich mich setze?«, frage ich.

Er winkt mit der Hand, ohne mich anzusehen. »Wie du willst.«

Ich setze mich und betrachte ihn eine Weile. Er wendet sich ab und starrt aus dem Fenster. Ich beschließe, es auf direktem Weg zu versuchen. »Was ist los mit dir?«

Er sieht mich an, und ich zucke beinahe zurück, als ich die Wut in seinen Augen erkenne.

»Was soll schon sein? Willst du beweisen, dass du mit dem ›Bruder‹ reden kannst? ›Ey, was is'n los oder wie?‹«

Ich bin sprachlos. Wie benommen. Ich warte in dem Glauben, dass es vorbeigeht, doch Alan starrt mich weiter an, und seine Wut scheint nur noch zuzunehmen.

»Und?«, fragt er.

»Du weißt, dass es nicht das ist, was ich wollte, Alan.« Meine Stimme ist leise. Ganz ruhig sogar. »Es ist für jeden offensichtlich, dass du aufgebracht bist wegen irgendetwas. Ich ... ich frage nur.«

Er funkelt mich noch einige Sekunden länger an, doch dann erlischt das Feuer in seinen Augen langsam. Ein wenig. Er blickt nach unten auf seine Hände. »Elaina ist krank.«

Mein Unterkiefer sinkt herab. Schock und Sorge überfluten mich, augenblicklich und bis in die Eingeweide. Elaina ist Alans Frau, und ich kenne sie genauso lange wie ihn. Sie ist eine wunderschöne Latina, sowohl äußerlich als auch in ihrem Herzen. Sie hat mich im Krankenhaus besucht, der einzige Besuch, den ich nicht sofort wieder fortschickte. Oder vielmehr ließ sie mir überhaupt keine Wahl. Sie platzte in mein Zimmer, scheuchte die Krankenschwestern beiseite, marschierte zu meinem Bett, setzte sich auf die Kante und zwang meine Hände beiseite, um mich in die Arme zu nehmen, alles ohne ein einziges Wort. Ich sank gegen sie und weinte, bis ich nicht mehr konnte. Dieser Augenblick wird für immer meine stärkste Erinnerung an Elaina bleiben. Die Welt – ein verschwommener Nebel hinter einem Vorhang aus Tränen, und Elaina, warm und weich und stark, die mein Haar streichelt und leise beruhigende Worte in einer Mischung aus Englisch und Spanisch spricht. Sie ist eine *Freundin*, eine von der seltenen Sorte, die einem für immer ans Herz wachsen.

»Wie? Was heißt das?«

Vielleicht ist es die aufrichtige Angst, die er aus meiner

Stimme hört; jedenfalls ist seine Wut plötzlich verschwunden. Kein Feuer mehr in diesen Augen. Nur noch Schmerz. »Darmkrebs im zweiten Stadium. Sie haben den Tumor entfernt, doch er war bereits aufgebrochen. Ein Teil der Krebszellen ist schon vor der Operation in ihre Blutbahn gelangt.«

»Und was bedeutet das?«

»Das ist der beschissene Teil. Möglicherweise hat das überhaupt nichts zu bedeuten. Vielleicht sind die Krebszellen, die freigesetzt wurden, als der Tumor aufbrach, nicht weiter gefährlich. Oder aber sie kreisen in ihrem Körper, um sich überall auszubreiten. Die Ärzte können uns keine Prognose geben.« Ich sehe, wie der Schmerz in seinen Augen zunimmt. »Wir haben es gemerkt, weil sie schlimme Schmerzen hatte. Wir dachten, es sei vielleicht eine Blinddarmentzündung. Sie wurde sofort in die Chirurgie gebracht und operiert, und da fanden sie den Tumor und entfernten ihn. Weißt du, was der Arzt hinterher zu mir gesagt hat? Er hat gesagt, dass sie im vierten Stadium ist. Dass sie wahrscheinlich sterben muss.«

Ich sehe auf Alans Hände. Sie zittern.

»Ich konnte es ihr nicht sagen. Sie war auf dem Weg der Besserung, verstehst du? Ich wollte nicht, dass sie sich Sorgen macht. Sie sollte sich ganz darauf konzentrieren, sich von der Operation zu erholen. Eine ganze Woche lang dachte ich, dass sie sterben würde, und jedes Mal, wenn ich sie ansah, dachte ich darüber nach. Sie hatte keine Ahnung.« Er lacht freudlos. »Anschließend waren wir wieder im Krankenhaus, für eine Nachuntersuchung, und der Arzt hatte gute Neuigkeiten für uns. Zweites Stadium, nicht viertes. Die Überlebensquote für die nächsten fünf Jahre liegt bei 70 bis 80 Prozent. Er grinst uns an, und sie fängt an zu weinen. Sie erfuhr, dass ihr Krebs nicht so schlimm war, wie wir dachten, aber sie wusste bis zu diesem Augenblick nicht, dass es eine gute Nachricht war.«

»Oh, Alan …«

»Und jetzt bekommt sie eine Chemo. Vielleicht auch Bestrahlungen. Wir verfügen noch nicht über alle notwendigen Informationen, um uns zu entscheiden.« Er starrt erneut auf seine großen, kraftvollen Hände. »Ich habe geglaubt, ich würde sie verlieren, Smoky. Selbst jetzt noch, nachdem die Fakten dafür sprechen, dass sie wieder gesund wird, bin ich mir nicht sicher. Ich weiß nur, wie ich mich fühlen würde. Ich hatte eine ganze Woche, um es zu fühlen. Ich kann nicht aufhören, es zu fühlen.« Er sieht mich an, und die Wut ist zurück. »Ich habe die Möglichkeit gefühlt, sie zu verlieren. Und was mache ich? Ich fliege zu unserer nächsten Leiche. Und sie ist allein zu Hause und schläft.« Er starrt aus dem Fenster. »Vielleicht ist sie inzwischen auch schon aufgestanden. Aber ich bin nicht bei ihr.«

Ich sehe ihn betroffen an. »Mein Gott, Alan! Warum nimmst du denn keinen Urlaub? Du solltest bei Elaina sein, nicht hier! Wir schaffen das auch ohne dich.«

Er dreht sich zu mir, und der Schmerz, den ich in seinen Augen sehe, raubt mir den Atem und lässt mir fast das Herz stocken.

»Begreifst du denn nicht? Ich bin nicht wütend, weil ich hier bin! Ich bin wütend, weil ich keinen Grund habe, nicht hier zu sein! Entweder wird alles wieder gut, oder eben nicht! Und es macht verdammt noch mal nicht den geringsten Unterschied, was ich anstelle!« Er nimmt die Hände hoch, spreizt sie. Zwei riesige Catcher-Pranken. »Ich kann mit diesen Händen töten. Ich kann damit schießen. Ich kann meine Frau damit lieben und einen Faden in ein Nadelöhr fädeln. Sie sind stark und obendrein sehr geschickt. Und doch kann ich nicht in sie hineingreifen und ihr diesen Krebs herausnehmen. Ich kann ihr nicht helfen. Und ich ertrage das nicht, verdammt!«

Die Hände fallen in seinen Schoß zurück, und die hilflosen Augen starren erneut darauf. Ich sehe ebenfalls auf seine Hände, während ich nach Worten suche, die meinen Freund trösten könnten. Ich spüre seine Angst und meine. Ich denke an Matt.

»Hilflosigkeit ist etwas, das ich sehr gut verstehe, Alan.«

Er sieht mich an, und in seinen Augen kämpfen die Emotionen miteinander. »Ich weiß, Smoky. Aber – bitte versteh das nicht falsch – alles in allem ist das nicht gerade aufmunternd.« Er schneidet eine Grimasse. »Ach, Scheiße. Entschuldige. Das klingt furchtbar.«

Ich schüttele den Kopf. »Mach dir keine Gedanken deswegen. Es geht hier nicht um das, was mir passiert ist. Es geht um dich und Elaina. Du kannst nicht mit mir über das reden, was du empfindest, und gleichzeitig auf Eierschalen tanzen. Das geht nicht.«

»Schätze, du hast Recht.« Er atmet kräftig aus. »Scheiße, Smoky. Was soll ich nur tun?«

»Ich …« Ich lehne mich für einen Moment zurück, während ich überlege. Was soll er tun? Er sieht mich an. »Du sollst sie lieben und alles tun, was in deiner Macht steht. Du sollst dir von deinen Freunden helfen lassen, wenn du ihre Hilfe brauchst. Und das Wichtigste von allem, Alan: Du sollst nicht vergessen, dass sich vielleicht alles zum Guten wendet. Dass die Karten noch nicht endgültig gegen dich sind.«

Er grinst mich schief an. »Das Glas ist nicht halb leer, sondern halb voll, wie?«

Meine Antwort ist heftig. »Verdammt richtig! Es geht um Elaina. Ein halb volles Glas ist die einzig akzeptable Weise, die Sache zu betrachten!«

Er sieht aus dem Fenster, auf seine Hände, dann wieder zu mir. Die Sanftheit, die ich stets an meinem Freund geliebt habe, ist in seine Augen zurückgekehrt. »Danke, Smoky. Ich bin dir wirklich dankbar.«

»Kein Problem, absolut nicht.«

»Wir behalten es einstweilen für uns, okay?«

»Sicher. Alles in Ordnung?«

Er schürzt die Lippen, schüttelt den Kopf. »Ja. Ja, alles okay.« Dann sieht er mich an, blinzelt. »Was ist mit dir? Bist du okay? Wir haben nicht mehr richtig miteinander geredet, seit …«

»Es ist ja nicht so, als hättest du es nicht versucht. Und ja, für den Augenblick geht es mir gut. Für den Augenblick ist alles okay.«

»Gut.«

Wir sehen uns für einen Moment an, ohne Worte, in stummem Verständnis. Dann stehe ich auf, drücke seine Schulter ein letztes Mal und kehre nach hinten zurück.

Zuerst Callie, jetzt Alan. Probleme und Sorgen und Geheimnisse. Ich spüre Gewissensbisse. Ich war so sehr in meinem eigenen Schmerz gefangen während dieser letzten sechs Monate, dass ich nicht ein einziges Mal daran gedacht habe, dass auch meine Freunde Probleme haben, dass auch sie Ängste und Sorgen haben könnten. Dies wird mir nun bewusst, und ich schäme mich.

»Alles klaro, Zuckerschnäuzchen?«, erkundigt sich Callie, als ich mich setze.

»Alles bestens.«

Sie sieht mich einen Moment lang mit ihrer ganz speziellen Callie-Intensität an. Ich denke nicht, dass sie mir wirklich glaubt, doch sie lässt meine Antwort auf sich beruhen. »Also, Zuckerschnäuzchen, was wirst du tun, während wir alle mit unseren Aufgaben beschäftigt sind?«

Diese Frage bringt mich wieder zum Zweck dieses Fluges zurück, und ich erschauere. »Zuerst werde ich mit Jenny reden. Ich gehe mit ihr einen Kaffee trinken oder so.« Ich sehe zu James rüber. »Sie ist gut, und sie hat den Tatort unberührt gesehen. Ich möchte ihre Eindrücke aus erster Hand erfahren.« James nickt. »Und dann werde ich die denkbar beste Informantin besuchen, die wir meines Erachtens haben.«

Niemand fragt, wen ich meine, und ich weiß, dass alle froh sind, wenn ich mich darum kümmere. Weil ich von Bonnie gesprochen habe.

KAPITEL 10 Wir marschieren in das Gebäude des San Francisco Police Department, des SFPD, fragen nach Jennifer Chang und erhalten eine Wegbeschreibung zu ihrem Büro. Sie sieht uns kommen. Ich bin dankbar, dass ihre Augen aufleuchten, als sie mich erblickt. Sie kommt uns entgegen und hat einen männlichen Partner im Schlepptau, den ich nicht kenne.

»Smoky! Niemand hat mir gesagt, dass du mitkommen würdest!«

»Es war eine Entscheidung in letzter Minute.«

Jennifer bleibt dicht vor mir stehen und mustert mich von oben bis unten. Im Gegensatz zu anderen Leuten macht sie sich nicht die Mühe, ihr Interesse an meinen Narben zu verbergen. Sie betrachtet sie ungeniert.

»Nicht so schlimm, wie ich dachte«, sagt sie dann. »Gut verheilt. Wie sieht es innen aus?«

»Ein wenig wund, aber es heilt ebenfalls.«

»Gut. Also – übernehmt ihr den Fall jetzt, oder was?« Jenny kommt ohne Verzögerung zur Sache. Ich muss behutsam vorgehen. Zwar übernehmen wir den Fall tatsächlich, doch ich möchte nicht, dass Jenny oder andere Mitarbeiter der Polizei von San Francisco deswegen sauer sind auf uns.

»Ja … Allerdings nur wegen der an mich gerichteten Nachricht. Du kennst die Regeln; die E-Mail ist eine direkte Drohung gegen einen Bundesagenten.« Ich zucke die Schultern. »Damit ist es eine Bundesangelegenheit. Das hat nichts damit zu tun, dass einer von uns denken würde, ihr kämt nicht mit dem Fall zurecht.«

Sie sinniert einen Moment über meine Worte. »Ja, schön, meinetwegen. Ihr Typen habt mir nie irgendwas vorgemacht.«

Wir folgen ihr in ihr Büro, einen kleinen Raum mit zwei Schreibtischen. Nichtsdestotrotz bin ich überrascht. »Dein eigenes Büro, Jenny? Ich bin beeindruckt.«

»Drei Jahre hintereinander die beste Aufklärungsquote. Der Captain hat mich gefragt, was ich mir wünsche, und ich habe gesagt, das hier. Und er hat es mir gegeben.« Sie grinst. »Hat zwei Jungs rausgetreten, die schon seit Ewigkeiten beim SFPD sind, um das zu ermöglichen. Hat mir nicht gerade viele Freunde eingebracht ... Als würde mich das interessieren!« Sie deutet auf ihren Partner. »Sorry. Ich hätte euch früher vorstellen sollen. Das ist Charlie De Biasse, mein Partner. Charlie – die Feds.«

Charlie neigt den Kopf. De Biasse ist offenkundig ein italienischer Name, und Charlie sieht auch so aus, wenn auch vielleicht nicht ganz reinblütig. Sein Gesicht ist ruhig und strahlt Gelassenheit aus. Seine Augen passen nicht ganz zu diesem Eindruck – sie wirken scharf. Scharf und aufmerksam. »Erfreut, Sie kennen zu lernen.«

»Gleichfalls.«

»So«, sagt Jenny. »Und wie lautet der Schlachtplan?«

Callie liefert ihr eine kurze Zusammenfassung der verschiedenen Aufgaben, die ich verteilt habe. Als sie fertig ist, nickt Jenny zustimmend. »Klingt gut. Ich beschaffe euch Kopien von allem, was wir bisher zusammengetragen haben. Charlie, kannst du bei der Spurensicherung anrufen und sie informieren?«

»Geht klar.«

»Wer hat die Schlüssel zur Wohnung?«, frage ich.

Jenny nimmt einen Umschlag von der Seite ihres Schreibtischs und reicht ihn Leo. »Sie sind da drin. Ihr könnt euch am Tatort völlig unbefangen bewegen. Die Spurensicherung ist abgeschlossen, und die Beweisstücke sind sichergestellt. Die Adresse steht vorn auf dem Umschlag. Geht zu Sergeant Bixby vorn beim Empfang. Er besorgt euch eine Fahrgelegenheit.«

Leo sieht mich mit erhobenen Augenbrauen an, und ich nicke. Er marschiert los.

Ich bemerke Jennys Blick. »Können wir irgendwo hingehen? Ich würde mich gern mit dir über deine Eindrücke vom Tatort unterhalten.«

»Sicher. Wir können einen Kaffee trinken gehen. Charlie

kann sich um alles Weitere hier kümmern. In Ordnung, Charlie?«

»Klar.«

»Das wäre großartig.«

»Taugt Ihr Pathologe was?«, fragt James. Natürlich kommt es aus seinem Mund nicht als harmlose Frage, sondern als Provokation. Jenny sieht ihn stirnrunzelnd an.

»Nach Quantico zu urteilen, ist sie ziemlich gut. Warum – haben Sie etwas anderes gehört?«

Er winkt sie weg. »Sagen Sie mir einfach nur, wie ich an sie herankomme, Detective, und sparen Sie sich Ihren Sarkasmus.«

Jennys Augenbrauen schießen in die Höhe, und ich sehe, wie sich ihre Augen verschleiern. Sie wirft mir einen Seitenblick zu, und vielleicht ist es der gegen James gerichtete Ausdruck von Verärgerung, den sie auf meinem Gesicht bemerkt, der sie besänftigt. »Wenden Sie sich an Charlie.« Ihre Stimme klingt gepresst und angespannt. Das hat keinerlei Wirkung auf James. Er wendet sich einfach von ihr ab, ohne sie eines weiteren Blickes zu würdigen.

Ich berühre Jennys Ellbogen. »Komm, wir verschwinden von hier.«

Sie schießt James einen letzten düsteren Blick hinterher, bevor sie nickt. Wir gehen zum Ausgang.

»Ist er immer so ein Arschloch?«, fragt sie, als wir die Stufen zur Straße hinuntersteigen.

»O ja. Das Wort wurde extra für ihn erfunden.«

Wir müssen lediglich einen Block weit laufen bis zum Café, von denen es in San Francisco genauso viele zu geben scheint wie in Seattle. Es ist ein bürgerliches Café, ein Familienbetrieb mit einer entspannten, bodenständigen Atmosphäre, kein Franchise-Laden. Ich bestelle mir einen Mokka. Jenny entscheidet sich für Tee. Wir nehmen an einem Tisch beim Fenster Platz und genießen es für einen Moment, nicht zu reden, während wir an unseren Tassen nippen. Der Mokka ist köstlich. Köstlich genug, dass ich ihn trotz all des Todes um mich herum genieße.

Ich sehe nach draußen und betrachte das Leben auf der Straße. San Francisco hat mich schon immer fasziniert. Es ist das New York der Westküste. Kosmopolitisch, mit europäischen Einflüssen und einem ganz eigenen Charme und Charakter. Ich kann normalerweise schon an der Kleidung erkennen, ob jemand aus San Francisco kommt. Es ist einer der wenigen Orte an der Westküste, an dem man wollene Trenchcoats und Hüte sieht, Baskenmützen und Lederhandschuhe. Sehr chic. Draußen ist ein schöner Tag. In San Francisco kann es ziemlich kalt werden, doch heute scheint die Sonne, und die Temperaturen liegen knapp über zwanzig Grad. Sengend heiß nach den Standards dieser Stadt.

Jenny stellt ihre Tasse ab und fährt mit dem Finger über den Rand. Sie wirkt nachdenklich. »Ich war überrascht, dich hier zu sehen«, sagt sie schließlich. »Noch mehr, als ich hörte, dass du dein Team nicht leitest.«

Ich sehe sie über den Rand meiner Tasse hinweg an. »So lautet die Abmachung. Annie King war eine Freundin von mir, Jenny. Ich muss mich bei dieser Sache zurückhalten. Zumindest offiziell. Außerdem bin ich noch nicht wieder so weit, dass ich das CASMIRC leiten könnte. Noch nicht.«

Ihr Blick verrät nichts, doch er urteilt auch nicht über mich. »Nicht so weit, weil du es sagst, oder nicht so weit, weil das FBI es sagt?«

»Ich sage es.«

»Also ... Bitte versteh mich nicht falsch, Smoky, aber wenn das so ist – wie hast du dann die Genehmigung bekommen, überhaupt herzukommen? Ich glaube nicht, dass mein Captain sie mir in einer ähnlichen Situation gegeben hätte.«

Ich erkläre ihr, was in mir vorgegangen ist, seit ich mein Team wiedergesehen habe. »Es scheint im Augenblick eine gute Therapie für mich zu sein. Ich schätze, der stellvertretende Direktor sieht es genauso.«

Jenny schweigt einen Moment lang. »Smoky, du und ich, wir sind Freundinnen«, sagt sie schließlich. »Wir schicken uns keine Weihnachtskarten oder besuchen uns zu Thanksgiving, nicht diese Art von Freundinnen. Trotzdem sind wir Freundinnen, stimmt's?«

»Sicher. Natürlich.«

»Dann muss ich dich als Freundin fragen: Bist du wirklich imstande, mit diesem Fall fertig zu werden? Bis zum Ende? Das hier ist eine schlimme Geschichte, Smoky, wirklich schlimm. Du kennst mich, und du weißt, dass ich schon eine ganze Menge gesehen habe. Doch das hier mit ihrer Tochter ...« Sie erschauert unwillkürlich. »Ich werde Alpträume deswegen haben. Außerdem ist das, was er deiner Freundin angetan hat, auch alles andere als nett. Und sie war deine Freundin. Ich kann verstehen, wenn du sagst, dass es dir gut tut, wieder ins Wasser zu springen, aber meinst du wirklich, dass sich dieser Fall dafür eignet?«

Ich antworte ihr aufrichtig. »Ich weiß es nicht. Das ist die Wahrheit. Ich bin am Boden zerstört, Jenny. Glaub ja nicht, es wäre nicht so. Von außen betrachtet ergibt es nicht viel Sinn, dass ich an dem Fall mitarbeite, aber ...« Ich überlege, bevor ich weiterspreche. »Es ist folgendermaßen: Weißt du, was ich seit Matts und Alexas Ermordung gemacht habe? Nichts. Ich meine damit nicht, dass mir alles nur schwer gefallen wäre. Ich meine buchstäblich nichts. Ich habe den ganzen Tag lang auf einem Stuhl gesessen und die nackte Wand angestarrt. Ich gehe schlafen und habe Alpträume, ich wache auf und starre Wände an, bis ich wieder schlafen gehe. Oh, manchmal sehe ich mich auch stundenlang in Spiegeln an und fahre mit den Fingern über diese Narben.« Tränen wallen in mir auf. Ich bin dankbar, als ich merke, dass es Tränen der Wut und nicht der Schwäche sind. »Ich kann nur eins sagen – so zu leben ist noch schrecklicher als alles, was ich sehen werde, wenn ich mich an den Ermittlungen zu Annies Fall beteilige.

Das glaube ich jedenfalls. Ich weiß, es klingt vielleicht egoistisch, aber es ist die Wahrheit.«

Mir gehen die Worte aus wie einer Uhr, die wieder aufgezogen werden muss. Jenny nimmt einen Schluck von ihrem Tee. Das Leben draußen auf den Bürgersteigen brodelt weiter, als wäre nichts geschehen.

»Das leuchtet mir ein«, nickt Jenny. »Und du möchtest von mir wissen, was ich für einen Eindruck vom Tatort habe.« Das ist alles, was sie sagt. Sie lässt mich nicht abblitzen. Sie erkennt meine Entscheidung auf ihre Weise an. Sagt, dass sie es versteht, und kommt zur Sache. Ich bin ihr dankbar dafür.

»Bitte.«

»Der Anruf kam gestern«, sagt sie.

Ich unterbreche sie. »Ging er an dich persönlich?«

»Ja. Der Anrufer hat explizit meinen Namen genannt. Die Stimme war verstellt. Er sagte, ich solle meine E-Mails durchsehen. Ich hätte es vielleicht ignoriert, aber er hat dich erwähnt.«

»Die Stimme war verstellt? Auf welche Weise?«

»Sie klang gedämpft. Als hätte er ein Stück Stoff über die Sprechmuschel gehalten.«

»Irgendein feststellbarer Akzent? Ein ungewöhnlicher Slang? Irgendetwas Auffälliges?«

Jenny sieht mich an, und auf ihrem Gesicht steht ein verwirrtes Lächeln. »Willst du mich wie eine Zeugin bearbeiten, Smoky?«

»Du bist eine Zeugin, Jenny. Zumindest für mich. Du bist der einzige Mensch, der mit ihm gesprochen hat, und du hast den unberührten Tatort gesehen. Ja, du bist eine Zeugin.«

»Meinetwegen.« Ich sehe, wie sie über meine Frage nachdenkt. »Ich würde sagen Nein. Ganz im Gegenteil. An seiner Sprechweise war überhaupt nichts Auffälliges. Seine Stimme klang extrem ausdruckslos.«

»Kannst du dich noch genau an das erinnern, was er gesagt

hat?« Ich weiß, dass die Antwort auf diese Frage Ja lautet. Jennifer besitzt ein ungewöhnlich gutes Gedächtnis. Es ist auf seine Weise genauso beängstigend wie mein Geschick mit Waffen, und die Verteidiger vor Gericht fürchten sie deswegen.

»Ja. Er hat gesagt: ›Spreche ich mit Detective Chang?‹ Ich bejahte seine Frage. ›Sie haben eine E-Mail erhalten‹, sagte er, doch er hat dabei nicht gelacht. Das war eines der Dinge, die mich sofort aufhorchen ließen. Er machte es auch nicht melodramatisch, sondern sprach ganz nüchtern über die Fakten. Ich fragte ihn, wer er sei, und er antwortete: ›Jemand ist tot. Smoky Barrett kennt sie. Sie haben eine E-Mail erhalten.‹ Und dann hat er aufgelegt.«

»Sonst nichts?«

»Das war's.«

»Hm. Wissen wir, woher der Anruf kam?«

»Von einem Münztelefon in Los Angeles.«

Ich spitze die Ohren. »Los Angeles?« Ich denke darüber nach. »Vielleicht ist das der Grund, weshalb er drei Tage benötigt hat. Also ist er entweder ein Reisender, oder er kommt aus Los Angeles.«

»Oder er will uns auf eine falsche Fährte führen. Wenn er in Los Angeles wohnt, dann würde ich sagen, dass er nur wegen Annie hergekommen ist.« Ihr Gesichtsausdruck ist angespannt und wirkt unbehaglich bei diesen Worten. Ich kann mir den Grund dafür denken.

»Was bedeuten würde, dass ich die Person bin, deren Aufmerksamkeit er wollte«, sage ich. Ich habe diese Möglichkeit bereits akzeptiert. – Nein, ich habe vielmehr mit dieser Möglichkeit gerechnet, obwohl ich mich damit noch nicht emotional auseinander gesetzt habe. Mit der Möglichkeit, dass Annie nicht nur wegen der Dinge gestorben ist, die sie getan hat, sondern weil sie meine Freundin war.

»Richtig. Aber das ist reine Spekulation. Jedenfalls habe ich daraufhin meine E-Mails durchgesehen …«

Ich unterbreche sie. »Von wo aus hat er die E-Mail abgeschickt?«

Sie sieht mich zögernd an. »Vom Computer deiner Freundin, Smoky. Es war ihre E-Mail-Adresse.«

Eine plötzliche, unerwartete Woge des Zorns wallt in mir hoch. Ich weiß, dass er es nicht nur getan hat, um seine Spur zu verwischen, sondern auch, um zu zeigen, dass er ganz von Annie Besitz genommen hat. Ich schiebe den Gedanken beiseite. »Erzähl weiter.«

»In der E-Mail wurde der Name von Annie King genannt und ihre Adresse, weiter nichts. Und es gab vier Dateianhänge. Drei davon waren Fotos von deiner Freundin. Der vierte war der Brief an dich. Jetzt nahmen wir den Anruf sehr ernst. Man kann heutzutage Fotos beinahe nach Belieben fälschen, doch es ist wie mit einer Bombendrohung. Man evakuiert für den Fall der Fälle. Also fuhren mein Partner und ich mit ein paar Uniformierten zu der Adresse.« Sie nippt an ihrem Tee. »Die Tür war nicht abgeschlossen, und nachdem wir ein paar Mal geklopft hatten, ohne dass jemand antwortete, zogen wir die Waffen und drangen in die Wohnung ein. Deine Freundin und ihre Tochter lagen im Schlafzimmer, auf dem Bett. Annie hatte ihren Computer dort stehen.« Jennifer schüttelt den Kopf bei der Erinnerung. »Es war ein schlimmer Anblick, Smoky. Du hast schon mehr derartige Dinge gesehen als ich; diese Art von methodischem, vorsätzlichem Morden. Aber ich glaube nicht, dass es dir weniger unter die Haut gegangen wäre als mir. Er hat sie aufgeschnitten, ihre Innereien entfernt und in Tüten gepackt. Er hat ihr die Kehle durchgeschnitten. Doch das Schlimmste von allem war ihre Tochter.«

»Bonnie.«

»Ja. Sie war an ihre Mutter gefesselt, von Gesicht zu Gesicht. Nichts besonders Ausgeklügeltes oder so. Er hat sie einfach Bauch an Bauch gelegt und dann beide mit einem Seil umwickelt, bis sie sich nicht mehr rühren konnte. Sie lag dort drei Tage so,

Smoky. An ihre eigene tote Mutter gefesselt. Du weißt, was in einem Zeitraum von drei Tagen mit einer Leiche passiert. Die Klimaanlage war nicht eingeschaltet. Und der Mistkerl hat ein Fenster gekippt offen gelassen. Es gab Schmeißfliegen.«

Ich weiß es. Was sie beschreibt, ist unvorstellbar.

»Das Kind ist zehn Jahre alt. Der Gestank ist schon schlimm, und sie liegt da, überall Fliegen. Sie hat den Kopf zur Seite gedreht, sodass ihre Wange auf dem Gesicht ihrer Mutter lag.« Jenny schneidet eine Grimasse, und ich ahne, welches Entsetzen sie bei diesem Anblick empfunden haben muss. Ich bin dankbar, unendlich dankbar, dass mir dieser Anblick erspart geblieben ist. »Sie war still. Sie hat nicht ein Wort gesagt, als wir in den Raum kamen. Nichts, als wir sie losgebunden haben. Sie war einfach nur schlaff und hat uns angestarrt. Sie hat nicht auf unsere Fragen reagiert. Sie war dehydriert. Wir haben sofort einen Notarzt geholt, und ich habe einen Beamten angewiesen, sie zu begleiten, als sie ins Krankenhaus eingeliefert wurde. Körperlich geht es ihr wieder gut. Ich habe einen Posten vor ihre Tür gestellt, zur Sicherheit. Ich habe ihr übrigens ein Privatzimmer geben lassen.«

»Danke. Ich weiß das zu schätzen. Sehr.«

Jenny winkt ab und nimmt einen weiteren Schluck von ihrem Tee. Ich bin überrascht, als ich sehe, wie ihre Hand unmerklich zittert. Die Erinnerung macht ihr tatsächlich sehr zu schaffen, so hart sie sonst auch sein mag. Sie ist erschüttert. »Das Kind hat seither noch kein Wort gesprochen. Meinst du, sie wird darüber hinwegkommen? Kann ein Mensch über so etwas hinwegkommen?«

»Ich weiß es nicht. Ich bin immer wieder überrascht, was Menschen alles verarbeiten können. Aber ich weiß es nicht.«

Sie sieht mich nachdenklich an. »Ich schätze, niemand weiß das.« Sie schweigt kurz, bevor sie fortfährt. »Nachdem wir sie mit einem Krankenwagen weggebracht hatten, ließ ich die Wohnung abriegeln. Ich rief die Spurensicherung und trat ihnen kräftig in den Hintern. Vielleicht ein wenig stärker, als es nötig gewesen wäre, doch ich war so…so verdammt wütend. Das beschreibt nicht annähernd, was ich empfunden habe.«

»Ich verstehe, was du meinst.«

»Während all das passierte, rief ich bei euch an und sprach mit Alan. Viel mehr habe ich nicht. Wir stehen noch ganz am Anfang, Smoky. Wir haben bisher lediglich den Tatort auf Hinweise abgesucht. Ich hatte bisher nicht mal Zeit, mir alles genauer anzusehen.«

»Treten wir ein paar Schritte zurück. Lass mich dich als Zeugin behandeln.«

»In Ordnung.«

»Wir machen es als KB.«

»Okay.«

Mit »KB« meine ich »kognitive Befragung«. Die Erinnerungen von Zeugen und ihre Berichte gehören zu unseren größten Fehlerquellen. Die Leute sehen entweder zu wenig, oder sie erinnern sich aufgrund eines Traumas oder starker Gefühle nicht genau an das, was sie gesehen haben. Dafür erinnern sie sich an Dinge, die überhaupt nicht so passiert sind. Die kognitive Befragungstechnik wird schon seit geraumer Zeit eingesetzt. Zwar gibt es eine spezifische Methodologie, doch ihre Anwendung ist eine Kunst. Ich bin ziemlich gut darin. Callie ist besser. Alan ist ein Meister.

Das der kognitiven Befragung zugrunde liegende Konzept besteht darin, dass man einen Zeugen nicht einfach vom Anfang bis zum Ende durch die Ereignisse führt, wieder und immer wieder, weil das die Erinnerung in der Regel nicht verbessert. Stattdessen werden drei Techniken eingesetzt. Die erste heißt Kontext. Statt mit dem Anfang der Ereignisse beginnt man schon vorher. Man fragt, wie der Tag gewesen sei, welchen Verlauf er hatte, welche Sorgen, Glückserlebnisse, Banalitäten den Zeugen gerade beschäftigt haben. Man bringt ihn so dazu, sich an den normalen Alltag vor dem ungewöhnlichen Ereignis zu erinnern, an das er sich erinnern soll. Auf diese Weise soll das Geschehen in den richtigen Kontext gesetzt werden. Indem die Zeugen in Erinnerungen an die Zeit davor verankert werden, sind sie leichter imstande, das Ereignis Revue passieren zu lassen und mehr Details aus ihrem Gedächtnis zu Tage zu fördern.

Die zweite Technik besteht darin, die Sequenz der Erinnerungen zu verändern. Statt mit dem Anfang zu beginnen, fängt man hinten an und arbeitet sich rückwärts durch die Abfolge der Ereignisse vor. Oder man fängt mittendrin an. Das bewirkt, dass der Zeuge innehält und reflektiert. Die dritte und letzte Technik einer guten KB besteht darin, die Perspektive zu verändern. »He«, könnte man fragen, »wie mag das alles wohl für einen Betrachter in der Tür ausgesehen haben?« Dies verschiebt die Analyse des Ereignisses und kann weitere Fakten zu Tage fördern.

Bei jemandem wie Jenny, die eine ausgebildete Ermittlerin mit exzellentem Gedächtnis ist, kann die kognitive Befragung äußerst effektiv sein.

»Es ist später Nachmittag«, fange ich an. »Du bist in deinem Büro. Was machst du gerade …?«

Sie blickt zur Decke hinauf, während sie versucht, sich zu erinnern. »Ich unterhalte mich mit Charlie. Wir gehen einen Fall durch, an dem wir gerade arbeiten. Eine sechzehn Jahre alte Prostituierte, die zu Tode geprügelt und in einer Seitengasse in Tenderloin liegen gelassen wurde.«

»M-hm. Was sagt ihr dazu?«

Ihre Augen werden traurig. »Es ist das, was Charlie immer sagt. Dass sich niemand einen Dreck um eine tote Nutte schert, auch wenn sie gerade erst sechzehn Jahre alt war. Charlie ist wütend und deprimiert und flucht herum. Er kommt nicht klar mit toten Kindern.«

»Wie hast du dich gefühlt, während du ihm zugehört hast?«

Sie seufzt. »Genauso. Wütend. Traurig. Ich hab mir nicht Luft gemacht wie er, aber ich hab ihn verstanden. Ich erinnere mich, dass ich auf meinen Schreibtisch gestarrt habe, während er herumgeflucht hat. Mir ist aufgefallen, dass ein Foto seitlich aus ihrer Akte ragte. Es war ein Bild von dem Ort, an dem wir sie gefunden haben. Ich hab einen Teil ihres Beins gesehen, vom Knie an abwärts. Es sah tot aus. Ich fühlte mich müde.«

»Erzähl weiter.«

»Charlie beruhigte sich schließlich wieder. Er hörte auf herumzupoltern und saß einfach nur noch da. Schließlich sah er mich an und grinste auf seine alberne, schiefe Weise und meinte, es tue ihm Leid. Ich sagte, das sei schon in Ordnung.« Sie zuckt die Schultern. »Er hat sich meine Schimpftiraden auch schon anhören müssen, mehr als einmal. So ist das eben bei Partnern.«

»Was hast du in diesem Augenblick ihm gegenüber empfunden?«

»Ich habe mich ihm verbunden gefühlt.« Sie wedelt mit der Hand. »Nicht sexuell oder verliebt oder so was. Das war zwischen uns nie ein Thema. Einfach nur verbunden. Ich wusste, dass er immer für mich da sein würde und umgekehrt. Ich war froh, einen so guten Partner zu haben. Ich wollte ihm das gerade sagen, als der Anruf kam.«

»Von dem Täter?«

»Ja. Ich erinnere mich, dass ich mich irgendwie … desorientiert gefühlt habe, als der Kerl zu reden anfing.«

»Desorientiert? Inwiefern?«

»Na ja, das Leben war irgendwie normal. Ich saß mit Charlie in meinem Büro, und jemand rief: ›Da ist ein Anruf für dich.‹ Ich bedankte mich und nahm den Hörer ab. Dinge und Bewegungen, die ich schon Tausende Male getan habe, ohne mir etwas dabei zu denken. Völlig normal eben. Und plötzlich war es das nicht mehr. Eine Sekunde vorher hatte ich mich noch mit Charlie unterhalten, und dann das …« Sie schnippt mit den Fingern. »Einfach so. Es war schrill.« Ihre Augen wirken beunruhigt, als sie dies sagt.

Das ist der zweite Grund, aus dem ich beschlossen habe, Jenny einer kognitiven Befragung zu unterziehen. Das größte Problem mit der Erinnerung bei Zeugen ist das durch das Ereignis ausgelöste Trauma. Starke Emotionen behindern die Erinnerung. Wer nicht bei einer Vollzugsbehörde arbeitet, kann sich nicht vorstellen, dass auch wir unsere Traumata erleiden. Erwürgte Kinder, zerstückelte Mütter, vergewaltigte Knaben. Mit Mördern telefonieren. Diese Erfahrungen sind schockierend. Sie erzeugen zahlreiche Emotionen, ganz gleich, wie gut wir sie unterdrücken. Sie sind traumatisch.

»Ich verstehe. Ich glaube, dass wir hier einen Kontext haben, Jenny.« Meine Stimme ist sanft und leise. Sie lässt sich von mir in die Situation führen, und ich möchte, dass sie in ihr bleibt. »Gehen wir weiter. Machen wir dort weiter, wo du zur Tür von Annie Kings Wohnung gehst.«

Sie blinzelt ins Leere. »Es ist eine weiße Tür. Ich erinnere mich, dass ich bei ihrem Anblick dachte, dies sei die weißeste Tür, die ich je gesehen habe. Irgendetwas an dieser Tür hat ein hohles Gefühl in mir erweckt. Zynisch.«

»Wieso?«

Sie sieht mich aus scheinbar uralten Augen an. »Weil ich wusste, dass es eine Lüge war. All das Weiß. Eine totale Lüge. Ich habe es in meinem Innersten gespürt. Was auch immer hinter dieser Tür lag, es war nicht weiß, absolut nicht. Es war dunkel und verderbt und böse.«

Ich fühle eine stechende Kälte. Eine Art nachempfundenes Déjà-vu. Ich habe auch schon gespürt, was sie gerade beschreibt.

»Erzähl weiter.«

»Wir klopfen und rufen ihren Namen. Nichts. Alles ist still.« Sie runzelt die Stirn. »Weißt du, was noch merkwürdig war?«

»Was?«

»Niemand auf dem gesamten Korridor hat den Kopf aus der Tür gestreckt, um zu sehen, was da vor sich ging. Ich meine, wir haben laut geklopft, wie die Polizei es eben macht. Laut und anhaltend. Aber niemand hat den Kopf aus der Tür gestreckt. Ich glaube nicht, dass Annie King ihre Nachbarn gekannt hat. Oder vielleicht waren sie sich auch nur fremd.«

Sie seufzt.

»Wie dem auch sei. Charlie sieht mich an, und ich sehe ihn an, und wir sehen die Uniformierten an und ziehen unsere Waffen.« Sie beißt sich auf die Lippe. »Das ungute Gefühl war ziemlich stark. Es war ein Klumpen aus böser Vorahnung, der in meinem Magen umhergetanzt ist. Ich konnte es bei den anderen ebenfalls spüren. Ich konnte es riechen. Schweiß und Adrenalinzittern. Flaches Atmen.«

»Hattest du Angst?«, frage ich.

Sie antwortet zuerst nicht. »Ja«, sagt sie dann. »Ich hatte Angst. Angst vor dem, was wir vorfinden würden.« Sie verzieht ihr Gesicht. »Weißt du, was seltsam ist? Ich habe immer Angst, bevor ich einen Tatort betrete. Ich bin seit mehr als zehn Jahren bei der Mordermittlung und habe alles gesehen, und trotzdem habe ich jedes Mal aufs Neue Angst.«

»Erzähl weiter.«

»Ich habe am Türknauf gedreht, und die Tür ging auf, ohne Probleme. Ich habe alle reihum angesehen und die Tür geöffnet, ganz weit. Wir hatten alle unsere Waffen im Anschlag.«

Ich wechsele die Perspektive. »Was glaubst du, ist Charlie als Erstes aufgefallen?«

»Der Gestank. Es muss der Gestank gewesen sein. Und die Dunkelheit. Alle Lichter waren aus, bis auf das in ihrem Schlafzimmer.« Sie erschauert, ohne sich dessen bewusst zu sein. »Von der Stelle aus, an der wir standen, konnten wir den Eingang zu ihrem Schlafzimmer sehen. Er lag am Ende des Flurs fast genau gegenüber der Eingangstür. In der Wohnung war es beinahe stockdunkel, doch die Schlafzimmertür … hatte einen hellen Umriss.« Sie zeichnet die Linien in der Luft nach. »Es hat mich an das Monster im Schrank erinnert, vor dem ich als

Kind immer Angst hatte. Du weißt schon, irgendetwas kratzt auf der anderen Seite der Tür, irgendwas will raus. Irgendwas Schreckliches.«

»Erzähl mir mehr über den Gestank.«

Sie verzieht das Gesicht. »Parfum und Blut. So hat es gerochen. Der Geruch von Parfum war stärker, aber man konnte das Blut darunter riechen. Schwer und kupferartig. Subtil und trotzdem penetrant. Bestürzend. Wie etwas, das man aus dem Augenwinkel sehen kann.«

»Was geschah dann?«, wechsle ich das Thema.

»Wir machten das Übliche. Riefen nach den Bewohnern, inspizierten die Küche und das Wohnzimmer. Wir benutzten Taschenlampen, weil wir nichts anfassen wollten.«

»Das ist gut«, nicke ich aufmunternd.

»Danach näherten wir uns der Schlafzimmertür.« Sie hält inne und sieht mich an. »Ich hab Charlie gesagt, er soll Handschuhe anziehen, bevor wir reingegangen sind, Smoky.«

Sie erzählt mir, dass sie wusste, spürte, was sie auf der anderen Seite der Tür antreffen würde: Mord. Und dass sie mit Beweisen, nicht mit Überlebenden konfrontiert werden würde. »Ich erinnere mich, wie ich den Türknauf angestarrt habe. Ich wollte nicht an ihm drehen. Ich wollte nicht ins Zimmer sehen. Ich wollte das Monster nicht rauslassen.«

»Erzähl weiter.«

»Charlie drehte am Knauf. Die Tür war nicht abgeschlossen. Wir hatten ein wenig Mühe, sie zu öffnen, weil in den unteren Türspalt ein Handtuch gestopft war.«

»Ein Handtuch?«

»Mit Parfum getränkt. Er hat es dorthin gelegt, damit der Gestank vom Leichnam deiner Freundin nicht nach draußen dringt. Er wollte nicht, dass irgendjemand sie findet, bevor er so weit war.«

Und in diesem Augenblick, aus heiterem Himmel, will irgendetwas in mir aufhören. Will aufstehen, durch die Tür nach draußen gehen, in den Jet steigen und zurück nach Hause fliegen. Es ist ein Gefühl, das mich zu übermannen droht, so stark ist es. Ich kämpfe dagegen an.

»Und dann?«, frage ich Jenny.

Sie starrt schweigend in die Ferne. Sieht zu viel. Als sie wieder spricht, klingt ihre Stimme tonlos und leer. »Es stürzte alles auf einmal auf uns ein. Ich glaube, genau so hat er es gewollt. Das Bett war verrückt worden, stand in einer Linie mit der Tür, sodass wir alles sehen und riechen mussten, sobald wir sie öffneten. In einem einzigen Augenblick.« Sie schüttelt den Kopf. »Ich erinnere mich, dass ich an diese unglaublich weiße Wohnungstür denken musste. Es hat eine verdammte Bitterkeit in mir aufsteigen lassen; war einfach zu viel, um es zu verarbeiten. Ich glaube, wir standen eine ganze Minute reglos da und haben auf das Bett gestarrt. Es war Charlie, der als Erster gemerkt hat, dass … dass Bonnie noch am Leben war.«

Sie stockt, starrt erneut ins Leere, als sie den Augenblick durchlebt. Ich warte geduldig. »Sie hat geblinzelt, ich erinnere mich. Ihre Wange lag auf dem Gesicht ihrer toten Mutter, und sie sah selbst tot aus. Wir dachten es im ersten Moment, als wir ins Zimmer kamen. Und dann hat sie geblinzelt. Charlie fing an zu fluchen, und …« Sie beißt sich auf die Lippe. »… und leise zu weinen. Aber das bleibt unter uns, okay? Unter uns und den Uniformierten, die dabei waren.«

»Keine Sorge.«

»Dann kam der erste und – hoffe ich – einzige Mist, den wir gebaut haben. Charlie ist einfach ins Zimmer gerannt und hat Bonnie von ihren Fesseln losgebunden. Hat auf dem Tatort rumgetrampelt.« Ihre Stimme klingt hohl und verwirrt. »Er hat ununterbrochen geflucht, als wolle er überhaupt nicht mehr aufhören. Er hat auf Italienisch geflucht. Es klingt ziemlich schön. Eigenartig, nicht wahr?«

»Ja«, antworte ich sanft. Jenny ist vollständig in dem Moment gefangen, und ich will sie nicht herausreißen.

»Bonnie war schlaff und zeigte keinerlei Reaktion. Sie wirkte, als hätte sie keine Knochen. Charlie band sie los und rannte mit ihr aus der Wohnung. Einfach nach draußen, bevor ich denken oder irgendwas sagen konnte. Er war verzweifelt. Ich verstand ihn.« Sie verzieht das Gesicht. »Ich habe die Uniformierten angewiesen, den Notarzt und die Spurensicherung und den Gerichtsmediziner anzufordern. Und dann war ich allein mit deiner Freundin. Alles in diesem Zimmer roch nach Parfum und Blut und Tod. Ich war so wütend und traurig, dass ich hätte kotzen können. Ich habe auf Annie runtergesehen.« Sie erschauert erneut. Ballt die Fäuste, öffnet sie wieder. »Ist dir das schon mal an den Toten aufgefallen, Smoky? Wie still und ruhig sie daliegen? Nichts Lebendes könnte je diese Art von Reglosigkeit imitieren. Still und reglos und niemand zu Hause. An diesem Punkt hab ich aufgehört zu fühlen.« Sie sieht mich an. »Du weißt selbst, wie das funktioniert.«

Ich nicke. Ich weiß es. Sobald man den ersten Schock überwunden hat, schließt man seine Gefühle weg, sodass man seine Arbeit machen kann, ohne weinen oder sich erbrechen zu müssen oder auf der Stelle den Verstand zu verlieren. Man muss imstande sein, das Entsetzliche mit klinischem Auge zu betrachten. Es ist unnatürlich.

»Irgendwie ist es merkwürdig, daran zu denken? Fast so, als könnte ich meine eigene Stimme in meinem Kopf hören, roboterartig monoton.« Sie verzieht das Gesicht. »Weibliche Weiße, ungefähr fünfunddreißig Jahre alt, nackt ans Bett gefesselt. Schnittwunden vom Hals bis zu den Knien, wahrscheinlich mit einem Messer zugefügt. Zahlreiche Schnitte sehen lang und oberflächlich aus und weisen auf Folter hin. Der Rumpf …« Ihre Stimme zittert für eine Sekunde. »Die Bauchhöhle ist geöffnet und scheint keine Organe mehr zu enthalten. Das Gesicht des Opfers ist verzerrt, als sei es schreiend gestorben. Die Knochen der Arme und Beine scheinen gebrochen. Der Mord ist offenbar planmäßig erfolgt. Das Opfer ist langsam gestorben. Die

Position des Leichnams legt sorgfältige Planung nahe. Kein Verbrechen aus Leidenschaft.«

»Erläutere mir das«, fordere ich sie auf. »Welchen Eindruck hast du angesichts der Szene von ihm gehabt, in jenem Augenblick?«

Sie schweigt lange Zeit. Ich warte, beobachte sie, wie sie aus dem Fenster starrt. Schließlich richtet sie ihre Augen auf mich.

»Ihre Todesqualen haben ihn kommen lassen, Smoky. Es war der beste Sex, den er jemals hatte.«

Ihre Worte lassen mich erstarren. Sie klingen dunkel, kalt und grauenhaft.

Doch sie sind auch ein Teil dessen, wonach ich suche. Und sie klingen wahr. Noch während sie mich aushöhlen, eine innere Leere in mir erzeugen, fange ich an, *ihn* zu riechen. Er riecht nach Parfum und Blut, wie eine Tür in der Dunkelheit, umrahmt von Licht. Er riecht nach einem von Schreien durchsetzten Lachen. Er riecht nach als Wahrheit getarnten Lügen, nach aus den Augenwinkeln betrachtetem Zerfall.

Er ist präzise. Und er genießt den Akt.

»Danke, Jenny.« Ich fühle mich leer und beschmutzt und von Finsternis erfüllt. Doch ich spüre auch, wie sich in mir etwas zu regen beginnt. Ein Drache. Etwas, von dem ich fürchtete, es sei gestorben, verloren, amputiert durch Joseph Sands. Es ist noch nicht erwacht – noch nicht. Aber ich kann es wieder spüren, zum ersten Mal seit Monaten kann ich es wieder spüren.

Jenny schüttelt sich ein wenig. »Ziemlich gut«, sagt sie. »Du hast mich tatsächlich zurückversetzt.«

»Dazu war von meiner Seite aus nicht viel nötig. Du bist eine ideale Zeugin.« Meine Antwort klingt apathisch in meinen Ohren. Ich fühle mich unendlich müde.

Wir sitzen noch eine Weile schweigend da, und jede hängt ihren unruhigen Gedanken nach.

Mein Mokka schmeckt nicht länger exquisit, und Jenny scheint das Interesse an ihrem Tee verloren zu haben. Tod und

Schrecken bewirken das. Sie vermögen jedem Augenblick alle Freude zu entziehen. Es ist das, womit man ständig kämpfen muss, wenn man für das Gesetz arbeitet. Die Schuld der Überlebenden. Es erscheint beinahe als Sakrileg, einen Moment im Leben zu genießen, während man darüber spricht, wie ein anderes Leben schreiend endete.

Ich seufze. »Kannst du mich zu Bonnie bringen?«

Wir zahlen und gehen. Auf dem ganzen Weg ins Krankenhaus fürchte ich mich vor den starrenden Augen. Ich rieche Blut und Parfum, Parfum und Blut, und es riecht nach Verzweiflung.

KAPITEL 11

Ich hasse Krankenhäuser. Ich bin froh, dass es sie gibt, wenn man sie braucht, doch ich habe nur eine einzige gute Erinnerung an ein Krankenhaus: die Geburt meiner Tochter. Ansonsten war ich immer nur dort, wenn ich oder jemand Nahestehender verletzt oder jemand gestorben war. Das hier ist keine Ausnahme. Wir sind zum Krankenhaus gefahren, weil ich mit einem kleinen, drei Tage lang an seine tote Mutter gefesselten Mädchen reden muss.

Mein eigener Krankenhausaufenthalt ist eine surreale Erinnerung. Es war eine Zeit intensiver Schmerzen und des nicht enden wollenden Wunsches zu sterben. Eine Zeit des tagelangen Wachliegens, bis ich vor Erschöpfung das Bewusstsein verlor. Eine Zeit des in der Dunkelheit An-die-Decke-Starrens, während neben mir die Monitore summten und die Absätze von Krankenschwestern klapperten wie Kastagnetten in einem Alptraum. Eine Zeit des Lauschens auf meine Seele, die leer rauschte wie eine Muschel, die man sich ans Ohr hält.

Ich rieche den Krankenhausgeruch und erzittere innerlich.

»Wir sind da«, sagt Jenny.

Der Polizist vor der Tür ist wachsam. Er verlangt meinen Ausweis, obwohl ich mit Jenny gekommen bin. Das ist gut.

»Sonst irgendwelche Besucher?«, erkundigt sich Jenny bei ihm.

Er schüttelt den Kopf. »Niemand. Es war ruhig.«

»Lassen Sie niemanden zu ihr, solange wir drin sind, Jim. Es ist mir egal, wer es ist, okay?«

»Wie Sie befehlen, Detective.«

Er setzt sich wieder in seinen Stuhl und schlägt eine Zeitung auf. Wir betreten das Krankenzimmer.

Ich fühle mich benommen, als sich die Tür hinter uns schließt und ich Bonnies reglose Gestalt sehe. Sie schläft nicht. Ihre Augen stehen offen, doch sie bewegen sich nicht einmal als Reaktion auf das Geräusch unseres Eintretens.

Sie ist klein, winzig, und nicht das Krankenhaus, sondern die Umstände, die sie hergeführt haben, scheinen dies noch zu betonen. Ich bin erstaunt, wie sehr sie Annie ähnelt. Das gleiche blonde Haar, die gleiche Stupsnase, die gleichen kobaltblauen Augen. In wenigen Jahren wird sie beinahe ein Zwilling des Cheerleaders sein, den ich auf der Toilette der Highschool in den Armen gehalten habe. Mir wird bewusst, dass ich den Atem angehalten habe. Ich atme aus und gehe zu ihr.

Die Untersuchungen sind weitgehend abgeschlossen. Jenny hat auf der Fahrt hierher erklärt, dass keine Spuren einer Vergewaltigung und keine physischen Verletzungen festgestellt werden konnten. Ein Teil von mir ist dankbar dafür, doch ich weiß auch, dass ihre Wunden sehr viel tiefer gehen. Es sind klaffende, blutige Wunden, die kein Arzt der Welt zu heilen vermag. Wunden der Seele.

»Bonnie?«, frage ich mit leiser, gedämpfter Stimme. Ich erinnere mich, irgendwo gelesen zu haben, dass Menschen im Koma einen hören können, wenn man zu ihnen spricht, und dass es ihnen hilft. Das hier ist nicht viel anders als ein Koma. »Ich bin Smoky. Deine Mutter und ich waren enge Freundinnen, viele Jahre lang. Ich bin deine Patentante.«

Keine Reaktion. Nur diese an die Decke starrenden Augen.

Gerichtet auf irgendeinen Ort, den nur sie zu sehen vermögen. Vielleicht aber sehen sie auch überhaupt nichts. Ich trete an die Seite des Bettes und zögere. Dann nehme ich ihre kleine Hand in die meine. Eine Woge aus Benommenheit bricht über mir zusammen, als ich die Weichheit ihrer Haut spüre. Das ist die Hand eines Kindes, längst nicht erwachsen, ein Symbol dessen, was wir schützen und lieben und hegen. Ich habe die Hand meiner Tochter viele Male auf diese Weise gehalten, und in mir öffnet sich eine Leere, als Bonnies Hand diesen Platz ausfüllt. Ich fange an zu reden, nicht sicher, was ich sagen soll, bis die Worte wie von selbst über meine Lippen kommen. Jenny steht ein wenig abseits, schweigend. Ich bin mir ihrer Anwesenheit kaum bewusst. Meine Worte klingen leise und ernst in meinen Ohren, wie jemand, der betet.

»Schatz, du sollst wissen, dass ich hier bin, um den Mann zu finden, der dir und deiner Mutter das angetan hat. Das ist meine Aufgabe. Du sollst wissen, dass ich weiß, wie schlimm das alles ist. Wie sehr du innerlich verletzt wurdest. Und dass du dir vielleicht wünschst zu sterben.« Eine Träne rollt über meine Wange. »Ich habe meinen Mann und meine Tochter verloren. Ein böser Mann hat sie umgebracht, erst vor sechs Monaten. Er hat mir wehgetan. Und ich wollte für eine lange Zeit genau das, was du jetzt willst. Ich wollte mich einfach nur tief in mich selbst verkriechen und verschwinden.« Ich halte für einen Moment inne, atme zitternd ein, drücke ihre Hand. »Du sollst wissen, dass ich dich verstehe. Und du bleibst hier, so lange es sein muss. Aber wenn du wieder rauskommst, bist du nicht allein. Ich werde hier sein für dich. Ich werde für dich sorgen.« Ich weine jetzt ungehemmt, doch es ist mir egal. »Ich habe deine Mutter geliebt, meine Süße. Ich habe sie sehr geliebt. Ich wünschte, sie und ich hätten mehr Zeit miteinander verbracht. Ich wünschte, ich hätte dich häufiger gesehen.« Ich lächle schief durch meine Tränen hindurch. »Ich wünschte, du und Alexa, ihr hättet euch gekannt. Ich glaube, du hättest sie gemocht.«

Meine Benommenheit nimmt zu, und die Tränen strömen unaufhörlich über mein Gesicht. Manchmal ist Trauer so. Wie Wasser. Sie findet eine Öffnung, zwängt sich hindurch, weitet den Riss, bis sie explosionsartig hervorbricht, unaufhaltsam und unausweichlich. Bilder von Alexa und Annie durchzucken mein Bewusstsein und verwandeln das Innere meines Kopfes in eine irrsinnige, stroboskoperleuchtete Disco. Mir bleibt nur ein kurzer Augenblick, in dem ich begreife, was mit mir geschieht. Ich werde ohnmächtig.

Dann wird alles dunkel.

Dies ist der zweite Traum, und er ist wunderschön.

Ich bin im Krankenhaus, und ich liege in den Wehen. Ich denke ernstlich darüber nach, Matt umzubringen für seinen Anteil an dem, was mich hierher geführt hat. Ich fühle mich in zwei Teile zerrissen, bin schweißgebadet, grunze wie ein Schwein, alles zwischen langen Schmerzensschreien.

In mir bewegt sich ein menschliches Wesen, durch mich hindurch, will nach draußen. Es fühlt sich nicht gerade schön an, sondern so, als würde ich eine Bowlingkugel scheißen. Ich habe vergessen, welche Freude es sein soll, ein Baby zu haben. Ich will dieses Ding heraushaben aus mir. Ich liebe, hasse, liebe es, und all das schwingt in meinen Schreien und Flüchen mit.

Die Stimme des Arztes ist ruhig, und ich wünschte, ich könnte ihm den dämlichen kahlen Schädel einschlagen. »Gut, Smoky, das Baby ist schon zu sehen! Noch ein paar Mal pressen, und es ist draußen. Los doch, nicht schlappmachen jetzt!«

»Leck mich!«, schreie ich und presse. Doktor Chalmers blickt nicht einmal auf bei meinen Worten. Er holt seit vielen, vielen Jahren Babys auf die Welt.

»Du machst das großartig, Honey«, sagt Matt. Ich umklammere seine Hand, und ein Teil von mir ist von der perversen Hoffnung erfüllt, dass ich ihm die Knochen zerquetsche.

»Woher willst du das wissen?«, fauche ich. Mein Kopf

schnappt durch die Wucht der nächsten Wehe zurück, und ich fluche wie noch nie in meinem Leben, blasphemische, ungeheuerliche Worte, die selbst den gröbsten Klotz erröten lassen würden. Im Raum hängt der Geruch von Blut und den Fürzen, die mir beim Pressen entwichen sind. Daran ist überhaupt nichts Schönes, denke ich, und ich würde euch am liebsten alle umbringen! Dann nehmen Schmerz und Druck gleichermaßen zu, etwas, das ich für unmöglich gehalten hätte. Ich habe das Gefühl, als müsste mein Kopf auf dem Hals rotieren, und ich fluche mit hemmungsloser Hingabe.

»Noch einmal, Smoky«, sagt Dr. Chalmers zwischen meinen Beinen, noch immer ruhig und gelassen in diesem Mahlstrom.

Ich höre ein schmatzendes, saugendes Geräusch. Ein erneuter Schmerz, Pressen, und dann – ist sie draußen. Meine Tochter ist auf die Welt gekommen, und die ersten Laute, die sie hört, sind meine gotteslästerlichen Flüche. Dann Stille, ein paar schnippende Geräusche, und dann etwas, das allen Schmerz und alle Wut und alles Blut beiseite drängt. Das die Zeit stillstehen lässt. Ich höre meine Tochter weinen. Sie klingt genauso wütend wie ich noch wenige Augenblicke zuvor, und es ist das Wunderbarste, was ich je gehört habe, die herrlichste Musik, ein unfassbares Wunder. Ich bin überwältigt und habe das Gefühl, als müsste mein Herz aufhören zu schlagen. Ich höre dieses Geräusch, sehe meinen Mann an und fange an zu heulen.

»Ein gesundes Mädchen«, sagt Dr. Chalmers und richtet sich auf, während die Schwestern Alexa säubern und wickeln. Er sieht verschwitzt aus, müde und glücklich. Ich liebe diesen Mann, den ich noch Sekunden zuvor am liebsten totgeschlagen hätte. Er war ein Teil von dem hier, und ich bin ihm dankbar, auch wenn ich nicht aufhören kann zu heulen und keine Worte finde.

Alexa wurde kurz nach Mitternacht unter Blut und Schmerzen und Flüchen geboren, und das ist etwas, was man nur wenige Male im Leben erfährt – einen Augenblick der Vollkommenheit.

Sie ist auch nach Mitternacht gestorben, zurückgekehrt in die umfassende Dunkelheit, aus der sie niemals wieder auftauchen wird.

Ich schrecke hoch, nach Luft ringend, zitternd und weinend. Ich bin immer noch im Krankenhauszimmer. Jenny beugt sich über mich. Sie blickt erschrocken auf mich herab.

»Smoky! Komm zu dir! Ist alles in Ordnung?«

Mein Mund ist klebrig. Meine Wangen spannen sich unter dem Salz meiner getrockneten Tränen. Ich schäme mich und werfe einen Blick zur Zimmertür. Jenny schüttelt den Kopf.

»Niemand war da. Ich hätte einen Arzt gerufen, wenn du nicht bald wieder zu dir gekommen wärst.«

Ich atme in tiefen Zügen. Schnappe nach Luft wie eine Ertrinkende. »Danke«, sage ich, als ich mich ein wenig beruhigt habe. Ich setze mich auf am Boden, lege den Kopf in die Hände. »Es … es tut mir Leid, Jenny. Ich … ich wusste nicht, dass so etwas passieren könnte.«

Sie schweigt zunächst. Ihre harte Schale ist für einen Moment verschwunden, und sie sieht mich traurig, doch ohne Mitleid an. »Mach dir deswegen keine Gedanken«, sagt sie.

Es sind die einzigen Worte, die sie sagt. Ich sitze da und schnappe nach Luft, während sich mein Atem langsam beruhigt. Und dann fällt mir etwas auf. Genau wie in meinem Traum ist der Schmerz plötzlich verschwunden.

Bonnie hat den Kopf gedreht, und sie sieht mich an. Eine einzelne Träne rollt über ihre Wange. Ich stehe auf, gehe zu ihrem Bett und nehme ihre Hand in meine.

»Hallo Schatz«, flüstere ich.

Sie spricht nicht, und ich sage ebenfalls nichts mehr. Wir sehen einander nur an, während Tränen über unsere Wangen rollen. Das ist es schließlich, wozu Tränen da sind. Eine Möglichkeit für die Seele zu bluten.

KAPITEL 12 San Franciscoer fahren ähnlich wie New Yorker. Sie machen keine Gefangenen. Der Verkehr ist im Moment mittelstark bis stark, und Jenny konzentriert sich ganz auf ihre wilden Auseinandersetzungen mit anderen Fahrern auf dem Rückweg zum SFPD. Eine Symphonie aus Hupen und Flüchen erfüllt die Luft. Ich telefoniere mit einem Finger im Ohr, damit ich Callie auf dem anderen hören kann.

»Wie läuft es bei der Spurensicherung?«, frage ich.

»Die Jungs sind gut, Zuckerschnäuzchen. Verdammt gut. Ich gehe alles mit einem Staubkamm durch, aber ich denke, sie haben wirklich jeden Winkel forensisch abgedeckt.«

»Ich nehme an, das soll bedeuten, sie haben nichts gefunden?«

»Er hat aufgepasst.«

»Ja.« Ich spüre eine Depression anklopfen und schiebe sie beiseite. »Hast du schon mit den anderen geredet? Irgendwelche Neuigkeiten von Damien?«

»Ich hatte noch keine Zeit dazu.«

»Wir sind sowieso fast wieder beim SFPD. Mach weiter mit dem, was du gerade getan hast. Ich setze mich mit den anderen in Verbindung.«

Sie schweigt einen Moment, bevor sie fragt: »Wie geht es dem Kind, Smoky?«

Wie geht es dem Kind? Ich wünschte, ich hätte eine Antwort darauf. Doch die habe ich nicht, und ich will im Moment auch nicht darüber reden. »Nicht gut.«

Ich beende das Telefongespräch, bevor sie etwas erwidern kann, und starre durch das Fenster nach draußen, während Jenny uns durch San Francisco steuert. Die Stadt ist ein Labyrinth aus steilen Hügeln und Einbahnstraßen, voller aggressiver Fahrer und Straßenbahnen. Sie besitzt eine gewisse, neblige Schönheit, die ich stets bewundert habe, eine ganz eigene Atmosphäre. Es ist die Mischung aus den Kultivierten und den Dekadenten, die sich in hohem Tempo entweder auf den Tod oder auf den Erfolg zubewegen. In diesem Augenblick erscheint mir San Francisco allerdings gar nicht so einzigartig. Eine ganz normale Stadt, in der sich Morde ereignen. Das ist die Sache mit dem Mord. Er kann sich am Nordpol ebenso abspielen wie am Äquator. Männer wie Frauen können einen Mord begehen, Jugendliche wie Erwachsene. Die Opfer können sowohl Sünder als auch Heilige sein. Mord ist überall, und seine Kinder sind Legion. Ich bin erfüllt von Dunkelheit, während ich darüber nachdenke. Kein Weiß, kein Grau, sondern nur ein massives Kohlrabenschwarz.

Wir kommen vor dem SFPD an, und Jenny lenkt den Wagen aus dem geschäftigen Verkehrsstrom auf den stilleren Parkplatz, der zum SFPD gehört. Parkplätze sind ein kostbares Gut in San Francisco, und gnade Gott denen, die es wagen, sich unberechtigt auf einen dieser reservierten Plätze zu stellen.

Wir betreten das Gebäude durch einen Seiteneingang und gehen einen Korridor entlang. Alan ist zusammen mit Charlie in Jennys Büro. Beide sind in eine Akte vertieft, die ausgebreitet vor ihnen auf dem Schreibtisch liegt.

»Hey«, sagt Alan. Ich bemerke seinen forschenden, abschätzenden Blick. Ich reagiere nicht.

»Schon irgendwelche Neuigkeiten von den anderen?«

»Bei mir hat sich niemand gemeldet.«

»Und du? Hast du irgendwas gefunden?«

Er schüttelt den Kopf. »Bis jetzt nicht. Ich wünschte, ich könnte sagen, dass die Kollegen hier Blindgänger sind, aber dem ist nicht so. Detective Chang hat ihr Boot fest im Griff.« Er schnippt mit den Fingern und grinst in Charlies Richtung. »O ja, sorry. Und ihr loyales Helferlein natürlich auch.«

»Du kannst mich mal«, antwortet Charlie, ohne vom Schreibtisch aufzublicken.

»Mach weiter. Ich werde Leo und James anrufen.«

Er zeigt mir den erhobenen Daumen und konzentriert sich wieder auf die Akte.

Mein Handy klingelt. »Barrett?«

Ich höre James' missmutige Stimme. »Wo zur Hölle ist Detective Chang?«, schnarrt er.

»Was ist passiert, James?«

»Der Pathologe will erst anfangen zu schneiden, wenn deine kleine Freundin hier aufgetaucht ist. Sie soll ihren Hintern hier rüberschaffen, aber plötzlich.«

Er legt auf, bevor ich etwas erwidern kann. Arschloch.

»James braucht dich in der Pathologie«, informiere ich Jenny. »Der Gerichtsmediziner will nicht ohne dich anfangen.«

Sie lächelt schwach. »Ich nehme an, der Spinner ist sauer?«

»Ziemlich.«

Sie grinst. »Sehr gut. Ich mache mich gleich auf den Weg.«

Sie bricht auf. Zeit für mich, Leo anzurufen, unseren Neuling. Während ich wähle, schießt mir zusammenhanglos die Frage durch den Sinn, welchen Schmuck er wohl im Ohr trägt, wenn er nicht im Dienst ist? Das Telefon klingelt fünf- oder sechsmal, bevor er sich meldet, und als er es tut, lässt mich seine Stimme zusammenzucken. Sie klingt hohl und zutiefst erschüttert. Seine Zähne klappern.

»Ca-ca-carnes?«

»Ich bin es, Smoky. Was gibt's, Leo?«

»Ein Vi-vi-vi-video ...«

»Langsam, Leo, langsam. Atmen Sie tief durch, und erzählen Sie mir dann, was passiert ist.«

Als er endlich spricht, ist seine Stimme sehr leise. Und was er sagt, füllt meinen Kopf mit weißem Rauschen.

»Eine Vi-vi-vi-videoaufnahme vom Mo-mo-mo-mord. Furchtbar ...«

Alan sieht mich an, Besorgnis in den Augen. Er spürt, dass etwas passiert ist.

Endlich finde ich die Sprache wieder. »Bleiben Sie, wo Sie sind, Leo. Gehen Sie nirgendwohin. Wir sind so schnell wie möglich bei Ihnen.«

KAPITEL 13 Ich erinnere mich an diese Gegend von meinem Besuch bei Annie, nachdem ihr Vater gestorben war. Sie hat in einem riesigen Apartmentblock gewohnt, ein weiterer Bezug zu New York, wo die Apartments eher an geräumige Eigentumswohnungen erinnern, ausgestattet mit eingelassenen Badewannen und Esszimmern. Wir parken vor dem Gebäude.

»Hübsche Gegend, gute Adresse«, bemerkt Alan, während er durch die Windschutzscheibe nach oben schielt.

»Ihr Dad war einigermaßen wohlhabend«, antworte ich. »Er hat ihr in seinem Testament alles vermacht.«

Ich sehe mich um in dieser sauberen, sicheren Gegend. Es gibt kein Gebiet in San Francisco, das wirklich als Vorstadt bezeichnet werden könnte, doch es gibt fraglos so etwas wie »nette Viertel«. Hier findet man Zuflucht vor dem Lärm der Stadt, und in den besten Gegenden wohnt man so hoch, dass man über die Bucht hinwegblicken kann. Es gibt alte Viertel mit ihren Häusern im viktorianischen Stil und Neubaugegenden. Wie diese hier.

Erneut geht mir der Gedanke durch den Kopf: Nirgendwo auf der Welt ist man wirklich sicher vor einem Mord. Nirgendwo. Die Tatsache, dass man in einer Gegend wie dieser weniger damit rechnet als in einem Slum, macht einen am Ende nicht weniger tot.

Alan ruft Leo an, als wir aus dem Wagen steigen. »Wir stehen vor dem Haus, mein Junge, also halt durch. Wir sind in einer Sekunde oben.«

Wir gehen durch die Eingangstür und in die Lobby. Der Mann an der Rezeption beobachtet uns, als wir in den Lift steigen, doch er sagt nichts. Wir fahren schweigend in den dritten Stock hinauf.

Alan und ich haben bereits auf dem Weg hierher geschwiegen, und uns ist immer noch nicht nach Reden zumute. Das ist der schlimmste Teil an unserer Arbeit, für jeden. Zuzusehen, wie es passiert. Es ist eine Sache, Beweise in einem Labor zu analysieren oder sich in den Kopf eines Mörders zu versetzen. Aber es ist etwas ganz anderes, eine Leiche zu sehen. Blut in einem Raum zu riechen. Wie Alan einmal sagte: »Der Unterschied besteht darin, ob du an Scheiße denkst oder ob du sie frisst.«

Charlie schweigt und blickt grimmig drein. Vielleicht muss er daran denken, wie er vergangene Nacht in diesem Aufzug gestanden hat, bevor sie Bonnie entdeckt haben.

Wir erreichen unsere Etage und steigen aus dem Lift. Wir gehen den Flur hinunter und um eine Biegung. Leo wartet vor der Wohnung. Er sitzt auf dem Boden, mit dem Rücken an die Wand gelehnt, den Kopf in den Händen.

»Lass mich das machen«, murmelt Alan mir zu.

Ich nicke und beobachte, wie er sich Leo nähert. Er kniet sich vor ihn hin und legt dem jungen Mann seine mächtige Hand auf die Schulter. Ich weiß aus Erfahrung, dass seine Berührung sanft ist, so gewaltig diese Pranke auch aussehen mag.

»Wie geht es dir, Junge?«

Leo blickt zu Alan auf. Sein Gesicht ist blassgrün. Es glänzt von kaltem Schweiß. Er versucht erst gar nicht zu lächeln. »Es tut mir Leid, Alan, ich hab die Beherrschung verloren. Ich hab es gesehen, und dann musste ich kotzen. Ich konnte nicht in der Wohnung bleiben; hab's nicht mehr ausgehalten ...« Er verstummt mutlos.

»Hör zu, mein Junge.« Die Stimme des großen Mannes klingt ruhig, doch sie verlangt Aufmerksamkeit. Charlie und ich warten. So sehr wir auch nach drinnen wollen und unsere Arbeit machen – wir haben Mitgefühl mit Leo und dafür, was er im Augenblick durchmachen muss. Es ist ein entscheidender Moment für Leute mit unserem Beruf. Die Initiation. Die Blutweihe. Der Punkt, an dem man zum ersten Mal in den Abgrund sieht, an dem man herausfindet, dass der schwarze Mann wirklich existiert und sich tatsächlich all die Jahre unter dem Bett versteckt hat. Der Punkt, an dem man dem Bösen zum ersten

Mal von Angesicht zu Angesicht gegenübersteht. Wir wissen, dass dies der Punkt ist, an dem Leo sich entweder erholen oder sich eine neue Arbeit suchen wird. »Du glaubst, dass irgendwas nicht mit dir stimmt, weil du das, was du gesehen hast, nicht ertragen konntest?«

Leo nickt und sieht beschämt auf.

»Da irrst du dich aber. Das Problem besteht darin, dass du zu viele Filme gesehen und zu viele Bücher gelesen hast. Sie vermitteln dir eine schwachsinnige Vorstellung davon, was es bedeutet, zäh zu sein. Wie sich ein Polizist zu verhalten hat, wenn er mit Leichen oder Gewalt und dergleichen konfrontiert wird. Du meinst, du müsstest einen smarten Spruch parat haben, ein Schinkensandwich in der Hand halten und vollkommen ungerührt sein und so'n Quatsch, stimmt's?«

»Ich schätze ja.«

»Und wenn nicht, dann musst du wohl ein Weichei sein und dich schämen vor den alten Hasen. Scheiße, vielleicht glaubst du sogar, nur weil du kotzen musstest, wärst du nicht aus dem richtigen Holz gemacht für diesen Job.« Alan dreht sich zu uns um. »Wie viele Tatorte haben Sie gesehen, Charlie, bevor Sie aufgehört haben zu kotzen?«

»Drei. Nein, vier.«

Leos Kopf fährt hoch bei Alans Worten.

»Wie war es bei dir, Smoky?«

»Mehr als einmal, so viel steht fest.«

Alan sieht wieder Leo an. »Bei mir waren es auch vier oder so. Selbst Callie hat gekotzt, obwohl sie es niemals zugeben würde, schließlich ist sie die Eiskönigin.« Er kneift die Augen zusammen. »Mein Junge, nichts im Leben bereitet dich darauf vor, so etwas zum ersten Mal sehen zu müssen. Absolut nichts. Es spielt keine Rolle, wie viele Bilder du dir angesehen oder wie viele Akten du gelesen hast. Der echte Tod ist etwas völlig anderes.«

Leo sieht Alan an, und ich kenne diesen Blick. Es ist der

Ausdruck eines an Verehrung grenzenden Respekts, mit dem ein Student seinen Mentor ansieht. »Danke.«

»Kein Problem.« Beide erheben sich.

»Sind Sie bereit, mich zu informieren, Agent Carnes?«, frage ich streng. Er braucht das jetzt.

»Ja, Ma'am.«

In sein Gesicht ist ein wenig Farbe zurückgekehrt, und er wirkt etwas gefasster als zuvor. Für mich sieht er einfach nur jung aus. Leo Carnes ist noch ein Baby, konfrontiert mit dem Mord und von nun an dazu verurteilt, alt zu werden, bevor seine Zeit gekommen ist. Willkommen im Club, Leo.

»Nun, dann berichten Sie.«

Seine Stimme klingt ruhig, als er zu sprechen anfängt. »Ich bin hergekommen und hab die ersten Checks gemacht und mich überzeugt, dass es keine Fallen und keine Computerviren gibt. Dann tat ich das, was man immer macht – nachsehen, welche Dateien zuletzt bearbeitet wurden. Es war eine Textdatei mit dem Namen Lies_mich_FBI.«

»Tatsächlich?«

»Ja. Ich hab die Datei geöffnet. Sie enthielt einen einzelnen Satz. ›Seht in der Tasche der blauen Jacke nach.‹ Ich konnte nirgendwo eine blaue Jacke sehen, deswegen ging ich zum Schrank. Dort hing eine blaue Frauenjacke, und in der Tasche fand ich eine CD.«

»Also haben Sie beschlossen, einen Blick darauf zu werfen. Das ist okay. Ich hätte das Gleiche getan.«

Ermutigt fährt er fort: »Wenn man eine CD brennt, kann man ihr einen Titel geben. Als ich den Titel dieser CD sah, wurde ich hellwach.« Leo schluckt. »Der Titel lautet: ›Der Tod von Annie‹.«

Charlie schneidet eine Grimasse. »Dieser Hurensohn! Jenny wird stinksauer sein, dass wir die CD übersehen haben.«

»Fahren Sie fort«, fordere ich Leo auf.

»Ich habe nachgesehen, welche Dateien sich auf der CD befinden. Es gab nur eine einzige. Ein hochauflösendes AVI. Es füllt die gesamte CD.« Er schluckt erneut, und die Blässe kehrt in sein Gesicht zurück, wenngleich nicht so stark wie zuvor. »Ich hab auf die Datei geklickt und einen Mediaplayer gestartet, der die Datei abgespielt hat. Es war …« Er schüttelt den Kopf, während er sichtlich um Fassung ringt. »Entschuldigung. Der Täter hat dieses Video aufgenommen und gebrannt. Es geht nicht vom Anfang bis zum Ende der Tat – das hätte wahrscheinlich den Umfang der CD gesprengt … Es ist mehr eine … eine Montage.«

»Eine Montage vom Mord an Annie«, sage ich für ihn. Ich weiß, dass er es nicht selbst aussprechen möchte.

»Ja … Es ist … *unbeschreiblich*! Ich wollte nicht weiter hinsehen, doch ich konnte nicht anders. Dann fing ich an mich zu übergeben, und dann rief ich Agent Washington an. Ich verließ die Wohnung und wartete draußen vor der Tür, bis Sie kamen.«

»Sie haben hoffentlich nicht ins Schlafzimmer gekotzt, oder?«, fragt Charlie.

»Ich hab's bis zur Toilette geschafft.«

Alan schlägt ihm mit seiner Riesenpranke auf die Schulter. Würde Leo ein Gebiss tragen, wäre es ihm von der Wucht wahrscheinlich aus dem Mund geflogen. »Siehst du?«, ruft er. »Du hast das Zeug dazu, Leo. Du hast einen klaren Kopf bewahrt, auch wenn dein Magen rebelliert hat. Das ist gut.«

Leo lächelt ihn verlegen an.

»Sehen wir es uns an«, sage ich. »Leo, Sie müssen nicht mitkommen, wenn Sie nicht wollen. Das meine ich ernst.«

Er sieht mir sehr direkt in die Augen. Sein Blick ist eine überraschende Mischung aus Reife und Nachdenklichkeit. Mir wird mit einem Schlag bewusst, was er denkt. Er denkt, dass Annie meine Freundin war. Dass, wenn ich imstande bin, reinzugehen und mir anzusehen, wie sie gestorben ist, jeder dazu imstande sein müsste. Ich kann seine Gedanken beinahe hören. Seine Augen bestätigen es; sie werden hart, und er schüttelt entschieden den Kopf. »Nein, Ma'am. Der Computer ist mein Job. Ich mache meinen Job.«

Ich erkenne seine Stärke auf die Weise an, wie wir derartige Dinge stets anerkennen – indem ich kein Aufhebens davon mache. »Meinetwegen. Dann führen Sie uns hinein.«

Leo öffnet die Tür zur Wohnung, und wir treten ein. Sie hat sich nicht sehr verändert, seit ich hier war. Es ist eine Vierzimmerwohnung, zwei Bäder, ein großes Wohnzimmer und eine sehr große Küche. Am bemerkenswertesten ist die Tatsache, dass Annie überall ist. Sie lebt durch die Einrichtung, das Wesen dieser Wohnung. Blau war schon immer ihre Lieblingsfarbe, und ich sehe Blau in den Vorhängen, eine blaue Vase, eine Fotografie mit einem strahlend blauen Himmel. Die Wohnung hat Stil. Sie besitzt eine mühelose Eleganz, ohne goldenen Firlefanz oder vergoldeten Zierrat. Alles passt, doch nicht auf jene irritierend zwanghafte Weise, es anderen unbedingt gleichtun zu müssen. Die Wohnung ist ein Beispiel unauffälliger Schönheit. Sie wirkt souverän.

Annie hatte schon immer diese Gabe. Die Fähigkeit zu schmücken, ohne darüber nachdenken zu müssen. Alles, angefangen bei ihrer Kleidung bis hin zur Uhr an ihrem Handgelenk, war immer ohne Ausnahme chic, ohne arrogant oder kopiert zu wirken. Elegant und unaufdringlich. Es war ihr angeboren, und ich habe es stets als Beweis für Annies innere Schönheit betrachtet. Sie hat die Dinge nicht wegen der Wirkung ausgewählt, die sie damit bei anderen erzielen konnte. Sie hat sie ausgewählt, weil sie sich von ihnen angesprochen fühlte. Weil sie zu ihr passten. Die Wohnung spiegelt dies wider. Sie atmet den Geist von Annies Seele.

Doch hier ist noch etwas präsent.

»Riecht ihr das?«, fragt Alan. »Was ist das?«

»Parfum und Blut«, murmele ich.

»Zum Computer geht es hier entlang«, sagt Leo. Er führt uns ins Schlafzimmer.

Hier stirbt die Harmonie. Dies ist der Ort, an dem *er* sein Werk getan hat. Es ist das bewusste Gegenteil zu Annies zwangloser Schönheit. Hier hat jemand absichtlich Dissonanz hervorrufen wollen. Die Erhabenheit zerbrechen. Etwas Exquisites zerstören.

Der Teppich ist blutbefleckt, und der starke Verwesungsgeruch, vermischt mit dem Duft von Annies Parfum, steigt mir in die Nase. Es sind zwei Gegensätze: einerseits der Duft des Lebens, zum anderen der Gestank des Todes. Ein Tisch liegt umgeworfen auf der Seite, eine Lampe ist zerschlagen. Die Wände sind zerkratzt, und das gesamte Zimmer strömt etwas Verzerrtes, Unrechtes aus. Der Mörder hat es durch seine Anwesenheit vergewaltigt.

Leo setzt sich an den Computer. Ich denke an Annie.

»Fangen Sie an«, sage ich zu ihm.

Leo wird blass. Dann bewegt er die Maus und schiebt den Pfeil auf eine Datei, die er mit einem Doppelklick öffnet. Der Schirm füllt sich, und der Film beginnt. Mir bleibt fast das Herz stehen, als ich Annie sehe.

Sie ist von Kopf bis Fuß nackt und mit den Händen ans Bett gefesselt. Übelkeit steigt in mir auf, als ich daran denke, dass ich in der gleichen Lage gewesen bin. Joseph Sands. Ich reiße mich zusammen.

Der Mörder ist ganz in Schwarz gekleidet. Er trägt eine Kapuze, die sein Gesicht verdeckt.

»Ist das etwa ein beschissenes Ninja-Kostüm?«, poltert Alan. Er schüttelt angewidert den Kopf. »Meine Güte! Es ist alles nur ein verdammter Witz für diesen Bastard!«

Mein Talent als Jägerin übernimmt automatisch die Führung. Der Killer scheint etwa eins achtzig groß zu sein. Er ist gut in Form – eine Mischung aus muskulös und drahtig. An der Haut um seine Augen erkenne ich, dass er ein Weißer ist.

Ich warte darauf, dass er spricht. Die Stimmerkennungstechnologie ist heutzutage hochentwickelt, und sie könnte einen entscheidenden Hinweis liefern. Doch dann verschwindet er aus dem Blickwinkel der Kamera. Ich höre leise Geräusche im Hintergrund, wo er mit irgendetwas hantiert. Als er wieder zu sehen ist, blickt er direkt in die Linse, und an den Fältchen um seine Augen hinter der Maske erkenne ich, dass er hinter seiner Maske grinst. Er hebt eine Hand und zählt mit den Fingern, 1, 2, 1 – 2 – 3 – 4…

Musik erschallt im Zimmer. Sie ist so laut, dass sie jedes andere Geräusch übertönt. Es dauert nur einen Augenblick, bis ich sie einordnen kann. Als es geschieht, wird mir fast übel. Fast.

»Mein Gott!«, flüstert Charlie. »Sind das die Rolling Stones?«

»Genau. ›Gimme Shelter‹«, bestätigt Alan. Seine Stimme klingt gepresst vor Wut. »Das findet dieser kranke Drecksack witzig. Ein wenig *Stimmungsmusik* für sein widerliches Tun.«

Die Lautstärke ist hoch, das Lied laut. Als es schneller wird, fängt der Mörder vor der Kamera zu tanzen an. Er hält ein Messer in der Hand, und er tanzt für Annie und die Kamera. Es ist rasend, wahnsinnig, doch er bewegt sich im Takt. Irresein im Rhythmus.

»*… raaaape and murder …*«

Das ist der Grund, weshalb er dieses Stück ausgewählt hat. Das ist seine Botschaft. Sie passt zu meinen Gedanken, die ich vorhin gehabt habe. Was er tun kann, liegt immer nur einen Schritt weit weg. Ich schließe für einen Moment die Augen, als ich sehe, dass Annie dies ebenfalls erkannt hat. Ich kann es an ihrem Gesicht ablesen, an ihren Augen. Namenloses Entsetzen, gemischt mit Hoffnungslosigkeit.

Der Mörder hat aufgehört zu tanzen, auch wenn er sich noch im Rhythmus der Musik bewegt, beinahe unbewusst, wenigstens sieht es so aus. Wie jemand, der mit dem Fuß den Rhythmus zu einem Lied tappt, ohne es zu merken. Er steht neben dem Bett, die Augen auf Annie gerichtet. Er scheint fasziniert. Annie kämpft gegen ihre Fesseln. Ich kann nichts hören wegen der Musik, doch ich sehe, dass sie durch ihren Knebel hindurch schreit. Er wirft einen weiteren Blick in die Kamera. Dann beugt er sich mit dem Messer vor.

Der Rest ist genauso, wie Leo es gesagt hat. Eine Montage. Ein Schnitt folgt dem anderen: Annies Folter, ihre Vergewaltigung, ihr Entsetzen. Das Messer ist sein Werkzeug, und er benutzt es beinahe bedächtig. Er liebt es, langsam zu schneiden, und er liebt lange Schnitte. Er berührt sie überall mit seiner Klinge. Ich zucke jedes Mal zusammen, wenn neue Bilder über den Schirm blitzen. Es fährt mir durch Mark und Bein, als würde ich einen Stromschlag von einer Autobatterie bekommen. Szene, Schock, Zusammenzucken, Annie wird gefoltert. Szene, Schock, Zusammenzucken, Annie wird vergewaltigt. Szene, Schock, Zusammenzucken, er schneidet, er schneidet, gütiger Gott, er hört überhaupt nicht mehr auf zu schneiden. Ihre Augen füllen sich mit Todesqual, ihre Augen füllen sich mit nacktem Entsetzen, und schließlich werden sie leer, ein starrer Blick ins Nichts. Sie lebt noch, doch sie ist nicht länger bei klarem Bewusstsein. Der Mörder ist außer sich, in Hochstimmung. Er führt einen Regentanz auf, und sein Regen ist Blut, Annies Blut. Ich sehe zu, wie meine Freundin stirbt. Sie stirbt langsam und furchtbar und ohne jede Würde. Als er endlich fertig ist, ist sie längst tot, ein ausgeweideter Fisch. Zuzusehen wie sie stirbt, diese Frau, die ich als Teenager in den Armen gehalten habe, diese Frau, mit der ich zusammen aufgewachsen bin, die ich geliebt habe – das ist, als wäre ich zurück in jenem Bett und müsste zusehen, wie Matt schreit.

Ich habe nicht richtig um Annie geweint, seit sie gestorben ist. Ich merke, dass ich jetzt weine. Dass ich schon die ganze Zeit über geweint habe.

Es sind lautlose Tränen, Ströme, die mir über die Wangen rinnen. Ströme, die den Tod des einzigen Menschen außer Matt betrauern, der mich voll und ganz kannte. Jetzt bin ich allein auf der Welt. Ich habe keine Wurzeln mehr, und es ist unerträglich.

Ich wische meine Tränen nicht ab. Ich schäme mich ihrer nicht. Sie haben ihre Berechtigung.

Die Videoaufzeichnung endet, und rings um mich herum herrscht betroffene Stille.

»Spielen Sie es noch mal ab«, sage ich.

Spielen Sie es noch mal ab, weil in mir ein Drache lauert. Ein Drache, der langsam erwacht.

Ich brauche ihn wach, und ich brauche ihn wütend.

KAPITEL 14

»Also, damit ich das richtig verstehe«, sagt Alan, »er hat dieses Video nicht nur aufgenommen, er hat sich auch noch hingesetzt und es bearbeitet?«

Leo nickt heftig. »So ist es. Allerdings nicht auf diesem Computer. Die Kapazität der Festplatte ist nicht groß genug dazu, und es ist keine Bearbeitungssoftware drauf. Wahrscheinlich hat er ein leistungsstarkes Notebook mitgebracht.«

Alan stößt einen Pfiff aus. »Der Kerl ist eiskalt, Smoky. Er hat sich hingesetzt und den Film bearbeitet, während deine Freundin tot auf ihrem Bett lag und Bonnie zugesehen hat. Oder noch Schlimmeres.«

Niemand hat ein Wort über meine Tränen verloren. Ich fühle mich leer, doch ich bin nicht länger wie betäubt. Ich reagiere.

»Kalt, organisiert, kompetent, technisch beschlagen … und er ist definitiv ein echter.«

»Was bedeutet das?«, fragt Leo.

Ich wende mich ihm zu. »Er hat eine Grenze überschritten, als Person, und er wird nie wieder zurückkehren. Er hat genossen, was er getan hat. Er hat sich richtig lebendig gefühlt. Etwas, das man so sehr genießt, macht man nicht nur ein einziges Mal. Er ist ein echter Serienmörder.«

Erschrocken über meine Worte, sieht er mich an. »Und was machen wir jetzt?«

»Ihr verschwindet jetzt alle von hier, und stattdessen soll James kommen.«

Ich höre meine Stimme, während ich dies sage, bemerke die Kälte darin. So, so, denke ich. Es hat angefangen. Es ist immer noch da. Was sagt man dazu?

Charlie und Leo sehen verwirrt aus, doch Alan hat begriffen. Er lächelt, allerdings kein wirklich glückliches Lächeln. »Smoky und James brauchen Bewegungsfreiheit hier drin, das ist alles. Wir haben sowieso reichlich zu tun bis dahin. Soll ich für James in der Gerichtsmedizin weitermachen?« Die letzte Frage ist an mich gerichtet.

»M-hm.« Meine Antwort kommt geistesabwesend und von weit her. Ich bemerke kaum, wie die drei gehen. Mein Bewusstsein ist ein riesiger, offener Raum. Mein Blick ist in weite Fernen gerichtet.

Weil der schwarze Zug herannaht. Ich höre ihn bereits: tschua-tschua-tschua-tschu. Rauch quillt aus dem Schornstein, dunkle Hitze und Schatten umhüllen ihn.

Ich bin dem schwarzen Zug, wie ich ihn nenne, während meines allerersten Falles begegnet. Er ist schwierig zu beschreiben. Der Zug des Lebens fährt auf den Gleisen von Normalität und Wirklichkeit. Es ist der Zug, auf dem die meisten Menschen von ihrer Geburt bis zu ihrem Tod fahren. Er ist voll mit Lachen und Tränen, mit Not und Entbehrungen und mit Triumphen. Seine Passagiere sind nicht vollkommen, doch sie geben ihr Bestes.

Der schwarze Zug ist anders. Er fährt auf Gleisen, die aus zerbrechlichen, empfindlichen Dingen gemacht sind. Es ist der Zug, auf dem Typen wie Jack Junior fahren. Ein Zug voller Mord und Sex und Schreie. Eine große, schwarze, bluttrinkende Schlange auf Rädern. Wenn man vom Zug des Lebens abspringt und durch die Wälder entlang der Strecke streift, kann man den schwarzen Zug finden. Man kann an den Gleisen entlanglaufen, neben dem Zug herrennen, während er vorbeikommt, und einen Blick auf den weinenden Inhalt in den Abteilen erhaschen. Wenn man auf den schwarzen Zug aufspringt und sich durch die Leichenwagen nach vorn arbeitet, trifft man schließlich auf den Zugführer. Er ist das Monster, das man jagt, und er taucht in vielerlei Gestalt auf. Er kann klein und kahlköpfig und vierzig sein. Oder groß und blond und jung. Manchmal – selten – ist es auch eine Sie. An Bord des schwarzen Zugs sieht man den Zugführer so, wie er wirklich ist, hinter seinem falschen Lächeln und dem dreiteiligen Anzug. Du starrst in die Dunkelheit, und in diesem Moment, wenn du hinsiehst, ohne zu blinzeln, verstehst du.

Die Mörder, die ich jage, sind innerlich nicht ruhig und gelassen, und sie lächeln nicht. Jede Zelle in ihrem Körper ist ein nicht enden wollender, ewiger Schrei. Diese Mörder schnattern und plappern und haben weit aufgerissene Augen und sind böse und blutbesudelt. Es sind Kreaturen, die masturbieren, während sie menschliches Fleisch herunterschlingen, die ekstatisch stöhnen, wenn sie sich mit Fäkalien und Gehirnmasse einschmieren. Ihre Seelen bewegen sich nicht normal. Sie schlittern, zucken, kriechen.

Der schwarze Zug ist schlicht der Ort, an dem ich dem Mörder in meiner Vorstellung die Maske herunterreiße. An dem ich hinsehe, ohne den Blick abzuwenden. Der Ort, an dem ich nicht zurückweiche, keine Entschuldigungen vorbringe und nicht nach Gründen suche, sondern einfach nur akzeptiere. Ja, seine Augen sind voller Maden. Ja, er trinkt die Tränen ermordeter Kinder. Ja, es gibt nur Mord in diesem Zug.

»Interessant«, bemerkte Dr. Hillstead während einer unserer vorangegangenen Sitzungen, nachdem ich ihm den schwarzen Zug erklärt hatte. »Ich schätze, meine Frage – und meine Sorge, Smoky – ist folgende: Wenn Sie auf den schwarzen Zug aufgesprungen sind, was hält Sie davon ab, ihn nie wieder zu verlassen? Was hindert Sie daran, selbst zum Zugführer zu werden?«

Ich musste lächeln. »Wenn Sie ihn sehen – *wirklich* sehen –, dann besteht diese Gefahr nicht. Sie erkennen, dass Sie nicht so sind. Nicht einmal so ähnlich.« Ich drehte den Kopf und starrte ihm in die Augen. »Wenn Sie den Zugführer wirklich demaskieren, dann erkennen Sie, dass er ein Alien ist. Er ist eine Anomalie, ein Angehöriger einer anderen Spezies.«

Er nickte und lächelte. Seine Augen wirkten nicht überzeugt.

Was ich ihm nicht erzählt habe: Das Problem besteht nicht darin, nicht zum Zugführer zu werden. Das Problem besteht darin aufzuhören, ihn zu *sehen*, in seinem unmaskierten, unverstellten Zustand. Das kann manchmal Monate dauern, Monate der Alpträume und des kalten Schweißes in der Morgendämmerung. Was für Matt immer am schwersten zu ertragen war, das war mein Schweigen. Ein verschlossener, abgesperrter Raum, in dem er mich nicht erreichen konnte.

Das ist der Preis, den man dafür zahlt, auf dem schwarzen Zug mitzufahren. Ein Teil von dir wird so einsam, wie es gewöhnliche Menschen niemals sind, und niemand kann zu dir in diese Einsamkeit. Ein kleines Stück von dir wird einsam, unendlich einsam, bis ans Ende deines Lebens.

Jetzt, hier, an dem Ort, wo Annie gestorben ist, kann ich spüren, wie er mir entgegenrast. Wenn er da ist, gleichgültig, ob ich nur zusehe, wie er vorbeisaust, oder ob ich aufspringe und durch die Waggons gehe, kann ich andere nicht um mich herum ertragen. Ich werde abweisend und kalt und … unerträglich. Es gibt nur eine Ausnahme: einen Kameraden, jemand, der den Zug ebenfalls versteht.

James tut das. Welche Fehler er sonst auch haben mag, was für ein Arschloch er auch sein kann, James besitzt die gleiche Gabe. Er kann den Zugführer sehen, kann im Zug mitfahren.

Wenn man sämtliche Metaphern beiseite lässt, dann ist der schwarze Zug ein Zustand geschärfter Wahrnehmung, erzeugt durch eine Art temporärer Empathie mit dem Bösen.

Und unangenehm.

Ich sehe mich im Zimmer um, lasse es auf mich einwirken.

Ich kann ihn spüren, kann ihn riechen. Ich muss imstande sein, ihn zu schmecken und zu hören. Statt ihn von mir zu stoßen, muss ich ihn an mich ziehen. Wie eine Liebende den Geliebten.

Das ist etwas, das ich Dr. Hillstead nie erzählt habe. Ich glaube nicht, dass ich es je tun werde. Dass diese ... diese Intimität nicht nur beunruhigend ist, sondern – süchtig macht. Sie ist faszinierend. Aufregend. Er jagt alles. Ich jage nichts außer ihm. Aber ich vermute, dass meine Gier nach Blut genauso stark und ausgeprägt ist wie seine.

Er war hier, also ist dies der Ort, an dem ich sein muss. Ich muss ihn finden, ich muss mich an seinen Schatten schmiegen, an die Maden in seinen Augen und die Schreie.

Am Anfang spüre ich fast immer das Gleiche, und diesmal ist es genauso. Seine Aufregung über das Eindringen in die Privatsphäre von jemand anderem. Menschen schaffen ihre eigenen Räume, grenzen sie von den Bereichen anderer ab. Sie vereinbaren, diese Grenzen gegenseitig zu respektieren. Das ist eine fundamentale, ursprüngliche Verhaltensweise. Dein Heim ist dein Heim. Sobald die Tür hinter dir geschlossen ist, bist du für dich allein und privat. Hier musst du nicht das gleiche Gesicht aufsetzen, das du der Welt da draußen zeigst. Andere menschliche Wesen kommen nur herein, wenn du sie eingeladen hast. Sie respektieren dies, weil sie es für sich selbst ebenfalls so wollen.

Das Erste, was diese Monster tun, das Erste, was sie aufregt, was sie anmacht, ist das Überschreiten dieser Grenze. Sie spähen in deine Fenster. Sie folgen dir den Tag hindurch, beobachten dich. Vielleicht betreten sie deine Wohnräume, während du unterwegs bist, gehen in deine Privatsphäre hinein, reiben sich an deinen privaten Dingen. Sie dringen ein.

Die Zerstörung anderer geilt sie auf. Ich erinnere mich an das Verhör von einem der Ungeheuer, die ich geschnappt habe. Seine Opfer waren kleine Mädchen. Einige waren erst fünf, andere sechs, keines war älter. Ich habe die Fotos von ihnen gesehen, wie sie vorher aussahen. Schleifen in den Haaren und ein strahlendes Lächeln. Und ich sah die Bilder von ihnen danach – vergewaltigt, gefoltert, ermordet. Winzige Leichen, die bis in alle Ewigkeit schreien. Ich stand im Begriff einzupacken, wollte den Verhörraum bereits verlassen, als mir die Frage in den Sinn kam. Ich wandte mich noch einmal zu ihm um.

»Warum sie?«, fragte ich. »Warum ausgerechnet kleine Mädchen?«

Es grinste mich an. Es war ein breites Halloween-Grinsen. Seine Augen waren zwei glitzernde, leere schwarze Abgründe. »Weil es das Böseste ist, was ich mir habe vorstellen können, Süße. Je böser es ist«, sagte er und leckte sich die Lippen, »desto besser ist es.« Er schloss seine leeren Augen und nickte vor sich hin, während er in seinen Erinnerungen schwelgte. »Diese jungen Dinger … mein Gott … das war so verdammt böse, dass es einfach nur *geil* war!«

Es ist eine rasende Wut, die ein solches Bedürfnis weckt und am Leben hält. Kein gewöhnlicher Ärger, sondern eine lodernde, alles verzehrende Wut. Ein dauerndes, brüllendes Feuer, das nie erlischt. Ich spüre es hier in diesem Zimmer. So überlegt er auch vorgehen wollte – am Ende ist er in Raserei verfallen, hat die Kontrolle verloren.

Diese zügellose Wut entspringt in der Regel einem extremen, als Kind erlittenen Sadismus. Prügel, Folter, Vergewaltigung. Die meisten dieser Monster werden von Menschen geschaffen, von Frankensteins Eltern. Deformierte Persönlichkeiten, die Kinder nach ihrem eigenen Bildnis gestalten. Sie prügeln ihre Seelen zu Tode und schicken sie dann in die Welt hinaus, damit sie ihrerseits das Gleiche anderen antun.

Nichts von alledem ändert etwas an der unumkehrbaren Verdorbenheit der Monster. Es spielt schließlich am Ende auch keine Rolle, warum ein Hund gebissen hat. Dass er beißt und dass seine Zähne scharf sind, entscheidet über sein Schicksal.

Ich lebe mit dem Wissen um all das. Diesem Verstehen. Es ist ein ungewollter Begleiter, das niemals von meiner Seite weicht.

Die Monster werden zu meinem Schatten, und manchmal habe ich das Gefühl, als könnte ich sie hören, wie sie hinter meinem Rücken kichern.

»Auf welche Weise beeinflusst Sie das langfristig?«, wollte Dr. Hillstead von mir erfahren. »Gibt es irgendwelche bleibenden emotionalen Konsequenzen?«

»Ja … sicher. Selbstverständlich.« Ich hatte Mühe, die Worte zu finden. »Es ist keine Depression und kein Zynismus. Es ist nicht so, dass man nicht mehr glücklich sein könnte. Es ist …« Ich schnippte mit den Fingern und sah ihn an. »Es ist ein Klimawechsel in der Seele.« Noch während mir die Worte über die Lippen kamen, verzog ich das Gesicht. »Das ist ein alberner, poetischer Mist.«

»Hören Sie auf, so zu reden«, ermahnte er mich. »Es ist nichts Albernes daran, die richtigen Worte für etwas zu finden. Auf diese Weise entsteht Klarheit. Denken Sie diesen Gedanken zu Ende.«

»Na ja … Sie wissen, wie das Klima von Küstengebieten durch das Meer bestimmt wird? Durch die Nähe zu ihm? Es mag vielleicht ein paar verrückte Kapriolen geben, doch im Großen und Ganzen ist es ziemlich konstant, weil der Ozean so riesig ist und sich nicht wirklich ändert.« Ich sah ihn an, und er nickte. »Es ist genau so. Sie sind ständig in der Nähe von etwas Riesigem, Dunklem, Grauenvollem. Es verschwindet nie, es ist immer da. Jede Minute jeden Tages.« Ich zuckte die Schultern. »Das Klima der Seele wird, wie gesagt, dadurch beeinflusst. Für immer.«

Seine Augen wirkten traurig. »Was ist das für ein Klima?«, fragte er.

»Es ist sehr regnerisch. Es kann trotzdem wunderschön sein, es gibt auch sonnige Tage, aber es wird dominiert von Düsternis und Wolken. Ständig droht Regen. Die Nähe ist stets spürbar.«

Ich sehe mich in Annies Schlafzimmer um und höre in meinem Kopf ihre Schreie. Es regnet, denke ich, hier und jetzt. Annie war die Sonne, und das Monster die Regenwolke. Und zu was macht mich das? Noch mehr poetischer Scheißdreck. »Zum Mond«, flüstere ich mir selbst zu. Zum Licht in der Finsternis.

»Hallo.«

James' Stimme lässt mich aus meinen Gedanken aufschrecken. Er steht in der Tür und blickt herein. Ich sehe, wie sein Blick durch das Zimmer wandert, wie er die Blutflecken, das Bett, den umgestürzten Nachttisch in sich aufnimmt. Seine Nüstern blähen sich.

»Was ist das?«, fragt er.

»Parfum. Er hat ein Handtuch mit Parfum getränkt und es unter die Tür gestopft, damit der Gestank von Annies Leiche nicht so schnell nach draußen dringen konnte.«

»Er hat sich Zeit verschafft.«

»Ja.«

James hält einen Aktenordner hoch. »Das hier hab ich von Alan. Berichte von der Spurensicherung und Fotos.«

»Gut. Du musst dir das Video ansehen.«

So beginnt es immer. Wir reden in kurzen, abgehackten Sätzen, wie Maschinengewehrfeuer. Wir werden zu Staffelläufern, die sich den Stab hin und her reichen, hin und her.

»Zeig es mir.«

Also setzen wir uns, und ich sehe mir das Video ein drittes Mal an. Sehe, wie Jack Junior durch das Zimmer tanzt, sehe, wie Annie schreit und einen langsamen, qualvollen Tod stirbt. Diesmal spüre ich es nicht. Ich bin ungerührt – beinahe. Ich bin entrückt und distanziert, während ich den Zug aus verengten Augen mustere. In meinem Kopf entsteht ein Bild von Annie, die tot auf einer Wiese liegt, während der Regen ihren offenen Mund füllt und ihr über die grauen, toten Wangen rinnt.

James ist still. »Warum hat er das für uns dagelassen?«, fragt er schließlich.

Ich zucke die Schultern. »So weit bin ich noch nicht. Lass uns vorn anfangen.«

Er klappt den Aktenordner auf. »Sie haben die Leiche gegen

sieben Uhr gestern Abend entdeckt. Die Todeszeit lässt sich nur ungefähr angeben, doch angesichts des Verwesungsgrades, der Umgebungstemperatur und so weiter schätzt der Pathologe, dass sie zum Zeitpunkt ihrer Entdeckung seit drei Tagen tot war. Sie starb so gegen neun oder zehn Uhr abends.«

Ich denke darüber nach. »Ich schätze, er hat sich mit dem Vergewaltigen und Foltern ein paar Stunden Zeit gelassen. Das bedeutet, dass er spätestens gegen sieben Uhr abends hier eingetroffen ist. Also ist er nicht gekommen, während sie schliefen. Wie ist er reingekommen?«

James schlägt in der Akte nach. »Kein Zeichen von gewaltsamem Zutritt. Entweder hat sie ihn reingelassen, oder er ist so reingekommen.« Er runzelt die Stirn. »Ein dreister Pisser. Er hat es am frühen Abend getan, als alle zu Hause und noch wach waren. Verdammt selbstsicher.«

»Aber wie ist er reingekommen?« Wir sehen uns an und überlegen.

Geh weg, Regen. Geh weg.

»Fangen wir im Wohnzimmer an«, schlägt James vor.

Maschinengewehrfeuer, *ratatatatat.*

Wir verlassen das Schlafzimmer und gehen durch den Flur bis zur Wohnungstür. James blickt sich um. Ich sehe seinen Blick schweifen, dann bleibt er auf etwas haften. »Warte mal.« Er kehrt in Annies Schlafzimmer zurück und kommt mit dem Aktenordner wieder. Er reicht mir ein Foto.

»So hat er es gemacht.«

Es ist eine Serie von Aufnahmen des Flurs, vom Bereich direkt hinter der Wohnungstür. Ich sehe, was er mir zeigen will: drei Umschläge liegen auf dem Fußboden. Ich nicke. »Es war nichts Kompliziertes. Er hat einfach geklopft. Sie öffnet, er stürzt herein, sie lässt die Post fallen, die sie in der Hand gehalten hat. Es war überraschend, schnell.«

»Trotzdem, es war früher Abend. Wie hat er verhindert, dass sie schreit und die Nachbarn alarmiert?«

Ich nehme den Ordner an mich und überfliege die Fotos. Ich zeige auf eine Aufnahme vom Esstisch. »Hier.« Das Bild zeigt ein aufgeschlagenes Schulbuch, Mathematik. Wir drehen uns um und sehen zum Tisch. »Er steht weniger als drei Meter entfernt. Bonnie hat hier gesessen, als Annie die Tür aufgemacht hat.«

Er nickt begreifend. »Er hat das Kind in seine Gewalt gebracht und damit die Mutter kontrolliert.« Er stößt einen leisen Pfiff aus. »Wow. Das bedeutet, er ist direkt in die Wohnung gestürmt. Kein Zögern.«

»Wie ein Blitz. Er hat ihr keine Sekunde Zeit zum Überlegen gegeben. Ist reingestürzt, hat die Tür zugeworfen, Bonnie geschnappt, ihr wahrscheinlich eine Waffe an den Hals gehalten …«

»… und zur Mutter gesagt, dass das Kind sterben würde, wenn sie schreit.«

»Ja.«

»Sehr entschlossen.«

Geh weg, Regen. Geh weg.

James schürzt nachdenklich die Lippen.

»Die nächste Frage lautet: Wie lange hat es gedauert, bis er zur Sache kam?«

Hier ist die Stelle, wo es wirklich anfängt. Wo wir nicht länger den schwarzen Zug betrachten, sondern aufspringen. »Da ist eine Reihe von Fragen.« Ich zähle sie an den Fingern ab. »Wie lange hat es gedauert, bis er mit ihr angefangen hat? Hat er ihr gesagt, was er mit ihr vorhat? Und was hat er mit Bonnie gemacht? Hat er sie gefesselt? Hat er sie gezwungen zuzusehen?«

Wir blicken beide zur Wohnungstür, während wir überlegen. Ich kann es sehen, vor meinem geistigen Auge. Ich kann ihn spüren. Ich weiß, dass es James genauso geht.

Es ist still im Flur, und er ist aufgeregt. Sein Herz hämmert in seiner Brust, während er darauf wartet, dass Annie ihm öffnet. Eine

Hand ist erhoben, um ein zweites Mal zu klopfen, die andere hält … was? Ein Messer?

Ja.

Er muss ihr irgendeine Geschichte erzählen, und er hat sie sich viele Male zurechtgelegt. Irgendetwas Einfaches … beispielsweise, dass er ein Nachbar aus dem darunterliegenden Stockwerk ist und eine Frage hat. Irgendetwas, das sich normal anhört.

Sie öffnet die Tür, nicht nur einen Spaltbreit. Es ist früher Abend, die Stadt ist wach. Annie ist zu Hause, im Innern eines gesicherten Apartmenthauses. Alle Wohnungslichter brennen. Sie hat keinen Grund, sich zu fürchten.

Er kommt durch die Tür, bevor sie reagieren kann, eine unaufhaltsame Gewalt. Er schiebt sich in die Wohnung, stößt Annie um, schließt die Tür hinter sich. Er springt zu Bonnie, reißt sie an sich und setzt ihr das Messer an die Kehle.

»Ein Laut, und deine Tochter stirbt …«

Annie unterdrückt den instinktiven Schrei, den sie bereits auf den Lippen hatte. Der Schock ist vollkommen. Alles ist viel zu schnell gegangen, um zu reagieren. Sie sucht immer noch nach einer rationalen Erklärung. Vielleicht ist sie in einer Show mit einer versteckten Kamera, vielleicht erlaubt sich ein Freund einen Scherz mit ihr, spielt ihr einen Streich, vielleicht … verrückte Ideen, doch jede auch noch so verrückte Idee wäre besser als die Wahrheit.

Bonnie starrt zu ihr hoch, die Augen voller Angst.

Annie hat in diesem Moment wahrscheinlich akzeptiert, dass es kein Streich war. Ein Fremder hielt ihrer Tochter ein Messer an die Kehle. Das war REAL.

»Was wollen Sie?«, lautet ihre erste Frage. Sie hofft, mit dem Fremden verhandeln zu können. Dass er weniger will als sie töten. Vielleicht ist er ein Einbrecher oder ein Vergewaltiger. Bitte, o bitte, denkt sie, lass es keinen Pädophilen sein.

Mir fällt etwas ein. »Sie hat eine leichte Schnittwunde am Hals«, sage ich.

»Was?«

»Bonnie. Sie hat eine leichte Schnittwunde, an der Kehle.« Ich berühre meinen Hals. »Hier. Es ist mir aufgefallen, als ich im Krankenhaus war.«

Ich sehe, wie James darüber nachdenkt. Sein Gesicht wird grimmig. »Er hat sie mit dem Messer geschnitten.«

Wir können natürlich nicht sicher sein. Aber es fühlt sich richtig an.

Der Fremde ritzt Bonnie mit der Messerspitze die Haut an der Kehle auf. Nichts Ernstes, doch genug, um ein paar Blutstropfen austreten zu lassen. Ein Keuchen. Genug, um zu zeigen, dass er es ernst meint, und um Annies Herz angstvoll stocken zu lassen.

»Du tust, was ich dir sage«, befiehlt er. »Oder deine Tochter stirbt ganz langsam.«

Und damit war es bereits vorbei. Bonnie war seine Geisel, und Annie war in seiner Gewalt.

»Ich mache alles, was Sie wollen. Aber tun Sie ihr nichts.«

Er riecht Annies Angst, und es erregt ihn. Er spürt eine beginnende Erektion in seiner Hose.

»Ich denke, Bonnie war dabei, als er Annie vergewaltigt und gefoltert hat. Ich denke, er hat sie gezwungen, alles mit anzusehen«, sage ich.

James hebt seinen Kopf. »Wieso?«

»Dafür gibt es mehrere Gründe. Der wichtigste ist, dass er Bonnie hat leben lassen. Warum? Dadurch musste er eine weitere Person unter Kontrolle halten. Es wäre einfacher gewesen, wenn er sie einfach umgebracht hätte. Doch Annie war seine Beute. Er liebt die Folter, und er liebt die Angst. Die Qualen. Bonnie dabeizuhaben und Annie wissen zu lassen, dass sie da war und mit ansehen musste, was geschah … es hat sie wahrscheinlich wahnsinnig gemacht. Und das hat ihm gefallen.«

James denkt darüber nach. »Ich stimme dir zu, allerdings aus einem anderen Grund.«

»Und der wäre?«

Er sieht mir in die Augen. »Du. Er jagt dich ebenfalls, Smoky. Und Bonnie zu verletzen macht alles viel schlimmer für dich.«

Ich starre ihn überrascht an.

Er hat Recht.

Tschua-tschua-tschua-tschu, tschua-tschua-tschua-tschu, der schwarze Zug wird schneller …

»Mach, was ich dir sage, sonst tu ich deiner Mama weh«, sagt er zu Bonnie. Er benutzt die Liebe der beiden wie einen Viehstock und treibt sie zum Schlafzimmer.

»Er bringt sie ins Schlafzimmer.« Ich gehe den Flur entlang. James folgt mir. Wir betreten das Schlafzimmer. »Er schließt die Tür hinter sich.« Ich strecke die Hand aus und schließe die Tür. Ich stelle mir Annie vor, die zusieht, wie sie sich schließt, ohne zu begreifen, dass sie sich für sie nie wieder öffnen wird.

James starrt nachdenklich auf das Bett. Er überlegt, versucht sich vorzustellen, wie es abgelaufen ist. »Er brauchte keine Angst zu haben vor Bonnie, doch er kann sich noch nicht entspannen – nicht, bevor er Annie nicht sicher in seiner Gewalt hat.«

»Im Video war Annie mit Handschellen gefesselt.«

»Richtig. Also hat er ihr befohlen, sich selbst die Handschellen anzulegen. Ein Handgelenk, mehr brauchte er nicht.«

»Hier, leg die an«, befiehlt er Annie und zieht ein Paar Handschellen aus der Tasche, wirft sie ihr …

Nein, so war es nicht. Zurück.

Er hat das Messer an Bonnies Hals. Er sieht Annie an. Mustert sie von oben bis unten, nimmt sie mit den Augen in Besitz. Achtet sorgfältig darauf, dass sie dies auch begreift.

»Zieh dich aus«, sagt er. »Los, zieh dich aus für mich.«

Sie zögert, und er drückt die Klinge gegen Bonnies Hals. »Los, ausziehen!«

Annie gehorcht weinend, während Bonnie zusieht. Annie lässt den BH und das Höschen an, ihr letzter Widerstand.

»Alles!«, brüllt er. Drückt erneut das Messer gegen die weiche Haut.

Annie gehorcht. Ihr Weinen wird stärker …

Nein. Zurück.

Annie gehorcht und zwingt sich, nicht zu weinen. Sie will stark sein für ihre Tochter. Sie zieht ihren Büstenhalter und ihr Höschen aus und sieht Bonnie dabei unverwandt in die Augen. »Sieh mich an«, denkt sie, befiehlt sie mit ihren Augen. »Sieh in mein Gesicht. Nicht auf das. Nicht auf ihn.«

Jetzt nimmt er die Handschellen aus der Tasche, die er mitgebracht hat.

»Fessel dein Handgelenk ans Bett«, befiehlt er Annie. »Jetzt.«

Sie gehorcht. Als er das Einschnappen des Schlosses hört, greift er in die Tasche und zieht zwei weitere Handschellen hervor. Damit fesselt er Bonnie an Händen und Knöcheln. Sie zittert. Er ignoriert ihr Schluchzen, während er sie knebelt. Bonnie sieht ihre Mutter an, ein flehentlicher Blick. Ein Blick, der sagt: »Mach, dass es aufhört!« Annie weint heftiger.

Er ist immer noch vorsichtig, misstrauisch. Er entspannt sich noch nicht. Er geht zu Annie und fesselt ihre andere Hand ebenfalls ans Bett. Dann die Knöchel. Dann knebelt er auch sie.

Jetzt. Jetzt kann er sich entspannen. Seine Beute ist ihm sicher. Sie kann nicht mehr entkommen. Wird nicht mehr entkommen.

Ist ihm nicht entkommen, denke ich.

Jetzt kann er den Augenblick genießen.

Er nimmt sich Zeit, den Raum vorzubereiten. Das Bett zu positionieren, die Videokamera einzustellen. Es gibt eine bestimmte Art und Weise, wie die Dinge getan werden, eine Symmetrie, die ihm wichtig ist, entscheidend. Er lässt sich Zeit dabei. Einen Schritt zu übersehen mindert die Schönheit des Aktes, und der Akt ist alles. Er ist seine Luft und sein Wasser.

»Das Bett«, sagt James.

»Was?« Ich sehe verwirrt auf das Bett.

Er steht auf und geht zum Fußende. Annies Bett ist extra breit und aus glattem, abgerundetem Holz gefertigt. Stabil.

»Wie hat er es bewegt?« James geht zum Kopfende und blickt auf den Teppich hinunter. »Schleifspuren. Also hat er es zu sich hingezogen.« Er kehrt zum Fußende zurück. »Er muss es irgendwo hier angefasst und rückwärts gezogen haben. Er brauchte einen Hebel…« James kniet nieder. »Er muss es hier unten gepackt und ein wenig angehoben haben.« Er steht auf, geht zur Seite des Bettes, lässt sich auf den Bauch sinken und kriecht bis zu den Schultern unter das Bett. Ich sehe, wie er seine Taschenlampe einschaltet, dann verlöscht der Lichtstrahl. Als James wieder auftaucht, lächelt er. »Kein Abdruckpuder zu sehen.«

Wir sehen uns an. Ich spüre geradezu, wie jeder von uns in Gedanken die Daumen drückt.

Die Leute glauben fälschlicherweise, dass Latexhandschuhe die Übertragung von Fingerabdrücken verhindern. In den meisten Fällen stimmt das auch. Aber nicht immer. Diese Art von Handschuhen wurde für Chirurgen entwickelt, damit sie einen sterilen Überzug für ihre Operationen hatten. Gleichzeitig müssen diese Handschuhe wie eine zweite Haut sitzen, damit der Arzt seine Instrumente ohne einen Verlust an Präzision benutzen kann. Das dichte Anliegen und die Dünnheit des Materials können bewirken, dass sich das Gummi den Furchen und Rillen genau anpasst. Falls – zugegeben, die Wahrscheinlichkeit ist gering, doch sie besteht – jemand mit Latexhandschuhen eine Oberfläche berührt, die Abdrücke aufnehmen kann, erzeugt er unter Umständen einen brauchbaren Abdruck. Annies Bettgestell besteht aus Holz. Möglicherweise haben Reinigungsmittel oder Polituren einen Rückstand hinterlassen, der einen Fingerabdruck zu erhalten imstande ist, der selbst durch die Handschuhe des Täters hindurch entstehen kann.

Zugegeben, eine sehr geringe Möglichkeit. Aber immerhin eine Möglichkeit.

»Sehr gut«, sage ich.

»Danke.«

Öl und Kugellager, denke ich. Ein Tatort ist der einzige Ort der Welt, an dem ich mich mit James verstehe.

Die Bühne ist vorbereitet. Er hat das Bett in Position gezogen – hierher. Die Kamera steht ebenfalls ... dort. Er überprüft alles ein letztes Mal, um sicher zu sein, dass alles perfekt ist. Es ist perfekt. Jetzt widmet er Annie seine volle Aufmerksamkeit. Starrt auf sie hinab.

Es ist das erste Mal, dass sie die Wahrheit sieht. Er war abgelenkt, hat seinen Schauplatz eingerichtet. Sie hatte immer noch Hoffnung. Jetzt ist sein Blick auf sie fixiert, und sie begreift. Sie sieht Augen, die keinen Horizont besitzen. Sie sind bodenlos, schwarz und gefüllt mit einem Hunger, der niemals endet.

Er merkt, wie sie begreift. Wie es ihr dämmert. Es macht ihn an, wie jedes Mal. Wieder hat er die Hoffnung in einem anderen Menschen erstickt.

Es erweckt ein gottgleiches Gefühl in ihm.

James und ich haben uns zu ihm gesellt. Wir sind da, wir sehen ihn, wir sehen Annie, und aus den Augenwinkeln sehen wir Bonnie. Wir riechen die Verzweiflung. Der schwarze Zug nimmt an Fahrt auf, wird schneller, und wir sind an Bord gesprungen, haben die Tickets gelocht.

»Und jetzt sehen wir uns das Video noch einmal an«, sagt er.

Ich doppelklicke auf die Datei, und wir sehen zu, wie die Montage abläuft. Er tanzt, er schneidet, er vergewaltigt.

Die schiere Heftigkeit seines Tuns lässt das Blut überall hinspritzen, und er kann es riechen, schmecken, die klebrige Glätte durch seine Kleidung hindurch spüren. Irgendwann hält er inne, dreht sich um und sieht zu dem Kind. Bonnies Gesicht ist weiß, und sie zittert am ganzen Leib, als hätte sie einen Krampfanfall. Der Anblick erzeugt eine fast unerträgliche, nahezu orgiastische Symphonie köstlicher Extreme in ihm. Er erschauert, jeder Muskel erzittert vor Emotion und Empfindungen. Er ist nicht nur böse. *Er vergewaltigt das Gute. Er fickt es zu Tode. Musik und Blut und Eingeweide und Schreie und Angst. Die Welt erbebt, und er ist das Epizentrum. Er nähert sich dem Höhepunkt, und dann kommt er – jener Punkt, an dem alles in einem blendenden, grellen Licht explodiert, an dem jegliche Vernunft und alles Menschliche verschwindet.*

Es ist ein kurzer Augenblick, und es ist der einzige Moment, in dem sein Hunger und seine Gier schwinden. Ein winziger Augenblick der Erfüllung und Erleichterung.

Das Messer saust herab, und alles ist voller Blut und Blut und Nässe und Blut, und er steigt höher und höher und höher, steht auf Zehenspitzen auf dem Gipfel eines Berges, streckt seinen Leib, so weit er kann, reckt einen Finger in die Höhe, nicht um das Antlitz Gottes zu berühren, nicht um MEHR zu sein, sondern um NICHTS zu werden, ÜBERHAUPT NICHTS, und er wirft den Kopf in den Nacken, als sein Körper unter der Wucht eines Orgasmus erzittert, der stärker ist, als er zu ertragen vermag.

Dann ist es vorbei, und die Wut, die immer in ihm schwelt, kehrt zurück.

Ein leichtes Flimmern sticht mir ins Auge. »Warte mal«, sage ich und spule den Film über den Mediaplayer ein Stück zurück. Ich lasse es erneut ablaufen. Das gleiche Flimmern. Ich runzele frustriert die Stirn. »Irgendwas stimmt nicht. Ich weiß nur nicht, was.«

»Können wir den Film nicht in Einzelbildern ablaufen lassen?«, fragt James.

Wir spielen mit der Software herum, bis wir eine Einstellung gefunden haben, die uns zwar keine Einzelbilder, doch zumindest eine Zeitlupenwiedergabe ermöglicht.

»Irgendwo hier«, murmele ich.

Wir beugen uns beide vor und starren angestrengt auf den Schirm. Es ist gegen Ende des Films. Er steht neben Annies Bett, ich sehe ein Flackern, und er steht immer noch neben Annies Bett, aber irgendetwas ist anders.

James bemerkt es als Erster.

»Wo ist das Bild?«

Wir spulen erneut zurück. Er steht neben dem Bett, und an der Wand hinter ihm hängt ein Bild von einer Vase mit Sonnenblumen. Das Flackern, er steht noch immer neben dem Bett … und das Bild ist verschwunden.

»Was zur Hölle …?« Ich blicke zur Stelle an der Wand, wo das Bild hängen müsste. Ich entdecke es am Boden; es lehnt neben dem umgestürzten Nachttisch.

»Warum hat er es von der Wand genommen?«, fragt James. Die Frage ist an ihn selbst gerichtet, nicht an mich.

Wir lassen den Film erneut ablaufen. Er steht neben dem Bett, das Bild hängt an der Wand, Flimmern – er steht neben dem Bett, das Bild ist weg. Wieder und wieder. Stehen, Bild, Flimmern – Stehen, kein Bild … kein Bild, kein Bild, kein Bild.

Das Begreifen kommt nicht allmählich. Es überfällt mich blitzartig. Mein Unterkiefer sackt herab, und mir wird schwindlig. »Mein Gott!«, rufe ich so laut, dass James zusammenzuckt.

»Was?«

Ich spule den Film zurück. »Sieh noch mal genau hin. Achte diesmal darauf, wo die Oberkante des Bilderrahmens ist, und such die Stelle an der Wand, nachdem das Bild verschwunden ist.«

Der Film läuft ab, wir kommen an die Stelle mit dem Flimmern, und James runzelt die Stirn. »Ich begreife nicht …« Er hält inne und reißt die Augen auf. »Ist das möglich?« Er klingt ungläubig. Ich lasse den Film erneut durchlaufen.

Es besteht kein Zweifel. Wir starren einander an. Alles hat sich schlagartig verändert.

Wir wissen jetzt, warum das Bild entfernt wurde. Es wurde entfernt, weil es einen Anhaltspunkt darstellt. Einen Anhaltspunkt für die Höhe.

Der Mann, der über Annie am Bett gestanden hat, während das Bild noch an der Wand hing, war gut fünf Zentimeter größer als der Mann, der hinterher dort steht, nachdem das Bild entfernt wurde.

Wir haben den Maschinenraum des schwarzen Zuges erreicht, und der Schock dessen, was wir dort sehen, schleudert uns hinaus.

Es gibt nicht nur einen Zugführer.

Es sind *zwei*.

KAPITEL 15 »Sie haben Recht«, sagt Leo. Er blickt erstaunt zu mir und James auf.

Er ist soeben mit der Analyse des Videos fertig geworden. »Dieses Flackern kommt von einem schlechten Übergang beim Schnitt.«

Callie, Jenny und Charlie sind ebenfalls da und drängen sich mit uns um den Bildschirm. Wir haben ihnen die Abfolge der Ereignisse geschildert, wie wir sie gesehen haben, und am Schluss die Bombe platzen lassen.

Jenny starrt mich an. »Wow!«

»Ist Ihnen so etwas schon mal begegnet?«, fragt Charlie. »Zwei von der Sorte, die zusammenarbeiten?«

Ich nicke. »Einmal. Das war allerdings eine andere Geschichte. Ein Mann und eine Frau, die sich zusammengetan haben, und der Mann war dominant. Zwei Männer, die zusammenarbeiten, das ist höchst ungewöhnlich. Was sie tun, ist etwas sehr Persönliches für sie. Intim. Die meisten teilen diesen Augenblick nicht gern.«

Alle sind still, während sie über meine Worte nachdenken. Callie durchbricht als Erste das Schweigen. »Ich sollte das Bett nach Fingerabdrücken untersuchen, Zuckerschnäuzchen.«

»Ich hätte daran denken müssen«, sagt Jenny.

»Ja, das hätten Sie«, faucht James. Er ist wieder das alte Ekel.

Jenny funkelt ihn an. Er ignoriert sie und wendet sich ab, um Callie bei der Arbeit zuzusehen. Callie packt ein UV-Skop und das entsprechende Zubehör aus. Das Skop lässt durch die Reflexion von intensivem ultraviolettem Licht Fingerabdrücke sichtbar werden. Dieses Licht wird von glatten Flächen gleichmäßig und dunkel reflektiert, doch sobald es auf Unregelmäßigkeiten trifft – beispielsweise auf Linien und Rillen von Fingerabdrücken –, reflektiert es sie weißlich. Mit einer UV-Kamera kann man kristallklare Fotografien von diesen Reflexionen anfertigen und sie zur Identifikation und zum Vergleichen mit Abdrücken in der Datenbank heranziehen.

Der Bildwandler besteht aus einem am Kopf getragenen Display, welches das nackte Auge vor den ultravioletten Strahlen schützt, einem UV-Strahler sowie einer hochauflösenden UV-Handkamera. Die Technik funktioniert nicht immer, doch sie hat den Vorteil, dass man die untersuchte Oberfläche nicht verändert. Kein Pulver, kein Sekundenkleber. Sobald diese Substanzen erst aufgetragen sind, kann man sie nicht mehr schadlos entfernen. Licht lässt alles so, wie es war.

»Ich bin so weit«, sagt Callie. Sie sieht aus wie eine Gestalt aus einem Science-Fiction-Film. »Schaltet das Licht aus.«

Charlie betätigt den Schalter, und wir sehen zu, wie Callie sich auf den Rücken legt und unter das Bett schiebt. Wir sehen das Leuchten des UV-Strahlers, als sie damit die Unterseite des Matratzenrostes absucht. Eine kurze Pause, unsichtbare Aktivitäten, und wir hören ein paar Klicks. Dann noch ein paar. Der Strahler erlischt, und Callie kriecht wieder unter dem Bett hervor. Charlie dreht das Licht an.

Callie grinst. »Drei gute Abdrücke von der linken Hand, zwei von der rechten. Hübsch deutlich und klar, Zuckerschnäuzchen.«

Zum ersten Mal, seit Callie mich angerufen und mir von Annies Ermordung berichtet hat, spüre ich etwas anderes in mir außer Wut, Trauer und Kälte. Ich spüre Aufregung.

»Erwischt!«, sage ich und erwidere ihr Grinsen.

Jenny sieht mich kopfschüttelnd an. »Ihr seid wirklich unheimlich, Smoky. Absolut unheimlich.«

Nicht unheimlich, Jenny. Wir fahren mit dem schwarzen Zug, das ist alles, denke ich. Wir lassen uns von dem Zug zu ihren Fehlern führen.

»Frage«, sagt Alan. »Wie kommt es, dass sich niemand wegen der Musik beschwert hat? Sie war ziemlich laut gedreht.«

»Diese Frage kann ich dir beantworten, Zuckerschnäuzchen«, sagt Callie. »Sei still und hör hin.«

Wir verstummen und lauschen, und ich bemerke es auf der Stelle. Das Hämmern starker Bässe, durchsetzt mit gedämpften hohen Tönen, das aus den verschiedensten Wohnungen über und unter Annies Apartment erschallt.

Callie zuckt die Schultern. »Hier wohnen junge Leute und Paare, und einige hören gern laute Musik.«

Alan nickt. »Okay, akzeptiert. Zweite Frage.« Er gestikuliert im Zimmer umher. »Diese beiden Typen haben eine Riesen-Sauerei veranstaltet. Eine richtige Riesen-Sauerei. Sie können unmöglich so nach draußen gegangen sein, von oben bis unten mit Blut besudelt. Sie mussten sich erst waschen. Das Badezimmer sieht spiegelblank aus. Also denke ich, dass sie sich dort gewaschen und es hinterher geschrubbt haben.« Er sieht Jenny an. »Hat die Spurensicherung die Abflüsse untersucht?«

»Finde ich heraus.« Ihr Mobiltelefon klingelt, und sie nimmt ab. »Chang.« Sie sieht mich an. »Wirklich? In Ordnung, ich sage es ihr.«

»Was denn?«, frage ich.

»Das war mein Beamter im Krankenhaus. Er sagt, Bonnie hätte geredet. Nur einen Satz, aber er dachte, du würdest ihn hören wollen.«

»Welchen?«

»Sie hat gesagt: ›Ich will, dass Smoky hier ist.‹«

KAPITEL 16

Jenny hat mich schnell zum Krankenhaus gebracht. Sie hat die Sirene eingeschaltet und Rotlichter überfahren. Keine von uns hat auf dem Weg hierher etwas gesagt.

Jetzt stehe ich vor Bonnies Bett und sehe auf sie hinab, während sie zu mir hochstarrt. Ich bin erneut benommen von ihrer Ähnlichkeit mit ihrer Mutter. Es ist irritierend; eben noch habe ich gesehen, wie ihre Mutter starb, und jetzt liegt Annie hier und sieht mich an, lebendig durch ihre Tochter.

Ich lächle Bonnie an. »Sie haben mir gesagt, du hättest nach mir gefragt, Liebes.«

Sie nickt, doch sie spricht nicht. Mir wird bewusst, dass es noch für eine Weile so bleiben wird. Der glasige Ausdruck des Schocks ist aus ihren Augen gewichen; dafür hat etwas anderes seinen Platz eingenommen und sich eingenistet. Etwas Fernes und Hoffnungsloses und Schweres.

»Ich muss dir zwei Fragen stellen, Liebes. Sie sind wichtig. Ist das okay?«

Sie sieht mich an, forschend, ängstlich. Doch sie nickt.

»Es waren zwei böse Männer da, ist das richtig?«

Angst. Ihre Lippe zittert. Sie nickt.

Ja.

»Gut, Schatz. Noch eine weitere Frage, und dann reden wir für den Augenblick nicht mehr darüber. Hast du das Gesicht von einem der beiden gesehen?«

Sie schließt die Augen. Schluckt. Öffnet die Augen wieder. Schüttelt den Kopf.

Nein.

Innerlich seufze ich. Es überrascht mich nicht, aber es ist frustrierend. Später. Ich nehme Bonnies Hand.

»Es tut mir so Leid, meine Süße. Du hast nach mir gefragt. Du musst nicht mit mir reden, wenn du noch nicht kannst. Vielleicht kannst du es mir zeigen?«

Sie sieht mich weiterhin an. Sie scheint nach irgendetwas in meinen Augen zu suchen. Etwas, das sie beruhigt. Ich vermag nicht zu erkennen, ob sie es findet oder nicht. Aber sie nickt.

Dann streckt sie die Hand aus und ergreift die meine. Ich warte, doch das ist alles, was sie tut. Und dann begreife ich.

»Du möchtest mit mir kommen?«

Sie nickt erneut.

Eine Million Gedanken schießen mir gleichzeitig durch den Kopf. Wie unfähig ich beispielsweise immer noch bin, auf mich selbst aufzupassen, geschweige denn, für sie zu sorgen. Dass ich an einem Fall arbeite, und wer soll solange auf sie aufpassen? Ich denke diese Dinge, trotzdem zählt nichts von alledem wirklich. Ich schweige und lächle sie an und drücke ihre Hand. »Ich muss noch ein paar Dinge erledigen, aber sobald ich damit fertig bin und San Francisco verlasse, komme ich dich holen.«

Sie sieht mir weiter in die Augen. Scheint endlich zu finden, wonach sie gesucht hat. Sie drückt meine Hand, dann lässt sie los, dreht den Kopf in das Kissen und schließt die Augen. Ich stehe für einen Moment da und sehe auf sie hinab.

Als ich leise aus dem Zimmer gehe, weiß ich, dass sich etwas in meinem Leben geändert hat. Ich frage mich, ob zum Guten oder zum Schlechten, und erkenne, dass es keine Rolle spielt. Es geht nicht um Gut oder Schlecht oder Indifferent. Es geht ums Überleben. Das ist die Ebene, auf der wir gegenwärtig funktionieren, alle beide, Bonnie genauso wie ich.

Wir sitzen im Wagen und fahren zum SFPD zurück. Niemand spricht ein Wort.

Schließlich durchbricht Jenny das Schweigen. »Wirst du sie zu dir nehmen?«, fragt sie.

»Ich bin alles, was sie hat. Und vielleicht ist sie alles, was ich habe.«

Jenny denkt darüber nach. Dann erscheint ein schwaches Lächeln auf ihrem Gesicht. »Das ist gut, Smoky. Wirklich gut. Ein Kind in ihrem Alter in der Fürsorge, das ist nicht gut. Sie ist zu alt. Niemand würde sie adoptieren.«

Ich drehe mich zu Jenny um. Ich spüre etwas Verborgenes. Irgendeinen Unterton, der ihre Worte begleitet. Sie sieht mich nervös an, dann entspannt sie sich mit einem Seufzer.

»Ich bin ein Waisenkind. Meine Eltern starben, als ich vier

war, und ich bin in Heimen aufgewachsen. Niemand wollte damals ein Kind chinesischer Abstammung adoptieren.«

Ich bin schockiert und überrascht zugleich. »Ich hatte ja keine Ahnung!«

Sie zuckt die Schultern. »So was erzählt man nicht unbedingt herum. Nach der Art: ›Hi, ich bin Jenny Chang, und ich bin eine Waise.‹« Sie sieht mich an, um zu betonen, dass dies auch jetzt gilt. Dann fährt sie fort: »Aber ich will dir eins sagen: Du hast eine gute Entscheidung getroffen. Gut und rein.«

Ich denke darüber nach und weiß, dass sie meint, was sie sagt. »Es fühlt sich richtig an. Annie hat mir ihre Tochter überantwortet – jedenfalls hat man mir das so gesagt. Ich habe ihr Testament noch nicht gesehen. Ist es wahr, dass das Testament neben Annies Leiche gelegen hat?«

»Ja. Steht in den Akten.«

»Hast du es gelesen?«

»Ja.« Sie stockt erneut. Eine weitere dieser schweren, nachdenklichen Pausen. »Sie hat alles in deine Hände gegeben, Smoky. Die Tochter ist die eigentliche Erbin, doch sie hat dich als Vormund und Treuhänderin benannt. Ihr müsst sehr gute Freundinnen gewesen sein.«

Der Gedanke schmerzt sehr. »Sie war meine beste Freundin. Seit der Highschool.«

Jenny schweigt eine Weile. Als sie wieder spricht, ist es nur ein einziges Wort, gefüllt mit allem, was sie mich wissen lassen will. »Scheiße.«

Scheiße.

Scheißwelt.

Scheißungerechtigkeit.

Scheiße, was mit dir passiert ist, dass deine Tochter gestorben ist, dass Kinder überhaupt ermordet werden, und Scheiße, bis alles tot und begraben und zu Staub geworden ist für immer.

Das ist es, was Jenny sagt.

Ich antworte auf die gleiche Weise: »Danke.«

KAPITEL 17 »Möchtest du die gesamte oder die Kurzversion?«

Alan öffnet den Ordner mit dem Autopsiebericht, während er mir diese Frage stellt.

»Die Zusammenfassung bitte.«

»Also gut, hier das Wesentliche. Der oder die Täter haben sie vergewaltigt, sowohl vor als auch nach ihrem Tod. Er oder sie haben sie mit einem scharfen Messer aufgeschlitzt, bevor sie starb, doch die meisten Wunden waren nicht tödlich.«

Folter. Ich nicke ihm zu, damit er fortfährt.

»Die Todesursache ist Verbluten. Sie ist ausgeblutet, wegen einer Verletzung an der Halsschlagader.« Er wirft einen flüchtigen Blick in die Mappe. »Nachdem sie tot war und sie fertig waren mit ihr, haben sie sie aufgeschnitten. Sie haben die inneren Organe entfernt und in Plastiksäcke gelegt, die sie neben der Leiche zurückgelassen haben.« Er sieht zu mir auf. »Sämtliche Organe wurden gefunden, mit Ausnahme der Leber.«

»Sie haben sie wahrscheinlich mitgenommen«, sagt James in das sich anschließende Schweigen hinein. »Oder aufgegessen.« Ich unterdrücke ein Erschauern bei diesen Worten. Ich bin sicher, dass er Recht hat.

»Die Untersuchung der Schnittwunden hat ergeben, dass sie von einem Skalpell stammen könnten, was passen würde. Der Pathologe sagt, dass sie geschickt vorgegangen sind bei der Entfernung der Organe. Nicht allein die Chirurgie, sondern sie wussten genau, wo die Organe liegen und wie sie vorgehen müssen, um sie intakt zu entfernen. Sie haben nicht nur Dick- und Dünndarm getrennt, sie haben sie in ihre Bestandteile zerlegt. Den Dünndarm in drei, den Dickdarm in vier.«

Ich denke darüber nach. »Hat er – äh, haben *sie* irgendwelche anderen Organe auf die gleiche Weise zerlegt?«

Alan liest in der Mappe nach, dann schüttelt er den Kopf. »Nein.« Er sieht mich an. »Sie wollten offensichtlich angeben.«

»Das ist gut«, sage ich grimmig.

Leo blickt mich ungläubig an. »Wieso ist das gut?«, fragt er.

Alan wendet sich zu ihm und beantwortet die Frage für mich. »Es ist gut, mein Junge, weil wir diese Kerle durch ihre Fehler schnappen. Wenn sie so etwas tun, bedeutet es, dass ihnen der Akt an sich nicht reicht. Sie wollen unsere Aufmerksamkeit. Das bedeutet, dass sie nicht so vorsichtig sind, wie sie sein könnten. Oder sollten. Damit wird die Wahrscheinlichkeit größer, dass sie Fehler begehen.«

»Einfacher ausgedrückt, mein Kind«, schaltet sich Callie ein, »es bedeutet, dass sie noch durchgeknallter sind als üblich. Das erhöht die Chance, dass sie sich verraten.«

»Ich verstehe«, sagt Leo, doch er sieht bestürzt drein, während ihm die Bedeutung dieser Worte aufgeht. Ich kann es verstehen. Das Sezieren menschlicher Organe durch zwei Psychopathen als etwas Positives zu betrachten, fällt schwer und ist noch schwerer zu begreifen. Leo fragt sich wahrscheinlich, ob er es überhaupt begreifen will.

Alan fährt fort. »Nachdem sie die Organe entfernt hatten, ließen sie die Bauchhöhle offen und banden Bonnie an die Tote.« Er klappt die Mappe zu. »Es wurde kein Sperma gefunden, allerdings Latexrückstände in der Vagina.«

Sie haben Kondome benutzt, um keine DNS zu hinterlassen.

»Weiter nichts. Keine Haare, keine Fingerabdrücke an oder in ihrer Leiche. Das ist alles.«

»Und was schließen wir daraus?«

James zuckt die Schultern. »Sehen wir uns den Rest des Bildes an. Es gibt keine Verletzungen, die auf ein Zögern hindeuten. Sie waren von Anfang an sicher und entschlossen in ihrem Tun, was das Aufschneiden angeht. Einer von ihnen hat vielleicht eine medizinische Ausbildung. Ich halte es für wahrscheinlich.«

»Oder sie besitzen eine Menge Übung«, murmelt Callie.

»Was wissen wir sonst noch?« Ich sehe alle der Reihe nach an. Alan zückt einen Block und einen Stift. Das ist Teil unserer

Routine. Er ist bereit, jeden wichtigen Gedanken und jede Vermutung schriftlich festzuhalten.

»Wir wissen, dass beide weiß und männlich sind«, sagt Callie. »Einer ist knapp über eins achtzig groß, der andere knapp unter eins achtzig. Beide sind schlank.«

Alan spricht als Nächster. »Sie sind sehr vorsichtig. Sie wissen, wie Spuren entstehen, und haben Vorkehrungen getroffen, um sie zu vermeiden. Keine Haare, keine Hautschuppen, kein Sperma.«

»Aber sie sind nicht so clever, wie sie glauben«, bemerke ich. »Wir haben die Fingerabdrücke am Bett. Und wir haben herausgefunden, dass sie zu zweit waren.«

»Und das ist das Problem, nicht wahr?«, wirft Alan ironisch ein. »Wenn sie wirklich wissen, wie Spuren entstehen, dann muss ihnen auch klar sein, dass es immer welche gibt, irgendwie.«

Alan spielt auf das Locard'sche Prinzip an. Locard gilt als Begründer der modernen Forensik, und wir alle kennen das Prinzip auswendig. »Wenn zwei Objekte miteinander in Kontakt kommen, dann erfolgt *immer* eine Übertragung von Materie vom einen zum anderen. Auch wenn die Menge klein und schwierig zu entdecken sein mag, so ist sie doch vorhanden. Das Untersuchungsteam hat die Pflicht, sämtliche derartigen Materieteile zu sammeln, ganz gleich, wie klein die Mengen sind, und die Übertragung zu beweisen.«

Unsere Täter sind vorsichtig. Das Fehlen von Sperma ist vielsagend. Es beweist Kontrolle. Seit dem Aufkommen von Kriminalromanen, Fernsehshows und HIV verwenden Vergewaltiger immer häufiger Präservative. Doch es bleibt die Ausnahme. Bei einer Vergewaltigung geht es um sexuelle Macht und um die Verletzung des anderen. Vergewaltiger berauschen sich an der Intensität des dadurch in ihnen ausgelösten Gefühls. Kondome verringern die Verletzung und stören dieses Gefühl. Jack Junior und sein Kumpan haben sie trotzdem benutzt, und diese Tatsache unterstreicht Alans Punkt.

»Wir wissen, dass sie nicht perfekt sind«, sagt James. »Sie haben eine augenfällige Schwäche – sie wollen angeben und uns verhöhnen. Das erhöht ihr Risiko und die Wahrscheinlichkeit, dass sie irgendwann einen Fehler begehen.«

»Richtig. Was noch?«

»Zumindest einer von beiden ist technisch beschlagen«, meldet sich Leo zu Wort. »Die Bearbeitung eines Videos lässt sich heutzutage zwar nicht gerade mit Raketentechnik vergleichen, doch ihre Ausführung zeigt eine Lernkurve. Kein durchschnittlicher Computernutzer kann so etwas auf Anhieb.«

»Wir gehen davon aus, dass sie aus Los Angeles stammen, oder?«, fragt Callie.

Ich zucke die Schultern. »Wir gehen einstweilen davon aus, ja. Aber es ist nur eine Mutmaßung, nichts, das wir wissen. Wir kennen ihren Opfertyp. Sie haben es uns verraten – sie haben vor, weitere Frauen wie Annie zu töten.« Ich wende mich an Leo. »Wie haben sie sie in ihrem Schreiben bezeichnet?«

»Als moderne Hure vom Information Superhighway.«

»Was bedeutet das? Mit welchen Zahlen haben wir es zu tun?«

Leo zieht eine Grimasse. »Mit Tausenden, wenn Sie die gesamten USA nehmen. Allein in Kalifornien vielleicht an die Hundert. Aber das ist nicht das einzige Problem. Betrachten Sie es so: Jede Frau mit einer Webseite ist potentiell eine unabhängige Unternehmerin. Einige arbeiten für eine gemeinsame Dachorganisation, aber die meisten sind wie Ihre Freundin. Sie betreiben ihre eigene Webseite, angefangen beim Design bis hin zu den Inhalten. Es ist ein Eine-Frau-Geschäft mit einer einzigen Arbeitnehmerin. Und es gibt für diese Art von Geschäft keine Handelskammer. An verschiedenen Stellen gibt es Listen von diesen Webseiten, doch es gibt keine Gesamtvereinigung, bei der man nachsehen könnte.«

Ich denke über diese schlechten Neuigkeiten nach. Dann kommt mir eine Idee. »Schön, aber was, wenn wir es aus einem anderen Blickwinkel betrachten? Statt jede in dieser Branche ins Auge zu fassen, sollten wir nach den Seiten suchen, auf denen die Täter Annie gefunden haben könnten. Sie sagten doch, dass es Listen von diesen Webseiten gibt?«

Leo nickt.

»Es ist unwahrscheinlich, dass Annies Seite auf jeder dieser Listen verzeichnet ist. Wir suchen nur nach denjenigen, die Annie führen, und engen auf diese Weise den Opferkreis auf die übrigen Frauen auf diesen Listen ein.«

Jetzt schüttelt er den Kopf. »So einfach ist das nicht, Ma'am. Was, wenn sie Annie durch eine Suchmaschine gefunden haben? Und falls ja, welches Suchwort oder welche Suchwortgruppe haben sie eingegeben? Die meisten Webseitenbetreiber wie Annie haben außerdem eigene Probeseiten. Kleine Gratisseiten mit Beispielbildern und einem Link zu ihrer Hauptseite. Nach dem Motto: Sieh es dir an, und wenn es dir gefällt, komm in den Laden. Die Täter könnten Annie über eine der Probeseiten gefunden haben.«

»Ganz zu schweigen von der Möglichkeit, dass sie Annie durch dich gefunden haben, Smoky«, ergänzt Callie zögernd. Ich sehe sie zustimmend an und seufze niedergeschlagen.

»Also führt uns das Internet nirgendwohin?«

»Nicht nirgendwohin«, widerspricht Leo. »Wir müssen uns die Abonnenten-Liste der Toten ansehen. Die Liste der Leute, die dafür bezahlt haben, um sich ihre Mitgliedern vorbehaltenen Webseitenbereiche anzusehen.«

Ich werde aufmerksam. Alan nickt zustimmend. »Genau«, sagt er. »Auf diese Weise haben sie doch auch all diese Drecksäcke in dem Kinderpornoring geschnappt, stimmt's?«

Leo lächelt ihn an. »So ist es. Für den Einsatz von Kreditkarten gibt es eine Menge Gesetze und staatliche Überwachung. Es müssen sehr genaue Aufzeichnungen aufbewahrt werden. Und das Beste von allem ist, dass die meisten Anbieter eine Adressenüberprüfung eingebaut haben. Die Adresse, die bei der Eintragung angegeben wird, muss mit der aufgezeichneten Adresse des Karteninhabers übereinstimmen.«

»Wissen wir denn, wie viele Abonnenten Annie hatte?«

»Noch nicht, aber das herauszufinden dürfte nicht schwierig sein. Wir benötigen eine richterliche Verfügung, doch die meisten Gesellschaften arbeiten bereitwillig mit. Ich rechne nicht mit Schwierigkeiten.«

»Ich möchte, dass Sie sich darum kümmern, sobald wir zurück sind«, sage ich zu ihm. »Alan wird Ihnen beim Einholen der richterlichen Verfügung helfen. Beschaffen Sie sich die Liste, und kämmen Sie sie durch. Ich möchte außerdem, dass Annies Computer genau unter die Lupe genommen wird. Suchen Sie nach allem – absolut allem –, das einen Hinweis enthalten könnte. Vielleicht ist ihr etwas Eigenartiges aufgefallen, und sie hat eine Notiz verfasst…«

»Verstanden. Ich werde auch ihre E-Mails durchsehen. Je nachdem, welchen Provider sie hat, existieren möglicherweise Kopien sämtlicher neuerer Mails, die nicht auf ihrem Computer zu finden sind.«

»Gut.«

»Da wäre noch etwas«, sagt Jenny. »Sie haben sich eine Menge Mühe gemacht, um uns denken zu lassen, es wäre nur *ein* Täter.«

»Vielleicht haben sie darauf gehofft, uns später irgendwie damit zu verwirren«, antworte ich. »Ich weiß es nicht. Ich habe noch nicht darüber nachgedacht.« Ich schüttele den Kopf. »Wichtig ist, dass wir etwas haben, womit wir anfangen können. Die Fingerabdrücke.« Ich wende mich an Callie. »Wie weit sind wir damit?«

»Ich gebe die Daten ins AFIS ein, sobald wir hier fertig sind, und lasse die Jungs in Los Angeles daran arbeiten. Wir können eine Million Abdrücke in der Minute vergleichen, also wird es nur ein paar Stunden dauern.«

Mehr als alles andere sorgt diese Aussage für Aufregung.

Es könnte ganz einfach werden. Das Automatische Fingerabdruck-Identifikationssystem oder AFIS ist ein phantastisches Werkzeug. Wenn wir Glück haben, finden wir die Mörder sehr schnell.

»Wir sollten es sofort machen.«

»Was haben du und James über diese Typen rausgefunden, Smoky?«, fragt Callie.

»Ja, lasst uns hören!«, ruft Alan. Beide starren mich erwartungsvoll an.

Ich habe gewusst, dass diese Frage kommen würde; sie fragen das jedes Mal. Ich bin auf dem schwarzen Zug gefahren, habe die Monster gesehen, wenigstens eines von ihnen. Callie und Alan wollen wissen, *was genau* ich gesehen habe.

»Das basiert alles nur auf Gefühlen und Vermutungen«, entgegne ich ausweichend.

Alan winkt großzügig ab. »Ja, ja, ja. Das sagst du jedes Mal. Erzähl einfach, was ihr gesehen habt.«

Ich lächle ihn an, lehne mich zurück und blicke zur Decke hinauf. Ich schließe die Augen, während ich mir alles ins Gedächtnis rufe, mich nähere, die Fährte aufnehme.

»Sie sind wie Amalgam, diese beiden. Ich weiß noch nicht, wer wer ist. Sie sind clever, verdammt clever. Sie tun nicht nur so, sie sind es. Wenigstens einer von ihnen hat eine wissenschaftliche Ausbildung.« Ich werfe James einen Blick zu. »Wahrscheinlich Medizin.« James nickt zustimmend. »Sie gehen zielstrebig vor. Geplant. Präzise. Sie haben Stunden damit verbracht, ihre Spuren zu beseitigen, bis sie sicher waren, dass sie nichts zurückgelassen haben. Das ist sehr, sehr wichtig für sie. Jack the Ripper ist einer der berühmtesten Serienmörder aller Zeiten. Warum? Aus einem einzigen Grund: *Er wurde niemals gefasst*. Die hier sind in seine Fußstapfen getreten, in dieser und anderer Hinsicht. Sie imitieren ihn. Jack the Ripper hat die Polizei verhöhnt, also verhöhnen diese Kerle uns ebenfalls. Seine Opfer waren Prostituierte. Also haben sie es auf das – für sie – moderne Äquivalent von Prostituierten abgesehen. Es gibt sicherlich weitere Parallelen.«

»Narzissmus ist ein Problem für sie«, wirft James ein.

Ich nicke. »Ja.«

Charlie runzelt die Stirn. »Wie meinen Sie das?«

»Betrachten Sie es so: Wenn Sie am Steuer sitzen, müssen Sie dann darüber nachdenken, was Sie tun?«, frage ich ihn.

»Nein. Ich fahre einfach.«

»Genau. Aber für Jack Junior und seinen Kumpan ist Fahren allein nicht genug. Diese beiden müssen sich selbst dafür bewundern, wie gut sie fahren. Wie perfekt und kunstvoll. Es ist jene Art von Narzissmus, bei der man bewundert, wie man etwas tut, noch während man es tut…« Ich zucke die Schultern. »Wenn man sich die Zeit nimmt, sich selbst beim Fahren zu beobachten, ist man mit den Augen nicht die ganze Zeit auf der Straße.«

»Daher die Fingerabdrücke am Bett«, sagt James. »Das war keine kleine Unaufmerksamkeit. Wir reden hier nicht von Haaren oder Fasern. Wir reden von fünf Fingerabdrücken. Sie waren zu sehr damit beschäftigt, sich dabei zuzusehen, wie clever sie sind.«

»Kapiert«, sagt Charlie.

»Als ich sagte, sie seien wie Amalgam, war das nicht ganz richtig.« Ich schürze die Lippen, während ich überlege. »Es gibt einen Jack Junior. Ich denke, er ist eine einzelne Identität. Sie ist zu bedeutend, um sie zu teilen.« Ich sehe James an. »Stimmst du mir zu?«

»Ja.«

»Und wer ist dann der andere?«, fragt Alan.

»Ich bin nicht sicher. Vielleicht ein Lehrling?« Ich schüttele den Kopf. »Ich kann es nicht deutlich erkennen. Noch nicht. Ich denke allerdings, dass Jack Junior, wer auch immer es sein mag, der Dominante von beiden ist.«

»Das würde zu den früheren Zweierteams passen«, sagt Callie.

»Genau. Also, sie sind clever, präzise und narzisstisch. Eines der Dinge, die sie so gefährlich machen, ist die Zielstrebigkeit, mit der sie zur Tat schreiten. Sie haben kein Problem mit entschiedenen Handlungen. Das ist schlecht für uns, denn es bedeutet, dass sie die Dinge nicht zu kompliziert machen. Sie handeln klar und einfach. Klopf an der Tür, platz herein, schließ die Tür, übernimm die Kontrolle. A, B, C, D. Das ist im Allgemeinen keine natürliche Fähigkeit. Es wäre möglich, dass einer von ihnen oder beide eine militärische Ausbildung haben. Oder sie waren bei den Vollzugsbehörden. Irgendetwas, wo sie gelernt haben, einen anderen Menschen zielstrebig und ohne Zögern zu unterwerfen.«

»Ihr Spaß an Mord und Vergewaltigung ist jedenfalls echt«, bemerkt James.

»Ist das nicht immer so?«, fragt Jenny.

Ich schüttele den Kopf. »Nein. Manchmal versucht ein Täter, einen gewöhnlichen Mord wie die Tat eines Serientäters aussehen zu lassen. Doch was sie mit Annie gemacht haben, wie sie es gemacht haben … das war echt. Sie sind echte Triebtäter.«

»Sie haben zwei verschiedene Opfertypen«, stellt James fest.

Callie runzelt die Stirn, seufzt. »Du meinst, sie haben es genauso auf uns abgesehen wie auf die Frauen, hinter denen sie her sind.«

James nickt. »Ganz genau. Die Auswahl des Opfers war in diesem Fall spezifisch und rational. Annie King hat in beide Profile gepasst. Sie unterhielt eine Webseite für Erwachsene, und sie war mit jemandem aus diesem Team befreundet. Sie haben eine Menge auf sich genommen, um deine Aufmerksamkeit zu wecken, Smoky.«

»Und die haben sie jetzt.« Ich lehne mich für einen Moment zurück, lasse mir alles durch den Kopf gehen. »Ich schätze, damit hätten wir alles abgedeckt. Vergessen wir nicht das Wichtigste, was wir im Augenblick über diese Kerle wissen.«

»Und was wäre das?«, fragt Leo.

»Dass sie erneut zuschlagen werden. Und wieder und wieder. So lange, bis wir sie geschnappt haben.«

KAPITEL 18 Ich habe Jenny gebeten, mich zum Krankenhaus zu fahren, damit ich nach Bonnie sehen kann, während die anderen mit den ihnen zugewiesenen Aufgaben beschäftigt sind.

Als wir vor der Tür zu ihrem Krankenzimmer eintreffen, hält mir der Polizist, der sie bewacht, einen großen manilabraunen Umschlag entgegen. »Das hier ist für Sie angekommen, Agent Barrett.«

Ich weiß sofort, dass irgendetwas nicht stimmt. Es gibt für niemanden einen Grund, mir auf diese Weise irgendetwas zukommen zu lassen. Ich reiße dem Polizisten den Umschlag aus der Hand und starre auf die Adressierung. In schwarzen Blockbuchstaben steht da: »Zu Händen von Special Agent Barrett«.

Jenny funkelt den Polizisten an. »Herrgott im Himmel, Jim! Benutzen Sie Ihren Verstand!« Sie hat sofort begriffen. Jim ist ein wenig langsamer. Ich weiß, dass es ihm jetzt dämmert, weil seine Gesichtsfarbe plötzlich aschfahl wird.

»Oh ... Scheiße!«

Ich halte ihm zugute: Seine erste Reaktion besteht darin, dass er aufspringt und mit Hand an der Waffe in Bonnies Zimmer stürzt. Ich bin direkt hinter ihm und spüre eine fast überwältigende Erleichterung, als ich sie sicher in ihrem Bett liegen und schlafen sehe. Ich bedeute dem Polizisten mit einer Handbewegung, das Zimmer mit mir wieder zu verlassen. Nachdem wir draußen sind und die Tür geschlossen haben, spricht er es aus.

»Der Umschlag ist wohl von dem Mörder, nicht?«

»Ja, Jim, das ist er«, bestätige ich. »Vermutlich ist er das.« Ich habe nicht die Energie zu beißendem Sarkasmus. Meine Worte klingen einfach nur müde. Jenny hat kein derartiges Problem. Sie stößt ihm so heftig den Finger gegen die Brust, dass er zusammenzuckt.

»Sie haben verdammten Mist gebaut! Ich bin stocksauer, weil ich weiß, dass Sie ein guter Polizist sind! Wissen Sie, wieso ich das weiß, Jim? Weil ich speziell Sie für diese Aufgabe angefordert habe. Weil ich weiß, dass Sie mehr sind als ein wandelndes Stück Fleisch.« Sie schäumt vor Wut. Jim nimmt ihre Unmutsäußerungen ohne jede Spur von Ärger oder Widerspruch hin.

»Sie haben Recht, Detective Chang. Ich kann nichts zu meiner Verteidigung vorbringen. Die Schwester vorn beim Empfang hat den Umschlag gebracht. Ich habe Agent Barretts Namen darauf gesehen, doch ich habe nicht nachgedacht. Ich habe weiter in meiner Zeitung gelesen.« Er sieht so niedergeschlagen aus, dass er mir beinahe Leid tut. Beinahe. »Verdammt! Ich habe mich von der Routine einlullen lassen. Ein dämlicher Anfängerfehler! Verdammt, verdammt, verdammt!«

Jenny scheint ebenfalls ein wenig Mitleid mit dem Polizisten zu empfinden, als sich dieser so eifrig selbst beschimpft. Ihre nächsten Worte klingen versöhnlicher. »Sie sind ein guter Polizist, Jim. Ich kenne Sie. Sie werden sich bis zu Ihrem letzten Tag an diesen Bockmist erinnern – und das ist auch ganz richtig so –, aber Sie werden so einen Fehler hoffentlich nie wieder begehen.« Sie seufzt. »Außerdem haben Sie Ihre wichtigste Pflicht erfüllt. Sie haben auf das Kind aufgepasst, und ihm ist nichts geschehen.«

»Danke, Lieutenant. Allerdings fühle ich mich dadurch kein Stück besser.«

»Wie lange ist es her, dass Sie diesen Umschlag bekommen haben?«

Er denkt eine Sekunde nach, bevor er antwortet. »Ich würde sagen … eineinhalb Stunden. Ja. Die Schwester von der Station hat ihn mir gebracht und gesagt, irgendein Typ habe ihn abgegeben. Sie nahm an, dass ich Ihnen den Umschlag zukommen lassen könne.«

»Gehen Sie und erfragen Sie die Einzelheiten. Wie er abgeliefert wurde, wie der Kerl aussah, alles.«

»Jawohl, Ma'am.«

Ich starre den Umschlag an, während Jim davonrennt. »Werfen wir einen Blick hinein.«

Ich öffne ihn. Im Innern finde ich einige zusammengeheftete Blätter. Auf der obersten Seite kann ich lesen: *Ich grüße Sie, Agent Barrett.* Das reicht für den Augenblick. Ich sehe Jenny an. »Er ist von ihm. Von ihnen.«

»Verdammt!«

Auf meinen Handflächen hat sich ein wenig Schweiß gebildet. Ich weiß, dass ich lesen muss, was sich in diesem Briefumschlag befindet, doch ich fürchte die nächsten Enthüllungen dieser Mörder. Ich seufze, öffne den Umschlag ganz und ziehe die zusammengehefteten Blätter hervor. Der Brief liegt zuoberst.

Ich grüße Sie, Agent Barrett! Ich schätze, dass Sie inzwischen die Ermittlungen aufgenommen haben, Sie und Ihr Team. Hat Ihnen das Video gefallen, das ich Ihnen dagelassen habe? Ich empfand die von mir ausgewählte Musik als besonders passend.

Wie geht es der kleinen Bonnie? Schreit und weint sie, oder ist sie ganz still? Ich frage mich das nämlich von Zeit zu Zeit. Bitte sagen Sie ihr, dass ich mich gemeldet habe.

Die meisten meiner Gedanken gelten allerdings Ihnen, Agent Barrett. Wie geht die Heilung voran? Schlafen Sie immer noch nackt dieser Tage? Mit der Packung Zigaretten auf dem Nachttisch links von Ihrem Bett? Ich war dort, und ich muss sagen, sie reden ziemlich laut im Schlaf.

»Heilige Scheiße!«, flüstert Jenny.

Ich reiche ihr die Blätter. »Halt die bitte für einen Moment, ja?«

Sie nimmt sie. Ich renne zum nächsten Mülleimer und erbreche alles, was ich im Magen habe. Diese Kerle waren in meinem Haus! Sie haben mich im Schlaf beobachtet! Entsetzen und Angst durchzucken mich, gefolgt von einem Übelkeit erregenden Gefühl der Schändung. Dann Zorn. Doch alles ist von Angst durchdrungen. Ein Gedanke schießt mir durch den Kopf: Es könnte erneut geschehen! Ich zittere am ganzen Leib und hämmere mit der Faust gegen den Rand des Mülleimers.

Dann wische ich mir mit dem Handrücken über den Mund und kehre zu Jenny zurück.

»Alles in Ordnung?«

»Nein. Aber bringen wir es zu Ende.« Sie gibt mir die Blätter zurück. Sie zittern in meinen Händen, als wir weiterlesen.

Matthew und Alexa, was für eine Schmach! Sie ganz allein in diesem Geisterschiff von einem Zuhause, in dem Sie vor dem Spiegel stehen und Ihre Entstellungen betrachten. Es ist zu traurig.

Ich finde, Sie sind schöner mit den Narben, auch wenn ich weiß, dass Sie glauben, es stimme nicht. Ich möchte Ihnen etwas Hilfreiches sagen, Agent Barrett, nur dieses eine Mal. Narben sind keine Schandmale. Es sind die Male der Überlebenden.

Sie mögen sich fragen, warum ich Ihnen eine helfende Hand reiche. Es entspringt einem Gefühl der Fairness. Und dem Bedürfnis, das Spiel aufregend zu gestalten. Es gibt viele auf der Welt, die mich jagen könnten, doch Sie … ich schätze, Sie können es am besten.

Ich habe große Mühen auf mich genommen, um sicherzustellen, dass Sie zurück ins Spiel kommen, und es ist nur noch eine Sache zu erledigen, eine letzte Wunde zu nähen.

Ein Jäger braucht eine Waffe, Agent Barrett, und Sie sind außerstande, Ihre Waffe anzufassen. Wir müssen dies korrigieren, um ein Gleichgewicht in unser Spiel zu bringen. Im Anhang finden Sie aus diesem Grund einige Informationen, von denen ich glaube, dass sie der Kernpunkt für Ihr diesbezügliches Problem sind. Möglicherweise werden die Informationen beim Lesen eine weitere Narbe hinterlassen, aber vergessen Sie nicht: Eine Narbe ist immer besser als eine unverheilte, schwärende Wunde.

From Hell

Jack Junior

Ich blättere um. Es dauert nur wenige Sekunden, bis ich begreife, was dort steht. Alles um mich herum wird plötzlich still und bewegt sich wie in Zeitlupe. Ich kann sehen, dass Jenny zu mir spricht, doch ich höre ihre Worte nicht.

Mir ist kalt, mir wird immer kälter. Meine Zähne klappern, ich fange an zu zittern, und die Welt entgleitet mir langsam. Mein Herzschlag beschleunigt sich, schneller, immer schneller, und dann kehren die Geräusche in einer chaotischen Kakophonie zurück, wie ein gewaltiger Donnerhall. Ich friere immer noch entsetzlich.

»Smoky! Mein Gott – einen Arzt, schnell!«

Ich höre sie, doch ich kann nicht sprechen. Ich kann nicht verhindern, dass meine Zähne weiter klappern. Ich sehe, wie ein Doktor herbeieilt. Er betastet meinen Kopf, sieht mir in die Augen. »Sie fällt in einen ausgewachsenen Schock!«, sagt er. »Legen Sie sie flach hin. Halten Sie ihre Füße hoch! Schwester!«

Jenny beugt sich über mich. »Smoky! Sag irgendwas!«

Ich wünschte, ich könnte, Jenny. Ich bin erstarrt. Die Welt ist erstarrt, und die Sonne ist ebenfalls erstarrt. Alles und jedes ist tot, tot oder liegt im Sterben.

Weil er Recht hat. Ich habe das Blatt gelesen, und dabei ist es mir plötzlich wieder eingefallen.

Es ist ein ballistischer Bericht. Der Teil, den er für mich eingekreist hat, besagt Folgendes: »Ballistische Tests beweisen eindeutig, dass die Kugel, die aus Alexa Barretts Leichnam entfernt wurde, aus der Dienstwaffe von Special Agent Barrett abgefeuert wurde …«

Ich war diejenige, die meine Tochter erschossen hat.

Ich höre das Geräusch und staune darüber, bevor mir bewusst wird, dass ich selbst es erzeuge. Es ist ein Kreischen. Es fängt ganz dunkel, tief unten in der Kehle an, dann steigt es auf, Oktave um Oktave, bis es schrill genug erscheint, um Glas zu zerbrechen. Dort verharrt es, wie das Vibrato einer Opernsängerin. Es scheint nicht mehr aufhören zu wollen.

Und dann wird alles um mich herum schwarz. Gott sei Dank.

KAPITEL 19 Ich erwache in einem Krankenhausbett, und Callie beugt sich über mich. Niemand sonst ist im Zimmer. Als ich in Callies Gesicht blicke, weiß ich den Grund.

»Du hast es gewusst, nicht?«

»Ja, Liebes«, antwortet sie. »Ich habe es gewusst.«

Ich wende das Gesicht von ihr ab. Seit jener Nacht mit Sands, als ich im Krankenhaus aufwachte, habe ich mich nicht mehr so gleichgülitg und leblos gefühlt. »Warum hast du es mir nicht gesagt?« Ich weiß nicht, ob in meiner Stimme Wut mitschwingt. Es ist mir auch egal.

»Dr. Hillstead hatte mich gebeten, es nicht zu sagen. Er meinte, du seist dazu noch nicht bereit. Und ich war der gleichen Meinung. Ich bin immer noch dieser Meinung.«

»Tatsächlich? Du glaubst, du kennst mich so gottverdammt genau?« Meine Stimme klingt heiser, roh. Jetzt ist die Wut da, heiß und giftig.

Callie zuckt mit keiner Wimper. »Ich weiß eines: Du bist am Leben. Du hast dir keine Pistole in den Mund geschoben und abgedrückt. Ich bedaure nichts, Zuckerschnäuzchen.« Ihre nächsten Worte sind geflüstert. »Das bedeutet nicht, dass es mir nicht wehgetan hätte, Smoky. Ich habe Alexa geliebt. Du weißt, dass ich sie geliebt habe.«

Ich reiße den Kopf herum bei ihren Worten, starre sie an, und alle Wut verraucht. »Ich mach dir keinen Vorwurf. Oder ihm. Und vielleicht hatte er ja auch Recht.«

»Warum sagst du das, Liebes?«

Ich zucke die Schultern. Ich bin müde, entsetzlich müde. »Weil ich mich jetzt wieder an alles erinnere. Aber ich will immer noch nicht sterben.« Ich ziehe mich für einen Moment in mich selbst zurück, als der Schmerz mich zu übermannen droht. »Ich habe das Gefühl, damit einen Verrat zu begehen, Callie. Ich habe das Gefühl, dass ich sie, wenn ich am Leben bleiben will, nicht genug geliebt habe.«

Ich sehe sie an und merke, wie sehr meine Worte sie getroffen haben. Meine Callie, meine fröhliche, muntere Eiskönigin sieht aus, als hätte ich ihr einen Schlag ins Gesicht versetzt. Oder vielleicht einen Stich ins Herz.

»Nein«, sagt sie nach einer ganzen Weile. »Das stimmt nicht. Weiterzumachen, nachdem sie beide tot sind, Smoky, das bedeutet nicht, dass du sie nicht geliebt hast. Es bedeutet lediglich, dass sie gestorben sind und du nicht.«

Ich merke mir diesen tiefgründigen Satz, um später darüber nachzudenken. Ich spüre, dass etwas daran ist. »Eigenartig, nicht wahr? Ich habe immer alles mit meiner Waffe getroffen, was ich treffen wollte. Es war ganz natürlich für mich, ein Talent. Ich erinnere mich, dass ich auf seinen Kopf gezielt habe, und dann hat er sich so verdammt schnell bewegt. Ich habe noch nie jemanden gesehen, der sich so schnell bewegen konnte. Er riss Alexa vom Bett und sorgte dadurch dafür, dass sie die Kugel einfing, die für ihn gedacht war. Sie hat mir direkt in die Augen gesehen, als es passiert ist.« Mein Gesicht zuckt. »Weißt du, er hat beinahe überrascht ausgesehen. Trotz allem, was er getan hat, hatte er einen Moment lang diesen Ausdruck im Gesicht, wie jemand, der befürchtet, zu weit gegangen zu sein. Und dann habe ich ihn erschossen.«

»Erinnerst du dich daran, Smoky?«

Ich runzele die Stirn. »Wie meinst du das?«

Callie lächelt. Es ist ein trauriges Lächeln. »Du hast ihn nicht einfach erschossen, Zuckerschnäuzchen. Du hast ihn mit Kugeln voll gepumpt. Du hast vier Magazine in ihn geleert, und du warst beim Nachladen, als ich dich aufgehalten habe.«

Und plötzlich ist alles wieder da. Ich erinnere mich.

Er hatte mich vergewaltigt, mich geschnitten. Matt war tot. Wellen von Schmerz durchzogen mich, und ich verlor immer wieder für kurze Zeit das Bewusstsein. Alles war irgendwie surreal. Als stünde ich unter Drogen. Oder wie jenes Gefühl, das man hat, wenn man mittags ein Nickerchen macht, das eine halbe Stunde zu lange dauert. Ein Gefühl von Eindringlichkeit war da, ich konnte es spüren. Doch es war weit weg. Ich spürte es wie durch weiche Gaze. Ich hätte durch Sirup waten müssen, um es zu erreichen.

Sands beugte sich vor, hielt sein Gesicht dicht an meines. Ich spürte seinen Atem auf meiner Wange. Er war unnatürlich heiß. Irgendetwas Klebriges – mir wurde bewusst, dass es sein Speichel war – trocknete auf meiner Brust. Ich erschauerte, ein Schauer, der meinen ganzen Körper durchlief, lang anhaltend.

»Ich binde jetzt deine Hände und Füße los, meine süße Smoky«, flüsterte er mir ins Ohr. »Ich möchte, dass du mein Gesicht berührst, bevor du stirbst.«

Meine Augen rollen zu ihm hoch, dann weiter hinauf in meinen Kopf. Ich verliere erneut jedes Zeitgefühl, treibe zurück ins Bewusstsein und spüre, wie er sich an meinen Händen zu schaffen macht, die Fesseln löst. Dämmere ins Schwarz hinein, komme zu mir, er ist an meinen Füßen. *Cowabunga.* Licht zu Schatten, Schatten zu Licht.

Ich komme zu mir, und er liegt neben mir, presst sich an mich. Er ist nackt, und ich spüre seine Erektion. Seine linke Hand ist in mein Haar verkrallt, zerrt meinen Kopf nach hinten. Die rechte liegt über meinem Bauch, und ich kann das Messer darin spüren. Sein Atem, sauer und heiß.

»Zeit zu gehen, süße Smoky«, flüstert Sands. »Ich weiß, du bist müde. Du musst nur noch eins tun, bevor du schlafen darfst.« Sein Atem geht schneller. Seine Erektion wird stärker, drückt in meine Seite. »Berühr mein Gesicht.«

Er hat Recht. Ich bin müde. So verdammt müde. Ich will nur wieder zurück in die Schwärze, endlich alles hinter mir haben, vorbei. Ich spüre, wie meine Hand nach oben geht, um seinen letzten Wunsch zu erfüllen – und dann passiert es.

»MAMIIII!«, höre ich Alexa schreien. Es ist ein Schrei voller Angst und Grauen.

Er ist wie ein Schlag mit dem Handrücken mitten ins Gesicht, ein Schrei, der mich bis in die Knochen erschüttert.

»Er hat uns erzählt, Alexa wäre tot, Callie«, flüstere ich im Krankenhauszimmer. »Er hat gesagt, er hätte sie gleich zu Anfang getötet. Ich habe ihren Schrei gehört, und mir war plötzlich klar, dass er mich belogen hatte, und ich wusste – ICH WUSSTE –, dass er als Nächstes zu ihr gehen würde!« Ich balle die Fäuste bei der Erinnerung und spüre, wie ich am ganzen Leib zu zittern anfange vor Entsetzen und nackter Wut, genau wie damals.

Es war, als hätte jemand in mir eine Bombe gezündet. Ich wurde nicht einfach hellwach, ich explodierte. Der Drache kam aus meinem Bauch hervor und brüllte und brüllte und brüllte.

Ich schlug Sands mit voller Wucht ins Gesicht, spürte, wie seine Nase unter meiner Handkante brach. Er stöhnte, und ich war aus dem Bett und auf dem Weg zu der Nachttischkommode, wo ich meine Waffe aufbewahrte, doch er war wie ein Tier. Wild und unglaublich schnell. Kein Zögern. Er rollte sich auf den Boden und sprintete aus der Schlafzimmertür. Ich hörte seine Füße auf den Dielenbrettern stampfen, als er in Richtung von Alexas Zimmer rannte.

Und ich fing an zu schreien. Ich hatte ein Gefühl, als stünde ich in Flammen. Alles wurde weißglühend, Adrenalin verbrannte mich innerlich, und die Intensität war unerträglich. Mein Zeitgefühl hatte sich verändert. Die Zeit verging nicht langsamer, ganz im Gegenteil. Sie verging schneller. Schneller, als ich denken konnte.

Ich hatte meine Waffe und rannte nicht den Flur entlang, sondern katapultierte förmlich in Richtung von Alexas Zimmer, keine Schritte, sondern Blitze. Ich war schnell, verdammt schnell, denn er bog gerade in die Tür, als ich auch schon dort war und sie sah. Auf dem Bett. Der Knebel, den er ihr um den Mund gebunden hatte, war gelockert. Ich erinnere mich noch, wie ich »Tapferes Mädchen!« gedacht habe.

Sie schrie erneut »MAMIIII!«, die Augen weit aufgerissen, das Gesicht hochrot, Tränenströme auf den Wangen. Und dann war ich das Tier, kein Zögern, hob die Waffe, zielte auf seinen Kopf…

Dann. Horror. Horror, Horror, Horror, nicht enden wollender Horror, die Hölle auf Erden.

Dann ich, schreiend. Ich schrie und schrie und schrie, als wollte ich niemals wieder aufhören damit. Ich schoss auf Sands, wieder und immer wieder, leerte ein Magazin nach dem anderen in ihn, bis ich keins mehr hatte, und dann…

»O mein Gott, Callie.« Tränen füllen meine Augen. »Mein Gott, mein Gott, mein Gott, es tut mir so Leid.«

Sie nimmt meine Hand, schüttelt den Kopf. »Denk nicht darüber nach, Smoky.« Sie drückt meine Hand, ein fester, entschlossener Druck. So fest, dass er beinahe schmerzt. »Ich meine es ernst. Du warst nicht bei Sinnen.«

Weil ich mich erinnere, wie ich Callie gehört habe, die durch meine Wohnungstür platzte, wie ich sie auftauchen sah, die Waffe gezückt. Ich erinnere mich, wie sie sich mir mit übertriebener Vorsicht näherte, mich immer wieder aufforderte, die Waffe wegzulegen. Ich erinnere mich, wie ich sie angeschrien habe. Wie sie näher gekommen ist. Ich wusste, dass sie mir die Waffe wegnehmen wollte, und ich wusste, dass ich das nicht zulassen konnte. Ich brauchte sie noch, um sie mir an den Kopf zu setzen, den Abzug durchzuziehen, mich zu erschießen, zu sterben. Ich hatte es verdient. Ich hatte mein eigenes Kind getötet. Also tat ich das Einzige, was in diesem Augenblick einen Sinn für mich ergab. Ich richtete die Pistole auf Callie, und… und ich feuerte.

Es war reines Glück, dass keine Patrone mehr in der Kammer war. Wenn ich jetzt darüber nachdenke, wird mir bewusst, dass sie nicht einmal langsamer wurde, sondern immer näher kam, bis sie nah genug war, um mir die Waffe wegzunehmen, die sie zur Seite warf. Danach erinnere ich mich an kaum noch etwas.

»Ich hätte dich töten können«, flüstere ich.

»Nein.« Sie lächelt erneut. Ihr Lächeln ist immer noch ein

wenig traurig, doch es schimmert auch eine Spur der alten Spitzbübin hindurch. »Du hast nur auf mein Bein gezielt.«

»Callie!« Ich sage es als Tadel, auch wenn er sanft gemeint ist. »Ich erinnere mich.« Ich hatte nicht auf ihr Bein gezielt. Ich hatte auf ihr Herz gezielt.

Sie beugt sich vor und sieht mir direkt in die Augen. »Smoky, ich vertraue dir mehr als jedem anderen Menschen auf dieser Welt. Und daran hat sich überhaupt nichts geändert. Ich weiß nicht, was ich dir sonst noch sagen soll. Außer, dass ich nie wieder mit dir darüber reden will.«

Ich schließe die Augen. »Wer weiß es sonst noch?«

Schweigen. »Ich. Das Team. AD Jones. Dr. Hillstead. Sonst niemand. Jones ist fest entschlossen, dass es dabei bleibt.«

Nur, dass es nicht so ist, denke ich. *Sie* wissen es ebenfalls.

»Während du bewusstlos warst – übrigens fast zwei Stunden lang …«

Ich spüre, dass sie mir etwas zu sagen hat.

»Was?«

»Na ja, du solltest es wissen: Dr. Hillstead ist der Einzige, der von deiner Reaktion weiß, nachdem du es heute herausgefunden hast. Abgesehen von Jenny und dem Rest des Teams.«

»Du hast es nicht AD Jones erzählt?«

Sie schüttelt den Kopf. »Nein.«

»Warum nicht?«

Callie lässt meine Hand los. Sie wirkt unruhig, betreten, etwas Seltenes bei ihr. Sie steht auf und geht ein wenig hin und her. »Ich fürchte – wir fürchten, wenn wir das tun, dann war es das. Er könnte entscheiden, dass du nie wieder arbeiten wirst. Niemals. Wir wissen, dass du vielleicht selbst zu dieser Entscheidung kommst. Aber wir wollten dir die Optionen offen halten.«

»Alle waren damit einverstanden?«

Sie zögert. »Alle, bis auf James. Er sagt, er will erst mit dir reden.«

Ich schließe die Augen. In diesem Moment ist James der letzte Mensch auf der Welt, mit dem ich reden möchte. Der allerletzte.

Ich seufze. »Also schön. Schick ihn rein. Ich weiß im Augenblick nicht, wie ich mich entscheiden werde, Callie. Ich weiß nur eins – ich will nach Hause. Ich will Bonnie holen und nach Hause und versuchen, mit alledem klarzukommen. Ich muss klar werden im Kopf, muss wieder zur Vernunft kommen, ein für alle Mal, oder ich bin erledigt. Ihr könnt den Rest allein erledigen, AFIS und alles. Ich muss nach Hause.«

Sie blickt zu Boden, dann sieht sie mich wieder an. »Ich verstehe. Ich kümmere mich um alles.«

Sie geht zur Tür. Bleibt stehen und dreht sich zu mir um, als sie dort angekommen ist. »Da ist noch etwas, worüber du nachdenken solltest, Zuckerschnäuzchen. Du bist perfekt mit der Waffe, besser als alle, die ich jemals erlebt habe. Vielleicht hast du, als du auf mich gezielt und abgedrückt hast, gewusst, dass die Waffe leer geschossen war. Vielleicht hast du nur deswegen abgedrückt.« Sie zwinkert, öffnet die Tür und geht nach draußen.

»Vielleicht«, flüstere ich zu mir selbst.

Doch ich glaube es nicht.

Ich glaube, ich habe abgedrückt, weil ich in diesem Augenblick wollte, dass die ganze Welt stirbt.

KAPITEL 20

James kommt herein und schließt die Tür hinter sich. Er setzt sich auf einen Stuhl neben meinem Bett. Er schweigt, und ich kann nicht erkennen, was in ihm vorgeht. Aber das ist nie anders gewesen.

»Callie hat gesagt, du wolltest dich mit mir unterhalten, bevor du entscheidest, ob du mich bei AD Jones verpfeifst oder nicht«, sage ich schließlich.

Er antwortet nicht sofort, sondern sitzt einfach nur da und sieht mich an. Es ist zum Aus-der-Haut-Fahren.

»Und?«

Er schürzt die Lippen. »Im Gegensatz zu dem, was du wahrscheinlich denkst, habe ich kein Problem damit, wenn du wieder ganz in den aktiven Dienst zurückkehrst, Smoky. Absolut nicht. Du bist gut in dem, was wir tun, und mehr als Kompetenz verlange ich nicht.«

»Also?«

»Das Problem, das ich habe, besteht darin, dass du nur halb dabei bist.« Er deutet auf mich und das Krankenhausbett, in dem ich liege. »Das hier beispielsweise. Es macht dich gefährlich, weil du unzuverlässig bist.«

»Ach, leck mich am Arsch, und fahr zur Hölle.«

Er geht darüber hinweg. »Es ist wahr. Denk drüber nach. Als du und ich in Annie Kings Wohnung waren, habe ich dein altes Selbst gesehen. Die kompetente Smoky. Genau wie alle anderen. Callie und Alan haben sich schon wieder deinen Wünschen gebeugt und sich auf dich verlassen. Gemeinsam haben wir Beweise gefunden, die übersehen worden wären. Und dann kommt so ein Brief, und du brichst zusammen.«

»Es ist schon ein wenig komplizierter, James.«

Er zuckt die Schultern. »Nicht in der Hinsicht, die zählt, Smoky. Entweder du kommst ganz zurück oder gar nicht. Wenn du nämlich nur halb zurückkommst, so wie jetzt, bist du eine Belastung für uns. Und das führt mich zu dem, womit ich mich einverstanden erklären würde.«

»Und das wäre?«

»Dass du entweder gesund zurückkommst oder verdammt noch mal wegbleibst. Wenn du versuchst zurückzukommen, obwohl du noch nicht wieder so weit bist, gehe ich direkt zu AD Jones und immer weiter nach oben, bis irgendjemand mir zuhört und dich an die frische Luft setzt, wenn es sein muss.«

Weißglühende Wut erfasst mich. »Du bist ein arroganter Wichser.«

Er ist ungerührt. »So ist es nun einmal, Smoky. Ich vertraue dir. Wenn du mir dein Wort gibst, dann weiß ich, dass du es halten wirst. Das verlange ich von dir. Komm gesund zurück oder gar nicht. Dieser Punkt ist nicht verhandelbar.«

Ich starre ihn an. Ich sehe weder Mitleid noch Geringschätzung in seinem Gesicht. Mir wird klar, dass er nicht viel verlangt.

Was er sagt, ist vernünftig.

Ich hasse ihn trotzdem.

»Ich gebe dir mein Wort«, sage ich. »Und jetzt mach, dass du hier rauskommst!«

Er steht auf und geht, ohne sich noch einmal umzudrehen.

KAPITEL 21

Wir fliegen am frühen Morgen zurück, schweigend. Bonnie sitzt neben mir, hält meine Hand und starrt in die Ferne. Callie kommt einmal zu mir und lässt mich wissen, dass zwei Beamte bei mir zu Hause postiert werden, bis ich etwas anderes sage. Ich glaube zwar nicht, dass er jetzt noch einmal in meine Wohnung eindringen wird, nachdem er sich verraten hat, doch ich bin trotzdem mehr als froh über diesen Schutz. Callie berichtet außerdem, dass die Überprüfung der Fingerabdrücke durch das AFIS keine Spur ergeben hat. Eine herbe Enttäuschung.

Ich befinde mich in einem Strudel der Emotionen, ein großes Durcheinander aus Konfusion und frischen Wunden, durchsetzt von immer wieder aufblitzender Panik. Es sind jedoch nicht die Gefühle, die mich überwältigen, es ist die Realität. Bonnies Realität. Ich sehe sie von der Seite her an. Sie macht mich noch nervöser und reagiert, indem sie mir den Kopf zuwendet und mir voll in die Augen sieht. Sie betrachtet mich sekundenlang, dann versinkt sie wieder in ihrem Schweigen, und ihr Blick entrückt in die Ferne.

Ich balle eine Hand zur Faust und schließe die Augen. Kleine

Blitze von Panik zucken in mir auf und zerplatzen krachend wie Feuerwerk am Nachthimmel.

Mutter zu sein macht mir furchtbare Angst. Und genau darum geht es hier, ganz einfach. Ich bin alles, was sie hat, und vor uns liegt ein langer, langer Weg. Ein Weg voller Schultage, Weihnachtsfeste, Schutzimpfungen, Obstaufessen, Fahren lernen, um zehn Uhr abends zu Hause sein und so weiter und so weiter. All die Banalitäten – große, kleine, wunderbare –, mit denen man es zu tun bekommt, wenn man die Verantwortung für ein anderes Leben übernimmt.

Früher hatte ich ein System dafür, das nicht nur auf Mutterschaft, sondern auf Elternschaft basierte. Ich hatte Matt. Wir haben uns gemeinsam um Alexa gekümmert, über ihre Erziehung diskutiert, uns die Bälle zugespielt, sie gemeinsam geliebt. Ein großer Teil der Elternschaft besteht in der ständigen Gewissheit, alles falsch zu machen. Da ist es tröstlich, jemanden zu haben, mit dem man die Schuld teilen kann.

Bonnie hatte nur mich. Mich allein. Mich mit meinem Frachtzug voller Lasten, den ich mit mir herumschleppe, während sie einen Frachtzug voller Entsetzen und Grauen hinter sich herzieht und eine Zukunft hat, die ... was? Wird sie jemals wieder sprechen? Wird sie irgendwann Freundinnen haben? Freunde? Wird sie glücklich werden?

Ich erkenne, während meine Panik wächst, dass ich so gut wie überhaupt nichts über dieses kleine Mädchen weiß. Ich weiß nicht, ob sie gut ist in der Schule. Ich weiß nicht, welche Fernsehsendungen sie mag oder was sie morgens zum Frühstück essen möchte. Ich weiß überhaupt nichts.

Meine Angst wächst und wächst, und ich stammle innerlich vor mich hin und würde am liebsten die Luke des Fliegers öffnen und schreiend nach draußen ins Nichts springen, weinend, gackernd und ...

Und dann ertönt Matts Stimme in meinem Kopf, wieder einmal, sanft, leise und tröstend.

»Ruhig, Baby, ganz ruhig. Entspann dich. Zuerst die wichtigen Dinge, und das Wichtigste hast du bereits erledigt.«

»Und was wäre das?«, wimmere ich in Gedanken.

Ich spüre sein Lächeln. »Du hast sie zu dir genommen. Sie ist dein. Was immer geschehen mag, wie schwer es auch wird, du hast sie bei dir aufgenommen, und du wirst sie niemals wieder zurückgeben. Das ist das erste Gesetz jeder Mutter, und du hast es erfüllt. Der Rest ergibt sich irgendwie.«

Mein Herz verkrampft sich bei diesen Worten, und ich möchte aufstöhnen. Das erste Gesetz jeder Mutter …

Alexa hatte ihre Probleme. Sie war kein perfektes Kind. Manchmal benötigte sie eine Menge Zuspruch und die ständig wiederholte Versicherung, dass sie geliebt wurde. In diesen Zeiten habe ich immer das Gleiche zu ihr gesagt. Ich nahm sie in die Arme, drückte meine Lippen in ihr Haar und flüsterte auf sie ein.

»Kennst du das erste Gesetz jeder Mutter, Kleines?«, fragte ich flüsternd.

Sie kannte es, doch sie antwortete stets auf die gleiche Weise.

»Was für ein Gesetz ist das, Mami? Was ist das erste Gesetz jeder Mutter?«

»Dass du mein bist und dass ich dich niemals hergeben werde. Ganz gleich, was auch geschieht, ganz gleich, wie schwer es kommen mag, ganz gleich, ob …«

»… ob der Wind aufhört zu wehen oder die Sonne nicht mehr scheint und die Sterne erlöschen«, vollendete sie meinen Satz und vervollständigte so das Ritual.

Das war alles, was ich tun musste, und sie entspannte sich und fühlte sich wieder sicher.

Mein Herz entkrampft sich. Das erste Gesetz jeder Mutter. Ich könnte damit anfangen.

Die kleinen Panikblitze in mir verebben. Für den Moment.

Wir steigen alle gemeinsam aus dem Flugzeug. Ich gehe davon, ohne noch etwas zu sagen, mit Bonnie im Schlepp.

Die besagten beiden Beamten begleiten uns nach Hause, fahren den ganzen Weg hinter uns her. Die Luft ist kühl, und es ist ein wenig dunstig. Auf dem Freeway hat der Verkehr eben erst eingesetzt, ist noch nicht richtig in Fahrt, wie ein Hügel träger Ameisen, die darauf warten, dass die Sonne sie erwärmt.

Im Wagen herrscht während der ganzen Fahrt Schweigen. Bonnie redet nicht, und ich bin zu sehr damit beschäftigt zu denken, zu fühlen, mir Sorgen zu machen.

Ich denke viel an Alexa. Mir ist bis gestern nicht bewusst gewesen, wie wenig ich seit ihrem Tod an sie gedacht habe. Sie war … irgendwie vage. Ein verschwommenes Gesicht in der Ferne. Jetzt wird mir auch bewusst, dass sie die schattenhafte Gestalt in meinem Traum über Sands gewesen ist. Der Brief von Jack Junior und die Erinnerung haben sie mitten in meinen Fokus gebracht, schlagartig.

Jetzt ist sie eine lebendige, blendende, schmerzliche Schönheit. Die Erinnerungen an sie sind wie eine zu laut abgespielte Symphonie. Meine Ohren schmerzen, doch ich kann nicht aufhören zu lauschen.

Die Symphonie der Mutterschaft; sie handelt von bedingungsloser Liebe, von Liebe bis zur Selbstaufgabe, von Liebe mit jeder Faser der Existenz. Sie handelt von einer Leidenschaft, deren Helligkeit die Sonne überstrahlt. Von einer grenzenlosen Hoffnung und einer wilden, herzzerreißenden Freude.

Mein Gott, wie habe ich sie geliebt. So sehr. Mehr als mich selbst, mehr als Matt.

Ich weiß, warum ihr Gesicht so verschwommen gewesen ist all die Monate. Weil eine Welt ohne sie – weil eine Welt ohne sie *unerträglich* ist.

Und doch bin ich hier und ertrage es. Dadurch zerbricht etwas in mir; etwas, das niemals heilen wird.

Ich bin froh darüber. Weil ich will, dass es wehtut. Für immer.

Als wir zwanzig Minuten später beim Haus ankommen, nicken mir die Beamten schweigend zu. Lassen mich wissen, dass sie ihren Job angetreten haben.

»Warte einen Moment hier, meine Süße«, sage ich zu Bonnie.

Ich gehe zum Wagen. Das Fenster auf der Fahrerseite gleitet nach unten, und ich lächle, als ich einen der Beamten erkenne. Dick Keenan. Er war Ausbilder in Quantico, als ich die Akademie durchlief. Ging auf die fünfzig zu und beschloss, seine Laufbahn draußen an der frischen Luft abzuschließen. Er ist ein zuverlässiger Mann, FBI der alten Schule, mit kurzem Stoppelhaarschnitt und so weiter. Er war damals immer zu einem Streich aufgelegt und ein guter Schütze.

»Wie kommt es, dass Sie diesen Auftrag bekommen haben, Dick?«, frage ich ihn.

Er grinst. »AD Jones.«

Ich nicke. Natürlich. »Wer ist das neben Ihnen?«

Der andere Beamte ist ein jüngerer Mann, jünger als ich. Neu im Job und immer noch aufgeregt, ein FBI Agent zu sein. Aufgeregt angesichts der Tatsache, tagelang am Stück in einem Wagen zu sitzen und nichts zu tun zu haben.

»Hannibal Shantz«, stellt er sich selbst vor und streckt mir die Hand durch das Fenster entgegen.

»Hannibal, wie?« Ich grinse.

Er zuckt die Schultern. Er ist einer von der gutmütigen Sorte, das merke ich. Einer mit einem dicken, unmöglich zu durchdringenden Fell, und einer, den man einfach auf Anhieb mögen muss.

»Sie sind über alles auf dem Laufenden, Dick?«

Sein Nicken ist angespannt. »Sie. Das kleine Mädchen. Und ja, ich weiß, wie es zu Ihnen gekommen ist, Smoky.«

»Gut. Ich möchte, dass eins klar ist: Sie ist die Wichtigere von uns. Kapiert? Wenn Sie entscheiden müssen, ob Sie sich an sie oder an mich heften, dann möchte ich, dass Sie bei ihr bleiben.«

»Verstanden, Smoky.«

»Danke. Nett, Sie kennen gelernt zu haben, Hannibal.«

Ich wende mich beruhigt ab und gehe zu Bonnie, die vor meinen Haus steht und wartet.

Im Wagen hatte ich Zeit darüber nachzudenken, warum ich in diesem Haus wohnen geblieben bin. Es war ein Akt der Halsstarrigkeit. Jetzt könnte es außerdem ein Akt der Dummheit werden. Mir wurde bewusst, dass es etwas mit meinem Wesen zu tun hat. Es war mein Zuhause. Wenn ich klein beigegeben hätte und weggezogen wäre, wäre ein Teil von mir für immer verloren gewesen.

Aber auch wenn die Tiger es jetzt umkreisen, ich gebe es nicht auf.

Wir sind in der Küche, und meine nächsten Worte kommen ganz spontan über meine Lippen.

»Hast du Hunger, Liebes?«, frage ich Bonnie.

Sie sieht zu mir auf und nickt wortlos.

Ich nicke zurück, zufrieden. Das erste Gesetz jeder Mutter: Liebe. Das zweite Gesetz: Füttere deine Brut. »Lass mich nachsehen, was wir haben.«

Sie folgt mir, als ich den Kühlschrank öffne und hineinspähe. »Lehre sie zu jagen«, denke ich und muss gegen ein leises hysterisches Lachen ankämpfen. Es sieht nicht allzu gut aus im Kühlschrank. Ein fast leeres Glas Erdnussbutter und eine angebrochene Tüte Milch, die ihr Ablaufdatum längst überschritten hat.

»Sorry, Kleines. Sieht so aus, als müssten wir zuerst ein paar Einkäufe machen.« Ich reibe mir die Augen und seufze innerlich. Mein Gott, bin ich müde. Doch das ist eine der Wahrheiten der Elternschaft. Sie sind deine Kinder, und du bist verantwortlich für sie. Zu dumm also, wenn du müde bist, weil – na ja, sie können nicht fahren, und sie haben kein Geld.

Zum Teufel mit der Müdigkeit. Ich sehe hinunter zu Bonnie und lächle sie an. »Komm, wir gehen unsere Vorratslager auffüllen.«

Sie sieht mich ein weiteres Mal offen an, gefolgt von einem Lächeln. Und einem Nicken.

»In Ordnung.« Ich packe meinen Schlüssel und meine Handtasche. »Sattel die Pferde.«

Ich hatte Keenan und Shantz gesagt, dass sie beim Haus bleiben sollen. Ich könne selbst auf mich aufpassen, und es sei wichtiger für mich zu wissen, dass niemand auf uns wartet, wenn wir zurückkommen.

Wir bewegen uns durch die Regalreihen von Ralph's Supermarket. Moderne Nahrungssuche.

»Geh voran, Honey«, sage ich zu ihr. »Ich weiß nicht, was du magst, deswegen musst du es mir zeigen.«

Ich schiebe den Wagen und folge Bonnie, die aufmerksam nach links und rechts schaut, während sie vor mir hergeht. Jedes Mal, wenn sie auf etwas zeigt, nehme ich es aus dem Regal, sehe es an, lasse es in mein Unterbewusstsein sinken, während ich eine laute Bassstimme in meinem Kopf höre. »MACCARONI UND KÄSE«, dröhnt die Stimme. »SPAGHETTI MIT FLEISCHSAUCE – ABER AUF GAR KEINEN FALL MIT PILZEN!« »CHEETOS – DIE FEURIGEN, WÜRZIGEN.« Die Zehn Gebote des Essens. Wichtige Hinweise, die mir mehr über Bonnie verraten.

Ich spüre, wie etwas Rostiges, Staubiges in mir allmählich in Bewegung kommt, ein quietschendes Zahnrad nach dem anderen. Liebe, Geborgenheit, Maccaroni und Käse. Diese Dinge fühlen sich natürlich an und richtig.

»Es ist wie Fahrradfahren, Baby«, höre ich Matt flüstern.

»Vielleicht«, murmele ich zurück.

Ich bin so sehr damit beschäftigt, mit mir selbst zu reden, dass ich nicht merke, wie Bonnie stehen bleibt, und sie beinahe mit dem Einkaufswagen umrenne. Ich lächle sie entschuldigend an. »Sorry, Schatz. Haben wir alles?«

Sie lächelt zurück und nickt. Alles da.

»Dann lass uns nach Hause fahren und etwas zu essen machen.«

Es ist nicht das Fahrradfahren – das ist nicht das Problem. Es ist die Straße, auf der das Rad fährt, die sich verändert hat. Liebe, Geborgenheit, Maccaroni und Käse, sicher, kein Problem. Aber da ist noch mehr. Da sind ein stummes Kind und eine von Narben entstellte Mutter, die mit sich selbst spricht und ein wenig verrückt ist.

Ich telefoniere mit Alans Frau, und während ich das tue, sehe ich zu, wie Bonnie hingebungsvoll und konzentriert ihre Maccaroni mit Käse herunterschlingt. Kinder sind von einzigartigem Pragmatismus, wenn es ums Essen geht, denke ich. *Ich weiß, die Welt geht unter, doch hey, man muss schließlich etwas essen, oder?*

»Ich weiß es wirklich zu schätzen, Elaina. Alan hat mir erzählt, was los ist, und ich würde nicht fragen, aber …«

Sie lässt mich nicht ausreden. »Bitte hör auf damit, Smoky.« Ihre Stimme ist ein sanfter Tadel. Ich muss an Matt denken, wenn ich sie so höre. »Du brauchst Zeit, um die Dinge zu sortieren, und dieses kleine Mädchen braucht einen Platz, wo es sein kann, wenn du nicht da bist. So lange, bis du alles geregelt hast.« Ich antworte nicht. Ich spüre einen Kloß im Hals. Sie scheint es zu merken, was typisch für Elaina ist. »Ich weiß, dass du die Dinge regeln wirst, Smoky. Du tust das Richtige für sie.« Sie zögert. »Du warst eine wunderbare Mutter für Alexa, und das wirst du auch für Bonnie sein.«

Eine Mischung aus Trauer, Dankbarkeit und Dunkelheit überkommt mich, als ich ihre Worte höre. Mühsam würge ich ein heiseres »Danke« hervor.

»Kein Problem. Ruf mich an, wenn du meine Hilfe brauchst.«

Sie erwartet keine weitere Antwort von mir und legt auf. Elaina war schon immer extrem einfühlsam. Sie war sofort einverstanden, sich um Bonnie zu kümmern, wenn ich einmal jemanden zum Aufpassen brauche. Kein Zögern, keine Fragen.

»Du bist nicht allein, Baby«, flüstert Matt.

»Vielleicht«, murmele ich leise zurück. »Vielleicht auch nicht.«

Mein Telefon klingelt und reißt mich aus meinem Gespräch mit einem Geist. Ich greife zum Hörer.

»Hallo Zuckerschnäuzchen«, meldet sich Callie. »Es ist etwas geschehen. Ich wollte dich benachrichtigen.«

Mein Magen verkrampft sich. Was ist jetzt schon wieder passiert? »Sag's mir.«

»Das Büro von Dr. Hillstead ist abgehört worden.«

Ich runzele die Brauen. »Wie bitte?«

»Die Dinge, die Jack Junior in jenem Brief erwähnt hat: Hast du dich nicht gefragt, woher er die wusste?«

Schweigen. Ich bin erschrocken und verblüfft. Nein. Mir wird klar, dass ich mich das nicht gefragt habe. »Verdammt, Callie. Ich hab nicht weiter darüber nachgedacht. Mein Gott.« Ich taumele. »Wie ist das möglich?«

»Mach dir deswegen keine Vorwürfe. Angesichts all der Dinge, die sonst noch passiert sind, hab ich's auch nicht getan. Aber James.«

»Details, Callie«, bitte ich ungeduldig.

»Jack Junior hat in Dr. Hillsteads Büro zwei Wanzen eingebaut.« Sie erläutert mir, dass es sich um Massenprodukte handelt und dass man sie möglicherweise nicht bis zum Empfänger zurückverfolgen kann. »Er musste nur wissen, wann du deine Termine bei Dr. Hillstead hattest, Zuckerschnäuzchen.«

Ein schmerzhafter Stich durchfährt mich wie ein starker Stromstoß. Er hat mich belauscht? Zugehört, als ich von Matt und Alexa erzählte? Zugehört, als ich *schwach* war? Ich könnte vor Wut ohnmächtig werden oder mich übergeben. Doch dann fühle ich plötzlich gar nichts mehr. Keine Verletzung, keine Wut, nur noch erschöpfte Trostlosigkeit.

»Ich muss jetzt Schluss machen, Callie«, murmele ich.

»Ist alles in Ordnung mit dir, Zuckerschnäuzchen?«

»Danke, dass du es mir gesagt hast, Callie. Jetzt muss ich Schluss machen.«

Ich lege auf und wundere mich über meine innere Leere. Auf ihre Weise ist sie vollkommen. Perfekt.

»Zumindest haben wir immer noch Paris«, rede ich vor mich hin und fühle ein Kichern in mir aufsteigen.

In diesem Moment bemerke ich, dass Bonnie aufgehört hat zu essen und mich ansieht. Mich beobachtet. Es verblüfft mich, erschüttert mich bis in die Knochen.

Meine Güte, denke ich. Mir wird bewusst, dass ich es hier und jetzt und ein für alle Mal begreifen muss: Ich bin nicht allein. Sie ist hier, und sie beobachtet mich.

Meine Tage im Dunkeln – die Tage, an denen ich ins Nichts gestarrt und mit mir selbst geredet habe –, diese Tage müssen aufhören. Niemand kann eine Verrückte als Mutter gebrauchen.

Wir sind in meinem Schlafzimmer, auf meinem Bett, und sehen uns an.

»Wie gefällt es dir hier?«, frage ich. »Geht das hier so?«

Sie blickt sich um, streicht mit der Hand über die Tagesdecke, dann lächelt sie und nickt. Ich lächle zurück.

»Gut. Ich dachte, du möchtest vielleicht hier bei mir schlafen – wenn nicht, dann verstehe ich das natürlich.«

Sie packt meine Hand, und ihr Kopf tanzt auf und ab wie eine Wackelpuppe. Ein entschiedenes Ja.

»Cool. Ich muss mit dir über einige Dinge reden, Bonnie. Ist das in Ordnung?«

Ein weiteres Nicken.

Manche Leute mögen meine Vorgehensweise missbilligen. So schnell zur Sache zu kommen nach dem Schock, den sie durchlebt hat. Ich bin anderer Meinung. Ich gehe nach meinem Gefühl, und mein Gefühl mahnt mich, aufrichtig mit diesem Kind zu sein, nicht mehr und nicht weniger.

»Erstens: Manchmal, wenn ich schlafe … na ja, die meiste

Zeit über habe ich Alpträume. Manchmal machen sie mir richtige Angst, und ich wache schreiend auf. Ich hoffe, das passiert nicht, während du hier schläfst, aber ich habe es nicht unter Kontrolle. Ich möchte nicht, dass du Angst kriegst, wenn es passiert.«

Sie studiert mein Gesicht. Ich merke, wie ihre Augen zu dem Bild auf dem Nachttisch wandern. Es ist ein gerahmtes Foto von Matt, Alexa und mir. Wir lachen alle drei, und keiner von uns ahnt, dass die Zukunft den Tod bringt. Sie betrachtet das Bild, dann sieht sie mich wieder an, hebt die Augenbrauen.

Es dauert einen Moment, bis ich begreife. »Ja. Die Alpträume handeln von dem, was ihnen zugestoßen ist.«

Sie schließt die Augen. Dann hebt sie die Hand und tippt sich damit auf die Brust. Sie öffnet die Augen wieder und sieht mich an.

»Du auch, wie? Okay, Schatz. Wir treffen eine Vereinbarung, was hältst du davon? Keiner von uns beiden bekommt Angst, wenn der andere schreiend aufwacht, okay?«

Sie lächelt mich an. Für einen Moment kommt mir die ganze Situation surreal vor. Ich rede mit einer Zehnjährigen – nicht etwa über Musik oder Kleidung oder einen Tag im Park. Ich schließe einen Pakt mit ihr über das Schreien in der Nacht.

»Zweitens … das ist ein wenig schwieriger für mich. Ich versuche zu entscheiden, ob ich meine Arbeit weitermachen möchte oder nicht. Meine Arbeit besteht darin, böse Menschen zu fangen. Menschen, die Sachen gemacht haben wie das, was deiner Mutter widerfahren ist. Aber vielleicht bin ich zu traurig, um mit dieser Arbeit weitermachen zu können. Verstehst du das?«

Ihr Nicken ist nüchtern und ernst. Oh ja, sie versteht mich sehr genau.

»Ich habe noch keine Entscheidung getroffen. Wenn ich nicht wieder zu meiner alten Arbeit zurückgehe, entscheiden wir beide, was wir weiter machen. Wenn ich zurückgehe … na ja, dann kann ich dich wahrscheinlich nicht immer bei mir haben. Irgendjemand wird auf dich aufpassen, während ich arbeiten bin. Ich verspreche dir allerdings eines: *Wenn* ich wieder arbeiten gehe, dann sorge ich dafür, dass jemand auf dich aufpasst, den du magst. Klingt das okay?«

Ein vorsichtiges Nicken. Ich gewöhne mich allmählich an das, was es aussagt. »Ja«, sagt dieses Nicken. »Es ist okay, wenn auch unter Vorbehalt.«

»Und noch ein Letztes, Kleines. Ich glaube, es ist das Wichtigste von allem, also hör genau zu, okay?« Ich nehme ihre Hand und sehe ihr direkt in die Augen bei dem, was ich ihr als Nächstes zu sagen habe. »Wenn du bei mir bleiben möchtest, wirst du bei mir bleiben. Ich werde dich nicht im Stich lassen. Unter gar keinen Umständen. Das verspreche ich dir.«

Ihr Gesicht zeigt die erste wirkliche Emotion, seit ich sie in jenem Bett im Krankenhaus gefunden habe. Es fällt in sich zusammen, überwältigt von Trauer. Tränen schießen in ihre Augen und rinnen über ihre Wangen. Ich nehme sie und drücke sie an mich, wiege sie, während sie lautlos weint. Ich halte sie und flüstere ihr ins Haar, und ich denke an Annie und Alexa und das erste Gesetz jeder Mutter.

Es dauert eine Weile, doch schließlich hört sie auf zu weinen. Sie klammert sich weiter an mich, den Kopf an meine Brust gedrückt. Das Schniefen endet, und sie löst sich von mir, um sich mit den Händen das Gesicht zu wischen. Sie neigt den Kopf nach hinten und sieht zu mir auf. Sieht mich *richtig* an. Ich sehe, wie ihr Blick über meine Narben gleitet. Ich zucke zusammen, als ihre Hand nach oben kommt, um mein Gesicht zu berühren. Mit unendlicher Vorsicht fährt sie mit einem Finger über die Narben. Anfangend bei denen auf der Stirn, dann über meine Wange, unendlich vorsichtig, wie mit einer Feder. Ihre Augen füllen sich erneut mit Tränen, und sie legt die Hand auf meine Wange. Dann ist sie wieder in meinen Armen. Diesmal ist sie diejenige, die mich an sich drückt.

Eigenartigerweise ist mir nicht nach Weinen zumute, während sie dies tut. Ich erlebe einen kurzen Augenblick des inneren Friedens. Einen Augenblick des Trostes. Ein wenig Wärme fließt aus ihr in jenen Teil von mir, der heute Morgen im Krankenhaus in Eiseskälte erstarrt ist.

Ich lehne mich zurück und grinse sie an. »Wir sind vielleicht ein Paar, wie?«

Ihr Lächeln ist echt. Ich weiß, dass es nur für einen kurzen Moment währen kann. Ich weiß, dass ihre Trauer, wenn sie zurückkehrt, mit der Wucht einer Flutwelle über ihr zusammenschlägt. Trotzdem ist es schön, sie lächeln zu sehen.

»Hör zu, es geht um eines der Dinge, die ich dir erzählt habe – um meine Entscheidung, ob ich wieder arbeiten gehe oder nicht. Es gibt heute Abend noch etwas, das ich erledigen muss. Möchtest du mit mir kommen?«

Sie nickt. O ja. Ich lächle sie aufmunternd an, tippe ihr aufs Kinn. »Also schön, dann lass uns gehen.«

Ich fahre zu einem Schießstand im San Fernando Valley. Ich mustere den Bau, bevor ich aus dem Wagen steige, und versuche meinen Mut zusammenzuraffen. Das Gebäude ist rein funktional; die Außenfarbe blättert ab, und die Fenster sind wahrscheinlich noch nie geputzt worden.

Wie eine Pistole, denke ich. Eine Pistole mag zerkratzt und verschrammt sein, mag sämtlichen Glanz verloren haben – das, was zählt, ist die Wahrheit dahinter. Kann sie immer noch schießen? Mit diesem heruntergekommenen Gebäude ist es das Gleiche. Hierher kommen nur sehr ernsthafte Schützen. Mit ernsthaft meine ich nicht Waffennarren. Ich meine Männer (und Frauen), die ihr ganzes Leben damit verbracht haben, mit Waffen Menschen zu töten oder den Frieden aufrechtzuerhalten. Leute wie ich.

Ich sehe Bonnie an und schenke ihr ein schiefes Lächeln. »Bist du bereit?«, frage ich.

Sie nickt.

»Dann wollen wir mal reingehen.«

Ich kenne den Besitzer. Er ist ein ehemaliger Scharfschütze von den Marines. Seine Augen sind vordergründig warm und innerlich kalt. Er sieht mich, und seine Stimme dröhnt:

»Smoky! Ich hab dich schon eine ganze Weile nicht mehr gesehen!«

Ich erwidere sein Lächeln und deute auf meine Narben. »Hatte ein wenig Pech, Jazz.«

Er bemerkt Bonnie und lächelt sie an. Bonnie lächelt nicht zurück. »Und wen haben wir hier?«

»Das ist Bonnie«, sage ich.

Jazz war schon immer ein guter Menschenkenner. Er spürt, dass es Bonnie nicht gut geht, und unternimmt erst gar nicht den Versuch, sie mit »Hallo Süße, wie geht es dir?« aufzumuntern. Er nickt ihr einfach schweigend zu, und sie sieht mich an, die Hände flach auf dem Tresen.

»Was brauchst du diesmal?«, fragt Jazz.

»Die Glock dort.« Ich deute auf die Pistole. »Und ein einziges Magazin. Außerdem Ohrenschützer für uns beide.«

»Kannst du haben, sollst du haben.« Er nimmt die Pistole aus der Vitrine und legt sie zusammen mit einem vollen Magazin vor mich hin. Dann wendet er sich ein weiteres Mal um und nimmt zwei Ohrenschützer von einem Haken an der Wand.

Meine Hände schwitzen. »Du, äh, du musst mir einen Gefallen tun, Jazz. Du musst die Waffe für mich rüber zum Schießstand tragen und das Magazin einschieben.«

Er hebt verblüfft die Augenbrauen und sieht mich an. Ich spüre, wie ich vor Verlegenheit erröte. Meine Stimme, als ich sie schließlich wiedergefunden habe, klingt leise. »Bitte, Jazz. Das ist ein Test. Wenn ich hierher komme und die Waffe nicht in die Hand nehmen kann, dann werde ich wahrscheinlich nie wieder schießen. Ich will sie nicht schon vorher anfassen.«

Ich spüre, wie mich diese eigenartigen Augen, warm und kalt zugleich, von oben bis unten mustern. Diesmal gewinnt Warm. »Kein Problem, Smoky, absolut keins. Nur eine Sekunde, ja?«

»Danke, Jazz. Ich bin dir echt dankbar.« Ich nehme die Ohrenschützer und knie mich vor Bonnie hin. »Wir müssen die hier auf der Schießbahn tragen, Schatz. Es ist unglaublich laut, wenn man eine Pistole abfeuert, und es verletzt deine Ohren, wenn du keinen Schutz trägst.«

Sie nickt und streckt die Hand aus. Ich gebe ihr ein Paar Ohrenschützer. Sie setzt sie auf, und ich tue das Gleiche.

»Kommt mit«, winkt Jazz.

Wir gehen durch die Tür zum Stand. Augenblicklich bemerke ich jenen charakteristischen Geruch. Den Geruch nach Rauch und Metall. Es gibt nichts Vergleichbares. Ich stelle mit Erleichterung fest, dass niemand außer uns auf dem Stand ist.

Ich bedeute Bonnie mit Zeichen, dass sie sich hinter mir an der Wand halten soll. Jazz sieht mich fragend an, dann schiebt er das Magazin in die Glock und legt die Waffe auf den schmalen Holztresen, der die Schießbahn nach hinten abgrenzt. Er lächelt mich an, mit kalten Augen diesmal, wendet sich ab und kehrt nach vorn an den Empfangstresen zurück. Er spürt, dass ich allein sein will.

Ich sehe Bonnie an, schenke ihr ein Lächeln. Sie erwidert es nicht. Stattdessen mustert sie mich intensiv. Sie versteht, dass ich etwas Wichtiges tue, und sie gibt ihm die Ernsthaftigkeit, die es verdient.

Ich nehme eine Zielscheibe mit menschlichen Umrissen und befestige sie am Halteclip, dann drücke ich auf den Knopf und sehe zu, wie sie über das Seil nach hinten läuft, weg von mir, weiter und weiter, bis sie so klein zu sein scheint wie eine Spielkarte.

Mein Herz hämmert schmerzhaft in meiner Brust. Ich zittere und schwitze, während ich auf die Glock blicke.

Dieses glatte, schwarze Instrument des Todes. Manche sind über seine bloße Existenz empört, andere halten es für einen Ausdruck der Schönheit. Für mich war es stets eine natürliche Erweiterung meiner selbst. Bis sie mich betrogen hat.

Dies hier ist eine Glock 34. Ihr Lauf hat eine Länge von dreizehn Komma fünf Zentimetern, und sie wiegt einschließlich vollem Magazin knapp über siebenhundert Gramm. Das Kaliber ist neun Millimeter, und das Magazin fasst siebzehn Schuss. Der Abzugswiderstand beträgt unmodifiziert sanfte zwei Kilogramm. Ich kenne sämtliche mechanischen Details. Ich kenne sie so gut wie meine eigene Größe und mein eigenes Gewicht. Die Frage ist nun, ob wir uns aussöhnen können, dieser schwarze Vogel und ich.

Ich bewege die Hand in Richtung der Waffe. Ich schwitze jetzt stärker. Mir ist schwindlig, doch ich beiße die Zähne zusammen, zwinge mich weiterzumachen. Ich sehe Alexas Augen, das »O« aus ihrem Mund, als meine Kugel, aus meiner Waffe, in ihre Brust eindringt und sie für immer zum Schweigen bringt. Die Szene spielt sich immer und immer wieder in meinem Kopf ab, wie ein Stück Film in einer Endlosschleife. Peng und tot. Peng und tot. Peng und das Ende der Welt.

»GOTTVERDAMMTER BASTARD. DU GOTTVERDAMMTER BASTARD DU!« Ich weiß nicht, ob ich Gott anschreie oder Joseph Sands oder die Waffe oder mich selbst.

Ich reiße die Glock in einer glatten, fließenden Bewegung hoch, bringe den Lauf ins Ziel und schieße. Der schwarze Stahl ruckt in meiner Hand, *peng-peng-peng-peng-peng*!

Schließlich ein Klicken, das Magazin ist leer geschossen. Ich zittere am ganzen Leib, weine. Doch die Glock ist immer noch da, und ich bin nicht ohnmächtig geworden.

»Willkommen zurück«, meine ich sie flüstern zu hören.

Mit zitternder Hand drücke ich den Knopf, der die Zielscheibe zu mir nach vorne bringt. Als sie da ist, erfüllt mich das, was ich sehe, mit einer Art traurigem Frohlocken. Zehn glatte

Kopfschüsse, sieben ins Herz. Ich habe alles getroffen, was ich treffen wollte, wo ich treffen wollte, genau wie immer.

Ich sehe die Zielscheibe an, dann die Glock, und erneut spüre ich diese Mischung aus Freude und Traurigkeit in mir. Ich weiß jetzt, dass das Schießen nie wieder die einfache, reine Freude sein wird, die es früher einmal für mich war. Zu viel Tod steckt inzwischen dahinter. Zu viel Trauer, die ich niemals verwinden werde.

Doch das ist okay. Ich weiß jetzt, was ich wissen musste. Ich kann eine Waffe halten und abfeuern. Ob ich es gerne tue oder gar liebe, spielt keine Rolle.

Ich lasse das Magazin herausfallen, nehme meine Zielscheibe und drehe mich zu Bonnie um. Sie starrt aus geweiteten Augen fassungslos auf die Scheibe und dann auf mich. Schließlich lächelt sie. Ich zerzause ihr die Haare, und wir verlassen den Schießstand, kehren nach vorn an den Tresen zurück, wo Jazz mit vor der Brust verschränkten Armen auf einem Hocker sitzt. Auf seinem Gesicht steht ein schwaches Lächeln. Seine Augen sind jetzt nur noch warm, keine Spur von Kälte zu erkennen.

»Ich wusste es, Smoky. Es steckt dir im Blut, Darling. Im Blut.«

Ich sehe ihn für einen Moment an, dann nicke ich. Er hat Recht.

Meine Hand und eine Pistole. Wir sind wieder vereint. Es mag vielleicht eine unbequeme Beziehung sein, voller Klippen, die es zu umschiffen gilt, doch mir wird bewusst, dass ich sie vermisst habe. Sie ist ein Teil von mir. Selbstverständlich ist auch die Waffe nicht mehr jungfräulich. Sie ist genauso gealtert wie ich, genauso vernarbt. Das ist ihr Lohn dafür, dass sie mich als Braut erkoren hat.

Teil II

Träume und Konsequenzen

KAPITEL 22 Bonnie wacht mitten in der Nacht schreiend auf.

Es ist nicht der Schrei eines Kindes. Es ist ein Heulen, wie jemand es von sich gibt, der in einem Raum in der Hölle eingesperrt ist. Hastig schalte ich die Nachttischlampe an. Zu meinem Entsetzen sehe ich, dass ihre Augen noch geschlossen sind. Ich werde immer wach, wenn ich anfange zu schreien. Bonnie schreit im Schlaf. Sie ist in ihren Träumen gefangen, kann ihrer Angst zwar eine Stimme verleihen, doch sie kann nicht aus ihr erwachen.

Ich packe sie und schüttele sie heftig. Das Schreien endet. Sie öffnet die Augen und schweigt wieder. Ihr Schreien hallt in meinem Kopf nach, und ich spüre ihr Zittern. Ich ziehe sie wortlos an mich, streichle ihr über das Haar. Sie klammert sich an mich. Bald darauf endet das Zittern. Kurz danach schläft sie wieder ein.

Ich löse mich von ihr, so sanft ich kann. Sie sieht friedlich aus. Während ich sie beobachte, schlafe ich ebenfalls wieder ein. Und zum ersten Mal seit sechs Monaten träume ich von Alexa.

»Hi Mommy«, sagt sie zu mir und lächelt.

»Was ist denn, Hühnerpo?«, frage ich. Als ich sie das erste Mal so nannte, musste sie so heftig lachen, dass sie Kopfschmerzen davon bekam und schließlich anfing zu weinen. Seitdem nenne ich sie so.

Sie sieht mich ernst an. Mit jenem Blick, der zugleich zu

ihr passt und auch wieder nicht. Er passt nicht zu ihr, weil sie eigentlich zu jung dafür ist. Und er passt zu ihr, weil er echt ist, weil sie ein ernstes Wesen hat. Die warmen braunen Augen ihres Vaters sehen mich aus einem Gesicht heraus an, in dem ich unser beider Gene entdecke, durchsetzt mit Grübchen, die ganz allein die ihren sind. Matt hat ständig gewitzelt, der Postbote habe Grübchen und ich hätte vielleicht eine *Spezialsendung* von ihm erhalten, ha-ha-ha.

»Ich mache mir Sorgen wegen dir, Mommy.«

»Warum denn, meine kleine Süße?«

Ihre Augen werden traurig. Zu traurig für ihr Alter, zu traurig für diese Grübchen.

»Weil du mich so sehr vermisst.«

Ich werfe einen Seitenblick zu Bonnie, dann sehe ich wieder Alexa an. »Was ist mit ihr, Baby? Ist das in Ordnung für dich?«

Bevor sie antworten kann, wache ich auf. Meine Augen sind trocken, doch das Herz in meiner Brust zieht sich zusammen, und ich habe Mühe zu atmen. Nach einigen Sekunden beruhigt es sich wieder. Ich drehe den Kopf. Bonnies Augen sind geschlossen, und ihr Gesicht wirkt entspannt.

Ich schlafe erneut ein, während ich sie beobachte. Diesmal träume ich nicht.

Es ist Morgen. Ich betrachte mich im Spiegel, während Bonnie mich beobachtet. Ich habe meinen besten schwarzen Hosenanzug angezogen. Matt nannte ihn immer meinen »Killer-Anzug«. Er sitzt immer noch ausgezeichnet.

Ich habe meine Frisur monatelang ignoriert. Wenn ich überhaupt Aufmerksamkeit auf mein Haar verwandt habe, dann, um es so zu bürsten, dass es meine Narben verdeckte. Früher habe ich meine Haare offen getragen. Heute habe ich sie streng nach hinten gekämmt und zu einem Pferdeschwanz gebunden, bei dem Bonnie mir geholfen hat. Statt meine Narben vor der Welt zu verbergen, betone ich sie auf diese Weise noch.

Es ist eigenartig, denke ich für mich, während ich mir im Spiegel in die Augen sehe. So schlecht sieht es gar nicht aus, wirklich nicht. Oh, sicher, es ist entstellend. Und schockierend. Aber … insgesamt betrachtet erwecke ich nicht den Eindruck, als gehörte ich in ein Kuriositätenkabinett. Ich frage mich, wieso mir das vorher nie aufgefallen ist, warum ich mir bis heute so viel hässlicher erschienen bin. Ich schätze, es liegt daran, dass ich zu viel Hässliches in mir hatte.

Ich mag es, wie ich aussehe. Ich sehe tough aus. Ich sehe verdammt hart aus. Ich sehe phantastisch aus. All das passt zu meiner gegenwärtigen Sicht des Lebens. Ich wende mich vom Spiegel ab. »Was meinst du? Gut?«

Nicken. Lächeln.

»Dann wollen wir mal los, Honey. Wir haben heute ein paar Dinge zu erledigen.«

Sie nimmt meine Hand, und wir gehen nach draußen.

Mein erster Stopp ist Dr. Hillsteads Praxis. Ich habe angerufen und meinen Besuch angekündigt, und er erwartet mich bereits. Als wir in der Praxis ankommen, überrede ich Bonnie, bei Imelda zu bleiben, Dr. Hillsteads Arzthelferin, und dort auf mich zu warten. Imelda ist eine Latina mit einer herben Art, sich um Menschen zu kümmern, und Bonnie scheint auf ihre Mischung aus Wärme und Schroffheit anzuspringen. Ich kann sie verstehen. Wir lebenden Verwundeten hassen Mitleid. Wir wollen einfach nur ganz normal behandelt werden.

Ich betrete das Sprechzimmer, und Dr. Hillstead kommt um den Schreibtisch herum, um mich zu begrüßen. Er sieht vollkommen niedergeschmettert aus.

»Smoky, ich kann gar nicht sagen, wie Leid mir tut, was passiert ist. Ich wollte ganz bestimmt nicht, dass Sie es auf diese Weise herausfinden.«

Ich zucke die Schultern. »Ja, sicher. Er war in meiner Wohnung. Er hat mich beim Schlafen beobachtet. Ich schätze, er hat ein richtig hübsches Dossier über mich. Das können Sie wohl kaum gewollt haben.«

Er starrt mich schockiert an. »Er … er war in Ihrer Wohnung?«

»Ja.« Ich verzichte darauf, das Pronomen zu korrigieren. Die Information, dass »er« in Wirklichkeit zwei sind, bleibt einstweilen auf das Team beschränkt. Es ist unser heimlicher Trumpf.

Dr. Hillstead fährt sich mit der Hand durch das Haar. Er sieht erschüttert aus. »Das ist wirklich zutiefst beunruhigend, Smoky. Ich habe normalerweise nur aus zweiter Hand mit diesen Dingen zu tun, mit Erzählungen davon, aber das hier ist das erste Mal, dass ich tatsächlich mit so etwas konfrontiert werde.«

»So ist das eben manchmal.«

Vielleicht ist es meine Gelassenheit, die ihn aufhorchen lässt. Zum ersten Mal, seit ich sein Büro betreten habe, sieht er mir in die Augen. Er bemerkt die Veränderung, und das scheint den Arzt in ihm zu wecken.

»Warum nehmen Sie nicht Platz?«

Ich setze mich in einen der Ledersessel vor dem Schreibtisch. Er betrachtet mich nachdenklich. »Sind Sie wütend auf mich, weil ich den ballistischen Bericht zurückgehalten habe?«

Ich schüttele den Kopf. »Nein. Das heißt, ich war es. Doch ich verstehe, warum Sie es gemacht haben, und ich denke, es war richtig.«

»Ich wollte es Ihnen erst sagen, wenn Sie so weit gewesen wären, es zu verarbeiten.«

Ich lächle knapp. »Ich weiß nicht, ob ich bereit war oder nicht, aber ich bin dadurch gewachsen.«

Er nickt. »Ja. Ich bemerke eine Veränderung an Ihnen. Erzählen Sie mir davon.«

»Es gibt nicht viel zu erzählen«, antworte ich schulterzuckend. »Es hat mich schwer getroffen. Im ersten Augenblick konnte ich es nicht glauben. Dann kam die Erinnerung wieder.

Ich erinnerte mich, dass ich Alexa erschossen habe. Dass ich versucht habe, Callie zu erschießen. Es war, als hätte mich all der Schmerz, der mich seit sechs Monaten verfolgt, auf einmal getroffen. Ich wurde ohnmächtig.«

»Das hat Callie mir erzählt.«

»Die Sache ist die, dass ich nicht sterben wollte, als ich aufwachte. Und das weckte Schuldgefühle in mir. Und trotzdem wollte ich nicht sterben. Ich will es immer noch nicht.«

»Das ist gut, Smoky«, sagt er mit leiser Stimme.

»Und es ist nicht nur das. Sie hatten Recht mit meinem Team. Es ist meine Familie. Und es geht ihm verdammt schlecht. Alans Frau hat Krebs. Callie hat irgendwelche Probleme, über die sie mit niemandem reden will, und mir wurde bewusst, dass ich das nicht einfach ignorieren kann. Ich liebe sie. Ich muss für sie da sein, wenn sie mich brauchen. Verstehen Sie das?«

Er nickt. »Das tue ich. Und ich gestehe, dass ich es gehofft habe. Nicht dass die Mitglieder Ihres Teams Schwierigkeiten haben, das meine ich nicht. Aber Sie haben in einem Vakuum gelebt, Smoky. Ich habe gehofft, dass der Kontakt mit den anderen Sie an das eine erinnern würde, wovon ich weiß, dass es Ihnen einen Grund zum Weiterleben gibt.«

»Und das wäre?«

»Pflichtgefühl. Es ist eine treibende Kraft bei Ihnen. Sie haben eine Pflicht gegenüber Ihrem Team. Und gegenüber den Opfern.«

Dieser Gedanke überrascht mich. Weil mir sofort klar wird, dass er den Nagel auf den Kopf trifft. Ich mag vielleicht niemals wieder ganz geheilt werden, und ich mag bis zum letzten Tag meines Lebens nachts schreiend aus dem Schlaf schrecken – doch solange meine Freunde mich brauchen, solange diese Monster zuschlagen, muss ich bleiben. Ich habe keine andere Wahl. »Es hat funktioniert«, sage ich.

Er lächelt sanft. »Das freut mich.«

»Ach ja.« Ich seufze. »Auf dem Weg von San Francisco nach

Hause hatte ich eine Menge Zeit zum Nachdenken. Mir wurde klar, dass ich etwas ausprobieren musste. Falls ich es nicht konnte, war ich erledigt. Dann hätte ich heute mein Entlassungsgesuch eingereicht.«

»Und was war das?«, fragt er, obwohl ich glaube, dass er die Antwort weiß. Er will, dass ich es selbst sage.

»Ich war auf einer Schießbahn. Habe mir eine Glock geben lassen und wollte herausfinden, ob ich noch schießen kann. Ob ich sie überhaupt in die Hand nehmen kann, ohne wieder ohnmächtig zu werden.«

»Und?«

»Es ist alles noch da. Als wäre es nie weg gewesen.«

Er legt die Fingerspitzen aneinander und sieht mich an. »Es steckt noch mehr dahinter, nicht wahr? Ihr gesamtes Erscheinungsbild hat sich verändert.«

Ich blicke diesem Mann in die Augen; ihm, der versucht hat, mir in den vergangenen Monaten zu helfen. Mir wird bewusst, dass seine Fähigkeit, Leute wie mich zu unterstützen, ein erstaunlicher Tanz ist, eine Mischung aus Chaos und Präzision. Er muss wissen, wann er zurückweichen, wann er kämpfen, wann er antäuschen muss, um einen Verstand wieder zum Funktionieren zu bringen. Ich jage lieber Serienmörder.

»Ich bin kein Opfer mehr, Dr. Hillstead. Ich weiß nicht, wie ich es sonst ausdrücken soll. Es ist nichts, das sich in viele Worte kleiden ließe. Es ist einfach so; ich bin kein Opfer mehr.« Ich lehne mich zurück. »Sie haben viel dazu beigetragen, und dafür möchte ich Ihnen danken. Ohne Sie wäre ich vielleicht tot.«

Jetzt lächelt er. Und schüttelt den Kopf. »Nein, Smoky. Ich glaube nicht, dass Sie tot wären. Ich freue mich natürlich darüber, dass Sie der Meinung sind, ich hätte Ihnen geholfen, aber Sie haben ein angeborenes Talent zum Überleben. Ich glaube nicht, dass Sie sich selbst getötet hätten. Bestimmt nicht.«

Vielleicht, vielleicht auch nicht, denke ich.

»Wie soll es nun weitergehen? Wollen Sie mir sagen, dass Sie mich nicht mehr brauchen?« Es ist eine ehrliche Frage. Ich habe nicht das Gefühl, dass er bereits weiß, wie die richtige Antwort lautet.

»Nein, das sage ich nicht.« Ich lächle ihn an. »Es ist eigenartig. Hätten Sie mich vor einem Jahr gefragt, ob ich zu einem Therapeuten muss, hätte ich einen abfälligen Kommentar gemacht und mich den Leuten gegenüber überlegen gefühlt, die meinen, einen zu brauchen.« Ich schüttele den Kopf. »Das sehe ich nicht mehr so. Es gibt immer noch Dinge, die ich bewältigen muss. Der Tod meiner Freundin ...« Ich sehe ihn an. »Sie wissen, dass ich ihre Tochter bei mir aufgenommen habe?«

Er nickt ernst. »Callie hat mich über das informiert, was ihr zugestoßen ist. Ich bin froh, dass Sie sie aufgenommen haben. Sie fühlt sich jetzt wahrscheinlich sehr allein.«

»Sie spricht nicht. Sie nickt nur oder schüttelt den Kopf. Letzte Nacht hat sie im Schlaf geschrien.«

Er verzieht das Gesicht. Niemanden bei klarem Verstand freut das Leid eines Kindes. »Ich schätze, es wird eine lange Zeit dauern, bis sie dieses Trauma überwunden hat, Smoky. Möglicherweise redet sie noch jahrelang nicht. Das Beste für sie ist, was Sie bereits tun – einfach da zu sein für sie. Versuchen Sie nicht, mit ihr über das zu reden, was passiert ist. Dazu ist sie noch nicht bereit. Ich bezweifle, dass sie es in den nächsten Monaten sein wird.«

»Tatsächlich?« Meine Stimme ist tonlos. Seine Augen sind freundlich.

»Ja. Hören Sie, am dringendsten benötigt dieses Kind jetzt das Wissen, dass es in Sicherheit ist und dass Sie für es da sind. Dass das Leben weitergeht. Sein Vertrauen in die für jedes Kind grundlegenden Dinge – die Sicherheit eines Zuhauses, Eltern, die für es da sind –, dieses Vertrauen ist erschüttert. Auf eine sehr persönliche, grauenvolle Weise. Es wird eine Weile dauern, bis dieses Vertrauen wieder aufgebaut werden kann.« Er sieht mich prüfend an. »Sie sollten das wissen, Smoky.«

Ich schlucke und nicke.

»Ich würde sagen, lassen Sie ihr Zeit. Beobachten Sie sie, seien Sie für sie da. Ich denke, Sie werden spüren, wann die Zeit für sie reif ist, darüber zu reden. Und wenn diese Zeit kommt …« Er scheint zu zögern, doch nur für einen Moment. »Wenn dieser Zeitpunkt gekommen ist, lassen Sie es mich wissen. Ich würde Ihnen mit Freuden einen Therapeuten für sie empfehlen.«

»Danke sehr.« Mir kommt ein weiterer Gedanke. »Was ist mit der Schule?«

»Damit sollten Sie noch etwas warten. Ihre seelische Gesundheit ist das wichtigere Problem.« Er runzelt die Stirn. »Es ist schwer zu sagen, wie sie sich entwickeln wird. Sie haben sicher das Klischee gehört, und es stimmt: Kinder sind sehr strapazierfähig. Sie könnte sich erholen und bereit sein für die Komplexitäten des schulischen Lebens, oder …« Er zuckt die Schultern. »Möglicherweise benötigt sie Privatunterricht, bis sie die Schule abgeschlossen hat. Doch ich würde sagen, zumindest für den Augenblick, dass das die geringste Ihrer Sorgen ist, Smoky. Die einfache Wahrheit lautet: Seien Sie für sie da. Sorgen Sie dafür, dass es ihr besser geht. Wenn ich Ihnen dabei helfen kann, werde ich es tun.«

Eine gewisse Erleichterung überkommt mich. Ich habe einen vorgezeichneten Weg und muss die Entscheidung nicht allein treffen. »Danke. Vielen Dank.«

»Was ist mit Ihnen, Smoky? Welche Auswirkungen hat es auf Ihren Gemütszustand, dass Sie das Kind bei sich aufgenommen haben?«

»Ich fühle mich schuldig. Glücklich. Schuldig, dass ich mich glücklich fühle. Glücklich, dass ich mich schuldig fühle.«

»Warum ist das so ein starker Konflikt?«, fragt er leise.

Er sagt nicht, dass der Konflikt falsch ist. Er fragt lediglich nach dem Grund.

Ich streiche mir mit der Hand durch die Haare. »Ich denke, ›warum nicht?‹ wäre die angemessenere Frage, Doc. Ich habe

Angst. Ich vermisse Alexa. Ich habe Angst, Mist zu bauen. Suchen Sie sich's aus.«

Er beugt sich vor und sieht mich intensiv an. Er hat etwas gefunden, das spüre ich, und er wird nicht locker lassen. »Gehen Sie der Sache auf den Grund, Smoky. Ich verstehe, es gibt zahlreiche Faktoren, jede Menge Gründe für Ihre Emotionen. Zerlegen Sie sie. Analysieren Sie sie, bis Sie etwas haben, womit Sie arbeiten können.«

Noch während er die Worte sagt, dämmert es mir. »Es ist, weil sie zugleich Alexa ist und es doch nicht ist«, sage ich.

So einfach ist das. Ganz einfach. Bonnie ist eine zweite Chance für mich, eine zweite Chance auf eine Alexa, eine zweite Chance auf eine Tochter. Aber sie ist nicht Alexa, und Alexa ist tot.

Nicht alle Wahrheiten sind gute Wahrheiten, zumindest oberflächlich betrachtet nicht. Manche Wahrheiten sind schmerzlich. Andere sind lediglich Startpunkte für einen langen steinigen Weg nach oben, für eine Menge qualvolle Arbeit. Diese Erkenntnis weckt in mir ein Gefühl von Leere. Wie eine Glocke, die auf einem windstillen Feld geläutet wird.

Wenn es mir gelingt, diese Wahrheit zu verarbeiten, dann werden sich die Dinge ändern, das weiß ich. Doch die Arbeit ist gewaltig und anstrengend und wird mir wehtun.

»Ja«, stoße ich hervor. Meine Stimme klingt abgehackt. Ich setze mich auf, verdränge den Schmerz. »Ich weiß Ihre Mühe zu schätzen, aber im Augenblick habe ich keine Zeit dafür, Doc.« Es klingt schroff. Zu schroff. Doch ich brauche meinen Ärger für andere Dinge. Den harten Teil von mir.

Dr. Hillstead ist nicht gekränkt. »Ich verstehe. Vergessen Sie nur nicht, sich irgendwann Zeit dafür zu nehmen.«

Ich nicke.

Er lächelt. »So, kommen wir zu meiner ursprünglichen Frage zurück. Was werden Sie jetzt tun?«

»Jetzt«, sage ich, und in diesem Moment wird meine Stimme

eiskalt, genau wie mein Herz, »jetzt kehre ich zur Arbeit zurück. Und ich werde den Mann finden, der Annie ermordet hat.«

Dr. Hillstead sieht mich für eine lange, lange Zeit an. Es ist ein Blick so scharf wie ein Laser. Er schätzt mich ab, versucht zu entscheiden, ob er mit meinem Entschluss einverstanden ist. Dies wird offensichtlich, als er in seine Schreibtischschublade greift und meine Glock hervorzieht. Sie ruht noch immer in dem transparenten Beweismittelbeutel. »Ich dachte mir bereits, dass Sie so etwas sagen würden, deswegen habe ich das hier für Sie bereitgelegt.« Er neigt den Kopf. »Das ist der eigentliche Grund, aus dem Sie zu mir gekommen sind, habe ich Recht?«

»Nein«, entgegne ich lächelnd. »Teilweise, aber nicht nur.« Ich nehme die Waffe, schiebe sie in meine Handtasche, stehe auf und schüttele Dr. Hillstead die Hand. »Sie sollten auch sehen, dass es mir wieder besser geht.«

Er hält meine Hand ein wenig länger als nötig. Ich spüre den sanftmütigen Geist dieses Mannes, der mir durch die Augen entgegenkommt. »Ich werde hier sein, wenn Sie wieder mit mir reden möchten. Jederzeit.«

Zu meiner Überraschung kommen mir die Tränen. Ich habe gedacht, ich hätte das hinter mir. Vielleicht ist es gut so, dass es nicht so ist. Ich möchte niemals innerlich derart verhärten, dass mich Freundlichkeit kalt lässt, ob sie nun von Fremden kommt oder von Freunden.

KAPITEL 23

»In diesem Gebäude arbeite ich, Schatz.«

Bonnie hält meine Hand und blickt fragend zu mir auf.

»Ja, ich gehe wieder zurück zur Arbeit. Ich muss es meinem Boss zuerst sagen.«

Sie drückt meine Hand. Sie scheint es gutzuheißen.

Wir fahren hinauf zu den Büros des CASMIRC. Als wir eintreten, sind lediglich Callie und James da.

»Hallo.« Callies Stimme klingt angespannt. James blickt auf, ohne ein Wort zu sagen.

»Callie, ich muss nach oben und mit AD Jones reden. Könntest du solange auf Bonnie aufpassen? Es dauert nicht lange.«

Callie mustert mich für eine Sekunde. Dann sieht sie Bonnie an und lächelt. »Was sagst du dazu, Zuckerschnäuzchen? Ist das in Ordnung, wenn du bei mir bleibst?«

Bonnie studiert sie, und Callie lässt es mit wohlwollender Geduld über sich ergehen. Bonnie nickt, lässt meine Hand los, geht zu Callie und ergreift ihre.

»Ich bin bald wieder zurück.« Ich verlasse das Büro in dem Wissen, dass Callie und James sich fragen, was ich bei AD Jones will. Sie werden es früh genug erfahren.

Das Büro von Jones liegt in der obersten Etage. Shirley, seine Sekretärin, begrüßt mich mit professionellem Lächeln. »Hi Smoky.«

»Hey, Shirley. Ist er da?«

»Warten Sie, ich sehe nach.« Sie nimmt das Telefon auf und drückt auf den Interkom-Knopf. Sie weiß natürlich, dass er da ist. Sie will vorher nur herausfinden, ob er mich zu sehen wünscht. Ich nehme es nicht persönlich. Ich schätze, Shirley würde selbst den Präsidenten der Vereinigten Staaten warten lassen. »Sir? Agent Barrett ist hier. M-hm. Jawohl, Sir.« Sie legt auf. »Gehen Sie gleich zu ihm rein.«

Sie zupft an meinem Ärmel, als ich mich in Richtung Tür in Bewegung setze. Auf ihrem Gesicht steht ein leichtes Lächeln, und es ist neckisch. »Willkommen zurück. Oh, sehen Sie mich nicht so überrascht an. Jeder, der nur ein wenig Verstand im Kopf hat, kann Ihnen ansehen, was los ist. Sie sehen gut aus, Smoky. Verdammt gut.«

»Sie sollten für mich arbeiten, Shirley. Einen scharfen Verstand wie Ihren kann ich immer gebrauchen.«

Sie lacht. »Oh nein, danke sehr. Zu langweilig für meinen Geschmack. Dieser Job hier ist weitaus gefährlicher.«

Ich grinse zurück, öffne die Tür und schließe sie hinter mir. AD Jones sitzt an seinem Schreibtisch und mustert mich aufmerksam von oben bis unten. Er scheint gutzuheißen, was er sieht, und nickt unmerklich vor sich hin.

»Nehmen Sie Platz.« Nachdem ich mich gesetzt habe, lehnt er sich zurück. »Ich habe einen Anruf von Dr. Hillstead erhalten, vor etwa zehn Minuten. Er hat Ihnen die volle Tauglichkeit für den aktiven Dienst bescheinigt. Ist das der Grund, der Sie zu mir führt?«

»Ja. Ich bin bereit, wieder zu arbeiten. Allerdings unter einer Bedingung: Ich möchte Annies Fall behalten.«

Er schüttelt den Kopf. »Ich weiß nicht, Smoky. Ich glaube nicht, dass das eine gute Idee ist.«

Ich antworte mit einem Schulterzucken. »Dann kündige ich eben. Ich arbeite als Privatdetektivin und suche auf eigene Faust nach den Mördern.«

AD Jones sieht aus, als hätte er Mühe, seinen Unterkiefer am Herunterklappen zu hindern. Er sieht außerdem sauer aus. Mächtig sauer. Stinksauer. »Sie stellen mir ein Ultimatum?«

»Jawohl, Sir.«

Er funkelt mich wortlos an, während Schock und Ärger in ihm um die Oberherrschaft ringen. Dann verschwinden beide plötzlich. Er schüttelt den Kopf. Um seine Mundwinkel spielt die Andeutung eines Lächelns. »Ziemlich guter Schachzug, Agent Barrett. Aber okay. Sie sind wieder dabei, und es ist Ihr Fall. Halten Sie mich auf dem Laufenden.«

Das war's. Er entlässt mich, indem er mir sagt, dass ich mich an die Arbeit machen soll. Ich stehe auf, um zu gehen.

»Smoky.«

Ich drehe mich zu ihm um.

»Schnappen Sie diese verdammten Drecksäcke.«

In den Büros des CASMIRC warten James und Callie bereits ungeduldig. Sie wissen, dass etwas im Busch liegt. Mir wird bewusst, dass dies für beide ein entscheidender Augenblick ist, und nicht nur für sie, sondern für mein gesamtes Team. Ein Moment, in dem sich alles für immer ändern kann. Ich hätte es ihnen sagen sollen, als ich reingekommen bin, doch ich war nicht sicher, nicht zu einhundert Prozent, ob AD Jones mir Annies Fall überlassen würde. Die Drohung zu kündigen, falls nicht, war absolut ernst gemeint.

»Ich bringe Bonnie zu Elaina«, sagt ich zu Callie. Sie hebt die Augenbrauen. James sieht mich fragend an. »Ich habe mein Wort gehalten«, erkläre ich. »Ich bin wieder dabei.«

James nickt einmal, ohne weitere Fragen zu stellen. Auf Callies Gesicht sehe ich Erleichterung und Zufriedenheit. Ich bin froh, dass es so ist. Zugleich macht es mich auch ein wenig traurig. Ich frage mich, ob sie glaubt, die Dinge würden wieder so, wie sie einmal waren. Ich hoffe nicht. Die Dinge werden wieder gut sein, ja. Die Zusammenarbeit mit meinem Team wird mir gut tun, wie immer.

Aber die Dinge werden nie wieder, wie sie waren. Wir sind alle älter geworden. Härter. Wie das unbesiegte Team bei seiner ersten Niederlage haben wir gelernt, dass wir nicht unverwundbar sind, dass man uns schlagen kann. Dass man uns sogar töten kann.

Außerdem habe ich mich verändert. Werden sie es bemerken? Und falls ja, macht es sie glücklich – oder traurig? Was ich zu Dr. Hillstead gesagt habe, ist die Wahrheit. Ich bin nicht länger ein Opfer, ich bin fertig damit. Doch das bedeutet nicht, dass ich die gleiche Smoky Barrett bin wie früher.

Es war eine Eingebung, die auf der Schießbahn über mich gekommen ist. Wie die Stimme jenes Gottes, an den ich nicht glaube. Ich habe erkannt, dass ich niemals wieder lieben werde. Matt war die Liebe meines Lebens, und er ist tot. Niemand wird ihn je ersetzen. Das ist kein Fatalismus und keine Depression. Es ist eine Tatsache, eine Gewissheit, und sie hat mir eine Art Frieden gebracht. Aber ich werde Bonnie lieben. Ich werde mein Team lieben.

Und darüber hinaus werde ich nur noch eine Liebe haben, die den Rest meines Lebens definieren wird. Die Jagd.

Ich habe die Glock in der Hand gehalten, und genau in diesem Moment wurde es mir bewusst. Ich bin kein Opfer mehr, jetzt nicht mehr. Stattdessen bin ich die Waffe geworden. In guten wie in schlechten Zeiten, bis der Tod uns scheidet.

KAPITEL 24 Ich sehe Bonnie an, bevor wir aus dem Wagen steigen. »Alles in Ordnung, Honey?«

Sie erwidert meinen Blick aus ihren viel zu alten Augen. Nickt.

»Gut.« Ich rubbel ihr durch das Haar. »Elaina ist eine sehr gute Freundin von mir. Sie ist Alans Frau. Du erinnerst dich an Alan? Der große dunkelhäutige Mann, den du im Flugzeug gesehen hast.«

Nicken.

»Ich denke, du wirst sie sehr mögen. Wenn du trotzdem nicht bei ihr sein willst, dann lass es mich wissen, und wir denken uns etwas anderes aus.«

Sie sieht mich mit geneigtem Kopf an. Scheint die Wahrheit meiner Worte abzuwägen. Lächelt und nickt. Ich grinse zurück. »Sehr schön.«

Ich sehe in den Rückspiegel. Keenan und Shantz parken vor dem Haus, stets gegenwärtig. Sie wissen, dass ich Bonnie hier lassen werde und dass sie ebenfalls hier bleiben sollen. Fast fühle ich mich sicher, sie hier lassen zu können. Fast.

»Gehen wir, Kleines.«

Wir steigen aus dem Wagen und marschieren zur Tür, klingeln. Einen Moment später öffnet uns Alan. Er sieht besser aus als im Flugzeug, doch er wirkt immer noch erschöpft. »Hey Smoky. Hey Bonnie.«

Bonnie sieht zu ihm auf und mustert ihn prüfend, indem sie ihm geradewegs in die Augen starrt. Er erträgt es mit der Gutmütigkeit des sanften Riesen, den er personifiziert, bis sie ihm ein Lächeln schenkt, ihr Äquivalent eines erhobenen Daumens.

Er lächelt zurück. »Kommt rein. Elaina ist in der Küche.«

Wir treten ein, und Elaina streckt den Kopf in den Flur. Bei meinem Anblick hellt sich ihre Miene auf, und mein Herz macht einen freudigen Sprung. So ist Elaina. Sie strahlt vor Herzensgüte.

»Smoky!«, ruft sie und stürzt auf mich zu. Ich lasse mich von ihr umarmen, erwidere die Umarmung.

Sie tritt zurück, hält mich auf Armeslänge von sich, und wir sehen einander an. Elaina ist nicht so klein wie ich, doch neben Alan wirkt sie mit ihren knapp eins sechzig wie eine Zwergin. Sie ist unglaublich schön. Nicht auf atemberaubende Weise wie Callie – ihre Schönheit ist mehr eine Mischung aus Äußerlichem und der reinen Kraft ihrer Persönlichkeit. Sie ist eine von jenen Frauen, deren Tiefe und Güte ihre gesamte Präsenz durchziehen, die in einem die Sehnsucht wecken, in ihrer Nähe zu sein. Alan hat es einmal in einem einzigen, einfachen Satz zusammengefasst. »Sie ist eine Urmutter.«

»Hallo Elaina!«, sage ich lächelnd. »Wie geht es dir?«

Ein kurzes Etwas zuckt in ihren Augen auf, verschwindet wieder. Sie küsst mich auf die Wange. »Jetzt geht es mir viel besser als eben, Smoky. Du hast uns gefehlt.«

»Ihr mir auch«, sage ich. »Ich meine, ihr habt mir ebenfalls gefehlt.«

Sie mustert mich einen bedeutungsvollen Moment, dann nickt sie. »Viel besser«, sagt sie. Ich weiß, dass sie mich meint. Sie wendet sich zu Bonnie und geht ein wenig in die Knie, sodass die beiden auf gleicher Gesichtshöhe sind. »Du musst Bonnie sein«, sagt sie.

Bonnie sieht Elaina an, und für einen Augenblick scheint die Zeit stillzustehen. Elaina hockt einfach vor ihr und strahlt auf ihre wortlose, unterschwellige Weise ihre Liebe aus. Es ist eine richtige Naturgewalt, eine Macht, die Menschen wie Elaina haben. Irgendetwas, das geeignet ist, die Schranken niederzureißen, die Schmerz um die Herzen anderer errichtet. Bonnie erstarrt. Ihr kleiner Körper erzittert, und ein undefinierbares Gefühl huscht über ihr Gesicht. Es dauert eine Sekunde, bis ich es einordnen kann, und als es so weit ist, durchzuckt mich ein sengender Schmerz wie ein Blitzschlag. Es ist Leid und Sehnsucht, tief und dunkel und aus ganzer Seele. Elainas Liebe ist machtvoll. Sie ist roh und elementar. Sie ist nichts, mit dem man spielen könnte, sie macht keine Gefangenen. Und sie ist in Bonnie gefahren wie ein Messer aus Sonnenlicht, hat ihren versteckten Schmerz tief im Innern blitzartig freigelegt. Alles in einem einzigen Augenblick. Einfach so.

Ich beobachte, wie Bonnie einen inneren Kampf verliert, beobachte, wie ihr Gesicht sich gegen ihren Willen verzieht, beobachte, wie lautlose Tränen über ihre Wangen kullern.

Elaina streckt die Arme aus, und Bonnie stürzt sich in sie. Elaina umschlingt sie, drückt sie an sich, streichelt ihr über das Haar und gurrt leise in dieser Mischung aus Englisch und Spanisch auf sie ein, an die ich mich so gut erinnern kann.

Ich bin sprachlos. Ein Klumpen füllt meine Kehle, verlangt nach Tränen. Ich kämpfe ihn zurück. Ich sehe Alan an. Er kämpft ebenfalls. Der Grund ist für uns beide der gleiche. Es ist nicht allein Bonnies Schmerz. Es ist Elainas Liebe, und Bonnies instinktives, augenblickliches Wissen, dass Elainas Arme ein Ort der Sicherheit sind, wenn irgendetwas schmerzt.

Das ist Elaina. Sie ist eine Urmutter.

Der Augenblick scheint Ewigkeiten zu dauern. Schließlich löst sich Bonnie von ihr, wischt sich mit den Händen über das Gesicht.

»Besser jetzt?«, fragt Elaina.

Bonnie sieht sie an, schenkt ihr ein erschöpftes Lächeln zur Antwort. Es ist nicht nur ihr Lächeln, das erschöpft ist. Sie hat sich soeben einen Teil ihrer Seele aus dem Leib geweint, und das hat sie viel Kraft gekostet.

Elaina streichelt ihr mit einer Hand über die Wange. »Bist du müde, Baby?«

Bonnie nickt und blinzelt mühsam. Ich merke, dass sie fast im Stehen einschläft. Elaina nimmt sie ohne ein weiteres Wort auf den Arm. Bonnies Kopf sinkt gegen ihre Schulter, und von einer Sekunde zur anderen ist sie tief und fest eingeschlafen, einfach so.

Wir waren Zeugen von etwas Magischem. Elaina hat ihr den Schmerz ausgesaugt, und jetzt kann sie schlafen. Nach ihrem Besuch im Krankenhaus damals habe ich ebenfalls die ganze Nacht geschlafen. Zum ersten Mal seit Tagen.

Es trifft mich schwer, als ich Bonnie dort in ihren Armen sehe, schlafend, voller Vertrauen. Ich hasse mich für meine Selbstsucht, doch ich kann nichts gegen die Angst tun. Was, wenn Bonnie dieser wunderbaren Frau zu nahe kommt und sie ebenfalls verliert? Der Gedanke an diese Möglichkeit macht mir furchtbare Angst, eine Angst, wie sie nur eine Mutter empfinden kann.

Elaina blinzelt mir zu und lächelt. »Keine Sorge, Smoky, ich laufe nicht weg mit ihr.« Ein unglaubliches Einfühlungsvermögen, wie immer. Ich fühle mich beschämt. Doch sie lächelt weiter, und ihr Lächeln spült meine Scham davon. »Ich denke, wir kommen hier zurecht. Ihr beide könnt beruhigt zur Arbeit gehen.«

»Danke«, murmele ich. Ich kämpfe noch immer gegen den Kloß in der Kehle.

»Wenn du mir danken möchtest, Smoky, dann komm heute Abend zum Abendessen zu uns.« Sie tritt zu mir und berührt mein Gesicht. Die Seite mit den Narben. »Besser«, sagt sie. Dann, entschieden: »Definitiv besser.«

Sie gibt Alan einen kleinen Kuss, dann geht sie davon, und diese elementare Liebe und Güte folgen ihr. Sie verändert alles, was sie berührt, allein durch ihr Wesen.

Alan und ich gehen nach draußen. Wir bleiben für einen

Moment auf der Veranda stehen. Bewegt und benommen und ein wenig zittrig.

Alan durchbricht die Stille, nicht mit Worten, sondern mit Taten. Diese riesigen Catcherhände fliegen in einer einzigen, plötzlichen, verzweifelten Bewegung vor sein Gesicht. Seine Tränen sind so lautlos wie die von Bonnie vorhin, und es schmerzt mich genauso sehr, sie mit anzusehen. Der sanfte Riese erzittert. Ich weiß, es sind Tränen der Angst. Ich verstehe. Mit Elaina verheiratet zu sein muss einem das Gefühl vermitteln, als wäre man mit der Sonne selbst verheiratet. Er hat Angst, sie zu verlieren. Für immer allein in der Dunkelheit zurückzubleiben. Ich könnte zu ihm sagen, dass das Leben weitergeht, bla-bla-bla.

Ich weiß es besser.

Also lege ich stattdessen eine Hand auf seine Schulter und lasse ihn weinen. Ich bin nicht Elaina. Doch ich weiß, dass er sie niemals seine Sorge und seinen Schmerz so sehen lassen würde wie jetzt mich. Ich tue mein Bestes. Ich weiß aus Erfahrung, dass es nicht genug ist, aber es ist besser, viel besser als überhaupt nichts.

Der Sturm zieht genauso schnell vorbei, wie er gekommen ist. Seine Augen sind bereits trocken, was mich nicht wirklich überrascht. Wir sind eben so, denke ich traurig. So gern wir auch manchmal einfach brechen würden – wir sind nur dazu gemacht, uns immer weiter zu verbiegen.

KAPITEL 25

Alle sehen abgekämpft aus, mit jenem gehetzten, nicht ausgeschlafenen Ausdruck im Gesicht. Die Haare gekämmt, doch nicht perfekt. Die Männer nicht so ordentlich rasiert, wie es sein könnte. Alle wirken zerzaust – bis auf Callie natürlich. Sie ist wunderschön und makellos wie immer.

»Wie geht es Bonnie?«, fragt sie.

Ich zucke die Schultern. »Schwer zu sagen. Für den Augenblick scheint sie okay. Allerdings …« Ich zucke erneut die Schultern.

Niemand sagt etwas dazu. Vielleicht wird sie sich irgendwann von allem erholen, vielleicht aber auch nie … Jedenfalls ist es schwierig.

Ein lautes »Ding-dong« erfüllt die Luft.

»Was zur Hölle ist das denn?«, frage ich erstaunt.

»Es bedeutet, dass ich eine E-Mail bekommen habe, Zuckerschnäuzchen. Ich habe ein Programm, das automatisch jede halbe Stunde nachsieht und mich benachrichtigt, falls neue Post eingegangen ist.«

Ich sehe Callie verblüfft an. »Tatsächlich?« Die Vorstellung erscheint mir irgendwie bizarr. Ich bemerke die toleranten Blicke auf den Gesichtern der anderen und habe den Eindruck, dass ich mich als ein wenig rückständig erwiesen habe.

Callie geht zum Notebook auf ihrem Schreibtisch und öffnet ihre Mailbox. Sie runzelt die Stirn und sieht mich an. »Eine Psycho-Mail«, sagt sie.

Das Gefühl von Lethargie, das den Raum eingelullt hat, verschwindet mit einem einzigen elektrisierenden Blitz. Wir drängen uns um ihren Schreibtisch. Die Betreffzeile der eingegangenen Mail lautet: »*A Message From Hell*«, eine Nachricht aus der Hölle, der Absender: »Sie wissen schon, wer«. Mit einem Doppelklick öffnet Callie das Schreiben.

Ich grüße Sie, Agent Thorne! Und Agent Barrett natürlich ebenfalls. – Ich bin sicher, Sie beide lesen diese Nachricht gemeinsam.

Sie sind also wieder zurückgekehrt in Ihr Nest, schätze ich, und überlegen, wie Sie die Verfolgung angehen sollen. Ich muss gestehen, ich werde allmählich aufgeregt angesichts der Tage, die vor uns liegen. Die Jagd ist eröffnet, und ich hätte mir keine besseren Jäger wünschen können.

Ich habe ein spezifisches Anliegen, Agent Thorne, doch bevor wir dazu kommen, muss ich ein wenig ausholen. Ich hoffe, Sie werden mir verzeihen.

Ich bin sicher, Sie alle haben sich längst gefragt, warum ich Sie so direkt herausfordere. Vielleicht haben Sie bereits ein Team von Profilern, das meine Motive zerlegt und sich bemüht, die Bedeutung meiner Handlungsweise zu enträtseln.

»Das wünscht ihr euch wohl«, zischt Callie.

Es ist kein leerer Kommentar von ihrer Seite. »Sie« verraten uns etwas Wichtiges, einen Teil dessen, was sie antreibt. Der Gedanke, dass wir Zeit und Ressourcen darauf verwenden, sie zu analysieren, ist ein Egotrip für sie. Der Gedanke macht sie an.

Die Antwort ist gar nicht so kompliziert, wie Sie vielleicht vermuten. Genauso wenig, wie ich kompliziert bin. Meine Motive sind nicht geheimnisvoll, Agent Thorne und Co. Sie sind nicht in trüben Wassern verborgen. Sie glänzen mit der kühlen Einfachheit von scharfem Stahl. Steril und grell beleuchtet wie ein Skalpell. Ich fordere Sie heraus, weil Sie mich verdienen. Sie jagen die Jäger, und ich bin sicher, Sie haben viele Jahre damit verbracht, sich gegenseitig auf die Schultern zu klopfen. Sich gegenseitig Gratulationen zuzuraunen und ihre Geschicklichkeit zu bewundern, mit der Sie diejenigen, die morden, in die Käfige gesteckt haben, die sie Ihrer Meinung nach verdient haben.

Und deswegen verdienen Sie mich. Wenn nämlich diese anderen, die Sie bis heute gejagt haben, Schatten sind, dann bin ich die Dunkelheit selbst. Sie sind die Schakale, die mir folgen, und ich bin der Löwe. Sie glauben, Sie wären Meister ihres Fachs? Dann jagen Sie mich.

Ich wünsche mir Gegner, die meiner würdig sind, Agent Barrett. Lesen Sie meine Briefe sehr sorgfältig. Riechen Sie meinen Duft. Riechen Sie, wie etwas Tödliches riecht. Sie werden es brauchen in den Tagen, die vor uns liegen.

Lernen Sie in der Annahme zu leben, dass Sie belagert werden. Sie wissen vielleicht noch nicht, was ich meine, jetzt noch nicht. Sie werden es erfahren. Lernen Sie daraus, und vergessen Sie es niemals! Und benutzen Sie es für Ihre Jagd auf mich. Denn eines verspreche ich Ihnen – solange Sie mich frei herumlaufen lassen, werde ich meine Beute reißen, und Sie werden ein Leben unter Belagerung leben.

Diese Worte lassen mich gegen meinen Willen erschauern.

Und jetzt zurück zu Ihnen, Agent Thorne. Machen wir es persönlich, ja? Ich habe zwar Agent Barrett von Angesicht zu Angesicht herausgefordert, doch mir ist bewusst, dass jeder Handschuh, den ich in ihre Richtung werfe, ebenso vor den Füßen von Ihnen allen landet. Und weil wir noch einen Tag haben, bevor mein Paket in Ihren eifrigen Händen landet, sollten wir diese Zeit klug nutzen.

Agent Barrett hat ihre beste Freundin verloren. Sehen wir, ob wir diese Zeit nutzen können, um sicherzustellen, dass jeder Einzelne von Ihnen etwas ebenso Wichtiges verliert.

Alarmsirenen schrillen in meinem Kopf, als ich diesen letzten Satz lese. Ich kenne meine Beute noch nicht, nicht so, wie ich am Ende alle Mörder kenne, die wir jagen. Ich habe diese beiden noch nicht richtig in mich eingesaugt, spüre sie noch nicht in den Knochen. Doch eine Gewissheit habe ich in mich aufgenommen, und durch sie erzeugt dieser Satz ein eisiges Frösteln in mir. Ich weiß, dass diese beiden Monster nicht bluffen.

Hier ist ein Link zu einer Webseite für Sie, Agent Thorne. Besuchen Sie sie, und wenn Sie genau genug hinsehen, werden Sie alles begreifen. Ich denke, Sie werden die Ironie genießen.

From Hell

Jack Junior

Die E-Mail enthält einen Link, eine unterstrichene Zeile, die besagt: Hier klicken.

»Ja?«, fragt Callie.

Ich nicke. »Nur zu.«

Sie klickt auf den Link, und ein Browserfenster öffnet sich. Wir warten, während die Webseite geladen wird und sich der Bildschirm allmählich füllt. Der Hintergrund ist weiß. Eine rote Schrift erscheint: »RED ROSE«, und darunter, in kleinerer Schrift: »Eine echte rothaarige Amateurin«.

Der Rest der Grafiken wird aufgebaut, und was ich sehe, lässt mich blinzeln.

Alan runzelt die Stirn. »Was zur Hölle … ist das?«

Der Bildschirm zeigt eine große, wunderschöne rothaarige Frau Anfang zwanzig, bekleidet mit einem roten Tangahöschen und sonst nichts. Sie blickt direkt in die Kamera, lächelt ein verführerisches Lächeln, sodass wir ihr Gesicht ganz genau erkennen können. Ich drehe mich zu Callie um. Callie ist totenblass. Jegliches Blut ist aus ihrem Gesicht gewichen. Ihre Augen sind erfüllt von einer bodenlosen Furcht.

»Callie …? Was hat das zu bedeuten …?«

Wir alle sehen sie an. Weil die junge Frau auf dem Bildschirm, die sich Red Rose nennt, Callie ähnlich genug sieht, um ihre Schwester zu sein.

»Callie?« Alans Stimme klingt erschrocken, und er geht auf sie zu, während sie vom Bildschirm zurückweicht, bis sie an der Wand angelangt ist. Sie ballt eine Faust, schiebt sie sich in den Mund. Ihre Augen werden weit. Sie zittert am gesamten Leib. Alan streckt die Hand nach ihr aus.

Und dann explodiert Callie. Es ist, als würde plötzlich mitten an einem klaren freundlichen Tag ein Hurrikan mit voller Wucht ausbrechen. Die Angst verschwindet aus ihrem Gesicht, weicht einer so intensiven Wut, dass ich zusammenzucke. Sie wendet sich fauchend Leo zu, der erschrocken zurückweicht. Als sie spricht, ist es ein Brüllen.

»Such die verdammte Adresse! Sofort! Sofort! Sofort!«

Leo starrt Callie nur für den Bruchteil einer Sekunde an, dann rutscht er hinter den nächsten Bildschirm. Callie beugt sich vor, über den Schreibtisch, und packt die Tischkanten so fest, dass ihre Knöchel weiß hervortreten. Die Luft rings um sie ist statisch aufgeladen. Als würden kleine Blitze knistern.

James ist derjenige von uns, der ihrer rasenden Wut trotzt. »Callie«, sagt er mit ruhiger Stimme. »Wer ist sie?«

Sie sieht James an. Ihre Augen sind gefüllt mit Blitzen.

»Sie ist meine Tochter.«

Und dann schreit sie los, wirft ihren Schreibtisch um, und ihr Notebook und sämtliche Akten landen auf dem Boden.

Wir weichen mit offenen Mündern zurück, schockiert und entsetzt. Nicht wegen der Zerstörung, nicht wegen ihres Anfalls, sondern wegen der Enthüllung.

»*Tot, tot, tot, dieser Kerl ist tot!*« Sie wirbelt zu mir herum. »*Hörst du, was ich sage, Smoky? Er ist tot!*« Es ist ein Heulen, voll unerträglicher Qual.

Und ich sehe mich selbst, vor sechs Monaten, als ich meine leer geschossene Pistole auf Callie gerichtet und den Abzug durchgedrückt hatte. *Ja, ich höre sehr genau, was du sagst, Callie.*

»Beschaffen Sie uns diese Adresse, Leo«, sage ich, ohne den Blick von Callie zu wenden. »Machen Sie schnell.«

KAPITEL 26

Ich befinde mich auf dem Beifahrersitz von Callies Wagen und bete, dass wir unser Ziel im Ventura County lebend erreichen. Callie jagt den Freeway 101 hinunter wie eine Wahnsinnige, als wollte sie die Schallmauer durchbrechen. Ich kann nur hoffen, dass die anderen noch hinter uns sind. Leo hat die Adresse des registrierten Betreibers der Red Rose Internet Domain gefunden, und Callie ist aufgesprungen und durch die Tür nach draußen gerast, bevor einer von uns reagieren konnte. Mir blieb nichts anderes übrig, als ihr hinterherzurennen.

Ich sehe sie an. Sie besteht aus einem eng ineinander verflochtenen Knäuel aus Angst und Gefährlichkeit.

»Rede mit mir, Callie«, sage ich, während ich mich am Türgriff festhalte.

»Sieh in meinem Portemonnaie nach«, knurrt sie. »In meiner Handtasche.«

Ich ziehe das Portemonnaie hervor und öffne es. Ich weiß, was sie mir zeigen will, sobald ich es sehe. Es ist ein kleines Foto. Schwarzweiß, die Sorte von Babyfotos, die sie im Krankenhaus machen. Es zeigt ein Neugeborenes, die Augen fest geschlossen, der Kopf noch ein klein wenig kegelförmig vom erst kurz zurückliegenden Kampf durch den engen Geburtskanal.

»Ich war damals fünfzehn«, erklärt Callie, während sie mit quietschenden Reifen durch eine Haarnadelkurve jagt. »Fünfzehn und dumm und einfältig. Ich habe mit Billy Hamilton geschlafen, weil er mir den Hof gemacht hat, bis ich den Verstand verlor, und weil er so gut roch. Ist das nicht lustig, Zuckerschnäuzchen?«, fragt sie bitter. »Das ist alles, woran ich mich erinnere, wenn ich an Billy denke. Er roch gut. Wie Sonne und Regen gleichzeitig.«

Ich antworte nicht. Eine Antwort ist auch nicht nötig.

»Billy hat mich geschwängert, und es war der größte Skandal in der Geschichte der Familie Thorne. Und der Hamiltons obendrein. Mein Dad hätte mich fast verstoßen. Meine Mom ging in die Kirche und blieb tagelang dort. Eine Abtreibung kam überhaupt nicht in Frage – wir waren schließlich eine respektable katholische Familie.« Die Worte sind beißend, voller Sarkasmus und Schmerz. »Die Väter setzten sich zusammen und handelten alles aus. So lief das damals in den besseren Kreisen von Connecticut. Billy hatte eine Zukunft, ich vielleicht ebenfalls – auch wenn ich jetzt nicht mehr blütenrein war.« Sie packt das Lenkrad fester. »Sie beschlossen, dass ich das Baby in aller Stille bekommen und während meiner Schwangerschaft zu Hause Privatunterricht nehmen würde. Nach der Geburt sollte es zur Adoption freigegeben werden. Man würde sich eine Geschichte ausdenken, um den Privatunterricht zu erklären – ich hätte eine schwere Allergie und müsste behandelt werden, und dazu waren einige Monate Isolation erforderlich. Das war es, was unsere Väter beschlossen, und genauso geschah es auch.

Das Timing hätte besser nicht sein können. Ich bekam das Baby im Sommer, und nach den Ferien konnte ich zurück in die Schule, als wäre überhaupt nichts gewesen. Und so war es auch – fast. Als wäre niemals etwas passiert.« Eine weitere Haarnadelkurve, quietschende Reifen. »Ich durfte das Haus nicht verlassen, und Billy wurde strengstens verboten, darüber zu reden.« Sie zuckt die Schultern. »Er war kein schlechter Kerl. Er hielt den Mund, und er hat mich hinterher niemals schlecht behandelt. Die ganze Geschichte ... löste sich einfach irgendwie in Luft auf.« Sie nickt in Richtung des Fotos, das ich in der Hand halte. »Obwohl ich damals einfältig und dumm war, wusste ich, dass es nicht richtig ist, so zu tun, als wäre nichts gewesen. Eine der Schwestern hat dieses Foto für mich gemacht. Ich zwang mich dazu, es wenigstens einmal im Monat anzusehen. Und ich traf eine Reihe von Entscheidungen.« Ihre Stimme ist leise und ernst. Ich kann sie mir vorstellen, wie sie allein in ihrem Zimmer sitzt und stille Eide schwört. »Ich nahm mir vor, niemals wieder einfältig und dumm zu sein. Ich war fertig mit der katholischen Kirche. Und es war das letzte Mal, dass irgendjemand anders für mich eine Entscheidung traf, die mein Leben veränderte.«

»Mein Gott, Callie!« Ich weiß nicht, was ich sonst sagen soll.

Sie schüttelt kurz den Kopf. »Ich habe nie versucht, sie zu finden, Smoky. Das wäre mir falsch erschienen, weil ich wusste, dass sie inzwischen adoptiert worden war. Und ich war zu dem Schluss gekommen, dass sie ein Recht darauf hatte, ihr eigenes Leben zu leben.« Callie lacht auf. Ein schmerzvolles Lachen, wie ein Messer, das durch Metall schneidet. »Aber ich schätze, es stimmt, was sie sagen. Man hört niemals auf, Mutter zu sein. Nicht einmal, wenn man sein Kind fortgegeben hat. Sie unterhält eine Porno-Seite. Und sie ist wahrscheinlich tot, weil ich ihre Mutter bin. Ist das Leben nicht zum Kaputtlachen?«

Ihre Hände am Lenkrad zittern. Ich betrachte erneut das Foto. Dieses Foto war es, das Callie ansah, als ich in dem Café aus der Toilette kam. Callie, grob und respektlos und von atemberaubender Schlagfertigkeit, so voller unzerbrechlicher Zuversicht. Wie oft im Jahr nimmt sie dieses Foto hervor, betrachtet es und spürt diese Traurigkeit, die ich auf ihrem Gesicht gesehen habe?

Ich blicke aus dem Fenster. Die Hügellandschaft peitscht an uns vorbei, zusammen mit den gelegentlichen Ausfahrtsschildern. Der Tag ist in goldenes Sonnenlicht getaucht, der Himmel wolkenlos und strahlend blau. Es herrscht genau das Wetter, das sich die Leute vorstellen, wenn sie an Kalifornien denken.

Scheiß auf perfekten Himmel und goldenes Sonnenlicht. Ein Teil von mir will schreien, jetzt sofort. Weil die Realität unaufhörlich weitere Kegel umstößt – Matt, Alexa, Annie, Elaina … und jetzt Callie. Doch statt zu schreien, lege ich all meine Wut in meine nächsten Worte.

»Hör zu, Callie. Vielleicht ist sie noch nicht tot. Vielleicht wollten die beiden Monster dir nur Angst einflößen.«

Sie antwortet nicht. Sieht mich für einen Moment an. Ihre Augen sind voller Verzweiflung. Dann tritt sie das Gaspedal noch weiter durch.

Dank Callies Raserei erreichen wir dreißig Minuten, nachdem wir vom Parkplatz des FBI losgefahren sind, Moorpark. Es ist eine kleine, wachsende Stadt in der Nähe von Simi Valley und Thousand Oaks. Hier wohnt eine Mischung aus Mittel- und Oberer Mittelklasse, und wir befinden uns im Zentrum einer Vorstadt. Wir halten vor dem Haus. Es ist zweistöckig und weiß gestrichen mit blauen Verzierungen.

Alles ist ruhig. Ein Nachbar auf der anderen Seite mäht seinen Rasen. Die Banalität seiner Arbeit wirkt surreal.

Callie springt aus dem Wagen, die Waffe schussbereit. Eine rothaarige Todesmaschine, angetrieben von Angst um ihr Kind.

»Scheiße«, murmele ich und steige aus, um ihr zu folgen. Das ist alles verkehrt.

Ich blicke die Straße entlang, in der Hoffnung, Alan oder James zu sehen, die hinter uns hergefahren sind, doch die vorstädtische Ruhe wird nicht durchbrochen. Ich folge Callie zur Haustür. Der Nachbar, der seinen Rasen gemäht hat, schaltet den Motor aus und weicht mit weit aufgerissenen Augen in Richtung Haus zurück.

Callie hämmert ohne Zögern gegen die Haustür. »FBI!«, brüllt sie. »Aufmachen, sofort!«

Stille. Dann hören wir Schritte, die sich der Tür nähern. Ich sehe Callie an. Ihre Augen sind weit aufgerissen, die Nüstern gebläht. Ich sehe, wie sie die Waffe fester packt.

Hinter der Tür ist eine Stimme zu hören. Weiblich. »Wer ist da?«

»FBI, Ma'am!«, sagt Callie, den Finger neben dem Abzugbügel gestreckt. »Bitte öffnen Sie die Tür.«

Ich stelle mir das Zögern auf der anderen Seite vor, kann es förmlich spüren. Dann dreht sich der Knauf, die Tür öffnet sich und …

… ich starre Callies Tochter ins Gesicht, lebendig, die Augen aufgerissen und ängstlich beim Anblick der Pistolen in unseren Händen.

Sie hält ein Baby in den Armen.

KAPITEL 27

Wir sind im Haus. Callie sitzt im Wohnzimmer und hat den Kopf in den Händen. Ich bin in der Küche und telefoniere über mein Handy mit Alan.

»Nichts«, sage ich. »Er hat Callie nur fertig machen wollen.«

»James und ich sind ungefähr zehn Minuten von euch entfernt. Sollen wir noch kommen?«

Ich blicke hinüber ins Wohnzimmer, zu Callie und ihrer Tochter. Die Atmosphäre ist gespannt, angefüllt mit Angst und der Erschöpfung, die einem Adrenalinstoß stets folgt.

»Nein. Je weniger Leute jetzt hier sind, desto besser. Fahrt zurück ins Büro. Ich melde mich.«

»Verstanden.«

Er legt auf. Ich atme tief durch und marschiere in den emotionalen Zyklon. Callies Tochter, die sich Marilyn Gale nennt, läuft aufgeregt auf und ab und tätschelt dem Baby dabei den Rücken. Vermutlich mehr zu ihrer eigenen Beruhigung als zu der des Säuglings.

Mein Gott, sie sieht aus wie Callie. Das scheint ihr bis jetzt noch überhaupt nicht aufgefallen zu sein. Eine Spur kleiner, eine Spur kräftiger, ein wenig weichere Gesichtszüge. Doch die roten Haare sind unverkennbar. Und Gesicht und Figur weisen die gleiche Model-Schönheit auf. Die Augen sind anders. Billy Hamiltons Gene, schätze ich. Am meisten aber fühle ich mich durch Marilyns Wut an Callie erinnert. Sie ist stinksauer, die Art von stinksauer, die nur plötzliche Angst hervorzurufen vermag.

»Wollen Sie mir jetzt endlich verraten, was hier gespielt wird?«, fragt sie schrill. »Warum plötzlich zwei FBI-Agenten mit gezogenen Waffen vor meiner Haustür auftauchen?«

Callie antwortet nicht. Sie hat den Kopf immer noch in den Händen. Sie sieht erledigt aus.

Also muss ich das Reden übernehmen, für den Augenblick jedenfalls. »Würden Sie sich bitte zuerst setzen, Mrs. Gale? Ich werde Ihnen alles erklären. Allerdings sollten Sie vielleicht zuerst einmal versuchen, sich ein wenig zu entspannen.«

Sie bleibt stehen und funkelt mich an. Der Blick reicht aus, um mich zu überzeugen, dass die Gene auch für die Persönlichkeitsausprägung eine Rolle spielen. Ich sehe Callies Stahl in diesen wütenden Augen. »Ich werde mich setzen. Aber verlangen Sie nicht, dass ich mich entspanne!«

Ich antworte mit einem schwachen Lächeln. Sie setzt sich. Callie hat den Kopf immer noch in den Händen vergraben.

»Ich bin Special Agent Smoky Barrett, Mrs. Gale, und das hier …«

Sie lässt mich nicht ausreden. »*Ms* Gale, nicht *Mrs.*« Sie zögert. »Barrett? Sind Sie die Beamtin, die vor sechs Monaten von diesem Irren überfallen wurde? Die Frau, die ihre gesamte Familie verloren hat?«

Ich zucke innerlich zusammen, doch ich nicke. »Ja, Ma'am.«

Dies scheint ihr – mehr als alles andere – die Angst zu nehmen. Sie ist immer noch nicht entspannt, aber ihre Wut ist durchsetzt von Mitgefühl. Der Zyklon erstirbt. Lediglich kleine Blitze zucken noch in den Ausläufern. »Es tut mir Leid«, sagt sie. Zum ersten Mal scheint sie auch meine Narben zu bemerken. Ihr Blick ist gemessen und zurückhaltend, und sie wirkt nicht abgestoßen. Sie sieht mir direkt in die Augen, und ich bemerke etwas, das mich überrascht. Nicht Mitleid, sondern Respekt.

»Danke sehr.« Ich atme tief durch. »Ich leite die Abteilung der FBI-Niederlassung von Los Angeles, die sich mit Gewaltverbrechen befasst, mit Serienmorden. Wir suchen einen Mann, der mindestens eine Frau ermordet hat. Er hat Agent Thorne eine E-Mail geschickt, die darauf hindeutete, dass Sie sein nächstes Opfer sein könnten.«

Marilyn Gale wird blass und drückt das Baby an ihre Brust. »Was? Ich? Warum?«

Jetzt hebt Callie den Kopf. Ich erkenne sie kaum wieder. Ihr Gesicht ist eingefallen, von Sorgen gezeichnet. »Er hat es auf Frauen abgesehen, die ihre eigenen pornografischen Webseiten ins Internet stellen. Er hat uns einen Link zu Ihrer Seite geschickt.«

Verblüffung ersetzt die Angst auf Marilyns Gesicht. Nicht

nur Verblüffung. Offene Entrüstung. »Was? Ich ... ich *habe* gar keine eigene Webseite! Und schon gar keine Porno-Seite. Herrgott noch mal, ich gehe aufs College! Na ja, im Moment habe ich Mutterschaftsurlaub. Das hier ist das zweite Haus meiner Eltern, und sie lassen mich für den Augenblick hier wohnen.«

Stille. Callie starrt sie an, versucht ihre Konfusion zu begreifen. Und erkennt, genau wie ich, dass es die Art von Verblüffung ist, die man nicht vortäuschen kann. Marilyn sagt die Wahrheit.

Callie schließt die Augen. Ich bemerke eine Art von Erleichterung in ihrem Gesicht, vermischt mit einer winzigen Spur von Traurigkeit. Ich verstehe sie. Callie ist erleichtert, dass ihre Tochter keine Pornografie macht. Doch jetzt weiß sie auch, dass es nur einen Grund gibt, warum Jack Junior seine Aufmerksamkeit Marilyn gewidmet hat. Zittrige Erleichterung kombiniert mit seelenzerschmetternden Schuldgefühlen – eigentlich meine Spezialität.

»Sind Sie sicher, dass ... dass dieser Mann mich gemeint hat?«

»Wir sind absolut sicher«, antwortet Callie leise.

»Aber ich betreibe keine Porno-Webseite.«

»Er hat andere Gründe.« Callie sieht sie an. »Wurden Sie adoptiert, Miss Gale?«

Marilyn Gale runzelt die Stirn. »Ja, wurde ich. Warum wollen Sie ...?«

Sie bricht ab, als sie Callie ansieht, zum ersten Mal *richtig* ansieht. Ihre Augen weiten sich, und ihr Unterkiefer fällt herab. Ich kann sehen, wie sie Callies Gesicht mustert, wie sie die einzelnen Partien vergleicht. Kann es an ihren Blicken erkennen, dass es ihr schließlich dämmert.

»Sie sind ... du bist ...«

Callie lächelt ein bitteres Lächeln. »Ja.«

Marilyn sitzt nur da, stocksteif, betäubt. Emotionen huschen über ihr Gesicht. Schock, Staunen, Trauer, Zorn – und keine vermag sich festzusetzen. »Ich weiß nicht ... ich weiß überhaupt nicht, was ich dazu ...« In einer hastigen, fließenden Bewegung steht sie auf, packt ihr Baby. »Ich lege ihn schlafen. Ich bin gleich wieder zurück.«

Sie verlässt das Zimmer, steigt die Treppe ins obere Stockwerk hinauf.

Callie lehnt sich zurück, schließt die Augen. Sie sieht unendlich müde aus, als könnte sie Millionen Jahre lang schlafen. »Das ist gut gegangen, Zuckerschnäuzchen.«

Ich sehe sie an. Ihr Gesicht ist verhärmt, erschöpft. Leer. Was soll ich zu ihr sagen? »Sie lebt, Callie.«

Diese einfache Wahrheit scheint sie zurück ins Leben zu rufen. Eine Wahrheit wie jene, die sie mir im Krankenhaus gesagt hat. Callie öffnet die Augen und sieht mich an. »Wie unglaublich naiv optimistisch du warst«, erwidert sie mit einem Lächeln. Ich bemerke Nervosität in ihrer Stimme, doch ich fasse auch neuen Mut.

Wir hören Schritte die Treppe herunterkommen. Marilyn betritt das Wohnzimmer. Sie scheint sich oben die Zeit genommen zu haben, ihre Fassung zurückzugewinnen. Sie sieht vorsichtig aus, misstrauisch, nachdenklich. Vielleicht sogar ein klein wenig neugierig.

Ich bewundere für eine Sekunde, wie schnell sie sich gefasst hat, dann fällt mir ein, wessen Gene sie trägt.

»Möchten Sie vielleicht irgendwas? Kaffee oder ein Wasser?«

»Kaffee wäre nicht schlecht«, sage ich.

»Ich ziehe Wasser vor«, sagt Callie. »Im Augenblick brauche ich wirklich keine weiteren Stimulanzien für meinen Kreislauf.«

Ihre Äußerung bringt ihr die Andeutung eines Lächelns von Marilyn ein. »Kommt sofort.«

Sie geht in die Küche und kehrt mit einem Tablett zurück. Reicht mir meinen Kaffee und deutet auf Milch und Zucker. Gibt Callie ihr Wasser und nimmt sich zuletzt selbst eine Tasse Kaffee. Setzt sich, schlägt die Beine übereinander und hält die Tasse in beiden Händen, während sie Callie mustert.

Jetzt, nachdem der Schock ein wenig abgeklungen ist, erkenne ich ihre Intelligenz. Sie ist in den Augen zu sehen. Und ihre Stärke. Nicht die gleiche Stärke wie die von Callie, nicht ganz so hart. Eine Mischung. Eine Mischung aus Elaina und Callie. Urmutter aus Stahl.

»Sie sind also meine Mom«, sagt sie und kommt direkt zur Sache. Ganz wie Callie.

»Nein.«

Marilyn runzelt die Stirn. »Aber ich ... ich dachte, Sie hätten gesagt ...«

Callie hebt die Hand, und Marilyn verstummt. »Ihre Mutter ist die Frau, die Sie aufgezogen hat. Ich bin die Frau, die Sie im Stich gelassen hat.«

Ich verziehe das Gesicht, als ich den Schmerz in ihrer Stimme höre. Die Andeutung von Selbstverachtung. Marilyns Stirnrunzeln vergeht.

»Na schön, dann eben meine leibliche Mutter.«

»Schuldig im Sinne der Anklage.«

»Wie alt sind Sie?«

»Achtunddreißig.«

Marilyn nickt zu sich selbst, während sie im Geiste rechnet. »Dann waren Sie fünfzehn, als Sie mich bekommen haben.« Sie nimmt einen Schluck Kaffee. »Verdammt jung.«

Callie schweigt. Marilyn sieht sie an. Ich sehe keinen Ärger, nichts außer Neugier. Ich wünschte, Callie würde es ebenfalls bemerken.

»Erzählen Sie mir mehr darüber.«

Callie senkt den Blick. Nippt an ihrem Wasser. Sieht Marilyn wieder an, direkt in die Augen. Ich verhalte mich still und unauffällig. Eigenartig, denke ich. Wir stürmen mit gezogenen Waffen ins Haus, mit einer Geschichte über einen Serienkiller. Und was will Marilyn als Erstes hören? Die Geschichte ihrer Mutter. Ich wundere mich darüber und frage mich, ob das uns Menschen einfach lächerlich macht oder zu besseren Wesen.

Callie fängt an zu reden. Langsam zuerst, dann immer schneller. Sie erzählt ihrer Tochter die Geschichte von dem bezaubernden Billy Hamilton und den arroganten Thornes. Marilyn lauscht, ohne zu unterbrechen, während sie ihren Kaffee trinkt. Als Callie fertig ist, schweigt Marilyn lange Zeit.

Dann stößt sie einen leisen Pfiff aus. »Wow. Das ist heftig.«

Ich muss unwillkürlich grinsen. Genau wie ihre Mutter, denke ich. Eine Meisterin der Untertreibung.

Callie schweigt. Sie sieht aus wie jemand, der darauf wartet, verurteilt zu werden.

Doch Marilyn verurteilt ihre Mutter nicht. Sie winkt ab. »Es war nicht deine Schuld, schätze ich.« Sie zuckt die Schultern. »Ich meine, es war scheiße. Aber du warst erst fünfzehn. Ich mache dir keinen Vorwurf.« Es kommt als unvermittelte Feststellung. Callie senkt den Blick, starrt auf den Wohnzimmertisch.

Marilyn wartet, bis sie wieder aufblickt. »Nein, ehrlich nicht, ich mache dir keinen Vorwurf. Ich wurde von wunderbaren Leuten adoptiert. Sie lieben mich, ich liebe sie. Ich habe eine gute Kindheit gehabt. Ich schätze, all das sollte irgendwie viel melodramatischer ablaufen. Es ist dramatisch, versteh mich nicht falsch – aber ich hab die vergangenen dreiundzwanzig Jahre nicht damit verbracht, mich von dir betrogen oder im Stich gelassen zu fühlen oder dich zu hassen.« Sie zuckt die Schultern. »Ich weiß nicht. Das Leben verläuft eben nicht geradlinig. Wenn ich das richtig sehe, war es für dich viel schwieriger als für mich. Sie schweigt für einen Augenblick. Als sie weiterspricht, klingt ihre Stimme angespannt. »Manchmal habe ich an dich gedacht, zugegeben. Und ich muss sagen, die Wahrheit ist viel besser als das, was ich mir vorgestellt habe. Beinahe eine Erleichterung, ehrlich.«

»Wie meinst du das?«, fragt Callie.

Marilyn grinst. »Du hättest eine drogensüchtige Nutte sein können. Du hättest mich im Stich lassen können, weil du mich hasstest. Du hättest tot sein können. Glaub mir, diese Erklärung ist für mich viel leichter zu akzeptieren.«

Ihre Worte scheinen eine beinahe magische Wirkung auf Callie zu haben. Ich kann sehen, wie die Farbe in ihre Haut zurückkehrt, wie wieder Leben in ihre Augen kommt. Sie richtet sich auf. »Danke. Danke für deine Worte.« Sie zögert, senkt den Blick in den Schoß. »Es tut mir Leid.« Mein Gott, sie klingt wie das lebendige Elend. Ich will sie umarmen und trösten.

Marilyns Augen glitzern. Ihre Stimme ist tadelnd. »Hör auf, dich selbst zu zerfleischen. Auch wenn es irgendwie Sinn macht.«

Callie runzelt die Stirn. »Wie das?«

»Na ja, sieh mich an. Du hast das Baby bemerkt, oder? Und ich bin unverheiratet.«

Callie hebt die Augenbrauen. »Du meinst …?«

Marilyn nickt. »Ja. Ich hatte meinen eigenen Billy Hamilton.« Ein weiteres Schulterzucken. »Aber das ist in Ordnung. Er ist weg, und ich habe Steven. Ein mehr als guter Tausch, wenn du mich fragst. Meine Eltern unterstützen uns, und sie sorgen dafür, dass ich wieder aufs College gehen und meinen Abschluss machen kann.« Sie beugt sich vor und sieht Callie fest in die Augen. »Mach dir klar, dass das, was du getan hast, mich nicht in den Untergang gestürzt hat, okay?«

Callie seufzt. Tippt mit den Fingern auf die Lehne. Blickt sich im Zimmer um, trinkt von ihrem Wasser. Denkt über das Gesagte nach. »Na ja, verdammt.« Sie lächelt. »Es fühlt sich merkwürdig an, so glimpflich davongekommen zu sein.« Sie zögert und greift in ihre Handtasche. »Möchtest du etwas sehen?«, fragt sie Marilyn. Sie zieht das Babyfoto hervor, das ich gesehen habe, und reicht es ihr.

Marilyn betrachtet es neugierig. »Das bin ich?«

»Am Tag deiner Geburt.«

»Mann, war ich hässlich.« Sie blickt vom Foto auf und mustert Callie. »Du hast es seit damals mit dir rumgetragen?«

»Immer.«

Marilyn gibt ihr das Bild zurück. Ihre Augen sind sanft. Was sie als Nächstes sagt, hätte auch von Callie sein können, ganz und gar.

»Meine Güte, sind wir hier vielleicht in einer Reality-Show fürs Fernsehen oder was?«

Schockiertes Schweigen, dann lachen wir alle laut und erleichtert auf. Es ist okay. Alles ist okay.

KAPITEL 28

Wir sind oben, an Marilyns Computer, und betrachten die Red Rose Webseite.

»Ich wünschte, das wäre ich«, sagt sie. »Aber glaub mir, das bin ich nicht.« Sie lächelt Callie an. »Meine Titten sind nicht so groß. Und ich hab Schwangerschaftsstreifen auf dem Bauch.«

»Ausgeschnitten und eingefügt, mehr nicht«, stellt Callie fest. »Dein Gesicht auf dem Rumpf von Mrs. Topless.« Sie fährt sich mit der Hand durch die Haare. »Er hat es nur getan, um mir eins auszuwischen.«

Marilyn wendet sich vom Bildschirm ab. »Bin ich in Gefahr? Sind wir – Steven und ich – in Gefahr?«

Callie antwortet nicht direkt. Wägt ihre Worte ab. »Es wäre möglich. Ich bin nicht sicher. Du passt nicht in sein Profil. Allerdings …«

»Serienmörder sind unberechenbar.«

»Ja.«

Marilyn nickt, während sie nachdenkt. Ich bin überrascht, dass sie nicht mehr Angst zeigt. »Das reicht beinahe aus, um mich noch einmal über mein Hauptfach nachdenken zu lassen.«

Callie runzelt die Stirn. »Was ist denn dein Hauptfach?«

»Kriminologie.«

Callies Unterkiefer sinkt herab. Genau wie meiner. »Du machst Witze.«

»Nein. Unheimlich, wie?« Ein schiefes Grinsen. »Zufall?«, fragt sie mit gedämpfter Stimme. »Ich glaube, nicht!«

Ein Lächeln huscht über Callies Gesicht. »Unheimlich ist es, kein Zweifel.«

»Höchst eigenartig, Momma!«, erwidert Marilyn, indem sie aus einem Song von John Lennon zitiert. Beide lachen.

»Ich möchte jedenfalls kein Risiko eingehen«, sagt Callie und wird wieder ernst. »Ich werde Polizeischutz für dich organisieren, bis diese Sache vorüber ist.«

Marilyn nickt. Sie akzeptiert den Entschluss ihrer Mutter. Sie ist ebenfalls Mutter und wird das Angebot nicht ablehnen. »Du glaubst, es ist irgendwann vorbei?«

Callie lächelt sie grimmig an. Es ist ein Lächeln, das angefüllt ist mit allen möglichen Versprechungen an die Adresse von Jack Junior. »Wir sind gut, Marilyn. Verdammt gut.« Sie deutet auf mich. »Und sie ist die Beste. Von allen.«

Marilyn mustert mich. Betrachtet meine Narben. »Stimmt das, Agent Barrett?«

»Wir kriegen ihn«, sage ich und beschließe, es dabei zu belassen. Zuversichtlich, ohne meine eigenen Zweifel. »Normalerweise kriegen wir sie. Diese Kerle bauen fast immer irgendwann Mist. Er bildet keine Ausnahme, und das führt uns zu ihm.«

Marilyns Blicke wandern zwischen Callie und mir hin und her. Sie scheint meine Antwort zu akzeptieren. »Was jetzt?«, fragt sie.

»Jetzt«, antworte ich, »jetzt wird Callie die lokale Polizei anrufen und dafür sorgen, dass dieses Haus rund um die Uhr bewacht wird. Ich rufe das Team an und informiere meine Leute, was passiert ist. Wahrscheinlich warten alle ungeduldig auf Nachricht.«

Wir erledigen unsere Telefonate. Alan klingt zutiefst erleichtert. Und Callie trifft bei der örtlichen Polizei auf keinerlei Widerstand.

»Sie sind unterwegs«, versichert sie.

»Wir müssen ebenfalls aufbrechen, sobald sie hier sind, Callie«, sage ich ungern. »Wir müssen zurück.«

Sie zögert, dann nickt sie. »Ja. Ich weiß.« Sie wendet sich zu Marilyn, beißt sich auf die Unterlippe. »Marilyn, darf ich …« Sie schüttelt den Kopf. »Das ist alles so surreal und bizarr, Zuckerschnäuzchen, aber … können wir uns wiedersehen?«

Marilyns Lächeln ist echt. »Natürlich. – Unter einer Bedingung.«

»Und die wäre?«

»Du sagst mir deinen Namen. Ich kann nicht ewig ›Agent Thorne‹ zu dir sagen.«

Wir sitzen im Wagen. Callie hat den Motor noch nicht angelassen. Sie starrt zum Haus ihrer Tochter. Ich kann ihren Gesichtsausdruck nicht deuten und weiß nicht, was sie denkt. Ich stelle die offensichtliche Frage. »Wie geht es dir?«

Sie starrt weiter zum Haus, bevor sie mich ansieht. Ihr Gesicht ist müde, nachdenklich. »Gut. Es geht mir gut. Ich sage das nicht nur, um dich zu beruhigen. Es ist besser gelaufen, als ich mir im Traum vorzustellen gewagt hätte. Aber es macht mich nachdenklich.«

»Inwiefern?«

»Ich überlege, was er gemeint hat. Er hat geschrieben, jeder von uns würde irgendetwas verlieren. Und ich habe nichts verloren. Glaubst du, es war so gedacht?«

Ich denke darüber nach. »Nein«, sage ich. »Nein, das glaube ich nicht. Ich denke, dass die beiden Mörder davon überzeugt waren, dass Marilyn dich nicht akzeptieren würde. Und dass dich dies furchtbar aus der Bahn werfen würde.«

Sie schürzt die Lippen. »Ich weiß nicht. Ich stimme dir zu, was das Erste angeht. Ich glaube jedoch nicht, dass sie gehofft haben, ich wäre als Resultat des Zusammentreffens zu nichts mehr zu gebrauchen. Ich schätze, sie haben das genaue Gegenteil gehofft. Ich kriege langsam ein Gefühl für diese Geschichte,

Zuckerschnäuzchen. Diese Kerle wollen nicht geschnappt werden. Aber sie wollen, dass wir sie jagen. Und sie wollen, dass wir unser Bestes geben.« Sie sieht mich grimmig an. »Und weißt du was? Es hat funktioniert. Ich höre bestimmt nicht auf, bevor wir sie nicht geschnappt haben. Ganz sicher nicht. Und darauf kam es ihnen an, verstehst du? Sie wollten mich wissen lassen, dass meine Tochter nicht sicher ist, bevor wir sie nicht geschnappt haben.«

Ihre Worte machen Sinn. Callie hat Eingebungen, die gleichen kleinen Erleuchtungen, wie ich auch. Das ist einer der Gründe, warum sie so gut ist. Ich sage das einzige unter diesen Umständen Passende.

»Dann lass sie uns schnappen.«

KAPITEL 29 Es dauert eine Ewigkeit, bis wir zurück sind. Als wir losfuhren, war es früher Nachmittag, und der Berufsverkehr fängt früh an in Südkalifornien. Als wir im Büro eintreffen, springen alle auf, die Gesichter voller Erwartung.

»Fragt nicht, Leute«, sagt Callie und hebt abwehrend die Hand. »Im Augenblick gibt es nichts zu erzählen.« Ihr Handy klingelt, und sie wendet sich ab, um das Gespräch anzunehmen.

Der Vorhang vor Callie hat sich wieder geschlossen. Ich bin erleichtert, und ich kann sehen, dass es den anderen ebenso geht. Es bedeutet, dass mit ihr alles in Ordnung ist. Jeder von uns wäre ohne Zögern für sie da, doch Callie so verwundbar zu sehen, hat uns ziemlich beunruhigt. Ich frage mich, ob das mit ein Grund dafür ist, dass sie sich wieder abgeschottet hat. Nicht, um *sich* zu schützen, sondern *uns*.

Alan durchbricht das Schweigen. »Ich gehe die Akten über Annie noch mal durch«, sagt er. »Irgendwas stört mich an der Sache. Ich weiß nicht genau, was.«

Ich nicke abgelenkt. Vielleicht bin ich auch müde. Ich blicke auf meine Uhr und sehe schockiert, dass es schon fast Feierabend ist.

Nicht, dass die gewöhnlichen Dienstzeiten für uns mehr wären als reine Theorie. Meist steht viel zu viel auf dem Spiel bei unserer Arbeit. Es ist ähnlich wie im Krieg. Wenn die Kugeln fliegen, schießt du zurück, ganz gleich, wie spät es ist. Und wenn du eine Gelegenheit hast, den Gegner zu besiegen, ergreifst du sie, ob es nun vier Uhr morgens oder vier Uhr nachmittags ist. Die andere Parallele besteht darin, dass man die Zeiten der Ruhe ausnutzt, die Gelegenheiten zum Rasten, weil man nicht weiß, wann es wieder losgeht.

Das hier scheint eine von diesen Zeiten zu sein, also treffe ich die Entscheidung, die jeder gute Feldherr treffen sollte.

»Ich möchte, dass wir alle nach Hause fahren«, sage ich. »Morgen geraten die Dinge vielleicht erneut aus dem Ruder. Vielleicht noch mehr als heute. Schlaft euch aus.«

James kommt zu mir. »Ich bin erst mittags da«, sagt er leise. »Morgen ist wieder der Tag.«

Ich brauche einen Moment, um zu begreifen, was er meint. »Oh.« Ich runzele die Brauen. »Tut mir Leid, James. Ich hatte es ganz vergessen. Bitte bestell deiner Mutter liebe Grüße.«

Er wendet sich ab und verlässt das Büro ohne ein weiteres Wort.

»Ich hatte es ebenfalls vergessen«, meint Callie. »Wahrscheinlich, weil es Damien menschliche Züge verleiht.«

»Was vergessen?«, fragt Leo.

»Morgen jährt sich der Todestag von James' Schwester«, erläutere ich. »Sie wurde ermordet. Sie fahren jedes Jahr zu ihrem Grab.«

»Oh.« Er zieht die Mundwinkel hinunter. »Scheiße, Mann!«

Es kommt mit einer leidenschaftlichen Vehemenz, die mich verblüfft. Er winkt ab. »Entschuldigung. Es ist nur … diese Scheiße geht mir an die Nerven.«

»Willkommen im Club, Zuckerschnäuzchen«, kommentiert Callie.

»Ja. Schätze, so ist es.« Er atmet tief durch, stößt die Luft wieder aus. Fährt sich mit der Hand durch das Haar. »Wir sehen uns morgen.« Er geht, winkt ein letztes Mal, halbherzig.

Callie blickt ihm hinterher, nachdenklich. »Der erste Fall ist immer hart. Und dieser hier ist ganz besonders übel.«

»Ja. Trotzdem, ich schätze, er kommt damit zurecht.«

»Das denke ich auch. Ich war zu Anfang nicht sicher, was ihn betrifft, doch der kleine Leo entwickelt sich gut.« Sie sieht mich an. »Und? Was machst du heute Abend?«

»Sie kommt zum Essen zu uns, wenn du es genau wissen willst«, poltert Alan. Er sieht mich an. »Elaina besteht darauf.«

»Ich weiß nicht …«

»Du solltest hingehen, Smoky. Es würde dir gut tun«, sagt Callie. Sie sieht mich bedeutungsvoll an. »Und vielleicht wäre es auch gut für Bonnie.« Sie geht zu ihrem Schreibtisch, schnappt ihre Handtasche. »Außerdem mache ich das Gleiche.«

»Was denn, du gehst auch zu Alan?«

»Nein, Dummerchen. Das war meine Tochter am Telefon.« Sie zögert. »Es klingt eigenartig, nicht wahr? Wie dem auch sei – ich bin heute Abend bei ihr und meinem … meinem Enkel zum Essen eingeladen.«

»Das ist ja großartig, Callie!« Ich grinse sie an. »Oder sollte ich jetzt Oma zu dir sagen?«

»Nicht, wenn du mit mir befreundet bleiben möchtest«, entgegnet sie kühl. Sie wendet sich ab, geht zur Tür, bleibt stehen und dreht sich noch einmal zu mir um. »Geh zu Alan. Mach irgendwas Normales, mit anderen Menschen.«

»Nun?«, fragt Alan. »Kommst du jetzt, oder kriege ich wegen dir Ärger mit Elaina?«

»Herrgott noch mal, nein. Ich komme.«

Er grinst. »Gut. Wir sehen uns bei mir zu Hause.«

Dann ist auch er weg, und ich bin allein im Büro. Ich werde

Callies Rat befolgen. Den Ausschlag hat ihre Bemerkung über Bonnie gegeben. Es sei gut für sie. Bestimmt besser, als mit zu mir zu kommen, in mein … wie hat er es genannt? Geisterschiff von einem Zuhause?

Aber zuvor will ich einen Augenblick für mich allein sein. Die Dinge haben sich mit solch halsbrecherischer Geschwindigkeit entwickelt – physisch, mental, emotional. Ich bin voller Energie und zugleich erschöpft. Ich denke über die vergangenen Tage nach. Ich bin nicht länger selbstmordgefährdet, ich will leben. Ich habe meine beste Freundin verloren. Und ich habe mich mit meiner ältesten Freundin ausgesöhnt, mit meiner Waffe. Ich habe eine stumme Ziehtochter bekommen, die sich vielleicht niemals erholen wird. Ich erinnere mich wieder daran, dass ich meine eigene Tochter erschossen habe. Ich habe erfahren, dass Callie nicht nur eine Tochter, sondern sogar einen Enkel hat. Ich weiß, dass eine Frau, die ich liebe und verehre, Elaina, an Krebs erkrankt ist und vielleicht nicht geheilt werden kann. Und ich habe mehr über das Geschäft mit der Pornografie gelernt, als ich je wollte. – Ja, die Kugeln sind mir um die Ohren geflogen.

Im Augenblick jedoch herrscht Waffenruhe, und es ist Stille eingekehrt. Zeit, die ich nutzen muss wie ein guter Soldat. Ich stehe auf und verlasse das Büro, schließe die Tür hinter mir ab, gehe durch den Gang zum Aufzug.

Auf dem Weg nach unten wird mir bewusst, dass mein Augenblick der Stille ein anderer ist als bei einem normalen, durchschnittlichen Menschen. Es ist eine Gelegenheit zum Ausruhen. Doch es ist zugleich eine Stille, die angefüllt ist mit Anspannung und Unruhe. Weil ich nie weiß, wann die Kugeln wieder fliegen.

Was machen Jack Junior und sein Partner in diesem Moment? Ruhen sie sich ebenfalls aus? Sammeln sie Kraft für ihren nächsten Mord?

Als Alan mir öffnet, merke ich sofort, dass etwas nicht stimmt. Er sieht verstört aus, wütend, den Tränen nahe und gleichzeitig, als würde er am liebsten morden.

»Dieser *Scheißkerl!*«, zischt er.

»Was ist passiert?«, frage ich alarmiert, während ich mich an ihm vorbei ins Haus schiebe. »Ist alles in Ordnung mit Elaina? Mit Bonnie?«

»Niemand ist verletzt. Aber dieser Scheißkerl …« Er steht für eine Sekunde reglos da, ballt die Fäuste. Wäre er nicht mein Freund, würde er mir Angst machen. Er geht zu einem Beistelltisch, nimmt einen großen manilabraunen Umschlag und reicht ihn mir.

Ich sehe auf die Anschrift. Er ist adressiert an »Elaina Washington: Ruhe in Frieden«. Mir wird plötzlich kalt.

»Sieh hinein«, grollt Alan.

Ich öffne den Umschlag. Eine maschinengeschriebene Notiz, dahinter eine Reihe von Blättern. Als ich darauf sehe, begreife ich.

»Scheiße, Alan …«

»Ihre verdammte Krankenakte«, flucht er und marschiert auf und ab. »Alles über ihren Tumor, die Notizen ihrer Ärzte.« Er reißt mir die Sachen aus der Hand, blättert darin. »Sieh dir diese Stelle an. Er hat sie für Elaina unterstrichen!«

Ich nehme die Blätter und lese die Stelle.

»*Mrs. Washington befindet sich im zweiten Stadium, kurz vor dem dritten. Aussichten gut, trotzdem muss die Patientin wissen, dass das dritte Stadium möglich ist, wenn auch nicht sehr wahrscheinlich.*«

»Lies diese beschissene Notiz!«

Ich sehe auf das Blatt, sehe die Grußformel.

Hallo Mrs. Washington!
Ich würde mich nicht als einen Freund Ihres Ehemannes bezeichnen. Eher als … eine Art Geschäftspartner. Ich dachte, Sie wür-

den gern die Wahrheit über Ihre gegenwärtige Situation erfahren.

Wissen Sie, wie hoch die Überlebenswahrscheinlichkeit für das dritte Stadium ist, meine Liebe? Ich zitiere: ›Stadium III: Metastasen in den Lymphknoten um den Grimmdarm herum, 35 bis 60 Prozent Überlebensrate für die nächsten fünf Jahre.‹

Meine Güte, wenn ich ein Wettfan wäre, müsste ich wohl gegen Sie setzen!

Viel Glück – ich werde Ihre Fortschritte im Auge behalten.

From Hell

Jack Junior

»Stimmt das, Alan?«

»Nicht so, wie er es darlegt, nein«, schnaubt er. »Ich habe den Arzt angerufen. Er sagt, wenn er sich wirklich Sorgen machen würde deswegen, hätte er es uns gesagt. Er habe uns nichts verschwiegen. Scheiße, er hat sich die Notizen nur gemacht, um nicht zu vergessen, was er uns beim nächsten Besuch sagen wollte.«

»Aber Elaina hat sie gelesen, ohne Erklärung.«

Die Antwort sehe ich am Elend in seinen Augen.

Ich wende mich für einen Moment ab, lege mir die Hand an die Stirn. In mir kocht eine weißglühende, alles verzehrende Wut. Von allen Menschen, die er sich als Opfer aussuchen konnte, ist Elaina das unfairste. Mit Ausnahme von Bonnie vielleicht. Ich erinnere mich, wie allein ihre Gegenwart heute Morgen Bonnies Barrieren durchbrochen hat. Ich erinnere mich an ihren Besuch bei mir im Krankenhaus. Ich will Jack Junior umbringen. Mit bloßen Händen.

»Wie geht es ihr?«, frage ich Alan.

Er lässt sich unvermittelt in einen Sessel fallen. Sieht mich verloren an. »Zuerst hatte sie Angst. Dann fing sie an zu weinen.«

»Wo ist sie jetzt?«

»Oben im Schlafzimmer, mit Bonnie zusammen.« Er sieht mich müde an. »Bonnie weicht nicht von ihrer Seite.« Er vergräbt das Gesicht in den Händen. »Gottverdammt, Smoky! Warum ausgerechnet sie?«

Ich seufze, trete neben ihn, lege ihm eine Hand auf die Schulter. »Weil sie wussten, dass es dich verletzen würde, Alan.«

Sein Kopf fährt hoch, in seinen Augen lodern Flammen. »Ich will diese Säcke schnappen!«

»Ich weiß, Alan.« Mein Gott, mir geht es nicht anders. »Alan, vermutlich wird es dir nicht helfen, aber ... ich glaube nicht, dass Elaina eine konkrete physische Gefahr von Jack Junior und Co. droht, zumindest nicht im Augenblick. Ich glaube nicht, dass das der Sinn seines Briefes ist.«

»Wie kommst du darauf?«

Ich schüttele den Kopf, während ich daran denke, was Callie heute Nachmittag gesagt hat. »Es ist Teil ihres Spiels, Alan. Sie wollen, dass wir sie jagen. Und sie wollen, dass wir unser Bestes geben. Dass wir ein persönliches Interesse daran haben, sie zu schnappen.«

Sein Gesicht wird grimmig. »Es hat funktioniert.«

Ich nicke. »Das hat es.«

Er lehnt sich zurück, seufzt. Es ist ein tief empfundenes Seufzen, voller Traurigkeit. Er blickt zu mir hoch, und in seinen Augen steht ein Flehen. »Kannst du nicht zu ihr raufgehen und mit ihr reden?«

Ich berühre seine Schulter. »Natürlich kann ich das.«

Ich habe Angst davor, doch ich will es versuchen.

Ich klopfe an der Schlafzimmertür, öffne sie und spähe hinein. Elaina liegt mit dem Rücken zu mir auf dem Bett. Bonnie sitzt neben ihr und streichelt ihr über das Haar. Sie sieht mich an, als ich eintrete, und ich bleibe stehen. Ihre Augen sind voller Wut. Wir starren uns für eine Sekunde an, und ich nicke begreifend. Sie haben ihrer Elaina wehgetan. Bonnie ist wütend.

Ich umrunde das Bett, setze mich auf die Kante. Die Erinnerung an das Krankenhaus erfüllt mein Bewusstsein. Elainas Augen sind geöffnet und starren ins Nichts. Ihr Gesicht ist aufgedunsen vom Weinen. »Hallo«, sage ich.

Sie sieht mich an. Wendet den Blick ab, starrt wieder ins Nichts. Bonnie streichelt ihr weiter den Kopf.

»Weißt du, was mich am meisten aufregt, Smoky?«, durchbricht Elaina ihr Schweigen.

»Nein. Sag es mir.«

»Dass Alan und ich nie Kinder hatten. Wir haben es versucht, immer und immer wieder, aber es hat nicht geklappt. Jetzt bin ich zu alt, und ich muss mich mit dem Krebs herumschlagen.« Sie schließt die Augen, öffnet sie wieder. »Und dieser Mann kommt daher und dringt in unser Leben ein. Lacht über uns. Über mich. Er macht mir Angst.«

»Genau das wollte er erreichen.«

»Er hat es geschafft.« Schweigen. »Ich wäre eine gute Mutter geworden, meinst du nicht, Smoky?«

Ich bin erschrocken über die Tiefe des Schmerzes, der aus Elaina spricht. Es ist Bonnie, die ihre Frage beantwortet. Sie tippt Elaina auf die Schulter, und Elaina dreht ihr den Kopf zu. Bonnie wartet, bis sie sicher ist, dass sie ihr in die Augen sieht, und dann nickt sie. Ja, sagt sie. Du wärst eine wunderbare Mom geworden.

Elainas Augen werden weich. Sie streckt die Hand aus, streichelt Bonnies Gesicht. »Danke, mein Liebes.« Schweigen. Sie sieht mich an. »Warum tut er so etwas, Smoky?«

Warum hat er das getan, warum tut er es, warum passiert das alles? Warum meine Tochter, mein Sohn, mein Mann, meine Frau? Es ist die niemals endende Frage aller Opfer.

»Die kurze Antwort lautet, weil es ihm Freude macht, dir wehzutun, Elaina. Das ist das einfache Motiv dahinter. Zweitens weiß er, dass er Alan damit Angst macht. Das vermittelt ihm ein Gefühl von Macht. Und er liebt dieses Gefühl.«

Natürlich ist mir bewusst, dass das keine sehr gute Antwort auf diese niemals endende Frage darstellt. Warum ich? Ich bin eine gute Mutter/Tochter; ein guter Vater/Bruder/Sohn. Ich halte den Kopf unten, tue mein Bestes. Sicher, ich lüge hin und wieder, aber ich sage häufiger die Wahrheit, als dass ich lüge. Und ich liebe die Menschen in meinem Leben und sorge für sie, so gut ich kann. Ich versuche meistens, das Richtige zu tun, und ich bin glücklich, wenn ich häufiger Lächeln sehe als Schmerz. Ich bin kein Held; ich werde bestimmt nicht in irgendwelchen Geschichtsbüchern erwähnt werden. Doch hier bin ich, und es macht mir eine ganze Menge aus. – Warum also ich?

Ich kann ihnen nicht sagen, was ich wirklich denke. Warum? Weil du lebst, weil du atmest, weil du gehst und stehst und weil das Böse existiert. Weil die kosmischen Würfel auf dich gefallen sind. Entweder hat Gott dich an jenem Tag vergessen, oder es ist Teil seines großen Plans. Such dir aus, was du willst. Die Wahrheit lautet, dass schlimme Dinge eben passieren, irgendwo, Tag für Tag. Und heute warst du an der Reihe.

Manche Menschen mögen das eine zynische Ansicht nennen. Mich für meinen Teil hält diese Ansicht gesund. Sonst würde ich womöglich anfangen zu glauben, dass es die Bösen sind, die es richtig machen. Ich ziehe es vor, zu glauben, dass sie im Unrecht sind. Tatsache ist, dass das Böse der Feind des Guten ist, und heute hatte das Gute eben einen schlechten Tag. Diese Ansicht lässt es wahrscheinlich erscheinen, dass morgen das Böse an der Reihe ist, einen schlechten Tag zu haben. Und das nennt man Hoffnung.

Nichts von alledem ist hilfreich, wenn sie dich nach dem Warum fragen, also erzähle ich ihnen irgendwas, genau wie eben Elaina. Manchmal hilft es, lindert ihren Schmerz. Meist aber nicht, weil man für gewöhnlich, wenn man diese Frage stellt, nicht wirklich an einer Antwort interessiert ist.

Elaina jedenfalls denkt über meine Antwort nach. Als sie mich wieder ansieht, bemerke ich eine unvertraute Emotion in ihrem Gesicht. Wut. »Schnapp diesen Mann, Smoky. Hörst du? Schnapp ihn dir!«

Ich muss schlucken. »Ja.«

»Gut. Ich weiß, dass du ihn kriegst.« Sie setzt sich auf. »Kannst du mir einen Gefallen tun?«

»Jeden.« Ich meine es ernst. Würde sie mich bitten, ihr einen Stern vom Himmel zu pflücken, würde ich selbst das versuchen.

»Sag Alan, wenn du runtergehst, dass er zu mir kommen soll. Ich kenne ihn. Er sitzt da und macht sich Vorwürfe. Sag ihm, dass er damit aufhören soll. Ich brauche ihn.«

Erschüttert, aber wieder so stark wie eh und je. Erneut wird mir bewusst, was ich ohnehin schon längst weiß: Ich liebe diese Frau. »Mach ich.« Ich sehe Bonnie an. »Komm, wir gehen, Liebes.«

Sie schüttelt den Kopf. Tätschelt Elainas Schulter, packt sie, besitzergreifend. Ich runzele die Stirn. »Schatz, ich denke, wir sollten Elaina und Alan heute Abend allein lassen.«

Sie schüttelt erneut den Kopf, entschieden, heftig. Nein. Ganz sicher nicht.

»Von mir aus kann sie gern hier bleiben, falls du nichts dagegen hast. Bonnie ist so süß.«

Ich sehe Elaina an, sprachlos. »Bist … bist du sicher?«, frage ich schließlich.

Sie streichelt Bonnie den Kopf. »Absolut.«

»Na schön, meinetwegen …« Außerdem wäre offenbar ein Wunder erforderlich, um Bonnie jetzt von Elaina zu lösen. »Dann gehe ich jetzt. Bonnie, wir sehen uns morgen früh.«

Sie nickt. Ich gehe zur Tür, drehe mich um, als ich leise, leichte Schritte hinter mir höre. Bonnie ist vom Bett aufgestanden, steht hinter mir, sieht zu mir auf. Sie nimmt meinen Arm, zieht mich zu sich herunter, sieht mir in die Augen. Sie sind voller Sorge.

Sie zeigt auf sich, dann tätschelt sie mich. Erneut. Insistierend. Und erneut. Die Sorge in ihrem Gesicht wird noch stärker. Endlich begreife ich. Ich erröte, und meine Augen brennen. »Ich gehöre zu dir«, sagt Bonnie mit ihrer Geste, »ich bleibe hier, um Elaina zu helfen. Aber ich gehöre zu dir.« Sie will, dass ich dies begreife. Ja, Elaina ist eine Urmutter. Doch ich gehöre zu dir.

Ich spreche nicht. Stattdessen nicke ich zur Antwort und drücke sie an mich, bevor ich das Schlafzimmer verlasse.

Unten steht Alan am Fenster und starrt in die heraufziehende Dämmerung.

»Sie hat sich wieder gefangen, Alan. Ich soll dir sagen, dass du dir keine Vorwürfe machen sollst und dass sie dich braucht. Oh, und Bonnie bleibt heute Nacht bei euch. Sie hat sich geweigert, von Elainas Seite zu weichen.«

Diese Nachricht scheint ihn ein wenig aufzumuntern. »Tatsächlich?«

»Ja. Sie ist sehr fürsorglich.« Ich tippe ihm gegen die Brust. »Du weißt, dass ich mit dir fühle, Alan. Du weißt, dass es so ist. Aber du musst dich endlich aufraffen und nach oben gehen und deine Frau in die Arme nehmen.« Ich grinse. »Sonst hast du Bonnie im Genick.«

»Ja«, sagt er nach einer Weile. »Du hast Recht. Danke.«

»Kein Problem. Und Alan – wenn du morgen freihaben möchtest, dann nimm dir frei.«

Sein Gesicht ist ernst. »Ganz bestimmt nicht, Smoky! Sie haben, was sie wollten. Ich werde diese Arschlöcher jagen, bis wir sie entweder schnappen oder bis sie tot sind.« Er lächelt, und diesmal ist es ein beängstigendes Lächeln. »Ich denke, sie haben sich mehr aufgehalst, als sie geglaubt haben.«

»Verdammt richtig«, antworte ich.

KAPITEL 30

Auf dem Weg nach Hause fühle ich mich einsam. Keenan und Shantz sind dort, wo sie sein sollen: bei Bonnie. Also bin ich tatsächlich allein. Es ist dunkel draußen, und die

Highways in der Nacht vermitteln einem das Gefühl von Isolation und Einsamkeit. Hin und wieder in meinem Leben war mir dieses Gefühl willkommen. Die Isolation auf dem Highway ist angefüllt mit wütenden Gedanken und Trauer. Ich packe das Lenkrad, als wäre es der Hals von Jack Junior. Der Mond leuchtet hell. Irgendwo in mir weiß ich, dass es ein wunderschönes Licht ist. Heute Nacht jedoch erinnert es mich an die Fälle, in denen ich Blutlachen im Mondlicht gesehen habe. Schwarz und glänzend und endgültig.

Ich fahre durch das Mondlicht, das mich den ganzen Weg bis nach Hause an Blut erinnert. Ich steuere den Wagen in die Einfahrt, als mein Handy klingelt.

»Ich bin es, James.«

Ich richte mich kerzengerade auf. In seiner Stimme ist etwas, das ich noch nie bei ihm gehört habe.

»James? Was gibt's denn?«

Seine Stimme bebt. »Dieser … dieser verfluchte Dreckskerl!«

Jack Junior.

»Erzähl mir, was passiert ist, James.«

Er antwortet nicht, ich kann ihn nur atmen hören. Schließlich stößt er hervor: »Ich bin vor ungefähr zwanzig Minuten beim Haus meiner Mutter angekommen. Ich wollte gerade an die Tür klopfen, als ich einen Umschlag bemerkt habe, der mit Klebeband an der Tür befestigt war. Auf dem Umschlag stand mein Name. Also hab ich ihn aufgemacht.« Er atmet tief durch. »Ein Brief lag darin. Und … und …«

»Und was?«

»Ein Ring. Rosas Ring.«

Rosa war die Schwester von James. Seine ermordete Schwester. Die Schwester, deren Grab er morgen zusammen mit seiner Mutter besuchen wollte. Ein dunkles Begreifen regt sich in meinem Hinterkopf. »Was stand in diesem Brief, James?«

»Nur eine Zeile. Rosa – die nicht länger in Frieden ruht.«

Ich spüre, wie sich mein Magen verknotet.

James' Stimme klingt verzweifelt. »Der Ring in diesem Umschlag, Smoky ... Wir haben sie mit ihm begraben. Verstehst du, was ich sage?«

Der Knoten in meinem Magen wird zu einem schmerzhaften Klumpen. Ich antworte nicht.

»Also hab ich auf dem Friedhof angerufen. Bekam den Wachmann zu fassen. Er ging raus und hat nachgesehen. Es stimmt.«

»Was stimmt, James?« Ich denke, ich kenne die Antwort. Das Gefühl in meinem Magen ist unbeschreiblich.

James atmet ein weiteres Mal tief durch. Als er spricht, klingt seine Stimme, als würde sie ihm jeden Augenblick den Dienst versagen. »Sie ist verschwunden, Smoky. Rosa ist weg. Diese gottverfluchten Scheißkerle haben sie ausgegraben!«

Ich lehne die Stirn gegen das Lenkrad. Mein Magen ist ein einziges gähnendes Loch geworden. »Oh, James ...«

»Weißt du, wie alt sie war, als dieser Abschaum sie ermordet hat, Smoky? Zwanzig. Zwanzig! Sie war schön und freundlich und intelligent, und er hat sie drei Tage lang zu Tode gefoltert. Das haben sie mir hinterher erzählt. Drei Tage. Weißt du, wie lange meine Mutter gebraucht hat, um nicht mehr über ihre Tochter zu weinen?« Er schreit. »Sie hat immer noch nicht aufgehört!«

Ich richte mich auf. Meine Augen sind geschlossen. Ich weiß jetzt, was so fremd klingt in James' Stimme. Trauer. Trauer und Verwundbarkeit. »Ich weiß nicht, was ich sagen soll. Bist du ... möchtest du, dass ich vorbeikomme? Was willst du tun?« Meine Worte klingen genauso, wie ich mich innerlich fühle. Hohl und hilflos.

Langes Schweigen am anderen Ende der Leitung, gefolgt von einem Schluchzen. »Nein. Meine Mutter ist oben. Sie hat sich zusammengerollt und weint und reißt sich die Haare aus. Ich muss zu ihr. Ich muss ...« Er bricht ab. »Sie machen genau das, was sie uns angedroht haben, Smoky.«

Ich fühle mich leer. »Ja.« Ich erzähle ihm von Elaina.

»Dieser ekelerregende Abschaum!«, brüllt er. Ich kann beinahe spüren, wie er um seine Selbstbeherrschung kämpft. »Diese gottverfluchten Säcke!« Dann, nach einem weiteren Schweigen: »Ich komme zurecht, Smoky. Komm nicht her. Ich hab das Gefühl, du kriegst heute Nacht noch einen weiteren Anruf.«

Mein Magen krampft sich erneut zusammen. Jack Junior hat gesagt, jeder von uns würde etwas verlieren. Leo ist bis jetzt unbehelligt geblieben.

»Ich will dieses Dreckstück haben, Smoky. Ich will ihn haben!«

Ich habe dies heute bereits zweimal gehört, von anderen ausgesprochen, auf andere Weise. Es erneut zu hören, erfüllt mich mit Wut und Verzweiflung. Es gelingt mir, meine Stimme tonlos zu halten. »Ich auch, James, glaub mir, ich auch. Hilf deiner Mutter. Ruf mich an, wenn du mich brauchst.«

»Das wird nicht der Fall sein.«

So viel zu Trauer und Verwundbarkeit.

Er legt auf, und ich bleibe in meinem Wagen in der Einfahrt sitzen und starre zum Mond hinauf.

Eine Minute lang, eine einzige Minute gebe ich einer jener selbstsüchtigen, egoistischen Regungen nach, die nur Menschen in einer Position empfinden können, die über Leben oder Tod entscheiden. Ich habe das Gefühl, mein Team im Stich zu lassen, doch einen selbstsüchtigen Augenblick lang schert mich ihr Wohlbefinden nicht – ich wünsche mir bloß eines: dass ich nicht für sie verantwortlich bin.

Ich packe das Lenkrad und drücke es, bis die Knöchel weiß werden. »Aber du bist für sie verantwortlich!«, flüstere ich, und der Egoismus verschwindet, weicht weißglühendem Hass.

Und so tue ich etwas, das ich schon früher getan habe: Ich schreie in meinem Wagen, schreie mir die Seele aus dem Leib und schlage aus Leibeskräften auf das Lenkrad ein, unter dem beschissenen hellen Licht des Mondes.

Smoky-Therapie.

KAPITEL 31 Als ich im Haus bin, wähle ich Leos Nummer. Es läutet und läutet. »Verdammt, Leo, geh endlich ran!«, fluche ich.

Endlich tut er es. Seine Stimme klingt müde, halb tot, und mir wird unbehaglich. »Hallo?«, fragt er.

»Leo! Wo steckst du?«

»Ich bin beim Tierarzt, Smoky, mit meinem Hund.«

Die Normalität lässt meine Hoffnung wieder aufkeimen, doch nur für einen kurzen Moment.

»Irgendjemand hat ihm die Beine abgeschnitten. Ich muss ihn einschläfern lassen.« Ich stehe da wie vom Schlag getroffen, weiß nicht, was ich sagen soll. Dann bricht seine Stimme. Wie das klare, prägnante Klirren von feinem Porzellan, das auf Steinfliesen prallt. »Wer tut so etwas, Smoky? Was sind das für Menschen? Ich bin nach Hause gekommen, und er lag in meinem Wohnzimmer und wollte … wollte …« Trauer lässt seine Stimme klingen, als würde er ersticken. »Er wollte zu mir kriechen, Smoky. Überall war Blut, und er hat grauenvolle Laute von sich gegeben, wie … wie ein Baby. Er hat mich angesehen aus diesen Augen … Es war … es war, als glaubte er, etwas Falsches getan zu haben. Als wollte er mich fragen: Was habe ich falsch gemacht? Ich bringe es wieder in Ordnung, aber sag es mir bitte. Siehst du? Ich bin ein guter Hund!«

Tränen laufen mir über die Wangen.

»Wer tut so etwas, Smoky?«

Doch es ist keine wirkliche Frage. Er will sagen, dass niemand existieren dürfe, der zu so etwas imstande ist.

»Jack Junior und sein Kumpan, Leo. Sie waren es.«

Ich höre ihn ächzen, und sein Ächzen ist voller Trauer und Qual. »*Was?*«

»Entweder waren sie es selbst, oder sie haben jemanden geschickt, der es für sie gemacht hat. Jedenfalls stecken sie dahinter, Leo.«

Ich spüre, wie er langsam begreift. »Was sie in ihrer E-Mail geschrieben haben …«

»Ja.« Ja, Leo, denke ich. Sie existieren, und was sie mit deinem Hund gemacht haben, war *überhaupt nichts* für sie.

Ein langes, hartes Schweigen. Ich kann mir vorstellen, was er denkt. Mein Hund wurde gefoltert und gequält wegen mir. Wegen meiner Arbeit. Schuldgefühle übermannen ihn, grauenvolle Schuldgefühle, die ihm den Boden unter den Füßen wegzuziehen drohen. Er räuspert sich. Ein elendes, klägliches Geräusch. »Wer sonst noch, Smoky?«

Ich atme durch und erzähle es ihm. Ich erzähle ihm von Elaina und James. Lasse die Einzelheiten von Elainas Krankheit weg. Als ich fertig bin, schweigt er. Ich warte geduldig.

»Ich komme zurecht.« Es ist eine knappe Aussage, eine Aussage voller Lügen. Er lässt mich wissen, dass er begriffen hat.

Ich sage den Satz einmal mehr, den Satz, den ich hasse. »Ruf mich an, wenn du mich brauchst.«

»Ja.«

Ich lege auf, und dann stehe ich in meiner Küche, die Hand auf der Stirn. Das Bild will mir nicht aus dem Kopf gehen. Diese flehenden Augen. Was habe ich falsch gemacht? Die Antwort ist grausam, und noch grausamer, weil das Tier sterben wird, ohne jemals die Wahrheit zu erfahren.

Nichts. Du hast überhaupt nichts falsch gemacht.

»Sie drehen wirklich auf«, stellt Callie fest.

»Ja. Ich wollte, dass du Bescheid weißt. Sei vorsichtig.«

»Gilt auch für dich, Zuckerschnäuzchen.«

»Keine Sorge.«

Ich lege auf, gehe zum Küchentisch, setze mich, vergrabe das Gesicht in den Händen. Heute war der schlimmste Tag seit langem. Ich fühle mich ausgebrannt, zerschlagen, traurig und leer. Und ich fühle mich einsam.

Callie hat ihre Tochter, Alan hat Elaina. Wen habe ich?

Also weine ich. Ich fühle mich töricht und schwach, und ich weine, weil ich nicht anders kann. Es dauert lange genug, um mich wütend zu machen, und schließlich wische ich mir mit den Händen über das Gesicht und kämpfe gegen die Schwäche an. »Hör auf, dich zu bemitleiden!«, knurre ich vor mich hin. »Es ist alles deine eigene Schuld! Du wolltest nicht, dass sie zu dir kommen und bei dir sind, als du verletzt warst. Also wenn du jemandem die Schuld geben möchtest, dann gib sie dir selbst.«

Ich spüre, wie meine Wut wächst, und ich gebe ihr nach. Sie trocknet meine Tränen. Jack Junior und sein Kumpan haben meiner Familie wehgetan. Sie haben sich in ihr Leben eingemischt und sie dort getroffen, wo es sie am meisten schmerzt.

»Sie sind tot«, sage ich zu meinem leeren Haus. »Tot.« Was mich grinsen lässt. Immer noch verrückt nach all diesen Monaten, voll von deftigen Reden an niemanden außer an die Luft. Ich denke an die Beamten, die mein Haus bewachen, die draußen auf der anderen Straßenseite im Wagen sitzen sollten. Sie sind jetzt bei Bonnie. Ob mich jemand beobachtet hat?, frage ich mich. Als ich im Wagen gesessen habe? Als ich geschrien und auf das Lenkrad eingeschlagen habe?

Das ist es, wird mir bewusst. Mein neues Ich. So wird es bleiben. Es gibt noch den Drachen, der in mir erwacht, und ich kann noch den schwarzen Zug sehen und meine Waffe abfeuern. Aber ich bin nicht mehr so geradeaus und voller Zuversicht wie früher. Ich schwanke und torkele, und Teile von mir verlieren ihren Zusammenhalt. Ich habe eine neue Eigenschaft: Zerbrechlichkeit. Sie ist mir fremd, ich mag sie nicht wirklich. Trotzdem, es ist die Wahrheit.

Ich steige die Treppe hinauf zum Schlafzimmer, und ich fühle mich, als schleifte ich Ketten hinter mir her, so müde bin ich mit einem Mal. Zu viele Gefühle.

Ich komme an dem kleinen Arbeitszimmer vorbei, das Matt für uns eingerichtet hat, und eine Regung lässt mich innehalten und einen Blick hineinwerfen. Ich sehe meinen Computer, staubbedeckt und seit so vielen Monaten unbenutzt. Und ich überlege.

Ich setze mich vor die Maschine und warte, während sie

hochfährt. Besteht meine Internetverbindung noch? Ich kann mich nicht erinnern, wie sie abgerechnet wird. Doch ich öffne einen Browser und sehe, dass es funktioniert. Ich lehne mich für einen Moment zurück, starre auf das Icon auf meinem Desktop, über das ich mein Mailprogramm starten kann. Zögere.

Ich doppelklicke darauf, und das Fenster öffnet sich. Ich zögere, dann klicke ich auf die Schaltfläche »Check Mail«. Alles Mögliche wird heruntergeladen. Monate ignorierter Nachrichten und Spam-Mails. Was ich zu finden geglaubt habe, ist ebenfalls da. Es ist die jüngste Nachricht, gerade erst eine Stunde alt.

Die Betreffzeile lautet: »Wie viel kostet das Hündchen im Fenster?«

Mein Hass auf Jack Junior befeuert mich mit neuer Energie.

Ich öffne die Nachricht und fange an zu lesen.

Liebste Smoky, inzwischen haben Sie sicher festgestellt, dass ich ein Mann bin, der sein Wort hält. Callie Thorne musste ihrer Tochter unter die Augen treten. Alan Washingtons Frau fragt sich, ob sie sterben wird. Der arme Leo muss das vorzeitige Ableben seines besten Freundes verdauen. Was den jungen James angeht – nun ja, ich sehe auf Rosa, während ich diese Zeilen schreibe. Sie ist ein wenig zerzaust, aber Sie wären erstaunt, wie wirksam diese Konservierungsmittel sind, die sie für die Toten benutzen. Ihre Augen sind verschwunden, doch ihr Haar ist immer noch sehr hübsch. Bitte seien Sie so freundlich und richten Sie das James von mir aus.

Ich finde, Rache ist die effektivste Art, ein Schwert zu schärfen, meinen Sie nicht? Denken Sie darüber nach. Wenn Sie vorher nicht der Meinung waren, so sind sie es ohne jeden Zweifel jetzt. Wie sehr Sie alle mein Blut wollen müssen! Vielleicht träumt der eine oder andere von Ihnen sogar davon? Wie ich um Gnade flehe, ohne Gnade zu erhalten. Wie Sie mir eine Kugel in den Kopf schießen, anstatt mich in eine Gefängniszelle zu stecken.

Aber jede Medaille hat zwei Seiten, und ich möchte die Kehrseite nicht verschweigen. Um eines ganz klar zu machen, falls es nicht bereits klar ist: Nichts, das Ihnen lieb und teuer wäre, ist vor mir sicher.

Jagen Sie mich. Strengen Sie sich an, denn solange ich auf freiem Fuß bin, solange ich am Rand der Zivilisation durch die Wälder schleiche, werde ich Ihnen mehr und immer mehr nehmen. Die Dinge, die ich heute genommen und berührt habe, werden Ihnen demgegenüber wie ein Nichts erscheinen.

Jede Woche, in der es Ihnen nicht gelingt, mich zu fangen, werde ich jedem von Ihnen etwas nehmen. Ich werde Callie Thornes verlorene Tochter und ihr Enkelkind nehmen. Ich werde Alans Frau nehmen. Ich werde James' Mutter töten. Weiter und weiter, bis sie alle das gleiche Leben leben wie Sie, Smoky. Bis alles tot ist, was sie jemals geliebt haben, bis ihre Häuser genauso leer sind wie Ihres, bis ihnen nur noch eines geblieben ist – das schreckliche Wissen, dass all das wegen dem geschehen ist, was sie sind und was sie tun.

Ich hoffe, Ihnen ist inzwischen klar, dass ich meine, was ich sage. Und ich hoffe, diese ständige Ermahnung, diese Pistole am Kopf liefert den erforderlichen Ansporn, Sie alle in einen Zustand konzentrierter Bereitschaft zu versetzen. Ich brauche Sie, Sie alle, und ich brauche Sie wach und scharf. Sie müssen mit den Augen eines Mörders jagen.

Und jetzt fangen Sie an, geben Sie Ihr Bestes. Sie haben eine Woche Zeit. Während dieser Woche sind die Dinge, die Sie lieben, sicher vor mir. Danach fange ich an, Ihre Welt zu fressen, und Ihre Seelen werden sterben.

Spüren Sie die Aufregung? Ich spüre sie. Viel Glück.

From Hell

Jack Junior

PS.: Agent Thorne, vielleicht fragen Sie sich, ob ich Ihnen tatsächlich etwas genommen habe? Vielleicht glauben Sie, ich hätte Ihnen irrtümlich einen Gefallen erwiesen. Auf gewisse Weise wäre es möglich. Aber denken Sie genauer darüber nach. Vielleicht habe ich Sie lediglich an das erinnert, was Sie für immer verloren haben. Ist Ihnen dieser Gedanke bereits gekommen? Was Sie verloren haben?

Ich starre lange, lange Zeit auf die Worte, während ich hier in meinem leeren Haus sitze. Ich bin nicht besorgt, nicht einmal wütend. Stattdessen bin ich erfüllt von dem, was sie die ganze Zeit wollten.

Gewissheit.

Ich werde lieber sterben, als es zuzulassen, dass jemand anderes aus meiner kleinen Familie endet wie ich. Im Selbstgespräch, während er einsam vor sich hin weint.

KAPITEL 32 Es ist Morgen, und ich habe dem Team eine zensierte Version von Jack Juniors E-Mail gegeben. Jetzt sehe ich einen nach dem anderen an und mustere meine Truppe.

Sie alle sehen erbärmlich aus. Und wütend. Niemand hat Interesse, über das zu reden, was passiert ist. Sie wollen auf die Jagd. Und sie warten darauf, dass ich sie führe, ihnen zeige, in welche Richtung wir gehen.

Es ist eigenartig, denke ich. Verantwortung ist ein Mantel, in den man allzu leicht schlüpfen kann – ihn wieder abzulegen ist hingegen beinahe unmöglich. Noch vor einer Woche habe ich daran gedacht, mir das Gehirn aus dem Kopf zu schießen – und jetzt wollen sie, dass ich ihnen sage, was zu tun ist.

»Nun«, fange ich an, »zumindest eines wissen wir mit Sicherheit.«

»Und das wäre?«, fragt Alan.

»Jack Junior und sein Kumpan sind verdammte Arschlöcher.«

Kurzes Schweigen, dann lachen alle. Alle, mit Ausnahme von James. Ein wenig Spannung fällt von ihnen ab. Ein wenig.

»Hört zu«, fahre ich fort. »Runde eins geht an sie, keine Frage. Allerdings haben sie einen großen Fehler gemacht. Sie wollen, dass wir sie jagen, und wir werden ihnen ihren Wunsch erfüllen. Sie haben keine Ahnung, was das bedeutet.« Ich warte, schätze die Reaktion der anderen ab. »Sie glauben, sie wären uns voraus.

Was ist daran neu? Alle denken das. Doch wir haben die Fingerabdrücke von einem von ihnen, und wir wissen bereits, dass es zwei sind. Wir schließen die Lücke. Okay?« Nicken. »Gut. Kommen wir also zum Geschäft. Callie, erzähl noch mal, was Dr. Child über das Profil unserer Täter gesagt hat. Ich habe nicht richtig hingehört.«

»Er hat gesagt, ich soll dir ausrichten, dass er den Brief gelesen und sich einige Meinungen gebildet hat, aber er will warten, bis er sieht, was in dem Paket ist, das am zwanzigsten eintreffen soll.« Sie zuckt die Schultern. »Er war sehr entschieden in dieser Hinsicht.«

Ich belasse es dabei. Dr. Child hat mich noch nie abgewiesen. Ich muss seinem Instinkt vertrauen. Ich wende mich an Alan und Leo.

»Wie weit sind wir mit der Beschlagnahmeverfügung für Annies Abonnentenliste?«

»Sollte innerhalb der nächsten ein, zwei Stunden da sein«, antwortet Leo.

»Gut. Bleibt dran.« Ich schnippe mit den Fingern. »Steht uns ein Sprengstoffspezialist vom LAPD zur Verfügung?«

Alan nickt. »Ja. Und er bringt einen Bombenschnüffler mit.«

»Bombenschnüffler« nennen wir das Gerät, mit dem wir eine mobile Ionenspektrometrie durchführen. Kurz gesagt ist es imstande, Spuren ionisierter Moleküle zu entdecken, die spezifisch für explosive Substanzen sind.

Wir haben ausführlich darüber diskutiert, wie wir alles am besten für den zwanzigsten vorbereiten sollen. AD Jones wollte ein SWAT[2]-Team vor Ort, für den Fall, dass Jack Junior und sein Kumpan beschließen, die Lieferung persönlich abzugeben. Ich habe diesen Plan abgelehnt.

»So haben sie bisher nicht operiert«, widersprach ich, »und

---

2 SWAT = Special Weapons and Tactics, Spezielle Waffen und Taktiken (Anm. d. Übers.).

so werden sie auch diesmal nicht agieren. Ich erwarte, dass es eine ganz gewöhnliche Lieferung sein wird. Mit der Post.«

Schließlich konnte ich ihn überzeugen. Allerdings waren wir beide der Meinung, dass ein Bombentechniker anwesend sein sollte. Auf diese Vorsichtsmaßnahme zu verzichten, wäre töricht gewesen.

»Irgendwas stört mich noch immer an Annies Akte«, sagt Alan. Er sieht James an. »Wäre schön, eine zweite Meinung zu erfahren.«

»Hilf ihm, James.«

James nickt. Er hat an diesem Morgen noch kein einziges Wort gesagt.

»Es gibt eine weitere Frage, die nach einer Antwort verlangt, Zuckerschnäuzchen«, meldet sich Callie leise. »Woher erhalten sie all diese Informationen? Gut, wir haben die Wanzen in Dr. Hillsteads Büro gefunden. Aber die Krankenakte, meine Tochter?«

»So schwer ist das nicht«, schaltet sich Leo ein. Wir sehen ihn an. »Informationen sind nicht so sicher, wie allgemein angenommen. Elainas Krankenakte?« Er zuckt die Schultern. »Ein weißer Kittel und ein entsprechendes Auftreten, und man kann sich im Krankenhaus fast völlig ungehindert bewegen. Das verbunden mit Computer-Know-How, und man hat sich schnell in die Krankenhausdateien eingehackt. Informationen kann man kaufen, stehlen oder knacken. Ihr wärt schockiert, wenn ihr wüsstet, wie leicht so was manchmal ist. Ich habe es selbst gesehen, schließlich war ich bei der Abteilung für Computerkriminalität. Gute Hacker oder Identitätsdiebe können an alle möglichen persönlichen Informationen rankommen. Informationen, die euch überraschen würden.« Er sieht Callie an. »Gib mir eine Woche, und ich kann alles über dich herausbekommen. Von deinem Dispo-Kredit bis hin zu den Medikamenten, die du nimmst.« Er sieht uns der Reihe nach an. »Das Zeug, das er bisher aufgetischt hat? Irritierend, ich weiß. Aber man muss kein Genie sein, um da ranzukommen.«

Ich starre ihn einen Augenblick an, lass es auf mich einwirken. Das tun wir alle. Schließlich nicke ich. »Danke, Leo. Also – weiß jeder, was er zu tun hat?« Ich sehe mich fragend um. »Gut.«

Die Tür zum Büro wird geöffnet, und die Konzentration ist dahin. Ich sehe mich nach dem Neuankömmling um, und Besorgnis durchflutet mich.

In der Tür steht Marilyn Gale, und sie sieht besorgt aus. Ein uniformierter Polizist begleitet sie. Er hält einen dicken Umschlag unter dem Arm.

KAPITEL 33

»Er kam vor einer Stunde an«, sagt sie. »Adressiert an Sie, Agent Barrett, zu meinen Händen. Ich dachte …« Sie bricht ab, und wir alle verstehen. Wer sonst würde einen Brief für mich an Marilyns Adresse senden?

Wir drängen uns um den Schreibtisch, starren den Umschlag an, wobei die anderen Marilyn unauffällig mustern. Callie bemerkt es, und ihre Verärgerung darüber scheint ihre Sorge wegen des Briefs zu verdrängen.

»Herrgott im Himmel!«, fährt sie auf. »Ja, das ist meine Tochter, Marilyn Gale. Marilyn, ich möchte dich mit Alan, James und Leo bekannt machen, subalternen Beamten.«

Marilyn grinst bei Callies Worten. »Hi«, sagt sie.

»Haben Sie ihn abgefangen?«, frage ich den Polizisten, einen Sergeant Oldfield.

»Nein, Ma'am.« Er ist ein solider Bursche. Erfahren, sehr gern Polizist und nicht eingeschüchtert durch mich oder das FBI. »Unser Auftrag lautet, das Haus zu beobachten. Und Miss Gale natürlich, wenn sie das Haus verlässt.« Er zeigt mit dem Daumen auf Marilyn. »Sie kam mit dem Brief zu uns, erklärte, worum es sich handelt, und bat uns, sie und den Brief hierher zu bringen.«

Ich wende mich an Marilyn. »Sie haben ihn nicht geöffnet, oder?«

Ihr Gesicht wird ernst. »Nein. Das hielt ich nicht für klug. Ich habe schließlich erst ein Jahr in Kriminologie hinter mir.« Ich sehe, wie Leo und Alan bei ihren Worten Blicke wechseln. »Selbst ohne Studium muss man bloß hin und wieder fernsehen, um zu wissen, dass man mögliche Beweisstücke nicht berühren sollte.«

»Das ist sehr gut, Marilyn«, sage ich und wähle meine nächsten Worte mit Bedacht. Ich will sie nicht zu sehr verängstigen, aber es muss gesagt werden. »Das ist allerdings nicht der einzige Grund. Was, wenn unser Killer sich entschlossen hat, etwas Wahnsinniges zu unternehmen? Beispielsweise eine Briefbombe zu schicken?«

Ihre Augen weiten sich, und sie wird ein wenig blass. »Oh ... Ich ... Himmel! Ich meine, ich habe nicht eine Sekunde daran gedacht ...« Sie wird noch blasser. Jede Wette, dass sie an ihr Baby denkt.

Callie legt ihr eine Hand auf die Schulter. Ich sehe Ärger und Sorge in Callies Augen. »Nichts, weswegen du dir jetzt den Kopf zerbrechen solltest, Zuckerschnäuzchen. Die Sendung wurde durchleuchtet, bevor sie dich damit reingelassen haben, ja?«

»Ja.«

»Und beim Durchleuchten suchen sie genau nach solchen Dingen.«

Marilyns Gesichtsfarbe kehrt zurück. Sie erholt sich verblüffend schnell.

Damit hätten wir also, denke ich, etwas Neues, womit wir arbeiten können. Neu und interessant – und möglicherweise nicht schön anzusehen.

»Callie, warum gehst du nicht mit Marilyn zum Essen?«

Sie begreift. Ich werde den Brief öffnen, und es könnte etwas darin sein, das Marilyn nicht sehen sollte.

»Gute Idee. Komm, Zuckerschnäuzchen.« Sie hakt sich bei Marilyn unter und zieht sie mit sich zur Tür. »Wo ist eigentlich der kleine Steven?«

»Meine Mutter passt auf ihn auf. Bist du sicher, dass du jetzt wegkannst?«

»Kein Problem«, sage ich zu ihr und lächle, obwohl mir innerlich nicht danach zumute ist. »Und danke, dass Sie den Brief vorbeigebracht haben. Rufen Sie uns das nächste Mal bitte an, wenn so etwas wieder vorkommt. Fassen Sie ihn nicht an.«

Ihre Augen weiten sich erneut, und sie nickt. Callie führt sie nach draußen.

»Haben Sie was dagegen, wenn ich bleibe, Ma'am?«, fragt Sergeant Oldfield. »Ich würde gern sehen, was in diesem Brief ist. Ein Gefühl bekommen für den Täter.«

»Selbstverständlich. Sofern Sie das Abfangen von Postsendungen in Zukunft auf Ihre Liste von Aufgaben setzen.« Ich sehe ihn an. »Keine Rüge, lediglich eine Bitte.«

Er nickt. »Ist bereits geschehen, Ma'am.«

Ich öffne eine Schublade, greife hinein und ziehe ein Paar Latexhandschuhe hervor, die ich mir überstreife. Dann konzentriere ich mich auf den Brief. Es ist ein weiterer Standard-Umschlag aus Manilapapier.

Die vertraute schwarze Druckschrift auf der Vorderseite lautet: »An Agent Smoky Barrett«. Zwei Zentimeter hoch.

Ich drehe den Umschlag um. Nicht zugeklebt, sondern mit einer ganz normalen Klammer verschlossen. Ich blicke hoch. Alle sehen mich schweigend an. Also öffne ich den Umschlag.

Der Brief liegt zuoberst. Ich blättere den übrigen Inhalt kurz durch. Kneife die Augen zusammen beim Anblick einiger ausgedruckter Fotos. Jedes davon zeigt eine Frau mit Höschen, von der Hüfte aufwärts nackt, manchmal an einen Stuhl gefesselt, manchmal an ein Bett. In allen Fällen hat man ihnen eine Kapuze über den Kopf gezogen. Der Umschlag enthält noch etwas, und mir stockt der Atem. Eine CD.

Ich wende mich dem Brief zu. Was kommt jetzt?, denke ich besorgt.

Ich grüße Sie, Agent Barrett!
Ich weiß, mein Vorgehen muss Ihnen umständlich erscheinen – warum wohl wurde der Brief an die Adresse von Marilyn Gale geschickt? Aus einem einzigen Grund, Agent – um Ihnen erneut deutlich zu machen, was ich bereits gesagt habe: dass niemand von denen, die Sie lieben, sicher ist, wenn ich beschließen sollte, meine Hände auszustrecken und sie zu … berühren.

Was nun kommt, ist alles für Sie bestimmt, Agent Barrett. Bitte haben Sie ein wenig Geduld, während ich es Ihnen erkläre. Allem liegt ein philosophisches Fundament zu Grunde, eine Geschichte, die Sie begreifen müssen, wenn Sie den Inhalt dieses Briefes in seiner Gänze verstehen wollen.

Wissen Sie, welches das häufigste Suchwort im Internet ist? Sex. Und eines der anderen am häufigsten eingegebenen Suchworte lautet ›Vergewaltigung‹.

Millionen von Benutzern greifen auf das Internet mit all seiner Vielfalt zu, und zwei der am meisten gesuchten, am häufigsten verlangten Dinge sind Sex und Vergewaltigung.

Was bedeutet das? Man könnte angesichts der Demografie des Internets argumentieren, dass es Millionen Männer gibt, die in diesem Moment in ihren Häusern sitzen und an Vergewaltigung denken, mit schwitzigen Fingern und Zelten in der Hose. Das ist doch was, oder?

Folgen Sie mir nun auf einem anderen Weg, der damit in Zusammenhang steht. Eine neue Sorte von Seiten beginnt im Internet zu wuchern. Seiten, auf denen Männer ihren Hass gegen Frauen teilen. Nehmen wir beispielsweise die Seite, die passenderweise »racheandernutte.com« heißt. Auf dieser Webseite veröffentlichen sitzen gelassene Männer kompromittierende Bilder ihrer früheren Freundinnen oder Frauen. Nacktfotos. Sexuelle Fotos. All das zu einem einzigen Zweck: Erniedrigung und Schande. Jeder ist eingeladen, unter jedem der Fotos seinen Kommentar abzugeben. Ich habe einige Beispiele beigefügt, in der ersten Anlage. Werfen Sie einen Blick darauf.

Ich finde die von ihm bezeichnete Anlage. Zuoberst liegt das Bild einer lächelnden, braunhaarigen Frau. Sie ist zwanzig oder fünfundzwanzig. Nackt, die Beine für die Kamera gespreizt. Der Untertitel lautet: »Meine dämliche, untreue Freundin. Ein widerliches, verficktes Miststück.« Darunter eine Liste mit Kommentaren. Ich lese sie.

CALIFORNIADUDE: Was für eine stinkende Nutte! Sei froh, dass jemand anders diese hässliche Pussy bedient!

JAKE_28: Du hättest diesem Dreckstück ein paar Roofies[3] reinschieben und sie mir und meiner Crew geben sollen. Wir hätten sie in den Arsch gefickt. Fotze!

RIZZO: Roofies sind geil!

DANNYBOY: Ich würde sie totschlagen!

TNINCH: Hübsche Pussy. Schade, dass sie solch einer Schlampe gehört!

HUNGNHARD: Mach es wie ich! Schieb ihr den Schwanz in den Mund, und sag ihr, dass sie die Fresse halten soll!

Ich lege es beiseite. Ich habe genug gelesen. Der ungehemmte Hass lässt eine tiefe Übelkeit in mir aufsteigen.

»Mein Gott!« Leo stößt einen leisen Pfiff aus. »Das ist ja unglaublich! Besorgniserregend!«

Ich lese weiter in Jack Juniors Brief.

Eine Offenbarung, finden Sie nicht? Also, was haben wir bisher in unserem Kessel? Sex und Vergewaltigung; Frauenhass als Zeitvertreib. Wenn wir alles miteinander vermischen, was erhalten wir dann?

Ein Umfeld, das wie geschaffen ist für ein Treffen Gleichgesinnter. Von Menschen wie mir, Agent Barrett.

---

3 Rohypnol; »K.-o.-Pillen«, die von Vergewaltigern benutzt werden, um ihre Opfer gefügig zu machen (Anm. d. Übers.).

Zugegeben, die meisten dieser anderen sind infantil, unwürdig. Wenn man jedoch bereit ist zu suchen, so wie ich, zu stochern, zu bohren, zu locken … findet man irgendwann ein paar, die bereit sind, den Sprung auf die andere Seite zu wagen. Meist fehlt ihnen nichts weiter als ein wenig Aufmunterung. Ein Mentor, wenn Sie so wollen.

Ich spüre, wie sich mein Magen verkrampft. Ein Teil von mir meint zu wissen, wie es weitergeht.

Ich glaube, ich habe nun genügend Grundlagen erläutert, damit Sie begreifen. Kommen wir zu den Fotos, wenn Sie nichts dagegen haben. Sie haben sie wahrscheinlich bereits überflogen. Betrachten Sie sie eingehender, Agent.

Das tue ich. Es sind insgesamt fünf Frauen. Ich betrachte sie genauer. »Was meinst du?«, frage ich Alan. »Sehen das Bett und der Stuhl auf den Bildern gleich aus oder nicht?«

Alan nimmt die Bilder, mustert sie. »Ja.« Er blinzelt, dann legt er die Fotos nebeneinander auf meinen Schreibtisch. Er deutet auf den Teppich, der auf einem Bild zu sehen ist. »Sieh dir das an.«

Ich betrachte den Teppich. Bemerke einen Fleck.

»Und dann hier.« Er deutet auf ein weiteres Bild. Derselbe Teppich, derselbe Fleck.

»Scheiße!«, murmelt Leo. »Unterschiedliche Frauen, derselbe Kerl.«

»Aber es ist nicht Jack, oder?«, fragt James. »Der Kerl ist nicht Jack Junior. Vielleicht ist es sein gegenwärtiger Komplize.«

Schweigen. Ich wende mich wieder dem Brief zu.

Sie sind eine sehr gute Beobachterin, Agent Barrett. Ich bin sicher, dass Sie, nach eingehender Betrachtung der Bilder, festgestellt haben, dass diese jungen Frauen alle am gleichen Ort fotografiert wurden. Der Grund ist einfach: Alle fünf wurden vom gleichen Mann getötet!

Ich fluche laut. Irgendwie wusste ich es, doch jetzt hat er es bestätigt. Diese Frauen sind bereits tot.

Vielleicht haben Sie oder einer Ihrer Mitarbeiter bereits die richtigen Schlussfolgerungen gezogen. Dass nicht ich der Mann bin, der diese fünf Frauen getötet hat. Falls ja, dann möchte ich Ihnen an dieser Stelle meinen Applaus nicht verweigern.

Ich habe den begabten jungen Mann gefunden, der diese Bilder in den großen, dunklen Raum gestellt hat, in jene Wildnis, die sich World Wide Web nennt. Ich erkannte seinen Hunger und seinen Hass, und es hat nicht lange gedauert, bis er den Sprung gewagt hat. Bis er sein letztes, törichtes Festhalten am Licht aufgegeben und die Dunkelheit umarmt hat.

Natürlich könnte ich Sie aufs Glatteis führen wollen, nicht? Werfen Sie einen Blick auf die beiliegende CD, und wenn Sie damit fertig sind, rufen Sie Agent Jenkins im New Yorker Büro Ihres FBI an. Fragen Sie ihn nach Ronnie Barnes.

Oh, und falls die Hoffnung in Ihnen aufkeimt, Barnes könnte Sie auf die von Ihnen gesuchte Spur führen, so muss ich Sie leider enttäuschen.

Mr. Barnes weilt nicht mehr unter uns. Sehen Sie sich die CD an. Sie werden begreifen.

Um auf den Punkt zu kommen – es ist der gleiche wie zuvor. Jagen Sie mich. Jagen Sie mich gut, und vergessen Sie nicht: Ronnie Barnes war nur einer von vielen mit diesen speziellen Gelüsten. Und ich suche ständig nach Seelenverwandten.

From Hell
Jack Junior

»Mein Gott!«, flüstert Alan voller Abscheu.

»Interessant«, sinniert James. »Er ist wie ein lebender Computervirus. Das ist es, was er uns zeigen will. Dass er sich über andere vervielfältigen kann.«

»Ja«, stimmt Leo zu. »Und er steigert sich ständig. Lässt uns wissen, dass er nicht aufhören wird mit seiner Eskalation, bis wir ihn stoppen.«

Ich bin zu erschöpft und zu verstört, um darauf zu antworten, und reiche Leo die CD. »Leg sie ein.«

Wir treten hinter ihn, während er die CD in das Laufwerk schiebt. – Wieder ist es eine Video-Datei. Leo blickt zu mir auf.

»Weiter.«

Er doppelklickt auf die Datei. Video und Ton laufen ab. Wir sehen eine an einen Stuhl gefesselte Frau. Diesmal vollkommen nackt, und ihr Gesicht ist nicht verhüllt. Sie ist brünett. Eine hübsche junge Frau Anfang zwanzig. Und sie hat so viel Angst, dass sie den Verstand zu verlieren droht.

Ein Mann tritt zu ihr. Er grinst. Er ist ebenfalls nackt. Ich schlucke angewidert, als ich seine Erektion bemerke. Das Entsetzen seines Opfers macht ihn an. Ich vermute, dass der Mann Ronnie Barnes ist.

»Pickliger Strebertyp«, beobachtet Oldfield.

Er hat Recht. Ronnie Barnes ist ein pickelgesichtiger junger Bursche, kaum erwachsen, mit einer dürren Brust und einer dicken Brille. Die Art von Typ, der von oberflächlichen Frauen verhöhnt wird. Er masturbiert beim Gedanken an diese Frauen, selbst wenn er sie hasst wegen der Dinge, die sie über ihn sagen. Er verabscheut sie umso mehr, weil er sie begehrenswert findet, verachtet sich selbst dafür, dass er sie begehrenswert findet. Ich weiß das alles nicht deshalb, weil er hager und picklig ist, sondern weil er ein Messer in der Hand hält und weil ihn das geil macht.

Er sieht zu etwas hin, das sich außerhalb der Kameraoptik befindet und das wir nicht erkennen können. »Soll ich es jetzt tun?«, fragt er. Ich höre keine Antwort, doch er nickt, reibt sich die Hände. »Cool.«

»Mit wem redet er?«, fragt Alan.

»Zweimal darfst du raten«, antworte ich.

Barnes beugt sich vor, scheint sich zu sammeln. Was dann

kommt, ist so unglaublich entschlossen und brutal, dass wir schockiert zusammenzucken.

»Verfluchte Fotze!«, schreit er, hebt das Jagdmesser und rammt es mit der Spitze voran nach unten, mit aller Kraft, die er aufbringen kann. Die Klinge verschwindet vollkommen in ihr. Er zieht das Messer nicht hervor, er reißt es heraus, wild und wütend. Hebt es hoch über den Kopf und stößt erneut zu, wieder und wieder.

Er legt sein ganzes Gewicht in die Stöße, seine gesamte Kraft, und die Muskeln an seinem Hals quellen hervor durch die Anstrengung.

Und wieder.

Das dort ist nicht die methodische Arbeit von Jack Junior und seinem Komplizen. Das ist der vollkommen außer Kontrolle geratene Wahnsinn eines Irren.

Und wieder.

»Fotze!«, kreischt Barnes, schreit unartikuliert weiter.

»Ich halt das nicht aus!«, stöhnt Leo. Er springt auf, rennt zum Papierkorb, übergibt sich. Keiner von uns kann es ihm verdenken.

So schnell es angefangen hat, ist es vorbei. Die Frau liegt auf dem Rücken und regt sich nicht mehr. Sie ist kaum noch als Mensch zu erkennen. Barnes kniet, lehnt sich nach hinten, hat die Arme ausgestreckt, die Augen geschlossen, ist bedeckt mit Blut und Schweiß. Hyperventiliert vor Glückseligkeit. Seine Erektion ist verschwunden.

Er blickt wieder zu einer Stelle außerhalb der Kamera. Sein Gesichtsausdruck ist anbetend. »Darf ich es jetzt sagen?« Er wendet sich an die Kamera, blickt direkt hinein. Er lächelt ohne jede Spur von Menschlichkeit oder geistiger Klarheit. »Das war für dich, Smoky.«

»O Mann …«, stöhnt Leo.

Ich sage nichts. Ein Teil von mir hat sich abgeschaltet. Ich beobachte weiter.

Barnes blickt wieder zur Seite. »War das gut so? Wie du es dir vorgestellt hast?« Ich sehe, wie sich sein Gesichtsausdruck ändert. Zuerst Verwirrung, dann Angst. »Was machst du da?«

Als der Schuss ertönt, sein Gehirn zerfetzt, springe ich unwillkürlich auf und werfe meinen Stuhl hinter mir um.

»Scheiße!«, brüllt Alan, gleichermaßen erschrocken.

Ich beuge mich vor, packe die Schreibtischplatte, zittere am ganzen Leib. Ich weiß, was jetzt kommt. Kommen muss. Er wird diese Gelegenheit nicht versäumen. Und er enttäuscht mich nicht. Sein verhülltes Gesicht erscheint vor der Kamera, Fältchen um die Augen, weil er unter dem Stoff grinst. Er grüßt uns mit erhobenem Daumen.

Das Video endet.

Alle sind schockiert und still. Leo wischt sich über den Mund. Sergeant Oldfields Hand hat den Kolben seiner Dienstwaffe umklammert, ein unbewusster Reflex.

Mein Verstand fühlt sich an wie ein leerer, hohler Raum. Der Wind fegt hindurch, bläst Steppenroller vor sich her. Mich selbst wieder in den Griff zu bekommen ist fast eine wörtlich zu nehmende Anstrengung.

Meine Stimme ist voll heißer Wut, als ich spreche. Gepresst und rauchig. »Zurück an die Arbeit«, sage ich.

Alle sehen mich an, als hätte ich den Verstand verloren.

»Los, Leute!«, fauche ich. »Reißt euch zusammen! Das ist nichts weiter als ein weiteres verdammtes Ablenkungsmanöver. Er spielt mit uns. Reißt euch zusammen, und macht eure Arbeit! Ich werde diesen Agent Jenkins anrufen.« Meine Stimme klingt fest, doch ich zittere immer noch.

Es dauert eine Minute, bis meine Worte zu ihnen durchgedrungen sind. Dann setzen sie sich in Bewegung. Ich nehme den Hörer von der Gabel, rufe in der Vermittlung an, lasse mich mit dem FBI-Hauptquartier in New York verbinden. Es geschieht wie automatisch. In meinem Kopf dreht sich alles. Als ich verbunden bin, verlange ich Agent Jenkins. Überraschung, Überraschung – er arbeitet ebenfalls für das CASMIRC.

Ich werde durchgestellt. »Hier Special Agent Bob Jenkins«, meldet er sich.

»Hi Bob. Mein Name ist Smoky Barrett, CASMIRC Los Angeles.« Der normale Tonfall meiner Stimme überrascht mich. Hi, wie geht's denn so – ich hab gerade zugesehen, wie eine Frau ausgeweidet wurde; was gibt's Neues bei euch?

»Hi, Agent Barrett. Ich weiß, wer Sie sind.« Seine Stimme klingt neugierig. Ich wäre ebenfalls neugierig, wenn unsere Rollen vertauscht wären. »Was kann ich für Sie tun?«

Ich setze mich. Atme durch. Mein Herzschlag scheint sich langsam zu normalisieren. »Was können Sie mir über Ronnie Barnes erzählen?«

»Barnes?« Jenkins klingt überrascht. »Wow, das ist eine alte Geschichte. Liegt sechs Monate oder so zurück. Barnes hat fünf Frauen umgebracht und verstümmelt. Und ich meine *verstümmelt*. Um ganz ehrlich zu sein, es war ein einfacher Fall für uns. Jemand in seinem Haus hat einen Gestank bemerkt und die Polizei alarmiert. Die Beamten sind in seine Wohnung eingedrungen, fanden eine der toten Frauen und Barnes. Er hat sich selbst in den Kopf geschossen. Der Fall war abgeschlossen, bevor er richtig angefangen hatte.«

»Ich habe Neuigkeiten für Sie, Bob. Barnes hat sich nicht selbst erschossen.«

Eine lange Pause. »Reden Sie weiter«, verlangt er schließlich.

Ich liefere ihm eine kurze Zusammenfassung von Jack Junior und dem letzten Brief, den er uns geschickt hat. Das Video. Als ich fertig bin, schweigt Jenkins eine ganze Weile.

»Ich schätze, ich bin genauso lange im Geschäft wie Sie, Smoky«, sagt er schließlich. »Ist Ihnen je etwas in dieser Art untergekommen?«

»Nein.«

»Mir auch nicht.« Er seufzt. Es ist ein Seufzer, den ich zu erkennen glaube. Ein Eingeständnis, dass die Monster sich weiterentwickeln, mutieren und von Mal zu Mal schlimmer zu werden scheinen. »Kann ich irgendwas für Sie tun?«, fragt er.

»Könnten Sie mir eine Kopie der Akte über Barnes schicken? Ich bezweifle, dass wir etwas finden. Der Kerl ist extrem vorsichtig. Trotzdem ...«

»Sicher. Sonst noch etwas?«

»Ja. Aus reiner Neugier. Wann starb Barnes?«

»Warten Sie.« Ich höre, wie er in seine Tastatur tippt. »Hier haben wir es ... Die Leiche wurde am 21. November gefunden ... Basierend auf dem Grad der Verwesung und anderen Faktoren schätzt der Gerichtsmediziner, dass Barnes am 19. gestorben ist.«

Es ist, als hätte jemand mir die Luft aus den Lungen gesaugt. Meine Hand mit dem Hörer ist gefühllos.

»Agent Barrett? Sind Sie noch dran?«

»Ja. Danke für Ihre Hilfe, Bob. Ich warte auf diese Akte.« Meine Stimme klingt weit entfernt in meinen Ohren, mechanisch. Er scheint es nicht zu bemerken.

»Ich schicke sie Ihnen gleich morgen per Kurier.«

Ich lege auf und starre auf das Telefon.

Am 19. November. Ich kann es nicht fassen.

Am gleichen Abend, in der gleichen Nacht, in der Ronnie Barnes diese junge Frau umgebracht hat, war Joseph Sands in meinem Haus und hat mein Leben zerstört. In der gleichen Nacht. Nicht einfach zum gleichen Datum in einem anderen Jahr oder Jahrzehnt, sondern an genau dem gleichen Tag.

War das ein Zufall? Oder steckt eine tiefere Bedeutung dahinter, etwas, das ich noch nicht sehen kann?

KAPITEL 34 Der Rest des Tages ist vergangen wie in einem Traum. Callie ist zurückgekommen, Marilyn geht es gut. Sergeant Oldfield ist gegangen, nicht ohne mir vorher zu versichern, dass er unter keinen Umständen zulassen wird, dass Jack Junior mit Marilyn das Gleiche tut wie Barnes mit dem Mädchen auf dem Video. Alles ist vorbereitet für die Ankunft von Jack Juniors Sendung am nächsten Tag. Wir haben unsere Arbeit fortgesetzt.

Trotzdem habe ich mich wacklig gefühlt. Ununterbrochen musste ich an die Gleichzeitigkeit der Ereignisse denken. Ich fühlte mich wie in einer Zeitfalte. Zu wissen, dass Barnes in die Kamera gegrinst hat, während Matt gestorben ist und ich geschrien habe. Dass Barnes sein Messer in den Leib seines Opfers gerammt hat, während Joseph Sands mit dem Messer an meinem Gesicht zugange war.

Offensichtlich war Jack Junior schon damals eifrig am Werk. Und er kannte mich bereits.

Das ist es wohl, was mich am meisten erschüttert. Wie lange hat er mich schon im Visier? Wird er ein weiterer Joseph Sands?

Ich habe Angst. Ich gestehe mir ein, dass ich Angst habe. Todesangst.

»Fahr zur Hölle!«, brülle ich und hämmere mit der Faust auf das Lenkrad ein, so heftig, dass meine Hand taub wird. Ich zittere am ganzen Leib.

»So ist es besser, Smoky«, grolle ich vor mich hin, während ich zittere. »Bleib so.«

Also füttere ich die Wut in mir, während ich zu Alan und Elaina fahre, mache mich wütender und wütender auf ihn, der mich so in Angst versetzt.

Meine Wut reicht nicht aus, um die Angst völlig zu vertreiben. Aber sie hilft mir über den Augenblick hinweg.

KAPITEL 35 Ich habe die gestrige Essenseinladung von Alan und Elaina für heute angenommen. Ich brauche ein wenig Normalität, und Elaina enttäuscht mich nicht. Sie sieht besser aus, ähnelt wieder ihrem alten Selbst. Sie bringt mich mehr als einmal zum Lachen, und, was wichtiger ist, sie bringt Bonnie zum Lächeln. Ich kann sehen, dass Bonnie sie liebt. Ich weiß genau, wie sie sich fühlt.

Elaina hilft Bonnie beim Packen und Anziehen, damit sie mit mir nach Hause fahren kann, während Alan und ich im Wohnzimmer sitzen und warten. Zwischen uns herrscht ein geselliges Schweigen.

»Es scheint ihr besser zu gehen«, bemerke ich.

Er nickt. »Stimmt. Bonnie war ihr eine große Hilfe.«

»Das freut mich.«

Bonnie kommt ins Wohnzimmer gesprungen, und der Augenblick ist vorbei. Elaina folgt ihr auf dem Fuß. »Bist du fertig, Schatz?«, frage ich Bonnie.

Sie lächelt und nickt. Ich stehe auf, umarme Alan, umarme Elaina, gebe ihr einen Kuss auf die Wange.

»Alan hat dir gesagt, dass wir morgen ziemlich früh anfangen?«

»Hat er«, antwortet sie.

»Wäre es in Ordnung, wenn ich Bonnie um sieben Uhr vorbeibringe?«

Sie lächelt, streckt die Hand aus und zaust Bonnie durch das Haar. Bonnie blickt voller Verehrung zu ihr auf. »Natürlich ist das in Ordnung«, sagt Elaina und kniet sich vor Bonnie hin. »Los, drück mich ganz fest, Zuckerschnäuzchen.«

Die beiden drücken sich und lächeln, und dann gehen wir durch die Tür nach draußen.

Geh schon nach oben ins Bett, Schatz«, sage ich zu Bonnie. »Ich komme gleich nach.«

Sie nickt wie üblich und tappt die Treppe hinauf. Mein Telefon klingelt.

»Ich bin es, Leo.«

»Was gibt's?«

»Wir haben die richterliche Verfügung zur Beschlagnahmung von Annie Kings Abonnentenliste«, berichtet er. »Ich hatte bisher noch keine Gelegenheit, es dir zu sagen. Ich habe mich mit dem Provider in Verbindung gesetzt. Er war kooperativ.«

»Also hast du die Liste?«

»Ich habe sie die letzten vier Stunden durchgesehen und habe etwas gefunden.«

»Schieß los«, sage ich hoffnungsvoll.

»Deine Freundin hat eine ziemlich lange Liste von Abonnenten gehabt. Fast tausend Leute. Ich dachte, es wäre einen Versuch wert, die Suchparameter so einzustellen, dass sie alle Namen ausspucken, die irgendwie mit dem Jack-the-Ripper-Szenario in Zusammenhang stehen. Du weißt schon, London, Hölle und dergleichen.«

»Und?«

»Ich hab den Namen sofort gefunden. Frederick Abberline. Das war der Inspector, der damals Jack the Ripper gejagt hat.«

»Warum hast du mich nicht sofort angerufen?«

»Weil ich noch nicht fertig bin. Denk drüber nach – es ist viel zu offensichtlich. Sie würden bestimmt nicht so ohne weiteres ihre richtige Adresse preisgeben. Ich habe sie außerdem bereits überprüft; es ist ein Postfach.«

»Verdammt!«, schimpfe ich.

»Trotzdem, es ist eine Spur«, beharrt er. »Ich verfolge noch eine weitere Sache. Wenn jemand eine Webseite abonniert und dabei eine Kreditkarte benutzt, dann wird seine IP-Nummer festgehalten.«

»Was … was ist das?«

»Alles, was im Internet existiert, ob es nun ein Dot-Com oder deine Wählverbindung ist, erhält eine IP-Nummer zugewiesen. IP steht für Internet-Protokoll. Du bist nicht anonym, wenn du im Web surfst – du kannst jederzeit durch deine bei der Einwahl zugewiesene IP-Nummer identifiziert werden.«

»Wenn ich also im Internet irgendetwas mit meiner Kreditkarte bezahle, wird meine IP-Nummer festgehalten.«

»Genau.«

»Und wohin soll uns das führen?«

»Das ist der problematische Teil. Es gibt zwei Möglichkeiten, wie IP-Nummern mit einer Internet-Verbindung in Zusammenhang stehen können. Eine davon ist gut für uns, die andere weniger. IP-Nummern gehören zu der Gesellschaft, die dir Zugang zum Internet verschafft, also zu deinem Provider. In den meisten Fällen erhältst du bei jeder neuen Einwahl eine neue Nummer aus einem Kontingent. Du hast dann also nie die gleiche.«

»Das ist der nicht so gute Teil für uns, stimmt's?«, frage ich.

»Stimmt. Die andere Möglichkeit ist eine konstante IP. Sie wird vom Provider zugewiesen und bleibt stets die gleiche. Falls er so eine hat, wäre das gut für uns. Weil diese Nummer zu einer konkreten Person zurückverfolgt werden kann.«

»Hmmm …«, sinniere ich. »Dazu ist er vermutlich zu schlau.«

»Wahrscheinlich«, räumt Leo ein. »Vielleicht aber auch nicht. Trotzdem hilft es uns weiter. Der Internet Service Provider, den er benutzt hat, zeichnet auf, zu welcher Zeit welche IP-Nummern erteilt wurden, und daraus können wir zumindest eine ungefähre Gegend ableiten, vielleicht sogar eine exakte Adresse.«

»Das ist gut, Leo. Gute Arbeit! Häng dich rein.«

»Mach ich.«

Ich glaube ihm. Ich kann die Aufregung in seiner Stimme hören, und ich bezweifle, dass er heute Nacht Schlaf bekommt. Er riecht Blut, das Stimulans des Jägers, und es ist unwiderstehlich.

Ich gehe nach oben, zu Bonnie ins Bett, schlafen.

Ich habe einen Traum. Es ist ein eigenartiger Traum, der nicht mit den anderen in Verbindung steht. Es ist eine Erinnerung.

»Eine Seele wie ein Diamant …«

Das hat Matt einmal zu mir gesagt, im Zorn. Ich war mit einem Fall beschäftigt, der mich drei oder vier Monate lang rund um die Uhr in Anspruch nahm. Während dieser Zeit sah ich Matt und Alexa kaum. Er machte drei Monate lang mit, unterstützte mich, sagte nichts. Als ich eines Abends nach Hause kam, saß er im Dunkeln und wartete auf mich.

»Das kann nicht so weitergehen«, sagte er.

Ich hörte den giftigen Unterton in seiner Stimme und war sprachlos. Ich hatte geglaubt, alles sei in Ordnung. Doch so war es immer bei Matt. Er ertrug mit stoischer Ruhe, was ihn störte, bis er überkochte und explodierte. Und jedes Mal traf es mich aus heiterem Himmel. Von Windstille zum ausgewachsenen Orkan innerhalb eines Sekundenbruchteils.

»Wovon redest du?«

Seine Stimme klang angespannt, gepresst, bebte vor unterdrücktem Ärger. »Wovon ich rede? Herrgott, Smoky! Ich rede davon, dass du nie zu Hause bist! Ein Monat, okay. Zwei Monate, nicht gut, aber okay. Drei Monate – auf gar keinen Fall, verdammt! Ich habe genug davon! Du bist nie zu Hause. Und wenn du da bist, sprichst du weder mit mir noch mit Alexa. Außerdem bist du ständig ärgerlich und gereizt – davon rede ich!«

Ich bin noch nie besonders gut mit direkten Angriffen klargekommen. In trägen Augenblicken schreibe ich dies meiner irischen Seite zu, aber meine Mutter war unendlich geduldig. Nein, dies ist ganz allein meine Eigenart. Wenn ich in eine Ecke gedrängt werde, verliere ich jeden moralischen Maßstab. Ich will nur raus aus dieser Ecke, und ich kämpfe so dreckig und gemein, wie es nötig ist, um das zu schaffen. Matt hatte seinen Fehler. Er unterdrückte seinen Ärger immer viel zu lange. Das passte nicht sonderlich gut zu meinem Fehler – anzugreifen ohne zu zögern, ohne jeden Gedanken an die Konsequenzen, wenn ich mit dem Rücken zur Wand stehe. Dieses Problem bekamen wir nie richtig in den Griff. Es war eine der Unzulänglichkeiten unserer Beziehung. Ich denke auch daran mit Sehnsucht zurück.

Matt jedenfalls hatte mich in eine Ecke gedrängt, aus der es keinen Ausweg gab, und ich reagierte wie stets, wenn ich nicht weiterweiß: Ich verpasste ihm einen Tiefschlag von der gemeinsten Sorte.

»Ich soll also den Eltern der kleinen Mädchen sagen, dass ich keine Zeit habe, den Kerl zu schnappen, der es getan hat, wie? Gut, Matt, ich arbeite in Zukunft pünktlich von neun bis fünf. Aber wenn das nächste Mädchen ermordet wird, dann siehst du dir die Bilder an, und du gehst zu ihren Eltern und sprichst mit ihnen, und gleichzeitig wirst du versuchen, es unserer Familie recht zu machen!«

Diese Worte waren kalt, grausam und schrecklich unfair. Doch so ist das mit meiner Arbeit, dachte ich voller Wut, und in diesem Augenblick hasste ich Matt, weil er es nicht verstand. Wenn ich mit meiner Familie zu Hause sitze, gebe ich dem Mörder mehr Bewegungsspielraum. Wenn ich mich hingegen der Jagd nach dem Täter widme, ist meine Familie wütend und einsam. Es ist ein ständiger Balanceakt, der unendlich viel Kraft kostet.

Matt lief rot an. »Scheiße, Smoky«, fauchte er und schüttelte den Kopf. »Deine Seele ist wie ein Diamant.«

»Was zur Hölle soll das nun schon wieder heißen?«, fragte ich wütend.

Er starrte mich missmutig an. »Es soll heißen, dass du eine wundervolle Seele hast, Smoky. Wunderschön wie ein Diamant. Und manchmal genauso hart und kalt wie einer.«

Diese Worte schmerzten mich so sehr, dass meine eigene Wut sofort verrauchte. Es sah Matt nicht ähnlich, so grausame Worte zu sagen. Das war stets meine Spezialität gewesen, und ich empfand es als niederschmetternd und vernichtend, so etwas von ihm zu hören. Und ich spürte etwas, tief in mir: Angst, dass er vielleicht, ganz vielleicht Recht haben könnte. Ich erinnere mich, wie ich ihn schockiert mit offenem Mund anstarrte. Er erwiderte meinen Blick, sah mir direkt in die Augen, und über sein Gesicht lief eine winzige Andeutung von Verlegenheit.

»Ach, verdammt!«, schnappte er, wandte sich ab und stampfte nach oben. Ich blieb allein und mit wundem Herzen in der Dunkelheit unseres Wohnzimmers zurück.

Wir vertrugen uns natürlich wieder und überwanden unsere Krise. Darum geht es bei der Liebe, das begriff ich irgendwann in meinem tiefsten Innern. Liebe ist nicht Romantik oder Leidenschaft. Liebe ist ein Zustand der Gnade. Man erfährt sie, wenn man die absolute Wahrheit über den anderen akzeptiert, sowohl seine schlechten als auch seine guten Seiten. Und wenn der andere dies ebenso einem selbst gegenüber tut und man feststellt, dass man immer noch sein Leben mit ihm teilen möchte. Wenn man vom anderen die schlimmsten Dinge weiß und ihn trotzdem mit Leib und Seele will. Und weiß, dass es dem anderen genauso geht.

Das vermittelt einem ein Gefühl von Sicherheit und Stärke. Und wenn man dieses Stadium erreicht hat, sind Romantik und Leidenschaft nicht mehr glühend und heftig, sondern unverwüstlich und ewig. – Bis einer stirbt, heißt das.

Ich erwache nicht schreiend aus meinem Traum. Ich wache einfach nur auf. Tränen laufen mir über die Wangen. Ich lasse sie trocknen und lausche meinem Atem, bis mich der Schlaf erneut übermannt.

KAPITEL 36 Die anderen sehen so aus, wie ich mich fühle. Leo noch schlimmer.

»Du bist heute Nacht hier geblieben, hab ich Recht?«, frage ich ihn.

Er antwortet mit einem Blick aus müden Augen und murmelt etwas Unverständliches vor sich hin.

»Deine eigene Schuld. Also, hört zu«, wende ich mich an alle. »Callie und Alan, ihr beide kommt mit mir runter zum Parkplatz. Leo und James, ich möchte, dass ihr mit eurer Arbeit weitermacht.«

Sie nicken.

»Dann los.«

Der Bombentechniker hält seine Marke hoch. »Reggie Gantz«, stellt er sich vor. Er sieht aus wie Ende zwanzig. Er wirkt gelangweilt und hat einen steten Blick.

»Special Agent Smoky Barrett«, sage ich. »Zeigen Sie mir, was Sie haben, Reggie.«

Er führt mich zum Heck seines Einsatzwagens und öffnet die Tür. Nimmt ein Notebook hervor und etwas, das aussieht wie eine große Filmkamera. »Als Erstes das hier. Ein tragbarer digitaler Röntgenapparat. Zeigt den Inhalt eines Pakets auf dem Computerbildschirm. Da Sie gesagt haben, die Sendung werde von einer dritten Person angeliefert, müssen wir nicht fürchten, dass sie durch Bewegung aktiviert wird. Er wird nicht wollen, dass sie bereits auf dem Weg hierher hochgeht.«

»Klingt plausibel.«

»Zuerst werde ich die Sendung durchleuchten«, sagt er. »Danach benutze ich den Sniffer. Ich betupfe die Sendung mit Watte, die in den Sniffer kommt und spektroskopisch analysiert wird. Damit entdecken wir selbst kleinste Sprengstoffspuren. Wenn wir damit fertig sind, können wir mit ziemlicher Sicherheit sagen, ob es sich um eine Bombe handelt oder nicht.«

Ich nicke zustimmend. »Wir wissen nicht, wann es kommt, also sollten Sie sich auf eine Wartezeit einstellen.«

Er tippt zum Gruß mit dem Finger an die Stirn und kehrt ohne ein weiteres Wort nach vorn in seinen Wagen zurück. Mr. Lakonisch.

Ich gehe die Sache noch einmal in Gedanken durch: Der Fahrer trifft ein, um die Sendung zu liefern, und wir kassieren ihn ein und nehmen seine Fingerabdrücke. Reggie untersucht die Sendung, und sobald er sagt, dass alles in Ordnung ist, schaffen Alan, Callie und ich die Sendung rüber ins kriminologische Labor. Dort wird alles auf Fingerabdrücke und dergleichen untersucht und mit einem speziellen Staubsauger jede Faser und jedes Materialteilchen als Beweis gesichert. Anschließend wird alles fotografiert, und erst dann wird der Inhalt an uns weitergegeben.

Dieses routinemäßige Vorgehen hat zugleich Vorteile und Nachteile. Etwas, wofür ein Täter nur Minuten oder Stunden benötigt, kann bei uns Tage dauern. Wir sind stets langsamer. Doch dafür finden wir sämtliche Spuren, die er hinterlassen hat, bis hinunter zu mikroskopisch kleinen Partikeln. Unsere Fähigkeit, selbst die winzigsten Beweise zu bewerten, ist beängstigend. Ein Verbrecher müsste schon einen Raumanzug tragen, um sicher zu sein, dass er keine Spuren hinterlässt. Und selbst dann würden wir wahrscheinlich zumindest herausfinden, dass er einen Raumanzug getragen hat.

Auch die Abwesenheit von Beweisen verrät uns etwas. Sie verrät uns, dass der Verbrecher zumindest oberflächliche Kenntnisse über die Polizeiarbeit und die forensischen Methoden besitzt, und vermittelt uns Einsichten über das Vorgehen und die Psyche des Mörders. Ist er oder sie intelligent, umsichtig, geduldig – oder rasend, voll unkontrollierter Leidenschaft und wahnsinnig? Das Vorliegen oder das Fehlen von Beweisen erzählt uns dies.

»Sieh mal«, sagt Alan und deutet zur Straße. »Ich glaube, dort kommt er.«

Ich sehe einen Zustellwagen, der sich unserem Gebäude nähert, an den Straßenrand fährt und dort hält. Der Fahrer ist ein jüngerer Mann mit blonden Haaren und einem rötlichen Bartflaum. Er hat uns bemerkt und sieht uns nervös an.

Ich kann es ihm nicht verdenken. Er ist wahrscheinlich nicht daran gewöhnt, von einem Trupp ernst dreinblickender, ein wenig furchteinflößender Leute erwartet zu werden. Ich trete zur Fahrerkabine und bedeute ihm, das Fenster herunterzukurbeln.

»FBI«, sage ich und halte ihm meinen Dienstausweis hin. »Sie haben eine Lieferung an diese Adresse?«

»Äh, ja. Sie ist hinten drin. Was hat das zu bedeuten?«

»Es handelt sich um ein Beweismittel, Mister …?«

»Hä? Ah. Jedediah. Jedediah Patterson.«

»Bitte steigen Sie aus dem Wagen, Mr. Patterson. Diese Sendung stammt von einem Verbrecher, den wir verfolgen.«

Sein Unterkiefer sinkt herab. »Tatsächlich?«

»Ja. Wir müssen Ihnen Ihre Fingerabdrücke abnehmen, Sir. Würden Sie bitte aus dem Wagen steigen?«

»Meine Fingerabdrücke? Warum denn das?«

Ich zwinge mich zur Geduld. »Wir werden die Sendung auf Fingerabdrücke untersuchen. Wir müssen wissen, welche von Ihnen sind, um sie von denen des Verbrechers unterscheiden zu können.«

Endlich dämmert es ihm. »Oh. Ja, ich verstehe.«

»Würden Sie jetzt bitte aussteigen?« Meine Geduld schwindet. Vielleicht spürt er es, denn nun öffnet er die Tür und steigt aus.

»Ich danke Ihnen, Mr. Patterson. Bitte gehen Sie zu Agent Washington, er wird die Abdrücke machen.«

Ich deute auf Alan, während ich dies sage, und ich bemerke, wie Patterson erschrickt. »Keine Sorge«, sage ich amüsiert. »Er ist groß und kräftig, aber er ist nur für die bösen Jungs gefährlich.«

Patterson leckt sich über die Lippen, starrt den Berg von einem Mann an. »Wenn Sie es sagen.« Er folgt Alan ins Gebäude.

Jetzt kann ich mich auf die Sendung konzentrieren. Reggie

Gantz steht bereits vor dem Lieferwagen und hat seine Ausrüstung unter dem Arm. Er sieht immer noch gelangweilt drein.

»Fertig?«, fragt er.

»Fangen Sie an«, sage ich.

Er geht zur Rückseite des Wagens, öffnet die Türen. Wir haben Glück – bis auf drei Sendungen sind bereits alle ausgeliefert. Er findet das an mich adressierte Paket sofort.

Ich sehe zu, wie er sein Notebook hochfährt und das mobile Röntgengerät aktiviert. Augenblicke später sehen wir den Inhalt des Pakets auf dem Bildschirm des Notebooks.

»Sieht aus wie eine Flasche mit irgendwas drin. Außerdem vielleicht ein Brief – und noch etwas, flach und rund. Könnte eine CD sein. Das ist alles. Ich muss den Schnüffler aktivieren, um sicher zu sein, dass die Flüssigkeit in der Flasche kein Sprengstoff ist.«

»Ist das wahrscheinlich?«

»Nein. Fast alle flüssigen Sprengstoffe sind instabil. Das Paket wäre wahrscheinlich bereits auf dem Weg hierher in die Luft geflogen.« Er zuckt die Schultern. »Aber wir verlassen uns nicht auf Mutmaßungen.«

Ich bin froh über Reggies Anwesenheit, doch ich denke auch, dass er verrückt sein muss, so eine Arbeit zu machen. »Fangen Sie an«, sage ich zu ihm.

Er zieht einen Wattebausch hervor und wischt damit über das Paket. Ich sehe ihm zu, wie er den Bausch in den Schnüffler schiebt. Das Spektrometer fängt an zu arbeiten. Innerhalb weniger Minuten liegt das Ergebnis vor. Er sieht mich an. »Sieht sauber aus. Ich würde sagen, es ist ungefährlich, das Paket zu öffnen.«

»Danke, Reggie.«

»Kein Problem.« Er gähnt. Ich schüttele den Kopf, während ich zusehe, wie er mit seiner Ausrüstung zu seinem Wagen zurückwandert. Leute gibt es.

Jetzt bin ich mit meinem Paket allein. Ich sehe es an. Es ist nicht besonders groß. Gerade groß genug für seinen Inhalt. Ein Glas oder eine Flasche, ein Brief, eine CD. Wahrscheinlich eine CD. Ich will hineinsehen. Brenne vor Neugier.

Ich kehre zur Vorderseite des Lieferwagens zurück. Alan ist fertig mit Mr. Jedediah Patterson, dessen Fingerspitzen jetzt schwarz sind. Ich winke Alan zu mir.

»Das Paket ist sauber«, sage ich. »Lasst es uns ins Labor schaffen.«

»Nichts wie los«, nickt Callie.

Gene Sykes leitet das kriminologische Labor, und als er uns durch die Tür kommen sieht, breitet sich auf seinem Gesicht ein Ausdruck der Resignation aus.

»Hallo Smoky. Wie lange hab ich?«

Ich grinse ihn an. »Kommen Sie, Gene. So groß ist es doch gar nicht.«

»Aha. Also reden wir von gestern, wie?«

»So ist es.«

Er seufzt. »Informieren Sie mich.«

»Es wurde durch einen Zustelldienst geliefert, stammt definitiv von unserem Täter. Wir hatten einen Bombentechniker da, der es überprüft hat. Der äußere Teil wurde also abgewischt. Wir haben außerdem die Fingerabdrücke des Zustellers, um sie unterscheiden zu können.«

»Wissen Sie, was drin ist?«

»Der Bombentechniker hat es durchleuchtet. Sieht aus wie ein Glas oder eine Flasche; dazu ein Brief und vielleicht eine CD.«

»Woher wissen Sie, dass es von Ihrem Täter ist?«

»Weil er uns wissen ließ, dass er uns heute ein Paket zustellen würde.«

»Das war sehr entgegenkommend von ihm.« Sykes denkt ein paar Sekunden lang über die Informationen nach. »Sie haben bereits eine Tatortanalyse durchgeführt?«

»Ja.«

»Irgendwas gefunden?«

Ich erzähle ihm von den Fingerabdrücken, die wir unter Annies Bett gefunden haben.

Gene kratzt sich am Kopf, während er nachdenkt. Sich mehr und mehr in das Problem versenkt.

»Sie müssen dieses Paket wirklich gründlich absuchen, Gene«, sage ich. »Und das so schnell wie möglich.«

»Sicher. Sie sagen, er sei vorsichtig, deswegen bezweifle ich, dass wir sichtbare oder gar plastische Abdrücke finden. Aber manchmal erleben wir Überraschungen.«

Es gibt drei Sorten von Fingerabdrücken, die Täter hinterlassen: plastische, sichtbare und latente. Plastische und sichtbare sind uns am liebsten. Plastische Abdrücke entstehen, wenn der Täter eine weiche Oberfläche berührt, beispielsweise Wachs oder Knetmasse oder Seife. Sichtbare Abdrücke entstehen, wenn er die Hände benetzt – etwa mit Blut – und dann eine Oberfläche berührt. Man kann sie mit dem bloßen Auge sehen. Die häufigsten sind jedoch latente – oder unsichtbare – Abdrücke. Nach ihnen muss man richtig suchen, und die Technologie, sie zu finden und zu sichern, ist manchmal eine richtige Kunst. Gene ist ein Künstler. Wenn es in diesem Paket Abdrücke gibt, dann findet er sie.

»Es versteht sich von selbst, Gene – wenn im Paket eine CD ist, brauche ich sie, bevor Sie irgendetwas tun, das sie beschädigen könnte.« Das Sichern latenter Abdrücke kann den Einsatz von Chemikalien und Wärme erforderlich machen. Beides kann eine CD beschädigen und unlesbar machen.

Er wirft mir einen Blick beleidigter Herablassung zu. »Also ich bitte Sie, Smoky.«

Ich muss grinsen. »Sorry.« Ich reiche ihm zwei Beweismittelbeutel aus Plastik mit den letzten Sendungen und den Briefen von Jack Junior. »Hier, untersuchen Sie die anschließend bitte auch. Sie stammen vom gleichen Täter.«

Er verzieht das Gesicht. »Noch was?«

»Wir stehen unter einem großen Zeitdruck, Gene. Er hat uns wissen lassen, dass er erneut zuschlagen wird.«

Sein Gesicht wird ernst. »Okay. Bin schon dran.«

Als ich ins Büro komme, telefoniert Alan. Er spricht schnell. Irgendetwas hat sein Interesse geweckt. In der Hand hält er Annies Akte. »Ich brauche eine Bestätigung, Jenny. Ich möchte hundertprozentig sicher sein ... Genau.«

Er tappt ungeduldig mit dem Fuß auf den Boden, während er wartet. »Tatsächlich? ... Okay, danke.« Er legt auf, springt vom Stuhl hoch und kommt zu mir. »Erinnerst du dich, dass ich dir gesagt habe, irgendetwas würde mich stören?«

»Ja.«

»Es war bei den Dingen, die wir aus ihrer Wohnung mitgenommen haben.« Er blättert in der Akte, findet die Seite und deutet darauf. »Eine Quittung von einem Kammerjäger, der ihre Wohnung inspiziert hat, und zwar fünf Tage vor ihrem Tod.«

»Und?«

»Und? Die meisten Apartmenthäuser wie das, in dem sie wohnt, werden von oben bis unten inspiziert. Nicht einzelne Wohnungen.«

»Das ist nicht gerade zwingend, Alan. Aber sprich weiter.«

»Sicher, ich hätte es vielleicht genauso abgetan. Doch ich habe diese Quittung gesehen, als wir dort waren, und irgendwas daran hat seitdem in mir genagt.«

»Komm zur Sache, Alan.«

»Sorry. Es war eine Notiz auf dieser Quittung.« Er nimmt einen Notizblock von seinem Schreibtisch und liest davon ab. »*Did Shoe Write-up*, also: Aktualisierung beschlagen.« Ich meine – was zur Hölle soll das? Und der Kerl hat die Quittung mit ›*Armouried Murrey*‹ unterschrieben.«

»Eigenartiger Name.«

»Es sind Anagramme, habe ich Recht?«, fragt James.

Alan wendet sich überrascht zu ihm um. »Das ist richtig. Wie bist du…na ja, ist ja auch egal.« Er sieht mich wieder an, zeigt mir den Block. »Sieh her: *Did Shoe Write-up*. Wenn du die Buchstaben neu anordnest, kommt dabei etwas ganz anderes heraus: *Die, Stupid Whore* – Stirb, blöde Hure.«

Mein Magen macht einen Satz.

»Und nun *Armouried Murrey*: Stell die Buchstaben um, und du erhältst – er zeigt mir den Notizblock erneut – *I am your murderer*, Ich bin dein Mörder.

»Die finale Beschimpfung«, murmelte James. »Er sagt ihr mitten ins Gesicht, dass sie sterben und er es tun wird. Und sie hat nicht die geringste Ahnung.«

Ich sehe Alan an. »Beeindruckende Arbeit.«

Er zuckt die Schultern. »Ich hatte schon immer eine Vorliebe für Anagramme und für Details.«

»Ja, sicher, du bist der Größte«, sagt James. »Die Frage ist nur: Was bedeutet das, und wie können wir es benutzen?«

»Warum erzählst du es mir nicht, Arschloch?«, zischt Alan.

Die Beleidigung prallt an James ab. Er nickt, während er nachdenkt. »Ich glaube nicht, dass er vorbeigekommen ist, um sie zu verhöhnen. Ich glaube, dass er da war, um die Wohnung auszuspionieren. Um sich ein genaues Bild machen zu können.«

»Oder um Informationen zu überprüfen, die er bereits hatte«, entgegne ich. »Möglicherweise war er schon einmal dort und wollte sich vergewissern, dass sich nichts verändert hat.«

»Das ergibt Sinn, bei Typen wie diesen«, stimmt Alan zu. »Sie sind schlau und vorsichtig, planen alles.«

»Vielleicht ist das ihr *Modus Operandi*!«, rufe ich und spüre Aufregung in mir hochsteigen. »Wenn wir eine Spur zu ihrem nächsten Opfer finden könnten – irgendwas! –, dann könnten wir vielleicht denjenigen zu fassen kriegen, der den Ort vorher auskundschaftet!«

Ich wende mich an Leo. »Wie weit bist du inzwischen?«

Leo verzieht das Gesicht. »Sieht nicht gut aus. Die IP-Nummer war nicht statisch. Wir konnten zurückverfolgen, wem sie erteilt wurde, doch das hat in eine Sackgasse geführt.«

»Wie das?«

»Er hat's von einem Internetcafé aus gemacht, also von einem Café aus, in dem man Computer mit Internetanschluss nutzen kann. Das heißt, vollkommen anonym.«

»Verdammt. Sonst noch was? Irgendwas?«

»Nichts.«

»Na dann. Setzt eure Denkkappen auf. Strengt euch an!«

Das Telefon läutet. Alan geht ran, spricht, legt auf. »Sie sind so weit unten im Labor«, sagt er zu mir.

Ich fahre mit dem Aufzug vier Etagen nach unten, und als ich im Labor ankomme, sehe ich Gene, der auf eine verwirrt wirkende Callie einredet.

»Vorsicht«, sage ich zu ihr. »Er quatscht dich in Grund und Boden.«

Gene wendet sich zu mir. »Ich habe Agent Thorne von den jüngsten Fortschritten bei der Identifikation mitochondrischer DNS berichtet.«

»Ziemlich interessantes Zeug«, sagt Callie in ihrem trockensten Tonfall.

Gene starrt sie finster an. »Vergessen Sie's«, grummelt er. »Ich habe Sie schon anders erlebt, Callie. Sie waren eine meiner besten Studentinnen im Praktikum.«

Sie grinst und zwinkert mir zu.

Ich hebe meinen Kaffeebecher toastend in Richtung Gene. »Ich habe immer gewusst, dass Sie der Beste sind, Gene. In diesem Sinne – was haben Sie für mich?«

Er blickt Callie ein letztes Mal stirnrunzelnd an und wendet sich seufzend mir zu. »Keine direkten physischen Spuren. Damit meine ich keine Fingerabdrücke, keine Fasern, keine Haare, keine Hautschuppen, nichts. Dafür habe ich etwas sehr

Interessantes gefunden. Es verrät uns etwas über den Täter, von dem nicht einmal er etwas weiß.«

Das muntert mich auf. »Wie das?«

»Alles zu seiner Zeit, Smoky. Um es zu verstehen, müssen Sie zuerst seinen Brief lesen.« Er reicht ihn mir. »Hier, sehen Sie sich ihn an.«

Ich mag es nicht, wenn Leute in Rätseln zu mir reden. Doch Gene ist einer der besten forensischen Wissenschaftler im ganzen Land. Vielleicht sogar auf der Welt. Und Callie nickt mir aufmunternd zu.

»Es ist die Geduld wert, Zuckerschnäuzchen.«

Also konzentriere ich mich auf den Brief.

Ich grüße Sie, Agent Barrett!
Ich sterbe vor Neugier: Wie hat Ihnen die Geschichte von Ronnie Barnes gefallen? Nicht der Hellste, fürchte ich, doch wie geschaffen für eine Demonstration. Sie fragen sich ohne Zweifel, wie viele andere Ronnie Barnes' es dort draußen geben mag, habe ich Recht? Ich fürchte allerdings, es ist sehr viel befriedigender für mich, wenn ich Sie weiter rätseln lasse.

Ich habe Sie übrigens gesehen, als Sie zu diesem Schießstand gefahren sind nach Ihrer Rückkehr aus San Francisco. Ich muss schon sagen – ich war SEHR AUFGEREGT! Es ist stets ein wunderbares Gefühl, wenn ein Schachzug zu einem so lohnenden Ergebnis führt. Endlich ist meine Gegenspielerin voll bewaffnet und einsatzfähig. Es bringt mein Blut zum Kochen, Agent Barrett! Spüren Sie es auch? Das Hämmern des Herzens? Dieses Schärfen aller Sinne?

»Er spioniert dir hinterher, Zuckerschnäuzchen.«

»Ja. Wir müssen uns darum kümmern.«

Sie sehen anders aus als früher, Agent Barrett. Gefährlicher. Sie verbergen nicht länger die Narben, deren Sie sich so geschämt haben.

Gut für Sie und gut für mich. Weil wir jetzt endlich die Glacéhandschuhe ausziehen können. Endlich können wir dieses Spiel richtig interessant gestalten!

Ich habe zwei Dinge für Sie in meinem Paket. Eines davon, der Inhalt des Glases, bedarf der Erklärung, damit Sie es verstehen können.

Reden wir von Annie Chapman. Auch bekannt als Dark Annie. Bringt dieser Name eine Glocke in Ihnen zum Läuten, Agent Barrett? Das sollte er nämlich. Sie war das zweite Opfer meines Vorfahren.

Die arme, arme Annie Chapman. Sie ist nicht immer eine dreckige Hure gewesen, müssen Sie wissen. Sie hat gewartet, bis ihr Ehemann starb. Erst dann fing sie an, die Schenkel für Geld zu spreizen. Höchst widerlich. Als mein Vorfahre sie umbrachte, hat er die Gesellschaft von einer Pestbeule befreit.

Sie war sein zweites Opfer, doch sie war die Erste, von der Jack ein Andenken nahm. Er exzidierte ihren Uterus, den oberen Teil ihrer Vagina und die dahinter liegenden zwei Drittel ihrer Blase.

Selbstverständlich hat es zahlreiche verschiedene Theorien darüber gegeben. Und natürlich sind all diese Theorien falsch. Niemand hatte die Vision, den Plan meines Vorfahren zu begreifen. Ich verrate ihn Ihnen, also passen Sie gut auf:

Jack wusste, dass seine Blutlinie, die vergangene wie die zukünftige, von außergewöhnlicher Beschaffenheit war. Sie stammt von den alten Raubtieren ab. Den echten Jägern. Sie steht über dem gewöhnlichen Vieh, das sich Menschheit nennt. Er wusste, dass es seine Pflicht war, sein Wissen und seine Macht an künftige Generationen weiterzugeben und unsere heilige Mission zu erklären.

Und so nahm er viele Andenken. Er nahm Teile von diesen Huren und versiegelte und konservierte sie. Er verfügte, dass sie weitergegeben werden sollten, von Generation zu Generation, als Erinnerung an das, was er begonnen hatte.

Ich sagte Ihnen bereits, dass ich einen Beweis für meine Behauptung liefern würde, Agent Barrett. Ich bin ein Mann, der sein Wort hält, und so überreiche ich Ihnen heute eines der heiligen Andenken meines Vorfahren. Den konservierten Uterus von Annie Chapman.

Beeindruckend, finden Sie nicht? Führen Sie Ihre Tests durch. Wenn Sie damit fertig sind, wird es Ihnen vermutlich schwerer fallen, nachts zu schlafen. Denn dann wissen Sie, dass ein Nachkomme des Schattenmannes aufgetaucht ist und seine Arbeit macht.

»Stimmt das, was er schreibt, Gene? Ist das ein menschlicher Uterus in diesem Glas?«

Gene lächelt. Ein weiteres kryptisches Lächeln. »Dazu kommen wir noch. Lesen Sie zuerst den Brief zu Ende.«

Der Schattenmann. Es gibt nur ein einziges Original, doch sicher sind Ihnen schon viele Thronanwärter begegnet, nicht wahr, Agent Barrett? Jene, die in den Schatten leben und in ihrem Schutz töten. Mein Vorfahre wurde in den Schatten geboren. Sein Erbe war die Dunkelheit.

Er liebte die Schatten, und die Schatten ... nun ja, sie liebten ihn. Er war ihr reinstes Kind.

Aber ich schweife ab.

Ich habe eine weitere CD für Sie beigefügt, Agent Barrett. Ich habe die Mission meines Vorfahren fortgeführt. Ich habe die Erde von einer weiteren Hure befreit, eine weitere Pestbeule entfernt.

»Verdammt!«, rufe ich.

Genießen Sie es. Ich bin ziemlich stolz auf meine Arbeit.

Das wäre für den Augenblick alles, Agent Barrett. Seien Sie versichert, dass ich mich wieder melden werde. Vielleicht auf eine persönlichere Weise. In einer Woche. Tick-tack, tick-tack.

From Hell

Jack Junior

Ich lege den Brief nieder und sehe Gene an. »Spucken Sie's aus.«

Er reibt sich die Hände. »Nachdem ich diesen Brief gelesen hatte, haben wir selbstverständlich zuerst das Glas untersucht.

Ich habe eine Reihe einfacher Tests durchgeführt, und dabei habe ich es gefunden.«

»Was?«

Er macht eine Pause, um die Wirkung seiner nächsten Worte zu steigern. »Es ist kein menschliches Gewebe in diesem Glas, Smoky. Wenn ich raten müsste, würde ich sagen, es stammt von einem Rind.«

Die Überraschung verschlägt mir die Sprache. »Heilige Scheiße!«, entfährt es mir schließlich.

Er grinst. »Genau. Unser Knabe denkt, dass er etwas von Jack the Ripper weitergegeben hat, doch er irrt sich. Er hat ein Stück Rindfleisch, weiter nichts. Er hat ein ganzes Glaubensgebäude auf einem Stück Rindfleisch aufgebaut und keine Ahnung, dass es eine Lüge ist.«

Mein Verstand arbeitet auf Hochtouren. »Es ist alles Unsinn. Irgendjemand hat ihm einen riesigen Bären aufgebunden. Er ist kein Nachfahre von Jack the Ripper. Er ist …«

»Nichts weiter als ein ganz gewöhnlicher Serienkiller«, sagt Callie und vervollständigt meinen Gedankengang. Sie hebt die Augenbrauen. »Nicht schlecht, wie? Keine greifbare Spur, die zur Identifikation unserer Knaben führt. Dafür ein verräterisches Charakteristikum.«

»Gute Arbeit, Gene. Können Sie einen Bericht anfertigen?«

»Selbstverständlich. Er ist heute Abend fertig.«

Ich wende mich an Callie. »Wir müssen das Team informieren. Sofort.« Wir setzen uns in Bewegung, wollen zur Tür.

»Äh – Agent Barrett?«

Ich drehe mich um und sehe, dass Gene mir etwas in einer behandschuhten Hand hinhält.

Scheiße. In der Aufregung habe ich die CD völlig vergessen. Meine Hochstimmung schwindet.

Zeit, einen weiteren Mord anzusehen.

KAPITEL 37 Wir sind zurück im Büro.

»Ich habe eine gute und eine schlechte Nachricht«, sage ich.

»Wie lautet die gute?«, fragt Alan.

Ich berichte ihnen vom Inhalt des Briefes und ende mit dem, was Gene Sykes über den Inhalt des Glases herausgefunden hat. Leos und Alans Augen weiten sich. James' Blick wird geistesabwesend. Ich kann beinahe hören, wie es in seinem Kopf arbeitet.

»Aha«, sagt er. »Jemand hat ihm diesen Mist eingetrichtert. Entweder glaubt dieser Jemand, dass es wahr ist, oder er möchte, dass Jack Junior denkt, es wäre wahr.«

»Vielleicht hat er sich selbst diesen Schwachsinn ausgedacht«, entgegnet Leo. »Warum sollte ein Dritter darin verwickelt sein?«

»Weil eine so große Selbsttäuschung seine Organisation und Kompetenz beeinträchtigen würde. Denk darüber nach.«

Callie nickt. »Ich bin der gleichen Meinung, Zuckerschnäuzchen. Sich so etwas einzureden und dann zu vergessen, dass man es sich eingeredet hat ... ich glaube nicht, dass er dann sonderlich gut funktionieren könnte. Er wäre geistig viel zu verwirrt.«

»Es ist ein großer Durchbruch«, fahre ich fort. »Eine weitere Spur. Jetzt suchen wir nicht nur nach ihm, sondern auch nach demjenigen, der ihm das eingeredet hat.« Ich wende mich an Callie. »Bring das rüber zu Dr. Child. Ruf ihn zu Hause an, falls er nicht im Büro ist. Sag ihm, dass ich ihn morgen früh sprechen muss. Diesmal könnte ein Profil wirklich von Nutzen sein.«

»Verstanden.«

»Er fängt an Mist zu bauen«, sage ich. »Erstens dieses Glas, und dann verrät er uns auch noch, dass er mich verfolgt.«

Alan blickt alarmiert auf. »Wie bitte?«

»Es steht in seinem Brief. Ich bin zu einer Schießbahn gefahren, nachdem wir von San Francisco zurückgekommen sind. Er schreibt in seinem Brief, dass er mich dabei beobachtet hat. Was ein dummer Fehler ist.«

»Du musst extrem vorsichtig sein, Zuckerschnäuzchen.«

Ich lächle. »Keine Sorge, Callie. Ich werde einen alten Freund anrufen. Er war früher beim Secret Service. Ich werde ihn bitten, mich zu überwachen.«

Sie nickt. »Er wird dich beschatten, und indem er das tut, findet er jeden anderen, der dir folgt.«

»Genau. Mein Freund ist verdammt gut. Er findet auch jede Wanze und jeden Sender an meinem Wagen. Ich lasse ihn auch das Haus absuchen. Falls er was findet, lasse ich es dort. – Wir wissen dann, wo die Wanzen sind, aber er weiß nicht, dass wir es wissen.«

»Ist dir aufgefallen, dass du ›er‹ und nicht ›sie‹ gesagt hast?«, fragt James.

Ich sehe ihn überrascht an. Es war mir nicht aufgefallen. »Ich schätze, das ist so, weil ich mehr und mehr überzeugt bin, dass er der Hauptakteur ist. Es gibt einen Jack Junior, der andere ist unwesentlich. Ich kann es spüren. Denkt an Ronnie Barnes. Jack hat ihn benutzt und beseitigt. Er hat es in seinem Brief geschrieben – dass er nach weiteren Mördern sucht, die er fördern kann.«

»Damit stellt sich die Frage nach dem zweiten Täter aus Annie Kings Wohnung«, sagt James. »Ist er noch am Leben – oder ist er tot wie Ronnie Barnes?«

»Das können wir nicht mit Sicherheit sagen … Allerdings schätze ich, dass er noch lebt.«

»Ich stimme zu«, sagt Alan. »Denkt darüber nach. Er hat bei Annie mit etwas angefangen, das er bereits seit einer ganzen Weile geplant hat. Er wird bestimmt nicht mitten in seiner Operation abbrechen und einen weiteren Mordgehilfen ausbilden wollen.«

Ich sehe die anderen der Reihe nach an. »Wir kommen ihm näher.«

James starrt mich an. »Genug Rücken getätschelt«, sagt er. »Wie lautet die schlechte Nachricht?«

Ich halte die CD hoch. »Er hat uns eine weitere geschickt. Er hat wieder jemanden getötet.«

Im Büro wird es still. Leo steht auf, streckt die Hand nach der CD aus. »Bringen wir es hinter uns«, sagt er.

Ich gebe ihm die Scheibe. »Also gut.«

Sein Notebook läuft bereits. Er schiebt die CD ins Laufwerk. Augenblicke später startet das Video.

Es beginnt mit einem Titelbild – weiße Buchstaben vor schwarzem Hintergrund. »Dieser Tod wurde gesponsert von http://www.darkhairedslut.com.«

»Schreib das auf«, sage ich zu Leo.

Eine gefesselte, sich windende Frau erscheint. Sie ist nackt ans Bett gefesselt, genau wie Annie. Ich schätze ihr Alter auf knapp unter fünfundzwanzig. Sie sieht sehr natürlich aus – womit ich meine, dass sie offenbar keine Brustimplantate hat. Sie besitzt den makellosen Körper einer jungen Frau, nicht gezeichnet von der Mühsal, ein Kind auszutragen. Ihre Haare sind lang, dunkel und voll. Also wieder eine Brünette; Jack Junior scheint sie zu bevorzugen. Ihre Augen drücken alles aus, was sie empfindet: Panik, Angst, Verzweiflung, alles in einem unerträglichen Ausmaß.

Jack Junior erscheint vor der Kamera. Er trägt dasselbe Kostüm wie bei der Ermordung Annies. Er winkt in die Kamera, und erneut bekomme ich das Gefühl, dass er grinst. Das Grinsen ist nur für uns – er liebt die Vorstellung, dass sein Verbrechen auf Band festgehalten wird, dass er es praktisch vor unseren Augen begeht, ohne uns den kleinsten Hinweis auf seine Identität zu geben. Er verlässt den Aufnahmebereich. Einen Augenblick später setzt Musik ein. Geradezu betäubend laut.

»*I wish they all could be California giiirls …*« von den Beach Boys tönt aus den kleinen Lautsprechern von Leos Notebook.

Jack Junior geht zu der Frau, neigt den Kopf nach links und rechts, während er sie betrachtet. Dann nimmt er seine

Waffe. Diesmal kein Messer. Diesmal einen Baseballschläger. Er beginnt um sie herumzutanzen und zu springen, wedelt mit dem Schläger, stimmt sich in den Rhythmus des Songs ein. Er führt ein paar angedeutete Schläge aus, um die Angst seines Opfers weiter zu steigern. Ihre Augen quellen hervor, ihr Gesicht ist hochrot, während sie durch ihren Knebel hindurch zu schreien versucht.

Und dann, genau wie in Annies Video, beginnt die Montage. Alles geschieht mit einer entschlossenen, bedenkenlosen Brutalität. Es ist nichts Klinisches, nichts Handwerkliches daran. Als er zum Schlag ausholt, schwingt er den Schläger hoch über den Kopf, legt sein ganzes Gewicht hinein. Er bricht die Knochen offenbar nicht nur, er scheint sie zu pulverisieren. Jedes Mal, wenn sie bewusstlos wird, hält er inne und schlägt ihr ins Gesicht, bis sie wieder aufwacht. Er will, dass sie da ist, dass sie miterlebt, was mit ihr geschieht. Dass sie jede einzelne Sekunde ihres Sterbens spürt.

Er legt den Schläger nieder und setzt sich rittlings auf sie. Die Vergewaltigung beginnt. Er ist unglaublich brutal, auf maximale Bewegung aus. Er will, dass ihre gebrochenen Knochen aneinander reiben, will, dass diese Vergewaltigung das Schlimmste an Schmerzen ist, was sie je erlebt hat. Und wieder weckt er sie jedes Mal auf, wenn sie das Bewusstsein verliert. Es muss für sie gewesen sein, als erwache sie in einem Alptraum, denke ich, immer und immer wieder.

Die Vergewaltigung endet, und er zieht das Skalpell heraus. Er zeigt es ihr. Packt ihr Kinn und zwingt sie, es anzusehen, zu begreifen, was nun kommt. Ihre Augen folgen dem Skalpell, fixieren es, als es an ihrem Bauch nach unten gleitet. Ich beobachte, wie sie sich aufbäumt, als er sie zu sezieren beginnt, bei lebendigem Leib.

Ich blicke zu Leo hinüber. Er ist grün im Gesicht, voller Entsetzen, doch diesmal übergibt er sich nicht. Er ist jetzt abgehärtet, ist zu jemand anderem geworden, verändert für immer.

Als die Frau tot und ausgeweidet ist, steht Jack Junior auf. Er starrt lange, lange Zeit auf sein Opfer hinab. Sie sieht aus, als hätte sie eine Bombe schlucken müssen, die in ihrem Inneren explodiert ist. Schließlich wendet er sich zur Kamera um, blickt uns an, mit erhobenem Daumen. Damit endet der Film.

»Du hältst dich wahrscheinlich für unendlich lustig«, murmele ich wütend vor mich hin. »Lach nur weiter, du Abschaum.« Es fühlt sich genauso ohnmächtig an, wie es klingt.

Die anderen schweigen. Versuchen, die Bilder zu verdauen, die wir soeben gesehen haben. Sie in kleine Happen aufzuteilen. Damit zurechtzukommen.

»Überprüf die Adresse dieser Webseite, Leo«, sage ich. »Finde heraus, wer diese Frau war.«

»Bin schon dabei«, antwortet er leise. Zögert. »Wie ... wie kann ein Mensch so etwas tun?«, fragt er. Seine Augen bohren sich in meine, flehen mich um eine Antwort an. Ich überlege, bevor ich etwas sage, wähle meine Worte mit Bedacht.

»Er kann es, weil er es genießt. Es ist seine Art von Sex, und seine Gier danach ist größer, beherrschender, als jeder Junkie auf Entzug sie jemals empfinden könnte. Es gibt alle möglichen Gründe, warum Menschen so werden. Doch der wichtigste ist der, dass sie lieben, was sie tun. Leidenschaftlich.« Ich sehe James an. »Wie lautet dieser Ausdruck, den du dafür geschaffen hast?«

»Sexuelle Fleischfresser.«

»Genau.«

Leo erschauert. »So habe ich mir das nicht vorgestellt. Überhaupt nicht.«

»Ich weiß, das kannst du mir glauben. Alle stellen sich vor, es sei aufregend, Serienmörder oder Babyvergewaltiger oder andere Monster zu jagen. Es ist nicht aufregend. Es frisst dich auf. Du erwachst morgens nicht mit dem Gedanken: ›Meine Güte, ich kann es gar nicht erwarten, diesen Typ zu schnappen.‹ Du wachst auf und siehst in den Spiegel und versuchst dich nicht schuldig zu fühlen, weil du ihn noch nicht geschnappt hast. Du versuchst nicht darüber nachzudenken, dass er schon wieder jemanden umgebracht haben könnte, weil du nicht schnell genug warst.« Ich lehne mich zurück, schüttele den Kopf. »Es geht nicht um Aufregung. Es geht darum, dass man sich verantwortlich fühlt, wenn Menschen sterben.«

Er sieht mich einen weiteren Moment lang an, dann tut er das, was er im Angesicht des Entsetzens zu tun gelernt hat: Er wendet sich seinem Computer zu und fängt an zu arbeiten. Eine Minute später hat er gefunden, was ich brauche. »Ich habe die Adresse des Besitzers von darkhairedslut.com. Es ist ein Apartment in Woodland Hills.«

»Wie lautet der Name?«

»Sorry, die Domain ist auf ein Geschäft registriert. Aber wahrscheinlich sind Besitzer und Betreiber identisch.«

»Alan, ruf bei den Kollegen vom LAPD an und frag, wer für die Gegend zuständig ist. Sag ihnen, sie sollen hinfahren und es überprüfen. Falls sie die Frau finden, sollen sie den Tatort augenblicklich absperren und uns informieren. Niemand darf rein oder raus.«

»Verstanden.«

»Auf diesem Video war es nicht sichtbar«, meint James. »Zumindest nicht für mich.«

Ich wende mich stinrunzelnd zu ihm um. »Was war nicht sichtbar?«

»Dass es zwei Mörder sind, nicht nur einer.«

Ich blicke ihn an. Dann nicke ich. Er hat Recht. Falls Jack Junior jemanden bei sich hatte, dann war es diesmal mit dem bloßen Auge nicht zu erkennen.

»Aber sie waren beide da«, ergänzt James. »Ich kann es fühlen.«

Ich sehe ihn erneut nickend an. Der schwarze Zug rollt weiter, *tschuk, tschuk* und *tschua, tschua*, und James und ich bleiben mit Entschiedenheit an Bord.

Ich wende mich an Leo. »Ich möchte einen kurzen Blick auf ihre Webseite werfen.«

Callie sieht mich nachdenklich an. »Ich hätte nie geglaubt, dass ich einmal aus dienstlichen Gründen Pornoseiten ansehen muss, Smoky. Und das ist jetzt schon das zweite Mal.«

»Wieso? Machst du das normalerweise allein zu Hause?«

»Sehr witzig.«

Es ist ein Versuch von Galgenhumor. Er scheitert kläglich. Die Bilder des Videos sind zu gegenwärtig.

»Hier ist sie«, sagt Leo.

Wir rücken unsere Stühle heran, sodass wir auf seinen Bildschirm blicken können. Die Webseite ist in hellem Braun gehalten. Wir sehen ein Bild der Frau, die Jack Junior vor unseren Augen umgebracht hat. Sie trägt nichts weiter als ein Höschen und wendet uns den Hintern zu, hervorgestreckt in einer uralten schlüpfrigen Pose. Dabei späht sie über die Schulter und lächelt geziert, während sie mit einem Finger einladend winkt. Sie wirkt wie jemand, der professionell Pornos macht. Doch sie sieht auch hübsch und lebendig und menschlich aus. Auf keinen Fall dazu geschaffen, ein solches Ende zu nehmen, wie wir es soeben gesehen haben.

»Ich bin eine dunkelhaarige Schlampe«, lautet ein sich quer über den oberen Teil der Seite ziehender Satz. Auf der rechten Seite gibt es weitere, kleinere Fotos. Die Wahrheit wird nur angedeutet, doch die Botschaft ist klar. Hier geht es nicht um erotisches Posing oder um Softpornos. Die Bilder zeigen Oralsex, Analsex, Sex mit anderen Frauen und Gruppensex, und die auf ihnen angebrachten Zensurbalken dienen der Steigerung der Neugier. Worum es geht, verraten kleinere Bildunterschriften: »Ich liebe es, Schwänze zu lutschen und Sperma zu schlucken. Ich lebe für Orgien und lasse mich gern in den Arsch ficken. Am LIEBSTEN jedoch lecke ich MUSCHIS!«

»Vielseitige junge Frau«, bemerkt Callie.

Ich schüttle den Kopf. »Kann man wohl sagen.«

Weitere Bilder lassen uns wissen, dass sie »Live Cam Shows« macht und »Sexpartys für Fans« organisiert. Nur für Mitglieder, versteht sich.

Leo führt uns durch zwei weitere derartige Seiten, bis wir schließlich auf der Subskriptionsseite landen.

»Was jetzt?«, frage ich. »Ich werde meine Kreditkarte nicht dafür nehmen.«

»Ich glaube nicht, dass das notwendig ist«, sagt Leo. »Ich habe eine Idee.«

Er klickt auf den Link »Zugang für Mitglieder«, und auf dem Schirm öffnet sich ein Fenster, das nach einem Usernamen und einem Passwort fragt.

»Jede Wette, dass er denselben Usernamen und dasselbe Passwort für diese Seite genommen hat wie für die Seite deiner Freundin. Der Username war ›jackis‹, das Passwort lautete ›fromhell‹«. Leo tippt beides in die entsprechenden Felder und klickt auf den »O.-K.«-Button. Eine weitere Seite öffnet sich. Dort steht: »Willkommen in meinem heißen Mitgliederbereich!« »Voilà!«, lacht Leo.

»Gut nachgedacht.«

Er scrollt die Seite hinunter, die vor allem aus einem Menü der Themen besteht, die hier angeboten werden, etwa: »Persönliche Fotos«, »Meine Video-Clips«, »Meine Live Cam Shows«, »Meine Amateur-Freunde«. Der letzte Menüpunkt erweckt meine Aufmerksamkeit. Er lautet: »Fotos von Sex-Partys der Mitglieder«.

»Ich frage mich …«, sinniere ich.

»Was denn, Zuckerschnäuzchen?«, hakt Callie nach.

»Die Sex-Partys für Mitglieder … Ich schätze, er war nicht imstande, dieser Gelegenheit zu widerstehen. Sex mit ihr zu haben im Wissen, dass er sie bald töten würde … Ich kann mir ziemlich gut vorstellen, dass er das getan hat.«

»Es würde jedenfalls seine Erwartung steigern. Das Gefühl von Macht, das er gespürt hat.«

So etwas wäre typisch für einen Serienmörder: Das Beobachten, das Verfolgen, das Planen – all diese Dinge sind fast so berauschend für ihn wie das eigentliche »Finale«.

»Es besteht eine hohe Wahrscheinlichkeit, dass es stimmt«, sagt James. »Wir könnten sämtliche Fotos herunterladen, die Gesichter der Männer einzeln durchscannen und sie durch unsere Gesichtsdatenbanken schicken.« Er hebt die Brauen. »Die Technik ist noch nicht ganz ausgereift, aber es wäre einen Versuch wert.«

Für das Kopf-an-Kopf-Rennen mit einem Verbrecher müssen wir methodisch vorgehen. Wir werfen Netze und Fallen aus, genau wie Fischer. Nicht eines, sondern viele, wieder und wieder und wieder. Suche nach Fingerabdrücken, erstes Netz. Richterliche Beschlagnahmeanordnung einer Abonnentenliste, zweites Netz. Gesichtserkennung, drittes Netz. Wieder und wieder werfen wir unser Netz aus, ziehen es ein. Normalerweise ist es leer. Wenn wir etwas fangen, dann untersuchen wir es, was es auch sein mag – einen Hai ebenso wie eine Elritze; alles, was uns dem Täter näher bringt. Es ist ein Schildkrötenrennen, bei dem wir unsere Fortschritte in Zentimetern messen, nicht in Kilometern.

»Mach das zusammen mit Leo.«

Ich gehe zu Alan. »Hast du die Kollegen vom LAPD erreicht?«

»Hab ich. Ich fahre hin und treffe mich dort mit ihnen.«

»Was ist mit Dr. Child? Hast du ihn ebenfalls erreicht?«

»Ja. Er war zuerst ziemlich abweisend, aber nachdem ich ihm kurz unsere heutigen Erkenntnisse schilderte, war er Feuer und Flamme. Will noch heute Abend eine Kopie des Berichts per Kurier und meint, er sei morgen früh fertig und bereit, sich mit dir zu unterhalten.«

»Gut. Callie, besorg den Bericht von Sykes, und schick Dr. Child eine Kopie.«

Callie geht zum nächsten Telefon, während Alan das Büro verlässt. Ich trete an meinen Schreibtisch und krame in den

Schubladen, bis ich mein Adressbuch finde. Ich blättere es durch und finde die Telefonnummer, die ich suche.

Tommy Aguilera. Ein früherer Agent des Secret Service, der heute als Personenschützer arbeitet. Wir haben uns im Verlauf eines Falles kennen gelernt, in den der Sohn eines Senators verwickelt war. Er hatte Geschmack an Vergewaltigung und Mord gefunden. Tommy blieb am Ende nichts anderes übrig, als ihn zu erschießen, und im politischen Feuersturm, der daraufhin losbrach, konnte allein meine Aussage verhindern, dass Tommy seinen Job verlor. Damals bot er mir an, mich bei ihm zu melden, wenn ich seine Hilfe brauchte.

Ich wähle die Nummer. Er ist ein ausgesprochen ernst wirkender Mann mit ständigem Pokergesicht. Tommy spricht leise, doch es ist nicht die leise Stimme von jemandem, der schüchtern ist. Sie erinnert eher an die Geschmeidigkeit einer Schlange, die ganz genau weiß, dass sie blitzschnell zuschlagen kann.

Er meldet sich nach dem vierten Durchläuten. »Hier ist Tommy Aguilera.« Seine Stimme klingt genauso, wie ich sie in Erinnerung habe.

»Hallo Tommy. Hier ist Smoky Barrett.«

Eine kurze Pause. »Hallo Smoky! Wie geht es Ihnen?«

Ich weiß, dass Tommy dies aus Höflichkeit sagt. Nicht, dass es ihm egal wäre, wie es mir geht. Er ist nur kein Mann, der Smalltalk mag.

»Ich brauche Ihre Hilfe, Tommy.«

»Sagen Sie mir, was ich für Sie tun kann.«

Ich erkläre ihm die Sache, erzähle ihm von Jack Junior, dass er in meinem Haus war und mich zu verfolgen scheint.

»Es besteht die starke Wahrscheinlichkeit, dass er Ihre Bewegungen elektronisch verfolgt.«

»Das ist ein Teil der Geschichte. Falls ja, will ich es wissen. Aber ich möchte nicht, dass er erfährt, dass ich es weiß.«

Tommy schweigt für einige Sekunden. »Ich verstehe«, sagt er schließlich. »Sie möchten, dass ich Sie beschatte.«

»Richtig.«

»Wann?«

»Zuerst möchte ich, dass Sie meinen Wagen und mein Haus nach Wanzen und Sendern und dergleichen absuchen. Danach möchte ich, dass Sie mich beschatten. Es könnte eine Möglichkeit sein, ihn zu schnappen. Vielleicht die einzige, bei der er einen Fehler macht.« Ich zögere. »Zur Hölle, Tommy. Sie sollen Bescheid wissen. Es sind zwei.«

»Sie arbeiten zusammen?«

»Ja.«

»Wann soll ich anfangen?« Er zögert nicht eine Sekunde.

»Ich müsste heute Abend gegen elf zu Hause sein. Hätten Sie etwas dagegen, wenn wir uns dort treffen?«

»Nein. Ich bin da. Machen Sie sich keine Gedanken, wenn es später wird – ich warte.«

»Danke, Tommy. Ich weiß das wirklich zu schätzen.«

»Ich bin Ihnen was schuldig, Smoky. Wir sehen uns heute Nacht.«

Ich lege auf. Tommy hat es damals also tatsächlich ernst gemeint. Ich bemerke, dass Callie ihr Telefongespräch beendet.

»Und?«, frage ich.

»Ich habe Gene erreicht. Er sorgt dafür, dass Dr. Child noch heute Abend eine Kopie des Berichts erhält.«

»Wie lange dauert es, bis du eine Spurensicherungsausrüstung zusammenhast, Callie?«

Sie hebt überrascht die Augenbrauen. »Kommt darauf an, ob Gene bereits eine hat oder nicht – eine halbe Stunde?«

»Geh zu ihm und macht euch bereit. Falls sich herausstellt, dass es ein Tatort ist, dann möchte ich, dass du und Sykes die ersten Untersuchungen durchführen, persönlich, bevor die LAPD-Forensiker reingehen. Es ist unsere Chance, alles frisch und unverfälscht in Augenschein zu nehmen.«

»Schon erledigt, Zuckerschnäuzchen!«, antwortet sie und verschwindet durch die Tür.

Und dann trifft es mich. Eine meiner Eingebungen. Es sollte mich nicht überraschen. Ich bin in Schwung, in Bewegung, alle Sinne maximal geschärft.

»James und Leo!«, rufe ich aufgeregt. »Sagt mir, was ihr davon haltet!«

Ich warte, bis sie mir ihre volle Aufmerksamkeit schenken. »Jack Junior und sein Komplize haben sich beide Male als Abonnenten registriert, bevor sie die jeweiligen Betreiberinnen der Webseiten ermordet haben, richtig?«

»Ja.«

»Und beide Male haben sie denselben Usernamen und dasselbe Passwort benutzt, also ...«

Ich sehe, wie sich Leos Augen weiten. »Genau! Es besteht die Chance, dass sie bereits ihr drittes Opfer ausgewählt und sich auf der Webseite registriert haben! Möglicherweise unter demselben Namen und demselben Passwort! Oder, wenn schon nicht unter demselben, dann unter einem Passwort aus demselben Jack-the-Ripper-Kontext!«

Ich muss grinsen. »Ganz genau. Ich kann mir nicht vorstellen, dass es hier in der Gegend viele Betreiber gibt, die Beiträge für Erwachsenenseiten einziehen.«

»Nein, gibt es nicht. Weniger als ein Dutzend.«

»Wir müssen mit jedem Betreiber reden, Leo. Du und James. Sagt ihnen, sie sollen ihre Systeme nach diesem Usernamen und diesem Passwort sowie nach thematischen Variationen durchsuchen. Und wir brauchen die dazu passende Webseite! Ich rede davon, dass wir die Leute aus den Betten werfen.«

James sieht mich mit widerwilliger Bewunderung an. »Gut. Sehr gut.«

»Das ist der Grund, weshalb ich der Boss bin und das dicke Gehalt kassiere.«

Sein ausbleibender Kommentar ist als ein Kompliment zu werten.

Ich telefoniere über mein Handy mit Alan. »Es ist ein Tatort, Smoky«, berichtet er.

»Wer ist der Verantwortliche vom LAPD?«

»Barry Franklin. Er will mit dir reden.«

»Stell ihn zu mir durch.«

Ich muss kurz warten, dann ertönt Franklins Stimme. Er ist alles andere als erfreut. »Smoky. Was soll das bedeuten? Sie verweigern uns den Zugang zu unserem Tatort?«

»Ganz und gar nicht, Barry, ganz und gar nicht. Es ist nur so, dass wir hier zum ersten Mal die Chance haben, einen Tatort von dem fraglichen Täter frisch in Augenschein zu nehmen. Sie wissen ja, wie das ist.«

Eine Pause, gefolgt von einem Seufzen. »Sicher. Kann ich denn wenigstens rein? Sie wissen, dass ich nichts verändern werde.«

»Selbstverständlich können Sie rein, Barry. Können Sie mir noch mal Alan geben?«

»Klaro.«

»Also ist er einverstanden?«, fragt Alan.

»Ja. Ich breche in etwa fünf Minuten mit Callie und Gene von hier auf. Wir treffen uns vor Ort.«

»Wir haben inzwischen ihren Namen, Smoky. Charlotte Ross.«

»Danke.« Ich lege auf.

Charlotte Ross. Promiskuitiv, ja. Von zweifelhaftem moralischem Charakter, vielleicht. Doch nichts davon rechtfertigt eine Bestrafung aus Folter, Vergewaltigung und anschließendem Mord.

Ich weiß zudem, dass Jack und sein Komplize ihre Verbrechen nicht primär aus diesem Grund begehen. Dass es nicht der eigentliche Grund ist, aus dem sie sich an Schreien und Tränen laben. Sie schieben diesen Grund lediglich zur Rechtfertigung ihrer Untaten vor.

KAPITEL 38 Der Berufsverkehr endet gegen acht Uhr abends, daher brauchen wir nicht lange, um zu der Adresse in Woodland Hills zu kommen. Es ist ein kleines, einstöckiges Eigenheim, das nicht gerade protzig wirkt; doch es ist hübsch. Passend zur Nachbarschaft.

Ich parke, und wir gehen zur Vordertür, wo Alan wartet.

»Wo ist Barry?«, frage ich.

Er deutet mit dem Daumen auf die Tür hinter sich. »Noch drin.«

»Hast du dich umgesehen?«, frage ich.

»Nein. Ich wusste, dass du es zuerst sehen wolltest.«

Er wusste es. Jahre der Zusammenarbeit erzeugen diese Art von Symbiose.

Ich stecke den Kopf ins Haus und rufe nach Barry. Er taucht in der Tür zu einem Zimmer auf und kommt durch den Flur nach draußen.

»Gott sei Dank«, sagt er und greift in seinen Mantel. »Ich brauchte eine Ausrede, um nach draußen zu kommen und eine zu rauchen.« Er zieht ein Päckchen hervor, steckt sich eine Zigarette zwischen die Lippen, zündet sie an und inhaliert tief, um den Rauch mit seligem Gesicht und großer Erleichterung wieder auszustoßen. »Auch eine?«

»Nein, danke.« Ich stelle überrascht fest, dass ich es ernst meine. Das Verlangen zu rauchen hat sich verflüchtigt – irgendwann zwischen dem Zeitpunkt, an dem ich die Wahrheit über Alexa herausgefunden und dem Moment, in dem ich meine Waffe wieder an mich genommen habe.

Ich bin dankbar und froh, dass Barry die polizeiliche Leitung des Falles übernommen hat. Ich kenne ihn seit fast zehn Jahren. Er ist klein, teigig und wird allmählich kahl. Trägt eine Brille und strahlt eine Gemütlichkeit aus, wie ich sie selten erlebt habe. Trotz seines Äußeren trifft er sich ständig mit jüngeren, hübschen Frauen. Er hat das gewisse Etwas; man hat das Gefühl, dass er viel größer ist als der Körper, in dem er existiert, und er strahlt eine überlegene Selbstsicherheit aus, ohne dabei arrogant zu wirken. Viele Frauen finden diese Kombination und sein gutes Herz unwiderstehlich. Barry ist außerdem ein brillanter Ermittler. Extrem talentiert. Wäre er beim FBI, er wäre in meinem Team, keine Frage.

»Sie sind gespannt auf den Tatort?«, erkundigt er sich.

»Erzählen Sie mir zuerst das Wesentliche. Bevor ich reingehe.«

Er nickt und fängt an zu berichten. Er benötigt dazu keine Notizen – Barry verfügt über ein fotografisches Gedächtnis. »Opfer: Charlotte Ross, vierundzwanzig Jahre alt. Wir fanden sie an ihr Bett gefesselt und bereits tot. Sie wurde vom Brustbein bis zum Schambein aufgeschnitten. Offensichtlich wurden die inneren Organe entfernt, in Plastiktüten gepackt und neben dem Leichnam abgelegt. Schwere Verletzungen an Armen und Beinen, vermutlich gebrochen. Die Prellungen lassen vermuten, dass sie mit irgendetwas geschlagen wurde.«

»Er hat sie geschlagen. Mit einem Baseballschläger.«

Barry hebt die Augenbrauen. »Woher wissen Sie das?«

»Er hat uns ein Video davon geschickt.«

»Ich schätze, dass sie seit wenigstens drei Tagen dort liegt. Die Verwesung ist bereits ziemlich stark fortgeschritten.«

»Passt zum bisherigen Zeitschema.«

Er nimmt einen weiteren tiefen Zug an der Zigarette. Sieht mich nachdenklich an. »Was hat das zu bedeuten, Smoky?«

»Was schon, Barry? Ein Psychopath, der den Schmerz und die Angst seiner Opfer genießt.« Ich reibe mir die Augen. Ich bin müde. »Dieser Täter hat es auf Frauen abgesehen, die im Internet persönliche Webseiten für Erwachsene betreiben. Er…« Ich zögere. »Das alles ist streng vertraulich, Barry. Es muss unter uns bleiben. – Ich will nicht, dass irgendetwas davon an die Presse geht.«

»Kein Problem.«

»Erstens: Es sind in Wirklichkeit zwei. Wir glauben, dass

einer von ihnen dominant ist. Und sie sind besessen von mir und meinem Team. Ein Opfer war eine Freundin von mir, aus der Highschool. Meine beste Freundin. Sie wussten es.«

Barry verzieht bestürzt das Gesicht. »Ach du Scheiße, Smoky.«

»Was Sie beschreiben, scheint ihr allgemeiner *Modus Operandi* zu sein. Sie brachten meine Freundin um, indem sie ihr die Kehle durchschnitten – das unterscheidet sich von ihrem Vorgehen hier –, doch das Entfernen der Organe ist ihr Markenzeichen. Derjenige, den wir für den Dominanten von beiden halten, behauptet, er sei ein Nachfahre von Jack the Ripper.«

Ein missbilligender Ausdruck huscht über Barrys Gesicht. »Blödsinn.«

Ich nicke zustimmend. »Das ist es. Wir haben sogar den Beweis dafür.«

»Und wie wollen Sie weiter vorgehen?«

»Ich will jetzt den Tatort sehen. Allein. Und dann möchte ich, dass Gene Sykes und Callie Thorne eine erste Spurensicherung durchführen. Anschließend kann Ihr Spurensicherungsteam den Rest erledigen. Allerdings muss es schnell gehen, und ich brauche eine Kopie sämtlicher Ergebnisse.«

»Kein Problem.« Er geht mit der Zigarette zum Straßenrand, um sie auszutreten. Um den Tatort nicht zu kontaminieren. Dann kommt er zu mir zurück und deutet auf die Tür. »Wollen Sie jetzt rein?«

»Ja.« Ich sehe Alan an, dann Callie, dann Gene. »Alan, fahr nach Hause zu Elaina. Es gibt keinen Grund, warum du jetzt hier sein musst.«

Er scheint zu zögern, schließlich nickt er. »Danke.« Er wendet sich ab und geht.

»Callie, ich brauche wahrscheinlich zwanzig Minuten bis eine halbe Stunde. Sobald ich fertig bin, könnt ihr rein.«

»Kein Problem, Zuckerschnäuzchen. Nimm dir so viel Zeit, wie du brauchst.«

Ich gehe zur Tür und bleibe für einen Moment dort stehen, während ich mit meinem geistigen Ohr lausche. Nach einer Sekunde höre ich es: tschua-tschua-tschua-tschu. Ich spüre, wie mich Kälte umhüllt, wie sich der Raum um mich herum zu einem windstillen, offenen Feld weitet. Ich höre den schwarzen Zug, und ich bin bereit, ihn zu sehen. Jetzt muss ich ihn nur noch finden. Zurückverfolgen, wie er durch dieses Haus gefahren ist.

Ich trete ein. Die Einrichtung ist einfach, aber sauber. Sie vermittelt den Eindruck von jemandem, der sich sehr bemüht und dann beschlossen hat, das Rennen um Wohlstand und Statussymbole aufzugeben. Es fühlt sich traurig an. Noch nicht ganz nach Hoffnungslosigkeit, doch kurz davor.

Der Geruch des Todes durchdringt die Wohnung. Die Verwesung hat sich auf das Haus herabgesenkt wie eine Verwahrlosung. Kein Parfumduft diesmal, nur der rohe und reale Gestank eines Mordes. Hätten Seelen einen Geruch, dann würden alle Jack Juniors dieser Welt so stinken.

Ich gehe am Wohnzimmer vorbei und sehe rechts die Küche. Eine Schiebetür aus Glas führt nach hinten in den Garten und in eine kühle Nacht. Ich gehe zur Tür und untersuche das Schloss. Es ist ein billiges Standardschloss, und es ist nicht beschädigt.

»Du hast wieder mal einfach geklopft, wie?«, murmele ich vor mich hin. »Du und dein Komplize. Hat er sich an der Seite versteckt, während du vor der Tür gestanden hast? Sich bereitgehalten, um sie zu überfallen, wenn sie nicht damit rechnet?«

Mir kommt der Gedanke, dass der Zeitpunkt des Überfalls auf Annie, sieben Uhr abends, vielleicht mehr war als Dreistigkeit. Es ist eine Zeit, zu der Leute üblicherweise nach Hause kommen oder gerade zu Hause angekommen sind und es sich für den Feierabend gemütlich machen. Sie befinden sich in einem Schwebezustand und wollen nichts von der Welt draußen wissen.

»Hast du es hier genauso gemacht? Bist du, von einem Ohr bis zum anderen grinsend, zur Haustür geschlendert und hast geklopft? Hatte einer von euch die Hände in den Taschen, als würde ihn nichts auf der Welt bekümmern?«

Weil das nämlich etwas ist, was ich bei beiden zu spüren glaube. Es ist ein starkes Gefühl. Tschua-tschua-tschua-tschu.

Ihre Arroganz.

Es ist früher Abend. Sie parken direkt vor dem Haus der Hure. Warum auch nicht? Es ist schließlich nichts Ungewöhnliches, am Straßenrand zu parken, oder? Sie steigen aus, blicken sich um. Es ist ruhig, ohne still zu sein. Die Straße liegt leer, aber nicht verlassen. Abenddämmerung in der Vorstadt, man spürt Leben und Bewegung hinter den Mauern der anderen Häuser. Ameisen in ihren Hügeln.

Sie gehen zur Tür. Sie wissen, dass sie zu Hause ist. Sie wissen alles über sie. Ein Blick in die Runde, um sicher zu sein, dass niemand draußen auf der Straße ist und sie beobachtet. Dann klopft er. Ein Moment vergeht, und sie öffnet …

Dann was? Ich blicke mich im Hausflur um. Ich sehe keine Post am Boden liegen, keine Spur von einem Kampf. Doch ich spüre sie erneut, diese Arroganz.

Sie machen das Einfachste, was sie tun können – drängen hinein, stoßen sie zurück, schließen die Tür. Sie wissen, dass sie sie nicht aufhalten wird. Die meisten von uns reagieren nicht sofort mit entschlossenem Widerstand. Stattdessen suchen wir nach Gründen, versuchen zu begreifen, warum etwas geschieht. Und in diesem Augenblick des Zauderns und der Verwirrung ergreift der Jäger die Initiative.

Vielleicht war sie trotzdem schnell. Vielleicht hat sie den Mund aufgerissen, um zu schreien, noch während sich die Tür schloss. Darauf wären sie vorbereitet gewesen. Womit? Ein Messer? Nein. Kein Kind, das sie diesmal als Geisel hätten nehmen können. Sie brauchten eine direktere Drohung. Eine Schusswaffe? Ja. Es geht nichts über den dunklen, bedrohlichen Lauf einer Schusswaffe, um jemanden am Schreien zu hindern.

»Halt den Mund, oder du stirbst«, sagt einer von ihnen. Seine Stimme ist ruhig, nüchtern. Das macht es noch beängstigender. Noch

glaubwürdiger. Sie hat gespürt, dass sie jemanden vor sich hat, der sie erschießen und dabei gelangweilt gähnen kann.

Ich nähere mich dem Schlafzimmer. Der Gestank wird stärker. Ich erkenne das Schlafzimmer aus dem Video. Die Einrichtung ist rosa und hell und geschmackvoll. Sie zeugt von Jugend. Von sorglosem Glück.

Und in der Mitte dieser weichen Süße das Härteste, was es gibt. Sie selbst. Tot und bereits verwesend an ihr Bett gefesselt.

Sie ist mit offenen Augen gestorben. Ihre Beine sind gespreizt. Die Täter haben sie absichtlich so liegen lassen. Um uns gegenüber zu prahlen. Wir hatten sie, sagen sie damit, und sie ist nichts. Eine wertlose Hure. Wir hatten sie.

Ich sehe die Plastikbeutel, die neben dem Bett aufgereiht stehen. Während die Leiche ein Anblick nackter Gewalt ist, voller Chaos und Erniedrigung, bilden die Beutel einen diametralen Kontrast. Sie sind in einer exakt geraden Reihe nebeneinander ausgerichtet. Sauber und ordentlich. Auch das Prahlerei. Spott. Seht, wie sauber und geschickt wir sind, scheinen sie zu sagen. Oder vielleicht sprechen sie auch eine Sprache, die nur sie selbst verstehen, schreiben in blutigen Piktogrammen, die wir nicht zu entschlüsseln vermögen.

Alles deutet auf ein sorgfältig ausgeführtes Ritual. So hätte Jack the Ripper es getan, glauben sie, also machen sie es ebenfalls so. Ich bin fasziniert von dem Gefühl der Konzentration, das in mir entsteht. Sie waren an ihr interessiert, einzig und allein an ihr. Nichts anderes im Raum wurde berührt oder beschädigt. Ihre Gier, sie zu besitzen, erstreckte sich nicht auf ihre Umgebung. Sie war genug.

Ich bewege mich durch das Zimmer und blicke mich um. Jede Menge Bücher. Zerlesen und ohne erkennbare Ordnung. Sie füllen nicht einfach einen leeren Raum aus – ihre Besitzerin hat sie gelesen. Ich beuge mich vor, um einen Blick auf die Titel zu werfen, und ein Stich aus Trauer, Ironie und galligem Humor trifft mich. Auf wahren Begebenheiten basierende Kriminalromane, viele von ihnen handeln von Serienmördern.

»Helter Skelter«, murmele ich.[4]

Ich wende mich dem Bett zu, verenge die Augen, als ich ihre Kleidung in einem Haufen auf dem Boden bemerke. Ich beuge mich nieder, ohne etwas anzufassen. Ihr Büstenhalter ist zerrissen, genau wie ihr Höschen. Sie hat sich die Sachen nicht selbst ausgezogen. Sie wurden ihr vom Leib gerissen.

Ich stehe auf und betrachte ihr totes Gesicht, erstarrt in einem ewigen Schrei. »Hast du gegen sie gekämpft, Charlotte?«, frage ich. »Als sie dir befahlen, deinen BH und dein Höschen auszuziehen – hast du da zu ihnen gesagt, dass sie sich zum Teufel scheren sollen?«

Sie steht neben dem Bett, in Unterwäsche, zitternd vom Adrenalin, dass die Angst in ihre Blutbahn gepumpt hat.

Einer von ihnen richtet die Pistole auf sie. »Los, alles«, sagt er. »Zieh dich ganz aus. Jetzt.«

Sie sieht ihn an, dann den anderen. Im Gegensatz zu Annie weiß sie, was geschehen wird, noch bevor sie von ihnen ans Bett gefesselt wird.

Diese leeren Augen. Sie weiß Bescheid.

»FICKT EUCH!«, schreit sie, wendet sich gegen den mit der Pistole, tritt und schlägt nach ihm. »HILFE! HILFE!«

Ich blicke auf ihren toten Körper hinab. Sehe die Prellungen, die blauen Flecken in ihrem Gesicht, um die Augen herum. Sind sie entstanden, bevor oder nachdem sie ans Bett gefesselt wurde? Ich werde es niemals mit Sicherheit sagen können. Ich entscheide, dass es vorher war. Es spielt keine Rolle, ob es stimmt oder nicht. Doch ich fühle mich besser, wenn ich es auf diese Weise sehe.

Er ist außer sich, weil diese Nutte ihn mit ihren Hurenhän-

---

4 Tatsachenroman von Vincent Bugliosi über die Morde der Manson-Familie (Anm. d. Übers.).

den berührt hat. Und er bekommt für einen winzigen Augenblick Angst. Das Schreien muss aufhören. Er schlägt ihr mit der Faust in den Magen, treibt ihr die Luft aus den Lungen, und sie krümmt sich vornüber.

»Halt ihre Arme auf dem Rücken fest«, befiehlt er dem anderen, die Stimme gepresst vor Wut.

Sie ächzt und ringt nach Luft, während der andere sie bei den Ellbogen packt und sie nach hinten biegt.

»Du musst zu gehorchen lernen, Hure«, sagt der mit der Pistole. Seine Hand holt aus, trifft sie mit aller Kraft auf der Wange. Einmal, zweimal. Ein drittes Mal. Ihr Kopf fliegt unter der Wucht der Ohrfeigen hin und her. Er beugt sich vor und reißt ihr den BH mit jener brutalen Kraft vom Leib, die nur Wahnsinnige aufzubringen vermögen. Dann das Höschen. Sie versucht erneut zu schreien, doch er boxt ihr in den Solarplexus, gefolgt von einer Serie weiterer vernichtender Ohrfeigen. Sie ist nackt, benommen, ihre Augen tränen, ihre Ohren klingeln, und sie sieht alles wie durch einen roten Nebel. Ihre Knie geben nach, als sie versucht, das Gleichgewicht zu bewahren.

Endlich ist sie wieder leicht zu kontrollieren.

Das beruhigt ihn.

Jetzt wird er sie geknebelt haben. Ich sehe auf ihre Hände und Füße, mustere die Handschellen. Ihre linke Hand weckt meine Aufmerksamkeit. Ich gehe zum Kopfende des Bettes und beuge mich vor. Charlotte hatte falsche Fingernägel. Der Nagel auf ihrem rechten Zeigefinger ist verschwunden. Schnell überprüfe ich die anderen Finger. Die anderen Nägel sind da. Ich beiße mir auf die Unterlippe, während ich nachdenke.

Mir kommt ein Gedanke, und ich gehe nach draußen auf die Veranda. »Haben Sie eine Taschenlampe?«, frage ich Barry.

»Sicher«, antwortet er und reicht mir eine kleine MagLite.

Ich nehme sie und kehre in Charlottes Schlafzimmer zurück. Ich knie neben dem Bett nieder und leuchte mit der Taschenlampe darunter.

Dort liegt er.

Der verlorene Fingernagel, auf dem Teppich nahe dem Kopfende des Bettes. Ich blinzle. An der Spitze klebt etwas, das aussieht wie Blut.

Ich stehe auf, sehe auf Charlotte hinab, spüre Mitleid. Es hat sich hinterrücks an mich herangeschlichen, eine starke Woge voller Schmerz. Alles wegen dieses einsamen falschen Nagels. Ein letzter Widerstand, ein »Fick dich« aus dem Grab.

Man könnte argumentieren, dass es ein Zufall war, doch ich sehe es nicht so. Ich denke an die Tatsachenromane über Serienkiller, die sie gelesen hat, an die Faszination, die fremdartige Psyche, Forensik und Mord auf sie ausgeübt haben. Und ich sehe eine junge Frau, die eine Kämpferin war und wusste, dass sie sterben würde.

»Fessle die Hure mit den Handschellen ans Bett«, befiehlt der mit der Waffe.

Der andere wirft sie in ihrem benommenen Zustand auf das Bett, packt ihre Handgelenke und …

»Au! Verfluchtes Miststück!«, brüllt er. »Die Fotze hat mich gekratzt!«

»Dann fessel sie endlich, verdammt!«

Er schlägt ihr erneut in den Magen, zwingt ein Handgelenk auf das Bett hinunter, fesselt es. Dann das andere.

Vielleicht hat sie es getan, während er ihre Beine gefesselt hat. Und vielleicht hat sie sich während ihrer Folter und Vergewaltigung und durch ihre Angst hindurch darauf konzentriert.

Alles ist Schmerz und Angst und roter Nebel. Sie werden sie töten. Sie weiß es. Sie hat darüber gelesen. Doch weil sie darüber gelesen hat, weiß sie auch über DNS Bescheid. Weiß, was sie unter dem Fingernagel hat.

Sie drückt von unten mit dem Daumen gegen den Nagel, drückt fester, noch fester, betet, dass sie es nicht bemerken, bis …

Schnapp. Der Nagel löst sich. Schmerzlos. Sie kann nicht hören, wie er auf den Teppich fällt. Ein Teil von ihr spürt Trauer, als sie ihn verliert. Er wird auf gewisse Weise weiterleben. Sie nicht.

Sie richtet den Blick auf den mit der Waffe. Er grinst.

Sie schließt die Augen, beginnt zu weinen, denkt an den Fingernagel, weiß, dass sie ihn niemals wiedersehen wird.

Ich stehe auf. Ein kalter Wind pfeift durch mich hindurch. Ich blicke auf Charlotte hinab.

»Ich habe ihn gefunden«, flüstere ich ihr zu. »Genau da, wo du ihn für mich zurückgelassen hast.«

»Das ist eine elende, widerliche Geschichte«, murmelt Barry. »Ich glaube, daran gewöhne ich mich nie.«

Ich sehe ihn von der Seite an. »Das ist wahrscheinlich auch gut so, Barry.«

Er starrt mich an.

»Ja. Schätze, Sie haben Recht.«

Callie und Gene sind bereit reinzugehen. Ich habe allen von dem Fingernagel erzählt.

»Sie brauchen wahrscheinlich nicht lange, also rufen Sie ruhig schon mal Ihre Jungs von der Spurensicherung her, Barry. Treten Sie ihnen in den Hintern, und beschaffen Sie mir schleunigst diesen Bericht, bitte. Ich sorge dafür, dass Sie eine Gegenleistung kriegen. Ich bin sicher, dass die Mörder aus der Gegend kommen. Wenn es sich irgendwie einrichten lässt, sind Sie dabei, wenn wir sie schnappen.«

Er schüttelt den Kopf. »In solch einem Fall ist es einem doch egal, wer sie zu fassen kriegt, solange sie überhaupt gefasst werden.«

»Wie wäre es, wenn wir übereinkommen, uns gegenseitig zu informieren, und es dabei belassen?«

»In Ordnung.«

»Was genau sollen wir hier machen?«

Genes Gesicht zeigt eine Mischung aus Verärgerung und Aufregung, als er diese Frage an mich richtet. Er ist aufgeregt, weil er zum ersten Mal seit langer Zeit wieder draußen vor Ort sein kann, und er ist verärgert, weil es nicht ganz »sein« Tatort ist.

»Ich möchte alles Offensichtliche, Augenscheinliche, das mir einen Vorteil bei der Jagd auf diese Kerle verschafft. Die Leute von der Spurensicherung sind kompetent. Sie erledigt die Kleinarbeit. Ich möchte, dass ihr eine oberflächliche Inspektion durchführt und mir sagt, ob es etwas gibt, das uns im Moment weiterhelfen kann.«

»Sollen wir den Fingernagel mitnehmen?«, fragt Callie.

Ich denke darüber nach. »Kriegen wir die DNS-Analyse schneller?«

»Ja.«

»Dann nehmt ihn mit. Aber ihr müsst hier bleiben, bis die Spurensicherung da ist, und den Fund eintragen. Wir wollen eine spätere Verurteilung nicht dadurch verderben, dass wir die Beweiskette durchbrochen haben.«

Gene sieht Callie an. »Nehmen Sie die Kamera oder das UV-Licht?«

»Ich nehme die Kamera.«

Callie wird den Tatort fotografieren – insbesondere alles, was anschließend berührt oder entfernt wird. Gene wird den kleinen, tragbaren UV-Strahler tragen. Es ist eine kleinere Version des UV-Skops, das Callie in Annies Wohnung benutzt hat, und es hilft beim Auffinden von Haaren, Blut, Sperma und anderen Körperflüssigkeiten.

»Gehen wir.«

Sie betreten das Haus, und ich folge ihnen. Jetzt bin ich an der Reihe, ignoriert zu werden, während sie sich in einem Tanz bewegen, der mich an James und mich erinnert.

Callie schnüffelt in die Luft. »Was meinen Sie, Zuckerschnäuzchen? Drei Tage?«

»Ja, das würde ich ebenfalls schätzen«, antwortet Gene.

Callie macht ein paar Weitwinkelaufnahmen von der Leiche mitsamt den in Beuteln verpackten Organen.

Gene geht zu den Beuteln und bewegt den UV-Stab darüber. »Keine Spur von Fingerabdrücken.« Er sieht zu mir auf. »Das ist nur vorläufig, nicht endgültig.«

Sie wenden sich dem Leichnam zu. Callie macht weitere Fotos. Gene beugt sich vor, um Charlottes rechte Hand zu untersuchen. »Sehen Sie die Stelle mit dem fehlenden Nagel?«, fragt er Callie.

Sie antwortet mit einer Serie weiterer Fotos.

»Der Nagel liegt auf dem Teppich, zwischen dem Bett und der Wand«, sage ich.

Callie kniet sich hin und macht ein paar Aufnahmen vom Nagel. »Sieht aus, als würden Blut und Gewebe daran haften, Gene.« Sie macht weitere Bilder.

Er kniet nieder und streicht mit dem UV-Skop unter dem Bett hin und her. »Jede Menge Partikel hier unten«, sagt er. »Ich möchte nichts aufwirbeln, außer dem Nagel …« Er reicht Callie das UV-Skop und greift in eine Tasche, um eine Pinzette und einen kleinen Beweismittelbeutel hervorzuziehen. Ich sehe zu, wie er sich streckt und versucht, den Teppich so wenig wie möglich zu berühren, während er den Nagel mit der Pinzette birgt. Nach einer Sekunde richtet er sich auf und legt den Nagel in den Beutel. »Könnte DNS dran sein«, sagt er.

»Wie lange?«, frage ich.

Gene zuckt die Schultern. »Vierundzwanzig Stunden.« Ich will zu einem Protest ansetzen, doch er winkt ab. »Das ist schon superschnell, Smoky. Vierundzwanzig Stunden, basta.«

Ich seufze. »Also schön.«

Er nimmt wieder das UV-Skop und streicht damit über Charlotte, von Kopf bis Fuß, über den Hals, die offene Bauchhöhle, die Beine. Dann richtet er sich auf. »Ich kann keine offensichtlichen Spuren von Sperma auf der Leiche sehen«, sagt er. »Blut findet sich natürlich überall. Mit nacktem Auge lässt sich jedenfalls nichts mit Bestimmtheit sagen.«

Callie fertigt weitere Fotos an.

»Ich schätze, die beste, am weitesten führende Spur für den Augenblick ist die DNS an dem Fingernagel«, sagt Gene an mich gewandt. »Und weil es allem Anschein nach einen Kampf gegeben hat, werde ich die Spurensicherung bitten, besonderes Augenmerk auf Gewebespuren zu richten, insbesondere am BH und am Slip.«

»Ist das alles?«

»Für den Augenblick, Zuckerschnäuzchen«, antwortet Callie an seiner Stelle. »Aber der Nagel hat Potential, meinst du nicht?«

»Sicher. Ja, das denke ich auch.« Ich sehe auf meine Uhr. Es ist schon fast elf. »Ich muss nach Hause. Ich bin mit meinem Personenschützer verabredet, Callie. Wartet auf die Spurensicherung. Gene – bitte, bitte beeilen Sie sich mit der DNS.«

»Ich tue, was ich kann.«

Er blickt auf Charlotte hinab. Sie schreit immer noch.

KAPITEL 39

»Wie geht es ihr?«, frage ich. Meine Stimme klingt selbst in den eigenen Ohren müde.

»Gut. Sie ist am Nachmittag aufgewacht, und wir haben ein wenig ferngesehen. Sie hat mir beim Abendessen geholfen. Ganz normale Dinge. Jetzt schläft sie.«

»Elaina ...« Ich zögere.

»Sie kann heute Nacht hier bleiben, Smoky. Ich wollte es dir sowieso empfehlen. Du klingst todmüde, und es gibt keinen Grund, Bonnie zu wecken.«

Ihre wunderbare Sensibilität. Ich fühle mich schuldig, jedoch nicht so sehr, dass ich ihr Angebot ablehne.

»Danke, Elaina. Ich bin tatsächlich völlig erledigt. Es wird nicht zur Gewohnheit, versprochen. Und ich rufe gleich morgen früh an.«

»Sieh zu, dass du ein wenig Schlaf bekommst, Smoky.«

Hätte ich Alexa unter den gleichen Umständen bei Elaina zurückgelassen?, frage ich mich beim Fahren. Ich schiebe den Gedanken beiseite. Schiebe ihn in einen Schrank, sperre die Tür ab und verkaufe das Haus mitsamt dem Schrank darin.

Kurz nach elf bin ich zu Hause. Mein Gott, es war ein Marathontag.

Tommy ist bereits da. Seine Pünktlichkeit überrascht mich nicht. Pünktlichkeit ist ein Teil seiner Persönlichkeit.

Er steigt aus dem Wagen, während ich an den Straßenrand lenke, und kommt herbei. Deutet an, dass ich die Seitenscheibe herunterlassen soll, was ich tue.

»Fahren Sie in die Garage«, sagt er. »Wir könnten beobachtet werden. Wenn Sie in der Garage angekommen sind, sagen Sie nichts, bevor ich alles nach Wanzen untersucht habe.«

»Okay.«

Ich betätige den Toröffner und fahre den Wagen in die Garage. Er folgt mir nach einem Moment mit einem Rucksack auf dem Rücken. Ich schalte den Motor ab und steige aus.

Ich beobachte schweigend, wie er mit irgendeinem teuren Gerät nach elektronischen Abhörgeräten sucht. Er nimmt sich Zeit, arbeitet langsam und methodisch und vollkommen konzentriert. Es dauert fast zehn Minuten. Als er fertig ist, führt er eine Sichtinspektion durch. Es reicht nicht aus, mit elektronischen Apparaten nach Wanzen zu suchen. Man muss auch die Augen und den Verstand benutzen.

Ich lehne mich zurück und beobachte ihn. Ich habe Tommy seit Jahren nicht mehr gesehen. Er sieht gut aus, wie immer. Er hat Latinoblut in den Adern, und er ist äußerst attraktiv. Fast schwarzes lockiges Haar. Schwarze, tiefe Augen. Eine Narbe an der linken Schläfe macht ihn irgendwie noch attraktiver. Er ist nicht derb, und er ist nicht hübsch. Es liegt irgendwo dazwischen, und es steht ihm. Er ist unter den Männern das, was Callie unter den Frauen ist. Im Gegensatz zu ihr ist er allerdings eher ruhig und schweigsam. Wenn er sitzt und einem zuhört, zappelt er niemals ungeduldig herum, spielt mit den Fingern oder wackelt mit den Füßen. Nicht, dass er steif wäre – im Gegenteil, er wirkt vollkommen entspannt und im Einklang mit sich selbst. Es ist einfach so, dass er kein Bedürfnis spürt, sich zu bewegen. Lediglich seine Augen sind in Bewegung. Stets konzentriert, stets aufmerksam und interessiert. Ich nehme an, es kommt von seiner Vergangenheit beim Secret Service. Geduldiges Beobachten und Reglosigkeit gehen Hand in Hand mit dieser Art von Job.

Tommy ist nicht mitteilsam. Ich weiß, dass er nie verheiratet war. Ich weiß nicht, ob er viele Freundinnen hatte oder nur eine Hand voll. Ich habe keine Ahnung, warum er beim Secret Service aufgehört hat. Soweit ich weiß, haben sie ihn gehen lassen. Eine flüchtige Überprüfung blieb ergebnislos, und ich hatte das Gefühl, als wäre es nicht richtig zu bohren. Ich weiß alles, was ich wissen muss über Tommy. Er ist gut in seinem Fach. Er hat eine Schwester, die er liebt, und eine Mutter, die er unterstützt. Das sind die grundlegenden, enthüllenden Dinge. Dinge, die einem eine Menge über den Charakter eines Menschen verraten. Natürlich bin ich trotzdem neugierig auf die Dinge, die ich nicht weiß. Ich kann nichts dafür.

Seine Stimme reißt mich aus meinen Gedanken. »Ich kann keine Wanzen finden. Hier draußen gibt es wahrscheinlich keine. Sie glauben offensichtlich nicht, dass Sie viel Zeit hier draußen in der Garage verbringen.«

»Sie haben Recht.«

»Ist das der Wagen, mit dem Sie unterwegs waren?«

»Ja.«

Er geht nach hinten und legt sich auf den Boden, auf den Rücken. Ich sehe ihm zu, wie er sich weiter und weiter unter den Wagen vorarbeitet.

»Hab sie. Ein ultramoderner GPS-Tracker, gekoppelt mit Realtime-Übertragung. Professionelles Gerät.« Er kommt unter dem Wagen hervor. »Mit diesem Ding und der richtigen Software können die Kerle Sie mit einem Notebook überallhin verfolgen. Ich nehme an, Sie wollen das Gerät für den Augenblick dort lassen, wo es ist?«

»Ich möchte nicht, dass sie erfahren, dass ich von seiner Existenz weiß. Vielleicht gelingt es Ihnen ja, einen von ihnen zu entdecken, während Sie mich beschatten.«

»Genau. Sie sagten, die Kerle seien in Ihrer Wohnung gewesen?«

»Ja. Ich habe die Schlösser auswechseln lassen.«

»Trotzdem bedeutet es, dass sie vorher jederzeit Wanzen gelegt haben könnten. Soll ich danach suchen? Es könnte einige Stunden dauern.«

»Falls es Wanzen gibt, möchte ich wissen, wo sie sind. Aber ich möchte nicht, dass Sie sie entfernen, Tommy.«

Er nimmt seinen Rucksack auf. »Bringen Sie mich rein, und ich mache mich gleich an die Arbeit.«

Als Erstes hat Tommy mein Handy untersucht. Während er die Suche fortsetzt, rufe ich der Reihe nach die Mitglieder meines Teams an.

»Wie weit sind wir mit den Usernamen und Passwörtern, James?«

»Wir brauchen wahrscheinlich noch die ganze Nacht. Wir spüren die Besitzer der verschiedenen Gesellschaften auf.«

»Bleib dran.«

Er legt ohne Antwort auf. Eben das alte Arschloch.

Callie ist bei Gene im Labor, der getreu seinem Versprechen an der DNS-Analyse sitzt. »Er ruft eine Reihe von geschuldeten Gefälligkeiten ab, Smoky. Wirft Leute aus den Betten. Unser Gene ist sehr konzentriert und entschlossen.«

»Gut.«

»Es ist mir egal, womit sie ihren Lebensunterhalt verdient hat, Zuckerschnäuzchen. Sie war jung. Sie hätte sich irgendwann ändern können, sich einen anderen Beruf suchen. Er hat ihr diese Möglichkeit genommen.«

»Ich weiß, Callie. Das ist der Grund, warum wir ihn kriegen müssen. Bleib dran, und wenn du Zeit findest, nimm dir eine Mütze Schlaf.«

»Du auch, Smoky.«

Zu guter Letzt rufe ich Alan an. Ich berichte ihm, dass Bonnie über Nacht bei ihm und Elaina bleibt.

»Sicher. Kein Problem, Smoky.« Er zögert. »Sie fängt nächste Woche mit der Chemo an.«

Der Klumpen, inzwischen ein fast vertrauter Freund, sitzt wieder in meinem Magen. »Es wird alles gut, Alan, bestimmt.«

»Der Becher ist halb voll, nicht halb leer?«

»Ganz genau.«

»Nacht.« Er legt auf.

Ich höre, wie Tommy mein Haus absucht. Alles ist still. Das Haus ist leer. Ich vermisse Bonnie jetzt schon. Die Umstände, unter denen sie zu mir gekommen ist, waren grauenhaft, und wenn ich etwas daran ändern könnte, würde ich es sofort tun. Doch ich bin froh, dass sie bei mir ist, und ich vermisse sie. Ihre Abwesenheit erzeugt ein hohles Gefühl in mir.

Mir wird bewusst, dass ich aus mehr als den üblichen Gründen darauf brenne, diesen Fall zu lösen. Nicht nur, weil ich Jack Junior und seinem Wahnsinn ein Ende bereiten will. Sondern auch, damit ich endlich anfangen kann, Bonnie ein Zuhause zu geben. Ich denke an die Zukunft und sehne mich danach – etwas, das ich seit dem Tag, an dem ich Joseph Sands erschoss, nicht mehr getan habe.

Tommy arbeitet weiter. Ich gehe ins Wohnzimmer, schalte den Fernseher ein und lehne mich auf dem Sofa zurück, während ich warte.

Ich bin zwölf Jahre alt, und es ist Sommer. Ein wunderschöner Sommer. Mein Vater ist noch am Leben, und ich habe keine Ahnung, dass er vor meinem einundzwanzigsten Geburtstag sterben wird. Wir sind am Zuma Beach, sitzen im heißen Sand.

Ich spüre, wie Tropfen des kalten Meerwassers auf meiner Haut verdunsten, schmecke Salz auf den Lippen. Ich bin jung, bin am Strand, und mein Vater umgibt mich mit seiner Liebe. Es ist ein wunderbarer, perfekter Augenblick.

Mein Vater beobachtet den Himmel. Ich sehe ihn an, sehe, wie er lächelt und den Kopf schüttelt.

»Was denn, Daddy?«

»Ich hab an die verschiedenen Arten von Sonne denken müssen, Liebes. Jeder Ort auf der Welt hat seine eigene Sonne, wusstest du das?«

»Ehrlich?«

»O ja. Es gibt die Kansas-Sonne über den Weizenfeldern. Die Maine-Sonne über Bangor, die durch graue Wolken lugt und einen grauen Himmel erhellt. Und die Florida-Sonne, klebrig-golden.« Er wendet sich mir zu. »Meine Lieblingssonne ist die über Kalifornien. Heiß, trocken, keine Wolken, nichts als blauer Himmel – wie heute. Diese Sonne sagt, dass alles erst anfängt und dass etwas Aufregendes passieren wird.« Er blickt hinauf in den Himmel. Schließt die Augen und lässt sich von seiner Lieblingssonne das Gesicht wärmen, während der Wind vom Meer seine Haare zerzaust. Es ist das erste Mal, dass mir bewusst wird, wie schön ich meinen Vater finde.

Ich habe damals nicht alles verstanden, was er mir gesagt hat, doch das war unwichtig. Ich verstand, dass er mit mir sprach, weil er mich liebte.

Wenn ich an meinen Vater denke, mich an sein Wesen zu erinnern versuche, denke ich an jenen Augenblick.

Mein Dad war ein erstaunlicher Mensch. Mom starb, als ich gerade zehn war. Er kam zwar ins Stolpern, allerdings ohne zu fallen. Überließ mich niemals mir selbst, um in seiner Trauer zu versinken. Das eine, woran ich nie zweifeln musste, ganz gleich, was sonst geschah, war die Tatsache, dass mein Vater mich liebte.

Ich wache auf, als mich etwas berührt, und wirbele vom Sofa, reiße die Waffe hervor, während ich die Augen öffne. Es dauert einen Moment, bevor mir klar wird, dass Tommy fertig ist. Er wirkt nicht erschrocken. Bleibt ganz ruhig stehen, die Hände an den Seiten. Ich senke die Waffe.

»Entschuldigung«, sagt er.

»Nein. Ich bin es, die sich entschuldigen muss, Tommy.«

»Ich bin fertig mit der Suche. Ich habe lediglich eine Wanze am Telefon gefunden, weiter nichts. Wahrscheinlich kommt es daher, dass Sie allein leben. Wenn Sie nicht zu sich selbst reden, ist das Telefon das Einzige, was abhörenswert wäre.«

»Also das Telefon und der Wagen.«

»Genau. Ich schlage Folgendes vor. Ich schlafe hier unten, auf Ihrem Sofa. Morgen früh, wenn Sie das Haus verlassen, folge ich Ihnen.«

»Sind Sie sicher, Tommy? Dass Sie hier bleiben wollen, meine ich?«

»Sie sind jetzt mein Auftraggeber, Smoky. Mein Job ist es, Sie zu schützen, rund um die Uhr.«

»Ich würde lügen, wenn ich sagen würde, dass mir die Vorstellung nicht gefällt. Danke, Tommy.«

»Kein Problem, Smoky. Ich bin Ihnen was schuldig.«

Ich sehe ihm lange in die Augen. »Wissen Sie, Tommy, eigentlich schulden Sie mir überhaupt nichts. Ich habe nur meinen Job gemacht, das ist alles. Ich bezweifle, dass Sie glauben, jemand, den Sie im Auftrag des Secret Service bewacht haben, sei Ihnen was schuldig.«

»Nein. Aber *Sie* haben zu mir gestanden, als es um *mein* Leben ging. Ob Sie nun das Gefühl haben oder nicht, ich sei Ihnen was schuldig, ich habe es auf jeden Fall.« Er schweigt für eine Sekunde, dann fährt er fort: »Ich wünschte nur, ich wäre da gewesen, als Sands zu Ihnen kam.«

Ich lächle ihn an. »Ich auch, Tommy.«

Er nickt. »Jetzt bin ich jedenfalls da. Schlafen Sie sich aus, Smoky. Sie müssen sich keine Sorgen machen.« Er sieht mich an, und seine Augen haben sich verändert. Sie sind steinern. Gefrorener Granit. »Jeder, der zu Ihnen will, muss zuerst an mir vorbei.«

Ich sehe ihn an, als ich mich auf das Sofa setze. Sehe ihn richtig an. Denke an den Traum von meinem Vater, an all das, was passiert ist. An alles, was passieren kann. Ich betrachte seine dunklen, tiefen Augen. Sein hübsches Gesicht. Und spüre ein Verlangen.

»Was ist?«, fragt er mit leiser, sanfter Stimme.

Ich antworte nicht. Stattdessen schockiere ich mich bis in mein tiefstes Inneres, als ich mich vorbeuge und ihn auf den Mund küsse. Ich fühle, wie er sich versteift. Mich von sich schiebt.

»Brrrrrrrrrrrrr!«, ruft er.

Ich senke den Blick, außerstande, seinen Augen zu begegnen. »Bin ich so hässlich, Tommy?«

Lange Zeit herrscht Schweigen. Ich spüre seine Hand an meinem Kinn, spüre, wie er mein Gesicht anhebt. Ich will ihn nicht ansehen. Will nicht den Abscheu sehen.

»Sieh mich an«, sagt er.

Also gehorche ich. Und meine Augen weiten sich. Kein Abscheu. Nur Zärtlichkeit, gemischt mit Ärger.

»Du bist nicht hässlich, Smoky. Ich habe dich immer für eine verdammt sexy Lady gehalten. Daran hat sich nichts geändert. Du willst jemanden, jetzt. Ich kann das verstehen. Aber ich weiß nicht, wohin das führen soll.«

Ich starre ihn an, spüre die Aufrichtigkeit seiner Worte. »Würdest du weniger von mir halten, wenn es mir egal wäre?«, frage ich neugierig.

Er schüttelt den Kopf. »Nein. Das ist nicht das Problem.«

»Was dann?«

Er breitet die Hände aus. »Ob du weniger von *mir* halten würdest.«

Seine Worte lassen mich zögern. Und machen, dass ich mich gut fühle. Ich beuge mich vor. »Du bist ein wunderbarer Mann,

Tommy. Ich vertraue dir. Es ist mir egal, wohin es führt oder ob es irgendwohin führt.« Ich strecke die Hand aus, berühre sein Gesicht. »Ich bin einsam, und ich bin verletzt worden, ja. Aber das ist nicht der Grund. Ich will einfach nur, dass ein Mann mich will, jetzt, auf der Stelle. Das ist alles. Ist es so falsch?«

Er betrachtet mich, und noch immer verrät sein Gesicht nichts. Dann streckt er die Hände aus, nimmt mein Gesicht. Bringt seine Lippen auf meine herab. Sie sind hart und weich zugleich. Seine Zunge schlüpft in meinen Mund, und meine Reaktion ist spontan. Mein ganzer Körper wirft sich ihm entgegen, und ich kann seine Erektion durch den Stoff der Hose hindurch spüren. Er lehnt sich zurück. Seine Augen sind vor Vergnügen halb verschleiert und sexy wie die Hölle.

»Gehen wir nach oben?«, fragt er.

Wenn er nicht gefragt, sondern es einfach angenommen und versucht hätte, mich nach oben in das Bett zu bringen, das ich niemals mit jemand anderem außer Matt geteilt habe, dann hätte meine Antwort wohl »Nein« gelautet. Ein Teil von mir empfindet immer noch so, denkt, dass ich »Nein« sagen soll.

»Ja, bitte«, antworte ich.

Mit einer einzigen Bewegung nimmt er mich auf die Arme, trägt mich, als wäre ich eine Feder. Ich schmiege mein Gesicht an seinen Hals, rieche seinen männlichen Geruch. Mein Verlangen wird noch intensiver. Ich habe ihn vermisst, diesen Geruch. Ich möchte jemandes Haut an meiner Haut spüren. Ich will nicht allein sein.

Und ich will mich schön fühlen.

Wir kommen ins Schlafzimmer, und er legt mich sanft auf das Bett. Er zieht sich aus, während ich ihn beobachte. Und mein Gott, der Anblick ist lohnenswert, sagt mein Körper. Er ist gut gebaut, ohne übermäßig muskulös zu sein, die Physis eines Tänzers. Er hat Brusthaare, was ich sexy finde, aber nicht zu viele. Einfach nur gerade richtig. Als er seine Hose auszieht, gefolgt von den Boxershorts, stöhne ich auf. Nicht wegen seines Schwanzes – obwohl er verdammt noch mal nicht zu übersehen ist. Ich stöhne wegen des Anblicks eines nackten Mannes. Ich spüre, wie sich in mir eine Energie aufbaut, eine Art formloser Welle, die einer inneren Küste entgegenbrandet.

Er kommt zu mir, setzt sich, bewegt die Hand zu meiner Bluse, um sie aufzuknöpfen. Ich spüre erneut Zweifel. »Tommy, ich ... die Narben. Sie sind nicht nur auf meinem Gesicht.«

»Pssst ...«, sagt er sanft, während seine Finger weiter die Bluse aufknöpfen. Er hat starke Hände. Schwielig an bestimmten Stellen, weich und glatt an anderen. Zart und kraftvoll zugleich. Wie er selbst.

Er öffnet meine Bluse, richtet mich auf, um sie mir auszuziehen, dann entfernt er meinen BH. Er legt mich zurück, betrachtet mich. Meine Angst verschwindet, als ich den Ausdruck auf seinem Gesicht sehe. Kein Abscheu, kein Mitleid. Ich sehe nur die Ehrfurcht, die Männer manchmal haben können, wenn man nackt vor ihnen steht. Die Art von Blick, die »Ehrlich? Alles für mich?« zu fragen scheint.

Er beugt sich vor und küsst mich erneut, und ich spüre seine Brust an der meinen. Meine Nippel werden hart, verwandeln sich in pulsierende Zentren aus Empfindsamkeit. Er küsst mein Kinn, meinen Hals, bewegt sich nach unten, zu meinen Brüsten.

Als er einen meiner Nippel in den Mund nimmt, winde ich mich und schreie auf. Mein Gott, denke ich. Ist es das, was Monate ohne Sex aus einem machen? Ich packe seinen Kopf und halte ihn fest, während ich unverständliche Dinge zu ihm sage, spüre, wie sich mein Drängen verstärkt. Er küsst mich weiter, wandert von Nippel zu Nippel, bringt mich zum Stöhnen und Wimmern, während seine Hände mir die Hose ausziehen, das Höschen mitnehmen, und dann hält er inne, blickt mich an, während er Hose und Höschen zusammengeknüllt in einer Hand hält. Seine Augen sind verhangen, sein Gesicht teilweise im Schatten, und der Ausdruck, mit dem er mich betrachtet, ist reinstes Verlangen.

Hier bin ich, denke ich. Nackt vor einem mehr als attraktiven Mann. Und er will mich, mit Narben und allem. Tränen treten mir in die Augen.

Tommy sieht mich besorgt an. »Alles in Ordnung?«, fragt er.

Ich lächle zu ihm hoch. »O ja«, sage ich, während mir die Tränen über die Wangen strömen. »Ich bin einfach nur glücklich. Du gibst mir das Gefühl, sexy zu sein.«

»Du *bist* sexy, Smoky. Mein Gott!« Er streckt den Finger aus und fährt die Narben auf meinem Gesicht entlang. Nach unten, über die auf meiner Brust, bis zum Bauch. »Du glaubst vielleicht, diese Narben machen dich hässlich.« Er schüttelt den Kopf. »Für mich enthüllen sie Charakter. Sie zeigen Kraft, Überlebenswillen, den Willen, sich nicht geschlagen zu geben. Sie zeigen, dass du eine Kämpferin bist. Dass du um dein Leben kämpfst, bis zum letzten Atemzug.« Seine Hand kehrt zu meinem Gesicht zurück. »Diese Narben sind kein Zeichen für Ausschussware, Smoky. Sie zeigen das, was wirklich in dir steckt.«

Ich strecke die Arme nach ihm aus.

»Komm her und zeig mir, dass du es so meinst, wie du sagst. Zeig es mir die ganze Nacht lang.«

Er kommt. Es geht stundenlang, eine Mischung aus Dunkelheit und Ekstase, und meine Wahrnehmung verwandelt sich in eine Mischung aus unerträglichen Emotionen und Gefühlen. Ich bin unersättlich, und ich fordere immer weiter, und er kommt meinem Verlangen nach, bis zum Ende, als sich die Welt zuerst zu einem Punkt zusammenzieht, bevor sie zu einer nahezu blendenden Sonne explodiert, die mich in den höchsten Tönen schreien lässt vor unaussprechlichem Vergnügen.

»Dass die Fenster klappern«, nannte Matt es.

Der süßeste Schmerz von allen ist das Fehlen jeglicher Schuldgefühle. Weil ich weiß, dass Matt glücklich ist, falls er mich beobachtet. Dass er mir sagt, ein Flüstern in meinem Ohr:

»Leb dein Leben endlich weiter, Smoky. Du gehörst zu den Lebenden.«

Als ich einschlafe, wird mir bewusst, dass ich heute Nacht nicht träumen werde. Die Träume sind nicht vorbei, aber die Vergangenheit und die Gegenwart lernen allmählich, miteinander zu leben. Die Gegenwart hat die Vergangenheit gehasst, und die Vergangenheit war der Feind der Zukunft. Vielleicht ist die Vergangenheit bald wieder nichts mehr weiter als die Vergangenheit.

Der Schlaf übermannt mich, und diesmal ist es keine Flucht, sondern erholsamer Trost.

KAPITEL 40

Als ich am Morgen erwache, fühle ich mich zufrieden und verkatert. Als hätte ich über den Durst getrunken. Tommy ist nicht da, doch als ich die Ohren spitze, höre ich ihn unten. Ich strecke mich, spüre jeden Muskel, dann springe ich aus dem Bett.

Ich dusche, während ich bedaure, dass ich diesen Geruch von mir abwaschen muss, aber anschließend fühle ich mich erfrischt. Guter Sex kann so etwas bewirken. Wie ein guter Marathonlauf. Eine Dusche fühlt sich besser an, wenn man sich vorher richtig schmutzig gemacht hat.

Ich genieße dieses Gefühl für einige Minuten, dann ziehe ich mich an und gehe nach unten, wo ich Tommy in der Küche antreffe.

Er sieht genauso aus wie vorher, bevor wir miteinander ins Bett gestiegen sind. Nicht eine einzige Falte in seinem Anzug. Er ist vollkommen wach und fit. Er hat Kaffee gekocht und reicht mir eine Tasse.

»Danke«, sage ich.

»Fährst du bald?«

»In ungefähr einer halben Stunde. Ich muss zuerst einen Anruf erledigen.«

»Sag mir Bescheid, wenn du so weit bist.« Er betrachtet mich für einen Moment, rätselhaft wie die Sphinx von Theben, bis schließlich ein Lächeln seine Lippen umspielt.

Ich hebe eine Augenbraue. »Was?«

»Ich hab bloß an vergangene Nacht denken müssen.«

Ich sehe ihn an. »Es war wundervoll«, sage ich leise.

»Ja.« Er neigt den Kopf. »Weißt du eigentlich, dass du mich nicht einmal gefragt hast, ob ich nicht schon vergeben bin?«

»Ich dachte, wenn es so wäre, hättest du es nicht so weit kommen lassen. Habe ich mich geirrt?«

»Nein.«

Ich sehe auf meine Kaffeetasse. »Hör zu, Tommy, ich möchte etwas sagen wegen der letzten Nacht. Wegen dem, was du gesagt hast. Dass du nicht sicher wärst, ob es zu etwas führen würde oder nicht. Ich möchte, dass du weißt, dass ich ernst gemeint habe, was ich gesagt habe. Wenn es nirgendwohin führt, dann ist es wirklich okay. Aber …«

»Aber wenn doch, dann ist es auch okay«, sagt er. »Ist es das, was du sagen willst?«

»Ja.«

»Gut. Ich denke nämlich genauso.« Er streckt die Hand aus, streichelt mir über das Haar. Ich lehne mich an ihn, für einen Augenblick. »Ich meine es ehrlich, Smoky. Du bist eine phantastische Frau. Das habe ich schon immer gedacht.«

»Danke.« Ich lächle ihn an. »Wie nennen wir es dann? Einen One-Night-Stand mit Aussichten?«

Er lässt die Hand sinken, lacht. »Das gefällt mir. Lass mich wissen, wenn du fertig bist.«

Ich nicke und gehe. Ich fühle mich nicht nur gut, sondern sogar behaglich. Wie auch immer es enden mag, weder Tommy noch ich werden die letzte Nacht bereuen. Gott sei Dank.

Ich kehre nach oben zurück, spüre allmählich mein Schlafdefizit und halte meinen Kaffee, als wäre er das reine Elixier des

Lebens. Es ist erst halb neun, doch ich bin sicher, dass Elaina eine Frühaufsteherin ist. Ich wähle ihre Nummer.

Elaina meldet sich. »Hallo?«

»Hi, ich bin's, Smoky. Tut mir Leid wegen gestern Abend. Wie geht es ihr?«

»Sie scheint glücklich. Sie redet noch immer nicht, aber sie lächelt viel.«

»Wie hat sie geschlafen?«

Ein Zögern. »Sie hat letzte Nacht im Schlaf geschrien. Ich habe sie geweckt und in den Armen gehalten. Danach ging es ihr wieder gut.«

»Gütiger Gott. Es tut mir Leid, Elaina.« Ich spüre die Schuld einer Mutter bei ihren Worten. Während ich den Mond angeheult habe, hat Bonnie wegen ihrer Vergangenheit geschrien. »Du hast keine Ahnung, wie dankbar ich dir dafür bin.«

»Sie ist ein Kind, das zutiefst verwundet wurde, und sie braucht Hilfe, Smoky. Das ist keine Last in unserem Haus, und es wird niemals eine sein.« Ihre Worte sind die einfache Feststellung einer Tatsache, und sie kommen von Herzen. »Möchtest du mit ihr reden?«

Mein Herz droht auszusetzen. Mir wird bewusst, wie sehr ich es mir wünsche. »Bitte, ja.«

»Warte einen Moment.«

Eine Minute später kommt Elaina zum Telefon zurück. »Sie ist hier. Ich gebe ihr jetzt den Hörer.«

Fummelnde Geräusche, dann höre ich Bonnies leisen Atem.

»Hi, Honey«, sage ich. »Ich weiß, du kannst nicht antworten, deswegen rede ich für uns beide. Es tut mir wirklich Leid, dass ich gestern Abend nicht gekommen bin, um dich zu holen. Ich musste lange arbeiten. Als ich heute Morgen aufgewacht bin, und du warst nicht da…« Meine Stimme versagt. Ich höre sie atmen. »Ich vermisse dich, Bonnie.«

Schweigen. Erneut fummelnde Geräusche, gefolgt von Elainas Stimme. »Warte, Smoky.« Sie spricht vom Telefon abgewandt. »Möchtest du Smoky etwas sagen, Liebes?« Weiteres Schweigen. »Ich sage es ihr.« Dann spricht sie wieder in den Hörer. »Sie hat mir ein wunderschönes Lächeln geschenkt und sich umarmt und auf das Telefon gedeutet.«

Mein Herz verkrampft sich. Ich brauche keine Übersetzung für die Bedeutung ihrer Worte. »Sag ihr das Gleiche von mir, Elaina. Ich muss jetzt auflegen, aber ich komme heute Abend vorbei, um sie abzuholen. Keine weiteren Übernachtungen bei euch, wenn ich es vermeiden kann. Zumindest für eine Weile.«

»Wir sind jedenfalls hier.«

Ich bleibe eine Minute sitzen, nachdem ich aufgelegt habe, und starre ins Leere. Plötzlich sind mir die Schichten meiner Emotionen bewusst, die offensichtlichen wie die unterschwelligen. Ich habe starke Gefühle für Bonnie. Zärtliche, beschützende und sehnsüchtige Gefühle. Sie sind stark und real. Doch es gibt noch andere Gefühle, leise, flüsternd, subtil. Sie durchziehen mein Ich wie trockene Blätter, die der Wind vor sich hertreibt. Ärger ist eines davon. Ärger, dass ich nicht glücklich sein kann über meine eine Nacht mit Tommy. Es ist ein schwaches Gefühl, aber es will nicht weichen. Wie die Selbstsucht eines kleinen Mädchens, das nicht teilen mag. Du verdienst kein Glück, flüstert es mir beharrlich ein.

Und da ist die Stimme der Schuld. Es ist eine glatte Stimme, wie Öl, schlangengleich. Sie stellt nur eine Frage, eine bohrende: Wie kannst du es wagen, glücklich zu sein, wenn sie es nicht ist?

Wiedererkennen durchzuckt mich. Ich habe diese Stimmen schon früher gehört, alle, ohne Ausnahme. Als Alexas Mutter. Eine Mutter zu sein ist kein Ein-Noten-Stück, kein Schauspiel in einem Akt. Es ist komplex, enthält Liebe und Zorn, Selbstlosigkeit und Selbstsucht zugleich. Manchmal ist man überwältigt von der Schönheit des eigenen Kindes. Und manchmal wünscht man sich, zumindest für einen ganz kurzen Moment, dass man überhaupt kein Kind hätte.

Ich fühle all diese Dinge, weil ich im Begriff bin, Bonnies Mutter zu werden. Und dieses Vorhaben lässt eine neue, schuldbeladene Stimme voller Tadel und Elend erschallen: Wie kannst du es wagen, sie zu lieben?

Erinnerst du dich denn nicht? Deine Liebe bringt den Tod. Statt mich niederzuwerfen, macht mich diese Stimme wütend. Ich wage es, antworte ich, weil ich es *muss*. So ist das, Mutter zu sein. Liebe hilft dir durch das Gröbste, Pflichtgefühl durch den Rest.

Ich will, dass Bonnie sicher ist, dass sie ein Zuhause hat und das Gefühl, dass dieses Zuhause *real* ist.

Ich fordere die Stimme auf, sich dazu zu äußern. Sie schweigt.

Gut. Es ist Zeit, zur Arbeit zu fahren.

Die Tür zum Büro fliegt auf, und Callie kommt herein. Sie trägt eine Sonnenbrille und umklammert einen Becher Kaffee.

»Sprich mich nicht an«, wehrt sie ab. »Ich hab noch nicht genug Koffein zu mir genommen.«

Ich schnüffele die Luft ein. Callie hat immer den besten Kaffee von allen. »Mmm«, sage ich. »Was ist das? Haselnuss?«

Sie wendet sich von mir ab und umklammert den Kaffee noch fester. Verzieht einen Mundwinkel. »Das ist meiner.«

Ich gehe zu meiner Tasche, greife hinein und nehme ein Paket kleiner Schokoladendonuts hervor. Ich sehe, wie Callies Augenbrauen in die Höhe schießen. Ich winke mit den Donuts. »Oh, sieh mal, Callie, was ich hier habe. Schokoladendonuts. Lecker, lecker.«

Auf ihrem Gesicht liegen die Emotionen im Widerstreit. »Prima«, sagt sie schließlich und schneidet eine Grimasse. Sie packt den Becher auf meinem Schreibtisch und füllt ihn zur Hälfte mit ihrem Kaffee auf. »Und jetzt gibst du mir zwei von deinen Donuts.«

Ich nehme zwei aus der Verpackung und schiebe sie ihr hin,

während sie mir die Kaffeetasse reicht. Es ist wie bei einem Geiselaustausch. Als ich die Tasse packe, reißt sie mir die Donuts aus der Hand. Während sie sich an ihren Schreibtisch setzt und das Gebäck isst, genieße ich ihren Kaffee.

Himmlisch.

Callie isst ihre Donuts und trinkt Kaffee, und ich spüre ihren Blick auf mir ruhen. Nachdenklich und durchbohrend zugleich, selbst durch die Sonnenbrille hindurch.

»Was ist?«, frage ich.

»Erzähl du es mir«, meint sie und nimmt einen weiteren Bissen von ihrem Donut.

Meine Güte, denke ich. Ist diese alte Legende wahr? Dass man es sehen kann, wenn man mit jemandem geschlafen hat? »Ich weiß überhaupt nicht, wovon du redest.«

Sie sieht mich weiter unverwandt durch ihre Sonnenbrille hindurch an, während sie mir ein breites Grinsen schenkt wie das einer trägen Cheshire-Katze. »Wie du meinst, Zuckerschnäuzchen.«

Ich beschließe, sie zu ignorieren.

Leo, Alan und James treffen in kurzen Abständen im Büro ein. Leo sieht aus, als wäre er von einem Laster überrollt worden. James sieht aus wie immer.

»Los, kommt her«, sage ich zu ihnen. »Zeit für eine Besprechung. Leo und James, wie weit sind wir mit der Suche nach dem Usernamen und dem Passwort?«

Leo fährt sich mit der Hand durch die Haare. »Wir haben alle Betreiber erreicht, und alle kooperieren.« Er wirft einen Blick auf seine Uhr. »Ich hab vor einer halben Stunde mit dem letzten gesprochen. Wir müssten die Ergebnisse innerhalb der nächsten Stunde vorliegen haben.«

»Benachrichtige mich sofort. Callie, was macht die DNS-Analyse?«

»Gene sagt, er hätte die Ergebnisse am frühen Abend. Falls es DNS-Spuren gibt und falls diese DNS in der Datenbank gespeichert ist, wissen wir bis zum Abendessen, um wen es sich handelt.«

»Wäre das nicht ein Knaller?«, fragt Alan.

»Ganz sicher«, antworte ich. »Bis dahin jedoch – wann ist Dr. Child bereit, sich mit mir zu treffen?«

»Jederzeit nach zehn«, antwortet Callie.

»Gut. Callie und Alan – ihr setzt euch mit Barry in Verbindung und seht, was die Spurensicherung herausgefunden hat.«

»Klar, Zuckerschnäuzchen.«

»Ich gehe jetzt zu Dr. Child.« Ich blicke alle der Reihe nach an. »Arbeitet ihr inzwischen weiter.«

Es ist Zeit, ein weiteres Netz auszuwerfen.

Ich klopfe an Dr. Childs Tür, bevor ich sein Büro betrete. Er sitzt hinter seinem Schreibtisch und liest in einer dicken Akte. Er blickt auf, als ich meinen Kopf in sein Büro stecke, und lächelt mir zu.

»Smoky. Gut, Sie zu sehen. Kommen Sie herein.« Er deutet auf die Stühle vor seinem Schreibtisch. »Bitte nehmen Sie Platz. Ich muss vorher nur noch schnell meine Notizen durchgehen. Ein faszinierender Fall.«

Ich setze mich und beobachte Dr. Child beim Lesen. Er ist ein Mann Ende fünfzig. Weißhaarig, mit einer Brille und einem Bart. Er sieht zehn Jahre älter aus, wirkt ständig müde, und seine Augen haben einen gejagten Ausdruck, der niemals weggeht, nicht einmal, wenn er lacht. Er späht seit nahezu dreißig Jahren in die Gehirne von Serienmördern. Sehe ich in zwanzig Jahren auch so aus?, frage ich mich.

Er ist der einzige Mensch, dem ich mehr vertraue als James und mir selbst, wenn es um Erkenntnisse darüber geht, was diese Ungeheuer antreibt.

Er nickt vor sich hin und blickt schließlich auf. Lehnt sich in seinem Bürostuhl zurück. »Sie und ich, wir haben schon häufiger zusammengearbeitet, Smoky. Also wissen Sie, dass ich die

Neigung besitze, so zu tun als ob. Genau das gedenke ich auch jetzt zu tun. Haben Sie etwas dagegen?«

»Nicht das Geringste, Doc. Schießen Sie los.«

Er legt die Fingerspitzen unter dem Kinn zusammen. »Ich werde so tun, als handelte es sich hier um ein einzelnes Individuum. Die hinter Jack Junior stehende Person ist unser Primärziel und die dominante Persönlichkeit. Stimmen Sie mir darin zu?«

Ich nicke.

»Gut. Es gibt zwei Möglichkeiten. Die erste ist, fürchte ich, eher unwahrscheinlich. Dass er nur so tut. Dass seine Behauptung, ein Nachfahre von Jack the Ripper zu sein, Teil eines Rollenspiels ist und Sie auf eine falsche Fährte lenken soll. Ich halte diese Sicht der Dinge für abwegig und glaube nicht, dass sie uns weiterhilft.

Die zweite Möglichkeit ist wahrscheinlicher und obendrein höchst ungewöhnlich. Wir haben es hier mit einem Fall von Erziehung gegen die Natur zu tun. Einer Art Langzeit-Gehirnwäsche. Irgendjemand hat eine lange Zeit damit verbracht, unserem Jack Junior die Identität einzuprägen, die er nun angenommen hat. Meiner Meinung nach muss man damit bereits in sehr jungem Alter begonnen haben, um so erfolgreich zu sein. Es wäre möglich, dass einer oder beide Elternteile dies getan haben.

Unsere bisherigen Erkenntnisse zeigen, dass die meisten Serienmörder eine sehr ähnliche Vergangenheit aufweisen. Üblicherweise gehört dazu Missbrauch in früher Kindheit. Dabei kann es sich um Misshandlungen oder um sexuellen Missbrauch handeln; in der Regel ist es beides. Das Resultat ist Wut, eine rasende Wut, und die Missbrauchten sind nicht imstande, diese Wut gegen die Täter zu richten, die größer und stärker sind als sie und in einer Position der emotionalen Autorität und des Vertrauens. Der Täter ist fast immer der Vater oder die Mutter. Die missbrauchte Person liebt diesen Täter und ist im Innern davon überzeugt, dass der Missbrauch auf irgendeine Weise gerechtfertigt ist. Verursacht durch irgendetwas, das sie falsch gemacht hat.

Wut benötigt ein Ventil. Ohne ein konkretes Ziel wird sie von den Opfern beinahe zwangsläufig auf dreierlei Art umgelenkt. Zunächst in Form von Gewalt gegen sich selbst; dazu gehört chronisches Bettnässen. Dann durch Gewalt gegen die Umwelt, etwa durch das Legen kleiner Brände. Und schließlich, in einer eskalierenden Gewaltspirale, die mit Übergriffen auf schwächere Lebewesen beginnt – meist auf kleinere Tiere, die gequält und getötet werden. Sobald die Missbrauchten selbst erwachsen sind, tun sie dasselbe dann logischerweise auch Menschen an.

Dies ist natürlich eine starke Vereinfachung. Menschen sind keine Roboter, und kein Verstand funktioniert wie der andere. Nicht alle Opfer nässen ins Bett oder töten kleine Tiere. Der Missbrauch wird nicht immer vom Vater oder von der Mutter begangen. Insgesamt jedoch trifft, wie unsere Erfahrungen zeigen, dieses vereinfachende Grundmuster zu.«

Er lehnt sich zurück und sieht mich an.

»Es gibt allerdings Ausnahmen, Smoky. Sie sind selten, doch es gibt sie. Sie dienen denjenigen als Argument, die glauben, dass die menschliche Natur die Erklärung für alles liefert. Mörder, die aus anständigen Umfeldern kommen und anständige Eltern hatten. Schlechte Anlagen, ohne erkennbaren Grund für das, was sie tun.« Dr. Child schüttelt den Kopf. »Warum muss es entweder das eine oder das andere sein? Ich war – wie viele andere auch – stets der Meinung, dass beides die Ursache bilden kann. Natur und Erziehung. Dabei ist die Erziehung, wie ich bereits sagte, die am häufigsten zu beobachtende Ursache.« Er klopft auf den Bericht, der vor ihm liegt. »In diesem Fall hier gibt es zahlreiche Abweichungen. Er sagt, er sei weder misshandelt noch sexuell missbraucht worden. Er hat seinen Worten gemäß weder kleine Tiere gefoltert oder getötet noch Brände gelegt. Möglich, dass er lügt. Vielleicht will er es selbst auch nicht wahrhaben. Doch falls es stimmt, dann stellt er etwas Neues dar. Einen Serienmörder vom Reißbrett sozusagen. Jemand, dem so stark und über so lange Zeit ein Glaubenssystem infiltriert wurde, dass es für ihn zur absoluten Wahrheit wurde. Falls dies zutrifft, dann haben wir es hier mit einem extrem gefährlichen Täter zu tun. Er trägt keine alten, durch Missbrauch und Misshandlungen verursachten Verletzungen der Seele mit sich herum und leidet daher nicht an dem schwachen Selbstvertrauen, das diese Dinge bewirken.

Er wäre imstande, extrem rational vorzugehen. Er würde keine Schwierigkeiten haben, sich in die Gesellschaft einzugliedern. Vielleicht ist er sogar genau darauf trainiert worden.

Jack Junior würde das, was er tut, in der Vorstellung tun, dass es seine Bestimmung ist. Dass er dazu geboren wurde. Er würde es nicht als falsch ansehen. Weil man ihm von dem Moment an, in dem er gesprochene Worte verstehen konnte, genau das Gegenteil eingetrichtert hat.«

Dr. Child sieht mich an. »Er ist auf Sie fixiert, Smoky, weil er Sie braucht, um seine Phantasie zu vervollständigen. Er hat es selbst zugegeben, dass Jack the Ripper gejagt werden muss, vorzugsweise von einem brillanten Beamten. Er hat Sie dafür ausgewählt. Eine scharfsinnige Wahl.«

Er beugt sich vor, tippt erneut auf die Akte. »Die Wahrheit über den Inhalt des Glases, das er Ihnen geschickt hat – die Tatsache, dass er von einem Rind stammt und nicht von einem Menschen, wie er zu glauben scheint –, könnte sich als Ihre stärkste Waffe gegen ihn erweisen. Der Inhalt des Glases ist ein Symbol für alles, woran er glaubt. Er hat es stets als Wahrheit akzeptiert. Wenn er herausfindet, dass dieses Symbol eine Lüge ist, immer schon gewesen ist ... es könnte ihn zerschmettern. Könnte seine kunstvoll errichtete Welt zum Einsturz bringen.« Dr. Child lehnt sich erneut zurück. »Er hat sich als extrem gerissen, organisiert und präzise erwiesen. Wenn er die Wahrheit über den Inhalt des Glases erfährt, könnte es ihn vernichten. Selbstverständlich gibt es eine weitere Möglichkeit, die wir nicht ignorieren dürfen. Dass er die Wahrheit über das Glas einfach von der Hand weist. Dass er sich darauf versteift, es wäre nichts als eine Lüge, die ihn verunsichern soll. In einem solchen Szenario würde er dem Individuum die Schuld geben, das ihm diese ›Lüge‹ offenbart hat. Er würde einen überwältigen Drang verspüren, dieses Individuum zu vernichten …

Jedes der beiden Szenarien hat seine nützlichen Aspekte, nicht wahr?«

Ich nicke. »Das stimmt.«

»Seien Sie sich der Tatsache bewusst, das jedes dieser Szenarien auch mögliche Gefahren birgt. Wenn das, worauf Jack Junior sein Leben aufgebaut hat, mit einer solchen Plötzlichkeit unter ihm weggezogen wird, könnte er suizidal werden. Allerdings wird er kaum allein sterben wollen.«

Ich begreife, was er mir sagen will. Ein außer Kontrolle geratener Jack Junior, bar jeder Hoffnung, könnte sich in einen Selbstmordattentäter verwandeln. Dr. Child mahnt mich, auf diese Möglichkeit vorbereitet zu sein.

»Was ist mit Ronnie Barnes?«, frage ich.

Er nickt, blickt zur Decke hinauf. »Ja. Der junge Mann, von dem er behauptet, ihn im Internet gefunden und ihn für seine Zwecke ›erzogen‹ zu haben. Sehr interessant – wenn auch nicht ganz ohne Beispiel. Morden im Team ist nicht so selten, wie manche Leute glauben. Charles Manson mag die berühmteste Gruppe von Mördern angeführt haben, doch er war weder der erste noch der letzte.«

»Genau«, antworte ich. »Mir fallen auf Anhieb zwanzig derartige Fälle ein.«

»Genau darauf will ich hinaus. Schätzungsweise fünfzehn Prozent aller Opfer von Serienmorden gehen auf das Konto von Teams. Und obwohl der vorliegende Fall spezielle Eigenheiten aufweist, so passt er dennoch in das allgemeine Schema. Mörderteams bestehen in der Regel aus zwei Individuen; ab und zu gibt es auch größere. Es gibt immer eine dominante Gestalt, jemanden mit einer besonderen Energie oder Phantasie. Er oder sie inspiriert die anderen, ermuntert sie, die Phantasie in die Tat umzusetzen. Alle Beteiligten haben psychopathische Züge, doch zumindest in einigen Fällen wären die anderen ohne die zentrale Gestalt niemals zu Tätern geworden, weil sie den Schritt zum Mord nicht allein hätten machen können.« Er lächelt, und ich meine, einen müden Zynismus in seinem Gesicht zu erkennen. »Damit will ich nicht sagen, dass sie die Opfer waren. Es ist nicht ungewöhnlich, dass die nicht dominierenden Mitglieder eines solchen Teams nach der Verhaftung behaupten, zu ihren Taten gezwungen worden zu sein. Aber die Beweise widerlegen diese Behauptungen fast immer.«

»Die Ripper Crew«, sage ich.

Dr. Child lächelt erneut. »Exzellentes Beispiel. Und eins aus relativ junger Vergangenheit obendrein.«

Es handelt sich um die so genannten Chicago Rippers aus den 1980ern. Ein Psychopath namens Robin Gecht führte ein Team aus drei anderen, gleichgesinnten Männern an. Als sie endlich gefasst wurden, hatten sie mindestens siebzehn Frauen vergewaltigt, geschlagen, gefoltert und erwürgt. Gechts Ripper Crew trennte ihren Opfern in mehreren Fällen eine oder beide Brüste ab, die sie für spätere sexuelle Handlungen benutzten und teilweise sogar verspeisten.

»Gecht hat keines der Opfer selbst umgebracht, oder?«, frage ich.

»Nein, das hat er nicht. Doch er war die treibende Kraft hinter allem. Ein sehr charismatischer Mann.«

»Ähnlich wie Jack Junior«, sinniere ich. »Wenn auch nicht das Gleiche.«

Dr. Child neigt den Kopf, betrachtet mich interessiert. »Erklären Sie mir das.«

»Es ist nur ein Gefühl, das ich von Jack Junior habe. Zugegeben, er ist der Dominante. Er entscheidet, wann etwas geschieht, und er sucht das Opfer aus. Doch innerhalb der meisten Teams gibt es eine persönliche Beziehung zwischen den Mitgliedern. Sie geben einander etwas. Sie sind pervers, aber sie sind ein Team. Jack Junior hat Ronnie Barnes geopfert, und das nur, um mich zu treffen und uns zu verwirren.« Ich schüttele den Kopf. »Ich denke nicht, dass er sie braucht, um seine Phantasien zu verwirklichen. Nicht emotional jedenfalls.«

Dr. Child legt die Fingerspitzen aneinander, während er darüber nachdenkt. Er seufzt. »Nun ja, das würde zumindest zu seinen beiden unterschiedlichen Opferkategorien passen.«

»Sie meinen, die zweite sind wir.«

»Genau. Das macht ihn gefährlicher. Er ist ein Mann mit einem Plan. Mr. Barnes und alle anderen sind lediglich die Bauern. Spielsteine, die er auf seinem Schachbrett nach Belieben verschiebt. Weniger emotionale Bindungen verringern die Wahrscheinlichkeit, dass er sich verfängt.«

Großartig. »Wie geht er Ihrer Meinung nach bei der Suche nach potentiellen Mittätern vor?«, frage ich.

»Offensichtlich bietet ihm das Internet sowohl die erforderliche Anonymität als auch den Zugang zu derartigen Kreaturen.« Dr. Child blickt beinahe melancholisch drein. »Es ist die ewige Ironie. Weltverändernde Erfindungen können wunderbare Dinge bewirken, aber auch missbraucht werden. Auf der einen Seite hat das Internet politische Grenzen eingerissen. Noch vor dem Fall des Eisernen Vorhangs kamen E-Mails aus Russland zu uns. Menschen an den verschiedensten Orten der Welt können in Sekundenschnelle miteinander kommunizieren. Amerikaner und Eskimos finden heraus, dass sie sich gar nicht so sehr voneinander unterscheiden. Auf der anderen Seite bietet das Internet den Jack Juniors dieser Welt ein nahezu schrankenloses Umfeld. Webseiten mit Vergewaltigung oder Pädophilie als einzigem Thema, Seiten mit fotografischen Gräueln wie Erschießungen oder den blutigen Resultaten von Autounfällen und dergleichen mehr.«

Er sieht mich an. »Um Ihre Frage zu beantworten, Smoky: Angesichts der uns bis jetzt vorliegenden Fakten sucht er in diesen abstoßenden Ecken des Internets nach Jüngern, insbesondere dort, wo er zunächst unerkannt beobachten kann. Für ihn ist es wichtig, zunächst einmal nur beobachten zu können. Er hält Ausschau nach Nutzern, die bestimmte Neigungen offenbaren. Wie alle Manipulatoren sucht er nach Schlüsselworten und -themen, die es ihm ermöglichen, sich einzuschmeicheln und als kompetent darzustellen. Allerdings …«, an dieser Stelle beugt sich Dr. Child vor, »… allerdings muss er sie irgendwann persönlich treffen. E-Mails und Chatrooms reichen nicht aus, und zwar aus verschiedenen Gründen. Zum einen wegen der Sicherheit. Es ist viel zu leicht, eine Online-Identität zu fälschen. Jack ist zwar risikofreudig, aber er ist nicht leichtsinnig. Er bereitet sich vor, bevor er ein Risiko eingeht. Er will sicher sein, dass die Person, mit der er sich unterhalten hat, tatsächlich mit der übereinstimmt, für die sie sich ausgegeben hat.«

»Warum noch?«, frage ich.

»Aus Gründen der Gegenseitigkeit. Die, mit denen Jack in Kontakt tritt, wollen genauso wissen, ob er der ist, für den er sich ausgibt. Außerdem glaube ich nicht, dass sich irgendjemand dazu überreden lassen würde, seine Phantasien auszuleben, ohne vorher persönlich mit Jack zusammengetroffen zu sein. Nein. Wenn ich er wäre, würde ich mir Zeit lassen, mich umsehen und meine Liste anfertigen. Als Nächstes würde ich nach einem Weg suchen, die Identität der Aufgelisteten zu überprüfen. Erst dann würde ich einen Online-Kontakt herstellen, gefolgt von persönlichen Treffen. Von da an kann er sich seine Beeinflussungsmethode aussuchen. Vielleicht fängt er in kleinen Schritten an. ›Komm, wir gehen in einen Puff. Wir verprügeln eine Prostituierte, aber wir bringen sie nicht um. Als Nächstes töten wir eine Katze und sehen ihr in die Augen, während das Tier stirbt.‹ Indem er langsam voranschreitet, zerbricht er die schwachen moralischen Gerüste, die sich manche errichtet haben, um ihr Verhalten zu regulieren und sich menschlich zu fühlen. Und nachdem man bereits einen Fuß in die Hölle gesetzt hat, warum nicht auch den zweiten? Schließlich dürfen wir eines nicht vergessen: Für sie ist die Hölle der Himmel.«

»Wie lange braucht er, um so etwas zu bewerkstelligen? Einen anderen Menschen zu konditionieren und ihn dazu zu bringen, diese Linie zu überschreiten?«

Dr. Child sieht mich an. »Sie wollen wissen, wie viele weitere Gehilfen er sich geschaffen haben mag, nicht?«

»Im Prinzip ja.«

Er breitet die Hände aus. »Das kann ich Ihnen nicht sagen. Es hängt von zu vielen Faktoren ab. Wie lange tut er es schon? Aus welchem Pool schöpft er seine Jünger? Wenn er beispielsweise auf Bewährung entlassene Vergewaltiger kontaktiert…nun ja, der Sprung von Vergewaltigung zu Mord ist nur klein.«

Ich sehe in seine müden Augen und lasse seine Worte auf mich wirken. Wie viele Jahre? Wie viele Jünger hat Jack Junior um sich geschart? Wie sollen wir das herausfinden? Wir können es nicht wissen.

»Ich habe noch eine Frage, Doc. Sie haben gesagt, er würde Risiken eingehen. Dieser ganze Prozess, Jünger um sich zu scharen, ist nicht ungefährlich. Jeder einzelne dieser Jünger könnte zur Schwachstelle werden.« Ich schüttele den Kopf. »Es erscheint mir so widersprüchlich. Auf der einen Seite ist er gerissen, sehr gerissen, und äußerst vorsichtig. Auf der anderen geht er große Risiken ein. Ich begreife das nicht.«

Dr. Child lächelt. »Haben Sie an die einfachste Erklärung für diesen Widerspruch gedacht?«

Ich runzle die Stirn. »Der wäre?«

»Dass er wahnsinnig ist.«

Ich starre Dr. Child an. »Das ist alles? ›Dass er wahnsinnig ist‹?«

»Ich werde es ein wenig erklären.« Sein Gesicht wird ernst. »Wir haben es meiner Meinung nach mit zwei Faktoren zu tun.

Einer davon passt zu seinen Phantasien. Dieses verdrehte ›Voranbringen der Spezies‹, das Weiterreichen der Ripper-Fackel und so weiter.« Er zögert. »Der andere ist Gier.«

»Gier?«

»Die Gier, die alle Serientäter antreibt. Sie spüren einen Zwang, das zu tun, was sie tun. Dieser Zwang ist stärker als ihre Vorsicht.« Er hebt die Hand. »Dieser Prozess, mit anderen in Kontakt zu treten, sie zu manipulieren, sie zu formen, ist irrational. Er wird von etwas anderem als Vernunft getrieben. Von Gier. Ein Teil seines Hungers wird gestillt, indem er sich Jünger heranzieht, und das dadurch erzeugte Gefühl ist für ihn befriedigender und wichtiger als seine Sicherheit.«

»Also ist er schlicht verrückt?«

»Wie ich bereits sagte.«

Ich denke über seine Worte nach. »Aber warum Jack the Ripper? Warum diese Besessenheit von Huren?«

»Ich glaube, das eine ist der Grund für das andere. Die Huren sind die Auslöser für die Ripper-Wahnvorstellungen. Wer auch immer dieses Hirngespinst zusammengebraut hat … hatte ein Problem mit Frauen. Möglicherweise ausgelöst durch Missbrauch oder beobachteten Missbrauch. Ironischerweise ähneln die Motive und Gründe für die heutigen Kopien von Jack the Ripper jenen, die den ursprünglichen Ripper angetrieben haben. Frauenhass gemischt mit unbefriedigter Sexualität und verleugnetem Verlangen. Das alte Lied.«

»Also noch einmal: Er ist verrückt. Und derjenige, der ihn indoktriniert hat, war vollkommen durchgedreht.«

»Ja.«

Berechenbar und unberechenbar; getrieben sowohl von Verstand als auch von Wahnsinn. Großartig. Trotzdem habe ich das Gefühl, ihn jetzt ein wenig besser zu kennen.

»Ich danke Ihnen, Dr. Child. Sie waren mir eine große Hilfe, wie immer.«

Er sieht mich aus seinen traurigen, müden Augen an. »Es

ist mein Beruf, Agent Barrett. Ich lasse Ihnen meinen Bericht zukommen. Und bitte – seien Sie vorsichtig mit diesem Mörder. Er ist etwas Neues. Das mag vom klinischen Standpunkt her vielleicht interessant erscheinen …« Er zögert, sieht mir in die Augen. »Aber neu heißt in diesem Zusammenhang lediglich gefährlich.«

Ich spüre, wie sich der Drache in mir rührt. Herausfordernd. Trotzig. »Lassen Sie mich Ihnen sagen, wie sich die Sache von meiner Seite des Zauns aus darstellt, Doc. Wie er es macht und warum er es macht, mag vielleicht neu sein. Aber das, was er tut?« Ich schüttele grimmig den Kopf. »Daran ist absolut nichts Neues. Mord bleibt Mord.«

KAPITEL 41

»Bringen Sie mich auf den aktuellen Stand.«

Ich bin im Büro von AD Jones. Er hat mich zu sich nach oben gerufen, um sich über unsere Fortschritte berichten zu lassen. Er unterbricht mich, als ich Tommy Aguilera erwähne.

»Warten Sie – Aguilera? Er ist inzwischen Zivilist, nicht wahr?«

»Er ist gut, Sir. Wirklich sehr, sehr gut.« Du hast nicht die leiseste Ahnung, denke ich für mich.

»Ich weiß, dass er gut ist. Aber das ist nicht der Punkt.« Er blickt mich säuerlich an. Zitronensäuerlich. »Ich lasse Ihnen das für dieses Mal durchgehen, Smoky. In Zukunft möchte ich, dass Sie zuerst mit mir reden, bevor Sie Externe in einen Fall mit einbeziehen.«

»Jawohl, Sir.«

»Berichten Sie weiter.«

Ich trage ihm den Rest vor bis hin zu meinem Besuch bei Dr. Child. Er nimmt sich Zeit zum Nachdenken, bevor er die Hände auf dem Schreibtisch verschränkt und mich ansieht. »Ich möchte sicher sein, dass ich alles verstanden habe. Der Täter hat zwei Frauen getötet. Jedes Mal, wenn er zugeschlagen hat, sendet er Ihnen ein Video. Er hat einen Partner. Er ist auf Sie fixiert, und zwar so sehr, dass er sich in Ihr Haus schleicht und Ihr Telefon anzapft und Ihren Wagen mit einem Peilsender versieht. Er hat persönliche Angriffe gegen Ihr restliches Team gestartet und droht mit weiteren. Er steht mit anderen potentiellen Serienmördern in Verbindung, zusätzlich zu demjenigen, mit dem er gegenwärtig zusammenarbeitet. Er ist nicht, wer er zu sein glaubt. Kein echter Nachfahre von Jack the Ripper. Habe ich alles?«

»Jawohl, Sir.«

»Sie haben Fingerabdrücke, möglicherweise DNS, Sie kennen seinen vermutlichen *Modus Operandi* – und Ihre heißeste Spur im Augenblick sind die anderen Webseiten, die er abonniert hat, falls er welche abonniert hat. Ist das ungefähr alles?«

»Eine ziemlich gute Zusammenfassung, Sir. Ich möchte zwei weitere Maßnahmen ergreifen, um diesen Fall zu knacken, und dazu benötige ich Ihre Genehmigung.«

»Was?«

»Ich möchte die Medien in die Suche mit einbeziehen.«

Seine Augen werden misstrauisch. Wir mögen die Medien nicht, meistens jedenfalls. Wir arbeiten nur mit ihnen zusammen, wenn wir dazu gezwungen sind, und manchmal auch, wenn wir denken, dass sie uns nützlich sein könnten. Ich denke, Letzteres ist hier der Fall, und davon muss ich AD Jones überzeugen.

»Warum?«

»Aus zwei Gründen. Erstens aus Sicherheitsgründen. Wir bekommen zwar allmählich ein Bild von ihm, aber wir wissen nicht, wann wir ihn zu fassen kriegen. Wir müssen eine Warnung herausgeben. Es wird Zeit, Sir.«

Er nickt widerwillig. »Und der zweite Grund?«

»Dr. Child hat gesagt, dass es ihn zutiefst erschüttern wird, wenn er die Wahrheit über den Inhalt des Glases erfährt. Vielleicht wird es ihn sogar so erschüttern, dass er die Kontrolle verliert. Wir müssen ihn so weit bringen, Sir. Er war bisher äußerst kontrolliert. Er kennt die Wahrheit über den Inhalt des Glases nicht. Es ist eine gute Waffe, und ich möchte sie einsetzen.«

»Er könnte durchdrehen, Smoky. Ich rede hier nicht von dem kranken Mist, den er bisher angestellt hat. Er könnte sich in eine Lenkrakete verwandeln, die nur ein Ziel vor Augen hat, nämlich Sie.«

»Ja, Sir. Das wäre möglich. Und dann schnappen wir ihn.«

Er mustert mich mit einem Blick, den ich nicht zu interpretieren vermag, steht auf, geht zum Fenster. Sein Rücken ist mir zugewandt, als er zu reden anfängt. »Seine Besessenheit von Ihnen, Smoky…« Er dreht sich um. »Ich möchte, dass Sie sehr, sehr vorsichtig sind. Ich…« Er zögert. »Ich möchte nicht, dass sich der Fall Joseph Sands wiederholt. Niemals wieder.«

Es verschlägt mir die Sprache. Weil ich die Emotionen spüre, die von AD Jones ausstrahlen.

»Ich kenne Sie, seit Sie zum FBI gekommen sind, Smoky«, fährt er fort. »Seit Sie jung und voller Begeisterung und grün hinter den Ohren zu uns gekommen sind. Es ist mir nicht gleichgültig, was mit Ihnen geschieht. Verstehen Sie das?«

Ich sehe den Schmerz in seinen Augen. »Jawohl, Sir. Ich werde vorsichtig sein.«

Der Schmerz verschwindet irgendwo in seinem Innern, zurückgedrängt. Er hat mich ihn kurz sehen lassen, wollte, dass ich von seiner Existenz erfahre. Ich weiß, dass es vielleicht das einzige Mal ist, dass er ihn mir gezeigt hat, auf diese Weise, und ich bin gerührt und dankbar zugleich.

»Was ist der zweite Plan?«, fragt er.

»Wenn wir ein mögliches Opfer lokalisieren, möchte ich Jack Junior eine Falle stellen. Und wir müssen verdammt schnell sein.«

»Wenn dieser Zeitpunkt gekommen ist, reden Sie zuerst mit mir.«

»Jawohl, Sir.«

Als ich ins Büro zurückkomme, wedelt Leo mit einem Blatt Papier. »Sie sind fertig mit der Suche«, sagt er. »Wir haben einen Treffer mit dem gleichen Usernamen und Passwort!«

Eigenartig, denke ich. Sehr eigenartig, dass sie ihn nicht variieren. »Erzähl mir mehr«, sage ich zu Leo.

Er sieht auf sein Blatt und liest ab. »Sie heißt Leona Waters. Sie hat eine persönliche Webseite mit Namen …«, er blickt zu mir auf, verzieht lustlos den Mund, »… mit Namen Cassidy Cumdrinker. Sie wohnt in der Gegend von Santa Monica.«

»Haben wir die Adresse?«

»Ich hab sie ausgedruckt.« Er reicht sie mir.

»Was möchtest du jetzt unternehmen, Zuckerschnäuzchen?«

»Was hat Barry bisher zu berichten?«

»Sie haben eine weitere Rechnung von einem Ungezieferdienst gefunden«, poltert Alan. »Die gleiche Scheiße wie beim letzten Mal.«

»Also definitiv ein *Modus Operandi.*«

»Sieht so aus.«

»Sonst noch was?«

»Nein. Die Spurensicherung des LAPD hat ihre Untersuchungen noch nicht abgeschlossen.«

»Gut. Wir machen Folgendes: Callie und ich fahren zu Miss Waters. Ich möchte mir die Wohnung ansehen, ein Gefühl für die Person entwickeln. Danach schmieden wir unseren Plan. Alan, ich möchte, dass du mit Barry in Verbindung bleibst. Und mit Gene ebenfalls, wegen der DNS. Falls sich irgendetwas Neues ergibt, rufst du mich an.«

»Verstanden.«

»Was sollen wir in der Zwischenzeit machen?«, fragt James.

»Seht euch schmutzige Bilder an«, sage ich und deute auf die Fotos der Sexparty, die sie durch die Gesichtserkennungssoftware haben laufen lassen. Ich schnippe mit dem Finger. »Callie, hast du noch deinen Kontakt zu Channel Four?«

»Bradley?« Sie grinst höchst undamenhaft. »Na ja … wir

schlafen zwar nicht mehr miteinander, aber wir unterhalten uns hin und wieder noch.«

»Gut. Du musst dich mit ihm in Verbindung setzen. Wir werden uns mit dieser Sache an die Öffentlichkeit wenden. Ich will, dass er herkommt, so schnell es geht. Ich will, dass es in den Sechs-Uhr-Nachrichten gesendet wird.«

Sie hebt die Augenbrauen. »So schnell?«

Ich nenne ihr meine Gründe. Sie denkt darüber nach, nickt. »Es wird ihn ziemlich erschüttern, und das ist gut für uns.« Sie sieht mich sorgenvoll an. »Er könnte auch durchdrehen und dir an den Kragen gehen.«

»Das tut er bereits. Auf diese Weise sind wir auf ihn vorbereitet.«

»Ich rufe Bradley an.«

Ich nutze die Zeit, um meine E-Mails abzurufen. Ich habe angeordnet, dass jeder sein Postfach jede halbe Stunde überprüft und habe seit mehreren Stunden nicht in mein eigenes gesehen.

Ich finde eine Mail, die bewirkt, dass ich mich kerzengerade in meinem Stuhl aufrichte. Der Betreff lautet: »Grüße von der dunkelhaarigen Schlampe«.

Ich doppelklicke auf die Nachricht. Die einleitenden Worte sind mir inzwischen vertraut.

Ich grüße Sie, Agent Barrett!
Ich nehme an, dass Sie inzwischen meine letzte Arbeit begutachtet haben. Die kleine Charlotte Ross. Meine Güte, was für eine kleine Hure sie war! Sie hat die Beine für jeden breit gemacht, Männlein oder Weiblein, allein oder in Gruppen. Interessant, nicht, dass ich der einzige Mann war, für den sie die Beine nicht bereitwillig breit machen wollte?

Nicht, dass dies eine Rolle gespielt hätte.

Eine weitere Hure weniger. Und Sie – Sie sind immer noch kein Stück weiter. Sind Sie bereits entmutigt, Agent Barrett? Habe ich Sie möglicherweise deklassiert?

Ach, übrigens – fühlen Sie sich frei, den Peilsender an Ihrem Wagen und die Wanze in Ihrem Telefon zu entfernen.

»Scheiße!«, murmele ich leise.

Was glauben Sie eigentlich, mit wem Sie es zu tun haben, Agent Barrett? Ich weiß Ihre Bemühungen zu schätzen, aber haben Sie wirklich geglaubt, Sie würden mich auf diese Weise schnappen? Ich wusste, dass Sie die Wanzen irgendwann finden würden. Sie können Ihren Mr. Aguilera wieder nach Hause schicken oder ihn bei sich behalten – gleichgültig, was Sie tun, auf diese Weise kommen Sie mir nicht näher.

Ich bin inzwischen ein gutes Stück meines Weges gegangen. Ich folge den Fußstapfen meines Vorfahren, führe seine heilige Mission fort. Und ich sammle meine eigenen Andenken, um sie an zukünftige Generationen weiterzugeben.

Ich betrachte mein nächstes Opfer, während ich Ihnen diese Zeilen schreibe, Agent Barrett. Ein süßes Früchtchen ist sie, zugegeben. Andererseits ist Schönheit etwas sehr Oberflächliches. Sie reicht gerade bis unter die Haut. Betrachten Sie sich selbst – oberflächlich vernarbt, ja, doch innerlich die geborene Jägerin, voller Perfektion. Mein zukünftiges Opfer ist äußerlich schön – aber innerlich?

Nichts als eine weitere Hure.

Ich habe noch einige weitere Überraschungen für Sie in petto.

Wir bleiben in Verbindung. Für den Augenblick – seien Sie fleißig, fleißig!

Ich weiß, dass Sie fleißig sein werden.

From Hell

Jack Junior

Seine Selbstgefälligkeit treibt mich zur Weißglut. Du verdammter Psychopath, warte nur, bis du meine Antwort hörst. Sie wird dir dein selbstgefälliges Grinsen, das du so schön verbirgst und von dem ich trotzdem weiß, dass es da ist, aus dem Gesicht treiben.

»Ich hab Bradley erreicht, Zuckerschnäuzchen!«, ruft Callie mir von ihrem Schreibtisch zu.

Ich schließe das Mail-Programm.

»Und?«

Sie lächelt. »Ich glaube, er hat sich fast in die Hosen gemacht. Er ist in einer halben Stunde hier.«

»Gut. Sag unten beim Empfang Bescheid, dass sie ihn direkt in den Konferenzraum im zweiten Stock schicken sollen.«

Wie versprochen, ist Bradley Cummings siebenundzwanzig Minuten später da. Er sieht genauso aus wie beim letzten Mal, als ich ihn gesehen habe. Zerfurcht, attraktiv, makelloser Anzug. Groß gewachsen. Niemals verlegen. Callie hat mich in die abenteuerlichen Dschungelsexgeschichten eingeweiht, die sie mit ihm erlebt hat. »Ziemlich befriedigend«, hat sie ihn genannt.

Er ist nur mit kleinem Gefolge angerückt. Er und ein Kameramann.

»Danke, dass Sie gekommen sind, Brad.«

»Callie hat mir am Telefon die Kurzversion erzählt. Kein echter Nachrichtenjournalist lässt sich so etwas entgehen. Wie möchten Sie es machen?«

»Ich gebe Ihnen alle Details bei abgeschalteter Kamera. Danach können Sie vor der Kamera sämtliche Fragen stellen, die Sie möchten.«

»Das klingt prima.«

»Hier ist der Haken, Brad. Ich brauche die Meldung in den Sechs-Uhr-Nachrichten.«

»Vertrauen Sie mir, da gibt es nicht das geringste Problem.«

»Gut. Der zweite Haken ist, dass ich sicher sein muss, dass ein Teil der Informationen über diesen Fall von mir selbst vor laufender Kamera mitgeteilt wird. Sie werden es begreifen, wenn Sie es sehen. Es ist von größter Wichtigkeit, dass ich es sage und niemand anderes.«

Er sieht mich beunruhigt an. »Diese Geschichte kocht über, stimmt's, Smoky?«

»Wenn Sie meinen, dass ich Sie benutze – ja, da haben Sie

Recht. Aber…«, ich hebe einen Finger, »jedes Detail stimmt. Sie werden die Wahrheit berichten. Und Sie werden zwei weitere Dinge tun: Sie warnen potentielle Opfer, und Sie geben mir die Chance, diesen Mörder richtig sauer zu machen. Deswegen muss ich diejenige sein, die es sagt. Betrachten Sie diesen Kerl als eine Handgranate, Brad. Ich bin diejenige, die den Stift zieht.« Ich zucke die Schultern. »Und wer den Stift zieht, setzt sich dem Risiko aus, bei der Explosion erwischt zu werden.«

Er sieht mir in die Augen, sucht nach einer Unwahrheit. »Gut. Ich vertraue Ihnen. Schießen Sie los.«

Die nächsten zwanzig Minuten verbringe ich damit, ihm eine Zusammenfassung dessen zu liefern, was sich in den vergangenen fünf Tagen ereignet hat. Er macht seine Arbeit gut, fertigt Notizen an, stellt hier und da Fragen. Als ich fertig bin, lehnt er sich zurück.

»Wow!«, sagt er schließlich. »Das ist wirklich…ein Hammer. Ich nehme an, dass das, was Sie vor der Kamera sagen wollen, den Inhalt des Glases betrifft?«

»Genau. Einer der Gründe, warum es wichtig ist, dass ich es sage und niemand anderes, ist, dass die Information ihn richtig wütend machen wird. Er wird sich wahrscheinlich auf jeden stürzen, der sie verkündet.«

»Ja, so ist es wohl«, sagt er nachdenklich. »Also schön, fangen wir an.«

Brad ist sicher und professionell vor der Kamera. Seine Fragen sind scharf und präzise, ohne mich anzugreifen. Schließlich kommt er zum entscheidenden Punkt. »Special Agent Barrett – Sie haben gesagt, dass Sie über eine enthüllende Information hinsichtlich des Inhalts des Glases verfügen, das er Ihnen geschickt hat? Könnten Sie das erläutern?«

»Selbstverständlich, Brad. Wir haben das Glas geöffnet und den Inhalt analysiert. Und wir haben herausgefunden, dass das Gewebe darin nicht von einem Menschen stammt. Es handelt sich um Rindfleisch.«

»Was bedeutet das?«

Ich drehe mich so, dass ich direkt in die Kamera blicke. »Es bedeutet, dass er nicht der ist, der er zu sein vorgibt. Er ist kein Nachfahre von Jack the Ripper. Wahrscheinlich glaubt er, ein Nachfahre von Jack the Ripper zu sein. Ich bezweifle, dass er wusste, was sich in diesem Glas befand.« Ich schüttele den Kopf. »Traurig, wirklich traurig. Er ist eine lebendige Lüge, und er weiß es nicht einmal.«

»Ich danke Ihnen, Agent Barrett.«

Brad ist überglücklich, als er abzieht. Er verspricht mir, die Meldung in den Sechs- und den Elf-Uhr-Nachrichten zu bringen, und er kann sich gerade noch so weit zügeln, dass er nicht voller Eifer losrennt.

»Das lief gut«, bemerkt Callie. »Ich hatte ganz vergessen, was für ein attraktiver Bursche er ist. Vielleicht sollte ich ihn mal wieder anrufen.«

»Wenn du es machst, verschon mich diesmal bitte mit den Details.«

»Das ist nicht witzig.« Sie zögert. »Er wird außer sich sein vor Wut, Zuckerschnäuzchen. Jack Junior, meine ich. Vielleicht verliert er tatsächlich die Kontrolle.«

Ich grinse böse. »Das hoffe ich. Das hoffe ich sehr. Und jetzt statten wir Miss Waters unseren Besuch ab.«

Auf dem Weg zu Leona Waters rufe ich Tommy Aguilera an und erzähle ihm von der E-Mail.

»Einer von beiden war an jenem Abend offensichtlich da und hat mich beobachtet. Oder am nächsten Morgen. Es bedeutet, dass die beiden sehr gut informiert sind über alle Leute, die du kennst. Leute wie mich beispielsweise.«

»Ja. Ich schätze, das war's, Tommy. Ich ruf dich später wieder an, wenn es dir recht ist. Damit du mir hilfst, die Wanze und den Sender loszuwerden.«

»Das musst du nicht.«

»Wieso nicht?«

»Weil ich dich weiter beschatten werde, Smoky. Ich hab es dir letzte Nacht gesagt. Du bist meine Klientin. Mein Job ist nicht vorbei, bevor du ihn nicht geschnappt hast und ich weiß, dass du in Sicherheit bist.«

Ich will protestieren, doch in Wahrheit hat ein Teil von mir gehofft, dass er so etwas sagen würde.

»Ich beobachte dich weiter, Smoky.«

Die Fahrt dauert länger, als ich gedacht habe, weil es auf dem Freeway einen Unfall gegeben hat. Ein Lieferwagen ist gegen die Leitplanke gekracht. Es ist nur ein Blechschaden, trotzdem ist der Stau wie immer gewaltig. Als wir endlich ankommen, ist es fast zwei Uhr nachmittags.

Leona Waters wohnt in einem sehr hübschen Apartmenthaus in einer weniger schönen Umgebung. Santa Monica ist eine ziemlich unsichere Gegend geworden. In vielen Stadtteilen wohnt zwar noch die Mittel- oder gar Oberschicht, aber es beginnt zu verfallen, genau wie der gesamte Rest von Los Angeles. Es ist die ewige Geschichte dieser Stadt – die Menschen ziehen weiter und weiter nach draußen, um dem Krebsgeschwür des Niedergangs zu entfliehen. Doch der Krebs scheint immer schon vor ihnen da zu sein.

Wir parken am Straßenrand und gehen zum Eingang. Es gibt Sicherheitstüren, und die Bewohner müssen einen Kode eintippen. Ein Wachmann sitzt hinter einem Empfangsschalter. Ich klopfe an die Glasscheibe, damit er Notiz von uns nimmt. Er betrachtet mich mit einem Ausdruck gelangweilter Verärgerung, bis ich meinen FBI-Ausweis gegen die Scheibe drücke. Als er ihn sieht, fliegt er wie von einem Katapult geschossen aus dem Sitz und stürzt herbei, um uns einzulassen.

Als er die Narben in meinem Gesicht bemerkt, zögert er für eine Sekunde und starrt mich offen an. Dann wandern seine Augen zu Callie, gleiten an ihr hinauf und hinab und verharren einen Sekundenbruchteil länger als nötig auf ihrer Brust.

»Was hat das zu bedeuten, Ma'am?«

»Nur ein paar Fragen, Mr. ...?«

»Ricky«, beeilt er sich zu sagen und leckt sich die Lippen. Er richtet sich ein wenig höher auf. Ricky sieht aus wie Ende vierzig. Er hat das mitgenommene Aussehen von jemandem, der früher einmal in Form war und sich hat gehen lassen. Sein Gesicht ist von tiefen Linien durchzogen und wirkt müde. Ricky ist kein Mann, der sein Leben genießt.

»Wir haben ein paar kurze Fragen an einen der Mieter. Keine große Sache.«

»Benötigen Sie Hilfe, Ma'am? Welcher Mieter?«

»Ich fürchte, das ist vertraulich, Ricky. Das werden Sie doch sicher verstehen?«

Er nickt, bemüht sich, wichtig dreinzuschauen. »O ja, Ma'am, selbstverständlich. Ich verstehe. Der Aufzug befindet sich gleich dort drüben. Lassen Sie mich wissen, wenn Sie etwas brauchen.« Ein weiterer verstohlener Blick zu Callies Titten.

»Mache ich, danke sehr.« Bestimmt nicht, denke ich.

Wir steigen in den Lift. »Widerlicher Kerl«, bemerkt Callie, während wir nach oben in den dritten Stock fahren.

»Allerdings.«

Wir steigen aus. Hinweisschilder führen uns zu Apartment Nummer 314. Ich klopfe an, und einen Moment später wird uns geöffnet.

Die Frau in der Tür und ich starren uns gegenseitig an, und uns fehlen die Worte. Callie durchbricht das Schweigen.

»Hast du eine Schwester, von der ich nichts weiß, Zuckerschnäuzchen?«

Ich habe keine, doch die Frage ist berechtigt. Leona Waters und ich könnten Schwestern sein. Wir sind fast gleich groß. Sie hat meine Figur, meine Kurven an der Hüfte und den Mangel an Kurven an der Brust. Das gleiche lange, dunkle, dicke

Haar, und unsere Gesichter besitzen ebenfalls Ähnlichkeit. Die gleiche Nase. Unterschiedliche Augenfarben. Und natürlich hat sie keine Narben. Unter meinem Staunen spüre ich eine aufkeimende Beunruhigung. Ich schätze, es ist eindeutig, warum Jack Junior diese Frau ausgewählt hat.

»Leona Waters?«, frage ich.

Ihre Augen zucken von mir zu Callie und wieder zurück. »Ja…?«

Ich halte ihr meinen Dienstausweis hin. »FBI.«

Sie runzelt die Stirn. »Stecke ich in Schwierigkeiten?«

»Nein, Ma'am. Ich bin die Leiterin des CASMIRC Los Angeles, dem Child Abduction and Serial Murder Investigative Ressources Center. Wir suchen einen Mann, der mindestens zwei Frauen vergewaltigt, gefoltert und ermordet hat. Wir halten es für möglich, dass er Sie als nächstes Opfer ausgesucht hat.« Ich komme direkt zur Sache, maximale Schockwirkung.

Ihr Unterkiefer sinkt herab. Ihre Augen weiten sich. »Soll das ein Witz sein?«

»Nein, Ma'am. Ich wünschte, es wäre so. Leider ist es bitterer Ernst. Dürfen wir hereinkommen?«

Sie braucht eine Sekunde, doch dann fasst sie sich. Sie tritt beiseite und lässt uns ein.

Als wir ihr Apartment betreten, fällt mir als Erstes die geschmackvolle Einrichtung ins Auge. Subtile Schönheit und äußerst feminin. Unverkennbar das Zuhause einer Frau.

Sie deutet auf das Sofa und bittet uns, Platz zu nehmen. Sie setzt sich uns gegenüber in einen dazu passenden Polstersessel.

»Also … also ist es wahr? Sie sagen, irgendein Irrer da draußen will mich umbringen?«, fragt sie.

»Ein sehr gefährlicher Mann. Er hat bereits zwei Frauen getötet. Sein Ziel sind Frauen, die Webseiten für Erwachsene betreiben. Er foltert, vergewaltigt und tötet sie. Anschließend verstümmelt er ihre Leichen. Er hält sich für einen Nachkommen von Jack the Ripper.«

Ich setze meinen Bericht fort, schnell, kalt und erbarmungslos, um jedem Zögern und jeglichen Bedenken ihrerseits zuvorzukommen. Es scheint zu funktionieren; ihre Gesichtsfarbe wird immer blasser.

»Was bringt Sie auf den Gedanken, dass er mich als nächstes Opfer ausgewählt hat?«

»Er hat eine bestimmte Vorgehensweise. Er abonniert eine Webseite und wird Mitglied. Er hat dies bisher bei jeder Frau getan, die er ermordet hat. Er wählt einen Usernamen und ein Passwort, das mit Jack the Ripper in Zusammenhang steht. Wir fanden eine dieser Kombinationen auf ihrer Mitgliederliste.« Ich deute auf mich. »Er hasst mich, Miss Waters. Er ist besessen von seinem Hass auf mich. Sehen Sie nicht, wie ähnlich wir uns sind?«

Sie zögert, mustert mich von oben bis unten. »Ja. Natürlich sehe ich es.« Sie zögert. »Hat er … hat er Ihnen das angetan?« Sie deutet auf mein Gesicht.

»Nein, nicht er. Das war jemand anders.«

»Ich will ja nicht unhöflich sein, aber das ist nicht gerade sehr Vertrauen erweckend.«

Ich antworte mit einem schwachen Lächeln. Zeige ihr, dass ich mich nicht angegriffen fühle. »Das ist verständlich. Doch der Mann, der dies getan hat, hat mich unvorbereitet getroffen. Das ist es, was wir hier zu vermeiden versuchen. Er weiß nicht, dass wir ihm so dicht auf den Fersen sind.«

Ich sehe, wie Begreifen in ihrem Gesicht dämmert. »Ich verstehe. Sie wollen ihm eine Falle stellen, richtig?«

»Das ist richtig, Ma'am.«

»Und Sie wollen mich als Köder.«

»Genau genommen nicht, nein. Sie sind nur in der Hinsicht der Köder, dass er denkt, Sie wären daheim. Ich werde einen Beamten an Ihre Stelle setzen. Ich kann das Risiko nicht eingehen, Sie als Zivilistin in Gefahr zu bringen. Wir möchten lediglich Ihr Apartment benutzen. Sie müssten es für eine kleine Weile verlassen.«

In ihren Augen blitzt etwas auf, das ich nicht zu entziffern vermag. Sie steht auf, geht ein paar Schritte. Wendet uns für einige Sekunden den Rücken zu. Als sie sich wieder zu uns umdreht, ist ihr Gesicht entschlossen.

»Wissen Sie, wie alt ich bin?«, fragt sie.

»Äh – nein«, antworte ich.

»Ich bin neunundzwanzig.« Sie deutet mit beiden Händen auf sich. »Nicht schlecht für neunundzwanzig, meinen Sie nicht?«

»Nein, wirklich nicht schlecht.«

»Ich habe den ersten Mann geheiratet, mit dem ich Sex hatte. Ich war damals achtzehn und dachte, er sei die Liebe meines Lebens, der großartigste Mann auf der Welt. Ich hätte alles für ihn getan. Habe alles für ihn getan, eine Weile jedenfalls. Dann hat sich Prince Charming verändert. Und für die nächsten sieben Jahre hat er mich geschlagen. Er hat mir niemals die Knochen gebrochen, nein, niemals Spuren auf meinem Gesicht hinterlassen. Dazu war er viel zu schlau. Doch er wusste, wo es besonders wehtat. Und er hat mir jede Menge Erniedrigungen zugefügt.« Ihre Augen starren unverwandt in meine. »Wissen Sie, wie es ist, mit so einem Mann Sex zu haben? Es ist eine Vergewaltigung. Es spielt keine Rolle, ob man mit ihm verheiratet ist oder nicht. Er macht es zu einer Vergewaltigung.« Sie schüttelt den Kopf, blickt zur Seite. »Ich habe lange gebraucht, bis ich erwachsen wurde. Sieben Jahre. Die ersten sechs kam mir nicht mal der Gedanke, ihn zu verlassen. Er kam mir einfach nicht. Er hatte mich überzeugt, dass das, was er mit mir machte, meine eigene Schuld war. Oder sein Recht.«

»Was ist passiert, um das zu ändern?«, fragt Callie.

Wir sind zu erfahren, um sie zu fragen, wohin das führt oder was das mit unserem Fall zu tun hat. Was auch immer sie sagen will, muss gesagt werden. Und um das zu bekommen, was wir wollen, müssen wir uns anhören, was sie zu sagen hat.

Ihre Augen werden hart wie Feuerstein. »Wie ich bereits sagte, ich wurde erwachsen. Ich wusste, dass er sich schlau anstellte. Ich habe mit einer Reihe von Cops geredet. Sie sagten mir, es wäre eine Schlacht auf verlorenem Boden, ihm zu beweisen, was er tat.« Sie lächelt. »Also habe ich eine Kamera versteckt und alles gefilmt. Ein letztes Mal ließ ich mich von ihm verprügeln, erniedrigen, vergewaltigen. Ich übergab das Video der Polizei und erstattete Anzeige. Sein Anwalt versuchte den Richter zu überzeugen, dass das Video nicht als Beweis zulässig wäre, weil ich ihm eine Falle gestellt hätte, aber ...« Sie zuckt die Schultern. »Ich hatte eine gebrochene Nase, zwei blaue Augen und gebrochene Rippen. Der Richter ließ das Video zu. Mein Ehemann kam ins Gefängnis, und ich verkaufte all unseren Besitz und ging nach Los Angeles.«

Sie deutet auf ihre Wohnung. »Das hier ist meins. Ich weiß, dass Sie wahrscheinlich nicht billigen, womit ich meinen Lebensunterhalt verdiene, aber das ist mir egal. Das hier ist meins, und ich bin frei von ihm.« Sie setzt sich und sieht uns an. »Die Sache ist die: Ich habe mir geschworen, dass mich kein Mann jemals wieder kontrollieren würde. Niemals. Also – wenn Sie meine Wohnung benutzen wollen, um diesen Psychopathen zu schnappen, kooperiere ich. Bis zum Äußersten. Doch ich werde meine Wohnung nicht verlassen.« Sie lehnt sich zurück, verschränkt die Arme vor der Brust. Ein Bild der Entschlossenheit.

Ich betrachte Leona Waters lange Zeit. Sie erträgt meine Blicke, ohne mit der Wimper zu zucken. Es gefällt mir nicht. Überhaupt nicht. Aber ich gelange zu der Überzeugung, dass sie nicht nachgeben wird. Resigniert breite ich die Hände aus.

»Also schön, Miss Waters. Wenn ich meinen Boss dazu bringen kann, sein Okay zu geben, machen wir es, wie Sie es wünschen.«

»Nennen Sie mich Leona, Agent Barrett. Also ...« Sie beugt sich vor, sieht uns genauso wild wie aufgeregt an. »Wie soll es funktionieren?«

Ich bin vorsichtig optimistisch. Leona hat keinerlei Besuch von einer Ungezieferfirma erhalten, was bedeutet, dass Jack Junior noch keine Aufklärung betrieben hat. Es könnte jederzeit geschehen. Heute, morgen. Ich bin überzeugt, dass es bald geschehen wird.

Der Drache in mir bäumt sich auf. Er riecht Blut.

Ich habe mit AD Jones telefoniert und ihm gesagt, was ich brauche. Nach langem Fluchen hat er schließlich nachgegeben. Callie und ich sind immer noch in Leonas Wohnzimmer, diesmal mit Kaffee in den Händen, den Leona uns angeboten hat. Wir warten auf die Ankunft zweier Agents und zweier LAPD-Beamter des SWAT-Teams. Sie kommen nacheinander her. Wir wollen die Mörder nicht alarmieren, falls einer von ihnen das Haus beobachtet.

Leona ist in ihrem Büro; sie sagt, sie müsste ein paar E-Mails beantworten.

»Weißt du«, sagt Callie, »mir gefällt zwar nicht, womit sie ihren Lebensunterhalt verdient, aber ich mag diese Miss Waters. Sie ist eine starke Frau.«

Ich grinse schief. »Ich auch. Ich wünschte nur, sie würde nicht darauf beharren zu bleiben. Doch ich muss gestehen, sie ist tapfer, und sie ist entschlossen.«

Callie trinkt von ihrem Kaffee. »Was glaubst du, wie stehen unsere Chancen?«, fragt sie.

»Ich weiß es nicht, Callie. Nachdem ich Leona gesehen habe, bin ich sicher, dass wir auf der richtigen Spur sind. Sie steht auf seiner Liste. Ich meine, sieh sie dir nur an.« Ich verziehe das Gesicht. »Wahrscheinlich hat er sie ausgewählt, um das Gefühl zu haben, dass er mich vergewaltigt und ermordet.«

»Es ist wirklich unheimlich, Zuckerschnäuzchen. Man könnte fast anfangen, an diese ganze Doppelgänger-Geschichte zu glauben.«

Mein Handy klingelt. »Hallo?«, antworte ich.

Alans Bariton rumpelt an meinem Ohr. »Ich wollte dich nur

kurz informieren. Gene sagt, dass es länger als erwartet dauert mit der DNS. Er hat frühestens heute Abend um zehn Uhr ein Ergebnis.«

»Wir sind auf eine heiße Spur gestoßen hier draußen.« Ich berichte ihm von Leona und unserem neuen Plan.

»Das könnte eine gute Nachricht sein«, sagt er. »Vielleicht schnappen wir die Säcke.«

»Drück die Daumen. Ich halte euch auf dem Laufenden.« Ich lege auf und sehe auf die Uhr. »Verdammt. Die Zeit ist schnell rumgegangen.« Ich sehe Callie an. »Es ist beinahe sechs.«

»Zeit für die Abendnachrichten«, sagt sie.

»Zeit, diesem Psychopathen eins in die Fresse zu geben.«

KAPITEL 42

Brad wirkt in seinem Sonderbericht attraktiv und ernst.

»Viele werden sich an Special Agent Smoky Barrett erinnern, über die wir vor einem halben Jahr an dieser Stelle berichtet haben. Damals jagte sie einen Serienmörder, Joseph Sands, der eines Abends sie und ihre Familie überfiel. Es gelang Smoky, sich aus seiner Gewalt zu befreien und ihn zu erschießen, doch er brachte vorher ihre gesamte Familie um und verstümmelte sie grauenvoll. Trotz dieser persönlichen Tragödie hat Smoky Barrett ihre Arbeit wieder aufgenommen.

Sie verfolgt gegenwärtig einen Mann, von dem nichts bekannt ist, außer, dass er sich Jack Junior nennt. Er behauptet, ein direkter Nachfahre von Jack the Ripper zu sein …«

Sein Bericht ist nüchtern und sachlich. Er hat es nicht nötig, irgendetwas auszuschmücken. Die Wahrheit ist grauenhaft genug. Gegen Ende des Berichts taucht mein Gesicht auf der Mattscheibe auf, und ich liefere die schockierende Wahrheit über den Inhalt des Glases. Ich betrachte mich leidenschaftslos.

Allmählich gewöhne ich mich an meine Narben. Ich bezweifle, dass die Zuschauer ähnlich empfinden.

»Das FBI fordert alle Frauen mit diesem Beruf auf, Vorsichtsmaßnahmen zu treffen.« Er spult eine Liste von Maßnahmen ab, die wir ihm gegeben haben und die wir für durchführbar halten. Er sieht eindringlich in die Kamera. »Seien Sie auf der Hut, seien Sie wachsam. Ihr Leben könnte auf dem Spiel stehen.«

Der Beitrag endet.

»Er hat gute Arbeit geleistet«, sagt Callie. »Du ebenfalls, Zuckerschnäuzchen.«

»Sie versuchen ihn wütend zu machen, habe ich Recht?«, ertönt hinter uns eine Stimme. Wir waren so in den Bericht vertieft, dass wir nicht bemerkt haben, wie Leona aus ihrem Büro zurückgekommen ist.

»Ja«, sage ich. »Das versuchen wir.«

Sie lächelt mich bewundernd an. »Sie sind wirklich beeindruckend, Agent Barrett. Wenn ich das hätte durchmachen müssen, was Sie durchgemacht haben …« Sie schüttelt den Kopf.

»Ich weiß nicht, Leona. Sie haben eine ähnliche Geschichte erlebt, und Sie sind auch nicht untergegangen.«

Es klopft an der Tür, und unsere Unterhaltung endet abrupt. Leona versteift sich.

»Bleiben Sie hier«, murmele ich ihr zu, während ich meine Waffe ziehe.

Ich gehe zur Tür. »Ja?«, frage ich.

»Special Agent Barrett? Hier sind die Agents Decker und McCullough, zusammen mit zwei Mitgliedern des LAPD-SWAT-Teams.«

Ich blicke durch den Spion. Erkenne Decker.

»Warten Sie«, rufe ich und öffne die Tür, winke alle vier herein.

Gemäß meinen Anweisungen sind sie in Zivil gekommen. Amüsiert bemerke ich, dass sie alle die gleichen Sachen tragen:

Jeans und Hemd und Pullover. Selbst in ihrer Freizeit kleiden sie sich uniform. Doch keiner von ihnen würde auf den ersten Blick als Gesetzesvertreter auffallen.

»Sie sind alle informiert?«, frage ich, nachdem wir im Wohnzimmer angekommen sind.

Ein Chor aus »Ja, Ma'am!«.

»Gut. Wir legen hier eine Falle aus, Gentlemen. Die Täter haben zweimal zugeschlagen. Sie sind gefährlich, extrem gefährlich. Sie operieren mit Präzision – wenig Zögern, voller Entschlossenheit. Wir kennen ihren gegenwärtigen *Modus Operandi* von ihren früheren Opfern. Einer von ihnen kundschaftet die Wohnung des geplanten Opfers als Kammerjäger verkleidet aus, und wir hoffen, dass sie diesmal genauso vorgehen. Unterschätzen Sie die Täter nicht, Gentlemen. Wenn einer von ihnen oder beide ein Messer ziehen, dann nicht, um einzuschüchtern oder zu verängstigen. Sie benutzen es ohne eine Sekunde des Zögerns. Wer von beiden hier auftaucht, wir brauchen ihn lebendig, damit er uns zu seinem Komplizen führen kann.« Ich deute auf Leona. »Das hier ist Miss Waters. Wir sind sicher, dass er sie als Opfer ausgewählt hat.«

Ich sehe, wie sie Leona mustern. Abschätzen. Einer der SWAT-Typen starrt sie unprofessionell an, voll sexueller Anspielung. Ich bin außer mir vor Empörung und Entsetzen. Ich trete vor ihn, bohre ihm den Finger in die Brust, hart genug, um ein Hämatom zu hinterlassen. »Ich erwarte von jedem, dass er mit höchster Professionalität arbeitet. Sie sollten wissen, dass ich Miss Waters gebeten habe, woanders zu wohnen, während wir diese Operation durchführen. Sie hat sich geweigert, ist freiwillig geblieben.« Ich beuge mich vor und lasse den Typen sehen, wie wütend ich auf ihn bin. »Wenn diese Frau verletzt wird, weil du mit dem Schwanz gedacht hast, Kerl, dann fresse ich dich bei lebendigem Leibe, kapiert?«

Zu seinen Gunsten ist der entschuldigende Blick des Kerls offen und ohne Groll. Er nickt.

»Wie lautet der Plan, Ma'am?«, fragt Agent Decker und bringt mich wieder zum Thema zurück.

Ich verdränge meinen Ärger. »Wir halten die Operation so einfach wie möglich. Einer auf dem Dach, einer draußen beim Lift. Zwei hier drin, zusammen mit mir und Agent Thorne. Der Mann auf dem Dach wird uns alarmieren, sobald sich jemand von der Straße her nähert. Der Mann am Aufzug wird angeben, ob die betreffende Person auf diesem Stockwerk aussteigt. Wir hier drinnen halten uns bereit, um den Verdächtigen zu überwältigen. Sie haben alles an Ausrüstung dabei, was gebraucht wird?«, frage ich Decker.

»Ja, Ma'am. Ohrhörer und Kehlkopfmikrophone. Und Waffen.«

»Einschließlich eines Scharfschützengewehrs für die Arbeit auf dem Dach«, ergänzt einer der SWAT-Leute.

Ich nicke. »Gut. Es sollte Ihnen klar sein, dass Sie keine Aufmerksamkeit auf sich ziehen dürfen. Wir haben Hinweise, dass einer der beiden Täter mich beschattet hat. Wenn sie einen Verdacht hegen, werden sie ihre Aktion abbrechen und fliehen.« Ich sehe alle der Reihe nach an. »Irgendwelche Fragen?«

Alle verneinen. »Dann begeben Sie sich auf Ihre Positionen. Bleiben Sie wachsam, aber machen Sie sich auf eine lange Wartezeit gefasst.«

KAPITEL 43 Das, denke ich, ist typisch für meinen Beruf. Mein Leben wird von äußeren Einflüssen bestimmt, die mich zu plötzlichen Aktionen zwingen. Die Ironie bleibt mir nicht verborgen. Ich hasse es, wenn ich gezwungen werde, irgendetwas zu tun, und doch habe ich mich für einen Beruf entschieden, bei dem genau das regelmäßig geschieht. Wenn man Mörder jagt, gibt es keine geregelte Arbeitszeit. Die Regel ist einfach: Je länger er dort draußen sein Unwesen treibt, desto höher wird die Zahl seiner Opfer. Darum arbeitet man unermüdlich, bis man ihn gefasst hat.

Und so finde ich mich hier, im Apartment einer Frau, die ihren Lebensunterhalt damit verdient, ihre sexuellen Abenteuer darzubieten, und warte so lange, wie es erforderlich ist, in der Hoffnung, dass entweder Jack Junior oder sein Partner auftauchen.

Ich sehe zu Callie rüber. Sie sitzt auf dem Sofa, die Füße auf dem Wohnzimmertisch, und verfolgt zusammen mit Leona eine Talkshow, während beide Frauen Popcorn essen. Das ist eines von Callies Talenten, die ich bewundere und liebe. Sie kann im Augenblick leben, vollkommen entspannt, und wie mit einem Peitschenknall von einem Sekundenbruchteil zum anderen aktiv werden. Eine Fähigkeit, die ich nie besessen habe.

Ich blicke auf meine Armbanduhr. Es ist halb zehn. Ich überprüfe die Lage auf dem Dach. »Irgendetwas Ungewöhnliches, Bob?«, frage ich den SWAT-Beamten, dessen Vornamen ich inzwischen erfahren habe.

»Nein, Ma'am, nichts.« Die Stimme knackt und rauscht in meinem Ohr.

Ich neige den Kopf, belausche die Unterhaltung zwischen Callie und Leona.

»Lassen Sie mich Ihnen eine Frage stellen, Zuckerschnäuzchen. Was passiert, wenn Sie eines Tages beschließen, dass Sie wieder einen Mann in Ihrem Leben haben möchten?«

»Wie meinen Sie das?«

»Ich meine, ändern Sie dann Ihre Lebensweise?«

Leona denkt über die Frage nach. »Kommt darauf an. Viele Menschen führen nicht-monogame Beziehungen. Die Chancen stehen dagegen, dass so etwas funktioniert, aber es kommt vor. Ich nehme an, wenn ich so etwas nicht finde, muss ich warten, bis ich selbst beschließe aufzuhören, bevor ich nach einem Partner suche. Ich habe mir geschworen, dass ich niemals mehr wegen eines Mannes mein Leben von Grund auf ändern werde. Niemals.«

»Interessantes Thema, nicht?«

»Zumindest für Leute, die so leben wie ich, das steht fest.«

Ich höre nicht mehr hin. Callie hat ein unersättliches Interesse an dem, was andere Menschen antreibt. Das hatte sie schon immer.

Bobs Stimme knackt in meinem Ohr, reißt mich aus meinen Gedanken und meiner Langeweile. »Männliche Person, circa eins achtzig groß, dunkelhaarig, betritt das Gebäude. Gekleidet in eine Art Arbeitskleidung. Ich kann sie nicht genau erkennen.«

»Verstanden«, sagt Dylan, unser Mann am Aufzug.

Ich sehe Callie und die Agenten Decker und McCullough an. Sie nicken, geben mir zu verstehen, dass sie mitgehört haben. Sekunden verstreichen.

»Männliche Person mit passender Beschreibung hat soeben den Aufzug verlassen, geht auf die Wohnung zu«, meldet Dylan. »Ich bestätige Arbeitskleidung, ich wiederhole, bestätige Arbeitskleidung einer Schädlingsbekämpfungsfirma.«

»Verstanden«, antworte ich. Mein Herz hämmert bis zum Hals, und der Drache in mir rührt sich aufgeregt. »Bleiben Sie, wo Sie sind, um mögliche Fluchtversuche zu verhindern, Dylan.«

»Verstanden.«

»Bob, ich gebe Ihnen Bescheid, wenn er uns entwischt. Möglicherweise müssen Sie schießen.«

»Verstanden. Ich bin bereit.«

Ich sehe Leona an. »Er ist es.«

Sie nickt. Sie sieht aufgeregt aus, angespannt, nicht verängstigt, wie ich bemerke.

Es klopft an der Tür. Ich bedeute Leona zu öffnen. Sie geht zur Tür und blickt durch den Spion, eine letzte Überprüfung. Wendet sich mir zu und schüttelt den Kopf. Sie kennt ihn nicht. Ich nicke ihr zu.

»Wer ist da?«, fragt sie.

»ABC Ungezieferbekämpfung, Ma'am. Tut mir Leid, dass

ich zu dieser späten Stunde störe, aber der Hausbesitzer hat uns wegen eines dringenden Notfalls angerufen. Es gibt Ratten im Haus. Ich muss reinkommen und Ihre Wohnung überprüfen. Es dauert nur ein paar Minuten.«

»Äh … okay. Warten Sie einen Moment.«

Sie sieht mich fragend an. Ich bedeute ihr, ins Schlafzimmer zu gehen. Ich ziehe die Waffe, wie Callie, Decker und McCullough. Ich hebe die Hand, zähle mit den Fingern bis drei. Eins … zwei … Bei drei reiße ich die Tür weit auf.

»FBI!«, brülle ich ihn an. »KEINE BEWEGUNG!«

Der Lauf meiner Pistole ist keine fünfzig Zentimeter von seinem Gesicht entfernt. Ich kann seine Augen deutlich sehen, und ich erkenne die Leere, die ich mir vorgestellt habe. Er lässt den Notizblock fallen, den er in der Hand gehalten hat, und hebt die Hände über den Kopf.

»Nicht schießen!«, sagt er. Er klingt verblüfft, wie nicht anders zu erwarten, wenn man in den Lauf einer Pistole starrt, doch irgendetwas in mir ist unruhig, weil seine Augen alles andere als Verblüffung zeigen. Sie sind geschäftig. Zucken hierhin, dorthin, wägen ab, denken.

»Keine falsche Bewegung!«, warne ich ihn. »Nehmen Sie die Hände hinter den Kopf, und knien Sie sich auf den Boden!«

Er fixiert mich, leckt sich die Lippen. »Wie Sie meinen … Smoky.«

Mir bleibt keine Millisekunde, um mich von der Überraschung wegen der Nennung meines Vornamens zu erholen. Er bewegt sich wild wie der Wind, macht einen Schritt zur Seite, dann direkt auf mich zu. Seine Hände bewegen sich in unterschiedliche Richtungen, eine schlägt meine Waffe zur Seite, die andere kracht in mein Gesicht. Ich segele rückwärts, sehe Sterne, und die Millisekunde ist vorbei.

Ich lande hinterrücks auf dem Boden und versuche mich wieder auf die Beine zu kämpfen. Es ist mir gelungen, die Waffe in der Hand zu behalten.

Er schnellt vor – eine ultra-effiziente Art von Kampfkunst, kraftvoll und unglaublich vernichtend. Wie bei mir springt er seine Gegner an, und seine Schläge und Tritte sind kurz und brutal. Nicht kunstvoll, sondern effektiv. Ich beobachte hilflos, wie er Agent Decker den Ellbogen gegen den Kiefer stößt und bemerke mit benommenem Interesse, dass zwei seiner Zähne nicht ausfallen, sondern förmlich aus seinem Mund SCHIESSEN, wie zwei Kugeln. Und dann höre ich Callies Stimme, kalt wie Eis: »Noch eine einzige Bewegung, und du bist tot.«

Sämtliche Bewegung erstarrt. Als wäre die Zeit stehen geblieben. Weil Callie ihre Pistole nun an seiner Stirn hat. Seine Blicke jagen wutvoll hierhin und dorthin, und dann wird er von Agent Decker gerammt und ein weiteres Mal von Dylan, der vom Aufzug herbeigekommen ist, um mitzumachen und ebenfalls ein wenig Spaß zu haben.

Ich merke, dass ich blute, und ich bin immer noch benommen. Sehr benommen.

»Alles in Ordnung, Zuckerschnäuzchen?«

Ich stehe auf, wanke. »Ich bin in …«

Und dann falle ich wieder um. Ich verliere nicht das Bewusstsein, aber ich falle auf den Hintern, einfach so.

»Du dämliche Nutte!«, brüllt der Mörder mich an. »Du nutzloses Stück Scheiße! Du glaubst, das hat irgendwas zu bedeuten? Das bedeutet überhaupt nichts! Nichts! Ich werde dich trotzdem …«

»Verdammt!«, unterbreche ich ihn. »Halt's Maul, oder ich schieße dir ins Bein. Dylan, McCullough – fesseln und knebeln Sie ihn bitte.«

Dylan grinst mich an, doch dann legt er dem Kerl die Handschellen an und führt ihn nach draußen in den Flur, um ihm seine Rechte vorzulesen.

»Wie geht es dir?«, fragt Callie besorgt.

Ich schüttele probeweise den Kopf. »Ich bin nicht mehr benommen. Okay, schätze ich. Wie sieht mein Gesicht aus?«

»Er hat dir die Lippen zerschlagen, Zuckerschnäuzchen. Sie sind dick geschwollen, wie bei einer Collagen-Prinzessin.«

Das lässt mich alarmiert aufspringen. »Decker!«

»Hier. Alles in Ordnung.«

Ich sehe ihn. Er ist aufgestanden, lehnt sich an eine Wand. Er hat ein Taschentuch vor dem Mund, das voll gesogen ist mit Blut.

»Mein Gott!«, sage ich. »Sie müssen zu einem Arzt.«

»Ich muss zum Zahnarzt«, stöhnt er. »Dieser Mistkerl hat mir zwei Zähne ausgeschlagen.«

»Callie.«

Sie klappt ihr Mobiltelefon auf. »Ich rufe sie an, Zuckerschnäuzchen.«

Die Tür zu Leonas Schlafzimmer öffnet sich, nur einen Spaltbreit. »Kann ich rauskommen?«, fragt sie mit zitternder Stimme. »Ist jemand verletzt?«

Ich sehe mich in ihrem Wohnzimmer um, sehe Decker und seinen blutenden Mund, den zersplitterten Wohnzimmertisch, und dann begreife ich. Adrenalin schießt nicht einfach in meinen Kreislauf, es explodiert förmlich hinein.

»WIR HABEN IHN!«, brülle ich.

Callie und Decker zucken zusammen und starren mich an. Callie grinst. Decker bemüht sich.

»Alles in Ordnung, Leona«, sage ich und sehe zur Tür. »Alles in bester Ordnung.«

Ich knacke mit den Fingerknöcheln. Meine Lippen brennen.

Doch der Drache in mir tobt, brüllt, klappert mit den Zähnen.

»Füttere mich!«, verlangt er. »Lass mich seine Knochen brechen!«

Ich lecke mir über die Oberlippe, schmecke mein eigenes Blut. Das sollte ihn für den Augenblick zufrieden stellen.

KAPITEL 44 Ich bin zusammen mit Callie auf dem Weg ins FBI-Gebäude. Wir haben einen Beamten bei Leona gelassen, und unser Verdächtiger wurde zur Wilshire Police Station in Gewahrsam gebracht. Ich bin hergekommen, um Alan zu holen und unsere Verhörstrategie zu planen. Ich habe gerade den Knopf des Aufzugs gedrückt, als mein Handy klingelt.

»Smoky!«

Ich bin augenblicklich alarmiert. Es ist Elaina, und sie klingt verängstigt.

»Was ist los, Elaina?«, frage ich.

»Drei Männer schleichen um das Haus herum, hinten im Garten. Junge Männer.«

Entsetzen durchflutet mich. Ich muss an Ronnie Barnes denken. Ist es das? Hat Jack Junior eine kleine Armee aus Psychopathen aufgebaut? Oder bin ich paranoid?

Paranoid? Bei Jack Junior? Ganz bestimmt nicht.

Ich muss daran denken, dass ich zu Alan gesagt habe, Elaina drohe von den Tätern keine physische Gefahr, und mir wird ganz übel bei dem Gedanken an die möglichen Konsequenzen dieser Fehleinschätzung.

Ich fange an zu rennen, die Treppen hinauf, ohne auf den Lift zu warten. Callie folgt mir. »Elaina, was ist mit den beiden Agenten vor der Tür?«

Schweigen.

Dann: »Ihr Wagen steht da, aber ich kann sie nicht sehen.«

»Hast du eine Waffe im Haus? Eine Pistole?«

»Ja. Oben, im Schrank.«

»Hol sie, schließ dich im Badezimmer ein. Ich hole Alan. Wir brauchen vielleicht fünfzehn Minuten bis zu dir.«

»Ich habe Angst, Smoky.«

Ich schließe sekundenlang die Augen, während ich weiterrenne. »Ruf die Polizei, hol deine Pistole. Wir sind so schnell wie möglich bei dir, Elaina.«

Ich lege auf, hasse mich selbst, weil ich es tue. Momente später platze ich durch die Tür in unser Büro. Der Ausdruck auf meinem Gesicht lässt jeden aufmerken.

»Alan, Elaina hat Besuch!« Ich deute auf Leo und James. »Ihr zwei bleibt hier. James, du übernimmst die Koordination mit dem LAPD wegen des Verdächtigen, den sie für uns in Gewahrsam genommen haben. Callie und Alan, ihr kommt mit mir. Los, Beeilung!«

Alan ist bereits in Bewegung. Sein Gesicht ist voller Fragen, seine Augen voller Angst. Seine Stimme klingt fest, selbst während wir die Treppe hinunterstürzen in Richtung Parkplatz. »Wie viele?«, fragt er.

»Drei. Sie schleichen um euer Haus. Ich hab Elaina gesagt, sie soll die Polizei rufen, die Pistole holen und sich im Badezimmer einschließen.«

»Wo zur Hölle sind die beiden Agents, die Bonnie bewachen sollen?«

»Keine Ahnung.«

Wir rennen durch die Lobby, am Empfang vorbei, bersten durch die Eingangstür und jagen die Stufen zur Straße hinunter. Elaina und Bonnie, Elaina und Bonnie, das Mantra kreist in meinen Gedanken, wieder und immer wieder. Auf einer unterbewussten Ebene registriere ich, dass ich mehr Angst spüren sollte, doch alles ist nur Vorwärtsbewegung. Ich habe nicht genügend Zeit, um gründlicher nachzudenken oder mir über meine Gefühle klar zu werden. Callie hat kein Wort gesagt. Sie folgt uns, ohne Fragen zu stellen.

Und dann passiert es.

»Stirb, Fotze!«

Wir sind auf dem Parkplatz, und der junge Mann, der mir diese Worte entgegenschreit, stürzt auf mich zu, ein Messer in der erhobenen Hand. Sein Gesicht ist verzerrt, wahnsinnig. Seine Augen sind hungrig. Die Zeit verlangsamt sich fast bis zum Stillstand. Zwei Meter, denke ich analytisch. Er rennt, hat das Messer zum Stoß erhoben, das heißt, er ist in weniger als einer halben Sekunde über mir …

Ich habe ihm eine Kugel durch den Schädel gejagt, bevor ich den Gedanken richtig zu Ende gedacht habe. Die Geschwindigkeit, mit der ich meine Waffe gezogen und abgedrückt habe, ist einfach zu groß für ein bewusstes Überlegen. Es ist instinktiv, entschlossen, schnell wie ein Blitzschlag.

Sein Schädel explodiert, und die Zeit setzt sich wieder in Bewegung, verläuft in normaler Geschwindigkeit. Ich springe zur Seite, als er nach vorn kippt und mit einem dumpfen Schlag so heftig auf das Pflaster knallt, dass Hirnmasse umherspritzt und das Messer klappernd davonfliegt.

»Verdammte Scheiße!«, brüllt Alan.

Ich bemerke, dass weder er noch Callie ihre Waffen gezogen haben. Ich mache es ihnen nicht zum Vorwurf. Wir haben eine ganz spezielle Beziehung, mein schwarzer stählerner Freund und ich. Mein Verstand arbeitet im gleichen irrsinnigen Tempo weiter. »Callie, du wirst fahren. Bewegung, Bewegung!«

Ich sehe Tommy, der auf uns zugerannt kommt. »Alles in Ordnung!«, rufe ich ihm zu. »Aber Alans Frau ist in Gefahr. Es sind Unbekannte auf dem Grundstück!«

Tommy unterbricht sein Laufen nicht, nickt nicht, macht überhaupt nichts außer kehrt, um zu seinem Wagen zurückzurennen. Das ist Secret Service Training, denke ich. Entschlossenes, augenblickliches, entschiedenes Handeln.

Wir erreichen Callies Wagen und springen hinein. Sie hat den Gang eingelegt und jagt keine zwei Sekunden später mit quietschenden Reifen los.

»Wer zur Hölle war das?«, fragt Alan.

Callie antwortet für mich. »Blutsbruder von Ronnie Barnes, Zuckerschnäuzchen«, murmelt sie mit wildem Blick, während der Wagen vom Parkplatz jagt.

Alan antwortet nicht. Ich sehe, wie Begreifen in seinem Gesicht dämmert, gefolgt von Angst. »Oh nein …«, flüstert er.

Ich sage nichts. Es ist nicht nötig. In Alans Schädel kreist das gleiche Mantra wie in meinem. Elaina und Bonnie. Ich bin sicher, dass er im Stillen betet, genau wie ich.

KAPITEL 45 Alan ruft Elaina an. »Baby? Wir sind auf dem Weg. Hast du die Polizei angerufen? – Was? Scheiße! Bleib da, Honey! Bleib, wo du bist!« Er legt eine Hand über das Mikrophon. »Sie sind im Haus. Sie kann sie herumschleichen hören.« Er redet wieder mit Elaina. »Hör zu, Liebes. Sprich nicht mehr. Ich möchte nicht, dass sie dich hören. Bleib in der Leitung, aber leg das Telefon hin, und ziel mit der Waffe auf die Tür. Wenn du mich nicht hörst oder Smoky oder Callie, dann schießt du auf jeden, der versucht, durch die Tür zu kommen.«

Elaina und Bonnie, Elaina und Bonnie, Elaina und Bonnie …

Wir sind in Alans Straße. Callie bringt den Wagen mit quietschenden Reifen zum Stehen, und wir springen hinaus. Alan hat das Telefon weggesteckt, hat die Waffe gezogen, wie wir alle. Ich sehe mich um, erblicke Keenans Wagen. Ich renne hin, und was ich sehe, erfüllt mich mit Wut und Trauer. Beide sind tot, Löcher in der Stirn.

Räche jetzt, denke ich, trauern kannst du später.

Ich renne vom Wagen die Auffahrt hinauf, zur Vorderseite des Hauses, deute zur Tür. Sie ist gewaltsam geöffnet worden, der Rahmen zersplittert. »Seid leise«, flüstere ich. »Wir brauchen sie möglichst lebend. Hast du verstanden, Alan?«

Er starrt mich an, ein langer, kalter Killerblick. Dann nickt er widerwillig.

Wir schleichen uns durch die Vordertür, Augen und Waffen in Bewegung, auf der Suche nach den Eindringlingen. Callie, Alan und ich sehen uns an, schütteln die Köpfe. Hier unten ist niemand.

Wir alle halten inne, als wir oben Bewegung hören. Ich deute zur Decke.

Wir schleichen die Treppe hinauf. Das Herz hämmert mir bis zum Hals. Ich höre Alans Atmen, und ich sehe Schweiß auf seiner Stirn, obwohl es kühl ist im Haus. Wir sind fast oben, als Elaina schreit.

»*Alan!*« Ihre Stimme ist erfüllt von Angst. Ich höre das überlaute *PENG-PENG-PENG* einer abgefeuerten Pistole.

»*FBI!*«, brülle ich, als wir oben auf der Treppe angekommen sind. »*Lassen Sie die Waffen fallen, und knien Sie sich auf den Boden!*«

PENG-PENG-PENG! Weitere Schüsse, und jetzt sehe ich auch, woher sie kommen. Ein junger Mann mit dunklen Haaren wird von den Einschlägen hin und her geworfen, während Elainas Pistole ihn durchlöchert. Sie ist im Overkill, feuert unablässig weiter, bis das Magazin leer geschossen ist.

Zwei weitere Männer wenden sich zu uns um. Einer hat eine Pistole, der zweite ein Messer, wie ich im Bruchteil einer Sekunde erkenne. Sie scheinen überrascht, sehen mich, und Hass flammt in ihren Augen auf.

»Sie ist es!«, sagt der mit der Pistole. »Die Fotze Smoky!«

Er hebt die Waffe, um zu schießen, und der mit dem Messer stürzt auf mich zu. Erneut scheint die Zeit sich zu verlangsamen, beinahe stillzustehen.

Ich sehe Alan und Callie auf den Kerl mit der Pistole feuern, beobachte mit einer Art distanzierter Anerkennung, wie sich Löcher in seiner Brust und seinem Kopf bilden, wie Blut spritzt. Ich sehe, wie sich seine Waffe im Fallen entlädt. Der Typ mit dem Messer stürzt weiter auf mich zu. Es ist eine Wiederholung vom Parkplatz, nur, dass ich diesmal auf die Hand ziele, die das Messer hält, um ihn lebendig zu bekommen. Ich sehe, wie zwei seiner Finger verschwinden, wie sich seine Augen weiten und nach oben in den Kopf rollen, als der Schock ihn trifft wie ein Schmiedehammer. Er sinkt auf die Knie, rundet den Mund zu einem »O«, erbricht seinen Mageninhalt und kippt nach vorn, bewusstlos und zitternd.

»*Elaina!*«, brüllt Alan.

»*Hier drin!*«, ruft sie zurück, hysterisch. »Wir sind unverletzt! Uns ist nichts passiert! Uns ist nichts passiert!«, schluchzt sie, und sowohl Alan als auch ich stürzen ins Badezimmer.

Meine Knie sind weich vor Erleichterung, als ich die beiden sehe, in der Badewanne, unverletzt. Elaina weint, die Waffe immer noch mit beiden Händen umklammert, die Augen wild. Bonnie sitzt am anderen Ende der Wanne, die Arme um die Knie geschlungen, die Stirn auf den Knien, und schaukelt lautlos vor und zurück. Alan und ich rempeln uns an, als er zu Elaina, ich zu Bonnie stürze.

»Alles in Ordnung, Liebes?«, frage ich, packe ihren Kopf mit beiden Händen, während ich nach Verletzungen suche.

Alan macht das Gleiche bei Elaina, und Bonnie fängt an zu schluchzen, wirft die Arme um mich, und Elaina tut das Gleiche bei Alan, und unser »Gott sei Dank, Gott sei Dank« hallt von den Badezimmerwänden wider. Es ist ein Chaos der Erleichterung.

»Callie?«, rufe ich zur Tür hinaus. »Sie sind beide unverletzt! Niemand wurde verletzt!« Callie antwortet nicht.

»Callie?«

Das Bild steigt mir ins Bewusstsein, trifft mich wie ein Donnerschlag. Der Kerl, der im Fallen die Waffe abgefeuert hat …

»Oh nein …«, flüstere ich. Ich lege Bonnie zurück, ziehe die Pistole, krieche aus dem Badezimmer.

Ich sehe sie.

Ich bin eingehüllt in eine Glocke aus Stille. Eine Stille, die der Schock erzeugt.

Callie liegt auf der obersten Treppenstufe, auf dem Teppich, die Haare um sie herum ausgebreitet. Sie hat die Augen geschlossen, und auf ihrer Brust ist ein roter Fleck.

»Notarzt, Alan …«, krächze ich. Dann schreie ich los. »*Ruf den Notarzt! Ruf den verdammten Notarzt, Alan!*«

KAPITEL 46 Ich sitze in Tommys Wagen, und wir rasen zum Krankenhaus. Ich zittere am ganzen Leib, vollkommen außer Kontrolle.

Ich kann keinen zusammenhängenden Gedanken fassen. Angst durchflutet mich, gewaltige Schübe von Adrenalin.

Alan ist mit Elaina und Bonnie zurückgeblieben und kümmert sich darum, dass unser einziger überlebender Verdächtiger verarztet wird. Er hat kein Wort zu mir gesagt, doch das war auch nicht nötig. Es stand alles in seinen Augen.

Tommys Stimme durchdringt den Nebel.

»Ich hab die Wunde gesehen, Smoky. Ich kenne mich aus mit Wunden. Ich weiß nicht, ob sie es übersteht oder nicht. Ich weiß nur, dass es kein gezielter Schuss war.« Er sieht mich von der Seite an. »Hörst du, was ich sage?«

»Ja, gottverdammt! Ich höre dich!« Es kommt als Schrei heraus. Ich weiß nicht, warum. Ich bin nicht wütend auf Tommy.

»Los, schrei nur, Smoky. Tu, was immer du tun musst.« Seine Stimme ist stoisch. Aus irgendeinem Grund macht mich das wütend.

»Mr. Cool, Calm and Collected, wie?[5]« Ich kann nicht anders. Gift brodelt in mir, bitter, gallig und überwältigend, und es drängt machtvoll nach draußen. »Glaubst wohl, das macht dich zu etwas Besserem, wenn du ungerührt bleibst wie ein beschissener Roboter?«

Keine Antwort.

»So viel besser kannst du gar nicht sein! Schließlich haben sie dich beim Secret Service vor die Tür gesetzt, oder nicht? Beschissener Verlierer!« Er blinzelt nicht einmal. Ich fange an zu schreien. *»Ich hasse dich, weißt du das? Hörst du, was ich sage? Ich hasse dich! Du bedeutest mir überhaupt nichts! Meine Freundin liegt im Sterben, und du tust, als sei dir das scheißegal, und deswegen bist du mir auch scheißegal, und ich hasse dich und …«*

---

5 Eine Anspielung auf einen Song der Rolling Stones (Anm. d. Übers.).

Meine Stimme versagt, verwandelt sich in ein Stöhnen. Das Gift ist raus. Zurückgeblieben ist mein alter Freund, der Schmerz. Ich lasse das Seitenfenster herunter und kotze auf die Straße. Ein stechender Schmerz schießt durch meinen Kopf.

Ich lehne mich zurück, vollkommen erschöpft von meiner emotionalen Orgie. Tommy beugt sich zu mir herüber und öffnet das Handschuhfach. »Da sind Kleenex drin.«

Ich nehme ein paar. Wische mir das Gesicht ab.

Wir rasen die ganze Zeit weiter.

»Es tut mir Leid«, sage ich schließlich mit kleinlauter Stimme, etwa zwei Kilometer weiter.

Er sieht mich an, schenkt mir ein freundliches, sanftes Lächeln. »Mach dir deswegen keine Gedanken. Nicht eine Sekunde.«

Als ich anfange zu weinen, legt er die Hand auf mein Knie und lässt sie dort, während wir weiter mit Höchstgeschwindigkeit in Richtung Krankenhaus rasen.

KAPITEL 47

Die Kapelle des Krankenhauses ist leer. Ich habe sie ganz für mich allein. Callie ist im OP, und wir haben noch keine Nachricht. Alle sind hier im Krankenhaus. Leo, James, Alan, Elaina, Bonnie. AD Jones ist auf dem Weg.

Ich knie nieder und bete.

Ich habe nie an jenen Gott geglaubt, an den die meisten Menschen glauben. An irgendjemanden dort oben, allmächtig, der das Universum lenkt.

Ich glaube, dass es *irgendetwas* gibt. Irgendjemanden, der sich nicht sonderlich für uns interessiert und nur von Zeit zu Zeit mal vorbeischaut. Nachsieht, was die Ameisen da unten jetzt schon wieder angestellt haben.

Ich falte kniend die Hände, weil jetzt vielleicht einer jener Augenblicke ist.

An mir kleben Blut und Hirnspritzer. Ich bin bedeckt von den Spuren von Gewalt. Doch ich senke den Kopf und bete, ein konstantes, verzweifeltes Murmeln.

»Okay, Matt wurde mir genommen, meine Tochter und meine beste Freundin. Ich wurde aufgeschlitzt und habe grauenhafte Narben davongetragen, und ich leide unter Alpträumen, die mich Nacht für Nacht schreiend aus dem Schlaf schrecken lassen. Ich habe sechs Monate voller Schmerzen verbracht und nur noch den Wunsch gehabt zu sterben. Bonnie ist stumm wegen der unvorstellbaren Gräueltaten, die irgenwelche Psychopathen an ihr und ihrer Mutter begangen haben. Ach ja, und Elaina, einer der besten Menschen, die ich kenne, eine Frau, die ich liebe und verehre, hat Krebs.« Ich zögere, wische mir mit zittriger Hand eine Träne aus dem Auge. »Mit alledem bin ich zurechtgekommen. Es hat eine Weile gedauert, aber ich bin damit zurechtgekommen.« Eine Träne, die ich übersehen habe, rollt über meine Wange. Ich verklammere die Hände ineinander, bis sie schmerzen. »Doch das hier – nein. Nein, auf keinen Fall. Das ist zu viel. Nicht Callie. Also, hier ist mein Vorschlag. Hörst du zu?« Ich höre das Elend und das Flehen in meiner Stimme. »Lass sie am Leben, und du kannst mit mir machen, was du willst. Alles. Mich blenden. Mich verkrüppeln. Mich an Krebs erkranken lassen. Mein Haus niederbrennen. Mich unehrenhaft aus dem FBI werfen. Mich wahnsinnig werden lassen. Mich töten. Aber lass sie am Leben. Bitte, bitte, lass sie am Leben.«

Meine Stimme versagt endgültig, und irgendetwas in mir zerbricht. Vor Schmerz krümme ich mich vor, muss mich mit den Händen abstützen. Ich hocke auf allen vieren, und ich sehe, wie meine Tränen auf den Fliesenboden der Kapelle tropfen. »Willst du, dass ich vor dir krieche?«, flüstere ich. »Willst du, dass irgendjemand, dass zehn andere kommen und mich noch einmal vergewaltigen und aufschlitzen? Meinetwegen. Hauptsache, du lässt Callie am Leben.«

Ich erhalte keine Antwort, nicht einmal die Spur einer Antwort. Es ist mir egal. Ich habe keine Antwort erwartet. Ich musste es einfach nur sagen. Wie man es auch nennen mag – zu Gott oder zu Allah beten oder ein Ziel formulieren, gleichgültig, wie. Ich musste mit dem Universum reden, damit es Callie verschont. Ich musste zeigen, dass ich bereit bin, alles aufzugeben, alles und jedes, um meine Freundin zu retten.

Nur für den Fall, dass es irgendetwas bewirken kann.

Ich kehre aus der Kapelle in das Wartezimmer zurück. Ich habe mir genug Zeit genommen, um mich wieder ein wenig zu sammeln, doch ich fühle mich noch immer geschockt und verwirrt und niedergeschlagen. Ich weiß, dass ich jetzt für meine Leute da sein muss. Das ist meine Aufgabe, meine Pflicht. Das, was ein Anführer tut.

»Habt ihr schon irgendetwas gehört?«, frage ich. Ich bin stolz auf mich. Meine Stimme ist fest.

»Noch nicht«, antwortet Alan düster.

Ich sehe sie reihum an. James blickt grimmig drein. Leo marschiert auf und ab, auf und ab. Alan ist so hilflos, wie ich ihn noch nie gesehen habe. Lediglich Elaina und Bonnie wirken ruhig, was mich erstaunt. Immerhin wurden sie eben gerade angegriffen. Man kann vorher nie sagen, wie viel Kraft einzelne Menschen aufzubringen imstande sind, wenn so etwas geschieht.

Ich rieche den sterilen Geruch, höre das leise Rauschen und Piepen, das jedes Krankenhaus erfüllt. Sonst ist alles still. Wie in einer Bibliothek, in der die Menschen bluten und sterben.

Ich gehe zu Bonnie und setze mich neben sie. »Wie geht es dir, Schatz?«

Sie sieht mich an, nickt, schüttelt den Kopf. Es dauert ein paar Sekunden, bis ich begreife. Es geht mir gut, nein, du musst dir keine Sorgen um mich machen, sagt sie mir.

»Gut«, murmele ich.

Die Tür des Wartezimmers fliegt auf, und AD Jones marschiert herein. Er sieht aus, als wäre er außer sich. »Wo ist sie? Ist sie okay? Was ist passiert?«, will er wissen.

Ich stehe auf, gehe zu ihm. *Klickediklack* höre ich meine Schuhe auf den Steinfliesen des Fußbodens, mit jenem Teil von mir, der immer noch benommen und taub ist. »Sie ist im OP, Sir.«

Er sieht mich lange an. »Wie geht es ihr?«

»Die Kugel ist in den oberen Bereich der Brust eingedrungen. Neun Millimeter. Keine Austrittswunde. Sie hat eine Menge Blut verloren, und sie wird einer Notoperation unterzogen. Das ist alles, was wir wissen.« Kurz und prägnant, denke ich. Sauber, glatt und effizient. Ich unterdrücke eine Anwandlung von Hysterie, die in mir aufsteigen will wie Schaumblasen im Wein.

Er sieht mich an, und sein Gesicht wird rot. Ich erschrecke wegen des Ausmaßes an Wut in seinen Augen, weil ich mit diesem Mann niemals Wut verbunden hätte. Sie dämpft den Irrsinn, der in mir schäumt. »Wie lange ist sie bereits im OP?«, will er wissen.

»Zwei Stunden.«

Er wendet sich von mir ab, eine plötzliche Bewegung. Geht ein paar Schritte. Wirbelt herum, zeigt mit dem Finger auf mich. »Hören Sie zu, Smoky, hören Sie verdammt gut zu! Ich habe zwei tote Agenten und einen dritten auf dem Operationstisch. Keiner von Ihnen, und damit meine ich *absolut keiner* von Ihnen, wird von jetzt an allein bleiben. Und falls das bedeutet, dass einige von Ihnen zusammen schlafen müssen, bis diese Sache vorbei ist, dann ist das eben so. Sie gehen nicht mal auf die Toilette, um sich die Nase zu pudern, ohne dass jemand Sie begleitet. Haben Sie das verstanden?«

»Jawohl, Sir.«

»Keine weiteren Zwischenfälle mehr. Hören Sie, Smoky? *Kein einziger!*«

Ich nehme seine Wut auf mich, beuge mich ihr wie ein Baum im Sturm. Es geht ihm ähnlich wie mir im Wagen mit Tommy.

Er verschafft sich Luft, auch wegen Joseph Sands. Er fühlt mit. Ich verstehe ihn gut.

Der Sturm zieht vorüber, und er entspannt sich ein wenig. Seine Hand fährt nach oben, er wischt sich über die Stirn. Ich erkenne den kurzen Widerstreit seiner Gefühle. Der gleiche, den ich wenige Augenblicke vorher verspürt habe. Er ist der Boss. Zeit, dies zu zeigen.

»Nutzen wir die Zeit, um uns zu reorganisieren, während wir warten. Bringen Sie mich auf den aktuellen Stand.«

Ich berichte von der Verhaftung eines der beiden Täter des Jack-Junior-Duos. Ich erzähle von Elainas Anruf, von dem Kerl, den ich auf dem Parkplatz erschossen habe. Und ich berichte, was sich in Alans Haus zugetragen hat.

»Wo ist der Kerl, dem Sie in die Hand geschossen haben?«

»Er ist ebenfalls hier«, antworte ich. »Ebenfalls in der Chirurgie. Sie versuchen, ihm die Finger wieder anzunähen.«

»Scheiß drauf!«, schnaubt AD Jones.

Aus den Augenwinkeln sehe ich, wie Bonnie beifällig nickt. Es bestürzt mich.

»Die anderen drei?«, fragt Jones. »Alle tot?«

»Alle tot.«

»Wer ist dafür verantwortlich?«

Er will wissen, wer sie erschossen hat. Irgendwann werden wir deswegen Rechenschaft ablegen müssen. Für jede verschossene Kugel. »Ich habe den Kerl auf dem Parkplatz erschossen. Elaina hat einen der Angreifer in ihrem Haus erschossen, Alan und Callie den anderen, den mit der Pistole.«

AD Jones sieht zu Elaina hin. Seine Augen werden weich. »Es tut mir Leid, Ma'am«, sagt er. Bitte entschuldigen Sie, dass Sie, eine Zivilistin, gezwungen waren, einen Mann zu erschießen, will er ihr damit sagen. Sie versteht, was er meint.

»Und es ist zu vermuten, dass all diese Kerle Jünger von Jack Junior sind?«

»Es besteht kaum Zweifel daran, Sir.«

»Was ist mit dem Verdächtigen, den Sie gestern Abend geschnappt haben? Ist er einer von ihnen? Sicher?«

»Nichts ist hundertprozentig sicher, bevor wir nicht sämtliche erforderlichen Beweise haben, Sir, aber ... ja, es passt.«

Er nickt anerkennend. »Das ist gut. Wirklich gut.« Er schweigt für einen Moment, denkt über alles nach. Sieht jeden von uns an. Als er wieder spricht, ist seine Stimme weicher. »Hört zu, Leute. Wir werden alle zusammen hier warten, bis wir wissen, ob Agent Thorne da heil rauskommt. Hoffentlich schafft sie es. Sobald wir wissen, was los ist, gehen wir – ob sie es geschafft hat oder nicht – zurück an die Arbeit. Zuerst die Wut, dann die Trauer.«

Es gibt keinen Widerspruch. Ich sehe nichts außer grimmiger Entschlossenheit. Er scheint es ebenfalls zu bemerken, denn er nickt zufrieden. »Also gut.«

Also gut, alles voll Blut, denke ich für mich, während eine weitere hysterische Schaumblase meine inneren Schutzschilde überwindet. Mir wird schwindelig, und ich setze mich wieder hin.

Irgendein Mobiltelefon klingelt. Alle sehen nach, und dann bemerke ich Tommy, der sein Handy ans Ohr nimmt. Ich hatte ihn beinahe vergessen. Er ist der Außenseiter und hat sich von uns zurückgezogen, sich in einer Ecke auf das Warten eingerichtet.

»Aguilera?«, meldet er sich. Er lauscht, runzelt die Stirn. »Wer ist da?«

Ich sehe, wie eine eisige Ruhe über ihn kommt. Es ist nichts Entspanntes daran, absolut nichts Entspanntes. Nein, er würde am liebsten töten, wer auch immer es ist am anderen Ende der Leitung. Er sieht einmal kurz zu mir. »Warten Sie.«

Er kommt zu mir, hält eine Hand über das Mikrophon. »*Er* ist es.«

Ich springe von meinem Stuhl wie von der Tarantel gestochen, und fast alle tun es mir gleich. Die Schaumblasen sind verschwunden, sind dem grellen Licht des Schocks gewichen. »Was? Du meinst Jack Junior?« Ich fühle mich genauso ungläubig, wie meine Worte klingen.

»Ja. Er will mit dir reden.«

Eine Zillion verschiedener Gedanken schießen mir durch den Kopf. Es ist ein völliger Bruch mit seinen Gepflogenheiten und ergibt keinen Sinn. »Haben wir eine Chance, das Gespräch zurückzuverfolgen?«, frage ich Tommy als den anwesenden Experten in elektronischer Überwachung.

»Wenn die Fangschaltung nicht bereits eingerichtet ist – nein.«

Für einen Moment weiß ich nicht, was ich tun soll.

AD Jones seufzt. »Reden Sie mit ihm, Smoky. Mehr bleibt Ihnen nicht übrig.«

Ich strecke die Hand aus und nehme das Handy. Nach einem tiefen Atemzug, um mich zu wappnen, halte ich es ans Ohr. »Hier ist Smoky Barrett.«

»Special Agent Barrett! Wie geht es Ihnen?« Er benutzt irgendeinen elektronischen Verzerrer, um seine Stimme unkenntlich zu machen. Es klingt, als hätte ich eine Konversation mit einem Roboter.

»Was wollen Sie?«

»Ich dachte, dass wir uns – nur dieses eine Mal – persönlich unterhalten sollten. E-Mails und Briefe sind so unpersönlich, meinen Sie nicht?«

»Ich denke, Sie haben diese Geschichte bereits zu etwas sehr Persönlichem gemacht, Jack. Außerdem sind Sie ein erbärmlicher Lügner.«

Er kichert. Der Verzerrer macht ein bösartiges Geräusch daraus. »Sie reden von meinen kleinen Besuchern, richtig? Nun ja … zugegeben. Aber das hat nichts mit Lüge zu tun. Ich fing nur an, mich zu … langweilen. Auf gewisse Weise sind meine kleinen Spielchen mit Ihnen und Ihren Kollegen genauso befriedigend wie meine Arbeit an diesen Huren.«

Ich will ihn schlagen, irgendetwas tun, um ihm dieses arrogante Gehabe auszutreiben. »Hey, Jack – haben Sie meinen kleinen Spot in den Nachrichten gesehen?«

Langes Schweigen. Als er wieder redet, verspüre ich eine grimmige Befriedigung darüber, dass seine Stimme plötzlich tonlos klingt. »Ja, Smoky. Ich habe Ihre Lügen gesehen.«

Ich lache auf, voller Spott und Herablassung. »Lügen? Warum zur Hölle sollte ich lügen? Sie wollen einfach nicht die Wahrheit hören, Sie Wichser. Es gibt kein ›Vermächtnis‹, keinen Uterus von Annie Chapman, keine heilige Mission. Sie sind der Lügner, Jack. Ihr ganzes Leben ist eine einzige Lüge! Meine Güte, Sie schaffen es ja nicht mal, sich an den *Modus Operandi* Ihres angeblichen Vorfahren zu halten! Er hat Huren ermordet, Jack, keine Polizisten. Und Sie – Sie können sich offensichtlich nicht entscheiden, was Sie lieber tun! Der echte Ripper hat sich einen Typ von Opfer ausgesucht und ist dabei geblieben. Was ist los mit Ihnen – ertragen Sie die Wahrheit nicht? Ertragen Sie es nicht, wie erbärmlich Sie sind?«

Ich höre ihn atmen, schwer, wütend. Selbst das Atmen ist verzerrt; es klingt surreal.

»Sind Sie noch da, Jack?«

Eine weitere lange Pause, dann: »Netter Versuch, Smoky. Hurra und Applaus. Warum sollten Sie lügen? Ich werde Ihnen sagen, warum. Aus dem einfachsten Grund von allen. Psychologische Kriegführung. Um mich wütend zu machen, um mich aus dem Gleichgewicht zu bringen.« Er zögert, und ich kann seine Wut beinahe spüren. »Ich habe nie gesagt, dass ich der Ripper bin, du dummes Miststück. Ich habe gesagt, dass ich ein Nachfahre bin. Aber ich habe mich weiterentwickelt. Ich stehe über ihm. Warum ich Sie genauso jage wie diese Huren? Weil ich gut genug bin dafür. Weil mir danach ist. Aus dem gleichen Grund, aus dem ich meine kleinen Gehilfen heranziehe. Es amüsiert mich, und ich bin dazu fähig.«

Ich will ihn verletzen. Für einen Moment, nur einen kurzen

Moment, stehe ich dicht davor, ihn damit zu verspotten, dass wir seinen Komplizen geschnappt haben. Es gelingt mir, diesen Impuls zu unterdrücken.

»Nein, Jack, das ist nicht der Grund. Der Grund ist, dass Sie ein Haufen Scheiße sind. Weiterentwickelt? Das glaube ich nicht. Der echte Ripper wurde niemals gefasst. Aber Sie werde ich fassen, verlassen Sie sich darauf.«

Es folgt ein langes Schweigen. Als er schließlich wieder spricht, ist die Wut verschwunden. Seine Stimme ist ruhig. Er hat sich wieder unter Kontrolle.

»Wo wir gerade von Huren reden – wie geht es der kleinen Bonnie?«

Ich kämpfe um meine Selbstbeherrschung. Ich muss ihn am Reden halten. Ich wechsele das Thema, versuche es aus einer anderen Richtung. Ich senke die Stimme, spreche gleichmütig, vernünftig. »Jack, warum hören wir nicht auf, so zu tun als ob? Sie und ich wissen, wen Sie wirklich wollen, nicht wahr?«

Er zögert. »Und wer sollte das sein, Special Agent Barrett?«

»Ich. Sie wollen mich.«

AD Jones fährt sich mit den Fingerspitzen über die Kehle. »Nein! Verdammt, Smoky!«

Ich ignoriere ihn. »Habe ich Recht?«

Er lacht erneut. »Smoky, Smoky, Smoky …« Seine Stimme klingt herablassend. »Ich will alles, meine Liebe. Ich will diese Huren, ich will Sie, ich will alles und jeden, den Sie lieben. Wo wir gerade davon reden – wie geht es der lieben Callie? Wird sie überleben?«

Meine Wut flammt erneut auf, heiß und unbeherrschbar. »Wichser!«

»Sie haben einen Tag, Smoky«, erwidert er gleichmütig. »Danach stirbt eine weitere Hure. Oh, und Sie und Ihre Leute dürfen ebenfalls mit fortgesetztem Spaß rechnen.«

Ich habe das Gefühl, dass er das Gespräch beenden will. »Warten Sie!«

»Nein, ich denke nicht. Ich konnte nicht widerstehen, dieses eine Mal. Aber es ist riskant, wenn wir auf diesem Weg kommunizieren. Für mich, heißt das. Rechnen Sie nicht damit, dass es noch einmal geschieht. Das nächste Mal, wenn Sie meine Stimme hören, werde ich persönlich vor Ihnen stehen, und Sie werden schreien.« Eine kurze Pause. »Noch eine letzte Sache. Falls Agent Thorne stirbt, sollten Sie darüber nachdenken, ob Sie ihren Leichnam nicht einäschern lassen. Ansonsten könnte ich vielleicht versucht sein, sie auszugraben und … mit ihr zu spielen. Genau wie ich es mit der lieben Rosa getan habe.«

Er legt auf, während seine Worte durch meine Knochen schneiden.

»Was zur Hölle ist los mit dir?«, fährt James mich an. Die Wut in seiner Stimme ist ein Schock, und ich bin sprachlos, stehe da wie angewurzelt und starre ihn an. Ich bin wie betäubt von der Wucht des Hasses, den ich in seinen Augen sehe. Er zittert. Es kommt in Wellen über ihn.

»Wovon redest du?«, frage ich ungläubig.

»Du musstest ihn unbedingt verspotten, wie? Du konntest nicht widerstehen!« Seine Worte triefen vor Gift. »Er ist hinter uns her, und du musstest ihn noch wütender machen, noch mehr Benzin ins Feuer schütten. Genau wie immer. Du erzählst uns, wir wären unbesiegbar, und du erzählst diesen Kerlen das Gleiche, und es ist nichts als Schwachsinn.« Er redet sich immer mehr in Rage, die Worte sprudeln unkontrolliert aus ihm hervor.

Ich kann ihn nur sprachlos anstarren.

»Was denn, erinnerst du dich vielleicht nicht? Erinnerst du dich nicht, dass du schon einmal im Fernsehen gewesen bist, als wir Joseph Sands gejagt haben? Dass du vor laufender Kamera gesagt hast, er sei ein erbärmlicher Schlappschwanz? Dass du ihn verhöhnt und verspottet und gehofft hast, er würde den Köder schlucken?« Er wartet, mit flammenden Blicken, schnarrt weiter. »Er hat ihn geschluckt, verdammt, nicht wahr? Er hat ihn geschluckt und deine Familie umgebracht, und dich hat er ebenfalls erwischt, und beinahe hätte er dich auch noch umgebracht. Und jetzt ist dieser Psychopath wild entschlossen, das Gleiche mit uns allen zu tun, und *du willst einfach nicht lernen!* Keenan und Shantz sind tot – hast du denn überhaupt nichts kapiert? Muss Callie auch noch sterben, bis du es endlich begreifst?« Er beugt sich zu mir herab, starrt mir in die Augen. »Dass manchmal, wenn du die harte Superfrau spielst, andere Leute sterben?« Er wartet, und ich bekomme das Gefühl von einem Gummiband, das immer weiter gespannt wird, bis es reißt. Es ist die bebende Stille unmittelbar vor dem ausbrechenden Sturm. Er spricht in diese Stille hinein. »Hast du diese Lektion nicht gelernt, als dein Mann und deine Tochter getötet wurden?«

Mein Unterkiefer sinkt herab, und von einer Sekunde zur anderen will ich mich auf ihn stürzen. Ihm eine Ohrfeige versetzen, nein, nicht eine, eine ganze Salve gemeiner Ohrfeigen, mit dem Handrücken voll ins Gesicht. Ihm die Zähne ausschlagen, die Nase brechen. Ich will es so sehr, dass ich es schmecken kann, wie Blut in meinem Mund. Zwei Dinge halten mich davon ab: Eines ist die nahezu augenblickliche Scham, die ich in seinen Augen aufflackern sehe. Das andere ist Bonnie. Sie steht neben James, reißt an seiner Hand, energisch.

»Was ... was ist denn?«, fragt er sie. Er klingt genauso benommen, wie ich mich fühle. Sie bedeutet ihm, sich zu ihr herunterzubeugen. Er kniet sich hin, und ich sehe ihm zu, während ich am ganzen Leib zittere und bebe.

Sie gibt ihm die Ohrfeige an meiner Stelle, mit der flachen Hand auf die Wange. Und obwohl sie erst zehn Jahre alt ist und klein für ihr Alter, klingt es wie ein Peitschenknall im stillen Wartezimmer.

James' Augen weiten sich im Schock, sein Mund formt ein lautloses »O«, und er stolpert zurück, landet in sitzender Position auf dem Fußboden. Ich weiß nicht, was ich sagen soll. Sie sieht mich kurz an, nickt und kehrt zu ihrem Sitzplatz neben Elaina zurück.

Alle sind still. Ich kann ihre reglose Bestürzung spüren. James steht langsam auf, die Hand an der Wange, die Augen erfüllt von Scham und Verblüffung.

Ich will etwas sagen, doch einmal mehr geschehen zwei Dinge, bevor ich dazu komme. Callies Tochter stürzt in das Wartezimmer, und direkt hinter ihr erscheint ein verschwitzter, erschöpfter Chirurg in der Tür. Marilyn dreht sich fragend zu ihm um, öffnet den Mund.

»Alles der Reihe nach«, sagt er mit schwerer, müder Stimme. »Agent Thorne lebt.«

»Gott sei Dank!«, schreit Elaina auf.

Ich will vor Erleichterung auf die Knie sinken, doch ich tue es nicht.

Der Chirurg hebt die Hand, bittet um Ruhe. »Die Kugel hat ihr Herz knapp verfehlt. Und sie ist ganz geblieben. Leider hat sie die Wirbelsäule getroffen, ist von dort abgeprallt und in ihre obere linke Schulter gedrungen.«

Die Temperatur im Raum scheint bei dem Wort »Wirbelsäule« um dreißig Grad zu sinken.

»Der Rückenmarksnerv wurde nicht durchtrennt. Doch die Wirbelsäule wurde verletzt. Außerdem hat Agent Thorne große innere Blutungen erlitten.«

»Was bedeutet das, Doc?«, fragt AD Jones.

»Es bedeutet, dass Miss Thorne eine Menge Blut verloren und schwere Verletzungen erlitten hat. Ihr Zustand ist noch immer kritisch. Sie scheint stabil, aber sie ist noch nicht über den Berg.« Er zögert, scheint nach einer anderen Formulierung zu suchen. »Das heißt, dass sie immer noch sterben kann.«

Marilyn stellt die Frage, vor der wir uns alle fürchten. »Und die Verletzung der Wirbelsäule ...?«

»Wenn sie die Krise übersteht, hat sie gute Aussichten, wieder vollständig gesund zu werden. Aber ...«, er seufzt, »das können wir natürlich nicht mit hundertprozentiger Sicherheit garantieren. Bei einer derartigen Verletzung besteht immer die Gefahr einer dauerhaften Lähmung.«

Marilyns Hand fliegt zum Mund. Ihre Augen sind weit vor Entsetzen.

Ich spreche in die Stille hinein. »Danke, Herr Doktor.«

Er nickt uns allen müde zu und geht.

»Oh nein, gütiger Gott, nein …«, stöhnt Marilyn. »Ich habe sie doch gerade erst wiedergefunden. Ich …« Und dann kommen die Tränen.

Ich gehe zu ihr und drücke sie an mich, als sie anfängt zu weinen. Meine eigenen Augen sind trocken. Ich bin zu sehr damit beschäftigt, mich zu biegen. Immer weiter zu biegen, ohne zu brechen.

KAPITEL 48

Wir sind wieder im Büro, ein niedergeschlagener Haufen. Elaina und Bonnie sind bei mir zu Hause, seit Alans Heim überfallen worden ist. Marilyn ist im Krankenhaus geblieben, um auf Neuigkeiten über den Zustand ihrer Mutter zu warten. Sie war nicht verstimmt darüber, dass wir gegangen sind.

»Schnappt ihn!« war alles, was sie sagte.

James steht am Fenster und sieht nach draußen. Er wagt nicht, mir in die Augen zu sehen.

Ich will in ein Loch kriechen, mich zusammenrollen und ein Jahr lang schlafen. Doch das kann ich nicht.

»Weißt du, was bei Stress das Problem ist, James?«, frage ich nachdenklich.

Er schweigt. Ich warte. »Was?«, fragt er schließlich, ohne den Blick vom Fenster abzuwenden.

»Stress erzeugt kleine Haarrisse. Sie fangen ganz winzig an und breiten sich aus, und dann werden sie groß, und das Resultat ist, dass irgendwann etwas zerbricht.« Ich spreche vorsichtig, ohne Anklage. »Was willst du, James? Möchtest du, dass ich zerbreche? Möchtest du, dass ich zerbreche und ... und gehe?«

Sein Kopf fährt herum. »Was? Nein. Ich ...« Er klingt, als wäre er kurz vor dem Ersticken. »Ich meine nur, mit Callie ...« Er ballt die Fäuste, öffnet sie, atmet tief durch. Bringt sich unter Kontrolle. Dann wendet er sich mir zu und sieht mir in die Augen. »Ich habe keine Angst um mich selbst, Smoky. Ich habe Angst um Callie. Verstehst du das?«

»Selbstverständlich verstehe ich das«, antworte ich leise. »Ich hatte auch Angst um meine Familie. Jeden Tag. Ich hatte Alpträume, dass ihnen etwas zustoßen könnte – genau das, was ihnen schließlich zugestoßen ist.« Ich senke den Kopf. »Matt hat irgendwann mit mir gesprochen, und er hat mir die Wahrheit gesagt. Er sagte, dass ich genau das täte, was ich gerne tue. Und er hatte Recht. Ich hasse es, diese Mistkerle zu jagen, aber ich liebe es, sie zu schnappen. Verstehst du?«

Er sieht mich noch einen Moment lang an, dann nickt er.

»Und ich habe sehr häufig und intensiv über genau das nachgedacht, was du mir im Wartezimmer vorgeworfen hast. Lange, bevor du es gesagt hast. Ich habe mir den Kopf darüber zerbrochen, glaub mir. Ist Sands zu mir gekommen, und hat er meine Familie getötet, weil ich ihn im Fernsehen lächerlich gemacht habe? Lange Zeit habe ich geglaubt, die Antwort lautete Ja. Doch später wurde mir bewusst, dass das Unsinn war. Er ist zu mir gekommen, weil ich ihn gejagt habe. Weil ich das tue, was ich tue. Er hätte es auf jeden Fall getan, ob ich ihn verspottet hätte oder nicht. Verstehst du, was ich sagen will?«

James antwortet nicht.

»Worauf ich hinauswill, James, ist Folgendes: Es spielt überhaupt keine Rolle, was ich zu Jack Junior sage. Dieser Mörder hat es auf uns abgesehen, Punkt. Wir sind seine Beute. Du möchtest seinen Opfertypus wissen?« Ich deute in den Raum. »Sie sind alle hier versammelt.«

Er sieht mich lange an, bevor er antwortet. Als er es tut,

geschieht es wortlos. Er schließt die Augen und nickt. Mehr nicht.

»Entschuldigung angenommen.«

Er wendet den Blick ab, räuspert sich. Alle haben schweigend zugesehen. Angespannt. Es ist, als säßen wir alle gemeinsam auf einer heißen Ofenplatte und warteten darauf, wie ein Maiskorn zu zerplatzen und zu verbrennen. Die komplexe Maschine, die mein Team ist, scheint sich festzufahren, kann jeden Augenblick zerreißen und explodieren.

Ich weiß, dass die eigentliche Ursache für diesen Stress Jack Junior ist. Doch ich sorge mich, dass wir anfangen, unsere Wut aneinander auszulassen. Ich habe mich stets als die Achse empfunden, auf der sich die Zahnräder meines Teams drehen. Wenn ich die Achse bin, ist Callie der Antrieb. Sie ist es, die das Rad über gleich welchen Untergrund vorantreibt. Ihre Mätzchen, ihre Witze, ihre Neckereien und ihr unbarmherziger Humor halten uns zusammen. Ihr Fehlen erzeugt eine Art Vakuum, und wir sind kurz davor, dieses Vakuum dadurch aufzufüllen, dass wir einander an die Kehle springen.

»Weißt du, was das Erste ist, das Callie bei unserem Kennenlernen zu mir gesagt hat?«, frage ich ohne Einleitung. »Sie sagte: ›Gott sei Dank! Du bist keine Liliputanerin!‹« Ich muss grinsen bei dem Gedanken daran. »Sie hat mir erzählt, sie habe gehört, dass ich nur eins siebenundfünfzig groß sei, und sie habe sich nicht vorstellen können, wie groß das ist. Sie habe gedacht, ich sei eine Zwergin.«

Alan lacht auf, als er das hört; ein leises, trauriges Lachen. »Weißt du, was sie zu mir gesagt hat? Sie hat gesagt: ›Meine Güte, ein Riesenneger!‹«

»Hat sie nicht!«, rufe ich.

»Doch, das hat sie, ehrlich.«

Wir alle verstummen, als Alans Handy klingelt, und sehen zu, wie er es ans Ohr nimmt und lauscht. »Tatsächlich? Kein Witz? Danke, Gene.« Er legt auf, sieht mich an. »Die Abdrücke des in Polizeigewahrsam genommenen Verdächtigen stimmen mit denen überein, die wir vom Bett in Annies Wohnung genommen haben. Außerdem haben wir seine DNS zum Vergleich. Davon weiß er allerdings nichts … Er hat sich die Lippe aufgeschlagen während des Kampfes, den er euch bei seiner Festnahme geliefert hat. Barry bot ihm ein Taschentuch an, damit er sich das Blut abwischen konnte.«

Ich grinse. »Clever.«

Alan beugt sich vor, sieht mich an. »Er ist also einer der Mörder, Smoky. Ganz sicher, einhundert Prozent. Vielleicht können wir es noch nicht eindeutig beweisen, doch wir sind ganz nah dran. Was möchtest du jetzt tun?«

Alle sehen mich an, dieselbe Frage in ihren Augen. Was willst du jetzt tun? Die Antwort ist einfach.

Wir töten ihn und fressen ihn auf?, fragt mein Drache.

In gewisser Hinsicht, ja, denke ich.

»Einer von uns geht zu ihm und führt das Verhör unseres Lebens. Wir brechen ihn weit, weit auf, Alan.«

KAPITEL 49

Wir stehen zusammen mit Barry im Observationsraum und blicken durch den Einwegspiegel auf Robert Street. Er sitzt am Tisch und ist an Händen und Füßen mit Handschellen gefesselt.

Es überrascht mich ein wenig, wie unscheinbar er aussieht. Er hat braune Haare und ein hartes, kantiges Gesicht. Seine Augen blicken heiß und wütend, während er ansonsten entspannt wirkt. Er starrt uns durch den Spiegel hindurch an.

»Ziemlich cooler Typ«, sagt Alan. »Wissen wir schon mehr über ihn?«

»Nicht viel«, räumt Barry ein. »Sein Name lautet Robert Street. Er ist achtunddreißig Jahre alt, Single, war nie verheiratet, hat keine Kinder. Arbeitet als Kampfsportlehrer im Valley.« Barry sieht mich an, nickt in Richtung meiner immer noch geschwollenen Lippe. »Das haben Sie ja bereits am eigenen Leibe erfahren.«

»Haben Sie seine Adresse?«, frage ich.

»Ja. Er wohnt in einem Apartment in Burbank. Anhand seiner Fingerabdrücke, die wir in der Wohnung Ihrer Freundin gefunden haben, können wir einen Durchsuchungsbefehl erwirken. Ich habe bereits einen meiner Leute damit beauftragt.«

»Wer führt das Verhör?«, fragt Alan. »Du hast gesagt, einer von uns – wer soll es machen? Du oder ich?«

»Du, keine Frage.« Ich muss gar nicht erst darüber nachdenken. Alan ist der Beste, und der Mann in dem Raum hinter dem Spiegel ist der Schlüssel zum Auffinden des echten Jack Junior. Der Schlüssel, all das zu beenden.

Alan sieht mich lange an, nickt, wendet sich wieder ab und betrachtet Robert Street durch das Glas. Er beobachtet ihn eine ganze Weile, während Barry und ich geduldig warten. Wir wissen, dass Alan uns vollständig ausgeblendet hat, sich vollkommen auf den vor ihm liegenden Raum konzentriert und Robert Street studiert wie ein Jäger seine Beute. Dass er sich darauf vorbereitet, Street wie eine Walnuss zu knacken.

Wir müssen ihn knacken, aus zwei Gründen. Zum einen haben wir ihn noch nicht, noch nicht wirklich. Die Fingerabdrücke in Annies Apartment lassen sich irgendwie erklären. Ein guter Strafverteidiger könnte argumentieren, dass die Abdrücke dorthin gekommen sind, als er während der vorgeblichen Ungezieferkontrolle das Bett verrückt hat. Was für sich genommen vielleicht ungesetzlich sein mag, aber noch lange nicht bedeuten muss, dass Street der Mörder ist. Wir haben seine DNS, aber wir haben noch keine Resultate. Was, wenn die DNS unter dem Fingernagel von Charlotte Ross von Jack Junior stammt und nicht von Robert Street?

Doch vor allem müssen wir Street dazu bringen, dass er uns zu Jack Junior führt.

Alan sieht Barry an. »Kann ich jetzt rein?«

Barry bringt ihn nach draußen, und kurze Zeit darauf sehe ich Alan das Verhörzimmer betreten. Robert Street blickt zu ihm auf. Neigt den Kopf, mustert Alan. Grinst.

»Wow«, feixt er. »Ich schätze, Sie spielen den bösen Bullen, richtig?«

Alan schlendert zum Tisch, der Inbegriff von jemandem, der alle Zeit der Welt hat, und zieht sich einen Stuhl heran, sodass er direkt vor Robert Street Platz nehmen kann. Er strafft seine Krawatte. Lächelt. Ich beobachte ihn und weiß, dass jede Bewegung kalkuliert ist. Nicht nur die Bewegungen, sondern auch die Geschwindigkeit, mit der er sie ausführt. Wie nah er Street dabei kommt. Die Tonlage seiner Stimme, wenn er mit Street spricht. Es ist alles Teil einer Aufführung, und alles zielt nur auf ein Ergebnis ab.

»Mr. Street, mein Name ist Alan Washington.«

»Ich weiß, wer Sie sind. Wie geht es Ihrer Frau?«

Alan lächelt, schüttelt den Kopf, winkt mit dem erhobenen Zeigefinger. »Schlau«, sagt er. »Zu versuchen, mich gleich zu Anfang wütend zu machen und zu verunsichern.«

Street gähnt in übertriebener Langeweile. »Wo ist diese Fotze Barrett?«, fragt er.

»Sie wird irgendwo in der Nähe sein«, antwortet Alan. »Sie haben ihr ganz schön eins verpasst in diesem Apartment.«

Das entlockt Street ein hässliches Grinsen. »Freut mich zu hören.«

Alan zuckt die Schultern. »Hey, unter uns gesagt – ich würd ihr manchmal selbst gern eins verpassen.«

Street verengt die Augen. »Tatsächlich?«, fragt er zweifelnd.

»Ich kann nichts dafür. Ich wurde altmodisch erzogen. Frauen haben ihren festen Platz auf der Welt.« Alan grinst. »Und dieser Platz ist unter mir, nicht über mir, wenn Sie verstehen, was ich meine.« Er kichert. »Verdammt, ich muss meiner Frau auch hin und wieder eins verpassen. Um sicher zu sein, dass sie nicht vergisst, wo sie steht.«

Jetzt hat er Streets volle Aufmerksamkeit. Der Blick des Monsters ist voller Faszination. Sehnsucht kämpft mit Zweifeln. Er möchte, dass Alan meint, was er sagt, und dieser Wunsch ist stärker als sein Misstrauen.

Die Tage des Einsatzes von Wasserschläuchen und der Rollenspiele von »guter Bulle, böser Bulle« sind längst vorbei. Heute ist die Befragung und die Führung eines Verhörs eine fundierte Wissenschaft, vielfach erprobt und als erfolgreich befunden. Es ist ein auf Psychologie basierender Tanz, eine gewisse Kunst gemischt mit einer äußerst scharfen Beobachtung. Schritt eins ist stets der gleiche: Stelle eine Verbindung her. Wenn Street gerne Barsche angelt, verwandelt sich Alan von einer Sekunde zur anderen in einen begeisterten Sportangler. Wenn er ein Waffennarr ist, beeindruckt Alan ihn mit seiner Kenntnis von Waffen. Street verletzt gern Frauen. Also tut Alan dies ebenfalls. Und es wird funktionieren – ich habe es an abgebrühten Kriminellen beobachtet. Ich habe es an Polizisten beobachtet, die diese Technik selbst kennen und darin ausgebildet sind. So funktioniert nun mal die menschliche Natur, unwiderstehlich und unausweichlich.

»Was würde das FBI davon denken?«, fragt Street.

Alan beugt sich vor, eine einzige Drohung. »Sie weiß, dass sie den Mund zu halten hat.«

Street nickt. Er ist beeindruckt.

»Wie dem auch sei«, fährt Alan fort. »Sie haben Smoky ziemlich gut erwischt. Auch ein paar der anderen Jungs. Es heißt, Sie hätten irgendeine spezielle Kampfkunst in diesem Apartment angewandt. Sie unterrichten, stimmt das?«

»Das ist richtig.«

»Welchen Stil?«

»Wing Chun. Das ist eine Form von Kung Fu.«

»Ernsthaft? Bruce Lee, wie?« Alan grinst. »Ich hab selbst einen schwarzen Gürtel in Karate.«

Jetzt blickt Street auf, mustert Alan, schätzt seine Größe ab.

»Sind Sie gut? Betreiben Sie es ernsthaft? Oder ist es bloß zur Show?«

»Ich trainiere zweimal die Woche, mache täglich meine Katas, und das seit zehn Jahren.«

Ich sehe Barry an. »Alan kann einen Karateschlag nicht von einem wilden Schwinger unterscheiden.«

Street nickt. Eine Andeutung von Respekt, von Mann zu Mann. Alan stellt den Kontakt zu ihm her. »Das ist gut. Man muss sich immer in Form halten. Ein großer Mann wie Sie – Sie können ziemlich gefährlich sein.«

Alan hebt abwehrend die Hände. »Hey, ich versuch's«, besagt die Geste. »Ich habe meine starken Momente. Wie steht es mit Ihnen? Wann haben Sie mit Kung Fu angefangen?«

Ich sehe, wie Street zögert, nachdenkt. Tut, was Alan möchte, ohne es zu wissen. »Ich erinnere mich nicht genau, in welchem Jahr … ich war fünf oder sechs. Wir haben damals in San Francisco gewohnt.«

Alan stößt einen Pfiff aus. »Lange Zeit. Wie lange dauert es – durchschnittlich, meine ich –, bis man Kung Fu einigermaßen beherrscht?«

Street überlegt. »Schwer zu sagen. Kommt auf die Person an. Aber im Allgemeinen – vier bis fünf Jahre.«

Alan benutzt unschuldige Fragen, um eine »Grundlinie« zu schaffen. Er bedient sich dabei einer Technik, die »neurolinguistische Befragung« genannt wird und bei der man dem Befragten zwei Sorten von Fragen stellt. Eine Fragenart zielt darauf ab, dass sich der Befragte an etwas erinnert. Die andere soll ihn dazu bringen, seine kognitiven Fähigkeiten einzusetzen. Alan studiert Streets Körpersprache, während er seine Fragen stellt; registriert, welche Veränderungen stattfinden, wenn er über Informationen nachdenkt statt sich an etwas zu erinnern. Die Veränderungen zeigen sich primär in den Augen, und Street zeigt die klassischen Verhaltensmuster. Wenn Alan ihn nach einer Erinnerung fragt – wann er mit dem Kung Fu angefangen hat –, wandern Streets Augen nach links. Wenn er ihm eine Denkfrage stellt – beispielsweise abzuschätzen, wie lange man braucht, um gut zu werden in Kung Fu – richten sich Streets Augen nach unten und rechts. Jetzt weiß Alan, dass Street, wenn er ihm eine Erinnerungsfrage stellt und Street nach unten rechts blickt, aller Wahrscheinlichkeit nach lügt, weil er denkt, statt sich zu erinnern.

»Vier bis fünf Jahre also. Nicht schlecht.« Alan nimmt eine Hand hinter den Stuhl und gibt ein Zeichen. Ich reagiere, indem ich an das Fenster klopfe. Alan verzieht das Gesicht. »Entschuldigung. Ich bin gleich wieder da.«

Street antwortet nicht, und Alan steht auf und verlässt den Verhörraum. Einen Moment später ist er bei uns im Beobachtungszimmer.

»Er gibt sich cool«, sagt er, »aber er hat nicht die geringste Ahnung von Körpersprache und Verhörtechnik. Ich werde ihn überrollen.«

»Sei vorsichtig«, mahne ich ihn. »Wir wollen, dass er uns zu Jack Junior führt. Du weißt noch nicht, wie loyal er ist.«

Alan sieht mich an, schüttelt den Kopf. »Es spielt keine Rolle.« Er wendet sich an Barry. »Sie haben die Akte?«

»Ja, hier.« Barry reicht ihm die Akte, gefüllt mit zahlreichen Blättern, die entweder überhaupt nichts mit Street zu tun haben oder leer sind. Vorn auf dem Hefter steht deutlich erkennbar der Name ROBERT STREET.

Der Hefter ist nichts weiter als eine Requisite. Alan wird von jetzt an den Ton und die Geschwindigkeit des Verhörs ändern und auf Konfrontationskurs gehen. In unserer Gesellschaft sind Akten gleichbedeutend mit wichtigen Informationen, und die Tatsache, dass diese Akte prallvoll mit Dokumenten ist, wird Street deutlich machen, dass wir eine Menge Beweise gegen ihn in der Hand haben. Alan wird ins Verhörzimmer zurückkehren und mit einer so genannten »konfrontierenden Feststellung« beginnen. Es ist eine Schlüsselstelle in dieser Art von Verhör, und sie kann dramatisch sein. Mancher Verdächtige wird dadurch so demoralisiert, dass er tatsächlich ohnmächtig wird, sobald man ihn mit den ihm zur Last gelegten Straftaten konfrontiert.

Alan mustert Street noch einige Sekunden, dann geht er zur Tür. Einen Moment später betritt er das Verhörzimmer erneut. Er tut, als würde er in der Akte lesen. Er schließt sie und hält sie so, dass Street seinen Namen darauf entziffern kann. Diesmal bleibt Alan stehen, statt sich zu setzen. Er stellt sich breitbeinig hin, die Schultern straff. Alles an ihm sagt, dass er dominant ist, die Kontrolle besitzt. Selbstsicher ist. Alles ist absichtlich und sorgfältig berechnet.

»Hier ist es, Mr. Street. Wir wissen, dass Sie an der Ermordung von Annie King und Charlotte Ross beteiligt waren. Wir haben eindeutige Beweise dafür. Die Fingerabdrücke in Annie Kings Wohnung stimmen mit Ihren Fingerabdrücken überein. Außerdem vergleichen wir zurzeit eine DNS-Probe aus Charlotte Ross' Apartment mit Ihrer DNS, und ich wette, dass wir eine Übereinstimmung feststellen. Wir kennen außerdem den *Modus Operandi*, mit dem Sie vor den eigentlichen Verbrechen die Wohnungen Ihrer Opfer ausspioniert haben – unterschriebene Rechnungen, die Sie als ›Kammerjäger‹ einer Ungezieferfirma unterschrieben haben. Wir haben verdammt gute Handschriftenexperten, die imstande sind, diese Schrift als die Ihre zu identifizieren. Wir haben Sie, Mr. Street. Was ich wissen will, ist Folgendes: Sind Sie bereit, mit mir darüber zu sprechen?«

Street starrt Alan an, der hoch vor ihm aufragt, Selbstbewusstsein und Macht ausstrahlt – der Inbegriff des Alpha-Mannes. Seine Augen weiten sich ein wenig, und ich kann sehen, dass sich sein Atem beschleunigt. Dann verengen sie sich wieder, und er lächelt, zuckt die Schultern.

»Ich würde ja gern – wenn ich eine Ahnung hätte, wovon Sie reden.«

Streets Lächeln wird breiter, wie bei einer Cheshire-Katze.

Er denkt, er hätte noch eine Trumpfkarte im Ärmel. Dass wir nicht wissen, dass sie zu zweit sind.

Alan schweigt. Starrt Street an. Abrupt wendet er sich zur Seite, nimmt den Tisch und trägt ihn zur Wand. Dann stellt er seinen Stuhl so hin, dass er direkt vor Street sitzt. Er nimmt darauf Platz. Ganz nah.

Bedrohlich.

»Was soll das werden?«, fragt Street. In seiner Stimme schwingt eine Spur von Nervosität mit. Auf seiner Stirn zeigen sich winzige Schweißperlen.

Alan sieht ihn überrascht an. »Ich möchte lediglich sicher sein, dass ich alles höre, Mr. Street«, sagt er.

Er blättert erneut in der falschen Akte und runzelt die Stirn. Schüttelt den Kopf. Er schauspielert, was das Zeug hält. Er legt die Akte neben sich auf den Fußboden und rutscht mit dem Stuhl näher an Street heran, dringt in seinen persönlichen Raum ein. Ich beobachte, wie er ein Knie zwischen Streets Beine schiebt, eine auf dessen Unterbewusstsein zielende Bedrohung seiner Männlichkeit. Der Mörder schluckt. Der Schweiß auf seiner Stirn tritt deutlicher zu Tage, doch er ist sich dieser physischen Reaktion nicht bewusst. Er weiß nur, dass Alan seine Welt ausfüllt und dass diese Welt plötzlich äußerst unbehaglich geworden ist.

»Ach wissen Sie, es gibt da ein paar offene Fragen.«

Street schluckt erneut. »Was?«

Alan nickt. »Ein paar offene Fragen.« Er beugt sich vor, kommt noch dichter an Street heran, schiebt sein Knie noch ein wenig weiter vor. »Wir wissen, dass Sie nicht allein gearbeitet haben.«

Street reißt die Augen weit auf. Sein Atem beschleunigt sich. Er stößt ein unwillkürliches Ächzen aus. »Was?«

»Sie haben einen Komplizen. Wir haben es durch das Video herausgefunden, auf dem der Mord an Annie King zu sehen ist. Ein Größenunterschied. Und wir wissen, dass Ihr Komplize der echte Jack Junior ist, nicht Sie.«

Street sieht aus wie ein Fisch am Haken. Wortlos öffnet und schließt er den Mund, öffnet und schließt den Mund. Seine Augen sind auf Alan fixiert. Er ächzt erneut. Seine Hände gleiten nach unten, legen sich schützend vor seinen Schritt. All das geschieht reflexhaft, er bemerkt es nicht. Alan beugt sich vor.

»Wissen Sie, wer er ist, Robert?«, fragt er.

»Nein!« Augen nach unten rechts. Eine Lüge.

»Nun, Robert ... ich denke, Sie wissen es. Robert, ich glaube, Sie wissen sehr genau, wer er ist und wo wir ihn finden können. Stimmt das, Robert?« Alan wiederholt seinen Namen, um sowohl eine unterschwellig weiterwirkende Anschuldigung als auch das Gefühl zu erzeugen, dass er sich nirgendwo verstecken kann. Ein konstantes Trommelfeuer, aus dem es kein Entrinnen gibt.

Street starrt Alan an. Er schwitzt aus allen Poren.

»Nein.«

»Was mir nicht cinlcuchten will – warum schützen Sie ihn?« Alan beugt sich noch weiter vor. Reibt sich nachdenklich das Kinn. »Vielleicht ...« Er schnippt mit den Fingern. »Tja, wissen Sie, wenn zwei männliche Serienmörder zusammenarbeiten, dann treiben sie es in den meisten Fällen auch miteinander. Sie vögeln sich. Das heißt, der Dominante von beiden vögelt den anderen. Ist das bei Ihnen so? Ist das der Grund, warum Sie ihn zu schützen versuchen? Weil Sie es sich gern besorgen lassen, während er gerne austeilt?«

Street reißt die Augen auf. Er bebt vor Wut. »Ich bin keine verdammte Schwuchtel!«

Alan beugt sich so weit vor, dass sich ihre Nasen fast berühren. Street erschauert. Er ächzt einmal mehr. »Das entspricht aber nicht dem, was das kleine Mädchen erzählt hat. Bonnie, Sie erinnern sich bestimmt? Sie hat gesagt, einer von Ihnen beiden hätte am Schwanz des anderen gelutscht, als wäre er bei einem Würstcheneswettbewerb.«

Street sieht aus, als stünde er dicht vor einem Schlaganfall. »*Diese verlogene kleine Fotze!*«

»Jetzt haben wir ihn«, sagt Barry neben mir.

Alan lässt nicht locker. »Sind Sie sicher? Sie hat gesagt, einer von Ihnen hätte dem anderen den sprichwörtlichen Golfball durch den Gartenschlauch gesaugt. Sie hat eine Menge Details genannt. Details, die ein Mädchen ihres Alters sonst gar nicht wissen kann.«

»Sie *lügt*! Sie weiß wahrscheinlich, was Schwanzlutschen ist, weil ihre Mutter eine Hure war! Wir haben kein einziges Mal miteinander …«

Er stockt unvermittelt, begreift, was passiert ist. Was er gesagt hat.

»Also waren Sie dort«, stellt Alan fest.

Streets Gesicht wird purpurrot. Tränen laufen ihm über die Wangen. Ich glaube nicht, dass er es merkt. »Scheiße – ja! Ja, ich war dort! Ich habe geholfen, diese Fotze zu erledigen! Na und? Sie kriegen ihn nie! Er wird Ihnen durch die Maschen gehen, warten Sie's ab. Er ist *zu clever* für Sie!«

»Damit hätten wir ein Geständnis von einem der beiden«, sage ich.

Barry nickt. »Er hat sich soeben ein Ticket in die Gaskammer gekauft.«

Alan entfernt sich von Street, aber nur ein klein wenig. Er lässt sein Knie da, wo es ist, bedrohlich. Street bricht vor unseren Augen auseinander.

»Wissen Sie, Robert, wir haben bereits Leute zu Ihrer Wohnung geschickt. Robert, ich wette, dass wir dort etwas finden, das uns bei unserer Suche nach ihm weiterhilft, meinen Sie nicht? Das uns verrät, wer er ist – oder, Robert?«

Streets Augen zucken nach links. Erinnerung. Dann: »Nein! Nichts! Fahrt doch zur Hölle! Und hören Sie auf, immer wieder meinen verdammten Namen zu sagen!«

»Haben Sie das gesehen?«, fragt Barry aufgeregt.

Ich habe es gesehen, und auch ich spüre, wie meine Aufregung wächst. Als er »Nein!« gebrüllt hat, sind seine Augen nach unten gewandert. Nach unten rechts.

Er hat gelogen.

In seiner Wohnung gibt es etwas, das wir nicht finden sollen.

KAPITEL 50

Wir stehen in Streets Wohnung. Barry und ich haben zugesehen, wie Alan Robert Street auseinander genommen hat, Stück für Stück. Es ist ihm nicht gelungen, Street dazu zu bewegen, den Namen von Jack Junior preiszugeben, doch er hat alles andere gestanden. Wie Jack mit ihm in Kontakt getreten ist, wie sie ihre Opfer ausgesucht haben und andere Fakten. Er hat ein Geständnis unterzeichnet, und er war nur noch eine schweißdurchtränkte, zerbrochene, erbärmlich wimmernde Masse, als Alan den Verhörraum verlassen hat. Alan hat ihn regelrecht zerstört.

Der Drache in mir war zufrieden.

Mein Handy klingelt. »Barret?«

»Ich bin es Smoky, Gene Sykes. Ich dachte, es würde Sie interessieren, dass Streets DNS zu der Probe passt, die wir an Charlotte Ross' Fingernagel gefunden haben.«

»Danke, Gene. Das ist eine gute Neuigkeit.«

Er zögert. »Wird Callie durchkommen?«

»Ich denke schon. Aber wir müssen abwarten und sehen.«

Er seufzt. »Hoffen wir das Beste. Bye.«

»Bye.«

»Die Wohnung ist sauber«, bemerkt Alan.

Ich sehe mich um. Er hat Recht. Streets Wohnung ist nicht nur sauber – sie ist makellos. Es ist die Sorte von Sauberkeit, wie man sie bei obsessiv-zwanghaften Menschen antrifft. Die Wohnung enthält außerdem nichts Persönliches. Keine Bilder an den Wänden, kein Gemälde, nicht einmal ein Foto von Street oder seiner Familie oder von Freunden. Nichts. Das Sofa ist funktional. Der Wohnzimmertisch ist funktional. Der Fernseher ist klein.

»Spartanisch«, murmele ich.

Wir betreten das Schlafzimmer. Es ist makellos, wie das Wohnzimmer. Die Bettlaken sind straff, die Ecken militärisch sauber eingeschlagen. Auf einem kleinen Schreibtisch an der Wand steht ein Computer.

Und dann sehe ich es.

Das Einzige, was nicht hierher gehört. Was nicht passt. Ein kleines Medaillon, die Kette präzise neben einem Collegebuch ausgerichtet. Ich beuge mich darüber, um es aus der Nähe zu betrachten. Es ist ein Frauenmedaillon, golden an einer goldenen Kette. Ich nehme es auf, öffne es. Im Innern befindet sich ein Miniaturfoto von einer atemberaubend schönen älteren Frau. Jemandes Mutter, denke ich.

»Hübsch«, sagt Alan.

Ich nicke. Lege das Medaillon zurück, schlage das Lehrbuch auf. Es ist ein Englischbuch. Auf der inneren Umschlagseite befindet sich ein handschriftliches Exlibris. »*Dieses Buch gehört Renee Parker. Es mag nach nichts aussehen, doch es ist in Wirklichkeit MAGISCH – haha! ☺ Es ist mein Fliegender Teppich. Also fasst es nicht an, ihr Schwachköpfe!*«

Der Text ist mit einem Datum versehen und unterschrieben.

»Wie … wie lange ist das her? Fünfundzwanzig Jahre?«

Ich nicke. Mein Herzschlag geht schneller. Das ist es. Das ist der Schlüssel, da bin ich absolut sicher.

Das wird uns sein Gesicht zeigen.

Ich berühre das Buch, fahre mit den Fingern über die Inschrift. Vielleicht verbirgt sich am Ende tatsächlich Magie in diesem Buch.

KAPITEL 51 Ich stehe neben Alan und lausche seinen Worten. Er ist fasziniert. Ich habe das Gefühl, als würde sich alles schneller und schneller bewegen, als würden aufgeheizte Moleküle sich unaufhaltsam dem Kochen nähern.

»Wir haben mit dem Namen Renee Parker einen Treffer im VICAP gelandet. Es handelt sich um einen ungelösten Fall.«

VICAP steht für Violent Criminal Apprehension Program, Programm zur Erfassung von Gewaltverbrechern. Ein Detective der Polizei von Los Angeles hat es sich bereits 1957 ausgedacht, doch es wurde erst 1985 verwirklicht, im National Center For the Analysis of Violent Crime in der FBI Academy. Das Konzept ist brillant. Es ist ein nationales Dateninformationszentrum, in dem Gewaltverbrechen gesammelt, miteinander verglichen und analysiert werden. Der Schwerpunkt liegt dabei auf Mord. Sämtliche Informationen über gelöste und ungelöste Fälle werden hier von allen Gesetzesbehörden zusammengetragen. Diese umfangreiche Datensammlung ermöglicht Querverweise auf Gewaltverbrechen in der gesamten Nation.

Alan deutet auf die Unterlagen in seiner Hand. »Ein alter Fall – fünfundzwanzig Jahre alt. Eine Stripperin in San Francisco. Sie wurde in einer Seitengasse erdrosselt aufgefunden, und – hör zu! – einige ihrer Organe wurden entfernt.«

Meine Müdigkeit ist schlagartig verschwunden. Ich fühle mich, als hätte ich eine Nase voll Koffein geschnüffelt. »Das muss er sein. Das ist er ganz bestimmt.«

»Ja. Und es wird noch besser. Sie hatten damals einen Verdächtigen. Sie konnten nur nicht genug Beweise für eine Verurteilung finden.«

Ich springe auf. »Leo, du bleibst als Kontaktmann hier und übernimmst die Koordination. James und Alan – wir fliegen nach San Francisco. Sofort.«

»Das musst du mir nicht zweimal sagen«, erwidert Alan.

Wir gehen zur Tür, erfüllt von einem zweiten Atem, der zusammengesetzt ist aus Adrenalin, Aufregung und verhaltener Wut.

Wir kommen auf die Straße, und ich sehe Tommy. Er sitzt in seinem Wagen, rührt sich nicht, passt auf.

»Gebt mir eine Sekunde«, sage ich zu Alan und James. Ich gehe zum Wagen. Tommy lässt das Fenster herab.

»Was ist los?«, fragt er.

Ich berichte ihm von unserem Treffer im VICAP. »Wir fliegen nach San Francisco.«

»Was soll ich tun?«

Ich lächle ihn an, strecke die Hand aus und streichle ihm über die Wange, einmal. »Geh dich ausschlafen.«

»Klingt gut!«, antwortet er. Mister Lakonisch, wie immer. Ich wende mich zum Gehen. »Smoky!«, ruft er mir hinterher. Ich bleibe stehen, drehe mich um, sehe zu ihm zurück. »Sei bitte vorsichtig.«

Ich habe gerade noch Zeit, um die Sorge in seinen Augen zu bemerken, bevor er das Fenster hochdreht und davonfährt.

Aus irgendeinem Grund muss ich an Sally Fields bei der Oscar-Verleihung denken.

»Er mag mich, er mag mich. Er mag mich wirklich!«, wispere ich im Falsett.

Hysterische Schaumblasen.

KAPITEL 52 Dieser Traum ist neu.

Die Vergangenheit und die Gegenwart sind miteinander verschmolzen, sind eins geworden. Ich schlafe in meinem Schlafzimmer. Plötzlich höre ich ein Geräusch. Ein sägendes und zugleich patschendes Geräusch. Ich stehe auf. Mein Herz hämmert, und ich packe meine Pistole auf dem Nachttisch.

Ich tappe durch die Tür, die Waffe schussbereit, mit zitternder Hand beim Gedanken daran, dass jemand in mein Haus eingedrungen ist.

Die Geräusche kommen aus dem Wohnzimmer. Inzwischen mischt sich Kichern in das leise Patschen.

Als ich es betrete, ist er da. Ich kann sein Gesicht nicht sehen, denn es ist verdeckt von Bandagen um seinen Kopf. Seine Lippen sind sichtbar, sie sind riesig, aufgequollen, rot. Seine schwarzen Augen sind tot und ausdruckslos.

»Siehst du das?«, flüstert er zischend wie eine Schlange.

Ich kann nicht sehen, worauf er deutet. Die Rückseite des Sofas verbirgt es vor meinem Blick. Eine Gewissheit steigt in mir auf, dass ich es nicht sehen will.

Doch ich muss.

Ich bewege mich vorwärts, vorwärts, vorwärts.

»Siehst du es?«, flüstert er erneut.

Und nun sehe ich es.

Sie liegt auf dem Sofa. Er hat sie aufgeschnitten, vom Brustbein bis zum Unterleib, ihre Organe freigelegt. Friedhofserde klebt an ihren Haaren. Und ein von Erde und Schmutz verkrusteter Finger zeigt auf mich.

»Deine Schuld!«, krächzt sie.

Sie ist Alexa, dann ist sie Charlotte Ross, dann Annie.

»Warum hast du zugelassen, dass er mich tötet?«, fragt mich Annies Gesicht, während sie anklagend auf mich zeigt. »Warum?«

Der Mann mit dem bandagierten Gesicht kichert erneut. »Siehst du es?«, fragt er. »Siehst du ihre schmutzigen Finger? Sie zeigen auf dich, bis in alle Ewigkeit.«

»Warum?«, fragt Annie.

»Siehst du es?«, kichert er.

Ich schrecke aus dem Schlaf hoch, bin sofort hellwach. Die Kabine des Jets liegt im Halbdunkel. Alles ist still. James und Alan dösen.

Ich blicke aus dem Fenster hinaus in die kalte Nacht und erschauere. Schmutzige Finger. Ich muss nicht erst nach der Bedeutung des Symbols suchen.

Ich spüre sie ständig, wie sie aus dem Grab auf mich zeigen. Die Finger all derer, die ich nicht retten konnte.

Ich habe Jenny Chang vom Flugzeug aus angerufen, und sie erwartet uns.

»Betrachte mich nicht länger als deine Freundin«, sagt sie und deutet auf ihre Uhr. Es ist noch mitten in der Nacht.

»Tut mir Leid, Jenny, aber die Dinge kochen ziemlich hoch.«

Ich berichte ihr, was Callie passiert ist, und sie presst die Lippen zu einem schmalen, wütenden Strich zusammen.

»Noch keine Neuigkeiten über ihren Zustand?«, fragt sie.

»Nein«, antwortet James an meiner Stelle.

»Mein Gott ...«, flüstert sie, starrt in die Ferne.

Ich halte meinen Aktenkoffer hoch. »Aber wir haben einen Treffer im VICAP gelandet. Höchstwahrscheinlich ist es unser Mann.«

Der Detective in Jenny rührt sich, hellwach und interessiert. »Erzähl mehr.«

Ich berichte in knappen Worten.

»Vor fünfundzwanzig Jahren also. Ich bin mit zweiundzwanzig zur Polizei gegangen. Also war es vor meiner Zeit. Wer war damals der verantwortliche Beamte für den Fall?«

»Detective Rawlings«, sagt Alan.

Jenny ist plötzlich stocksteif. Blickt Alan an. »Rawlings? Sind Sie sicher?«

»Ja, absolut sicher. Warum?«

Sie schüttelt den Kopf. »Weil die Dinge jetzt vielleicht tatsächlich ins Rollen kommen. Rawlings ist ein erstklassiges Arschloch. War er schon immer nach allem, was ich höre. Er säuft und sitzt seine Zeit ab bis zur Pensionierung.«

»Und wieso ist das gut für uns?«, frage ich.

»Die Wahrscheinlichkeit ist groß, dass er damals etwas Wichtiges übersehen hat. Etwas, das euch niemals entgangen wäre.«

In ihrem Büro im SFPD angekommen, trommelt Jenny mit einem Stift auf den Schreibtisch, während sie darauf wartet, dass jemand am anderen Ende der Leitung abnimmt. »Rawlings? Ich bin es, Jenny Chang. Ja, ich weiß, wie spät es ist.« Sie runzelt die Stirn. »Es ist nicht meine Schuld, dass Sie betrunken sind.«

Ich sehe sie flehend an. Ich brauche den Burschen jetzt, brauche ihn hier, und ich will nicht, dass er einfach auflegt. Sie schließt die Augen. Ich habe das Gefühl, als würde sie innerlich bis zehn zählen.

»Hören Sie, Don, es tut mir Leid. Ich bin ebenfalls aus dem Bett gerissen worden. Das hat mir die Laune verdorben. Die Leiterin des CASMIRC Los Angeles ist hier, wegen eines alten Falles von Ihnen. Eine gewisse…«, sie wirft einen Blick auf den Notizblock, der vor ihr auf dem Schreibtisch liegt, »…eine gewisse Renee Parker.« Ein überraschter Ausdruck huscht über ihr Gesicht. »…Sicher. Okay. Wir sehen uns dann gleich.« Sie legt den Hörer auf. Nachdenklich.

»Was ist?«, frage ich.

»In dem Augenblick, als ich den Namen genannt habe, hat er aufgehört zu jammern und gesagt, er sei sofort da.«

»Ich schätze, der Name bedeutet ihm etwas.«

Don Rawlings ist tatsächlich innerhalb einer halben Stunde da. Ich kann mit einem Blick auf ihn sagen, dass Jennys Vermutung richtig war. Er ist ungefähr eins achtzig groß, dickbäuchig, mit wässrigen Augen und dem geröteten Gesicht eines Gewohnheitstrinkers. Er sieht frühzeitig gealtert aus.

Ich erhebe mich und gebe ihm die Hand. »Ich danke Ihnen, dass Sie sofort gekommen sind, Mr. Rawlings. Ich bin Special Agent Smoky Barrett, Leiterin des CASMIRC Los Angeles. Das hier sind James Giron und Alan Washington, die ebenfalls für das CASMIRC arbeiten.«

Er blinzelt, als er mich mustert. »Ich kenne Sie. Sie sind die

Beamtin, in deren Haus eingebrochen wurde.« Er verzieht das Gesicht. »Der Alptraum eines jeden Polizeibeamten.«

Ich bemerke, dass er eine Akte unter dem Arm hält. »Was ist das?«, frage ich.

Er lässt die Akte auf den Schreibtisch fallen, als er sich setzt. »Eine Kopie der Akte über Renee Parker. Ich habe sie all die Jahre behalten. Nehme sie manchmal zur Hand und lese darin, wenn ich nicht schlafen kann.«

In Rawlings' Gesicht vollzieht sich eine Veränderung, als er über Renee Parker spricht. Die Augen werden wacher. Sein Mund wird traurig. Ich hatte Recht. Dieser Fall bedeutet ihm etwas.

»Erzählen Sie mir mehr darüber, Detective.«

Seine Augen richten sich in die Ferne. Leer, ohne Horizont. »Dazu muss ich ein wenig ausholen, Agent Barrett. Detective Chang hier hat Ihnen wahrscheinlich bereits gesagt, dass ich ein gottverdammter Säufer bin. Und sie hat Recht. Doch ich war nicht immer so. Früher einmal war ich genau dort, wo sie jetzt ist. Der beste Ermittler im Department. Erstklassig.« Er sieht Jenny an, lächelt. »Das wussten Sie nicht, wie?«

Jenny hebt eine Augenbraue. »Nein, keine Ahnung.«

»Sicher. Verstehen Sie mich nicht falsch. Als ich bei der Polizei anfing, war ich jung und ein richtiges Arschloch. Ein Rassist, ein Homo-Hasser, unheimlich leicht reizbar. Ich habe mehr als einmal die Fäuste benutzt, wo es vielleicht nicht nötig gewesen wäre. Aber die Straße hat ihre eigene Art, einen zu lehren, wie die Dinge wirklich laufen.

Ich habe an dem Tag aufgehört Rassist zu sein, als ein schwarzer Polizist mir das Leben gerettet hat. Ein Gangster kam von hinten. Der Polizist hat mich aus dem Weg gerammt und gleichzeitig den Gangster niedergeschossen. Wir wurden Freunde, und unsere Freundschaft hat bis zu seinem Tod gehalten. Er wurde im Dienst getötet.«

Die traurigen Augen werden noch leerer und blicken in noch weitere Fernen.

»Nach einem Jahr bei der Mordkommission war ich auch kein Homo-Hasser. So ist der Tod eben. Er vermittelt einem eine andere Sicht der Dinge. Es gab da einen jungen Mann, der – nun ja, ganz offen und großspurig von seiner Homosexualität gesprochen hat. Er hat in einem Imbissstand in der Nähe des Bahnhofs gearbeitet, und er merkte meinen Hass sehr schnell. Der kleine Mistkerl hat mich deswegen auf den Arm genommen, hat alle möglichen Dinge gemacht, um mich in Verlegenheit zu bringen.«

Ein schwaches Lächeln huscht über seine Lippen. Verschwindet sogleich wieder, torpediert von Traurigkeit.

»Mein Gott, er hat mich wahnsinnig gemacht. – Na ja, eines Tages haben ein paar Typen den Burschen totgeschlagen, nur weil er schwul war. Und Sie werden es nicht für möglich halten – ausgerechnet ich bekam den Fall.« Er grinst mich sardonisch an. »Was sagen Sie nun – ist das Karma oder nicht? Im Verlauf der Ermittlungen habe ich zwei Dinge gesehen, die mir meinen Hass auf Schwule ausgetrieben haben. Ich sah, wie sich seine Mutter die Haare ausriss und schrie und vor meinen Augen innerlich starb. Ich sah, wie ihre Welt endete, weil ihr Junge tot war.

Dann ging ich zu seiner Beerdigung, auf der Suche nach Verdächtigen. Und wissen Sie, was ich dort sah? Ungefähr zweihundert Leute. Soll man das für möglich halten? Ich *kannte* nicht mal zweihundert Leute. Zumindest nicht so viele, die zu meiner Beerdigung gekommen wären, so viel steht fest.« Er schüttelt ungläubig den Kopf. »Und es waren nicht nur Leute aus der Schwulenszene, die kamen, weil er ein Homo war. Es handelte sich um Leute, deren Leben er verändert hatte. Wie sich herausstellte, hat er überall ehrenamtlich mitgearbeitet. In Krankenhäusern, in Drogencentern, als Krisenberater. Dieser junge Bursche war ein Heiliger. Er war einer von den Guten. Und der einzige Grund für seinen Tod bestand darin, dass er schwul war.« Rawlings ballt eine Faust. »Das war falsch. Ich konnte nicht Teil davon sein. Nie wieder.«

Er winkt ab. »Wie dem auch sei ... da war ich nun. Neu bei der Mordkommission und ein neuer Mensch. Ich dachte nicht länger in Begriffen wie ›Schwuchtel‹ oder ›Nigger‹. Ich hatte mich geändert. Ich ging in meinem Beruf auf, und das Leben war gut.

Und jetzt springen wir fünf Jahre weiter. Ich hatte meine beste Zeit seit drei Jahren hinter mir, und es ging rasch bergab. Ich hatte angefangen zu trinken, und ich spielte meiner Frau übel mit. Ich dachte oft daran, mir die Kanone in den Mund zu stecken. Alles nur wegen dieser verdammten toten Babys.« Seine Augen blicken gehetzt, auf eine Weise gehetzt, die ich wiedererkenne. Ich habe den gleichen Ausdruck im Spiegel gesehen. »Irgendjemand brachte Babys um. Ich rede von Kleinkindern und Säuglingen. Er stahl sie, strangulierte sie und warf sie hinterher auf die Straße oder den Bürgersteig. Sechs Stück und kein Tatverdächtiger – das genügte, und ich starb innerlich.« Er sieht mich an. »Sie kennen dieses Gefühl sicherlich bei dem, was Sie tun.«

Ich nicke.

»Stellen Sie sich vor, dass Sie sechs Babys haben sterben lassen. Dass Sie nicht nur den Kerl nicht geschnappt haben, der so etwas macht – Sie haben nicht einmal einen Verdächtigen. Nichts. Ich war völlig fertig.«

Noch vor einem Jahr hätte ich jemandem wie Don Rawlings gegenüber ein verächtliches Schnauben unterdrücken müssen. Ich hätte ihn als Schwächling betrachtet. Als jemanden, der die Vergangenheit für die Gegenwart verantwortlich macht, sie als Ausrede benutzt. Ich kann ihm nicht ganz verzeihen, dass er aufgegeben hat, doch jetzt spüre ich nicht den Drang, verächtlich auf ihn hinabzusehen. Manchmal ist das Gewicht der Verantwortung dieser Tätigkeit einfach zu groß. Im Augenblick empfinde ich jedenfalls nicht Überlegenheit, sondern Mitgefühl.

»Ich kann es mir vorstellen«, sage ich und sehe ihm in die Augen. Ich glaube, er sieht, dass ich es ehrlich meine, und er setzt seine Geschichte fort.

»Ich war auf dem absteigenden Ast, aber das war mir egal.

Ich habe alles getan, was ich konnte, um diese toten Babys aus dem Kopf zu kriegen. Alkohol, Sex – einfach alles. Es half nichts, sie kamen immer wieder, tauchten in meinen Träumen auf. Und dann lernte ich Renee Parker kennen.«

Ein ehrliches Lächeln, das einem jüngeren Don Rawlings zu gehören scheint, huscht über sein Gesicht.

»Ich begegnete ihr, als ihr Freund erschossen wurde. Er war ein kleiner Dealer und hatte sich mit dem falschen Kerl angelegt. Sie war eine Stripperin, die gerade angefangen hatte, Karriere zu machen. So was passiert häufig. Man sieht es ständig und lernt irgendwann, schnell damit fertig zu werden. Doch Renee – mit ihr war es etwas anderes. Sie war ein menschliches Wesen. In ihr war Leben unter der Oberfläche.« Er blickt auf. »Ich weiß, was Sie jetzt denken. Polizist, Stripperin, Ende der Geschichte. Aber so war es nicht. Sicher, sie hatte einen großartigen Körper. Doch darum ging es mir bei ihr nicht. Als ich sie sah, dachte ich, dies sei vielleicht meine Chance, endlich etwas Gutes zu tun. Die Sache mit den Babys auszubügeln.

Sie erzählte mir ihre Geschichte. Sie war nach San Francisco gekommen, um als Schauspielerin zu arbeiten, und endete in einer Oben-ohne-Bar, um sich ihren Lebensunterhalt zu verdienen. Sie lernte einen Mistkerl kennen, der ihr irgendwelchen Dreck gab. ›Hier, probier das mal, es macht nicht süchtig.‹ Nichts Neues so weit. Doch ich sah noch etwas in ihr. Verzweiflung in den Augen. Als würde sie immer noch an der Kante der Klippe hängen, als wäre sie noch nicht abgestürzt.

Ich packte sie und brachte sie für den Entzug in ein Drogenzentrum. Wenn ich freihatte, ging ich sie besuchen. Hielt sie, während sie kotzte. Redete mit ihr. Ermutigte sie. Manchmal redeten wir die ganze Nacht. Und wissen Sie was? Sie war meine erste Freundin.« Er blickt mich an. »Wissen Sie, was ich meine? Denken Sie an das normale männliche Stereotyp. Ich war chauvinistisch. Frauen sind zum Heiraten oder zum Ficken da. Verstehen Sie?«

»Ich habe ein paar von dieser Sorte kennen gelernt«, sage ich.

»Nun, so war ich. Doch dieses zwanzig Jahre alte Mädchen wurde eine richtige Freundin. Ich habe nie daran gedacht, sie zu ficken, und ich wollte sie nicht heiraten. Ich wollte nur, dass es ihr gut geht. Mehr wollte ich nicht.« Er beißt sich auf die Lippe. »Verstehen Sie, ich war ein guter Detective. Ich hab mich nie bestechen lassen, und in der Regel fing ich die bösen Jungs. Ich hab nie eine Frau geschlagen. Ich hatte meine Regeln, wusste, was richtig und was falsch war. Trotzdem war ich nie ein wirklich anständiger Mann. Verstehen Sie den Unterschied?«

»Sicher.«

»Aber das, was ich mit Renee gemacht habe, das war anständig.« Er fährt sich mit der Hand durch die Haare. »Sie schaffte den Entzug und wurde aus der Rehabilitation entlassen. Sie schaffte ihn wirklich, verstehen Sie? Sie war eine von denen, die sauber blieben. Ich lieh ihr ein wenig Geld, und sie nahm sich ihre eigene Wohnung. Sie fing an zu arbeiten. Ein paar Monate später ging sie sogar zur Abendschule. Nahm Schauspielunterricht. Sie meinte, wenn sie es nicht schaffen würde, Schauspielerin zu werden, dann könnte sie immer noch als Kellnerin arbeiten. Aber sie war noch nicht bereit, ihren Traum aufzugeben. Wir trafen uns hin und wieder. Gingen zusammen ins Kino. Immer als Freunde. Ich wollte nie mehr von ihr. Es war das erste Mal, dass eine Freundschaft für mich wichtiger war als ein Hintern. Das Beste von allem war, dass ich nicht mehr ständig an die Babys denken musste. Ich hörte auf zu trinken und vertrug mich wieder mit meiner Frau.«

Er verstummt, und ich weiß, was nun kommt; kann es hören wie einen Phantomfrachtzug, der aus der Ferne herandonnert. Ich kenne das Ende seiner Geschichte. Renee Parker, die Frau, die Rawlings gerettet und mit der er Freundschaft geschlossen hat, wird auf grauenhafte Weise ermordet. Was ich bisher nicht gewusst habe, war, was das für die Menschen um sie herum bedeutete.

Für Don Rawlings war dies der Punkt, an dem sich das Schicksal erneut gegen ihn wendete und ihn in die Dunkelheit stürzen ließ. Der Punkt, an dem die toten Babys zurückkehrten, um ihn niemals wieder zu verlassen.

»Ich bekam den Anruf um vier Uhr morgens. Ich wusste nicht, wer die Tote war, bis ich am Tatort eintraf.« Seine Augen sehen aus wie Gespenster im Nebel. Verloren und auf alle Ewigkeit dazu verdammt, über die Erde zu wandeln. »Er hat sie verstümmelt. Der Pathologe sagte, sie hätte fast fünfhundert Brandwunden von Zigaretten gehabt. Fünfhundert!« Seine Hände auf dem Schreibtisch fangen an zu zittern. »Er hatte sie gefoltert und vergewaltigt. Doch das Schlimmste war das, was er hinterher mit ihr tat. Er schnitt sie auf, entnahm einige ihrer Organe und warf sie neben ihren Körper. Warf sie einfach auf die Straße, damit sie dort zusammen mit ihr verwesten.

Es fällt mir schwer, mich an dieses Gefühl zu erinnern. Wie ich mich gefühlt habe, als ich sie sah. Vielleicht will ich mich einfach nicht erinnern. Woran ich mich erinnere, ist ein Uniformierter, der auf sie hinabsah und meinte: ›O ja, die hab ich gekannt. Eine Stripperin, hat drüben im Tenderloin gearbeitet. Großartige Titten.‹ Das war's für ihn. Keine weitere Erklärung nötig. Er blickte auf Renee hinab, erinnerte sich an ihre Titten, steckte sie in eine Schublade. Für ihn war sie kein menschliches Wesen, kein kluges Mädchen, das versuchte, sein Leben in den Griff zu kriegen. Nur eine Stripperin.« Er fährt mit dem Finger über eine Rille in der Schreibtischplatte. »Sie mussten mich von ihm wegreißen. Nicht, dass es etwas gebracht hätte. Es ist einfach nicht zu glauben. Dieser verdammte Bastard ging später hin und korrigierte die Akte, Jahre später. Unter ›Beruf‹ strich er die Angabe ›Kellnerin‹ und schrieb stattdessen ›Stripperin/Prostituierte‹. Er hat diese Korrektur sogar ans VICAP geschickt.«

Ich bin entsetzt. Ich nehme an, es ist auf meinem Gesicht zu sehen, denn Rawlings blickt mich an und nickt.

»Es ist nicht zu glauben, nicht wahr?« Er seufzt. »Wie dem

auch sei, ich hielt meine Freundschaft zu ihr geheim, sodass ich den Fall übernehmen konnte. Ich wollte diesen Dreckskerl schnappen. Ich musste ihn schnappen. Doch er war gut. Keine Fingerabdrücke, nicht die kleinste Spur. Wir hatten damals noch keine DNS-Analyse, deswegen …« Er zuckt die Schultern. »Ich suchte dort, wo wir damals immer gesucht haben, wenn es keine stichhaltigen Beweise gab.«

»Wer kannte sie, mit wem stand sie in Kontakt«, sage ich.

»Ganz genau. Sie ging zur Abendschule. Wie sich herausstellte, hatte sie dort einen Jungen kennen gelernt. Sich ein oder zweimal die Woche mit ihm getroffen. Ein gut aussehender Bursche namens Peter Connolly. Ich wusste sofort, von Anfang an, dass irgendwas mit ihm nicht stimmte. Irgendwas an der Art und Weise, wie er redete, als ich ihn befragte – als würde er sich über mich lustig machen. Mir irgendwas verheimlichen. Ich gab einem Impuls nach und zeigte das Foto von ihm in der Gegend herum, wo sie gearbeitet hatte. Und siehe da, einige Leute erinnerten sich an ihn. Sie hatten ihn in der Gegend gesehen, und zwar immer dann, wenn Renee dort arbeitete.

Es kommt noch besser. Peter hatte, wie sich herausstellte, ein Drogenproblem. Er war ebenfalls im Entzug gewesen. Und was soll man sagen – zur gleichen Zeit, als Renee ihren Entzug gemacht hatte, in derselben Anstalt. Jetzt waren meine Antennen weit ausgefahren. Nachdem ich herausgefunden hatte, dass er sich nur eine Woche nach ihr in der Abendschule eingeschrieben hatte, wusste ich, war ich sicher, dass er mein Mann sein musste.«

Rawlings verstummt und fängt nicht wieder an zu reden.

»Ich kann mir denken, wohin das geführt hat, Don«, sage ich mit sanfter Stimme. »Keine Beweise, richtig? Sie konnten ihn nicht festnageln. Sicher, er war in der Striptease-Bar gewesen, er war im Entzug, in der Abendschule. Doch all das reichte als Beweis nicht aus.«

Er nickt. Hoffnungslos. »Genauso war es. Es reichte aus,

um einen Durchsuchungsbefehl für seine Wohnung zu erwirken, aber wir fanden nichts. Absolut nichts. Er hatte eine weiße Weste.« Rawlings sieht mich an, und seine Augen sind voller Frustration. »Ich konnte nicht beweisen, was ich wusste. Und es gab keine weiteren Morde. Keine weiteren Tatorte. Die Zeit verging, er zog weg. Ich fing wieder an zu träumen. Manchmal waren es die Babys. Die meiste Zeit über war es Renee.«

Niemand fühlt sich Rawlings überlegen, nicht mehr. Wir wissen, dass jeder an diesen Punkt kommt, irgendwann. Wo wir uns nicht länger biegen können, ohne zu brechen. Er erscheint uns nicht länger als erbärmlich und schwach. Wir sehen in ihm, was er ist: ein Opfer. Ein Opfer seiner Arbeit.

Wer auch immer gesagt haben mag, dass die Zeit alle Wunden heilt – ein Polizist war er nicht.

»Der Grund, warum wir hier sind«, sage ich in die Stille hinein, »ist der, dass wir im VICAP einen Treffer hatten. Der *Modus Operandi* unseres Verdächtigen passt zu Ihrem ungelösten Fall. Der gleiche Täter hat, wie es scheint, erneut zugeschlagen.« Ich beuge mich vor. »Nachdem ich Ihre Geschichte gehört habe, bin ich absolut sicher, dass der Täter unserer Fälle und der Mörder von Renee identisch sind.«

Er studiert mein Gesicht wie jemand, der dem Schicksal misstraut. »Und? Hatten Sie mehr Glück als ich?«

»Nicht hinsichtlich der physischen Beweise. Doch wir haben etwas herausgefunden, das zusammen mit Ihrem Verdacht von vor fünfundzwanzig Jahren möglicherweise ausreicht, um diesen Fall zu lösen.«

»Was ist das?«

Ich berichte ihm von Jack Junior und dem Inhalt des Glases. Der Zynismus verschwindet aus seinem Gesicht, je länger er zuhört, und weicht Aufregung.

»Sie meinen also, diesem Typen sei eingetrichtert worden, er wäre ein Urenkel von Jack the Ripper oder was auch immer, und diese Programmierung habe in frühester Jugend begonnen?«

»Genau das.«

Er lehnt sich in seinem Stuhl zurück und sieht mich mit einem Ausdruck von ungläubigem Staunen an. »Mann o Mann o Mann … Ich sah damals keinen Grund, seine Mutter zu überprüfen. Sein Vater war längst tot und vergessen …« Don Rawlings sieht aus wie jemand, der einen Schock erlitten hat. Er wankt. Er reißt sich zusammen und tippt auf den Aktenordner, den er mitgebracht hat. »Die Informationen sind alle hier drin. Wer seine Mutter ist, wo sie damals gewohnt hat.«

»Dann werden wir ihr einen Besuch abstatten«, sage ich.

»Glauben Sie …« Er atmet tief durch, strafft die Schultern. »Ich weiß, ich stelle heutzutage nicht mehr viel dar. Ich bin ein alter Trunkenbold, der seine Zeit hinter sich hat. Aber wenn Sie mich mitnehmen zu seiner Mutter, dann verspreche ich Ihnen, keinen Mist zu bauen.«

Ich habe nie jemanden so demütig gehört wie ihn jetzt.

»Wenn Sie nicht gefragt hätten, hätte ich Sie darum gebeten, Don«, sage ich. »Es ist Zeit, dass Sie die Sache zu einem Ende bringen.«

KAPITEL 53

Concord liegt nördlich von Berkeley in der Bay-Area. Wir sind dorthin gefahren, um Peter Connollys Mutter zu besuchen, eine Frau mit Vornamen Patricia. Der Führerscheinkopie in der Akte haben wir entnommen, dass sie inzwischen vierundsechzig Jahre alt ist. Wir haben beschlossen, unangemeldet auf ihrer Türschwelle zu erscheinen, statt unseren Besuch anzukündigen und unseren Verdacht zu äußern. Mütter haben schon früher ihre Söhne zum Töten ausgeschickt. Wer weiß, ob es in diesem Fall ähnlich ist?

Ich bin in der Zone. Das ist jener Ort, wo ich immer gegen Ende einer Jagd lande. Wenn ich instinktiv weiß, dass wir unsere Beute umzingelt haben. Alle Sinne sind so sehr geschärft, dass es beinahe schmerzt, und ich fühle mich, als würde ich auf einem dünnen Klavierdraht über einen Abgrund balancieren. Im vollen Lauf, sicher, unbesiegbar, ohne Angst abzustürzen.

Ich mustere Don Rawlings, während wir fahren, und ich sehe bei ihm einen Funken davon, die gleiche Anspannung, auch wenn sie vielleicht stärker mit Verzweiflung gemischt ist. Er wagt es, wieder Hoffnung zu schöpfen. Für ihn ist der Preis eines Fehlschlags wahrscheinlich viel höher als lediglich Enttäuschung. Er könnte tödlich sein. Trotzdem sieht Don zehn Jahre jünger aus. Seine Augen sind klar und konzentriert. Fast kann ich sehen, wie er damals gewesen sein muss, scharfsinnig und in Form.

Wir sind alle Junkies, jeder von uns, der in diesem Beruf arbeitet. Wir waten durch Blut, Verwesung und Gestank. Wir werfen uns nachts voller Alpträume in unseren Betten hin und her, gequält von einem Grauen, das vom Bewusstsein nur mühsam verarbeitet werden kann. Wir tragen es in uns selbst aus oder auf dem Rücken unserer Freunde oder Familien; manchmal auch beides. Doch irgendwann kommen wir schließlich in der Zone an, und das ist ein unvergleichliches Hochgefühl. Es ist eine Euphorie, die einen den Gestank und das Blut und die Alpträume und das Entsetzen vergessen lässt. Und wenn man es hinter sich hat, ist man erfrischt und ausgeruht und bereit, es wieder zu tun.

Selbstverständlich kann der Schuss auch nach hinten losgehen. Man schnappt den Täter nicht. Der Gestank bleibt, ohne die Belohnung, die ihn davonspült. Und wir setzen unsere Arbeit fort, bereit, diese Möglichkeit zu akzeptieren.

Es ist ein Beruf, bei dem man am Rand eines Abgrunds arbeitet. Es gibt eine hohe Selbstmordrate unter meinen Kollegen. Wie in jedem anderen Beruf, wo sich bei einem Versagen ein so gewaltiges Gewicht an Verantwortung auf einen wälzt.

Ich denke an all diese Dinge, aber es ist mir egal. In diesem Augenblick haben meine Narben keine Bedeutung. Ich bin in der Zone.

Ich war schon immer von Büchern und Filmen über Serienmörder fasziniert. Schriftsteller und Regisseure scheinen besessen von der Vorstellung, dass sie ihrem Helden eine Brotkrumenspur auslegen müssen, der er folgen kann. Eine logische Kette von Schlussfolgerungen und Hinweisen, die zum Nest des Monsters führen, wenn das »AHA!« endlich blendend grell aufleuchtet.

Manchmal ist es so, zugegeben. Doch die meiste Zeit über nicht. Ich erinnere mich an einen Fall, der uns fast in den Wahnsinn getrieben hat. Der Kerl brachte Kinder um, und nach drei Monaten tappten wir immer noch im Dunkeln. Nicht eine einzige heiße Spur. Eines Morgens erhielt ich einen Anruf vom LAPD – er hatte sich selbst gestellt. Der Fall war abgeschlossen.

Bei Jack Junior haben wir das gesamte Spektrum physischer Beweise abgegrast, einschließlich der internen IP-Nummern der Provider. Er hat sich maskiert, hat Wanzen und Peilsender angebracht, sich Jünger herangezogen, hat ausgesprochen geschickt agiert.

Und jetzt hängt die Aufklärung des Falles wahrscheinlich von lediglich zwei Faktoren ab. Einem Stück Rindfleisch und einem fünfundzwanzig Jahre zurückliegenden ungelösten Fall, der im VICAP Staub angesetzt hat.

Ich habe im Verlauf der Jahre gelernt, dass ich nur eine Wahrheit brauche und dass sie mich mit alldem Übrigen belohnt, das ich benötige. Überführt ist überführt, und überführt ist gut. Basta.

Alans Handy klingelt. »Ja?«, meldet er sich. Er schließt die Augen, und in mir steigt Angst auf. Doch dann öffnet er sie wieder, und ich sehe seine Erleichterung. »Danke, Leo. Danke, dass du gleich angerufen hast.« Er legt auf. »Sie ist noch nicht wieder zu sich gekommen, aber ihr Zustand ist nicht mehr kritisch, sondern stabil. Sie ist immer noch auf der Intensivstation, doch der Arzt hat zu Leo gesagt, dass sie über den Berg sei, außer

Lebensgefahr – es sei denn, dass irgendetwas Unerwartetes geschieht.«

»Callie wird es schaffen. Sie ist viel zu starrköpfig, um zu sterben«, erwidere ich.

James sagt nichts, und erneut schweigen alle, während wir weiterfahren.

»Hier ist es«, murmelt Jenny.

Das Haus ist alt und ein wenig heruntergekommen. Der Garten ist verwildert, doch nicht ganz tot. Haus und Garten strahlen das Gleiche aus: auf dem Weg ins Nichts, aber noch nicht ganz fort. Wir steigen aus dem Wagen und gehen zur Tür. Sie öffnet sich, bevor wir klopfen können.

Patricia Connolly sieht alt aus, alt und müde. Doch trotz aller Müdigkeit sind ihre Augen wach.

Und voller Angst.

»Sie sind wahrscheinlich von der Polizei«, sagt sie.

»Ja, Ma'am«, antworte ich. »Und vom FBI.« Ich zeige ihr meinen Ausweis und stelle mich und die anderen vor. »Dürfen wir hereinkommen, Mrs. Connolly?«

Sie zieht die Augenbrauen zusammen und mustert mich. »Solange Sie mich nicht Mrs. Connolly nennen.«

Ich verberge meine Überraschung. »Selbstverständlich, Ma'am. Wie möchten Sie denn angesprochen werden?«

»*Miss* Connolly. Connolly ist mein Mädchenname, nicht der meines verstorbenen Mannes. Möge er in der Hölle schmoren.« Sie hält uns die Tür auf, damit wir eintreten können. »Kommen Sie herein.«

Das Innere des Hauses ist sauber und hübsch, allerdings ohne persönliche Note. Als würde es allein aus Gewohnheit sauber gehalten werden. Es fühlt sich zweidimensional an.

Patricia Connolly führt uns in ihr Wohnzimmer und bedeutet uns, Platz zu nehmen. »Möchte irgendjemand von Ihnen irgendetwas?«, fragt sie. »Ich habe nur Wasser und Kaffee, aber das gebe ich Ihnen gern.«

Ich sehe meine Mannschaft an, und alle schütteln verneinend den Kopf. »Nein, danke sehr, Miss Connolly. Sehr freundlich von Ihnen.«

Sie nickt, blickt auf ihre Hände. »Nun, warum erzählen Sie mir nicht, warum Sie hier sind?«

Sie blickt weiter auf ihre Hände, während sie dies sagt, außerstande, uns in die Augen zu sehen. Ich beschließe, meinem Instinkt zu folgen. »Warum erzählen *Sie uns* nicht, warum wir hier sind, Miss Connolly?«

Ihr Kopf ruckt hoch, und ich erkenne, dass ich Recht hatte. Ihre Augen glitzern vor Schuld.

Doch sie ist noch nicht bereit zu reden. »Ich habe keine Ahnung.«

»Miss Connolly, Sie *lügen*«, sage ich ihr auf den Kopf zu und bin verblüfft über die Schroffheit meiner eigenen Stimme. Auf Alans Gesicht zeigt sich Überraschung.

Ich kann es nicht ändern. Ich habe genug von diesem Mist. Ich habe den Hals gestrichen voll, und der Ärger in mir fließt über. Ich beuge mich vor, sehe ihr in die Augen und zeige mit dem Finger auf sie. »Wir sind wegen Ihres Sohnes hier, Miss Connolly. Wir sind hier wegen einer Mutter, einer Freundin von mir, die vergewaltigt und aufgeschlitzt wurde. Wegen ihrer Tochter, die drei Tage lang an den Leichnam ihrer Mutter gefesselt war.« Meine Stimme wird lauter. »Wir sind hier wegen eines Mannes, der Frauen foltert. Wegen zweier toter Agenten und eines dritten, der im Krankenhaus liegt und vielleicht für den Rest seines Lebens gelähmt bleiben wird, ebenfalls eine Freundin von mir. Wir sind hier …«

Sie springt auf, die Hände an die Ohren gepresst. »Hören Sie auf!«, schreit sie. Ihre Hände sinken herab. Ihr Kopf knickt nach vorn. »Hören Sie auf … bitte, hören Sie auf.« Genauso schnell, wie sie hochgefahren ist, verlassen sie ihre Kräfte wieder. Es ist, als würde man zusehen, wie einem Ballon die Luft entweicht. Sie setzt sich.

Patricia Connolly seufzt, ein langer, schwerer Seufzer, der zu signalisieren scheint, dass sie bereit ist, von etwas abzulassen, das älter ist als dieser Moment. »Sie denken, Sie wissen, warum Sie hier sind«, sagt sie und sieht mich an. »Aber Sie wissen es nicht. Sie denken, Sie sind wegen dieser armen Frauen hier.« Sie blickt Don Rawlings an. »Oder wegen jener armen jungen Frau von vor über zwanzig Jahren. Sie sind alle Teil davon. Doch womit Sie es hier zu tun haben, ist viel, viel älter als beides.«

Ich könnte sie unterbrechen, könnte ihr von dem Rindfleisch im Glas erzählen und von Jack Junior, aber irgendetwas sagt mir, dass ich sie reden lassen soll, ihr selbst überlassen soll, das Tempo zu bestimmen.

»Es ist eigenartig, wie man manchmal die wichtigsten Dinge bei anderen Menschen übersieht. Selbst bei Menschen, die man liebt. Das ist nicht fair. Wenn ein Mann im Herzen grausam ist, wenn er sich in jemanden verwandelt, der Frauen schlägt oder Schlimmeres, dann sollte es etwas geben, das man sehen kann, das einem verrät, mit wem man es zu tun hat. Finden Sie nicht?«

»Ich habe angesichts meiner beruflichen Erfahrungen oft darüber nachgedacht, und ich bin der gleichen Meinung wie Sie, Ma'am«, antworte ich.

»Ja, ich kann mir vorstellen, was Sie meinen«, sagt sie, während sie mich betrachtet. »Dann wissen Sie ja auch, dass es sich eben nicht so verhält. Überhaupt nicht. Tatsächlich ist häufig genau das Gegenteil der Fall. Die hässlichsten Menschen sind manchmal die anständigsten. Und der charmanteste Mann kann ein eiskalter Mörder sein.« Sie atmet tief durch. »Das Aussehen gibt keinen Hinweis darauf, nicht den geringsten.

Wenn man jung ist, dann macht man sich keine Gedanken über derartige Dinge, natürlich nicht. Ich habe meinen späteren Ehemann Keith kennen gelernt, als ich achtzehn Jahre alt war. Er war fünfundzwanzig und einer der hübschesten Männer, die ich je gesehen hatte. Und das ist nicht übertrieben. Eins fünfundachtzig groß, dunkles Haar, das Gesicht eines Schauspielers. Wenn er sein Hemd auszog ... sagen wir, er hatte einen Körper, der zu seinem Gesicht passte.« Sie lächelt bei der Erinnerung. Ein trauriges Lächeln. »Als er Interesse an mir zeigte, war ich buchstäblich überwältigt. Wie viele junge Menschen war ich überzeugt, dass mein Leben langweilig sei. Er hingegen war attraktiv und aufregend. Genau das, was der Doktor verschreiben würde.« Sie zögert, sieht uns an. »Das war übrigens unten in Texas. Ich bin nicht in Kalifornien geboren.« Ihre Augen schweifen in die Ferne. »Texas. Flach und heiß und langweilig.

Keith stieg mir nach, auch wenn es kein Marathon war. Mehr ein Sprint. Ich ließ ihn gerade weit genug rennen, um ihn wissen zu lassen, dass ich kein leichtfertiges Ding war. Mir war das damals nicht bewusst, aber er durchschaute mich, als wäre ich aus Glas gemacht. Er wusste von Anfang an, dass er mich am Haken hatte. Er spielte nur deswegen mit, weil es ihn amüsierte. Er hätte mich packen und mir sagen können, dass ich auf der Stelle mit ihm kommen solle, und ich hätte Ja gesagt. Er wusste es, doch er verabredete sich trotzdem ein paar Mal mit mir.

Er war gut in dem, was er tat. Gut darin, so zu tun, als wäre er kein Ungeheuer. Er trat als vollendeter Gentleman auf und gab sich so romantisch, wie ich es bis dahin nur im Film gesehen oder in Büchern gelesen hatte. Lieb, attraktiv, romantisch – ich dachte, ich hätte meinen Traummann gefunden. Den Mann, von dem jedes junge Mädchen überzeugt ist, ihn zu verdienen und eines Tages zu finden.« Ihre Stimme und ihr Lächeln sind bitter.

»Sie müssen wissen, dass ich zu Hause nicht gerade ein leichtes Leben führte. Mein Vater war ein jähzorniger Mensch. Es war zwar nicht so, dass er meine Mutter jeden Tag oder auch nur jede Woche geschlagen hätte. Doch einmal im Monat passierte es. Ich musste mit ansehen, wie er sie ohrfeigte oder auf sie einprügelte, so lange ich mich zurückerinnern kann. Mich hat er nie angerührt. Als ich älter wurde, begriff ich, dass er nicht deshalb darauf verzichtete, weil er mich nicht schlagen wollte. Der Grund war der, dass er, wenn er mich angerührt hätte, dies in einer anderen Absicht getan hätte als der, mich zu schlagen.« Sie hebt die Augenbrauen. »Verstehen Sie?«

Unglücklicherweise verstehe ich. »Ja«, sage ich.

»Ich denke, Keith hat es auch verstanden. Da bin ich mir sicher. Eines Abends, knapp einen Monat, nachdem wir uns kennen gelernt hatten, bat er mich, ihn zu heiraten.«

Sie seufzt, als sie sich erinnert. »Er wählte den perfekten Abend dazu. Es war Vollmond. Die Nacht war kühl, aber nicht kalt. Wundervoll. Er brachte mir eine Rose und teilte mir mit, dass er nach Kalifornien gehen werde. Er wollte, dass ich mit ihm komme, dass ich ihn heirate. Er sagte, er wisse, dass ich fortmüsse von meinem Daddy, und dass er mich liebe und dass dies unsere Chance sei. Natürlich habe ich Ja gesagt.«

Sie schließt die Augen und schweigt sekundenlang. Ich begreife, dass sie diesen Moment als die Stelle betrachtet, an der sie falsch abgebogen ist in ihrem Leben. Von wo aus ihr Weg in die ewige Dunkelheit führte.

»Vier Tage später sind wir weggegangen. Heimlich. Ich habe mich nicht von meinen Eltern verabschiedet. Ich habe meine wenigen Sachen gepackt und mich mitten in der Nacht aus dem Haus geschlichen. Ich habe meine Eltern niemals wieder gesehen.

Es war eine aufregende Zeit. Ich fühlte mich frei. Das Leben entwickelte sich so, wie ich es mir vorstellte. Ich hatte einen attraktiven Mann, der mich heiraten wollte, und ich war der Sackgasse entkommen, in die ich hineingeboren worden war. Ich war jung, die Zukunft lag vor mir.« Ihre Stimme sinkt zu einem monotonen Flüstern. »Wir brauchten fünf Tage bis nach Kalifornien. Zwei Tage später heirateten wir. Und in der Hochzeitsnacht fand ich heraus, dass die Zukunft, in die ich aufgebrochen war, ein Ort in der Hölle war.«

Ihr Gesicht ist ausdruckslos geworden. »Es war wie das

Gegenteil von Halloween. Statt eines Menschen mit der Maske eines Monsters war Keith ein Monster mit der Maske eines Menschen.« Sie erschauert. »Ich war Jungfrau, als wir heirateten. Er blieb reizend und bezaubernd bis zu jenem Moment, in dem er mich über die Schwelle unseres billigen Hotelzimmers trug. Nachdem sich die Tür hinter uns geschlossen hatte, fiel die Maske von ihm ab.

Ich werde dieses Lächeln nie vergessen. Diktatoren mögen so lächeln, wenn sie an die Opfer denken, die sie auf dem Gewissen haben. Keith lächelte – und dann versetzte er mir eine Ohrfeige quer über das Gesicht. Hart. Ich wurde herumgewirbelt, Blut schoss mir aus der Nase. Ich landete mit dem Gesicht nach unten auf dem Bett. Ich sah Sterne und versuchte mir einzureden, dass ich träumte.« Sie schürzt grimmig die Lippen. »Es war kein Traum – es war ein Alptraum. Ein Wirklichkeit gewordener. ›Um es von Anfang an klarzustellen‹, sagte er zu mir, während er mir die Kleider vom Leib riss. ›Du gehörst mir. Du bist mein Eigentum. Eine Gebärmaschine, weiter nichts.‹ Ich glaube, es war mehr seine Stimme, die mir Angst machte, als das, was er tat. Sie war ruhig und gelassen und … normal. Sie passte nicht zu dem, was er mit mir tat, überhaupt nicht.

Er zwang mich auf die Knie und … man kann nicht sagen, dass wir miteinander geschlafen hätten. Nein. Es bedeutet mir nichts, dass wir Mann und Frau waren. Er vergewaltigte mich. Knebelte mich, damit ich nicht schreien konnte, während er es tat.

Die ganze Zeit über redete er mit dieser ruhigen, gelassenen Stimme weiter. ›Wir werden ein paar Tage hier drinnen verbringen, bis dir klar geworden ist, welchen Platz du einnimmst, du Gebärmaschine. Du wirst lernen zu tun, was ich sage, ohne Fragen zu stellen und ohne zu zögern. Die Strafe selbst für den geringfügigsten Ungehorsam wird Schmerz sein. Mehr Schmerz, als du ertragen kannst.‹«

Sie verstummt. Schweigt für eine lange Zeit. Wir warten ab,

respektieren ihr Schweigen. Ich habe es nicht eilig. Es besteht kein Zweifel daran, dass sie uns zu dem führt, was wir wissen wollen.

Als sie wieder spricht, ist ihre Stimme kaum mehr als ein Flüstern.

»Er brauchte drei Tage, um mich zu brechen. Er fügte mir Schnittverletzungen zu. Verbrannte mich mit Zigaretten. Schlug mich. Als er fertig war, hätte ich alles getan, was er sagte, ganz gleich wie abscheulich oder erniedrigend es war.« Ihr Mund verzieht sich vor Selbstekel. »Dann offenbarte er mir die Abschlusslüge. Er brachte mich aus diesem Hotel in sein Haus.« Sie nickt. »So war es – er hatte dieses Haus schon die ganze Zeit. Er hat nie in Texas gelebt. Er war nur zur Jagd nach Texas gegangen. Zur Jagd auf jemanden, der ihm ein Kind gebären würde.«

»Peter«, sage ich. Es ist eine Feststellung.

»Ja«, sagt sie. »Mein süßer kleiner Junge.« Sie betont das »süß« so, dass es sarkastisch klingt. »Keith fesselte mich nachts, damit ich nicht weglaufen konnte. Schlug mich, missbrauchte mich. Zwang mich, Dinge zu tun. Dann wurde ich schwanger. Es war die einzige friedliche Zeit, die ich hatte. Während ich schwanger war, rührte er mich nicht an. Ich war wichtig geworden für ihn – ich trug sein Kind aus.« Sie legt sich die Hand an die Stirn. »Ich habe Gott gedankt, dass es keine Tochter war. Er hätte sie bei der Geburt getötet. Heute weiß ich, dass es genauso schlimm war, einen Sohn zu gebären, wenn auch auf eine andere Weise.«

Sie nimmt sich Zeit, um ihre Fassung zurückzugewinnen, bevor sie weitererzählt. »Er zwang mich, das Baby zu Hause zu bekommen, was sonst. Er hat es geholt. Gab mir einen Lappen, mit dem ich mich sauber machen konnte, während er den kleinen Peter auf dem Arm hielt und bewunderte und begurrte. Nachdem ich sauber war und ein wenig geschlafen hatte, gab er mir Peter. Und stellte mir ein Ultimatum.« Sie knetet sich die Hände, eine unbewusste Geste, die ihre Nervosität verrät.

»Er sagte, er würde mir die Wahl lassen. Er könne mich an Ort und Stelle töten und Peter allein großziehen, oder ich könne bleiben und ihm dabei helfen. Er sagte, falls ich bliebe, würde er nie wieder die Hand gegen mich erheben. Er würde sogar in einem eigenen Bett schlafen. Falls ich mich aber zum Bleiben entschied und dann doch zu fliehen versuchte …, würde er mich jagen und mich verfolgen bis ans Ende der Welt, und es würde Wochen dauern, bis ich tot wäre.« Sie hat die Hände so sehr ineinander verkrampft, dass die Knöchel weiß hervortreten. »Ich glaubte ihm. Ich hätte Ja sagen und mich und Peter auf der Stelle umbringen sollen. Aber damals hatte ich noch Hoffnung. Ich dachte immer noch, dass sich die Dinge vielleicht ändern würden.« Ihr Gesicht, ihr Mund, ihre Augen sind voll Bitterkeit.

»Also war ich einverstanden. Er hielt sich an sein Wort. Er schlug mich niemals wieder. Er schlief in seinem eigenen Zimmer, ich in meinem. Selbstverständlich schlief Peter bei ihm. Er wollte sichergehen, dass ich nicht nachts mit Peter davonlief. Er achtete sehr sorgfältig darauf, dass sich keine Möglichkeit dazu ergab.

Peter wurde groß, und als er fünf war, war ich fast zu dem Glauben gelangt, dass sich die Dinge tatsächlich besserten. Das Leben war normal. Nicht wunderbar, aber erträglich. Wie töricht ich damals war! Bald änderte sich alles wieder zum Schlechteren. Und obwohl er mich nicht wieder missbrauchte oder schlug, war das, was er dann tat, viel, viel schlimmer.« Sie zögert, stockt. Lächelt mich schwach an. »Es tut mir Leid, ich brauche eine Tasse Kaffee, bevor ich weitererzählen kann. Sind Sie sicher, dass niemand von Ihnen Kaffee möchte?«

Ich spüre, dass es sie beruhigen würde. »Ich nehme gern einen«, sage ich zu ihr und lächle.

Jenny und Don Rawlings sagen ebenfalls Ja, während Alan um ein Glas Wasser bittet. Lediglich James enthält sich weiterhin.

»Glaubst du all dieses Zeug?«, flüstert Alan mir zu, während Patricia in der Küche ist.

»Ich denke ja«, antworte ich nach einem Moment des Überlegens. Ich sehe Alan an. »Ja, ich glaube ihr.«

Patricia kehrt mit unseren Getränken auf einem Tablett zurück und verteilt sie. Dann setzt sie sich wieder und sieht Alan an. »Ich habe gehört, was Sie gesagt haben.«

Er sieht überrascht und verlegen aus. Beides ist eine Seltenheit bei Alan. »Es tut mir Leid, Miss Connolly. Ich wollte Ihnen nicht zu nahe treten.«

Sie lächelt ihn an. »Keine Sorge, das sind Sie nicht, Mr. Washington. Eines erwirbt man durch das Zusammenleben mit einem bösen Menschen, und das ist die Fähigkeit, einen guten Menschen zu erkennen. Sie sind ein guter Mensch. Außerdem ist die Frage berechtigt.« Sie dreht sich in ihrem Sessel um, sodass sie uns die Seite zuwendet. »Hätten Sie etwas dagegen, den Reißverschluss hinten an meinem Kleid zu öffnen, Agent Barrett? Nur zur Hälfte, das sollte genügen.«

Mit erhobenen Augenbrauen stehe ich auf. Ich zögere.

»Keine Sorge, es ist in Ordnung. Machen Sie es nur.«

Ich ziehe den Reißverschluss herunter. Bei dem, was ich sehe, muss ich für einen Moment die Augen schließen.

»Ein ziemlicher Anblick, wie?«, fragt Patricia. »Nur zu, ziehen Sie ihn auf. Lassen Sie es die anderen auch sehen.«

Patricias Rücken – das, was von ihm zu sehen ist – besteht aus einer einzigen Masse von altem Narbengewebe. Der Teil von mir, der nicht entsetzt ist, sondern kühl beobachtet, bemerkt, dass die Narben auf verschiedene Weise erzeugt wurden, zu unterschiedlichen Zeiten. Höchstwahrscheinlich über mehrere Jahre verteilt. Einige sind kreisrund, Brandnarben, verursacht von glühenden Zigaretten. Andere sind schmal und lang. Schnitte. Ich schätze, dass auch Narben von Peitschenhieben darunter sind.

Alle sehen hin, keiner zögert. Das ist der Beweis für ihre

Geschichte; er macht sie dreidimensional. Es ist ein furchtbarer Anblick. Ich ziehe den Reißverschluss wieder hoch und kehre zu meinem Platz zurück.

Das sich anschließende Schweigen ist schwer und unbehaglich. Alan durchbricht es schließlich.

»Es tut mir Leid, was Ihnen widerfahren ist, Ma'am«, sagt er. »Und bitte entschuldigen Sie, dass ich Ihre Geschichte in Frage gestellt habe.«

Patricia Connolly lächelt ihn an. Es ist ein Lächeln, in dem das Mädchen durchschimmert, das sie einst war. »Ich weiß Ihre Freundlichkeit zu schätzen, Mr. Washington. Danke sehr.« Sie faltet die Hände im Schoß. Nimmt sich einen Augenblick Zeit, um sich zu sammeln.

»Sie müssen wissen, dass ich keine Ahnung von dem hatte, was er tat. Ich kam erst sehr viel später dahinter. Zu spät.

Keith begann, abends lange Stunden mit Peter zusammen im Keller zu verbringen. Er hielt die Tür immer verschlossen. Anfangs sah Peter, wenn er nach oben kam, so aus, als wenn er geweint hätte. Nach einem Jahr kam er lächelnd nach oben. Ein Jahr darauf hatte er überhaupt keinen Ausdruck mehr im Gesicht. Überhaupt keinen. Nur einen merkwürdigen Blick in den Augen. Er sah arrogant aus. Als er zehn war, verschwand die Arroganz. Er wirkte wie jeder normale Zehnjährige auch. Intelligent, lustig, und er konnte einen zum Lachen bringen.«

Sie schüttelt den Kopf.

»Ich sehe das alles natürlich aus heutiger Sicht. Damals waren mir diese Veränderungen an ihm nicht bewusst. Ich nahm sie nur unterbewusst wahr, und sie blieben in meinem Unterbewusstsein haften.

Während all dieser Jahre hielt Keith sein Wort. Er rührte mich nicht an. Versuchte nicht, mit mir zu schlafen. Es war, als existierte ich überhaupt nicht für ihn. Was mir nur recht war. Aber das war …«

Die Emotionen, die sie nun übermannen, sind so plötzlich

aufgezogen wie ein Sommergewitter. Tränen rinnen über ihre Wangen.

»Aber das war selbstsüchtig von mir, unglaublich selbstsüchtig. Er ließ mich in Ruhe, sicher. Doch das lag nur daran, dass er mit Peter beschäftigt war. Und ich, ich habe nie Fragen gestellt oder ihm nachspioniert oder versucht, irgendetwas zu tun. Ich habe ihm meinen Sohn ausgeliefert, einfach so.« Ihre Stimme ist voller Selbstvorwürfe. »Was für eine Mutter war ich bloß?«

Das Gewitter zieht ab. Sie wischt sich mit dem Handrücken über die Augen.

»Zurückblickend sah ich die Veränderungen an meinem Sohn. Ich erkannte das Lächeln seines Vaters, jenes Lächeln, mit dem Keith mich in unserer Hochzeitsnacht im Hotelzimmer angesehen hatte, bevor er mich schlug. Ich spürte die gleiche Kälte in ihm.« Sie verstummt, schweigt erneut für längere Zeit. Stößt einen schweren Seufzer aus. »Als er fünfzehn war, geschah es.« Ihre Augen sind einmal mehr in die Ferne gerichtet.

»Es waren so viele Jahre ohne Schläge, ohne Vergewaltigung vergangen. Jahre, in denen ich Zeit hatte, in mich hineinzuhorchen und ohne Ablenkung zu denken. Auf gewisse Weise war es, als wäre ich in einem Turm gefangen. Doch diese Isolation brachte mich wieder zu mir. Also fasste ich einen Entschluss. Und dann fing ich an zu planen. Ich war entschlossen, dass es Zeit für mich und meinen Sohn war, frei zu sein. An irgendeinem Punkt hatte sich die Angst in mir in Wut verwandelt. Ich fing an, Keiths Tod zu planen.«

Ihr Gesicht ist leer. »Ich beschloss etwas ganz Einfaches. Ich würde ihn in mein Bett einladen. Etwas, das er nicht erwartete. Ich würde ihn mit mir tun lassen, was er wollte. Und dabei würde ich das Messer unter meinem Kissen nehmen und ihn töten. Mein Sohn und ich würden dieses Haus verlassen und nach Texas zurückkehren. Ein richtiges, normales Leben führen.« Sie sieht mich an, und ihr Blick ist traurig. »Ich nehme an, es gibt Menschen, die gut sind im Töten, und andere, die es nicht sind. Vielleicht lag es nicht daran, dass ich nicht gut war im Töten. Vielleicht lag es daran, dass er so unglaublich gut darin war. Ich wusste es damals natürlich noch nicht, doch ich sollte es bald erfahren.«

Sie befingert eine kleine goldene Kette um ihren Hals.

»Er war überrascht, das ist wahr. Ich sagte zu ihm, ich würde ihn vermissen in meinem Bett. Ich sah, wie die Lust in ihm aufloderte wie ein Feuer. Ich war darauf gefasst, dass er grob zu mir sein würde. Das war die einzige Weise, wie er es genießen konnte. Er riss mir die Kleider geradezu vom Leib, als er mich in mein Schlafzimmer führte.« Ihre Finger spielen weiter mit der goldenen Kette. »Ich ließ ihn für eine ganze Weile machen, wozu er Lust hatte. Es war so schlimm wie eh und je, doch was bedeuteten schon ein paar letzte Stunden, wenn ich die Chance hatte, es für immer zu beenden?« Sie nickt. »Ich wollte, dass er richtig müde wurde. Als er fertig war, hatte ich ein blaues Auge, eine aufgeplatzte Lippe und eine blutige Nase. Er rollte seinen verschwitzten Körper von mir herunter, drehte sich auf den Rücken und schloss die Augen, während er zufrieden stöhnte.«

Ihre Augen weiten sich, als sie berichtet, was als Nächstes geschah. »Wer hätte gedacht, dass sich ein menschliches Wesen so unglaublich schnell bewegen kann? Andererseits war er eigentlich kein menschliches Wesen. Jedenfalls griff ich in dem Moment, in dem er die Augen schloss, mit der Hand unter das Kissen und packte das Messer. Es kann nicht länger als eine halbe Sekunde gedauert haben, bis ich ausgeholt hatte und die Klinge auf seine Kehle zuraste.« Erneut schüttelt sie ungläubig den Kopf. »Er packte mein Handgelenk einen Zentimeter, bevor die Spitze seine Haut berührte. Packte es und hielt es fest wie mit einem Schraubstock. Er war schon immer unglaublich stark gewesen, viel stärker als jeder Mann, den ich je gekannt habe.

Er hielt mein Handgelenk gepackt und lächelte mich an. Lächelte dieses Lächeln und schüttelte tadelnd den Kopf. ›Eine schlechte Idee, Patricia. Eine ganz schlechte Idee. Ich fürchte, das war es für dich.‹« Ihre Hände zittern ein wenig. »Ich hatte eine unglaubliche Angst. Er nahm mir das Messer weg, und dann verprügelte er mich. Er verprügelte mich lange und ausgiebig und gründlich. Er schlug mir ein paar Zähne aus, brach mir die Nase und den Unterkiefer. Ich war kurz davor, endgültig ohnmächtig zu werden, als er sich vorbeugte und mir ins Ohr flüsterte: ›Mach dich bereit zum Sterben, Gebärmaschine.‹ Dann wurde alles schwarz.«

Sie verstummt. Ich bin fasziniert von der Bewegung der goldenen Kette, die sie in der Hand hin und her schiebt.

»Ich wachte im Krankenhaus auf. Ich hatte unglaubliche Schmerzen. Doch es war mir egal, weil ich eines wusste – wenn ich noch am Leben war, konnte das nur bedeuten, dass er tot war. Ich hob den Kopf, und Peter saß neben mir am Bett. Als er merkte, dass ich wach war, ergriff er meine Hand. Wir saßen eine Stunde lang einfach nur da, und keiner sagte ein Wort.

Der Sheriff kam ein paar Stunden später und erzählte mir, was passiert war.« Tränen steigen ihr in die Augen. »Es war Peter. Er hatte meine Schreie gehört. Er platzte in mein Schlafzimmer, als Keith gerade im Begriff stand, mir die Kehle durchzuschneiden. Er hat ihn getötet. Er hat seinen Vater getötet, um mich zu retten.«

Sie schlingt die Arme um ihren Leib, sieht mich verloren an. »Haben Sie eine Vorstellung von den Empfindungen, die einen übermannen bei diesem Gedanken? Nach all diesen Jahren, nach allem, was ich durchgemacht hatte? Die Erleichterung war beinahe unerträglich. Und herauszufinden, dass mein Sohn immer noch mein Sohn war, dass er sich am Ende für mich und gegen seinen Vater entschieden hatte?« Tränen strömen über ihre Wangen. »Ich war sicher gewesen, ihn für immer verloren zu haben… Bitte entschuldigen Sie mich für einen Moment.«

Sie steht auf und wankt zu einem Regal, wo eine Schachtel

mit Kleenex steht. Sie bringt die Schachtel zum Wohnzimmertisch, nimmt ein Tuch heraus, um sich die Augen zu trocknen, während sie sich wieder setzt.

»Entschuldigen Sie.«

»Sie brauchen sich nicht zu entschuldigen«, sage ich. Ich meine es ehrlich. Was diese Frau durchgemacht hat, ist unvorstellbar. Manch einer würde sie mit Verachtung strafen, weil sie diesen Missbrauch so viele Jahre über sich hat ergehen lassen. Weil sie nicht stark genug war, sich zu widersetzen. Ich denke, ich weiß es besser als diese Menschen.

Patricia wischt sich die Augen mit dem Kleenex trocken und reißt sich zusammen. »Ich wurde wieder gesund, und wir kehrten nach Hause zurück. Es war eine gute Zeit. Peter liebte mich abgöttisch. Das Abendessen war nicht länger eine schweigsame Stunde, in der niemand sprach. Wir waren …« Ihre Stimme versagt. »Wir waren eine Familie.« Ihr Gesicht wird erneut von Unglück übermannt, Grimm und Bitterkeit kehren zurück wie eine schwarze Maske. »Es war nicht von langer Dauer.«

Ihre Hand kehrt zu dem Goldkettchen zurück. Verdreht es, schiebt es hin und her. »Er ging weiter jeden Abend nach unten in den Keller. Er verbrachte Stunden dort unten. Ich durfte nie hinein. Daher wusste ich nicht, was er dort machte, doch ich hatte Angst. Es war etwas, das er zusammen mit seinem Vater getan hatte, und irgendwie war mir klar, dass es sich um nichts Gutes handeln konnte.

Monate vergingen, in denen ich mich sorgte. Aber ich unternahm nichts. Ich … wie sagt man dazu, wenn man eine Wahrheit ignoriert, weil man nicht will, dass sie wahr ist?«

»Ich glaube, Sie meinen Verdrängung«, antwortet James.

»Das ist es. Ich verdrängte es. Kann man es mir verdenken? Keith, mein langjähriger Alptraum, war endlich tot. Ich hatte meinen Sohn zurück. Das Leben war gut.« Sie wischt sich mit einer Hand über die Stirn. »Ich nehme an, irgendetwas in mir ist in all den Jahren mutiger geworden. Es verging zu viel

Zeit, zu viele Nächte, in denen ich diesen Keller nicht aus dem Kopf kriegen konnte. Eines Tages, als Peter in der Schule war, beschloss ich, dass es an der Zeit war, nach unten zu gehen und nachzusehen.

Keith versteckte seinen Schlüssel zum Keller immer unter einer Lampe in seinem Schlafzimmer. Er dachte, ich wüsste es nicht, doch ich wusste es. Also ging ich an jenem Tag in dieses Schlafzimmer, holte Keiths Schlüssel, ging zur Kellertür und schloss sie auf.

Ich stand lange Zeit oben an der Treppe und starrte hinunter in die Finsternis. Rang mit mir selbst. Dann schaltete ich das Licht an und ging diese Treppe hinunter.«

Sie verstummt. Sie schweigt lange, und ich befürchte bereits, dass sie jedes Gefühl für das Hier und Jetzt verloren hat und in jenem vergangenen Moment gefangen ist. Gerade will ich die Hand nach ihr ausstrecken, um ihren Arm zu berühren, als sie wieder anfängt zu reden.

»Ich wartete auf Peter, wartete darauf, dass er von der Schule nach Hause kam. Als er durch die Tür trat, sagte ich ihm, dass ich im Keller gewesen war und was ich gefunden hatte. Ich sagte ihm, dass er mir das Leben gerettet und mich befreit habe und dass er mein Sohn sei. Also würde ich nichts sagen. Doch ich könne ihn nicht länger unter meinem Dach haben. Könne nicht länger mit ihm unter einem Dach zusammen leben.

Ich war zunächst nicht sicher, ob er mir glaubte. Dass ich nicht erzählen würde, was ich gesehen hatte, meine ich.« Ihr Lächeln ist nachdenklich. »Ich nehme an, dass es einen Teil in ihm gab, irgendeinen Teil, der mich liebte. Ich weiß nicht, ob es daran lag, dass ich seine Mutter war, oder weil er glaubte, etwas zu brauchen, an dem er sich festhalten konnte, etwas, das ihn daran erinnerte, dass er immer noch ein menschliches Wesen war. Jedenfalls sagte er kaum ein Wort. Er packte lediglich seine Sachen, nahm ein paar Dinge aus dem Keller, küsste mich auf die Wange, sagte mir, dass er mich liebe und verstehen könne –

und ging zur Tür hinaus. Ich habe ihn seither nicht wieder gesehen. Das ist jetzt fast dreißig Jahre her.«

Erneut fließen ihr Tränen über die Wangen. Sie blickt zu Don Rawlings auf. »Als ich in der Zeitung von diesem armen Mädchen las und dass Peter verdächtigt wurde, wusste ich, dass er es gewesen sein musste. Es passte, verstehen Sie? Es passte zu dem, was ich im Keller gefunden hatte.« Sie ringt die Hände. »Ich weiß, ich hätte etwas sagen müssen. Ich hätte mich bei der Polizei melden müssen. Aber ich … er hatte mir das Leben gerettet, und er war mein Sohn. Ich weiß, dass nichts davon mein Schweigen rechtfertigt. Damals erschien es mir irgendwie richtig. Heute allerdings …« Sie stößt einen Seufzer aus, der Jahrzehnte der Erschöpfung zu enthalten scheint. »Heute bin ich alt. Und müde. Ich bin all der Schmerzen und Geheimnisse und Alpträume überdrüssig.«

»Was haben Sie im Keller gefunden, Patricia?«, frage ich sie.

Sie sieht mir in die Augen. Spielt mit der Goldkette.

»Gehen Sie und sehen Sie selbst nach. Ich habe diese Tür seit fast dreißig Jahren nicht mehr geöffnet. Es ist Zeit, dass sie geöffnet wird.«

Sie zieht das Goldkettchen, mit dem sie unablässig gespielt hat, über den Kopf. Daran hängt ein großer Schlüssel. Sie reicht ihn mir.

»Gehen Sie. Sperren Sie diese Tür auf. Es ist Zeit, dass die Dinge dort unten ans Licht kommen.«

KAPITEL 54

Ich glaube Patricia, was sie gesagt hat. Dass lange, lange Zeit niemand durch diese Tür gegangen ist. Der Schlüssel lässt sich nicht im Schloss umdrehen. Auch das spricht dafür, dass es fast drei Jahrzehnte nicht mehr benutzt worden ist. Alan versucht, die Tür zu öffnen, ein Bild der Konzentration, durchsetzt mit heftigsten Flüchen.

»Ah…«, sagt er, dann folgt ein lautes Klicken. »Ich hab's.«

Er richtet sich auf und öffnet die Tür. Ich sehe eine Holztreppe, die nach unten in die Dunkelheit führt. Zum ersten Mal schießt mir eine Frage durch den Kopf. »Patricia, wir sind hier in Kalifornien. Die Häuser werden ohne Keller gebaut. Hat Keith ihn nachträglich ausschachten lassen?«

»Sein Großvater hat es getan.« Sie deutet zur Seite links von der Tür. »Sehen Sie die große Verfärbung an der Wand. Keith hat erzählt, dass er ein falsches Regal auf Angeln benutzt hat, um die Tür zu verbergen. Ich weiß nicht, warum es entfernt wurde.« Sie ist ein wenig weiter hinten stehen geblieben, hält sich von der Öffnung zum Keller fern. Sie hat Angst. »Sie werden feststellen, dass die Treppe vor einem Gang endet. Der Keller befindet sich nicht direkt unter dem Haus. Keith hat gesagt, sein Großvater hätte es absichtlich so gemacht. Wegen der Erdbeben.«

»Waren Sie seit dem einundneunziger Beben mal unten?«, fragt Jenny.

»Ich war seit jenem Tag nicht mehr dort unten. Der Lichtschalter ist rechts an der Wand. Seien Sie vorsichtig.« Sie wendet sich ab und geht mit schnellen Schritten zum Wohnzimmer zurück. Sie rennt fast.

Jenny sieht mich mit erhobenen Augenbrauen an. »Wir müssen tatsächlich aufpassen, Smoky«, sagt sie. »Es gibt einen Grund, warum wir in Kalifornien keine Keller haben. Der Grund heißt ›seismische Vorkommnisse‹. Möglicherweise ist der Keller nicht mehr sicher.«

Ich denke über ihre Worte nach, jedoch nur für eine Sekunde. »Ich will nicht warten, Jenny. Ich muss sehen, was in diesem Keller ist.«

Sie sieht mich an und nickt. »Ich auch.« Ein schwaches Lächeln. »Aber du gehst vor.«

Ich steige die Treppe hinunter, und die anderen folgen mir. Das Geräusch unserer Schritte klingt dumpfer, je weiter wir nach unten kommen. Ich nehme an, es ist das Erdreich rings um uns herum, eine natürliche Schalldämmung. Es ist kühl hier unten, kühl, still und einsam.

Es ist, wie Patricia gesagt hat. Am Fuß der Treppe befinden wir uns in einem schmalen, betonierten Gang. Ungefähr sechs Meter vor uns sehe ich den Schatten einer Tür. Es sind nur ein paar Schritte, dann stehen wir davor. Ich bemerke einen Lichtschalter und betätige ihn. Wir öffnen die Tür, und alle gehen hindurch.

»Wow!«, sagt James. »Sieh sich das einer an!«

Wir stehen in einem großen Raum, sicher vierzig oder fünfzig Quadratmeter groß. Er ist weder verputzt noch sonst wie verschönert. Ein Raum aus grauem, nacktem Beton, mit schlechter Beleuchtung und funktionellem Mobiliar.

Was James' Aufmerksamkeit geweckt hat, befindet sich an der gegenüberliegenden Wand.

Ich gehe hin, betrachte es staunend. Die Wand ist gepflastert mit anatomischen Darstellungen des menschlichen Körpers. Alles ist präzise beschriftet, angefangen mit den äußeren Schichten eines nackten Leibes. Auf dem nächsten Bild ist der Leib ohne Haut dargestellt. Man sieht das Muskelsystem, alle Muskeln sind benannt. Weitere Zeichnungen zeigen die inneren Organe in allen Einzelheiten.

Ich nähere mich der Wand weiter, und indem ich dies tue, bemerke ich, dass es keine Wand ist. Die eigentliche Wand befindet sich weiter hinten, war durch die schlechte Beleuchtung nicht zu erkennen. Was ich sehe, lässt mich zusammenzucken.

»Mann!«, sage ich zu den anderen. »Seht euch das an!«

Die Wand ist weiß gestrichen, wahrscheinlich, um die schwarze Schrift darauf besser hervortreten zu lassen. Der Text lautet:

Die Gebote des Rippers:

1. Die meisten Menschen sind nichts als Vieh. Du gehörst zu den alten Raubtieren, den echten Jägern. Lass dich nie durch die Moralvorstellungen des Viehs von deiner Mission abbringen.
2. Es ist niemals eine Sünde, eine Hure zu töten. Huren sind die Brut des Teufels und eine Pestbeule auf der Haut der Gesellschaft.
3. Wenn du eine Hure tötest, nachdem du aus den Schatten getreten bist, töte sie auf die grässlichste nur mögliche Weise, als abschreckendes Beispiel für die anderen Huren da draußen.
4. Du darfst keine Schuldgefühle haben, wenn du angesichts der Ermordung einer Hure triumphierst. Du entstammst einer alten Linie, und du bist ein Fleischfresser. Dein Blutdurst ist etwas Natürliches.
5. Alle Frauen tragen den Keim zur Hure in sich. Nimm dir nur eine Frau, um die Blutlinie fortzusetzen. Erlaube Frauen niemals, deine Sinne oder dein Herz zu verwirren. Sie sind Gebärmaschinen, weiter nichts.
6. Diese Lehren dürfen NIEMALS an eine Tochter weitergegeben werden, immer nur an einen Sohn.
7. Jeder Ripper muss seinen eigenen Abberline finden. Jemand muss dich jagen, damit deine Sinne scharf bleiben, deine Fähigkeiten nicht verkümmern.
8. Bevor du nicht deinen Abberline gefunden hast, darf deine Arbeit nicht ans Licht kommen.
9. Stirb lieber, als dass du dich einsperren lässt.
10. Die Nachfahren des Schattenmanns sind furchtlos. Sie befriedigen ihre Bedürfnisse ohne Zögern und Gewissensbisse. Strebe stets danach, dies vorzuleben und das kalkulierte Risiko zu suchen, das Spiel, das dein Blut zum Kochen bringt.
11. Vergiss niemals, dass du von ihm abstammst – dem Schattenmann.

»Verdammt!«, flüstert Don Rawlings.

Ich nicke.

»Seht euch das hier an!«, ruft Alan und deutet auf drei Reihen von Regalen. »Noch mehr Anatomie. Und alle möglichen Bücher über Jack the Ripper.« Er tritt näher heran und zieht ein Heft aus einem der Regale. Er schlägt es auf. »Dachte ich's mir«, sagt er und sieht mich an. »Tagebücher.« Er blättert in den Seiten, hält inne, liest. Dann reicht er mir das aufgeschlagene Heft hin.

Ich sehe eine Serie von Schwarzweißfotografien, die sich über mehrere Seiten erstreckt. Die Fotos zeigen eine junge Frau, geknebelt und an einen Tisch gefesselt. Die Wände auf den Fotos sehen aus wie die Wände dieses Kellers. Ich halte einen Moment inne, gehe um die Regale herum.

»Alan«, rufe ich. Er kommt zu mir, und ich deute auf den Tisch vor uns und auf die Fotos in dem Heft.

»Verdammt«, flüstert er, und seine Gesichtszüge sind angespannt. »Das war direkt hier!«

Die Bilderserie zeigt die Vergewaltigung, Folterung und das Ausweiden der jungen Frau. Die Fotos wirken wie eine grausige Gebrauchsanweisung. Als hielte der maskierte Mann auf den Fotos ein Seminar über Qual und Perversion.

»Mein Gott!«, stoße ich hervor. »Wie viele sind das?«

»An die hundert, würde ich sagen.«

Ich blättere die Seiten mit den Fotos durch, bis ich zu einer Seite mit handschriftlichen Einträgen gelange.

Peter zeigt deutlich, dass er unserer Linie entspringt, selbst mit seinen acht Jahren. Er hat zugesehen, wie ich die Hure getötet habe, während er Fotos gemacht und unablässig intelligente Fragen gestellt hat. Sein besonderes Interesse galt dem Prozess des Ausweidens. Ich stelle mit Freuden fest, dass sein Problem mit dem Erbrechen, das seit inzwischen einem Jahr nicht mehr aufgetreten ist, endgültig überwunden zu sein scheint.

Ich blättere ein paar Einträge weiter.

Ich habe Peter heute mit auf die Jagd genommen. Er hatte schul-

frei, und ich denke, es ist wichtig, ihn persönlich stärker mit einzubinden. Er ist schließlich bereits zehn Jahre alt. Ich war erfreut. Peter ist talentiert.

Nebenbemerkung: Er wurde verlegen, als ich die Hure auszog, und er bemerkte, dass sein Penis hart geworden war. Ich erklärte ihm den biologischen Hintergrund und zwang die Hure, ihm mit der Hand Vergnügen zu bereiten. Er war fasziniert und schien es zu genießen. Hinterher dankte er mir.

Und weiter:

Heute fragte mich Peter, wie alt ich gewesen sei, als ich meine erste Hure tötete. Ich zögerte, ihm die ganze Wahrheit zu erzählen. Er ist so voll mit der Kraft unserer Linie, dass ich unwillig war, ihm die Schwäche meines Vaters zu enthüllen. Ich fürchtete, er könne anfangen, die edle Herkunft unseres Blutes zu bezweifeln. Schließlich habe ich ihm dann doch alles erzählt: Wie mein Vater das Geheimnis unserer Blutlinie vor mir zu verbergen trachtete. Wie ich die Wahrheit nur durch eigene Nachforschungen unserer Genealogie herausfand. Von den schwachen Versuchen meines Vaters, alles zu leugnen, als ich ihn mit der Wahrheit konfrontierte. Wie er und meine Mutter versuchten, mir einzureden, ich sei verrückt. Ich hätte mir keine Gedanken wegen Peter machen müssen. Der Ausdruck von Bewunderung in seinen Augen, als ich ihm von meiner Beharrlichkeit und meiner Suche nach der Wahrheit erzählte und von der Rache, die ich an meinem Vater übte, ist etwas, das ich niemals vergessen werde.

»Mein Gott…«, murmelt Alan. »Es ist genau, wie Patricia gesagt hat. Er hat seinen Sohn von frühester Kindheit an beeinflusst und pervertiert.«

»Er hatte nie eine Chance«, bemerkt James. »Nicht, dass es heute noch eine Rolle spielte. Es ist zu lange gewesen. Er ist nicht mehr zu retten.«

Ich antworte nicht. In meinen Ohren höre ich ein lautes Rauschen, und mir ist schwindlig. Elektrische Schocks tanzen durch meinen Körper.

Dann schlage ich die letzte Seite des Hefts auf. Dort sehe ich eine Unterschrift, und sie versetzt mich in Angst, rasende Wut, Unglauben und Scham. Das Gefühl von Verrat ist beinahe übermächtig.

»Vielleicht ist es ja nur Zufall«, murmele ich vor mich hin.

Aber ich weiß, dass es nicht so ist.

Ich blicke wieder zu den zehn Geboten an der Wand, lese das siebte erneut:

7. Jeder Ripper muss seinen eigenen Abberline finden. Jemand muss dich jagen, damit deine Sinne scharf bleiben, deine Fähigkeiten nicht verkümmern …

»Smoky?«, fragt Alan. Seine Stimme klingt alarmiert. Besorgt. »Was ist los?«

Ich sage nichts. Reiche ihm wortlos das Tagebuch, deute auf die Unterschrift, die ich auf der letzten Seite entdeckt habe.

Keith Hillstead, steht dort zu lesen.

Hillstead.

Sohn Peter.

Ich weiß jetzt also, wer Jack Junior ist. Und er kennt mich wie kein anderer.

In- und auswendig.

KAPITEL 55 Monster mit Menschenmasken, die ihre Rolle mit absoluter Perfektion spielen.

Peter Hillstead hat alle genarrt, mich eingeschlossen. Schlimmer noch, er hat mich in meinen Momenten größter Verwundbarkeit erlebt.

Aber es gibt etwas weit Schlimmeres, das Übelkeit in mir aufsteigen lässt, während mir all dies bewusst wird. Peter Hillstead hat mich nicht nur genarrt, missbraucht und verletzt – er hat mir auch geholfen. Aus egoistischen Motiven zwar, trotzdem … Der Gedanke, dass es einem Teil von mir besser geht, weil ich ihm begegnet bin, erweckt in mir den Wunsch zu schreien und zu kotzen. Ich fühle mich, als müsste ich ein Jahr lang duschen, um den Schmutz von mir abzuwaschen.

»Ich weiß, wer er ist«, sage ich leise, als Antwort auf Alans Frage.

Schockierte Stille, gefolgt von einem Gewirr durcheinander redender Stimmen. Alan bringt sie zum Verstummen.

»Was redest du da?«

Ich deute auf die Unterschrift auf der letzten Seite des Tagebuchs. »Keith Hillstead. Der Name seines Sohnes lautet Peter. Peter Hillstead. Das ist der Name meines Therapeuten.«

Alan sieht aus, als würde er daran zweifeln. »Das könnte ein bloßer Zufall sein, Smoky.«

»Nein. Ich bin natürlich nicht hundertprozentig sicher, solange ich keine Fotos von Keith und Peter Hillstead gesehen habe. Das Alter jedenfalls stimmt.«

»Verflucht!«, murmelt James.

Ich wende mich um, renne fast zur Treppe. »Los, kommt.«

Patricia sitzt im Wohnzimmer. »Miss Conolly? Haben Sie irgendwo ein Foto von Keith Hillstead? Und von Ihrem Sohn?«

Sie neigt den Kopf zur Seite, sieht mir in die Augen. »Sie haben also etwas gefunden, nicht wahr?«

»Ja, Ma'am. Aber ich kann erst sicher sein, wenn ich ein Foto von Keith und Peter gesehen habe.«

Sie erhebt sich aus dem Sessel. »Nachdem Peter dieses Haus verlassen hatte, habe ich festgestellt, dass er alle Fotos, die ich von ihm besaß, mitgenommen hat. Doch ich habe noch eins von Keith. Es ist unten in einer Schublade vergraben, und ich habe es aufbewahrt, um mich daran zu erinnern, wie das Böse aussieht. Warten Sie bitte, ich hole es.«

Sie geht ins Schlafzimmer und kehrt kurze Zeit darauf mit einem großformatigen Farbfoto zurück, das sie mir reicht. »Hier ist es«, sagt sie. »Er war so hübsch wie der Teufel. Ergibt irgendwie Sinn, schätze ich, wo er und der Teufel so gute Freunde waren.«

Als ich das Foto betrachte, durchfährt mich ein Frösteln. Jeder Rest von Zweifeln verfliegt. Ich sehe diese elektrisierenden blauen Augen, genauso wunderschön auf dem Foto wie Peter Hillsteads Augen in der Realität. »Sie sehen sich unglaublich ähnlich.« Ich nicke James zu. »Ich bin sicher. Peter Hillstead ist Keith Hillsteads Sohn.«

»Also wollen Sie damit sagen … dass wir wissen, wer er ist? Der Mann, der Renee ermordet hat?«

Es ist Don Rawlings, der mir diese Frage stellt. Hoffnung keimt in seinen Augen auf, doch er kämpft gegen sie an, versucht sie zu zügeln wie ein Mann, der zu häufig verloren hat. Trotz meines inneren Aufruhrs gelingt es mir, ihm zuzulächeln.

»Das ist richtig.«

Ich sehe, wie zehn Jahre von ihm abfallen. Seine Augen werden noch klarer, sein Gesicht nimmt entschlossene Züge an. »Was soll ich jetzt tun?«

»Untersuchen Sie und Jenny alles in diesem Keller und in diesem Haus. Sichern Sie jede Faser, jeden Fleck, alles.«

Mehr muss ich nicht sagen, Sie begreifen es auch so. Wir wissen zwar jetzt, wer Jack Junior ist, doch etwas zu wissen und es vor Gericht zu beweisen, sind zwei Paar Schuhe.

»Wird erledigt«, sagt Jenny. »Was macht ihr?«

»Wir fliegen nach Los Angeles zurück, um uns diesen Drecksack zu schnappen.«

Ich spüre eine Berührung am Arm. In der ganzen Aufregung habe ich fast vergessen, dass Patricia Connolly auch noch da ist.

»Versprechen Sie mir etwas, Agent Barrett?«

»Wenn ich kann, Miss Connolly.«

»Ich weiß, dass Peter ein böser Mensch geworden ist. Er war wahrscheinlich von dem Augenblick an dazu verdammt, als sein Vater ihn mit in diesen Keller nahm. Aber … wenn Sie ihn töten müssen … Versprechen Sie mir, dass es schnell gehen wird?«

Ich sehe Patricia an und erkenne, was aus mir hätte werden können, wenn ich weiter in meinem Schlafzimmer gesessen und weiter meine Narben im Spiegel angestarrt hätte. Wenn ich mich vorher nicht umgebracht hätte, wäre ich geworden wie sie: ein Geist, ein Wesen aus Rauch und Nebel, gefesselt an die Erinnerung aus Schmerz. Eine Frau, die auf einen kräftigen Windstoß wartet, der sie ins Nichts davonweht.

»Wenn es so weit kommt, Miss Connolly, dann verspreche ich, mein Bestes zu tun.«

Sie berührt mich am Arm, diese Frau aus Grau, und setzt sich wieder in ihren Sessel. Vermutlich wird man sie eines Tages so finden. Eines Tages wird sie in diesem Sessel einschlafen und nicht wieder erwachen.

»Kannst du uns zum Flughafen bringen, Jenny?«

»Klar.«

Ich sehe James und Alan an. »Los, bringen wir die Sache zu einem Ende.«

KAPITEL 56 Wir sind auf halbem Weg nach Los Angeles, und ich telefoniere vom Flugzeug aus mit Leo.

»Im Ernst?«, fragt er.

Ich habe ihn gerade darüber informiert, was wir in jenem Haus in Concord herausgefunden haben.

»Ja, es ist so. Bereite alles für die Beantragung eines Durchsuchungsbefehls für seine Praxis und seine Wohnung vor. Mach alles fertig, und sobald wir angekommen sind, trage ich die Einzelheiten ein.«

»Verstanden.«

»Grab ein Foto von Hillstead aus. Anschließend möchte ich,

dass die Aufnahmen von den Sexpartys, die wir aus dem Netz gezogen haben, damit abgeglichen werden.«

»Wird erledigt.«

»Gut. Lass alle wissen, was passiert. Ich muss noch AD Jones anrufen. Wir werden in gut einer Stunde zurück sein.«

»Bis nachher, Boss.«

Ich lege auf und wähle die Nummer von AD Jones. Shirley meldet sich. »Ich muss sofort mit ihm reden, Shirley. Wo auch immer er gerade sein mag und was auch immer er gerade tut. Es ist dringend.«

Sie fragt nicht und widerspricht nicht. Shirley weiß, dass ich niemand bin, der bei jeder Kleinigkeit angerannt kommt. Kurz darauf ist AD Jones in der Leitung.

»Was ist passiert?«, will er wissen.

Ich erzähle die ganze Geschichte. Concord. Keith Hillstead. Der Keller und was wir dort gefunden haben. Ich beende meinen Bericht mit der Enthüllung über Peter Hillstead.

Betäubtes Schweigen. Dann muss ich das Telefon vom Ohr weghalten, weil er anfängt zu brüllen und zu schimpfen und zu fluchen.

»Also ist der wichtigste Therapeut für unsere Agenten in Los Angeles, der seit zehn Jahren für uns arbeitet …, ein Serienkiller? Ist es das, was Sie mir sagen?«

»Jawohl, Sir. Genau das ist es, was ich Ihnen sage.«

Ein Moment des Schweigens, dann: »Erzählen Sie mir, was Sie jetzt vorhaben.« Sein Ausbruch ist vorbei. Er hat sich wieder gefangen. – Es ist Zeit, sich ums Geschäft zu kümmern.

»Das SFPD übernimmt die Spurensicherung in Concord. Vielleicht finden sie ja sogar Peters Abdrücke in diesem Keller.«

»Fingerabdrücke? Nach fast dreißig Jahren?«

»Sicher. Es gibt einen Fall, bei dem nach mehr als vierzig Jahren Fingerabdrücke von porösem Papier genommen wurden. Außerdem habe ich Leo damit beauftragt, alles für die Beantragung eines Durchsuchungsbefehls vorzubereiten, der Hillsteads

Praxis und seine Wohnung umfasst. Ich werde den Antrag fertig ausfüllen, sobald wir gelandet sind. Haben wir erst den Durchsuchungsbefehl, möchte ich, dass wir ihn förmlich überrollen.«

»Was haben Sie mit Hillstead vor?«

Ich verstehe seine Frage. Wir verfügen noch nicht über die erforderlichen Beweise, um ihn zweifelsfrei zu überführen. »Ich werde ihn vorläufig festnehmen und verhören lassen, während wir seine Praxis und Wohnung durchsuchen.«

»Bringen Sie mir den Durchsuchungsbefehl, sobald Sie hier sind. Ich möchte ihn persönlich durchgehen.«

»Jawohl, Sir.«

Er legt auf. Ich sehe James und Alan an. »Es ist alles veranlasst. Jetzt müssen wir nur noch dieses verdammte Flugzeug dazu bringen, schneller zu fliegen.«

Nachdem die Maschine gelandet ist, rennen wir die Gangway hinunter und über das Rollfeld. Zehn Minuten später rasen wir über den Freeway No. 405. Ich rufe erneut Leo an.

»Wir sind im Wagen und gleich da. Hast du inzwischen alles für den Antrag vorbereitet?«

»Du musst nur noch ein paar Details eintragen.«

»Danke, Leo.«

Als wir vor dem FBI-Gebäude ankommen, klingelt mein Handy.

»Hallo?«, meldete ich mich.

»Ich grüße Sie, Agent Barrett.« Die Stimme ist klar und nicht verfremdet.

Ich bedeute allen mit einer Handbewegung, still zu sein.

»Hallo, Dr. Hillstead.«

»Bravo, Smoky, bravo. Ich muss schon sagen, ich habe mich gefragt, ob Renee Parker jemals zurückkehren würde, um mich zu verfolgen. Ich habe eines der Gebote gebrochen bei ihr – ich hatte Sie noch nicht gefunden und habe meine Arbeit trotzdem für die Öffentlichkeit sichtbar gemacht. Ich konnte einfach nicht anders. Ich dachte, nach fünfundzwanzig Jahren … na ja. So ist das eben. Und Street das Buch und das Medaillon zu geben, war wohl auch ein Fehler. Aber er hat mich *angebettelt* um etwas. Und er hatte wirklich ein Andenken verdient. Er war ein so gelehriger Schüler. Sehr enthusiastisch bei seiner Arbeit.« Hillstead kichert. »Selbstverständlich habe ich mit dem Gedanken gespielt, ihm den Mord an Renee in die Schuhe zu schieben. So weit ist es leider nicht gekommen. Schade. Auch gut.«

Seine Stimme klingt so, wie ich sie kenne, doch der Tonfall und die Art und Weise, wie er spricht, haben sich verändert. Aus ihm tönt eine widerliche Frivolität, eine Selbstgefälligkeit, wie ich sie in seiner Praxis nie bei ihm erlebt habe.

»Sie wissen es?«, frage ich ihn.

»Selbstverständlich weiß ich es. Schließlich habe ich soeben über Renee gesprochen, oder nicht? Es wäre ein wenig unbedacht von mir gewesen, wenn ich die Zweifel gehegt hätte, ohne mich auf diese Möglichkeit vorzubereiten. Natürlich ändert das die Spielregeln.«

»Wie das?«

»Nun ja, Sie kennen meine Identität jetzt. Sie wissen, wer ich bin. Das bedeutet das Ende für mich. Ich und meinesgleichen haben immer in den Schatten gelebt, Agent Barrett. Wir streben nicht zum Licht, noch gedeihen wir darin. Es ist wirklich schade, außerordentlich schade. Wissen Sie überhaupt, wie viele Jahre ich Zeit hatte, um dazusitzen und Ihren Kollegen beim Jammern zuzuhören, während ich nach meinem Abberline gesucht habe? Die endlosen Stunden, in denen ich tun musste, als wäre mir das Geheul nicht gleichgültig, und schlimmer noch, in denen ich diesen armen, zerbrochenen Würmern tatsächlich *helfen* musste, nur damit ich meine Suche fortsetzen konnte?« Er seufzt. »Und schließlich habe ich *Sie* gefunden. Vielleicht war meine Suche zu erfolgreich.«

»Es muss nicht so enden, Dr. Hillstead. Wir können Sie festnehmen.«

Er kichert. »Ich denke nicht, Smoky. Doch dazu kommen wir gleich. Zuerst muss ich Ihnen ein Geständnis machen. Sie erinnern sich an jene Nacht mit Joseph Sands, meine Liebe?«

Ich bin ganz ruhig. Seine Worte machen mich nicht wütend. »Sie wissen, dass ich mich erinnere, Peter.«

»Haben Sie je die Akte gelesen? Ganz, meine ich? Einschließlich der Anmerkungen darüber, wie er sich Zugang in Ihr Haus verschafft hat?«

»Ich habe sie gelesen. Bis auf den Ballistikbericht, den Sie entfernt haben, heißt das. Warum?«

Schweigen. Ich stelle mir vor, wie er grinst. »Erinnern Sie sich, ob es Hinweise auf ein gewaltsames Eindringen gegeben hat?«

Ich will ihm gerade sagen, dass ich genug habe davon. Dass er mich langweilt. Dass er endlich sagen soll, wo er sich befindet. Irgendetwas lässt mich innehalten. Ich denke über das nach, was er gesagt hat, und versuche mich an das zu erinnern, was ich gelesen habe.

Da fällt es mir wieder ein. »Es gab keine Hinweise auf ein gewaltsames Eindringen.«

»Genauso ist es, Smoky. Möchten Sie den Grund dafür wissen?«

Ich antworte nicht. Ich denke an Ronnie Barnes, an die Daten. Barnes starb am neunzehnten, und Sands hat meine Familie am neunzehnten ermordet.

»Es ist ganz offensichtlich, Smoky. Er hatte einen Schlüssel. Warum sollte er gewaltsam eindringen, wenn er einfach die Tür aufschließen konnte?« Hillstead lacht. »Dreimal dürfen Sie raten, wie Sands in den Besitz dieses Schlüssels gelangt ist.« Er macht eine abwartende Pause, bevor er weiterspricht. »Er hatte ihn von mir, liebste Smoky. *Von mir*.«

Ich sehe meine Reaktion in den Augen von Alan und James. Alan weicht einen Schritt von mir zurück und ist mit einem Mal sehr, sehr vorsichtig. Das überrascht mich nicht. Mein Blut wird durchflutet von einem übermächtigen Bedürfnis zu morden, das mir die Sprache raubt.

Mein Kopf ist erfüllt von einem lauten Brüllen, meine Augen brennen, und die in mir hochsteigende Wut ist die gleiche Wut, die ich ans Bett gefesselt gespürt habe, als Sands meinen Matt verstümmelt und ermordet hat.

Der Verlust von meinem Matt und meiner Alexa, den Lieben meines Lebens. Die Narben, die mein Gesicht und meinen Körper entstellen. Die Erinnerungen, die mein Herz zerreißen und fast meine Seele verkrüppelt hätten. Monate voller Alpträume. Monate des schreienden Erwachens. Ozeane voller Tränen. Begräbnisse, Grabsteine, der Geruch von Friedhofserde. Zigaretten und Verzweiflung und die Freundlichkeit von Fremden.

Dieses Ungeheuer, das am anderen Ende der Leitung vor sich hin grinst, hat eine Spur der Verwüstung und Vernichtung hinter sich hergezogen. Don Rawlings. Ich. Bonnie. Es hat unsere Hoffnung in der Hand zerkrümelt wie Brot, und es hat die Krumen an Kreaturen verfüttert, die durch die Dunkelheit kriechen. Es hat sich an unserem Schmerz gelabt wie ein leichenfressender Dämon an einem Grab.

Er ist nicht alles Böse auf der Welt, das weiß ich. Doch im Augenblick ist er die Quelle alles Bösen in meiner Welt. Er ist meine Vergewaltigung, Matts Schreien, der Ausdruck von Überraschung im Gesicht meiner Tochter, als meine Kugel sie tötete. Er ist die toten Babys in Dan Rawlings Träumen, er ist der grauenvolle Mord an meiner Jugendfreundin, er ist die Ursache, dass Callie im Hospital liegt, der Grund für die graue Erschöpfung seiner Mutter, die einsam verwelkt wie eine alte Rose.

»Wo sind Sie?«, fauche ich.

Ich kann sein Grinsen hören. »Ich schätze, ich hab einen wunden Punkt getroffen, wie? Gut.« Er zögert. »Es war Ihr letzter Test, Smoky. Nur wenn Sie Sands überleben konnten, waren Sie wirklich mein Abberline.« Seine Worte klingen beinahe freundlich.

Melancholisch.

»Wo sind Sie?«, wiederhole ich.

Er lacht auf. »Ich werde Ihnen gleich sagen, wo ich bin. Zuerst jedoch möchte ich Ihnen jemanden vorstellen. Sag guten Tag zu Agent Barrett.«

Ich höre, wie das Telefon am anderen Ende an jemandes Ohr gehalten wird. »S-Smoky?«

Ein Schock durchfährt mich wie ein elektrischer Schlag. Es ist Elaina.

Die Ereignisse haben sich derart überstürzt, dass wir Keenan und Shantz noch nicht ersetzt haben. Ich verfluche mich für diesen Fehler. Wie dumm, wie töricht, wie unendlich töricht!

»Ich habe sie hier bei mir, Smoky. Zusammen mit jemand anderem, noch ein wenig jünger. Jemandem, der nicht am Telefon reden kann, weil … nun ja, weil sie zurzeit überhaupt nicht redet.« Er lacht. »Ist das nicht ein Déjà-vu?«

Ich ertrinke. Ich bin umgeben von Luft, doch ich kann nicht atmen. Die Zeit bewegt sich im Rhythmus meines Herzschlags, ein langes, langsames Bumm-bumm nach dem anderen. Es ist nicht Angst, was ich empfinde, es ist Entsetzen. Ein seelenerdrückendes, eingeweidezerreißendes, hysterisches, hohles Entsetzen. Ich bin überrascht, dass meine Stimme ruhig klingt, als ich spreche.

»Wo sind Sie, Peter? Sagen Sie mir nur, wo Sie sind, und ich komme Sie holen.« Ich bitte ihn nicht, den beiden nichts zu tun. Ich würde ihm sowieso nicht glauben, selbst wenn er es verspräche.

»Hier sind die Regeln, Smoky. Ich bin in meinem Haus. Elaina ist nackt und an mein Bett gefesselt. Die kleine Bonnie kuschelt sich in meine Arme. Klingt das bekannt? Falls Sie nicht in fünfundzwanzig Minuten hier sind, werde ich Elaina töten, und zumindest für Bonnie werden die Dinge dann sehr bekannt ablaufen. Sollte ich irgendjemanden von der Polizei oder von den SWAT-Teams sehen oder auch nur den Verdacht hegen, dass sie da sind, töte ich alle beide. Sie können Ihr Team mitbringen, doch ansonsten ist es eine Sache zwischen Ihnen und mir, Smoky. Haben Sie verstanden?«

»Ja.«

»Gut. Die Uhr fängt an zu ticken – jetzt.«

Er legt auf.

»Was zur Hölle ist los?«, will Alan wissen.

Ich antworte nicht. Sehe Alan nur an. Seine Augen sind ernst, besorgt, bereit. Alan war immer bereit. Insbesondere, wenn es darum ging, sich als Freund zu erweisen. Ich spüre meinen eigenen Atem. Ein und aus. Ein und aus. Ein und aus.

Eine große, distanzierte Ruhe erfasst mich. Ich bin an einem Strand, allein, mit einer Muschel, die ich mir ans Ohr halte. In der Muschel rauscht das Meer. Ist das der Schock?, frage ich mich.

Ich denke nicht. Ich denke ganz und gar nicht, dass dies der Schock ist. Es ist Hillstead. Er bekommt endlich, was er die ganze Zeit wollte.

Mich – so, wie er selbst ist. Bereit, ohne Zögern zu morden, ohne Nachdenken, ohne Bedauern, ohne moralische Bedenken. Bereit zu töten, als wäre es das Einfachste auf der Welt. Wie Unkrautrupfen.

Ich lege Alan die Hände auf die Schultern, sehe zu ihm auf, blicke ihm in die Augen. »Hör zu, Alan. Ich muss dir etwas sagen, etwas sehr Schlimmes. Du musst dich zusammenreißen, hörst du? Ich werde mich darum kümmern.«

Er spricht nicht. Es steht alles in seinen Augen, das einsetzende Erschrecken, das einsetzende Begreifen.

»Er hat Elaina und Bonnie«, sage ich.

Meine Hände liegen immer noch auf seinen Schultern, und ich spüre, wie die mächtigen Muskeln sich verkrampfen, wie sein ganzer Leib einmal erschauert. Ein Ruck geht durch ihn hindurch. Sein Blick weicht dem meinen nicht eine Sekunde lang aus. »Er hat alle beide, und er will mich. Wir fahren jetzt zu ihm. Wenn wir dort sind, werden wir ihn töten, was auch immer es kostet, und sie retten.« Ich halte seine Schultern gepackt, grabe meine Finger geradezu in sie hinein. »Verstehst du, was ich sage, Alan? Ich werde mich darum kümmern.«

Er sieht mir unverwandt in die Augen. James beobachtet uns schweigend.

»Er wird sich das Leben nehmen und dich mit sich reißen«, sagt Alan schließlich.

Ich nicke. »Ich weiß. Ich schätze, ich muss schneller sein als er.«

Er greift nach oben, nimmt meine Hände. Hält sie für eine Sekunde. Mein Gott, er hat so riesige, harte Hände. Trotzdem ist seine Berührung sanft. »Sei schneller, Smoky.« Seine Stimme bricht.

Er lässt meine Hände los, tritt zurück. Zieht seine Waffe, überprüft das Magazin, setzt sich in Richtung Wagen in Bewegung.

»Fahren wir«, sagt er.

Er biegt sich, doch er bricht nicht.

Aber wir brechen ihn?, fragt der Drache in mir. *Wir zerquetschen ihn?*

Es ist eine rhetorische Frage, deswegen antworte ich nicht.

Auf dem Weg zu Hillsteads Haus rufe ich Tommy an.

»Beschattest du mich immer noch?«, frage ich.

»Klar.«

»Es hat sich etwas Neues ergeben.« Ich bringe ihn auf den neuesten Stand.

»Was soll ich tun?«

»Ich möchte, dass du zu seinem Haus fährst und dort wartest. Wenn du ihn allein nach draußen kommen siehst, dann ist er uns entwischt.«

»Und?«

»Und wenn das geschieht, möchte ich, dass du ihn ausschaltest.«

Eine lange Pause. Schließlich antwortet er auf die für ihn übliche Weise. »Wird gemacht.«

»Danke, Tommy.«

»Hey, Smoky. Lass dich nicht erschießen.« Er zögert. »Ich möchte immer noch herausfinden, ob das mit uns zu irgendetwas führt.« Dann legt er auf.

Wir steuern in die Auffahrt. Alles sieht normal aus. Nett und still, der Inbegriff einer Vorstadtidylle. Als ich den Motor abstelle, klingelt mein Mobiltelefon.

»Barrett.«

»Sie sind vor der Zeit eingetroffen, Smoky. Ich bin ja so stolz auf Sie! Nun werde ich Ihnen sagen, wie es funktioniert. Sie werden durch die Vordertür hereinkommen. Ihre Freunde werden draußen bleiben. Sollte irgendetwas anderes passieren, werde ich Elaina und die kleine Bonnie töten. Ist das klar?«

»Klar.«

»Dann kommen Sie jetzt rein!«

Die Verbindung bricht ab. Ich ziehe meine Pistole, überprüfe sie, lasse sie in der Hand. Mein dunkler, glatter, stählerner Todesengel. Ich kann beinahe hören, wie er summt.

»Ich gehe rein, ihr bleibt draußen. Das sind seine Regeln.«

»Ich will diesen Scheiß nicht hören!«, sagt Alan. Verzweiflung macht seine Stimme schrill.

Ich sehe ihn an. Sehe ihn *richtig* an. »Ich werde mich darum kümmern, Alan.« Ich lasse ihn meinen Drachen sehen, hören. Hebe die Waffe. »Ich schieße nicht vorbei.«

Er sieht mich an, betrachtet meine Pistole. Leckt sich die Lippen. Sein Gesicht ist grimmig entschlossen und hilflos, ein vergeblicher Widerstreit, und voll rasender Wut. Schließlich schluckt er und nickt. Ich sehe zu James hin. Auch James nickt.

Was soll ich sonst noch sagen? Ich wende mich von ihnen ab, die Ziehhand an der Seite, und gehe den Weg zu Hillsteads Haustür hinauf. Ich lege die linke Hand auf den Türknauf und drehe. Das Herz hämmert mir bis zum Hals, und das Blut rauscht durch meine Adern. Ich spüre Angst und Vorfreude zugleich. Ich betrete Hillsteads Haus und schließe die Tür hinter mir.

»Kommen Sie nach oben, meine liebe Smoky!«, höre ich Hillstead sagen. Seine Stimme kommt aus dem ersten Stock.

Ich steige langsam die Treppe hinauf. Über meinen Rücken rinnen Schweißperlen. Ich komme oben an.

»Hier herein, Agent Barrett!«

Ich gehe zum Schlafzimmer, die Pistole schussbereit erhoben. Was ich sehe, lässt mich erstarren vor Angst, und genau dazu ist es gedacht.

Elaina ist ans Bett gefesselt. Sie ist nackt, Hände und Füße sind gebunden. Übelkeit steigt in mir auf, als ich sehe, dass er bereits mit dem Messer an ihr zugange gewesen ist. Er hat ein »Vier gewinnt«-Spielbrett in die Haut ihres Bauches geschnitten. Er hat ihr eine weitere Schnittwunde oberhalb der Brüste zugefügt. Ich sehe Elaina in die Augen, und was ich dort erkenne, erfüllt mich mit Erleichterung. Sie hat Todesangst, aber sie ist noch immer trotzig. Was bedeutet, dass Hillstead noch nicht wirklich zur Sache gekommen ist. Er hat Elaina noch nicht gebrochen.

Peter sitzt am Fußende des Bettes, in einem gepolsterten Sessel. Bonnie sitzt auf seinem Schoß. Er hält ihr ein Messer an den Hals. Sie ist ebenfalls nicht gebrochen, doch in ihren Augen ist noch etwas, das ich in Elainas Augen nicht gesehen habe. Hass. Wenn Bonnie diesen Mann töten könnte, der ihre Mutter ermordet hat, so würde sie es tun, ohne mit der Wimper zu zucken.

»Ein Déjà-vu, finden Sie nicht, Agent Barrett? Sie werden bemerkt haben, dass ich Elainas Gesicht bis jetzt noch nicht angerührt habe.« Er kichert. »Ich fand es schön, verschiedene Elemente Ihrer eigenen Erlebnisse und Ihres Traumas hier mit einzubeziehen. Wir haben die Zerstörung von etwas Liebenswertem, Schönem – ein wiederkehrendes Problem, das Sie zu haben scheinen. Wir haben die Narben und die Entstellungen.

Und schließlich haben wir – das Beste von allem – Ihre Tochter Alexa, den menschlichen Schutzschild.«

Ich hebe die Pistole. Sofort zieht er Bonnies Kopf vor sein Gesicht. Die Messerspitze drückt fester zu, und an Bonnies Kehle bildet sich ein kleiner Blutstropfen.

»Wir wollen besser nichts überstürzen«, sagt er. »Hier, ich habe einen Sessel für Sie. Nehmen Sie Platz. Lassen Sie uns reden.« Sein Gesicht taucht hinter Bonnies Kopf auf, und er lächelt. »Es wird sein wie in den alten Zeiten.«

Zerquetsch ihn!, brüllt der Drache in mir.

Sei still, sage ich zu ihm. Ich muss mich konzentrieren.

Ich sehe mich um, erblicke den Sessel, auf den Hillstead deutet. Er ist ihm zugewandt, was sonst. Genau wie er gesagt hat – wie in alten Zeiten. Ich gehe hin und setze mich hinein.

»Möchten Sie mich vielleicht noch ein wenig mehr analysieren, Peter?«, frage ich.

Er lacht und schüttelt den Kopf. »Das haben wir hinter uns, Smoky, wir beide. Ich wüsste nicht, was ich Ihnen noch über Sie selbst erzählen könnte.«

»Was wollen Sie dann?«

Er blinzelt mir zu, spitzbübisch. Es ist ein scheußlicher Anblick angesichts der Umstände. »Ich möchte mit Ihnen reden, Smoky. Und ich möchte sehen, was dann passiert.«

Ich starre auf seine Knie. Ich könnte ihm die Knie zerschießen, alle beide, in einem Sekundenbruchteil. Waffe hoch, *pengpeng*, und ihm dann mit einem Kopfschuss den Rest geben. Nichts weiter als kurz ein- und ausatmen, Luft anhalten, dreimal abdrücken. Bye-bye, Peter.

Ich setze zur Bewegung an, noch während ich diesen Gedanken denke. Der Lauf der Waffe hebt sich, und ich *weiß*, dass sie richtig zielt, weiß es in meinen Eingeweiden. Ich weiß auf einer unbewussten Ebene, wie viel Druck ich auf den Abzug ausüben muss. Ich weiß, wie viele Zentimeter ich den Lauf nach dem ersten Schuss bewegen muss, um auch das zweite Knie zu treffen. All das ist geschieht auf einer unbewussten Ebene, alle Berechnungen, genau wie das Zielen.

Nur, dass es diesmal nicht so ist.

Weil die Hand, die den Kolben der Pistole hält ... *zittert*.

Und sie zittert nicht nur ein wenig, sie schüttelt sich förmlich.

Ich schließe die Augen und senke die Waffe wieder. Peter lacht auf.

»Smoky! Vielleicht habe ich Sie zu früh aus meiner Behandlung entlassen! Vielleicht müssen wir Sie noch ein wenig länger therapieren!«

Ich spüre Panik in mir aufsteigen. Sie reitet in einer langsamen, dunklen Welle heran, wie an einem nächtlichen Strand. Ich sehe in Bonnies Gesicht und merke verblüfft, dass sie mich direkt anstarrt. Ihre Augen sind voller Vertrauen.

Ich blinzle, und ihr Gesicht verschwimmt. Blinzle erneut, und sie wird zu Alexa.

Wütende Augen. Keine Spur von Vertrauen darin.

Alexa weiß es schließlich besser.

Meine Ohren füllen sich mit einem fernen Klingeln.

Klingeln? Nein ... ich neige den Kopf zur Seite, lausche. Es ist eine Stimme. Zu weit entfernt und zu schwach, um zu erkennen, wer da spricht.

»Smoky? Sind sie wach?«

Hillsteads Stimme lässt mich in die Gegenwart und zu Bonnie zurückkehren.

Mit Entsetzen bemerke ich, dass ich im Begriff stehe, den Verstand zu verlieren. Gleich hier an Ort und Stelle. Genau in dem Augenblick, in dem ich am meisten gebraucht werde.

Gütiger Gott.

Ich räuspere mich und zwinge mich zu sprechen. »Sie – Sie haben gesagt, Sie wollten reden. Also bitte – reden Sie.« Es klingt nicht überzeugend, doch wenigstens klingt es vernünftig.

Ich bin schweißgebadet.

Hillstead zögert. »Glauben Sie«, fängt er schließlich an, »glauben Sie, dass ich die Situation bedaure, in der ich mich jetzt befinde? Falls ja, dann irren Sie sich. Mein Vater hat mich gelehrt, an einem Standard festzuhalten. Eines seiner Lieblingssprichworte war: ›Es geht nicht darum, wie lange du lebst. Es geht darum, wie gut du getötet hast, während du am Leben warst.‹« Er blickt mich aus zusammengekniffenen Augen an. »Verstehen Sie? Getreu meinem Erbe, dem Beispiel des Schattenmanns folgend, geht es nicht allein darum, Huren zu töten oder das FBI zu verspotten. Es geht um ein … ein gewisses *Flair*. Es geht um die Wesensart des Mordes, nicht allein um die Handlung.« Seine Stimme klingt stolz. »Wir schneiden euch mit dem feinsten Silber auf und trinken euer Blut aus Designer-Kristallgläsern. Wir strangulieren euch mit Seide, während wir Anzüge von Armani tragen.« Er späht hinter Bonnie hervor. »Jeder Dummkopf kann morden. Meine Vorfahren und ich hingegen – wir schreiben *Geschichte*. Wir werden unsterblich.«

Schinde Zeit heraus, denke ich. Weil ich diese schwache Stimme erneut in meinem Kopf höre. Und ich weiß – *ich weiß* –, dass, was auch immer sie mir mitteilt, wichtig ist.

»Sie haben keine Kinder«, sage ich. »Also endet es mit Ihnen, Peter. So viel zur Unsterblichkeit.«

Er zuckt die Schultern. »Meine Gene werden erneut auftauchen. Wer sagt denn, dass er seinen Samen nicht auch an anderen Stellen ausgestreut hat? Wer sagt denn, dass ich es nicht getan hätte?« Er lächelt. »Ich war nicht der Erste, und ich bezweifle, dass ich der Letzte sein werde. Unsere Art wird überleben.«

Ein furchtbarer Gedanke durchzuckt mich. Ist es möglich, dass ich Bonnie gar nicht retten *will*? Dass ein Teil von mir denkt, dass dies Alexa gegenüber nicht fair wäre?

Meine Hand zittert in meinem Schoß, verkrampft sich zuckend um den Kolben der Pistole.

Ich starre Hillstead an. »Art? Was für eine Art?«

»Die ursprünglichen Jäger. Die Raubtiere auf zwei Beinen.«

»Ah, richtig. Dieser Schwachsinn.«

Mir stockt der Atem, als seine Knöchel um das Messer an Bonnies Kehle weiß werden. Doch dann entspannt er sich wieder und kichert.

»Das Entscheidende bei alledem, liebste Smoky, ist Folgendes: Es spielt keine Rolle, dass Sie mich geschnappt haben. Am Ende bin ich mir treu geblieben. Das ist alles, was zählt. Ich bin mir sehr viel treuer geblieben als mein Vater sich selbst – er hat seinen Abberline nie gefunden. Und meine Jünger?« Ich sehe einen sich herausputzenden Pfau vor mir. Voller Selbstzufriedenheit. »Das ist definitiv etwas absolut Originelles.« Er späht erneut zu mir. »Außerdem möchte ich Ihnen ein Angebot machen, Smoky. Ein wenig Spaß zum Abschied, sozusagen.«

Zum ersten Mal, seit meine Waffenhand angefangen hat zu zittern, verstummt die Stimme in meinem Kopf. Angstvolle Unruhe beschleicht mich. »Was für ein Angebot?«

»Ein paar Narben für ein Leben, Smoky. Ich möchte mein Zeichen an Ihnen hinterlassen und Ihnen dafür etwas als Gegenleistung geben.«

»Wovon zur Hölle reden Sie?«

»Wenn ich zu Ihnen sagen würde: Nehmen Sie Ihre Waffe, und erschießen Sie sich, dann lasse ich Bonnie und Elaina gehen – würden Sie mir glauben?«

»Selbstverständlich nicht.«

»Selbstverständlich nicht. Aber wenn ich zu Ihnen sagen würde: Nehmen Sie ein Messer, und zerschneiden Sie sich das Gesicht, dann lasse ich Elaina gehen …?«

Meine Unruhe wächst. Ich fange wieder an zu schwitzen.

»Ahhhh … Sehen Sie? Das ist das Lustige bei solchen Dingen, Smoky. Sie *müssen* darüber nachdenken, nicht wahr?« Er lacht auf. »Die vielen Möglichkeiten. Wenn Sie nichts tun, wenn wir so weitermachen wie bisher, dann gelingt es Ihnen vielleicht, die beiden zu befreien, oder vielleicht sterben beide. Wenn Sie mitmachen und sich das Gesicht zerschneiden, dann besteht die Möglichkeit, dass ich lüge und wir trotzdem so weitermachen wie bisher … Andererseits müssten Sie sich ja nur zerschneiden, nicht gleich umbringen. Das ist schließlich nicht gleich tot, stimmt's? Oder Sie zerschneiden sich, und ich lasse Elaina tatsächlich gehen. Allein schon die Chance, dass das geschehen könnte, bedeutet, dass mein zweiter Vorschlag eine Überlegung wert ist. Schlimmer noch – zumindest für Sie – wäre folgende Möglichkeit: Es ist vorstellbar, dass ich die Wahrheit sage und Elaina freilasse, aber nur im Austausch gegen das Vergnügen, Ihnen dabei zuzusehen, wie Sie sich weiter verstümmeln, nicht wahr? Insbesondere, wenn ich dieses hübsche kleine Ding hier als Schutzschild bei mir behalte.«

Ich habe nach wie vor nicht geantwortet. Die Unruhe hat sich in Übelkeit verwandelt, und in meinem Magen brodelt es. Er hat nicht Unrecht. Ich sollte darüber nachdenken.

Hillstead hat ein furchtbares Angebot gemacht, doch es wäre erträglich. Wie bei jedem Spiel, könnte ich verlieren, aber der Preis, wenn ich gewinne … Ist er es wert, die Würfel fallen zu lassen?

Wahrscheinlich, ja.

Nein, nein, nein!, schreit der Drache. *Zerschmettere ihn! Töte ihn!*

Halt den Mund, sage ich.

Die andere Stimme schweigt weiterhin. Sie ist da, wartet ab, schweigt. Schweigt und wartet.

»Ist das ein Angebot, Peter?«, frage ich.

»Selbstverständlich ist es das! Zwischen dem Polster und der Armlehne Ihres Sessels finden Sie ein Messer.«

Ich lege die Pistole in meinen Schoß, taste mit den Fingern in den Spalt zwischen Polster und Lehne. Ich kann es spüren. Kalter Stahl. Ich taste weiter, bis ich den Griff gefunden habe, und ziehe es hervor.

»Sehen Sie es sich an.«

Ich tue es. Es ist ein Jagdmesser. Geschaffen, um Fleisch zu zerschneiden.

»Narben«, murmelt Hillstead. »Erinnerungen ... wie Jahresringe an einem Baum. Markierungen, die zeigen, wie die Zeit vergeht.« Er schielt mit einem Auge hinter Bonnies Kopf hervor und fixiert mich. Ich sehe, wie das Auge sich bewegt, kann beinahe seine Berührung auf meinem Gesicht spüren. Wie weiche Hände, die über meine Narben streicheln. Fast liebevoll, wie ich bemerke. »Ich möchte Ihnen mein Zeichen aufprägen, mein Abberline. Ich möchte, dass Sie mich sehen, wenn Sie in den Spiegel blicken. Für immer.«

»Und wenn ich es tue?«

»Dann dürfen Sie dieses Messer benutzen, um Elaina von ihren Fesseln zu befreien. Was auch sonst geschehen mag, sie darf gehen. Sie darf das Haus lebend verlassen.«

Elaina versucht durch ihren Knebel zu reden. Ich sehe sie an. Sie schüttelt den Kopf. *Nein!*, sagen ihre Augen. *Nein, nein, nein ...*

Ich betrachte das Messer. Denke an mein Gesicht, an die Landkarte aus Schmerz, zu der es geworden ist. Es erinnert mich an den Verlust von allem. Das ist es, woran mich meine Narben erinnern. Vielleicht wird die Narbe, die er jetzt will, eine Erinnerung daran sein, Elaina gerettet zu haben. Vielleicht wird es nur eine weitere Narbe. Vielleicht werden wir aber auch alle hier sterben, und ich werde mit einer unverheilten Wunde begraben.

Vielleicht sollte ich die Pistole nehmen und sie mir an den Kopf setzen. Den Abzug durchdrücken. Würde meine Hand dann zittern? Wenn ich mich selbst erschieße?

Die Welt dreht sich, Bonnie wird zu Alexa, Alexa wird zu Bonnie, und in meinem Kopf tosen Ozeane. Ich bin zugleich voll innerem Frieden und voller namenlosem Grauen.

Ich verliere den Verstand, das ist es. Kein Zweifel.

Ich wende mich von Elaina ab.

»Wo?«, frage ich Hillstead.

Das spionierende Auge hinter Bonnie weitet sich. Ich sehe, wie sich die Haut ringsum zusammenzieht. Er grinst.

»Eine einfache Bitte, meine liebe Smoky. Wir nehmen die Seite, auf der noch keine Narben sind. Für mich sind Sie auf der einen Seite die Schöne, auf der anderen Seite das Biest. Also nehmen wir die linke Seite. Ein einzelner Schnitt, beginnend unter dem Auge bis hinunter zu Ihrem wunderschönen Mund. Zum Mundwinkel.«

»Und wenn ich es tue, lassen Sie mich Elaina losschneiden?«

»Das habe ich gesagt.« Er zuckt die Schultern. »Ich könnte natürlich lügen.«

Ich zögere, dann nehme ich das Messer hoch. Es stand nie in Frage – warum also zögern?

Was du heute kannst besorgen, das verschiebe nicht auf morgen, kichert das Irre in mir. *Schneid dir jetzt die Fresse auf, und wir legen gratis einen Easy-Bake Backofen dazu. Ganz ohne Extrakosten!*

Ich presse die Spitze der Klinge unter mein linkes Auge, spüre die Kälte des Stahls. Eigenartig, denke ich. Nichts fühlt sich so kalt, so gefühllos an wie ein Messer, dessen Klinge deine Haut berührt. Ein Messer ist der ultimative Soldat. Es befolgt jeden Befehl, und es ist ihm vollkommen egal, wo es angesetzt wird, solange es *schneiden* darf.

»Ich möchte, dass Sie einen tiefen Schnitt machen«, sagt Hillstead. »Ich will den Knochen sehen, wenn Sie fertig sind.«

Joseph Sands wollte, dass ich sein Gesicht berühre. Peter Hillstead will, dass ich mein eigenes Gesicht berühre, und das tue ich in diesem Augenblick. Entschlossen, und schnell. Ein tiefer, langer Schnitt. Der Schmerz ist exquisit. Die Klinge ist rasiermesserscharf, sie schneidet beinahe gelangweilt durch meine Haut, mit einem Gähnen, ohne jede Mühe. Die Linie ist lang, und das Blut quillt hervor, Mengen von Blut, die mir über das Gesicht strömen. Ein Blutschwall ergießt sich über meine Lippen. Ich schmecke es, wie edlen Wein.

Der Drache schreit.

Hillstead ist gefesselt von meinem Anblick. Das eine Auge, das ich sehen kann, ist weit aufgerissen. Er trinkt den Anblick in sich hinein, füttert seine Bedürfnisse.

Ich lasse ihm einen Moment, um es zu genießen.

Dann richte ich das Messer auf ihn. »Und? Kann ich Elaina jetzt losschneiden?«

Sein Auge ist immer noch geweitet. Blut tropft mir über das Kinn, und das Auge folgt seiner Bahn.

»... so wunderschön ...«, haucht er.

Tropf, tropf, tropf. Er ist fasziniert von meinem Blut.

»Peter?«, frage ich. Das Auge reißt sich zögernd von dem Anblick los. »Kann ich sie jetzt losschneiden?«

Fältchen. Er grinst wieder. »Nun ...«, sagt er, zieht seine Antwort in die Länge. »Nein. Nein, ich denke nicht. Nein.«

In mir kämpfen Verzweiflung und Verachtung um die Oberhand. »Wie nicht anders zu erwarten«, schnaube ich. »Wären Sie der echte Ripper, würden Sie Elaina jetzt gehen lassen. Es nicht zu tun – genau das habe ich von Ihnen erwartet.«

Er zuckt die Schultern. »Ich kann's schließlich nicht jedem recht machen.«

»Sie können es immerhin mir recht machen.«

»Wie?«

»Indem Sie sterben, Peter. Einfach, indem Sie sterben.«

Stolze Worte, denke ich. Doch ich habe noch immer Angst, meine Waffe zu ergreifen.

Er lacht auf. »Sicher, Smoky, sicher. Jetzt kommen wir endlich zur Sache.« Eine Hand packt Bonnie im Nacken. Die andere hält das Messer, presst es an ihre Kehle. »Sie haben mir gegeben, was ich wollte. Es wird Zeit, das hier zu beenden.«

Ich lasse das Messer fallen. Sein Blick folgt der Klinge, die auf den Boden klappert.

Ich folge ihr ebenfalls, fasziniert von dem nassen Glanz meines Blutes an der so unglaublich scharfen Schneide.

Ich blinzle. Neige den Kopf. Lausche der Stimme, die plötzlich wieder zurück ist, viel näher als vorhin.

Ich sehe Hillstead nicht an, als ich antworte. »Wie soll es enden, Peter?«

»Es gibt nur zwei Möglichkeiten, Smoky, wie es enden kann, nicht wahr? Auf die eine oder die andere Weise.«

Ich sehe ihn an. Ich existiere auf zwei Ebenen zugleich. Ein Teil von mir sieht Hillstead an, lauscht seinen Worten, reagiert auf sie. Der andere Teil strengt sich an, strengt sich an, strengt sich an, um die Stimme zu verstehen.

Die Haut um das Auge legt sich in Fältchen.

»Ich werde Bonnie die Kehle durchschneiden, Smoky. Ich zähle bis zehn, und dann werde ich ihr den Hals aufschlitzen, von einem Ohr zum anderen, ihr ein breites, blutiges, weinendes Grinsen schenken. Es sei denn, versteht sich, dass Sie mich vorher töten.« Das Messer winkt. »Was auch immer geschieht, ich bin sicher, dass Sie mich letzten Endes erschießen und ich sterben werde. Also – auf die eine Weise: Sie erschießen mich, bevor ich bis zehn gekommen bin, und Bonnie lebt. Oder die andere …« Er sieht auf meine Schusshand. »Es ist wieder genauso wie bei Alexa. Bonnie stirbt, und Sie haben eine weitere Tochter verloren. Sie töten mich dann zwar immer noch, aber es ist zu spät … viel zu spät.«

Endlich kann ich die Stimme hören.

Mami.

»Sie müssen nichts weiter tun, liebste Smoky …« Sein Kopf erscheint. Er grinst mich an. »… Sie müssen nichts weiter tun, als sich ein letztes Mal von mir helfen zu lassen.«

Hör mir zu, Mami. Du kannst es schaffen. Es ist okay.

Ich werde innerlich ganz leer. Ganz still, still, still.

»Fick dich.«

»Wohl kaum.« Hillsteads Grinsen wird noch breiter. »Glauben Sie nicht, dass ich Spaß mache, Smoky. Sie haben zehn Sekunden, bevor ich sie töte. Ich werde mein Messer nehmen und ihr den hübschen Hals aufschlitzen. Sie hat nur dann eine Chance, wenn Sie vorher schießen. Natürlich könnten Sie vorbeischießen und sie treffen, genau wie Sie es bei Alexa getan haben. Sie könnten ein weiteres Kind mit Ihrer Pistole töten.«

Blut tropft von meinem Gesicht. Bonnies Augen füllen meinen Verstand aus.

Aber es ist Alexa, die meine Seele ausfüllt.

Alles Schöne an ihr steigt in meiner Erinnerung hoch. Alles auf einmal. Jeder Moment, in dem ich ihr Lächeln gesehen, in dem ich sie an mich gedrückt und ihr Haar gerochen habe. Jede Träne, die ich weggewischt habe, jeder Kuss, den sie mir gegeben hat. In letzter Zeit sind viele Erinnerungen an meine Tochter zurückgekehrt, zugegeben, doch diese hier sind zehntausendmal lebendiger. Zehn Millionen mal stärker.

Alles verloren. Für immer.

»Nun *machen Sie schon*, Special Agent Barrett! Ich fange jetzt an zu zählen. Zehn Sekunden!«

Ich schwimme in einem Ozean voll Tränen, und er hat keinen Horizont.

Also lautet die Frage, wieder einmal: Wird meine Hand zittern, wenn ich die Waffe gegen mich selbst richte? Ich könnte es auf diese Weise beenden. Schnell und einfach.

Ein Ende aller Erinnerungen. Das ist es, was ich mehr will als alles andere. Meine Vergangenheit vergessen.

»Sie waren mein Inspector Abberline, Smoky. Sie sollten glücklich sein. Sie sind die Beste der Besten. Niemand hat einen von uns je geschnappt, nicht seit den Tagen unseres großen Vorfahren. Ich muss sagen, Ihr Manöver mit dem Fleisch im Glas war großartig. Eine offensichtliche Lüge, doch ich gestehe … Sie haben mich wütend gemacht. Dass Sie Robert geschnappt haben – nun ja, er war nachlässig, deswegen war das kein Geniestreich von Ihnen. Aber Sie sind talentiert, liebste Smoky. Unglaublich talentiert.«

Ich verstehe kaum, was er sagt. In meinen Ohren herrscht

ein Tosen, das die Welt zu verschlingen droht. Ich bin es selbst, ich hämmere mit den Fäusten gegen mich, bis sie bluten. Ich schreie, ohne je wieder aufhören zu wollen. Ich heule und fluche und sterbe und …

Mami!

Das Tosen endet.

Stille.

Ich sehe sie aus den Augenwinkeln, doch ich kann sie nicht ansehen. Nein.

Ich schäme mich zu sehr.

Es ist okay, Mami. Es ist okay. Du musst dich nur an etwas Wichtiges erinnern.

Was? Dass ich dich enttäuscht habe? Dass ich dich getötet habe? Dass ich weiterlebe und du nicht? Und dass – am schlimmsten von allem – das Leben weitergeht?

Scham erfüllt mich, ergreift Besitz von jedem Teil von mir. Gräbt sich tief in mein Innerstes. Ein Schmerz, ein absoluter, unendlicher Schmerz.

Da wären wir also, denke ich. Das ist das Ende. Der Ort, an dem ich endgültig verliere. Ins Nichts abtauche.

Ich beginne ohnmächtig zu werden.

Bevor ich ganz weg bin, lächelt Alexa mir zu.

Es ist eine strahlende Sonne. Ein goldener Moloch aus Licht.

Nein, Mami. Erinnere dich. Erinnere dich an die Liebe.

Es ist, als hätte jemand den »Pause«-Knopf gedrückt. All die Scham, all der Schmerz enden. Halten an.

Reglosigkeit.

Ein Stück Zeit vergeht, und ich sehe zu, wie es verstreicht. Bumm, macht mein Herz, und dann Bumm, beendet es den Schlag.

Dort steht sie, direkt vor mir. Alexa. Nicht länger ein undeutlicher, verschwommener Schatten, kein kurzer Moment in einem Traum.

Meine wunderschöne Alexa. Strahlend.

»Hi Mami«, sagt sie.

»Hi Baby«, flüstere ich.

Ich weiß, dass sie nicht wirklich da ist. Ich weiß aber auch, dass sie so präsent ist, wie sie nur sein kann.

»Du musst dich entscheiden, Mami«, sagt sie mit sanfter Stimme. »Ein für alle Mal.«

»Was meinst du damit, Liebes?«

Sie beugt sich vor, nimmt meine Hände in die ihren. Ihre Zärtlichkeit geht auf mich über, schlägt über mir zusammen. Es ist so wunderschön, dass ich mich winde.

»Zu *leben.*«

Die Wahrheit kommt – meiner Erfahrung nach – ohne Fanfaren daher, sie kommt in einem einzigen Moment, und sie ändert alles, für immer. Die Wahrheit ist stets einfach.

Mit dieser Wahrheit verhält es sich nicht anders.

Die Wahl zwischen Leben oder Tod ist die Wahl zwischen Alexa und Hillstead.

Zwischen Matt und Sands.

Alexa lächelt, nickt ... und verschwindet.

Und genauso schnell, von einem Herzschlag zum anderen, bin ich wieder klar im Kopf. Mein Wahnsinn fällt von mir ab, und die Wahrheit bleibt.

Die Zeit setzt sich wieder in Bewegung.

Hillstead plappert noch immer vor sich hin, doch ich kann seine Worte nicht verstehen. Ich fühle mich, als wäre ich unter einer Glocke aus Stille. In einer Welt, in der sich alles mit seiner normalen Geschwindigkeit bewegt, während meine eigenen Gedanken dahinträumen. Wie Tai-Chi am Grund eines Swimmingpools.

Bonnie hat mich nicht eine Sekunde aus den Augen gelassen, seit ich das Zimmer betreten habe. Voller Angst, und zugleich voller Vertrauen. Jetzt sehe ich sie an, jetzt, nachdem ich wieder klar im Kopf bin. Jetzt sehe ich sie wirklich.

Sie ist wunderschön, Mami.

»Ja, das ist sie, Liebes«, murmele ich.

Hillsteads Augen ziehen sich zusammen. Diesmal kann ich ihn hören. »Mit wem reden Sie da, liebste Smoky? Verlieren Sie den Verstand? Besser, wenn Sie sich jetzt zusammenreißen. Nur noch drei Sekunden, bis die süße Bonnie anfängt zu grinsen – unter dem Kinn.«

Der Schuss, den ich abgeben muss, um sie zu retten, ist schwierig. Ungefähr ein Viertel von Hillsteads Kopf ist zu sehen. Der Rest versteckt sich hinter Bonnie.

Ich fange an zu berechnen, und Modelle und Möglichkeiten surren durch meinen Kopf. Langsam zuerst, dann schneller, immer schneller.

Der Drache spürt, dass seine Zeit gekommen ist, und er schnurrt vor Behagen.

Erneut höre ich die Stimme von Alexa, und sie schmiegt sich in den Rhythmus des Schnurrens wie Wind in einen schweren Regen. »Keine Angst, Mami. Verlass dich auf dein Gefühl. Es steckt in dir, und du musst auf dich selbst vertrauen.«

»Ich weiß nicht, Alexa«, antworte ich. »Fünf Zentimeter, höchstens. Eher vier. Ich weiß es einfach nicht. Ich könnte sie treffen.«

Ich spüre, wie sie von hinten ihre Geisterarme um mich schlingt. Eine Hand geht nach oben, zu meinem Herzen. »Es ist in dir, Mami. Du hast aufgehört, darauf zu vertrauen, aber Bonnie braucht dich jetzt. Und es ist nicht schlimm für mich, dass du sie brauchst. Du hast mir diese Frage in deinem Traum gestellt, doch du bist aufgewacht, bevor ich dir eine Antwort geben konnte. Liebe sie, Mami. Bitte. Es ist nicht schlimm.« Alexas Gesicht taucht in meinem Kopf auf: Matts braune Augen, sein Schelmenlächeln, seine Grübchen. Ich habe keine Angst, sie anzusehen, diesmal nicht. Sie löst ihre Umarmung, und ich spüre, wie sie sich hinter mir zurückzieht. Bevor sie geht, flüstert sie mir ein letztes Mal zu: »Verstehst du denn nicht, Mami? Du bist nicht vollkommen. Tu, was du fühlst. Das ist das Beste, was du geben kannst. Und dein Bestes ist alles, was je irgendjemand von dir verlangen könnte.«

Der Drache faucht, das Rauschen verwandelt sich in ein

Tosen, das sich in mir aufbäumt, mich immer weiter ausfüllt, und dann …

Meine Hand hört auf zu zittern.

Ich hebe die Waffe und drücke den Abzug, ohne bewusst darüber nachzudenken.

Ich höre das Knallen des Schusses nicht. Es läuft alles vor mir ab wie in einem Stummfilm, rein visuell. Ich sehe, wie Bonnies Gesicht nach hinten ruckt, als Hillsteads Kopf explodiert, wie das Messer aus seiner Hand fällt, und ich weiß, dass ich sie zusammen mit ihm getötet habe.

Ich spüre, wie ein Schrei in meiner Kehle aufsteigt. Meine Hände fahren nach oben zu meinem Kopf.

Und dann – dann kommt Bonnie auf mich zu, hoppelt mir mit ihren gefesselten Füßen entgegen. Sie wendet mir die linke Wange zu, und ich sehe Hillstead am Boden, ein Einschussloch im Auge.

Ich begreife. Der Schuss ist gelungen.

Es war äußerst knapp. Die Kugel hat Bonnie an der Wange gestreift, doch sie hat ihr Ziel getroffen. Bonnie ist gerettet. Hillstead ist tot.

Meine Hand zittert, als ich die Waffe einstecke. James und Alan kommen die Treppe hochgestürmt, gefolgt von Tommy. Alan stürzt zu Elaina und befreit sie von ihren Fesseln, hüllt sie in eine Decke, während James und Tommy auf mich und Bonnie einreden und fragen, ob ich verletzt bin.

Ich antworte nicht. Ich sehe schweigend auf ihn hinab.

Der Mann, der Sands den Zugang zu meinem Haus ermöglicht hat, der verantwortlich ist für den Tod meiner Familie und die Narben in meinem Gesicht, liegt tot am Boden. Ich denke an die Woge aus Zerstörung, die er hinter sich hergezogen hat.

Am Ende hat er bewiesen, was er immer gesagt hat. Der Tod ist nur einen Schritt entfernt.

Andererseits – das Gleiche gilt für das Leben und all seine Verfechter.

KAPITEL 57 Callie hat drei Leute eingeladen für diesen Moment. Marilyn, Elaina und mich. Bonnie ist sowieso dabei, was Callie recht zu sein scheint.

Zwei Tage nach dem Tod von Peter Hillstead ist Callie aus ihrem Koma erwacht. Seither sind zwei weitere Tage vergangen, und der Arzt will testen, ob sie noch ein Gefühl in ihren Beinen und Füßen hat und sie bewegen kann. Callie gibt sich die größte Mühe, es zu verbergen, doch ich sehe ihr an, dass sie entsetzliche Angst hat.

Sie sieht furchtbar aus. Blass. Müde. Aber sie ist am Leben.

Jetzt werden wir herausfinden, ob sie irgendwann wieder laufen kann.

Der Arzt hält ein Instrument aus Edelstahl, das jeder schon einmal gesehen hat und niemand benennen kann, in der Hand. Er macht Anstalten, mit dem Sporn am Ende des Griffs über Callies Fußsohlen zu fahren, und blickt Callie fragend an. »Sind Sie bereit?«

Elaina greift ihre Hand auf einer Seite des Bettes, ich nehme ihre Hand auf der anderen. Marilyn steht links von Elaina. Bonnie sieht den Arzt an, und auf ihrem Gesicht steht Sorge.

»Na los, kitzeln Sie mich, Zuckerschnäuzchen.«

Er fährt mit dem Sporn über ihre linke Fußsohle. Sieht sie fragend an. »Haben Sie das gespürt?«

Ihre Augen weiten sich angstvoll. Ihre Stimme ist ganz leise. »Nein.«

»Keine Panik«, versucht er sie zu beruhigen. Ich spüre, dass es nicht funktioniert, weil ihre Hand die meine zu zerquetschen droht. »Probieren wir den anderen Fuß.« Er fährt mit dem Sporn über die Sohle. Wir warten …

Und dann ein Zucken. Der große Zeh bewegt sich. Callie hält den Atem an.

»Haben Sie das gespürt?«, fragt der Arzt erneut.

»Ich bin mir nicht sicher …«

»Das macht nichts. Dass sich der große Zeh bewegt hat, ist

ein sehr gutes Zeichen. Probieren wir es erneut.« Er streicht einmal mehr mit dem Sporn über ihre Fußsohle. Diesmal zuckt der Zeh sofort.

»Ich ... ich habe es gespürt!«, ruft Callie. »Nicht viel – aber ich hab's gespürt!«

»Das ist sehr, sehr gut, Callie. Ganz ausgezeichnet«, sagt der Arzt aufmunternd. »Und jetzt möchte ich, dass Sie etwas anderes für mich ausprobieren. Ich möchte, dass Sie versuchen, diesen Zeh zu bewegen – den Zeh, der gezuckt hat.«

Callies Hände schwitzen. Ich spüre ein beinahe unmerkliches Zittern.

»Los, versuch's«, gurrt Elaina. »Probier's aus. Ich weiß, dass du es schaffen kannst.«

Callie starrt auf ihren großen Zeh, und sie konzentriert sich mit einer Intensität, die kaum ein olympischer Springer aufzubringen vermöchte. Ich spüre ihre mentale Anstrengung geradezu körperlich.

Der Zeh bewegt sich.

»Ich hab etwas gespürt!«, schreit Callie aufgeregt. »Ich hab meinen Zeh gespürt!«

Der Arzt lächelt. Es ist ein breites, zufriedenes Lächeln. Keiner von uns hat sich bisher erlaubt, erleichtert durchzuatmen, doch ich spüre, dass die Chancen steigen. Wir müssen die Worte aus seinem Mund hören.

»Ja«, meint er schließlich. »Das ist gut. Das ist sogar ganz ausgezeichnet. Die Wahrscheinlichkeit, dass Sie eine Behinderung zurückbehalten, ist äußerst gering. Und wenn, dann ließe sich das vermutlich mit einer Physiotherapie beheben. Also machen Sie sich keine Sorgen, wenn Sie anfänglich mit Schwierigkeiten zu kämpfen haben. Dann müssten wir lediglich Ihren Körper neu trainieren, damit er die vom Gehirn an die Beine ausgesendeten Signale wieder zu verarbeiten lernt.« Nach einer kurzen Pause setzt er hinzu: »Ich glaube kaum, dass Sie eine Lähmung zurückbehalten werden.«

Callies Kopf sinkt auf das Kissen zurück, und sie schließt die Augen. Der Raum ist erfüllt von laut gemurmelten Stoßseufzern. Es ist ein Hurrikan der Erleichterung.

Dann verstummen wir alle. Weil wir ein Weinen hören.

Es ist das Geräusch von etwas Schrecklichem, Furchtbarem, Verkrüppeltem, das endlich nach draußen dringt, voller Qual. Wir drehen uns alle nach der Quelle dieses Geräusches um.

Es ist die kleine Bonnie.

Sie lehnt an der Tür von Callies Zimmer, das Gesicht hochrot. Tränen schießen ihr aus den Augen, und sie hat die Faust gegen den Mund gepresst in dem Versuch, einen Vulkan aus Trauer zurückzuhalten, der nach Freisetzung verlangt.

Diese Eruption macht mich sprachlos. Ich fühle mich, als hätte jemand mein Herz mit einer Rasierklinge zerteilt.

Von uns allen ist Bonnie diejenige, die am meisten um Callie gefürchtet hat, und diese Tatsache macht ihre Trauer umso überwältigender. Das, und mein Begreifen. Wäre Callie gelähmt geblieben, hätte er in Bonnies Augen doch noch gewonnen. Sie weint um ihre Mutter, um mich, um Elaina, um Callie und um sich selbst.

Callies Stimme durchdringt den Raum, ein sanfter Pfeil. »Komm her, Zuckerschnäuzchen«, sagt sie mit einer Zärtlichkeit, die mir die Knie weich werden lässt.

Bonnie stürzt zu ihr ans Bett. Sie nimmt Callies Hand, schließt die Augen und weint gegen diese Hand, während sie die Wange an den Knöcheln reibt, wieder und immer wieder. Sie ist unendlich froh, dass Callie lebt, und sie weint um den Verlust ihrer eigenen Welt, alles zur gleichen Zeit.

Callie murmelt auf sie ein, flüsternd, während wir anderen betroffen schweigen.

Callie hat mich gebeten zu bleiben, nachdem die anderen gegangen sind, nur für ein paar Minuten.

»Und?«, fragt sie nach einer Weile. »Ich nehme an, dass

inzwischen so ziemlich *jeder* über mich und Marilyn Bescheid weiß?«

Ich grinse. »So ziemlich, ja.«

Sie seufzt, doch es klingt nicht nach einem Seufzer des Bedauerns. »Na ja, meinetwegen.« Sie zögert für einen Moment. »Marilyn liebt mich, wusstest du das?«

»Ich weiß.«

»Aber das ist nicht der Grund, warum ich dich gebeten habe zu bleiben«, sagt sie.

»Nicht? Warum dann?«

»Es gibt etwas, das ich jetzt tun muss, und ... na ja, ich bin noch nicht so weit, es bei Marilyn zu tun. Vielleicht niemals.«

Ich sehe sie verwirrt an. »Was denn?«

Sie bedeutet mir, näher zu kommen. Ich setze mich auf ihre Bettkante. »Komm noch ein wenig näher.«

Ich gehorche. Sie streckt die Hände nach mir aus und fasst mich sanft bei den Armen, zieht mich noch näher heran, bis sie mich umarmt.

Ich brauche einen Moment, bis ich begreife, und als ich es tue, schließe ich die Augen und halte sie ganz fest.

Sie schluchzt. Still und ohne Worte, aus ganzem Herzen.

Also halte ich sie fest und lasse sie weinen. Diesmal bin ich nicht traurig. Dies sind keine Tränen der Trauer.

KAPITEL 58

Es ist fünf Uhr, und James und ich sind die beiden Letzten im Büro. Es ist ein seltener Augenblick. All die Monster sind schlafen gegangen, für jetzt. Wir können pünktlich Feierabend machen, und ich habe vor, das auszunutzen.

Ich sehe, wie mein Bericht aus dem Drucker kommt. Die letzte Seite kommt heraus, und dieses Blatt symbolisiert das Ende des Jack-Junior-Falles mit alldem Blut und dem Elend und den Leben, die auf grausame Weise ausgelöscht wurden.

Aber es ist nicht wirklich abgeschlossen. Die Dinge, die er getan hat, und die Art und Weise, wie sie uns und andere berührt haben, werden uns noch jahrelang verfolgen. Er hat mit einer breiten Klinge zugeschlagen, unterschiedslos und tief. Narbengewebe mag verheilen, doch es ist trotzdem sichtbar, und in einer einsamen Nacht kann es manchmal jucken wie ein Phantomglied.

Wie der Tod von Keenan und Shantz. Dieses Gliedmaß juckt nicht nur, es schmerzt.

»Hier sind meine Notizen«, sagt James, und ich schrecke aus meinen Gedanken hoch. Er legt sie mir auf den Schreibtisch.

»Danke. Ich bin fast fertig.«

Er steht da, sieht wie ich zum Drucker. Ein weiterer seltener Augenblick: James und ich in einvernehmlichem Schweigen.

»Ich schätze, wir werden es nie herausfinden«, sagt er.

»Ich schätze nicht, nein.«

Wir fahren auf dem gleichen schwarzen Zug, und deswegen teilen wir die gleichen Fragen, ohne sie in spezifische Worte kleiden zu müssen.

Gab es einen Ripper vor Peter Hillsteads Vater? Gab es einen mordenden Großvater oder Urgroßvater? Wenn wir die Spur zurückverfolgen könnten, bis in die Tage, als es noch keine Forensik und keine Datenverarbeitung gab, würden wir uns dann auf von Gaslaternen erhellten Kopfsteinpflastergassen jenseits des Ozeans wiederfinden? Und könnten wir jenen gesichtslosen Mann mit einem glitzernden Skalpell in der Hand und einem Zylinder auf dem Kopf dort zu fassen bekommen? Könnten wir jenem namenlosen Entsetzen endlich ein Gesicht abringen?

Wahrscheinlich nicht. Doch das werden wir niemals mit Sicherheit wissen.

Es ist die Fähigkeit, Fragen wie diese unbeantwortet zu lassen und davonzugehen, ohne sich noch einmal umzudrehen, die es uns ermöglicht, unseren Verstand zu behalten.

Die letzte Seite kommt aus dem Drucker.

Epilog

Ich habe Annie neben Matt und Alexa begraben. Auf diese Weise können Bonnie und ich unsere Familien gemeinsam besuchen.

Es ist ein wunderschöner Tag. Die kalifornische Sonne, die Art von Sonne, die mein Vater am meisten geliebt hat, scheint in all ihrer Pracht auf uns herab, und eine kühle Brise verhindert, dass uns zu heiß wird.

Das Gras auf dem Friedhof ist diese Woche noch nicht gemäht worden, und es neigt sich im Wind. Ein üppiges, dichtes, wogendes Grün. Ich blicke über den Friedhof, und die Grabsteine erstrecken sich, so weit das Auge reicht. Ich stelle mir den Friedhof als den Grund des Ozeans vor, bedeckt von Seetang und Reihen untergegangener Schiffe.

Ich sehe andere Menschen auf diesem Friedhof, einzeln oder in Gruppen, junge und alte. Sie besuchen ihre Frauen oder Männer, ihre Söhne oder Töchter, ihre Brüder oder Schwestern. Viele von ihnen starben friedlich. Einige starben gewaltsam. Einige wurden getröstet, andere starben allein.

Einige Gräber werden nie besucht. Sie altern und verwahrlosen.

Obwohl der Friedhof voller Erinnerungen ist und von Geistern heimgesucht wird, ist es ein friedlicher Ort. Und es ist ein wundervoller Tag. Bonnie hat eigenhändig Blumen auf Annies Grab gepflanzt. Als sie ihre Arbeit beendet hat, steht sie auf und reibt sich den Schmutz von den Händen.

»Bist du fertig, Liebes?«, frage ich.

Sie sieht mich an, nickt. Lächelt.

Elaina hat mit ihrer Chemotherapie angefangen. Alan kommt trotzdem zur Arbeit. Ich habe akzeptiert, dass ich keinerlei Einfluss auf das Ergebnis ihrer Therapie und auf das habe, was sich daraus für die beiden entwickelt. Ich kann nicht mehr tun als meine Freunde zu lieben und für sie da zu sein.

James hat seine Schwester wieder begraben. Leo hat sich einen neuen Hund gekauft, einen Labradorwelpen, von dem er seit Tagen ununterbrochen erzählt. Callies Genesung macht Fortschritte. Sie wird von Tag zu Tag übellauniger, weil sie noch im Krankenhaus bleiben muss – ein gutes Zeichen. Ihre Tochter besucht sie weiterhin, und Callie scheint zu akzeptieren, dass sie nun den Titel einer Großmutter trägt. Es scheint ihr nicht sonderlich viel auszumachen, im Gegenteil.

Tommy und ich haben uns einige weitere Male getroffen. Bonnie mag ihn. Wir gehen es langsam an, warten ab, wohin es führt.

Wie sich herausgestellt hat, ist Peter Hillstead für den Tod von mindestens zwölf Frauen verantwortlich. Die meisten seiner Morde waren perfekte Verbrechen. Wir haben nur deshalb davon erfahren, weil er alles in seinen Tagebüchern festgehalten hat. Er hat akribische Notizen angefertigt, genau wie sein Vater. Und wie sein Vater hat er seine Opfer versteckt. Er hat sich Frauen ausgesucht, die niemand vermisst, und er hat ihre Leichen beseitigt, wenn er mit ihnen fertig war. Er hat keinerlei Beweise zurückgelassen, nichts außer … Schatten.

Wir haben immer noch keine Ahnung, mit welchen anderen Ungeheuern er in Kontakt gestanden und welche Jünger er sonst noch herangezogen hat außer jenen, von denen wir bereits wissen – und ob es überhaupt weitere gegeben hat. Ich habe gelernt, das ebenfalls zu akzeptieren, weil ich auch darauf keinen Einfluss habe. Wenn sie irgendwann aus ihren Löchern gekrochen kommen, bin ich da, um sie zu schnappen.

Außerdem haben wir erfahren, dass sich Robert Street und

Peter Hillstead seit fast drei Jahren kannten. Street hat sich nur an den letzten beiden Morden beteiligt. Offen gestanden, es ist mir egal. Hillstead ist tot und erledigt, und Street wird bald seinen Platz in der Todeszelle erhalten.

Hillstead hat seine Stellung als Arzt und autorisierter Therapeut für Agenten missbraucht, um sich Zugang zu persönlichen Akten zu verschaffen, was ihn, wie wir glauben, auch zu Callies Tochter geführt hat. Das FBI hat jeden von uns bei der Einstellung gründlich durchleuchtet, und Marilyn wird den scharfen Augen der Prüfer nicht entgangen sein.

Manchmal erschien er uns allwissend angesichts seiner Fähigkeit, selbst die kleinsten Details über uns herauszufinden. In Wirklichkeit war er nur schlau und verschlagen.

Wir aber waren schlauer, was ich mir in grimmiger Selbstgefälligkeit immer wieder ins Gedächtnis rufe. Ich erkenne die Gefahr dahinter. Der schwarze Zug ist meine eigene Arroganz, die mich eines Tages über eine Klippe tragen könnte, wenn ich nicht aufpasse. Für den Augenblick lasse ich ihn fahren. Drachen sind schließlich stolze Wesen.

Die Hillsteads haben unseren Profilern neue Arbeit verschafft, und sie sind völlig aus dem Häuschen. Ein neuer und bisher unbekannter Typus des Serienmörders, bla-bla-bla-bla.

Ich glaube nicht, dass er sich so sehr von all den anderen Serienkillern unterschied, die ich gejagt und geschnappt habe. Er hat einen Fehler gemacht, genau wie alle anderen. Ganz gleich, wie »perfekt« er gewesen sein mag, es war Renee Parker – sein allererstes Opfer –, die aus dem Grab nach ihm gegriffen und ihn am Ende zu sich hinunter in die Erde gezogen hat. Das erfüllt mich mit einem Gefühl gewaltiger Befriedigung.

Die echten Geister unserer Welt sind, so habe ich seither häufig gedacht, genau das: die Konsequenzen unserer Handlungen. Die Fußspuren der Veränderung, die wir auf unserer Reise durch die Zeit hinterlassen.

Konsequenzen. Sie können uns verfolgen und uns schaden.

Sie können uns aber auch erheben und des Nachts eine Quelle des Trostes sein. Nicht alle Geister heulen und jammern. Manche lächeln einfach nur.

Bonnie redet nach wie vor nicht. Sie schreit nicht mehr jede Nacht im Schlaf, doch ihre Nächte sind längst noch nicht friedlich.

Sie ist ein wunderbares Kind, klug, aufmerksam, voller Liebe. Sie ist außerdem eine Künstlerin, eine Malerin. Sie malt unermüdlich Bilder, wunderschöne und dunkle, und ich erkenne, dass diese Bilder für den Augenblick Bonnies Ersatz für gesprochene Worte sind.

Wir haben uns im Alltag eingerichtet. Nicht ganz Mutter-Tochter, noch nicht ganz. Aber wir machen Fortschritte, und ich habe nicht länger Angst davor. Ich bin glücklich mit dem ersten Gesetz jeder Mutter, bereit, mich von ihm führen zu lassen, wohin es auch will.

Die Geister von Matt und Alexa besuchen mich in meinen Träumen, und sie sind ein Trost. Ich habe nicht länger Alpträume.

»Bist du so weit?«

Als Antwort nimmt Bonnie meine Hand.

Sie ist stumm, und ich bin entstellt, doch der Tag ist wunderbar und die Zukunft nicht länger schrecklich. Ich habe sie, und sie hat mich, und daraus erwächst Liebe.

Und aus Liebe – Leben.

Wir verlassen den Friedhof Hand in Hand, beobachtet von unseren Geistern. Ich kann spüren, wie sie lächeln.

Der Todeskünstler

Thriller

Für Brieanna, meine »Kleine B«

Danksagungen

Mein Dank geht an Liza und Havis Dawson für die wie immer großartige Unterstützung, für Ratschläge und Ermunterungen. Dank auch an Danielle Perez und Nick Sayers, meine Lektoren bei Bantam und Hodder – es war ein schwieriges Buch, und sie wollten es erst als fertig betrachten, als es tatsächlich fertig war. Dank auch Chandler Crawford für ihre Repräsentation im Ausland. Und Dank an meine Familie und Freunde, dass sie mich ertragen haben, als ich an diesem Roman schrieb. Ich weiß nicht, wie es bei anderen Schriftstellern ist, aber ich bin manchmal ungenießbar, wenn mir das Schreiben nicht glatt von der Hand geht.

Teil 1

Unten am Wasserloch

Wo die dunklen Wesen trinken

KAPITEL 1 Ich träume vom Angesicht des Todes. Es ist ein Gesicht, das sich ständig verändert und das irgendwann jeder tragen wird, das viele aber zur falschen Zeit tragen. Ich habe in dieses Gesicht geblickt, immer wieder.

Das ist dein Job, Idiotin.

Sagt eine Stimme in meinem Traum.

Die Stimme hat recht. Ich bin Agentin beim FBI Los Angeles und verantwortlich für die Jagd auf den Abschaum des Abschaums. Kindesmörder, Serienkiller, Männer (und manchmal Frauen) ohne jedes Gewissen, ohne Skrupel, ohne Erbarmen. Das ist seit mehr als einem Jahrzehnt mein Job, und wenn ich den Tod auch noch nicht in all seinen Verkleidungen gesehen habe, so doch in den meisten. Der Tod ist stets gegenwärtig, und er ist gefräßig. Er frisst die Seele auf.

Heute Nacht ändert sich das Gesicht des Todes wie ein Stroboskoplicht im Nebel, wandert umher zwischen drei Menschen, die ich einst gekannt habe. Ehemann, Tochter und Freundin. Matt, Alexa und Annie.

Tot, tot und tot.

Ich finde mich vor einem Spiegel ohne Spiegelbild. Der Spiegel lacht mich aus. Er *iaht* wie ein Esel, *muht* wie eine Kuh. Ich schlage mit der Faust zu, und der Spiegel zerspringt. Ein roter Fleck erblüht auf meiner Wange wie eine Rose. Der Fleck ist wunderbar, ich kann ihn fühlen.

Mein Spiegelbild erscheint in den Scherben.

Die Stimme meldet sich wieder: *Auch zerbrochene Dinge spiegeln das Licht.*

Ich erwache aus meinem Traum, indem ich die Augen aufschlage. Es ist eigenartig – vom tiefsten Schlaf in helles Wachsein binnen eines Wimpernschlags.

Wenigstens erwache ich nicht mehr schreiend.

Ich drehe mich auf die Seite, um Bonnie anzuschauen. Ich bewege mich ganz vorsichtig, damit das Bett nicht knarzt. Ich sehe, dass Bonnie bereits wach ist und mir in die Augen starrt.

»Hab ich dich geweckt, Schatz?«, frage ich.

Sie schüttelt den Kopf. *Nein.*

Es ist spät, und es ist einer dieser Augenblicke, wo der Schlaf noch lockt. Wenn Bonnie und ich es zulassen, zieht er uns wieder hinunter in sein Reich. Ich breite die Arme aus, und meine Adoptivtochter kuschelt sich hinein. Ich halte sie fest, aber nicht zu fest. Ich rieche den Duft ihres Haares, und die Dunkelheit umfängt uns wie das Flüstern des Windes.

Als ich erwache, fühle ich mich großartig und so ausgeruht wie lange nicht mehr. Ich fühle mich im Gleichgewicht, friedlich. Es gibt nichts, worüber ich mir Sorgen machen müsste – und das ist eigenartig, denn Sorgen sind mein Phantomgliedmaß. Es ist, als wäre ich in einer Blase, oder im Mutterleib. Ich lasse mich treiben, eine Zeit lang wenigstens, und lausche auf mein eigenes weißes Rauschen.

Es ist Samstagmorgen, nicht nur vom Wochentag her, sondern als Seinszustand. Ich schaue dorthin, wo Bonnie sein sollte, und entdecke nur zerknitterte Laken. Ich spitze die Ohren, höre Bonnies leises Tappen: zehn Jahre alte Füße, die sich durchs Haus bewegen. Eine zehnjährige Tochter zu haben kann sich anfühlen, als würde man mit einer Fee zusammenleben. Magisch.

Ich recke mich, und es fühlt sich großartig an, katzenhaft. Nur eine Sache fehlt, um diesen Morgen perfekt zu machen.

Während dieser Gedanke mir noch durch den Kopf geht, kitzelt es in meiner Nase.

Kaffee.

Ich schwinge mich aus dem Bett und steige die Treppe hinunter zur Küche, in meinem alten T-Shirt, einem meiner »Großmutter-Schlüpfer«, wie ich sie nenne, und albernen Plüschpantoffeln, die wie kleine Elefanten aussehen. Mein Haar ist wirr, als käme ich geradewegs aus einem Hurrikan. Nichts von alledem spielt eine Rolle, weil Samstag ist, denn da ist außer uns Mädchen niemand im Haus.

Bonnie empfängt mich am Fuß der Treppe mit einem Becher heißen Kaffees.

»Danke, Zwerg.« Ich trinke einen Schluck. »Hmmm, lecker.« Der Kaffee ist perfekt.

Ich setze mich an den Küchentisch. Bonnie trinkt ein Glas Milch, und wir sehen uns an. Es ist ein sehr behagliches Schweigen. Ich lächle Bonnie an.

»Ein super Morgen, nicht?«

Sie lächelt zurück, und dieses Lächeln raubt mir einmal mehr das Herz. Sie nickt.

Bonnie spricht nicht. Ihre Stummheit ist kein körperlicher Defekt, sondern rührt daher, dass ihre Mutter ermordet wurde, wobei Bonnie zuschauen musste. Anschließend hat der Killer sie Gesicht zu Gesicht an den Leichnam ihrer Mutter gefesselt. Drei Tage hat Bonnie so gelegen. Seither hat sie kein Wort mehr gesprochen.

Annie, Bonnies Mutter, war meine beste Freundin. Der Killer hatte sie zerfleischt, um mir weh zu tun. Manchmal ist mir bewusst, dass Annie sterben musste, weil sie meine Freundin war. Doch meist verdränge ich dieses Wissen, weil es eine Last ist, die ich nicht tragen kann, und weil es schrecklich ist und düster – ein Schatten so groß wie ein Wal. Würde ich diese Wahrheit zu oft sehen, würde sie mich kaputt machen.

Einmal, ich war vielleicht sechs Jahre alt, war ich wütend

auf meine Mutter. Warum, weiß ich nicht mehr, aber ich hatte damals ein Kätzchen, das ich »Mr. Mittens« getauft hatte. Es kam zu mir, weil es spürte, dass ich wütend war. Tiere spüren so etwas. Das Kätzchen kam aus bedingungsloser Liebe zu mir – und ich versetzte ihm einen Tritt.

Es war nicht verletzt, nicht einmal vorübergehend. Doch von diesem Tag an war es kein Kätzchen mehr. Es zuckte jedes Mal zusammen, wenn ich es streicheln wollte. Ich habe bis zum heutigen Tag Schuldgefühle, wenn ich an Mr. Mittens denke. Es ist nicht bloß ein Stich des schlechten Gewissens, sondern ein scheußliches Gefühl, das einem die Seele verkrüppeln kann. Was ich dem Kätzchen angetan hatte, war aus reiner Bösartigkeit geschehen. Ich habe einem unschuldigen, zärtlichen Wesen Schmerz zugefügt. Ich habe nie jemandem erzählt, was ich Mr. Mittens angetan habe. Es ist ein Geheimnis, das ich mit ins Grab nehmen werde. Eine Sünde, für die ich lieber in der Hölle schmoren würde, als sie zu beichten.

Der Gedanke an meine ermordete Freundin Annie erweckt in mir ein Gefühl, als hätte ich Mr. Mittens totgetreten. Deswegen fühle ich mich besser, wenn ich nicht daran denke, die meiste Zeit jedenfalls.

Annie hat mir Bonnie zurückgelassen. Sie ist meine Buße. Aber es ist nicht fair, denn Bonnie ist ein Zauber, ein Wunder. Sie ist Licht, Heiterkeit und Freude. Buße aber sollte Leiden bedeuten.

»Was hältst du davon, ein paar Stunden herumzuhängen und gar nichts zu tun? Und anschließend gehen wir Shoppen.«

Bonnie überlegt kurz. Das ist eine ihrer Charaktereigenschaften. Sie antwortet selten spontan. Meist denkt sie zuerst nach und achtet darauf, dass sie die Wahrheit sagt, wenn sie antwortet. Ich weiß nicht, ob das eine Folgererscheinung ihrer unvorstellbar grauenhaften Erlebnisse ist, oder ob sie bereits mit diesem Tick geboren wurde.

Sie lässt mich ihre Entscheidung mit einem Lächeln und einem Nicken wissen. *Ja.*

»Cool. Möchtest du jetzt frühstücken?«

Diesmal muss sie nicht überlegen. *Ja!* Die Zustimmung ist augenblicklich und begeistert.

Ich mache mich in der Küche an die Arbeit, brate Schinken, Spiegeleier, mache Toast. Während wir essen, beschließe ich, mit Bonnie über die kommende Woche zu reden.

»Ich habe dir schon erzählt, dass ich mir zwei Wochen frei genommen habe, nicht wahr?«

Sie nickt.

»Ich habe es aus verschiedenen Gründen getan, aus einem ganz besonders. Ich wollte mit dir darüber sprechen, weil … na ja, weil es eine gute Sache ist, aber es könnte ein bisschen hart werden. Für mich, weißt du.«

Bonnie beugt sich vor, beobachtet mich geduldig mit fragendem Blick.

Ich trinke einen Schluck Kaffee. »Weißt du, Bonnie, es ist Zeit, ein paar Dinge wegzutun … Matts Sachen, seine Badezimmersachen. Ein paar von Alexas Spielsachen. Nicht die Fotos oder so. Ich will nicht die Erinnerung auslöschen. Es ist nur …«, ich suche nach Worten, »… es ist nur so, dass sie nicht mehr hier wohnen.«

Kurz und bündig. Ein einzelner Satz. Angefüllt mit all der Bedeutung und dem Wissen, der Angst und der Liebe, der Hoffnung und Verzweiflung der Welt. Ausgesprochen nach der Durchquerung einer Wüste aus Dunkelheit.

Die gegenwärtige Inkarnation meines Jobs beim FBI nennt sich NCVAC-Koordinatorin. Das NCVAC ist das Bundesamt für die Analyse von Gewaltverbrechen. Die Zentrale des NCVAC ist in Washington, D.C., doch in jedem FBI-Büro gibt es einen lokalen Repräsentanten des NCVAC. In ruhigeren Gegenden ist ein Agent für mehrere Gebiete verantwortlich. Doch wir in L.A. sind etwas Besonderes. In unserer Stadt laufen die schlimmsten Psychopathen herum – noch dazu so viele, dass es eine Koordinatorin wie mich plus ein Team aus mehreren Agenten braucht.

Ich bin tüchtig in meinem Job – keine falsche Bescheidenheit. Ich führe ein Team von drei Leuten, alle von mir persönlich handverlesen, alle versierte Profis in der Verbrechensbekämpfung. Ich könnte jetzt bescheiden sein, aber warum sollte ich? Die Psychos, die von meinem Team gejagt werden, können sich ebenso gut gleich erschießen.

Vor einem Jahr haben wir einen Mann namens Joseph Sands gejagt. Ein netter Bursche, den die Nachbarn mochten, ein liebender Vater von zwei Kindern, der dem Hobby frönte, Menschen zu schlachten. Das hat ihm richtig Spaß gemacht. Die jungen Frauen, die er gefoltert und ermordet hat, haben das sicher ein bisschen anders gesehen.

Wir waren diesem Irren so dicht auf den Fersen, dass er schon unseren Atem im Nacken gespürt haben muss, als er meine Welt zum Einsturz brachte. Eines Nachts verschaffte er sich Zugang in mein Haus, und mit nichts weiter als einem Seil und einem Jagdmesser ließ er das leuchtende Universum, wie ich es kannte, in ewiger Dunkelheit versinken. Er tötete Matt, meinen Mann, vor meinen Augen. Er vergewaltigte mich. Entstellte mich. Er benutzte meine Tochter Alexa als menschlichen Schild, der die erste Kugel auffing, die ich auf ihn abfeuerte.

Aber nicht die zweite, und auch nicht die weiteren. Ich pumpte mein ganzes Magazin in ihn, lud nach und jagte ihm auch dieses Magazin in den Balg. Danach kämpfte ich sechs Monate um die Entscheidung, ob ich weiterleben oder mir das Hirn aus dem Kopf pusten sollte.

Dann wurde Annie ermordet, und Bonnie war da, und irgendwann mittendrin bekam das Leben mich wieder in den Griff.

Die meisten Menschen können sich nicht vorstellen, wie es ist, an einem Ort zu sein, wo der Tod dem Leben vorzuziehen ist. Das Leben ist stark. Es hält einen auf verschiedenste Weise fest, mit dem Pochen des Herzens, mit der Sonne auf dem Gesicht und mit dem Gefühl des Bodens unter den Füßen. Es packt dich und hält dich entschlossen fest. Bei mir aber war der Griff des Lebens schwächlich, dünn wie ein Faden. Ein seidener Spinnenfaden, an dem ich scheinbar endlos über einem Abgrund hing. Dann waren es zwei Fäden. Dann fünf. Dann ein Seil. Der Abgrund wich unter mir zurück, und an irgendeinem Punkt erkannte ich, dass das Leben mich wieder fest im Griff hielt – und ich fing wieder an, mir etwas aus dem Leben zu machen. Der Abgrund war verschwunden, einem Horizont gewichen.

»Es wird Zeit, dieses Haus wieder zu einem richtigen Heim zu machen, Schatz. Verstehst du?«

Bonnie nickt. Ich kann sehen, dass sie mich in jeder Beziehung versteht.

»Und jetzt kommt etwas, das dir bestimmt gefällt.« Ich streichle ihr die Wange. »Tante Callie hat sich ein paar Tage freigenommen. Sie kommt her und hilft uns.« Meine Worte rufen ein Lächeln reinster Freude hervor. »Elaina kommt auch vorbei. Freust du dich?«

Sie nickt. *Und wie!*

Wir frühstücken weiter. Nach einiger Zeit träume ich vor mich hin, als mir plötzlich bewusst wird, dass Bonnie mich aufmerksam betrachtet, mit schief gelegtem Kopf. Auf ihrem Gesicht ist ein fragender Ausdruck.

»Du fragst dich, warum sie herkommen?«

Bonnie nickt.

»Weil …« Ich seufze. »Weil ich es alleine nicht schaffe.«

Ich bin felsenfest entschlossen, wieder voranzuschreiten. Doch ich habe auch ein bisschen Angst davor. Ich habe so viel Zeit damit verbracht, mich gehen zu lassen, dass ich misstrauisch bin gegenüber meinem jüngsten Anfall innerer Festigkeit. Ich möchte Freunde um mich haben, die mich stützen, falls ich wieder wacklig werde.

Bonnie steht von ihrem Stuhl auf und kommt zu mir. Ich

spüre so viel Zärtlichkeit in diesem Kind. So viel Güte. Wenn meine Träume das Gesicht des Todes offenbaren, dann offenbart Bonnie das Gesicht der Liebe. Sie streckt die Hand aus, berührt ganz sanft das Narbengewebe, das die linke Seite meines Gesichts verunstaltet. Zerbrochene Scherben. Ich bin der Spiegel.

Mein Herz füllt und leert sich, füllt und leert sich.

»Ich hab dich auch lieb, mein Schatz.«

Eine rasche Umarmung, dann zurück zum Frühstück. Wir essen zu Ende, und ich seufze zufrieden. Bonnie rülpst, laut und heftig. Schockierte Stille – und dann brechen wir beide in Gelächter aus, bis uns die Tränen über die Wangen kullern und wir nur noch kichern können.

»Möchtest du dir Zeichentrickfilme ansehen, Zwerg?«, frage ich, als wir wieder zu Atem gekommen sind.

Ein strahlendes Lächeln, wie die Sonne über einem Feld voller Blumen.

Mir wird bewusst, dass dies der beste Tag ist, den ich seit einem ganzen Jahr gehabt habe. Der allerallerbeste.

KAPITEL 2

Bonnie und ich gehen durch die Glendale Galeria – die Mall aller Malls –, und der Tag ist sogar noch besser geworden. Wir sind in einem Sam Goody's gewesen und haben uns die Auswahl an Musik angesehen. Ich habe mir ein CD-Set gekauft, Best of the 80's, und Bonnie hat die neueste CD von Jewel bekommen. Ihr derzeitiges musikalisches Interesse passt zu ihr: voller Nachdenklichkeit und Schönheit, nicht unglücklich, aber ganz bestimmt nicht überschwänglich. Ich freue mich bereits auf den Tag, an dem sie mich bittet, ihr etwas zu kaufen, weil es sie zum Tanzen bringt, doch heute ist es mir egal. Bonnie ist glücklich. Das ist alles, was zählt.

Wir kaufen uns riesige Salzbrezeln und setzen uns auf eine

Bank, um zu essen und Leute zu beobachten. Zwei Teenager schlendern vorbei, ohne Augen für irgendetwas außer füreinander. Das Mädchen ist fünfzehn oder sechzehn, brünett, reizlos, mit kleiner Oberweite und dickem Hintern, und es trägt eine tief auf den Hüften sitzende Jeans und ein Trägertop. Der Junge ist ungefähr im gleichen Alter und bewundernswert uncool. Groß, dünn, schlaksig, mit dicker Brille, jeder Menge Akne und Haaren bis über die Schultern. Er hat seine Hand in der Gesäßtasche ihrer Jeans, und sie hat den Arm um seine Taille geschlungen. Beide sind jung und dumm, unbeholfen und glücklich. Sie passen zusammen wie die Faust aufs Auge, und ich muss lächeln.

Ich bemerke einen Mann mittleren Alters, der eine hübsche Zwanzigjährige angafft. Sie ist wie ein ungezähmtes Pferd, erfüllt von müheloser Vitalität. Üppiges pechschwarzes Haar, das ihr bis tief in den Rücken reicht. Makellose gebräunte Haut. Ein keckes Lächeln, kecke Stupsnase – einfach alles an ihr ist keck, einschließlich ihres Selbstvertrauens und einer Sinnlichkeit, von der ich glaube, dass sie mehr unterbewusst als absichtlich ist. Sie geht an dem Mann vorbei. Er fängt weiter Fliegen mit offenem Mund. Sie nimmt nicht einmal Notiz von ihm. Wie das eben so ist.

War ich auch mal so?, überlege ich. Schön genug, um den männlichen IQ in den Keller rutschen zu lassen?

Wahrscheinlich. Tja, die Zeiten ändern sich.

Heute bekomme ich ebenfalls Blicke. Doch es sind keine Blicke mehr, die Begehren ausdrücken. Es sind Blicke, die von Neugier bis Abscheu reichen. Es fällt mir schwer, jemandem einen Vorwurf daraus zu machen. Sands hat ganze Arbeit geleistet, als er mir das Gesicht zerschnitten hat.

Die rechte Seite ist makellos und unberührt. Das Grauen ist links. Die Narbe fängt mitten auf der Stirn an, am Haaransatz, zieht sich zwischen den Augenbrauen nach unten und dann in einem nahezu perfekten rechten Winkel nach links. Ich besitze keine linke Augenbraue mehr; dort verläuft jetzt die Narbe. Die holprige Bahn setzt sich fort über meine Schläfe, dann in einer trägen Achterbahn über meine Wange. Von dort geht sie über meinen Nasenrücken zur Nasenwurzel, bevor sie wieder kehrtmacht, eine Diagonale über meinen linken Nasenflügel zeichnet und ein letztes Mal über meinen Kiefer hinunter bis zum Schlüsselbein läuft.

Ich habe eine weitere Narbe, perfekt und gerade, die unter der Mitte meines linken Auges anfängt und bis zum Mundwinkel reicht. Sie ist neuer als die anderen. Der Mann, der Annie getötet hat, hatte mich gezwungen, mir diese Wunde selbst zuzufügen, mit einem Messer, während er mir geifernd und mit gierigen Blicken zuschaute. Es gefiel ihm offensichtlich, mich bluten zu sehen. Ich konnte die Erregung in seinen Augen lesen, ehe ich ihm kurze Zeit später das Hirn aus dem Schädel gepustet habe.

Das alles sind nur die Narben, die jeder sehen kann. Unter dem Halsausschnitt meiner Bluse befinden sich noch mehr. Hervorgerufen von einer Messerklinge und dem kirschroten Ende einer brennenden Zigarre.

Lange Zeit habe ich mich meines Gesichts geschämt. Ich habe die Haare auf der linken Seite lang getragen und zu verbergen versucht, was Joseph Sands mir angetan hat. Doch das Leben hat mein Herz wieder in den Griff bekommen, und inzwischen denke ich anders über diese Narben. Heute bürste ich mein Haar zurück und binde es zu einem Pferdeschwanz zusammen. Soll die Welt ruhig hinsehen.

Der Rest von mir ist gar nicht mal so übel. Ich bin eher klein, sportliche Figur, habe »mundgerechte Titten«, wie Matt sie genannt hat, und eher einen Birnen- als Apfelhintern. Matt liebte meinen Hintern. Manchmal, wenn ich vor dem mannshohen Spiegel stand, fiel Matt hinter mir auf die Knie, packte mein Hinterteil und sah zu mir auf, um mit seiner besten Gollum-Stimme »Mein Schaaatz …« zu röcheln.

Bonnie zupft an meinem Ärmel und reißt mich aus meinen müßigen Erinnerungen. Ich blicke zu der Stelle, die sie mir zeigt. »Möchtest du ins Claire's?«, frage ich.

Sie nickt.

»Kein Problem, Zwerg.« Das Claire's ist eines von den Modegeschäften, die sich auf den Mutter/Tochter-Stil spezialisiert haben. Billiger, jedoch angesagter Schmuck für die Jungen und Alten, Haargummis, Bürsten mit Glitzer.

Wir betreten das Geschäft, und eine knapp über Zwanzigjährige gibt sich als eine der Verkäuferinnen zu erkennen. Sie begrüßt uns mit patentiertem Einzelhandelslächeln, hilfsbereit und verkaufstüchtig. Ihre Augen weiten sich, als sie meine linke Gesichtshälfte sieht. Das Lächeln gefriert und verschwindet.

Ich hebe eine Augenbraue. »Ist was?«

»Nein, ich …« Sie starrt weiter auf meine Narben, verlegen und entsetzt zugleich. Ich habe beinahe Mitgefühl. Ihre Göttin ist die Schönheit, und mein Gesicht muss für sie aussehen, als hätte der Teufel den Sieg davongetragen.

»Helfen Sie den anderen Mädchen da drüben, Barbara.« Die Stimme ist scharf wie eine Ohrfeige. Ich wende mich um und erblicke eine Frau in den Vierzigern, eine reife Schönheit mit grau meliertem Haar und den verblüffendsten blauen Augen, die ich je gesehen habe. »Barbara!«, sagt sie noch einmal.

Die junge Verkäuferin erwacht aus ihrer Starre, stößt ein knappes »Ja, Ma'am«, hervor und entfernt sich so schnell, wie ihre perfekt pedikürten Füße sie zu tragen vermögen.

»Mach dir nichts draus«, sagt die Frau. »Sie hat ein nettes Lächeln, aber nicht viel im Kopf.« Die Stimme klingt freundlich, und ich öffne den Mund zu einer Antwort, als mir klar wird, dass die Frau nicht zu mir, sondern zu Bonnie gesprochen hat.

Ich schaue auf Bonnie und bemerke, dass ihre Blicke die junge Verkäuferin von hinten durchbohren. Bonnie hat einen Beschützerinstinkt mir gegenüber und ist jetzt stocksauer auf das Mädchen. Dann reagiert Bonnie auf die Stimme der Frau, wendet sich ihr zu und mustert sie mit einem unverhohlen abschätzenden Blick. Die finstere Miene weicht einem scheuen Lächeln. Sie mag die grau melierte Dame.

»Ich bin Judith, und das hier ist mein kleiner Laden. Womit kann ich den beiden Ladys helfen?«

Jetzt spricht sie zu mir. Diesmal mustere ich sie abschätzend und kann keine Falschheit entdecken. Ihre Freundlichkeit ist ungezwungen und echt. Sie ist dieser Frau angeboren. Ich weiß selbst nicht, warum ich frage; die Worte kommen über meine Lippen, bevor ich es verhindern kann: »Warum sind Sie nicht so erschrocken wie die junge Verkäuferin, Judith?«

Judith sieht mich aus ihren klugen, so erstaunlich blauen Augen an und lächelt sanft. »Ach, Kindchen, ich habe erst letztes Jahr den Krebs besiegt. Man hat mir beide Brüste amputieren müssen. Als mein Mann zum ersten Mal das Ergebnis gesehen hat, hat er nicht einmal geblinzelt. Er hat einfach nur gesagt, dass er mich liebt. Schönheit wird hoffnungslos überbewertet.« Sie zwinkert mir zu. »Also, womit kann ich behilflich sein?«

»Smoky«, stelle ich mich vor. »Smoky Barrett. Und das hier ist Bonnie. Wir wollten uns nur ein wenig umsehen. Sie haben uns bereits sehr geholfen, danke.«

»Dann wünsche ich viel Vergnügen, und lassen Sie mich wissen, wenn Sie mich brauchen.«

Ein letztes Lächeln, ein Zwinkern, und weg ist sie. Ihre Freundlichkeit leuchtet ihr nach wie das Glitzern einer Zauberfee.

Wir verbringen gut zwanzig Minuten in dem Geschäft und beladen uns mit Firlefanz. Die Hälfte werden wir wahrscheinlich niemals benutzen, aber das Einkaufen hat Riesenspaß gemacht. Judith bedient uns an der Kasse, und ich sage: »Wiedersehen«, und wir stolpern mit unserer Beute nach draußen. Vor dem Laden werfe ich einen Blick auf die Uhr.

»Wir sollten nach Hause, Schatz. Tante Callie kommt in einer Stunde.«

Bonnie lächelt, nickt und nimmt meine Hand. Wir verlassen die Mall und gehen hinaus in einen perfekten Tag und den kalifornischen Sonnenschein. Es ist, als würden wir eine Postkarte betreten. Ich muss an Judith denken und schaue auf Bonnie hinunter. Sie bemerkt es nicht. Sie scheint frei von Sorgen, so wie ein Kind sein sollte.

Es ist wirklich ein großartiger Tag. Der beste seit langer, langer Zeit. Vielleicht ist es ein gutes Omen. Ich befreie das Haus von Geistern, und das Leben wird besser. Es gibt mir die Gewissheit, das Richtige zu tun.

Doch ich weiß, woran ich mich sofort erinnern werde, wenn ich wieder ins Büro zurückkehre: Da draußen lauern Raubtiere. Vergewaltiger, Mörder und Schlimmeres. Sie wandeln unter dem gleichen blauen Himmel wie wir, baden sich in der Wärme der gleichen gelben Sonne, stets auf der Lauer, stets aufmerksam beobachtend, während sie sich an uns reiben und dabei erschauern und zittern wie finstere Stimmgabeln.

Doch für den Augenblick soll die Sonne einfach nur die Sonne sein. Wie die Stimme in meinem Traum gesagt hat: *Auch zerbrochene Dinge spiegeln das Licht.*

KAPITEL 3

Die Wohnzimmercouch hält uns in ihrem weichen, entspannenden Griff. Es ist eine alte, ein wenig heruntergekommene Couch, hellbeige Mikrofaser, stellenweise fleckig von der Vergangenheit. Ich sehe Weintropfen, die nicht herausgehen wollen, und Essensreste, die wahrscheinlich Jahre alt sind. Unsere Beute aus der Mall wartet in Einkaufstüten auf dem Wohnzimmertisch, der ebenfalls Spuren von vergangenem Missbrauch aufweist. Das Walnussholz war glänzend, als Matt und ich diesen Tisch gekauft haben; heute ist seine Oberfläche zerkratzt und stumpf.

Ich sollte beides auswechseln, doch ich kann nicht, noch

nicht. Diese Möbel waren robust, gemütlich und ehrlich, und ich bin noch nicht bereit, sie in den Möbelhimmel zu schicken.

»Ich möchte mit dir über etwas reden, Bonnie«, sage ich ernst.

Sie wendet sich mir zu und schenkt mir ihre volle Aufmerksamkeit. Sie spürt das Zögern in meiner Stimme, den Konflikt in mir. *Schieß los*, sagt dieser Blick. *Keine Bange, es ist okay.*

Das ist auch so eine Sache, die ich eines Tages hinter uns zu bringen hoffe: Zu häufig ist Bonnie diejenige, die *mich* beruhigt, die *mir* Sicherheit gibt. *Ich* sollte diejenige sein, die Bonnie führt, nicht umgekehrt.

»Ich möchte mit dir darüber reden, dass du *nicht* redest.«

Ihr Blick verändert sich, wechselt von Verständnis zu Beunruhigung.

Nein, sagen ihre Augen. *Nein, darüber will ich nicht sprechen.*

»Schatz …« Ich berühre ihren Arm. »Ich mache mir Sorgen. Ich habe mit einigen Ärzten gesprochen, und sie haben mir gesagt, du könntest irgendwann für immer stumm bleiben, wenn du zu lange nicht sprichst.«

Sie verschränkt die Arme. Ich kann den Widerstreit sehen, den sie innerlich austrägt, doch ich begreife nicht, was sie mir sagen will.

Dann kapiere ich.

»Überlegst du, wie du mir etwas sagen möchtest?«, frage ich.

Sie nickt. *Ja.* Sie hebt einen Finger. Ich habe herausgefunden, dass es *warte* oder *aber* heißt.

»Aber?«

Sie deutet auf ihren Kopf. Macht eine nachdenkliche Miene.

Wieder brauche ich ein paar Sekunden.

»Du weißt nicht, warum du nicht sprichst, aber du denkst darüber nach, ja? Du versuchst, den Grund dafür herauszufinden?«

Ich sehe an ihrer Erleichterung, dass ich ins Schwarze getroffen habe. Nun bin ich an der Reihe, besorgt zu sein.

»Willst du denn nicht, dass jemand dir dabei hilft? Ich könnte dich zu einem Therapeuten bringen …«

Sie springt erschrocken vom Sofa auf. Macht eine hektische, abwehrende Handbewegung.

Auf gar keinen Fall! Niemals!

Diese Bewegung bedarf keiner Erklärung. Ich begreife augenblicklich.

»Okay, schon gut. Keinen Therapeuten.« Ich lege die Hand aufs Herz. »Versprochen.«

Das ist ein weiterer Grund, den Mann zu hassen, der Bonnies Mutter ermordet hat, mag er nun tot sein oder nicht. Er war Therapeut, und Bonnie weiß es. Sie musste hilflos mit ansehen, wie er ihre Mutter umbrachte – und mit ihr Bonnies Vertrauen in seinen gesamten Berufsstand.

Ich strecke die Hand nach ihr aus und ziehe sie an mich. Ich fühle mich unbeholfen und verlegen, doch sie leistet keinen Widerstand.

»Es tut mir leid, Schatz. Es ist nur … ich mache mir Sorgen um dich. Ich liebe dich. Ich habe Angst, dass du vielleicht nie wieder sprechen kannst.«

Sie deutet auf sich und nickt.

Ich auch, sagt sie mir damit.

Zeigt auf ihren Kopf.

Aber ich arbeite daran.

»Also schön«, sage ich. »Für den Augenblick.«

Bonnie erwidert meine Umarmung, zeigt mir, dass alles in Ordnung ist, der Tag nicht ruiniert, kein Schaden angerichtet. Schon wieder ist *sie* es, die *mich* beruhigt.

Nimm es hin. Sie ist glücklich – so, wie es ist. Lass sie in Ruhe.

»Komm, wir sehen uns die coolen Sachen an, die wir gekauft haben. Was meinst du?«

Ein Lächeln. Ein begeistertes Kopfnicken. *Au ja.*

Fünf Minuten später hat der Firlefanz dafür gesorgt, dass Bonnie unsere Diskussion vergessen hat.

Bei mir ist es nicht so. Ich bin die Erwachsene. Ich vergesse meine Sorgen und Ängste nicht über einem Fläschchen Nagellack.

Es gibt eine Reihe von Dingen, die ich Bonnie über meinen zweiwöchigen Urlaub nicht erzählt habe. Auslassungen, keine Lügen. Das Recht einer Mutter: Sie lässt etwas aus, damit ihr Kind ein Kind bleiben kann. Kinder werden früh genug groß und müssen sich mit der Last eines ganzen Erwachsenenlebens herumschlagen.

Ich muss ein paar Entscheidungen treffen, was mein Leben angeht, und ich habe zwei Wochen, um herauszufinden, was ich tun möchte. Diese Frist habe ich mir selbst auferlegt. Ich muss eine Entscheidung fällen, nicht nur für mich, auch für Bonnie. Wir brauchen beide Festigkeit, Sicherheit und ein einigermaßen geregeltes Leben.

Es fing damit an, dass Assistant Director Jones mich vor zehn Tagen in sein Büro hat rufen lassen.

Ich kenne AD Jones, seit ich beim FBI bin. Er war ursprünglich mein Mentor und Rabbi, und er hat meine Karriere gefördert. Jetzt ist er mein Chef. Er ist nicht durch Speichellecken oder Ränkeschmieden auf seinem jetzigen Posten gelandet, sondern weil er ein außergewöhnlicher Agent ist. Mit anderen Worten, er ist echt. Ich respektiere ihn.

AD Jones' Büro ist fensterlos und nüchtern. Er hätte sich ein Eckbüro mit großartiger Aussicht nehmen können, doch als ich ihn einmal deswegen gefragt habe, lautete seine Antwort sinngemäß: »Ein guter Chef sollte nicht allzu viel Zeit im Büro verbringen.«

Jedenfalls saß AD Jones bei meinem Eintreten hinter seinem Schreibtisch, einem großen, schweren Anachronismus aus grauem Metall, den er bereits besitzt, seit ich ihn kenne. Wie der Mann selbst scheint dieser Schreibtisch zu rufen: Rühr mich nicht an, solange ich noch zu etwas gut bin! Die Tischplatte war wie immer übersät mit Stapeln von Akten und Unterlagen. Ein altes Schild aus Holz und Messing verkündet Jones' Dienstrang. Keine Auszeichnungen oder Urkunden schmücken die Wände, obwohl ich weiß, dass er davon mehr als genug hat.

»Setzen Sie sich, Smoky«, sagte er und deutete auf einen der beiden Ledersessel, die vor seinem Schreibtisch stehen.

AD Jones ist Anfang fünfzig und seit 1977 beim FBI. Er fing hier in Kalifornien an und arbeitete sich in der Hierarchie nach oben. Er war zweimal verheiratet und ist zweimal geschieden. Jones ist ein auf derbe Weise gut aussehender Mann. Er neigt dazu, wortkarg zu sein, und manchmal ist er schroff, sogar gefühllos. Aber er ist ein unglaublich guter Ermittler. Ich hatte Glück, dass ich so früh in meiner Karriere mit ihm zusammenarbeiten durfte.

»Was gibt's, Sir?«, fragte ich.

Er nahm sich einen Moment Zeit, bevor er antwortete.

»Ich bin kein besonders taktvoller Mensch, Smoky, also lege ich die Fakten auf den Tisch. Man hat Ihnen einen Job als Ausbilderin in Quantico angeboten. Sie müssen nicht annehmen, aber ich muss Sie darüber informieren.«

Ich konnte es kaum glauben. »Warum?«, stellte ich die offensichtliche Frage.

»Weil Sie die Beste sind.«

Irgendetwas an seinem Verhalten verriet mir, dass mehr dahintersteckte.

»Aber?«

Er seufzte. »Es gibt kein Aber«, sagte er. »Es gibt nur ein Und. Sie sind die Beste. Sie sind mehr als qualifiziert, und Sie hätten den Job in Quantico aufgrund Ihrer Leistungen mehr als verdient.«

»Und was bedeutet dieses Und?«

»Irgendjemand ganz oben in der Chefetage scheint der Ansicht zu sein, dass man es Ihnen schuldig ist.«

»Mir schuldig, Sir?«

»Wegen dem, was Sie geopfert haben.« Seine Stimme war ganz leise geworden. »Sie haben dem FBI Ihre Familie geopfert.« Er strich sich über die Wange. Ich konnte nicht sagen, ob es eine unbewusste Geste war oder eine Anspielung auf meine Narben. »Sie haben eine Menge durchgemacht wegen Ihres Berufs.«

»Na und?«, fragte ich verärgert. »Tue ich denen da oben leid? Oder haben sie Angst, ich könnte irgendwann schlappmachen?«

Er überraschte mich mit einem Grinsen. »Unter normalen Umständen würde ich mich diesem Gedankengang anschließen, Smoky. Aber nein. Ich habe mit dem Direktor gesprochen, und er hat mir klargemacht, dass es keine politische Entscheidung ist. Es soll eine Belohnung sein. Eine Anerkennung.« Er sah mich abschätzend an. »Sind Sie Director Rathbun eigentlich noch nie begegnet?«

»Einmal. Scheint mir ein geradliniger Mann zu sein.«

»Er *ist* geradlinig. Er ist hart, er ist aufrichtig – so aufrichtig, wie sein Rang es ihm erlaubt –, und er sagt, was er meint. Und er meint, Sie wären perfekt für diesen Job. Sie würden eine Gehaltserhöhung bekommen, Sie hätten einen geregelten Tagesablauf für Bonnie, und Sie wären aus der Schusslinie.« Eine Pause. »Er hat mir gesagt, es wäre das Beste, was das Bureau für Sie tun kann.«

»Ich verstehe nicht …«

»Wir wissen beide, dass es eine Zeit gab, als man Sie als Assistant Director in Betracht gezogen hat. Als meine Nachfolgerin.«

»Ja, ich weiß.«

»Das ist vom Tisch, ein für alle Mal.«

Der Schock fuhr durch mich hindurch wie eine Messerklinge.

»Wieso? Weil ich eine Zeit lang von der Rolle war, nachdem Matt und Alexa ermordet wurden?«

»Nein, nichts dergleichen. Viel oberflächlicher. Denken Sie an das Naheliegende, Smoky.«

Ich dachte nach, und dann dämmerte es mir. Auf der einen Seite wollte ich es nicht glauben. Auf der anderen war es typisch für das FBI, durch und durch.

»Es ist wegen meiner Narben, nicht wahr? Es ist ein Problem mit meinem Äußeren.«

Eine Mischung aus Zorn und Schmerz flammte in seinen Augen auf und erstarb dann zu müder Resignation.

»Ich habe Ihnen gesagt, dass er geradeheraus ist, Smoky. Wir leben in einem von Medien beherrschten Zeitalter. Es gibt kein Problem mit Ihrem Aussehen, solange Sie nur Ihr Team leiten.« Seine Lippen verzogen sich zu einem verkrampften Lächeln. »Aber die allgemeine Meinung geht offensichtlich dahin, dass es nicht funktionieren würde, sollten Sie meine Stelle einnehmen. Romantisch, solange Sie die Jägerin sind, schlecht für Rekrutierungsaufgaben, wenn Sie Assistant Director sind. Ich halte das für ausgemachten Blödsinn, genau wie Rathbun, aber so ist es nun mal.«

Eigentlich hätte ich verärgert sein müssen, doch zu meiner Verwunderung empfand ich keinen Zorn. Bloß Gleichgültigkeit.

Es hat eine Zeit gegeben, da war ich genauso ehrgeizig wie jeder andere Agent. Matt und ich hatten darüber gesprochen, hatten sogar für diesen Zeitpunkt geplant. Wir hatten es als selbstverständlich genommen, dass ich die Karriereleiter hinaufklettern würde. Doch die Dinge hatten sich anders entwickelt.

Doch abgesehen von meinen verletzten Gefühlen: Die Bosse hatten recht. Ich war tatsächlich nicht mehr geeignet, das administrative Gesicht des FBI zu werden. Mit meinen Narben war ich furchteinflößend – die kampferprobte Soldatin. Und ich verstand es, andere auszubilden – die hartgesottene Veteranin. Aber auf Fotos zusammen mit dem Präsidenten? Eher nicht.

Andererseits bedeutete der Job als Ausbilderin in Quantico gute Bezahlung, regelmäßige Arbeitszeiten und weniger Stress. Ein Job, nach dem andere sich die Finger lecken. Schüler schießen nicht auf ihre Ausbilder. Sie brechen nicht in deren Wohnungen ein. Sie bringen keine Familien um.

Das alles ging mir binnen weniger Augenblicke durch den Kopf.

»Wie lange habe ich, um über eine Antwort nachzudenken?«

»Einen Monat. Wenn Sie Ja sagen, bleibt Ihnen reichlich Zeit, um die Versetzung anzugehen.«

Einen Monat, dachte ich. *Jede Menge Zeit und doch nicht genug.*

»Was sollte ich Ihrer Meinung nach tun, Sir?«

Mein Mentor hatte nicht eine Sekunde gezögert: »Sie sind die beste Agentin, mit der ich jemals gearbeitet habe, Smoky. Sie sind kaum zu ersetzen. Aber Sie sollten tun, was für Sie am besten ist.«

Und nun sitze ich hier und schaue Bonnie an. Sie ist in ihre Zeichentrickfilme vertieft. Ich denke an den heutigen Tag, den entspannten Morgen, die Rülpser beim Frühstück und die Ausflüge zu Claire's.

Was ist am besten für mich? Was ist am besten für Bonnie? Soll ich sie fragen?

Ja, das sollte ich. Aber nicht jetzt.

Ich beschließe, zunächst einmal mit meinem Plan weiterzumachen und Matts und Alexas Hinterlassenschaften wegzupacken. Von uns gegangen, aber nicht vergessen.

Warten wir ab, wie die Dinge hinterher aussehen.

Dass ich mich irgendwann entscheiden muss, macht mir keinen Stress. Ich habe Möglichkeiten, und Möglichkeiten bedeuten Zukunft, hier oder in Quantico. Alles bewegt sich vorwärts, und das Vorwärts ist Leben. Alles ist viel besser als noch vor sechs Monaten.

Das sagst du dir andauernd. Aber es ist nicht so einfach, und das weißt du. Hinter dieser Gleichgültigkeit verbirgt sich etwas Dunkles und Hässliches.

Ich erschauere und verdränge jeden weiteren Gedanken daran, versuche es zumindest, kuschle mich näher an Bonnie, lasse den Samstag wieder Samstag sein.

»Zeichentrickfilme sind klasse, nicht wahr?«

Bonnie nickt, ohne den Blick vom Fernseher zu nehmen.

KAPITEL 4

»Steht nicht so faul und selbstzufrieden da herum!«, sagt Callie.

Mit strenger Miene steht sie in der Küche. Burgunderrot lackierte Fingernägel trommeln auf die Arbeitsfläche aus schwarzem Granit. Ihr kupferrotes Haar bildet einen lebhaften Kontrast zu den Möbelfronten aus Weißeiche hinter ihr. Missbilligend hebt sie eine perfekt geschwungene Augenbraue.

Bonnie und ich lächeln einander an.

Gäbe es eine Schutzheilige der Respektlosigkeit, es wäre Callie. Sie ist schroff und scharfzüngig und hat die Angewohnheit, alles und jeden »Zuckerschnäuzchen« zu nennen. Gerüchte besagen, dass sie eine Abmahnung in ihrer Personalakte hat, weil sie den Direktor des FBI auch so genannt hat. Ich zweifle keine Sekunde daran. Das ist durch und durch Callie.

Außerdem ist sie wunderschön – auf eine Art und Weise, um die alle sie beneiden, die über zwanzig sind, weil es eine bleibende Schönheit ist, eine Filmstar-Schönheit, der das Alter nichts anhaben kann. Ich habe Fotos von Callie mit zwanzig gesehen, und ich muss ehrlich sagen, dass sie heute, mit achtunddreißig, schöner ist als damals. Sie hat flammend rotes Haar, volle Lippen, lange Beine – sie hätte eine Karriere als Model machen können. Doch statt einer Haarbürste trägt sie eine Kanone in der Handtasche. Ich glaube, gerade durch ihr völliges Desinteresse an der eigenen körperlichen Perfektion wirkt sie noch schöner, als sie ohnehin schon ist. Es ist nicht so, als hätte sie ein schlechtes Bild von sich (weit gefehlt); es ist eher so, dass ihre Schönheit eine Eigenschaft ist, die ihr nichts bedeutet.

Callie ist hart wie Stahl, klüger als die Wissenschaftler bei der NASA und die treueste Freundin, die ich mir nur wünschen kann. Ich habe nie ein Geburtstagsgeschenk oder auch nur eine Grußkarte von ihr bekommen – ihre Liebe offenbart sich durch ihr Tun.

Es war Callie, die mich gefunden hat, im eigenen Blut, neben der Leiche von Joseph Sands. Es war Callie, die mir die Waffe aus der Hand genommen hat, selbst als ich damit auf sie gezielt und den Abzug betätigt habe. Zum Glück war das Magazin leer, klick, klick, klick.

Callie gehört zu meinem Team; wir arbeiten seit zehn Jahren zusammen. Sie hat einen Master-Abschluss in Forensik und einen Verstand, der wie geschaffen ist für unseren Job. Außerdem legt Callie eine gewisse Brutalität an den Tag, wenn es um das Ermitteln geht. Beweise und Wahrheiten sind höhere Mächte für sie. Wenn die Beweislage klar ist, rollt sie stur wie ein Panzer los und walzt dabei alles platt, was ihr im Weg ist – auch Freunde und Bekannte, ganz gleich, wie gut man vorher mit ihr zurechtgekommen sein mag. Sie fühlt sich nicht einmal schuldig deswegen. Die einfachste Lösung ist, kein Verbrecher zu sein; dann kommt man prima mit ihr aus.

Callie ist nicht perfekt. Sie trägt ihre Narben nur besser als wir anderen. Sie wurde mit fünfzehn schwanger, und ihre Eltern haben sie gezwungen, das Kind zur Adoption freizugeben. Callie hat dieses Geheimnis vor jedem verborgen, sogar vor mir – bis vor sechs Monaten. Ein Killer hat es ans Tageslicht gezerrt. Die Leute mögen Callie um ihre Schönheit beneiden, doch sie hat hart gekämpft und gelitten, bis sie der Mensch wurde, der sie heute ist.

»Wir freuen uns.« Ich lächle sie an. »Danke, dass du gekommen bist.«

Sie winkt ab, als wäre das nichts Besonderes. »Ich bin wegen der kostenlosen Mahlzeiten da.« Sie mustert mich finster. »Es gibt doch kostenlose Mahlzeiten?«

Bonnie antwortet für mich. Sie geht zum Kühlschrank, öffnet die Tür und kehrt mit einer Lieblingsspeise von Callie zurück, einer Schachtel mit Schokoladendonuts.

Callie tut, als würde sie eine Träne abwischen. »Gott segne dich, Zuckerschnäuzchen.« Sie lächelt Bonnie an. »Möchtest du mir helfen, ein paar davon zu verputzen?«

Bonnie erwiderte ihr Lächeln. Sie holen sich Milch, eine wichtige Zutat. Ich beobachte sie dabei, wie sie Donuts verschlingen. Dieses Bild, dieser Moment rufen einen Glücksausbruch in mir hervor. Alles ist beinahe so perfekt, wie es nur sein kann. Freunde und Donuts und freudestrahlende Töchter, das Elixier von Lachen und Leben.

»Nein, Zuckerschnäuzchen«, höre ich Callie sagen. »Niemals herunterschlingen, ohne sie vorher in Milch zu tunken. Es sei denn, du hast keine Milch. Das ist die erste Regel des Lebens, vergiss sie niemals: Der Donut ist wichtiger als die Milch.«

Ich blicke meine Freundin voller Staunen an. Sie bemerkt es nicht, ist ganz vertieft darin, ihre Donut-Geschichten zum Besten zu geben. Das alles macht Callie zu einem der mir liebsten Menschen. Ihre Bereitwilligkeit, Spaß zu haben. Unschuldig nach den niedrig hängenden Früchten der Freude zu greifen.

»Ich bin gleich wieder da«, sage ich.

Ich steige die teppichbedeckten Stufen zu meinem Schlafzimmer hinauf und sehe mich um. Es ist ein großzügiges Elternschlafzimmer. Die Schlagläden entlang der Vorderfront können so eingestellt werden, dass sie den Sonnenschein nur teilweise oder mit voller Kraft ins Innere lassen. Die Wände sind in Weißtönen gehalten, die Bettdecke ein hellblauer Farbtupfer. Das Bett beherrscht das Zimmer, ein breites, riesiges, himmlisches Ding mit einer teuren Matratze. Jede Menge Kissen, ganze Berge von Kissen. Ich liebe Kissen.

Es gibt zwei gleiche Schubladenkommoden, eine für Matt und eine für mich, beide in dunklem Kirschholz. An der Decke dreht sich leise ein Ventilator; sein dunkles Brummen ist seit langem der Begleiter meines Schlafs.

Ich setze mich aufs Bett und schaue mich um, nehme das Zimmer in mich auf.

Ich brauche diesen Augenblick, bevor es losgeht. Ein paar Sekunden, um das zu sehen, was war. Nicht das, was werden wird.

Großartige Dinge, schreckliche Dinge und ganz banale Dinge, sie alle haben sich hier ereignet, auf diesem Bett. Sie gehen durch mich hindurch wie Regentropfen durch ein Blätterdach. Ein leises Donnern auf dem Dach meiner Welt.

Irgendwann verlieren Erinnerungen ihre Schärfe. Sie lassen dich nicht mehr bluten. Sie schneiden nicht mehr ins Fleisch; stattdessen wühlen sie dich auf. So ist es auch mit den Erinnerungen an meine Familie, und ich bin froh darüber. Es gab eine Zeit, als jeder Gedanke an Matt oder Alexa mich dazu gebracht hat, mich vor Schmerz zu krümmen. Heute kann ich an sie denken und lächeln.

Es geht weiter, Baby, immer weiter.

Doch Matt spricht noch von Zeit zu Zeit zu mir. Er war mein bester Freund; ich bin noch nicht bereit, seine Stimme aus meinem Innern zu verdrängen.

Ich schließe die Augen und denke daran, wie wir das Bett in dieses Zimmer gebracht haben, nachdem Matt und ich es gekauft hatten. Es war unser erstes Haus. Wir hatten unsere Bankkonten für die Anzahlung leergeräumt und gehofft, einen verständnisvollen Kreditgeber zu finden. Wir hatten ein Haus in einer aufblühenden Gegend von Pasadena gekauft, ein zweistöckiges, neueres Gebäude (eines von den wunderschönen, hundert Jahre alten Häusern konnten wir uns nicht leisen, auch wenn wir es liebend gern getan hätten). Es war ziemlich weit weg von unseren Arbeitstellen, aber keiner von uns wollte in Los Angeles wohnen. Wir wollten eine Familie, und da war

Pasadena sicherer. Das Haus sah aus wie alle anderen ringsum. Es besaß keine Identität, doch es war unser Haus.

»Das ist unser Zuhause«, hatte Matt im Vorgarten zu mir gesagt und mich von hinten umarmt, als wir beide zu dem Haus hinaufgeschaut hatten. »Ich finde, dazu passt ein neues Bett. Es ist ein Symbol.«

Das war natürlich albern. Und ich war natürlich einverstanden. Also kauften wir das Bett und mühten uns ab, es die Treppe hinaufzuwuchten. Beim Zusammenbau des Kopfteils, des Rahmens und des Fußteils kamen wir ganz schön ins Schwitzen, und wir ächzten beim Montieren des Federrahmens. Dann saßen wir schwer atmend auf dem Fußboden des Schlafzimmers.

Matt sah mich an und lächelte. Ruckartig hob und senkte er die Augenbrauen. »Was sagst du dazu, wenn wir ein paar Laken aufs Bett werfen und ein bisschen horizontalen Mambo tanzen?«

Ich musste kichern wegen seiner gespielten Plumpheit. »Du weißt, wie man ein Mädchen umgarnt, so viel steht fest.«

Er setzte eine ernste Miene auf, legte sich eine Hand aufs Herz und hob die andere. »Mein Vater hat mich die Regeln gelehrt, wie man ein Weib ins Bett kriegt. Ich habe versprochen, mich immer daran zu halten.«

»Und was sind das für Regeln?«

»Du sollst beim Sex nie deine Socken tragen. Du sollst wissen, wo die Klitoris ist. Du sollst das Weib in den Armen halten, bis es eingeschlafen ist, bevor du selbst einschläfst. Und Furzen im Bett ist verboten.«

Ich nickte. »Dein Vater war ein kluger Mann. Ich stimme seinen Regeln zu.«

Wir tanzten den ganzen Nachmittag horizontalen Mambo, bis in die Abenddämmerung.

Und nun schaue ich auf das Bett. Fühle es mehr, als dass ich es sehe.

Alexa wurde auf diesem Bett empfangen, in einem verschwitzten, zärtlichen Augenblick, oder vielleicht auch in einem raueren, akrobatischen Moment, wer weiß das noch. Matt und ich kamen zusammen, eins, lösten uns voneinander, zwei, und Alex war entstanden, drei.

Ich verbrachte schlaflose Nächte in diesem Bett, als ich schwanger war. Die Knöchel geschwollen, der Rücken schmerzend. Ich gab Matt für alles die Schuld – mit einer Bitterkeit, die man nur um drei Uhr morgens aufzubringen imstande ist, während 210 Tagen. Und ich liebte Matt für alles. Eine unermessliche Liebe, die eine Mischung war aus reiner Freude und verrückt spielenden Hormonen.

Die meisten Paare sind am Anfang zu selbstsüchtig für eine Ehe. Eine Schwangerschaft vertreibt die Selbstsucht gründlich.

Am Tag, nachdem wir Alexa nach Hause gebracht hatten, legten Matt und ich sie in die Mitte dieses Bettes. Wir legten uns rechts und links daneben und bestaunten ihr Dasein.

Alexa wurde in diesem Bett gezeugt. Sie weinte in diesem Bett. Sie lachte in diesem Bett. Sie war wütend in diesem Bett. Sie hat sich in diesem Bett sogar einmal übergeben, als Matt sie zu viel Eis essen ließ. Ich machte das Bett sauber, und Matt schlief auf der Couch.

Ich habe Lektionen in diesem Bett gelernt. Einmal liebten Matt und ich uns hier. Es war kein Sex, es war Liebe. Wein und Kerzen waren vorausgegangen. Wir hatten eine perfekte CD in der perfekten Lautstärke – laut genug, um Atmosphäre zu schaffen, leise genug, um nicht abzulenken. Der Mond schien hell, und die Nacht war lau. Wir schwitzten gerade ausreichend, um auf eine erotische, aber nicht klebrige Weise feucht zu bleiben. Es war die Definition von Sinnlichkeit.

Und dann furzte ich.

Es war ein damenhafter, leiser Furz, doch nichtsdestotrotz ein Furz. Wir erstarrten. Alles schien in einem langen, peinlichen, verlegenen Moment zu verharren.

Und dann fing das Kichern an. Gefolgt von Lachen. Gefolgt von einem Johlen, das wir mit Kissen erstickten, bis uns einfiel, dass Alexa bei einer Freundin übernachtete, woraufhin wir noch einmal Sex machten, noch sanfter und aufrichtiger.

Man kann Stolz haben, man kann Liebe haben, aber man kann nicht immer beides haben. In diesem Bett lernte ich, dass Liebe besser ist.

Es waren nicht nur Fürze und Gelächter. Matt und ich kämpften auch in diesem Bett. Mein Gott, wir hatten ein paar gute Kämpfe. So nannten wir sie: *gute Kämpfe.* Wir waren überzeugt, dass eine erfolgreiche Ehe hin und wieder einen ordentlichen Kampf, eine handfeste Auseinandersetzung erfordert. Wir waren sehr stolz auf einige unserer »besseren Kämpfe« – im Nachhinein betrachtet natürlich.

Und dann wurde ich in diesem Bett vergewaltigt, und ich musste zusehen, wie Matt starb, während ich an dieses Bett gefesselt war. Schlimme Dinge.

Ich atme ein, atme aus. Die Regentropfen fallen durchs Blätterdach, leise und unerbittlich. Die grundlegende Wahrheit: Du wirst nass, wenn es regnet. Daran führt kein Weg vorbei.

Ich betrachte das Bett und denke an die Zukunft. An all die guten Dinge, die immer noch hier passieren könnten, sollte ich entscheiden, nicht nach Quantico zu gehen. Ich habe keinen Matt mehr, ich habe keine Alexa mehr, aber ich habe Bonnie, und ich habe mich.

Leben, wie es früher war, das ist die Milch. Aber das Leben im Allgemeinen, das war der Schokoladendonut, und der Donut ist wichtiger als die Milch.

»Das also ist der magische Ort.«

Callies Stimme reißt mich aus meinen Erinnerungen. Sie steht in der Tür und sieht mich grüblerisch an.

»Hey«, sage ich. »Danke, dass du gekommen bist. Dass du mir helfen willst.«

Sie betritt das Zimmer, und ihre Blicke schweifen umher.

»Ich hatte zwei Dinge zur Auswahl. Das hier oder Wiederholungen von *Drei Engel für Charlie*. Ich habe mich für das hier entschieden. Abgesehen davon gibt Bonnie mir zu essen.«

Ich muss lächeln. »Wie man eine wilde Callie fängt: mit Schokoladendonuts und einer richtig großen Mausefalle.«

Sie kommt zu mir, lässt sich neben mir auf das Bett fallen. Hüpft ein paar Mal auf und ab. »Sehr hübsch.«

»Ja. Ich habe eine Menge schöner Erinnerungen an dieses Bett.«

»Ich hab mich immer gefragt …« Sie zögert.

»Was?«

»Warum hast du es behalten, Zuckerschnäuzchen? Das ist das gleiche Bett, oder? Wo es passiert ist?«

»Das gleiche Bett, ja.« Ich streiche mit einer Hand über die Steppdecke. »Ich habe darüber nachgedacht, es wegschaffen zu lassen. In den ersten Wochen, nachdem ich wieder zu Hause war, hätte ich in diesem Bett kein Auge zu bekommen und habe deshalb auf dem Sofa geschlafen. Als ich schließlich den Mut fand, es zu versuchen, fühlte das Bett sich richtig an. Ich weiß nicht, wie ich es sonst nennen soll. Ich konnte es nicht ertragen, woanders zu schlafen. In diesem Zimmer, auf diesem Bett sind schlimme Dinge geschehen. Aber ich wollte nicht zulassen, dass diese Dinge stärker sind als all das Schöne. Ich habe die Menschen hier geliebt. Meine Familie. Ich lasse mir das nicht von Joseph Sands wegnehmen.«

Ich kann den Ausdruck in Callies Augen nicht deuten. Traurigkeit. Schuld. Sehnsucht?

»Das ist der Unterschied zwischen uns, Smoky«, sagte sie. »Ich hatte einen einzigen schlimmen Augenblick als Teenager. Ich schlafe ein einziges Mal mit dem falschen Jungen, werde schwanger und muss mein Kind aufgeben. Danach achte ich peinlich darauf, nie wieder eine leidenschaftliche Beziehung einzugehen. Du wirst in diesem Bett vergewaltigt, doch die stärksten Erinnerungen für dich sind die Augenblicke, die du hier mit Matt und Alexa geteilt hast. Ich bewundere deinen Optimismus. Ich bewundere ihn wirklich.« Ihr Lächeln ist melancholisch.

Ich antworte nicht, denn ich kenne meine Freundin. Tröstende Worte wären nur peinlich, beinahe so etwas wie Verrat. Ich bin hier, damit sie diese Dinge sagen kann und weiß, dass jemand sie gehört hat. Nicht mehr und nicht weniger.

»Weißt du, was ich vermisse?«, fragt sie. »Matts Tacos.«

Ich sehe sie überrascht an und muss lachen.

»Die waren lecker, nicht wahr?«

»Ich träume manchmal von diesen Tacos«, sagt Callie mit einem melodramatischen Ausdruck von Sehnsucht in den Augen.

Ich könnte nicht einmal dann kochen, wenn mir jemand eine Pistole an den Kopf hält. Ich würde sogar Wasser anbrennen lassen, wie man so sagt. Wie bei allen Dingen, war Matt auch auf diesem Gebiet der Gründliche. Er kaufte Kochbücher, probierte und experimentierte, und in neun von zehn Fällen waren die Ergebnisse erstaunlich gut.

Er hatte gelernt – ich weiß nicht mehr, von wem –, wie man Tacos selber macht. Nicht das klebrige Zeug, das man zum Fertigbacken im Laden kaufen kann, sondern richtige Selbstgemachte. Man fängt mit einer Tortilla an und verwandelt sie nach und nach in eine halbmondförmige Köstlichkeit. Matt hatte irgendein Gewürz für das Hackfleisch, das mir das Wasser im Mund zusammenlaufen ließ.

Callie ebenfalls. Sie isst für ihr Leben gern, und sie hatte sich drei- oder viermal im Monat zu uns zum Abendessen eingeladen. Ich sehe sie noch vor mir, wie sie Tacos in sich hineinstopft und mit vollem Mund redet. Ich höre noch, wie sie etwas sagt, das Alexa zum Kichern bringt, bis sie sich an ihrer Milch verschluckt und alles aus der Nase prustet, was der absolute Höhepunkt der Albernheiten war.

»Danke«, sage ich.

Sie weiß, was ich meine. *Danke für diese Erinnerung, dieses vergessene Stück bittersüßer Vergangenheit, diesen Schlag in den Unterleib, der weh tut und sich zugleich wunderbar anfühlt.*

Das ist Callie. Sie wirbelt ganz nah an mich heran, umarmt meine Seele, und dann wirbelt sie wieder davon, geht hochmütig auf Distanz.

Sie steht von meinem Bett auf, geht zur Tür, blickt zu mir zurück und lächelt ein spitzbübisches Lächeln.

»Weißt du was? Du brauchst keine Mausefalle. Du musst nur die Donuts mit irgendetwas präparieren. Ich esse die Donuts immer.«

KAPITEL 5

»Wie geht es dir, Smoky?«

Elaina stellte mir diese Frage. Sie ist vor ungefähr zwanzig Minuten erschienen, und nachdem die erforderlichen Umarmungen mit Bonnie abgeschlossen sind, hat sie mich beiseite genommen. Jetzt sitzen wir allein in meinem Wohnzimmer. Elaina sieht mich fest an, durchbohrt mich förmlich mit dem Blick aus ihren braunen Augen. »Und ich will eine ernsthafte Antwort«, sagt dieser Blick.

»Meistens gut, manchmal schlecht«, sage ich ohne zu zögern. Es ist mir noch nie in den Sinn gekommen, Elaina gegenüber unaufrichtig zu sein. Sie ist einer jener seltenen Menschen, die warmherzig und stark zugleich sind.

Ihr Blick wird weicher. »Erzähl mir von dem Schlechten«, sagt sie.

Ich versuche Worte zu finden für meinen neuen Dämon, jenen Teufel, der durch meine Träume tobt, während ich schlafe. Früher habe ich von Joseph Sands geträumt, der mich kichernd und glucksend wieder und wieder vergewaltigt und meine Familie lächelnd und augenzwinkernd ermordet. Doch Sands ist verblasst; heute drehen die Albträume sich um Bonnie. Ich sehe sie auf dem Schoß eines Irren, ein Messer an der Kehle. Ich sehe sie auf einem weißen Teppich, ein Kugelloch in der Stirn, und unter ihr breitet sich ein purpurner Engel aus.

»Angst. Es ist die Angst.«

»Weswegen?«

»Wegen Bonnie.«

Elainas Stirn glättet sich. »Du machst dir Sorgen, ihr könnte etwas zustoßen.«

»Es sind keine Sorgen. Es ist Angst. Ich habe Angst, dass sie nie wieder sprechen könnte und irgendwann den Verstand verliert. Dass ich nicht da sein könnte, wenn sie mich braucht.«

»Und?«, hakt Elaina nach. Sie drängt mich, das wahre Entsetzen in Worte zu fassen, den Dämon in der dunklen Grube beim Namen zu nennen.

»Dass sie sterben könnte, kapierst du denn nicht?«, sage ich ungewollt schnippisch und bedaure es beinahe sofort. »Entschuldige.«

Elaina lächelt, um mir zu zeigen, dass alles in Ordnung ist. »Ich kann deine Angst verstehen, Smoky. Du hast ein Kind verloren. Du weißt, dass es passieren kann. Herrgott, Bonnie wäre fast vor deinen Augen gestorben.« Eine sanfte Berührung, ihre Hand auf meiner. »Ich kann deine Angst sehr gut verstehen.«

»Aber sie macht mich schwach«, sage ich kläglich. »Angst ist Schwäche. Aber Bonnie braucht eine starke Beschützerin.«

Ich schlafe mit einer durchgeladenen Pistole in meinem Nachttisch. Das Haus ist bis unter die Decke voll mit Alarmanlagen. Und um den massiven Riegel an der Eingangstür zu durchtrennen, würde ein Eindringling eine ganze Stunde benötigen. Das alles hilft zwar ein wenig, kann die Angst aber nicht verbannen.

Elaina mustert mich mit einem scharfen Blick und schüttelt den Kopf. »Nein. Bonnie braucht deine Anwesenheit. Deine Liebe. Sie braucht eine Mutter, keine Superheldin. Die wirklichen Menschen sind nun mal kompliziert und im Allgemeinen nicht so, wie wir es uns wünschen, aber wenigstens sind sie da.«

Elaina ist die Frau von Alan, einem Mitglied meines FBI-Teams. Sie ist eine wunderschöne Latina mit melancholischen Augen und sanft geschwungenen Kurven. Doch ihre wahre Schönheit kommt aus dem Herzen. Sie besitzt eine resolute Sanftheit, die einem Schutz und Sicherheit, Liebe und Hingabe verspricht, alles zur gleichen Zeit.

Letztes Jahr haben die Ärzte bei ihr Dickdarmkrebs im zweiten Stadium diagnostiziert. Sie wurde operiert, der Tumor entfernt, gefolgt von Bestrahlungen und Chemotherapie. Sie hält sich tapfer, doch sie hat ihre Haare verloren, ihr dichtes, prachtvolles Haar. Sie trägt diesen Schicksalsschlag auf die gleiche Weise, wie ich meine Narben zu tragen gelernt habe: unverhüllt und für alle sichtbar. Ihr Kopf ist kahl, doch sie versteckt ihn nicht unter einer Bandana oder einem Hut. Doch ich frage mich, ob der Schmerz über diesen Verlust sie trotz ihrer Stärke manchmal aus heiterem Himmel trifft, so wie die Abwesenheit von Matt und Alexa mich bisweilen trifft.

Wahrscheinlich nicht. Für Elaina ist der Verlust ihrer Haare zweitrangig im Vergleich zu der Freude am Leben. Das macht einen Teil ihrer Stärke aus.

Elaina kam mich besuchen, nachdem Sands mir meine Familie genommen hatte. Sie platzte in mein Krankenzimmer, schob die Schwester beiseite und warf sich mit ausgebreiteten Armen über mich. Diese Arme umfingen mich und hielten mich wie Engelsflügel. Ich zersprang in diesen Armen, weinte Ewigkeiten an ihrer Brust. Sie war in diesem Moment meine Mutter und meine Retterin, und dafür werde ich sie immer lieben.

Sie drückt meine Hand. »Ich kann verstehen, dass du so empfindest, Smoky«, sagt sie. »Du könntest nur dann frei von Angst sein, würdest du Bonnie nicht so lieben, aber dazu ist es längst zu spät.«

Meine Kehle schnürt sich zusammen, und meine Augen brennen. Elaina hat recht. Diese Wahrheit ist hässlich und wunderbar und unabwendbar zugleich: Ich muss mit meiner Angst leben, weil ich Bonnie liebe. Ich müsste nur aufhören, sie zu lieben, und die Angst würde verschwinden.

So weit wird es nie kommen.

»Wird es irgendwann besser?«, frage ich sie und stoße einen entmutigten Seufzer aus. »Ich will nicht, dass Bonnie etwas davon merkt.«

Elaina nimmt meine Hände und betrachtet mich mit ihrem unerschütterlichen Blick. »Wusstest du eigentlich, dass ich ein Waisenkind war, Smoky?«

Ich blicke sie erstaunt an.

»Nein.«

Sie nickt. »Ich war Waise. Mein Bruder Manuel und ich, wir waren beide Waisenkinder. Mama und Papa starben bei einem Autounfall. Wir wurden von Abuela aufgezogen, meiner Großmutter. Eine großartige Frau. Ich meine das buchstäblich. Sie hatte wahre Größe. Sie hat sich nie beschwert, kein einziges Mal.« Ihr Lächeln wird melancholisch. »Und Manuel ... er war ein wunderbarer Junge. Gutherzig und warm. Doch er war auch schwach. Er war immer der Erste, der sich eine Erkältung oder Grippe eingefangen hat und der Letzte, der wieder gesund wurde. Eines Tages im Sommer nahm Großmutter Abuela uns mit nach Santa Monica Beach. Manuel geriet in eine Unterströmung. Er starb.«

Ihre Worte sind schlicht und offen, doch ich kann den Schmerz dahinter spüren. Stiller Schmerz. Sie fährt fort: »Ich habe meine Eltern ohne jeden Grund verloren. Ich habe meinen Bruder an einem wunderschönen Sommertag verloren, und seine einzige Sünde bestand darin, dass er nicht kräftig genug strampeln konnte, um zurück an den Strand zu kommen.« Sie zuckt die Schultern. »Worauf ich hinauswill, Smoky ... ich kenne deine Angst. Das Entsetzen, jemanden verlieren zu können, den man liebt.« Sie zieht die Hand weg und lächelt. »Und was tue ich? Ich verliebe mich in einen wunderbaren Mann, der eine gefährliche Arbeit macht, und liege nächtelang wach und habe Angst, nichts als Angst. Manchmal habe ich es an Alan ausgelassen. Ungerechtfertigt.«

»Ehrlich?« Es fällt mir schwer, das mit der Elaina in Einklang zu bringen, die ich kenne.

»Ehrlich. Manchmal denke nicht mal daran, dass ich Alan verlieren könnte, und schlafe wunderbar. Doch die Angst um ihn kommt immer wieder.«

»Warum hast du mir nie davon erzählt, dass du ein Waisenkind warst und deinen Bruder verloren hast?«

Sie zuckt die Schultern.

»Ich weiß nicht. Ich wollte es dir erzählen, damals, als du im Krankenhaus gelegen hast, habe es dann aber doch nicht getan.«

»Warum?«

»Du liebst mich, Smoky. Es hätte deinen Schmerz schlimmer gemacht, anstatt dir zu helfen.«

Sie hat recht.

Elaina lächelt. Es ist ein Lächeln, das viele Farben hat. Das Lächeln einer Frau, die weiß, dass sie das Glück hat, mit einem Mann verheiratet zu sein, den sie liebt, das Lächeln einer Mutter, die niemals eigene Kinder hatte, das Lächeln eines kahlen Rapunzels, das glücklich ist, am Leben zu sein.

Callie erscheint mit Bonnie an ihrer Seite. Beide mustern mich abschätzend.

»Sind wir bereit?«, fragt Callie. »Können wir endlich anfangen?«

Ich zwinge mich zu einem Lächeln. »Na klar.«

»Erklär uns, was wir machen«, sagt Elaina.

»Also. Es ist ein Jahr her, seit Matt und Alexa gestorben sind. Seitdem ist viel passiert.« Ich schaue Bonnie an und lächle. »Nicht nur in meinem Leben. Ich vermisse sie immer noch, und ich weiß, dass sich daran nie etwas ändern wird. Aber …« Ich benutze die gleiche Phrase, die ich früher am Tag Bonnie gegenüber benutzt habe. »Aber sie wohnen nicht mehr in diesem Haus. Ich rede nicht davon, die Erinnerung an sie auszulöschen. Ich behalte jedes Foto, jeden Film. Ich rede von den Dingen, die keinen Nutzen mehr für mich haben. Kleidung. Spielzeug. Persönliche Gegenstände. All die Dinge, die nur gebraucht würden, wenn Matt und Alexa noch hier wären.«

Bonnie sieht mich ohne Zögern oder Zurückhaltung an. Ich lächle ihr zu und lege meine Hand auf ihre.

»Wir sind hergekommen, um dir zu helfen«, sagt Elaina. »Sag uns einfach, was wir tun sollen. Möchtest du die Zimmer unter uns aufteilen? Oder gehen wir alle gemeinsam von einem Zimmer zum nächsten?«

»Gemeinsam.«

»Gut.« Sie zögert. »Mit welchem Zimmer fangen wir an?«

Ich fühle mich wie am Sofa festgeleimt. Ich glaube, Elaina spürt es. Deswegen drängt sie. Sie will, dass ich mich bewege, dass ich etwas tue.

Ich stehe in einer fließenden Bewegung auf. Es ist, als würde ich vom Fünfmeterbrett springen, ohne groß darüber nachzudenken. »Fangen wir in meinem Schlafzimmer an.«

Wir stellen eine Auswahl von Kisten zusammen, eine kunterbunte Mischung aus raschelnder Wellpappe, Karton und reißendem Klebeband. Dann tritt wieder Stille ein. Matt und ich hatten jeder unseren eigenen Schrank im Elternschlafzimmer. Ich blicke auf die Tür seines Kleiderschranks, und das Atmen fällt mir schwer.

»Herrje«, sagt Callie. »Es ist viel zu *ernst* hier drin.«

Sie geht zu den Fenstern und reißt die Plantageläden zuerst bei einem, dann beim zweiten, dann beim letzten auf. Sonnenlicht flutet ins Zimmer, ein Strom aus Gold. Callie öffnet die Fenster mit entschlossenen, beinahe wütenden Bewegungen.

Es dauert einen Moment, bevor eine kühle Brise hereinströmt, gefolgt von den Geräuschen des *Draußen*.

»Wartet hier«, sagt sie und geht zur Schlafzimmertür.

Elaina sieht mich mit erhobenen Augenbrauen an. Ich zucke die Schultern. Wir hören, wie Callie die Stufen hinunterstampft, gefolgt von Geräuschen in der Küche; dann kommt sie wieder nach oben. Sie betritt das Schlafzimmer mit einem Ghettoblaster und einer CD in den Händen. Sie schließt den Ghettoblaster an, legt die CD ein und drückt auf PLAY. Ein stampfender Rhythmus setzt ein, begleitet von einem Elektrogitarrenriff, das vertraut und eingängig ist. Es ist einer von den Songs, den ich tausend Mal gehört habe, ohne zu wissen, wie er heißt, und er bringt mich dazu, mit dem Fuß zu tappen.

»Hits aus den 70ern, 80ern und 90ern«, sagt Callie. »Sie machen gute Laune.«

Callie hat das Zimmer innerhalb von drei Minuten verwandelt. Es ist kein schattiges, düsteres Schlafzimmer mehr, sondern hell und freundlich. Ein ganz gewöhnliches Schlafzimmer an einem schönen Tag.

Ich schaue auf Bonnie hinunter. »Meinst du, wir schaffen das, Schatz?«

Sie lächelt mich an und nickt.

»Also dann«, sage ich, hole tief Luft, gehe zu Matts Kleiderschrank und öffne die Tür.

KAPITEL 6 Die Musik und die Sonne haben geholfen, wenigstens in meinem Schlafzimmer. Wir haben Matts Kleiderschrank ausgeräumt, ohne dass ich allzu traurig geworden bin.

Wir haben seine Hemden und Hosen, Pullover und Schuhe weggepackt. Matts Geruch war überall – und auch sein Geist. Es kam mir so vor, als hätte ich an jedes Kleidungsstück eine besondere Erinnerung. Er hat gelacht, als er diese Krawatte getragen hat. Er hat geweint in diesem Anzug, bei der Beerdigung seines Großvaters. Alexa hat einen Handabdruck aus Marmelade auf diesem Hemd hinterlassen.

Doch die Erinnerungen waren weniger schmerzhaft, als ich erwartet hätte. Sie waren eher bereichernd als bedrückend.

Du machst das gut, Schatz, hörte ich Matts Stimme.

Ich antwortete nicht, doch ich lächelte vor mich hin.

Ich dachte auch über Quantico und das Angebot des FBI nach.

Vielleicht wäre es gar nicht verkehrt, dieses Haus zu verlassen. Wenn ich es tue, dann nur deshalb, weil ich es will und nicht, um zu flüchten. Ich muss meine Geister zur Ruhe betten, weil sie mir sonst überallhin folgen würden, wohin ich auch gehe. Das tun Geister nun mal.

Wir gingen den Kleiderschrank durch, das restliche Schlafzimmer, dann das Badezimmer, und die ganze Zeit war der Schmerz da, doch er war erträglich. *Bittersüß, aber mehr süß als bitter.*

Wir trugen die Kartons in den Dachboden über der Garage und schoben sie in Ecken, wo sie stehen bleiben und Staub ansetzen würden.

Tut mir leid, Matt, sagte ich stumm.

Es sind bloß Gegenstände, Schatz, antwortete er. *Das Herz setzt keinen Staub an.*

Da hast du recht.

Übrigens, sagt Matt aus dem Nichts heraus. *Was ist mit 1forUtwo4me?*

Ich antworte nicht. Ich stehe auf der Leiter, von der Hüfte aufwärts im Loch zum Dachboden.

»Smoky?«, ruft Callie von der Tür zur Garage aus.

»Ich komme gleich!«

Ja, geht es mir durch den Kopf. *Was ist mit 1forUtwo4me? Was habe ich mir deswegen überlegt?*

In meinem Beruf habe ich gelernt, dass auch gute Männer und Frauen ihre Geheimnisse haben können. Gute Ehemänner und Ehefrauen zum Beispiel, die einander betrügen oder heimlichen Lastern frönen oder sich als doch nicht so gut erweisen, wie von allen angenommen. Und ich habe gelernt, dass alles ans Tageslicht kommt, wenn man gestorben ist, weil andere nach Belieben in deinem Leben herumwühlen können, wenn du tot bist, und du kannst nichts, aber auch gar nichts dagegen tun.

Was mich zu *1forUtwo4me* bringt. Es ist ein Passwort. Matt hatte mir erklärt, wie man ein sicheres Passwort findet, nachdem ein E-Mail-Konto der Familie kompromittiert worden war.

»Man benutzt eine Kombination von Buchstaben und Zahlen. Je länger, desto besser, aber zugleich sollte man es leicht behalten können, sodass man es nicht aufschreiben muss. Zum Beispiel …« Er hatte mit den Fingern geschnippt. »Eins für dich, zwei für mich. Das ist ein Satz, den ich mir gut merken kann. Also ändere ich ihn ein wenig, füge ein paar Ziffern hinzu, und schon habe ich 1forUtwo4me. Albern, zugegeben, aber ich vergesse es nicht, und es ist sehr unwahrscheinlich, dass jemand anders zufällig auf dieses Passwort kommt.«

Er hatte Recht behalten. Es klebte wie Kaugummi an der Schuhsohle. 1forUtwo4me. Ich habe es nie aufschreiben müssen. Ich werde es niemals vergessen.

Ein paar Monate nach Matts Tod hatte ich an seinem Computer gesessen. Wir hatten ein Heimbüro und jeder einen eigenen PC. Ich fühlte mich wie betäubt und suchte nach irgendetwas, das mich aus meiner Lethargie riss. Also ging ich Matts E-Mails durch und schaute mir seine Dateien an. Ich stieß auf ein Verzeichnis, das »Privat« benannt war. Als ich es öffnen wollte, stellte ich fest, dass es durch ein Passwort geschützt war.

1forUtwo4me. Ich hatte es im Kopf, bevor ich überlegen musste. Meine Finger lagen bereits auf den Tasten. Ich wollte es gerade eintippen, als ich innehielt.

Erstarrte.

Was, wenn …?, dachte ich. *Was, wenn PRIVAT tatsächlich privat bedeutet, wie in GEHT MICH NICHTS AN?*

Die Vorstellung war erschreckend gewesen. Und entsetzlich. Meine Phantasie schäumte über.

Eine Mätresse? Pornos? Hat er eine andere geliebt?

Diesen Gedanken auf dem Fuße folgten Schuldgefühle.

Wie kannst du so etwas denken? Es ist Matt. Dein Matt!

Ich hatte das Zimmer verlassen, Mr. 1forUtwo4me eingesteckt und versucht, nicht mehr daran zu denken.

Hin und wieder tauchte er dennoch auf.

Jetzt zum Beispiel.

Wahrheit oder Verdrängung?

»Smoky?«, ruft Callie erneut.

»Ich komme!«, antworte ich und steige die Leiter hinunter.

Ich spüre Matt noch immer.

Er wartet.

1forUtwo4me.

Die Vergangenheit wegzupacken, wird mir bewusst, ist eine schmutzige Angelegenheit.

Wir stehen im Eingang von Alexas Kinderzimmer. Ich spüre Unbehagen. Der Schmerz ist hier stechender, aber immer noch erträglich.

»Hübsches Zimmer«, murmelt Elaina.

»Alexa mochte den Kleinmädchenstil«, sage ich.

Es ist tatsächlich der Traum eines jeden kleinen Mädchens. Das Bett ist riesig, mit einem Himmel, und bedeckt von Rottönen jeder nur denkbaren Schattierung. Die Tagesdecke und die Kissen sind üppig und einladend und rufen einem zu: »Leg dich hin und ertrink in uns.«

Ein Viertel des Fußbodens ist bedeckt von Alexas Kuscheltiersammlung. Es gibt sie in allen Größen und sämtlichen nur denkbaren Spezies, von identifizierbar bis phantastisch.

»Löwen und Tiger und Heffalumps, meine Güte!«, pflegte Matt zu frotzeln.

Ich nehme alles in mich auf, und mir kommt ein Gedanke. Ich frage mich verwundert, wieso ich nicht schon eher daran gedacht habe.

Bonnie hat seit dem Tag, an dem ich sie hierher gebracht habe, bei mir im Schlafzimmer geschlafen. Ich glaube nicht, dass sie je in Alexas Kinderzimmer gewesen ist.

Bleib bei der Wahrheit. Du hast sie nie in das Zimmer gelassen. Du hast sie nie gefragt, ob sie ein Königreich aus Plüschtieren will oder einen purpurnen Berg aus Bettlaken, Decken und Kissen.

Ich knie mich vor Bonnie hin. »Möchtest du etwas von diesen Sachen, Schatz?«, frage ich. Sie sieht mich an, und ihre Augen suchen in den meinen. »Du darfst dir nehmen, was du möchtest.« Ich drücke ihre Hand. »Ehrlich. Du kannst das ganze Zimmer haben, wenn du willst.«

Sie schüttelt den Kopf. *Nein, danke*, sagt sie. *Ich spiele nicht mehr mit Kindersachen*, sagt dieser Blick.

»Okay«, sage ich leise und stehe auf.

»Was willst du mit diesem Zimmer anstellen, Smoky?« Elainas sanfte Stimme reißt mich aus meinen Gedanken.

Ich streiche Bonnie mit einer Hand übers Haar, während ich mich umschaue.

»Nun …«, setze ich zu einer Antwort an, als mein Handy summt.

Callie verdreht die Augen. »Das war's auch schon wieder.«

»Barrett«, melde ich mich.

»Smoky, ich bin's, Alan«, rumpelt eine tiefe Stimme. »Tut mir leid, dich heute zu stören, aber wir haben ein Problem.«

Alan leitet das Team, solange ich Urlaub habe. Er ist mehr als kompetent. Dass er es für erforderlich hält, mich anzurufen, lässt mich schlagartig hellwach werden.

»Was ist passiert?«

»Ich bin in Canoga Park und stehe vor einem Haus, in dem

sich ein Dreifachmord ereignet hat. Sieht schlimm aus, sehr schlimm. Das Dumme ist, in diesem Haus ist ein sechzehnjähriges Mädchen. Sie hält sich eine Waffe an den Kopf und sagt, sie will nur mit dir reden.«

»Sie hat *meinen* Namen genannt?«

»Ja.«

Ich schweige, während ich diese Neuigkeit verarbeite.

»Tut mir leid, Smoky.«

»Gib mir die Adresse«, sage ich. »Callie und ich kommen, so schnell wir können.«

Ich notiere die Anschrift und beende das Gespräch.

Der Tod macht keinen Urlaub, wie es aussieht. Der Tod ist in meinem Job an der Tagesordnung. Wie üblich lebe ich mein Leben auf verschiedenen Ebenen zugleich. Verwandle dieses Haus in ein Zuhause, überlege, ob ich von hier weggehe nach Quantico, versuche eine junge Frau daran zu hindern, sich eine Kugel durch den Kopf zu schießen. Ich kann gehen und gleichzeitig Kaugummi kauen. Hurra, Smoky Barrett!

Ich sehe Bonnie an. »Schatz …« Ich verstumme, als sie nickt: *Fahr nur.*

Ich blicke zu Elaina. »Elaina …«

»Ich pass auf Bonnie auf.«

Ich empfinde Erleichterung und Dankbarkeit.

»Callie …?«

»Ich fahre«, sagt sie.

Ich gehe in die Hocke und schaue Bonnie an. »Tust du mir einen Gefallen, Schatz?«

Sie sieht mich fragend an.

»Versuch zu überlegen, was wir mit all den Stofftieren tun sollen.«

Sie lächelt. Nickt.

»Cool.« Ich richte mich auf, schaue Callie an. »Fahren wir.«

Auf mich warten schlimme Dinge, und ich möchte nicht, dass sie ungeduldig werden.

KAPITEL 7

»Alles hübsch versteckt«, sinniert Callie, als wir in die Vorstadtstraße in Canoga Park einbiegen.

Sie redet mehr zu sich selbst, doch als ich mich umsehe, verstehe ich, was sie meint. Canoga Park gehört zu Los Angeles. In L.A. gibt es keine großen Abstände zwischen den Vorstädten und der Innenstadt. Man kann auf einer Straße voller Läden und Werkstätten sein, zwei Blocks weit fahren und sich in einer stillen Wohngegend wiederfinden. Es ist ein unmerklicher Übergang: Ampeln weichen Stoppschildern, und es wird allgemein ruhiger und beschaulicher. Die Stadt lärmt im Hintergrund, verstummt niemals ganz, ist immer da, während die Häuser … nun ja, *hübsch versteckt* liegen.

Die Straße, in die wir eingebogen sind, gehört zu diesen Gegenden, doch sie hat alle Ruhe und Beschaulichkeit verloren. Ich sehe fünf Streifenwagen, einen Minibus sowie zwei oder drei zivile Fahrzeuge. Der obligatorische Helikopter kreist am Himmel.

»Zum Glück haben wir noch Tageslicht«, bemerkt Callie und blickt hinauf zum Hubschrauber. »Ich kann die grellen Scheinwerfer nicht ausstehen.«

Überall sind Leute auf der Straße. Die Mutigeren stehen in ihren Vorgärten, während die Zaghafteren hinter den Gardinen ihrer Fenster versteckt nach draußen spähen. Es ist eigenartig. Die Leute reden über Verbrechen in der City, aber die schlimmsten Morde passieren meist in den ruhigen Vororten.

Callie parkt den Wagen am Straßenrand.

»Bereit?«, frage ich sie.

»Gehen wir's an, Zuckerschnäuzchen.«

Wir steigen aus, und ich bemerke, wie Callie das Gesicht verzieht. Sie legt eine Hand auf das Wagendach, um das Gleichgewicht besser halten zu können.

»Alles in Ordnung?«

Sie winkt ab. »Schmerzen von der letzten Schussverletzung. Ich komm schon zurecht.« Sie greift in eine Jackentasche und zieht eine Medikamentenflasche hervor. »Vicodin, der Freund aller modernen Mütter«, sagt sie, drückt mit dem Daumen den Deckel auf, lässt eine Tablette in ihre Handfläche kullern und schluckt sie. Lächelt. »Hmmm. Lecker.«

Callie wurde vor sechs Monaten angeschossen. Die Kugel hat ihre Wirbelsäule gestreift. Eine bange, angespannte Woche lang wussten wir nicht, ob sie je wieder würde laufen können. Ich dachte, sie hätte sich inzwischen vollkommen erholt.

Da hast du dich wohl geirrt.

Geirrt? Sie trägt ihr Hydrocodon mit sich herum wie andere eine Schachtel Tic-Tac.

»Sehen wir nach, was das Geschrei zu bedeuten hat«, sagt sie.

»Okay.«

Aber das mit den Pillen lasse ich nicht auf sich beruhen, Callie.

Wir gehen zur Absperrung. Ein junger Streifenpolizist hält uns an, ein gut aussehender Bursche. Ich kann seine Aufregung spüren, weil er an dieser spektakulären Polizeiaktion teilnehmen darf. Ich mag ihn auf der Stelle: Er bemerkt die Narben auf meiner linken Gesichtshälfte und zuckt kaum zusammen.

»Sorry, Ma'am«, sagt er. »Ich darf im Augenblick niemanden durchlassen.«

Ich angle nach meinem Dienstausweis und zeige ihn vor. »Special Agent Barrett«, sage ich. Callie folgt meinem Beispiel.

»Entschuldigung, Ma'am«, sagt der junge Beamte, auch an Callies Adresse.

»Null Problemo, Zuckerschnäuzchen«, sagt Callie.

Ich sehe Alan inmitten einer Gruppe von Anzügen und Uniformen. Er überragt sie alle, ein imposantes Bild von einem Mann. Alan ist Mitte vierzig, ein Afroamerikaner, den man nur als *gargantuesk* beschreiben kann. Er ist nicht fettleibig, er ist einfach nur gewaltig. Sein Stirnrunzeln kann ein Verhörzimmer zu einem gefährlichen und winzigen Raum für einen schuldigen Verbrecher machen.

Das Leben liebt die Ironie, und Alan ist keine Ausnahme. Trotz seiner Größe und Kraft ist er ein nachdenklicher Berg von einem Mann, ein brillanter Verstand im Körper eines Footballspielers. Er vereint akribische Präzision mit nahezu unendlicher Geduld. Seine Aufmerksamkeit für das kleinste Detail ist berüchtigt. Eines der besten Zeugnisse für seinen Charakter ist die Tatsache, dass Elaina seine Frau ist und ihn vergöttert.

Alan ist das dritte und älteste Mitglied meines kleinen Teams. Er hat mir anvertraut, er habe überlegt, das FBI zu verlassen, als man bei Elaina Krebs diagnostizierte, damit er mehr Zeit mit ihr verbringen könne. Seitdem hat er nicht wieder darüber gesprochen, und ich habe ihn nicht dazu gedrängt, doch ich bin mir stets der Tatsache bewusst, dass ich Alan verlieren könnte.

Callie schluckt Schmerzmittel und Alan denkt ans Aufhören. Vielleicht solltest du wirklich nach Quantico gehen. Sollen sie das Team doch neu aufbauen.

»Da ist sie«, höre ich Alan in diesem Moment sagen.

Ich mach mich daran, die verschiedenen Reaktionen auf den Anblick meines Gesichts zu katalogisieren, gebe es aber rasch wieder auf. *Nehmt es oder lasst es, Jungs.*

Einer der Männer tritt vor und streckt die Hand aus, um mich zu begrüßen. Die andere Hand hält eine MP5 Maschinenpistole. Er ist in SWAT-Montur gekleidet – Körperpanzer, Helm, Stiefel. »Luke Dawes«, stellt er sich vor. »SWAT-Commander. Danke, dass Sie gekommen sind.«

»Kein Problem«, erwidere ich und deute auf Alan. »Haben Sie was dagegen, wenn ich mich von meinem Mitarbeiter über den Stand der Dinge informieren lasse? Soll keine Beleidigung sein.«

»Kein Problem, Ma'am.«

Ich wende mich Alan zu und verdränge die inneren Stimmen aus meinem Kopf, um mich ganz auf das Naheliegende zu konzentrieren. »Schieß los«, sage ich.

»Vor etwa einer Stunde ging ein Notruf von einem Nachbarn ein, einem Witwer namens Jenkins. Er sagte, dass das Mädchen, Sarah Kingsley, im Schlafanzug und voller Blut in den Vorgarten gestolpert wäre.«

»Woher wusste er, dass sie in seinem Vorgarten war?«

»Sein Wohnzimmer ist auf der Vorderseite des Hauses, und er lässt die Vorhänge immer offen, bis er zu Bett geht. Er hat vor dem Fernseher gesessen und das Mädchen aus dem Augenwinkel bemerkt.«

»Okay. Weiter.«

»Jenkins war geschockt, brachte aber wenigstens den Mut auf, nach draußen zu gehen und nachzusehen, was für ein Problem es gab. Er sagt, das Mädchen sei durcheinander gewesen … *unkonzentriert*, hat er gesagt, und habe gemurmelt, ihre Familie sei ermordet worden. Er habe versucht, sie in sein Haus zu holen, doch das Mädchen habe geschrien und sei davongelaufen, zurück ins Haus ihrer Eltern.«

»Ich nehme an, dieser Jenkins war klug genug, ihr nicht zu folgen?«

»Ja. Sein Heldenmut reichte nur bis in den eigenen Vorgarten. Er rannte ins Haus zurück und rief die Polizei. Zufällig war ein Streifenwagen in der Nähe, also sind sie hergekommen, um die Sachlage zu überprüfen. Die beiden Beamten«, er liest die Namen von seinem Notizblock ab, »Sims und Butler, steigen aus und werfen einen Blick ins Haus – die Vordertür stand sperrangelweit offen. Sie versuchen, das Mädchen zum Rauskommen zu bewegen. Sie reagiert nicht. Sims und Butler sprechen die Sache kurz durch und beschließen, ins Haus zu gehen, um das Mädchen zu holen. Nicht ungefährlich, aber sie sind keine Anfänger, und sie machen sich Sorgen um das Mädchen.«

»Verständlich«, sage ich. »Sind Sims und Butler immer noch hier?«

»Ja.«

»Erzähl weiter.«

»Sie betreten das Haus und finden ein verdammtes Blutbad vor.«

»Warst du drin?«, unterbreche ich ihn.

»Nein. Niemand war im Haus, seit das Mädchen die Waffe in der Hand hat. Jedenfalls, Sims und Butler gehen rein, und es ist offensichtlich, dass irgendwas passiert sein muss, und erst vor kurzer Zeit. Zu unserem Glück hatten Sims und Butler schon früher mit Mordschauplätzen zu tun, also verlieren sie nicht den Kopf. Sie machen einen großen Bogen um alles, das nach Beweis aussieht.«

»Gut.«

»Ja. Sie hören Geräusche im ersten Stock und rufen nach dem Mädchen. Keine Antwort. Sie gehen die Treppe rauf und finden sie im Elternschlafzimmer, zusammen mit drei Leichen. Sie hat eine Waffe.« Alan schaut auf seine Notizen. »Eine Neunmillimeter, vermuten Sims und Butler. Von nun an ändert sich die Situation. Die beiden glauben, das Mädchen wäre vielleicht verantwortlich für das Blutbad. Sie richten ihre Revolver auf sie und sagen ihr, sie solle ihre Waffe fallen lassen. Stattdessen setzt sie sich die Mündung an den Kopf.«

»Und das ändert noch einmal alles.«

»Richtig. Sie weint und schreit die Beamten an: ›Ich will mit Smoky Barrett reden, oder ich bring mich um.‹ Genau diese Worte. Sims und Butler versuchen das Mädchen zu beruhigen, doch als sie die Waffe auf *sie* richtet, geben sie auf. Sie melden den Vorfall und informieren uns …« Er breitet die Arme aus und deutet auf die überwältigende Präsenz von Gesetzesbeamten ringsum. »Und da sind wir.« Er nickt in Richtung des SWAT-Commanders. »Lieutenant Dawes hat deinen Namen schon mal gehört und jemanden beauftragt, sich mit mir in Verbindung zu setzen. Ich bin hergekommen, habe mir ein Bild von der Lage gemacht und dich angerufen.«

Ich drehe mich zu Dawes um und betrachte ihn eingehend. Ich sehe einen durchtrainierten, wachsamen Profi mit kalten

Augen und brünettem Kurzhaarschnitt. Er ist allenfalls mittelgroß, unter eins achtzig, drahtig und hellwach. Er strahlt gelassene Zuversicht aus. Dawes ist ein typischer SWAT-Mann, was ich immer wieder tröstlich finde, wenn ich es sehe.

»Was meinen Sie, Lieutenant?«

Er mustert mich sekundenlang; dann zuckt er die Schultern. »Sie ist sechzehn, Ma'am. Eine Schusswaffe ist eine Schusswaffe, aber …«, wieder zuckt er die Schultern, »sie ist erst sechzehn.«

Zu jung zum Sterben, soll das heißen. *Viel zu jung, als dass ich sie erschießen könnte, ohne mir den Tag zu versauen.*

»Haben Sie einen Vermittler vor Ort?«, frage ich.

Ich meine damit einen Geiselvermittler. Jemanden, der ausgebildet ist, mit Leuten zu reden, die psychisch aus dem Gleichgewicht sind und schlimmstenfalls auch noch Waffen tragen.

»Leider nicht, Ma'am«, antwortet Dawes. »Wir haben zurzeit drei Geiselvermittler in L.A. Irgendjemand hat sich gesagt, dass heute der beste Tag sei, vom Dach des Roosevelt Hotels in Hollywood zu springen – da ist Nummer eins. Dann gibt es einen Vater, der möglicherweise das Sorgerecht für seine Kinder verliert und beschlossen hat, sich eine Schrotflinte an den Kopf zu halten – da ist Nummer zwei. Nummer drei wurde heute Morgen auf dem Weg zu einem Ausbildungsseminar auf einer Kreuzung von einem Laster erwischt, ob Sie's glauben oder nicht.« Er schüttelt den Kopf. »Er liegt im Krankenhaus. Wir sind auf uns allein gestellt.« Er zögert. »Ich hätte verschiedene Mittel, um die Sache hier zu beenden, Ma'am. Tränengas, Hartgummigeschosse … Tränengas würde allerdings den Tatort durcheinanderbringen, und Gummigeschosse … Selbst wenn wir sie damit treffen, könnte das Mädchen sich immer noch eine Kugel in den Kopf jagen.« Er zuckt die Schultern. »Sieht so aus, als wäre es der beste Plan, wenn Sie reingehen und mit diesem verrückten Teenager reden.«

Ich antworte mit einem limonensauren Lächeln. »Danke.«

Er sieht mich mit schief gelegtem Kopf an, und in seinen

Augen erwacht Interesse. »Sie sind eine Art Superschützin, habe ich gehört.«

»Annie Oakley ist eine Niete gegen mich«, antworte ich. Er sieht mich zweifelnd an.

»Sie kann Kerzenflammen ausschießen und Löcher durch Vierteldollars ballern, Zuckerschnäuzchen«, sagt Callie zu ihm. »Ich hab's mit eigenen Augen gesehen.«

»Ich auch«, sagt Alan.

Das stimmt. Ich habe eine einzigartige Begabung für Handfeuerwaffen. Ich kann tatsächlich Kerzenflammen ausschießen, und ich habe wirklich schon Löcher in Vierteldollarmünzen geschossen, die jemand in die Luft geworfen hat. Keine Ahnung, woher ich das Talent habe.

»Okay«, sagt Dawes skeptisch. »Haben Sie denn schon mal auf Menschen geschossen?«

Es macht mir nichts aus, dass er mir diese Frage stellt. Ich verstehe es, denn ich *habe* bereits auf Menschen geschossen und einige sogar getötet. Ich weiß, dass es richtig ist, diese Frage zu stellen. Es *ist* ein Unterschied, ob man auf ein lebendes oder ein totes Ziel schießt, und man weiß erst, wie riesengroß dieser Unterschied ist, wenn man es selbst erlebt hat.

»Ja«, antworte ich schlicht.

Dass ich mich nicht in Einzelheiten ergehe, überzeugt Dawes wahrscheinlich mehr, als alle Worte es getan hätten. Auch er hat schon getötet, und er weiß, dass kein normaler Mensch sich damit brüsten würde. Oder mehr als nötig darüber reden würde. Oder auch nur darüber *nachdenken* würde, wenn es nicht unbedingt sein muss.

»Also gut. Sie werden eine Schussweste tragen und die Waffe im Anschlag halten. Und falls es zur Entscheidung kommt, ob Sie oder die Kleine … tun Sie, was Sie tun müssen. Ich hoffe, Sie können dem Mädchen diesen Scheiß ausreden.«

»Das hoffe ich auch.« Ich sehe Alan an. »Hast du eine Idee, warum sie nach mir gefragt hat?«

Er schüttelt den Kopf.

»Kannst du mir irgendetwas über das Mädchen sagen?«

»Nicht viel. Die Kingsleys halten sich offenbar sehr für sich. Aber dieser alte Bursche, Jenkins, hat gesagt, das Mädchen sei von den Kingsleys adoptiert worden.«

»Tatsächlich?«

»Ja. Vor ungefähr einem Jahr. Jenkins ist nicht mit der Familie befreundet, aber er und ihr Vater haben hin und wieder ein paar Worte gewechselt. Deshalb wusste er auch, wer das Mädchen war.«

»Hm. Sie könnte die Täterin sein.«

»Möglich. Niemand sonst hat irgendwas gesehen oder gehört. Die Kingsleys waren gute Nachbarn. Mit anderen Worten, sie waren ruhig und haben sich nur um ihren eigenen Kram gekümmert.«

Ich seufze und schaue zum Haus. Was als schöner Tag angefangen hat, geht immer schneller den Bach runter.

Ich blicke Dawes an.

»Wenn ich als Vermittlerin agiere, habe ich hier für den Augenblick das Kommando. Haben Sie ein Problem damit?«

»Nein, Ma'am.«

»Nicht, dass jemand voreilig zu feuern anfängt, Dawes. Ganz gleich, wie lange es dauert. Und fangen Sie nicht hinter meinem Rücken an, sich vom Dach abzuseilen oder sonst etwas in der Richtung.«

Dawes grinst mich an. Er ist nicht beleidigt. Er kennt das. »Ich habe schon mehr als einen solchen Einsatz hinter mir, Agentin Barrett. Und meine Jungs sind nicht besonders scharf darauf, jemanden zu erschießen, auch wenn die Öffentlichkeit es manchmal zu glauben scheint.«

»Gut. Dann holen Sie mir jetzt bitte eine schusssichere Weste.«

»Sie haben keine eigene?«

»Hatte ich, aber sie wurde zurückgerufen. Meine Weste und

vierhundert andere aus der gleichen Serie. Ein Materialfehler, was bei schusssicheren Westen aus naheliegenden Gründen besonders schwerwiegend ist. Ich warte immer noch auf Ersatz.«

»Da hat der Hersteller ja aufgepasst.«

»Ja, ganz toll. Sieht man davon ab, dass ich das Ding vorher dreimal getragen habe, ehe der Hersteller herausfand, dass eine Kugel hindurchgehen könnte.«

Dawes zuckt die Schultern. »Vor einem Kopfschuss schützt auch keine Weste. Es ist ein Glücksspiel.«

Mit dieser ermutigenden Bemerkung geht Dawes davon, um mir eine Kevlar-Weste zu holen.

»Er wirkt ziemlich gelassen«, meint Alan.

»Behalte die Dinge trotzdem im Auge«, sage ich.

»Er muss erst mal an uns beiden vorbei«, brummt Callie. »Ich werde ihm ein Bein stellen, Alan wird ihn einschüchtern, Ende des Problems.«

»Kümmere du dich nur um das, was du machst, wenn du drin bist«, sagt Alan. »Hast du schon mal als Vermittlerin gearbeitet?«

»Ich habe den Kursus absolviert, musste mein immenses Fachwissen aber Gott sei Dank noch nie anwenden.«

»Das Zuhören ist der Schlüssel zum Erfolg«, sagt Alan. »Und keine Lügen, es sei denn, du bist sicher, du kommst damit durch. Es geht darum, eine Beziehung aufzubauen, deshalb sind Lügen Gift. Und mach einen weiten Bogen um emotionale Auslöser.«

»Klar. Ist ja alles ganz einfach.«

»Und komm mir nicht als Leiche wieder.«

»Sehr lustig.«

Dawes erscheint mit der Weste. »Die habe ich von einem weiblichen Detective«, sagt er, hält die Weste hoch, sieht mich an und runzelt die Stirn. »Sie ist wahrscheinlich zu groß.«

»Haben Sie nichts Maßgeschneidertes?«

Er grinst. »Soll ich die Modezeitschrift auch gleich mitbringen, Agentin Barrett?«

Ich nehme ihm die Weste aus den Händen und funkle ihn an. »Für Sie immer noch Special Agent Barrett, Dawes.«

Das Grinsen verschwindet. »Klar. Seien Sie vorsichtig, Special Agent Barrett.«

»Wäre ich vorsichtig, würde gar nicht erst reingehen.«

»Trotzdem.«

Trotzdem, denke ich. *Was für eine großartige Antwort, was für eine Phrase. Kurz und bündig und ohne jede Bedeutung.*

Sie könnten sterben da drin.

Trotzdem.

KAPITEL 8 Ich stehe vor der offenen Eingangstür des Hauses. Ich schwitze, und die schlecht sitzende Weste, die ich mir über die Bluse geworfen habe, kratzt überall. Ich habe meine Pistole gezogen und entsichert. Der Tag neigt sich dem Ende zu, die Schatten werden länger, und mein Herz hämmert wie ein Schlagzeuger auf Speed.

Ich werfe einen Blick zurück auf die Heerschar von Beamten hinter mir.

Barrikaden wurden vor dem Haus errichtet, direkt an der Straße. Ich zähle vier Streifenwagen und den SWAT-Minibus. Die Uniformierten stehen Wache bei den Barrikaden, bereit, nur einen einzigen Satz zu sagen: *Gehen Sie weiter.* Das SWAT-Team wartet innerhalb des Perimeters – eine Gruppe von sechs tödlichen Männern in schwarzen Monturen und glänzenden Helmen. Die Scheinwerfer der Streifenwagen sind eingeschaltet und auf das Haus gerichtet.

Auf mich.

Meine Arbeit ist eine schmutzige Arbeit. Ich habe mit Körperflüssigkeiten zu tun, mit Verwesung und mit der schlimmsten Sorte menschlichen Abschaums. Es geht darum, Entscheidungen über Leben und Tod zu treffen, wobei man kaum Informationen hat. Der bestausgebildete Cop oder FBI-Agent ist bei weitem nicht gut genug ausgebildet, um mit jeder Situation fertig zu werden. Wenn es zu einer Krise kommt (und es ist immer nur eine Frage der Zeit, wann es so weit ist), wird sie nur zu oft auf die gleiche Art und Weise bereinigt, wie wir es jetzt tun: Ein Agent mit einem Zwei-Wochen-Kursus in Vermittlungstaktik bei Geiselnahmen wird aus dem Urlaub herbeigerufen, in eine schlecht sitzende Kevlar-Weste gesteckt und mit einer Aufgabe betraut, bei der kaum jemand damit rechnet, dass er damit fertig wird. Mit anderen Worten, wir tun unser Bestes mit den bescheidenen Mitteln, die wir haben.

Ich verdränge diese Gedanken und spähe durch die Tür ins Haus.

Ein paar Schweißtropfen bilden sich auf meiner Stirn. Salzige Perlen.

Es ist ein neueres Haus für diese Gegend, zweigeschossig, mit einer Fassade aus Stuck und Holz und einem Ziegeldach. Klassisch südkalifornisch. Es sieht gepflegt aus; wahrscheinlich wurde es irgendwann in den letzten Jahren neu gestrichen. Es ist kein besonders großes Haus, und die Besitzer sind keine stinkreichen Leute, aber es ist ein schmuckes, adrettes Heim einer gut situierten Familie aus der Mittelschicht. Ein Zuhause, das nicht versucht, etwas anderes zu sein.

»Sarah?«, rufe ich hinein. »Ich bin es, Smoky Barrett. Du wolltest mit mir sprechen. Ich bin hier.«

Keine Antwort.

»Ich komme jetzt rein, Sarah. Ich möchte nur mit dir reden. Ich will herausfinden, was passiert ist.« Ich zögere. »Ich weiß, dass du eine Waffe hast, Sarah. Ich habe auch eine. Ich habe sie gezogen. Erschrick also nicht, wenn du mich siehst. Ich habe nicht vor, auf dich zu schießen.«

Ich warte. Wieder keine Antwort.

Ich stoße einen Seufzer aus, fluche lautlos und suche nach einem Grund, nicht in dieses verdammte Haus zu gehen. Mir fällt nichts ein. Ein Teil von mir will, dass es so ist. Es ist eine der nicht allzu geheimen Wahrheiten meines Berufs: Augenblicke wie dieser sind scheußlich; zugleich aber sind es die Situationen, in denen man sich am lebendigsten fühlt. Ich spüre, wie Adrenalin und Endorphine durch meinen Kreislauf rauschen, Angst und Euphorie zugleich. Wunderbar, schrecklich und süchtig machend.

»Ich komme jetzt rein, Sarah, okay?«

Keine Antwort.

Ach, scheiß drauf.

Ich packe den Griff meiner Glock fester, atme tief durch und gehe durch die offene Tür.

Das Erste, was ich rieche, ist Mord.

Ein Schriftsteller hat mich einmal gefragt, wie Mord riecht, und ich habe ihm geantwortet: »Es ist das Blut. Der Tod stinkt, aber wenn der Geruch von Blut stärker ist als alles andere, ist es meistens Mord.«

Er hatte mich gebeten, den Geruch von Blut zu beschreiben.

»Als hätte man den Mund voll Kupfermünzen, die man nicht ausspucken kann«, hatte ich geantwortet.

Genau dieser Geruch schlägt mir jetzt entgegen. Der süßliche, schwere, klebrige Geruch nach Kupfer, der an allem haften bleibt. Auf gewisse Weise erregt er mich.

Ein Killer war in diesem Haus. Und ich bin eine Killer-Jägerin.

Ich gehe weiter. Der Flur unten ist mit roten Hartwood-Dielen ausgelegt. Zu meiner Rechten befindet sich ein geräumiges Wohnzimmer mit beigefarbenem Teppichboden, Kamin und Gewölbedecke. Eine zweiteilige beigefarbene Couch steht in L-Form vor dem Kamin. Große Doppelfenster zeigen hinaus auf den Rasen. Was ich sehe, ist sauber und ordentlich und wenig phantasievoll. Die Besitzer dieses Hauses haben sich alle Mühe gegeben, durch Anpassung zu beeindrucken, nicht durch Extravaganz.

Auf der rechten Seite reicht das Wohnzimmer bis zur Rückseite des Hauses, wo es nahtlos ins Esszimmer übergeht. Der beigefarbene Teppich ebenfalls. Ein Esstisch aus honigfarbenem Holz steht unter einer Deckenlampe, die an einer langen schwarzen Kette von der hohen Decke hängt. Eine einzelne weiße Glastür hinter dem Tisch führt in die Küche. Bieder, das alles. Freundlich, aber nicht leidenschaftlich.

Vor mir befindet sich eine Treppe, die nach rechts auf einen Absatz führt und von dort nach links und hinauf in den ersten Stock. Auch hier beigefarbener Teppich, wie überall. Die Wände entlang der Treppe sind mit gerahmten Fotos verziert. Ich sehe einen Mann und eine Frau, beide jung, die lächelnd beieinanderstehen. Der gleiche Mann, die gleiche Frau, inzwischen ein wenig älter, halten ein Baby. Das Baby, zu einem Teenager herangewachsen, zu einem Jungen, hübsch, mit dunklen Haaren, wie Vater und Mutter. Ich suche alle Bilder ab, kann aber nirgends ein Mädchen entdecken.

Links von der Treppe befindet sich ein Salon. Dicke Glasschiebetüren führen von diesem Zimmer in den mittlerweile schattigen Garten hinter dem Haus.

Ich rieche Blut, überall Blut, Blut und noch mehr Blut. Obwohl jedes Licht im Haus brennt, ist die Atmosphäre düster und bedrückend. Hier ist etwas sehr Schlimmes geschehen. Entsetzen hat die Luft erfüllt. Menschen sind gewaltsam gestorben, und das Gefühl ist erstickend. Meine Pulsfrequenz schnellt in die Höhe. Die Angst der Opfer hängt noch in der Luft, stechend und stark. Genau wie die Euphorie des Killers.

»Sarah?«, rufe ich.

Keine Antwort.

Ich bewege mich vorwärts, auf die Treppe zu. Der Geruch

von Blut wird stärker. Jetzt, da ich in den Salon sehen kann, erkenne ich warum. Auch in diesem Zimmer gibt es eine Couch, die einem großen Breitbildfernseher zugewandt steht. Der Teppich ist rot durchnässt. Hier ist Blut geflossen, in Strömen, mehr Blut, als das Gewebe des Teppichs aufnehmen konnte. Ich kann Lachen sehen, dunkel, dick, gerinnend. Wer immer solche Ströme von Blut verloren hat – er ist in dem Zimmer gestorben.

Doch es ist keine Leiche zu sehen.

Was bedeutet, dass die Leiche bewegt wurde.

Ich sehe mich um, doch ich entdecke keine blutigen Spuren, keinen Hinweis darauf, dass eine Leiche durchs Haus gezerrt wurde. Das Blut ist nicht verschmiert, sondern liegt in Pfützen und Lachen da, sauber umgrenzt, bis auf einen großen, ausgefransten Fleck unweit der Stelle, an der ich stehe.

Vielleicht wurden die Leichen dort aufgehoben.

Was große Körperkraft erfordert. Ein erwachsener menschlicher Leichnam, totes Gewicht, ist sehr schwer zu tragen, geschweige denn zu heben. Jeder Feuerwehrmann oder Sanitäter kann ein Lied davon singen. Einen ausgewachsenen Mann zu tragen ist so, als würde man einen zwei Meter hohen Sack Bowlingkugeln schleppen.

Es sei denn, das Blut stammt von Kindern. Dann wäre das Hochheben und Tragen nicht so schwer gewesen. Oh ja, ein wunderbarer Gedanke.

»Sarah? Ich komme jetzt die Treppe hoch.« Meine Stimme klingt überlaut in meinen Ohren, und übervorsichtig.

Ich schwitze noch immer. *Die Klimaanlage ist ausgeschaltet*, wird mir bewusst. *Wieso?* Ich bemerke tausend Dinge gleichzeitig. Angst und Euphorie, Euphorie und Angst.

Ich nehme meine Pistole in beide Hände und bewege mich langsam die Treppe hinauf. Ich erreiche den Treppenabsatz, wende mich nach links. Der Geruch nach Blut wird immer stärker. Jetzt rieche ich noch andere Dinge. Vertraute Gerüche.

Urin und Kot. Und wieder andere, *nassere* Dinge. Eingeweide, sie haben ihren ganz eigenen Geruch.

Jetzt kann ich etwas hören. Ein schwaches Geräusch. Ich neige den Kopf, lausche angestrengt.

Sarah singt.

Meine Nackenhaare richten sich auf und mein Magen überschlägt sich fast, als das Adrenalin die Endorphine davonspült. Ich zittere am ganzen Körper.

Es ist kein Gesang. Es ist ein grauenvolles Geräusch. Es ist die Art von Lied, die man auf einem Friedhof aus einem Grab zu hören erwartet, mitten in der Nacht, oder aus der schattigen Ecke einer Zelle in einer Irrenanstalt. Es ist ein einzelnes Wort, eine einzelne Note, gesungen in schrecklicher Monotonie.

»Laaa. Laaa. Laaa. Laaa.«

Wieder und wieder, diese eine einzige Silbe, diese einzelne Note, mit einer Stimme, die kaum mehr ist als ein Flüstern.

Es ist die Stimme des Wahnsinns.

Rasch bewege ich mich den zweiten Treppenabsatz hinauf, vorbei an all den lächelnden Gesichtern auf den Fotos an der Wand. Ihre Zähne scheinen im Licht zu glitzern.

Sieh sich das einer an, schießt es mir durch den Kopf, als ich oben angekommen bin. *Noch mehr beigefarbener Teppich.*

Ich stehe in einem kurzen Korridor. Am Ende liegt ein Badezimmer. Sämtliche Lichter brennen, die Tür steht weit offen. Ich sehe *(Überraschung!)* einen beigefarben gefliesten Boden.

Der Korridor biegt vor dem Badezimmer nach rechts ab. Ich nehme an, dass sich direkt hinter der Biegung eine Schlafzimmertür befindet.

Noch mehr Beige, jede Wette.

Mein Herz hämmert in meinem Hals, und *mein Gott, ich schwitze!*

Zu meiner Rechten ist eine weiße Doppeltür. Der Eingang zu einem Ort des Grauens, da bin ganz sicher. Alle Gerüche sind stärker geworden. Sarahs grauenvoller, einsilbiger Gesang kitzelt auf meiner Haut.

Ich strecke die Hand aus, um die Tür zu öffnen. Die Hand zögert über dem Messinggriff. Ich sehe, wie sehr sie zittert.

Ein Mädchen mit einer Waffe ist hinter dieser Tür. Eine durchgeknallte Sechzehnjährige mit einer Kanone, blutüberströmt, die wie eine Irre singt in einem Haus, das wie der Tod riecht.

Nun mach schon, sage ich mir. *Was kann sie dir Schlimmeres antun als dich zu erschießen?*

Eine Menge, du Idiotin. Sie kann dir in die Augen sehen und sich dabei das Hirn aus dem Schädel pusten, oder sie grinst dich an und …

Es reicht, befehle ich mir.

Stille ist in meinem Innern. Meine Seele verstummt.

Meine Hand hört auf zu zittern.

Eine neue Stimme ertönt. Eine Stimme, die Soldaten und Cops und Opfern gleichermaßen vertraut ist. Ich kenne diese Stimme. Sie bietet keinen Trost. Sie bietet nichts außer Gewissheit. Sie spricht die härtesten Worte, und sie lügt niemals, nie, nie, nie. Die Schutzheilige der unwahrscheinlichen Möglichkeiten.

Rette sie, wenn du kannst. Töte sie, wenn du musst.

Meine Hand sinkt auf den Griff, und ich öffne die Tür.

KAPITEL 9

Das Zimmer ist dekoriert in Tod.

Es ist ein extra-großes Schlafzimmer. Das Doppelbett besitzt einen großen Holzkasten mit einem Spiegel dahinter und nimmt dennoch weniger als ein Drittel der Grundfläche ein. An der Wand hängt ein Plasma-Bildschirm. An der Decke ein Ventilator, abgeschaltet. Seine Stille ist symptomatisch für das Haus. Und der beigefarbene Teppichboden ist auch wieder da – unter den gegebenen Umständen beinahe ein Trost.

Weil überall Blut ist. An die Decke gespritzt, an die gelblichen Wände geschmiert, an den Ventilator. Der Gestank ist überwältigend. Mein Mund füllt sich mit noch mehr Kupfermünzen, und ich schlucke meinen eigenen Speichel.

Ich zähle drei Leichen. Einen Mann, eine Frau und einen Jungen im Teenageralter, wie es aussieht. Ich erkenne sie von den Fotos an den Wänden der Treppe. Alle drei sind nackt und liegen auf dem Rücken im Bett.

Das Bett selbst wurde abgezogen. Decken und Laken liegen auf dem Fußboden, zusammengeknüllt und mit Blut getränkt.

Der Mann und die Frau liegen zu den Seiten, der Junge in der Mitte. Die beiden Erwachsenen wurden ausgenommen, im schlimmsten Sinne des Wortes. Jemand hat sie von der Kehle bis in den Schritt aufgeschnitten, in die Leibesöffnung gegriffen und *gezerrt*. Sie sind von innen nach außen gestülpt. Die Kehlen sind aufgeschlitzt. Nasses Grinsen von einem Ohr zum anderen.

»Laaa. Laaa. Laaa. Laaa.«

Mein Blick huscht zu dem Mädchen. Sie sitzt auf dem Fenstersims und blickt in die anbrechende Dunkelheit hinaus, oder in den dämmrigen Garten. In der Ferne erkenne ich die schwachen Umrisse anderer Dächer. Es ist eine Welt des Zwielichts, einfangen zwischen der untergehenden Sonne und den aufflammenden Straßenlaternen. Passend.

Das Mädchen hat eine Waffe in der Hand, und sie drückt sich die Mündung an die rechte Schläfe. Sie hat sich nicht umgedreht, als ich ins Zimmer gekommen bin.

Ich kann es ihr nicht verdenken. Ich würde mich in ihrer Lage auch nicht umdrehen.

Während mein Herz noch hämmert, macht mein Verstand sich an die Arbeit.

Das Blut wurde vom Killer an die Wände geschmiert. Ich kann es an den Mustern erkennen. Kringel, Striche und Schnörkel.

Er hat in diesem Zimmer gespielt. Er hat das Blut seiner Opfer benutzt wie Fingerfarbe, um diese Muster zu erschaffen. Um irgendetwas auszusagen.

Ich blicke auf Sarah. Sie starrt weiter aus dem Fenster, ohne mich wahrzunehmen.

Sie hat es nicht getan. An ihr ist zu wenig Blut, und die Leichen sind zu schwer. Sie hätte niemals eine von ihnen allein die Treppe hinauftragen können.

Ich gehe weiter ins Zimmer hinein. Ich versuche, nicht auf Beweise zu treten, gebe es aber auf: Dazu müsste ich schweben können.

Ströme von Blut, aber nicht an den richtigen Stellen. Wo sind die Morde verübt worden?

Jeder Blutspritzer, den ich sehe, wurde absichtlich dort hinterlassen, wo er sich befindet. Kein einziger ist das Ergebnis einer durchschnittenen Kehle.

Konzentrier dich.

Der Ermittler in mir ist ein losgelöstes Wesen. Er kann sich leidenschaftslos die schlimmsten Dinge ansehen. Doch Leidenschaftslosigkeit brauche ich jetzt nicht. Ich brauche Empathie. Ich schalte den analytischen Teil meines Verstandes aus und richte meine Aufmerksamkeit ganz auf das Mädchen.

»Sarah?«

Ich achte darauf, leise und ruhig zu sprechen, ja nicht bedrohlich.

Keine Antwort. Sie singt weiter in diesem grauenhaft monotonen Flüstern.

»Sarah.« Ein bisschen lauter.

Immer noch keine Reaktion. Die Mündung der Waffe verharrt an ihrer Schläfe. Sie singt weiter.

»Sarah! Ich bin es, Smoky Barrett!« Meine Stimme peitscht durchs Zimmer, viel lauter, als ich vorgehabt hatte, so laut, dass ich selbst zusammenzucke.

Sarah erschrickt ebenfalls. Der Gesang verstummt.

»Du hast nach mir gefragt, Sarah«, sage ich, jetzt wieder leiser. »Ich bin hier. Sieh mich an.«

Die plötzliche Stille ist auf ihre Weise genauso schwer zu ertragen wie vorher das Singen. Sarah starrt unverwandt aus dem Fenster. Die Waffe ist immer noch an ihrer Schläfe.

Langsam, ganz langsam dreht Sarah sich zu mir um. Es ist eine Montage aus ruckhaften Bewegungen, wie eine alte Tür, die in rostigen Angeln geöffnet wird. Das Erste, was mir auffällt, ist Sarahs Schönheit – eine Schönheit, die inmitten des Gemetzels ringsum beinahe ätherisch wirkt, engelsgleich, wie aus einer anderen Welt. Ihr Haar ist dunkel und seidig, so unglaublich wie bei den Models in der Shampoowerbung. Sie hat einen exotischen Einschlag, der europäische Wurzeln verrät. Französische vielleicht. Ihre Gesichtszüge besitzen jene perfekte Symmetrie, von der die meisten Frauen nur träumen können und für die sich viel zu viele in Los Angeles unter die Messer von Schönheitschirurgen legen.

Ihr Gesicht ist ein Gegenspiegel zu meinem, ein Kontrapunkt der Perfektion zu meiner Gesichts-Kraterlandschaft.

Blutspritzer sind auf ihren Armen, auf Stirn und Wangen und auf ihrem langärmligen weißen Nachthemd. Sie hat einen vollen Kussmund, und obwohl ich sicher bin, dass ihre Lippen sonst wunderbar rosig sind, leuchten sie jetzt im bleichen Weiß eines Fischbauchs.

Das Nachthemd verwundert mich. *Wieso trägt sie nachmittags ein Nachthemd?*

Ihre Augen leuchten in einem intensiven Blau, atemberaubend. Doch der Ausdruck darin ist so hoffnungslos, dass mir ganz anders wird.

An die Schläfe all dieser Schönheit gedrückt hält sie immer noch die Mündung einer Neunmillimeter Browning, wie ich jetzt erkenne. Wenn sie den Abzug betätigt, bleibt von der Schönheit nichts mehr übrig.

»Sarah? Kannst du mich jetzt hören?«

Sie starrt mich weiter aus diesen hoffnungslosen, blau leuchtenden Augen an.

»Sarah, ich bin es. Smoky Barrett. Du hast nach mir gefragt, und ich bin gekommen, so schnell ich konnte. Kannst du mit mir reden?«

Sie seufzt. Es ist ein Seufzer, der direkt aus ihrer Seele kommt und durch ihren ganzen Körper geht. Ein Seufzer, der sagt: *Ich möchte mich hinlegen, einfach nur hinlegen und sterben.* Wenigstens sieht sie mich jetzt an. Ich will, dass sie mich ansieht. Ich will nicht, dass der Blick aus diesen Augen umherschweift und auf die Leichen auf dem Bett fällt, sodass sie sich erinnert.

»Sarah? Ich hab eine Idee. Wir gehen nach draußen auf den Flur. Wir müssen nicht woanders hin – wir können uns auf die Treppenstufen setzen. Wir setzen uns, und ich warte, bis du reden willst, okay?« Ich lecke mir über die Lippen. »Was hältst du davon, Sarah?«

Sie neigt den Kopf, eine beiläufige Bewegung, die entsetzlich wirkt, weil sie sich weiterhin die Mündung der Browning an die Schläfe drückt. Es lässt sie wie eine Marionette erscheinen.

Ein weiterer tiefer Seufzer, ein noch abgehackteres Geräusch. Ihr Gesicht ist völlig ausdruckslos. Nur die Seufzer und die Augen verraten mir, dass es in ihr arbeitet.

Lange Sekunden vergehen. Dann nickt sie.

In diesem Augenblick bin ich beinahe dankbar für Bonnies Stummheit. Sie hat mich gelehrt, mich auch ohne Worte zu unterhalten und im Gesicht, in den Augen und den Gesten nuancierte Bedeutungen zu erkennen.

Okay, sagt Sarahs Nicken. *Aber die Waffe bleibt, und ich werde sie wohl auch benutzen.*

Schaff das Mädchen erst einmal aus diesem Zimmer, sage ich mir. *Das ist der erste Schritt.*

»Sehr gut, Sarah. Ich stecke jetzt meine Waffe weg, siehst du?« Ihre Blicke folgen meinen Händen. »So. Und jetzt gehe ich aus dem Zimmer. Ich will, dass du mir folgst. Sieh nur mich an. Das ist wichtig, Sarah. *Nur* mich, hörst du? Sieh nicht nach rechts oder links. Sieh nur auf mich.«

Ich setze mich rückwärts in Bewegung, gehe auf geradem Weg zur Tür. Dabei schaue ich Sarah unverwandt in die Augen, versuche sie durch bloße Willenskraft dazu zu bringen, den Blick nicht von mir zu nehmen.

»Komm, Sarah. Ich bin hier. Komm zu mir.«

Ein Zögern, dann gleitet sie von der Fensterbank. Sie *fließt* fast herunter, wie Wasser. Die Waffe ist noch immer an ihrer Schläfe. Ihr Blick bleibt auf mich gerichtet, als sie mir zur Tür folgt. Sie schaut nicht zur Seite, zum Bett, kein einziges Mal.

Oh ja, geht es mir durch den Kopf. *Ich kann gut verstehen, dass du dich erschießen willst, wenn du auf diese Sauerei blickst.*

Jetzt, da sie steht, schätze ich Sarah auf knapp eins sechzig. Trotz des Schocks bewegt sie sich anmutig. Sie gleitet.

Sie sieht seltsam klein aus in der Nähe der Toten. Ihre nackten Füße sind voller Blut. Entweder bemerkt sie es nicht, oder es ist ihr egal.

Ich gehe weiter rückwärts, um sie durch die Tür zu lassen. Sie schwebt an mir vorbei, den Blick auf meine Hände gerichtet. Ein wachsamer kleiner Zombie.

»Ich werde jetzt die Tür hinter uns schließen, okay, Sarah?«

Sie nickt. *Ist mir egal*, sagt dieses Nicken. *Genauso egal wie der Tod oder das Leben oder sonst was.*

Ich schließe die Tür und erlaube mir einen Moment der Erleichterung. Mit zitternder Hand wische ich mir den Schweiß von der Stirn, atme tief durch und wende ich mich wieder Sarah zu.

Jetzt sieh zu, dass du sie dazu bringst, dir die Waffe zu geben.

»Ich setze mich jetzt hin, in Ordnung, Sarah?«

Ich setze mich so hin, dass die Schlafzimmertür in meinem Rücken ist, ohne den Blickkontakt zu dem Mädchen zu unterbrechen. *Ich bin hier, siehst du? Du hast meine ungeteilte Aufmerksamkeit*, sagen meine Bewegungen.

»Es ist anstrengend zu reden, wenn ich hier unten sitze und du da oben stehst, Sarah«, sage ich und blinzle zu ihr hinauf. Ich deute auf den freien Platz vor mir. »Setz dich.« Ich schaue ihr ins Gesicht. »Du siehst müde aus.«

Sie legt den Kopf auf die Seite. Wieder diese unheimliche Bewegung. Ich beuge mich vor, tätschle mit der flachen Hand den Teppichboden.

»Komm, Sarah. Nur wir beide, sonst ist niemand da. Niemand wird hereinkommen, bevor ich es nicht sage. Niemand wird dir etwas tun, solange ich hier bin. Du wolltest mich sehen.« Ich tätschle erneut den Teppich, schaue ihr in die Augen. »Setz dich zu mir. Entspann dich. Ich halte den Mund, und wir warten hier, bis du mir sagen kannst, was du mir sagen wolltest.«

Sie bewegt sich ohne Vorwarnung, macht einen Schritt rückwärts und setzt sich auf den Boden, mit der gleichen fließenden Eleganz wie vorhin, als sie vom Fenstersims geglitten ist. Sie ist geschmeidig wie eine Tänzerin oder Kunstturnerin.

Ich lächle ihr beruhigend zu. »Gut, Sarah«, sage ich. »Sehr gut.«

Ihre Augen blicken unverwandt in die meinen. Die Mündung der Browning ist unverwandt an ihrer Schläfe.

Während ich über meinen nächsten Schritt nachdenke, fällt mir eine der Schlüssellektionen ein, die ich auf meinem Vermittler-Lehrgang gelernt habe. »Sprechen Sie, wenn Sie wollen, schweigen Sie, wenn Sie wollen. Es geht einzig und allein um Kontrolle«, hatte mein Ausbilder gesagt. »Wenn Sie es mit jemandem zu tun haben, der nicht reden will, und wenn Sie nicht wissen, welche Knöpfe Sie drücken sollen, weil Sie nicht viel über diesen Jemand wissen, müssen Sie den Mund halten. Ihr Instinkt wird Ihnen zwar sagen, dass Sie die Stille ausfüllen müssen, aber das dürfen Sie nicht. Es ist wie bei einem Telefon, das klingelt. Es macht einen verrückt, aber früher oder später hört es auf. Das Gleiche gilt in dieser Situation. Warten Sie einfach. Früher oder später redet Ihr Gegenüber und füllt das Schweigen für Sie aus.«

Ich schaue Sarah in die Augen, mit ruhiger, gelassener Miene, und schweige.

Sarahs Gesicht ist ein Superlativ der Reglosigkeit, des Fehlens jeder Bewegung, geformt aus Wachs. Ihre Mundwinkel zucken nicht. Ich fühle mich wie in einem Wettstreit mit einer Schaufensterpuppe, wer von uns beiden länger starren kann.

Ihre blauen Augen sind das Lebendigste an ihr, und selbst diese Augen erscheinen glasig, unwirklich.

Ich betrachte das Blut an ihr, während ich warte.

Die Spritzer auf ihrer rechten Gesichtshälfte sind länglich, als hätte ein Sturm ihr die Tropfen ins Gesicht geweht.

Vielleicht hat jemand sie mit Blut bespritzt? Mit in Blut getauchten Fingerspitzen?

Ihr Nachthemd sieht grässlich aus. Die gesamte Vorderseite ist blutgetränkt. Ich entdecke Flecken an den Knien.

Als hätte sie gekniet. Vielleicht hat sie versucht, jemanden wiederzubeleben?

Mein Gedankenzug entgleist plötzlich, als sie blinzelt, seufzt und dann wegsieht.

»Sind Sie wirklich Smoky Barrett?«, fragt sie mit müder Stimme, voller Zweifel und Resignation.

Sarah reden zu hören ist erhebend und unwirklich zugleich. Ihre Stimme klingt dunkel und gedämpft, älter als sie ist, und lässt die Frau erahnen, die sie einmal werden wird. Vielleicht.

»Ja, ich bin Smoky Barrett«, antworte ich und deute auf meine Narben. »Die hier kann man nicht fälschen.«

Sie behält die Waffe am Kopf, schaut jedoch auf meine Narben, und ein Anflug von Mitleid füllt einen Teil der Leere in ihrem Gesicht.

»Es tut mir leid«, sagt sie. »Was Ihnen zugestoßen ist. Ich habe darüber gelesen. Ich musste weinen.«

»Danke.«

Warte, bis sie von sich aus kommt. Dräng sie nicht.

Sie senkt den Blick. Seufzt. Schaut mich wieder an.

»Ich weiß, wie das ist«, sagt sie.

»Wie was ist, Sarah?«, frage ich leise.

Ich sehe Schmerz in ihre Augen steigen. Zwei Monde, die sich mit Blut füllen.

»Ich weiß, wie es ist, alles zu verlieren, was man liebt«, sagt Sarah, und ihre Stimme schwankt. »Ich verliere jeden, seit ich sechs Jahre alt bin.«

»Wolltest du mich deshalb sprechen? Um mir zu erzählen, was damals passiert ist?«

»Als ich sechs Jahre alt war«, fährt sie fort, als hätte sie mich nicht gehört, »fing er damit an. Er brachte meine Mutter und meinen Vater um.«

»Wer ist *er*, Sarah?«

Sie blickt mir in die Augen, und ich sehe etwas darin aufflammen, bevor es wieder erlischt.

Was war das? Angst? Wut?

Es war etwas Gigantisches, so viel steht fest. Das war keine Elritze, die kurz zur Oberfläche kommt, bevor sie wieder in der Tiefe verschwindet. Das war ein Seelen-Leviathan.

»Er«, sagt sie mit tonloser Stimme. »Der Künstler. Der meine Eltern getötet hat. Er tötet alles, was ich liebe. Der *Künstler*.« Wie sie das Wort »Künstler« ausspricht, könnte sie auch »Kinderschänder« sagen oder »Vergewaltiger«, so deutlich ist ihre Abscheu zu spüren.

»Hat dieser Künster das hier getan, Sarah?«, frage ich. »War er in diesem Haus?«

Ihre Angst und Resignation weichen einem Ausdruck von Zynismus, der mich schockiert. Er ist viel zu gerissen und verdorben für ein Mädchen von sechzehn Jahren. Wenn Sarahs dunkle Stimme zu einer fünfundzwanzigjährigen Frau gehört, dann gehört dieser Blick einer verschlagenen alten Vettel.

»Tun Sie nicht so mitleidig!«, schreit sie mich plötzlich mit schriller, boshafter Stimme an. »Ich weiß, dass Sie mir nur zuhören wegen …«, sie wackelt mit der Waffe, »dem hier. In Wirklichkeit glauben Sie mir kein Wort!«

Was ist denn jetzt passiert?

Erneut breitet sich Stille zwischen uns aus.

Du verlierst sie, erkenne ich. Angst packt mich. *Tu etwas, um Himmels willen!*

Ich blicke in ihre lodernden Augen und denke an das, was Alan gesagt hat.

Lüg sie nicht an. Nur die Wahrheit. Nichts als die Wahrheit. Im Moment kann sie eine Lüge aus tausend Metern Entfernung riechen, und dann heißt es: Game over.

Meine nächsten Worte sage ich aus dem Stegreif. »Ich mache mir Sorgen um dich, Sarah. Ich weiß, dass du nicht getan hast, was hier geschehen ist. Und ich weiß, dass du dich umbringen willst. Aber du hast nach mir gefragt, also kann ich dir vielleicht etwas geben, etwas sagen, das dich daran hindert, abzudrücken.« Ich beuge mich vor. »Ich kann kein Mitleid mit dir haben, weil ich nicht weiß, was hier passiert ist, aber ich versuche dich zu verstehen. Hilf mir dabei. Bitte. Du hast nach mir gefragt. Warum? Warum hast du nach mir gefragt, Sarah?«

Ich wünschte, ich könnte die Hand ausstrecken und sie schütteln. Stattdessen verlege ich mich aufs Betteln. »Bitte, Sarah. Sag es mir.«

Stirb nicht. Nicht hier. Nicht so.

»Bitte, Sarah. Erklär es mir. Ich möchte es verstehen.«

Es funktioniert. Die Wut verschwindet aus ihren Augen. Der Finger am Abzug der Waffe entspannt sich, und sie wendet den Blick ab. Als sie mich wieder ansieht, hat Schmerz die Wut verdrängt.

»Sie sind meine letzte Hoffnung«, sagt sie. Ihre Stimme klingt dünn und hohl.

»Ich höre dir zu, Sarah«, dränge ich sie. »Sag mir, was du meinst. Was meinst du mit letzte Hoffnung?«

»Meine letzte Hoffnung.« Sie seufzt, und es rasselt in ihrer Kehle. »Mein letzte Hoffnung, jemanden zu finden, der nicht glaubt, dass ich nur Unheil bringe. Der mir glaubt, dass es den Künstler wirklich gibt.«

»Natürlich glaube ich dir!«, sage ich lauter als beabsichtigt und zeige mit dem Daumen über die Schulter auf das Schlafzimmer und das, was sich hinter der Tür verbirgt. »Ich weiß, dass hier etwas passiert ist, womit du nichts zu tun hast. Und ich werde dir zuhören, egal was du mir sagen willst.«

Ich sehe, dass sie überrascht ist von meiner impulsiven Antwort und darüber, dass ich so aufrichtig erstaunt wirke angesichts der Vorstellung, ich würde sie nicht ernst nehmen. Hoffnung leuchtet in ihren Augen auf.

»Wirklich?«, fragt sie in gequältem Flüsterton.

»Wirklich.« Ich zögere. »Sarah, ich weiß bis jetzt noch nicht, was mit dir passiert ist, doch wer immer das hier getan hat, muss sehr stark sein. Viel stärker als du.«

»Hat er …« Ihre Unterlippe bebt. »Heißt das, Sie können *erkennen*, dass er hier war?«

»Ja.«

Stimmt das wirklich?

Gibt es nicht noch eine andere Möglichkeit? Könnte es nicht sein, dass Sarah ihren Vater mit vorgehaltener Waffe die schwere Arbeit tun ließ? Könnte sie trotz allem die Täterin sein?

Nein. Viel zu kompliziert. Viel zu düster. Das Mädchen ist zu jung, um einen derart ausgereiften Geschmack *entwickelt zu haben.*

»Vielleicht«, flüstert Sarah mehr zu sich selbst, »hat er diesmal ja einen Fehler gemacht.«

Ihr Gesicht spannt sich, glättet sich wieder, spannt sich erneut, glättet sich erneut. Hoffnung und Verzweiflung liegen im Widerstreit. Sie lässt die Waffe sinken. Schlägt die Hände vors

Gesicht. Einen Augenblick später ist diese nackte, rohe Qual wieder da. Sie explodiert aus ihr hervor, durchdringend, grauenhaft, animalisch. Das Geräusch eines Kaninchens in den Fängen eines Wolfs.

Hastig greife ich nach der Waffe auf dem Teppich, sichere sie und stecke sie in den Bund meiner Jeans. Dann nehme ich Sarah in die Arme und drücke sie an mich.

Ihre Trauer ist wie ein Unwetter, das mit voller Wucht auf mich niedergeht. Doch ich halte sie ganz fest, und gemeinsam meistern wir den Sturm.

Dann wiege ich sie in den Armen und mache leise, beruhigende Geräusche. Ich fühle mich elend, hilflos und unendlich erleichtert zugleich.

Lieber weinen als tot sein.

Als es vorüber ist, bin ich nass von ihren Tränen. Sarah klammert sich an mich, kraftlos und völlig erschöpft.

Trotzdem rafft sie sich auf und stößt sich von mir ab. Ihr weißes Gesicht ist geschwollen vom Weinen.

»Smoky?«, fragt sie leise. Ihre Stimme ist kaum zu hören.

»Ja, Sarah?«

Sie sieht mich an, und ich bin überrascht von der Kraft, die durch ihre unendliche Erschöpfung hindurch an die Oberfläche drängt.

»Bitte … Sie müssen mir etwas versprechen.«

»Was?«

Sie deutet den Flur entlang. »Mein Zimmer … da hinten. In einer Schublade neben dem Bett, da ist mein Tagebuch. Ich habe alles aufgeschrieben, alles über den *Künstler*.« Sie fällt mir in die Arme. »Versprechen Sie mir, dass Sie es lesen! Nur Sie! Niemand sonst!« Ihre Stimme ist wild. *»Versprechen Sie's!«*

»Ich verspreche es, Sarah. Ich …«

Sie verdreht plötzlich die Augen, bis nur noch das Weiße zu sehen ist, und wird in meinen Armen bewusstlos.

Ein Schauder durchläuft meinen Körper, eine verspätete

Reaktion meiner Nerven. Zitternd hake ich das Funkgerät vom Gürtel und schalte es ein.

»Alles klar so weit«, sage ich ins Mikrofon, und meine Stimme klingt fester, als ich mich innerlich fühle. »Schickt einen Arzt, der sich um das Mädchen kümmert.«

KAPITEL 10 Es ist Nacht geworden in Canoga Park. Das Haus wird von Streifenwagen und Straßenlaternen angeleuchtet, und das SWAT-Team macht sich bereit zum Aufbruch. Der Helikopter ist verschwunden. Es ist wieder ruhig in der Gegend, auch wenn ich den Lärm der Stadt nur ein paar Blocks entfernt hören kann. Überall entlang der Straße brennt Licht hinter den Fenstern. Die Familien sind in ihren Häusern; die Vorhänge sind zugezogen, die Türen verschlossen.

»Gute Arbeit«, hat Dawes zu mir gesagt, während ein Notarztteam die bewusstlose Sarah zu einem Rettungswagen brachte. Das Team arbeitet hektisch; Sarah wird bereits grau im Gesicht, und ihre Zähne klappern unkontrolliert. Sie zeigt alle Anzeichen eines ernsten Schocks.

»Danke.«

»Ich meine es ernst, Agentin Barrett. Das hätte viel schlimmer ausgehen können.« Dawes zögert. »Vor sechs Monaten hatten wir eine Geiselnahme. Ein Methadon-Freak hatte seine Frau zusammengeschlagen und richtete eine Waffe auf sie, während er seine fünf Monate alte Tochter im Arm hielt. Haben Sie je einen von den Typen gesehen, wenn sie total high sind, Agentin Barrett? Es ist eine Mischung aus Halluzinationen und Verfolgungswahn. Da kann der beste Vermittler nichts ausrichten.«

»Was ist passiert?«

Dawes blickt einen Moment zur Seite, doch erst, als ich Gelegenheit habe, den Anflug von Trauer in seinen Augen zu sehen. »Der Mann erschoss seine Frau. Ohne Vorwarnung. Er redete wirres Zeug, und plötzlich, mitten im Satz, verstummte er und drückte ab.« Dawes schüttelt den Kopf. »Man hätte im Einsatzwagen eine Nadel fallen hören können. Ich brauche wohl nicht zu erwähnen, dass wir eingreifen *mussten*.«

Ich weiß, was er meint. »Wenn er die Frau ohne Vorwarnung erschießen konnte …«

Dawes nickt. »Dann konnte er mit dem Baby das Gleiche tun. Unser Scharfschütze hatte ihn bereits im Visier. Er bekam grünes Licht. Es war ein perfekter Schuss, mitten in die Stirn. Der Bursche war auf der Stelle tot.« Dawes seufzt. »Das Dumme ist nur, er hat das Baby fallen lassen. Es schlug mit dem Kopf auf und starb. Unser Scharfschütze hat sich eine Woche später das Leben genommen.« Sein Blick wird durchdringender. »Verstehen Sie, was ich gemeint habe? Es hätte ein ganzes Stück schlimmer kommen können, Agentin Barrett.«

»Sagen Sie Smoky zu mir.«

Er lächelt. »Einverstanden. Glauben Sie an Gott, Smoky?«

Die Frage verblüfft mich. Ich antworte, so ehrlich ich kann. »Ich weiß es nicht.«

»Ich auch nicht.«

Er schüttelt meine Hand und lächelt traurig, nickt mir zu und geht. Seine Geschichte hallt noch in mir wider. Es ist eine tragische Geschichte, deren Helden keine Wahl hatten.

Danke fürs Erzählen, Dawes.

Ich setze mich auf die Bordsteinkante vor dem Haus und versuche mich zu sammeln. Callie und Alan hängen an ihren Handys. Callie beendet ihr Gespräch, kommt zu mir und setzt sich neben mich.

»Gute Neuigkeiten, Zuckerschnäuzchen. Ich hab Barry Franklin angerufen. Er ist bereit, um diesen Fall zu bitten. Er wird in Kürze hier sein.«

»Danke«, sage ich.

Mordfälle fallen mit wenigen Ausnahmen nicht in die Zuständigkeit der Bundesbehörden. Ich darf nicht einfach einen Mordfall an mich reißen, nur weil mir danach ist. Alles, was wir tun, erfordert die Zusammenarbeit und Zustimmung der örtlichen Polizei. Wie die meisten Agenten (und örtlichen Cops) ziehe ich es vor, mir meine Verbindungsleute selbst auszusuchen. Und hier kommt nun Barry Franklin ins Spiel. Er ist Detective beim Morddezernat des LAPD. Wenn er einen Fall möchte, gehört er ihm.

Ich habe ihn bei meinem allerersten Fall als Chefin meines Teams in Los Angeles kennengelernt. Ein Geisteskranker machte Jagd auf Obdachlose: Er verbrannte sie und schnitt ihnen die Füße als Trophäen ab. Barry bat das FBI um Hilfe bei der Erstellung eines Täterprofils. Keinen von uns interessierte die Rangelei zwischen FBI und örtlicher Polizei; keinem ging es darum, die Lorbeeren zu ernten. Wir wollten den Mistkerl fangen, nichts anderes, und wir schnappten ihn.

Barry ist ein hervorragender Ermittler, und er verweigert mir, der FBI-Agentin, den Zutritt zu einem Tatort nicht. Wenn ich ihn nett frage, spricht er das magische Wort aus: *Amtshilfe*. Es ist dieses eine Wort, das uns die Tür weit aufstößt und uns Zutritt zu einem Fall gewährt. Bis zu diesem Augenblick sind wir rechtlich betrachtet bloß Zuschauer.

»Wie fühlst du dich?«, fragt Callie.

Ich reibe mir mit den Händen durchs Gesicht. »Ich bin eigentlich im Urlaub, Callie. Aber was ich vorhin gesehen habe …« Ich schüttle den Kopf. »Unvorstellbar. Der Tag fing so großartig an, und jetzt fühle ich mich einfach scheiße. Zu viele ekelhafte Fälle hintereinander, nehme ich an.«

Die meisten Leute denken wahrscheinlich, jeder Mord ist schlimm. Rein technisch gesehen haben sie recht, doch das Entsetzen hat Abstufungen. Das Ausweiden einer ganzen Familie steht ziemlich weit oben auf der Skala.

»Du brauchst ein Haustier«, sagt Callie.

»Ich brauche einen guten Lacher«, entgegne ich kläglich.

»Nur einen?«

»Nein. Du hast recht. Ich brauche eine ganzes Heer an Lachern. Ich möchte aufwachen und lachen, und am nächsten Tag noch einmal, und am Tag darauf wieder. Dann kann auch mal ein beschissener Tag kommen, ohne dass er sich gleich so schrecklich anfühlt.«

Callie tätschelt meine Hand. »Besorg dir lieber einen Hund.«

Ich muss lachen, genau wie sie es vorgehabt hat.

Quantico, sagt eine Stimme in meinem Inneren. *Da gibt's keine Sarahs, keine ausgeweideten Leichen, nichts PERSÖNLICHES, das dir unter die Haut geht.*

Alan kommt zu uns, während er immer noch in sein Handy spricht. Als er vor uns steht, hält er das Handy vom Ohr weg. »Elaina möchte wissen, wie es mit heute Abend aussieht«, sagt er zu mir. »Wegen Bonnie.«

Ich denke nach. Ich brauche dringend Barrys Hilfe, damit er seine Spurensicherung in das Haus schickt. Damit ich selbst ins Haus und mich gründlich umsehen kann.

Der Fall gehört offiziell noch nicht uns, aber ich bin nicht bereit, einfach wegzufahren.

»Ich glaube, es wird spät«, sage ich zu Alan. »Könntest du Elaina fragen, ob sie Bonnie für die Nacht zu sich nimmt?«

»Kein Problem.«

»Sag ihr, ich melde mich morgen.«

Alan hält sich das Handy wieder ans Ohr und geht davon, während er die Neuigkeiten weitergibt.

»Was ist mit mir?«, fragt Callie.

Ich lächle müde. »Du musst im Urlaub arbeiten, genau wie ich. Wir treffen uns mit Barry und besprechen, wie es weitergeht.« Ich zucke die Schultern. »Und dann werden wir sehen. Vielleicht machen wir weiter Urlaub, vielleicht auch nicht.«

Sie stößt einen dramatischen Seufzer aus. »Sklaventreiberin. Ich will eine Gehaltserhöhung.«

Alan kommt zu uns zurück. »Bonnie ist in guten Händen«, sagt er. »Wie geht's jetzt weiter?«

Es wird Zeit, dass ich das Kommando übernehme. Das ist schließlich meine vorrangige Funktion. Ich leite ein Team von Koryphäen, von denen jeder ein Spezialgebiet hat, auf dem er nahezu unschlagbar ist. Callie ist ein Star auf dem Gebiet der Forensik. Alan ist eine Legende im Vernehmungszimmer, und er ist der Beste, wenn es darum geht, sich in einer Gegend umzuhören. Er übersieht nicht das kleinste Detail. Leute wie Alan und Callie folgen einem nicht, weil sie einen mögen. Sie folgen dir nur, wenn sie dich respektieren.

Meine Spezialität ist das Verständnis der Leute, die wir jagen. Ich kann mich bis zu einem gewissen Grad in sie einfühlen. Wie ich das mache? Indem ich einen Tatort *sehe*, nicht nur ansehe. Jeder kann sich den Schauplatz eines Mordes anschauen, und die Leiche. Die Rekonstruktion der Tat, *das* ist die Kunst. Warum dieser Tote? Warum gerade hier? Was sagt das über den Killer aus? Manche sind begabt, wenn es um die Beantwortung solcher Fragen geht, manche sind sehr begabt, und manche sind begnadet. So wie ich.

Viele Leute glauben, einen Serienkiller zu *verstehen*, weil sie sich Spielfilme über Massenmörder anschauen oder Thriller lesen. Sie reden über psychopathische Sexualität und was weiß ich. Diese Leute verfehlen den entscheidenden Punkt um eine Meile.

Ich habe einmal versucht, das in einem Vortrag vor einer Gruppe aufgeweckter junger FBI-Anwärter zu erklären. Ich erzählte ihnen von einem berüchtigten Fall in New Mexico. Ein Mann und seine Freundin hatten seit Jahren Frauen gejagt und entführt. Sie schleppten ihre Opfer in einen speziell präparierten Raum, angefüllt mit Käfigen und Folterinstrumenten, und verbrachten Tage damit, sie zu vergewaltigen und zu quälen. Das Meiste von dem, was sie taten, nahmen sie auf Video auf. Eines ihrer Lieblingsinstrumente war ein Viehstock, der Stromschläge austeilt, die sogar mühelos einen Ochsen in die Knie zwingen.

»Es gibt Videoaufzeichnungen«, sagte ich, »auf denen man sehen kann, wie Rauch aus der Vagina einer jungen Frau aufsteigt, weil die Täter einen Viehstock benutzten, um sie damit zu penetrieren.«

Allein diese Information – und es gibt viel Schlimmeres und Abgründigeres – reichte aus, dass alle verstummten und einige der jungen Gesichter weiß wurden.

»Einer unserer Agenten, eine junge Frau, hatte die Aufgabe, detaillierte Zeichnungen der Peitschen, Ketten, Sägen und der anderen Perversitäten und Sexspielzeuge anzufertigen, die das Paar in seiner Folterkammer an den entführten Frauen ausprobiert hatte. Die Agentin erledigte ihren Job. Sie brauchte vier Tage. Ich habe die Zeichnungen gesehen, sie waren gut. Sie wurden sogar vor Gericht verwendet. Ihr Vorgesetzter lobte die Agentin und sagte ihr, sie solle ein paar Tage freinehmen. Nach Hause fahren, sich um ihre Familie kümmern, wieder einen klaren Kopf bekommen.« An diesem Punkt zögerte ich und ließ den Blick über die jungen Gesichter schweifen. »Die Agentin fuhr nach Hause und verbrachte den Tag mit ihrem Mann und ihrer kleinen Tochter. In der Nacht, als sie schliefen, schlich die Frau nach unten, nahm ihre Dienstpistole aus dem Waffensafe und schoss sich in den Kopf.«

Ein paar meiner Zuhörer stöhnten dumpf. Die anderen schwiegen.

Ich zuckte die Schultern. »Es wäre einfach, die Frau als psychisch zu schwach zu kategorisieren. Man könnte sogar unterstellen, dass sie vielleicht zuvor schon an Depressionen litt, oder dass in ihrem Leben etwas nicht in Ordnung war, von dem niemand wusste. Aber ich kann Ihnen verraten, dass sie seit acht Jahren Agentin war, eine makellose Bilanz hatte und keinerlei mentale Krankheitsgeschichten aufwies.« Ich schüttelte den Kopf. »Ich glaube, sie hat einfach zu genau hingeschaut, ist zu weit aus sich herausgegangen und hat sich dabei verirrt. Wie ein Boot auf dem Ozean, wenn das Ufer nicht mehr in Sicht ist. Ich glaube, diese Frau fand sich in dem Boot wieder, wie sie hilflos dahintrieb, und wusste keinen Weg mehr zurück. Sie hatte sich zu weit vorgewagt.« Ich beugte mich auf dem Podium vor. »Aber genau das tun mein Team und ich. Wir wagen uns *bewusst* weit vor. Wir sehen ganz genau hin und hoffen, dass wir stark genug sind, damit fertig zu werden, ohne dass wir hilflos in einem Boot enden, das davongetrieben wird.«

Der Administrator war nicht besonders glücklich über meinen Vortrag gewesen. Es war mir egal. Ich hatte die Wahrheit gesagt.

Der Selbstmord der jungen Agentin war für mich kein Rätsel. Nicht das Hinsehen war das Problem. Das Problem war, nicht mehr hinzusehen. Man muss imstande sein, nach Hause zu gehen und die Bilder abzuschalten, die einem wie ein Dieb in der Nacht auf leisen Sohlen durch den Verstand schleichen wollen. Die junge Agentin hatte das nicht gekonnt, und so hatte sie sich eine Kugel in den Kopf geschossen, damit die Bilder verschwanden. Ich konnte das gut nachvollziehen.

Genau das hatte ich den FBI-Anwärtern damals sagen wollen. Dass es kein Spaß ist. Es ist kein Nervenkitzel, keine Herausforderung, an der man sich messen kann, keine Grusel-Achterbahn. Es ist eine Arbeit, die getan werden muss.

Meine Begabung – oder mein Fluch – ist es, die Begierden von Serienmördern zu verstehen. Zu wissen, warum sie so fühlen und denken. Ein klein wenig *selbst* zu fühlen, was sie empfinden, oder auch mehr. Es ist ein Vorgang, der in meinem Innern abläuft und der zum Teil auf Ausbildung und Beobachtung, zum größten Teil aber auf der Bereitwilligkeit beruht, mich auf diese Menschen einzulassen. Sie singen vor sich hin, ein Lied, das nur sie allein hören, und man muss aufmerksam lauschen, will man Melodie und Takt mitbekommen. Die Melodie und der Takt sind wichtig. Sie bestimmen den Tanz.

Das Wichtigste in meinem Job ist ein höchst unnatürlicher Akt: Ich wende mich bei solchen Tätern nicht ab, sondern beuge mich im Gegenteil vor, um genauer hinzuschauen. Ich atmete tief die Luft durch die Nase, um ihre Witterung aufzunehmen. Ich berühre sie mit der Zungenspitze, um ihren Geschmack zu erkennen. Es hat mir geholfen, eine Reihe dieser Bestien zu fangen. Es hat mir auch Albträume beschert und Augenblicke, in denen ich mich gefragt habe, ob es auch bei mir eine Perversität ist, die mich vorantreibt, und ob ich *zu viel* verstanden habe.

»Barry kommt her«, sage ich zu Alan. »Es ist sein Fall. Aber tun wir erst mal so, als wäre es unserer. Callie, ich möchte, dass du mit mir zusammen den Tatort begehst. Ich brauche dein forensisches Urteil. Alan, du hörst dich in der Gegend um. Finde heraus, was die Nachbarn wissen.«

»In Ordnung«, sagt er und zieht einen kleinen Notizblock aus der Innentasche seines Jacketts. »Ned und ich sind schon unterwegs.«

Alan nennt seinen Notizblock »Ned«. Sein Lehrer hat stets gesagt, der Notizblock wäre der beste Freund des Ermittlers, und ein Freund sollte einen Namen haben. Er hat von Alan verlangt, dass er sich einen Namen für seinen Notizblock ausdenkt, und so wurde Ned geboren. Der Lehrer lebt längst nicht mehr, doch der Ned blieb. Es ist eine Art Aberglaube, nehme ich an, Alans Version der Glückssocken eines Baseballspielers.

Callie schaut zu einem schwarzen Buick hinüber, der soeben in den abgesperrten Bereich rollt. »Ist das Barry?«, fragt sie.

Ich stehe auf und erkenne Barrys massiges, bebrilltes Gesicht hinter der Windschutzscheibe. Erleichterung überkommt mich. Jetzt kann ich endlich anfangen, etwas zu tun.

»Ich hätte nicht übel Lust, Ihnen die Hölle heißzumachen, weil Sie mir ein Rendezvous verdorben haben«, sagt Barry, als wir uns einander nähern. »Aber Sie sehen aus, als hätten Sie selbst einen beschissenen Abend gehabt.«

Barry ist Anfang vierzig. Er ist massig, ohne fett zu sein, er ist kahlköpfig, trägt eine Brille und hat ein eher hausbackenes Gesicht – jene Art von hausbacken, die im richtigen Licht süß wirkt. Trotz dieser Handicaps trifft er sich ständig mit hübschen jüngeren Frauen. Alan nennt es »das Barry-Phänomen«. Unerschütterliches Selbstvertrauen, ohne arrogant zu sein. Er ist humorvoll, intelligent und durch und durch aufrichtig. Alan meint, viele Frauen finden diese Kombination von Selbstsicherheit und großem Herzen unwiderstehlich.

Aber ich glaube, das ist nur ein Teil der Wahrheit. Ich sehe eine unnachgiebige Kraft in Barry, die unter seiner Liebenswürdigkeit schlummert wie ein Gewitter in der Ferne. Barry hat unvorstellbar schreckliche Dinge gesehen. Er weiß, dass das Böse Wirklichkeit ist, und was es anrichten kann. Barry ist ein Menschenjäger, und auf einer gewissen Ebene, einer beinahe schon animalischen Ebene, hat das eine erotische Wirkung.

Ich weiß, dass sein Murren bloß Show ist; wir haben längst vergessen, wer wem noch einen Gefallen schuldet, und genaugenommen scheren wir uns beide einen Dreck darum.

»Nun denn«, sagt er und zückt ein Notizbuch, seinen eigenen Ned, bereit, zur Sache zu kommen. »Was haben Sie für mich, Smoky?«

»Rituelle Schlachtung. Ausgeweidete Opfer. Ein Meer von Blut. Das Übliche«, sage ich.

Ich berichte ihm, was ich weiß. Es ist nicht viel, doch es ist der Anfang eines jener gegenseitigen Rapports, die bei uns so gut funktionieren. Wir werden den Tatort besichtigen, und während wir das tun, werden wir uns gegenseitig Beobachtungen zuwerfen und unsere Schlussfolgerungen verfeinern. Für einen Unbeteiligten mag es ziellos wirken, doch es hat Methode, auch wenn es nach Chaos aussieht.

»Drei Tote?«, fragt er.

»Drei, die ich gesehen habe. Aber ich bin ziemlich sicher, dass es nicht mehr sind. Die Streifenbeamten waren im Haus, und sie haben nichts von weiteren Leichen gesagt.«

Er nickt und tippt mit seinem Stift auf den Notizblock. »Sie sind sicher, dass das Mädchen es nicht getan hat?«

»Ganz sicher«, sage ich mit Nachdruck. »Sie hatte nicht genug Blut an der Kleidung. Wenn Sie reingehen, werden Sie sehen, was ich meine. Es ist … schmutzig. Außerdem bin ich sicher, dass wenigstens einer der Toten unten im Haus ermordet und dann hinauf ins Schlafzimmer getragen wurde. Das Mädchen besitzt nicht annähernd genug Kraft dafür.«

Barry blickt zum Haus und denkt nach; dann zuckt er die Schultern. »Ich glaube eigentlich auch nicht, dass das Mädchen es getan haben könnte«, sagt er. »Was Sie beschreiben, hört sich nach einem Täter an, der eine solche Schweinerei nicht zum ersten Mal anrichtet. Was gibt's sonst?«

»Ich habe Alan losgeschickt, damit er sich bei den Nachbarn umhört. Sie haben doch nichts dagegen?«

»Absolut nicht. Alan ist der richtige Mann, wenn es um so etwas geht.«

»Wann können wir ins Haus?«, frage ich. Ich bin begierig darauf, voller Energie. Ich will endlich anfangen, mir diesen Killer anzuschauen.

Barry blickt auf die Uhr. »Ich schätze, die Spurensicherung ist jeden Augenblick hier – noch ein Gefallen, den Sie mir schulden. Sobald die Leute da sind, können wir unsere Papierschuhe überziehen und uns an die Arbeit machen.«

Ich fange draußen vor dem Haus an. Barry und Callie warten geduldig.

Ich untersuche die Vorderfront des Hauses. Ich blicke die Straße hinauf und hinunter, schaue zu den Häusern auf beiden Seiten. Ich versuche mir vorzustellen, wie es hier tagsüber aussieht.

»Das ist eine Familien-Wohngegend«, konstatiere ich. »Lebendig, aktiv. Es war Samstag, also waren die meisten Leute zu Hause. Ganz schön riskant, heute hierherzukommen. Unser

Freund ist entweder übermütig oder verdammt kompetent. Mit hoher Wahrscheinlichkeit ist es nicht seine erste Tat. Ich schätze, er hat schon häufiger gemordet.«

Ich gehe los, den Weg entlang zur Eingangstür. Ich stelle mir vor, der Täter zu sein, wie er den gleichen Weg nimmt. Gut möglich, dass er die Morde begangen hat, als ich mit Bonnie beim Shoppen gewesen bin. Vielleicht auch, während ich Matts Schlafzimmerschrank ausgeräumt habe. Leben und Tod, Seite an Seite, ohne etwas voneinander zu ahnen.

Ich zögere, bevor ich durch die Eingangstür trete. Ich versuche ihn mir vorzustellen, hier, an dieser Stelle. War er aufgeregt? Gelassen? War er wahnsinnig?

Ich spüre nichts. Ich weiß noch nicht genug über ihn.

Ich betrete das Haus. Barry und Callie folgen.

Im Haus riecht es immer noch nach Mord. Der Geruch ist sogar noch schlimmer geworden, intensiver, weil mehr Zeit vergangen ist.

Wir gehen zum Salon. Ich starre auf den blutgetränkten Teppichboden. Der Fotograf der Spurensicherung ist damit beschäftigt, alles abzulichten.

»Das ist eine verdammte Menge Blut«, stellt Barry fest.

»Er hat ihnen die Kehlen durchgeschnitten«, informiere ich ihn. »Von einem Ohr zum anderen.«

»Das erklärt das viele Blut.« Er blickt sich um. »Wie Sie bereits gesagt haben. Keine Blutspuren nach oben.«

»Ja. Trotzdem, das alles verrät uns ein wenig über den Täter.«

»Zum Beispiel?«, fragt Barry.

»Was er tut, macht ihm Spaß. Mit einer Klinge zu töten ist etwas Persönliches. Es ist ein Akt der Wut und des Hasses, doch auf einer anderen Ebene ist es auch ein Akt der Freude und der Lust. So tötet man eine Geliebte. Die einzige Möglichkeit, noch persönlicher zu werden, sind die bloßen Hände. Manchmal tötet ein Killer auf diese Weise, weil es ihm Freude bereitet, so zu töten. Weil es ein Zeichen von Respekt ist, ein Dank an das Opfer dafür, dass es sein Leben hergibt.« Ich deute mit einer ausholenden Geste auf das blutige Zimmer. »Blutvergießen kann sowohl intim sein, als auch unpersönlich. Blut ist Leben. Man schlitzt sein Opfer auf, um dem Blut nahe zu sein, wenn es fließt. Das Blut ist ein Weg in den Tod. Schweine lässt man auf genau die gleiche Art und Weise ausbluten. Wie hat der Täter es gesehen? Intim oder unpersönlich? Bedeuteten sie ihm nichts – oder alles?«

»Was ist Ihre Meinung?«

»Ich weiß es nicht. Noch nicht. Jedenfalls gab es kein Zögern, egal wie der Killer es gesehen haben mag. Kein Zögern, keine Zweifel. Man tötet nicht mit einem Messer, wenn man Zweifel hat. Es ist ein Akt der Gewissheit. Eine Pistole schafft Distanz, aber ein Messer? Ein Messer muss aus unmittelbarer Nähe benutzt werden. Außerdem ist ein Messer ein Hinweis, dass die Art des Tötens für den Täter genauso wichtig ist wie der Tod selbst.«

»Wieso?«

Ich zucke die Schultern. »Eine Pistole tötet schneller.«

Callie geht im blutigen Zimmer umher und schüttelt den Kopf.

»Was ist?«, frage ich sie.

Callie deutet auf eine dunkle Lache zu ihren Füßen. »Das stimmt nicht.« Sie deutet auf eine weitere Lache ein Stück weiter links. »Das stimmt nicht.«

»Wieso?«, fragt Barry.

»Die Analyse von Blut erfordert die Anwendung von Biologie und Chemie, Physik und Mathematik. Wir haben keine Zeit für einen detaillierten Vortrag, deshalb muss es reichen, wenn ich sage, dass die Viskosität des Blutes und das Teppichmaterial mir verraten, dass diese beiden Lachen absichtlich hinterlassen wurden.« Sie kommt näher zu uns und deutet auf die größere Lache in der Nähe des Eingangs zum Salon. »Seht ihr diese

Linien hier?« Callie beugt sich vor und zeigt auf eine Blutlinie, die breiter wird, je weiter sie sich von uns entfernt, und die in einem beinahe runden Fleck mit ausgefransten Rändern endet. »Erkennt ihr, wie es aussieht? Wie eine riesige Kaulquappe.«

»Ja«, antworte ich.

»So etwas sieht man ständig, nur in kleinerem Maßstab. Spritzer aller Art erzeugen einen langen, schmalen Fleck mit einem definierten, erkennbaren dicken Ende. Das schmale Ende des Flecks, der ›Schwanz‹, zeigt immer zum Ursprung. Das hier ist eine größere Version eines solchen Spritzers. Dass den Opfern die Kehle durchgeschnitten wurde, passt dazu.« Sie zeigt auf verschiedene Stellen. »Man kann es hier erkennen, und hier, und hier. Und seht ihr das Blut an der Wand, direkt daneben?«

Ich blicke zu der Stelle. Ich sehe weitere »Kaulquappen«, nur kleiner, zusammen mit einer Anzahl Tropfen in verschiedenen Größen. »Ja.«

»Stell dir das Blut in einem Körper als Flüssigkeit in einem Behälter unter Druck vor. Stich ein Loch in den Behälter, und es spritzt heraus. Die Blutspritzer sind, vereinfacht gesagt, bei einem solchen Vorgang entstanden. Die Menge und Geschwindigkeit, mit der das Blut spritzt, ist abhängig vom Druck im Körper und der Größe der Austrittsöffnung, also der Wunde. Das Blut spritzt mit mehr oder weniger hohem Druck aus der Wunde, bis es auf einen Gegenstand trifft und ein typisches Muster hinterlässt – ›Kaulquappen‹, Tropfen mit ausgefransten Rändern und so weiter.«

Sie deutet erneut auf den Teppich und die Wand. »Hier sieht man Hinweise auf arterielle Spritzer – in der Nähe der Fußleiste und an den Linien auf dem Teppich. Seht ihr? Spontane Bewegung in einer Richtung, erzeugt durch Druck, einem ziemlich hohen Druck, wie beispielsweise bei einer arteriellen Verletzung. Das lässt den Schluss zu, dass diese Spritzer bei den Morden entstanden sind. Diese beiden anderen aber resultieren *nicht* aus einem Mord. Wenn ich raten müsste würde ich sagen, dass das Blut dorthin gegossen wurde. Aus einem Behälter, zum Beispiel. Es sind Pfützen. Das Blut ist nicht gespritzt, sondern getropft oder geflossen. Der Größe der Lachen nach zu urteilen, würde ich sagen, dass hier Blut auf den Boden gegossen wurde, zumal die Ränder der Lachen nicht ausgefranst sind, sondern scharf.«

Jetzt, da Callie es erklärt hat, erkenne ich es auch. Die Lachen sind zu gleichmäßig, zu sauber, zu rund. Wie Sirup auf Pfannkuchen.

»Also hat er eines seiner Opfer hier unten getötet«, sagt Barry. »Was dann? War ihm das Zimmer vielleicht nicht blutig genug?«

Callie zuckt die Schultern. »Keine Ahnung, warum er das getan hat. Ich kann aber mit ziemlicher Gewissheit sagen, dass diese beiden Lachen als Letzte hinzugekommen sind. Das Blut ist noch nicht so stark geronnen wie an der Stelle, wo der Mord verübt wurde.«

»Hmmm.« Barry sieht mich an. »Was meinen Sie? Wer immer hier unten ermordet wurde – starb er als Letztes der drei Opfer, oder als Erstes?«

»Wahrscheinlich zuletzt«, sage ich. »Als ich in dieses Zimmer kam, war das Blut noch frisch, wohingegen das Blut an den Wänden oben im Schlafzimmer getrocknet aussah.«

Irgendetwas an der gläsernen Schiebetür erweckt meine Aufmerksamkeit. Ich gehe dorthin.

»Barry, sehen Sie sich das an!«

Ich deute auf das Schnappschloss. Es ist unverschlossen, und die Tür steht einen Spalt weit offen. Kaum zu erkennen, es sei denn, man steht direkt davor, so wie wir jetzt.

»Das ist wahrscheinlich die Stelle, wo er sich Zugang zum Haus verschafft hat«, vermutet Callie.

»Machen Sie ein paar Aufnahmen davon, bevor ich die Tür öffne«, sagt Barry zum Fotografen des Spurensicherungsteams.

Der Fotograf, ein blasser, schüchtern aussehender Bursche mit Vornamen Dan, schießt Bilder vom Schnappschloss und der Tür.

»Das sollte genügen«, sagt er schließlich.

»Danke.« Callie lächelt ihn an.

Dan bekommt einen roten Kopf und senkt den Blick. Er lächelt, doch sein Mund ist verschlossen. Offenbar hat Callies Schönheit ihm beinahe die Sprache verschlagen.

»Kein … Problem«, bringt er mit trockenem Hals hervor, bevor er davonschlurft.

»Reizend«, sagt Callie an Barry gewandt.

»Ja …« Er ist ganz in die Untersuchung des Schlosses vertieft. »Scheint aufgebrochen worden zu sein. Ich kann Werkzeugspuren erkennen.«

Er schiebt die Glastür auf. Sie öffnet sich nach links. Macht man sie von außen auf, muss man sie also nach rechts schieben.

Ein rechtshändiger Killer hätte sie wahrscheinlich mit der linken Hand geöffnet, weil er in der rechten Hand … was hält? Ein Messer? Eine Tasche?

Wir gehen durch die Tür hinaus in den Garten. Es ist dunkel, doch ich kann erkennen, dass es ein großer Garten ist. Ich sehe die dunklen Umrisse eines rechteckigen Swimmingpools. Eine einzelne mittelgroße Palme ragt auf der linken Seite in den Abendhimmel.

»Gibt es hier hinten kein Licht?«, fragt Barry.

Callie sucht an der Wand neben der Glastür nach einem Schalter. Als sie ihn gefunden und betätigt hat, erwartet uns die nächste böse Überraschung.

Der Schalter hat nicht nur die Gartenbeleuchtung aktiviert, sondern auch die Lichter im Pool.

»Gütiger Himmel«, flüstert Barry.

Der hellblaue Innenanstrich des Pools bildet dank der Unterwasserscheinwerfer eine Insel aus schimmernder Helligkeit im Dunkel der Umgebung. Das Wasser scheint zu leuchten.

Umso deutlicher ist die träge schwebende, beinahe schwarze Wolke aus Blut zu sehen. Der größte Teil schwimmt auf der Wasseroberfläche, ungleichmäßig verteilt, eine Mischung aus Klumpen, rosafarbenem Schaum und glattem Öl.

Ich gehe zum Pool und blicke ins Wasser.

»Keine Waffe hier drin«, stelle ich fest. »Und keine Kleidung.«

»Aber jede Menge Blut«, sagt Barry. »Mein Gott, man kann stellenweise nicht bis auf den Boden sehen …«

Ich schaue mich im Garten um. Er ist auf allen Seiten von einer zwei Meter hohen Ziegelsteinmauer umgeben, eine Seltenheit in den Vororten von Los Angeles. Die Mauerkrone ist mit Efeu bewachsen, dessen Ranken bis fast zum Boden reichen, was im Zusammenspiel mit den Sträuchern im Garten eine beeindruckende Privatsphäre schafft. Das Haus lässt ein Maximum an Licht ins Innere, während der Garten bestens vor neugierigen Blicken geschützt ist.

Ich denke an das Schlafzimmer, diese Hölle aus Blut und Tod.

Er hat sich Zeit gelassen da oben, überlege ich. *Er hat gespielt und gemalt und seinen Spaß gehabt. Aber es war eine schmutzige Arbeit, und deshalb hat er …*

»Er hat den Pool benutzt«, sage ich.

Callie hebt die Augenbrauen. Barry sieht mich fragend an. Mir wird bewusst, dass ich den anderen einen Schritt voraus bin – ich habe das Schlafzimmer gesehen, sie noch nicht.

»Der Täter war am helllichten Tag hier. Es ist Samstag, also sind die Leute zu Hause. Es ist ein schöner, sonniger Samstag. Die Leute sind draußen in ihren Gärten, genießen das Wetter, fahren Rad.« Ich deute auf das Fenster des großen Schlafzimmers im ersten Stock. »Unser Freund hat sich im Schlafzimmer beschäftigt. Überall ist Blut – an den Wänden, an der Decke –, doch es sind keine Spritzer von den Morden. Er hat es absichtlich dorthin gebracht. Wahrscheinlich war er von oben bis unten voll Blut. Er musste es abwaschen, und er wollte es hier tun. Es gefiel ihm, das Blut hier abzuwaschen.«

»Warum hat er nicht eins der Badezimmer im Haus benutzt?«, fragt Callie. »Es ist ein ziemliches Risiko, in den Garten zu gehen. Privatsphäre oder nicht – er muss den Schutz des Hauses verlassen. Jemand könnte klopfen, während er hier draußen ist, oder nach Hause kommen, und er würde es nicht einmal bemerken.«

»Der Bursche ist cleverer, als ich dachte«, sagt Barry. »Wahrscheinlich weiß er, dass wir die Abflüsse in den Badezimmern überprüfen werden. Es ist viel schwieriger, im Filtersystem des Pools irgendwas von ihm zu finden. Das Chlor ist nicht gerade freundlich zu Hautschuppen oder Haaren.«

Ich betrachte den Pool. Er ist ungefähr sechs Meter lang und scheint überall die gleiche Tiefe zu besitzen. Eine einzelne Treppe führt hinunter ins Wasser. Glasierte Fliesen umgeben das Becken und bilden eine Liegefläche.

»Die Fliesen sind an verschiedenen Stellen nass«, sage ich. »Ich …«

»Komm da weg, Smoky«, unterbricht Callie mich unvermittelt und mit scharfer Stimme. »Sofort. Wir müssen zurück ins Haus.«

Barry und ich blicken sie verdutzt an.

»Warum wohl sind die Fliesen nass?«, fragt Callie.

Ich begreife. »Weil er hier draußen herumgelaufen ist, wahrscheinlich nackt und barfuß, und Fußabdrücke hinterlassen hat … die wir zerstören, wenn wir hier herumtrampeln.«

»Stimmt«, sagt Barry. »Verdammt.«

»Die Spurensicherung muss den gesamten Garten mit einer Ultraviolettlampe absuchen«, sagt Callie. »Zentimeter für Zentimeter, und wenn es noch so langwierig ist. Gott sei Dank ist das nicht mein Job heute Nacht.«

Spuren wie latente Finger- oder Fußabdrücke, Sperma und Blutspritzer fluoreszieren unter bestimmten Umständen in ultraviolettem Licht. Callie hat recht. Wenn der Killer nackt hier draußen herumgelaufen ist, bestehen gute Aussichten, Spuren von ihm zu entdecken.

Wir kehren durch die gläserne Schiebetür ins Haus zurück und bleiben im Salon stehen, während wir nach draußen blicken.

»Sie vermuten also, der Pool hat nicht nur dem Abwaschen von Beweisen gedient?«, fragt Barry mich.

»Ich vermute …«, setze ich an und verstumme, als mir plötzlich die Bilder deutlich vor Augen stehen, wie so oft, wenn ich mich in die Gedanken eines Psychopathen versetze. Es schwimmt aus irgendeiner dunklen Ecke meines Unterbewusstseins nach oben, völlig ausformuliert. »Ich glaube, er hat es genossen, hier draußen im Freien etwas Schreckliches zu tun. Er hat die Familie am helllichten Tag getötet und in ihrem Blut gebadet. Dann hat er sich ausgezogen und ein ausgedehntes Bad im Pool genommen, während die Leichen in dem nicht klimatisierten Haus lagen. Die Leute in der Nachbarschaft feierten Kindergeburtstage, schnitten Hecken, mähten Rasen und grillten ihre Steaks, ohne zu ahnen, dass unser Freund hier war und den Tag auf seine Weise genoss.« Ich schaue Barry an. »Das Gefühl von Triumph muss überwältigend gewesen sein. Wie ein Vampir, der im Sonnenschein umherspaziert. Ein Gefühl von Macht … Selbstsicherheit. Ja, man muss verdammt selbstsicher sein, am helllichten Tag hierherzukommen und mit einem Messer zu töten. Es passt zusammen.«

»Krankes Schwein«, sagt Barry und schüttelt den Kopf. Er seufzt. »Also dreht er ein paar Runden im Pool, legt sich womöglich in die Sonne und lauscht den Nachbarn, während er sich selbst auf die Schulter klopft. Aber es bleibt die Frage nach der zeitlichen Abfolge. Sie sagen, das Blut am Tatort unten war frisch. Okay, aber wie erklärt sich das? Er tötet zwei Opfer oben im Haus, malt mit ihrem Blut seine Wandgemälde, geht runter schwimmen und tötet dann das dritte Opfer? Und was macht Sarah, während sich das alles abspielt?«

Ich zucke die Schultern. »Das wissen wir noch nicht.«

»Ich hasse es, wenn diese Kerle mir zusätzliche Arbeit machen«, brummt Barry. »He, Thompson!«, brüllt er dann, und wie durch Magie erscheint der junge Uniformierte, der uns am Nachmittag bei der Absperrung aufhalten wollte.

»Sir?«

»Lassen Sie niemanden in den Garten, bevor die Spurensicherung nicht ihr Okay gibt.«

»Verstanden, Sir.« Er bezieht vor der Schiebetür Posten. Er ist immer noch aufgeregt, dabei zu sein.

»Wollen wir jetzt ins Badezimmer gehen?«, fragt Barry uns.

Es ist eine rhetorische Frage. Wir haben jetzt die Witterung aufgenommen, und was mich betrifft, bringt mich nichts und niemand mehr davon ab.

Wir steigen die Treppe hinauf. Barry übernimmt die Führung, und Callie ist hinter mir. Oben am Treppenabsatz wirft Barry einen kurzen Blick ins Schlafzimmer.

»Ist das nötig, dass Sie beide reinkommen?«, fragt eine gereizte Stimme. »Sie trampeln auf alle Spuren!«

Die Stimme gehört John Simmons, dem Schichtführer des Spurensicherungsteams beim LAPD. Er ist jähzornig, schroff und vertraut keinem außer sich selbst, wenn es um die Beweissicherung bei einem Mordfall geht. Doch Simmons' Macken sind verzeihlich. Er ist einer der Besten.

»Eigentlich sind wir zu dritt, Zuckerschnäuzchen«, sagt Callie und tritt vor, sodass er sie ebenfalls sehen kann.

John Simmons ist schon sehr lange in seinem Job, ein Mann Ende fünfzig, und das sieht man. Ihn lächeln zu sehen ist wie ein Sechser im Lotto. Doch Callie hat einen solchen Volltreffer verdient, wie es scheint.

»Calpurnia!«, ruft Simmons und grinst von einem Ohr zum anderen. Er kommt zu uns, schiebt Barry und mich aus dem Weg und umarmt Callie. Sie erwidert die Umarmung, während Barry verwundert zuschaut. Ich habe diese Begrüßung schon häufiger erlebt, und ich kenne den Grund dafür. Barry nicht.

»Während meines Studiums der Forensik habe ich ein Praktikum bei Johnny gemacht«, erklärt Callie und schaut dabei Barry an.

»Sie ist sehr talentiert«, sagt Simmons liebevoll. »Calpurnia war einer meiner wenigen Erfolge. Jemand, der die Wissenschaft zu schätzen weiß.«

Simmons sieht zu mir und mustert mich. Er betrachtet ganz unverhohlen meine Narben, doch das stört mich nicht. Ich weiß, dass sein Interesse aus vorurteilsfreier Neugier herrührt.

»Agentin Barrett«, sagt er schließlich und nickt.

»Hallo, Sir.«

Ich habe John Simmons schon immer »Sir« genannt, und er hat mir nie angeboten, ihn mit Vornamen anzureden. Außer Callie kenne ich niemanden, der »Johnny« zu Simmons sagen darf. Dafür ist er vermutlich der Einzige, der Callie ungestraft »Calpurnia« nennen darf. Sie hasst ihren richtigen Vornamen wie die Pest.

»Nun, Calpurnia«, sagt Simmons und wendet sich wieder Callie zu. »Sie passen mir doch gut auf meinen Tatort auf, nicht wahr? Damit nichts zertrampelt oder angefasst wird, das nicht zertrampelt oder angefasst werden darf?«

Callie hebt die rechte Hand und legt die linke auf ihre Brust. »So wahr mir Gott helfe.«

Dann berichtet sie ihm, was wir im Garten gefunden haben. Simmons belohnt sie mit einem weiteren liebevollen Lächeln. »Gut gemacht, Calpurnia«, sagt er. »Ich schicke sofort jemanden los, der sich darum kümmert.« Er betrachtet Barry und mich mit einem letzten misstrauischen Blick, bevor er zur Seite tritt und uns durchlässt.

Wir betreten das Schlafzimmer. Simmons eilt nach unten,

um Leute loszuschicken, die sich den Pool und den Garten vornehmen.

Wir sind allein.

Nun, da ich meine Aufmerksamkeit nicht mehr auf Sarah richten muss, sehe ich mich zum ersten Mal richtig in diesem Zimmer um.

Mr. und Mrs. Dean und Laurel Kingsley passten perfekt in das Klischee der »fitten Vierziger«. Sie waren gebräunt, hatten gut aussehende Gesichter, soweit man es noch beurteilen kann, muskulöse Beine und einen gewissen Schliff, eine Vitalität, die ich selbst unter diesen Umständen noch zu erkennen vermag.

»Verdammt, der Kerl hat wirklich Selbstvertrauen«, sage ich. »Nicht nur, dass er am Wochenende hergekommen ist, und am helllichten Tag. Er hat es mit zwei kräftigen, sportlichen Erwachsenen und zwei Teenagern aufgenommen.«

Deans Augen sind weit aufgerissen und verwandeln sich bereits in Totenaugen, grau und stumpf wie Seifenkahm in einer Badewanne. Laurels Augen sind geschlossen. Beide haben die Lippen gebleckt, was mich an einen knurrenden Hund oder jemanden erinnert, der mit vorgehaltener Waffe zum Lächeln gezwungen wird. Deans Zunge ragt hervor, während Laurels Zähne zusammengebissen sind.

Für immer, denke ich. *Sie wird nie mehr den Mund öffnen, in alle Ewigkeit nicht.*

Ein absurder Gedanke, und doch lässt er mich frösteln.

»Er hat wahrscheinlich eine Waffe benutzt, um sie einzuschüchtern, bestimmt nicht nur ein Messer«, sage ich. »Ein Messer wirkt auf die meisten Opfer nicht bedrohlich genug. Wahrscheinlich hatte unser Freund eine Pistole. Irgendetwas, das groß und gefährlich genug aussah.«

Dean und Laurel sehen vom Schlüsselbein abwärts aus, als hätten sie beide eine Handgranate verschluckt.

»Ein einzelner langer Schnitt bei jedem«, sagt Barry. »Er hat irgendetwas sehr Scharfes benutzt.«

»Wahrscheinlich ein Skalpell«, pflichte ich ihm bei. »Aber es sind keine sauberen Schnitte. Man kann an den Wunden erkennen, dass er gezögert hat. Sehen Sie die gezackten Stellen?«

»Ja.«

Er hat seine Opfer mit zitternder Hand aufgeschnitten. Dann hat er hineingegriffen, gepackt, was immer er greifen konnte, und gezerrt wie ein Angler, der einen Fisch ausnimmt. Ich stehe über Mrs. Kingsley und blicke auf die Wunde. Ich kann das mittlere Drittel ihrer Wirbelsäule sehen, denn es gibt keine Organe mehr, die mir die Sicht versperren könnten.

»Diese zögernden Schnitte sind eigenartig«, sage ich nachdenklich.

»Wieso?«, fragt Barry.

»Weil er ansonsten vor Selbstvertrauen nur so strotzt.« Ich beuge mich vor, um genauer hinzusehen, untersuche diesmal die aufgeschlitzten Kehlen. »Die Schnitte am Hals sind sauber und geradlinig. Da gab es kein Zögern.« Ich richte mich auf. »Aber vielleicht irre ich mich. Vielleicht sehen die Schnitte so zittrig aus, weil er erregt war. Vielleicht hatte er einen Orgasmus.«

»Wie nett«, sagt Callie.

Im Unterschied zu seinen Eltern ist der Körper des Jungen, Michael, weitgehend unversehrt. Er ist weiß vom Blutverlust, doch ihm wurde die Würdelosigkeit des Ausnehmens erspart.

»Warum hat er den Jungen nicht so zugerichtet?«, fragt Barry.

»Entweder war er ihm nicht wichtig – oder er war der Wichtigste von allen«, sage ich.

Callie umrundet langsam das Bett, während sie die Leichen von allen Seiten in Augenschein nimmt. Immer wieder schweift ihr Blick zum Boden oder zu den Blutspritzern an den Wänden.

»Was siehst du?«, frage ich.

»Die Halsschlagadern aller drei Opfer wurden durchtrennt.

Er hat sie völlig ausbluten lassen, bevor er dann die beiden Erwachsenen aufgeschnitten und ausgeweidet hat.«

»Woran können Sie das erkennen?«, fragt Barry.

»Es gibt nicht genügend Blut, das sich in den Leibeshöhlen oder unter den freigelegten Organen hatte sammeln können. Womit wir zum nächsten Problem kämen: Wo ist das restliche Blut? Ich habe eine Stelle gesehen, wo eines der Opfer gestorben ist, unten im Salon. Was ist mit den anderen beiden?« Callie deutet auf die Wände. »Das meiste Blut ist dort. Es gibt ein paar Flecken auf dem Teppich, aber nicht genug. Die Laken und Bettdecken sind blutig, aber die Menge ist längst nicht ausreichend.« Callie schüttelt den Kopf. »In diesem Zimmer wurde niemandem die Kehle durchgeschnitten, das ist sicher.«

»Das ist mir auch schon aufgefallen«, sage ich. »Er hat sie irgendwo anders ausbluten lassen. Wo?«

Ein Augenblick vergeht, bevor wir drei wie auf ein stummes Zeichen den kurzen Gang hinunterblicken, der vom Schlafzimmer zum großen Bad führt. Ich setze mich wortlos in Bewegung. Barry und Callie folgen mir.

Als wir das Bad betreten, finden wir die Antwort.

»Oh, Himmel«, stößt Barry hervor. »Damit ist die Frage geklärt.«

Die Badewanne ist groß und dazu gedacht, darin zu entspannen und zu träumen. Sie ist gut ein Viertel voll mit gerinnendem Blut.

»Er hat sie in der Wanne ausbluten lassen.« Ich deute auf zwei große rostbraune Flecken auf dem Teppich. »Als er fertig war, hat er sie herausgehoben und dort nebeneinander hingelegt.«

Mein Verstand arbeitet auf Hochtouren, und meine Wahrnehmung der Dinge, die sich hier ereignet haben, wird schneller und schneller. Ich drehe mich um und gehe ins Schlafzimmer zurück, um mir Handgelenke und Knöchel von Dean und

Laurel Kingsley genauer anzusehen. Callie und Barry sind mir gefolgt und beobachten mich verwundert.

Ich deute auf die Leichen. »Keine Spuren an Handgelenken oder Knöcheln. Es sind zwei Erwachsene. Groß, sportlich. Du zwingst sie, sich nackt auszuziehen, du steckst sie in die Wanne, schlitzt ihnen die Kehle auf, einem nach dem anderen, lässt sie ausbluten, einen nach dem anderen … ergibt das einen Sinn?«

»Nein«, sagt Barry. »Sie hätten sich gewehrt. Wie hat er das gemacht?«

»Ockhams Rasiermesser«, sage ich. »Die einfachste Antwort: Sie *haben* sich nicht gewehrt.«

Barry runzelt verblüfft die Stirn; dann klärt sich seine Miene, und er nickt. »Richtig«, sagt er. »Sie waren außer Gefecht. Vielleicht betäubt.« Er schreibt eine weitere Notiz in seinen Block. »Ich lasse das Labor bei der Autopsie danach suchen.«

»Wenn das stimmt«, sage ich, »wenn sie wirklich betäubt wurden, musste er drei Körper tragen, einschließlich dem Opfer, das er unten im Haus umgebracht hat.« Ich sehe Barry an. »Was würden Sie sagen, wie groß war Mr. Kingsley? Eins fünfundachtzig?«

»Eher eins neunzig«, sagt Barry. »Und fünfundachtzig bis neunzig Kilo schwer.«

Ich stoße einen leisen Pfiff aus. »Er hätte Kingsley in die Badewanne wuchten müssen, als dieser betäubt war …« Ich schüttle den Kopf. »Unser Freund ist entweder groß oder stark oder beides.«

»Immerhin«, sagt Barry. »Wir suchen schon mal *nicht* nach einem kleinen, schmächtigen Burschen.«

»Es könnten natürlich auch zwei gewesen sein«, sagt Callie und sieht mich an. »Wir hatten es schon häufiger mit Pärchen oder Teams zu tun.«

Sie hat recht. Gemeinschaftlich begangene Morde sind nicht ungewöhnlich. Mein Team und ich haben schon mehr als ein perverses Kaffeekränzchen gejagt.

»Keine sichtbaren Hinweise auf sexuelle Misshandlungen«, bemerkt Barry. »Aber das bedeutet noch nicht viel. Wir können nichts mit Bestimmtheit sagen, bevor die Gerichtsmedizin sich die Leichen nicht ganz genau angeschaut hat.«

»Sie sollen zuerst den Jungen untersuchen«, sage ich.

Barry sieht mich mit erhobener Augenbraue an.

»Er wurde nicht ausgeweidet.« Ich deute auf die Leiche von Michael Kingsley. »Und er ist sauber. Ich würde sagen, der Killer hat ihn gewaschen, *post mortem.* Es sieht so aus, als hätte er ihm auch die Haare gekämmt. Vielleicht war es kein Sexualmord – aber hier ging irgendetwas vor. Der Täter war nicht so wütend auf Michael. Aber warum?«

»Gute Frage«, sagt Barry und schreibt eifrig mit.

Ich sehe mich im Zimmer um, betrachte die Blutspuren an den Wänden und der Decke. An manchen Stellen sehen sie aus wie Spritzer, als hätte ein Künstler rote Farbe aus einer Dose auf eine leere Leinwand geschleudert. Doch ich erkenne Feinheiten. Schnörkel und Symbole. Streifen. Das Offensichtlichste aber ist: Das Blut ist überall.

»Das Blut ist der Schlüssel zu ihm«, murmle ich. »Und zu dem Ausweiden. Es gibt keinerlei Hinweise auf Folterung, bei keinem der Opfer, und der Killer hat sie ausbluten lassen, bevor er sie aufgeschnitten hat. Ihr Schmerz war ihm nicht so wichtig. Er wollte, was in ihnen war. Insbesondere ihr Blut.«

»Warum?«, fragt Barry.

»Kann ich noch nicht sagen. Es gibt zu viele mögliche Muster. Blut ist Leben … man kann Blut trinken, man kann es benutzen, um die Zukunft vorherzusagen. Suchen Sie sich aus, was Sie wollen. Aber es ist wichtig.« Ich schüttle den Kopf. »Eigenartig.«

»Was?«

»Alles, was ich bisher gesehen habe, deutet auf einen desorganisierten Täter. Die Verstümmelungen, die Malereien mit Blut. Desorganisierte Täter sind chaotisch. Sie können nicht vorausplanen und verfangen sich immer wieder im Augenblick. Sie verlieren die Kontrolle und ...«

»Und?«

»Wie kommt es, dass der Junge nicht aufgeschlitzt wurde, und wieso ist Sarah noch am Leben? Es passt nicht zusammen.«

Barry sieht mich nachdenklich an. Zuckt die Schultern.

»Gehen wir in ihr Zimmer«, sagt er. »Vielleicht finden wir dort ein paar Antworten.«

KAPITEL 11

»Wow!«, sagt Callie.

Sie hat zwei Gründe für diesen Ausruf.

Erstens – und sehr offensichtlich – die Worte an der nackten Wand neben dem Bett.

»Ist das Blut?«, fragt Barry.

»Ja«, bestätigt Callie.

Die Lettern sind groß. Die Schwünge sind wütend, jeder ein Ausdruck von Hass und Wut.

DIESER ORT = SCHMERZ

»Was zur Hölle soll das bedeuten?«, fragt Barry.

»Ich weiß es nicht«, lautet meine Antwort. »Aber es scheint ihm wichtig zu sein.«

Genau wie das Blut und die ausgenommenen Eingeweide.

»Interessant, dass er es in Sarahs Schlafzimmer geschrieben hat, findest du nicht auch?«, fragt Callie.

»Ja. Und es ist so verdammt aufschlussreich«, brummt Barry. »Warum können diese Psychos nie etwas Nützliches oder Sinnvolles schreiben? ›Hi, ich heiße John Smith, wohne in der 222 Oak Street und gestehe alles.‹«

Der zweite Grund für Callies Ausruf des Erstaunens findet sich im Dekor. Ich muss daran denken, wie ich heute in Alexas Zimmer gestanden habe. Sarahs Zimmer unterscheidet sich grundlegend von diesem Girly-Stil.

Der Teppich ist schwarz. Die Vorhänge vor den Fenstern sind schwarz und zugezogen. Das Bettlaken, Kissenbezüge und die Tagesdecke auf dem breiten Himmelbett sind schwarz. Alles in grellem Kontrast zum Weiß der Wände.

Es ist ein ziemlich großes Zimmer. Ungefähr anderthalbmal so groß wie ein gewöhnliches Kinderzimmer in den meisten Häusern, vielleicht drei auf vier Meter. Selbst mit dem großen Bett, einem kleinen Computertisch, einem Bücherregal und einem kleinen Beistelltisch mit Schubladen neben dem Bett bleibt noch genügend Platz im Zimmer, um sich zu bewegen. Doch das Zimmer wirkt kahl und strahlt Kälte aus.

»Ich bin kein Experte«, sagt Barry. »Aber in meinen Augen sieht es so aus, als hätte dieses Mädchen Probleme. Und damit meine ich nicht die Leichen im Haus.«

Ich untersuche den Nachttisch neben dem Bett. Er ist ungefähr so hoch wie ein Barhocker und besitzt auch dessen Fläche. Auf dem Nachttisch steht ein schwarzer Wecker, doch die drei Schubladen interessieren mich am meisten.

»Können wir jemanden herkommen lassen, der Fingerabdrücke von diesem Schränkchen nimmt?«, frage ich Barry. »Jetzt gleich?«

Er zuckt die Schultern. »Schätze ja. Warum?«

Ich erzähle ihm von dem Versprechen, das ich Sarah in Bezug auf ihr Tagebuch gegeben habe. Barry blickt unbehaglich drein.

»Sie hätten ihr dieses Versprechen nicht geben dürfen, Smoky«, sagt er. »Ich darf Ihnen das Tagebuch nicht überlassen, das wissen Sie doch.«

Ja, das weiß ich. Es verstößt gegen die Regel der geschlossenen Beweiskette und mindestens einem weiteren Dutzend forensischer Regeln, deren Missachtung bei John Simmons wahrscheinlich einen Herzinfarkt hervorrufen würde.

»Holen wir Johnny«, sagt Callie. »Ich habe eine Idee, wie wir vorgehen könnten.«

Simmons blickt sich in Sarah Kingsleys Schlafzimmer um. »Also, Calpurnia«, sagt er. »Erklären Sie mir bitte, was Sie hier zu bewerkstelligen versuchen?«

»Uns ist klar, Johnny, dass Smoky das Tagebuch nicht mitnehmen kann. Aber könnten wir nicht eine Kopie davon machen, indem Sie jede Seite fotografieren?«

»Sie wollen allen Ernstes, dass mein Fotograf seine Zeit darauf verschwendet, Seite für Seite das Tagebuch dieses Mädchens zu knipsen?«

»Genau.«

»Und warum sollte ich Ihrem Wunsch entsprechen?«

»Weil Sie es können, Johnny, und weil es nötig ist.«

»Na schön, Calpurnia«, sagt er und geht zur Tür. »Ich schicke Ihnen Dan gleich nach oben.«

Ich blicke ihm verwundert hinterher. Seine augenblickliche und vollständige Kapitulation ist mir ein Rätsel.

»Wieso war das so einfach?«, fragt Barry, nicht minder erstaunt.

»Das magische Wort war ›nötig‹«, erklärt Callie. »Johnny duldet keine überflüssige Bewegung an einem Tatort. Aber wenn sein Team gebraucht wird, um einen Fall zu klären, lässt er seine Leute tagelang arbeiten, wenn es sein muss.« Sie zeigt ein schiefes Grinsen. »Ich spreche aus Erfahrung.«

Das Tagebuch ist schwarz – natürlich. Glattes schwarzes Leder, kleines Format. Es ist weder maskulin noch feminin. Es ist funktional.

Dan, der schüchterne Fotograf, ist zu uns gekommen, die Kamera schussbereit.

»Wir brauchen ein Bild von jeder Seite, in der richtigen Reihenfolge und mit ausreichend hoher Auflösung, um sie auf normalem Druckerpapier ausdrucken und vor allem lesen zu können«, sagt Callie.

Dan nickt. »Quasi eine Fotokopie des Tagebuchs.«

»Ganz genau, Zuckerschnäuzchen.«

Dan errötet einmal mehr. Hüstelt. Die überraschende Nähe zu Callie macht ihm schwer zu schaffen. »Äh, ja … kein Problem. Hmmm«, stammelt er. »Ich habe eine Gigabyte-Karte auf Reserve, die ich dafür nehmen kann. Ich gebe sie Ihnen, wenn ich fertig bin.«

»Wir brauchen also nur noch jemanden, der die Seiten offen hält«, sagt Callie. Sie hebt die Hände und zeigt die Latexhandschuhe, die sie bereits angezogen hat. »Das mache ich.«

Dan beruhigt sich wieder, sobald er hinter seiner Kamera in Sicherheit ist. Barry und ich sehen zu, während er arbeitet. Der Raum ist still, die Stille nur durchbrochen vom Klicken des Kameraverschlusses und Dans gemurmelten Kommandos, wenn Callie die Seiten umblättern soll.

Ich schaue auf Sarahs Handschrift und entdecke zumindest eine Andeutung von Weiblichkeit. Die Schrift ist präzise, ohne kleinkariert zu wirken. Eine geschmeidige, exakt geschwungene Schrift, geschrieben in – Überraschung! – schwarzer Tinte.

Eine Menge Geschriebenes. Seite um Seite um Seite. Ich frage mich nachdenklich, worüber ein Teenager schreibt, der sich mit Schwarz umgibt. Ich frage mich, ob ich es wissen will.

Es ist ein lebenslanger Kampf für mich: Dinge nicht zu wissen. Ich bin mir der Schönheit des Lebens durchaus bewusst, wenn ich sie antreffe. Doch ich vergesse auch zu keiner Zeit, wie entsetzlich das Leben werden kann, wie monströs. Für mich wäre der Zustand des Glücks leichter zu erreichen, wenn ich nicht ständig diese widerstreitenden Kräfte in Einklang bringen müsste. Wenn ich nie fragen müsste: »Wie kann ich glücklich sein, wenn ich weiß, dass genau in diesem Augenblick jemand anders an einem anderen Ort etwas Grauenhaftes durchmacht?«

Ich erinnere mich, wie ich eines Nachts mit Matt und Alexa nach Los Angeles geflogen bin. Wir kamen aus dem Urlaub zurück. Alexa hatte den Platz am Fenster. Als wir im Landeanflug durch die Wolken sanken, stieß sie einen überraschten Laut aus.

»Sieh nur, Mami!«

Ich beugte mich zum Fenster und blickte nach draußen. Unter uns lag Los Angeles, ein Meer von Lichtern, von Horizont zu Horizont.

»Ist das nicht schön?«, rief Alexa.

Ich lächelte. »Es ist wunderschön, Liebes.«

Es war wunderschön gewesen. Und grauenvoll zugleich. Weil ich wusste, dass genau in diesem Moment irgendwo dort unten Haie in diesem Meer aus Lichtern auf Beutezug waren. Noch während Alexa mit großen Augen auf die Stadt schaute, wurden dort unten Frauen vergewaltigt, Kinder missbraucht und andere Abscheulichkeiten begangen, an die ich gar nicht erst denken wollte.

Mein Vater hat mir einmal gesagt: »Vor die Wahl gestellt wird ein Durchschnittsmensch lieber unwissend lächeln als die Wahrheit hören.«

Ich hatte herausgefunden, dass es tatsächlich so war. Für die Opfer – und für mich selbst.

Es ist nur Wunschdenken, diese Hoffnung auf »Nichtwissen«. Ich werde Sarahs Tagebuch lesen, und ich werde mich von dieser schwarzen kursiven Schrift führen lassen, wohin sie mich führen will, und dann werde ich wissen, was sie mir erzählt.

Das Geräusch der Kamera erfüllt den Raum und erschreckt mich jedes Mal, wenn Dan den Auslöser betätigt.

Es ist kurz vor neun, als ich mit Barry nach unten gehe. John Simmons bemerkt Barry und winkt uns zu sich. Er hält eine Digitalkamera in der Hand.

»Es gibt gute Nachrichten«, sagt er. »Wir konnten latente Fußabdrücke von den Fliesen am Pool abnehmen. Sehr sauber.«

»Großartig!«, sage ich.

»Zu schade, dass wir keine Datenbank haben, mit denen wir die Abdrücke vergleichen können«, bemerkt Barry.

»Nichtsdestotrotz sind die Fußabdrücke *bemerkenswert*«, erklärt Simmons.

Barry runzelte die Stirn. »Wie meinen Sie das?«

Simmons reicht ihm die Kamera. »Sehen Sie selbst.«

Es ist eine digitale Spiegelreflexkamera mit einem LCD-Bildschirm auf der Rückseite, auf dem man die aufgenommenen Bilder begutachten kann. Die Auflösung dieser Kameras reicht heutzutage völlig aus, um damit einzelne Abdrücke zu fotografieren. Das Foto auf dem Schirm ist winzig, doch wir können sehen, was John meint.

»Sind das Narben?«, frage ich.

»Ich denke schon.«

Die Fußsohle ist bedeckt von Narben. Lange, dünne Narben, die ausnahmslos quer verlaufen.

Barry gibt Simmons die Kamera zurück. »Haben Sie so etwas schon mal gesehen?«

»Ja, allerdings. Ich habe drei Einsätze als Freiwilliger bei Amnesty International geleistet und bei Post-mortem-Untersuchungen von Folteropfern geholfen. Außerdem war ich bei der Spurensicherung an vermuteten Folterschauplätzen dabei. Diese Narben sehen aus, als wäre das Opfer mit einem Rohrstock ausgepeitscht worden.«

Ich zucke zusammen. »Das müssen schreckliche Schmerzen sein.«

»Unerträgliche Schmerzen. Wenn es nicht fachgerecht gemacht wird, kann es das Opfer für den Rest seines Lebens verkrüppeln. Im Allgemeinen soll eine Bastonade, wie man solche Schläge auf die Fußsohlen nennt, dem Opfer lediglich Schmerz zufügen.«

»Sind die Narben auf beiden Füßen?«, fragt Barry.

»Auf beiden.«

Wir schweigen, während wir über diese Wendung der Dinge nachdenken. Die Möglichkeit, dass unser Freund irgendwann eine Folter über sich ergehen lassen musste, ist für das Täterprofil von immenser Bedeutung.

»Es stimmt mit dem Bild eines desorganisierten Täters überein«, bemerke ich.

Selbst wenn andere Dinge nicht dazu passen.

»Die Bastonade wird hauptsächlich in Südamerika und Teilen des Mittleren Ostens angewendet«, sagt Simmons. »Außerdem in Singapur, Malaysia und auf den Philippinen.«

»Sonst noch etwas, das wir wissen sollten?«, fragt Barry.

»Bis jetzt nicht. Wir sind dabei, den Inhalt des Filtersystems zu isolieren, aber das dauert eine Weile. Wir müssen abwarten.«

Das forensische Bearbeiten eines Tatorts ist ein Prozess aus *Identifikation* und *Individualisierung*. Von Individualisierung sprechen wir, wenn ein Beweisstück von einer spezifischen Quelle herrührt. Fingerabdrücke können einer einzigen Person zugeordnet werden, so wie Geschosse in den meisten Fällen einer bestimmten Waffe zugeordnet werden können. Die ultimative Individualisierung ist die DNA-Analyse.

Die große Mehrzahl an Beweisen jedoch lässt sich nicht individualisieren, lediglich identifizieren. Die Identifikation ist der Prozess des Klassifizierens von Beweisen aus einer gemeinsamen, jedoch nicht spezifischen Quelle. Ein Beispiel: feinste Metall- oder Rostpartikel, die man im eingeschlagenen Schädel eines Opfers findet und die sich als Material identifizieren lassen, das üblicherweise zur Herstellung von Hämmern benutzt wird.

Die beiden Bereiche können sich selbstverständlich überschneiden. Wir haben einen Verdächtigen und überprüfen, ob er einen Hammer besitzt. Das Opfer hat Verletzungen am Kopf, die mit dem Abdruck des verdächtigen Hammers übereinstimmen. Weitere Untersuchungen ergeben DNA-Spuren des Opfers an den Kanten des Hammerkopfes. Wir nehmen Fingerabdrücke vom Griff und finden lediglich die des Verdächtigen. Identifikation und Individualisierung, beides im Zusammenspiel, besiegeln das Schicksal des Täters. Es ist ein mühsamer Prozess, der nicht nur technisches Fachwissen erfordert, sondern auch die Fähigkeit zu logischer Deduktion und zum Verknüpfen von Fakten.

Ich hatte vorhin das Sichtbare bemerkt, das Blut im blauen Wasser des Pools, und hatte vermutet, dass unser Täter im Pool gebadet hat. Callie nahm meine Beobachtung auf, stellte ihre eigenen Analysen an und führte uns zu dem unsichtbaren Fußabdruck.

Die Präzision eines Sherlock Holmes ist eine nette Phantasie, mehr nicht. Die Wahrheit ist, dass wir wie denkende Staubsauger sind. Wir saugen alles in uns auf, verarbeiten es und hoffen, dass wir das Ergebnis begreifen.

Ich stehe mit Barry auf dem Rasen und warte darauf, dass Callie und Dan, der schüchterne Fotograf, fertig werden. Es war ein langer Tag. Alan packt bestimmt bald zusammen. Ich möchte weg von hier.

Barry zieht ein Päckchen Marlboros aus der Brusttasche seines Hemds. *Meine alte Marke*, denke ich sehnsüchtig.

»Möchten Sie auch eine?«, fragt er und bietet mir die Packung an.

Ich kämpfe gegen das allgegenwärtige Verlangen. »Nein, danke.«

»Aufgehört?«

»Ich rauche in Gedanken bei Ihnen mit.«

»Und ich puste gern ein wenig Rauch in Ihre Richtung, wenn Sie mich nett darum bitten«, sagt er, während er ein Streichholz entzündet. Er bringt die Flamme an die Spitze, bis sie rot glüht, und nimmt einen tiefen, genussvollen Zug.

Ich schaue zu, wie er den Rauch ausstößt. Er bildet eine

Wolke, die beinahe unbewegt in der Luft schwebt. Nicht die kleinste Brise ist da, um ihn zu vertreiben. Meine Nüstern blähen sich. Der süße Duft der Sucht … mjam, mjam, mjam.

»Ich werde morgen früh mit dem Mädchen reden«, sagt Barry. »Wäre hilfreich, wenn Sie dabei sein könnten.«

»Rufen Sie mich rechtzeitig auf dem Handy an.«

»Mach ich.« Er deutet mit einer Handbewegung zum Haus. »Wie sehen Sie das alles bis jetzt?«

»Vieles ist verwirrend. Was klar zu sein scheint – es steckt eine Botschaft hinter den Taten des Killers. Die Frage lautet, ist sie an uns gerichtet oder an ihn selbst? Will er, dass wir verstehen, was das viele Blut bedeutet? Hat er deswegen die Nachricht an der Wand hinterlassen? Geschah es aus Absicht? Oder hat er es getan, weil Stimmen in seinem Kopf ihn dazu aufgefordert haben?« Ich drehe mich zum Haus um. »Wir wissen, dass dieser *Künstler* sehr viel Selbstbewusstsein besitzt, und er ist mutig und kompetent. Wir wissen jedoch nicht, ob er ein organisierter oder ein desorganisierter Täter ist. Wir wissen noch nicht, was er *fürchtet*.«

Barry runzelte die Stirn. »Fürchtet? Wie meinen Sie das?«

»Serienkiller sind narzisstisch veranlagt. Es mangelt ihnen an Einfühlungsvermögen in andere Menschen. Sie wählen ihre Tötungs- oder Foltermethode nicht danach aus, was ihre Opfer ihrer Meinung nach fürchten. Das würde Einfühlungsvermögen erfordern. Stattdessen wählen sie ihre Methoden und ihre Opfer basierend auf ihren *eigenen* Ängsten und Befürchtungen aus. Ein Mann, der Zurückweisung von schönen blonden Frauen fürchtet, entführt genau diese Art Frauen. Er foltert sie mit glimmenden Zigarettenspitzen, bis sie ihm sagen, dass sie ihn lieben, weil die schöne blonde Mami den Penis unseres Psychos mit ihren Mentholzigaretten verbrannt hat. Das ist zwar stark vereinfacht, aber es ist das zugrunde liegende Prinzip. Methode und Opfer sind alles. Die Frage, auf die ich eine Antwort suche, lautet: Wer war in diesem Haus das Opfer? Sarah oder die Kingsleys? Oder vielleicht beide? Die Antwort darauf führt uns zu allem anderen.«

Barry blickt mich an. »Sie haben eine Menge finsterer Gedanken im Kopf, Barrett.«

Ich setze zu einer Antwort an, als mein Handy summt.

»Spreche ich mit Agentin Barrett?« Eine Männerstimme, irgendwie vertraut.

»Wer spricht da?«

»Al Hoffman, Ma'am. Ich bediene die Hotline.«

Die Hotline ist die FBI-Version eines lebenden 24/7-Anrufbeantworters. Wer an der Hotline sitzt, kennt die Kontaktnummer von jedem Mitarbeiter, angefangen beim Assistant Director bis zur Putzfrau. Wenn beispielsweise jemand aus Quantico jemanden aus L.A. sprechen möchte und es ist nach Dienstschluss, ruft er die Hotline an.

»Was gibt's, Al?«, frage ich.

»Ich habe einen eigenartigen anonymen Anruf für Sie, Agentin Barrctt.«

Meine Nackenhaare richten sich auf.

»Männlich oder weiblich?«

»Männlich. Die Stimme war gedämpft, als hätte er etwas über die Sprechmuschel gehalten.«

»Was hat der Anrufer gesagt?«

»Er hat gesagt … ich zitiere: ›Sag dem Miststück mit dem Narbengesicht, dass es noch mehr Tote gegeben hat und dass Gerechtigkeit getan wurde.‹ Dann nannte er mir eine Adresse in Granada Hills.«

Ich bin stumm.

»Agentin Barrett?«

»Konnten Sie die Nummer zurückverfolgen, Al?«

Die Frage ist eine Formalität. Die Hotline verfügt seit dem 11. September über eine automatische Zurückverfolgung, doch das ist eine vertrauliche Information.

»Es war ein Mobiltelefon. Wahrscheinlich eine geklonte

Nummer, oder gestohlen oder über einen Dienst, der das Zurückverfolgen unmöglich macht.«

»Geben Sie mir trotzdem die Nummer, Al. Und die Adresse bitte.«

Er liest von einem Blatt ab. Ich bedanke mich und beende das Gespräch.

»Was ist passiert?«

Ich berichte Barry vom Inhalt des Anrufs.

Er starrt mich einen Moment lang ungläubig an. »Verdammte Scheiße. So eine elende Scheiße!«, tobt er los. »Sie nehmen mich auf den Arm, Smoky! Verdammt, glauben Sie, dass es real ist?«

»›Dieser Ort ist Gerechtigkeit‹? Die Ähnlichkeit ist viel zu groß, als dass es Zufall sein könnte.«

»Der Dreckskerl weiß, wie man anderen Leuten den Samstagabend versaut, so viel steht fest«, murmelt Barry. Er schnippt seine Zigarette auf die Straße. »Warten Sie einen Moment, ich sag Simmons Bescheid, dass wir von hier verschwinden. Sie schnappen sich Callie, und dann werden wir losfahren und herausfinden, worin für diesen Hurensohn der Unterschied zwischen Schmerz und Gerechtigkeit besteht.«

Alan ist immer noch nirgends zu sehen. Ich rufe ihn auf seinem Handy an. »Ich bin drei Häuser weiter unten und esse bei Mrs. Monaghan Plätzchen«, berichtet er. »Sie ist eine sehr nette Lady, die freiwillig bei der Nachbarschaftswache mitmacht.«

Alan legt eine übermenschliche Geduld an den Tag, wenn es darum geht, Zeugen zu befragen. Unerschütterlich. Seine »nette Lady, die freiwillig bei der Nachbarschaftswache mitmacht« ist mit großer Wahrscheinlichkeit eine verschrobene, neugierige Person, die jeden mit scharfem Auge beobachtet und mit noch schärferer Zunge über die Leute herzieht.

Ich berichte Alan über den Anruf von der Hotline.

»Möchtest du, dass ich mitkomme?«, fragt er.

»Nein, esst ihr mal eure Plätzchen und bringt die Befragungen zu Ende.«

»Machen wir. Aber ruf mich an und lass mich wissen, was ihr vorgefunden habt. Und Smoky … sei bitte vorsichtig.«

Ich überlege, ob ich mit dem gleichen Spruch antworten soll, den ich Dawes an den Kopf geknallt habe, doch ich entscheide mich dagegen. Alans Stimme klingt zu aufrichtig besorgt.

»Bin ich«, verspreche ich ihm.

KAPITEL 12

Wir fahren auf dem Freeway 118 nach Osten. Die Straße ist belebt, jedoch nicht verstopft, ein Dauerzustand auf den Freeways von Los Angeles.

Ich bin nervös, schlecht gelaunt und düsterer Stimmung. Dieser Tag geht mehr und mehr vor die Hunde.

»Wieso ausgerechnet du?«, fragt Callie und stört mich in meiner Selbstmitleid-Party.

»Wieso ausgerechnet ich *was?*«

»Wieso hat der Böse Mann ausgerechnet dich angerufen?«, will sie wissen.

Ich denke darüber nach.

»Vielleicht hat er es geplant, aber das glaube ich eigentlich nicht. Ich glaube eher, er war dort.«

»Wie bitte?«

»Ich glaube, er war dort. Er hat uns beobachtet. Er hat uns kommen sehen, und er hat mich erkannt.«

Es ist ein Hauptthema bei der Ermittlungsarbeit und im Profiling, dass Täter zum Ort ihres Verbrechens zurückkehren. Die Gründe dafür sind endlos. Beispielweise möchte der Täter herausfinden, wie die Ermittlungen vorangehen. Oder er will die Erfahrung des Tötens noch einmal durchleben. Macht spüren.

»Ich glaube, er hat von Anfang an vorgehabt, uns über das zweite Verbrechen zu informieren. Er hat beschlossen, am Tatort herumzuhängen, zu sehen, was passiert, und uns dann anzurufen. Zufällig *waren* wir am Tatort.«

»Und dabei hat er dich erkannt.«

»Leider«, sage ich seufzend.

»Barry hat den Blinker gesetzt. Wir müssen hier abfahren.«

Barry kennt die Gegend, in die wir fahren. Die Adresse ist ein Wohnblock.

»Kein Drecksloch, aber auch nichts Großartiges«, hat er gesagt. »Ich hatte dort vor vier Jahren mal einen Fall von Selbstmord.«

Ich fahre ihm hinterher, und wir biegen nach rechts auf den Sepulveda Boulevard ab. Hier herrscht mehr Betrieb als auf dem Freeway. Es ist Samstagabend; die Leute sind unterwegs in die Restaurants und Bars. Das Hamsterrad des Lebens in der großen Stadt dreht sich.

»Ich frage mich, ob dieser Tatort frischer ist als der letzte«, sagt Callie. »Meinst du, er lässt die Sau raus? Eine ganze Nacht lang?«

»Ich weiß es wirklich nicht, Callie. Dieser Typ ist mir ein Rätsel. Er zerstückelt die Eltern, lässt den Sohn aber unversehrt, die Tochter sogar am Leben. Er bemalt ein Zimmer mit ihrem Blut, plant aber gut genug voraus, seine Opfer vorher unter Drogen zu setzen. Auf der einen Seite erscheint er psychopathisch und desorganisiert, auf der anderen Seite zielgerichtet und kontrolliert. Es ist ganz merkwürdig.«

Sie nickt. »Das Schwimmen im Pool war impulsiv.«

Killer sind Menschen, und Menschen sind komplex. Doch im Laufe der Jahre haben wir gelernt, dass es Muster gibt, nach denen wir suchen können. Sämtliche Serienkiller werden angetrieben vom Zwang zu töten. Das Wie und Warum jedoch kann Welten auseinanderliegen.

Organisierte Killer, die Ted Bundys dieser Welt, folgen im Allgemeinen einem Plan. Sie sind die Eis-Männer, die mit dem Durchblick. Sie sind besonnen und kaltblütig bis zum Augenblick des eigentlichen Aktes. Sie verspüren nicht unbedingt den Zwang, ihre Opfer zu entpersönlichen, und sie können wunderbare Schauspieler sein, die sich unauffällig unter uns andere mischen, ohne dass wir etwas von ihren perversen Neigungen ahnen.

Desorganisierte Killer sind ein anderes Kapitel. Sie sind wie Jeffrey Dahmer oder David Berkowitz, der »Son of Sam«. Sie haben Schwierigkeiten, sich an andere anzupassen. Häufig fallen sie ihren Nachbarn oder Kollegen durch eigenartiges Verhalten auf. Es fällt ihnen schwer, ihre Zwänge zu kontrollieren; daher haben sie Mühe, sich an einen längerfristigen Plan zu halten. In der Methodologie des desorganisierten Killers finden sich willkürliche Opfer und aberwitzige Verstümmelungen. Es ist das Reich von Kannibalismus und von Frauen mit abgetrennten Brüsten oder zerfetzten Genitalien.

Oder von Ehemann und Ehefrau, ausgenommen wie erlegtes Wild.

Das Ausweiden steht für Ekstase, Raserei, Wahnsinn. Die bewusste *Entscheidung*, Sarah am Leben zu lassen, wäre höchst ungewöhnlich für einen Killer in diesem emotionalen Zustand. Und doch hat er genau das getan.

»Er scheint einen Plan zu verfolgen«, sagt Callie. »Vielleicht liegen die Dinge nicht so einfach, wie es scheint.«

»Sarahs Worte deuten darauf hin, dass sie sein eigentlich beabsichtigtes Opfer ist. Warum also so viel Gewalt gegen die anderen? Das passt nicht zusammen.«

»Noch nicht.«

Callie hat recht. Am Ende fügt sich alles zusammen. So ist es immer. Serienkiller werden vielleicht nicht immer gefasst, doch sie sind niemals originell – nicht, wenn man betrachtet, was sie antreibt. Sie mögen schlauer sein, als wir es gewöhnt sind, sie mögen furchteinflößender oder entsetzlicher sein, doch am Ende werden sie alle von ihren Zwängen getrieben. Ein Muster ist unausweichlich. Das ist eine Tatsache, und der können sie nicht entkommen, ganz gleich, wie rational sie in anderer Hinsicht sind.

»Ja, ich weiß. Sag mal, was hat es eigentlich mit deinen Schmerzen und den Tabletten auf sich?«, frage ich sie, ohne dass ich es eigentlich will und bevor ich darüber nachdenken kann.

Callie sieht mich mit erhobenen Augenbrauen an. »Das ist ein ziemlich unvermittelter Themenwechsel.« Ich biege nach rechts ab, folge Barry. »Nun, die Ärzte meinen, es ist das Resultat eines unbedeutenden Nervenschadens. Sie sagen, es könnte heilen, sind aber nicht mehr so optimistisch wie vor einem halben Jahr.«

»Wie schlimm sind die Schmerzen?«

»Manchmal sind sie ziemlich stark. Aber das ist nicht das eigentliche Problem. Das Problem ist, dass ich sie ständig habe. Unterschwellige Schmerzen, die nie weggehen. Das ist schlimmer als gelegentliche starke Schmerzen, für mich jedenfalls.«

»Und das Vicodin hilft dir?«

Ich sehe sie von der Seite lächeln. »Smoky, wir beide sind aus vielen Gründen befreundet. Einer davon ist, dass wir uns nur die Wahrheit sagen. Frag mich, was du wirklich wissen willst.«

Ich seufze. »Du hast recht. Ich mache mir Sorgen wegen der möglichen Abhängigkeit. Ich sorge mich um dich.«

»Verständlich. Also gut, dann sage ich die Wahrheit. Eine Abhängigkeit ist unvermeidlich. Ich schätze, es wäre jetzt schon schwierig für mich, damit aufzuhören. In drei Monaten ist es noch nicht schlimmer. Die Wahrheit ist, wenn sich das Problem bis dahin gelöst hat, bekomme ich für den Rest meines Lebens irgendwelche Schmerzmittel, was mit ziemlicher Sicherheit das Ende meiner beruflichen Laufbahn bedeutet. Deswegen, Smoky, liebe Freundin, tust du recht daran, dich um mich zu sorgen, und damit stehst du nicht alleine da. Ich erlaube dir hiermit, mich einmal im Monat zu fragen, wie es mir geht, und ich verspreche dir, ehrlich zu antworten und dir zu sagen, wie die Dinge stehen, damit du die richtigen Entscheidungen treffen kannst. Ansonsten möchte ich nicht darüber reden, okay?«

Ich blicke sie sprachlos an. »Tust du denn alles, was die Ärzte dir sagen?«, frage ich, als ich meine Stimme wiedergefunden habe.

»Selbstverständlich.« Sie klingt erschöpft. »Physiotherapie hauptsächlich. Ich möchte wieder gesund werden. Es gibt fünf Dinge in meinem Leben, die für mich wichtig sind: mein Job, meine Freunde, meine Tochter, mein Enkelsohn und meine gelegentlichen sexuellen Abenteuer. Ich bin einigermaßen zufrieden, wie es läuft. Wenn ich den Job verliere …« Sie schüttelt den Kopf. »Es würde eine verdammt große Lücke reißen. Okay, jetzt haben wir ungefähr so viel über mich geredet, wie ich im Moment ertragen kann.«

Ich blicke sie an und belasse es dabei.

In Gedanken jedoch mache ich mir eine Notiz mit dem Vermerk »Dringend«. Noch eine Sache, die mir im Kopf herumgehen wird. Ich müsste eigentlich meine Vorgesetzten informieren und Callie in den Innendienst versetzen, doch das werde ich nicht, und das weiß sie. Callie ist eine erbarmungslose Jägerin, wenn es darum geht, selbst den unbedeutendsten Spuren zu folgen. Das rührt daher, weil sie auch mit sich selbst erbarmungslos ist. Wenn sie das Gefühl hat, zu einer Belastung für das Team zu werden, muss ich sie nicht erst suspendieren. Sie wird von selbst die Konsequenzen ziehen.

Es sei denn, ich gehe nach Quantico. Dann hätte ich nichts mehr damit zu tun …

Barry biegt nach links in eine der ruhigeren Wohnstraßen ein. Ich folge ihm einen Block weit. An einem Stoppschild biegen wir ein weiteres Mal links ab, dann sofort wieder nach rechts, direkt auf einen Anwohnerparkplatz.

»Jetzt weiß ich, was er eben gemeint hat, wegen dieser Gegend«, bemerkt Callie und blickt durch die Windschutzscheibe nach draußen.

Es ist ein alter Wohnkomplex von der Sorte, wie sie in den Siebzigern gebaut wurden, ein zweistöckiger Block mit einem grünen Innenhof, um den herum sich ungefähr vierzig Wohnungen ziehen. Die Fassade ist mit braunem Holz verkleidet, und der Sockel aus Beton ist schmutzig und an verschiedenen Stellen gerissen. Der Asphalt des Parkplatzes ist ebenfalls gesprungen, und es gibt keine Markierungen für die einzelnen Stellplätze. Zwei große Müllcontainer stehen direkt an der Hauswand. Beide sind randvoll, kurz vor dem Überquellen.

Wir steigen aus und gehen zu Barry.

»Hübsche Gegend, was?«, sagt er mit einem Kopfnicken auf unsere Umgebung.

»Ich hab schon Schlimmeres gesehen«, antworte ich. »Wohnen möchte ich hier allerdings nicht.«

»Na, der Innenhof ist eigentlich ganz okay. Welche Nummer hat die Wohnung?«

»Zwanzig.«

»Erster Stock also. Gehen wir.«

Barry hat recht, der Innenhof ist *okay*. Nicht groß, doch in besserem Zustand als das Äußere des Blocks. Er besitzt eine Mittelfläche aus Rasen und Bäumen, ordentlich geschnitten und gepflegt. Sämtliche Wohnungstüren zeigen auf den Innenhof hinaus, zwei Etagen, die ein großes Quadrat bilden. Man kann die Stadt hier drinnen hören, doch der Lärm ist gedämpft und abseits. Der Hof war als Oase der Privatsphäre gedacht, aber dafür ist er zu klein und beengt. Er ist eher wie eine Wagenburg, die sich gegen den unausweichlichen Ansturm der Stadt zu wappnen trachtet.

»Apartment zwanzig ist in der oberen linken Ecke«, erklärt Barry.

»Gehen Sie voran«, sage ich.

Wir ziehen unsere Waffen aus den Halftern und steigen die Treppe hinauf. Ich sehe Lichter in den meisten Fenstern.

Jeder hier hat seine Vorhänge ständig geschlossen; es gibt keine andere Möglichkeit, sich wenigstens ein bisschen Privatsphäre zu schaffen. Wir erreichen den oberen Treppenabsatz. Die Tür zu Nummer zwanzig befindet sich zwei Wohnungen weiter zu unserer Rechten.

Barry drückt sich an die Wand, während er zu der Tür huscht. Wir folgen ihm genauso schnell. Er streckt die freie Hand aus und klopft laut. Ein Cop-Klopfen.

»Polizei! Öffnen Sie bitte die Tür!«

Stille.

Stille ringsum, ganz unvermittelt. Vor einer Sekunde noch haben Radios geplärrt, und Fernseher sind gelaufen. Jetzt ist alles still. Ich kann spüren, wie die übrigen Bewohner den Atem anhalten und lauschen. Wie sie die Wagenburg umkreisen.

Barry klopft erneut, noch lauter.

»Machen Sie auf! Los Angeles Police Department! Wenn Sie nicht öffnen, müssen wir uns gewaltsam Zutritt verschaffen.«

Wir warten.

Keine Reaktion.

»Der Anruf verschafft uns einen Rechtfertigungsgrund«, murmelt er und zuckt die Schultern. »Mal schauen, ob die Tür verschlossen ist. Dann müssen wir den Hausmeister suchen.«

»Nur zu«, sage ich.

Er streckt die Hand aus und versucht den Knopf zu drehen. Die Tür ist unverschlossen. Barry sieht uns an.

»Fertig?«

Wir nicken.

Er stößt die Tür mit einer schnellen Bewegung weit auf und springt dabei zur rechten Seite, während er die Waffe mit beiden Hände in Anschlag bringt. Ich folge seinem Beispiel auf der linken Seite der Tür.

Vor uns liegt ein Wohnzimmer, an das sich direkt eine Küche anschließt. Der Teppich ist alt, schmutzig und von einem unansehnlichen Braun. An einer Wand steht ein schwarzes Ledersofa gegenüber einem billigen Unterhaltungscenter mit 65-Zentimeter-Bildschirm. Der Fernseher ist eingeschaltet, der Ton heruntergedreht. Eine Dauerwerbesendung läuft.

»Hallo?«, ruft Barry in die Wohnung.

Keine Antwort.

Vor dem Ledersofa steht ein billiger, zerschrammter Tisch. Auf dem Tisch liegen verschiedene Hochglanz-Pornohefte, daneben ein Glas mit etwas, das aussieht wie Vaseline. Rechts ein überquellender Aschenbecher.

»Hier drin riecht es wie Füße und Arsch«, brummt Barry.

Er schleicht ins Apartment, die Waffe schussbereit. Ich folge ihm. Callie bildet den Abschluss. Die Küche ist leer. Das Spülbecken steht voll mit schmutzigem Geschirr. In einer Ecke brummt ein alter zweiteiliger Kühl-Gefrierschrank.

»Die Schlafzimmer liegen hinten raus«, sagt Barry.

Es ist ein sehr kurzer Weg durch einen sehr schmalen Flur bis zu den Schlafzimmern. Wir passieren ein einzelnes Bad auf der rechten Seite. Ich sehe weiße Fliesen und eine weiße Wanne. Das Bad ist klein und schmutzig und stinkt nach Urin. Nichts Erwähnenswertes auf der Arbeitsfläche um das Waschbecken herum. Der Spiegel ist fleckig und ebenfalls unsauber.

Die Schlafzimmer liegen einander gegenüber. Die Tür zu dem Zimmer auf der rechten Seite steht offen, und ich sehe eine Art Bürozimmer. Unter einem alten Metallschreibtisch steht ein Computer, auf dem Tisch ein Neunzehn-Zoll-Flachbildschirm, an den Wänden ein paar Regale aus Hüttensteinen und Dielenbrettern. Die Regale sind fast leer, lediglich ein paar Taschenbücher und Porno-Videos stehen darin. Auf dem obersten Brett steht eine Wasserpfeife, zu einem Viertel gefüllt mit trübem Pot-Wasser.

Es ist eine seltsame, traurige Wohnung. Die einzigen Dinge von Wert, die ich bisher gesehen habe, sind das Ledersofa, der Fernseher und der Computer. Alles andere ist billig, vom Sperrmüll geklaubt und alt, abgenutzt und mit einer dicken, fettigen Schmutzschicht überzogen.

»Ich rieche irgendwas«, murmelt Barry und nickt in Richtung der Tür zum anderen Schlafzimmer. Sie ist geschlossen.

Ich nähere mich vorsichtig, und da ist er wieder: der kupferartige, klebrige, süßliche Geruch. Centstücke in meinem Mund.

»Ich mache jetzt die Tür auf«, flüstert Barry.

»Okay.« Ich packe meine Waffe fester. Das Herz schlägt mir bis zum Hals. Barry und Callie sehen so nervös aus, wie ich mich fühle.

Barry packt den Knauf, zögert eine Sekunde, dann stößt er die Tür weit auf, während er in einer fließenden Bewegung die Waffe hebt.

Der Geruch von Blut schießt heraus und umhüllt uns, zusammen mit dem Gestank von Schweiß, Fäkalien und Urin. Ich sehe die versprochenen Worte an der Wand über dem Bett:

DIESER ORT = GERECHTIGKEIT!

Sie sehen verwegen und stolz aus, beinahe freudig.

Unter den Worten liegt etwas, das einmal ein Mann gewesen ist. Neben dem Mann liegt eine junge Frau. Ihre Haut ist unnatürlich weiß, wie Alabaster.

Wir senken die Waffen. Die Bedrohung war da, doch sie ist längst verschwunden.

Dieses Schlafzimmer ist eine Fortsetzung des Motivs der gesamten Wohnung: traurig und klein. Auf einem Stuhl in einer Ecke hängt schmutzige Kleidung. Das Bett ist breit, doch es besteht aus nichts weiter als einer Matratze auf einem Metallrost in einem Metallrahmen. Kein Kopfstück, kein Fußteil. Keine Nachtschränke.

Auf dem Bett liegt ein nackter Mann mit aufgeschnittener Leibeshöhle. Seine Eingeweide sind ausgenommen. Er ist Latino, ein kleiner Mann; ich schätze ihn auf nicht mehr als eins siebzig. Er ist mager, zu mager. Wahrscheinlich ist er der

Raucher. Sein dunkles Haar ist von grauen Strähnen durchsetzt; wahrscheinlich ist er irgendwo zwischen fünfzig und fünfundfünfzig Jahre alt.

Das Mädchen ist eine Weiße und sieht aus wie ein Teenager, sechzehn, vielleicht achtzehn Jahre. Sie hat ein einigermaßen hübsches Gesicht und schmutzig-blonde Haare. Kleine, hübsche Brüste. Sommersprossen auf den Schultern. Der Schambereich ist rasiert. Mit Ausnahme der durchschnittenen Kehle erscheint sie unverletzt. Mir fällt auf, dass ihre Augen geschlossen sind, wie die von Laurel Kingsley. Sie sieht nicht aus, als wäre sie mit dem Mann verwandt, und ich frage mich, was sie in dieser Wohnung gemacht hat, in dieser traurigen kleinen Wohnung bei diesem älteren Mann mit seinen Hochglanzmagazinen und der Vaseline auf dem Wohnzimmertisch.

Noch etwas fällt mir auf, eine vage Ähnlichkeit zwischen diesem Tatort und dem Haus der Kingsleys: Beide Male hat der Täter die Kinder nicht angetastet, während die Erwachsenen aufgeschlitzt und ausgeweidet sind.

Er tötet die Kinder, doch er verstümmelt sie nicht. Warum?

»Die Wohnung ist zu klein«, sagt Callie. »Wir sollten das Zimmer nicht betreten, bevor die Spurensicherung hier war.«

»Einverstanden«, sagt Barry und steckt seine Pistole ins Halfter zurück. »Das war eindeutig unser Freund, Smoky, meinen Sie nicht auch?«

»Ohne jeden Zweifel.«

Das Gesicht des Mannes ist in einem Schrei erstarrt, einem grauenhaften Brüllen. Das Gesicht des Mädchens ist ruhig, passiv, was ich viel unheimlicher finde und sehr viel erschütternder.

»Okay, Smoky. Von diesem Augenblick an bin ich offiziell überlastet und ersuche offiziell um Hilfe«, sagt Barry.

Ich zwinge mich, den Blick von den leeren Gesichtszügen des toten Mädchens abzuwenden. »Du weißt, was das bedeutet«, sage ich zu Callie.

Sie seufzt und bläst die Wangen auf. »Ich wecke Gene, und wir machen uns an die Arbeit.«

Gene Sykes ist der Leiter des Kriminallabors beim FBI Los Angeles. Er und Callie haben in der Vergangenheit bereits häufiger zusammengearbeitet. Das werden sie nun wieder tun, und ich weiß, dass sie in dieser Wohnung jede Spur finden werden, die es zu finden gibt.

»Warte«, sage ich, als mir ein Gedanke kommt. »Welches Zeitfenster siehst du zwischen diesen Morden hier und den Kingsley-Morden?«

»Nach dem Zustand der Leichen zu urteilen würde ich sagen, dieser Tatort hier ist vielleicht einen Tag alt«, sagt Callie.

»Also hat er zuerst hier gemordet und ist dann zu den Kingsleys gefahren. Eigenartig.«

»Wieso?«, fragt Barry.

»Ritueller Serienmord folgt normalerweise einem bestimmten Zyklus. Der Mord selbst ist der Höhepunkt dieses Zyklus, dann folgt Depression. Damit meine ich nicht, dass der Killer sich bloß niedergeschlagen fühlt. Ich rede von einer tiefen und erschütternden Depression. Unser Täter jedoch hat erst hier gemordet, ist am nächsten Tag aufgewacht und hat die Kingsleys getötet. Das ist sehr ungewöhnlich.«

»Alles an diesem Fall ist ungewöhnlich. Alles an diesem Fall ist scheiße«, brummt Barry.

Während Callie sich mit Gene in Verbindung setzt, erhalte ich einen Anruf von Alan.

»Ich bin hier fertig«, sagt er. »Alles okay bei euch?«

»Das kommt darauf an, wie du ›okay‹ definierst«, antworte ich und berichte in knappen Worten, was wir vorgefunden haben.

»Er hat uns den ›großen Gefallen‹ getan.«

Von einem »großen Gefallen« reden wir, wenn der Täter ein zweites Mal zugeschlagen hat, bevor wir Zeit gefunden haben, über den ersten Tatort nachzudenken. Sehr häufig liefert der erste Tatort nicht genügend Spuren, als dass sie uns zum Täter führen könnten. In diesen Fällen können wir nichts tun als warten, bis er erneut zuschlägt, und hoffen, dass er beim zweiten Mal sorgloser zu Werke geht. Oder beim dritten Mal.

Oder beim vierten Mal.

Es ist entmutigend und weckt tiefe Schuldgefühle gegenüber den Opfern. »Der große Gefallen« ist ein sarkastischer Ausdruck – und zugleich auch wieder nicht. Der Killer hat uns einen zweiten Tatort geliefert, ohne dass wir uns deswegen schuldig fühlen müssen, weil es passiert ist, ehe wir die Verantwortung übernommen haben. Erst von diesem Augenblick an lastet alles Weitere auf uns.

»Was hast du herausgefunden?«, frage ich Alan.

»Nichts. Niemand hat etwas Ungewöhnliches bemerkt. Keine fremden Fahrzeuge, keine fremden Personen. Andererseits ist das hier eine von den Wohngegenden der absolut mittleren Mittelschicht.«

Alan bezieht sich auf eine Studie, die er mir vor kurzem hat zukommen lassen. Es ist eine soziologische Arbeit, die sich mit kriminologischen Ermittlungen befasst. In der Studie wird untersucht, wie technologischer Fortschritt, gesellschaftliche Veränderungen und die Wahrnehmung von Verbrechen als solchen unsere Arbeit immer schwieriger machen. Es geht im Grunde darum, dass die Menschen ihre Nachbarn in früheren Zeiten meist besser kannten. Wohngegenden waren Gemeinschaften. Frauen waren in erster Linie zu Hause und kümmerten sich um die Kinder. Das Ergebnis war eine größere Anzahl aufmerksamer Zeugen, was die nicht-forensische Arbeit erleichtert hat. Außenseiter fielen stärker auf.

Mit den Jahren stieg die Verbrechensrate. Frauen gingen arbeiten. Selbst dort, wo die Verbrechensrate im Grunde gar nicht stieg, gab es eine diesbezügliche Sensibilisierung. Hinzu kam, dass Dinge, die früher unter den Teppich gekehrt wurden – beispielsweise die Misshandlung von Frauen und Kindern, Kindesmissbrauch und Vergewaltigung in der Ehe –, immer mehr wie die Verbrechen empfunden wurden, die sie schon immer gewesen waren. Sie fanden Eingang in die Medien. Die Leute erkannten, dass jeder Nachbar seine Frau schlagen oder seine Kinder missbrauchen konnte. Dass der typisch amerikanische, stets gut gelaunte, fröhliche High-School-Quarterback ein brutaler Vergewaltiger sein konnte. Familien zogen sich in ihre Wagenburgen zurück, und der Radius dieser Burgen wurde von Jahr zu Jahr kleiner.

Heutzutage, so stellt die Studie fest, gibt es diesen alten Gemeinschaftssinn in den meisten Mittelschicht-Wohngegenden gar nicht mehr. Die große Mehrzahl der Bewohner kennt die Namen der Nachbarn rechts und links, aber das ist auch schon alles.

Ärmere Wohngegenden tendieren im Gegensatz dazu zu mehr Zusammenhalt. Reichere Wohngegenden tendieren zu mehr Sicherheitsbewusstsein und Wachsamkeit. Die Studie kommt zu dem Schluss, dass die beste Gegend für ein Verbrechen jene Viertel sind, in denen die »mittlere Mittelschicht« lebt, wo jedes Zuhause eine Insel ist, weil in diesen Gegenden ein Verbrechen eher durch Forensik gelöst wird als durch die Beobachtungen von Zeugen.

»Trotzdem«, sagt Alan unbeeindruckt. »Drei Häuser weiter fand eine Geburtstagsparty statt. Jede Menge Kinder und Eltern zu Besuch.«

»Was uns zumindest verrät, dass unser Freund nicht auffällig ist«, sage ich. »Möglicherweise hat er eine Uniform getragen.«

»Das glaube ich nicht. Ich habe nachgefragt. Niemand kann sich erinnern, einen Gas-, Elektro- oder Telefonmenschen gesehen zu haben. Abgesehen davon wäre das am Wochenende ohnehin nicht der klügste Schachzug gewesen.«

»Ja. Er würde eher auffallen als in der Menge verschwinden.«

»Genau.«

»Er ist ein verwegener Mistkerl, Alan. Meine Güte, am hellichten Tag, wenn alle zu Hause sind. Warum tut er das?«

»Du glaubst, es hat was zu bedeuten?«

»Ich glaube es nicht, ich weiß es. Man geht ein solches Risiko nicht ohne Grund ein. Unser Freund steht auf Botschaften, und er hat uns eine solche geschickt, indem er so vorgegangen ist, wie er es getan hat.«

»Und wie lautet seine Botschaft?«

»Das weiß ich noch nicht«, erwidere ich seufzend.

»Du wirst es bestimmt herausfinden. Wie sieht der Schlachtplan aus?«

»Barry hat uns offiziell um Hilfe gebeten, also sind wir dran an diesem Fall. Aber fahr jetzt nach Hause. Wir machen morgen früh weiter.«

»Bist du sicher?«

»Absolut. Ich fahre selbst nach Hause. Ich hab zu viele Informationen und zu wenig Antworten. Ich brauche Zeit zum Nachdenken, und die Forensik braucht Zeit, um ihre Arbeit zu tun.«

»Ruf mich morgen an.«

Ich verlasse die Wohnung. Barry ist draußen und lehnt am Geländer. Der Himmel ist klar in dieser Nacht; ich kann mehr Sterne sehen als gewöhnlich. Ihre Schönheit lässt mich kalt.

Was ist das für ein Gestank? Oh, das bin ich selbst. Ich rieche nach Tod.

»Schon irgendeinen Sinn hinter allem erkannt?«, fragt Barry.

»Ich habe noch keine Antworten, falls Sie das meinen. Nur weitere Fragen.«

»Zum Beispiel?«

»Nach den Zusammenhängen. Was haben die Kingsleys mit diesen Leichen hier zu tun? Was hat es mit den Kindern auf sich? Warum weidet er deren Leichen nicht aus? Warum schließt er nur die Augen der Frauen und lässt die der Männer offen? Warum hat er Sarah am Leben gelassen, und welche

Verbindung hat Sarah zu *diesem* Tatort hier? Gibt es überhaupt einen Zusammenhang?«

»Wie wollen Sie vorgehen?«

»Callie sowie Gene und seine Leute werden diesen Tatort hier unter die Lupe nehmen, während Simmons und sein Team bei den Kingsleys weitermachen. Wir müssen Sarah morgen vernehmen, und wir haben ihr Tagebuch.« Ich halte inne, wende mich Barry zu. »Ich fahre nach Hause.«

Er hebt überrascht die Augenbrauen. »Tatsächlich?«

»Ja. Mir schwirrt der Kopf. Ich habe einen Teenager daran gehindert, sich das Hirn aus dem Schädel zu schießen, und ich habe fünf Tote zu viel gesehen. Ich bin vollgestopft mit Informationen über den Täter, die meisten davon widersprüchlich. Ich brauche eine Dusche und eine Tasse Kaffee, und dann werde ich in Ruhe über alles nachdenken.«

Barry hebt die Hände in einer Geste der Kapitulation. »Hey, ich bin nicht Ihr Gegner! Ich komme in Frieden!«

Er bringt mich gegen meinen Willen zum Kichern. Er schafft das fast so gut wie Callie. Aber nur fast. »Tut mir leid. Könnten Sie mir einen letzten Gefallen tun?«

»Klar.«

»Finden Sie heraus, wer die Toten sind. Der Mann und das Mädchen. Vielleicht hilft es mir, ein paar Dinge besser zu verstehen.«

»Kein Problem. Ich rufe Sie auf dem Handy an, sobald ich es weiß. Außerdem beordere ich ein paar Uniformierte hierher, die Ihren Leuten behilflich sein können.«

»Danke, Barry.«

Callie kommt aus der Wohnung.

»Gene und sein Team sind unterwegs. Sie sind verschlafen und mies drauf.«

Ich erzähle Callie, was ich mit Barry besprochen habe.

»Dann ist der Urlaub also vorbei?«

»Längst.«

KAPITEL 13 Wie viel Leben kann man an einem einzigen Tag leben?

Ich bin zu Hause, und ich bin allein. Bonnie schläft heute Nacht bei Elaina und Alan. Es wäre egoistisch gewesen, sie zu wecken, nur damit sie mir Gesellschaft leisten kann. Ich bin frisch geduscht und sitze auf meiner Couch vor einem Fernseher, der nicht eingeschaltet ist, die Füße auf dem Wohnzimmertisch, und starre ins Nichts.

Ich habe Mühe, den Tag zu verarbeiten.

Es ist ein Trick, den zu lernen ich früh gezwungen war: wie man einen Tatort hinter sich lässt, wenn man nach Hause kommt. Wie aber trennt man diese beiden Welten, die der Toten und die der Lebenden? Wie verhindert man, dass sich das eine mit dem anderen vermischt? Es sind Fragen, die jeder Cop und jeder FBI-Agent für sich selbst beantworten muss. Ich hatte nicht immer Erfolg, doch ich kam einigermaßen zurecht. Es fing normalerweise damit an, dass ich mich zum Lächeln zwang. Wenn ich lächeln konnte, dann konnte ich auch länger lächeln. Wenn ich länger lächeln konnte, konnte ich lachen. Und wenn ich lachen konnte, konnte ich die Toten ruhen lassen.

Mein Handy summt. Es ist Barry.

»Hi«, begrüße ich ihn.

»Ich habe ein paar Informationen über die Opfer in der Wohnung für Sie. Sehr interessant.«

»Schießen Sie los.«

»Der Name des Mannes lautet Jose Vargas, achtundfünfzig Jahre alt. Er stammt aus dem sonnigen Argentinien. Hat wegen Diebstahl, Überfall, versuchter Vergewaltigung und Missbrauch von Minderjährigen gesessen.«

»Netter Bursche.«

»Und ob. Er wurde der Zuhälterei, der Kindesmisshandlung und des Missbrauchs von Tieren verdächtigt, aber nicht verurteilt.«

»Missbrauch von Tieren?«

»Sexueller Missbrauch, wie es scheint.«

»Oh. Igitt.«

»In den Siebzigern gab es Mutmaßungen, dass er als Schleuser arbeitet, aber man konnte ihm nichts beweisen. Das ist bis jetzt alles, was ich über Mr. Vargas herausgefunden habe. Niemand wird ihn vermissen.«

»Und das Mädchen?«

»Bis jetzt noch nichts. Kein Ausweis in der Wohnung. Ich habe eine Tätowierung mit kyrillischen Schriftzeichen auf ihrem linken Arm gesehen, falls das etwas nutzt.«

»Russisch?«

»Scheint so. Obwohl es nicht bedeutet, dass sie Russin ist. Noch eine Sache. Sie hat Narben an den Fußsohlen. Die gleichen Narben, wie wir sie im Haus der Kingsleys gefunden haben. Allerdings nicht so alt.«

Ein Adrenalinstoß schießt in meinen Kreislauf.

»Das ist wichtig, Barry. Die Narben sind ein Schlüssel.«

»Ja, ich bin ganz Ihrer Meinung. Das ist alles, was ich für den Augenblick habe. Callie und Sykes nehmen die Bude hier völlig auseinander. Ich fahre zurück zum Haus der Kingsleys. Ich ruf Sie morgen früh an.«

»Okay. Danke, Barry.«

Ich lehne mich auf dem Sofa zurück und starre an die Decke. Sie ist überzogen mit jenem »akustischen Popcorn«, das früher einmal völlig normal war und heute so verschmäht wird. Matt und ich hatten vorgehabt, es abzukratzen, aber wir sind nicht mehr dazu gekommen.

Narben, denke ich. *Narben und Kinder. Diese beiden Fakten sind wichtig. Aber was sagen sie aus?*

Ohne einen Augenzeugen oder ein Geständnis oder ein Video, das den Täter bei der Tat zeigt, bleibt uns nur eine Möglichkeit: Alles sammeln, so schnell wie möglich, es analysieren, einreihen und versuchen, es zu verstehen. Die Kreise der

Ermittlungen sollten nicht immer weiter gezogen werden, sondern immer enger.

Ich lasse mich nach unten gleiten, sodass ich vor dem Wohnzimmertisch auf dem Fußboden sitze anstatt auf der Couch. Ich reiße Seiten aus dem Notizbuch und breite sie vor mir aus.

Es ist Zeit, dass ich meine Gedanken ordne. Ich muss alles aufschreiben und vor mich hinlegen, damit ich die Zusammenhänge zwischen diesen Fällen sehen kann, mit den *Augen*.

Auf eine Seite schreibe ich in großen Druckbuchstaben TÄTER als Titelzeile.

Ich kaue auf meinem Stift, denke nach. Dann fange ich an zu schreiben.

Methodologie: Er schneidet seinen Opfern die Kehle durch. Ein intimer Akt. Er lässt sie ausbluten. Blut ist wichtig für ihn. Es steht für irgendetwas. Nach dem Tod weidet er die Erwachsenen aus. Möglicherweise setzt er sie zuerst unter Drogen, um sie besser kontrollieren zu können.

Auffälligkeiten: Er verstümmelt die Kinder nicht, nur die Erwachsenen. Warum?

Weniger Wut auf Frauen als auf Männer, verdeutlicht durch die Tatsache, dass er die Augen der weiblichen Opfer schließt. Er will, dass die Männer alles sehen, aber nicht die Frauen. Warum?

Ist er schwul?

Ich denke über diese Möglichkeit nach. Es ist viel zu früh, und wir besitzen zu wenig Erkenntnisse, um eine fundierte Entscheidung zu treffen. Die bloße Tatsache, dass er den Frauen nicht so zusetzt wie den Männern, ist verräterisch. Rituelle Serienkiller schließen so gut wie immer eine sexuelle Komponente mit ein, und das Geschlecht der Opfer verrät für gewöhnlich die sexuelle Orientierung des Täters. Jeffrey Dahmer war homosexuell, also tötete er homosexuelle Männer. Heterosexuelle Täter ermorden Frauen. Und so weiter.

»Mordopfer sind häufig Menschen, die den Täter entmutigen und in Wut versetzen«, hat einer meiner Lehrer einmal gesagt. »Wer wäre besser dazu geeignet, jemanden in Wut zu versetzen und zu entmutigen, als das Objekt der persönlichen Begierde? Oder, um es derber auszudrücken«, hatte er weiter ausgeführt, »welches Geschlecht sieht er vor sich, wenn er die Augen schließt und sich selbst befriedigt? Einen Mann oder eine Frau? Die Antwort verrät uns das Geschlecht seiner Opfer.«

Ich nicke. Das muss ich im Auge behalten. Ich mache mit meinen Notizen weiter.

Mörder hat Tat am helllichten Tag verübt. Warum das Risiko? Es muss einen Grund dafür geben.

Mörder hat Sarah am Leben gelassen.

Er kommuniziert mit den Gesetzesbehörden. Ein Planer.

Er will uns etwas sagen.

Er hat eine Botschaft an der Wand im Haus der Kingsleys hinterlassen, »Dieser Ort = Schmerz«, Und eine weitere Botschaft in der Wohnung von Vargas: »Dieser Ort = Gerechtigkeit.«

(Notiz: Warum Schmerz bei Sarah und Gerechtigkeit bei Vargas? Das ist wichtig.)

Erscheint desorganisiert.

Ich blicke auf die geschriebene Zeile. Klopfe mit dem Stift gegen meine Zähne. Treffe eine Entscheidung. Schreibe vier Worte hinzu, unterstreiche eines:

Erscheint desorganisiert, ist es aber nicht.

(Theorie: Das Ausweiden in diesen Fällen ist kein Hinweis auf einen Kontrollverlust des Täters. Es ist Teil seiner Botschaft an uns, genau wie das Blut und das Morden während des Tages.)

Schlussfolgerung: Täter ist organisiert. Komponenten, die desorganisiert erscheinen, sind lediglich Teil seiner Botschaft an uns.

Ockhams Rasiermesser schlägt einmal mehr zu. Ein organisierter Killer kann manchmal wie ein desorganisierter erscheinen. Umgekehrt jedoch niemals. Er hat die ganze Zeit einen Plan verfolgt, hat Entschlossenheit, Kontrolle und Vorausschau gezeigt.

Er ist organisiert.

Bekannte Merkmale: Die Fußsohlen sind vernarbt. Möglicherweise eine Folge von erlittener Folter (Bastonade), wie sie in Südamerika, im Mittleren Osten, Singapur, Malaysia und auf den Philippinen vorkommt.

(Notiz: Vargas kommt aus Südamerika. Zufall?)

Ja, sicher, sage ich mir spöttisch. *Zufall, jede Wette.*

(Notiz: Unbekannte weibliche Tote in der Wohnung von Vargas hat ähnliche Narben an den Fußsohlen. Welcher Zusammenhang besteht hier?)

Etwas anderes vom Kingsley-Tatort fällt mir ein. Ich kehre zu dem Abschnitt über Methodologie zurück und füge hinzu:

Hinweise auf zögernde, unsichere Schnitte bei Mr. und Mrs. Kingsley. Seine erste Tat? Oder Ergebnis sexueller Erregung?

Unsicherheit ist ein Hinweis auf einen Neuling, einen Jäger, der noch keine ruhige Hand hat, der seinen Rhythmus noch nicht gefunden hat. Das passt nicht zu dem Mann, den ich in meinem Verstand sehe. Ich glaube nicht, dass er gezögert hat. Ich glaube, seine Hand hat gezittert, weil er zu erregt war, um sich beherrschen zu können.

Er schont die Frauen, indem Er ihnen die Augen schließt, auch wenn Er sie trotzdem tötet und ausweidet. Er tötet die Kinder, doch Er schließt ihnen weder die Augen, noch weidet er sie aus.

Ich lese den Abschnitt erneut. Und noch einmal. Irgendetwas klingelt in meinem Verstand, klopft, verlangt Einlass. Ich bin vertraut mit diesem Gefühl und weiß, dass ich mich still verhalten und warten muss, bis es von selbst zu mir hereinkommt.

Warum die Abstufungen? Männer sind schlimmer als Frauen, doch Frauen sind immer noch schlimmer als Kinder.

Das Klopfen endet, und die Tür schwingt weit auf.

Er wurde von Männern verletzt. Er wurde nicht unmittelbar von Frauen verletzt, doch sie haben ihn nicht geschützt. Beides geschah, als Er noch ein Kind war.

Es gibt keinen Beweis für diese Schlussfolgerungen, nichts, das man unter ein Mikroskop legen oder auf einem Bildschirm zeigen könnte, doch ich weiß, ich habe recht. Ich spüre es. Ich spüre den Killer.

Männer sind Gegenstand seiner Wut und seiner Ängste. Er lässt ihre Augen offen, damit sie alles sehen können, was mit ihnen geschieht. Frauen sterben – und haben es verdient –, doch sie sterben einen leichteren, barmherzigeren Tod. Er schließt ihnen die Augen.

Eine Mutter vielleicht? Eine Mutter, die ihn nicht vor einem Vater beschützt hat, von dem er missbraucht wurde? Wenn die Mutter ebenfalls vom Vater missbraucht wurde, würde der Killer sie hassen und zugleich mit ihr fühlen.

Die Kinder sind nicht verstümmelt, nicht aufgeschlitzt, doch ihre Augen sind offen. Sie können sehen, was ihnen geschieht.

Seht her, was ich mit ihm getan habe. Seht, was die Welt uns antut.

Das Mädchen in Vargas' Apartment war eine Mischung von beidem. Die Augen geschlossen und nicht ausgeweidet. War es ein Zugeständnis an ihr Alter? Beinahe eine Frau, aber größtenteils noch Kind? Hat das den Killer verwirrt?

Was hat das alles überhaupt zu bedeuten? Zwei Mordschauplätze, zwei Mordserien an zwei unmittelbar aufeinanderfolgenden Tagen. Hass gegen Männer, Wut auf Frauen, Mitgefühl mit den Kindern. Dieser Ort = Schmerz. Dieser Ort = Gerechtigkeit …

Eine Erkenntnis erscheint in meinem Kopf, wie ein Windstoß. Ich blinzle, als es mir dämmert. Ich schreibe es auf.

Es geht um Rache. Rache für erlittenes Unrecht, nicht für eingebildeten Missbrauch.

Schmerz für einige, Gerechtigkeit für andere. Beides zusammen ist Rache. Es passt zu den Opfern und der Methodologie des Täters.

Aufgeregt denke ich genauer darüber nach.

Darum kommt er am helllichten Tag. »Ihr seid nicht sicher, nirgendwo«, sagt Er zu seinen Opfern, den Objekten seiner Rache. »Ich bringe die Gerechtigkeit zu euch, selbst wenn die Sonne am Himmel steht, selbst in eurem Zuhause, umgeben von anderen.«

Weil Gerechtigkeit rechtschaffen ist, und weil die Rechtschaffenen unüberwindlich sind.

Vielleicht ist er schwul, vielleicht auch nicht, doch die sexuelle Komponente findet sich nicht in der Gegenwart, während der Tat, sondern in der Vergangenheit. Er übt Rache für einen Missbrauch, der in der Vergangenheit liegt und mit fast absoluter Sicherheit sexueller Natur war.

Sexueller Missbrauch durch Männer.

Meine wachsende Aufregung gerät aus der Bahn, als ich auf das Unerklärte stoße.

Was ist mit Sarah? Warum hat er sie am Leben gelassen? Wichtiger noch: Rache ist persönlich. In welcher Verbindung steht Sarah zu ihm?

Ich muss einsehen, dass ich im Moment keine Antwort auf diese Fragen habe. Alles andere aber erscheint mir richtig.

Rache ist sein Motiv, Rache bestimmt die Wahl seiner Opfer und seine Mordmethode. Sarah ist lediglich ein Teil des Puzzles – ein Teil, für das ich noch nicht den richtigen Platz gefunden habe.

Ich überlege noch ein wenig länger und komme zu dem Schluss, dass ich für den Augenblick nichts mehr hinzufügen kann.

Nimm dir die Opfer vor.

Ich nehme mir die nächste Seite und überschreibe sie mit:

JOSE VARGAS:

Achtundfünfzig Jahre, aus Argentinien.

(Notiz: Herausfinden, wie lange er bereits in den Vereinigten Staaten lebt und wie er hierhergekommen ist.)

Auffälligkeiten: Exsträfling. Gewalttäter, einschließlich Verbrechen gegen Kinder.

Ich denke über die offensichtliche Verbindung nach. Hat Vargas den Killer irgendwann missbraucht?

Stand in den Siebzigern unter Verdacht des Menschenschmuggels.

Todesursache: Kehle wurde durchschnitten. Nach dem Tod ausgeweidet.

Frage: Stand Vargas auf irgendeine Weise mit Sarah oder den Kingsleys in Verbindung? Oder nur mit dem Killer?

Eine fehlende Verbindung zwischen den beiden verschiedenen Opfergruppen würde darauf hindeuten, dass der Killer mit irgendetwas angefangen hat, das er seit längerer Zeit plant und nun so schnell wie möglich durchziehen will.

Mach eine Liste, prüf es nach …

Vargas scheint weiterhin Sex mit Minderjährigen gehabt zu haben. (Wurde zusammen mit einer nicht identifizierten minderjährigen Begleiterin aufgefunden.)

Ich lese die Seite noch einmal durch, dann lege ich sie weg, nehme eine neue und überschreibe sie mit:

SARAH KINGSLEY:

Adoptivtochter von Dean und Laurel Kingsley (Wie lautet ihr richtiger Nachname?)

Sechzehn Jahre.

Killer hat sie am Leben gelassen. (Warum?)

Sie sagt, ihre leiblichen Eltern wären ermordet worden. (Verifizieren.)

Anmerkung: Sie sagt, ihre leiblichen Eltern wären vom gleichen Täter ermordet worden.

Auffälligkeiten: Sie behauptet, der Killer verfolgt sie seit Jahren.

Ich richte den Blick an die Decke. Sarah ist ein Schlüssel zu diesem Fall, das ist unübersehbar. Sie ist die einzige lebende Zeugin, und sie behauptet, den Killer, den *Künstler*, zu kennen. Gleichzeitig ist sie eine signifikante Anomalie im Tatmuster des Killers. Er hat sie am Leben gelassen.

Er hat sie am Leben gelassen als Teil seines Racheplans.

Wenn Sarah die Wahrheit sagt, ist er schon seit einer ganzen Weile mit diesem Plan zugange. Er ist nicht größenwahnsinnig, er ist imstande, Begierden und Wünsche zu differenzieren, und er ist äußerst gerissen. Das alles ist schlecht für uns. Kontrollierte Killer auf einem Rachefeldzug sind schwerer zu fassen als Sexualtäter, Sadisten oder Ritualmörder. Sie sind nicht wahnsinnig genug.

Doch warum die Intimität?

Bei Rachemorden sieht man im Allgemeinen mehr Wut als Freude. Es geht um Zerstörung. Was ich bei den Kingsleys gesehen habe, war nahezu ausgewogen. Die Botschaften an den Wänden, das Ausweiden: Hinweise auf Wut. Das passt. Die Blutmalereien des *Künstlers* aber passen nicht. Sie waren ein sexueller Akt. Erinnerungen, zu denen er später masturbieren kann.

Das ist nur oberflächlich, wird mir bewusst. Der Schlüssel ist das Rachemotiv. Das andere ist eine Anomalie, doch der menschliche Verstand ist voll davon. Interessant, aber nicht beweiserheblich.

Ich wende mich wieder der Seite zu.

Sarah hat am Kingsley-Tatort nach mir gefragt, doch sie hatte bereits vorher geplant, sich mit mir in Verbindung zu setzen. (Warum mit mir?)

Sie hat ein Tagebuch geführt, von dem sie behauptet, dass es beweiserheblich ist.

Ich spüre, wie meine Energie erlahmt. Ich möchte weitermachen, doch ich bin für heute mit meinen Kräften am Ende.

Konzentrier dich. Wie willst du deine Leute morgen aufteilen?

Barry und ich werden Sarah Kingsley befragen.

Callie und Gene werden die Spurensicherung in Vargas' Wohnung zu Ende führen.

Jeder erhält eine Kopie von Sarahs Tagebuch und den Auftrag, es zu lesen.

Es muss wohl bis Montag warten, doch wir brauchen gründliche Hintergrundinformationen über Sarah und sämtliche Opfer. *Wir müssen die Zusammenhänge finden!*

Ich lese, was ich bisher geschrieben habe, und nicke zufrieden. Wir haben immer noch einen weiten Weg vor uns, doch ich kann den Killer jetzt sehen. Ich habe ein erstes, noch schwaches Gefühl für ihn entwickelt. Eine dumpfe Befriedigung regt sich in mir.

Nicht mal ein Tag, mein Freund, und ich weiß bereits, warum du tust, was du tust.

Ich lege den Stift beiseite und entspanne mich.

Gott, bin ich müde. Nicht nur körperlich. Bei weitem nicht.

Mein Handy summt. Ich schaue auf das Display. Es ist Tommy. Meine Stimmung hebt sich ein wenig.

Tommy Aguilera ist mehr als ein Freund und weniger als ein Ehemann. Mehr als ein Liebhaber, aber kein Mann, den ich Nacht für Nacht neben mir haben muss. Tommy ist eine Möglichkeit. So weit die kurze Zusammenfassung.

Tommy ist ehemaliger Agent des Secret Service und arbeitet heute als privater Security-Berater. Wir haben uns kennengelernt, als er noch beim Secret Service war. Ich hatte in einem Fall ermittelt, bei dem es um den Sohn eines kalifornischen Senators gegangen war, der Geschmack an Vergewaltigung und Mord gefunden hatte. Tommy war beauftragt gewesen, den Senator zu schützen – einen Abtreibungsgegner, der tonnenweise Morddrohungen erhalten hatte –, und hatte im Zuge der Ereignisse dessen Sohn erschießen müssen. Meine Aussage bewahrte Tommy vor einem politischen Feuersturm, der seine Karriere mit Sicherheit beendet hätte.

Er hatte gesagt, ich solle ihn wissen lassen, falls ich je etwas brauchte. Ich hatte ihn vor sechs Monaten beim Wort genommen, und anschließend war etwas sehr Interessantes passiert: Ich hatte ihn geküsst, und er hatte meinen Kuss erwidert. Besser noch, er hatte mich ausgezogen und mich gewollt, mit Narben und allem anderen. Es hatte mich zum Weinen gebracht und mir bei meiner Heilung geholfen. Matt war die Liebe meines Lebens gewesen. Er war mein Seelenverwandter. Er war unersetzlich. Doch ich brauchte einen Mann, der mir sagte, dass ich trotz allem schön war, und der es mit Schweiß und Taten bewies, nicht mit Worten. Tommy hatte genau das getan.

Wir schlafen drei- oder viermal im Monat miteinander. Ich habe viel zu tun, Tommy hat viel zu tun, und es ist in Ordnung so. Das perfekte Arrangement. Für den Moment.

Ich nehme das Gespräch entgegen. »Hey, Tommy.«

»Hey. Ich dachte, ich melde mich mal. Ist doch nicht zu spät?«

Tommy verleiht dem Wort »lakonisch« eine ganz neue Bedeutung. Es ist nicht so, dass er ungern mit Leuten redet oder dass es ihm an Vokabular fehlt. Es ist seine Art. Er hört lieber zu.

»Nein. Ehrlich gesagt, bin ich eben erst nach Hause gekommen. Ich war an einem Tatort.«

»Ich dachte, du hättest frei. Du wolltest doch umräumen und renovieren?«

»Habe ich auch, aber ein Mädchen war am Tatort. Es hat sich eine Pistole an den Kopf gehalten und verlangt, mit mir zu reden. Ich musste hin.«

»Alles gut gegangen?«

»Es war schlimm, aber das Mädchen lebt.«

»Gut.« Eine lange Pause. »Ich weiß, was du heute vorhattest. Ich wollte dich nicht stören, aber ich wollte wissen, wie es dir geht.«

Ja, sagt meine innere Stimme. *Wie geht es mir?*

»Mir geht's bescheiden. Kannst du vorbeikommen?«

»Bin schon unterwegs.«

Er legt auf.

Taten, nicht Worte. Das ist Tommys Art.

Tommy klopft an meiner Tür, und ich lasse ihn rein. Er sieht mich von oben bis unten an; dann führt er mich wortlos zur Couch. Er setzt sich und zieht mich neben sich, nimmt mich in die Arme, und ich seufze und lasse mich gegen ihn sinken.

Er streichelt mir nicht über den Kopf oder redet beruhigend auf mich ein. So was macht Tommy nicht. Stattdessen ist er Stärke, Zuversicht und Sicherheit. Als würde er sagen: »Was immer du brauchst – und wenn es nur das hier ist.«

Ich bleibe so, den Kopf an seine Brust gelehnt, und genieße es, ihn zu spüren. Er fühlt sich an wie ein in Samt gehüllter Fels. Tommy ist eine Mischung aus derb und attraktiv, ein dunkelhaariger Latino mit dem geschmeidigen, muskulösen Körper eines Tänzers und den rauen Händen eines Holzfällers. Er ist die männliche Version von Callie; Frauen fühlen sich zu ihm hingezogen wie Lemminge zu einer Klippe. Sie sehnen sich danach, in diese tiefen, dunklen Augen zu springen. Tommy hat eine große Narbe an der linken Schläfe, doch dieser Makel macht ihn eher noch anziehender.

Er schiebt mich sanft von sich.

»Möchtest du darüber reden?«

Ich berichte ihm, was passiert ist. Ich erzähle ihm von meinem Morgen und Nachmittag mit Bonnie und Callie, von Sarah und den ausgeweideten Leichen, von Dean und Laurel Kingsley, von der Badewanne voller Blut, von dem ermordeten Vargas und seiner noch nicht identifizierten Begleiterin.

»Heftig«, sagt er, als ich fertig bin.

»Ja. Es ist mir an die Nerven gegangen.«

Er nickt zu den Notizbuchseiten, die auf dem Wohnzimmertisch liegen. »Deine Gedanken zu dem Fall?«

Ich nicke.

»Was dagegen, wenn ich einen Blick drauf werfe?«

»Nur zu.«

Er nimmt die Blätter an sich und liest sie durch. Dann legt er alles wieder zurück und schüttelt den Kopf.

»Hört sich kompliziert an«, sagt er.

»So ist es anfangs immer.« Ich sehe ihn an und lächle. »Danke, dass du vorbeigekommen bist. Ich fühle mich besser. Ein wenig.«

»Kein Problem.« Er schaut sich um. »Wo ist Bonnie?«

»Über Nacht bei Alan und Elaina.«

»Hm.«

Ich sehe ihn an, entdecke ein schwaches Lächeln, das um seine Lippen spielt. Ich grinse und boxe ihn gegen die Brust. »Hörst du wohl auf. Ich habe gesagt, es geht mir ein bisschen besser, und du stellst dir schon wieder vor, wie ich nackt aussehe?«

»Offen gestanden stelle ich es mir andauernd vor.«

Ich hebe den Kopf, er senkt den Kopf, und unsere Lippen treffen sich. Meine Verzweiflung macht die Berührung beinahe elektrisch, und heißes Verlangen jagt durch mich hindurch, emotional, mental, physisch. Ich stecke meine Zunge in seinen Mund. Ich schmecke Tommy – mit einem leichten Schuss Bier.

Ich rücke ihn so zurecht, dass ich auf seinem Schoß sitze. Er bewegt eine Hand nach oben, unter meine Bluse, unter meinen BH, eine fließende Bewegung. Das Gefühl seiner schwieligen Fingerkuppen an meiner Brustwarze ist unbeschreiblich. Ich stöhne, und ich spüre, wie er unter mir hart wird.

Einer der Gründe, warum ich Sex immer sehr gemocht habe, ist die Tatsache, dass man das Triebhafte und Primitive mit dem Sanften und Zärtlichen vermischen kann. Man kann ein klein bisschen verderbt sein, ein klein wenig animalisch, und es ist völlig okay. Wenn man sich bereits schmutzig und im Widerstreit fühlt und ein wenig verzweifelt ist, so wie ich in diesem Moment, kann Sex mühelos mit einem mithalten.

Ich löse meine Lippen von Tommys und nehme seinen Kopf zwischen die Hände. Seine Finger kneten weiter meinen Nippel, sein Schwanz pocht heiß, und seine Augen sind dunkel vor Lust.

»Fick mich«, sage ich mit heiserer Stimme. »Reiß mir die Sachen vom Leib, leg mich übers Sofa und besorg es mir.«

Er erstarrt für einen Moment, die Finger bewegen sich nicht mehr, und seine Augen suchen in meinem Gesicht. Er scheint meine Genehmigung und mein Einverständnis zu finden. Beides braucht er, um zu handeln.

Er hebt mich hoch, von sich herunter, setzt mich hin, packt meine Bluse und zerrt sie mir in einer groben Bewegung über den Kopf und die Arme. Er wirft sie achtlos beiseite, greift hinter mich, löst den Verschluss meines BHs, reißt ihn mir von den Schultern. Er zögert einen Moment, während er auf meine Brüste hinuntersieht; dann schiebt er mich auf den Rücken. Seine derben Hände packen zu und drücken, doch ohne Schmerzen zu verursachen. Er bringt mich dazu, den Rücken durchzubiegen und den Kopf in den Nacken zu legen. Er saugt an meinen Brüsten, umspielt mit der Zunge meine Brustwarzen, um meine Begierde noch stärker zu entflammen, bevor er sich wieder zurückzieht.

Jetzt wendet er sich meiner Hose zu, zieht den Reißverschluss herunter, zerrt mir die Jeans über Hüften und Beine und nimmt das Höschen dabei gleich mit. Ich bin jetzt splitternackt, liege nass und mit gespreizten Beinen vor ihm und fühle mich wie Jezabel hoch zwei.

Sein Mund senkt sich zwischen meine Beine, und ich komme auf der Stelle, schreie laut und erschauere am ganzen Körper. Die Zeit zieht sich wie Gummi, die Welt verschwimmt. Ich wälze mich schamlos in meiner Lust, Eva mit dem Apfel, eine rollige Katze.

Sein Mund verlässt mich. Er erhebt sich, und ich beobachte benommen, wie er sich entkleidet. Sein Schwanz springt federnd ins Freie. Ich stoße ein Knurren aus, und es ist Jezabel hoch drei. Ich greife nach ihm, während er sich ein Kondom überrollt. Er packt meine Handgelenke, zieht mich zu sich, legt die Arme um meine Taille, hebt mich hoch, trägt mich zur Sofalehne und legt mich dorthin, mit dem Bauch nach unten, die Hände auf den Kissen, den Hintern in die Luft gereckt.

Ich spüre, wie er hinter mir in Stellung geht, und dann ist er auch schon in mir, eine Hand an meiner Hüfte, die andere auf meiner Schulter, und stößt, stößt, stößt, erfüllt mein Verlangen.

Es ist animalisch. Genau das, was ich brauche. Eine unwiderstehliche Macht, eine Gezeitenwoge, die über mir zusammenschlägt, mich ertränkt und beim Zurückfluten die Leichen mit ins Meer nimmt.

Ich lasse mich überwältigen, und ich nehme, was er mir anbietet. Ich habe mehr als einen Orgasmus, während er auf seinen eigenen hinarbeitet, und als er schließlich kommt, spannt sich sein ganzer Körper, und seine Finger graben sich in mein Fleisch, nicht genug, um zu verletzen, doch es reicht für einen kurzen, süßen Schmerz.

Dann ist es vorbei. Wir lösen uns voneinander, sinken aufs Sofa, verausgabt, befriedigt und ein wenig zittrig.

Nach ein paar Sekunden sieht Tommy mir in die Augen. »Wow«, sagt er.

»Selber wow.« Ich lächle ihn an. Erwidere seinen Blick. »Danke.«

»Jederzeit.« Ich sehe dieses Grinsen um seine Lippen spielen. »Das meine ich wörtlich. *Jederzeit.*«

Ich küsse ihn auf die Wange. Das bedrückte Gefühl von vorhin ist verflogen. Ich kann die Toten immer noch flüstern hören, doch jetzt habe ich ein wenig Abstand.

Tommy löst sich von mir und geht in die Küche. Ich bewundere seinen Hintern auf dem Weg nach draußen und seine

Vorderseite, als er zurückkommt, ein Bier für sich selbst in der einen Hand, eine Flasche Wasser für mich in der anderen. Er setzt sich zu mir, und wir schmiegen uns aneinander.

Ich nehme einen Schluck Wasser. Schnüffle prüfend die Luft. »Es riecht nach Sex.«

»Wie riecht Sex denn?«

»Wie …« Ich lege den Kopf auf die Seite und lächle, als mir die richtigen Worte einfallen. »Wie frischer Schweiß und ein sauberer Schwanz.«

Er trinkt aus seiner Dose. »Feurig und gebildet zugleich.« Er küsst mich in den Nacken. »Sexy.«

»Willst du mir sagen, dass du mich liebst, weil ich so bin?«

»Ich liebe dich wegen deines Hinterns. Ich mag dich wegen deines Verstandes.«

»Arsch.«

»Was?«

»Du hast ›Hintern‹ gesagt. Es klingt, als wärst du ein Vierjähriger. Sag ›Arsch‹.«

»Kann ich nicht.«

Ich drehe mich zu ihm um und schaue ihn an. Hebe eine Augenbraue. »Machst du Witze?«

»Nein.«

Ich schaue ihn an und sehe, dass er es tatsächlich ernst meint. Ich kuschle mich an ihn. »Was bist du doch für ein Pfadfinder, Tommy.«

Ich kann nicht anders, ich pruste los. Die Bewegung, die mein Lachen erzeugt, verwandelt sich in etwas anderes, und Tommy beweist mir, dass er keine leeren Versprechungen gemacht hat mit seinem *Jederzeit*.

Eine Stunde später liegen wir nackt auf dem Teppich, die Füße auf dem Wohnzimmertisch.

»Ich schätze, das war's für mich«, sagt Tommy. Er klingt zufrieden.

»Ein schlechter Tag muss schließlich für irgendwas gut sein.«

»Wo wir gerade davon reden«, sagt er. »Ich hatte da eine Idee. Oder auch zwei.«

Ich drehe mich zu ihm und betrachte sein Profil.

»Ja?«

»Als du den Tatort beschrieben hast … dass der Killer die Opfer in der Badewanne hat ausbluten lassen. Du weißt, dass sie da noch am Leben sein mussten?«

»Ja.«

Kein Blutfluss, wenn man tot ist. Das Herz pumpt nicht mehr.

»Trotzdem musste er sie irgendwie festhalten. Du hast Drogen als eine Möglichkeit erwähnt. Ich nehme an, damit liegst du richtig. Jede Wette, dass er ein Relaxans benutzt hat. Auf diese Weise können die Opfer sich nicht mehr rühren und müssen hilflos mit ansehen, was er mit ihnen anstellt. Mehr Nervenkitzel für diesen Irren.« Er zuckt die Schultern. »Nur so ein Gedanke, weißt du?«

Ich streiche mit einem Finger über die Locken seiner Brusthaare und denke nach. Tommy hat recht, wird mir klar. Ich habe ihm in groben Zügen erzählt, wie der Tag gelaufen ist, doch aus dem Wenigen hat er ein Gefühl für den Killer entwickelt, von dessen Hunger und davon, *wie* er hungert. Ich habe an Drogen gedacht, zugegeben, doch ein Muskel-Relaxans ist etwas Spezielles, und eine Überlegung wert.

Wann hast du daran gedacht, Tommy? Bevor wir Sex hatten oder danach? Oder währenddessen?

Ich bin schon wieder bereit, und ich frage mich nur einen winzigen Moment nach dem Warum. Ich habe heute jede Menge Leichen gesehen. Ich bin noch am Leben. Sex ist eine Möglichkeit, sich lebendig zu fühlen.

Ich gehe mit der Hand tiefer und bekomme etwas zu packen.

»Ich gehe diesem Hinweis morgen nach«, sage ich. »Aber jetzt möchte ich, dass du dich anstrengst, richtig anstrengst, und deine Ausbildung vom Secret Service benutzt. Tu deine Pflicht.«

Er kneift in meinen Nippel, stellt sein Bier weg, und wir verbringen eine weitere Stunde damit, uns zu beweisen, dass wir am Leben sind.

Erschöpft. Verausgabt. Glücklich.

»Ich habe noch eine Idee«, sagt Tommy und beendet das wohlige Schweigen.

»Du scheinst eine Menge nachzudenken, wenn wir Sex haben.«

»Ich habe meine besten Einfälle beim Sex.«

»Ach?«

»Es gibt ein Motiv, das sowohl *Schmerz* als auch *Gerechtigkeit* beinhaltet.«

»Ja, ich weiß.«

Er hebt eine Augenbraue. »Tatsächlich?«

»Das älteste Motiv von allen«, sage ich. »Rache.«

»Ich dachte, ich wäre dir damit vielleicht zuvorgekommen.«

Ich küsse ihn auf die Wange. »Sei nicht traurig. Wann hattest du denn Zeit, darüber nachzudenken?«

Er grinst mich an. »Orgasmen klären den Verstand.«

Ich muss lachen, und erst jetzt wird mir bewusst, um wie vieles besser ich mich fühle. Um Welten besser. Ich habe mich schlecht gefühlt, und Tommy rief an, kam vorbei, wir hatten Sex und redeten über die Arbeit und …

Ich zucke innerlich zusammen, als mir ein neuer Gedanke kommt.

Sind wir ein Paar?

Die Vorstellung ist genauso eigenartig, wie sie mir tröstend und vertraut erscheint. Einer der Vorteile einer Ehe ist das Gefühl von Sicherheit, das sich entwickelt. Die Sicherheit, immer wenigstens eine Person in der eigenen Ecke zu haben. Wenn alle anderen dich enttäuschen, dich verraten, dich im Stich lassen, so hast du diesen einen Menschen, der zu dir hält. Du bist niemals wirklich allein. Diese Sicherheit zu verlieren ist, als würde man einen Teil von sich selbst verlieren. Der leere Platz im Bett juckt in der Nacht wie ein amputiertes Körperteil.

Haben wir die Grenze überschritten? Die Grenze vom Ungezwungenen zur Bindung und Verpflichtung?

»Was ist?«, fragt Tommy.

Ich schüttle den Kopf. »Ich habe gerade an uns gedacht. Ist nicht wichtig.«

»Tu das nicht.«

»Was?«

»Denk nicht über irgendetwas nach und sag, es wäre nichts. Du musst mir nicht erzählen, worüber du nachgedacht hast, aber sag mir nicht, es wäre nichts.«

Ich blicke ihm suchend in die Augen. Finde keinen Zorn darin, nur Aufrichtigkeit und Sorge.

»Tut mir leid, Tommy. Ich habe nur überlegt …« Ich muss schlucken. *Warum ist es so schwer, die Worte auszusprechen?* »Tommy, sind wir ein Paar?«

Er lächelt mich an. »Natürlich.«

»Oh.«

»Hör mal, Smoky, ich sag ja nicht, dass es Zeit ist für uns, zusammenzuziehen oder zu heiraten. Aber wir sind zusammen. So sehe ich es jedenfalls.«

»Oh. Wow.«

Er schüttelt belustigt den Kopf. »Du warst glücklich verheiratet. Du bist daran gewöhnt, dass ›zusammen‹ das Gleiche bedeutet wie Liebe und Ehe. Ich liebe dich nicht.«

Mir ist plötzlich ganz schlecht. »Du … nein?«

Er streckt die Hand aus, streichelt meine Wange. »Tut mir leid. Ich hab das nicht so gemeint, wie es sich in deinen Ohren anhören muss. Was ich sagen wollte … Ich bin noch nicht so weit. Aber wenn wir auf dem gleichen Weg weitergehen wie bisher, werde ich eines Tages aufwachen und dich lieben. Das ist die Straße, auf der wir uns befinden. Wir sind zusammen.«

Ich habe Schmetterlinge im Bauch, und die Übelkeit weicht Aufregung. »Ehrlich?«

»Absolut.« Er sieht mich aus zusammengekniffenen Augen an. »Was denkst du darüber?«

Ich kuschle mich an ihn.

»Es gefällt mir«, sage ich, und mir wird bewusst, dass es die Wahrheit ist.

Es gefällt mir tatsächlich. Und ich habe keine Schuldgefühle, spüre keine Missbilligung von Matts Geist.

Aber was ist mit Quantico? Soll ich warten, bis Tommy mich liebt, und ihn dann einfach sitzen lassen?

Das ist ein weiterer Faktor, den du in deine Überlegungen einbeziehen musst, antworte ich mir selbst. *Noch mehr Entscheidungen.*

Nur, dass es nicht so einfach ist. Ich könnte Tommy verletzen mit meiner Entscheidung. Einen neuen Anfang machen? So einfach ist mein Leben nicht. Ich weiß, dass Alan und Callie und Elaina mir beistehen und mich unterstützen würden, sollte ich beschließen, den Job in Quantico anzunehmen. Alle wären traurig, doch die Bindungen sind zu alt und zu stark. Wir würden uns nicht verlieren.

Mit Freunden und Familie kann man eine Beziehung über große Entfernung führen. Mit einem Mann, der einen liebt, geht das nicht.

Vergiss nicht deine stumme Pflegetochter, deine Pillen einwerfende Freundin und 1forUtwo4me*! Vergiss nicht, dass du das Haus noch nicht leergeräumt hast und eine Freundin, die eben erst den Krebs besiegt hat. Vergiss nicht, dass die Grabsteine von Matt und Alexa hier in L.A. stehen und nicht in Virginia. Wer soll ihnen Blumen bringen?*

»Weißt du, was ich möchte?«, frage ich leise, indem ich meine Geister für den Augenblick verdränge.

Er schüttelt den Kopf.

»Ich möchte, dass du mich nach oben bringst und mir beim Einschlafen hilfst.«

Er hebt mich ohne ein weiteres Wort auf die Arme und trägt mich die Treppe hinauf. Wir kommen an Alexas Zimmer vorbei, doch ich denke nicht darüber nach, und dann sind wir in meinem Bett, und er hält mich, er ist da, und ich kann endlich einschlafen, während er mich sicher hält, mein Wächter gegen die Toten.

KAPITEL 14

»Ich habe heute Morgen im Krankenhaus angerufen«, berichtet Barry, als wir gemeinsam über den Parkplatz gehen. »Das Mädchen sei wegen des Schocks behandelt worden, außerdem wegen Prellungen und Abschürfungen an Handgelenken und Knöcheln. Ansonsten ist sie unverletzt.«

»Das ist wenigstens etwas.«

Ich berichte ihm, was ich mir bisher zu diesen beiden Fällen überlegt habe. Einschließlich meiner Idee von Rache als verbindendem Motiv.

»Interessant. Allerdings passt Sarah nicht ins Spiel. Wenn wir sie und die Kingsleys außen vor lassen, würde es Sinn ergeben. Vargas hatte es mit Minderjährigen, schon seit langer Zeit. Vielleicht steht er darauf, ihnen die Fußsohlen zu peitschen und sie zu foltern. Eines der Kinder wird erwachsen und nimmt Rache. Es würde sogar erklären, warum er das ermordete Mädchen nicht verunstaltet hat. Er hat ihm die Augen geschlossen, hat es aber nicht ausgeweidet.«

»Ja.«

»Aber Sarah und die Kingsleys? Ich sehe nicht, wo die in

dieses Bild passen.« Er zuckt die Schultern. »Trotzdem, das Rache-Motiv ist nicht schlecht.«

»Vielleicht kann Sarah ein bisschen Licht in die Sache bringen.«

»Warten Sie einen Moment«, sagt Barry nervös, als wir uns dem Eingang nähern. »Ich brauche eine Zigarette, bevor wir reingehen.«

Ich lache leise. »Sie mögen auch keine Krankenhäuser, hm?«

Er zuckt die Schultern, als er seine Zigarette anzündet. »Als ich das letzte Mal in einem Krankenhaus war, habe ich meinem Dad beim Sterben zugesehen. Was soll man daran mögen?«

Barry sieht bleich und übernächtigt aus. Mir fällt auf, dass er die gleichen Sachen trägt wie am Abend zuvor.

»Waren Sie überhaupt zu Hause?«, frage ich ihn.

Er macht ein paar Züge; dann schüttelt er den Kopf. »Nein. Simmons hat bis um sieben Uhr heute Morgen am Tatort gearbeitet. Ich musste ein paar Software-Experten hinzuziehen. Sie sind immer noch dort.«

»Wieso?«

»Der Junge … Michael hieß er, nicht wahr? Sein Computer ist mit einem verdammt guten Verschlüsselungsprogramm gesichert. Die Softwarespezialisten haben mir erklärt, wie es technisch funktioniert, aber das war mir zu hoch. Jedenfalls wird die Festplatte leergeputzt, wenn man das falsche Passwort eingibt. So viel habe ich begriffen.«

Hey, versuch's mit 1forUtwo4me. Man kann nie wissen.

Ich unterdrücke ein Blinzeln. »Interessant.«

»Es kommt noch besser, Smoky. Die Experten sagen, es wäre ein maßgeschneidertes Programm, hoch entwickelt, und sie glauben nicht, dass der Junge selbst das Programm auf seinem Computer installiert hat.«

»Warum nicht?«

»Zu komplex. Hat irgendwas mit dem Verschlüsselungsalgorithmus zu tun, sagen sie. Eine bessere Verschlüsselung als das Militär.«

»Dann könnte der Killer die Software installiert haben.«

»Mein Gedanke.«

»Es würde Sinn ergeben. Er hat uns etwas zu sagen. Deshalb die Schrift an den Wänden, an beiden Tatorten. Deshalb hat er mich über die Hotline angerufen und mir von Vargas erzählt. Er will uns etwas sagen, doch er tut es in seinem Tempo.«

»Ich mag es, wenn die Typen so clever sein wollen. Es bedeutet, dass sie drauf und dran sind, Fehler zu begehen.«

»Wurde sonst noch etwas gefunden?«

»Wir haben die Fußabdrücke und den Computer. Keine Fingerabdrücke, keine Haare, keine Fasern. Die Fußabdrücke sind allerdings gut. Wenn wir ihn zu fassen kriegen, können wir ihn eindeutig identifizieren. Wie ich schon sagte, der Bursche ist nahe dran, Fehler zu machen. Die Leichen wurden zum Pathologen gebracht. Wir warten noch auf das Ergebnis der Obduktionen. Haben Sie schon was von Callie gehört?«

»Ich habe noch nicht mit ihr geredet. Ich rufe sie an, sobald wir hier fertig sind.«

»Vielleicht hat er sich an dem anderen Tatort ebenfalls dumm angestellt.« Barry nimmt einen weiteren tiefen Zug von seiner Zigarette. »Was dieses Mädchen angeht ... ich habe bis jetzt noch nicht viel. Sie ist seit einem Jahr bei den Kingsleys. Ihr richtiger Name ist Sarah Langstrom.«

Sarah Langstrom. Ich spreche den Namen in Gedanken langsam aus.

»Ich habe nach einer Akte gesucht«, fährt Barry fort. »Sarah wurde mit fünfzehn wegen Drogenbesitzes verhaftet – sie hat am helllichten Tag an einer Bushaltestelle gesessen und einen Joint geraucht. Morgen kriege ich ihre Akte von der Fürsorge.«

»Sie sagt, ihre Eltern wären ermordet worden. Als sie sechs Jahre alt war.«

»Das ist ja großartig. Ich liebe diese glücklichen Geschichten.«

Barry seufzt. »Wie möchten Sie bei der Vernehmung vorgehen?«

»Direkt und offen. Dieses Mädchen …« Ich schüttle den Kopf. »Wenn sie das Gefühl bekommt, dass wir nicht offen zu ihr sind oder sie nicht ernst nehmen, wird sie uns nicht mehr vertrauen. Ich glaube sowieso nicht, dass sie uns allzu sehr vertraut.«

»Wie Sie meinen.« Er nimmt einen letzten Zug von seiner Zigarette, bevor er sie wegschnippt. »Sie geben das Tempo vor.«

Sarah hat ein Einzelzimmer im Kinderflügel des Krankenhauses. Barry hat einen Mann draußen vor der Tür postiert. Schon wieder der junge Thompson. Er wirkt erschöpft, aber immer noch aufgeregt.

»Irgendwelche Besucher?«, fragt Barry ihn.

»Nein, Sir. Niemand.«

»Dann tragen Sie uns ein.«

Es ist ein ziemlich hübsches Zimmer für ein Krankenhaus – was in meinen Augen so viel heißt wie das beste Zimmer in Bates' Motel. Die Wände sind in warmem Beige gestrichen, der Boden ist eine Holz-Imitation. *Besser als graues Linoleum und Gefängnisgrün an den Wänden.* Das Zimmer hat ein großes Fenster, die Vorhänge sind beiseite gezogen. Sonnenlicht strömt herein.

Sarah liegt in ihrem Bett am Fenster. Sie dreht uns den Kopf zu, als wir eintreten.

»Ach du grüne Neune!«, höre ich Barry flüstern.

Sie sieht klein und bleich und müde aus. Barry ist entsetzt. Ein Grund mehr, dass ich ihn mag. Er ist nicht abgestumpft wie die meisten seiner Kollegen.

Ich trete zu Sarah ans Bett. Sie lächelt nicht, doch ich bin erleichtert, weil ich nicht mehr diese schreckliche Leere in ihren Augen sehe wie gestern.

»Wie geht es dir?«, frage ich.

Sie zuckt die Schultern. »Ich bin müde.«

Ich nicke mit dem Kopf in Barrys Richtung. »Das ist Barry Franklin vom Morddezernat. Er ist für deinen Fall zuständig. Barry ist ein Freund von mir, und ich habe ihn gebeten, deinen Fall zu übernehmen, weil ich ihm vertraue.«

Sarah sieht Barry an. »Hi«, sagt sie desinteressiert und wendet sich wieder zu mir. »Wenn ich Sie richtig verstehe, wollen Sie mir nicht helfen«, sagt sie mit einer Stimme, aus der Leere und Resignation klingen.

Ich blinzle überrascht.

»Hey, immer langsam, Sarah. Die örtliche Polizei ist von Amts wegen mit dem Fall beauftragt. So ist das nun mal. Was aber nicht bedeutet, dass ich nicht daran mitarbeite.«

»Lügen Sie mich an?«

»Nein.«

Sie starrt mich sekundenlang an, die Augen zusammengekniffen, misstrauisch, während sie die Wahrheit meiner Worte abzuschätzen versucht. »Okay«, sagt sie schließlich. »Ich glaube Ihnen.«

»Gut!«, antworte ich.

Ihr Gesichtsausdruck ändert sich. Hoffnung, gemischt mit Verzweiflung. »Haben Sie mein Tagebuch gefunden?«

Ich wähle meine Worte mit Bedacht. »Ich konnte das Original nicht an mich nehmen. Wir haben Vorschriften, wie wir an einem Verbrechensschauplatz vorgehen müssen. Allerdings …«, füge ich rasch hinzu, als ich sehe, wie sie die Hoffnung schon wieder aufgeben will. »Allerdings habe ich jede Seite deines Tagebuchs fotografieren lassen. Die Dateien werden noch heute Morgen ausgedruckt und zu mir gebracht. Dann kann ich alles lesen, als wären es die Seiten aus deinem richtigen Tagebuch.«

»Heute?«

»Ich verspreche es.«

Sarah betrachtet mich mit einem weiteren langen, misstrauischen Blick.

Dieses Mädchen vertraut keinem, denke ich. *Keinem Menschen auf der Welt. Warum ist sie so geworden?*

Ich bin nicht sicher, ob ich es wissen will.

»Sarah«, sage ich mit freundlicher Stimme. »Wir müssen dir ein paar Fragen stellen. Über das, was gestern in dem Haus passiert ist. Würdest mit uns darüber reden?«

Sie mustert mich mit einem Blick, in dem viel zu viel Erfahrung und eine Gleichgültigkeit liegt, die ich schon früher bei Opfern beobachtet habe. Es fällt ihnen leichter, auf diese Weise mit ihren Erlebnissen umzugehen.

»Ich glaub schon«, sagt sie ausdruckslos.

»Stört es dich, wenn Barry dabei ist? Nur ich stelle die Fragen. Barry sitzt bloß da und hört zu.«

Sie zuckte die Schultern. »Mir egal.«

Ich ziehe einen Stuhl an ihr Bett. Barry setzt sich auf einen Stuhl bei der Tür. Das gehört zu unserer Taktik. Er kann alles hören, was Sarah sagt, doch er bleibt unauffällig im Hintergrund. Er macht es Sarah leicht zu vergessen, dass er da ist.

Erinnerungen von Opfern sind etwas sehr Intimes, Persönliches. Es ist, als würden sie ein Geheimnis preisgeben. Barry weiß das, und er weiß auch, dass Sarah sich wohler in ihrer Haut fühlt, wenn sie diese Geheimnisse nur mit mir teilen muss.

Sarah hat den Kopf abgewandt und starrt zum Fenster hinaus. In die Sonne, weg von mir. Ihre Hände sind verschränkt. Ich sehe, dass ihre Fingernägel schwarz lackiert sind.

Bringen wir es hinter uns, sagt meine innere Stimme.

»Weißt du, wer es getan hat, Sarah?« Die Schlüsselfrage. »Weißt du, wer die Kingsleys ermordet hat?«

Sie starrt weiter aus dem Fenster. »Nicht so, wie Sie meinen, nein. Ich kenne seinen Namen nicht, und ich weiß nicht, wie er aussieht. Aber er war schon früher in meinem Leben.«

»Als er deine Eltern umgebracht hat.«

Sie nickt.

»Du warst sechs, als es passiert ist?«

»Sechster Juni«, sagt sie. »An meinem Geburtstag. Alles Liebe zum Geburtstag und so weiter.«

Ich schlucke, verliere für einen Moment innerlich die Fassung.

»Wo ist es passiert?«

»Malibu.«

Ich werfe einen Seitenblick zu Barry. Er nickt, kritzelt einen Vermerk in sein Notizbuch. Wenn tatsächlich etwas Derartiges in Malibu passiert ist, können wir die Details später anfordern.

»Erinnerst du dich, was damals passiert ist? Als du sechs geworden bist?«

»Ich erinnere mich an alles.«

Ich warte, hoffe, dass sie von sich aus erzählt. Sie tut es nicht.

»Woher weißt du, dass der Mann, der gestern die Kingsleys umgebracht hat, derselbe ist, der vor zehn Jahren deine Eltern ermordet hat?«

Sie dreht sich zu mir um und schaut mich an, und ich sehe Resignation und unterdrückte Wut auf ihrem Gesicht. »Das ist eine dämliche Frage.«

»Und was wäre keine dämliche Frage?«

»*Warum* ist es der gleiche Mann?«

Verdammt. Sie hat recht. Das ist die treffendste Frage von allen.

»Weißt du warum?«

Sie nickt.

»Möchtest du es mir erzählen?«

»Ich erzähle Ihnen ein bisschen. Den Rest müssen Sie nachlesen.«

»Okay.«

»Er …« Sie kämpft mit sich. Vielleicht sucht sie nach den richtigen Worten. »Er hat einmal zu mir gesagt, ›Ich erschaffe dich neu, nach meinem Bild.‹ Er hat nicht erklärt, was er damit meint, aber genau das hat er gesagt. Er sagte, er würde mich und mein Leben auf die gleiche Weise betrachten wie ein Künstler einen Klumpen Ton, und dass ich seine Skulptur bin. Er hatte sogar einen Namen für diese Skulptur. Einen Titel.«

»Wie lautet er?«

Sie schließt die Augen. »Ein zerstörtes Leben.«

Das Geräusch von Barrys Kritzeln verstummt. Ich starre Sarah an, während ich zu verdauen versuche, was sie mir soeben gesagt hat.

Organisiert, denke ich. *Organisiert und getrieben von einem obsessiven Zwang. Rache ist das Motiv, und sie zu zerstören ist ein Teil davon. Ein großer Teil.*

Sarah spricht weiter. Ihre Stimme ist leise, abwesend. »Er tut Dinge, um mein Leben zu verändern. Um mich traurig zu machen, Hass in mir zu wecken. Um mich einsam zu machen. Um mich zu *verändern*.«

»Hat er dir je erzählt, warum er das tut?«

»Als alles anfing, hat er gesagt: ›Auch wenn es nicht deine Schuld ist, dein Schmerz ist meine Gerechtigkeit.‹ Ich habe damals nicht verstanden, was er damit meint. Ich verstehe es jetzt noch nicht.« Sie sieht mich fragend an. »Verstehen Sie es?«

»Noch nicht. Wir vermuten, es könnte eine Art Rache sein, die ihn antreibt.«

»Rache? Wofür?«

»Das wissen wir noch nicht. Du sagst, er tut Dinge, um dein Leben zu verändern. Um dich zu verändern. Was für Dinge?«

Eine lange Pause. Ich kann nicht sagen, was sich hinter Sarahs Augen abspielt. Ich sehe nur, dass es riesig und traurig und nichts Neues für sie ist.

»Es ist wegen mir«, sagt sie schließlich ganz leise und kleinlaut. »Er bringt jeden um, der gut zu mir ist oder gut zu mir sein könnte. Er tötet alles, was ich liebe und was mich liebt.«

»Und das ist vorher niemandem aufgefallen?«

Von einer Sekunde auf die andere verliert sie die Fassung und keift mich an, dass ich zusammenzucke. Ihre blauen Augen blitzen. »Es steht alles in meinem Tagebuch! *Lesen* Sie's! Wie oft soll ich es Ihnen denn noch sagen, mein Gott! Mein Gott, *mein Gott!*«

Sie wendet sich ab, starrt wieder hinaus in die Sonne, zitternd und bebend und außer sich vor hilfloser Wut. Ich kann spüren, wie sie sich löst, sich in sich selbst zurückzieht.

»Tut mir leid, Sarah«, sage ich beruhigend. »Ich werde dein Tagebuch lesen. Jede Seite. Versprochen. Aber jetzt muss ich wissen … was ist gestern passiert? In deinem Haus? Erzähl mir bitte alles, woran du dich erinnern kannst.«

Es dauert eine Weile, bis sie antwortet. Sie ist nicht mehr wütend. Sie sieht müde aus, zu Tode erschöpft.

»Was wollen Sie wissen?«

»Alles, von Anfang an. Bevor er ins Haus gekommen ist. Was hast du gemacht?«

»Es war Vormittag. So gegen zehn. Ich hab mein Nachthemd angezogen.«

»Du hast dein Nachthemd angezogen? Wieso?«

Sie lächelt, und die alte Vettel, die Sarah in sich verborgen hält, ist wieder da, mit voller Wucht, und kichert hässlich.

»Michael hat es gesagt.«

Ich runzle die Stirn. »Warum hat Michael gesagt, dass du dein Nachthemd anziehen sollst?«

Sie sieht mich mit geneigtem Kopf an.

»Damit er mich ficken kann. Was denn sonst?«

KAPITEL 15

»Du und Michael hattet Sex?«

Ich bin stolz auf mich. Es ist mir gelungen, angesichts dieser Enthüllung ruhig zu bleiben.

»Nein, nein, nein. Nur zwei Menschen, die gleich sind, können Sex miteinander haben. Ich hab mich von Michael *ficken* lassen, damit er den Mund hält und Dean und Laurel nicht anlügt und sie dazu bringt, mich wegzuschicken.«

»Er hat dich dazu gezwungen?«

»Er hat mich erpresst.«

»Wie? Was hattest du angestellt?«

Sie sieht mich ungläubig an. »Angestellt? Ich hatte überhaupt nichts *angestellt*. Aber das hätte keine Rolle gespielt. Michael war der perfekte Sohn. Lauter Einsen, Kapitän der Schulmannschaft. Er hat nie etwas Schlechtes getan.« Die Bitterkeit in ihrer Stimme ist ätzend wie Säure. »Wer war ich denn? Eine Streunerin, die die Kingsleys bei sich aufgenommen hatten. Michael sagte, wenn ich nicht mit ihm schlafe, würde er Pot in meinem Zimmer verstecken. Dean und Laurel waren nette Leute, und sie waren gut zu mir. Aber sie hatten nicht viel Toleranz gegenüber irgendetwas ... Unüblichem. Sie hätten mich weggeschickt. Ich dachte, ich könnte noch zwei Jahre aushalten, bis ich achtzehn bin. Dann wäre ich erwachsen gewesen und hätte selbst gehen können.«

»Also hast du mit ihm geschlafen, wenn er es verlangt hat?«

»Ein Mädchen muss schließlich sehen, wo es bleibt.« Ihre Stimme trieft vor Sarkasmus, doch ich spüre auch die Selbstverachtung tief in ihr, die mir fast das Herz zerreißt. »Er wollte immer nur, dass ich ihm einen blase, und er wollte mich vögeln.« Sie blickt auf ihre Hände. Sie zittern, ein schroffer Gegensatz zu der Härte in ihrem Gesicht. »Hey, ich bin schon lange keine Jungfrau mehr, okay? Was ist schon groß dabei?«

»Die Kingsleys haben nichts gemerkt?«

»Nein.« Sie zögert. »Abgesehen davon ... sie haben mich gut behandelt. Ich wollte nicht, dass sie etwas davon erfahren. Es hätte ihnen wehgetan. Das hatten sie nicht verdient.«

»Also hast du dein Nachthemd angezogen. Was ist dann passiert?«

»Er kam zu meiner Schlafzimmertür.«

»Michael?«

»Nein. Der Fremde. Der *Künstler*. Er war plötzlich da. Ohne Vorwarnung. Er trug eine Strumpfhose über dem Kopf, wie früher auch schon.« Sie kaut einen Moment auf der Unterlippe, während sie von der Erinnerung übermannt wird. »Er hatte ein Messer in der Hand. Er war fröhlich, entspannt, und er lächelte mir zu. Er sagte Hallo, war freundlich und normal, und dann ... dann sagte er noch, er hätte ein Geschenk für mich.« Sie zögert. »Er sagte: ›Es war einmal ein Mann, der hatte den Tod verdient. Er war ein begabter Dichter. Ein Laie, aber begabt. Er schuf hübsche Worte, doch in seinem Innern war er finster. Eines Tages kam ich zu diesem Mann. Ich kam zu ihm, setzte seiner Frau eine Waffe an den Kopf und befahl ihm, ein Gedicht für sie zu schreiben. Ich sagte ihm, es wäre das Letzte, das sie hören würde, bevor ich ihr das Gehirn aus dem Kopf puste. Der Dichter tat, was ich ihm befohlen hatte, und ich tötete beide, gelobt sei der Herr. Als sie tot waren, weidete ich sie aus, damit alle Welt die Dunkelheit in ihrem Innern sehen konnte.‹«

Die Botschaft, denke ich. *Er nimmt sie aus, damit wir sehen können, wer sie wirklich waren.*

Auch die religiöse Anspielung bleibt mir nicht verborgen. Fanatismus bei Serienkillern ist fast immer ein Anzeichen von Wahnsinn.

Allerdings nicht in diesem Fall. Sein Glaube wurde nicht entflammt von seinem Durst nach Rache. Er ist mit seinem Glauben aufgewachsen.

»Hat er dir dieses Gedicht gegeben?«, frage ich. »War es das Geschenk?«

»Ein Blatt, ja. Er hat gesagt, er hätte es für mich noch einmal abgetippt. Ich steckte das Blatt in mein Nachthemd, nachdem ich es auf sein Verlangen hin gelesen hatte.« Sie nickt in Richtung des Nachttischs neben ihrem Krankenbett. »Es liegt in der

Schublade. Lesen Sie es nur. Er hatte recht, es ist ziemlich gut, wenn man die Umstände seiner Entstehung bedenkt.«

Ich ziehe die Schublade auf. Dort liegt ein unscheinbares gefaltetes Blatt Papier. Ich falte es auseinander und lese:

DU BIST ES.

Wenn ich atme,
Bist du es.

Wenn mein Herz schlägt,
Bist du es.

Wenn mein Blut fließt,
Bist du es.

Wenn die Sonne aufgeht,
Wenn die Sterne leuchten,

Bist du es.
Du bist es.

Ich lese kaum jemals Gedichte, und so kann ich nicht beurteilen, was ich soeben gelesen habe. Ich weiß nur, dass mir die Schlichtheit gefällt, und ich frage mich, in welchem Moment es wohl entstanden ist.

»Es stimmt, wissen Sie?«, sagt Sarah in diesem Augenblick.

Ich blicke auf. »Was stimmt?«

»Wenn er sagt, dass es so gewesen ist, dann ist es so gewesen.« Sie schließt die Augen. »Der Künstler hat gesagt, dass die Tinte des Originals verschmiert sei, weil der Dichter beim Schreiben geweint habe. Außerdem wäre das Blut seiner Frau darauf. ›Hübsche kleine Spritzer‹, hat er gesagt. ›Von dem Kopfschuss, mit dem ich sie getötet habe.‹«

»Was geschah als Nächstes?«

Sie blickt zur Seite und fährt mit leiser Stimme fort:

»Er wollte wissen, wie mir das Gedicht gefällt. Es schien ihn wirklich zu interessieren. Ich habe ihm nicht geantwortet, aber das hat ihm anscheinend nichts ausgemacht. ›Schön, dich wiederzusehen‹, hat er gesagt. ›Dein Schmerz ist wundervoller als je zuvor.‹«

»Sarah … wie genau kannst du dich daran erinnern, wie er spricht und was er sagt?«

»Ich habe ein gutes Gedächtnis für Stimmen und dafür, was Leute sagen. Es ist kein fotografisches Gedächtnis oder so, aber besser als bei jedem, den ich kenne. Und ich konzentriere mich auf ihn, wenn er zu mir spricht. Auf die Art, wie er redet. Auf die Dinge, die er dabei tut.«

»Das ist sehr gut«, sage ich ermutigend. »Das hilft uns bestimmt weiter. Wie groß ist dieser … der Künstler?«

»Eins achtzig, schätze ich.«

»Ein Schwarzer oder ein Weißer?«

»Weiß. Glatt rasiert.«

»Kräftig? Dünn? Athletisch? Schmächtig?«

»Er ist nicht dick, eher kräftig. Sehr stark. Er hat einen perfekten Körper. *Perfekt.* Offenbar trainiert er wie ein Besessener.«

Ich höre, wie Barry wieder Notizen kritzelt.

»Erzähl weiter, Sarah. Was ist dann passiert?«

»›Ich bin fast fertig mit deinem Bildnis, Sarah‹«, hat er gesagt. »›Zehn lange Jahre voller Hochs und Tiefs und Wendungen und Sorgen. Ich habe dich beobachtet, wie du dich gebogen hast und wie du zerbrochen bist. Es ist interessant, findest du nicht? Wie oft ein Mensch zerbrechen kann und trotzdem wieder auf die Beine kommt? Du bist nicht mehr das Mädchen von damals, als wir uns aufgemacht haben zu unserer Reise. Ich kann die Risse und Sprünge sehen, die Stellen, wo du dich zusammenflicken musstest.‹« Sarah bewegt sich unruhig im Bett. »Das waren nicht genau seine Worte, aber im Wesentlichen das, was er gesagt und gemeint hat.«

»Ich verstehe genau, was du meinst«, versichere ich ihr.

Sie fährt fort: »Er hatte eine Tasche bei sich. Er öffnete sie, nahm eine kleine Videokamera hervor und richtete sie auf mich.«

»Das hat er schon öfter getan, nicht wahr?«

Sarah nickt. »Ja. Er sagt, dass er meinen Untergang dokumentiert. Dass es wichtig sei, weil es ohne diese Dokumentation keine Gerechtigkeit gäbe.«

Killer sammeln Trophäen. Das Video ist seine.

»Was hat er dann getan?«

»Er hat mich angesehen und gesagt: ›Ich möchte, dass du an deine Mutter denkst.‹« Sie dreht sich zu mir um. »Möchten Sie sehen, was er gesehen hat?«

Bevor ich Nein sagen kann, verändern sich ihre Augen, und mir stockt der Atem.

Sarahs Augen füllen sich mit einer Trauer und einer Sehnsucht, so lebendig wie ein Sonnenaufgang. Ich sehe unerfüllte Hoffnung und eine unendliche Verlorenheit darin.

Sie wendet sich ab, und ich bekomme wieder Luft.

Wie hat sie das gemacht?

»Was geschah dann, Sarah?« Ich bin ein wenig zittrig.

»Er saß eine Weile da, während er mich durch die Kamera beobachtete. Dann fing er an, mit mir zu reden. ›Weißt du, was bei dieser Sache das Aufregendste für mich ist, Sarah? Die Dinge, die ich *nicht* kontrollieren kann. Nimm dieses Haus hier. Eine Familie, die dich freundlich aufgenommen hat, ohne wirklich warmherzig zu sein. Ein Sohn, der aller Welt ein perfektes Gesicht zeigt und dich erpresst, damit du ihm den Schwanz lutschst. Es ist erstaunlich. Auf der einen Seite ist es purer Zufall. Ich habe dieses Zuhause nicht erschaffen. Auf der anderen Seite bist du nur hier, weil ich dafür gesorgt habe. Hast du je daran gedacht, wenn Michaels Schwanz in deinem Mund war? Dass du hier bist und in sein Gesicht sehen musst wegen der Dinge, die ich getan habe?‹« Sarah lacht sarkastisch. »Er hatte recht. Ich *habe* bei diesen Gelegenheiten an den Künstler denken müssen.« Ich sehe, dass ihre Hände immer noch zittern.

Woher hat er gewusst, dass Michael sie missbraucht? Ich mache mir eine gedankliche Notiz, die ich erst einmal für mich behalte.

»Sprich weiter«, ermuntere ich Sarah.

»Dann wurde er gemein.« Sie starrt wieder nach draußen, während sie weiterspricht. »›Weißt du, was Michael aus dir gemacht hat, Sarah – in dem Augenblick, in dem du als Gegenleistung für sein Schweigen in die Knie gegangen bist? Er hat dich zu einer Hure gemacht.‹«

Sarah schlägt die Hände vors Gesicht, und ihre Schultern beben.

»Ist alles in Ordnung?«, frage ich leise.

Sie stößt einen tiefen Seufzer aus, fast ein Schluchzen. Der Augenblick vergeht, und sie lässt die Hände in den Schoß sinken.

»Es geht so«, sagt sie tonlos. Und dann erzählt sie weiter von ihrer Begegnung mit dem Mann, den sie »den Künstler« nennt.

»›Zufall, und auch wieder nicht‹, hat er gesagt. ›Ich musste nichts weiter tun, als dich auf die Straße zu setzen, wie Gott es mir befohlen hat. Ich wusste, dass ich mich auf die menschliche Natur verlassen konnte und deine Reise hart werden würde, solange ich diejenigen aus dem Weg räumte, die freundlich zu dir waren. Es ist immer nur eine kleine Minderheit, die sich um andere kümmert, Little Pain. Nicht mehr als ein Regentropfen in einem Sturm.‹« Sarah sieht mich an. »Er hat recht. Er mag die Karten gezinkt und meinem Leben einen Stoß versetzt haben, aber die Leute, die mir schlimme Dinge angetan haben …« Sie reibt sich die Arme, als wäre ihr plötzlich kalt. »Er hat sie nicht dazu gezwungen. Sie haben es aus eigenem Antrieb getan.«

Ich will sie trösten, will ihr sagen, dass nicht alle Menschen böse sind, dass es viele gute Leute auf der Welt gibt, doch ich habe gelernt, diese Regung zu unterdrücken. Opfer wollen keine Worte des Mitgefühls. Sie wollen, dass ich die Zeit für sie zurückdrehe, dass ich die Dinge ungeschehen mache.

»Sprich weiter«, sage ich.

»Er redete weiter. Er mag es, sich selbst reden zu hören. ›Unsere gemeinsame Zeit ist bald zu Ende‹, sagte er. ›Ich bin fast so weit, meine Arbeit zu vollenden. Ich habe die letzten wenigen Stücke gefunden, nach denen ich gesucht habe, und sehr bald schon werde ich mein Meisterwerk enthüllen.‹ Er steckte die Kamera wieder ein und erhob sich. ›Es ist Zeit für den nächsten Abschnitt deiner Reise, Little Pain. Folge mir.‹«

»Warum nennt er dich ›Little Pain‹?«

»Es ist sein Kosename für mich. Ich bin sein kleiner Schmerz.« Grelle Wut lodert in ihren Augen. »Ich *hasse* diesen Namen!«

»Kann ich dir nicht verdenken«, murmle ich. »Was ist als Nächstes passiert?«

»Ich ging zur Tür, wie er es von mir verlangte, doch dann blieb ich stehen. Sinnlos, ich weiß, aber ich dachte, ich müsste ihn dazu bringen, dass er mich zwingt, durch die Tür zu gehen. Als hätte es etwas zu bedeuten, dass ich nicht freiwillig ging. Blöd, was?«

Blöd vielleicht, denke ich. *Doch es gibt mir Hoffnung für dich.*

»Was dann?«

»›Stell dich nicht so an‹, sagte er und packte mich am Arm. Er trug dicke Handschuhe, doch ich konnte trotzdem spüren, wie hart und stark seine Hände waren. Er zerrte mich durch den Korridor in Dean und Laurels Schlafzimmer.« Sarah blickt mich nachdenklich an. »Der Fenstersims, auf dem ich saß, als Sie reingekommen sind, wissen Sie noch? Ich erinnere mich, wie ich durch das Fenster nach draußen geschaut und gedacht habe, was für ein wunderschöner Tag draußen war.«

»Erzähl weiter.«

»Er schob mich durch den Gang zum Badezimmer.« Sie erschauert. »Dort hatte er sie beide. Dean und Laurel, meine ich.«

Ihr Blick ist unendlich müde. »Sie waren nackt, und sie waren am Leben. Sie bewegten sich nicht. Ich wusste nicht warum, bis er es mir sagte. ›Sie stehen unter Drogen‹, sagte er. ›Ich habe ihnen eine Injektion verpasst.‹ Miva-irgendwas-Chlorid, nannte er das Zeug, das er ihnen gegeben hatte. Er sagte, es würde sie wach halten, und sie könnten Schmerzen spüren und uns hören und alles, aber sie könnten sich nicht bewegen.«

Ein Punkt für mich wegen der Drogen, zwei Punkte für Tommy wegen des Relaxans, denke ich.

Mir kommt ein Gedanke. »Würdest du seine Stimme wiedererkennen, Sarah? Nicht nur die Worte oder die Art und Weise, wie er spricht, sondern den Klang?«

Sie nickt ernst. »Ich kann sie nicht vergessen. Ich träume manchmal nachts davon.«

»Erzähl weiter, Sarah.«

»Er hatte Dean mit dem Gesicht nach unten. Laurel lag auf dem Rücken. Er stellte seine Kamera auf ein Stativ und schaltete sie ein. Dann hat er Dean aufgehoben wie ein Baby, als wäre er ganz leicht, und ihn in die Badewanne gestellt. ›Komm her, Little Pain‹, befahl er mir. Ich ging zur Wanne. ›Sieh in seine Augen‹, befahl er mir. Ich gehorchte.« Sarah schluckt. »Ich konnte sehen, dass er die Wahrheit gesagt hatte. Dean wusste, was vor sich ging. Er war wach, bei vollem Verstand.« Sie erschauert. »Er hatte furchtbare Angst. Ich konnte es in seinen Augen sehen. Er hatte *grauenhafte* Angst.«

»Was geschah dann?«

»Der Künstler befahl mir, von der Wanne zurückzutreten. Er bog Deans Kopf nach hinten, sodass sein Kinn vorgestreckt war.« Sie verrenkt den Hals, um es mir zu zeigen. »So ungefähr. ›Wenn man den Moment seines Todes gekommen sieht, erkennt man die Bedeutung von Wahrheit und von Angst, Mr. Kingsley‹, sagte er. ›Man fragt sich, was als Nächstes kommt, die himmlische Herrlichkeit oder die Feuer der Hölle. Vor gar nicht langer Zeit habe ich einen Studenten der Philosophie gefoltert, einen bösen, bösen Menschen. Ich schnitt ihm ins Fleisch, verbrannte ihn, verpasste ihm Elektroschocks. Ich wartete. Bevor wir anfingen, hatte ich zu ihm gesagt: Falls er eine einzige, wahre Beobachtung über das Leben machen könnte, würde ich seinem Schmerz ein Ende bereiten. Am Morgen des zweiten Tages, als ich ihn gerade kastrierte, schrie er plötzlich: *Wir leben alle in den Augenblicken vor unserem eigenen Tod!* Ich hielt mein Versprechen und erlöste ihn. Ich denke jedes Mal an diese Wahrheit, bevor ich jemanden töte.‹«

Sarah schluckt. »Dann schnitt er Deans Kehle durch. Einfach so.« Ihre Stimme klang fern und leise. »Ohne Vorwarnung. Blitzschnell. Das Blut sprudelte hervor. Er hielt Deans Kopf gepackt, sodass das Blut in die Wanne lief. Ich … ich konnte nicht fassen, wie *viel* Blut es war.«

Ungefähr viereinhalb Liter in einem durchschnittlichen menschlichen Körper. Längst nicht genug, um ein Spülbecken zu füllen – doch Blut soll normalerweise *innen* bleiben, deswegen kommen einem viereinhalb Liter manchmal wie vierzig vor.

»Was ist dann passiert?«

»Es dauerte eine Weile. Zuerst spritzte das Blut aus ihm. Dann tropfte es nur noch. Schließlich hörte es auf. ›Schau wieder in seine Augen, Little Pain‹, verlangte er von mir. Ich gehorchte.« Sie schloss die Augen. »Dean war tot. Sein Blick war leer.«

Sie schweigt ein paar Sekunden, während sie sich erinnert.

»Er hob Dean aus der Wanne und legte ihn auf den Teppich.«

Erneut Schweigen, noch länger diesmal.

»Und dann?«, bohre ich nach.

»Ich weiß, was Sie denken«, flüstert sie. Ihre Stimme ist voller Selbstverachtung, und sie weicht meinem Blick aus.

»Was, Sarah? Was denke ich?«

»Wie ich zusehen konnte, als er das getan hat, ohne dass ich versucht habe, wegzulaufen.«

»Sieh mich an, Sarah.« Ich lege Nachdruck in meine Stimme und warte, bis sie gehorcht. »Das habe ich nicht gedacht. Ich weiß, dass er schnell war. Er hatte ein Messer. Du hast gewusst, dass du keine Chance hattest, ihm zu entwischen.«

Sie verzieht das Gesicht und erschauert. Es ist eine Woge, die von Kopf bis Fuß geht, durch Leib und Seele.

»Das stimmt. Aber es … es ist nicht der einzige Grund.«

Wieder weicht sie meinem Blick aus.

»Was ist der andere Grund?«, frage ich mit sanfter Stimme.

Ein trauriges Schulterzucken. »Ich wusste, dass er mich nicht töten würde. Ich wusste, wenn ich einfach nur dort stand und zusah und tat, was er sagte, würde er mich nicht töten. Weil er mich *so* haben will. Lebend und voller Schmerz.«

»Meiner Meinung nach«, sage ich vorsichtig, »und meiner Erfahrung nach ist es besser, voller Schmerz zu leben, als tot zu sein.«

Sie mustert mich misstrauisch. »Glauben Sie?«

»Ja.« Ich deute auf meine Narben. »Ich sehe sie jeden Tag, und ich denke jeden Tag daran, wofür sie stehen. Es tut weh. Trotzdem bin ich lieber lebendig als tot.«

Ein bitteres Lächeln Sarahs. »Sie würden vielleicht anders denken, wenn Sie das alle paar Jahre wieder durchmachen müssten.«

»Vielleicht«, sage ich. »Vielleicht auch nicht. Aber hier und jetzt zählt nur, dass du noch am Leben bist.«

Ich kann ihr ansehen, wie sie über meine Worte nachdenkt. Ich kann nicht erkennen, zu welchem Schluss sie gelangt.

»Dann«, fährt sie fort, »dann stellte er sich über Laurel. Eine ganze Minute lang sah er sie nur an. Sie rührte sich nicht, blinzelte nicht einmal … aber sie weinte.« Sarah schüttelt den Kopf. Die Erinnerung verfolgt sie. »Es war eine einzelne nasse Linie von Tränen im Winkel jeden Auges. Der Künstler lächelte sie an, doch es war kein glückliches Lächeln. Er hat sich nicht über sie lustig gemacht oder so. Er wirkte beinahe traurig. Er beugte sich vor und schloss ihr mit den Fingern die Augen.«

Bis zu diesem Moment haben wir nicht gewusst, dass er den Frauen *vor* ihrem Tod die Augen schließt. Es bestätigt meine Vermutung, dass Männer sein vorrangiges Ziel sind. Schloss er Laurel die Augen, weil er nicht wollte, dass sie sah, was als Nächstes kam?

Aber warum? Er hat sie trotzdem umgebracht.

Ich schiebe diese Gedanken vorerst beiseite.

»Was ist dann passiert, Sarah?«

Sie wendet den Blick von mir ab. Ihre Miene verändert sich, ebenso ihre Stimme, die plötzlich hölzern klingt, mechanisch. Als sie spricht, ist es ein Stakkato. »Er stand auf. Er nahm sie, stellte sie in die Wanne, schlitzte ihr die Kehle auf. Ließ sie ausbluten. Legte sie auf den Teppich.« Sie versucht, diese Erinnerung so schnell wie möglich abzuhandeln. Ich brauche ein paar Sekunden, bis mir der Grund dafür klar wird.

»Du hast Laurel nähergestanden als Dean, nicht wahr?«, frage ich leise.

Sie weint nicht, doch sie schließt für einen Moment die Augen.

»Sie war immer nett zu mir.«

»Was ist als Nächstes passiert, Sarah?«

»Ich musste ihm helfen, die Leichen ins Schlafzimmer zu bringen. Er brauchte meine Hilfe eigentlich gar nicht. Ich glaube, er wollte mich beschäftigen, damit ich nicht auf die Idee kam wegzulaufen. Wir trugen zuerst Dean ins Schlafzimmer, dann Laurel. Er packte sie unter den Armen, ich trug sie an den Füßen. Sie waren so *blass*. Ich habe noch nie so weiße Menschen gesehen. Weiß wie Milch. Wir haben sie aufs Bett gelegt.«

Sie verstummt.

»Was dann, Sarah?«

Ich sehe ein wenig von der trostlosen Leere, wie ich sie gestern Abend bei ihr gesehen habe. Ein wenig von dem Mädchen am Fenster, das sich die Pistole an den Kopf gehalten und monoton vor sich hin gesungen hat.

»Er hatte eine lange Lederhülle in seiner Tasche. Er öffnete sie und zog ein Skalpell hervor. Er reichte es mir, und dann befahl er … befahl er … befahl er mir, sie aufzuschneiden. ›Von der Kehle bis zum Unterleib‹, sagte er. ›Nur ein einziger entschlossener Schnitt. Ich lasse *dich* das tun, Little Pain. *Du* sollst freilegen, was sie im Innern wirklich sind.‹« Ihre Augen werden ein wenig glasig. »Es war, als wäre ich überhaupt nicht da. Als wäre ich nicht ich selbst. Ich erinnere mich nur, wie ich gedacht habe, tu, was du tun musst, um am Leben zu bleiben, wieder und wieder, während ich das Skalpell nahm und zu Laurel ging und sie aufschnitt, und dann ging ich zu Dean und schnitt ihn ebenfalls auf. Dann schälte ich ihre Haut zurück, weil der Künstler es mir befahl. Als Nächstes musste ich die Muskeln durchschneiden und zur Seite ziehen, und dann kamen die Knochen und die Eingeweide, und ich musste die Hände in ihre Bäuche stecken und ziehen und ziehen. Es war wie Gummi wie Gelee und nass und stinkend und dann war es vorbei.« Ihr Kopf sinkt nach vorn, und sie schweigt.

Die Worte kommen aus ihr hervorgesprudelt ohne Interpunktion, wie eine Flut. Sie haben sie ausgeleert und mich angefüllt, Abwasser, ein toter Fluss, eine Flutwelle aus nacktem Entsetzen. Ich will aufstehen und davonlaufen und nie wieder etwas von Sarah hören oder sehen oder an sie denken müssen.

Das kannst du nicht. Sie hat noch mehr zu sagen.

Ich schaue Sarah an. Sie starrt schweigend auf ihre Hände.

»Tu, was du tun musst, um am Leben zu bleiben, habe ich mir immer wieder gesagt«, flüstert sie schließlich. »Er grinste nur und filmte alles. Tu, was du tun musst, um am Leben zu bleiben. Am *Leben* bleiben.«

»Sollen wir aufhören?«, frage ich.

Sie wendet sich mir zu, mit verwirrtem Blick.

»Was?«

»Ob wir aufhören sollen? Brauchst du eine Pause?«

Sie starrt mich an, scheint wieder zu sich zu kommen. Sie presst die Lippen aufeinander und schüttelt den Kopf.

»Nein. Ich will es hinter mich bringen.«

»Bist du sicher?«

»Ganz sicher.«

Vielleicht, vielleicht auch nicht. Doch ich muss den Rest erfahren, und ich glaube, Sarah muss es sich von der Seele reden.

»Also. Was ist als Nächstes passiert?«

Sie reibt sich mit den Händen durchs Gesicht. »Er befahl mir, mit ihm nach unten zu kommen. Ich folgte ihm in den Salon. Michael saß dort auf der Couch, splitternackt. Auch er konnte sich nicht mehr bewegen.

Der Künstler lachte und tätschelte Michael den Kopf. ›Jungs sind Jungs, wie? Aber das wusstest du bereits, Little Pain, nicht wahr? Michael war ein böser Junge. Er hatte eine Videokamera laufen, während du zwischen seinen Beinen gekniet hast. Ich habe die Bänder auf einem meiner Aufklärungsbesuche gefunden. Keine Sorge, Little Pain, ich werde sie mitnehmen. Es bleibt unser kleines Geheimnis.‹ Er riss Michael von der Couch hoch und zerrte ihn über den Teppich.« Sarah runzelt die Stirn. »Ich hatte immer noch das Skalpell. Er hatte es mir nicht weggenommen, so sicher war er, dass ich nichts versuchen würde.« Sie zuckt elend die Schultern. »Er zerrte Michael vor mich hin, und dann sagte er, jetzt wäre ich an der Reihe. ›Nur zu‹, sagte er. ›Du hast oben ja gesehen, wie ich es gemacht habe. Von einem Ohr zum anderen, ein breites rotes Grinsen.‹ Ich sagte Nein.« Sie schüttelt den Kopf, eine Geste der Verzweiflung. »Als hätte es ihn interessiert. Als hätte es irgendetwas ausgemacht.« Ihr Gesicht ist voller Schmerz, verzerrt und von Selbsthass erfüllt. »Letzten Endes kann man sich auf eines verlassen – ich tue alles, was ich tun muss, um zu überleben. ›Tu es‹, befahl der Künstler, ›oder ich schneide dir die Brustwarzen ab und gebe sie dir zu essen.‹« Sie stockt, senkt erneut den Blick. »Ich habe es getan«, sagt sie schließlich kleinlaut. Sie sieht mich an, voller Angst, was ich vielleicht denke. »Ich wollte nicht, dass er stirbt«, sagt sie mit bebender Stimme. »Auch wenn er mich erpresst und zum Sex gezwungen hat und all die anderen gemeinen Dinge. Ich wollte nicht, dass er stirbt.«

Ich ergreife ihre Hand. »Ich weiß.«

Sie lässt ihre Hand einen Moment in der meinen, bevor sie sie wegzieht.

»Michael blutete und blutete und blutete. Es hörte überhaupt nicht mehr auf. Und dann musste ich dem Künstler helfen, seine Leiche die Treppe hinaufzutragen. Er legte ihn auf das Bett, zwischen Dean und Laurel.

›Es ist nicht deine Schuld‹, sagte er. Ich dachte zuerst, er spricht zu mir, dann erst erkannte ich, dass er zu Michael redete. Ich hatte Angst, er könnte mich zwingen, Michael aufzuschneiden, aber das hat er nicht getan.« Sie stockt. »Ich wurde … wahnsinnig. Ich glaube, der Künstler hat es gemerkt. Wahrscheinlich dachte er, ich könnte irgendwas versuchen, denn er befahl mir, das Skalpell fallen zu lassen. Ich hatte tatsächlich daran gedacht, ihn anzugreifen. Ehrlich. Aber dann ließ ich das Skalpell los, wie er es mir befohlen hatte.«

»Und nun bist du hier und lebst«, sage ich, um sie zu ermutigen.

»Ja … ja.« Erneut diese unendliche Müdigkeit.

»Was ist dann passiert?«

»Er befahl mir, mit ihm ins Badezimmer zu kommen. Er beugte sich über die Wanne und tauchte eine Hand in das Blut. Er fing an, mich damit zu bespritzen. ›Im Namen des Vaters und der Tochter und des Heiligen Geistes‹, sagte er dabei. Er bespritzte mein Gesicht und meine Sachen mit Blut.«

Die tränenförmigen Spritzer, die mir gestern Abend aufgefallen waren. Eine Frage kommt mir in den Sinn.

»Hat er genau das gesagt, Sarah? ›Im Namen des Vaters und der Tochter und des Heiligen Geistes‹? Nicht ›Im Namen des Vaters und des Sohnes‹?«

»Er hat genau das gesagt.«

»Erzähl bitte weiter.«

»Dann sagte er zu mir, dass er jetzt ein paar … Dinge tun müsste. Er müsse sich Ausdruck verleihen. Er zog seine Sachen aus.«

»Ist dir irgendetwas an ihm aufgefallen?«, frage ich. »Muttermale, Narben oder so?«

»Ein Tattoo. Auf seinem rechten Oberschenkel, wo niemand es sehen kann, solange er nicht nackt ist.«

»Was für ein Tattoo?«

»Ein Engel. Kein hübscher Engel. Er hatte ein böses Gesicht und ein Flammenschwert. Ziemlich schaurig.«

Ein Racheengel vielleicht? Sieht er sich so? Oder ist es ein Symbol für das, was er tut?

»Wenn ich einen Zeichner zu dir schicken würde, könntest du dieses Tattoo beschreiben?«

»Sicher.«

Ich kann mir nicht vorstellen, dass dieser Psycho sich mit einem Entwurf aus irgendeinem Vorlagenbuch zufrieden geben würde. Er hat das Tattoo bestimmt selbst entworfen und jemanden genau so ausführen lassen, wie er es haben wollte. Gut möglich, dass es uns gelingt, den Tattoo-Künstler aufzuspüren.

»Sonst noch etwas?«

»Als ich ihn nackt sah, konnte ich erkennen, dass er sich am ganzen Körper rasiert. Achselhöhlen, Brust, Beine, am Schwanz, überall.«

Das ist nicht ungewöhnlich für einen organisierten Verbrecher. Die meisten studieren die grundlegenden Prinzipien der Forensik und versuchen, uns möglichst wenige verwertbare Spuren zu hinterlassen. Serienvergewaltiger rasieren sich mit schöner Regelmäßigkeit die Köperhaare.

»Was ist mit Leberflecken? Narben?«

»Nur das Tattoo.«

»Das ist gut, Sarah. Wenn wir ihn finden, wird uns das helfen, ihn festzunageln.«

»Okay.« Sie wirkt lustlos.

»Er hat sich also ausgezogen. Was dann?«, muntere ich sie auf.

»Er war hart.«

»Du meinst, er war erigiert?«

»Ja.«

Ich beiße mir auf die Unterlippe, stelle die Frage, die ich fürchte. »Hat er … hat er dich angefasst?«

»Nein. Er hat mich nie gevögelt. Er hat es nie auch nur versucht.«

»Was hat er dann getan?«

»Er nahm zwei Paar Handschellen aus seinen Hosentaschen. ›Ich muss dich jetzt fesseln‹, sagte er. ›Damit ich meine Arbeit beenden kann, ohne Angst zu haben, du könntest davonlaufen.‹ Er fesselte mir die Hände auf den Rücken, dann fesselte er meine Fußgelenke. Er trug mich ins Schlafzimmer und setzte mich auf den Fußboden. Ich wehrte mich nicht.«

»Erzähl weiter.«

»Er ging nach unten und kam mit einem großen Topf zurück.«

»Einem Kochtopf?«

»Ja. Er füllte ihn mit Blut aus der Wanne, und dann …« Sie zuckt die Schultern. »Sie haben gesehen, wie das Schlafzimmer aussieht.«

Er hatte eine kleine Party. Er bespritzte die Wände. Fingermalereien aus der Hölle.

»Wie lange ging das so?«

»Ich weiß es nicht«, sagt Sarah tonlos. »Ich weiß nur, dass überall Blut war, als er fertig war. Überall. Auch er selbst war von oben bis unten voller Blut.« Sie verzieht das Gesicht. »Mein Gott, er war so *stolz!* Er beendete seine … Arbeit, stand für einen Moment am Fenster und starrte nach draußen. ›Was für ein schöner Tag!‹, sagte er. ›Wie von Gott gemacht.‹ Er schob das Fenster auf und stand da, splitternackt und voller Blut.«

»Danach ist er schwimmen gegangen, nicht wahr?«

Sie nickt. »Er ließ mich im Schlafzimmer liegen und ging nach unten. Ein paar Minuten später hörte ich ihn im Pool plantschen.« Sie sieht mich an. »Ich wurde immer benommener. Alles verschwamm. Ich dämmerte immer wieder weg. Ich dachte, ich verliere den Verstand oder so.«

Wer würde das nicht?

Sie seufzt. »Ich weiß nicht, wie viel Zeit verging. Ich erinnere mich nur, dass ich dagelegen habe, und es fühlte sich an, als würde ich immer wieder einschlafen und hochschrecken. Aber ich bin nicht eingeschlafen. Ich glaube, ich bin immer wieder ohnmächtig geworden, immer wieder. Einmal, als ich wach wurde, war er zurück.« Sie erschauert. »Er war wieder sauber, kein Blut mehr an ihm. Er stand über mir und sah mich an. Ich verlor wieder das Bewusstsein. Als ich erwachte, war ich unten im Erdgeschoss, und er war angezogen. Er hielt einen Topf in den Händen. ›Ein bisschen hier‹, sagte er, kippte den Topf und ließ ein wenig Blut auf den Teppich im Salon laufen. ›Und ein bisschen dort‹, sagte er, ging in den Garten hinaus und schüttete den Rest Blut aus dem Topf in den Pool.«

»Weißt du, warum er das getan hat?«, frage ich sie.

Die harten, viel zu alten Augen blicken mich an. »Ich glaube … er dachte, dass es richtig ist. Wie bei einem Gemälde. Der Fleck auf dem Teppich, das Wasser im Pool, alles brauchte ein klein wenig mehr Rot, bis es richtig für ihn war.«

Ich starre sie an; dann räuspere ich mich. »Was ist als Nächstes passiert?«

»Er hat sich mit seiner Kamera vor mich gesetzt und fing an zu filmen. ›Weißt du, was du alles warst, Little Pain?‹, sagte er zu mir. ›Du warst Waise, Lügnerin, Hure. Mein Schmerzensengel. Und jetzt bist du eine Mörderin. Du hast soeben ein menschliches Wesen getötet. Denk für einen Moment darüber nach.‹ Dann sagte er nichts mehr und filmte mich nur mit seiner Kamera. Ich weiß nicht, wie lange das ging. Ich verlor wieder das Bewusstsein.

Als ich wach wurde, nahm er mir die Handschellen ab und sagte, dass er jetzt gehen würde. ›Wir haben es fast geschafft, Little Pain. Wir sind fast am Ende unserer Reise angekommen. Ich möchte, dass du dich immer daran erinnerst … es ist nicht deine Schuld, doch dein Schmerz ist meine Gerechtigkeit.‹

Dann ging er.« Sarah starrt mich an. »Ich verlor erneut das Bewusstsein, wurde wach, wurde ohnmächtig, wurde wach. Alles wurde schwarz. Das Nächste, woran ich mich erinnern kann, sind Sie. Sie stehen im Schlafzimmer und reden mit mir.«

»Du kannst dich nicht erinnern, dass du mich angerufen hast?«

»Nein.«

Ich lege den Kopf auf die Seite und sehe sie an. »Warum hast du mich angerufen, Sarah?«

Sie mustert mich mit einem abschätzenden Blick, der mich für einen Moment an Bonnie erinnert.

»Seit ich sechs Jahre alt war, kam dieser Mann immer wieder in mein Leben und nahm mir jeden und alles weg, was ich liebte. Und niemand glaubt mir, dass es ihn gibt!« Ihre Blicke bewegen sich über mein Gesicht; unverhohlen studiert sie meine Narben. »Ich habe gelesen, was Ihnen zugestoßen ist, und ich dachte, dass Sie mir vielleicht glauben würden … dass Sie wissen, wie das ist. Alles zu verlieren, meine ich. Und jeden Tag aufs Neue daran erinnert zu werden. Und sich zu fragen, ob es besser wäre zu sterben als zu leben.« Sie zögert. »Ich habe vor ein paar Monaten das Tagebuch angefangen und alles aufgeschrieben. Jede hässliche Geschichte. Ich wollte irgendwie mit Ihnen in Verbindung treten und es Ihnen zum Lesen geben.« Sie zuckt unmerklich die Schultern. »Ich schätze, jetzt haben Sie's.«

Ich lächle sie an. »Ja, Sarah. Jetzt hab ich's.« Ich beiße mir auf die Unterlippe. »Sarah, was dieser Mann zu dir gesagt hat … dass du jetzt eine Mörderin wärst … du weißt, dass das nicht stimmt?«

Sie fängt an zu zittern. Das Zittern wird zunehmend heftiger, erfasst bald den ganzen Körper. Ihre Augen sind weit aufgerissen, die Haut blass, die Lippen weiß und fest zusammengepresst.

»Barry! Die Krankenschwester, schnell!«, sage ich erschrocken.

»Nein!«, protestiert Sarah.

Ich sehe sie an. Sie schüttelt den Kopf wie zur Untermauerung ihrer Worte; dann verschränkt sie die Arme vor der Brust und wiegt sich vor und zurück, vor und zurück. Ich beobachte sie, bereit, jederzeit den Alarmknopf zu drücken. Eine halbe Minute vergeht, und das Beben verebbt allmählich. Schließlich kehrt die Farbe in Sarahs Gesicht zurück.

»Ist alles in Ordnung?«, frage ich sie und fühle mich augenblicklich dumm deswegen. Es ist eine ohnmächtige Frage, ohne jeden Verstand.

Sie schiebt sich eine Haarlocke aus der Stirn.

»Das passiert manchmal«, sagt sie leise, doch mit überraschend klarer Stimme. »Es kommt aus dem Nichts, einfach so, wie ein Anfall.« Ihr Kopf ruckt herum. Sie starrt mir in die Augen, und ich bin erstaunt, wie viel Klarheit und Kraft ich darin erblicke. »Ich bin fast am Ende, verstehen Sie? Entweder Sie finden ihn und halten ihn auf, oder ich nehme ihm das, was er am meisten will …«

»Und was ist das?«

Ihr Blick ist fest und doch gehetzt. Verloren. »Mich. Er will mich, mehr als alles andere. Wenn Sie ihn nicht fangen können, bringe ich mich um. Verstehen Sie?«

Sie wendet sich wieder zum Fenster, zur Sonne. Ich könnte mit ihr diskutieren, ich könnte protestieren, doch mir wird klar, dass sie für den Moment nicht mehr bei uns ist.

»Ja«, antworte ich leise und freundlich. »Ich verstehe dich, Sarah.«

»Und?«, fragt Barry, als wir draußen auf dem Parkplatz stehen. »Was halten Sie von dieser Geschichte?« Er raucht schon wieder. Ich würde auch gern eine rauchen.

»Es ist eine scheußliche, eine absolut grauenhafte Geschichte.«

»Kann man wohl sagen.« Barry nickt. »Wenn sie die Wahrheit erzählt, heißt das.«

»Glauben Sie ihr nicht?«

»Ich habe schon einige verrückte Geschichten gehört. Eine Menge Lügen. Diese Geschichte klang nicht danach.«

»Stimmt.«

»Was halten Sie von der Selbstmorddrohung?«

»Sie ist ernst gemeint.«

Das ist alles, was ich sage. Alles, was ich sagen muss. Ich kann sehen, dass Barry genauso darüber denkt.

»Was ist mit unserem Freund, dem Psycho?«

»Da bin ich mir immer noch nicht im Klaren. Sein Motiv ist mit beinahe hundertprozentiger Sicherheit Rache. Rache bedeutet ihm alles. Er war bereit, auf die eigenhändige Verstümmelung der Leichen zu verzichten, damit er Sarah dazu zwingen konnte. Sie zu quälen, sie zu verletzen war ihm wichtiger, war für ihn erfüllender, als sie selbst aufzuschlitzen und auszuweiden.«

»Aber nicht sie zu töten«, meint Barry.

»Mit Ausnahme des Jungen, ja. Sarah zu zwingen, den Jungen zu verstümmeln, ihren Schmerz zu beobachten, das reichte ihm. Obwohl Mord nach Sarahs Worten erregend für ihn ist. Das Spielen mit Blut ist das rituelle, das sexuelle Element.«

Ich reibe mir mit den Händen durchs Gesicht, versuche mich zusammenzureißen und halbwegs in die Normalität zurückzukehren. »Sorry, ich bin wohl keine große Hilfe.«

»Hey, wir haben schon mehr als einmal zusammen an einem Fall gearbeitet. So läuft's nun mal bei Ihnen.«

Er hat recht. So läuft es bei mir. Beobachten, nachempfinden, nachdenken, analysieren – und dann alles noch einmal von vorn, bis die Silhouette des Killers sich langsam abzeichnet, bis sie nicht mehr unscharf ist, sondern deutlich umrissen. Es ist chaotisch und widersprüchlich, doch so läuft es bei mir.

»Können Sie einen Zeichner zu Sarah schicken?«, frage ich. »Das Tattoo ist ohne Zweifel ein eindeutiges Erkennungsmerkmal.«

»Ja. Mache ich.«

»Ich setze mich mit Callie in Verbindung. Mal sehen, was sie bis jetzt bei Vargas entdeckt hat. Ich sage ihr, dass sie sich auch bei Ihnen melden und Bericht erstatten soll. Wenn die Spurensicherung nichts erbringt, sollten wir erst einmal die Vergangenheit der Opfer durchleuchten, insbesondere die von Vargas. Ich glaube, dort liegt die Antwort verborgen. Basierend auf dem Rachemotiv und darauf, wie er mit den Körpern von Kindern umgeht, interessiert mich auch der Aspekt des Menschenschmuggels. Ich will wissen, mit wem die Opfer Kontakt hatten, und wann.«

»Das ist dann Ihr Job.«

»Wieso?«

»Menschenschmuggel fällt unter die Zuständigkeit der Bundesbehörden. Des FBI, genaugenommen. Und das FBI war an Vargas dran.«

»Was denn – hier?«

»In Kalifornien. Ich befasse mich mit der Vergangenheit der Kingsleys. Und der von Sarah. Ich überprüfe, ob ihre Eltern tatsächlich ermordet wurden. Sobald ich etwas vom Gerichtsmediziner höre, melde ich mich. Verdammt, ich hab 'ne Menge Arbeit.«

»Ich sorge dafür, dass Callie Ihnen eine Kopie des Tagebuchs zukommen lässt.«

Wir stehen beide da und denken nach, überlegen, ob wir nichts außer Acht gelassen haben.

»Ich glaube, das wär's für den Augenblick«, sagt Barry schließlich. »Ich melde mich bald wieder bei Ihnen.«

»Diese Wohnung war ein widerliches Schweineloch, Zuckerschnäuzchen.«

»Ich weiß. Was habt ihr gefunden?«

»Wo soll ich anfangen? Die Tötungsmethode war die gleiche wie bei den Kingsleys. Der Täter hat ihnen die Kehlen durchgeschnitten und sie in der Badewanne ausbluten lassen. Vargas wurde ausgeweidet. Keine zögernden Schnitte an ihm.«

Ich erzähle ihr von meinem Gespräch mit Sarah.

»Dieser Irre hat *sie* die Leichen aufschneiden lassen?«

»Ja.«

Stille. »Nun, das würde die Schnitte erklären. Weiter. Das Mädchen in Vargas' Wohnung wurde nicht aufgeschnitten, wie du gesehen hast. Wir haben ihre Identität noch nicht feststellen können. Fest steht, dass sie noch jung war, zwischen dreizehn und fünfzehn. Sie hat ein Tattoo, ein Kreuz mit kyrillischer Schrift darunter, übersetzt ungefähr: ›Danke Gott, denn Gott ist Liebe.‹«

»Eigenartig, dass eine junge Amerikanerin eine kyrillische Tätowierung trägt. Vielleicht ist sie Russin oder hat russische Eltern. Das ergäbe Sinn.«

Russische Banden sind zu einem bedeutenden Faktor im Menschenschmuggel geworden, einschließlich minderjähriger Prostituierter.

»Die Narben an ihren Füßen ähneln denen, die wir bei den

Fußabdrücken am Pool der Kingsleys gefunden haben, sieht man davon ab, dass es viel weniger sind. Und sie sind relativ frisch. Der Gerichtsmediziner schätzt, dass die Narben nicht älter als sechs Monate sind.«

»Eigenartiger Zufall, meinst du nicht? Das Mädchen und der Killer haben die gleichen Narben.«

»Ich glaube nicht, dass es Zufall ist. Alle anderen Abdrücke, die wir gefunden haben, gehören zu den beiden Opfern. Wir haben eine Tonne Haare und Fasern. Jede Menge Spermaflecken, allerdings alt und ausgetrocknet. Du weißt schon – blättrig.«

»Danke für diese bildhafte Beschreibung.«

»Ich habe den Computer nur flüchtig in Augenschein genommen, habe aber E-Mails und verschiedene Dokumente gefunden. Außerdem massenhaft Pornographie. Irrsinnig viel Pornographie. Ich habe den Computer ins Büro bringen lassen, wo ich mich eingehend damit befassen werde. Mr. Vargas war wirklich kein netter Mann.«

»Hat der Killer mit seinem Blut gespielt? Und dem des Mädchens?«

»Du meinst, ob er wieder Klassiker der Fingermalerei an den Wänden hinterlassen hat? Nein.«

Er überließ das Ausweiden der Kingsleys Sarah. Vielleicht war die Blutmalerei eine Ersatzhandlung. Eine Art Trostpreis.

»Was ist mit dem Tagebuch?«

»Ich bin unterwegs zum Büro. Ich drucke es aus, sobald ich dort bin.«

»Gib mir Bescheid, wenn du fertig bist.«

Ich erreiche James auf seinem Handy.

»Was willst du?«, fragt er mürrisch.

Eine solche Begrüßung ist längst keine Überraschung mehr. So ist James nun mal, das vierte und letzte Mitglied meines Teams. Er ist Öl in jedermanns Feuer, eine Sense im Getreidefeld. Er ist irritierend, unsympathisch und macht einen rasend. Wir nennen ihn »Damien«, wenn er nicht dabei ist, nach der Figur aus *Das Omen*. Damien, des Satans Sohn.

James ist nur aus einem Grund in meinem Team: Seine Intelligenz ist überragend. Er hat mit fünfzehn die Highschool abgeschlossen, hatte erstklassige Ergebnisse in den Hochschuleignungsprüfungen, hatte mit zwanzig seinen Doktor in Kriminologie und kam mit einundzwanzig zum FBI – das Berufsziel, das er angestrebt hatte, seit er zwölf war.

James hatte eine ältere Schwester, Rosa. Sie starb, als James zwölf war, von der Hand eines Serienkillers, der seine Opfer grinsend mit einem Schweißbrenner bearbeitete. James begrub Rosa zusammen mit seiner Mutter und beschloss am Grab der Schwester, den Rest seines Lebens Jagd auf solche Psychos zu machen.

Ich weiß nicht, was James außerhalb des Jobs treibt. Ich weiß nichts über sein Privatleben; ich weiß nicht einmal, ob er überhaupt eins hat. Ich bin seiner Mutter nie begegnet. Ich weiß nicht, ob er jemals im Kino war. Er hat das Radio immer ausgeschaltet, wenn ich bei ihm im Wagen mitfahre. Er zieht Stille seichter Unterhaltung vor.

Er ist absolut rücksichtslos, wenn es um die Gefühle anderer geht. Er schwankt zwischen brennender Feindseligkeit und völliger Gleichgültigkeit, das ultimative: »Es ist mir egal, wie du dich fühlst, es interessiert mich nicht, und ich muss es auch nicht wissen.«

Doch James hat einen messerscharfen Verstand. Eine kompromisslose, strahlende Brillanz, so hell wie die Flamme eines Bogenlichts. Er besitzt eine weitere Fähigkeit – eine, die er mit mir teilt und die uns miteinander verbindet, ob wir wollen oder nicht: Er kann in den Verstand eines Killers blicken, ohne davor zurückzuscheuen. Er kann dem Bösen mitten ins Gesicht starren und dann eine Lupe nehmen, um noch genauer hinzusehen.

In Zeiten wie diesen ist er unschätzbar wertvoll, ein Kamerad, und wir fließen zusammen wie Boote auf einem Strom, wie Regen in einen Fluss.

»Wir haben einen neuen Fall«, sage ich.

In knappen Worten schildere ich ihm, was bisher passiert ist.

»Was hat das mit meinem freien Sonntag zu tun?«, will er wissen.

»Callie schickt dir noch heute einen Kurier mit dem Tagebuch vorbei.«

»Und?«

»Und ich möchte, dass du es liest.« Zorn wallt in mir auf. »Ich lese es auch. Sobald wir fertig sind, setzen wir uns zusammen und reden darüber.«

Eine lange Pause, gefolgt von einem noch längeren, sehr aufgesetzten Seufzer. »Meinetwegen.«

Er legt ohne ein weiteres Wort auf. Ich starre einen Moment auf mein Telefon; dann schüttle ich den Kopf und frage mich, wieso ich überrascht bin.

KAPITEL 16

»Wie geht's, Schatz?«, frage ich Bonnie.

Auf dem Parkplatz war mir klar geworden, dass ich alles in Bewegung gesetzt hatte, dass alles Notwendige getan wurde. Was bedeutete, dass ich eine Zeit lang Mutter sein konnte. Es ist eine Fähigkeit, die man lernen muss, wenn man einen Job hat wie ich: sich die Zeit zu nehmen. Die Verbrechensfälle, für die man verantwortlich ist, sind wichtig. Es geht buchstäblich um Leben und Tod. Trotzdem muss man hin und wieder zum Essen nach Hause.

Wir sitzen in Alans und Elainas Wohnzimmer. Alan ist mit Besorgungen unterwegs. Ich habe ihn über den bisherigen Stand der Ermittlungen informiert, für den Augenblick jedoch keine Aufgabe für ihn. Elaina ist in der Küche und macht uns etwas zu trinken. Bonnie und ich sitzen auf der Couch und blicken einander an.

Sie lächelt und nickt. *Gut*, heißt das.

»Freut mich zu hören.«

Sie deutet auf mich.

»Wie es mir geht?«

Sie nickt.

»Gut.«

Sie runzelt die Stirn. *Lüg mich nicht an.*

Ich muss grinsen. »Ich habe ein Recht auf ein paar Geheimnisse, Baby. Eltern müssen ihren Kindern nicht alles erzählen.«

Sie zuckt die Schultern. Eine einfache Bewegung mit einer ganz spezifischen Bedeutung. *Wir sind anders.*

Bonnies Körper ist zehn Jahre alt, doch damit hört es auch schon auf. Ich habe häufiger das Gefühl, mit einem Teenager unter einem Dach zu wohnen, nicht mit einem kleinen Mädchen. Früher habe ich Bonnies Reife auf ihre grauenvollen Erlebnisse zurückgeführt. Heute weiß ich es besser.

Bonnie ist hochbegabt. Ihre Begabung liegt nicht in kindlichem Genie, sondern in ihrer Fähigkeit zu beobachten, sich zu konzentrieren, zu verstehen. Wenn sie sich etwas in den Kopf setzt, bleibt sie bis zum Ende dabei und untersucht die Dinge in all ihrer Vielschichtigkeit.

Vor ein paar Monaten hatte ich Bedenken, weil sie irgendwann wieder in die Schule muss. Sie gab mir zu verstehen, dass ich mir keine Sorgen machen sollte. Dass sie irgendwann wieder zur Schule gehen und alles nachholen würde. Sie hatte mich bei der Hand genommen und ins Wohnzimmer geführt. Matt und ich hatten uns dort eine hübsche Bibliothek zugelegt. Wir lasen gerne, und wir glaubten an die Macht von Büchern. Wir hatten vorgehabt, unsere Leidenschaft für das Lesen an Alexa weiterzugeben, und hatten einen Schreiner mit dem Bau von Bücherregalen beauftragt, die sich von Wand zu Wand und vom Boden bis unter die Decke zogen. Wir warfen niemals ein gelesenes Buch weg.

Jeden Monat verbrachten Matt und ich eine Stunde damit, neue Bücher für unsere Sammlung auszuwählen. Shakespeare. Twain. Nietzsche. Platon. Wenn wir glaubten, dass ein Werk etwas Wertvolles mitzuteilen hatte, kauften wir es und stellten es in unsere Bibliothek.

Es war teilweise Sammlung, teilweise Arbeitsbücherei. Nichts war schiere Eitelkeit. Das war unsere Regel: Kauf nie ein Buch um der Bewunderung anderer wegen.

Matt und ich waren nicht arm, doch als reiche Leute konnte man uns auch nicht bezeichnen. Wir würden kein großes Vermögen hinterlassen. Wir hatten gehofft, Alexa eines Tages ein abbezahltes Haus, Erinnerungen an die Liebe ihrer Eltern und vielleicht ein wenig Geld auf der Bank vererben zu können. Außerdem wollten wir ihr etwas hinterlassen, das speziell von uns stammte. Etwas, das nur ihre Eltern ihr hinterlassen konnten und das aus dem Herzen kam: diese Bibliothek. Eine kleine Sammlung der wichtigsten Werke der Menschheit. Es war ein Traum, den Matt und ich geteilt hatten und den wir verwirklichen konnten, ob reich oder nicht.

Alexa hatte erst angefangen, sich für dieses Zimmer zu interessieren, als sie starb. Seither habe ich kein Buch mehr gekauft. Ich habe geträumt aufzuwachen und den Raum in Flammen vorzufinden. Ich habe geträumt, wie die Bücher schreien, während sie brennen.

Bonnie zog mich in dieses vergessene (gemiedene) Zimmer. Sie nahm ein Buch aus dem Regal und reichte es mir. *Wie man Skizzen anfertigt*, von einem unbekannten, doch offensichtlich talentierten Autor. Sie deutete auf sich selbst. Es hatte ein paar Sekunden gedauert, bis ich begriff, was sie mir sagen wollte. »Das hast du gelesen?«

Sie hatte gelächelt und genickt, erfreut, dass ich verstanden hatte. Dann hatte sie ein anderes Buch aus dem Regal gezogen. *Grundlagen der Aquarelltechnik.* Und noch eins. *Kunst und Landschaften.*

»Alle?«, hatte ich Bonnie ungläubig gefragt.

Sie hatte genickt.

Bonnie hatte auf sich gedeutet, hatte eine nachdenkliche Miene imitiert und dann mit einer umfassenden Bewegung auf die gesamte Bibliothek gezeigt.

Ich hatte sie angeschaut, bis es mir gedämmert hatte. »Wenn du etwas wissen willst, kommst du hierher und liest in einem Buch darüber nach?«

Kopfnicken. Lächeln.

Ich kann lesen und lernen, und vor allem will *ich es*, hatte sie mir zu verstehen gegeben. *Reicht das nicht?*

Ich war nicht sicher, ob es reichte. Schule bestand schließlich nicht nur aus Lesen, sondern auch aus Schreiben und Rechnen. Okay, sie hatte das Lesen gemeistert, doch was war mit allem anderen? Abgesehen davon gab es den Sozialisierungsaspekt. Altersgenossen, Freundinnen, Jungs. Der komplexe Lernprozess, die Welt mit anderen zu teilen.

Das alles war mir durch den Kopf gegangen. Dass Bonnie Bücher über Kunst und Malerei gelesen hatte und nun regelmäßig malte – gut malte –, hatte mich in gewisser Weise beschwichtigt, einige meiner Ängste zum Verstummen gebracht und mir erlaubt, das Problem auf ein späteres Datum zu verschieben.

»Okay, Schatz«, hatte ich gesagt. »Vorerst.«

Ihre geistige Frühreife zeigte sich noch auf vielerlei andere Weise, nicht nur in ihrer Malerei, beispielsweise auch in ihrer Fähigkeit, aufmerksam zuzuhören, in ihrer erstaunlichen Geduld und ihrer beinahe übernatürlichen Gabe, in emotionalen Dingen genau den Punkt zu treffen.

Sie war noch ein Kind, doch sie war in vielen Dingen wacher als ich.

Ich seufze. »Ich war heute bei einem Mädchen namens Sarah.«

Ich erzähle ihr eine zensierte Version von Sarahs Geschichte. Ich verrate ihr nicht, dass Michael Kingsley Sarah zum Sex gezwungen hat, und ich verschweige die bildhaften Einzelheiten vom Tod der Kingsleys. Ich erzähle die wichtigen Dinge: dass Sarah eine Waise ist, dass sie sich von jemandem verfolgt fühlt, den sie den »Künstler« nennt, dass sie eine zutiefst verzweifelte junge Frau ist und kurz davor steht, für immer und ewig in bodenlose Dunkelheit zu stürzen.

Bonnie lauscht mit nachdenklichem Interesse. Als ich fertig bin, sieht sie zur Seite, tief in Gedanken. Nach einer Weile wendet sie sich wieder zu mir, deutet auf sich selbst, dann auf mich und nickt. Ich brauche einen Moment, bis unsere telepathische Verständigung funktioniert.

»Sarah ist wie wir, sagst du?«

Sie nickt, zögert, deutet dann mit Nachdruck auf sich.

»Mehr wie du«, sage ich.

Ein Nicken.

»Weil sie gesehen hat, wie die Menschen, die sie liebt, ermordet wurden? So wie du mitansehen musstest, wie deine Mom getötet wurde?«

Sie nickt; dann schüttelt sie den Kopf. *Ja*, sagt sie, *aber nicht nur das.* Sie beißt sich auf die Unterlippe, während sie nachdenkt. Sie sieht mich an, deutet auf sich, dann schiebt sie mich von sich. Jetzt ist die Reihe an mir, sich auf die Unterlippe zu beißen. Ich starre sie an – und plötzlich begreife ich. »Sie ist so, wie du wärst, wenn du mich nicht hättest.«

Sie nickt. Ihr Gesicht ist traurig.

»Allein.«

Ein Nicken.

Mit Bonnie zu »reden« ist wie Piktogramme zu lesen. Nicht alles ist auf Anhieb ersichtlich. Symbole spielen eine große Rolle. Bonnie sagt nicht, dass sie und Sarah ein und dasselbe sind. Sarah ist ein junges Mädchen, das alles verloren hat, was ihr wichtig war, und – an dieser Stelle enden die Ähnlichkeiten –

das nun allein auf der Welt ist. *Sarah ist das, was ich sein könnte, wenn es keine Smoky gäbe*, sagt Bonnie. *Wenn mein Leben aus Waisenhäusern und Erinnerungen an meine Mom und ihren Tod bestünde und sonst nichts.*

Ich schlucke mühsam. »Ja, Kleines. Das ist eine ziemlich treffende Beschreibung.«

Auch Bonnie hat ihre Narben. Sie ist stumm. Noch immer leidet sie unter gelegentlichen Albträumen, die sie im Schlaf schreien lassen.

Doch sie ist nicht allein.

Sie hat mich, und ich habe sie, und das macht einen gewaltigen Unterschied.

Ich sehe Sarah jetzt klarer vor mir. Ich höre, wie sie nachts schreit, und niemand ist da, der sie hält, wenn sie erwacht. Es ist schon sehr lange niemand mehr für sie da.

Ein Leben, das einen dazu bringt, sich mit Schwarz zu umgeben, geht es mir durch den Kopf. Warum auch nicht? Alles ist Dunkelheit, und es ist besser, man ruft sich diese Tatsache ständig ins Gedächtnis. Es ist besser, man macht sich erst gar nicht so etwas wie *Hoffnung*.

Das Klingen von Glas reißt mich aus meinen Gedanken. Elaina ist mit unseren Getränken zurückgekehrt.

»Orangensaft für euch beide, Wasser für mich«, sagt sie lächelnd und setzt sich zu uns.

»Danke«, sage ich, und Bonnie nickt. Wir trinken den Saft.

»Ich habe gehört, wie du Bonnie die Geschichte erzählt hast«, sagt Elaina. »Von dem Mädchen Sarah. Eine furchtbare Geschichte.«

»Sarah ist in einem schlimmen Zustand.«

»Was wird mit ihr?«

»Wahrscheinlich nehmen wir sie in Schutzhaft, wenn sie aus dem Krankenhaus entlassen wird. Und später … nun, es kommt darauf an. Sie ist sechzehn. Sie wird entweder zu Pflegeeltern kommen oder in ein Waisenhaus, bis sie volljährig ist.«

»Würdest du mir einen Gefallen tun?«

»Ja, sicher.«

»Sagst du mir Bescheid, bevor sie aus dem Krankenhaus entlassen wird?«

Ich schaue sie verwundert an, doch nur für einen kurzen Moment. Es ist schließlich Elaina. Ihre Beweggründe sind leicht zu durchschauen. Insbesondere angesichts ihrer Enthüllung, dass sie als Waise aufgewachsen ist. »Elaina, es wäre keine gute Idee, sich dieses Mädchens anzunehmen. Ganz abgesehen davon, dass da draußen ein Psychopath herumläuft, der auf sie fixiert zu sein scheint ... das Mädchen ist ziemlich kaputt. Sie ist sehr verletzt, doch sie hat auch etwas verdammt Hartes an sich. Ich weiß nichts über ihre Vergangenheit, ob sie Drogen nimmt oder stiehlt oder sonst etwas. Aber ich halte es für keine gute Idee.«

Elaina schenkt mir ihr liebevolles Lächeln. Ein Lächeln, das sagt: *Ich liebe dich, Smoky, aber du bist ein verdammter Dickschädel.*

»Ich weiß deine Sorge zu schätzen, Smoky, aber das ist eine Sache, die Alan und ich miteinander ausmachen können.«

»Aber ...«

Ein rasches Kopfschütteln erstickt meinen Einwand im Keim. »Versprich mir, dass du mich vor ihrer Entlassung anrufst.«

Ende der Vorstellung. Game over. Gib auf, wenn du weißt, was gut für dich ist. Ich liebe dich trotzdem.

Ich kann nicht anders, ich muss lächeln. Elaina bringt einen zum Lächeln. Sie ist dazu geboren.

Ich kapituliere. »Versprochen.«

Elaina hat Bonnie tagsüber bei sich und passt auf sie auf (häufig auch abends). Sie und Alan sind zu einem Teil von Bonnies Familie geworden. Es funktioniert. Sie wohnen nicht weit von mir weg, und es gibt niemanden auf der Welt, dem ich mehr vertrauen würde. Und Bonnie liebt sie beide. Ich kämpfe mit dem Problem von Bonnies Stummheit, und ich weiß, dass ich mich bald um ihre weitere schulische Ausbildung kümmern muss. Doch für den Augenblick funktioniert es so, wie es ist.

Elaina und Alan waren sofort bereit, auf meine Ängste und Befürchtungen einzugehen, ohne Fragen zu stellen oder mir das Gefühl zu vermitteln, dass ich mich töricht verhalte. Sie haben ihr Haus mit Alarmanlagen sichern lassen (bis unters Dach, genau wie meins), und Tommy hat ein einfaches Videoüberwachungssystem installiert. Außerdem schläft Alan in dem Haus, ein Riese mit einer Pistole.

Ich schulde den beiden eine ganze Menge.

»Ich verspreche es«, sage ich noch einmal.

Alan ist nach Hause gekommen. Er spielt mit Bonnie Schach und ist auf der Verliererstraße. Elaina ist in der Küche und bereitet uns ein spätes Mittagessen, während ich mit Callie telefoniere.

»Ich hab alle Seiten ausgedruckt, Zuckerschnäuzchen. Was jetzt?«

»Mach noch sechs Ausdrucke, Callie. Einen für Barry, einen für James, einen für Alan, einen für AD Jones, einen für Dr. Child und einen für dich selbst. Lass ihnen die Ausdrucke per Kurier bringen. Ich rufe sie an und gebe ihnen Bescheid. Ich möchte, dass alle dieses Tagebuch lesen. Sobald wir damit fertig sind, setzen wir uns zusammen und reden darüber.«

»Einverstanden. Was ist mit den Ausdrucken für Alan und dich?«

Ich blicke zur Küche. »Hast du Hunger?«

»Ist Wasser nass? Umkreist der Mond die Erde? Ist eine Primzahl nur durch eins und durch sich selbst teilbar? Ist …«

»Komm vorbei.«

Ich habe Assistant Director Jones am Telefon. Ich habe ihn zu Hause angerufen, um ihn mit knappen Worten über unseren neuen Fall zu informieren. Das lernt man in jeder Bürokratie als Erstes: Lass den Boss niemals im Dunkeln tappen.

»Moment, warten Sie«, sagt er und unterbricht meinen Bericht. »Wie hieß noch mal der Mann am zweiten Tatort?«

»Jose Vargas.«

Er stößt einen leisen Pfiff aus.

»Am besten, Sie kommen morgen zu mir ins Büro, Smoky«, sagt er.

»Warum?«

»Weil ich Ihnen etwas über Vargas erzählen kann. Die Menschenschmugglerbande. Ich habe an diesem Fall mitgearbeitet.«

»Im Ernst?«

Barry hat erzählt, dass die Bundesbehörden an dem Fall gearbeitet haben. Die Tatsache, dass AD Jones selbst bei der zuständigen Sondereinheit war, kommt für mich unerwartet. Vielleicht hilft es mir weiter.

»Ernsthaft, Smoky. Kommen Sie morgen in mein Büro.«

»Jawohl, Sir.«

»Gut. Haben Sie über die andere Sache nachgedacht, über die wir gesprochen hatten?«

Das soll wohl ein Witz sein.

»Ein wenig.«

Kurze Pause. Ich nehme an, er wartet darauf, dass ich etwas sage und meine einsilbige Antwort erläutere. Als ich es nicht tue, lässt er das Thema fallen.

»Ich möchte regelmäßige Briefings, Smoky. Und ich will dieses Tagebuch sehen!«

»Es ist bereits zu Ihnen unterwegs, Sir, und müsste innerhalb der nächsten Stunde eintreffen.«

Callie kommt kurze Zeit nach meinem Gespräch mit AD Jones. Bonnie hat mit Alan Schach gespielt und ihm die Feinheiten des Spiels gezeigt. Callie setzt sich neben Bonnie, und die beiden spielen gemeinsam gegen Alan, der plötzlich Mühe hat, sich nicht sämtliche Figuren vom Brett rauben zu lassen.

Während der unausweichlichen Revanche manövriert Elaina mich auf ihre sanfte, entschlossene Art in die Küche.

»Wie sieht es nun aus?«, fragt sie, als wir allein sind. »Wann wollen wir beenden, was wir gestern Morgen angefangen haben?«

1forUtwo4me?

Ich schiebe mir einen Cracker in den Mund, als sie mir diese Frage stellt, und erstarre nun. Dann kaue ich mühsam weiter, schlucke und fühle mich schuldig, obwohl ich nicht genau weiß warum.

»Smoky!«, tadelt sie mich, packt mich beim Kinn und hebt mein Gesicht, sodass ich ihr in die Augen sehe. »Ich bin es, Elaina!«

Ich sehe sie an, lasse ein wenig von ihrer Güte in mich fließen, Mutterleib und Wärme und Geborgenheit und Liebe. Ich seufze. »Ich weiß es nicht«, sage ich und zucke die Schultern. »Sorry. Die Wahrheit? Ich werde es beenden, daran besteht kein Zweifel. Wann?« Ich schüttle den Kopf. »Ich weiß es noch nicht.«

»Meinetwegen. Aber du gibst mir Bescheid, wenn es so weit ist?«

»Sicher«, murmle ich und kaue auf meinem Cracker. »Selbstverständlich.«

»Du hast dich sehr gut geschlagen, Smoky, und dieses Haus auszuräumen war eine gute Idee. Ich möchte sicher sein, dass du es zu Ende bringst.«

Dann lächelt sie, trotz kahlem Kopf und Chemotherapie – eines von jenen Elaina-Lächeln, die weitere Worte unnötig machen.

Es ist früher Abend, als Bonnies Gähnen mir verrät, dass es Zeit wird, nach Hause zu fahren.

Ich bin länger bei Alan und Elaina geblieben, als ich eigentlich vorhatte, doch ich habe ihre Gesellschaft gebraucht. Callies Witzeleien und Alans gespielter Ärger, weil Bonnie ihn wieder und wieder im Schach geschlagen hat, Elainas allgegenwärtige Wärme und Bonnies breites Grinsen, das alles hat mir geholfen, etwas von dem wiederzugewinnen, als was dieses Wochenende angefangen hat. Ein ganz normales Leben.

Kannst du das alles aufgeben? Solltest du es aufgeben? Ist Quantico die Lösung?

Sei still, sage ich mir.

»Ich fahre zurück ins Büro«, verrät Callie mir an der Tür. »Ich beschäftige mich mit Mr. Vargas' Computer. Ich bin sicher, dass mich auf seiner Festplatte eine Menge widerwärtiger Dinge erwarten.«

»Mach nicht so lang«, sage ich zu ihr. »Wir treffen uns morgen in aller Frühe zu einer ersten Besprechung im Büro.«

Alan, Elaina und Callie werden zweimal umarmt – einmal von Bonnie, dann von mir. Ich arbeite mit meiner Familie. Meine Familie ist meine Arbeit, so ist mein Leben geworden.

Das kommt davon, dass du mit der Pistole verheiratet bist.

Doch meine Laune ist zu gut, als dass ich auf meinen eigenen Köder anbeiße.

KAPITEL 17 »Ich werde eine Zeit lang mit Lesen beschäftigt sein, Schatz«, sage ich zu Bonnie. »Du musst nicht wach bleiben, wenn du müde bist, okay?«

Ich habe ihr das schon viele Male gesagt. Die Antwort ist stets Nein. Bonnie könnte während eines Bombenangriffs schlafen – Hauptsache, sie ist nicht alleine. Sie schüttelt den Kopf, lächelt und gibt mir einen Kuss auf die Wange.

»Gute Nacht, Schatz«, sage ich und gebe ihr ebenfalls einen Kuss.

Ein letztes Lächeln, und sie wendet sich von mir ab, dreht

sich in den kühlen Schatten. Ich bleibe allein in meiner kleinen Insel aus Licht zurück, um zu lesen und über das Gelesene nachzudenken.

Ich habe meine Notizen von gestern Abend bei mir. Ich füge ein paar Details hinzu, die wir heute herausgefunden haben.

TÄTER:

Unter **Methodologie** schreibe ich dazu:

Befragung von Sarah Langstrom bestätigt die Vermutung, dass er seine Opfer unter Drogen setzt.

Er hat Sarah gezwungen, die beiden Kingsleys aufzuschneiden und auszuweiden und anschließend Michael die Kehle aufzuschlitzen. (Sein Verhalten ihr gegenüber ist spezifisch. Warum?)

Unter **Auffälligkeiten** füge ich hinzu:

Des Ausweiden ist seine Methode, die innere Wahrheit seiner Opfer ans Licht zu bringen. Weitere Unterstützung der Theorie von Rache als Motiv.

Er schließt die Augen der weiblichen Opfer, bevor er sie tötet, weidet sie aber trotzdem aus. Sie mögen es weniger verdient haben, doch sie verdienen es in seinen Augen **dennoch**.

Täter berichtet von früheren Opfern einschließlich einem verheirateten Dichter und einem Studenten der Philosophie.

Kunst mit dem Blut der Ermordeten ist eine Eigenart. Unwesentlich und unnötig. Warum tut er es dennoch? Ersatz dafür, dass Sarah die Opfer aufschneiden musste?

Keine erkennbare sexuelle Pathologie. Mord erregt ihn, doch er vergeht sich nicht an den Leichen, was auch Sarah bestätigt.

Natürlich könnte es sein, wird mir bewusst, dass das Skalpell sein Penis-Ersatz ist. Das Schneiden könnte dann der sexuelle Akt sein.

Religiöse Anspielungen. Er bekommt seine Befehle von Gott?

Unter **Beschreibung** füge ich hinzu:

Weißer oder zumindest weißes Erscheinungsbild.

Etwa eins achtzig groß.

Rasiert sich sämtliche Körperhaare ab.

Sportlich und muskulös. »Perfekter Körper.« Trainiert mit Gewichten. **(Narzissmus?)**

Schlüssel: Eine Tätowierung auf seinem rechten Oberschenkel: Engel mit einem Flammenschwert. Mit großer Wahrscheinlichkeit hat er das Tattoo selbst entworfen.

Ich füge Notizen bezüglich des Verschlüsselungsprogramms hinzu, das wir auf Michael Kingsleys Computer gefunden haben. Wenn der Killer es aufgespielt hat, deutet dies auf technische Kenntnisse hin oder zumindest Zugriff auf hoch entwickelte Software.

Ich denke über die Tätowierung nach. Sie repräsentiert entweder seine Handlungen oder ihn selbst. Er scheint genügend bei Verstand, dass die erste Möglichkeit zutrifft, doch die »Blutkunst« ist auf jeden Fall ein Akt des Wahnsinns, was merkwürdig und beunruhigend zugleich ist.

Fängt er vielleicht schon mit der Dekompensation an?

Dekompensation ist im einfachsten Fall der Prozess des Übergangs aus einem stabilen in einen instabilen Zustand. Er ist nicht bei jedem Serienkiller anzutreffen, doch es handelt sich um ein verbreitetes Phänomen. Ted Bundy war jahrelang als vorsichtiger, charismatischer Serienmörder erfolgreich. Gegen Ende seiner »Karriere« jedoch verlor er die Kontrolle über sich, was den Behörden bei seiner Überführung und Festnahme half.

Dr. Child, so ziemlich der einzige Profiler, den ich wirklich respektiere, hat sich einmal mit mir über dieses Thema unterhalten, und jetzt kommt mir in den Sinn, was er damals gesagt hat.

»Ich glaube«, sagte er, »dass sämtliche Gewaltverbrecher bis zu einem bestimmten Grad wahnsinnig sind. Ich meine damit nicht die gesetzliche Definition des Wortes. Ich meine, dass das Empfinden von Freude beim Ermorden eines anderen menschlichen Wesens nicht dem Verhalten eines geistig gesunden Individuums entspricht.«

»Da stimme ich Ihnen zu«, sagte ich. »Schuldig wegen Wahnsinns, sozusagen.«

»Genau. Serienmord ist ein Verhalten, das durch eine unendlich lange Periode von größtem seelischen Stress hervorgerufen wird. Es ist ein Verhalten, das weiteren Stress erzeugt. Das verlangt Paranoia, es ist obsessiv, und der wichtigste Faktor: *Es steht nicht unter der Kontrolle des Individuums.* Ungeachtet der möglichen Konsequenzen – der zunehmenden Wahrscheinlichkeit seiner Verhaftung und Verurteilung – *will* der Täter nicht aufhören und *kann* es auch gar nicht. Die Unfähigkeit, ein Verhalten zu beenden, von dem man weiß, dass es destruktiv ist, stellt eine Form von Psychose dar, oder?«

»Sicher.«

»Deswegen erleben wir meiner Meinung nach bei sehr vielen Serientätern das Phänomen der Dekompensation, mögen sie organisiert oder desorganisiert sein oder irgendetwas dazwischen. Der Druck, von innen und von außen, eingebildet und real, wird immer größer, und schließlich zerbricht der bereits angeknackste Verstand endgültig.« Er lächelte, doch es war kein fröhliches Lächeln. »Ich denke, in ihnen allen lauert der gleiche rasende Wahnsinn und wartet nur auf seine Chance zum Ausbruch. Ausreichend Stress vorausgesetzt, erwacht er zum Leben.« Er seufzte. »Worauf ich hinauswill, Smoky … hüten Sie sich, diese Monster in Schubladen einzuordnen. Es gibt keine Regeln in diesem Geschäft, nur Richtlinien.«

Der Punkt bei diesem neuen Fall: Die Blutkunst ist nicht von Bedeutung. Rache als Motiv ergibt einen Sinn und wird uns helfen, den Killer zu enttarnen. Sein Umgang mit den Kindern ist von Bedeutung, und auch das wird uns helfen. Die Tätowierung? Das ist etwas für die Forensik. Ich muss mich darauf konzentrieren, den »Künstler« zu finden, nicht darauf, seine Bedeutung zu ermitteln. Ob er sich wie ein Racheengel *fühlt* oder ob er glaubt, *selbst* der Racheengel zu sein, ist für den Augenblick nichts als unbedeutende Gedankenspielerei.

Ich nehme die Blätter mit meinen Notizen über Sarah. Ich korrigiere ihren Namen.

Sarah Langstrom:

Seit ungefähr einem Jahr bei den Kingsleys.

Dann weiß ich nicht mehr weiter.

Was haben wir sonst noch über Sarah herausgefunden?

Zwei Dinge kommen mir in den Sinn. Ich schreibe sie nieder, weil es Tatsachen sind, auch wenn keine von beiden von besonderer Bedeutung zu sein scheint.

Sie ist eine Überlebenskünstlerin.

Sie verliert langsam den Verstand. Sie ist selbstmordgefährdet.

Endlich etwas Neues.

Weitere ungelöste Fragen, aber das ist in Ordnung. Es geht darum, die Vorwärtsbewegung nicht einzustellen. Hinsehen, untersuchen, schlussfolgern, postulieren, indizieren, profilieren. Wir haben keine Beschreibung des Täters, aber wir haben ein grundlegendes Verständnis seines Motivs. Wir haben eine lebende Zeugin. Wir haben einen Fußabdruck. Wir wissen, dass der Killer Videos als Trophäen anfertigt. Wenn wir ihn zu fassen kriegen, werden diese Videos ihn überführen.

Wir haben außerdem Sarahs Tagebuch. Ich muss dieses Tagebuch lesen und sehen, wohin es führt. Die Opfer sind der Schlüssel zum Killer, und nach allem, was ich bis jetzt weiß, ist Sarah offensichtlich seine Favoritin. Der Grund für seine Taten.

Ich lege meine Notizen beiseite und werfe einen ersten Blick auf das, was Callie mir gegeben hat.

Die Seiten sind weiß, vergrößert, größer als das Original und leicht zu lesen. Sarahs fließende schwarze Handschrift lädt mich ein, und sie beginnt ihr Tagebuch, indem sie sich direkt an mich wendet.

Liebe Smoky Barrett,
ich kenne Sie. Ich habe von Ihnen gehört, habe Sie auf die gleiche Weise studiert, wie man eine Person studiert, die vielleicht die einzige und letzte Hoffnung darstellt, die man hat. Ich habe Ihr Foto angestarrt, bis mir die Augen tränten, und ich kenne jede Ihrer Narben.

Ich weiß, dass Sie für das FBI in Los Angeles arbeiten. Ich weiß, dass Sie böse Menschen jagen und tüchtig in Ihrem Job sind. Aber das alles ist unwichtig und auch nicht der Grund, weshalb Sie mir Hoffnung geben.

Sie geben mir Hoffnung, weil auch Sie Opfer gewesen sind.

Sie geben mir Hoffnung, weil Sie vergewaltigt wurden, weil man Sie zerschnitten hat, weil Sie verloren haben, was Sie liebten.

Wenn es jemanden gibt, der mir Glauben schenkt, dann Sie.

Wenn jemand es beenden kann, dann Sie.

Stimmt das? Oder träume ich nur und sollte mir lieber gleich die Pulsadern aufschneiden?

Ich nehme an, wir werden es herausfinden. Ich kann mir die Pulsadern später ja immer noch aufschneiden.

Ich habe das hier ein »Tagebuch« genannt, aber es ist keins. Es ist eine schwarze Blume. Ein Buch der Träume. Ein Pfad hinunter zum Wasserloch, wo sich die dunklen Wesen zum Trinken einfinden.

Gefällt Ihnen das? Es ist eine Geschichte. Hier auf dem Papier werden Sie sehen, wie ich mich bewege. Wie ich laufe. Es ist der einzige Ort, an dem Sie es sehen. Hier kann ich mich bewegen, hier kann ich rennen. Ich bin mehr ein Sprinter als ein Langläufer, wie Sie sehen werden.

Würden Sie von mir verlangen, Ihnen zu erzählen, was ich hier niederschreibe, könnte ich es nicht. Aber geben Sie mir einen Stift und einen Block oder einen Computer und eine Tastatur, und ich schreibe, schreibe, schreibe.

Ich glaube, das habe ich zum Teil von meiner Mutter. Sie war Künstlerin, und ich habe offenbar etwas von ihr geerbt. Der Rest kommt wohl daher, dass ich nach und nach wahnsinnig werde.

Richtig verrückt, übergeschnappt. Auf dem Papier wird der Wahnsinn sichtbar, grell und ungefiltert. Ich denke über das nach, was ich fühle, und schreibe es auf. Ich schildere Ihnen einen Weg hinunter zum Wasserloch. Ich habe vor zwei Jahren mit dem Schreiben angefangen, an einer der Schulen, die ich besucht habe. Der Lehrer, ein anständiger Mann namens Mr. Perkins (Sie werden gleich erfahren, warum ich weiß, dass er ein anständiger Mann war), las die erste Geschichte, die ich jemals geschrieben habe, und bat mich, nach dem Unterricht zu bleiben. Als wir allein waren, sagte er mir, dass ich großes Talent hätte. Dass ich vielleicht sogar ein Wunderkind sei.

Aus irgendeinem Grund brachte dieses Lob Crazy zum Vorschein. Crazy ist eine von jenen Kreaturen, die unten am Wasserloch trinken, dunkelhäutig, großäugig und irrsinnig. Crazy ist wütend. Crazy ist gemein und hinterlistig. Crazy ist verrückt, wie der Name schon sagt.

Crazy packte Mr. Perkins im Schritt und sagte: »Danke sehr! Soll ich Ihnen einen blasen, Mr. P.?«

Einfach so.

Ich werde nie vergessen, was daraufhin geschah. Seine Gesichtszüge entgleisten, und sein Schwanz wurde hart. Beides gleichzeitig. Er riss sich los und stotterte und ging aus dem Zimmer. Ich nehme an, er bekam es mit der Angst, und das mache ich ihm wirklich nicht zum Vorwurf. Ich vermute, das entgeisterte Gesicht, das Stottern, war der echte Mr. Perkins. Wie ich bereits sagte, ein sehr anständiger Mann.

Ich verließ das Klassenzimmer. Ich war ganz aufgeregt, fiebrig, ich grinste, und mein Herz hämmerte. Ich ging aus der Schule nach hinten, nahm ein Feuerzeug, verbrannte diese Geschichte und weinte, während sie brannte und die Asche vom Wind davongeweht wurde.

Seit damals habe ich eine Menge geschrieben, und ich habe alles verbrannt.

Inzwischen, wo ich mit dieser Geschichte hier anfange, bin ich fast sechzehn, und obwohl ich sie am liebsten ebenfalls verbrennen würde, werde ich es nicht tun.

Warum erzähle ich Ihnen das? Aus zwei Gründen.

Der erste Grund ist schwerwiegend: Sie müssen wissen, dass ich meinen Geisteszustand in mir sehen kann. Er ist wie ein flackerndes Licht. Früher war dieses Licht stark und hell und gleichbleibend. Heute ist es schwach und flackert manchmal stark. Es ist umgeben von Punkten aus Dunkelheit, die es wie Motten umkreisen, wie ein Schwarm dicker schwarzer Motten. Eines Tages – bald, wenn sich nichts ändert – werden die schwarzen Punkte zu viele sein. Sie werden das Licht, meinen Verstand, zum Erlöschen bringen, und ich werde für den Rest meines Lebens singen und nie wieder ein Wort hören.

Wenn ich also manchmal ein wenig sprunghaft bin, wenn ich Ihnen merkwürdig erscheine, dann liegt es daran, dass ich mich mit den Fingernägeln an der Klippe über dem Abgrund des Wahnsinns festkralle. Ich verbringe einen großen Teil meiner Zeit damit, das flackernde weiße Licht zu beobachten. Ich habe Angst, dass es verschwunden sein könnte, wenn ich zu lange wegschaue. Ich habe Angst, mich nicht erinnern zu können, dass dieses Licht je da gewesen ist.

Crazy ist unten am Wasserloch. Es ist nur ein kurzer Weg von dem schlechten Wasser bis zu mir. Es geht ganz schnell, und dann tue oder sage ich Dinge, die ich besser nicht tun oder sagen würde, okay?

Okay.

Der zweite Grund ist: Ich hätte ein richtiges Tagebuch schreiben können, eine hübsche, faktische Abhandlung der Dinge, die ich erlebe.

Aber ich bin talentiert. Ich bin ein Wunderkind!

Warum also nicht eine Geschichte schreiben?

Und das habe ich getan.

Ob alles wahr ist? Das kommt darauf an, wie man Wahrheit definiert. Konnte ich die Gedanken meiner Eltern lesen? Weiß ich, was sie wirklich gedacht haben, als der Künstler zu uns ins Haus kam und sie geholt hat? Nein.

Die Wahrheit ist, dass ich es nicht weiß. Nicht wissen kann.

Die Wahrheit ist, dass *ich es weiß.*

Drei Teile Wahrheit, ein Teil Dichtung. Die Wahrheit liegt in der Zeit und im Ort und in den grundlegenden Ereignissen. Die Wahrheit liegt in den Gedanken und Motiven. Weil die Geschichte nur existiert, wo wir uns an sie erinnern – ist es da schlecht, sie mit ein wenig Menschlichkeit aufzufüllen, selbst wenn diese Menschlichkeit nur ausgedacht ist?

Sie waren meine Eltern, und ich habe sie geliebt, also habe ich sie als Charaktere dargestellt, mit Gedanken und Hoffnungen und Gefühlen, und dann habe ich das Geschriebene gelesen und geweint.

Ja, habe ich gesagt.

So waren sie.

Niemand kann mir erzählen, es wäre anders gewesen. Er soll es ja nicht wagen, weil sonst Crazy vom Wasserloch angerannt kommt, jede Wette, und die Kontrolle übernimmt.

Nein, meine Eltern haben mir nie über ihr Sexleben erzählt. Scheiße, sie waren meine Familie, und ich möchte, dass sie Ihnen lebendig vorkommen, lachend und schwitzend und so, damit Sie fühlen, wie sie schreien, Schmerzen erleiden und sterben.

Okay?

Einige Dinge fand ich erst später heraus, indem ich Fragen stellte. Ich fragte zum Beispiel Cathy, und sie gab ehrliche Antworten. Ich glaube nicht, dass Cathy ein Problem mit irgendwas hat, das ich über sie geschrieben habe. Ich hoffe nicht. Manche Dinge beschreibe ich so, wie ich sie in Erinnerung habe, auch wenn ich die Erinnerungen eines jüngeren Selbst durch den Verstand eines älteren Selbst filtere. Der Geist dieser Erinnerungen, der guten und der schlechten, ist jedenfalls wahr. Heute, mit sechzehn Jahren, bin ich in der Lage, Dingen eine Stimme zu geben, die ich mit sechs oder neun oder was weiß ich wie viel Jahren nur denken konnte.

Einiges sind Dinge, die das Monster mir erzählt hat.

Wer weiß, was davon wahr ist und was nicht? Aber ich schweife ab.

Wie soll ich anfangen? Es war einmal …?

Warum nicht? Warum soll man eine Horrorgeschichte nicht genauso anfangen lassen wie ein Märchen? Es endet immer gleich, egal wie es anfängt: unten am Wasserloch, neben den dunklen Wesen mit den zu großen Augen und dem Wasser, das ans Ufer plätschert, wobei es sich anhört wie ein schmatzender Riese.

Es hilft, sich die Geschichte wie einen Traum zu denken, wenn Sie sie lesen. Das tue ich ebenfalls. Eine schwarze Blume, ein Buch voller Träume. Ein mitternächtlicher Trip hinunter zum Wasserloch. Kommen Sie und träumen Sie mit mir, erleben Sie einen Albtraum, trotz leuchtender Lampen und offener Augen …

Es war einmal vor langer Zeit, als eine jüngere Sarah, die noch nicht auf das flackernde weiße Licht in sich achtete und die Crazy noch nicht begegnet war …

Nein, nein. Es stimmt zwar, aber an der Stelle möchte ich eigentlich nicht anfangen.

Also, noch mal: Es war einmal vor langer Zeit ein Engel, und dieser Engel war meine Mom.

Das Erste, woran ich mich erinnere, wenn ich an sie denke: Sie hat das Leben geliebt. Das Zweite ist ihr Lächeln. Mom hat niemals aufgehört zu lächeln.

Das Letzte, woran ich mich erinnere: Sie hat nicht mehr gelächelt, als der Künstler sie ermordet hat.

Daran erinnere ich mich am deutlichsten.

Sarahs Geschichte

Erster Teil

KAPITEL 18 Sam Langstrom schüttelte den Kopf und blickte seine Frau verwirrt an.

»Damit ich das richtig verstehe«, sagte er und zwang sich, ihr Lächeln zu erwidern. »Ich habe dich gefragt, wann wir zu Sarahs Zahnarzttermin müssen. Und um mir eine Antwort zu geben, willst du zuerst von mir wissen, wie spät es *jetzt* ist?«

Linda runzelte die Stirn. »Ja. Und?«

»Nun, Schatz, der Zahnarzttermin steht bereits. Und wir wissen, wie lange wir brauchen, um von hier zur Zahnarztpraxis zu kommen. Was also hat die momentane Uhrzeit damit zu tun, wann wir losmüssen?«

Linda wurde wütend. Sie sah ihrem Mann in die Augen. Sie bemerkte das Funkeln, das ihr stets ein Lächeln entlockte und ihr sagte: Ich habe meinen Spaß, aber nicht auf deine Kosten. Ich mag deinen Tick, das ist alles.

Er liebte ihre exzentrischen Eigenarten, und sie wusste, dass sie reichlich davon hatte. Sie war eine schreckliche Hausfrau; er war ein wenig zu ordentlich. Sie war rastlos und ging gern aus; er blieb lieber zu Hause. Sie war schnell verärgert; er war geduldig. Sie waren in vieler Hinsicht das genaue Gegenteil, doch Unterschiede ziehen sich an, und manchmal ergänzen sie einander.

In jenen Bereichen des Lebens, wo Gummi auf Asphalt trifft, waren Linda und Sam wie eine Person, reagierten wie ein Verstand. Liebe bis zum Lebensende. Loyalität dem anderen gegenüber, egal was geschah. Liebe für Sarah, ihre Tochter, immerwährend, bedingungslos, unendlich.

Sarah war die Verkörperung ihres vereinigenden Prinzips: Liebe und werde geliebt.

Ihre Seelen passten an den richtigen und wichtigen Stellen zusammen, doch an anderen waren sie Welten auseinander. Wie in diesem Augenblick, als Sams nüchterner Verstand auf Lindas eher unkonventionelle Gedankengänge traf und abprallte. Mit einem Lächeln.

»Es hat etwas mit Gleichgewicht und Harmonie zu tun«, erklärte sie ihm grinsend. »Wenn wir um halb eins fahren müssten, um pünktlich dort zu sein, und wenn es schon Viertel nach zwölf wäre und ich weiß, dass ich zwanzig Minuten brauche, um mich fertig zu machen, dann …« Sie zuckte die Schultern. »Dann kämen wir erst um fünf nach halb eins los, und du müsstest ein wenig schneller fahren.«

Er schüttelte in gespieltem Erstaunen den Kopf. »Irgendetwas stimmt nicht mit dir, so viel steht fest.«

Sie trat an ihn heran und küsste ihn auf die Nase. »Es ist genau das, was du so an mir liebst. Meine perfekten Fehler. Also, noch mal. Wie spät ist es?«

Er blickte auf die Uhr. »Zehn nach zwölf.«

»Siehst du, Dummerchen? Wir kommen um halb los. Das war doch gar nicht so schwer, oder?«

Er musste lachen. Er konnte nicht anders.

»Prima«, sagte er. »Dann lasse ich die Bestien raus und mache den Zwerg fertig.«

Die »Bestien« waren ihre beiden schwarzen Labrador Retriever, liebevoll auch bekannt als die »dunklen Mächte der Zerstörung«, oder, wie Sarah sie häufig nannte, »Hündchen«. Es waren zwei Dreißig-Kilo-Bündel aus größtenteils undressierter Liebe und Anhänglichkeit, absolute Wilde, ungeeignet für die zivilisierte Gemeinschaft.

Sam öffnete das Babygitter, das er als Barriere errichtet hatte, um die Bestien aus dem Rest des Hauses zu verbannen, und wurde augenblicklich mit einem Kopfstoß in den Hintern belohnt.

»Danke, Buster«, sagte er zu dem kleineren Rüden.

Kein Problem, erwiderte Buster, wedelte mit dem Schwanz und grinste ein breites Hundegrinsen.

Die größere Hündin, Doreen, umkreiste ihn wie eine mental gestörte Person – oder vielleicht ein Hai auf Beutezug –, während sie immer wieder die gleiche lautlose, jedoch offensichtliche Frage stellte.

Gibt es endlich Fressen? Gibt es endlich Fressen? Gibt es endlich Fressen?

»Sorry, Doreen«, sagte Sam, während sie ihn weiter unablässig umkreiste. »Das Mittagessen findet heute ein wenig später statt. Allerdings …« Er schenkte ihr einen übertrieben erwartungsvollen Blick. »Wenn ihr nach draußen geht, könnte ich euch vielleicht ein *Leckerchen* geben!«

Beim Wort »Leckerchen« katapultierte Doreen sich mit allen vieren in die Luft wie ein Springstock, eine spontane körperliche Zurschaustellung der allergrößten Freude.

Hurra!, schien sie zu sagen. *Dad ist großartig! Dad ist wunderbar!*

»Ich weiß«, sagt Sam grinsend. »Dad ist großartig. Dad ist wunderbar.«

Er ging zum Schrank und nahm ein paar Hundekekse hervor. Doreen sprang weiterhin unablässig in die Luft, außer sich vor Freude. Buster war kein Springer; er zog es vor, sich ein wenig würdevoller zu benehmen – doch auch er machte einen ziemlich erfreuten Eindruck.

»Kommt, ihr zwei!«, sagte Sam und ging zu der gläsernen Schiebetür, die nach hinten in den Garten führte.

Er öffnete sie und trat nach draußen. Die Bestien folgten ihm. Er schloss die Tür und stand vor ihnen, einen Hundekeks in jeder Hand.

»Sitz!«, befahl er den Bestien.

Beide gehorchten. Ihre Blicke waren so starr auf die Hundekekse gerichtet wie der Suchkopf einer Lenkrakete auf ihr Ziel. »Sitz« war eines der wenigen Kommandos, das sie beherrschten. Sie gehorchten allerdings nur, wenn dem Kommando die Aussicht auf Belohnung folgte.

Sam senkte die Hände, bis sie auf gleicher Höhe mit den Nasen der Bestien waren. »Wartet!«, ermahnte er sie zur Vorsicht. Wenn sie versuchten, sich ihre Leckerchen zu schnappen, bevor »Wartet!« aufgehoben wurde, ließ er sie noch länger warten, was sie überhaupt nicht mochten. »Wartet!«, sagte er einmal mehr. Doreen zitterte vor Begierde und fing an zu sabbern. Sam erbarmte sich ihrer und sagte das erlösende Wort, auf das sie so ungeduldig warteten: »Okay.«

Zwei Schnauzen voller Zähne schossen auf die Hundekekse in seinen Händen zu, und irgendwie gelang es ihnen, die Beute zu nehmen, ohne seine Finger abzubeißen. Sam nutzte die Ablenkung, um verstohlen die Schiebetür zu öffnen und ins Haus zurückzutreten. Er schloss die Tür hinter sich.

Buster merkte es als Erster. Mitten im Kauen hielt er inne und blickte Sam durch die Scheibe hindurch an. Der Treuebruch seines Herrn stand in seinen Augen.

Du lässt uns im Stich?, schienen diese Augen zu fragen.

»Bis bald, Kumpel«, murmelte Sam lächelnd.

Zeit, um nach der dritten Bestie zu sehen, die ebenfalls in diesem Haus lebte. Sam war ziemlich sicher, dass sie sich versteckt hatte. Sarah war nicht begierig auf den Besuch beim Zahnarzt. Sam war insgeheim der gleichen Meinung. Er fühlte sich stets ein wenig schuldig, wenn er sie zu einem ihrer Arzttermine brachte, weil er wusste, dass sie unweigerlich in Tränen endeten. Er bewunderte Lindas kühlen Kopf und ihre praktische Ader in diesen Dingen. Schmerz zum Guten des Kindes, das Vorrecht der Mutter. Keine starke Seite bei den meisten Vätern.

»Zwerg?«, rief er laut. »Bist du so weit?«

Keine Antwort.

Sam ging zu Sarahs Zimmer. Die Tür stand offen. Er steckte den Kopf hinein und sah seine Tochter auf dem Bett sitzen. Sie drückte Mr. Huggles an ihre Brust.

»Liebling?«, fragte er.

Das kleine Mädchen richtete den Blick auf ihn und raubte ihm das Herz. *Ach je und oh weh!*, sagten diese Augen so ausdrucksvoll wie eine Baby-Robbe. *Ach je und oh weh, Eltern zu haben, die einen zwingen, zum Zahnarzt zu gehen …*

Mr. Huggles, ein Affe, gebastelt aus alten Socken, starrte Sam aus anklagenden Augen an.

»Ich möchte nicht zum Zahnaaazt, Daddy«, sagt Sarah kummervoll.

»Zahn*arzt*, Liebes«, antwortete er. »Niemand geht gerne zum Zahnarzt.«

»Und warum gehen die Leute dann zu ihm?«

Die perfekte Logik eines Kindes, dachte er.

»Weil man seine Zähne verlieren kann, wenn man nicht darauf Acht gibt.«

Er beobachtete, wie seine Tochter über diese Antwort nachdachte, richtig nachdachte.

»Darf Mr. Huggles mitkommen?«, fragte sie.

»Na klar.«

Sarah seufzte, immer noch nicht glücklich, jedoch bereit, sich in ihr Schicksal zu ergeben. »Okay, Daddy«, sagte sie.

»Danke, Baby.« Er warf einen Blick auf die Uhr. Perfektes Timing, um diese Verhandlung zu beenden. »Komm, Mr. Huggles, du und ich gehen nachsehen, wo Mommy steckt.«

Anders als das Drama, das dem Besuch vorangegangen war, verlief der eigentliche Zahnarzttermin kurz und schmerzlos. Sarahs misstrauische Wachsamkeit hatte sich schließlich unter dem Ansturm von Dr. Hamiltons nicht enden wollender Fröhlichkeit gelegt. Er hatte sogar Mr. Huggles untersucht.

Dies hatte die ganze Familie in Feierstimmung versetzt, was zu Eiscreme und einem Ausflug an den Strand geführt hatte. Es war beinahe drei Uhr nachmittags, als sie wieder nach Hause kamen. Die Bestien vergaßen ihren Unmut, so spät gefüttert zu werden, weil sie so verdammt glücklich darüber waren, dass sie sogleich etwas zu fressen bekamen.

Es gab die obligatorische Begrüßung mit viel Tätscheln, die Durchsicht der Post und die technische Brillanz der Programmierung der Fernsehsendungen des Abends, die aufgezeichnet werden sollten. Sam nannte es die »Heimkomm-Zeremonie«. Es war die Checkliste, die man jedes Mal beim Nachhausekommen abarbeitete, wenn man mehr als ein paar Stunden weg gewesen war. Die alltäglichen Dinge des Lebens. Manche Männer mochten es nicht, wie Sam wusste. Er liebte es. Es war Trost, es war richtig, es war seins.

»Hast du für morgen alles vorbereitet, Sarah?«, hörte er seine Frau fragen.

Am nächsten Tag war Sarahs Geburtstag. Die Frage war rein rhetorischer Natur.

Er zuckte zusammen, als statt einer Antwort ein Kreischen aus dem Mund seiner Tochter erklang. Es war ein ohrenbetäubendes, trommelfellzerreißendes, unartikuliertes Geräusch.

»Geschenke! Party! Kuchen!«, schrie sie und sprang in höchster Erregung auf und ab. Ganz ähnlich wie Doreen früher am Tag, sinnierte Sam. Die Hündin und seine Tochter wiesen von Zeit zu Zeit bestürzende Ähnlichkeiten auf.

»Spring nicht auf dem Sofa, Zwerg«, brummte er, während er seine Post durchging.

»Sorry, Daddy.«

Ein gewisses *selbstsicheres* Gefühl, das sich in die nun einsetzende Stille erstreckte, ließ ihn den Blick auf seine Tochter richten. Er wappnete sich innerlich, als er in ihre Augen sah. Ausgelassener Schalk. Das Versprechen, dass sie einen Angriff plante.

Sie kicherte, ein psychopathischer Kobold. »Darf ich dann auf dich springen, Daddy?«

Sie stieß einen Schrei aus, der wie das Quieken eines Schweins klang, das geschlachtet werden sollte, und katapultierte sich in die Luft. Sie landete auf ihm wie ein Kissen, das gefüllt war mit Gänsedaunen und Steinen.

Er *ächzte* und *stöhnte* ein wenig. *Mehr als noch vor einem Jahr*, dachte er bei sich. In nicht allzu ferner Zukunft waren seine Tage als menschliches Trampolin vorbei. Er würde sie vermissen.

Doch im Augenblick war Sarah noch klein und leicht genug. Er lächelte und schlang die Arme um seine Tochter.

»Zo…«, sagte er mit übertriebenem Akzent und gespielt finsterer Stimme. »Du weizt, wazz dazz beteutet, oter?«

Er spürte, wie sie erstarrte und vor Angst und Entzücken bebte. Sie wusste, was als Nächstes kam.

»Ezz beteutet, dazz wir dich folzern müzzen … *eine Kitzelfolzer!*«

Die Folter begann, und es gab noch mehr Gekreische. Doreen fing an zu bellen und hüpfte auf der Stelle, während der unendlich geduldige Buster sich das Spielchen ungerührt anschaute.

Alberne Menschen und ein dummer Hund, schienen seine Blicke zu sagen.

»Nicht so laut«, ermahnte Linda Langstrom die beiden, während sie zusah, wie ihr Mann und ihre Tochter herumbalgten. Es war eine halbherzige Mahnung. So, als würde sie versuchen, dem Wind das Wehen zu verbieten.

In Wahrheit teilte sie das Entzücken der beiden. Sam war immer so friedlich und gelassen, die Ruhe für ihren Sturm. Nicht, dass er steif gewesen wäre. Sam besaß einen trockenen Humor, der sie unweigerlich zum Lachen brachte, eine treffsichere Art, die Komödie zu sehen, die das Leben war, doch er besaß auch eine gewisse Stille. Eine Neigung, sich selbst nicht ernst zu nehmen, und dabei ernst zu sein. Doch für seine Familie warf er diese Neigung stets gern über Bord.

Ganz sicher jedenfalls, als er mir seinen Antrag gemacht hat.

Sie waren beide am College gewesen. Er machte seinen Abschluss in Computerwissenschaften, sie in Kunst. An manchen Tagen hatten ihre Stundenpläne sich überschnitten. Sie hatte ein abendliches Seminar, das eine Stunde nach dem Ende seiner letzten Vorlesung anfing, er hatte einen Nachtjob – sie hatten sich damals wirklich anstrengen müssen, um Zeit füreinander zu finden.

Sam hatte beschlossen, sie zu fragen, ob sie ihn heiraten wollte, und er hatte sich zu dieser Gelegenheit in einen Smoking geworfen. Es war eine seiner Marotten. Sobald er den Entschluss gefasst hatte, etwas zu einem bestimmten Zeitpunkt zu tun, und auf eine bestimmte Weise, hielt er unverrückbar daran fest. Es war eine Eigenschaft, die einnehmend oder auch ärgerlich sein konnte, je nach den Umständen.

Es war einer von den Tagen mit ihrem »Ein-Stunden-Zeitfenster« gewesen. Sam hatte keine Möglichkeit, zu ihrer Wohnung zu fahren (sie wohnten bereits seit einem Jahr zusammen), seinen Smoking anzuziehen und rechtzeitig wieder bei Linda zu sein, um seinen Antrag vorzubringen, bevor er zu seiner Nachtschicht musste.

Sams Lösung hatte darin bestanden, dass er den Smoking den ganzen Tag getragen hatte, während sämtlicher Vorlesungen, in der Hitze des Mittags und trotz der Frotzeleien seiner Kommilitonen.

Dann war das einstündige Zeitfenster gekommen – und da stand er und raubte ihr den Atem. Kein Junge mehr, aber noch nicht ganz ein Mann, albern und töricht und attraktiv und auf einem Knie, und Linda sagte Ja, selbstverständlich. Sam machte den Abend blau, und sie ließ ihre Vorlesungen ausfallen. Sie rauchten Gras und liebten sich die ganze Nacht, während die Musik laut spielte. Sie schafften es zu keinem Zeitpunkt, sich völlig ihrer Kleidung zu entledigen; als Linda am nächsten Morgen erwachte, hatte Sam immer noch die Fliege von seinem Smoking um den Hals.

Ein Jahr später heirateten sie. Zwei Jahre darauf hatten beide ihre College-Abschlüsse. Sam fand sofort einen Job bei einer Software-Firma, wo er sich selbst übertraf. Linda malte, bildhauerte, machte Fotos und wartete geduldig darauf, »entdeckt« zu werden.

Zwei Jahre später war sie immer noch unbekannt, und ihr kamen die ersten Zweifel. Die Gewissheit der frühen Zwanziger schwand, als sie fünfundzwanzig wurde.

Sam hatte ihre Zweifel zerstreut – auf eine Weise, für die sie ihn noch heute liebte.

»Du bist eine großartige Künstlerin, Baby«, hatte er gesagt und ihr dabei tief in die Augen geschaut. »Du wirst es schaffen.«

Drei Wochen später war er von der Arbeit nach Hause gekommen und in Lindas Studio getanzt – buchstäblich getanzt, Tangoschritte –, mit einem mehr als ernsten Ausdruck im Gesicht und einer Phantomrose zwischen den Zähnen.

»Fahren wir«, hatte er gesagt und die Hand nach ihr ausgestreckt.

»Einen Augenblick noch«, hatte Linda geantwortet und sich auf ihren Pinselstrich konzentriert. Es war ein Gemälde von einem Baby, allein im Wald, und sie *liebte* es.

Er hatte gewartet und weitergetanzt.

Linda hatte ihr Bild beendet und beobachtete ihn mit verschränkten Armen und einem Lächeln auf den Lippen. »Was ist denn los, du alberner Mann?«

»Ich habe eine Überraschung für dich«, antwortete er. »Los, fahren wir.«

Sie hatte eine Augenbraue hochgezogen. »Eine Überraschung?«

»Ja.«

»Was für eine Überraschung?«

»Die Sorte von Überraschung, die dich überraschen wird natürlich.« Er hatte mit dem Fuß gescharrt und mit der Hand zur Tür gedeutet. »Los, mach dich fertig. Setz dich in Bewegung, geh schon nach draußen.«

»Hey!«, hatte sie erwidert und indigniert getan. »Ich bin nicht dein Pferd. Und ich muss mich erst umziehen.«

»Nichts da. Tarzan sagen Jane gehen, sofort.«

Sie hatte gekichert (niemand konnte sie so zum Kichern bringen wie Sam) und sich schließlich von ihm aus dem Haus und in den Wagen zerren lassen. Er war mit ihr den Highway hinuntergefahren und hatte die Ausfahrt genommen, die zu dem neuen, eben erst eröffneten Einkaufszentrum führte. Dort hatte er den Parkplatz angesteuert.

»Die Überraschung ist in der Mall?«

Er hatte mit den Augenbrauen gewackelt, was sie zu neuerlichem Kichern gebracht hatte.

Es war eine überdachte Mall, und Sam hatte Linda hineingeführt, durch das Gedränge der Besucher, immer weiter und weiter, bis er unvermittelt stehen geblieben war.

Sie standen vor einem mittelgroßen leeren Laden.

Sie runzelte die Stirn. »Ich verstehe nicht.«

Sam deutete mit ausholender Handbewegung auf den leeren Laden.

»Der gehört dir, Baby. Das ist der Raum für deine Galerie. Du kannst dir einen Namen ausdenken, deine Bilder und Fotos hierher schaffen und dich der Öffentlichkeit *präsentieren*, bis sie dich entdeckt.« Er hatte die Hand ausgestreckt und ihr Gesicht gestreichelt. »Die Leute müssen deine Bilder nur sehen, Linda. Sobald sie sie gesehen haben, wissen sie, was ich schon lange weiß.«

Sie hatte sich gefühlt, als wäre ihr die Luft aus den Lungen gesaugt worden. »Aber … aber … ist das nicht teuer, Sam?«

Sein Lächeln war ein wenig nachdenklich geworden. »Es ist

nicht billig. Ich habe Geld vom Haus genommen, eine Hypothek. Du kannst ungefähr ein Jahr lang überleben, ohne Profit zu machen. Danach wird es ein bisschen unsicher.«

»Ist das … ist das denn vernünftig?«, hatte sie ihn heiser gefragt. Sie wollte so gerne, was er ihr anbot, doch sie bezweifelte ihre künstlerischen Fähigkeiten.

Sam grinste. Es war ein wunderbares Grinsen, erfüllt von Glück und Kraft. Ganz Mann jetzt, überhaupt kein Junge mehr. »Es geht nicht darum, ob es vernünftig ist. Es geht um uns.« Das Lächeln wich Ernsthaftigkeit. »Es ist ein Spiel, Baby. Eine Wette auf dich. Ob wir gewinnen oder verlieren, wir müssen es tun.«

Sie hatten gespielt, und sie hatten gewonnen. Die Örtlichkeit war perfekt ausgewählt, und obwohl sie nicht reich wurde, erwirtschaftete Linda einen ordentlichen Gewinn. Wichtiger noch, sie machte, was sie gerne tat, und ihr Mann sorgte dafür, dass es so blieb. Es umhüllte ihre Beziehung mit einer neuen Schicht von Gewissheit und Beständigkeit. Dies war das Geheimnis ihrer Liebe, und ihre Liebe blieb ihnen wichtiger als Geld, Stolz oder die Anerkennung durch andere.

Sie liebten einander weiter, im Leben und im Schlafzimmer. Zwei Jahre später kam Sarah zur Welt.

Sam pflegte zu scherzen, dass Sarah ein »rotgesichtiges, eierköpfiges kleines Ding« war. Linda hatte voller Staunen zugesehen, wie dieser winzige Mund mit untrüglichem Instinkt ihre Brustwarze gesucht und gefunden hatte. Das Leben hatte Linda von neuem gepackt, etwas Undefinierbares und Gigantisches, Neues und Uraltes zugleich. Sie hatte versucht, dieses Gefühl mit Farbe und Pinsel auf die Leinwand zu bringen. Sie hatte es nicht geschafft, kein einziges Mal, doch selbst die Fehlschläge waren wunderbar gewesen.

Linda beobachtete ihren Mann und ihre Tochter bei ihrem Kitzelwettstreit, während Doreen auf ihre debile, hündische Weise Luftsprünge vollführte und versuchte, dabei zu sein.

Sarah war etwas Besonderes. Der Eierkopf war natürlich binnen Stunden verschwunden, und im Lauf der Jahre war Sarah immer schöner geworden. Sie schien das Raupen- und Puppenstadium überspringen und direkt zum Schmetterling werden zu wollen, wenngleich im elterlichen Kokon. Linda wusste nicht, woher ihre Schönheit kam.

»Vielleicht haben wir Glück«, pflegte Sam zu scherzen. »Vielleicht wird sie ja noch hässlich, wenn sie ins Teenager-Alter kommt. Dann muss ich keine Schrotflinte kaufen.«

Linda war anderer Meinung. Sie war ziemlich sicher, dass ihr kleiner Zwerg die Jungs eines Tages von den Socken hauen würde.

»Ich glaube, sie ist eine Mischung unserer besten Teile«, hatte Sam einmal gesagt.

Linda gefiel diese Vorstellung.

KAPITEL 19 Sarah plapperte beim Abendessen ununterbrochen über ihren bevorstehenden Geburtstag, mit blitzenden Augen und voller Energie. Linda fragte sich, wie um alles in der Welt sie ihre Tochter so weit beruhigen konnte, dass sie zu Bett ging. Ein verbreitetes Problem bei Eltern, das »Weihnachts-Syndrom«.

An Weihnachten jedoch konnte sie Sarah wenigstens sagen, dass der Weihnachtsmann nicht kommen würde, bevor sie eingeschlafen wäre. Geburtstage stellten eine wesentlich größere Herausforderung dar.

»Glaubst du, ich bekomme viele Geschenke, Mommy?«

Sam sah seine Tochter nachdenklich an. »Geschenke? Wieso solltest du Geschenke bekommen?«

Sarah ignorierte ihren Vater. »Und einen großen Kuchen, Mommy?«

Sam schüttelte bedauernd den Kopf. »Ganz sicher keinen

Kuchen«, sagte er. »Das Kind ist im Fieberwahn. Weich in der Birne.«

»Daddy!«, tadelte Sarah ihren Vater.

Linda lächelte. »Jede Menge Kuchen und Geschenke, Baby. Aber du wirst dich gedulden müssen«, ermahnte sie ihre Tochter. »Die Party fängt erst nach dem Mittagessen an, das weißt du.«

»Ich weiß! Aber ich wünschte, es wäre wie Weihnachten, wo man seine Geschenke gleich morgens bekommt!«

Bingo, dachte Linda. *So hinterhältig und so offensichtlich. Wieso habe ich nicht vorher daran gedacht?*

»Ich sage dir, was wir machen, Kleines«, sagte sie. »Wenn du heute Abend schlafen gehst – *rechtzeitig* schlafen gehst – und mir keinen Ärger machst, darfst du morgen früh ein Geschenk auspacken. Was sagst du dazu?«

»Ehrlich?«

»Ehrlich. Wenn«, sie hob mahnend den Finger, »wenn du rechtzeitig zu Bett gehst.«

Sarah nickte mit dem Kopf auf jene übermäßig begeisterte Weise, wie alle kleinen Kinder es tun. Ganz nach hinten, in den Nacken, dann nach vorn, auf die Brust, und wiederholen.

»Dann also abgemacht.«

Sam brachte seine Tochter zu Bett. Buster folgte ihnen wie immer, gewohnheitsmäßig. Doreen gehörte zu jener Sorte Hund, die alle gleichermaßen liebte. Sie würde wahrscheinlich noch einen Einbrecher schwanzwedelnd durch das Haus führen, froh um seine Gesellschaft und in der Hoffnung auf ein Leckerchen für ihre Hilfe. Buster liebte seine Familie ebenfalls, doch er war wählerischer, und seine Sicht der Welt mehr von Misstrauen geprägt. Er liebte ausgewählte Menschen, *seine* Menschen, und er liebte sie von ganzem Herzen.

Sarah liebte er am meisten von allen. Und er schlief jede Nacht bei ihr im Bett.

Sarah war unter der Bettdecke. Buster sprang aufs Bett und rollte sich neben ihr zusammen. Er legte den Kopf auf ihren kleinen Bauch.

»Alles fertig, Zwerg?«

»Ein Kuss!«, verlangte sie und streckte die Arme nach ihrem Vater aus.

Sam beugte sich vor, gab ihr einen Kuss auf die Stirn und ließ sich von ihr umarmen.

»Wie wäre es mit jetzt?«, fragte er.

Sie riss die Augen weit auf. »Mein Kleines Pony!«, kreischte sie.

»Kleines Pony« war eine Kinderfigur, Feenstoff gemischt mit Pony-Stoff, was in unglaublich hellblauen Ponys mit pinkfarbenen Mähnen resultierte. Sarah hatte eine »Kleines Pony«-Puppe, mit der sie schlief.

»Hmmm ...«, sagte Sam und blickte sich suchend um. »Wo ist denn unser Kleiner Esel?«

»Daddy!«, rief Sarah halb entrüstet, halb entzückt.

Väter necken ihre Töchter auf mancherlei Weise; dies war eine von Sams Methoden. Er hatte vor einem Jahr angefangen, »Pony« gegen »Esel« auszutauschen. Zuerst war Sarahs Entsetzen darüber echt gewesen, doch mit der Zeit war es zu einer Tradition zwischen ihnen geworden, und er wusste mit absoluter Sicherheit, dass sie gemeinsam darüber lachen würden, sobald Sarah älter war.

Er fand die Puppe auf dem Fußboden neben ihrem Bett und legte sie in Sarahs wartende Hände. Sie drückte die Puppe an sich, während sie sich weiter unter die Bettdecke wand. Die Bewegung zwang Buster, den Kopf zu heben. Er funkelte sie an und seufzte einen tiefen Hundeseufzer. *Das schwere Los eines ungeliebten Haustiers*, schien dieser Seuzfer zu sagen.

»Wie wäre es mit jetzt?«, fragte Sam.

»Du musst jetzt gehen, Dad!«, tadelte sie ihn. »Ich muss

rechtzeitig einschlafen, damit ich morgen früh mein Geschenk bekomme.«

»Okay, Süße. Ich hab dich lieb.«

»Ich hab dich auch lieb, Daddy.«

Er konnte nicht wissen, dass es das allerletzte Mal war, dass er ihr das sagen würde.

Sarah kniff die Augen zusammen, tätschelte Buster und versuchte, an nichts mehr zu denken. Morgen war ihr Geburtstag! Sie würde sechs Jahre alt sein, fast eine Erwachsene, was zwar interessant war, doch die *Geschenke* waren noch viel aufregender!

Sie blickte sich in ihrem Zimmer um, betrachtete die Wände, erhellt vom Licht im Flur, das durch die halb offene Tür in ihr Zimmer fiel. Die Wände waren von Hand bemalt mit Bildern, das Werk ihrer Mutter. Sarahs Blick heftete sich auf ihr Lieblingsbild: das Baby allein im Wald.

Jemand, der nur davon hörte, ohne es zu sehen, mochte annehmen, dass es ein gruseliges Bild war. Doch das war es nicht, ganz und gar nicht.

Das Baby, ein Mädchen, lag friedlich und mit geschlossenen Augen auf einem Bettchen aus Moos. Zu seiner Linken standen Bäume, zur Rechten plätscherte ein Bach. Die Sonne schien, am Himmel waren ein paar Wolken, und wenn man genau hinsah, konnte man in diesen Wolken ein lächelndes Gesicht erkennen, das auf das kleine Mädchen herabblickte.

»Schaut das Gesicht auf das Baby, Mommy?«

»Ja, Schatz. Auch wenn es allein im Wald ist, die Frau in den Wolken wacht über es. Es ist nie allein.«

Sarah hatte das Bild angestarrt. Es hatte ihr gefallen.

»Das Baby bin ich, nicht wahr, Mommy? Und die Frau in den Wolken, das bist du?«

Ihre Mutter hatte gelächelt, dieses Lächeln, das Sarah so sehr liebte. Es hatte keine Geheimnisse, keine versteckten Bedeutungen. Es war wie die Sonne, strahlend und hell und glücklich und wärmend.

»Ja, Baby. Das bedeutet dieses Bild für dich, für mich und für jeden, der es anschaut.«

Sarah war verwirrt gewesen. »Bist du auch für andere Menschen die Frau in den Wolken?«

»Nein, die Frau in den Wolken ist die Mutter. Die Mutter für andere Menschen, egal ob sie erwachsen sind und irgendwo draußen in der Welt unterwegs. Sie sind niemals allein, ihre Mütter sind immer bei ihnen.« Sie hatte ihre Tochter genommen und spontan umarmt, und Sarah hatte gelacht. »So sind Mütter, überall. Sie wachen für alle Zeiten über ihre Kinder.«

Das Bild war ein Geschenk zu Sarahs fünftem Geburtstag gewesen. Es hing an der Wand gegenüber dem Fuß ihres Bettes. Ein Talisman.

Sarahs Mutter kaufte nie Geburtstagsgeschenke. Sie machte sie selbst. Sarah liebte jedes einzelne davon. Sie konnte gar nicht abwarten zu sehen, was sie morgen bekommen würde.

Sie schloss einmal mehr die Augen und tätschelte Buster (der ihre Hand leckte), während sie versuchte, sich auf das Einschlafen zu konzentrieren.

Sobald sie ihre Bemühungen einstellte, schlief sie ein. Mit einem Lächeln im Gesicht.

Als Sarah erwachte, bemerkte sie als Erstes, dass Buster nicht da war. Seltsam. Der Hund ging mit ihr zusammen schlafen und stand mit ihr zusammen auf, jeden Tag.

Als Zweites fiel ihr auf, dass die Sonne nicht schien. Auch das war seltsam. Es war dunkel, wenn sie die Augen zum Schlafen schloss, und es war hell, wenn sie sie wieder aufschlug. So war es immer.

Die Dunkelheit hatte etwas Ungewöhnliches. Etwas Schweres, Bedrohliches. Sie fühlte sich nicht mehr so an wie die Dunkelheit vor ihrem Geburtstag. Sie war mehr wie die Dunkelheit in einem Schrank, in dem man eingesperrt war. Stickig, heiß und ganz nah an einem dran.

»Mommy?«, flüsterte Sarah. Ein Teil von ihr wunderte sich, warum sie nicht lauter nach ihrer Mutter rief. Wenn sie wirklich von Mommy gehört werden wollte, warum flüsterte sie dann?

Ihr sechsjähriger Verstand lieferte die Antwort: Sie hatte Angst, dass irgendetwas, irgendjemand anders sie ebenfalls würde hören können. Was immer es war, das diese bedrohliche Dunkelheit erschaffen hatte.

Ihr Herz schlug unglaublich schnell, und ihr Atem ging noch schneller. Sarah näherte sich einer Panik, dem Ort, an dem man aus einem Albtraum erwacht – nur dass nach einem Albtraum immer Buster bei ihr gewesen war, und jetzt war er verschwunden …

Sieh auf das Bild, Dummerchen, schalt sie sich.

Sie suchte in der Dunkelheit nach dem Gemälde ihrer Mutter an der Wand. Das Baby, schlafend im Moos, friedlich und geborgen. Sie starrte auf das Gesicht in den Wolken. Das Gesicht bedeutete Mommy, es drängte die unheimliche Dunkelheit zurück, es sagte, dass Buster draußen im Garten war, dass er die Hundeklappe benutzt hatte, um sich zu erleichtern und dass sie nur aufgewacht war, weil sie gemerkt hatte, dass Buster gegangen war. Bald würde er zurück sein, und sie würde wieder einschlafen und am Morgen erwachen, und dann wäre ihr Geburtstag.

Ihr Herzschlag beruhigte sich bei diesen Gedanken. Ihr Atem ging wieder langsamer, und ihre Angst versiegte. Sie kam sich beinahe dumm vor.

Schon fast erwachsen und Angst in der Dunkelheit wie ein kleines Baby.

Dann hörte sie die Stimme, und sie wusste, dass es die Stimme eines Fremden war, hier in ihrem Haus, in der Dunkelheit.

Das Entsetzen kehrte zurück, und ihr Herz stockte. Sie erstarrte, die Augen weit aufgerissen.

»Ich habe noch nie ein wildes Tier gesehen, das sich selbst bemitleidet hat«, sagte die fremde Stimme, wobei sie sich der Tür näherte. »Ein wildes Ding liebt dich, bis es hungrig ist und dich fressen will.«

Die Stimme war weder tief noch hoch, sondern irgendwo in der Mitte.

»Hörst du mich, Sarah? Diese Worte hat ein berühmter Dichter geschrieben.«

Er stand draußen vor ihrer Tür. Sarahs Zähne klapperten, auch wenn sie es nicht gewahr wurde.

Das war schlimmer als das schlimmste Entsetzen. Das war wie Aufwachen von einem Albtraum und erkennen, dass das Ding aus dem Albtraum einem *nach draußen gefolgt* war, dass es durch den Flur rumpelte und einen *packen* wollte, einen halten, während es lachte und stöhnte und man selbst schrie und schrie und den Verstand verlor.

»Wir können viel von den Tieren lernen, Sarah. Mitleid, ob für sich selbst oder für andere, ist nutzlos. Das Leben geht weiter, ob wir sterben oder nicht, ob wir glücklich sind oder unglücklich. Dem Leben ist es egal. Skrupellosigkeit, *das* ist eine nützliche Emotion. Gott ist ohne Skrupel. Das ist ein Teil seiner Schönheit und seiner Macht. Zu tun, was richtig ist, ohne Rücksicht auf die Toten und Unschuldigen.«

Er zögerte. Sarah konnte ihn beinahe atmen hören. Doch vor allem hörte sie ihr eigenes Herz, so laut, dass sie meinte, ihre Trommelfelle müssten davon platzen.

»Buster hatte kein Mitleid mit sich selbst, Sarah. Du sollst wissen, dass er sich ohne Zögern auf mich gestürzt hat. Er wusste, dass ich wegen dir gekommen bin, und er ging sofort auf mich los, ohne eine Spur von Angst. Er wollte mich töten, um dich zu retten.«

Eine weitere Pause. Dann ein lang anhaltendes, leises Kichern.

»Ich möchte, dass du eines weißt, Sarah. Buster ist tot, weil er dich geliebt hat.«

Die Tür flog weit auf, und dort stand der Fremde, und er schleuderte etwas auf Sarahs Bett.

Das Licht aus dem Flur fiel auf den Gegenstand: Busters abgetrennter Kopf, die Zähne gebleckt, die Augen weiß vor rasender Wut.

In diesem Moment löste Sarah sich aus ihrer Starre. Sie schrie und schrie.

KAPITEL 20 »Du musst genau aufpassen, Sarah, und du musst zuhören. Das ist erst der Anfang.«

Sie waren im Wohnzimmer. Mommy und Daddy saßen auf Sesseln, Handschellen an Händen und Füßen. Sie waren nackt. Ihren Dad so zu sehen war Sarah peinlich und machte ihre Angst noch schlimmer. Doreen lag am Fußboden und beobachtete alles. Sie schien nicht zu merken, dass etwas nicht in Ordnung war.

Bleib liegen, Hündchen, dachte Sarah. *Vielleicht tötet er dich dann nicht, wie er es mit Buster getan hat.*

Sarah saß im Nachthemd auf dem Sofa, mit Handschellen gefesselt.

Der Fremde stand da, eine Waffe in den Händen. Er hatte eine Strumpfhose über den Kopf gezogen. Die Strumpfhose verzerrte seine Gesichtszüge. Es sah aus, als wäre es von der Hitze einer Fackel geschmolzen.

Ihre Angst war immer noch grauenhaft, doch sie hatte sich ein Stück von ihr entfernt. Es war wie ein Schrei in der Ferne. Es war ein erstarrtes, furchtbares Warten, während die Axt des Henkers am höchsten Punkt ihrer Bahn verharrte und in der Luft hing.

Sarahs Eltern hatten Angst. Ihre Münder waren mit Klebeband verschlossen, doch ihre Augen verrieten ihre Angst. Sarah spürte, dass sie mehr Angst um ihre Tochter hatten als um sich selbst.

Der Fremde ging zu ihrem Daddy und beugte sich vor, sodass er ihm in die Augen sehen konnte.

»Ich weiß, was du denkst, Sam«, sagte er. »Du willst wissen *warum?* Ich würde dir gern eine Antwort darauf geben. Ehrlich. Ich wünsche es mir selbst mehr als alles andere. Aber Sarah hört zu, verstehst du? Und sie könnte es später anderen erzählen. Meine Geschichte darf aber nicht erzählt werden, bevor sie nicht zu Ende ist.

Ich sag dir was, Sam. Es ist nicht deine Schuld, aber dein Tod ist meine Gerechtigkeit. Es ist auch nicht Sarahs Schuld, aber ihr Schmerz ist meine Gerechtigkeit. Ich weiß, dass du das nicht verstehst. Aber das ist in Ordnung, Sam. Du musst es nicht verstehen. Du musst nur eines wissen: Was ich dir gesagt habe, ist die Wahrheit.«

Er richtete sich wieder auf.

»Reden wir über Schmerz. Schmerz ist eine Form von Energie. Er kann erzeugt werden wie Elektrizität. Er kann fließen wie Strom. Er kann gleichmäßig sein oder pulsierend. Er kann stark und überwältigend sein, oder schwach und störend. Schmerz kann einen Mann zum Reden bringen. Was viele Menschen nicht wissen – Schmerz kann einen Mann auch zum Nachdenken bringen. Er kann einen Menschen nach seinem Abbild formen. Er kann ihn zu dem machen, was er selbst ist.

Ich kenne den Schmerz, Sam. Ich habe ihn verstanden. Er hat mich Dinge gelehrt. Zum Beispiel, dass die Menschen ihn fürchten. Zugleich können sie viel mehr Schmerz ertragen, als sie glauben. Wenn ich dir beispielsweise sage, dass ich dir eine Nadel in den Arm ramme, wirst du Angst bekommen. Wenn ich es tatsächlich tue, wird der Schmerz unerträglich sein. Aber wenn ich es wieder tue, und wieder und wieder, jede Stunde, ein ganzes Jahr lang, wirst du dich daran gewöhnen. Es wird dir niemals gefallen, doch du fürchtest dich auch nicht mehr davor. Genau darum geht es.«

Der Fremde richtete den Blick auf Sarah.

»Ich werde diese metaphorische Nadel in Sarah stechen«, sagte er. »Wieder und wieder und wieder, Jahre über Jahre. Ich werde den Schmerz benutzen, um sie zu formen, wie ein Künstler. Ich werde sie nach meinem eigenen Bild formen, und ich werde dieses Bild ›Ein zerstörtes Leben‹ nennen, denn das wird es sein.«

»Bitte tun Sie meiner Mom und meinem Dad nichts«, sagte Sarah. Sie war überrascht vom Klang ihrer eigenen Stimme. Sie wirkte fremd, weit entfernt und viel zu ruhig für das, was hier geschah.

Der Fremde war ebenfalls überrascht. Er schien ihre Bitte gutzuheißen, denn er nickte und lächelte mit seinem verformten Gesicht unter der Strumpfhose. »Sehr gut! Da haben wir sie: Liebe. Ich möchte, dass du dich an diesen Augenblick erinnerst, Sarah. Du sollst ihn nie wieder vergessen, denn es ist der letzte Augenblick in deinem Leben, an dem du ohne Schmerz gewesen sein wirst, richtigen Schmerz. Glaub mir, er wird dich in den kommenden Jahren begleiten.« Er zögerte, sah ihr in die Augen. »Und jetzt wirst du still sein und zusehen.«

Sie gehorchte, als er sich zu ihren Eltern umwandte. Noch immer fühlte sich alles wie im Traum an, neblig und undeutlich. Angst war da, Entsetzen war da, Tränen waren da, doch alles waren nur undeutliche, verschwommene Nadelstiche. Dinge, die am Horizont lauerten. Sarah musste sich anstrengen, um sie zu sehen, und sie verspürte einen heftigen Widerwillen, einen *erdrückenden* Widerwillen, so schwer, dass sie das Gewicht nicht zu heben vermochte.

Sie hatte in Busters tote Augen gesehen, sie hatte geschrien, und dann war ihr Herz weggegangen. Nicht für immer, nicht weit, doch weit genug, dass sie seine Schreie nicht ständig hören musste.

Buster …

Ein Schmerz wartete in diesem Wort, stark genug, um eine Seele für immer herunterzusaugen. Irgendwie wusste Sarah, dass Buster nur der Anfang war. Der Fremde war mehr als eine schwarze Woge, er war ein ganzer Ozean aus Schwärze. Ein riesiges, leeres Nichts in Menschengestalt mit einer Präsenz, die stark genug war, Lichtwellen zu krümmen und die Geräusche von Lachen und Güte zu verschlucken.

Es ist der Instinkt jeder zivilisierten Gesellschaft, Kinder vor dem Bösen zu schützen, nur verliert sie dabei mitunter eine grundlegende Wahrheit aus den Augen: Jedes Kind ist zu jeder Zeit bereit, an die Existenz von Ungeheuern zu glauben.

Sarah wusste, dass der Fremde ein Ungeheuer war. Sie hatte diese Tatsache in dem Augenblick akzeptiert, als er Busters abgetrennten Kopf auf ihr Bett geschleudert hatte.

»Sam und Linda Langstrom«, sagte der Fremde in diesem Moment. »Bitte hören Sie mir genau zu. Sie müssen wissen, dass der Tod unausweichlich ist. Ich werde Sie beide töten. Für Sie gibt es keine Hoffnung auf ein Überleben. Sie müssen sich vielmehr darauf konzentrieren, was Sie noch unter Kontrolle haben: Was mit Sarah geschieht.«

Linda Langstroms Herzschlag hatte sich beschleunigt, als der Fremde gesagt hatte, dass er sie töten würde. Sie konnte nicht anders; der Wunsch zu leben war überwältigend. Doch als er ihnen sagte, dass Sarahs Schicksal noch nicht entschieden sei, hatte sie sich wieder ein wenig beruhigt. Sie hatte Sarah angeschaut, voller Angst, und dem Fremden nur halb zugehört. Jetzt richtete sie den Blick auf ihn.

Der Fremde lächelte. »Ja. So ist es gut. Das ist eine andere Liebe als die Liebe Gottes, die wirkliche Macht besitzt. Die Liebe einer Mutter zu ihrem Kind. Mütter sind imstande zu töten, zu foltern und zu verstümmeln, wenn es darum geht, ihre Kinder zu retten. Sie lügen und stehlen und prostituieren sich, um ihre Kinder zu ernähren. Darin liegt eine gewisse göttliche

Erhabenheit. Dennoch ist nichts jemals so stark wie die Kraft, die einen durchströmt, wenn man sich Gott anvertraut.«

Er beugte sich vor, bis seine Augen auf gleicher Höhe mit denen Lindas waren. »Ich habe diese Kraft. Deshalb werde ich Sie töten, werde mein Werk an Sarah vollenden. Deshalb muss ich mich niemals entschuldigen. Die Starken müssen sich niemals entschuldigen, weil sie diese einzigartige Kraft haben. Die Starken brauchen nur zu atmen, fest und regelmäßig.« Er richtete sich wieder auf. »Was tut diese Kraft, wenn sie von einer geringeren Liebe herausgefordert wird? Sie demonstriert ihre Macht, indem sie andere zwingt, eine Wahl zu treffen. Ich werde Sie jetzt vor eine Wahl stellen, Linda. Sind Sie bereit?«

Linda Langstrom sah dem Fremden in die Augen, starrte auf die verzerrten Strumpfhosen-Gesichtszüge. Sie erkannte, dass jeder Versuch, mit diesem Mann zu verhandeln, zum Scheitern verurteilt war. Es war, als würde man mit einem Stein reden, einem Stück Holz, einer Klapperschlange. Linda erkannte, dass sie für diesen Mann völlig unbedeutend war, ein Nichts.

Sie beantwortete seine Frage mit einem stummen Nicken.

»Gut«, sagte der Fremde.

War es Einbildung, oder ging sein Atem schneller? Geriet er in Erregung?

»Sehr gut, Linda. Sam, Sie müssen jetzt ebenfalls genau zuhören.«

Die Aufforderung an Sam war unnötig; Sam hatte nicht eine Sekunde den Blick von dem Fremden genommen. Sam hatte ihn angestarrt, und in seinem Herzen brannte ein Hass von solcher Intensität, dass es beinahe unerträglich war. Sein Verlangen nach Mord war alles verzehrend.

Nimm mir diese Handschellen ab, tobte er innerlich, *und ich reiße dich in Stücke. Ich reiße dir das Herz aus dem Leib, ich schlage deinen Kopf gegen den Boden, bis dein Schädel platzt und dein Hirn durchs Zimmer spritzt …*

»Sarah wird überleben. Sie beide werden sterben, doch Sarah

wird überleben. Wenn Sie diesbezüglich Sorgen haben, seien Sie beruhigt. Ich werde Sarah nicht töten.« Er zögerte. »Allerdings könnte ich beschließen, ihr Schmerzen zuzufügen.«

Er wechselte die Waffe in die linke Hand, griff mit der rechten in seine Gesäßtasche und brachte ein Feuerzeug zum Vorschein. Es war ein schickes Ding, vergoldet, mit Perlmutt und einem eingearbeiteten liegenden Dominostein auf einer Seite.

Er klappte den Deckel des Feuerzeugs auf und betätigte das Reibrad. Eine kleine Flamme schoss empor, unten blau, oben gelb.

»Ich könnte Sarah verbrennen«, murmelte der Fremde, während er die Flamme betrachtete. »Ich könnte ihr Gesicht entstellen. Ihre Nase in einen unförmigen Klumpen Narbengewebe verwandeln, ihre Augenbrauen wegsengen, ihre Lippen schwärzen.« Er lächelte, während er unverwandt in die Flamme sah. »Ich könnte sie buchstäblich *formen*, indem ich die Flamme als Messer benutze. Feuer ist stark und skrupellos. Ohne jede Liebe. Eine lebendige Repräsentation der Macht Gottes.«

Unvermittelt klappte er das Feuerzeug wieder zu und steckte es ein. Dann wechselte er die Pistole von der linken zurück in die rechte Hand.

»Ich könnte sie tagelang damit bearbeiten. Glauben Sie mir – ich weiß, wie man das macht. Wie man dafür sorgt, dass es bleibt. Sie würde nicht sterben, doch sie würde bereits in der ersten Stunde darum betteln, dass ich sie töte, und sie würde den Verstand verlieren, lange bevor es Abend ist.«

Seine Worte und die Gewissheit, mit der er sprach, versetzten Linda erneut in unsägliche Angst. Sie zweifelte nicht eine Sekunde an seinen Worten. Er würde ihr Baby verstümmeln, und er würde dabei lächeln und fröhlich pfeifen. Linda erkannte, dass sie die noch mehr fürchtete als den Tod, und für einen Moment (einen sehr kurzen Moment) spürte sie Erleichterung. Eltern sagen sich gern, dass sie bereit sind, für ihre Kinder zu sterben – doch würden sie das wirklich tun? Wenn eine

Waffe gezückt wird, würden sie sich dann zwischen die Waffe und ihr Kind stellen? Oder würde etwas Primitiveres die Kontrolle übernehmen?

Ich würde für Sarah sterben, erkannte Linda, und trotz allem, was gerade geschah, verspürte sie Stolz. Es war ein befreiendes Gefühl. Es vermittelte ihr Entschlusskraft. Sie konzentrierte sich auf das, was der Fremde sagte. Was musste sie tun, um ihn daran zu hindern, Sarah mit seinem Feuerzeug zu verstümmeln?

»Sie können es verhindern, Linda«, sagte der Fremde. »Sie brauchen nur Ihren Mann zu erwürgen.«

Sam schrak aus seinem blinden Hass hoch.

Was hat er gerade gesagt?

Der Fremde griff in eine Tasche neben dem Sofa und brachte eine kleine Kamera und ein Stativ zum Vorschein. Er befestigte die Kamera auf dem Stativ und richtete sie so aus, dass sie auf Sam und Linda zeigte. Er drückte auf einen Knopf. Ein musikalisches Signal ertönte, und Linda begriff, dass sie nun gefilmt wurden.

Was hat er gerade gesagt?

»Ich möchte, dass Sie die Hände um seinen Hals legen, Linda, und dass Sie ihm in die Augen sehen, wenn Sie ihn erwürgen. Ich möchte, dass Sie ihm beim Sterben zusehen. Tun Sie es, und ich werde Sarah nicht verstümmeln. Weigern Sie sich, und ich werde sie mit Feuer bearbeiten, bis sie qualmt.«

Sams Hass war verflogen, in weite, weite Ferne. War dieser Hass überhaupt jemals da gewesen? Sam kam es gar nicht so vor. Er war benommen. Er fühlte sich, als hätte jemand ihm mit einem Hammer ins Gesicht geschlagen. Zugleich hatte er das Gefühl, als wäre seine Begriffsfähigkeit auf ein übermenschliches Maß geschärft worden. Wahrheiten dämmerten ihm wie eine Serie von Peitschenknallen.

Dieses führt zu jenem, jenes führt zu … und das Ergebnis ist immer das Gleiche. Das Ergebnis ändert sich nicht.

Er und Linda würden sterben, wurde ihm mit plötzlicher Gewissheit klar.

Zu plötzlich?

Nein. Dieser Mann war unerbittlich. Es war kein Test, den er mit ihnen veranstaltete. Es war kein Trick. Er war hergekommen, um sie zu töten. Sam würde sich nicht befreien und seine Familie retten. Es würde keine plötzliche Erlösung geben, wie in einem Hollywoodfilm. Das Böse würde siegen und ungeschoren davonkommen.

Dieses führt zu jenem, und jenes führt zu …

Nur ein Endergebnis stand noch nicht fest, das Wichtigste von allen: Was geschah mit Sarah?

Sam blickte seine Tochter an. Unendliche Trauer überkam ihn.

Was würde aus Sarah? Ihm wurde bewusst, dass er es niemals erfahren würde. Sein kleines Mädchen würde weiterleben, *falls* es überlebte. Sams Leben würde hier enden. Er würde nie erfahren, ob sein Opfer Sarah gerettet hatte oder nicht.

Sie sah so zerbrechlich aus, so klein. Das Sofa war nur einen Meter entfernt, doch es konnte genauso gut ein Lichtjahr sein. Eine neue Woge der Trauer überflutete ihn. Er würde seine kleine Tochter niemals wieder in die Arme nehmen! Der Kuss, den er ihr gestern Abend gegeben hatte, die Umarmung … es war das letzte Mal gewesen.

Er blickte zu Linda. Sie lauschte den Worten des Fremden, sah ihn konzentriert an. Ein letztes Mal nahm Sam ihren Anblick in sich auf: ihre braunen Augen, ihr kastanienbraunes Haar … dann schloss er die Augen und *erinnerte* sich so angestrengt an sie, dass er sie beinahe riechen konnte, ein Duft nach Handwaschseife und Frau; er erinnerte sich an sie, angezogen und schick, und er erinnerte sich an sie, nackt und stöhnend unter ihm, in ihrem Studio, bedeckt von Farbe und Schweiß.

Er erinnerte sich an seine Tochter, an jene Woge von Liebe,

die er empfunden hatte, als ihr erster Schrei erklungen war … eine Liebe, die inniger und wundervoller war, als er je zu träumen gewagt hätte.

Er erinnerte sich an ihr Lachen, an ihre Tränen und an ihr Vertrauen.

Er erinnerte sich, empfand Trauer, wollte kämpfen, doch …

Das Ergebnis ist immer das Gleiche.

Er öffnete die Augen, wandte sich Linda zu, und diesmal erwiderte sie seinen Blick. Er versuchte, mit den Augen zu lächeln, versuchte ihr sein tiefstes Inneres zu zeigen, und dann … schloss er die Augen, blinzelte einmal, nickte unmerklich.

Es ist okay, Baby, sagte er zu ihr. *Tu es. Es ist okay.*

Linda wusste, was er ihr sagte. Natürlich wusste sie es; sie hatten sich mehr als einmal ohne Worte unterhalten. *Wir mögen auf mancherlei Weise unterschiedlich sein*, sagte er, *doch wo es drauf ankommt, wo das Gummi den Asphalt berührt, sind wir wie eine Person.*

Eine Träne stahl sich aus ihrem rechten Auge.

»Ich werde jetzt den Knebel entfernen und Ihre Handschellen aufschließen. Sie werden die Hände um seinen Hals legen und zudrücken, bis er tot ist. Sie werden ihn töten, und Sarah wird dabei zusehen, und es wird schrecklich für Sie sein, ich weiß. Doch ich werde Sarah nicht anrühren, sobald ich mit Ihnen beiden fertig bin.«

Er neigte den Kopf, als er offenbar zum ersten Mal bemerkte, dass eine lautlose Kommunikation zwischen Linda und Sam stattfand.

»Sie haben sich bereits entschieden, nicht wahr? Sie beide.« Er schwieg für einen Moment. »Hast du gehört, kleine Sarah? Mommy wird Daddy umbringen, damit ich dich nicht mit Feuer verbrenne. Weißt du, was du daraus lernen solltest?«

Keine Antwort.

»Die gleiche Lektion wie schon vorhin. Mommy wird etwas Grausames tun, um dich zu schützen. Hast du verstanden,

Sarah? Mommys Skrupellosigkeit wird dich retten. Ihre Entschlossenheit, für dich Schmerz auf sich zu nehmen, wird dich retten. Ihre Kraft, mit der sie ihre Mutterliebe beweist.«

Sarah hörte die Worte des Fremden, doch sie waren unwirklich. Sie glaubte an Monster, doch ihre Monster verloren am Ende immer.

Oder etwa nicht?

Gott sorgte dafür, dass guten Menschen nichts wirklich Schlimmes zustoßen konnte. Dies hier war nicht anders. Es war unheimlich, es war grauenvoll, es war furchtbar, dass Buster tot war. Doch wenn sie sich zusammenriss, würde der Fremde nicht gewinnen. Daddy würde ihn aufhalten, oder Gott würde ihn aufhalten, vielleicht sogar Mommy.

Sie verschloss die Ohren vor dem, was der Fremde sagte, und konzentrierte sich auf das Warten, auf den Moment, an dem alles vorüber war, an dem Mommy und Daddy und Doreen wieder okay wären.

Linda Langstrom hörte den Fremden zu ihrer Tochter reden. Hass und Verzweiflung und Wut tobten in ihr. Wer war dieser Mann? Er war mitten in der Nacht in ihr Haus gekommen, ohne Angst, ohne Zögern. Er hatte mit einer Pistole in der Hand ihr Schlafzimmer betreten und sie mit einem Flüstern geweckt. »Ein Laut, und Sie sind tot. Tun Sie etwas anderes, als ich Ihnen sage, sind Sie tot.«

Er hatte von Anfang an die absolute Kontrolle gehabt. Er war eine unwiderstehliche Macht und ein Fels in der Brandung, und jetzt hatte er sie in eine Ecke getrieben, aus der es nur einen einzigen Ausweg gab. Sie musste Sam töten, sonst würde er Sarah foltern. Welche Wahl hatte sie bei derart unerbittlichen Optionen? Der Fremde besaß die vollkommene Macht. Vielleicht würde er Sarah trotzdem foltern. Vielleicht würde er sie sogar töten.

Vielleicht aber auch nicht. Und diese Möglichkeit … nun, welche Wahl blieb ihr?

Ihre Wut war ohnmächtig, das war ihr bewusst. Ihre Verzweiflung raubte ihr die Luft. Sam würde sterben. Sie würde ebenfalls sterben. Sarah würde *vielleicht* überleben. Wer würde sie aufziehen? Wer würde sie lieben?

Wer würde Lindas Baby aus den Wolken herab beobachten?

»Ich werde Ihnen jetzt die Knebel abnehmen. Sam, Sie dürfen zwei letzte Sätze sagen, einen zu Ihrer Frau, einen zu Ihrer Tochter. Linda, Sie dürfen nur einen Satz sagen. Sollten Sie sich nicht an diese Vorgabe halten, wird Sarah brennen. Haben Sie verstanden?«

Beide nickten.

»Sehr schön.«

Er entfernte zuerst Lindas Knebel, dann den von Sam.

»Ich lasse Ihnen eine Minute Zeit. Ein Satz ist nicht viel, wenn es die letzte Gelegenheit ist, etwas zu sagen. Bitte seien Sie nicht leichtsinnig.«

Sam sah seine Tochter an, dann seine Frau. Er blickte zu Doreen, die ihn schwanzwedelnd betrachtete – der dumme, liebenswerte Hund.

Er wunderte sich, dass er keine Angst verspürte. Auf der einen Seite sah er alles überscharf und deutlich vor sich, auf der anderen war es verschwommen und surreal. Schock? Vielleicht.

Er zwang sich zur Konzentration. Was sollte er sagen? Was sollte er zu Linda sagen, die ihn mit ihren eigenen Händen würde töten müssen? Was wollte er seiner Tochter sagen? Woran sollte sie sich erinnern?

Alles Mögliche ging ihm durch den Kopf. Sätze mit fünfzig Worten, Entschuldigungen, Abschiedsworte. Letzten Endes stieß er die Worte ohne zu überlegen hervor und hoffte inbrünstig, dass es die richtigen waren.

Er blickte seine Frau an. »Du bist ein vollendetes Kunstwerk«, sagte er zu ihr.

Er sah seine Tochter an. »Ich liebe dich.«

Sarah blickte ihn für einen Moment überrascht an, dann lächelte sie jenes Lächeln, das ihm vom ersten Augenblick an das Herz geraubt hatte. »Ich liebe dich, Daddy«, antwortete sie.

Linda blickte ihren Mann an und kämpfte gegen den dicken Kloß aus Trauer, der ihre Kehle zudrückte. Was sollte sie ihm sagen? Ihrem Sam, der sie immer wieder errettet hatte? Er hatte sie vor ihren Selbstzweifeln errettet, er hatte sie davor bewahrt, ein Leben ohne die Liebe zu ihm zu leben. Ein einziger Satz? Sie hätte ein ganze Jahr lang reden können, ohne Pause zu machen, und es wäre immer noch nicht genug gewesen.

»Ich liebe dich, Sam.« Die Worte sprudelten aus ihr hervor, und sie wollte sie schreien, sie zurücknehmen, sie waren nicht genug, es konnte nicht das Letzte sein, das sie jemals zu ihrem Mann sagen würde.

Dann aber bemerkte sie seinen Blick und dieses Lächeln, und sie begriff, dass es vielleicht nicht der perfekte Satz gewesen sein mochte, doch es war der einzig mögliche Satz. Sie hatte ihre erste Liebe geheiratet, die Liebe ihrer Jugend. Sie hatte ihn geliebt, durch Freude und Zorn hindurch, mit Küssen und Schreien. Liebe war, wo es angefangen hatte, und Liebe war, wo es enden würde.

Sie rechnete damit, dass der Fremde etwas sagen würde, dass er sich lustig machen würde über ihre letzten Worte, doch das tat er nicht. Er stand da und wartete schweigend. Beinahe respektvoll.

»Ich danke Ihnen, dass Sie sich an die Vorgabe gehalten haben«, sagte er schließlich. »Ich möchte Sarah wirklich nicht foltern.« Eine kurze Pause. »So. Nun werden wir mit dem Erwürgen anfangen. Es ist nicht so einfach, wie Sie vielleicht glauben, also hören Sie bitte genau zu, was ich Ihnen sage.«

Linda und Sam hörten dem Fremden zu, doch sie blickten sich dabei unverwandt in die Augen. Sie unterhielten sich ohne Worte. Der Fremde redete und redete und gab Linda eine kurze Anleitung, wie sie ihren Mann zu töten hatte.

»Es muss nicht schmerzhaft sein oder eine bestimmte Zeit dauern. Wenn er rasch stirbt, ist es mir auch recht. Er muss nur sterben. Sie werden sich auf diese und diese Stellen konzentrieren …« Er deutete auf Bereiche hoch an Sams Hals, in der Nähe des Kiefers. »Hier verlaufen die Halsschlagadern. Wenn Sie den Blutfluss unterbrechen, wird er bewusstlos, bevor der Mangel an Luft ihn tötet. Gleichzeitig müssen Sie Druck mit beiden Händen ausüben, um die Luftzufuhr abzuschneiden.« Der Fremde demonstrierte es, ohne Sam zu berühren. »Sie drücken so lange zu, bis er zu atmen aufhört. Ganz einfach. Ich werde ihm die Hände wieder auf dem Rücken fesseln, damit er nicht versuchen kann, sich aus Ihrem Griff zu befreien.« Der Fremde zuckte die Schultern. »So was passiert, sogar bei Selbstmördern. Ein Mann hatte sich eine Plastiktüte über den Kopf gezogen und um den Hals herum mit Klebeband verschlossen, dann hat er sich die Hände mit Handschellen auf dem Rücken gefesselt. Ich nehme an, er hat seine Meinung geändert, als das Atmen schwierig wurde. Er hat sich fast die Daumen abgerissen, so verzweifelt hat er versucht, seine Hände aus den Handschellen zu befreien. So was wollen wir hier nicht.«

Sam war sicher, dass der Fremde recht hatte. Er spürte seine Angst, weit abseits, doch allzeit präsent. Sie klopfte an seine Tür.

Kleines Schweinchen, kleines Schweinchen, lass mich rein …

Nein. Er wollte nicht sterben, das war die Wahrheit. Doch er würde sterben. *Dies führt zu jenem, jenes führt zu … Und das Ergebnis ist stets das Gleiche.* Rette Sarah. Du kannst nicht immer kriegen, was du möchtest. Das Leben ist ungerecht …

… und dann wirst du sterben.

Sam seufzte. Er blickte sich ein letztes Mal um. Das Wohnzimmer, die Küche, die im Halbdunkel liegende Eingangshalle davor. Sein Heim, wo er seine Frau geliebt und seine Tochter aufgezogen und seinen gerechten Kampf gekämpft hatte. Dann blickte er Sarah an, das lebende, atmende Resultat der

Liebe zwischen ihm und Linda. Zuletzt schaute er Linda in die Augen. Es war ein tiefer, anhaltender Blick, und er versuchte ihr mit diesem Blick viele Dinge zu sagen und hoffte, dass sie sie verstand, oder wenigstens einen Teil davon. Dann schloss er die Augen.

Oh, Sam, nein … Linda begriff, was er tat, was er soeben getan hatte. Er hatte sich verabschiedet. Er hatte die Augen geschlossen, und sie wusste, dass er nicht vorhatte, sie wieder zu öffnen. Logik machte einen großen Teil von Sams Charakter aus. Das war eines der Dinge, die sie an ihm liebte, und es war zugleich eine der Eigenschaften, die sie immer wieder ärgerten. Er hatte diese Fähigkeit, drei Schritte in die Zukunft zu sehen und Dinge zu begreifen, während sie noch lange darüber rätselte.

Sam hatte wahrscheinlich längst gewusst, dass sie sterben würden, noch bevor der Fremde es ihnen zum ersten Mal gesagt hatte. Er hatte die Situation analysiert, hatte die möglichen Motive des Fremden abgewogen und war zu dem unausweichlichen Schluss gekommen. Seit diesem Moment hatte er nur gewartet.

»Fick dich selbst!«

Die Worte sprudelten aus Linda hervor, bevor sie sich daran hindern konnte, getrieben von Emotion, nicht von Logik. Der Fremde stockte, starrte sie an, legte den Kopf zur Seite.

»Verzeihung … was haben Sie gesagt, Linda?«

»Fick dich selbst!«, rief sie. »Ich werde es nicht tun!«

Sie sah zu Sam. Warum hatte er die Augen nicht geöffnet?

Der Fremde beugte sich vor. Er betrachtete sie einen langen Moment, starrte ihr in die Augen, und sie fühlte sich an eine Statue erinnert. An kalten, gefühllosen, harten Stein.

»Sie machen einen Fehler«, sagte er schließlich.

Er knebelte sie wieder, dann knebelte er Sam. Er schien nicht wütend oder aufgebracht bei seiner Arbeit. Ohne ein weiteres

Wort ging er zu Sarah, knebelte sie ebenfalls, packte ihre gefesselten Hände und riss sie vor. Er steckte seine Pistole in die Hose und griff in die Gesäßtasche, um das glänzende, goldene Feuerzeug hervorzunehmen. Linda erstarrte vor Entsetzen, als sie das Klicken des aufklappenden Deckels hörte. Der Fremde schlug das Feuerzeug an, und es brannte.

Er achtete darauf, dass Linda genau sehen konnte, wie er Sarahs Handfläche über die Flamme hielt. Drei volle Sekunden lang.

Sarah schrie die ganze Zeit. Der Fremde tat, was seinen Worten zufolge die einzige Pflicht der Starken war: Er atmete weiter, fest, ruhig und gelassen.

KAPITEL 21 Sarah konnte nicht glauben, wie sehr es schmerzte. Sie musste aufhören zu schreien, damit sie durch die Nase atmen konnte.

All die Dinge, die in der Ferne auf der Lauer gelegen hatten, waren plötzlich ganz nah. Ihre Emotionen waren eine unablässige Serie aus blendend grellen Blitzen in ihr, Entsetzen, Angst, Schmerz, Trauer. Dieses Monster war unüberwindlich. Niemand konnte ihm entkommen, so viel wusste Sarah nun. Das Wissen war niederschmetternd. Vernichtend.

Ihre Mutter hatte getobt, als der Fremde Sarah verbrannt hatte. Linda hatte sich so heftig gegen ihre Fesseln gestemmt, dass sie sich das Fleisch von den Knochen gerissen hätte, wären die Innenseiten der Handschellen nicht gepolstert gewesen. Mommy war immer noch Mommy, doch in Mommy brannte eine alles verzehrende, bedrohliche Energie, wie Sarah es noch niemals gesehen hatte.

Selbst der Fremde war beeindruckt.

»Wunderbar!«, sagte er anerkennend zu Linda. »Sie sind sicherlich die furchteinflößendste Frau, die ich je gesehen habe.«

Sarah musste ihm zustimmen.

»Das Problem ist, Linda, dass Sie trotzdem keine Chance gegen mich haben.« Er schüttelte den Kopf. »Begreifen Sie das denn nicht? Sie können nicht gewinnen. Sie können mich nicht schlagen. Ich bin die Macht. Ich bin die Gewissheit. Ihre Optionen haben sich nicht verändert. Tun Sie, was ich Ihnen sage, oder Sie werden mit ansehen, wie ich Sarah so lange mit dem Feuerzeug bearbeite, bis sie in einer Kuriositätenschau im Zirkus auftreten kann.«

Sarahs Mutter hatte sich nach diesen Worten äußerlich beruhigt. Sarah hatte einen Blick zu ihrem Daddy geworfen, doch Sams Augen waren immer noch geschlossen.

»Ich gebe Ihnen ein paar Augenblicke Zeit, damit Sie sich sammeln können. Eine ganze Minute. Danach werden Sie mir entweder sagen, dass Sie bereit sind, und wir machen weiter, oder ich werde Sarah *ernsthaft* mit dem Feuer bearbeiten.«

Sarah erbebte bei dem Gedanken an noch mehr Feuer, noch mehr Schmerz. Und was hatte er gemeint mit »und wir machen weiter«? Sie war an einem weit entfernten Ort gewesen, wo sie darauf gewartet hatte, dass das Monster weggehen würde. Es hatte während der ganzen Zeit geredet, irgendetwas Wichtiges. Sie strengte sich an, versuchte sich zu erinnern.

Irgendetwas über Mommy und Daddy …

Mommy sollte Daddy umbringen …

Dann fiel es ihr wieder ein, und sie riss die Augen weit auf. Der ferne Ort winkte einmal mehr.

Linda war voll mit weißem Rauschen und Statik, ein einziger großer Kurzschluss der Seele. Wut hatte die Kontrolle übernommen, und sie hatte sich nicht bezähmen können. Sie hatte Rot gesehen, ihr Hass und ihre Frustration waren über sie gekommen und hatten das Wenige an Gleichgewicht zerquetscht, das sie noch besessen hatte. Ihre Handgelenke schmerzten; sie fühlte sich schwindlig von zu viel Sauerstoff, und ihr war speiübel von dem Adrenalinschwall, der in ihren Kreislauf geschossen war.

Sam, der verdammte Sam, hatte immer noch die Augen geschlossen. Linda wusste warum, und sie hasste ihn dafür. Sie hasste ihn dafür, dass er recht haben musste. Dafür, dass er wusste, dass es keine andere Wahl gab. Dass es vorbei war. Und dafür, dass er es akzeptierte.

Nein, nein, sie liebte Sam, sie hasste ihn nicht. Das war Sam, so war er; das machte seine Persönlichkeit aus. Seinen Verstand, den sie so sehr an ihm liebte. Seine Klarheit, seine Brillanz. Er war so mutig, so unendlich mutig. Er hatte ihr Lebwohl gesagt, die Augen geschlossen und ihr seinen Hals angeboten, bereit, ihre würgenden Hände zu empfangen.

WWST?

Der Spruch war ihr irgendwie in den Sinn gekommen. *Was würde Sam tun?*

Es war ein Mantra, das sie stets dann benutzt hatte, wenn ihre Emotionen und ihre Vernunft im Widerstreit gelegen hatten. Sam war ruhig, Sam war logisch, Sam war so beständig, wie es nur ging. Durchaus imstande zu Zorn, wenn es darauf ankam, doch auch fähig, mit einem Achselzucken über Kleinigkeiten hinwegzusehen.

Wenn jemand ihr auf dem Freeway die Vorfahrt nahm und sie vor Sarah laut zu schimpfen und zu fluchen anfing, hielt sie irgendwann inne und fragte sich: WWST? Was würde Sam tun?

Es funktionierte nicht immer, doch es hatte sich in ihr Gedächtnis eingebrannt, und es erschien nun, wo sie es am meisten brauchte.

Sam würde die Fakten abwägen. Linda nahm einen tiefen Atemzug und schloss die Augen.

Fakt: Wir können nicht entkommen. Er hat uns gefesselt, die Handschellen geben nicht nach. Wir sitzen in der Falle.

Fakt: Er lässt nicht mit sich handeln.

Fakt: Er wird uns töten.

Diese beiden letzten Fakten standen fest. Die ruhige Gelassenheit des Fremden, die fachmännische Art, mit der er alles erledigte, einschließlich dem Verbrennen von Sarahs Hand, ließen nicht den geringsten Zweifel an dem, was er vorhatte. Er würde genau das tun, was er gesagt hatte.

Aber wird er Sarah verschonen, wenn wir tun, was er verlangt?

Fakt: Wir können es nicht mit Sicherheit sagen.

Diese Gedankenkette hatte bewirkt, dass Sam die Augen geschlossen hatte. Dies führt zu jenem, jenes führt zu … und das Ergebnis ist stets das Gleiche.

Fakt: Die Möglichkeit, dass er Sarah verschont, ist alles, was uns geblieben ist. Das Einzige, das wir vielleicht noch kontrollieren können.

Sie öffnete die Augen. Der Fremde beobachtete sie.

»Haben Sie Ihre Entscheidung getroffen?«, fragte er.

Sie blinzelte einmal. Ja. Er entfernte das Klebeband von ihrem Mund.

»Ich tue es«, sagte sie.

Erneut dieses erregte Glitzern in seinen Augen, wie ein Geist, der auftauchte und wieder verschwand.

»Ausgezeichnet«, sagte er. »Ich werde zuerst Sams Hände hinter seinem Rücken fesseln.«

Er tat es in raschen, geübten Bewegungen. Sam hielt die Augen geschlossen und leistete keinen Widerstand.

»Und nun, Linda, werde ich Ihnen die Handschellen abnehmen. Sie könnten auf den Gedanken kommen, erneut auszurasten.« Er schüttelte den Kopf. »Versuchen Sie es nicht. Es würde zu nichts führen, außer dass ich Sarahs Hand verbrenne, bis sie nicht mehr zu erkennen ist. Verstehen Sie, was ich sage?«

»Ja«, antwortete sie mit hasserfüllter Stimme.

»Gut.«

Er schloss die Handschellen auf. Sie überlegte für eine Sekunde, ob sie ihn angreifen sollte. Sie überlegte, ihn am Hals zu packen und zuzudrücken, mit aller Kraft und Angst und ihrem Hass, bis ihm die Augen aus dem Kopf quollen.

Doch das war reine Phantasie, und sie wusste es. Er war ein erfahrenes Raubtier, und er kannte die Tricks seiner Beute.

Ihre Handgelenke pochten. Es war ein dumpfer, tiefer Schmerz. Sie hieß das Gefühl willkommen. Es erinnerte sie an Sarahs Geburt. Ein wundervoller Schmerz, und zugleich beinahe unerträglich.

»Tun Sie es«, befahl der Fremde mit tonloser, gepresster Stimme.

Linda blickte Sam an, der die Augen immer noch geschlossen hatte, ihren wunderbaren Mann, ihren wunderbaren Freund. Er war stark, wo sie schwach war, er war zärtlich, er konnte gefühllos und arrogant sein, er war verantwortlich für ihre längsten Lachanfälle und ihren größten Kummer. Er hatte an ihrer äußerlichen Schönheit vorbeigeschaut auf die hässlicheren Teile, und er hatte sie trotzdem noch geliebt. Er hatte sie niemals im Zorn angerührt. Sie hatten Augenblick voller Liebe und Zärtlichkeit und Sex geteilt, hatten es im Freien in einem Gewitter miteinander getrieben, zitternd, während das kalte Wasser von ihrer nackten Haut abgeperlt war und sie so laut geschrien hatte, dass sie den Wind übertönte.

Linda erkannte, dass sie diese Liste endlos fortsetzen konnte.

Sie streckte die Hände aus. Sie zitterten. Als sie seinen Hals berührten, würgte sie.

Sinnes-Erinnerungen.

Die Berührung löste Zehntausende von Erinnerungen an weitere kostbare Augenblicke aus. Eine Million winziger, rasiermesserscharfer Schnitte auf ihrer Seele, und sie blutete aus allen zugleich.

Er öffnete die Augen, und aus einer Million Schnitten wurde ein einziger furchtbarer, alles verzehrender Schmerz.

Von all seinen äußerlichen Eigenschaften liebte sie seine

Augen am meisten. Sie waren grau, intensiv, umgeben von langen Wimpern, um die jede Frau ihn beneidet hätte. Sie waren zu einer unglaublichen Tiefe imstande, zu unglaublichen Emotionen.

Sie erinnerte sich, wie er sie aus diesen Augen an einem Hochzeitstag über den Tisch hinweg angesehen hatte. Er hatte gelächelt.

»Weißt du, was ich mit am meisten an dir liebe?«, hatte er sie gefragt.

»Was?«

»Deinen wunderbaren Irrsinn. Wie du das Chaos zu einer Skulptur oder einem Gemälde arrangieren kannst, obwohl du nicht mal Ordnung in einer Wäscheschublade halten kannst, und wenn dein Leben davon abhängt. Ich liebe es, dass du niemals einen blauen Lidschatten vergisst, aber niemals pünktlich die Telefonrechnung bezahlst. Du bringst eine Wildnis in mein Leben, ohne die ich längst verloren wäre.«

Sam zeigte ihr in diesem Moment seine Liebe, das konnte sie sehen. Diese Augen, diese intensiven grauen Augen, leuchteten vor Liebe, Trauer, Wut, Schmerz, Freude. Sie fiel in diese Augen, und sie hoffte, dass er all das verstand, was sie selbst in diesem Moment fühlte.

Er zwinkerte ihr zu, und sie musste lachen – ein ersticktes Lachen, doch ein Lachen –, und dann schloss er die Augen wieder, und sie wusste, dass er bereit war, und dass sie niemals bereit sein würde, dass aber die Zeit gekommen war.

Sie drückte zu.

»Wenn Sie nicht fester zudrücken, wird es ziemlich lange dauern, bis er tot ist«, sagt der Fremde.

Linda drückte fester. Sie spürte Sams Herzschlag unter ihren Fingern, spürte sein *Leben*, und sie fing an zu weinen. Tiefe, raue Schluchzer entrangen sich aus ihrer Kehle, stiegen aus jenem Teil von ihr auf, der am stärksten schmerzte.

Sam hörte seine Frau weinen. Er spürte, wie ihre Hände

sich um seinen Hals schlossen. Sie drückte an den richtigen Stellen zu; der Blutfluss zu seinem Gehirn wurde unterbrochen. In seinem Kopf entstand ein gewaltiger Druck, zusammen mit Schwindelgefühl und einem undeutlichen Schmerz in der Brust. Seine Lungen fingen an zu brennen.

Er hielt die Augen geschlossen, starrte ins Schwarze. Er betete, dass er imstande sein würde, sie geschlossen zu lassen, während er starb. Er wollte nicht, dass Linda ihn sehen musste, dass sie zusehen musste, wie das Leben aus ihm wich.

Das Brennen wurde schlimmer, die Panik setzte ein.

Kämpf dagegen an, Sam, befahl er sich. *Halt durch. Es dauert nicht mehr lange, du verlierst das Bewusstsein.*

Es war so weit, er spürte es kommen. Schwarze Bereiche rings um sein Bewusstsein. Funken. Sobald er in diese Schwärze stürzte, war es vorbei. Diese Funken waren der letzte Rest von ihm. Zuerst würde er von Schwärze umfangen werden, und dann war er selbst die Schwärze.

Ooops.

Er hatte bereits einen Moment verloren. Statt Funken hatte es einen Blitz gegeben, nicht aus Licht, sondern aus Dunkelheit. Ihm wurde bewusst, dass er nicht merken würde, wenn es so weit war. Es würde ihn plötzlich überfallen. Ein Blitz aus Dunkelheit, und dann würde die Dunkelheit bleiben. Für immer.

Wieder ein Blitz. Dieser war strahlend hell, blendend, unerträglich in seiner Lieblichkeit. Sam und Linda, nackt im Gewitter, die Regentropfen prasselten herab, so *kalt*. Sie erschauerten und sie liebten sich und sie saß über ihm, und Blitze zuckten über den Himmel rings um ihren Kopf, als er kam, so unglaublich *stark* …

… Sarah weinte im Kreißsaal, und es raubte ihm den Atem, seine Knie waren weich, er war erfüllt von solchem *Triumph* …

… Sarah rannte auf ihn zu, die Haare flatterten im Wind, sie hatte die Arme ausgebreitet, lachte die Welt an, Linda rannte auf ihn zu, die Haare im Wind, sie lachte, lachte, lachte die Welt an …

Ich liebe dich ich liebe dich ich liebe dich ich liebe …

Das letzte dunkle Aufblitzen, und Sam Langstrom war tot.

Er lächelte.

KAPITEL 22 Lindas Verstand war völlig leer.

Sam saß zusammengesunken in seinem Sessel. Sie hatte gespürt, wie sein Puls sich unter ihren Fingern beschleunigt hatte und dann schwach geworden war, bis er schließlich ganz verschwand.

Sie spürte Sams Blut an ihren Fingern. Es war nicht wirklich dort, doch sie spürte es. Ein Wort ging ihr durch den Kopf, wieder und wieder, wie eine riesige schwarze Fledermaus, die die Sterne verdeckte. *Horror. Horror. Horror …*

»Das war sehr gut, Linda.«

Warum ändert sein Tonfall sich nie?, fragte sie sich. *Er klingt immer gleich. Gelassen und zufrieden, während er unaussprechliche Dinge tut …*

Sie erschauerte und kämpfte gegen ein Schluchzen an.

Vielleicht ist er innerlich gar nicht da. Vielleicht ist er wie ein Golem, erschaffen aus Lehm, ohne Seele, die ihn durch das Leben führt.

Lindas Blick ging zu ihrer Tochter. Sie spürte, wie ihr Herz sackte. Sarah hatte die Augen weit aufgerissen, doch sie sah nichts. Sie starrte, doch es war ein entrücktes Starren, weit weg. Sie schaukelte vor und zurück, vor und zurück. Ihre Lippen waren so fest zusammengepresst, dass sie weiß erschienen.

Ich weiß, wie du dich fühlst, Baby, dachte Linda verzweifelt.

»Ich weiß, dass Sie voller Schmerzen sind«, sagte der Fremde in diesem Augenblick. Sein Tonfall wurde plötzlich beruhigend.

»Wir werden das alles jetzt bald beenden, all diesen grauenvollen, unerträglichen Schmerz, für immer beenden.«

Er blickte Sarah an, sah, wie sie vor und zurück schaukelte. In einem Mundwinkel hatte sich ein Speichelfaden gebildet, der bis zu ihrem Kinn hinabreichte.

»Ich werde mein Wort halten, wissen Sie? Solange Sie tun, was ich sage, solange Sie nicht abweichen, werde ich ihr nichts tun.«

Du hast ihr schon genug getan, für den Rest ihres Lebens, dachte Linda. Vielleicht hatte Sarah eine Chance, falls sie nicht starb. Man konnte sich von einem emotionalen Trauma erholen, nicht jedoch vom Tod.

Der Fremde ging zu Sam. Er nahm Schlüssel aus der Jackentasche, kniete nieder und entfernte die Handschellen, mit denen er Sam an den Füßen gefesselt hatte. Dann trat er hinter Sam und löste auch die Handschellen hinter seinem Rücken. Sam kippte nach vorn und schlug schlaff zu Boden wie ein Sandsack.

»So werden wir es machen«, sagt der Fremde zu Linda. »Hören Sie genau zu. Ich werde Ihnen diese Schlüssel geben. Bitte lösen Sie die Handschellen um Ihre Knöchel.« Linda tat wie geheißen. Der Fremde griff mit der linken Hand hinter sich und zog eine Pistole aus dem Hosenbund. »Ich werde diese Waffe hier auf den Fußboden legen.« Er tat es. Er trat hinter Sarah und hielt ihr die Waffe an den Kopf.

»Gleich werde ich zu zählen anfangen. Sobald ich bei fünf angekommen bin, werde ich Sarah in den Kopf schießen – falls Sie die Pistole bis dahin nicht dazu benutzt haben, sich selbst zu erschießen. Anschließend werde ich Sie stundenlang vergewaltigen und tagelang foltern. Haben Sie das verstanden?«

Linda nickte teilnahmslos.

»Gut. Noch etwas. Eine Pistole ist eine mächtige Waffe. Sie könnten sie berühren und auf dumme Gedanken kommen. Sie könnten beschließen, etwas Tapferes und Wahnwitziges zu versuchen. Tun Sie es nicht. In dem Moment, in dem sich der Lauf in meine Richtung bewegt, werde ich Sarah erschießen. Sobald der Lauf in irgendeine andere Richtung als Ihren Kopf zeigt, werde ich Sarah erschießen. Haben Sie das verstanden?«

Linda starrte ihn wortlos an.

»Linda«, fragte der Fremde geduldig. »Haben Sie verstanden, was ich gesagt habe?«

Sie brachte ein Nicken zustande. Es kostete sie alle Kraft. Sie war so unendlich müde.

Sam, mein Sam ist tot, dachte sie. *Ich fühle mich auch schon tot.*

Sie blickte hinunter auf die Waffe auf dem Teppich. Die Waffe, die sie gleich in die Hand nehmen würde. Die Waffe, die allem ein Ende machen, die sie zu Sam bringen würde, die Sarah retten würde *(hoffentlich)*.

»Ich werde Ihnen das gleiche Geschenk gewähren wie Ihrem Mann vorhin. Ein Satz. Ein einziger Satz, mehr nicht. Dies ist Ihre letzte Chance, etwas zu Sarah zu sagen.«

Linda blickte zu ihrer zitternden, wunderschönen, weißlippigen Tochter.

Wird sie sich überhaupt daran erinnern, was ich ihr sage?

Linda hoffte es inbrünstig. Sie hoffte, dass ihre Worte sich irgendwie in Sarahs Gedächtnis einbrennen würden, dass sie sich später daran erinnern würde, und dass sie ihr ein Trost sein würden.

Vielleicht hört sie die Worte in ihren Träumen.

»Ich bin in den Wolken und wache über dich, Sarah. Immer.«

Sarah schaukelte weiter vor und zurück, vor und zurück. Aus ihrem Mundwinkel floss Speichel.

»Das war sehr hübsch«, sagte der Fremde. »Danke, dass Sie sich an meine Vorgabe gehalten haben.«

Da war sie erneut, diese Wut. Dieser brennende, weiß glühende Hass, wie rollende Lava, wie explodierende Sonnen.

»Eines Tages werden Sie sterben«, flüsterte sie mit bebender Stimme. »Und es wird ein schlimmer Tod sein. Wegen dem hier. Wegen all der Dinge, die Sie getan haben.«

Der Fremde starrte Linda an, dann lächelte er.

»Karma«, sagte er schließlich. »Ein interessantes Konzept.« Er zuckte die Schultern. »Vielleicht haben Sie recht. Falls ja, dann ist das *eines Tages*. Irgendwann. Wir sind aber im *Jetzt*, nicht im Irgendwann. Und im Jetzt fange ich nun an zu zählen.« Er zögerte. »Ich werde langsam zählen. Langsame Herzschläge. Sie haben Zeit, bis ich bei fünf angekommen bin.«

»Das Letzte, woran ich denken werde, bist du. Wie du einen schlimmen Tod stirbst.« Die Worte waren wertlos. Sie änderten nichts. Es war der letzte Widerstand, zu dem sie fähig war. Der Fremde schien sie nicht einmal zu hören.

»Eins«, sagte er.

Linda zwang sich, ihre Wut zu beherrschen. Zu der Pistole zu blicken, die der Fremde auf den Boden gelegt hatte.

Das ist es also.

Alles Unwesentliche ringsum verblasste. Es war, als hätte jemand die Lautstärke des Lebens heruntergedreht. Sie hörte ihr Herz schlagen und das langsame Zählen des Fremden.

Eins war vorbei. Als Nächstes käme die Zwei, dann die Drei, dann die Vier. Und dann …? Sollte sie warten, bis sie die Fünf hörte? Oder sollte sie den Abzug kurz vorher drücken?

Warum warten? Zögere nicht …

»Eins« echote noch immer durch ihren Kopf, als sie sich zu der Pistole bewegte. Sie hörte das Wort in der Luft vibrieren. Sie hatte das Gefühl, als würde die Zeit langsamer ablaufen, als wäre jede Sekunde angefüllt mit einem ganzen Leben voller scharfer Ecken und Kanten, und als stieße sie sich an allen zugleich.

Im Leben gibt es mehr Schmerz als Freude. Das wusste sie als Künstlerin. Es war eine geheime Zutat, die sie ihrem Potpourri aus Gemälden und Skulpturen hinzufügte.

Die scharfen Ecken und Kanten lassen uns spüren, dass wir noch lebendig sind.

Sie kniete auf dem Teppich nieder und nahm die Waffe hoch. Sie achtete darauf, dass der Lauf nicht auf den Fremden zeigte.

»Zwei.«

Sie war schockiert, als er sprach. Das Wort fühlte sich an wie ein Schlag ins Gesicht.

Der Schreck verging.

Linda staunte über die Kälte des Stahls. Die glatt polierte Oberfläche. Das brutale, schreckliche Versprechen, das von diesem Ding ausging.

Diese Ende in Richtung des Feindes, dachte sie und betrachtete den Lauf.

Irgendjemand hatte diese Dinger erfunden. Irgendjemand hatte diese Dinger erträumt, skizziert, entworfen und verfeinert. *Nehmen wir ein Stück Stahl und füllen es mit Stahlmantelgeschossen, und nehmen wir Treibladungen, die diese Geschosse in andere menschliche Wesen jagen.*

»Drei.«

Diesmal war ihre Reaktion auf die nächste Zahl eher klinisch distanziert.

Die Waffe war mit einem Schalldämpfer ausgestattet. Es war eine Waffe, wie Meuchelmörder und Killer sie benutzten, die heimlich und leise mordeten.

Und doch war es nur ein Stück Metall. Nicht mehr, nicht weniger. Es war nichts Menschliches. Eine Waffe war nicht zu vermenschlichen. Man zielte mit ihr und feuerte, fertig.

Was sagten die Marines? *Das ist mein Gewehr. Es gibt viele wie dieses, aber dieses hier ist meins …*

»Vier.«

Die Zeit blieb stehen. Sie wurde nicht einfach langsamer – sie erstarrte. Sie war bedeckt von Eis. Eingeschlossen in Bernstein.

Und dann ein Blitz.

Sam auf dem Fußboden.

Blitz.

Sam in ihren Armen.

Blitz.

Sam beim Auflegen des Telefons. Das Gesicht weiß. Er blickt sie an. »Mein Großvater ist gestorben.« Tränen, und Sam erneut in ihren Armen.

Blitz.

Sam über ihr, die Augen dunkel von einer Mischung aus Lust und Liebe, das Gesicht verzerrt vor Ekstase. Sie drängt ihn auszuhalten, nur noch eine Sekunde, nur noch eine weitere Sekunde, nur noch eine weitere Sekunde …

Das ist der Augenblick, erkannte sie beinahe staunend. Dieses Gefühl, das man hat, wenn man ganz dicht vor dem Orgasmus steht, wenn man sich spannt, wenn man versucht, die drohende Explosion und das blendende Licht abzuwehren. Der Punkt, an dem man aufhört zu atmen, an dem das Herz zu schlagen aufhört, der Moment zwischen Leben und Tod.

Blitz.

Sarah.

Blitz.

Sarah lachend.

Sarah weinend.

Sarah lebend.

Oh.

Gott.

Sarah.

In einem letzten Gedankenblitz wurde Linda bewusst, dass sie dies am meisten von allem vermissen würde: die Liebe zu ihrer Tochter. Sie war durchdrungen von einer Sehnsucht, von einem Verlangen, das die Summe von allem war, was sie je beim Malen oder Bildhauern empfunden hatte.

Wenn Schmerz Regen sein könnte, dann war dies ein Ozean voller Regen.

Es brach in einem Heulen aus ihr hervor. Sie konnte es nicht kontrollieren. Es barst einfach hervor. Ein Schrei so qualvoll, dass er Vögel mitten im Flug anhalten konnte.

Selbst der Fremde verzog das Gesicht bei diesem Heulen. Nur ein klein wenig. Es war wie körperliche Gewalt.

SarahSamSarahSamSarahSamSarah

Blitz.

Der Schuss hallte durch den Raum, ein leiser, gedämpfter Donnerschlag.

Sarah hörte für einen Moment auf zu schaukeln.

Die linke Seite von Lindas Kopf explodierte.

Linda hatte sich geirrt.

Ihr letzter Gedanke war nicht der an den Tod des Fremden gewesen.

Ihr letzter Gedanke war Liebe gewesen.

Hey, ich bin's, die Sarah von heute. Ich schreibe über die Vergangenheit und mache hin und wieder einen Sprung in die Gegenwart. Es ist die einzige Möglichkeit, wie ich das hier schaffen kann. Was meine Mom angeht – vielleicht war ihre letzte Empfindung Angst, vielleicht empfand sie gar nichts. Ich weiß es nicht. Ich kann es nicht wissen. Sie war da und Daddy war da und ich war da und der Künstler war da, das alles stimmt. Er zwang meine Eltern, sich zu töten, während ich zusehen musste. Ob es wahr ist, dass meine Mommy am Ende so tapfer war, allein in ihrem Kopf? Ich weiß es nicht.

Genauso wenig wie Sie.

Ich weiß nur, dass meine Mom voller Liebe war. Sie sagte immer, dass ihre Familie ein Teil ihrer Kunst sei. Sie sagte, ohne Daddy und mich würde sie immer noch malen, doch die Farben wären ganz andere. Dunkel.

Ich würde gerne denken, dass sie Gewissheit hatte in diesem letzten Augenblick. Die Gewissheit, mir das Leben zu retten.

Ich weiß nicht, ob ihr letzter Gedanke Liebe war. Ihr letzter Akt war es auf jeden Fall.

KAPITEL 23 Ich schließe Sarahs Tagebuch mit zitternden Händen und werfe einen Blick auf meine Nachttischuhr. Es ist drei Uhr morgens.

Ich brauche eine Pause. Ich bin gerade erst am Anfang von Sarahs Geschichte, und ich bin schon jetzt erschüttert und rastlos. Sie hat sich nicht getäuscht. Sie hat Talent. Sie schreibt allzu lebendig. Das glückliche, unbeschwerte Leben von früher steht in scharfem Kontrast zu dem bitteren Humor ihrer Einleitung. Ich fühle mich traurig, schmutzig, niedergeschmettert.

Wie hat sie es genannt? Einen Trip zum Wasserloch.

Ich kann es vor meinem geistigen Auge sehen. Ein obszöner Vollmond am Himmel, dunkle Kreaturen, die verpestetes Wasser trinken …

Ich erschauere, weil ich spüre, wie die Angst in mir aufsteigt. Schlimme Dinge, die Sarah zustoßen, nur einen Schritt entfernt von den schlimmen Dingen, die Bonnie zugestoßen sind …

Ich werfe einen Blick zu Bonnie. Sie schläft tief und fest, das Gesicht entspannt, ein Arm über meinem Bauch. Ich löse mich vorsichtig von ihr, hebe ihren Arm mit der gleichen sanften Vorsicht von mir, als wäre es ein Marienkäfer, den ich in meinem Garten in die Freiheit entlasse. Bonnie öffnet kurz den Mund, dann rollt sie sich zusammen und schläft weiter.

Zu Anfang ist sie bei der kleinsten Bewegung aufgewacht, bei der kleinsten Veränderung. Dass sie inzwischen friedlich weiterschlafen kann, dämpft meine Sorgen ein wenig. Es geht ihr allmählich besser. Sie spricht immer noch nicht, doch es geht ihr besser. Wenn ich sie nur irgendwie am Leben erhalten kann …

Ich gleite aus dem Bett und schleiche auf Zehenspitzen aus

meinem Schlafzimmer, die Treppe hinunter und in die Küche. Ich greife in das Fach über dem Kühlschrank und finde mein geheimes Laster und meine kleine Schande. Eine Flasche Tequila. Jose Cuervo, ein guter Freund von mir, genau wie in dem Song.

Ich schaue die Flasche an und sage mir: *Du bist keine Alkoholikerin.*

Ich habe viel Zeit damit verbracht, über diese Aussage nachzudenken. Ungefähr in der Art, wie alle Verrückten sagen, dass sie nicht verrückt sind. Ich habe mich analysiert, ohne im Zweifel für mich zu sprechen, und bin zu folgendem Schluss gelangt: Ich bin keine Alkoholikerin. Ich trinke zwei-, dreimal im Monat. Ich trinke niemals zwei Tage hintereinander. Ich trinke so lange, bis ich eine angenehme Betäubung spüre, doch nicht mehr. Niemals so viel, bis ich wirklich betrunken bin.

Doch es steckt eine Wahrheit dahinter, ein großer, greller Elefant mitten im Raum: Ich habe niemals getrunken, um mich zu trösten, als Matt und Alexa noch lebten. Niemals, nicht ein einziges verdammtes Mal, nein, Sir.

Das macht mir Sorgen.

Ich hatte einen Großonkel väterlicherseits, der alkoholkrank war. Er war nicht der lustige, charmante, freundliche betrunkene Onkel. Er war nicht der künstlerisch veranlagte, sich selbst quälende, bemitleidenswerte betrunkene Onkel. Er war peinlich und gewalttätig und gemein. Er stank nach Alkohol und manchmal nach Schlimmerem. Er packte mich bei einem Familientreffen einmal so fest am Arm, dass ich hinterher einen blauen Fleck hatte, brachte seinen stinkenden Mund einen Zentimeter vor mein verängstigtes Gesicht (ich war damals erst acht) und sagte irgendetwas Undeutliches, Widerliches und Abscheuliches, das ich bis heute nicht ganz entziffert habe.

Die Dinge, die wir als Kinder sehen, hinterlassen einen bleibenden Eindruck. Wenn ich an einen Alkoholiker denke, sehe ich das Bild meines Onkels. Jedes Mal, wenn ich getrunken habe und vor dem »klein wenig zu viel« stand, tauchte Onkel Joeys unrasiertes, gerötetes, rheumatisches Gesicht vor meinem geistigen Auge auf. Ich erinnere mich an den Gestank von Whiskey und von faulenden Zähnen und den verwegenen Blick in seinen Augen. Und das brachte mich jedes Mal zur Besinnung und hinderte mich daran, auch nur einen einzigen Schluck mehr zu trinken.

Nicht lange nach dem Tod meiner Familie fand ich mich in der Spirituosenabteilung des Supermarkts wieder. Mir wurde bewusst, dass ich noch nie etwas anderes als eine Flasche Wein gekauft hatte, ganz sicher nicht in einem Supermarkt und definitiv nicht am helllichten Tag. Dann fiel mein Blick auf den Tequila, und das Lied kam mir in den Sinn.

Scheiß drauf, dachte ich bei mir.

Ich packte die Flasche in den Wagen, zahlte dafür, ohne der Kassiererin in die Augen zu schauen, und eilte nach Hause.

Dort angekommen verbrachte ich vielleicht zehn Minuten mit dem Kinn in der Hand und starrte die Flasche an, während ich mich fragte, ob ich im Begriff stand, zu einem Klischee zu werden. Ob ich so etwas würde wie Onkel Joey, und ob der Apfel vielleicht nicht weit vom Stamm gefallen war.

Nein, überlegte ich. *Niemand bemitleidet Onkel Joey. Mit dir aber werden alle Mitleid haben.*

Der Tequila ging runter wie Öl. Es tat gut. Es war ein gutes Gefühl.

Ich wurde nicht betrunken. Mir wurde nur leicht im Kopf. Und weiter habe ich es bisher noch nie getrieben.

Das Problem, wie ich es heute sehe, besteht darin, dass ich mit dieser Gewohnheit weitergemacht habe, selbst als der Schmerz über den Verlust meiner Familie nachzulassen begann. Heute hilft mir der Tequila über meine Angst, oder in Zeiten großen Drucks. Genau da liegt die Gefahr – nicht zu trinken, weil ich es möchte, sondern weil ich es *brauche*. Davon abgesehen weiß ich, dass es keine gesunde Angewohnheit ist.

»Auf die Rationalisierung!«, murmle ich und proste der Luft zu.

Ich kippe den Schnaps in einem einzigen Schluck hinunter, und es fühlt sich an, als hätte ich Abbeizer oder Feuer geschluckt, doch es ist ein gutes Gefühl, das den Druck hinter meinen Augen abbaut und mir beinahe augenblicklich Zufriedenheit schenkt. Und genau darum geht es mir. Zufriedenheit ist viel schwerer zu erreichen als Freude, das habe ich immer gedacht. Doch ein einzelnes Glas Tequila reicht mir, um genau das zu bewirken.

»Jose Cuervo, da do do do dah dah …«, singe ich mit flüsternder Stimme.

Ich überlege, ob ich ein zweites Glas trinken soll, und entscheide mich dagegen. Ich drehe den Verschluss auf die Flasche und stelle sie in den Schrank zurück. Ich spüle das Glas aus, achte sorgfältig darauf, jede Spur von Geruch zu beseitigen. Weitere winzige rote Warnlampen, ich weiß: Alleine trinken und die Spuren verbergen. Letzten Endes muss ich es akzeptieren, rationalisiert oder nicht; mein Trinken ist noch nicht außer Kontrolle, noch nicht, und ich hoffe inständig, dass ich es merke, bevor es jemals so weit kommt.

Ich denke ein paar Sekunden nach. Warum geht mir Sarahs Geschichte so sehr unter die Haut? Warum hatte ich das Bedürfnis aufzustehen und zu Mr. Cuervo in die Küche zu rennen? Es ist eine furchtbare Geschichte, doch es ist nicht die erste dieser Art, die ich höre. Verdammt, ich habe selbst eine furchtbare Geschichte erlebt! Warum trifft mich die hier so schwer?

Bonnie hat den Nagel längst auf den Kopf getroffen: Weil Sarah Bonnie ist, und Bonnie Sarah. Bonnie malt, Sarah schreibt, beide haben ihre Eltern verloren, beide sind in der Seele verletzt. Wenn Sarah untergeht, ist Bonnie dann ebenfalls zum Untergang verdammt? Die Angst ist mein größtes Problem dieser Tage.

Ich habe meine Ängste heruntergespielt, als ich mit Elaina über Bonnie gesprochen habe. Wenn die Angst kommt, ist es mehr als bloßes Unbehagen. Die Angst lässt mich nach Atem ringen. Sie bringt mich dazu, mich im Badezimmer einzuschließen und auf dem Boden zu sitzen, die Arme um die Knie geschlungen, und vor Panik zu zittern.

Posttraumatisches Stresssyndrom, würde ein Seelenklempner wahrscheinlich diagnostizieren. Ich nehme an, das trifft sogar zu. Doch ich bin nicht daran interessiert, diese Sache aufrecht durchzustehen. Ich will sie durchleiden, und ich hoffe, dass Bonnie dabei nicht endgültig auf der Strecke bleibt.

In diesen Augenblicken, so habe ich herausgefunden, kann ich mich am besten dadurch ablenken, dass ich an irgendetwas anderes denke. Doch was mir diesmal in den Sinn kommt, ist nicht sonderlich hilfreich.

1forUtwo4me, Baby.

Warum, Matt? Ich habe meinen Frieden mit Alexa geschlossen. Warum kann ich keinen Frieden mit dir schließen? Warum kann ich dich und uns nicht vergessen?

Er schüttelt den Kopf.

Weil du du bist. Du musst immer alles wissen. Du bist so gemacht. Gott oder wer auch immer hat dich so gemacht.

Er hat natürlich recht. Es ist eine Wahrheit, die für alles gilt. Sarahs Tagebuch, 1forUtwo4me, die Zukunft. Es ist eines der Dinge, die mich antreiben, die mir helfen, durch meine Ängste zu navigieren: das Verlangen zu sehen, wie eine Geschichte endet. Meine Geschichte in diesem Fall. Bonnies Geschichte, die Geschichte des nächsten Opfers.

Was ist mit meiner eigenen Geschichte?

Quantico. Ein Elefant in meinem ganz eigenen Zimmer. Er erscheint, als ich darüber nachdenke, mit traurigen und klugen Augen. Ich streichle seine dicke graue Haut und mir wird klar, was mich an Quantico stört.

Es reizt mich nicht. Nicht genug.

Hier sitze ich, wird mir bewusst, und sie bieten mir einen Trostpreis an, weil mein Gesicht nicht mehr auf ein Poster passt. Hier sitze ich und denke über eine Versetzung nach, die mich von der einzigen Familie trennt, die mir geblieben ist. Eine Versetzung, die eine frische, vielversprechende Beziehung beendet: die zu Tommy. Eine Versetzung, die dieses Haus und seine Erinnerungen ein für alle Mal wegpacken würde.

Wenn man bedenkt, dass ich meine Freunde und mein Leben aufgeben würde, müsste ich mich innerlich zerrissen fühlen. Stattdessen schwanke ich in meiner Entscheidung. Warum?

Es ist nicht so, als wären die Dinge nicht allmählich besser geworden. Matts und Alexas Sachen wegzupacken ist ein Fortschritt. Keine Albträume mehr zu haben ist ein Fortschritt. Einen Teil von mir mit einem anderen Mann als Matt zu teilen, selbst wenn es nur ein winzig kleiner Teil ist – auch das ist ein Fortschritt.

Warum bedeutet mir das alles nicht viel mehr?

Die Einsicht entzieht sich mir für den Moment, doch ich spüre zumindest, dass hier das Unbehagen liegt, nach dem ich gesucht habe. Vielleicht habe ich mir selbst etwas vorgemacht. Vielleicht ist das, was ich als emotionales Wachsen betrachtet habe, bloß das Laufenlernen trotz meiner Behinderungen.

Vielleicht sind jene Teile von mir, die am stärksten empfinden, so schlimm verletzt worden, dass sie nie wieder funktionieren.

Das erklärt aber nicht, wieso du jetzt Alkohol brauchst, oder?

Es wird Zeit, den Elefanten wegzuschieben. Er geht lautlos, doch er starrt mich aus diesen klugen, traurigen Augen an, die sagen: »Es stimmt, wir Elefanten haben ein langes Gedächtnis, passend zu unseren Rüsseln und Stoßzähnen. Aber wir haben keine Reißzähne.«

Ich lecke mir über die eigenen Zähne und suche nach Zufriedenheit, doch ich spüre bereits jetzt, dass sie mir heute nicht gegeben ist, genauso wie der Schlaf nicht kommen will.

Zufriedenheit.

Warte, Elefant!, rufe ich. *Komm zurück!*

Er kommt zurück – schließlich ist es mein Elefant, mein ganz persönlicher. Er sieht mich aus seinen geduldigen Augen an.

Mir ist gerade klar geworden, was der Grund dafür ist. Es liegt daran, dass ich trotz aller Fortschritte, die ich gemacht habe, immer noch nicht glücklich bin. Verstehst du?

Er berührt mich mit seinem Rüssel. Sieht mich aus seinen klugen Augen an. Er weiß, was ich meine. Er versteht mich.

Ich bin nicht unglücklich oder denke an Selbstmord. Aber das bedeutet noch lange nicht, dass ich glücklich bin.

Erinnerungen, sagen die klugen Augen des Elefanten. *Erinnerungen haben manchmal lange Zähne.*

Ja, denke ich zurück. *Und die glücklichen Erinnerungen haben die längsten Zähne von allen.*

Das ist das Problem. Ich habe wahres Glück kennengelernt. Wahre, erfüllende, bis in die Seele reichende Zufriedenheit. Sich »okay« zu fühlen reicht mir nicht mehr. Es ist, als wäre ich auf einer Droge gewesen, die die Welt strahlen lässt. Und nun, da ich wieder runter bin und unter Entzug leide, ist es zwar nicht so, als wäre die Welt an sich schlecht – doch sie strahlt nicht mehr.

Ich bin mir nicht sicher, ob Bonnie oder Elaina oder Callie oder auch nur der J-O-B mich je wieder auf diese Weise zufrieden machen werden. Ich liebe sie alle, doch ich misstraue ihrer Fähigkeit, die Leere in mir zu füllen und das Strahlen in die Welt zurückzubringen. Das ist hässlich und selbstsüchtig, aber es ist wahr.

Deswegen ist Quantico so verlockend für mich. Eine nukleare Veränderung, eine Atompilzwolke aus »Anders«. Vielleicht ist es das, was ich wirklich brauche. Einen brutalen Bruch, um mich bis in mein Innerstes zu erschüttern und meine Knochen durchzurütteln.

Der Elefant stampft davon, ohne dass ich es ihm erlaubt hätte. Wenn ich Tequila trinke, kann ich ohne Scham mit meinen Bildern reden, scheint es.

Elefant, denke ich. *Dein Name ist »Nicht-Glücklich«. Oder vielleicht »Nicht-strahlend«.*

Wird Quantico das ändern?

Wer weiß das schon? Ich brauche eine Zigarette.

Ich seufze und ergebe mich in meine Schlaflosigkeit, in mein Wachsein. Zeit, das Persönliche beiseitezuschieben und mich in die Arbeit zu stürzen. Es ist eine alte Lösung, doch sie funktioniert immer und verbannt garantiert die Elefanten, die einen sonst plagen.

Ich gehe nach oben, packe meine Notizen und kehre ins Wohnzimmer zurück. Ich setze mich aufs Sofa und versuche meine Gedanken zu ordnen.

Ich nehme die Seite mit der Überschrift TÄTER und füge hinzu: ALIAS »DER KÜNSTLER«.

Ich denke über das nach, was ich bisher in Sarahs Tagebuch gelesen habe. Dann fange ich an zu schreiben. Meine Notizen sind weniger strukturiert und mehr aus dem Stegreif heraus.

ER MUSSTE SCHMERZ ERLEIDEN – ER FÜGT ANDEREN SCHMERZEN ZU. AUS RACHE.

DIE FRAGE JEDOCH BLEIBT: WARUM SARAH?

Die logische Antwort wäre, dass er Sarah für etwas bezahlen lässt, das ihre Eltern getan haben. Doch er hat Sam und Linda Langstrom gesagt, dass es nicht ihre Schuld sei. *Es ist nicht Ihre Schuld, doch Ihr Tod ist meine Gerechtigkeit.* Hat er Sarah willkürlich ausgewählt?

Ich schüttle den Kopf. Nein. Es gibt eine Verbindung, und sie ist nicht metaphorisch. Ich habe das Gefühl, etwas zu übersehen. Etwas, das mir direkt in die Augen starrt. Etwas darüber, wie der Künstler gesprochen hat, zu wem er gesprochen hat …

Ich richte mich kerzengerade auf. Plötzlich bin ich voller Spannung.

Wenn Sarahs Bericht exakt ist, hat der Künstler zu Linda gesprochen, als er »Ihr Tod ist meine Gerechtigkeit« gesagt hat.

Zu Linda.

Ein Satz, den ich heute gehört habe, kommt mir in den Sinn.

Der Vater und die Tochter …

Die Rache des Künstlers ist nicht willkürlich, und er liebt seine Botschaften. Das war kein unbedachter Ausrutscher.

Ich fange an zu schreiben.

Was, wenn das Objekt der Rache eine Generation zurückreicht? Gestern, als er Sarah mit Blut bespritzt hat, hat der Künstler zu ihr gesagt: »Der Vater und die Tochter und der Heilige Geist.« Er hat zu Linda Langstrom gesagt: »Es ist nicht Ihre Schuld, doch Ihr Tod ist meine Gerechtigkeit.« Könnte es sein, dass es um Lindas Vater geht? Sarahs Großvater?

Ich lese, was ich geschrieben habe, und erneut geht ein Schwall von Energie durch mich hindurch.

Ich bin in meinem Büro, in meinem Haus, und faxe James die Seiten mit meinen Notizen. Ich habe ihn nicht angerufen; James wird das Faxgerät hören und aufwachen. Er wird wütend sein und verstimmt, doch er wird die Seiten lesen. Es ist wichtig, dass er weiß, was ich herausgefunden habe.

Der Großvater.

Es erscheint mir zumindest möglich, sehr gut möglich.

Das Gerät piepst und lässt mich wissen, dass es fertig ist. Ich kehre nach unten zurück, schaue auf die Uhr. Fünf Uhr morgens. Die Zeit läuft weiter.

Ich will, dass endlich Morgen ist, verdammt, und zwar schnell!

Mir kommt ein Gedanke.

Sarah hat gesagt, dass niemand ihr glaubt, was den Künstler angeht.

Warum? Nach allem, was ich bisher gelesen habe, ergibt das keinen Sinn.

Ich schaue zu den Tagebuchseiten, die auf dem Wohnzimmertisch warten. Ich blicke zur Uhr und rechne aus, wie viele Stunden mir noch bleiben.

Es gibt nur eine Möglichkeit, die Antwort auf meine Frage zu finden.

Sarahs Geschichte

Zweiter Teil

KAPITEL 24 *Und? Wie gefällt Ihnen meine Geschichte bisher? Nicht schlecht für ein Mädchen, das noch nicht ganz sechzehn ist, nicht wahr? Wie ich bereits sagte, ich bin eher Sprinter als Langläufer, und wir sind durch den ersten Teil gesprintet, nicht wahr? Eine Zusammenfassung: Glückliche kleine Sarah, böser Mann kommt vorbei, toter Buster, tote Mommy, toter Daddy, unglückliche kleine Sarah.*

Ich finde, meine Version ist besser. Mehr Spannung und so, wissen Sie?

Jetzt machen wir einen Sprung. Einen Sprung zum nächsten Abschnitt.

Zuerst ein paar Hintergrundinformationen. Ich war nach allem, was passiert war, ziemlich benebelt. Irgendwie landeten Doreen und ich hinten im Garten. Doreen, das arme Dummerchen, wurde hungrig oder durstig oder beides und schaffte es nicht, mich zum Aufstehen zu bewegen (ich lag auf dem Beton der Terrasse und sabberte vor mich hin), also fing sie an zu heulen. Meine Güte, dieser Hund konnte richtig laut heulen.

Wie dem auch sei, unsere Nachbarn, John und Jamie Overman, alarmierten die Cops wegen all dem Lärm, und weil sie wohl auch über den Zaun gelinst hatten und mich auf der Terrasse liegen sahen. Wahrscheinlich dachten sie: Hey, das ist aber merkwürdig!

Zwei Bullen kamen vorbei, ein Typ namens Ricky Santos und eine Frau namens Cathy Jones, die neu war bei der Polizei, wie ich später erfuhr. Cathy wird zu einer HAUPTFIGUR, einem TRAGENDEN CHARAKTER in meiner Geschichte.

Im Lauf der Jahre fing sie sogar an – im Gegensatz zu allen anderen –, sich für mich und meine Geschichte zu interessieren.

Mehr dazu später. Kehren wir jetzt wieder in die Erzählung aus Sicht der dritten Person zurück.

Zeit für einen weiteren Trip hinunter zum Wasserloch. Alles bereit?

3 – 2 – 1 – Los!

Vor langer, langer Zeit waren die Dinge einmal ziemlich aus dem Ruder gelaufen …

Sarah trank Wasser durch einen Strohhalm und kämpfte gegen ihre Müdigkeit an.

Eine ganze Woche war verstrichen. Eine Woche, während der sie auf Watte geschwebt war wegen der Beruhigungsmittel, die die Ärzte ihr gegeben hatten. Eine Woche voller verstohlener Stimmen, die in ihrem Kopf flüsterten. Eine Woche voller Schmerz.

Eines Tages war sie aufgewacht, ohne sofort wieder loszuschreien. Das war das Ende ihrer Besuche im Watteland gewesen. Sie hatte immer noch Träume, sicher. In diesen Träumen waren ihre Eltern

(nichts sie waren nichts sie waren überhaupt nichts)

und Buster war ein

(nichts war nichts war überhaupt nichts)

Sarah erwachte zitternd aus diesen Träumen.

Jetzt im Moment aber war sie hellwach. Eine Polizistin saß auf einem Stuhl neben ihrem Bett und stellte Fragen. Sie hieß Cathy Jones, und sie schien eine nette Frau zu sein, doch ihre Fragen waren verwirrend.

»Sarah«, fing sie an, »weißt du, warum deine Mommy deinem Dad wehgetan hat?«

»Weil der Fremde sie dazu gezwungen hat«, antwortete Sarah.

Cathy runzelte die Stirn. »Welcher Fremde?«

»Der Fremde, der Buster den Kopf abgeschnitten hat. Der mir die Hand verbrannt hat. Er hat Mommy gezwungen, zuerst Daddy wehzutun und dann sich selbst. Er sagte, er würde mir nichts tun, wenn sie gehorcht.«

Cathy starrte Sarah fassungslos an. »Willst du damit sagen, dass noch jemand anders in eurem Haus war? Jemand, der deine Mommy gezwungen hat, diese Dinge zu tun?«

Sarah nickte.

Cathy lehnte sich beunruhigt zurück.

Was, zur Hölle …?

Cathy wusste, dass die Spurensicherung das Haus der Langstroms untersucht hatte. Sie hatten nichts gefunden, das auf etwas anderes als Mord mit anschließendem Selbstmord hindeutete. Es gab sogar einen Abschiedsbrief von der Mutter, in dem stand: *»Es tut mir sehr leid. Bitte kümmert euch um Sarah.«* Außerdem hatte man Linda Langstroms Fingerabdrücke auf mehreren belastenden Gegenständen gefunden, insbesondere der Bügelsäge, mit der der Kopf des Hundes abgetrennt worden war, dann am Hals ihres Mannes und an der Pistole, mit der sie sich selbst erschossen hatte.

Darüber hinaus hatte Sarahs Mutter Antidepressiva genommen. Es gab keinerlei Hinweis, dass jemand sich gewaltsam Zutritt ins Haus verschafft hatte. Sarah war am Leben gelassen worden. Wenn es aussieht wie ein Hund und bellt wie ein Hund, dann besteht die große Wahrscheinlichkeit, dass es ein Hund ist … Die Detectives hatten Cathy gebeten, eine Aussage von Sarah einzuholen, um die Vorgänge zu bestätigen. Es war ein loses Ende, mehr nicht – hatten sie gedacht.

Was also tue ich hier?

Ricky Santos' Stimme erklang in Cathys Kopf.

Nimm ihre Aussage auf. Deswegen bist du hier. Nimm sie auf, gib sie den Detectives und mach dich wieder an deine Arbeit. Alles Weitere ist nicht dein Problem.

»Erzähl mir alles, woran du dich erinnerst, Sarah.«

Sarah blickte der Polizistin hinterher, als sie aus dem Zimmer ging.

Sie glaubt dir nicht.

Das war Sarah bewusst geworden, als sie ihre Geschichte zur Hälfte erzählt hatte. Erwachsene glaubten immer, Kinder wüssten überhaupt nichts. Sie irrten sich. Sarah jedenfalls wusste, wenn sie nicht ernst genommen wurde. Cathy war eine nette Frau, doch sie glaubte ihr kein Wort, was den Fremden betraf. Sarah runzelte die Stirn. Nein, das war nicht ganz richtig. Es war nur, dass sie irgendwie nicht zu glauben schien, dass …

Sarah überlegte, wie sie es in Worte fassen sollte.

Es ist nicht so, dass sie denkt, ich würde lügen. Aber sie glaubt auch nicht, dass ich ihr die Wahrheit sage.

Als wäre ich

(verrückt)

Sarah lehnte sich im Krankenbett zurück und schloss die Augen. Sie spürte, wie der Schmerz herannahte wie auf schwarzen Pferden. Die Pferde galoppierten in ihre Seele und stiegen auf die Hinterbeine und wieherten und schnaubten, und ihre Hufe scharrten schwarze Fetzen aus Sarahs Herz.

Manchmal war der Schmerz, den sie spürte, ganz klar und scharf umrissen. Es war kein dumpfer Schmerz, nicht wie ein Hintergrundgeräusch. Es war eine klaffende Wunde, blanke Nervenenden und Feuer. Es war eine Schwärze, die über ihr zusammenschlug und sie den Tod herbeiwünschen ließ. In solchen Augenblicken lag sie in ihrem Bett in der Dunkelheit und versuchte ihr Herz dazu zu bringen, dass es zu schlagen aufhörte. Mommy hatte ihr einmal eine Geschichte erzählt, über weise Männer in China, die sich ein Grab graben, sich davorsetzen und mit schierer Willenskraft ihr Leben beendeten. Ihre Herzen hörten auf zu schlagen, und sie kippten vornüber in das wartende Loch.

Sarah versuchte es ihnen nachzumachen, doch wie sehr

sie sich auch konzentrierte, wie sehr sie es sich wünschte, sie konnte nicht sterben. Sie atmete weiter, ihr Herz schlug weiter, und – das war am schlimmsten – es schmerzte weiter. Es war ein Schmerz, der nicht weggehen wollte, der nicht schwächer wurde und nicht verebbte.

Sie konnte nicht sterben, also rollte sie sich in ihrem Bett zusammen und weinte lautlos in sich hinein. Weinte und weinte und weinte, stundenlang. Weinte, weil ihr jetzt klar geworden war, dass Mommy und Daddy und Buster nicht mehr lebten, dass sie gegangen waren und nie, nie wieder zurückkehren würden. Nie wieder.

Nach der Trauer kamen die Wut und die Scham.

Du bist sechs! Hör auf, wie eine Heulsuse zu weinen!

Sie hatte keinen Erwachsenen, der ihr hätte sagen können, dass es völlig in Ordnung war, wenn man mit sechs Jahren noch weinte, also rollte sie sich erneut in der Dunkelheit zusammen und versuchte zu sterben und weinte und schämte sich für jede Träne.

Cathy glaubte ihr nicht. Cathy hielt sie für eine Geschichtenerzählerin, und das ließ eine neuerliche Woge des Schmerzes über Sarah hinwegfluten.

Es machte sie traurig und wütend zugleich. Mehr als alles andere weckte es in ihr das Gefühl, allein zu sein.

Cathy saß im Streifenwagen und blickte aus dem Fenster. Ricky trank einen Milchshake und musterte sie von der Seite.

»Die Geschichte von dem Mädchen geht dir an die Nerven, was?«, fragte er.

»Ja. Wie man's auch sieht, es sind schlechte Neuigkeiten: Wenn wir uns nicht irren, ist sie verrückt geworden. Wenn wir uns irren, schwebt sie in großer Gefahr.«

Ricky saugte an seinem Strohhalm und betrachtete die Innenseiten seiner Sonnenbrille.

»Du solltest versuchen, die Geschichte zu vergessen, Partner. So funktioniert das bei uns Uniformierten. Wir kommen nicht dazu, die Dinge bis zum Ende zu verfolgen, jedenfalls nicht oft. Wir erscheinen an einem Tatort, sichern alles und übergeben es dann an die Detectives. Rein, raus, fertig. Wenn du Dinge mit dir rumschleppst, ohne dass du etwas daran ändern kannst, wirst du mit der Zeit verrückt. Warum sonst enden Cops als Trinker oder vor der Mündung ihrer eigenen Revolver?«

Cathy wandte sich zu ihm.

»Du meinst also, ich soll einen Dreck darauf geben?«

Santos lächelte sie an. Es war ein trauriges Lächeln.

»Du sollst dich darum kümmern, solange es dein Problem ist. Das habe ich gemeint. Du wirst in deiner Dienstzeit noch hundert Sarahs sehen. Vielleicht mehr. Tu das Richtige für sie, solange es dein Job ist, und dann vergiss die Geschichte und kümmere dich um deinen nächsten Auftrag. Wir kämpfen in einem Zermürbungskrieg, Partner, nicht in einer einzelnen Schlacht.«

»Vielleicht«, sagte sie.

Jede Wette, fügte sie in Gedanken hinzu, *dass du auch einen Fall hast, der dich nicht mehr losgelassen hat. Ich denke, Sarah wird mein Fall werden.*

Sie fühlte sich besser, nachdem sie sich das gesagt hatte.

Mein Fall.

»Ich bin gleich wieder zurück«, sagte sie zu Santos.

Der blickte sie auf seine undeutbare Weise an. Eine Sphinx in den Schatten.

»Okay«, sagte er und saugte an seinem Strohhalm.

Sie hatten vor einem Jack In The Box neben dem Krankenhaus geparkt. Cathy stieg aus dem Streifenwagen und überquerte die Straße. Sie betrat das Krankenhaus durch die Vordertür und lief durch die langen Korridore bis zu Sarahs Zimmer.

Sarah saß aufrecht in ihrem Bett und starrte durch das

Fenster nach draußen. Der Ausblick zeigte den Parkplatz des Krankenhauses.

Wie deprimierend. Genau das Richtige, um ihren Heilungsprozess zu beschleunigen, Leute.

»Hallo«, sagte Cathy.

Sarah drehte sich zu ihr um und lächelte. Einmal mehr bewunderte Cathy die Schönheit dieses kleinen Mädchens.

Sie kam an Sarahs Bett.

»Ich wollte dir das hier geben.«

Cathy hielt eine Visitenkarte in den Fingern.

»Da stehen mein Name und meine Nummer drauf. Und meine E-Mail-Adresse. Falls du mal Hilfe brauchst, melde dich bei mir, okay?«

Sarah nahm die Visitenkarte und betrachtete sie, bevor sie Cathy wieder anschaute.

»Cathy?«

»Ja, Sarah?«

»Was passiert jetzt mit mir?«

Der Schmerz, den Cathy bis zu jenem Moment auf Armeslänge von sich gehalten hatte, stieg ihr bis in die Kehle. Sie kämpfte ihn mit einem mühsamen Schlucken zurück.

Was wird nun aus dir, Kleine?

Soweit Cathy wusste, hatte Sarah keine lebenden Verwandten. Das war ungewöhnlich, kam aber immer wieder vor. Was bedeutete, dass der Staat die Vormundschaft über sie erhalten würde.

»Jemand wird herkommen, der sich um dich kümmert, Sarah.«

Sarah dachte über diese Antwort nach. »Und wenn ich ihn nicht mag?«

Cathy verzog innerlich das Gesicht.

Kann schon sein.

»Du wirst ihn ganz bestimmt mögen, Sarah. Mach dir keine Sorgen deswegen, hörst du?«

Mein Gott, diese Augen. Ich muss hier raus!

»Verlier die Karte nicht, okay? Und ruf mich an, wenn du mich brauchst.«

Sarah nickte. Sie brachte sogar ein Lächeln zustande, und mit einem Mal wollte Cathy nicht mehr aus dem Zimmer gehen, sondern *rennen*. Sarahs Lächeln war herzzerreißend.

»Bye, Kleine«, sagte sie leise, drehte sich um und ging.

»Bye, Cathy!«, rief Sarah ihr hinterher.

Als sie wieder im Streifenwagen saß, wurde sie von Santos gemustert, der seinen Milchshake inzwischen ausgetrunken hatte.

»Und?«, fragte er. »Fühlst du dich jetzt besser?«

»Nicht unbedingt.«

Er musterte sie noch ein paar Sekunden. Er schien über etwas nachzudenken.

»Du wirst sicher ein verdammt guter Cop, Cathy«, sagte er schließlich. Dann drehte er den Zündschlüssel und setzte rückwärts aus der Parklücke, während Cathy ihn überrascht anschaute.

»Das ist das Netteste, das jemals ein Kollege zu mir gesagt hat, Santos.«

Er lächelte, als er den Vorwärtsgang einlegte und in den fließenden Verkehr einfädelte.

»Dann brauchst du dringend neue Freunde, Jones. Trotzdem, kein Problem.«

KAPITEL 25

Sarah saß im Wagen und staunte, wie die Frau sich veränderte.

Karen Watson war in ihrem Krankenzimmer erschienen und hatte Sarah erklärt, dass sie von der Fürsorge geschickt worden war und sich von nun an um sie kümmern würde. Karen hatte einen wirklich netten Eindruck gemacht und viel gelächelt. Sarah hatte so etwas wie Hoffnung verspürt.

Doch kaum waren sie aus dem Krankenhaus, hatte Karen sich verändert. Sie war immer schneller gegangen und hatte Sarah mit sich gezerrt.

»Los, steig ein, Kind!«, hatte sie befohlen, als sie bei ihrem Wagen waren.

Ihre Stimme hatte sich *gemein* angehört.

Sarah war verwirrt wegen dieser Veränderung und versuchte, einen Sinn dahinter zu erkennen.

»Bist du böse auf mich?«, fragte sie.

Karen blickte sie nur kurz an, bevor sie den Motor anließ. Sarah sah die stumpfen Augen, die lieblos gekämmten braunen Haare, die schweren Gesichtszüge. Die Frau wirkte müde. *Wahrscheinlich sieht sie immer müde aus*, dachte Sarah.

»Du bist mir im Grunde völlig egal, Prinzessin, wenn du die Wahrheit wissen willst. Mein Job ist, dir ein Dach über dem Kopf zu verschaffen und nicht, dich zu lieben oder deine Freundin zu sein oder sonst was in der Art. Kapiert?«

»Ja«, antwortete Sarah kleinlaut.

Sie fuhren davon.

Die Parkers wohnten in einem heruntergekommenen Haus in Canoga Park im San Fernando Valley. Das Haus sah aus wie seine Besitzer: Es hatte dringende Arbeiten nötig, die niemals getan werden würden.

Dennis Parker war Mechaniker. Sein Vater war ein guter Mann gewesen. Er hatte die Arbeit an kaputten Autos geliebt und seinem Sohn beigebracht, wie man sie reparierte. Dennis hasste diese Arbeit – er hasste jede Arbeit – und sorgte dafür, dass es jeder erfuhr.

Er war ein großer Mann, gut eins achtzig, mit breiten Schultern und muskulösen Armen. Er hatte schütteres dunkles Haar, einen immer sichtbaren Stoppelbart und erdfarbene, gemein aussehende Augen.

Dennis pflegte seinen Freunden zu erzählen, dass es drei Dinge gab, die er mehr liebte als alles andere: »Zigaretten, Whiskey und Muschis.«

Rebecca Parker war eine typische kalifornische Blondine mit zu harten Zügen, um wirklich attraktiv zu sein. Sie war genau vier Jahre lang schön gewesen, von sechzehn bis zwanzig. Ihr nachlassendes Äußeres kompensierte sie im Schlafzimmer – nicht, dass es viel Geschick erfordert hätte, um Dennis zufriedenzustellen. Er war üblicherweise bis zum Kragen abgefüllt, wenn er versuchte, ihr an die Wäsche zu gehen. Sie besaß schwere Brüste, eine schlanke Taille und »einen knackigen kleinen Hosenarsch«, wie Dennis ihn zu nennen pflegte.

(Anmerkung von Sarah: Das stimmt wirklich. Theresa hat mir erzählt, dass sie es selbst aus seinem Mund gehört hat. Sehr charmant, nicht wahr? Oh, und wer Theresa ist? Lesen Sie weiter, finden Sie es heraus!)

Rebeccas Job war einfach: Sie musste drei Pflegekinder aufziehen, die maximale Anzahl, die sie von Rechts wegen aufnehmen durften. Sie erhielten für jedes Kind Geld, und dieses Geld machte einen beträchtlichen Anteil ihres Einkommens aus.

Rebeccas Pflichten erstreckten sich auf die Ernährung der Kinder, darauf, sie zur Schule zu schicken und dafür zu sorgen, dass weder sie noch Dennis sichtbare Spuren auf ihren Körpern hinterließen, wenn sie ihnen eine Tracht Prügel verabreichten. Der Trick bestand darin, die Kinder genügend zu beaufsichtigen, damit die Fürsorge nicht ärgerlich wurde, jedoch nicht so sehr, dass es ihre gesamte Freizeit in Anspruch nahm oder – wichtiger noch – ihr eigenes Geld.

Karen Watson klopfte an der Haustür der Parkers, während Sarah neben ihr stand. Sie hörte sich nähernde Schritte; dann wurde die Tür geöffnet. Rebecca Parker spähte durch die Fliegentür nach draußen. Sie trug ein Tanktop und Shorts und hielt eine Zigarette zwischen den Fingern.

»Hallo, Karen«, sagte sie und öffnete die Fliegentür. »Kommen Sie rein.« Sie lächelte. »Und du musst Sarah sein.«

»Hi«, sagte Sarah.

Sarah fand, dass die neue Lady nett aussah, doch sie begriff allmählich, dass das Aussehen täuschen kann. Außerdem rauchte die Frau. Igitt!

Karen und Sarah betraten das Heim der Parkers. Es war halbwegs sauber und roch nach kaltem Zigarettenrauch.

»Sind Jesse und Theresa in der Schule?«, erkundigte sich Karen.

»Selbstverständlich«, antwortete Rebecca. Sie führte den Besuch ins Wohnzimmer und bedeutete ihnen, auf dem Sofa Platz zu nehmen.

»Wie geht es den Kindern?«, fragte Karen.

Rebecca zuckte die Schultern. »Es fehlt ihnen an nichts. Sie essen normal. Sie nehmen keine Drogen.«

»Dann scheint ja alles bestens zu sein«, sagte Karen und deutete mit einem Kopfnicken auf Sarah. »Wie ich Ihnen bereits am Telefon sagte, Sarah ist sechs. Ich muss sie rasch unterbringen, und ich dachte dabei an Sie und Dennis. Ich weiß, dass Sie nach einem dritten Pflegekind Ausschau halten.«

»Seit Angela weggelaufen ist, ja.«

Angela war eine hübsche Vierzehnjährige gewesen, deren Mutter an einer Überdosis Heroin gestorben war. Sie war bereits ein schwerer Fall gewesen, als Karen sie zu den Parkers gebracht hatte, doch Karen wusste, dass die Parkers mit ihr fertig würden. Vor zwei Monaten schließlich war Angela weggelaufen. Karen vermutete, dass sie auf die gleiche schiefe Bahn geraten würde wie ihre Hurenmutter.

»Es ist der übliche Kram. Sie müssen Sarah in der Schule anmelden, dafür sorgen, dass sie ihre Schutzimpfungen bekommt und so weiter. Sie wissen schon.«

»Ja, wissen wir.«

Karen nickte zufrieden. »Dann lasse ich Sarah bei Ihnen. Ich habe ihre Tasche mitgebracht; sie hat reichlich Garderobe, Unterwäsche und Schuhe, also müssen Sie sich in der Hinsicht vorläufig keine Gedanken machen.«

»Klingt gut.«

Karen erhob sich, schüttelte Rebecca die Hand und ging zur Vordertür. Sarah wollte ihr folgen.

»Du bleibst hier, Kind.« Karen wandte sich an Rebecca. »Wir bleiben in Verbindung.«

Mit diesen Worten war sie gegangen.

»Ich zeig dir dein Zimmer, Süße«, sagte Rebecca.

Sarah folgte der Frau durch einen benommenen Nebel hindurch.

Was passiert hier? Warum bleibe ich hier? Und wo ist Doreen? Was haben sie mit meiner Doreen gemacht?

»Hier ist es.«

Sarah blickte durch die geöffnete Tür in das Zimmer. Es war klein, drei mal drei Meter, mehr nicht. Es war mit einer einzelnen Kommode und zwei kleinen Betten möbliert. Die Wände waren kahl.

»Warum stehen zwei Betten hier drin?«, fragte Sarah.

»Weil du dieses Zimmer mit Theresa teilst.« Rebecca deutete auf die Kommode. »Du kannst deine Sachen in die untere Schublade tun. Warum packst du nicht gleich aus und kommst dann zu mir in die Küche?«

Es war Sarah gelungen, all ihre Sachen in die viel zu kleine Schublade zu quetschen. Ihre Schuhe hatte sie unter ihr Bett gestellt. Beim Auspacken hatte sie einen vertrauten Geruch wahrgenommen – den Duft des Weichspülers, den ihre Mutter benutzt hatte. Er hatte sie überrascht, und zugleich war es wie ein Schlag in die Magengrube gewesen. Sarah hatte ihr

Gesicht in einem Hemd verborgen, um ihr Weinen zu verbergen.

Schließlich waren ihre Tränen versiegt, und sie leerte den Rest ihrer Sachen aus der kleinen Tasche, die Karen ihr mitgegeben hatte. Sie setzte sich auf ihre Bettkante, erfüllt von Befremden und einem dumpfen Schmerz.

Warum bin ich hier? Warum kann ich nicht in meinem eigenen Zimmer schlafen?

Sie verstand das alles nicht.

Vielleicht wusste diese Frau mehr, diese Rebecca.

»Da bist du ja«, sagte Rebecca, als Sarah in der Küche erschien. »Hast du deine Sachen weggepackt?«

»Ja.«

»Komm her, setz dich zu mir an den Tisch. Ich hab dir ein Bologna-Sandwich gemacht und dir ein Glas Milch hingestellt … du magst doch Milch? Du hast keine Laktose-Unverträglichkeit oder so?«

»Ich mag Milch.« Sarah setzte sich auf den ihr zugewiesenen Stuhl und nahm das Sandwich in die Hand. Sie war sehr hungrig. »Danke sehr«, sagte sie zu Rebecca.

»Kein Problem, Zuckerpüppchen.«

Rebecca nahm ihr gegenüber am Tisch Platz und steckte sich eine Zigarette an. Sie rauchte und beobachtete Sarah, während das kleine Mädchen aß.

Traurig und blass und klein. Das ist wirklich schlimm. Aber früher oder später muss sie lernen, was alle lernen müssen: Die Welt ist hart und ungerecht.

»Ich werde dir ein paar Regeln erklären, die in diesem Haus gelten, Sarah. Dinge, die du wissen und an die du dich halten musst, solange du hier bei uns lebst, okay?«

»Okay.«

»Erstens, wir sind nicht hier, um dich zu unterhalten, kapiert? Wir sind hier, um dir ein Dach über dem Kopf zu geben, dich zu füttern und zu kleiden und dich zur Schule zu schicken. All diese Dinge. Aber du musst dich schon selbst beschäftigen, wenn du Langeweile hast. Dennis und ich haben unser eigenes Leben und unsere eigenen Dinge zu erledigen. Wir haben keine Zeit, deine Spielgefährten zu sein, klar?«

Sarah nickte.

»Okay. Also weiter. Du hast Pflichten hier im Haus. Mach deine Arbeit, und du kriegst keine Schwierigkeiten. Lass sie liegen, und wir geraten aneinander. Schlafenszeit ist zehn Uhr abends. Keine Ausnahmen. Das bedeutet, dass das Licht aus ist und du unter der Bettdecke liegst. Die letzte Regel ist ganz einfach, aber sie ist trotzdem wichtig. Gib keine Widerworte. Tu, was wir dir sagen. Wir sind die Erwachsenen, und wir wissen, was das Beste für dich ist. Wir geben dir ein Zuhause und ein Dach über dem Kopf, und wir erwarten, dass du uns mit Respekt behandelst. Hast du das verstanden?«

Wieder ein Nicken.

»Gut. Hast du Fragen?«

Sarah blickte auf ihren Teller. »Warum wohne ich hier? Warum kann ich nicht zurück nach Hause?«

Rebecca runzelte verblüfft die Stirn.

»Weil deine Mom und dein Dad tot sind, Süße, und weil es sonst keinen gibt, der dich will. Dennis und ich nehmen Kinder wie dich bei uns auf. Kinder, die keinen anderen Ort haben, zu dem sie gehen könnten. Hat Karen dir das nicht erklärt?«

Sarah schüttelte den Kopf und starrte weiter auf ihren Teller. Sie wirkte wie betäubt.

»Danke sehr für das Sandwich«, sagte sie kleinlaut. »Darf ich jetzt auf mein Zimmer?«

»Geh nur«, sagte Rebecca, drückte ihre Zigarette aus und steckte sich eine neue an. »Es ist normal, wenn ihr Neuen in den ersten paar Tagen weint, das ist okay. Aber du musst schnell lernen, hart zu werden. Das Leben geht weiter, weißt du?«

Sarah starrte Rebecca an, während sie versuchte, die Worte

der Frau zu begreifen. Dann verzog sie das Gesicht und flüchtete vom Tisch.

Rebecca sah ihr hinterher. Sie nahm einen tiefen Zug von ihrer Zigarette.

Hübsches Ding. Eine Schande, was ihr zugestoßen ist.

Sie winkte ab, obwohl sie alleine war. Ihre Augen, mit zu viel Mascara geschminkt, funkelten wütend und elend.

Wirklich zu schade. Die Welt ist verdammt hart.

Sarah lag auf ihrem fremden neuen Bett in ihrem fremden neuen Zuhause und hatte sich zusammengerollt. Sich klein gemacht. Sie wünschte sich

(Woandershin)

Vielleicht konnte sie ja verschwinden.

(Woandershin)

Vielleicht konnte sie sich nach Hause zurückwünschen, zu Mommy und Daddy. Ein plötzlicher Gedanke ließ sie neuen Mut schöpfen: Vielleicht war das alles ja nur ein besonders langer, besonders schlimmer Traum. Vielleicht war sie am Abend vor ihrem Geburtstag eingeschlafen und noch gar nicht wieder richtig aufgewacht.

Sie runzelte die Stirn, als sie angestrengt über diese Möglichkeit nachdachte. Wenn es stimmte, musste sie nichts weiter tun, als in ihrem Traum einschlafen.

»Ja«, flüsterte sie leise zu sich selbst.

Das war es! Sie musste nur einschlafen (hier, in ihrem Traum), und dann würde sie in der wirklichen Welt aufwachen. Buster wäre da, an sie gekuschelt, und das Bild ihrer Mutter wäre da, an der Wand am Fuß ihres Bettes, und es wäre Morgen. Sie würde aufstehen und nach unten gehen zu Mom und Daddy, und alles würde wie früher sein.

Sarah umarmte sich selbst in ihrer Aufregung. Das musste die Lösung sein für – sie blickte sich im Zimmer um – das alles hier.

Du musst nur die Augen zumachen und einschlafen, und wenn du aufwachst, ist alles wie früher.

Weil sie völlig erschöpft war und erst sechs Jahre alt, bereitete das Einschlafen ihr keine Mühe.

KAPITEL 26

»Wach auf.«

Sarah rührte sich. Jemand rüttelte sie. Jemand mit einer sanften Frauenstimme.

»He, wach auf, kleines Mädchen.«

Sarahs erster Gedanke war: Es hat funktioniert! Das war Mommy, die gekommen war, um sie zu wecken. Es war ihr Geburtstag!

»Ich hatte einen schlimmen Traum, Mommy«, murmelte sie.

Keine Antwort.

Dann: »Ich bin nicht deine Mommy, kleines Mädchen. Komm schon, wach auf. Es ist gleich Essenszeit.«

Sarah öffnete verwundert die Augen. Es dauerte einen Moment, bevor sie das Mädchen deutlich sehen konnte, das zu ihr sprach. Es hatte die Wahrheit gesagt: Es war nicht Mommy.

Es ist kein Traum. Es ist alles Wirklichkeit.

Sarah akzeptierte diese schmerzhafte und unumstößliche Wahrheit.

Mommy ist tot. Daddy ist tot. Buster ist tot, und Doreen ist weg. Ich bin ganz allein, und sie kommen nie wieder.

Etwas von dem, was Sarah fühlte, musste sich auf ihrem Gesicht gezeigt haben, denn das fremde Mädchen schaute sie besorgt an.

»Hey, ist alles in Ordnung?«

Sarah schüttelte den Kopf. Sie konnte nicht reden.

Das Gesicht des anderen Mädchens wurde weich.

»Verstehe. Na ja, jedenfalls … ich bin Theresa. Ich schätze, wir sind Pflegeschwestern.« Sie zögerte. »Wie heißt du?«

»Sarah.« Ihre Stimme klang schwach und weit entfernt.

»Sarah. Das ist ein hübscher Name. Ich bin dreizehn. Wie alt bist du?«

»Sechs. Ich hatte gerade Geburtstag.«

»Cool.«

Sarah musterte das fremde, freundliche Mädchen. Theresa war hübsch. Sie sah ein wenig nach Latino aus, mit braunen Augen und dicken schwarzen Haaren, die ihr bis knapp über die Schultern reichten. Sie hatte eine kleine Narbe dicht unter dem Haaransatz. Volle, sinnliche Lippen ließen ihr ernstes Gesicht weicher erscheinen. Sie war hübsch, doch sie sah auch müde aus, fand Sarah. Wie eine nette Person, die einen schweren Tag hinter sich hatte.

»Warum bist du hier, Theresa?«

»Meine Mom ist gestorben.«

»Oh.« Sarah war nicht sicher, wie sie darauf reagieren sollte. »Meine auch. Und mein Daddy«, sagte sie dann.

»Das ist Scheiße.« Eine lange Pause. Dann, leise und sorgenvoll: »Tut mir echt leid, Sarah.«

Sarah nickte. Sie spürte, wie ihr Gesicht heiß wurde und wie es in ihren Augen stach.

Sei nicht so eine alte Heulsuse!

Theresa schien es nicht zu bemerken. »Ich war acht, als meine Mom starb«, sagte sie, während Sarah lauschte und mit den Tränen kämpfte. »Ein wenig älter als du heute, aber nicht viel. Darum weiß ich, wie du dich fühlst. Und ich weiß, was auf dich zukommt. Weißt du, was das Wichtigste ist? Du musst lernen, dass du den meisten Leuten egal bist. Du bist allein. Ich weiß, das ist nicht schön, aber je früher du das erkennst, desto besser bist du dran.« Sie verzog das Gesicht. »Du gehörst zu keinem von diesen Leuten. Du bist nicht mit denen verwandt.«

»Aber … aber wenn ich ihnen egal bin, warum tun sie das? Warum haben sie mich aufgenommen?«

Theresa schenkte Sarah ein müdes Lächeln. »Geld. Sie werden dafür bezahlt.«

Sarah starrte ins Leere, während sie versuchte, Theresas Worte zu verdauen. Ihr kam ein erschreckender Gedanke.

»Sind sie böse?«

Theresas Miene war wütend und traurig. »Manchmal, ja. Hin und wieder gerätst du auch an eine gute Pflegefamilie, aber meistens sind es böse Leute.«

»Sind unsere Pflegeeltern böse?«

Über Theresas Gesicht huschte ein Schatten, den Sarah nicht zu deuten vermochte.

»Ja.« Theresa verstummte, wandte den Blick ab. Dann atmete sie tief durch und lächelte. »Für dich wahrscheinlich nicht so sehr. Vor Rebecca musst du keine Angst haben. Sie trinkt nicht, so wie Dennis. Wenn du tust, was sie dir sagt, und ihr keine Scherereien machst, lässt sie dich in Ruhe. Ich glaube nicht, dass sie dich oft verprügeln werden.«

Sarah wurde blass. »Mich verprügeln?«

Theresa drückte ihr die Hände. »Halt dich zurück, und dir passiert nichts. Und sprich Dennis nicht an, wenn er betrunken ist.«

Sarah lauschte Theresas Ratschlägen mit dem Pragmatismus eines Kindes, trotz ihrer Angst. Sie glaubte Theresa, dass sie diesen Leuten egal war, dass sie kleine Mädchen schlugen, und dass sie lieber nicht mit Dennis reden sollte, wenn er getrunken hatte.

Die Welt wurde immer furchterregender, und Sarah fühlte sich von Minute zu Minute einsamer.

Sie blickte auf ihre Hände. »Du hast gesagt, wir wären Pflegeschwestern. Heißt das … bedeutet dass, dass du meine Freundin bist, Theresa?«

Es war demütig und traurig und einsam und versetzte Theresa einen Stich in die Brust.

»Na klar, Sarah. Wir sind Freundinnen.« Sie zwang Überzeugungskraft in ihre Stimme. »Wir sind sogar Schwestern, schon vergessen?«

Sarah brachte ein Lächeln zustande. »Nein. Nicht vergessen.«

»Braves Mädchen. So, jetzt komm. Es ist Zeit zum Essen.« Theresa blickte streng. »Sei niemals unpünktlich zum Essen, das macht Dennis stinkwütend.«

Sarah hatte schreckliche Angst vor Dennis, gleich vom ersten Augenblick an, als sie ihn sah.

Er war ein schwelender Vulkan, voller Hitze, der jederzeit auszubrechen drohte. Jeder, der ihm begegnete, spürte das.

Er war

(gefährlich)

und

(gemein)

Er starrte Sarah an, als sie und Theresa sich an den Tisch setzten.

»Du bist Sarah?«, fragt er mit rumpelnder Bassstimme. Die Frage klang wie eine Drohung.

»J-ja.«

Er musterte sie ausgiebig, bevor er seine Aufmerksamkeit auf Rebecca richtete.

»Wo ist Jesse?«

Rebecca zuckte die Schultern. »Weiß nicht. Er ist ziemlich trotzig in letzter Zeit.«

Sarah starrte immer noch Dennis an, aus weit aufgerissenen Augen, und erkannte den Ausdruck, der bei diesen Worten in seinem Gesicht erschien: Es war purer Hass.

»Tja«, sagte er. »Ich schätze, ich muss etwas dagegen unternehmen.« Sein Gesicht wurde wieder verschlossen. »Essen wir.«

Es gab Hackbraten. Sarah fand ihn ganz gut. Nicht so gut wie den von Mommy, aber einigermaßen. Das Essen verlief schweigend. Die Stille wurde nur gestört vom Geklapper der Bestecke und den Kaugeräuschen. Dennis hatte eine Dose Bier und nahm große Schlucke zwischen den einzelnen Bissen. Sarah bemerkte, dass er häufig zu Theresa starrte, während Theresa seinem Blick sorgsam auswich.

Dennis war bei seiner dritten Dose Bier, als das Essen vorbei war.

»Ihr Mädchen räumt den Tisch ab und wascht das Geschirr«, befahl Rebecca. »Dennis und ich gehen nach nebenan und sehen fern. Wenn ihr fertig seid, dürft ihr auf euer Zimmer.«

Theresa nickte und stand auf, um das Geschirr einzusammeln. Sarah half ihr dabei. Das Schweigen hielt an. Rebecca rauchte ihre Zigarette und starrte Dennis mit einer Mischung aus Zorn und Verzweiflung an, während Dennis Theresa anstarrte. In seinem Gesicht stand etwas, das Sarah nicht zu entziffern vermochte.

Das alles war ihr völlig fremd. Das Essen zu Hause war stets mit Gesprächen und Geschichten und Lachen verbunden gewesen, und immer waren die Hunde dabei gewesen. Daddy hatte Sarah gehänselt, Mommy hatte aufgepasst und gelächelt. Buster und Doreen hatten andächtig dagesessen und darauf gehofft, dass Bissen vom Tisch für sie abfielen.

Daheim war Sarah etwas Besonderes gewesen, und alles war hell und freundlich und voller Liebe.

Hier war alles schwierig. Gefährlich. Hier war Sarah nichts Besonderes.

Sie folgte Theresa in die Küche und zum Spülbecken.

»Ich wasche die Teller vor«, sagte Theresa, »und du stellst sie in den Geschirrspüler. Weißt du, wie man das macht?«

Sarah nickte. »Ich hab Mommy auch immer dabei geholfen.«

Theresa lächelte ihr zu. Sie machten sich an die Arbeit und fielen bald in einen harmonischen Rhythmus. Fast schien alles normal.

»Wer ist Jesse?«, fragte Sarah.

»Der Junge, der hier wohnt. Er ist sechzehn.« Theresa zuckte die Schultern. »Jesse ist ganz nett, aber in letzter Zeit ist er Dennis gegenüber sehr trotzig. Ich glaub nicht, dass er noch lange hier sein wird.«

Sarah stellte eine Hand voll Gabeln in den Besteckkorb. »Warum nicht?«, fragte sie. »Was wird denn mit ihm passieren?«

»Dennis ist stinkwütend auf Jesse. Irgendwann wird er ihn verprügeln, aber diesmal wird Jesse sich wehren. Selbst Karen Watson, die alte Wachtel, wird das noch einsehen.«

Sarah nahm einen Teller, den Theresa ihr reichte. »Ist Ms. Watson gemein?«

Theresa blickte sie verwundert an. »Gemein? Rebecca und Dennis sind gemein, aber Karen Watson ist das Böse in Person!«

Sarah dachte darüber nach. Das Böse in Person.

Sie beendeten ihre Arbeit. Theresa gab Reinigungspulver in den Geschirrspüler und schaltete die Maschine ein. Sarah lauschte dem gedämpften *Klang-Klang* und empfand so etwas wie Trost dabei. Es hörte sich an wie zu Hause.

»Jetzt gehen wir auf unser Zimmer«, sagt Theresa. »Auf dem kürzesten Weg. Inzwischen ist Dennis wohl ziemlich betrunken.«

Sarah spürte erneut heraufziehende Gefahr. Allmählich begriff sie, dass das Leben hier in diesem Haus so war. Es war, als bewegte man sich mitten in der Nacht durch ein Minenfeld voller Eierschalen, während der Feind mit gespitzten Ohren nach dem kleinsten Geräusch lauschte. Die Atmosphäre in diesem Haus war angespannt und schwer und voller (Sarah spürte es) greifbarer Gefahren.

Sie folgte Theresa, als diese die Küche verließ, und warf einen Blick zum Sofa, als sie am Wohnzimmer vorbeikamen. Was sie dort sah, schockierte sie. Rebecca und Dennis küssten sich. Das war keine große Sache; Daddy und Mommy hatten sich auch immer wieder vor Sarah geküsst. Doch Rebecca hatte keine Bluse an, und Sarah konnte ihre Brüste sehen!

Sarahs Magen zog sich bei dem Anblick zusammen. Sie wusste instinktiv, dass sie so etwas nicht sehen sollte. Küssen war in Ordnung, Brüste waren in Ordnung (sie war schließlich ein Mädchen), aber Brüste und Küssen … ihr Gesicht brannte, und sie fühlte sich unwohl.

Sie betraten ihr Zimmer, und Theresa schloss die Tür, wobei sie sorgfältig darauf achtete, ja kein Geräusch zu machen.

(Eierschalen im Minenfeld, Anspannung und Gefahr. Eierschalen und Gefahr.)

Sarah saß auf der Bettkante. Sie fühlte sich ganz schwach.

»Tut mir leid, dass du das sehen musstest«, murmelte Theresa wütend. »Sie sollten so was nicht tun, wenn andere sie dabei beobachten können. Besonders nicht vor Kindern.«

»Ich will nicht hier sein … Ich mag nicht hier sein«, sagte Sarah leise und verzagt.

»Ich auch nicht, Sarah.« Theresa verstummte. »Ich will dir noch was verraten«, sagte sie schließlich. »Du kannst es jetzt noch nicht verstehen, aber irgendwann. Vertrau keinem Mann. Männer wollen nur eins … das, was du auf dem Sofa gesehen hast. Manchen ist es sogar egal, wie alt du bist. Einige von denen mögen es umso mehr, je jünger du bist!«

In Theresas Stimme schwang eine Bitterkeit mit, die Sarah verwundert den Kopf heben ließ. Die Dreizehnjährige saß auf ihrem Bett und weinte lautlose Tränen voller Wut. Sie wollte nicht, dass Sarah etwas davon merkte.

Sarah sprang vom Bett und setzte sich neben Theresa, legte die kleinen Arme um das ältere Mädchen und drückte es. Sie tat es ohne nachzudenken; es war ein Reflex, wie bei einer Pflanze, die sich nach der Sonne dreht.

»Nicht weinen, Theresa. Bitte, wein nicht.«

Das ältere Mädchen schluchzte, wischte sich die Tränen ab und zwang sich zu einem zittrigen Lächeln.

»Was für eine Heulsuse ich bin.«

»Es ist doch alles gut«, sagte Sarah. »Wir sind Schwestern. Schwestern dürfen voreinander weinen.«

Theresa sah niedergeschlagen aus, angefüllt mit einer Mischung aus alten Wunden und altem Glück. Sie vermengten sich in ihrem Geist, eine schlammige dunkle Flut aus wenig Weiß und viel Grau.

Später würde Sarah sich an diesen Augenblick erinnern, überzeugt, dass diese Begebenheit Theresa dazu gebracht hatte, jene Dinge zu tun, die sie später tun würde.

»Ja«, antwortete Theresa mit zittriger Stimme. »Wir sind Schwestern.« Sie umarmte Sarah und drückte sie an sich. Sarah schloss die Augen und atmete tief ein. Theresa roch wie ein Feld voller Blumen im Sommer. Für einen Moment, einen kurzen Moment fühlte sich Sarah sicher.

»Hey«, sagte Theresa und löste sich mit einem Lächeln von Sarah. »Hast du Lust auf ein Spiel? Wir haben aber nur Go-Fish.«

»Ich spiel gerne Go-Fish!«

Sie setzten sich aufs Bett, spielten Karten und ignorierten das Stöhnen und Ächzen, waren in Sicherheit auf ihrer kleinen Insel in einem Meer voller Eierschalen.

KAPITEL 27 Sarah und Theresa spielten anderthalb Stunden, dann redeten sie zwei Stunden miteinander. Das Zimmer war wie ein Zufluchtsort vor den Wahrheiten, die sie beide hergebracht hatten. Theresa hatte von ihrer Mutter erzählt und Sarah ein Foto gezeigt.

»Sie ist wunderschön«, hatte Sarah ehrfürchtig gesagt.

Das stimmte. Die Frau auf dem Foto war Mitte zwanzig, eine Latina mit exotischem Einschlag, lachenden Augen, rassigem Gesicht und kastanienbrauner Haarmähne.

Theresa hatte das Foto ein letztes Mal angeschaut, bevor sie es mit einem Lächeln wieder unter ihrer Matratze versteckt hatte.

»Ja, sie war wunderschön. Und immer fröhlich. Hat immer wegen irgendwas gelacht.« Theresas Gesicht war ernst geworden, der Blick entrückt. »Sie wurde vergewaltigt und ermordet, von einem Fremden. Von einem Mann, der Frauen gerne wehtut.«

»Meine Mommy wurde auch von einem bösen Fremden ermordet.«

»Ehrlich?«

Sarah nickte ernst. »Ja. Aber keiner will mir glauben.«

»Warum nicht?«

Sarah erzählte die Geschichte von dem Fremden. Von den Dingen, zu denen er ihre Eltern gezwungen hatte. Als sie fertig war, schwieg Theresa längere Zeit.

»Das ist eine verdammt heftige Geschichte«, sagte sie schließlich.

Sarah hob den Blick und sah ihre neue Schwester hoffnungsvoll an. »Du glaubst mir?«

»Natürlich glaub ich dir.«

In diesem Moment empfand Sarah innige Zuneigung zu dem älteren Mädchen.

Jahre später fragte sie sich, ob Theresa ihr wirklich geglaubt hatte. Doch letztlich war die Antwort unwichtig. Theresa hatte ihr ein Gefühl von Geborgenheit und Hoffnung gegeben, als sie beides am meisten gebraucht hatte. Dafür liebte Sarah sie für immer.

Kurz vor zehn Uhr klopfte Rebecca an ihre Zimmertür.

»Zeit zum Schlafengehen«, sagte sie.

Dann lagen die Mädchen in der Dunkelheit und starrten an die Decke.

Sarah verspürte ein klein bisschen Erleichterung. Was sie erlebt hatte, war schlimm gewesen. Furchtbar schlimm. Die meisten Dinge waren immer noch schlimm, und Sarah wusste, dass dieses Haus kein guter Ort war. Und sie wusste nicht, was die Zukunft für sie bereithielt. Doch sie war nicht mehr allein, und das bedeutete sehr viel in diesem Augenblick.

»Theresa?«, flüsterte sie.

»Ja?«

»Ich bin froh, dass du meine Pflegeschwester bist.«

Eine Pause.

»Ich auch, Sarah. Und jetzt schlaf.«

Sarah schlief zum ersten Mal seit vielen Tagen ohne Träume, als sie von Geräuschen geweckt wurde.

Ein Mann war im Zimmer, in den Schatten, und hockte über Theresas Bett.

Der Fremde!

Sarah wimmerte.

Die Geräusche verstummten. Eine lastende Stille breitete sich aus.

»Sarah?«, fragte eine rumpelnde Männerstimme. »Bist du wach?«

Sarah begriff, dass die Stimme Dennis gehörte. Aus Entsetzen wurde Verwirrung, gefolgt von einer schleichenden Unruhe.

Was macht er hier?

»Antworte, Mädchen!«, zischte Dennis. »Bist du wach?«

Seine Stimme klang böse und gemein. Sarah wimmerte erneut und nickte.

Er kann dich nicht sehen, dummes Ding!

»J-ja«, stotterte sie.

Stille. Sie hörte Dennis atmen.

»Schlaf weiter. Oder sei still. Was auch immer.«

»Es ist alles in Ordnung, Sarah«, sagte Theresa leise in der Dunkelheit. »Schließ einfach die Augen und halt dir die Ohren zu.«

Sarah schloss die Augen und zog sich die Bettdecke über

den Kopf. Sie zitterte am ganzen Leib. Angestrengt lauschte sie in die Dunkelheit.

»Los jetzt, nimm ihn in den Mund!«, hörte sie Dennis flüstern.

»I-ich will nicht. Bitte, bitte, lass mich in Ruhe.« Theresas Stimme klang ganz elend.

Ein klatschendes Geräusch, gefolgt von einem Ächzen Theresas, das Sarah erschauern ließ.

»Nimm ihn in den Mund, oder ich steck ihn dir rein, wo's richtig wehtut!«

Die darauf folgende Stille schien kein Ende nehmen zu wollen. Dann nasse Geräusche.

»So ist es gut. Braves Mädchen.« Sarah hatte keine Ahnung, was dieses »braves Mädchen« bedeutete, doch sie wusste, dass es irgendetwas Schlimmes sein musste.

(Sehr böse)

Sie spürte die Anwesenheit von etwas sehr, sehr Bösem im Zimmer. Etwas Hässlichem. Sie fühlte sich schmutzig und schämte sich, ohne zu wissen warum.

Die Geräusche veränderten sich, wurden schneller, und verstummten dann. Dennis stöhnte – ein tiefes, grauenhaftes Stöhnen, das Sarah Schauer über den Rücken jagte.

Wieder eine lange Stille. Die Geräusche von Bewegung, von Bettlaken. Die Dielen knarrten. Schritte. Sie hörte, wie jemand zu ihrem Bett kam.

(Monster)

Die Schritte verstummen, und Sarah wusste, dass Dennis neben ihr stand. Auf sie hinunterstarrte. Sie versuchte nicht zu atmen, sich nicht zu rühren. Versuchte

(Nichts sein)

Sie konnte Dennis riechen. Rauch und Alkohol, durchsetzt mit süßlichem Schweiß, weckten in ihr den Wunsch zu schreien und zu würgen.

»Du bist ein hübsches kleines Ding, Sarah«, murmelte Dennis. »Wenn du groß bist, wirst du sicher eine gut aussehende junge Lady sein. Vielleicht komme ich dich dann öfters besuchen.«

(Nichts sein Nichts sein Nichts sein)

Sarah hatte so schreckliche Angst, dass ihr übel wurde.

Sie spürte, wie Dennis sich entfernte. Hörte seine Schritte, die sich zur Tür bewegten und dann aus dem Zimmer.

Dann waren sie allein. Sarah hörte ihren eigenen Herzschlag, schnell wie der eines Kolibris, laut wie eine Trommel.

Schließlich beruhigte er sich so weit, dass sie ein anderes Geräusch hören konnte. Theresa weinte leise.

Sprich mit ihr!

Ich hab Angst. Ich will nicht unter der Decke hervor. Bitte, ich bin erst sechs, und ich will nichts mehr davon nichts mehr nichts mehr …

Halt die Klappe! Sie ist deine SCHWESTER! Deine Schwester, du Angsthase!

Sarah kniff die Augen ein letztes Mal fest zusammen und schlug sie dann auf, holte tief Luft und fasste allen Mut, den ihr kindliches Herz aufzubringen vermochte. Sie schlug die Bettdecke zurück.

»Theresa?«, flüsterte sie. »Was ist?«

Schniefende Geräusche.

»Mir geht es gut, Sarah. Schlaf weiter.«

Sie klang überhaupt nicht, als ginge es ihr gut. Ganz und gar nicht.

»Soll ich zu dir kommen und dich umarmen … bei dir schlafen?«

Eine Pause.

»Nein, komm nicht her. Nicht in … *dieses Bett.* Ich komme zu dir.«

Sarah beobachtete Theresas Schatten, der sich erhob und auf sie zubewegte. Die Bettfedern knarrten, als das ältere Mädchen zu ihr ins Bett stieg.

Sarah streckte die Hände aus, berührte Theresas Schultern

und bemerkte, dass das ältere Mädchen schluchzte, das Gesicht ins Kissen gepresst, um das Geräusch zu ersticken.

Sarah zerrte mit ihren kleinen Händen an Theresas Schultern, zog sie zu sich.

»Theresa, bitte nicht weinen.«

Theresa ließ sich ohne Widerstand von Sarah in die Arme nehmen, legte den Kopf an Sarahs Brust und schluchzte, schluchzte, schluchzte. Sarah streichelte ihr übers Haar und weinte selbst.

Was war passiert? Vor ein paar Stunden hatten sie noch Go-Fish gespielt und waren glücklich gewesen, und dann war Dennis gekommen und hatte diese bösen bösen bösen bösen Dinge getan.

Eine neue Angst durchflutete Sarah.

Vielleicht ist es von jetzt an immer so.

Sie presste die Lippen zusammen und schüttelte den Kopf.

Nein. Der liebe Gott würde nicht zulassen, dass das Leben so gemein ist.

Irgendwann wurde Theresas Schluchzen leiser, dann schniefte sie nur noch, und dann verstummte sie ganz. Ihr Kopf blieb an Sarahs Brust, und Sarah streichelte ihr weiter übers Haar. Mommy hatte das bei ihr immer gemacht, wenn sie traurig oder wütend war, und es hatte jedes Mal geholfen.

Vielleicht tun das alle Mommys. Vielleicht hat Theresas Mommy es auch getan.

»Männer sind böse, Sarah«, sagte Theresa unvermittelt.

»Mein Daddy war nicht böse!«, antwortete Sarah und bedauerte die Worte augenblicklich.

Sarah war erst sechs, doch sie wusste, dass Theresa nicht über Männer wie Daddy redete. Sie redete über Männer wie Dennis. Auch wenn er der erste *dieser* Männer war, dem Sarah je begegnet war, so wusste sie doch, dass Theresa hundert Prozent recht hatte mit ihm.

»Nein, dein Daddy war bestimmt nicht böse«, sagte Theresa. Es klang nicht aufgebracht.

»Theresa?«

»Ja?«

»Was hat Dennis damit gemeint, dass er mich später mal besuchen kommt?«

Neuerliches Schweigen, angefüllt mit Dingen, die Sarah nicht zu deuten vermochte.

»Mach dir darüber keine Gedanken, kleine Schwester«, sagte Theresa schließlich. Die Zärtlichkeit in ihren Worten ließ Sarah unerwartet die Tränen in die Augen schießen. Theresa streichelte Sarahs Wange. »Ich werde das nicht zulassen. Er wird dich nicht kriegen, das verspreche ich dir.«

Sarah glaubte Theresa aufs Wort. Sie schlief ein.

KAPITEL 28

»Welche Farbe, Schatz?«

Es war Sonntag, und Sarah war mit ihrer Mutter im Atelier. Sie hatte manchmal Lust, einfach dazusitzen und ihrer Mommy beim Malen oder Bildhauern zuzuschauen. Ihre Mutter sah am wunderschönsten aus, wenn sie Künstlerin war.

Dieses Gemälde war eine Landschaft. Berge im Hintergrund, davor eine große freie Wiese mit ein paar üppigen Bäumen. Die Farben waren leuchtend und surreal: Ein purpurner Himmel, buttergelbes Gras, die Sonne ein unwahrscheinliches Orange.

»Welche Farbe soll ich für die Blätter der Bäume nehmen?«, fragte Linda.

»Die echten Farben, Mommy. Aber leuchtender.«

Sarah besaß nicht das Vokabular, doch Linda verstand genau, was ihre Tochter meinte. So war es immer: Sarah sah etwas vor dem geistigen Auge und versuchte es zu beschreiben, und Linda musste herauszufinden, was sie meinte.

»Leuchtender? Du meinst heller? Wie eine Glühbirne, die heller leuchten kann?«

Sarah nickte.

»Okay.«

Linda machte sich gedankenverloren daran, Rot- und Orangetöne zu mischen.

»Gefällt dir dieses Bild überhaupt?«

»Ganz toll, Mommy! Es macht, dass ich losgehen und spielen und springen und laufen möchte.«

Missionsziel erreicht, dachte Linda zufrieden und begann, die Blätter in zu leuchtenden, zu hellen Farben zu malen. Sarah beobachtete sie dabei.

Plötzlich verharrte Linda und wurde starr. Sie hatte Sarah den Rücken zugewandt und stand dort, ohne sich zu rühren, wie zu Eis erstarrt.

»Was ist, Mommy?«

Beim Klang von Sarahs Stimme zuckte Linda zusammen; dann drehte sie sich wie in Zeitlupe um. Unendlich langsam. Als sie Sarah das Gesicht zuwandte, zuckte das Mädchen entsetzt zurück.

Linda stieß einen lautlosen Schrei aus, die Augen weit, der Mund aufgerissen, die Zähne gebleckt.

»*Mommy!*«

Lindas Hände flogen an die Schläfen. Der Pinsel segelte durch die Luft und bespritzte Sarah mit Blut.

Sarah sah das Bild hinter ihrer Mutter. Die Blätter an den Bäumen brannten.

Der Schrei war mit einem Mal nicht mehr lautlos. Es war ein schrecklicher Laut, als hätte jemand den Deckel von der Hölle genommen. Er spielte in Stereo, voller Echos und Hall und Wut.

»Was hast du getan? Was hast du nur getan? Was hast du nur …«

Sarah wachte auf.

»Was hast du getan?«

Der Schrei war echt. Er war hier, jetzt, in diesem Haus.

Der Fremde?

Die Tür zu ihrem Schlafzimmer stand offen.

»Dennis! O Gott! Was hast du getan, Theresa!«

Sarah begriff, dass Rebecca schrie.

Mach, dass du aus dem Bett kommst, du Angsthase! Theresa braucht deine Hilfe!

Sarah wimmerte vor Entsetzen.

Ich will nicht mehr tapfer sein müssen!

Sie weinte und zitterte vor Angst, doch sie überwand sich, aus dem Bett zu steigen. Ihre Beine schienen jemand anderem zu gehören. Sie wackelten, waren völlig kraftlos.

Sarah ging zur Tür, doch als sie dort ankam, erstarrte sie.

Was, wenn dort noch mehr

(Nichts)

lauert. Da draußen?

Was, wenn Theresa zu einer

(Nichts)

(Busterkopf)

?

Beweg dich, Angsthase. Du bist sechs. Hör auf, dich wie ein Baby zu benehmen.

Sarah schob sich nach draußen auf den Flur. Ihre Angst war jetzt so stark, dass sie schluchzte.

»Was hast du getan?«, kreischte Rebecca.

Sarahs Schluchzen wurde stärker, während sie sich zwang, weiter in die Richtung zu gehen, aus der Rebeccas Schreie kamen. Ihr lief die Nase, und die Welt verschwamm vor ihren Augen.

Ich will nicht hinsehen! Ich will das nicht sehen!

Die andere Stimme war jetzt freundlicher.

Ich weiß, dass du Angst hast. Aber du musst. Für Theresa. Sie ist deine Schwester.

Sarah nickte zur Antwort und zwang ihre Füße, sich weiterzubewegen.

Dann war sie in der Tür zu Rebeccas und Dennis' Zimmer. Da war Theresa, auf dem Fußboden. Sie saß mit hängendem Kopf dort, ein Messer im Schoß. Es war blutverschmiert. Rebecca war nackt und völlig hysterisch, wie verrückt, und strich in hektischen Bewegungen über Dennis' Körper. Auch sie war voller Blut.

Dennis rührte sich nicht. Seine Augen standen offen.

Schlagartig erkannte Sarah, dass Dennis

(Nichts)

»Was hast du *getan?*«

Sarah ächzte.

Oh nein. Theresa hat das getan!

Sarah stürzte zu Theresa, kauerte sich vor sie hin, schüttelte sie.

»Theresa! Was ist? Was ist?«

Theresas Gesicht war schlaff und bleich, ihre Augen blickten stumpf.

»Hallo, kleines Mädchen«, flüsterte sie. »Ich hab dir ja gesagt, er wird dich niemals belästigen. Niemals.«

Sarah wich vor Entsetzen zurück.

»Geh die Polizei rufen, Sarah.«

Theresa senkte den Kopf und schaukelte vor und zurück, vor und zurück.

Sarah starrte sie verwirrt an, voller Angst.

Was soll ich denn jetzt tun?

Die Karte! Von der Polizistin! Ruf sie an! Jetzt!

Sie rannte aus dem Zimmer, und ihr wurde mit einem Mal bewusst, dass die Eierschalen und die Gefahr aus diesem Haus verschwunden waren. Sie fragte sich, wie das hatte geschehen können.

Viele Jahre später wusste sie es. Doch da glaubte sie längst nicht mehr an Gott.

KAPITEL 29 Sarah saß in Cathy Jones' Privatwagen. Cathy war nicht im Dienst, doch das kleine Mädchen hatte sie angerufen, also war sie hergekommen, nachdem sie auf der Wache Meldung gemacht hatte.

Das ist eine verfluchte, grauenhafte Geschichte, überlegte Cathy und blickte Sarah an. Die Wangen und Augen des Mädchens waren rot vom Weinen.

Wer kann es ihr verdenken? Sie kommt in eine neue Familie, und der Pflegevater wird schon in der ersten Nacht von einem der anderen Kinder ermordet. Mein Gott.

»Sarah? Was ist passiert?«

»Dennis … ist zu Theresa ins Bett gekommen. Er hat böse Dinge getan … und gesagt, er kommt in ein paar Jahren auch zu mir ins Bett.« Sarah schluchzte wieder. »Theresa hat zu mir gesagt, sie lässt das nicht zu. Darum hat sie Dennis getötet. Wegen mir.«

Sarah warf sich in Cathys Arme und schluchzte hemmungslos.

Cathy erstarrte. Sie war unverheiratet, hatte keine Kinder und wusste nicht, wie sie sich verhalten sollte.

Nimm sie in die Arme, Dummkopf!

Sie drückte das kleine Mädchen an sich. Sarah weinte noch heftiger.

Und jetzt sag etwas zu ihr.

»Pssst. Es ist wieder gut, Sarah. Ich bin ja da. Alles wird gut.«

Doch Cathy wusste, wie leer diese Worte waren. Sie glaubte selbst nicht daran. Kein bisschen. Sie glaubte nicht, dass alles wieder gut werden würde. Niemals.

»Das hat das Mädchen gesagt?«

Sarahs Weinen war zu einem Schniefen verebbt. Cathy hatte sie allein gelassen, um zu Nick Rollins zu gehen, dem zuständigen Detective.

»Ja, Sir. Sie sagt, dass der Pflegevater zu dem anderen Mädchen ins Bett gestiegen ist.«

»Scheiße.« Rollins schüttelte den Kopf. »Wenn das stimmt, ändert sich natürlich alles. Wenn er Theresa vergewaltigt hat und gedroht hat, das Gleiche mit dem kleineren Mädchen zu tun …« Er zuckte die Schultern. »Dann wird sie wohl kaum wegen Mordes vor Gericht gestellt.«

Beide blickten auf, als weibliche Beamte Theresa in Handschellen abführten. Das Mädchen ließ den Kopf hängen, blickte zu Boden und bewegte sich wie ein gefesseltes Gespenst.

»Was soll ich jetzt tun?«, fragte Cathy den Detective.

»Bleiben Sie bei der Kleinen. Jemand von der Fürsorge ist auf dem Weg hierher.«

»Ja, Sir.«

Cathy beobachtete, wie Theresa auf den Rücksitz eines Streifenwagens verfrachtet wurde. Dann ging sie zu ihrem eigenen Wagen. Sarah starrte durch die Windschutzscheibe nach draußen in die Dunkelheit.

»Cathy?«, sagte Sarah, kaum dass die Polizistin bei ihr war.

»Ja?«

»Du hast mir nicht geglaubt, als ich dir von dem Mann in unserem Haus erzählt habe, nicht wahr?«

Cathy überlegte. *Was sage ich ihr jetzt?* »Ich war nicht sicher, ob ich dir glauben soll, Sarah. Du warst sehr … durcheinander.«

Sarah blickte Cathy forschend in die Augen. »Aber du hast es den anderen Polizisten gesagt? Was ich dir erzählt habe?«

»Ja.«

»Und sie haben mir auch nicht geglaubt, oder?«

Cathy räusperte sich nervös. »Nein, Sarah. Sie haben dir nicht geglaubt.«

»Warum nicht? Glauben sie, ich lüge?«

»Nein. Es ist nur … sie haben kein Zeichen dafür finden können, dass ein fremder Mann in eurem Haus war. Manchmal, wenn so schlimme Dinge passieren, sind die Leute hinterher durcheinander. Nicht nur Kinder, auch Erwachsene. Deshalb wissen die anderen Polizisten, dass du nicht lügst, sondern verwirrt warst.«

Sarah starrte wieder nach draußen.

»Ich war nicht verwirrt, aber …« Sarah stockte. »Oh, die böse Frau ist da.«

Cathy sah eine erschöpft aussehende Frau mittleren Alters, die in ihre Richtung kam.

»Die böse Frau?«, sagte sie. »Das ist Ms. Watson von der Fürsorge. Du kennst doch Ms. Watson?«

Sarah nickte. »Theresa hat gesagt, sie ist das Böse in Person.«

Cathy musterte das kleine Mädchen mitleidig.

»Sarah, sieh mich an«, sagte sie sanft.

Sarah gehorchte.

»Du hast meine Karte«, sagte Cathy. »Und du rufst mich an, wenn du meine Hilfe brauchst.« Sie deutete mit einem Nicken zu Karen Watson. »Okay, Sarah?«

»Okay.«

Karen half Sarah beim Packen ihrer Kleider und Schuhe. Sie war wieder richtig nett. Sarah wusste warum: Es waren andere Leute anwesend, die Karen beobachteten. Sarah wusste, dass Karen wieder gemein werden würde, sobald sie allein waren.

Schließlich stiegen sie ins Auto und fuhren los, und wie nicht anders zu erwarten, musterte Karen Sarah mit wütenden Blicken. Sarah war es egal. Sie war todmüde.

»Wie konntest du das nur tun«, murmelte Karen. »Jetzt wirst du sehen, was passiert, wenn du dich nicht bei einer Pflegefamilie einfügen kannst.«

Sarah hatte keine Ahnung, wovon Karen redete. Und sie war zu traurig, um Angst zu haben.

Oh, Theresa, warum, warum, warum? Du hättest vorher mit mir reden sollen. Wir waren Schwestern. Jetzt bin ich wieder ganz allein.

Sie waren vor einem großen einstöckigen Gebäude angekommen, aus grauem Beton, umgeben von hohen Zäunen.

»Da wären wir«, sagte Karen. »Das ist ein Waisenhaus. Hier wirst du bleiben, bis ich es für richtig halte, dir eine neue Chance bei Pflegeeltern zu geben.«

Sie stiegen aus dem Wagen. Sarah folgte Karen in das Heim. Sie gingen durch einen langen Flur zu einem Empfangsschalter. Eine dünne, müde wirkende Frau Mitte vierzig erhob sich. Karen reichte ihr ein Formular.

»Sarah Langstrom«, sagte sie zu der Frau.

Die Frau las das Formular durch, warf einen Blick auf Sarah und nickte Karen zu.

»Okay.«

»Wir sehen uns später, Prinzessin«, sagte Karen, wandte sich um und ging davon.

»Hi, Sarah«, sagte die dünne Frau. »Ich bin Janet. Ich bringe dich jetzt erst mal zu Bett, und morgen früh zeige ich dir dann alles, einverstanden?«

Sarah nickte bloß.

Ist mir egal, dachte sie. *Mir ist alles egal. Ich will nur schlafen.*

Sarah folgte Janet durch den Gang und durch zwei verschlossene Türen, dann noch eine. Die Wände waren in Gefängnisgrün gestrichen, die Böden ausgetretenes graues Linoleum. Alles war trostlos und trist. Der Gang, den sie durchquerten, wurde rechts und links von Türen gesäumt. Vor einer der Türen blieb Janet stehen und öffnete sie umständlich und leise.

»Pssst«, sagte sie und legte einen Finger an die Lippen. »Die anderen schlafen.«

Janet ließ die Tür einen Spalt offen, damit sie das Licht aus dem Flur nutzen konnten. Sarah sah, dass sie sich in einem großen Zimmer befand, einigermaßen sauber, mit sechs doppelstöckigen Eisenbetten. In den Betten schliefen Mädchen verschiedenen Alters.

»Da«, flüsterte Janet und deutete auf eines der Betten. »Das untere ist deins. Toilette und Waschraum sind auf dem Gang. Musst du noch einmal?«

Sarah schüttelte den Kopf. »Nein. Ich bin nur müde.«

»Dann leg dich schlafen. Wir sehen uns morgen früh.«

Janet wartete, bis Sarah unter die Bettdecke geschlüpft war, bevor sie ging. Die Tür klickte leise, und dann war es dunkel. Sarah war froh. Sie hatte keine Angst vor der Dunkelheit, weil sie zurück war an der Stelle, wo sie

(nichts sein)

wollte.

Sie wollte nicht an Theresa denken oder an Dennis oder Blut oder Fremde oder an das Alleinsein. Sie wollte nur die Augen schließen und überall Schwarz sehen.

Sie war eben erst in einen erschöpften Schlaf gefallen, als sie von einer würgenden Hand an ihrem Hals geweckt wurde. Sie riss die Augen auf.

»Still!«, zischte eine Stimme.

Die Stimme gehörte einem Mädchen. Einem kräftigen Mädchen. Die Hand um Sarahs Hals war wie ein Schraubstock.

»Ich bin Kirsten«, sagte die Stimme. »Ich bin die Chefin hier, klar? Was ich sage, wird gemacht. Kapiert?«

Sie löste ihren Griff um Sarahs Hals. Sarah hustete.

»Warum?«, fragte sie, nachdem sie wieder Luft bekam.

»Warum was?«

»Warum muss ich machen, was du sagst?«

Eine Hand schoss aus der Dunkelheit und versetzte Sarah eine Ohrfeige. Der Schmerz war ein Schock.

»Weil ich die Stärkste bin. Wir reden morgen früh weiter.«

Der Schatten verschwand. Sarahs Wange brannte. Sie fühlte sich einsamer als je zuvor.

Ja, aber weißt du was?

Was?

Wenigstens bist du keine Heulsuse mehr.

Sarah spürte keine Trauer. Sie spürte Wut.

Als sie erneut in den Schlaf fiel, erinnerte sie sich an die Worte, die Kirsten gesagt hatte.

Weil ich die Stärkste bin.

Ein letztes Aufflammen von Wut.

Nicht für immer.

Dann übermannte sie der Schlaf der Erschöpfung.

Hi, da bin ich wieder.

Rückblickend muss ich sagen, dass Kirsten nicht ganz falschlag. So ist nun mal das Leben im Heim. Die Starken beherrschen die Schwachen. Sie hat mich das gelehrt, obwohl ich ihr damals nicht dankbar war. Verdammt, ich war gerade erst sechs! Heute bin ich älter, heute kenne ich die Wahrheit.

Irgendjemand musste es tun.

Ich lernte meine Lektion gut.

Ich lege das Tagebuch beiseite, als die aufgehende Sonne mich durch das Fenster hindurch begrüßt. Ich schaffe es unmöglich bis zum Ende, bevor ich aufstehen und zur Arbeit muss. Wenigstens habe ich meine Antwort. Niemand hat Sarah glauben wollen, weil der Killer seine Spuren verwischt hat, als er die Langstroms ermordete. Niemand war hinter Sarah her, und alle dachten wahrscheinlich, dass sie nur eine Pechsträhne hatte. Die Ereignisse bei ihrer ersten Pflegefamilie verstärkten diesen Eindruck noch.

Und weil das so ist, stellt sich eine neue Frage: Warum hat der Künstler beschlossen, gerade jetzt aus der Finsternis hervorzukommen?

Sämtliche anderen Fragen lasse ich erst mal außen vor. Die Fragen bezüglich Sarah und ihrer Seele, zum Beispiel. Diese Probleme sind viel zu schlimm für einen so schönen Sonnenaufgang.

Teil 2

Männer, die Kinder fressen

KAPITEL 30

Ich fluche auf den Regen und mache mich bereit für den Sprint vom Parkplatz zu den Stufen des FBI-Gebäudes.

In Südkalifornien hat es in den vergangenen zehn Jahren sehr wenig geregnet. Dafür gab es jede Menge Sonne. Mutter Natur scheint die verlorene Zeit mit extremen Regenfällen ungefähr alle drei Tage wettmachen zu wollen. Es fing im Februar an und geht inzwischen seit zwei Monaten so. Es zerrt an den Nerven.

Niemand in L.A. läuft mit einem Regenschirm durch die Gegend, selbst wenn es klüger wäre. Ich mache da keine Ausnahme. Ich schiebe mir die Kopie von Sarahs Tagebuch unter die Jacke, um sie vor der Feuchtigkeit zu schützen, packe meine Tasche und lege den Daumen auf den Knopf, damit ich die Zentralverriegelung meines Wagens betätigen kann, nachdem ich ausgestiegen bin.

Ich öffne die Wagentür und sprinte los, während ich unablässig vor mich hin fluche. Ich bin bis auf die Haut durchnässt, ehe ich die Treppe erreiche.

»Der Regen hat Sie aber ganz schön erwischt, Smoky!«, ruft Mitch mir zu, als ich die Sicherheitsschleuse passiere.

Er erwartet keine Antwort außer einem Grinsen oder einer Grimasse. Mitch ist Chef der Security-Abteilung des Gebäudes, ein ergrauter Exsoldat von vielleicht fünfundfünfzig Jahren mit Falkenaugen und einer kalten Ausstrahlung.

Ich gehe tropfend zu den Aufzügen und fahre hinauf in die Etage, in der mein Büro liegt. Die Kollegen, die mit mir nach oben fahren, sehen genauso aus wie ich. Wie nasse Katzen. Niemand hat einen Schirm.

Ich eile über den Flur, biege nach rechts, dann nach links ab und ziehe eine Tropfenspur hinter mir her, bis ich die Räume erreiche, in denen mein Büro untergebracht ist und die bei den anderen Mitarbeitern im Haus nur »Death Central« heißen, »Todeszentrale«. Ich trete ein, und das Aroma von frischem Kaffee steigt mir in die Nase.

»Gütiger Gott, du bist ja völlig durchnässt!«, ruft Callie.

Ich mustere sie mit einem vernichtenden Blick. Wie nicht anders zu erwarten, ist sie völlig trocken, so schön wie immer und perfekt zurechtgemacht. Nun ja, vielleicht nicht ganz perfekt. Ihre Augen sind müde. Eine Mischung aus Schmerz und Schmerzmitteln? Oder nur Schlafmangel?

»Ist der Kaffee fertig?«

Callie deutet auf die Kanne. »Frisch gebrüht.«

Ich schenke mir eine Tasse ein.

Alan und James kommen aus dem hinteren Teil des Büros, und dann sitzen wir in behaglichem Schweigen zusammen, trinken Callies göttlichen Kaffee und lassen den Morgen mit der angemessenen Langsamkeit beginnen.

»Okay«, sage ich schließlich. »Ich habe angefangen, Sarahs Tagebuch zu lesen. Eine wenig erbauliche Lektüre.«

»Kann mal wohl sagen«, sagt Callie.

Ich reibe mir mit einer Hand über die müden Augen. »Wie weit seid ihr gekommen?«

»Bis zur Ankunft im zweiten Heim«, sagt Alan.

»So weit bin ich noch nicht gekommen«, gestehe ich. »Callie?«

»Ich hab's zu Ende gelesen«, sagt sie.

»Ich auch«, murmelt James.

»Seid ihr auf irgendwelche beweiserheblichen Dinge gestoßen?«

James überlegt kurz. »Ja und nein. Sarah kommt in ein weiteres Heim, und das endet nicht gut. Sie macht schlimme Erfahrungen, wird sexuell missbraucht. Aus ermittlungstechnischer Sicht gibt es drei Bereiche, die wir genauer untersuchen müssen, basierend auf Sarahs Tagebuch. Da wäre das erste Verbrechen der Mordserie, die Ermordung ihrer Eltern. Dann die Polizistin, die sich für Sarah interessiert hat, diese Cathy Jones. Sie verschwindet irgendwann, und Sarah weiß nicht warum. Und schließlich wären da noch die früheren Opfer des Künstlers, der Dichter und der Philosophiestudent, die er Sarah gegenüber erwähnt hat.«

»Okay«, sage ich. »Reden wir über das Motiv. Rache. Oder ist jemand anderer Meinung?«

»Nein«, sagt Alan. »Die Frage ist nur, Rache wofür? Und was hat Sarah mit alledem zu tun?«

»Die Sünden der Väter«, sage ich.

Alle sehen mich verwirrt an. Ich erzähle ihnen von meinen Schlussfolgerungen der letzten Nacht.

»Interessant«, murmelt Callie. »Etwas, das der Großvater getan hat … Möglich wär's.«

»Betrachten wir das Gesamtbild. Dieser Künstler hat zu Sarah gesagt, dass er sie ›nach seinem Ebenbild neu formen‹ will. Er bezeichnet sie als seine Skulptur und gibt ihr sogar einen Titel: ›Ein zerstörtes Leben.‹ Was sagt uns das?«

»Wenn er Sarah nach seinem Bild formen will, meint er, dass *sein* Leben zerstört wurde«, sagt Alan.

»Genau. Also entwickelt er einen langfristigen Plan. Nicht den Plan, Sarah zu töten, sondern sie emotional zu zerstören. Das ist verdammt pathologisch. Es verrät uns, dass unser Freund von seiner Mommy nicht bloß ignoriert wurde. Ihm wurde etwas angetan, etwas sehr Schlimmes, auf das es für ihn nur eine Antwort gibt: Das Leben eines kleinen Mädchens zu vernichten. Was meint ihr?«

»Nach diesem ›Ebenbild‹-Konzept zu urteilen«, sagt Alan,

»wurde er in jungen Jahren zum Waisen gemacht. Deshalb hat er Sarahs Eltern getötet.«

»Gut möglich. Was noch?«

»Wahrscheinlich ist dieser Künstler in einer wenig liebevollen Umgebung aufgewachsen«, sagt James. »Er hat alles und jeden zerstört oder getötet, das eine Stütze für Sarah hätte werden können. Er hat das Mädchen völlig isoliert.«

»Sehr gut. Weiter.«

»Außerdem«, fährt James fort, »können wir davon ausgehen, dass er sexuell missbraucht wurde.«

»Worauf stützt du diese Annahme?«

»Es ist eine Schlussfolgerung. Er war Waisenkind, ohne emotionalen Halt, und geriet in die falschen Hände. Statistisch gesehen bedeutet das mit hoher Wahrscheinlichkeit, er *wurde* sexuell missbraucht.«

»Callie? Hast du etwas hinzuzufügen?«, frage ich.

Ihr Lächeln ist geheimnisvoll. »Ja. Aber für den Augenblick möchte ich lediglich James beipflichten. Ich werde erst etwas sagen, wenn alle anderen fertig sind.«

Ich blicke sie stirnrunzelnd an. Sie lächelt bloß.

»Also wurde der Künstler zum Waisen gemacht und missbraucht«, fahre ich fort. »Die Frage lautet: Wofür will er Rache? Dafür, dass er zum Waisen wurde? Oder dafür, dass er missbraucht worden ist? Oder für beides? Und warum so viele verschiedene Opfer?«

»Ich verstehe nicht …«, sagt Alan.

»Wir haben Sarah als lebendes Opfer, eine Art symbolische Empfängerin seiner Rache. Wenn wir diesen Gedankengang weiter verfolgen, sind die Kingsleys nebensächlich und austauschbar. Es war ihr Pech, dass sie Sarah adoptiert hatten. Aber wir haben nicht nur die Kingsleys, sondern auch – nach Sarahs Schilderung – einen Dichter und einen Philosophiestudenten. Warum gerieten sie in die Schusslinie? Und warum gibt es unterschiedliche Mordmethoden bei ihnen und bei Vargas?«

Alan schüttelt den Kopf. »Keine Ahnung.«

»Vargas erhielt die gleiche Behandlung wie die Kingsleys«, meint James. »Ihm wurde die Kehle durchschnitten, und er wurde ausgeweidet. Grauenhaft, aber nicht die schmerzvollste Art zu sterben. Mit dem Dichter und dem Philosophen scheint es anders gewesen zu sein. Offenbar sind sie sehr langsam und qualvoll gestorben. Das gilt auch für Sam und Linda Langstrom. Es war weder schnell noch schmerzlos.«

»Du meinst, er ändert seine Mordmethode basierend auf der Schwere des Vergehens, das sein Opfer begangen haben?«, fragt Callie.

»Er glaubt, dass er Gerechtigkeit übt. Nach diesem Muster verdient nicht jedes Verbrechen die gleiche Bestrafung.«

Alan nickt. »Okay. Nennen wir sie primäre und sekundäre Opfer. Demzufolge wären Vargas und die Kingsleys sekundäre Opfer. Sarahs Eltern, der Dichter und der Philosoph wären primäre Opfer, die den schlimmsten Tod verdient haben, den er ihnen zufügen kann.«

»Ja«, sagt James.

»Nur dass wir davon ausgehen, dass Sam und Linda Langstrom auf ihre Weise nebensächlich waren«, gibt Alan zu bedenken. »Nachkommen des *eigentlichen* Übeltäters.«

»Für den Künstler waren sie nicht nebensächlich«, sagt James. »Es passt in unsere Konstruktion. Wenn nun Großvater Langstrom irgendetwas getan hat, das dem Künstler Schaden brachte, als er noch ein Kind war? Der alte Langstrom lebt nicht mehr, also kann der Künstler sich an ihm nicht mehr rächen. Was macht er also? Er tut sich an Langstroms Nachkommen gütlich.«

»Das würde bedeuten, dass er die Taten von Großvater Langstrom als besonders verabscheuenswürdig einstuft«, füge ich hinzu.

»Basierend auf dem, was er Sarah angetan hat, meinst du?«, fragt James.

»Ja.«

»Woher weißt du denn, ob der Philosoph und der Dichter, wer immer sie gewesen sein mögen, nicht ebenfalls Kinder hatten? Woher weißt du, dass es nicht noch mehr Sarahs gibt?«

Ich zögere, während ich über diesen ziemlich unappetitlichen und furchtbaren Gedanken nachsinne. »Ich weiß es nicht. Okay. Also gehen wir für den Moment davon aus, dass der Künstler als Kind zum Waisen gemacht wurde, in die falschen Hände fiel und missbraucht wurde. Die Narben auf seinen Fußsohlen stützen diese Theorie. Sonst noch etwas?«

»Jetzt bin ich an der Reihe«, meldet Callie sich zu Wort. »Ich habe einen guten Teil meines Abends damit verbracht, mich in Mr. Vargas' Computer umzusehen. Es wimmelt nur so von Pornographie aller Art, einschließlich Kinderpornos. Er ist nicht wählerisch, was seine Perversion angeht. Außer den Kinderpornos habe ich Koprophagie und Sodomie gefunden.« Sie verzieht das Gesicht. »Und Emetophilie, das Essen von Erbrochenem.«

»Okay, das reicht, wir kriegen so langsam eine Vorstellung«, sagt Alan angewidert.

»Sorry. Das alles schien aber nur Vargas' eigenem Konsum zu dienen. Es untermauert, was wir bereits von ihm wissen: Er war ein unangenehmes Individuum. Seine E-Mails waren ebenfalls keine Offenbarung. Der Videoclip allerdings schon.«

»Ein Video? Wovon?«, frage ich.

Sie deutet auf ihren Monitor. »Kommt zu meinem Schreibtisch, und ich zeige es euch.«

Wir bilden einen Halbkreis. Der Mediaplayer ist bereits gestartet. »Seid ihr bereit?«, fragt Callie.

»Fang an«, antworte ich.

Sie klickt auf Play. Einen Augenblick ist der Schirm schwarz. Dann erscheint ein hässlicher Teppich.

»Den kenne ich«, sage ich. »Das ist der Teppich aus Vargas' Wohnung.«

Die Kamera zittert und schwenkt nach oben. Das Bild bewegt sich, als würde ein Betrunkener filmen, als die Kamera auf einem Stativ befestigt wird. Sie kommt zur Ruhe und ist auf das traurige Bett gerichtet, in dem wir Vargas und das Mädchen tot aufgefunden haben. Ein nacktes Mädchen steigt ins Bett, gerade erst am Anfang der Pubertät. Sie nimmt sich einen Moment Zeit, um sich zu positionieren. Sie posiert auf Händen und Knien. Ihre Hände sind mit Handschellen gefesselt.

»Das ist das Mädchen von gestern Abend«, sage ich.

Eine Stimme aus dem Off murmelt etwas. Ich kann die Worte nicht verstehen, doch das Mädchen hebt den Kopf und blickt direkt in die Kamera. Ihr Gesicht ist beinahe unterwürfig und unterscheidet sich nicht allzu sehr von ihrer Totenmaske. Sie hat sehr schöne blaue Augen, doch sie sind so hohl wie ein Fass. Voll mit nichts.

Jose Vargas kommt ins Bild. Er ist angezogen, trägt eine Bluejeans und ein schmutzigweißes T-Shirt. Man sieht ihm sein Alter an. Sein Rücken ist leicht gekrümmt. Er ist unrasiert. Sein Gesicht wirkt müde, doch seine Augen leuchten. Er freut sich auf das, was er gleich tun wird.

»Ist das eine Gerte in seiner Hand?«, fragt Alan.

»Ja«, antwortet Callie.

Die Gerte ist ein dünner Zweig, von einem Baum oder Strauch abgeschnitten. Ich kann an einem Ende noch eine Andeutung von Grün erkennen. Vargas hat sich auf eine altmodische körperliche Züchtigung vorbereitet.

Er tritt hinter das Mädchen. Beugt sich vor, scheint die Kamera zu überprüfen. Nickt vor sich hin. Mustert das Mädchen mit kritischem Blick.

»Den Arsch höher, *puta!*«, ruft er.

Das Mädchen blinzelt kaum. Sie wackelt ein wenig mit dem Hintern und reckt ihn höher.

»So ist es besser.« Vargas überprüft erneut Zimmer und Kamera. »So ist es gut.« Ein letztes Nicken zu sich selbst; dann wendet er sich der Kamera zu. Er lächelt ein hässliches Lächeln, voller brauner Zähne und Zahnlücken.

»Der Kerl braucht dringend seine Dritten«, murmelt Alan.

»So, Mister Sie-wissen-schon-wer«, fängt Vargas an. »Hallo. Buenos Dias. Ich bin es, Ihr alter Freund Jose.« Vargas deutet auf das Mädchen. »Manche Dinge ändern sich schätzungsweise nie.« Er breitet die Hände aus, deutet auf das Zimmer um sich herum. Zuckt die Schultern. »Andere Dinge ändern sich gewaltig. Geld beispielsweise. Mit Geld sieht es dieser Tage nicht so gut aus. Die ganzen Jahre im Gefängnis, ich habe nicht mehr so viele – wie sagt man so schön? – berufliche Fähigkeiten.« Ein weiteres Zahnlückenlächeln. »Aber ich *habe* Fähigkeiten, richtig? Sie wissen das sehr genau. Ich erinnere mich an Sie. An die Dinge, die Sie mich gelehrt haben, als ich jung war, in den besseren Zeiten. Ich zeige Ihnen, an *wie viel* ich mich erinnere. Einverstanden?«

Vargas hält die Gerte hoch. Lächelt.

»Züchtige deinen Besitz. Hinterlasse niemals Spuren, die den Wert schmälern könnten. Jose hat es nicht vergessen!«

Vargas nimmt den Arm zurück. Sein Mund öffnet sich. Ganz weit. Ein unbeschreiblich hungriger Ausdruck erscheint auf seinem Gesicht. Ich bezweifle, dass er sich dessen bewusst ist. Die Gerte verharrt am höchsten Punkt, zittert in seiner erregten Hand und saust dann pfeifend herab. Das Auftreffen auf die Fußsohlen des Mädchens ist beinahe unhörbar, doch ihre Reaktion ist extrem. Ihre Augen quellen hervor, ihr Mund öffnet sich zu einem weiten »O«. Einen Moment später schießen lautlose Tränen in ihre Augen. Sie beißt die Zähne zusammen, versucht den Schmerz zu ertragen.

»Sag die Worte, *puta!*«, befiehlt Vargas.

»Du ... bist ... Gott«, stammelt das Mädchen. »Ich danke dir ... Gott.«

»Der Akzent klingt Russisch«, bemerkt James.

Vargas schlägt erneut mit der Gerte zu. Seine Augen leuchten noch heller, sein Mund ist noch weiter. Er sabbert. Er ist wie besessen.

Diesmal bäumt sich das Mädchen auf, stößt einen Schrei aus.

»Die Worte!«, befiehlt Vargas grinsend.

Es geht noch eine Weile so weiter. Als es vorbei ist, schwitzt Vargas und atmet schwer, und seine Augenlider flattern. Ich kann eine Wölbung in seiner Hose erkennen. Das Mädchen schluchzt hemmungslos.

Vargas stolpert ein wenig umher; dann scheint ihm der ursprüngliche Plan wieder einzufallen. Er streicht sich eine Locke strähniger Haare aus der Stirn und grinst schmutzig in die Kamera.

»Sehen Sie? Ich habe *nichts* vergessen.« Das Mädchen schluchzt lauter. »Halt die Fresse, verdammte *puta!*«, schnarrt Vargas sie an, wütend wegen der Unterbrechung. Sie schlägt die Hände vor den Mund, um ihr Schluchzen zu unterdrücken.

»Ich denke, Mister Sie-wissen-schon-wer, dass Sie Jose Geld geben werden für das, woran er sich erinnert.« Ein weiteres groteskes Lächeln. »Gehen Sie nur, sehen Sie sich alles noch einmal in Ruhe an. Ich weiß, dass Sie es sowieso tun würden, richtig? Jose erinnert sich auch daran. Sie genießen diese Dinge. Sie sehen sich dieses Video noch einmal an und denken darüber nach, was Sie zu Jose sagen werden, wenn Sie ihn wiedersehen. Adios.«

Vargas wirft einen Blick auf das schluchzende Mädchen, reibt sich im Schritt und lächelt in die Kamera.

Der Bildschirm wird schwarz.

»Wow«, sage ich. Mir ist übel.

»Mister Sie-wissen-schon-wer. Das ist originell. Wir wissen also, dass Vargas jemanden erpresst hat, der mit der Praxis der Bastonade vertraut ist«, stellt Alan fest.

»Verhaltensmodifikation«, wirft James ein. »Folter kombiniert mit erzwungener, repetitiver Verwendung einer erniedrigenden Phrase, die Unterwürfigkeit zum Ausdruck bringt.«

»Er schlägt seinem Opfer auf die Fußsohlen, um keine Spuren auf anderen Körperteilen zu hinterlassen und den Wert zu verringern«, fügt Alan hinzu.

»Es passt alles zusammen«, sage ich. »Der Künstler hat ebenfalls Narben auf den Fußsohlen. Das ist kein Zufall. Vargas' Erpressungsversuch zeigt, dass Dritte involviert sind, und er deutet außerdem in die Richtung von sexuellem Missbrauch.«

»Weißt du«, sagt Alan und schüttelt den Kopf, »wenn der Mistkerl sich an Vargas und seinesgleichen halten würde, hätte ich vielleicht kein so großes Problem mit ihm.« Seine Miene ist grimmig. »Aber ein Kerl, der so etwas einem Kind antut, hat den Tod verdient.«

Niemand erhebt Einwände.

»Ich habe die Festplatte von Vargas' Computer gründlich untersucht«, sagt Callie. »Ich hatte Hoffnung, noch mehr zu finden. Dass Vargas das Video enkodiert hat, um es irgendwo auf einen Server zu laden oder so ähnlich.« Sie schüttelt den Kopf. »Kein Glück. Ich schätze, er hat es enkodiert, auf eine DVD gebrannt und dem Mann geschickt, den er damit erpresst hat.«

»Vielleicht haben wir hier die Verbindung zu dem Menschenschmuggel, in den Vargas verwickelt war«, sage ich. »Barry meint, das FBI hätte diesen Fall bearbeitet. Hier in Kalifornien sogar. Es ist ein entscheidender Punkt, dem wir nachgehen müssen.« Ich reibe mir übers Gesicht, gehe nach vorn ins Büro zurück. »Okay. Was noch?«

»Eine gravierende Veränderung in seinem Verhalten«, sagt James. »Als der Künstler die Langstroms ermordet hat, hat er versucht, seine Spuren zu verwischen. Jetzt ist er gewissermaßen ins Licht getreten. Warum?«

»Das könnte alle möglichen Gründe haben«, meint Alan. »Vielleicht ist er krank, vielleicht stirbt er, vielleicht geht ihm die Zeit aus. Vielleicht hat es eine Weile gedauert, bis er die Identität der Personen herausgefunden hatte, von denen er glaubt, dass er sie töten muss. Der interessante Zusammenhang ist hier, dass alles genau zu der Zeit geschieht, als Vargas seinen Erpressungsversuch startet. Sieht ganz so aus, als wären ein paar längst vergrabene Dinge mit einem Mal wieder ans Licht gekommen.«

»Es deutet auf ein Endspiel hin«, sage ich. »Der Künstler weiß, dass wir hinter ihm her sind. Verdammt, er hat uns geradezu herausgefordert. Er sieht die Dinge zu einem Abschluss kommen.«

»Und was tun wir als Nächstes, Zuckerschnäuzchen?«

Ich denke über Callies Frage nach. Wir könnten in viele verschiedene Richtungen ermitteln. Welche haben die größten Aussichten auf Erfolg?

»Es wird Zeit, dass wir uns aufteilen. Alan, ich möchte, dass du die Langstroms übernimmst. Beschaff sämtliche Informationen, die du kriegen kannst … über ihren Tod, ihren Hintergrund. Dreh jeden Stein um. Finde heraus, wer die Großväter sind. Wenn ich mich nicht irre, spielt einer von ihnen eine wichtige Rolle. Ruf Barry an, wenn du jemanden brauchst, der dich bei der zuständigen Polizei abschirmt.«

»Verstanden.«

»James, du übernimmst zwei Aufgaben. Ich möchte, dass du in der VICAP-Datenbank nach unserem Dichter und diesem Philosophiestudenten suchst. Vielleicht finden wir heraus, wer die beiden sind.«

Das VICAP ist eine spezielle Falldatei, die dem Zweck dient, Gewaltverbrechen miteinander in Verbindung zu bringen, unter anderem, um Täterprofile zu erstellen.

»Meinetwegen«, sagt James. »Und die zweite Aufgabe?«

Ich informiere ihn über das Verschlüsselungsprogramm auf Michael Kingsleys Rechner. »Finde heraus, wie weit die Spezialisten damit sind und ob sie unsere Hilfe benötigen. Darüber hinaus möchte ich, dass wir uns demnächst in meinem Büro unterhalten.«

»Meinetwegen.«

Er fragt nicht, was ich damit meine. Er weiß, was ich möchte: Mit ihm gemeinsam einen genaueren Blick auf den Künstler und seinen mentalen Zustand werfen – die einzige Art von geistiger Begegnung, zu der James und ich fähig sind.

»Was mache ich?«, fragt Callie.

»Ruf Barry an. Finde heraus, wie weit sein Polizeizeichner mit der Tätowierung ist. Und erkundige dich, ob er Fortschritte bei der Identifizierung des toten Mädchens aus Vargas' Wohnung gemacht hat.«

»Sonst noch was?«

»Für den Augenblick nicht.«

Alle setzen sich in Bewegung. Ich gehe in mein Büro und schließe die Tür. Ich muss dringend mit AD Jones reden. Ich muss wissen, was er über Vargas weiß, doch im Licht dessen, was ich gestern Nacht in Sarahs Tagebuch gelesen habe, wartet eine andere, dringendere Aufgabe auf ihre Erledigung. Ich wähle Tommys Nummer. Er antwortet beim zweiten Klingelzeichen.

»Hallo!«

»Hi.« Ich lächle in mich hinein. »Du könntest mir einen professionellen Gefallen tun.«

»Und der wäre?«

»Ich brauche einen Personenschützer.«

»Für dich?«

»Nein. Für das Opfer, von dem ich dir erzählt habe. Ein sechzehnjähriges Mädchen namens Sarah Langstrom.«

Tommy ist sofort bei der Sache. »Wissen wir, wer hinter ihr her ist?«

»Nicht vom Sehen, nein.«

»Wissen wir, wann er zuschlagen wird?«

»Nein. Und es gibt einen Haken. Sie ist offensichtlich nicht sein eigentliches Ziel. Der Killer tötet die Menschen, die ihr nahestehen.«

Er zögert. »Ich kann es nicht selbst übernehmen. Du weißt, dass ich das tun würde, aber ich bin mitten in einer Sache.«

»Ich weiß.« Ich frage nicht, was für eine »Sache« das ist. Tommys Untertreibungen sind eine Form von Kunst. Gut möglich, dass er mit mir telefoniert, während er in seinem Wagen sitzt, von Killern umzingelt.

»Hast du keine eigenen Leute dafür?«, fragt er.

»Nur für allgemeine Observation. Ich brauche aber einen richtigen Bodyguard, rund um die Uhr. Ich hole die Genehmigung von meinem Chef ein. Das FBI zahlt deine Rechnung.«

»Verstanden. Okay, ich habe jemanden. Eine Frau. Sie hat wirklich was drauf.«

Ich spüre, wie er zögert.

»Aber?«, frage ich.

»Es sind nur Gerüchte.«

»Und was für welche?«

»Dass sie ein paar Jahre damit verbracht hat, Leute aus dem Weg zu räumen.«

Ich muss schlucken.

»Was für Leute?«, frage ich dann.

»Personen, die die Regierung der Vereinigten Staaten aus dem Weg geräumt haben will … angeblich. Wenn du glaubst, dass es so etwas gibt.«

Ich muss das verdauen.

»Was hältst du von ihr, Tommy?«

»Sie ist loyal, und sie ist absolut tödlich. Du kannst ihr vertrauen.«

Ich reibe mir die Augen, während ich nachdenke. Schließlich seufze ich. »Okay. Gib ihr meine Nummer.«

»Mach ich.«

»Du kennst ziemlich interessante Leute, Tommy.«

»Genau wie du.«

Ich muss wieder lächeln. »Ja. Genau wie ich.«

»Ich muss jetzt auflegen.«

»Ich weiß, ich weiß. Du bist mitten in einer Sache. Wir reden später.«

Er legt auf. Ich bleibe für einen Moment sitzen, während ich mich frage, wie ich mir jemanden vorstellen muss, den Tommy als »loyal und absolut tödlich« beschreibt. Ein Klopfen an der Tür reißt mich aus meinen Gedanken.

James steckt den Kopf ins Zimmer.

»Bist du so weit?«, fragt er.

Ich blicke auf die Uhr an der Wand. AD Jones kann noch eine Weile warten, schätze ich.

»Sicher. Reden wir über den Künstler.«

KAPITEL 31 James und ich sitzen in meinem Büro, hinter verschlossenen Türen.

Nur du und ich, mein unliebenswürdiger Freund.

James, der misanthropische James, besitzt die gleiche Gabe wie ich. Sein Mangel an Takt, sein rüdes Benehmen – James ist ein Arschloch durch und durch –, nichts von alledem zählt, wenn wir zusammenhocken und uns in das Böse versetzen. James sieht es wie ich. Er hört und spürt und begreift.

»Du bist im Vorteil, James«, sage ich. »Du hast das Tagebuch zu Ende gelesen. Hast du auch die Notizen gelesen, die ich dir gefaxt habe?«

»Ja.«

»Sag mir, was du denkst.«

Er starrt auf eine Stelle an der Wand über meinem Kopf. »Ich glaube, das Rache-Motiv ist zutreffend. Das Video mit Vargas, die Botschaften an den Wänden – insbesondere die Anspielungen auf Gerechtigkeit –, das alles passt. Was ich allerdings beim Lesen des Tagebuchs gespürt habe: Der Killer hat angefangen, seine Paradigmen zu vermischen.«

»Rede so, dass ich es verstehe, James.«

»Der ursprüngliche Zweck ist Rache, vollkommen zielgerichtet, ohne Abschweifung. Er war das Opfer von schlechten Menschen. Er verübt Rache gegen jene, die dafür verantwortlich sind – oder in Sarahs Fall, wie wir vermuten, gegen die Nachkommen der Verantwortlichen. Das ist die Spur, der wir folgen, und ich denke, dass es Früchte tragen wird.« Er lehnt sich im Sessel zurück. »Doch werfen wir einen Blick auf die Art und Weise, wie er seine Gerechtigkeit austeilt.«

»Schmerz.«

James lächelt, was selten geschieht. »Stimmt. Am Ende wartet stets der Tod, ohne Ausnahme. Wie schnell seine Opfer sterben … nun, es hängt davon ab, wie viel Schmerz sie seiner Meinung nach verdient haben. Er ist besessen von diesem Thema. Ich denke, er hat die Grenze überschritten und empfindet inzwischen wirkliche Freude beim Zufügen von Schmerz.«

Ich denke darüber nach. Das Verhalten, das James beschreibt, ist leider allzu verbreitet. Die Missbrauchten werden zu Missbrauchern. Vergewaltige ein Kind, und du erhöhst die Wahrscheinlichkeit, dass es als Erwachsener selbst ein Vergewaltiger wird. Gewalt ist etwas Ansteckendes.

Ich stelle mir den Künstler vor, auf den Knien, wie das arme blonde Mädchen in dem Videoclip, während irgendein Mistkerl ihm geifernd auf die Fußsohlen schlägt, wieder und wieder.

Schmerz.

Er wächst auf, bis zum Bersten voller Wut, und eines Tages beschließt er, dass es an der Zeit ist, die Rechnung zu begleichen. Er entwirft einen Plan, und alles verläuft genauso, wie er es sich vorgestellt hat – bis irgendwann unterwegs ein Schalter umgelegt wird. Die Wut, die er ausleben wollte, mutiert zu einer perversen Lust.

Es ist viel besser, der mit der Peitsche zu sein, als der, der geschlagen wird. So viel besser, dass es sich nach einer Weile gut anfühlt. Richtig großartig. Sobald ein Mensch in diese Falle tappt, verschwimmt die Grenze, und der Weg zurück ist kaum mehr unmöglich.

Es würde die Widersprüche an den Tatorten erklären. Die Blutmalereien und die Erregung versus die gelassene, kühle, gemessene Art eines Mannes, der nach einem Plan vorgeht.

»Also gefällt es ihm inzwischen«, sage ich.

»Ich vermute, er *braucht* es«, erwidert James. »Und das Beste ist: Er kann sein Verhalten vor sich selbst rechtfertigen. Die alte Phrase – der Zweck heiligt die Mittel. Er ist besessen davon, die Schuldigen zu bestrafen. Und wenn dabei Unschuldige zu Schaden kommen, ist es ein bedauerliches Missgeschick und nicht zu ändern.« James zuckt die Schultern. »Und sieh dir Sarah an. Er liebt es, was er ihr angetan hat. Es treibt ihn an. Er ist süchtig danach. Jede Wette, dass seine Kreativität weiter reicht, sodass es noch mehr Opfer gibt. Wenn wir an der Oberfläche kratzen, werden wir vermutlich weitere einfallsreiche Morde finden. Allesamt Variationen eines Themas: Schmerz.«

Was James sagt, ist nicht bewiesen und für den Moment auch nicht zu beweisen. Doch es fühlt sich richtig an. Es bewegt etwas in mir, lässt es an eine bestimmte Stelle gleiten. Der Künstler ist nicht wahnsinnig. Er weiß genau, was er tut und warum, und seine Opfer sind nicht alle vom gleichen Typ, sondern haben irgendetwas mit seiner Vergangenheit zu tun. Aber – und das ist ein großes Aber – er ist inzwischen süchtig nach dem, was er tut. Mord ist jetzt keine Vergeltung mehr für erlittenes Unrecht, sondern eine sexuelle Handlung.

»Zwei Dinge«, sage ich. »Die Änderung in seinem Verhalten, und welches Ende er für Sarah geplant hat. Wie siehst du das?«

James erwidert: »Ich mache mir größere Sorgen wegen der Veränderung in seinem Verhalten. Ich kann nachvollziehen, weshalb er seine Taten der Öffentlichkeit präsentiert, welche

Gründe dahinterstehen. Es geht Hand in Hand mit seinem Rachemotiv. Es reicht ihm nicht, dass seinen Opfern die gerechte Strafe zuteil wird, er will auch, dass die Welt den Grund dafür erfährt.«

»Verstehe.«

»Und er hat die Veränderungen bemerkt, die in ihm vorgehen. Ich nehme an, sein ursprünglicher Plan beinhaltet, dass er irgendwann geschnappt wird und in einem großen Feuerwerk untergeht, sodass die ganze Welt seine Geschichte erfährt. Doch jetzt hat er herausgefunden, dass es ihm *Freude* macht, Menschen zu töten. Wenn er stirbt, kann er nicht weitermachen. Und seine Sucht ist zu stark, um einfach davon abzulassen.«

»Wenn er nicht geschnappt werden will, hatte er reichlich Zeit, sich einen Fluchtplan auszudenken.«

»Genau. Wahrscheinlich besteht seine ursprüngliche Absicht immer noch. Er will, dass alles herauskommt. Er will die Sünder und ihre Sünden bloßstellen. Doch er würde es vorziehen, ungeschoren davonzukommen. Möglicherweise mit der Begründung, seine ›Arbeit‹ fortführen zu können. Schließlich gibt es noch jede Menge anderer Sünder auf Erden.«

»Wir müssen vorsichtig sein«, entgegne ich. »Irgendwann wird er versuchen, uns an der Nase herumzuführen. Wir müssen auf der Hut sein und unsere Schlussfolgerungen ständig hinterfragen.«

»So ist es.«

Ich seufze. »Okay. Was ist mit Sarah? Bringt er sie am Ende um? Oder lebt sie weiter?«

James denkt darüber nach, während er an die Decke starrt. »Ich würde sagen, dass alles davon abhängt, wie erfolgreich er sein Ziel verwirklichen kann, sie nach seinem Ebenbild zu formen, und wie sehr er sich mit dem Ergebnis identifiziert. Ist sie wirklich wie er? Falls ja, lässt er sie leben und leiden? Oder tötet er sie gewissermaßen aus Gnade? Ich bin nicht sicher.«

»Ich sorge dafür, dass sie Personenschutz erhält.«

»Das wäre zu empfehlen.«

Ich klopfe mit den Fingern auf die Schreibtischplatte. »Nehmen wir das Video von Vargas, das Motiv und die Narben an seinen Füßen. Ich leite daraus ab, dass der Künstler ein Opfer kommerziellen Menschenhandels und in der Folge von schweren körperlichen Misshandlungen und sexuellem Missbrauch war, und zwar über einen langen Zeitraum. Heute, als Erwachsener, ist er voller Hass und setzt alles daran, die Dinge zurechtzurücken ... sozusagen.«

James zuckt die Schultern. »Hört sich plausibel an. Ich nehme an, dass einiges davon zutrifft. Es ist eine Schande, eine verdammte Schande.«

»Was?«

»Du hast die kleine Russin gesehen. Sie war innerlich zerbrochen. Nichts mehr übrig, keine Seele. Unser Täter jedoch ist nicht zerbrochen, im Gegenteil. Und das bedeutet, dass er als starke Persönlichkeit angefangen hat. Er war ein starker Charakter.«

»Ja.«

»Das ist noch eine Sache«, sagt James. »Du hattest mich gefragt, ob es noch etwas Relevantes in Sarahs Tagebuch gibt. Allem Anschein nach ist das meiste von dem, was sie geschrieben hat, die Wahrheit, zumindest ihre Version davon. Allerdings ...«

»Warte. Wieso glaubst du das?«

»Schlichte Logik. Wir akzeptieren es als Tatsache, dass Sarah Langstrom die Kingsleys nicht ermordet hat, nicht wahr? Dieses Mädchen hat die letzten Monate damit verbracht, über einen Irren zu schreiben, der Menschen in ihrer Umgebung umbringt, und dann passiert es *tatsächlich?* Die Wahrscheinlichkeit, dass ein solcher Zufall eintritt, ist verschwindend gering. Im Hinblick auf die Kingsley-Morde ergibt Sarahs Geschichte nur dann einen Sinn, wenn zumindest ein Teil davon wahr ist – es sei denn, sie kann in die Zukunft blicken.«

Ich blinzle. »Stimmt. Das ergibt Sinn. Was wolltest du sagen?«

»Ich wollte sagen, dass ich den größten Teil ihrer Geschichte glaube, aber es fehlt etwas. Ich kann nicht genau sagen was, aber irgendetwas, irgendein Aspekt ihrer Geschichte stört mich.«

»Du meinst, sie verschweigt uns etwas? Oder sie lügt?«

Er seufzt. »Das kann ich nicht sagen. Es ist nur so ein Gefühl. Ich werde das Tagebuch noch einmal lesen. Wenn ich dahinterkomme, was mich stört, sag ich dir Bescheid.«

»Du solltest dich auf dein Gefühl verlassen, James.«

Er steht auf, um zu gehen. An der Tür bleibt er stehen und dreht sich zu mir um.

»Hast du eigentlich schon herausgefunden, was Sarah für uns ist?«

Ich runzle die Stirn. »Wie meinst du das?«

»Was Sarah für uns darstellt. Wir wissen, wie der Künstler sie sieht – als seine Skulptur. Seine Schöpfung, erschaffen aus Schmerz zum Zweck der Rache. Doch für uns bedeutet sie ebenfalls etwas. Das ist mir gestern Nacht klar geworden. Ich habe mich gefragt, ob du es auch schon erkannt hast.«

Ich blicke ihn an, während ich nach einer Antwort suche. »Tut mir leid«, sage ich schließlich. »Ich weiß nicht, was du meinst.«

»Sie ist *jedes Opfer*, Smoky. Du liest ihre Geschichte, und dann siehst du mit einem Mal, dass sie jedes Opfer ist, das wir nicht retten konnten. Ich denke, der Künstler weiß das. Deswegen hält er sie uns vor die Nase. Gerade so weit, dass wir sie nicht erreichen können – und dann lässt er uns zusehen, wie sie schreit.«

Er geht hinaus. Ich bin sprachlos.

Er hat recht, das sehe ich. Es passt zu meinem eigenen Gefühl.

Ich bin nur überrascht, dass James, ausgerechnet James, es herausgefunden hat.

Dann fällt mir James' Schwester ein, und seine Worte kommen mir in den Sinn, und ich überlege, wie tief seine Empfindungen reichen müssen, um zu dieser Schlussfolgerung zu gelangen. Seine Schwester Rosa war ein Opfer, das James nicht retten konnte.

Ist das der Grund, warum James immer so unnahbar ist, so mürrisch? Weil er nicht aufhören kann, über den Tod seiner Schwester nachzudenken?

Schon möglich.

Wie dem auch sei, er hat recht, und deshalb müssen wir noch viel vorsichtiger zu Werke gehen.

Sarah ist nicht nur die Rache des Künstlers – sie ist zugleich sein Köder.

KAPITEL 32 »Ich gehe zu AD Jones«, sage ich zu Callie, als ich aus meinem Büro komme. »Ich möchte, dass du mich begleitest.«

»Warum?«

»Der Menschenhändler-Fall. Er hatte damit zu tun.«

»Im Ernst?«

»Großes Ehrenwort.«

Ich bin wieder in dem fensterlosen Büro und sitze zusammen mit Callie vor jenem grauen Megalithen, den Jones einen Schreibtisch nennt.

»Erzählen Sie mir von diesem Fall«, sagt AD Jones ohne Vorwort. »Erzählen Sie mir insbesondere, was Sie bis jetzt über diesen José Vargas herausgefunden haben.«

Ich berichte in knappen Worten, was sich bis zum jetzigen Zeitpunkt ereignet hat. Als ich fertig bin, lehnt Jones sich zurück und blickt mich an, während er mit den Fingern auf der Sessellehne trommelt.

»Sie meinen also, dieser sogenannte Künstler ist ein missbrauchtes Kind aus Vargas' Vergangenheit?«

»Das ist unsere derzeitige Arbeitstheorie, Sir«, sage ich.

»Eine gute Theorie. Die Narben auf den Fußsohlen des Killers und dieses russischen Mädchens habe ich schon einmal gesehen.«

»Sie sagten, Sie hätten mit diesem Fall von Menschenschmuggel zu tun gehabt, an dem auch Vargas beteiligt gewesen sein soll.«

»Ja. Ich war neunundsiebzig bei einer Sondereinheit, im Team von Daniel Haliburton.« AD Jones schüttelt den Kopf. »Haliburton war eine Institution hier in Los Angeles. Ein Dinosaurier, und ein großartiger Ermittler. Ein zäher Knochen. Ich war neu, gerade erst seit zwei Jahren aus der Akademie. Es war ein ziemlich übler Fall. Richtig schlimme Geschichte. Ich war aufgeregt. Sie wissen ja, wie das ist.«

»Ja, Sir.«

»Die Sitte hatte eine Zunahme bei minderjährigen Prostituierten und Kinderpornographie entdeckt. Natürlich war das ein ständiges Problem, aber diese Geschichte war anders. Die Sitte fand heraus, dass viele der Kinder Gemeinsamkeiten aufwiesen.«

»Lassen Sie mich raten«, sagt Callie. »Narben an den Fußsohlen.«

»Das war eine davon. Die andere Gemeinsamkeit war, dass keines der Kinder aus den Vereinigten Staaten kam. Sie stammten hauptsächlich aus Südamerika, einige waren Europäer. Wir nahmen an, dass die Europäer durch Südamerika geschleust und dann in die Staaten gebracht wurden.«

Er verstummt und blickt geistesabwesend in die Vergangenheit.

»Die meisten Opfer waren Mädchen, doch es waren auch ein paar Jungen darunter. Die Kinder waren zwischen sieben und dreizehn Jahre alt, keines war älter. Alle waren in einem schlimmen Zustand, sehr schlimm. Viele litten unter Geschlechtskrankheiten, nicht verheilten Rissen im Vaginal- und Analbereich …« Er winkt mit der Hand. »Sie wissen, wovon ich rede. Es genügt zu sagen, dass es die Art von Fall gewesen ist, die Eindruck bei den Leuten hinterlässt.«

»Das einzig Gute an Pädophilen ist«, sage ich, »dass sie von allen gehasst werden.«

»Ja. Jedenfalls, das LAPD rief uns hinzu. Es ging niemandem um Ruhm oder PR oder um irgendwelches Karrieregerangel. Wir bildeten eine Spezialeinheit, das LAPD ebenfalls, und wir hatten eine umfassende Presse.« Ein schwaches Lächeln. »Damals bedeutete das etwas anderes als heutzutage. Die Ethikdebatte bei den Strafverfolgungsbehörden war noch nicht entbrannt.«

»Ich nehme an, Sie wollen damit sagen, dass die Verdächtigen – rein hypothetisch natürlich – auf sehr aggressive Weise befragt wurden.«

Sein Lächeln ist grimmig. »So könnte man es ausdrücken. ›Patient erscheint mit unerklärlichen Blutergüssen.‹ So was in der Art. Nicht mein Ding.« Er zuckt die Schultern. »Doch Haliburton und seine Leute stammten noch aus einer anderen Zeit. Jedenfalls, die Menschenschmuggler waren eine gerissene Bande. Nur ein einziger Kontakt zwischen Verkäufer und Käufer, und das Geld wechselte den Besitzer, dann das Kind. Ende der Geschichte.«

»Über wie viele Kinder reden wir?«, frage ich.

»Fünf. Drei Mädchen, zwei Jungen. Nicht lange, nachdem wir sie in Schutzhaft genommen hatten, ging die Zahl auf zwei und eins zurück.«

»Wieso?«

»Einer der Jungen und eins der Mädchen begingen Selbstmord. Wir hatten jedenfalls die Kinder«, fährt er fort, und ich merke, dass er schnell über diese Tragödie hinwegwill. »Und wir hatten auch den Abschaum, der sie gekauft hatte. Eines von den Mädchen und ein Junge gehörten einem Zuhälter, einem Dreckskerl namens Leroy Perkins. Das Schwein hatte eine Seele wie ein Block Trockeneis. Er selbst stand nicht auf Kinder. Er war nur auf das Geld scharf, das sie ihm einbrachten.«

»Das erscheint mir beinahe noch schlimmer«, sage ich.

»Das zweite Mädchen gehörte einem Perversen, der Kinder *mochte*. Er hat ein bisschen Geld nebenher gemacht, indem er filmte, wie er sie vögelte, und die Aufnahmen an gleichgesinnte Kindervergewaltiger verkaufte. Sein Name war Tommy O'Dell.

Eine gewisse Gruppe Cops und FBI-Agenten setzten Tommy und Leroy hart zu. Verdammt hart. Die beiden wollten nicht singen. Wir drohten ihnen, sie in ein gewöhnliches Gefängnis zu stecken und den anderen Gefangenen zu verraten, wer und was sie waren. Ich dachte, Tommy O'Dell würde schlappmachen. Er war ein Wurm. Aber er redete nicht. Leroy blieb von Anfang an hart. Irgendwann sagt er zu Haliburton: ›Wenn ich auspacke, dauert mein Tod Wochen. Und wenn ich tot bin, bringen sie meine Schwester um, und meine Mutter … verdammt, sie bringen sogar meine Topfpflanzen um. Da gehe ich lieber das Risiko ein und wandere in den Knast.‹«

»Hört sich an, als hätte er es mit furchteinflößenden Leuten zu tun gehabt«, sagt Callie.

»Furchteinflößender als wir es waren, so viel steht fest. Wir waren länger an der Sache dran, als wir durften, aber es führte trotzdem zu nichts. Damit blieben uns nur noch die Kinder. Es dauerte eine Weile und kostete eine Menge Überzeugungskraft, doch schließlich brachten wir zwei der Kinder dazu, uns zu erzählen, was sie durchgemacht hatten.« AD Jones verzieht das Gesicht. »Es war eine schlimme Geschichte. Schläge auf die Fußsohlen, verbale Erniedrigung, Vergewaltigung. Die meiste Zeit hatten sie Kapuzen über dem Kopf oder Binden vor den Augen, und sie wurden isoliert gehalten, sowohl voneinander als auch von den Schmugglern. Trotzdem hatte einer der Jungen Vargas gesehen und seinen Namen gehört. Er konnte ihn sogar beschreiben. Wir kassierten Vargas ein.« Der Blick in AD Jones' Augen lässt mich frösteln. »Wir waren entschlossen, alles zu unternehmen, damit er redet, und diesmal war ich bereit – rein hypothetisch natürlich –, selbst Hand anzulegen.«

Er stockt. Es ist eine lange, nachdenkliche Pause, erfüllt von tiefem Bedauern.

»Der Name des Jungen war Juan«, fährt er schließlich fort. »Er war neun Jahre alt. Süßer Junge, aufgeweckt, und er redete eine Menge, nachdem er erst in Fahrt gekommen war, auch wenn er leicht stotterte. Er stammte aus Argentinien. Ich bewunderte ihn. Wir alle bewunderten ihn. Er hatte die Hölle durchgemacht und kämpfte trotzdem weiter, um den Kopf über Wasser zu halten, und er versuchte sogar, es mit Würde zu tun.« AD Jones mustert mich mit einem Millionen Jahre alten Blick. »Und dabei war er erst neun.«

»Was ist passiert?«, frage ich leise.

»Wir hatten die Kinder in ein Versteck gebracht. In der Nacht, bevor Juan offiziell vor uns aussagen sollte, hat jemand das Versteck angegriffen. Ein Cop und ein Agent wurden getötet, alle drei Kinder entführt.«

»Entführt?«

»Ja. Zurück in die Hölle, nehme ich an.«

Ich bin für einen Moment sprachlos, so sehr erfüllt mich diese Vorstellung mit Entsetzen. Diese Kinder wurden vor den Ungeheuern gerettet. Sie hätten ihnen nicht wieder in die Hände fallen dürfen.

»Bedeutet das …?«

»Ein Maulwurf.« AD Jones nickt. »Ja. Wir haben jeden durchleuchtet, hier und beim LAPD. Jeder bei der Sondereinheit wurde unter ein Mikroskop gelegt und buchstäblich auf links gedreht. Wir fanden keinerlei Anhaltspunkt. Das Schlimmste aber war, dass wir keine Beweise hatten, die Vargas mit den Kindern in Verbindung brachten. Nichts außer der Aussage eines toten Zeugen. Vargas kam ungeschoren davon.

O'Dell und Perkins wurden eingesperrt. Perkins überlebte. O'Dell wurde mit einem selbstgebastelten Messer niedergestochen. Keine weiteren Kinder mit vernarbten Fußsohlen tauchten auf. Wir fanden Juan und die beiden Mädchen nie wieder, doch wir hörten von einem Informanten, dass ein paar Kinder, auf die die Beschreibung passte, nach Mexiko zurückgebracht und dort erschossen worden seien.« Er zuckt die Schultern. »Sämtliche anderen Spuren führten in Sackgassen, von der Einwanderungsbehörde bis hin zur Sitte. Wir warfen unsere Netze weiter aus, informierten andere Städte über das, worauf sie achten mussten. Nichts. Schließlich wurde die Sondereinheit aufgelöst.«

»Hört sich so an, als wäre der Verantwortliche immer noch am Werk«, sage ich. »Vargas hat dieses Video gedreht, um jemanden zu erpressen.«

»Ist das nicht irgendwie eigenartig?«, fragt Callie.

»Was denn?«

»Diese Strolche von 1979 waren eiskalte, skrupellose Gangster. Vargas schien mir kein besonders mutiges Individuum gewesen zu sein.«

»Beschaffen Sie sich die Unterlagen von damals, Smoky. Wenn Sie Fragen an jemanden haben, der dabei war, kommen Sie zu mir.« Jones' Lächeln ist humorlos. »Dieser Fall war der Knackpunkt für mich. Bis damals hatte ich geglaubt, dass wir jeden Bösen irgendwann kriegen. Dass die Gerechtigkeit schlussendlich siegt und so weiter. Damals musste ich erkennen, dass die Bösen häufig ungeschoren davonkommen. Damals wurde mir auch klar, dass es …« Er zögert. »Damals wurde mir klar, dass es Menschen gibt, die Kinder fressen. Bildlich gesprochen.«

Nur, dass es nicht wirklich bildlich ist, nicht wahr, Sir? Deshalb das Zögern. Sie fressen tatsächlich Kinder. Roh und warm. Sie verschlucken sie mit Haut und Haaren.

Ich bin zurück in der »Todeszentrale«. Callie setzt die Räder der Verwaltung in Bewegung, die uns die Akten über die Menschenschmuggler besorgen wird.

Mein Handy summt. Es ist Alan.

»Ich hab etwas gefunden, das ich dir sofort sagen wollte.«

»Schieß los.«

»Während ich mich mit den Kingsleys befasst habe, ist mir der Gedanke gekommen, mich nach Cathy Jones zu erkundigen. Der weibliche Cop aus dem Tagebuch.«

»Gute Idee.« Cathy Jones war eine geübte Beobachterin und am Ort des Geschehens, und sie hatte in den Jahren nach dem Mord an Sarahs Eltern immer wieder Kontakt zu ihr. »Was hast du herausgefunden?«

»Eine schlimme und merkwürdige Geschichte. Sehr schlimm. Und sehr merkwürdig. Cathy Jones wurde vor zwei Jahren zum Detective befördert. Einen Monat später war sie nicht mehr bei der Polizei.«

»Warum?«

»Sie wurde in ihrer Wohnung überfallen und zusammengeschlagen. Sie lag drei Tage im Koma. Und es kommt noch schlimmer.«

»Inwiefern?«

»Der Angreifer hat sie mit einem Rohr geschlagen. Zahlreiche Verletzungen, doch am schlimmsten waren die bleibenden Schäden am Sehnerv. Sie ist fast blind.«

Ich versuche, das alles zu verarbeiten. Es gelingt mir nicht ganz.

»Das ist immer noch nicht alles«, sagt Alan.

»Was denn noch?«

»Der Angreifer hat sie ausgepeitscht. Auf die Fußsohlen. So stark, dass Narben zurückgeblieben sind.«

»*Was?*«

»Ja, Smoky. Ich habe genauso reagiert. Das mag schlimm sein, aber …«

»Ich weiß schon. Das Merkwürdigste ist, dass er sie am Leben gelassen hat.«

»Genau. Er hat bisher jeden umgebracht, soweit wir wissen, mit Ausnahme von Sarah. Warum hat er Cathy Jones verschont?«

»Hast du schon mit ihr gesprochen?«

»Deswegen rufe ich an. Ich habe eine Anschrift, aber ich bin hier mitten in der Arbeit …«

»Gib mir die Adresse. Ich fahre mit Callie hin. Wir reden mit ihr.«

KAPITEL 33 Cathy Jones wohnt in einer Eigentumswohnung in Tarzana, in einer ruhigen Vorstadtgegend des riesigen Molochs von Greater Los Angeles. Das Gebäude ist hübsch und gepflegt, wenngleich die letzte Renovierung bereits ein paar Jahre zurückliegt.

Der Regen hat für den Moment aufgehört, doch der Himmel ist grau, und die Wolken sehen immer noch bedrohlich aus. Callie und ich benötigen fast eine Stunde, um hierherzufahren. L.A. hasst den Regen, und das zeigt sich überall: Wir sind an zwei Unfällen auf dem Freeway vorbeigekommen.

Wir haben uns telefonisch angekündigt, haben aber nur den Anrufbeantworter erreicht.

»Bist du so weit?«, frage ich Callie, als wir vor Cathy Jones' Tür stehen.

»Nein. Aber klopf trotzdem an.«

»Mach ich.«

Ein Moment vergeht. Ich höre das Geräusch von Schritten auf einem Dielenboden, dann eine Frauenstimme. Sie klingt klar, aber unsicher.

»Wer ist da?«

»Cathy Jones«, sage ich.

Eine Pause. Dann: »Nein. *Ich* bin Cathy Jones.«

Callie sieht mich mit erhobenen Augenbrauen an.

»Ms. Jones, ich bin Special Agent Smoky Barrett vom FBI. Ich bin in Begleitung einer Kollegin hier, Agent Callie Thorne. Wir würden uns gerne mit Ihnen unterhalten.«

Die Stille ist drückend.

»Worüber?«

Ich könnte »Den Überfall auf Sie« antworten, doch ich beschließe, mich auf andere Weise zu nähern.

»Sarah Langstrom.«

»Was ist passiert?«

Ich bemerke das Erschrecken in ihrer Stimme, vermischt mit einer Spur Resignation.

»Dürfen wir hereinkommen, Ms. Jones?«

Eine weitere Pause, gefolgt von einem Seufzer.

»Ich schätze, das müssen Sie wohl. Ich gehe nicht mehr nach draußen.«

Ich höre das Geräusch eines schweren Riegels; dann wird die Tür geöffnet.

Cathy trägt eine dunkle Sonnenbrille. Ich bemerke kleine Narben unter ihrem Haaransatz und an den Schläfen. Sie ist eine kleine Frau, schlank und sportlich. Sie trägt weite Hosen und eine ärmellose Bluse, die ihre drahtig-muskulösen Arme zeigt.

»Kommen Sie herein«, sagt Cathy.

Wir leisten ihrer Aufforderung Folge. Im Innern der Wohnung ist es dunkel.

»Knipsen Sie ruhig das Licht an. Ich selbst brauche es nicht, wie Sie sehen. Aber machen Sie es bitte wieder aus, wenn Sie gehen.«

Sie führt uns mit sicheren Schritten ins Wohnzimmer. Das Innere der Wohnung ist moderner als die Fassade des Gebäudes. Der Teppich ist in einem unaufdringlichen Beige gehalten, die Wände sind cremeweiß. Das Mobiliar ist geschmackvoll.

»Sie haben eine sehr hübsche Wohnung«, bemerke ich.

Cathy nimmt in einem Sessel Platz und deutet mit einer Handbewegung aufs Sofa.

»Ich habe vor sechs Monaten einen Innenarchitekten beauftragt.«

Wir setzen uns.

»Ms. Jones …«

»Cathy.«

»Cathy«, verbessere ich mich. »Wir sind wegen Sarah Langstrom gekommen.«

»Das sagten Sie bereits. Kommen Sie zur Sache oder verschwinden Sie wieder.«

»Blind *und* unleidlich«, stellt Callie fest.

Ich werfe ihr einen zornigen Blick zu. Ich bin entsetzt, doch ich hätte es besser wissen müssen. Callie ist ohne jeden Zweifel die absolute Meisterin, wenn es darum geht, jede Art von Eis zu brechen. Sie hat Cathy eingeschätzt und ist eher als ich zu dem Schluss gekommen, dass sie vor allem anderen wie ein normaler Mensch behandelt werden möchte. Cathy hat sich absichtlich grob benommen und uns provoziert – sie wollte herausfinden, ob wir sie mit Samthandschuhen anfassen oder nicht.

Jetzt lächelt sie Callie an. »Tut mir leid. Ich bin es satt, von allen Leuten wie ein Krüppel behandelt zu werden, selbst wenn die Blindheit mich tatsächlich ein wenig behindert. Ich habe herausgefunden, dass sich das Spielfeld am schnellsten leert, wenn ich die Leute vor den Kopf stoße.« Das Lächeln verschwindet. »Bitte erzählen Sie mir von Sarah.«

Ich berichte ihr vom Mord an den Kingsleys und von Sarahs Tagebuch. Ich erzähle vom Künstler und davon, wie weit wir mit unserer Analyse dieses Mannes sind. Cathy sitzt da und lauscht aufmerksam.

Als ich fertig bin, lehnt sie sich zurück und dreht den Kopf zum Fenster in der Küche. Ich frage mich, ob es eine unbewusste Geste ist aus der Zeit, als sie noch sehen konnte.

»Also hat er endlich sein Gesicht gezeigt«, murmelt sie. »Sozusagen.«

»Es scheint so«, sagt Callie.

»Das ist das erste Mal«, sagt Cathy und schüttelt den Kopf. »Er hat sich nie gezeigt, solange ich noch bei den Cops war. Weder bei den Langstroms noch später bei den anderen. Nicht einmal bei mir.«

Ich runzle die Stirn. »Ich verstehe nicht. Er hat Ihnen das angetan – was meinen Sie damit, dass er sich Ihnen nicht gezeigt hat?«

Cathys Lächeln ist humorlos und bitter. »Weil er dafür gesorgt hat, dass ich den Mund halte. Das ist das Gleiche, als würde er sich nicht zeigen, oder?«

»Wie hat er das angestellt?«

»Wie er es immer macht. Er benutzt die Dinge, die einem lieb und teuer sind. Für mich war es Sarah. Er sagte wortwörtlich, dass ich den Mund halten soll, oder er würde Sarah das Gleiche antun, was er nun mir antun würde.« Sie schneidet eine Grimasse, eine Mischung aus Wut, Angst und erinnertem Schmerz. »Dann schlug er mich … oh Gott, und wie er mich schlug. Ich durfte niemals zulassen, dass er Sarah so zurichtet. Also biss ich die Zähne zusammen und schwieg, tat genau das, was er von mir wollte. Und …« Sie verstummt.

»Was?«, bohre ich nach.

»Deshalb sind Sie hier, nicht wahr? Sie wollen wissen, warum er mich am Leben gelassen hat. Nun, das ist einer der Gründe, weshalb ich den Mund gehalten habe. Weil ich am Leben geblieben bin. Weil ich Angst hatte. Nicht um mich, sondern um Sarah. Er hat gesagt, wenn ich nicht tue, was er von mir verlangt, nimmt er sich Sarah vor, und dann kommt er zu mir zurück.« Ihre Lippen beben.

»Ich verstehe, Cathy. Ich verstehe Sie nur zu gut.«

Cathy verzieht den Mund und verbirgt das Gesicht in den Händen. Ihre Schultern beben, doch nicht lange und nicht sehr viel. Es ist ein stummes Weinen, ein Sommergewitter, heftig, aber kurz.

»Tut mir leid«, sagt sie und hebt den Kopf. »Ich weiß nicht, warum es mir überhaupt etwas ausmacht. Ich kann nicht einmal mehr richtig weinen, wissen Sie? Zusammen mit den Augen wurden auch meine Tränenkanäle zerstört.«

»Tränen sind nicht das Entscheidende«, sage ich. Meine Worte kommen mir wie eine hohle Phrase vor, noch während ich sie ausspreche.

Wer bist du? Die Briefkastentante?

Cathy fixiert mich aus blicklosen Augen. Ich kann die Augen durch das schwarze Glas der Sonnenbrille nicht erkennen, doch ich kann ihre Blicke spüren. »Sie sind das«, sagt sie. »Ich habe von Ihnen gehört. Sie sind die Agentin, die ihre Familie verloren hat. Die vergewaltigt und der das Gesicht zerschnitten wurde.«

»Ja.«

Obwohl sie blind ist, durchbohrt mich ihr Blick.

»Es gibt einen Grund.«

»Bitte?«

»Dass er mich nicht getötet hat. Es gibt einen Grund. Aber dazu kommen wir später. Stellen Sie mir zuerst Ihre Fragen. Was wollen Sie wissen?«

Am liebsten würde ich sie mit Fragen bestürmen, aber das darf ich nicht. Ungeduld und ein zeitliches Durcheinander der Ereignisse wären kontraproduktiv.

Wir berichten von den Morden an den Langstroms, erzählen ihr, was wir in Sarahs Tagebuch gelesen haben.

»Sehr akkurat«, bestätigt sie uns. »Ich bin überrascht, dass Sarah sich an so viele Einzelheiten erinnert. Aber sie hatte wahrscheinlich sehr viel Zeit, darüber nachzudenken.«

»Damit wir das klar sehen«, sage ich. »Sie waren einer der Beamten vor Ort? Sie waren am Tatort und haben die Leichen und Sarah gesehen?«

»Ja.«

»In Sarahs Tagebuch steht, niemand wollte ihr glauben, dass ihre Eltern zum Mord und Selbstmord gezwungen wurden. Stimmt das?«

»Es hat damals gestimmt, und es ist auch heute noch so. Beschaffen Sie sich die Akte des Falles. Sie werden feststellen, dass zu keiner Zeit etwas anderes als Ehegattenmord mit anschließendem Suizid angenommen wurde. Fall abgeschlossen.«

Ich bin skeptisch. »Kommen Sie, Cathy. Sie sagen, es war überhaupt nichts dort, keinerlei Spuren?«

Cathy hebt einen Finger. »Nein. Das sage ich nicht. Ich sage, dass niemand einen genaueren Blick auf den Tatort geworfen hat, weil der Killer alles so perfekt arrangiert hatte. Manchmal hat man so ein Gefühl, wissen Sie? Wenn ein Tatort manipuliert wurde.«

»Ja, das stimmt.«

»Und bei den Langstroms hatte niemand dieses Gefühl. Es gab einen Abschiedsbrief. Er lag unter einem Wasserglas mit Mrs. Langstroms Fingerabdrücken darauf und ihrem Speichel am Rand. Ihre Fingerabdrücke waren auf der Waffe, und die Schmauchspuren und Blutspritzer sprachen eindeutig für einen Selbstmord. Ihre Fingerabdrücke waren am Hals ihres Mannes sowie auf der Bügelsäge, mit der der Hund enthauptet wurde. Sie hat heimlich Antidepressiva genommen. Wie wäre Ihr Urteil ausgefallen?«

»Ich verstehe.«

Nachdem ich die Geschichte aus dem Mund einer ehemaligen Kollegin gehört habe, erscheint sie in einem anderen Licht. Ich sehe sie nun, wie Cathy sie gesehen hat, und wie die Detectives der Mordkommission sie gesehen haben – ohne die neuen Erkenntnisse, ohne Sarahs Tagebuch und ohne die Morde an den Kingsleys.

»Sie haben angedeutet, dass möglicherweise etwas zu finden gewesen war«, murmelt Callie.

»Zwei Dinge. Scheinbar belanglos, und dennoch … Der Autopsiebericht von Mrs. Langstrom erwähnt Abschürfungen an ihren Handgelenken. Es wurde damals nicht als beweiserheblich angesehen, weil wir nicht nach einem Dritten gesucht haben, der als Täter infrage gekommen wäre. Aber wenn man einen Grund hat, danach zu suchen …«

»Fallen einem Sarahs Geschichte und die Handschellen ein«, sage ich. »Sie denken daran, dass Mrs. Langstrom außer sich war vor Wut und versucht hat, sich von diesen gepolsterten Handschellen zu befreien. Sie hat so fest daran gezerrt, wie sie nur konnte, und sich dabei die Handgelenke verletzt.«

»Das stimmt.«

»Und die zweite Sache?«

»In dem als gesichert geltenden Szenario hat Mrs. Langstrom zuerst den Hund und dann sich selbst erschossen. Niemand hat Schüsse gehört, und wir reden hier nicht von einer 22er Spielzeugpistole. Was den Gedanken an einen Schalldämpfer nahelegt, obwohl kein Schalldämpfer am Tatort gefunden wurde.«

»Was hat Sie auf die Idee gebracht, genauer hinzusehen?«, fragt Callie.

Cathy schweigt für einen Augenblick, während sie überlegt.

»Es war Sarah. Es dauerte eine Weile, doch mit der Zeit lernte ich sie besser kennen und machte mir so meine Gedanken. Sarah ist ein aufrichtiges Mädchen. Und die Geschichte war viel zu durchtrieben für ein Mädchen in ihrem Alter. Immer wieder starben Menschen in ihrer Umgebung oder wurden verletzt. Sobald man die Möglichkeit erst einräumt, findet man plötzlich überall Indizien und Hinweise.« Sie beugt sich vor. »Die eigentliche Brillanz des Täters war von Anfang sein Einfühlungsvermögen. Sein Verständnis für unsere Art zu denken … die Wahl seiner Opfer. Er übertreibt die Manipulation seiner Tatorte nicht, deshalb sieht es natürlich aus. Er führt uns zu einer Schlussfolgerung, doch er wirft uns nicht so viele Brotkrumen hin, dass wir Verdacht schöpfen. Er weiß, dass wir ausgebildet sind, möglichst geradlinig und einfach zu denken, nicht verschlungen und kompliziert. Und mit Sarah hat er sich ein Opfer ausgesucht, das ohne Verwandte dasteht, also gibt es niemanden, der uns auf die Füße steigt und eine gründlichere Untersuchung verlangt. Niemanden, um den er sich Gedanken machen muss.«

»Aber das war ein Irrtum, nicht wahr?«, sage ich leise. »Es gab jemanden. Sie.«

Wieder dreht Cathy den Kopf zum Fenster. »Ja.«

»Hat er Sie deshalb überfallen?«

Cathy schluckt. »Das mag einer der Gründe gewesen sein, aber ich glaube nicht, dass es der Hauptgrund war. Was er mir angetan hat, war nützlich für ihn.« Ihr Atem geht ein wenig schneller.

»Gibt es noch etwas, das uns weiterhelfen könnte?«, frage ich. »Irgendetwas, das er Ihnen getan hat? Ich weiß, dass es schwer für Sie ist.«

Sie wendet sich mir zu. »Dieser Kerl ist … oder war … wie ein Gespenst. Alles, was ihm ein Gesicht verleiht, hilft bei der Suche nach ihm weiter, nicht wahr?«

Ich antworte nicht. Es war eine rhetorische Frage.

Cathy seufzt. Es ist ein abgehackter Seufzer. Ihre Hände zittern, und ihr Atem geht immer noch schnell.

»Seltsam. Ich warte seit fast zwei Jahren darauf, jemandem die wahre Geschichte zu erzählen. Jetzt, wo ich es könnte, habe ich plötzlich furchtbare Angst.«

Ich ergreife Cathys Hand. Sie ist feucht von Schweiß und zittert, doch sie zieht die Hand nicht weg.

»Sie wissen ja, was mir passiert ist«, sage ich. »Nachher bin ich häufig ohnmächtig geworden. Aus den banalsten Gründen.«

»Ehrlich?«

»Erzählen Sie es nicht weiter«, sage ich. »Ehrlich. Ganz ehrlich.«

»Es ist die Wahrheit, Zuckerschnäuzchen«, sagt Callie mit sanfter Stimme.

Cathy zieht ihre Hand aus der meinen. »Es tut mir leid«, sagt sie. »Seit damals habe ich Tabletten gegen die Angst genommen … bis vor ungefähr zwei Wochen. Da habe ich beschlossen, mich davon zu befreien. Die Tabletten haben mich in einen Zombie verwandelt, und es wurde Zeit, wieder stark zu sein. Ich glaube immer noch, dass es die richtige Entscheidung war, aber …« Sie winkt mit der Hand. »Es macht die Dinge manchmal schwieriger.«

»Haben Sie Kaffee?«, wirft Callie ein.

Cathy runzelt die Stirn. »Kaffee?«

»Kaffee. Koffein. Nektar der Götter. Wenn wir hier sitzen und uns eine schreckliche Geschichte anhören sollen, dann nicht ohne Kaffee.«

Cathy lächelt ihr dankbar zu.

»Gute Idee.«

Die Normalität einer Tasse Kaffee scheint Cathy zu beruhigen. Sie umklammert ihre Tasse, während sie spricht, und hält hin und wieder inne, um einen Schluck zu trinken, wenn das Reden zu schwierig wird.

»Ich habe jahrelang in den Akten gewühlt, weil ich etwas zu finden hoffte, das einen Detective dazu bringen könnte, noch einmal einen Blick auf die Geschichte zu werfen. Verstehen Sie … ich war zwar angesehen als guter Cop, doch ich war trotzdem nur eine Uniformierte. Es sind zwei völlig verschiedene Klassen, die Zivilen und die Uniformierten. Die Leute beim Morddezernat sind besessen von Statistiken. Aufklärungsquoten, gelöste Morde pro Mitarbeiter und dergleichen. Wenn man denen einen ungelösten Fall auf den Schreibtisch legen möchte – insbesondere, wenn das bedeutet, den Fall aus dem Archiv der gelösten Fälle zurückzuholen –, tut man besser daran, etwas Überzeugendes zu bieten. Ich hatte nichts.«

»Die Schrammen an den Handgelenken waren nicht genug?«, frage ich.

»Nein. Und um ehrlich zu sein – ich weiß nicht einmal, ob es für mich genug gewesen wäre, wäre ich an ihrer Stelle gewesen. Die Verletzungen waren aktenkundig, doch nur im Bericht des Gerichtsmediziners, und sie konnten eine ganze Reihe anderer Ursachen haben. Sie hätten von Mrs. Lindstroms Ehemann stammen können. Vergessen Sie nicht, angeblich hat sie ihn erwürgt.«

»Ja.«

»Wie dem auch sei, ich hatte die Sache ein paar Jahre lang in meiner Freizeit verfolgt und nichts erreicht.« Sie stockt verlegen. »Ehrlich gesagt, ich habe vielleicht nicht immer so energisch daran gearbeitet, wie ich es hätte tun sollen. Manchmal habe ich selbst an Sarahs Geschichte gezweifelt. Ich lag nachts im Bett, überlegte und kam zu dem Schluss, dass ich Sarah nicht glauben *wollte*, sondern dass sie bloß ein verstörtes Kind war, das sich eine Geschichte ausgedacht hat, wie es den sinnlosen Tod seiner Eltern erklären kann.« Sie zuckt die Schultern. »Ich *hätte* mehr tun können. Aber … das Leben ging einfach weiter. Ich kann es nicht erklären.« Sie seufzt. »Ich machte meine Arbeit und wurde befördert. Und dann, eines Tages, wurde ich Detective.« Sie lächelt bei dem Gedanken daran. Wahrscheinlich ist es ihr nicht einmal bewusst. »Ich habe die Prüfungen mit Auszeichnung bestanden. Es war großartig. Selbst mein Dad wäre stolz auf mich gewesen.«

Mir entgeht nicht, dass sie in der Vergangenheitsform von ihrem Vater spricht, doch ich hake nicht weiter nach.

»Ich wollte zum Morddezernat, kam aber zur Sitte.« Sie zuckt die Schultern. »Ich war eine Frau, ich sah nicht schlecht aus, und ich war hart. Sie brauchten jemanden, der für sie die Nutte spielt. Zuerst war ich sauer, doch bald fand ich Gefallen daran. Ich war gut in meinem Job. Ich hatte den Bogen raus.«

Erneut dieses unbewusste Lächeln. Ihr Gesicht ist sehr lebhaft.

»Ich hielt Verbindung zu Sarah. Sie wurde von Jahr zu Jahr härter und kälter. Ich glaube, ich war der einzige Mensch, der sie vor dem Durchdrehen bewahrt hat. Ich war die Einzige, die sich wirklich etwas aus ihr gemacht hat und sie die ganze Zeit kannte.« Sie richtet die blinden Augen erneut auf das Küchenfenster. Nachdenklich. »Ich schätze, das ist der Grund, dass dieser … Künstler mich überfallen hat. Nicht, weil ich Detective geworden war. Nicht, weil ich nachbohrte. Sondern weil er wusste, dass Sarah mir nicht gleichgültig war. Er wusste, dass ich seine Botschaft weitergeben würde, wenn ich glaubte, Sarah damit helfen zu können.«

»Was für eine Botschaft?«, fragt Callie.

»Dazu komme ich gleich. Die andere Sache … Wahrscheinlich dachte er, dass die Zeit gekommen sei, mich Sarah wegzunehmen.« Sie dreht den Kopf in meine Richtung. »Verstehen Sie?«

»Ich glaube schon. Sie sprechen von dem, was er für Sarah geplant hat.«

»Ja. Ich war der einzige Mensch, der noch wusste, wie Sarah in Wirklichkeit war … der einzige Mensch, auf den sie sich noch verlassen konnte. Ich weiß nicht, warum er es überhaupt so lang hat dauern lassen. Vielleicht, um ihr Hoffnung zu geben?«

»Damit er ihr diese Hoffnung nehmen konnte«, sage ich.

Sie nickt. »Ja.«

»Erzählen Sie uns von dem Tag«, sagt Callie mit sanftem Drängen.

Cathy packt die Kaffeetasse fester, ein kurzes Aufflackern von Emotionen.

»Es war ein Tag wie jeder andere. Ich glaube, das hat mich am meisten schockiert. Es war nichts Besonderes geschehen, weder auf der Arbeit noch im Privaten. Das Datum war bedeutungslos, das Wetter war so normal wie nur was. Der einzige

Unterschied zwischen diesem Tag und allen anderen war, dass *er* sich gesagt hatte, dass die Zeit reif ist.« Sie trinkt einen Schluck Kaffee. »Ich kam von der Spätschicht. Mitternacht war vorbei, als ich nach Hause kam. Es war dunkel. Alles war ruhig. Ich war müde. Ich schloss die Wohnungstür auf und ging geradewegs unter die Dusche. Das tat ich immer, wenn ich von der Arbeit kam. Es war symbolisch. Tue deine schmutzige Arbeit, geh nach Hause und wasch alles ab. Sie wissen, wie das ist.«

»Sicher«, antworte ich.

»Ich zog mich aus und ging unter die Dusche. Als ich fertig war, zog ich einen Bademantel an und nahm ein Buch, das ich gerade las. Dann schenkte ich mir eine Tasse Kaffee ein und setzte mich hierher.« Sie tätschelt mit einer Hand die Lehne ihres Sessels. »Es war ein anderer Sessel, doch er stand am gleichen Platz. Ich erinnere mich noch, wie ich den Kaffee auf den Tisch stellte ...« Sie ahmt die Bewegung nach, als sie die Szene durchlebt. »Plötzlich lag eine Schnur um meinen Hals, zerrte mich zurück ... brutal, unglaublich schnell. Ich versuchte mich zu wehren, die Hände zwischen die Schnur und meinen Hals zu schieben, doch er war zu schnell. Zu schnell und zu stark.«

»Bei einem kräftigen Angreifer hat das Opfer meist keine Chance«, sagt Callie. »Sie hätten wahrscheinlich nicht viel tun können.«

»Normalerweise glaube ich es auch.« Sie trinkt von ihrem Kaffee. Diesmal ist es ihre Lippe, die bebt. »Er wusste sehr genau, was er tat. Er riss mich nach hinten und nach oben ...« Sie fasst sich an die Kehle, demonstriert die Bewegung. »Ich war innerhalb von Sekunden ohnmächtig.« Sie schüttelt den Kopf. »Soll man das glauben? Sekunden! Er hätte mich an Ort und Stelle erledigen können. Ich wäre nie wieder aufgewacht. Ich wäre gestorben. Doch er ...« Ihre Stimme bricht. »Irgendwann wachte ich wieder auf. Und wieder und wieder. Er hatte mich mit einem Seil gefesselt, von Kopf bis Fuß. Er konnte es nach Belieben straffen, die Blutzufuhr zu meinem Gehirn unterbrechen, und ich wurde ohnmächtig. Er konnte es lockern, und ich kam wieder zu mir. Dann zog er es wieder fest. Und so weiter. Einmal wachte ich auf, und mein Bademantel war verschwunden. Ich war nackt. Ich verlor das Bewusstsein, erwachte von neuem, und meine Hände waren hinter dem Rücken gefesselt, mein Mund geknebelt. Es war, als würde ich wieder und wieder ertrinken und jedes Mal in einem neuen Teil eines Albtraums aufwachen. Aber wissen Sie, was das Schlimmste war? Dass er kein Wort gesprochen hat. Nicht ein einziges Wort.«

Ich bemerke die Anspannung in ihrer Stimme, die Angst vor der Erinnerung.

»Ich weiß noch, wie sehr ich mir gewünscht habe, dass er irgendetwas sagt, eine Erklärung gibt, damit es einen Sinn macht. Aber nein. Nichts.« Ihre Hände zittern. Sie drückt sie in den Schoß, verschränkt sie ineinander, löst sie wieder, reibt sich die Arme. Sie ist der Inbegriff von unbewusster, anhaltender, nervöser Bewegung.

»Ich weiß nicht, wie lange es ging«, sagt sie und bringt irgendwie ein schiefes, ironisches Grinsen zustande. »Zu lange.« Die Sonnenbrille sieht mich an. »Sie wissen, was ich meine.«

»Ich weiß es«, bestätige ich ihr.

»Dann wachte ich auf, und diesmal ließ er mich bei Bewusstsein. Ich war auf dem Bett, an Händen und Füßen gefesselt. Es dauerte eine Weile, bis ich wieder bei Sinnen war. Als Erstes fragte ich mich, ob er mich vergewaltigt hatte, aber er hatte mich nicht angerührt.«

Keine sexuelle Pathologie in Bezug auf Frauen. »Sprechen Sie weiter«, fordere ich Cathy auf.

»Er fing an zu reden. Er sagte: ›Sie sollen wissen, Cathy, dass diese Sache nicht gegen Sie persönlich gerichtet ist. Sie müssen bloß eine Aufgabe erfüllen. Sie müssen etwas für Sarah tun.‹« Ihre Unterlippe zittert. »In diesem Moment wusste ich Bescheid. Wer er war. Ich weiß nicht, wieso ich nicht schon vorher auf diesen Gedanken gekommen bin. ›Hören Sie zu, wie es weitergeht‹, sagte er. ›Ich werde Sie schlagen, ich werde Sie so schlimm zurichten, dass Sie wahrscheinlich nie wieder als Cop arbeiten können, Cathy Jones. Wenn ich fertig bin, werden Sie denen erzählen, dass Sie keine Ahnung haben, wer Sie überfallen haben könnte, oder warum. Tun Sie das nicht, werde ich Sarahs Gesicht zerfleischen und ihr mit einem Löffel die Augen auskratzen.‹«

Cathys Stimme ist gedämpft.

»Ich begriff nicht, was er sagte … und begriff es wiederum doch. Also tat ich, was jeder Detective mit einem Rest von Selbstachtung tun würde. Ich bettelte. Ich bettelte und flehte wie ein Baby. Ich machte mir vor Angst in die Hose.«

Ich bemerke die Scham in ihrer Stimme und erkenne sie wieder.

»Er wollte, dass Sie so fühlen«, sage ich. »Sie sollten sich Ihrer Angst schämen.«

Ihr Mund zuckt. »Ich weiß. Die meiste Zeit ist mir das klar. Manchmal ist es schwer.«

»Ja.«

Es scheint sie ein wenig ruhiger zu machen. »Dann zeigte er mir etwas«, fährt sie fort. »Er sagte, er würde es in meine Nachttischschublade legen. ›In ein paar Jahren wird jemand zu Ihnen kommen und Fragen stellen. Wenn es so weit ist, können Sie Ihre Geschichte erzählen und ihnen geben, was in dieser Schublade liegt. Geben Sie es ihnen und sagen Sie ihnen: ›Symbole sind bloß Symbole.‹«

Ich kämpfe mit meiner Ungeduld. *Was liegt in der Schublade? Und was soll das bedeuten: »Symbole sind bloß Symbole«?*

»An das Meiste erinnere ich mich nicht mehr. Ich habe manchmal kurze Erinnerungsblitze, hell, strahlend, wie ein Gemälde mit zu viel Weiß darin. Ich erinnere mich mehr an die Geräusche als an den Schmerz. Geräusche von den Schlägen … tiefe Vibrationen im Innern meines Schädels. Wahrscheinlich war es das Rohr, mit dem er mich geschlagen hat. Ich weiß noch, wie ich Blut geschmeckt habe und dachte, dass etwas wirklich Schlimmes mit mir passiert, aber ich wusste nicht was. Er peitschte meine Füße so brutal, dass ich einen ganzen Monat nicht laufen konnte.« Ihr Kopf dreht sich zum Küchenfenster. »Das Letzte, was ich gesehen habe … jemals gesehen habe, war sein Gesicht. Zu viel Licht, zu hell, eine verdammte glitzernde Strumpfmaske. Er blickte auf mich herab und lächelte. Dann weiß ich nichts mehr, bis ich im Krankenhaus aufgewacht bin und mich gefragt habe, warum ich die Augen nicht aufmachen kann.«

Sie verstummt. Wir warten.

»Nach einiger Zeit kam ich wieder halbwegs zu mir. Erinnerte mich. Erkannte, dass ich blind war.« Sie stockt. »Wissen Sie, was mich überzeugt hat, dass er ernst meint, was er gesagt hat? Dass er sich Sarah vorknöpfen würde? Und dann zu mir zurückkehrt?«

»Was?«, fragt Callie.

»Die Art und Weise, wie er mir sagte, dass es nicht persönlich wäre … wie er dabei klang und aussah. Nüchtern. Sachlich. Nicht wütend, nicht erregt, nicht wahnsinnig oder irgendwas. Nein, völlig normal. Er lächelte sogar dabei. Wie jemand, der von einem guten Buch erzählt, das er gerade gelesen hat.« Sie greift nach ihrer Kaffeetasse, findet sie, nimmt einen Schluck. »Also habe ich getan, was er sagte. Ich hielt den Mund.«

»Das war eine kluge Entscheidung, Cathy«, sage ich. »Das Bild, das wir von diesem Kerl gewinnen, zeigt einen Mann, der nicht blufft. Hätten Sie etwas gesagt, hätte er seine Drohung wahrgemacht und sich Sarah vorgeknöpft, oder Sie beide.«

»Das sage ich mir auch andauernd«, erwidert sie und versucht zu lächeln. Sie trinkt einen weiteren Schluck Kaffee. »Er hat mich verdammt übel zugerichtet. Er hat mir den Schädel eingeschlagen, so schlimm, dass sie einen Teil der Knochen wegnehmen mussten. Er brach mir Arme und Beine mit dem Rohr und schlug mir die meisten Zähne aus. Was Sie sehen, sind Implantate. Was noch? Oh ja … bis zum heutigen Tag kann ich nicht mehr vor die Tür gehen, ohne eine ausgewachsene Panikattacke zu erleiden.«

Sie hält inne, wartet auf eine Reaktion von uns. Ich erinnere mich an die Nachwirkungen des Überfalls auf mich und daran, wie sehr ich die Ratschläge hasste, die andere Leute mir erteilt haben. Nichts als gedankenlose Phrasen, weil niemand die passenden Worte gefunden hatte.

»Ich weiß nicht, was ich sagen soll«, sage ich zu ihr.

Ihr Lächeln ist diesmal warm und echt und kommt unvorbereitet.

»Danke.«

Sie begreift, dass ich sie verstehe.

»Und nun, Cathy – was hat er Ihnen gegeben?«

Sie deutet in den hinteren Teil ihrer Wohnung. »Das Schlafzimmer ist rechts. Sie finden es in der oberen Schublade.«

Callie nickt mir zu, erhebt sich und geht ins Schlafzimmer.

Einen Augenblick später kommt sie zurück. Ihre Miene ist verwirrt. Sie setzt sich, öffnet die Hand, gibt den Blick frei auf das, was sie darin hält.

Etwas Goldenes, Glänzendes. Ein Abzeichen. Eine Polizeimarke des LAPD.

»Es ist meins«, sagt Cathy. »Mein Abzeichen.«

Ich starre darauf.

Symbole sind bloß Symbole.

Ich bin völlig aufgeschmissen, schaue Callie an, hebe fragend eine Augenbraue. Sie zuckt die Schultern.

»Haben Sie eine Ahnung, warum er diesem Abzeichen besondere Bedeutung beigemessen hat?«, frage ich Cathy.

»Nein. Ich wüsste es zu gern, aber ich weiß es nicht. Glauben Sie mir, ich habe lange, lange Zeit darüber nachgedacht.«

Mein Gefühl der Hilflosigkeit und meine Enttäuschung nehmen zu. Nicht wegen Cathy. Ich bin hergekommen in der

Hoffnung auf Antworten; ich war ganz aufgeregt angesichts dieser Möglichkeit. Doch alles, was ich vorfinde, sind weitere Fragen.

»Würden Sie mir eine Frage beantworten?«, fragt Cathy.

»Ja, sicher.«

»Wie sind Sie in Ihrem Job?«, fragt sie mich. »Sind Sie gut genug, um diesen Kerl zu schnappen?«

Das ist die Stimme des Opfers. Ein wenig hauchig, ein wenig hungrig, erfüllt von Hoffnung und Zweifel. Emotionen huschen über ihr Gesicht: Freude, Zorn, Trauer, Hoffnung, Wut und mehr, ein Regenbogen aus Licht und Schatten.

Ich starre sie an, blicke auf die Narben unter ihrem Haaransatz, betrachte mein eigenes Spiegelbild in ihren dunklen Brillengläsern, sehe das Hässliche, das er erschaffen hat, doch auch ein wenig von der Schönheit, die er nicht zerstören konnte. Ein schreckliches Gefühl überkommt mich. Schmerz und Wut und ein beinahe überwältigendes Verlangen, jemanden umzubringen.

Callie antwortet an meiner Stelle.

»Wir sind die Besten, Cathy. Die Allerbesten.«

Cathy starrt uns an. Ich fühle mich »gemustert« – blind oder nicht blind.

»Okay«, flüstert sie. Nickt. »Okay.«

»Möchten Sie Polizeischutz?«, frage ich.

Cathy runzelt die Stirn. »Warum?«

»Ich … wir jagen diesen Burschen. Irgendwann wird er es erfahren. Vielleicht will er sogar, dass wir uns auf seine Spur setzen. Es könnte sein Interesse an der Vergangenheit erwachen lassen.«

»Sein Interesse an mir, meinen Sie.«

»Möglich. Ich weiß, er hat versprochen, Sie in Ruhe zu lassen, wenn Sie tun, was er sagt, doch er ist nicht gerade vertrauenswürdig.«

Sie zögert, überlegt, eine ganze Weile diesmal. Der Augenblick scheint kein Ende zu nehmen. Schließlich schüttelt sie den Kopf.

»Nein. Ich schlafe mit der Pistole unter dem Kopfkissen. Ein verdammt ausgeklügeltes Alarmsystem.« Ihr Grinsen ist humorlos. »Und ich hoffe insgeheim, dass er noch einmal herkommt, um mir einen Besuch abzustatten. Ich würde ihm den Schädel wegpusten, mit dem größten Vergnügen.«

»Sind Sie sicher?«

»Absolut.«

Ich schaue Callie an, und zwischen uns ist das unausgesprochene Einvernehmen: *Wir stellen ihr einen Streifenwagen vor die Haustür, ob es ihr passt oder nicht.*

Sie nimmt einen weiteren Schluck Kaffee. Lauwarm inzwischen, ohne Zweifel. »Tun Sie mir einen Gefallen?«

»Was immer Sie wollen«, antworte ich und meine es ernst.

»Sagen Sie mir Bescheid, wenn es vorbei ist?«

Ich ergreife ihre Hand. Drücke sie.

»Wenn diese Sache vorbei ist, wird Sarah Sie besuchen und es Ihnen sagen.«

Eine Pause. Dann erwidert sie meinen Händedruck.

»Okay«, sagt sie.

Dann zieht sie die Hand zurück.

KAPITEL 34

Ich starre durch die Beifahrerscheibe nach draußen. Ich habe Callie gebeten zu fahren, damit ich nachdenken kann. Wir haben über unseren Besuch bei Cathy gesprochen und versucht, hinter das Rätsel des Abzeichens und des dummen Wortspiels zu kommen – vergeblich.

Ich fühle mich entrückt und ratlos zugleich, ein Cocktail aus innerer Erregung und einem Gefühl der Unwirklichkeit. Ich bin stimuliert, weil wir in Bewegung sind. Wir sind auf der Jagd, und wir haben Dinge erfahren, die wir zuvor nicht wussten. Ich bin ratlos angesichts der Fragen, die sich immer höher auftürmen, ohne dass wir die passenden Antworten finden.

Das alles ist verrückt, surreal, wie mir auf dem Weg zum Wagen klar geworden ist. Gestern Nacht, beim Lesen von Sarahs Tagebuch, bin ich Cathy Jones zum ersten Mal begegnet. Sie war ein neues Gesicht, ein Cop, gesund, zielstrebig, mit Fehlern, aber im Großen und Ganzen in Ordnung. Menschlich, meine ich. Als ich sie heute in ihrer Wohnung besucht und gesehen habe, was aus ihr geworden ist – es ist, als hätte ich das Ende einer Geschichte gelesen und den Teil in der Mitte des Buches übersprungen. Wie eine Reise in einer Zeitmaschine.

Mein Handy summt und reißt mich aus meinen Gedanken. Ich werfe einen Blick auf das Display. Es ist Alan.

»Was gibt's?«, frage ich.

»Eine interessante Sache«, rumpelt er. »Vielleicht nicht schlecht für uns.«

Ich richte mich im Sitz auf. »Was?«

»Ich stehe vor dem Haus der Langstroms. Und weißt du was? Es ist immer noch das Haus der Langstroms.«

»Ich verstehe nicht …«

»Ich bin mit Barry zusammen hingefahren. Wir haben über der Akte gesessen – übrigens habe ich ein paar Ideen, was diesen Fall angeht –, und ich bekam einfach nicht das richtige Gefühl. Da hab ich mir gesagt, dass ich den Tatort sehen muss. Selbst wenn es zehn Jahre zurückliegt.«

»Klar.«

»Barry hat eine Freundin im Archiv und kennt außerdem irgendeine Frau bei der Telefongesellschaft.« Ich kann mir vorstellen, wie Alan die Augen verdreht. »Um es kurz zu machen, wir haben herausgefunden, dass sich das Haus gegenwärtig im Besitz der Sarah-Langstrom-Stiftung befindet.«

»Was?« Ich kann mein Erstaunen nicht verbergen. Callie sieht mich an.

»So habe ich auch reagiert. Ich dachte mir, okay, vielleicht waren die Eltern finanziell ein ganzes Stück bessergestellt, als wir vermutet haben. Vielleicht gibt es ja doch noch ein Happy End, und Sarah erbt eine Menge Geld. Wie sich herausgestellt hat, stimmt das nur zum Teil. Die Langstroms waren gutgestellt, aber sie waren nicht wirklich *reich*.«

»Und?«, frage ich ungeduldig. Ich warte auf die Erklärung, die Pointe.

»Wie sich herausstellt, wurde die Stiftung von einem anonymen Spender eingerichtet, *nachdem* die Langstroms ermordet worden waren. Von jemandem, der angeblich ein großer Liebhaber der Arbeiten der verstorbenen Linda Langstrom ist.«

»Wow.« Ich bin beeindruckt.

»Genau. Die Stiftung wird von einem Anwalt namens Gibbs verwaltet. Er will uns den Namen des Spenders im Moment noch nicht verraten, aber er ist kein Arschloch. Er richtet sich nur nach den geltenden Gesetzen und Vorschriften.«

»Wir müssen eine Vorladung erwirken«, sage ich aufgeregt. »Ein ›Kunstliebhaber‹? Das ist eine verdammt heiße Spur.«

»Mein Gedanke. Jedenfalls, dieser Gibbs sagt, wenn wir etwas Schriftliches von Sarah vorlegen können, aus dem hervorgeht, dass sie keine Einwände hat, und wenn er sich telefonisch davon überzeugen kann, dass sie einverstanden ist, lässt er uns in das Haus. Wir sind sofort ins Krankenhaus gefahren und haben mit Sarah geredet.«

»Wie geht es ihr? Wie hat sie auf die Neuigkeit reagiert?«

Unbehagliches Schweigen, das mir ein verlegenes Schulterzucken Alans am anderen Ende der Leitung anzeigt. »Sie war erschüttert. Sie möchte das Haus sehen. Ich musste ihr versprechen, dass wir bald mit ihr hinfahren, sonst hätte ich sie nicht im Krankenbett halten können.«

Ich seufze. »Okay. Natürlich fahren wir mit ihr hin.«

»Gut. Also, wir erhielten Sarahs Einverständnis, brachten sie dazu, mit Gibbs zu telefonieren, und dann sind wir mit ihm zu dem Haus gefahren. Rate mal was?« Er zögert, um die Spannung zu erhöhen. »Das Haus wurde nicht mehr betreten, seit die Spurensicherung es vor zehn Jahren freigegeben hat.«

»Willst du mich auf den Arm nehmen?« Ich kann meine Fassungslosigkeit nicht verbergen. Callie mustert mich von der Seite.

»Ganz und gar nicht. Und es fehlen bloß ein paar Sachen aus Sarahs Zimmer. Vielleicht ist der Künstler noch mal zurückgekommen und hat ein paar Souvenirs mitgehen lassen.«

»Gib mir die Adresse«, sage ich.

Er nennt mir die Adresse, und ich beende das Gespräch. Ich bin ganz aufgeregt.

»Sag schon, was los ist, Zuckerschnäuzchen«, verlangt Callie. »Oder ich singe auf der Stelle die Nationalhymne, aus voller Kehle.«

Das ist eine wirkungsvolle Drohung. Vieles an Callie ist wunderbar, aber ihre Singstimme nun wirklich nicht.

In Malibu, habe ich immer geglaubt, lebt ein Mix aus Reichen und Glückspilzen. Die Reichen sind diejenigen, die es sich leisten können, in dieser begehrten Gegend am Meer heutzutage noch ein Haus zu kaufen. Die Glückspilze sind diejenigen, die sich hier ein Haus gekauft haben, bevor die Preise in astronomische Höhen geklettert sind.

»Wunderschön«, sagt Callie, als wir über den Pacific Coast Highway gleiten.

»Ohne Zweifel«, pflichte ich bei.

Es ist kurz nach Mittag, und die Sonne hat beschlossen, endlich wieder hervorzukommen. Das Meer liegt zu unserer Linken, weit, blau, eine unaufhaltsame, unbezwingbare Macht, die gegen die Küsten brandet. Man kann das Meer lieben, doch man sollte nicht erwarten, dass es diese Liebe erwidert. Dazu ist es zu endlos.

Zur Rechten sind die Hügel überzogen von gewundenen Straßen, die zu den verschiedenen Anwesen und Wohngegenden von Malibu führen. Jede Menge Grün, wahrscheinlich vom vielen Regen. Keine gute Neuigkeit für die herannahende Waldbrandsaison.

Wir finden unsere Abzweigung, und nach zehn Minuten und ein paar Mal Verfahren stehen wir vor der angegebenen Adresse. Alan und Barry haben draußen auf uns gewartet. Alan steht da und lauscht Barry, der an Alans Wagen lehnt, raucht und erzählt. Sie sehen uns und kommen herbei, als wir aussteigen.

»Hübsch«, bemerke ich mit einem Blick zum Haus der Langstroms.

»Es ist ein ziemlich großes Haus«, sagt Barry mit einem Blick in sein Notizbuch, seine eigene Version von Ned. »Fast tausend Quadratmeter Grundstück, drei Badezimmer. Sie haben es vor zwanzig Jahren für dreihunderttausend Dollar gekauft. Inzwischen ist es anderthalb Millionen wert – und vollständig abbezahlt von dem geheimnisvollen Wohltäter.«

Das Haus ist typisch amerikanisch, nicht kalifornisch. Ein großer, von einem weißen Zaun umgebener Vorgarten, der obligatorische Baum zum Klettern für die Kinder, ein kopfsteingepflasterter Weg zur Haustür und eine Atmosphäre von Komfort und Gemütlichkeit. Das Haus ist in hellen Beigetönen gestrichen und macht einen sehr gepflegten Eindruck.

»Es gibt doch sicher eine Firma, die mit der Instandhaltung beauftragt wurde?«, frage ich Alan.

Er nickt. »Ja. Einmal die Woche kommt ein Gärtner, die Sträucher werden vor der Waldbrandsaison zurückgeschnitten, und das Haus wird alle zwei Jahre neu gestrichen.«

»Alle zwei Jahre?«, fragt Barry ungläubig. »Ich streiche meins alle fünf, wenn es hochkommt.«

»Die Salzluft«, erklärt Alan.

»Wo ist der Anwalt?«, frage ich.

»Er hat einen Anruf von einem Mandanten bekommen und musste weg.«

»Haben wir einen Schlüssel?«, will ich wissen.

»Haben wir.« Alan grinst und öffnet eine riesige Hand mit zwei Schlüsseln an einem Ring.

»Gehen wir rein.«

Als ich das Haus betrete, überkommt mich erneut das Gefühl der Losgelöstheit. Ich bin wieder in der Zeitmaschine.

Das Problem ist, dass Sarahs Geschichte zu lebendig ist. Sie hat alles zusammengesucht, was sie noch empfindet, und es dazu benutzt, ihrer Geschichte Leben einzuhauchen. Ihre Anstrengungen sind von Erfolg gekrönt – sie hat uns mitgerissen.

Beinahe rechne ich damit, dass mir Buster und Doreen entgegenkommen, und ich spüre einen Anflug von Traurigkeit, als es ruhig bleibt.

Im Haus ist alles dunkel. Sonnenlicht, das durch die Läden im Plantagenhausstil fällt, erzeugt eine gedämpfte Helligkeit. Ich trete in die Halle und stehe auf einem Fußboden aus Kirschholzdielen, überzogen von einer Staubschicht. Die Dielen setzen sich in der Küche zur Rechten fort. Ich sehe Arbeitsflächen aus Granit, dazu passende Schränke und staubigen Edelstahl. Die linke Seite der Halle wird von einem einzelnen großen Raum beherrscht – kein klassisches Wohnzimmer, sondern ein Treffpunkt, wo man sich unterhalten kann. Zehn Leute könnten sich in diesem Raum bewegen, ohne sich anzurempeln. Zwanzig, wenn sie nichts gegen ein bisschen mehr Nähe haben. Auch hier Kirschholzboden.

Hinter diesem Zimmer schließt sich ein weiterer offener Raum an, der rechts an die Küche grenzt und in das eigentliche Wohnzimmer führt, wo der Teppichboden beginnt. Er ist von satter dunkelbrauner Farbe. Ich trete näher, um einen besseren Blick darauf zu werfen, und lächle ein trauriges Lächeln. Das Braun passt zum Rest der Einrichtung, angefangen bei der Farbe der Wände bis hin zum Mobiliar. Eingerichtet von einer toten Künstlerin mit einem instinktiven Verständnis für Farben.

Links vom Wohnzimmer führt ein Flur in die anderen Bereiche des Hauses. Zur Rechten, hinter einem großen und äußerst gemütlich aussehenden Sofa, befinden sich zwei Schiebeglastüren, die in einen weitläufigen, ummauerten Garten führen.

Auf dem Haus lastet eine bedrückende Stille.

»Fühlt sich an wie ein Grab«, murmelt Barry und spricht damit aus, was ich empfinde.

»Es *ist* ein Grab«, sage ich und drehe mich zu Alan um. »Gehen wir Schritt für Schritt vor.«

Er klappt die Ermittlungsakte auf – die erstaunlich dünn ist, wie mir auffällt –, und liest: »Keine Spuren von gewaltsamem Zutritt. Der Eindringling hatte möglicherweise Nachschlüssel. Die herbeigerufenen Officer Santos und Jones haben das Haus durch die Schiebetür zum Garten auf der Rückseite betreten. Die Leichen von Mr. und Mrs. Langstrom lagen gleich hier unten im Wohnzimmer.« Er nickt in Richtung der Stelle.

Wir sehen sie uns genauer an.

»Es stimmt tatsächlich«, murmle ich. »Seit der Spurensicherung war niemand mehr in diesem Haus.«

Ein kleines Stück vom braunen Teppich ist verschwunden, herausgeschnitten von der Spurensicherung wegen der Blutspuren darauf. Sie haben nur mitgenommen, was sie zu benötigen geglaubt haben; überall sind noch dunkle Flecken zu sehen, selbst auf dem Sofa und an der Wand. Kopfschüsse sind eine hässliche Sache.

»Mr. und Mrs. Langstrom waren nackt. Er wurde mit dem Gesicht nach unten gefunden. Mrs. Langstrom lag auf dem Rücken, mit dem Kopf genau an der Stelle, wo das Stück Teppich fehlt.«

Ich schaue nach unten, stelle mir das Bild vor.

»Der Pathologe hat vor Ort festgestellt, dass Mr. Langstroms Augen petechiale Hämorrhagien aufwiesen, und dass die Blutergüsse um den Hals herum mit einer Strangulation konsistent sind. Die Autopsie hat dies bestätigt.«

»Wurde Mrs. Langstrom ebenfalls obduziert?«

Weil es scheinbar Selbstmord gewesen ist, war möglicherweise keine Autopsie vorgenommen worden.

»Ja, auch ihr Leichnam wurde obduziert.«

»Mit welchem Ergebnis?«

»Die Leichenflecken haben bestätigt, dass die Langstroms nach dem Tod nicht mehr bewegt wurden. Sie starben, wo und wie sie gefunden wurden. Nach den gemessenen Körpertemperaturen trat der Tod gegen fünf Uhr morgens ein.«

»Das ist eigenartig«, sagt Barry.

Ich sehe ihn an. »Was?«

»Der geschätzte Todeszeitpunkt ist fünf Uhr morgens. Die Polizei wurde erst Stunden später gerufen. Was für eine Waffe hat Mrs. Langstrom benutzt?«

Alan muss nicht in die Akte sehen. Er hat bereits über die Frage nachgedacht, die Barry ihm stellt. »Eine Neunmillimeter.«

»Laut«, sagt Barry. »Verdammt laut. Sie hat den Hund erschossen und sich selbst. Warum hat niemand die Schüsse gehört?«

»Die gleiche Frage hat Cathy Jones gestellt«, sagt Callie.

»Schlampig.« Alan schüttelt verärgert den Kopf.

Er meint die Ermittlungsarbeiten der Polizei von damals. Alan hat zehn Jahre beim Morddezernat in L.A. gearbeitet, bevor er zum FBI gekommen ist, und er war bekannt für seine Aufmerksamkeit für Details und seine beharrliche Weigerung, voreilige Schlussfolgerungen zu ziehen. Alan hätte an den Lärm der Schüsse gedacht, hätte er damals in diesem Fall ermittelt.

»Weiter«, sage ich zu ihm.

»Sarah wurde im Haus gefunden. Sie war in einem katatonischen Schock. In den Akten steht kein Wort von Verbrennungen an der Hand.« Er schaut mich mit bedeutungsvollem Blick an. »Als wir sie im Krankenhaus besucht haben, habe ich nachgesehen. Sie hat eine kleine Narbe dort.« Wieder spiegelt sich Verärgerung auf seinem Gesicht. »Noch mehr Schlamperei. Sie haben überhaupt nichts überprüft. Sie haben einfach gefressen, was man ihnen serviert hat.«

Ich weise ihn auf das Naheliegende hin. »Damals war das schlecht. Heute ist es gut«, sage ich. »Sie haben nicht gesucht, und das bedeutet, dass es möglicherweise immer noch eine Spur gibt, die zum Killer führt.«

»Was ist mit der Schusswaffe?«, fragt Callie nachdenklich.

Alan sieht sie fragend an. »Was soll damit sein?«

»Wurden Nachforschungen angestellt? Besaßen die Langstroms überhaupt eine Waffe?«

Alan blättert die Akte durch und nickt, als er etwas findet. »Sie war nicht registriert. Die Seriennummer war weggeschliffen. Man hat damals angenommen, dass Linda Langstrom die Waffe auf der Straße gekauft hat.« Sein Tonfall wird sarkastisch. »Na klar. Weil Linda genau wusste, an wen sie sich wenden muss, um eine heiße Waffe zu kaufen. So ein Blödsinn! Warum hätte sie sich die Mühe machen sollen? Wenn sie vorhatte, sich selbst zu töten, wäre es ihr wohl egal gewesen, dass man die Waffe zurückverfolgen kann.«

Ich schaue Barry an. »Ist die Waffe noch in der Asservatenkammer?«

»Ich nehme es an. Die Vernichtung von Beweisen ist ein bürokratisches Ärgernis. Es dauert eine Stunde, um den Wust an Formularen auszufüllen. Und nach allem, was ich bis jetzt gesehen habe, gehören die Typen, die diesen Fall damals untersucht haben, nicht zu den Fleißigsten.«

»Dann sollten wir uns die Waffe besorgen, Alan. Unsere Ballistiker sollen sie sich ansehen.«

»Könnte eine Vergangenheit haben«, sagt er und nickt.

»Was als Nächstes?«, frage ich.

»Die Kugel war ein Hohlmantelgeschoss. Maximale Zerstörung beim Austritt.« Er blättert eine Seite um. »Linda Langstroms Fingerabdrücke wurden am Hals ihres Mannes gefunden. Das deckt sich mit der Theorie, dass sie die Tat verübt hat. Genau wie der Abschiedsbrief und die Antidepressiva.«

»Was ist damit?«, frage ich.

»Nichts. Nur eine Notiz, dass Linda Langstrom solche Tabletten hatte. Keine weiteren Nachforschungen.«

»Andere Beweise?«

Er schüttelt den Kopf. »Die Spurensicherung hat nur einen flüchtigen Blick auf das Zimmer geworfen. Den Rest des Hauses haben sie außer Acht gelassen.«

»Sie haben nicht nach Hinweisen gesucht, die auf ein Verbrechen hingedeutet hätten«, sinniert Callie. »Sie haben Beweise gesammelt, die bestätigen konnten, was sie bereits wussten.«

»Zu wissen *glaubten*«, sagt Alan.

»Wo wurde der Hund erschossen?«, frage ich.

Alan blickt erneut in die Akte. »In der Nähe des Eingangs.« Er runzelt die Stirn. »Sieh dir das an.« Er reicht mir ein Foto. Ich betrachte es und verziehe das Gesicht. Auf dem Foto ist Buster, der zutrauliche Hund, ohne Kopf zu sehen, wie er neben der Haustür auf den Dielen liegt. Ich schaue genauer hin und kneife die Augen zusammen.

»Interessant, nicht wahr?«, fragt Alan.

»Kann man wohl sagen.«

Das Foto zeigt Buster auf der Seite liegend. Sein kopfloser Körper ist zur Tür hin ausgerichtet. Gleich daneben liegt eine blutige Bügelsäge.

»Wenn Linda Langstrom das Tier erschossen hat«, sage ich, »warum liegt es dann vor der Haustür? Und warum in Richtung Tür? Das lässt vermuten, dass das Tier auf jemanden an der Tür reagiert hat und nicht auf jemanden, der bereits im Haus war.«

»Mehr noch«, sagt Alan. »Das Blut in Sarahs Kinderzimmer. Untersuchungen haben ergeben, dass es kein menschliches Blut war. Das stützt Sarahs Geschichte, dass jemand den Hundekopf zu ihr aufs Bett geworfen hat. Das passt alles irgendwie nicht zusammen. Selbst die Annahme, dass Linda dem Tier den Kopf abgeschnitten hat, ist weit hergeholt. Aber dass sie den Kopf auf das Bett ihrer Tochter geworfen haben soll? Ganz bestimmt nicht, auf gar keinen Fall.« Ich sehe, wie Wut in Alan aufsteigt. Ich sage nichts, lasse ihn seinen Gedankengang zu Ende führen. »Der Killer war gar nicht so clever. Dafür waren die Cops, die den Fall bearbeitet haben, dumm und schlampig! Mir wäre das alles sofort ins Auge gefallen. Die Pistole. Der Hund. Ich hätte verdammt lange über diesen Hund nachgedacht. Und wenn ich Sarahs Geschichte gehört hätte, hätte ich mich überzeugt, ob sie eine Brandwunde an der Hand hat, und dann hätte ich das ganze Haus auf den Kopf gestellt!« Er schäumt noch einige Sekunden weiter; dann bläst er die Wangen auf und atmet langsam aus. Es klingt wie ein langgezogener Seufzer. »Tut mir leid. Ich bin sauer. Wenn ich daran denke, dass die ganze Geschichte, die später kam, vielleicht nie hätte passieren müssen.«

»Vielleicht«, räume ich ein. »Es ist aber auch möglich, dass du nichts gefunden hättest, selbst wenn du das ganze Haus auf den Kopf gestellt hättest. Und dass du am Ende ebenfalls auf Selbstmord gekommen wärst.« Ich zögere, als mir ein Gedanke kommt. »Weißt du, was das wirklich Schlimme ist? Dass es keine Rolle gespielt hätte. Sarah hatte keine Familie mehr. Wenn der Täter keinerlei forensische Beweise hinterlassen hat – und ich wette, dass es so ist –, wäre das Ergebnis für Sarah das Gleiche gewesen, selbst wenn die Cops ihr damals geglaubt hätten.«

»Waisenhaus und Pflegeeltern und all das Schlimme, das sie ertragen musste«, sagt Alan.

»Ja. Heute haben wir den Vorteil neuer Informationen und später Einsichten. Konzentrieren wir uns darauf, die Dinge richtigzustellen.« Ich wende mich an Callie. »Ich möchte, dass du dich mit Gene in Verbindung setzt. Durchkämmt dieses Haus von oben bis unten. Vielleicht finden wir etwas, jetzt, wo endlich jemand richtig hinsieht.«

»Mit Vergnügen.«

»Mach dich sofort an die Arbeit. Du kannst den Wagen nehmen. Ich fahre mit Alan zurück.«

Callie nickt. Ich spüre, wie sie kurz mit sich ringt und sehe, wie eine Hand zur Jackentasche gleitet.

Schmerzen, wird mir bewusst. Sie hat einen plötzlichen Schmerzanfall. Ich sehe in ihren Augen, dass sie weiß, dass ich es weiß. Ich erhalte ihre Botschaft in hell leuchtendem Neon: *Lass mich in Ruhe. Geht dich nichts an. Ist meine Privatangelegenheit.*

»Was ist mit mir?«, fragt Barry in das Schweigen hinein. »Nicht, dass ich nicht reichlich zu tun hätte … es gibt andere Morde, und dieser Fall liegt nicht gerade in meiner Zuständigkeit. Gott sei Dank kenne ich einen weiblichen Detective, der im Revier von Malibu arbeitet.«

»Ich weiß es zu schätzen, dass Sie auf meine Bitte hergekommen sind, Barry, ehrlich.«

Sein Lächeln ist schwach. Er zuckt die Schultern. »Sie rufen nur, wenn es etwas wirklich Wichtiges gibt, Smoky. Also komme ich. Was brauchen Sie sonst noch von mir?«

»Sämtliche Beweise. Insbesondere die Waffe, mit der Linda sich das Leben genommen haben soll.«

»Wird erledigt. Heute noch.«

»Da ist noch etwas.«

»Und was?«

»Ich möchte, dass Sie sich die Detectives ansehen, die damals den Fall bearbeitet haben. Diskret, versteht sich.«

Eine lange Pause, während er über meine Bitte nachdenkt – und den Grund dafür.

»Sie meinen, einer von ihnen könnte der Täter sein?«

»Die Arbeit war miserabel. Ich habe zwar schon schlampigere Arbeit gesehen, und ich verstehe, wie die Beamten damals zu ihren Schlussfolgerungen gelangen konnten, doch ich kann nicht begreifen, weshalb niemand sich je genauer mit Sarah befasst hat. Ich sehe zwar Notizen von Cathy Jones, obwohl sie damals noch feucht hinter den Ohren war, aber ich sehe keine Vernehmung Sarahs durch die zuständigen Detectives. Ich möchte wissen, warum das so ist. Aber wenn ich selbst herumstochere, alarmiere ich alle möglichen Leute.«

Barry seufzt und schüttelt den Kopf »Scheiße. Ja. Sicher. Ich kümmere mich darum.«

»Danke, Barry.«

Ich lasse den Blick schweifen, denke nach. Nehme das Grab in mich auf, das einmal ein Haus gewesen ist. Ich nicke, zufrieden, dass wir für den Augenblick gehen können.

»Gehen wir«, sage ich zu Alan.

»Wohin?«

»Gibbs. Ich möchte diesen Anwalt kennenlernen.«

»Sobald er nur die Lippen bewegt, lügt er, Zuckerschnäuzchen«, sagt Callie.

Wir gehen zusammen zur Tür und nach draußen.

»Was machen Sie denn, wenn Ihre Lippen sich bewegen, Rotschopf?«, fragt Barry.

Callie grinst. »Die Welt erleuchten. Was sonst?«

Typisch Callie, denke ich. *So ist sie immer, und so wird sie bleiben, Schmerzmittel oder nicht. Eine vorlaute Freundin mit einer Vorliebe für mexikanisches Junkfood und Donuts.*

Wir steigen in unsere Fahrzeuge und fahren in verschiedene Richtungen davon.

»Wie lange brauchen wir bis zu Gibbs?«, frage ich Alan.

Er blickt auf die Uhr im Armaturenbrett. »Ungefähr vierzig Minuten, würde ich sagen.«

»Dann nutze ich die Zeit zum Lesen.«

Ich ziehe das Tagebuch aus meiner Handtasche.

Sie ist er, denke ich, *und er ist sie.*

Sarah ist ein Mikrokosmos. Der Künstler zeigt sie uns, um uns ein Gefühl für sein eigenes Leben zu vermitteln. Indem ich verstehe, was Sarah durchgemacht hat, bekomme ich eine schwache Ahnung von dem, was er selbst durchgemacht hat. Mehr bekomme ich für den Augenblick nicht.

Ich lehne mich zurück. Draußen fängt es schon wieder an zu regnen.

Sarahs Geschichte

Dritter Teil

KAPITEL 35 *Machen wir eine Pause für ein paar Wahrheiten.*

Mir kommt der Gedanke, dass es beim Schreiben dieser Geschichte um mehr geht als ein guter Schreiber zu sein. Es geht um Distanz. Solange ich über diese Dinge in der dritten Person schreibe, ist es beinahe so, als würden sie jemand anderem zustoßen, einem fiktiven Charakter oder so. Ist Verdrängung nicht etwas Großartiges?

Wenn man richtig tief gehen will und mit Metaphern um sich werfen, könnte man diese Geschichte mit einem ziemlich üblen Märchen vergleichen. Gretel ohne Hänsel, mit einer Hexe, die viel zu schlau ist. Sie hat mich in den Ofen geschoben und röstet mich langsam. Oder mit Rotkäppchen, doch der Wolf hat mich geschnappt, und anstatt mich in einem Stück herunterzuschlucken, nimmt er sich Zeit, seine Mahlzeit gründlich zu kauen.

Wo waren wir stehen geblieben? Ach ja, das Kinderheim.

Das Kinderheim war wie eine Arena, und wir waren die Gladiatoren.

Im Kinderheim habe ich zu kämpfen gelernt. Ich lernte den Unterschied zwischen einer Warnung und einem Angriff. Ich fand heraus, dass ich keine Angst haben muss, jemand anderen zu verletzen, und dass Größe nicht alles ist, was zählt.

Ich lernte gewalttätig zu sein, auf eine Weise, die ich mir niemals hätte träumen lassen. War das ein Teil seines Plans?

Ich dachte oft darüber nach. Tue es heute noch. Es spielt keine Rolle, nehme ich an. Es bin sowieso nicht ich, stimmt's?

»Gib mir das Kissen, hab ich gesagt!«

Sarah presste die Lippen zusammen und zwang sich, den Blick nicht von Kirsten abzuwenden.

»Nein.«

Das ältere Mädchen starrte sie ungläubig an.

»Was hast du gesagt?«

Sarah zitterte innerlich. Nur ein klein wenig.

Wehr dich! Du bist kein ängstliches Baby mehr, erinnerst du dich nicht?

Es war leichter gedacht oder gesagt als getan, so viel stand fest. Kirsten war nicht nur drei Jahre älter, sie war ein großes Mädchen. Sie hatte breitere Schultern als die meisten anderen in ihrer Altersgruppe, sie hatte große Hände, und sie war stark. Sie liebte die Gewalt. Sehr sogar.

Egal. Du bist jetzt acht. Wehr dich!

»Nein. Ich lass mich nicht mehr von dir herumkommandieren.«

Ein hässliches Lächeln spielte um Kirstens Lippen.

»Das werden wir ja sehen.«

Sarah wohnte nun seit zwei Jahren im Burbank Group Home. Es war eine Umgebung, die an *Der Herr der Fliegen* erinnerte, wo der Stärkere recht hatte und das Erziehungsprinzip der Erwachsenen auf Bestrafung beruhte, nicht auf Prävention. Es war eine Atmosphäre, in der Brutalität und Grausamkeit gediehen.

Sarah hatte keine Freundinnen im Heim. Stattdessen hatte sie sich Kirstens Forderungen gefügt, ihr regelmäßig den Nachtisch oder ihr Bettzeug zu überlassen und die tausend anderen kleinen Foltern ertragen, mit denen das ältere Mädchen sie quälte.

Doch vor kurzem hatte Sarah in die Zukunft gesehen, und das hatte ihre Meinung grundlegend geändert. Sie hatte herausgefunden, was in den Schlafsälen der älteren Mädchen passierte. Hier, in diesem Saal, wurde von ihr Unterwerfung verlangt. In dem anderen Saal würden sie Sarahs Körper verlangen.

Diese Vorstellung löste etwas Unnachgiebiges, Zorniges, Halsstarriges in Sarahs Innerem aus.

Sie hatte viel Zeit damit verbracht, Kirsten zu beobachten. Ihr war klar geworden, dass sich das ältere Mädchen einzig auf seine Kraft und seine Körpergröße verließ. An Kirstens Übergriffen war nichts Geschicktes. Sie war immer diejenige, die als Erste zuschlug. Sarah hatte genug Ohrfeigen von ihr bekommen. Ohrfeigen, die ihre Zähne klappern und ihre Wangen brennen ließen wie Feuer. Die Schwellungen blieben manchmal eine Woche.

Diesmal war es nicht anders. Kirsten holte aus und zielte mit der flachen Hand auf Sarahs Wange.

Es war die Art von Angriff, die nur bei Gegnern funktionierte, die zu viel Angst hatten, sich zu wehren. Sarah tat, was jeder tun würde, der keine Angst hatte – sie duckte sich.

Kirstens Hand strich über ihrem Kopf durch die leere Luft. Ein Ausdruck der Fassungslosigkeit erschien auf dem Gesicht des älteren Mädchens.

Jetzt! Bevor sie das Gleichgewicht wiedergefunden hat!

Sarahs Leben war einfach. Aufwachen, duschen, essen, Schule und dann zurück in die Schlaf- oder Gemeinschaftsräume. Dieses Leben verschaffte ihr ausreichend Gelegenheit, über Dinge nachzudenken. Und dieses Nachdenken hatte sie erkennen lassen, dass eine geballte Faust wirkungsvoller war als eine flache Hand.

Sie schnellte hoch, holte aus, ballte die Faust und schlug Kirsten auf die Nase, so fest sie konnte. Der Aufprall war wie ein Schock.

Das hat wehgetan!

Sie hatte Kirsten voll getroffen. Blut schoss aus beiden Nasenlöchern, und Kirsten stolperte rückwärts, fiel hin, landete auf dem Hintern.

Jetzt! Gib ihr den Rest, bevor sie aufstehen kann!

Sarah hatte zweimal erlebt, wie es Mädchen ergangen war, die sich Kirsten widersetzt hatten. Beide Male hatte Kirsten es nicht bei Ohrfeigen belassen. Eines der Mädchen hatte sie bewusstlos getreten und ihm dann den Kopf kahl rasiert. Dem zweiten Mädchen hatte sie den Arm auf den Rücken gedreht, bis er mit einem hörbaren Knacken gebrochen war. Dann hatte Kirsten das schreiende Mädchen splitternackt ausgezogen und draußen auf dem Flur ausgesperrt.

Sarah wusste, dass sie diesen Kampf genauso erbittert führen musste.

Kirsten kämpfte sich bereits wieder auf die Beine. Sarah trat ihr ins Gesicht. Ihr Fuß traf Kirsten voll auf den Mund, und die Unterlippe platzte auf. Ihre Augen quollen hervor, und sie kreischte vor Schmerz. Überall war plötzlich Blut.

In Sarah stieg eine düstere, wilde Freude auf. Endlich einmal wartete sie nicht darauf, dass etwas Schlimmes geschah. Endlich einmal erwachte sie nicht aus einem Albtraum, um festzustellen, dass sie in einem Albtraum lebte.

Dies hier war

(besser)

Diesmal hatte sie alles unter Kontrolle.

Sie trat Kirsten erneut, diesmal voll auf die Nase. Der Kopf des älteren Mädchens wurde in den Nacken geschleudert, Blut spritzte – in Sarahs Augen eine wunderschöne Fontäne. Kirsten starrte voller Entsetzen zu Sarah auf.

Sarah blähte die Nüstern bei diesem Anblick.

Noch mehr! Noch mehr! Nicht aufhören!

Sie sprang Kirsten an, warf sich auf sie, stieß sie auf den Rücken und prügelte mit den Fäusten auf sie ein, bis sie kein Gefühl mehr in den Händen hatte. Dann stand sie auf, trat Kirsten in den Bauch, gegen die Arme, die Brust, die Beine. Das ältere Mädchen rollte sich zusammen und versuchte sein Gesicht zu schützen.

Sarah hatte nicht das Gefühl, die Kontrolle über sich verloren zu haben. Ganz im Gegenteil. Sie fühlte sich losgelöst. Zufrieden, freudig erregt und zugleich losgelöst. Als würde sie in einem Traum ein besonders köstliches Stück Kuchen essen.

Sie hörte auf, als Kirsten zu schluchzen begann.

Sarah verharrte einen Moment über ihr, bis sie wieder zu Atem gekommen war. Kirsten weinte, die Arme über dem Kopf zusammengeschlagen. Sarah erhaschte Blicke auf blutige Lippen, eine gebrochene Nase, ein Auge, das bereits halb zugeschwollen war.

Du wirst es überleben.

Sie ging auf die Knie und brachte ihre Lippen nahe an Kirstens Ohr.

»Wenn du noch mal versuchst, mich zu schlagen, bring ich dich um. Verstanden?«

»J-ja«, schluchzte Kirsten.

Ein Donnerhall in Sarahs Innerem, und ihre Wut war verflogen. Einfach so.

Ein Ausspruch ihrer Mutter kam ihr in den Sinn: »Wenn es dir gelingt, deine Feinde zu Freunden zu machen, lebst du ein besseres Leben.«

Sarah hatte damals nicht gewusst, was ihre Mutter gemeint hatte. Jetzt glaubte sie die Bedeutung der Worte zu verstehen.

Sie streckte die Hand aus.

»Komm, ich helf dir, dich wieder in Ordnung zu bringen.«

Kirsten spähte misstrauisch hinter ihren Armen hervor, noch immer voller Angst. Sie blickte auf Sarahs Hand.

»Warum willst du mir helfen?«

»Ich will dich nicht herumkommandieren. Ich will nicht dein Boss sein. Ich will nur, dass du mich in Ruhe lässt.« Sie beugte sich vor und winkte. »Los, komm.«

Nach einigen weiteren ungläubigen Sekunden nahm Kirsten die Arme herunter. Sie setzte sich auf und betrachtete Sarah mit einer Mischung aus Angst und Neugier. Ihre Hand zitterte, als sie den Arm ausstreckte, um Sarahs Hand zu ergreifen. Sie zuckte zusammen, als sie aufstand.

Kirstens Gesicht war blutig und verquollen.

»Ich habe dir die Nase gebrochen«, sagte Sarah.

»Ja.«

Sarah zuckte die Schultern. »Tut mir leid. Soll ich dir im Waschraum helfen, dein Gesicht sauber zu machen?«

Kirsten musterte das jüngere Mädchen für eine Sekunde. »Nein. Ich geh allein, und dann gehe ich zur Schwester.« Sie versuchte zu lächeln, doch es wurde eine Grimasse. »Ich sag ihr, dass ich ausgerutscht und aufs Gesicht gefallen bin.«

Sarah blickte dem älteren Mädchen hinterher, als es davonhumpelte. Sobald Kirsten weg war, setzte sie sich auf ihre Pritsche und ließ das Gesicht in die Hände sinken. Der Adrenalinstoß war abgeklungen. Sie fühlte sich zittrig, und ihr war leicht übel.

Sie lehnte sich zurück und blickte auf die Unterseite des Etagenbettes über ihr.

Vielleicht wird es jetzt ein bisschen besser hier im Heim.

Sie war seit zwei Jahren in diesem Heim. Zwei Jahre, seit ihre Eltern gestorben waren, seit Theresa Dennis umgebracht hatte, und seit sie hierher in dieses gewalttätige Heim gekommen war. Der Fremde besuchte sie immer noch in ihren Träumen, doch die Besuche wurden immer seltener.

Sie war erst acht Jahre alt, doch sie war nicht mehr unschuldig. Sie wusste Bescheid über den Tod und Blut und Gewalt. Sie wusste, dass die Starken besser überlebten als die Schwachen. Sie wusste, was Sex war, in all seinen Verkleidungen, auch wenn sie ihn (Gott sei Dank!) noch nicht aus erster Hand kennengelernt hatte.

Sie hatte gelernt, ihre Gefühle perfekt zu verbergen. Sie war im Besitz von drei Gegenständen, drei Talismanen, deren Bedeutung sie vor den anderen Mädchen geheim hielt. Da war Mr. Huggles, ihr Stoffaffe. Dann ein Familienfoto von ihr,

Mommy, Daddy, Buster und Doreen. Und schließlich das Foto von Theresas Mutter.

Sarah hatte das Bild aus dem Versteck unter Theresas Matratze geholt, um es in Sicherheit zu bringen. Sie beabsichtigte, es Theresa eines Tages zurückzugeben.

Von Zeit zu Zeit dachte sie ganz fest an ihre Pflegeschwester. Sie würde Theresa immer wie eine richtige Schwester sehen, und sie wusste, dass sie die Nacht beim Go-Fish niemals vergessen würde, als sie sich in Sicherheit gefühlt hatte. Sarah wusste, dass sie nie vergessen würde, warum Theresa getan hatte, was sie getan hatte. Sarah verstand das alles jetzt sehr gut.

Sie griff in ihre Gesäßtasche und zog das Bild von Theresas junger, wunderschöner Mutter hervor. Sie strich mit den Fingern darüber und lächelte den lachenden Augen und dem kastanienbraunen Haar zu.

Sie wusste, dass Theresa im Jugendgefängnis saß, bis sie achtzehn war. Cathy Jones hatte es ihr erzählt.

Noch drei Jahre, und dann ist sie frei.

Sie steckte das Foto wieder ein und verschränkte die Hände hinter dem Kopf. Sie hatte Theresa einmal zu schreiben versucht. Bloß einen kurzen Brief. Theresa hatte zwei Sätze zur Antwort geschrieben:

Schreib mir nicht mehr, solange ich hier drin bin. Ich liebe dich.

Sarah hatte begriffen. Manchmal stellte sie sich vor, wie Theresa achtzehn wurde und hierherkam, um sie zu adoptieren. Ein dummer Traum. Er kam trotzdem immer wieder.

Alle drei oder vier Monate kam Cathy Jones vorbei und besuchte sie. Sarah freute sich auf Cathys Besuche, auch wenn sie sich fragte, welche Gründe es dafür geben mochte. Cathy war schwer zu durchschauen.

Aber egal. Verlier bloß nicht ihre Visitenkarte.

Sarah hatte angefangen, wie jemand zu denken, der ums Überleben kämpft. Dinge einzuordnen, in belastend und vorteilhaft, Aktiva und Passiva. Aktiva waren wichtig. Cathy, zum

Beispiel. Cathy fand immer wieder wichtige Neuigkeiten heraus. Cathy hatte auch herausgefunden, dass Doreen bei den Overmans aufgenommen worden war, bei John und Jaimie. Wie gesagt, wichtige Neuigkeiten.

Abgesehen von Cathy war Karen Watson Sarahs einzige Verbindung zur Außenwelt. Sarah verzog das Gesicht. Inzwischen hatte sie begriffen, was Theresa gemeint hatte, als sie Karen als »das Böse in Person« bezeichnete. Karen Watson war nicht nur vollkommen gleichgültig gegenüber den Kindern, für die sie verantwortlich war – sie verachtete sie. Sie gehörte zu den wenigen Menschen, die Sarah hasste.

Ein Klopfen an der Tür riss sie aus ihren Gedanken. Sie setzte sich auf. Janet steckte den Kopf in den Saal.

»Sarah? Karen Watson ist hier. Sie will dich sehen.«

»Ist gut. Ich komme.«

Die hagere Frau lächelte und ging. Sarah runzelte die Stirn.

Was kann diese Hexe von mir wollen?

Karen saß im Gemeinschaftsraum an einem Tisch. Sarah ging zu ihr und setzte sich ihr gegenüber. Karen musterte das Mädchen.

»Wie geht es dir, Prinzessin?«

»Gut.«

Das geht dich einen Scheiß an, war die Antwort, die Sarah auf der Zunge brannte, doch sie war zu klug, sich diese Blöße zu geben. Die Starken kamen besser zurande als die Schwachen, und von ihnen beiden war Karen ganz klar die Stärkere.

»Hast du deine Lektion inzwischen gelernt?«, fragte Karen. »Weißt du nun, wie man sich Pflegeeltern gegenüber zu benehmen hat?«

Zum ersten Mal hatte Karen ihr diese Frage vor ungefähr einem Jahr gestellt. Sarah hatte gerade einen Geburtstag ohne Kuchen und Freundinnen gefeiert und war traurig und wütend gewesen. Sie hatte Karen angeschrien; dann war sie weggerannt. Seither hatte sie ein Jahr lang Zeit gehabt, um darüber nachzudenken, und diesmal war sie auf die Frage vorbereitet.

»Ja, Ms. Watson. Ich glaube, ich weiß es jetzt.«

Sarah wollte raus aus diesem Heim. Karen Watson war der Schlüssel. Aktiva und Passiva.

Karen nahm Sarahs Kapitulation lächelnd entgegen. »Ja. Ich denke, du hast deine Lektion tatsächlich gelernt.« Sie erhob sich. »Pack heute Abend deine Sachen. Ich bringe dich morgen zu einer neuen Familie.«

Sarah sah ihr hinterher, als sie ging. Sie grinste in sich hinein.

Fick dich, du altes Miststück.

Sarah war zurück in ihrem Zimmer und starrte erneut auf die Matratze des Bettes über ihrem eigenen, als Kirsten zurückkehrte. Beide Augen des größeren Mädchens waren blau und geschwollen. Ihre Nase war geschient, die Lippen genäht. Sie humpelte und zuckte beim Atmen zusammen. Sie ging zu ihrem eigenen Bett, außerhalb von Sarahs unmittelbarem Blickfeld. Sarah hörte, wie die Pritsche knarrte, als Kirsten hineinkletterte. Dann war Stille. Sie waren allein.

»Du hast mir ein paar Rippen gebrochen, Langstrom.«

Kirsten klang überhaupt nicht wütend.

»Tut mir leid«, sagt Sarah, obwohl es sich anders anhörte.

»Du konntest nicht anders.«

Wieder ein längeres Schweigen.

»Warum packst du deine Sachen?«

»Ich komme morgen zu neuen Pflegeeltern.«

Erneutes Schweigen.

»Ja dann … viel Glück, Langstrom. Nichts für ungut.«

»Ja. Danke.«

Sarah stellte schockiert fest, dass ihr ein paar Tränen über die Wangen kullerten. Die Worte ihrer einstigen Feindin hatten sie berührt – auf eine Weise, die sie nicht verstand. Doch sie wusste, wem sie dankbar sein musste.

»Danke, Mommy«, flüsterte sie.

Und wischte die Tränen ab.

Aktiva und Passiva. Tränen waren Passiva.

KAPITEL 36 »Hi, Ms. Watson. Willkommen, Sarah. Kommt doch herein, bitte.«

Der Name der Frau war Desiree Smith, und Sarah mochte sie vom ersten Augenblick. Desiree war Anfang dreißig und sah wie eine freundliche Seele aus – fröhliche Augen, lächelnde Lippen, ein offenes Buch. Sie war klein und schmutzigblond. Kräftig, ohne dick zu sein, und hübsch, ohne schön zu sein. Desiree hatte eine unkomplizierte Weltsicht und besaß eine aufrichtige, schlichte Wärme.

Sarah musterte ihre neue Umgebung, sobald sie im Haus waren. Es war sauber, kein bisschen aufdringlich und angefüllt mit einem munteren Durcheinander, ohne unordentlich zu sein.

Desiree führte sie ins Wohnzimmer.

»Bitte nehmen Sie Platz, Ms. Watson. Du auch, Sarah«, sagte sie und deutete auf die Couch. »Darf ich Ihnen etwas bringen? Dir, Sarah? Mineralwasser? Kaffee?«

»Nein danke, Desiree«, sagte Ms. Watson.

Sarah schüttelte den Kopf und verneinte ebenfalls. Sie wusste, dass die alte Wachtel Watson es ihr übel nehmen würde, falls sie etwas nahm.

»Ich habe alles Erforderliche getan, genau wie wir es besprochen haben, Ms. Watson. Sarah hat ihr eigenes Zimmer, mit einem nagelneuen Bett. Ich habe ein paar zusätzliche Dinge im Kühlschrank, ich habe die Notfallnummern neben dem Telefon aufgehängt, und ich hab die nötigen Anmeldeformulare, um sie zur Schule zu schicken.«

Ms. Watson lächelte und nickte billigend.

Nur zu. Tu so, als würde es dich interessieren, dachte Sarah. *Hauptsache du verschwindest, sobald du hier fertig bist.*

»Gut, Desiree, sehr gut.« Ms. Watson griff in ihre abgewetzte Ledertasche und zog eine Akte hervor, die sie Desiree reichte. »Sarahs Impfungen sind da drin, außerdem ihre Schulzeugnisse. Sie müssen sie sofort anmelden.«

»Mach ich. Gleich am Montagmorgen.«

»Ausgezeichnet. Wo ist Ned?«

Desiree blickte besorgt drein und wrang die Hände.

»Er hat einen dringenden Auftrag erhalten, eine weite Tour. Es ist eine Menge Geld. Wir konnten nicht ablehnen. Er wollte wirklich hier sein, aber es ging nicht. Das ist doch kein Problem, oder?«

Ms. Watson schüttelte den Kopf und winkte ab. »Nein, nein. Ich habe ihn ja bereits kennengelernt, und die Überprüfung Ihrer Lebensläufe ist abgeschlossen.«

Desirees Erleichterung war nicht zu übersehen. »Das ist gut.« Sie blickte Sarah an. »Ned ist mein Mann, weißt du. Er ist Lastwagenfahrer. Er wollte wirklich sehr gerne hier sein, wenn du zu uns kommst, aber jetzt kommt er erst am Mittwoch zurück.«

Sarah lächelte die nervöse Frau an. »Macht doch nichts, Mrs. Smith. Wirklich nicht.«

Keine Sorge. Die alte Wachtel Watson will mich sowieso nur so schnell wie möglich hier abliefern und dann wieder verschwinden.

»Haben Sie noch Fragen, Desiree?«, erkundigte sich Ms. Watson.

»Nein, Ms. Watson. Ich glaube nicht.«

Die Frau von der Fürsorge nickte und erhob sich. »Dann gehe ich jetzt. Ich werde mich in einem Monat wieder bei Ihnen melden.« Sie wandte sich zu Sarah. »Sei artig, Sarah, hörst du? Tu, was Mrs. Smith dir sagt.«

»Ja, Ms. Watson«, antwortete Sarah artig und unterwürfig.

Verschwinde endlich, du alte Wachtel!

Sie wartete auf der Couch, während Desiree Ms. Watson zur Tür brachte und sie verabschiedete. Die Haustür schloss sich, und Desiree kam zurück ins Wohnzimmer und ließ sich neben Sarah aufs Sofa fallen.

»Puh! Ich bin froh, dass es vorbei ist! Ich war vielleicht nervös!«

Sarah starrte sie neugierig an. »Warum?«

»Wir hatten noch nie ein Pflegekind, Sarah, und wir haben es uns sehr gewünscht. Ms. Watson war die letzte Hürde. Sie hat sich gründlich umgesehen, bevor sie dich zu uns gebracht hat.«

»Warum ist es so wichtig für Sie?«

»Nun, es kommt vor, dass Ned lange unterwegs ist. Er ist auch öfters zu Hause, aber manchmal hat er eine weite Tour, und dann ist er zwei Wochen am Stück weg. Ich arbeite von zu Hause aus als Reisevermittlerin, aber es ist einsam. Ned und ich mögen Kinder, und da erschien es uns logisch, ein Pflegekind zu uns zu nehmen, verstehst du?«

Sarah nickte. Sie deutete auf ein Foto an der Wand. »Ist das Ned?«

Desiree lächelte. »Ja. Du wirst ihn mögen, Sarah. Er ist ein wunderbarer Mann. Ned ist einfach nur lieb.«

Das sagst du.

Sarah deutete auf ein weiteres Foto, das ihr aufgefallen war. Es zeigte Ned und Desiree mit einem Baby. »Wer ist das?«

Desirees Lächeln wurde traurig. Es war jener Schmerz, der allgegenwärtig war, ohne unerträglich zu sein. Irgendeine schlimme Geschichte hatte ihre Seele verdunkelt, ohne sie zu zerbrechen.

»Das war unsere Tochter Diana. Sie ist vor fünf Jahren gestorben, als sie gerade ein Jahr alt war.«

»Wie ist sie gestorben?«

»Sie wurde mit einem Herzfehler geboren.«

Sarah betrachtete das Foto, während sie überlegte.

Kannst du ihr vertrauen? Sie scheint nett zu sein. Aber vielleicht ist es ja nur ein Trick.

Sarah war acht Jahre alt, doch ihre Erfahrungen bei den Parkers, gefolgt von den beiden Jahren im Heim, hatten sie eine wichtige Lektion gelehrt: Vertrau niemandem. Sie betrachtete sich selbst als hart und kalt. Eine Gefangene, mit höhnischem Grinsen im Gesicht.

In Wahrheit jedoch war sie erst acht und sehnte sich danach, dass die Wärme in dieser Frau echt war. Sie wünschte es sich mit einer solchen Inbrunst, dass sie Herzklopfen bekam.

»Vermissen Sie sie?«, fragte Sarah.

Desiree nickte. »Jeden Tag. Jede Minute.«

Sarah beobachtete die Augen der Frau, suchte nach Lügen. Doch sie erkannte nichts außer einem Meer von Trauer, durchbrochen von einem vagen Hoffnungsschimmer.

»Meine Eltern sind tot«, sprudelte sie hervor, ohne es zu wollen.

Das Meer aus Trauer verwandelte sich in Mitgefühl. »Ich weiß, Kleines. Und ich weiß auch, was bei den Parkers passiert ist.« Desiree blickte zu Boden, schien nach den geeigneten Worten zu suchen. »Ich möchte, dass du etwas weißt, Sarah«, sagte sie dann. »Du wirst manchmal vielleicht denken, dass ich nicht weiß, wie böse die Welt sein kann. Trotz allem, was ich durchgemacht habe, trotz Dianas Tod bin ich eine Optimistin geblieben. Ich versuche immer, das Gute in allen Dingen zu sehen. Aber das bedeutet nicht, dass ich ein Dummkopf bin. Ich weiß sehr wohl, dass das Böse existiert. Ich weiß auch, dass du viel zu viel davon gesehen hast. Ich will dir damit sagen … hier bist du in Sicherheit.«

Hoffnung wallte in Sarah auf, nur um gleich wieder von einer Woge aus Zynismus begraben zu werden.

»Beweisen Sie's«, sagte sie.

Desirees Augen weiteten sich vor Erstaunen. »Oh … nun

ja.« Sie nickte. »Wie du meinst.« Sie lächelte. »Was hältst du beispielsweise davon? Ich weiß, dass Karen Watson kein netter Mensch ist.«

Nun war das Erstaunen auf Sarahs Seite. »Das wissen Sie?«

»Ja. Sie schauspielert gut, aber ich habe sie beobachtet. Ich habe gesehen, wie sie dich angeschaut hat. Du bist ihr völlig egal, habe ich recht?«

Sarah schnitt eine finstere Grimasse. »Der ist jeder egal. Die interessiert sich nur für sich. Wissen Sie, wie ich sie bei mir nenne?«

»Wie?«

»Alte Wachtel Watson.«

Desiree lachte. »Wachtel Watson. Das gefällt mir.«

Sarah kicherte.

»Und?«, fragte Desiree. »Besser jetzt?«

»Besser«, antwortete Sarah.

Vielleicht, dachte sie.

»Gut. Nachdem wir das geklärt hätten, möchte ich dir jemanden vorstellen. Ich habe ihn hinten im Garten versteckt, während Miss … äh, Wachtel Watson hier war, aber ich möchte, dass du ihn kennenlernst. Du wirst ihn sicher mögen.«

Sarah war verwirrt. War Desiree vielleicht doch nicht ganz richtig im Kopf? Was redete sie da für einen Unsinn?

»Okay.«

»Er heißt Pumpkin. Du brauchst keine Angst zu haben, er tut nichts.«

Desiree ging zu der Glasschiebetür, die in den Garten führte, öffnete sie und stieß einen Pfiff aus.

»Hey, Pumpkin! Du darfst jetzt reinkommen!«

Ein wildes »Wuff!« ertönte.

Ein Hund!

Glückseligkeit durchströmte Sarah.

Pumpkin erschien an der Tür, und Sarah begriff den Grund

für diesen Namen. Der Kopf des Tiers war riesig. Unglaublich groß, wie ein Kürbis.

Es war ein kaffeebrauner Pitbull, und er sah lächerlich und furchtbar zugleich aus, mit seinen schlabbernden Lefzen, der heraushängenden Zunge und dem übergroßen Kopf. Er rannte zu Desiree, blickte zu ihr auf und sagte: »Wuff!«

Desiree lächelte und beugte sich vor, um das Tier zu tätscheln. »Hallo, Pumpkin. Wir haben Besuch. Ein Mädchen. Sie heißt Sarah, und sie bleibt bei uns.«

Der Hund legte den Kopf auf die Seite. Er spürte, dass seine Besitzerin mit ihm sprach, doch er verstand kein Wort.

Sarah erhob sich von der Couch. Bei dem Geräusch wendete sich Pumpkin um.

»Wuff!«

Der Hund sprang zu ihr. Sarah hätte es mit der Angst bekommen, hätte Pumpkin nicht in der universalen Geste von Hundeglück mit dem Schwanz gewedelt. Er prallte mit seinem massigen Schädel gegen sie und machte sich gleich daran, die ihm dargebotene Hand zu lecken und mit Sabber zu überziehen.

Sarah kicherte. »Igitt!« Sie tätschelte den Pitbull, der sich hinsetzte und grinste. »Du siehst total bekloppt aus für einen Hund, Pumpkin«, sagte sie.

»Ich habe ihn vor acht Jahren aus einer Bar gerettet«, erzählte Desiree. »Es war in meinen jüngeren Tagen, und ich war nicht immer so schlau. Ich bemerkte eine Gruppe von Motorradfahrern an einem Pool-Tisch, die laut lachten und lärmten, und als ich zu ihnen ging, um zu sehen, was sie machten, war Pumpkin dort. Er war ein kleiner Welpe, doch sie hatten ihn auf den Billardtisch gesetzt und schossen mit Billardkugeln auf ihn. Er hatte schreckliche Angst und winselte jämmerlich.«

»Wie gemein!«

»Genau das dachte ich auch. Ich habe die Kerle angeschnauzt und hätte mich wahrscheinlich auf sie gestürzt – was dumm gewesen wäre –, doch meine Freundin packte mich am Arm und zog mich weg. Ich war trotzdem stinkwütend und betrank mich, und ich weiß nicht, wie es passiert ist, doch als ich am nächsten Morgen aufwachte, lag Pumpkin neben mir im Bett.«

Sarah tätschelte das Tier, während sie der eigenartigen Geschichte der Frau lauschte. Irgendetwas rührte sich in ihr. Erschrocken stellte sie fest, dass ihr Tränen über die Wangen rannen.

»Was ist los, Sarah?«

Desiree besaß ein feines Gespür für andere Menschen. Sie versuchte nicht näher zu kommen und Sarah in die Arme zu nehmen.

Sarah wischte sich wütend über die Augen.

»Wir … wir hatten auch Hunde, und meiner Mom hätte die Geschichte von Pumpkin bestimmt gefallen …« Sie setzte sich elend auf das Sofa. »Entschuldigung. Ich bin normalerweise keine Heulsuse.«

Pumpkin legte den Kopf in ihren Schoß und blickte zu ihr auf, als wollte er sagen: »Tut mir leid, wenn du dich mies fühlst, aber kannst du trotzdem mit dem Streicheln weitermachen?«

»Es ist nicht schlimm, zu weinen, wenn man traurig ist, Sarah.«

Sarah schaute Desiree an. »Und wenn man immerzu traurig ist? Dann würde man nie aufhören zu weinen.«

Ihr wurde bewusst, dass sie etwas Falsches gesagt hatte, als sie den Schmerz in Desirees Gesicht sah. Dann begriff sie.

Sie ist wegen mir so traurig.

Sarah mochte altklug sein und frühreif und geprägt von schlechten Erfahrungen, doch ein komplizierter Mensch war sie nicht; dazu war sie zu jung. Ihre inneren Mauern hatten Risse entwickelt, die zu Spalten aufgebrochen waren. Der Damm war zwar längst noch nicht gebrochen, doch die Tränen wollten nicht versiegen. Sie verbarg das Gesicht in den Händen und weinte.

Desiree setzte sich zu Sarah auf die Couch, war aber klug genug, die Hände von ihr zu lassen. Sarah war ihr dankbar dafür. Sie war noch nicht bereit, sich in die Arme einer Erwachsenen zu begeben und sich dort auszuweinen. Es war gut, dass Desiree bei ihr war. Pumpkin zeigte sein Mitgefühl auf andere Weise. Er hatte aufgehört zu betteln und leckte hingebungsvoll Sarahs Knie.

Desiree sagte nichts, bis Sarah aufgehört hatte zu weinen.

»Okay. Jetzt hast du Pumpkin kennengelernt. Möchtest du dein Zimmer sehen?«

Sarah nickte und brachte ein Lächeln zustande. »Ja, bitte. Ich bin wirklich müde.«

Mir ist klar geworden, dass Hunde wirklich die besten Freunde des Menschen sind.

Solange man ihnen zu fressen gibt und sie liebt, erwidern sie diese Liebe. Sie stehlen nicht, sie betrügen nicht, sie schlagen einen nicht. Sie sind aufrichtig. Was man von außen sieht, ist genau das, was in ihnen steckt.

Ganz anders als bei Menschen.

»Wir sind da«, sagt Alan und reißt mich aus meinen Gedanken und Sarahs Tagebuch.

Ich falte die Blätter in der Mitte und stecke sie zögernd wieder in meine Tasche.

Sarahs Erfahrungen haben einen gewissen Geschmack für die Gewalt in ihr erweckt. Doch sie hat noch Hoffnung.

War es für den Künstler auch so? Eine langsame Erosion der Seele? An welchem Punkt wurde aus dem Geschmack an der Gewalt ein Hunger?

Hat auch er noch einen Rest Hoffnung in sich?

KAPITEL 37 Terry Gibbs, der Anwalt, der die Sarah-Langstrom-Stiftung verwaltet, hat seine Kanzlei in Moorpark. Ich kenne Moorpark mehr oder weniger zufällig: Callies Tochter und Enkelkind leben hier.

Das Geheimnis, eine Tochter zu haben, hat Callie jahrelang verfolgt. Ein Killer hatte es herausgefunden und versucht, dieses Wissen zu seinem Vorteil zu nutzen. Das Resultat? Callie und ich durchbrachen förmlich die Schallmauer, als wir zur Wohnung ihrer Tochter rasten und an ihre Tür hämmerten. Wir rechneten mit dem Schlimmsten.

Marilyn geht es gut, der Killer ist tot, und anstatt heimlichen Bedauerns hat Callie inzwischen eine Beziehung zu ihrer Tochter. Dies stellt sowohl meinen Sinn für Gerechtigkeit als auch den für Ironie zufrieden – eine Zufriedenheit, die auch eine sehr hässliche Seite hat: Der Tod des Killers durch meine Hand bereitet mir nicht die geringsten Schuldgefühle.

Moorpark ist eine dünn besiedelte Gegend, die an das alte Kalifornien erinnert. Wenn man den Freeway hinunter nach Moorpark fährt, passiert man Meilen um Meilen unbewohnter Hügellandschaft. Manchmal findet man sogar Kühe.

Moorpark war früher eine ländliche Gemeinde. Heute ist es eine wachsende Vorstadt, besiedelt von mittlerer und oberer Mittelschicht, und es gehört zu einer der am schnellsten wachsenden Wohngegenden im gesamten südlichen Kalifornien.

Alan blickt aus dem Fenster nach draußen. »Noch zwanzig Jahre, und es ist eine Großstadt und ein heruntergekommenes Drecksloch«, murmelt er, ein zynisches Echo meiner eigenen Gedanken, was Moorparks Zukunft angeht.

»Vielleicht auch nicht«, widerspreche ich. »Simi Valley, die Nachbargegend, ist immer noch hübsch.«

Alan zuckt die Schultern. Er glaubt mir kein Wort. Wir verlassen den Freeway und biegen auf die Los Angeles Avenue ab.

»Da vorne rechts«, sagt Alan. »Das Gewerbegebiet.«

Wir fahren durch eine Ansammlung vier- und fünfstöckiger

Bürogebäude, genauso neu wie der Rest von Moorpark, mit viel Glas, das in der Sonne glänzt.

»Wir sind da«, sagt Alan und lenkt den Wagen an den Straßenrand. Mein Handy summt.

»Spreche ich mit Smoky Barrett?«, fragt eine forsche Frauenstimme.

»Ja. Wer ist da?«

»Ich bin Kirby. Kirby Mitchell.«

»Kenne ich Sie?«

»Tommy hat Ihnen meinen Namen nicht gesagt, der Blödmann. Sie haben ihn um Hilfe gebeten. Um Personenschutz, nicht wahr? Ich bin Ihre Leibwächterin.«

Der Groschen fällt. Es ist meine »loyale und absolut tödliche« Exkillerin im Staatsdienst.

»Ach, richtig … Sorry«, stammle ich. »Tommy hat mir keinen Namen genannt.«

Kirby kichert. Es ist ein Kichern, das zum Rest ihrer Stimme passt. Munter, melodisch. Ein Kichern wie von jemandem, der absolut keine Sorgen hat, der sich am Leben erfreut, der morgens keinen Kaffee braucht, der wahrscheinlich aus dem Bett springt und einen Zehn-Kilometer-Lauf absolviert und dabei ununterbrochen lächelt.

Ich überlege, ob ich sie mag oder nicht – aber das ist bei allen fröhlichen Menschen mein Problem. Man fühlt sich verpflichtet, ihnen eine Chance zu geben. Abgesehen davon bin ich neugierig. Die Vorstellung einer ewig gut gelaunten, fröhlichen Killerin rührt an die perverse Seite meiner Persönlichkeit.

»Schon okay«, sagt sie, ein Ungetüm der guten Laune. »Ist ja nicht weiter schlimm. Tommy ist ein großartiger Bursche, aber er ist ein Kerl, und Kerle vergessen nun mal hin und wieder die wichtigen Details. Sie sind alle so. Aber Tommy ist besser als die meisten anderen und sieht außerdem klasse aus, also wollen wir ihm noch mal verzeihen, okay?«

»Sicher«, antworte ich verwirrt.

»Kommen wir zur Sache. Wann und wo treffen wir uns?«

Ich werfe einen Blick auf meine Uhr, während ich nachdenke. »Können Sie mich in der Eingangshalle des FBI-Gebäudes treffen? Um halb sechs?«

»Im FBI-Gebäude, wie? Meine Güte, wie *cool.* Ich schätze, ich lass dann meine Kanonen lieber im Wagen.« Ein melodisches Lachen, irgendwie amüsant und bestürzend zugleich, wenn man den Kontext bedenkt. »Halb sechs also. Bye!«

»Bye«, finde ich gerade noch Zeit zu murmeln, dann legt sie auf.

»Wer war das?«, fragt Alan.

Ich starre ihn einen Moment lang an. Zucke die Schultern. »Eine potenzielle Leibwächterin. Für Sarah. Ich schätze, sie ist ein echter Heuler.«

Meine Güte, wie cool.

Terry Gibbs begrüßt uns lächelnd und führt uns in sein Büro. Es ist ein kleiner Raum, der von einem Schreibtisch und von Aktenschränken entlang den Wänden beherrscht wird. Alles wirkt robust und gebraucht.

Ich mustere den Anwalt, während er uns bedeutet, auf den beiden gepolsterten Stühlen vor seinem Schreibtisch Platz zu nehmen. Gibbs ist eine interessante Mischung. Es sieht aus, als hätte er sich nicht entscheiden können, wer er sein will. Er ist relativ groß. Er ist kahl, doch er hat einen Schnurr- und einen Kinnbart. Er hat die breiten Schultern und die athletischen Bewegungen eines durchtrainierten Mannes, doch er riecht nach Zigaretten wie ein Kettenraucher. Er trägt eine Brille mit dicken Gläsern, die seine intensiven, beinahe schönen blauen Augen betonen. Er trägt einen Anzug, doch keine Krawatte. Der Anzug sieht teuer und maßgeschneidert aus und passt überhaupt nicht zum Mobiliar des Büros.

»Ich sehe Ihnen an, was Sie denken, Agentin Barrett«, sagt Gibbs lächelnd. Seine Stimme klingt angenehm, glatt und melodisch, weder zu tief noch zu hoch. Die perfekte Stimme für einen Anwalt. »Sie versuchen, den Tausend-Dollar-Anzug und das heruntergekommene Büro in Einklang zu bringen.«

»Könnte sein«, räume ich ein.

Er grinst. »Ich bin ein Ein-Mann-Unternehmen. Ich mache nicht das große Geld, aber ich komme zurecht. Es zwingt zu Kompromissen: schickes Büro oder schicker Anzug? Ich habe mich für den Anzug entschieden. Ein chaotisches Büro ist für einen Mandanten längst nicht so unverzeihlich wie ein Anwalt in einem billigen Anzug.«

»So ähnlich wie bei uns«, sagt Alan. »Man kann seine Marke vorzeigen, aber die Leute wollen nur wissen, ob man eine Kanone hat.«

Gibbs nickt. »Genau.« Er beugt sich vor, stützt die Ellenbogen auf den Schreibtisch, verschränkt die Hände. »Ich möchte, dass Sie eines wissen, Agentin Barrett. Was die Langstrom-Stiftung angeht, bin nicht vorsätzlich unkooperativ. Ich bin durch die Regeln meines Berufsstandes an Stillschweigen gebunden, sowohl ethisch als auch gesetzlich.«

Ich nicke. »Ich verstehe, Mr. Gibbs. Ich nehme an, es ist kein Problem für Sie, wenn wir Sie vorladen?«

»Absolut nicht, solange es nicht meine rechtliche Verpflichtung zur Diskretion beeinträchtigt.«

»Was können Sie uns erzählen?«

Er lehnt sich im Sessel zurück und blickt zu einer Stelle über unseren Köpfen, während er nachdenkt.

»Der Mandant kam vor ungefähr zehn Jahren zu mir«, sagt er dann. »Er wollte eine Stiftung zugunsten von Sarah Langstrom einrichten.«

»Ein Mann oder eine Frau?«, erkundige ich mich.

»Es tut mir leid, aber das kann ich nicht sagen.«

Ich runzle die Stirn. »Warum nicht?«

»Vertraulich. Der Mandant verlangte absolute Vertraulichkeit in jeder Hinsicht. Aus diesem Grund geschieht alles in meinem Namen. Ich habe die gesetzliche Vollmacht, ich verwalte die Stiftung, und mein Honorar wird aus Stiftungsgeldern bezahlt.«

»Haben Sie mal daran gedacht, dass jemand, der so viel Vertraulichkeit verlangt, möglicherweise nichts Gutes im Schilde führt?«, fragt Alan.

Gibbs mustert ihn mit scharfem Blick. »Selbstverständlich. Ich habe Erkundigungen eingezogen. Ich stieß auf ein Kind, das wegen eines Mord-Selbstmords seiner Mutter zur Waisen geworden war. Wären Sarah Langstroms Eltern von einem unbekannten Eindringling ermordet worden, hätte ich mich geweigert, für diesen Mandanten zu arbeiten. Doch nachdem die Mutter als Täterin feststand, sah ich keinen Grund, den Auftrag auszuschlagen.«

»Wir überprüfen, ob es kein Mord-Selbstmord gewesen sein könnte«, sage ich und beobachte seine Reaktion. »Möglicherweise wurde die Tat gestellt, sodass es bloß den Anschein hatte.«

Gibbs schließt für einen Moment die Augen und reibt sich die Stirn. Er scheint erschrocken. »Wenn das stimmt … das wäre furchtbar.« Er seufzt und öffnet die Augen wieder. »Leider bin ich trotzdem an meine anwaltliche Schweigepflicht gebunden.«

»Was können Sie uns denn erzählen, ohne Ihre Schweigepflicht zu verletzen?«, erkundigt sich Alan.

»Die Stiftung ist ein Fonds, dazu gedacht, das Haus der Familie zu erhalten und Sarah Langstrom mit finanziellen Mitteln auszustatten. An ihrem achtzehnten Geburtstag wird sie alles erhalten.«

»Wie viel?«, frage ich.

»Ich kann Ihnen keinen genauen Betrag nennen. Ich kann nur sagen, dass das Geld ausreicht, um Sarah für viele Jahre ein sorgenfreies Leben zu ermöglichen.«

»Legen Sie Ihrem Mandanten hin und wieder Rechenschaftsberichte vor?«

»Eigentlich nicht, nein. Ich nehme an, irgendjemand hält den Fonds im Auge … irgendwie überwacht der Mandant mein Tun, um sicherzustellen, dass ich das Marmeladenglas nicht leere. Doch einen Kontakt hat es seit Einrichtung der Stiftung nicht mehr gegeben.«

»Ist das nicht sehr ungewöhnlich?«, fragt Alan.

Gibbs nickt. »Äußerst ungewöhnlich.«

»Mir ist aufgefallen, dass das Haus von außen sehr gut in Schuss gehalten wird. Warum nicht auch innen? Alles ist zugestaubt«, sage ich.

»Eine der Bedingungen des Mandanten. Niemand darf das Haus ohne Sarahs ausdrückliche Genehmigung betreten.«

»Eigenartig.«

Gibbs zuckt die Schultern. »Ich habe schon Eigenartigeres erlebt.« Er verstummt, zögert einen Augenblick. Ein gepeinigter Ausdruck erscheint in seinem Gesicht. »Agentin Barrett, ich möchte, dass Sie eines wissen. Ich habe niemals vorsätzlich oder auch nur wissentlich an irgendetwas teilgenommen, das einem Kind Schaden zugefügt hätte. Niemals. Ich habe selbst eine Schwester verloren, als ich noch jünger war. Meine kleine Schwester. Von der Sorte, die große Brüder normalerweise beschützen sollten. Verstehen Sie?« Er sieht todunglücklich aus. »Kinder sind etwas Heiliges.«

Ich erkenne die aufsteigenden Schuldgefühle in seinen Augen. Die Art von Schuld, die man empfindet, wenn man sich verantwortlich fühlt für etwas, das man nicht hätte ändern können. Die Art von Schuld, die man empfindet, wenn das Schicksal die böse Hand im Spiel hat und man selbst mit dem Messer in der Hand angetroffen wird.

»Ich verstehe, Mr. Gibbs.«

Wir verbringen noch eine ganze Stunde bei dem Anwalt und versuchen, weiterführende Informationen aus ihm herauszuholen, doch ohne Erfolg. Schließlich gehen wir zum Wagen zurück, während ich versuche, mir über meinen nächsten Zug klar zu werden.

»Ich hatte das Gefühl, dass er uns gerne mehr erzählt hätte«, sagt Alan.

»Ich auch. Und ich glaube nicht, dass er sich absichtlich sperrt. Das Gesetz bindet ihm die Hände.«

»Also eine richterliche Vorladung«, sagt Alan.

»Genau. Fahren wir zurück ins Büro und holen uns Rat bei unseren Anwälten.«

Mein Handy summt.

»Neue Entwicklungen, Süße«, sagt Callie.

»Schieß los.«

»Die Akten über den Fall Vargas sind verschwunden, sowohl unsere als auch die des LAPD.«

Es verschlägt mir beinahe die Sprache.

»Das soll wohl ein Witz sein?«

»Ich wollte, es wäre so. Könnte sein, dass die Unterlagen im Lauf der Jahre verlegt worden sind. Obwohl ich eher der Meinung bin, dass sie gestohlen wurden, wenn man die Umstände bedenkt.«

»Tja, jedenfalls sind die Akten verschwunden.« Ich reibe mir die Stirn. »Okay. Ich weiß, dass du daran arbeitest, das Haus der Langstroms spurentechnisch zu bearbeiten. Vielleicht kannst du mir trotzdem einen Gefallen tun. Ruf AD Jones an, ob er uns eine Liste mit den Namen der Agenten und Officer geben kann, die damals an dem Fall gearbeitet haben.«

»Kein Problem.«

Ich beende das Gespräch.

»Schlechte Neuigkeiten?«, fragt Alan.

»Kann man so sagen.« Ich berichte ihm, was ich von Callie erfahren habe.

»Was meinst du, verloren oder gestohlen?«, fragt er, als ich geendet habe.

»Gestohlen, nehme ich an. Der Killer plant seit Jahren, und

er plant Jahre voraus. Er hat die Dinge so gedeichselt, dass wir erst dahinterkommen, wenn er es will. Das macht das Verschwinden der Akten zu einem ziemlich unwahrscheinlichen Zufall.«

»Da hast du wohl recht. Wohin fahren wir von hier aus?«

Bevor ich antworten kann, summt mein Handy erneut.

»Barrett«, melde ich mich.

»Hallo, Smoky. Ich bin's, Barry. Sind Sie immer noch in Moorpark?«

»Wir sind gerade wieder in den Wagen gestiegen.«

»Das ist gut. Ich habe Nachforschungen über die Detectives angestellt, die ursprünglich mit dem Langstrom-Fall beauftragt waren. Hören Sie sich das an: Einer von ihnen ist tot. Er hat sich vor fünf Jahren die Kanone in den Mund gesteckt. Nicht besonders beweisdienlich, keine Frage – der Typ war offenbar schon ein paar Jahre von der Rolle. Und jetzt kommt etwas Interessantes: Sein Partner ist zwei Jahre später ausgeschieden. Einfach so. Vier Jahre vor dem Jubiläum zu seinem dreißigsten Dienstjahr.«

»Das ist wirklich interessant.«

»Es kommt noch besser. Ich habe den Burschen ausfindig gemacht. Er heißt Nicholson, Dave Nicholson. Ich hab ihm gesagt, worum es geht, und stellen Sie sich vor – er will mit Ihnen reden, Smoky. Sofort, so schnell wie möglich.«

»Wo wohnt er?«, frage ich aufgeregt.

»Deshalb wollte ich wissen, ob Sie noch in Moorpark sind. Nicholson wohnt ganz in der Nähe, in Simi Valley, der nächsten Siedlung.«

KAPITEL 38

David Nicholson, habe ich von Barry erfahren, war ein guter Cop. Er stammt aus einer Familie von Polizisten, angefangen mit seinem Großvater an der Ostküste in New

York. Der Vater ist in den Sechzigern nach Westen gegangen und wurde im Dienst getötet, als Dave zwölf Jahre alt gewesen war.

Nicholson hatte es in Rekordzeit zum Detective gebracht, und wie es aussah, völlig zu Recht. Er war für seinen scharfen Verstand und seine sorgfältige Arbeitsweise bekannt gewesen, hatte eine ausgeprägte Spürnase gehabt und war zu seiner Zeit ein gefürchteter Vernehmungsbeamter.

Das alles passt ganz und gar nicht zu der schlampigen Arbeit im Fall der Langstroms.

»Hier ist es«, sagt Alan und lenkt den Wagen an den Straßenrand.

Das Haus liegt am Rand von Simi Valley, auf der Los Angeles zugewandten Seite, wo die meisten älteren Häuser stehen. Kein Haus im näheren Umkreis hat mehr als ein Stockwerk. Es sind Häuser im Ranch-Stil, aber nicht sonderlich aufregend. Der Vorgarten ist gepflegt, und ein betonierter Weg führt zur Haustür. Ich sehe einen Vorhang, der sich in einem Fenster rechts der Tür bewegt, und erhasche einen kurzen Blick auf ein Gesicht, das zu uns nach draußen späht.

»Er weiß, dass wir da sind«, sage ich zu Alan.

Wir steigen aus und gehen zur Tür. Bevor wir sie erreicht haben, öffnet sie sich, und ein Mann kommt heraus. Er bleibt auf der betonierten Veranda stehen. Der Mann ist barfuß, trägt Jeans und ein sauberes T-Shirt. Er ist groß, ungefähr eins fünfundachtzig, mit breiten Schultern und mächtigem Brustkorb. Sein Haar ist dicht und dunkel, das Gesicht attraktiv. Er wirkt wesentlich jünger als seine fünfundfünfzig Jahre, mit Ausnahme der Augen. Seine Augen sind stumpf, dunkel, leer, voller Echos und offener Räume.

»Mr. Nicholson?«, frage ich.

»Der bin ich. Darf ich Ihre Ausweise sehen?«

Alan und ich zeigen unsere Abzeichen. Er inspiziert sie sorgfältig und vergleicht die Fotos mit unseren Gesichtern. Sein

Blick bleibt auf meinen Narben haften, jedoch nicht unhöflich lang.

»Kommen Sie herein«, sagt er schließlich.

Das Innere des Hauses ist wie eine Zeitreise in die späten Sechziger/frühen Siebziger. Die Wände sind mit Holz vertäfelt, und es gibt einen gemauerten Kamin. Der einzige Hinweis auf die Gegenwart ist ein dunkler Dielenboden, der sich durch das ganze Haus zieht.

Wir folgen Nicholson ins Wohnzimmer. Er deutet auf ein blaues Plüschsofa, und wir nehmen Platz.

»Kann ich Ihnen etwas anbieten?«, fragt er.

»Danke nein, Sir.«

Er wendet sich von uns ab und starrt durch die Glasschiebetür, die in den Garten hinter dem Haus führt. Es ist ein kleiner Garten, schmal und lang, wenig Gras, viel Dreck, umschlossen von einem Holzzaun. Ich sehe keinen einzigen Baum.

Sekunden vergehen. Nicholson starrt unverwandt nach draußen, als hätte er uns ganz vergessen.

»Sir?«

Er zuckt zusammen.

»Entschuldigung.« Er kommt zu uns, setzt sich uns gegenüber in einen Lehnsessel. Der Sessel ist hässlich grün, abgewetzt und gebraucht, sieht aber bequem aus. Ein zuverlässiges, geliebtes Möbelstück, das einem Fünfzig-Zentimeter-Fernsehschirm zugewandt ist. Neben dem Sessel steht ein klappbarer Teewagen.

Ich stelle mir vor, wie Nicholson des Nachts vor dem Fernseher sitzt, eine Mikrowellen-Mahlzeit auf dem Teewagen vor sich. Ziemlich normal, zugegeben, doch an diesem Ort, bei einem Mann wie Nicholson, eine sehr traurige Vorstellung. Ein unterschwelliges Warten, eine unterschwellige Depression überlagern alles. Es ist, als müsste sämtliches Mobiliar mit

Laken drapiert sein, und als müsste endlich einmal ein Wind durch die Räume fahren.

»Hören Sie zu«, sagt er, bevor ich ihm irgendeine Frage stellen kann. »Ich werde Ihnen etwas erzählen, das ich Ihnen sagen soll. Und ich werde Ihnen etwas erzählen, das ich Ihnen *nicht* sagen soll. Und danach werde ich tun, was ich tun soll.«

»Sir …«

Er unterbricht mich mit einer Handbewegung. »Was ich Ihnen erzählen soll, ist Folgendes: ›Es ist der Mann hinter dem Abzeichen, der wichtig ist. Nicht das Abzeichen selbst.‹ Haben Sie das verstanden?« Seine Stimme klingt monoton und passt zur Leere in seinen Augen.

»Ja, aber …«

»Dann weiter. Ich habe die Langstrom-Ermittlungen manipuliert. Ich habe die Schlussfolgerungen gezogen. Er hat mir gesagt, dass die Beweise auf Mord-Selbstmord hindeuten, solange ich nicht allzu genau hinschaue. Ich musste bloß akzeptieren, was oberflächlich zu erkennen war. Und das habe ich getan.« Er seufzt. Er wirkt beschämt. »Er wollte, dass die kleine Langstrom – Sarah – in Ruhe gelassen wird. Er hat gesagt, dass er Pläne für sie hat. Ich hätte es nicht tun dürfen, ich weiß, aber Sie müssen verstehen … ich habe das alles nur getan, weil er meine Tochter hat.«

Ein Schock durchfährt mich. »Er hat Ihre Tochter?«

Nicholson starrt auf irgendetwas über meinem Kopf und spricht weiter, beinahe wie zu sich selbst. »Sie heißt Jessica. Er hat sie mir vor zehn Jahren weggenommen. Er hat mich hilflos gemacht und mir seither gesagt, was ich zu tun habe. Er hat mir gesagt, dass jemand kommen und Fragen stellen würde, Jahre später, und dass ich diesem Jemand die Botschaft weitergeben soll, die er mir aufgetragen hat. Nun, das habe ich soeben getan. Sobald ich alles erledigt hätte – plus eine letzte Sache – will er meine Tochter gehen lassen.« Seine Augen blicken flehentlich.

»Sie verstehen das doch? Ich war ein guter Cop, aber er hatte meine *Tochter!*«

»Wollen Sie damit sagen, dass er Ihre Tochter als Geisel genommen hat?«

Er richtet den kräftigen Zeigefinger auf mich. »Sie sorgen dafür, dass es ihr gut geht. Sie sorgen dafür, dass er seinen Teil der Abmachung einhält. Ich nehme an, das wird er … Ich hoffe es.« Er leckt sich über die Lippen und nickt ein wenig zu hastig. »Ja, ich glaube, er wird es tun.«

»Nicht so schnell, David. Beruhigen Sie sich.«

»Nichts da. Ich habe bereits genug gesagt. Ich muss es zu Ende bringen. Nur noch eine allerletzte Sache.«

Er greift mit der Hand hinter sich. Sie kommt mit einem großen Revolver wieder hervor. Ich springe auf, Alan springt auf. Ich greife nach meiner Waffe, doch Nicholson hat es weder auf mich noch auf Alan abgesehen. Der Lauf des Revolvers findet Nicholsons Mund, er stößt ihn brutal hinein, richtet ihn nach oben. Ich springe auf ihn zu.

»Nein!«, rufe ich.

Er schließt die Augen und drückt den Abzug. Sein Schädel explodiert mit lautem Knall. Blut, Hirn und Knochensplitter spritzen mich von oben bis unten voll.

Ich stehe da und kann mich nicht mehr rühren, während er langsam aus dem Sessel vornüberkippt.

»Mein Gott!« Alan stürzt auf Nicholson zu.

Ich starre benommen auf den Toten. Draußen öffnen die Wolken ihre Schleusen, und erneut fällt Regen.

KAPITEL 39 Alan und ich sind immer noch in Nicholsons Haus. Die zuständigen Cops sind ebenfalls da, wollen das Kommando übernehmen, doch in meiner Wut beachte ich sie gar nicht.

Ein Mann – ein Cop – ist tot, und ich weiß, dass sein Tod viel mehr ist als ein Selbstmord. Ich will herausfinden warum.

Ich habe mir die Hände gewaschen und Latexhandschuhe übergestreift, und ich spüre noch immer die Stellen, wo ich mir sein Blut aus dem Gesicht geschrubbt habe.

Ich gehe durchs Wohnzimmer, den Flur hinunter, in Nicholsons Schlafzimmer. Alan folgt mir.

»Wonach suchen wir, Smoky?«, fragt er mit vorsichtiger Stimme.

»Nach einer beschissenen Erklärung!« Meine Stimme ist hart und wütend und scharf wie eine Rasierklinge.

Die Plötzlichkeit, mit der das alles geschehen ist, das Furchtbare, haben mich geschockt wie ein Schlag ins Gesicht. Mein Magen ist aufgewühlt vom Adrenalinstoß. Ich habe noch nicht ganz begriffen, dass Nicholson tot ist, noch nicht. Ich weiß nur, dass ich außer mir bin vor Wut. Der Künstler steckt hinter alledem. Er ist auch für diesen Toten verantwortlich.

Der Künstler. Ich bin seine Spielchen leid, seine Rätsel und alles andere.

Ich will seinen Kopf. Ich will seinen Tod.

Nicholsons Schlafzimmer ist wie der Rest des Hauses. Spartanisch, lieblos. Alles ist sauber, doch das Haus hat keine Seele. Die Wände sind kahl, die Vorhänge vor den Fenstern billig und unpassend. Hier in diesem Haus hat er geschlafen, hier hat er gegessen, hier hat er Schutz vor dem Regen gefunden. Mehr nicht.

Ich entdecke ein Foto in einem Rahmen, auf einem Nachttisch neben dem Bett. Nicholson ist darauf zu sehen. Er lächelt, seine Augen sind lebendig. Er hat die Arme um ein junges Mädchen gelegt, das wie sechzehn aussieht. Sie besitzt die dicken, dunklen Haare ihres Vaters, doch die Augen gehören jemand anderem. Der Geist ihrer Mutter?

Alan betrachtet das Foto ebenfalls. »Sieht aus wie ein ganz normales Vater-Tochter-Bild«, sagt er.

Ich nicke bloß. Mir ist immer noch nicht nach Reden.

Alan öffnet den begehbaren Kleiderschrank und kramt in den Regalen. Dann stockt er. Rührt sich nicht mehr. Totenstille.

»Wow!«, sagt er schließlich. »Das musst du dir ansehen.«

Er kommt aus dem Kleiderschrank, einen Schuhkarton in den Händen. Der Deckel ist abgenommen. Ich sehe Polaroidfotos. Berge von Polaroids. Alan nimmt eins hervor und reicht es mir.

Das Mädchen auf dem Foto ist blass, und es ist nackt. Es ist das gleiche Mädchen wie auf dem Bild auf dem Nachttisch, doch hier ist es Anfang zwanzig. Es ist eine Frontalaufnahme. Sie steht mit den Händen hinter dem Rücken da, die Füße leicht nach innen gedreht; der Blick ist abgewandt und mutlos. Sie hat große Brüste und ist im Schambereich unrasiert. Sie sieht schutzlos und abgestumpft aus.

Ich vergleiche das Bild mit dem Foto im Rahmen.

»Eindeutig die gleiche Person«, sage ich.

»Der Schuhkarton ist voll davon«, sagt Alan, während er in den Fotos kramt. »Sieht aus, als wären sie in chronologischer Reihenfolge. Sie ist immer nackt. Das Alter ist unterschiedlich.« Er kramt weiter. »Mein Gott. Nach den Veränderungen im Gesicht und am Körper zu urteilen, geht das schon Jahre so.«

»Mehr als zehn Jahre, schätze ich.« Ich fühle mich, als hätte jemand die Luft aus mir gelassen. Meine Wut hat sich verflüchtigt. In mir ist nichts als Leere.

Alan starrt mich an, während er versucht, das Ungeheuerliche zu begreifen. Er tippt mit dem Fuß auf, wiegt den Schuhkarton in seiner riesigen Hand. »Okay, okay. Ergibt Sinn«, sagt er schließlich. »Der Killer nimmt Nicholsons Tochter als Geisel. Doch Nicholson ist nicht nur Vater, er ist auch Cop. Der Künstler braucht etwas, womit er Nicholson an der Leine halten kann, also liefert er regelmäßig Beweise, dass seine Tochter noch am Leben ist.« Er tippt entschiedener mit dem Fuß auf. »Verdammt! Warum ist Nicholson damit nicht zum FBI gekommen? Warum hat er seine Tochter so lange in den Fingern dieses Mistkerls gelassen, ohne etwas dagegen zu unternehmen?«

»Weil er ihm geglaubt hat, Alan. Wenn er nicht tat, was der Künstler von ihm verlangte, würde der seine Tochter töten. Solange Nicholson sich an den Plan hielt, würde er sie am Leben lassen. Er hat Nicholson regelmäßig einen Beweis geschickt, dass er sich an sein Wort hält.«

»Das ist mir klar. Trotzdem … hättest du getan, was Nicholson getan hat? So viele Jahre?«

Meine Antwort kommt ohne jedes Zögern. Ich muss nicht groß darüber nachdenken. Die Möglichkeit, dass Alexa noch am Leben wäre – oder die gegenwärtige Realität ihres Todes?

»Wahrscheinlich ja. Wenn er überzeugend genug war. Ja.« Ich blicke Alan in die Augen. »Was, wenn er Elaina in seiner Gewalt hätte?«

Er hört auf, mit dem Fuß zu tippen. »Du hast recht.«

Ich starre auf das Foto. »Warum? Warum Nicholson?«

»Ich dachte, das wüssten wir schon. Der Künstler brauchte Nicholson, um die Ermittlungen im Langstrom-Fall zu manipulieren.«

Ich schüttle den Kopf. »Nein. Ich meine … ja, sicher, er hat Nicholson dazu benutzt, aber warum ist er das Risiko eingegangen? Warum hat er sich überhaupt die Mühe gemacht? Er hätte seine Spuren wesentlich besser verwischen können … allerdings hat er sie auch so ziemlich gut verwischt. Trotzdem. Nicholson einzubinden hat sein Risiko erhöht. Wieso war der Künstler bereit, dieses Risiko einzugehen?« Ich fahre mir mit der Hand durch die Haare. »Wir müssen Nicholsons Vergangenheit untersuchen.« Ich gehe auf und ab. »In diesem Fall dreht sich alles um die Vergangenheit. Alles. Wir haben die

Zusammenhänge bis jetzt noch nicht gefunden. Wem habe ich die Aufgabe übertragen, Erkundigungen über Sarahs Großvater einzuholen?«

»Mir. Ich bin noch nicht dazu gekommen. Wir hatten die Spur mit dem Haus der Langstroms, mit der Stiftung, und dann Nicholson. Die Dinge sind ziemlich in Bewegung geraten.«

»Schon klar, Alan. Aber es ist wichtig.«

»Kapiert.«

Ich starre auf das traurige Mädchen auf dem Polaroid. Es steht stellvertretend für den gesamten Fall: Etwas, das für immer weitergeht, das kein Ende nehmen will, etwas Furchtbares, das in die Vergangenheit reicht. Nicholson. Sarahs Großvater. Ein Fall aus den 1970ern.

Wo trifft all das zusammen?

Ich rede mit Christopher Shreveport, dem Chef des Krisenstabes, zuständig für kritische Zwischenfälle wie Geiselnahmen und Entführungen.

»Sie ist also eine Geisel?«, fragt Shreveport mich.

»Ja. Wenn sie inzwischen nicht bereits tot ist.«

Stille. Shreveport flucht nicht, doch ich kann spüren, dass ihm genau danach zumute ist.

»Ich werde Agent Mason Dickson rüberschicken. Er wurde in Quantico im Krisenmanagement ausgebildet und ist unser Mann vor Ort für Entführungen in Ihrer Gegend. Aber ich habe das Gefühl, dass Mason nicht viel erreichen wird, bevor Sie den Fall nicht geknackt haben.«

»Vielleicht hält unser Freund ja sein Wort und lässt sie gehen.«

»Sicher. Jeder sollte seinen Traum haben, Smoky.«

KAPITEL 40 Es ist später Nachmittag. Der Regen hat wieder aufgehört, doch die grauen Wolken wollen einfach nicht weichen. Die Sonne kämpft auf verlorenem Posten. Alles fühlt sich bleich und nass und trostlos an. Ein solches Wetter lässt den Beton, aus dem der größte Teil von Los Angeles besteht, noch trister aussehen. Das passt zu meiner Stimmung.

Eine knappe Stunde, nachdem ich mein Telefonat mit Shreveport beendet habe, ist Agent Mason Dickson aufgetaucht. Er ist ein Rotschopf mit einem Babygesicht auf einem schlaksigen, eins neunzig großen Körper. Er sieht unmöglich aus, macht aber einen kompetenten Eindruck. Wir haben ihn über die Vorgänge informiert, ihm die Schuhschachtel mit Polaroidfotos in die Hände gedrückt und sind gegangen. Zu frustrierend war das Gefühl von Ohnmacht, das uns erfasst hat.

Als wir auf den Parkplatz des FBI einbiegen, summt Alans Handy. Er nimmt das Gespräch entgegen, murmelt etwas ins Gerät, lauscht, murmelt etwas, lauscht.

»Danke«, sagt er schließlich und schaltet das Handy aus. »Sarah Langstrom wird morgen entlassen«, sagt er zu mir.

Ich trommle unruhig mit den Fingern auf meine Tasche.

»Ich habe gestern mit Elaina geredet«, sage ich. »Ich glaube, sie möchte Sarah bei euch aufnehmen, Alan.«

Er lächelt ein flüchtiges, trauriges Lächeln und zuckt unmerklich mit den Schultern.

»Ja. Sie hat mit mir darüber gesprochen. Ich bin in die Luft gegangen. ›Auf gar keinen Fall!‹, habe ich gebrüllt. Ich habe mich mit Händen und Füßen gesträubt, glaub mir, Smoky.«

»Und?«

»Und wir nehmen Sarah zu uns.« Er starrt durch die Windschutzscheibe nach vorn, sucht nach den grauen Wolken, die nicht weichen wollen. »Ich kann Elaina nichts abschlagen. Das konnte ich nur selten. Und nach ihrer Krebsdiagnose kann ich es überhaupt nicht mehr.«

»Darf ich dich was fragen, Alan?«

»Klar.«

»Hast du inzwischen eine Entscheidung getroffen? Ob du aufhörst zu arbeiten, meine ich?«

Er antwortet nicht sofort. Starrt weiter nach draußen, während er seine Worte sorgfältig abwägt.

»Hast du schon mal diese Fernsehserie gesehen? Cold Case? Wo es um echte Fälle geht?«

»Klar.«

»Weißt du, was mich an diesen Serien am meisten fasziniert? Dass viele von den Cops, die über alte Fälle befragt werden, so jung und schon im Ruhestand sind. Ganz selten wird mal ein richtig alter Detective gezeigt, der noch beim Morddezernat arbeitet.«

»Ist mir bis jetzt noch gar nicht aufgefallen«, sage ich. Es ist die Wahrheit. Trotzdem wird mir sofort klar, dass Alan recht hat.

Er schaut mich an. »Weißt du auch warum? Weil die Arbeit beim Morddezernat gefährlich ist, Smoky. Ich meine nicht die Gefahr für Leib und Leben. Ich meine die Gefahr für die Seele.« Er winkt mit der Hand. »Oder die mentale Gefahr, falls du nicht an eine Seele glaubst. Worauf ich hinauswill ... wenn du zu lange in diese Richtung blickst, läufst du Gefahr, dich nie wieder von dem zu erholen, was du siehst.« Er schlägt mit der Faust in die Handfläche. »Niemals. Ich habe eine Menge Dreck gesehen, Smoky ...« Er schüttelt den Kopf. »Einmal habe ich ein halb aufgegessenes Baby gefunden. Seine Mutter war drogensüchtig, hatte einen miesen Trip und bekam Hunger. Der Fall hat mich zum Alkoholiker gemacht.«

Ich starre ihn überrascht an. »Das wusste ich nicht.«

Er zuckt die Schultern. »War vor meiner Zeit beim FBI. Weißt du, was mich dazu gebracht hat, mit dem Trinken wieder aufzuhören?« Er wendet den Blick ab. »Elaina. Eines Nachts kam ich um drei Uhr morgens stockbetrunken nach Hause. Sie sagte zu mir, dass ich damit aufhören müsse. Ich ...« Er verzieht das Gesicht. Seufzt. »Ich packte sie beim Arm, sagte ihr, dass sie sich gefälligst um ihren eigenen Kram scheren soll und verlor dann auf dem Sofa das Bewusstsein. Am nächsten Morgen wurde ich vom Duft von gebratenem Schinken wach. Elaina machte das Frühstück. Sie kümmerte sich um mich wie immer, als wäre nichts gewesen. Doch da war etwas gewesen. Sie trug so ein ärmelloses Hemd, weißt du, und sie hatte blaue Flecken und Kratzer am Arm, wo ich sie gepackt hatte …« Er stockt sekundenlang, sucht nach Worten. Ich warte fasziniert. »Diese Mutter, die ihr Baby gegessen hatte, kam irgendwann ebenfalls wieder zur Besinnung. Als sie sah, was sie getan hatte, fing sie an zu schreien. Es war ein Geräusch, wie ich es noch nie bei einem Menschen gehört habe. Wie ein Affe, der bei lebendigem Leib verbrennt. Sie schrie und schrie, hörte gar nicht mehr auf. Genauso habe ich mich gefühlt, als ich die blauen Flecken am Arm dieser wunderbaren Frau gesehen habe. Mir war nach Schreien zumute. Verstehst du, was ich meine?«

»Ja.«

Er sieht mich wieder an.

»Ich hörte auf zu trinken und war wieder da. Wegen Elaina. Es gab andere schlimme Zeiten, und ich habe mich immer wieder aufgerappelt. Wegen Elaina, immer wegen Elaina. Sie ist … mein kostbarster Schatz.« Er hüstelt verlegen. »Als sie krank wurde vergangenes Jahr, und als dieser Psycho sie verfolgt hat, hatte ich eine Höllenangst, Smoky. Ich hatte Angst, an einen Ort zu kommen, wo ich Elaina brauche, und sie ist nicht mehr da. Wenn es so weit kommt, schaffe ich es niemals allein zurück. Es ist alles ein Balanceakt, weißt du? Zu wissen, wie weit ich gehen kann, wie viel ich sehen kann und trotzdem noch zu ihr zurückzukommen. Eines Tages werde ich sagen, dass es reicht, und ich hoffe, dass ich weiß, wann der Zeitpunkt gekommen ist.« Er lächelt mich an. Es ist ein aufrichtiges Lächeln, doch es ist zu vielschichtig, um nur »glücklich« zu sein. »Die Antwort auf deine Frage lautet, dass ich für den Augenblick hier bin. Eines Tages werde ich nicht mehr da sein, nur weiß ich nicht, wann dieser Tag kommen wird.«

Wir passieren die Sicherheitsschleuse und durchqueren die Eingangshalle, als mir eine sportliche, kraftvolle Blondine mit einem strahlenden Lächeln in den Weg tritt. Sie streckt mir die Hand hin. Sie knistert förmlich vor Selbstvertrauen und Energie.

»Agentin Barrett? Ich bin Kirby Mitchell.«

Ich zucke zusammen; dann wird mir klar, dass wir inzwischen weit nach halb sechs haben müssen. Ich hatte die Verabredung völlig vergessen.

Ah, der weibliche Killer im Regierungsauftrag, will ich sagen. *Erfreut, Sie kennenzulernen … oder sollte ich vielleicht ein Fragezeichen dahintersetzen? Das wird mir nur die Zeit verraten, nehme ich an.*

Also lächle ich und ergreife ihre Hand und schüttle sie und mustere sie flüchtig von oben bis unten.

Sie passt hundertprozentig zu dem Eindruck, den ich bei unserem Telefongespräch gewonnen habe. Attraktiv, schlank, eins fünfundsiebzig groß, blonde Haare, die vielleicht echt sind, vielleicht auch nicht, strahlend blaue Augen und ein ewiges Lächeln, das viel zu weiße Zähne zeigt. Sie sieht aus wie jemand, der mit zwanzig Jahren eine Menge Zeit als Beach Bunny verbracht und mit Surfern herumgehangen und an Lagerfeuern Bier getrunken hat. Wie jemand, der mit Kerlen geschlafen hat, die genauso blond sind wie sie selbst und nach Meerwasser und Surfwachs und Marihuana riechen. Die Sorte von Mädchen, die stets bereit war, freitags um fünf in ein kleines schwarzes Cocktailkleid zu schlüpfen, um die Nacht durchzutanzen, bis der Laden schloss. Ich hatte Freundinnen wie sie. Sie waren die personifizierte Wildheit, mühsam gebändigt.

Nur, dass Kirby Mitchell ein weiblicher Bodyguard ist. Und

Tommy zufolge eine Exkillerin. Die scheinbare Unvereinbarkeit dieser Dinge fasziniert und verunsichert mich zugleich.

»Erfreut, Sie kennenzulernen«, stoße ich mühsam hervor.

Ich mache sie mit Alan bekannt.

Sie grinst und boxt ihm verspielt gegen den Arm. »Sie sind vielleicht ein Brocken! Ist das nützlich oder eher hinderlich? Bei Ihrer Arbeit, meine ich?«

»Nützlich, meistens«, antwortet er verblüfft und reibt sich die Stelle, wo sie ihn getroffen hat. »He, das hat wehgetan!«, sagt er überrascht.

»Seien Sie doch nicht so ein Weichei«, sagt Kirby und zwinkert mir zu.

»Wir gehen in unser Büro«, sage ich zu ihr.

»Nur zu. Gehen Sie vor, ich folge Ihnen.«

Das Büro liegt verlassen. Alle sind unterwegs, beschäftigen sich mit den Aufgaben, die ich ihnen zugewiesen habe. Callie sucht im Haus der Langstroms nach Spuren und Indizien. Jamie beschäftigt sich wahrscheinlich mit Michael Kingsleys Computer. Es war ein hektischer Tag, und er ist noch längst nicht vorbei.

Kirby plappert unablässig weiter, und ich beobachte sie auf dem Weg durch das Büro. Mir fällt auf, dass ihre Blicke rastlos umherschweifen, während sie spricht. Sie übersehen nichts und verharren am längsten auf der weißen Tafel.

Augen wie diese habe ich schon früher gesehen, bei Leoparden oder Löwen oder der menschlichen Version dieser Raubtiere. Sie flackern unstet wie Kerzen, scheinbar gelassen, doch ihnen entgeht nichts.

Wir gehen in mein Büro und setzen uns.

»Okay. Da wir nun alle Freunde sind, können wir darüber sprechen, wie ich arbeite«, beginnt Kirby, immer noch munter. »Ich bin ein Ass, das sollten Sie wissen. Ich habe noch nie einen Klienten verloren, und ich habe das auch für die Zukunft nicht vor – klopf auf Holz!« Sie klopft mit dem Knöchel auf meine Schreibtischplatte und grinst. »Ich bin ausgebildet in Observation, Nahkampf mit und ohne Waffen und an so ziemlich jeder Waffe, die man sich nur vorstellen kann …« Sie zählt an den Fingern ab: »Messer, Handfeuerwaffen, automatische Waffen und so weiter. Ich bin eine ganz gute Scharfschützin, solange das Ziel nicht weiter als vierhundert Meter entfernt ist. Das Übliche.« Ein weiteres strahlendes Lächeln aus glitzernden Augen. »›Leg dich mit den Besten an, stirb wie die anderen.‹ Albern, ich weiß, aber ich mag diesen Spruch. Sie nicht?«

»Oh. Sicher«, antworte ich.

»Ich habe gewisse Regeln, über die ich Sie informieren möchte.« Kirby hebt einen Zeigefinger und sieht mich an. Eine gut gemeinte Warnung. »Ich werde nicht außen vor gelassen, was den Informationsfluss angeht. Ich erfahre alles, was meine Arbeit betrifft. Wenn Sie mir Blödsinn erzählen und ich finde es heraus, bin ich weg. Ich will mich nicht aufspielen oder so, aber es geht nun mal nicht anders.«

Nicht aufspielen?

»Okay«, sage ich.

Kirby redet noch eine Zeit lang weiter, und ein Wortschwall folgt dem anderen. Kirby ist wie ein Frachtzug. Spring auf oder werde überrollt, die Entscheidung liegt bei dir. »Sie sehen mich jetzt wahrscheinlich an und denken: ›Wer ist dieser Hohlkopf?‹ Tommy ist ein ehrlicher Kerl, und ein attraktiver Bursche noch dazu …« Sie zwinkert mir vertraulich zu. »Ich nehme an, dass er erwähnt hat, ganz nebenbei, dass ich *vielleicht*, *angeblich*, *möglicherweise* in der Vergangenheit im Auftrag von Militär oder Industrie ein paar Leute aus dem Weg geräumt haben *könnte*. Und dann sehen Sie mich vor sich«, sie holt weit aus und deutet auf sich, »und Sie denken, hmmm, vielleicht ist sie ja nicht ganz richtig im Kopf. Stimmt's oder hab ich recht?«

»Vielleicht, ja«, räume ich ein.

Kirby grinst. »Tja, so bin ich nun mal. Ich bin ein kalifornisches Mädchen und war nie etwas anderes. Und werde nie etwas anderes sein. Ich mag meine blonden Haare. Ich liebe zweiteilige Bikinis und den Geruch des Meeres.« Sie rutscht auf ihrem Sessel hin und her. »Und ich tanze für mein Leben gern!« Ein weiteres Multikilowattlächeln. »Ich habe ›die überentwickelte Fähigkeit, bestimmte menschliche Wesen in die Kategorie *anders* einzuordnen‹, wie es in meinem psychologischen Gutachten heißt. Der Durchschnittsmensch ist nicht dazu geschaffen zu töten, verstehen Sie? Es gehört nicht zu unserem Wesen. Aber wir *müssen* töten, ständig. Soldaten müssen töten. SWAT-Scharfschützen müssen töten.« Sie nickt in meine Richtung. »*Sie* müssen töten. Also, was machen wir, was machen wir. Probleme, Probleme. Die Antwort lautet: Wir sagen uns, dass die Personen, die wir töten müssen, *anders* sind. Sie sind nicht wie wir. Vielleicht sind sie nicht einmal richtig menschlich. Und wenn das erst geschehen ist, fällt es ein ganzes Stück leichter zu töten, das können Sie mir glauben. Das Militär und die Psychologen wissen das seit langem.« Ein weiteres forsches Grinsen, doch diesmal reicht es nicht bis zu den Augen. Ich schätze, sie tut es absichtlich, um mir den Killer zu zeigen, der sich hinter dieser Fassade verbirgt. »Ich bin keine Psychopathin. Mir geht keiner ab, wenn ich Leute aus dem Weg räume. Ich bin nicht aus dem Stoff, mit dem die Ketten unserer Panzer geschmiedet werden.« Sie lacht, als wäre dieser Spruch das Albernste, das sie je gehört hat. *Ho, ho, ho.* »Nein, nichts dergleichen. Es ist nur so, dass es mir leichtfällt, den Feind zu sehen und zu erkennen, und sobald das geschehen ist, gehört er nicht mehr zu meinem Club, wenn Sie verstehen.«

»Ja«, sage ich. »Ich verstehe.«

»Cool.« Der Frachtzug namens Kirby rauscht weiter. Sie redet in Wellen, auf eine Weise, die es unmöglich macht, ein Wort einzuwerfen, ohne sie zu unterbrechen. »Was meinen Lebenslauf betrifft, ich hab einen Abschluss in Psychologie und spreche fließend Spanisch. Ich war fünf Jahre bei der CIA und sechs Jahre bei der NSA. Ich habe eine Menge Zeit in Zentral- und Südamerika verbracht und dort … nun ja, *Aufträge erledigt.*« Ein weiteres verschwörerisches Zwinkern. Diesmal jagt es mir einen Schauer über den Rücken. »Irgendwann wurde es langweilig, und ich hörte auf. Meine Güte, das war vielleicht schwierig. Ich könnte Ihnen Geschichten erzählen … Diese Geheimdiensttypen nehmen sich selbst viel zu ernst. Sie wollten mich nicht gehen lassen.« Sie lächelt erneut, und erneut erreicht das Lächeln ihre Augen nicht. »Tja, da hab ich sie dann überzeugt.«

Alan hebt eine Augenbraue, doch er sagt nichts.

»Wo war ich stehen geblieben? Ach ja … ich kündigte also und verbrachte ein paar Monate damit, alte Rechnungen zu begleichen. Ein paar ziemlich lästige Typen aus meiner Zeit in Mittelamerika klebten mir an den Hacken. Sie dachten, ich würde immer noch für die NSA arbeiten.« Sie verdreht gutmütig die Augen. »Manche Männer lernen einfach nie, was das Wort Nein bedeutet. Es war verdammt lästig. Fast hätte ich endgültig die Nase voll gehabt von Latino-Typen – aber nicht ganz.« Sie lacht, und ich muss wider Willen grinsen angesichts dieses gefährlichen Kobolds von einer Frau. »Danach hab ich ungefähr sechs Monate am Strand ausgespannt, bis ich mich noch mehr langweilte und mir sagte, dass es vielleicht ganz witzig wäre, im privaten Sektor weiterzuarbeiten. Es wird wesentlich besser bezahlt, glauben Sie mir. Ich räume immer noch hin und wieder Leute aus dem Weg, und zwischen den Aufträgen kann ich an den Strand und entspannen.« Sie breitet die Arme in einer umfassenden Geste aus. »Und das ist die Geschichte von der kleinen Kirby Mitchell.« Sie beugt sich vor. »Jetzt lassen Sie mal hören, was es mit dem Klienten auf sich hat und was für ein Kuckucksvogel das ist, der es auf sie abgesehen hat.«

Mit einem letzten Blick zu Alan, der unmerklich mit den Schultern zuckt, wende ich mich Kirby Mitchell zu und berichte, was wir inzwischen über Sarah Langstrom und den Künstler herausgefunden haben. Kirby lässt mich nicht aus den Leopardenaugen, während ich rede. Sie lauscht konzentriert und nickt an den richtigen Stellen, lässt mich wissen, dass sie versteht, was ich sage.

Als ich fertig bin, lehnt sie sich nachdenklich zurück und trommelt mit den Fingern auf den Armlehnen. Dann lächelt sie.

»Okay. Ich denke, so weit ist alles klar.« Sie blickt Alan an. »Wie sieht es aus, großer Mann? Was halten Sie davon, mich bei sich zu Hause zu haben?« Ein weiterer verspielter Boxhieb gegen den Arm. »Wichtiger noch, was wird Ihre Frau dazu sagen?«

Alan antwortet nicht sofort. Er mustert Kirby mit nachdenklichem Blick. Sie zuckt nicht mit der Wimper.

»Sie beschützen meine Frau und das Mädchen?«

»Mit meinem Leben. Obwohl … meine Güte, ich hoffe sehr, dass es nicht dazu kommt.«

»Wie sind Sie in Ihrem Job?«

»Nicht die Beste auf der Welt, aber verdammt nahe dran.« Endlose Zuversicht, der ewig optimistische Killer.

Schließlich nickt Alan. »Okay, dann bin ich froh, wenn Sie bei uns sind. Elaina wird es ebenfalls freuen.«

»Cool.« Sie dreht sich zu mir um, mit dem fingerschnippenden Blick eines Menschen, der fast etwas Wichtiges vergessen hätte. »Oh, hey, eine Frage habe ich noch. Falls dieser Heini sich zeigt, brauchen Sie ihn lebend oder tot?«

Das Lächeln bleibt wie eingefroren auf ihrem Gesicht. Ich betrachte diese extrem gefährliche Frau und denke über meine Antwort nach. Wenn ich es ihr sage, wird Kirby Mitchell den Künstler als einen der »anderen« einordnen. Und sobald er dann auch nur sein Gesicht zeigt, wird sie ihn mit einem Lächeln wegpusten, um anschließend zum Strand zu gehen, ein Lagerfeuer anzuzünden und ein paar Dosen Bier zu trinken. Ich zögere nur aus einem Grund: Mir ist nur zu bewusst, dass ihre Frage nicht theoretisch gemeint ist.

Möchten Sie, dass ich ihn umniete? Hey, kein Problem. Ich erledige den Kerl, und dann gehen wir in einen Club und trinken ein paar Margaritas. Cool.

»Ich würde es vorziehen, ihn lebend zu schnappen«, sage ich. »Allerdings hat die Sicherheit von Elaina und Sarah oberste Priorität.«

Es ist eine feige Antwort, und wir wissen es beide. Doch Kirby hat kein Problem damit.

»Verstanden. Nachdem das geklärt wäre, fahre ich rüber zum Krankenhaus. Ich bleibe bis morgen bei Sarah, und dann komme ich mit dem Mädchen zu Ihnen nach Hause, großer Mann.« Sie erhebt sich. »Könnte mich einer von Ihnen nach draußen bringen? So viel Regen, es ist einfach nicht zu fassen!«

»Ich bringe Sie runter«, sagt Alan.

Sie wirbelt aus dem Büro, und ich fühle mich, als wäre ich soeben von einem Panzer überrollt worden – wenngleich auf irgendwie angenehme Weise.

Ich schaue auf die Uhr. Es ist nach sechs. Vielleicht ist Ellen, unsere Hausjuristin, noch im Dienst. Ich nehme den Hörer ab und wähle ihre interne Nummer.

»Ellen Gardner«, meldet sie sich. Sie klingt gelassen, unaufgeregt. So klingt sie immer. Es ist beinahe ein wenig unmenschlich.

»Hi, Ellen, ich bin's, Smoky. Ich brauche eine richterliche Vorladung.«

»Langsam, einen Augenblick bitte«, antwortet sie ohne Zögern. »Ich hole mir gerade etwas zum Schreiben.«

Ich stelle mir Ellen vor, wie sie hinter ihrem großen Schreibtisch aus Kirschholz sitzt. Sie ist eine kantige Frau von herber, geschäftsmäßiger Schönheit. Sie ist Mitte fünfzig, mit braunen Haaren, die sie kurz geschnitten trägt (und gefärbt, nehme ich an; ich habe noch nie ein graues Haar an ihr gesehen). Sie ist groß, dünn, staksig, fast knabenhaft. Sie ist forsch, präzise und professionell – mit anderen Worten, sie ist Juristin. Ich habe sie nur ein einziges Mal lachen hören. Es war ein fröhliches, unverstelltes Geräusch, das mich ermahnte, nicht in Schubladenkategorien zu denken.

»Schießen Sie los«, sagt sie.

Ich erzähle ihr alles, gebe ihr einen groben Überblick und ich nenne ihr die Details über die Langstrom-Stiftung.

»Der Anwalt sagt, wir benötigen eine richterliche Vorladung, um ihn zu überzeugen«, schließe ich. »Er sagt, dass er grundsätzlich bereit ist zu kooperieren, solange es auf legale Weise seine Verpflichtung zur Verschwiegenheit außer Kraft setzt. Was nur eine Vorladung bewirken kann.«

»Genau«, sagt Ellen. »Und da liegt auch schon das Problem.«

»Wieso?«

»Es gibt bis zum gegenwärtigen Zeitpunkt keinen rechtlich zwingenden Grund zur Ausstellung einer richterlichen Vorladung.«

»Sie machen Witze.«

»Ganz und gar nicht. Bis zu diesem Augenblick haben Sie nichts weiter als einen geschlossenen Fall. Einen Mord mit anschließendem Selbstmord. In der Folge taucht ein anonymer Wohltäter auf, der beschließt, eine Stiftung einzurichten, um das Haus der Familie zu erhalten und Sarah mit finanziellen Mitteln auszustatten. Es gibt bisher keinen unwiderlegbaren Hinweis auf ein Verbrechen, richtig?«

»Nicht offiziell«, räume ich ein.

»Okay. Nächste Frage: Können Sie nachweisen, dass diese Langstrom-Stiftung eine kriminelle Unternehmung ist? Wurde sie auf illegale Weise eingerichtet, oder ist ihre Existenz illegal? Dient sie illegalen Zwecken?«

»Das ist schon schwieriger«, sage ich.

»Dann haben Sie ein Problem.«

Ich kaue auf der Unterlippe, während ich angestrengt nachdenke. »Die einzige Information, die wir wirklich benötigen, ist der Name des Mandanten. Wir müssen wissen, wer diese Stiftung eingerichtet hat. Hilft das weiter?«

»Gibbs beruft sich auf seine Verschwiegenheitspflicht mit dem Hinweis, dass sein Mandant um die Vertraulichkeit seiner Identität gebeten hat?«

»Ja.«

»Damit kommt er nicht durch. Wenn Sie beweisen können, dass dieser Mandant möglicherweise Informationen besitzt, die für eine laufende Ermittlung von entscheidender Wichtigkeit sind, kann ich Ihnen diesen Namen besorgen.«

»Verstanden.«

»Es muss allerdings Hand und Fuß haben. Suchen Sie nach einer Möglichkeit, den angeblichen Mord-Selbstmord der Langstroms als gewöhnlichen Doppelmord aufzudecken. Sobald Sie das geschafft haben, werden die Ermittlungen gegen diese Langstrom-Stiftung zu einer logischen Spur, und wir können Gibbs dazu bewegen, die Identität seines Mandanten preiszugeben.« Ihr Tonfall ändert sich, wird freundlicher, weniger steif. »Ich sage Ihnen, was ich denke, Smoky. Gibbs mag nach außen hin hilfsbereit getan haben, doch dieser nette Satz, den er Ihnen mit auf den Weg gegeben hat … dass er durchaus bereit wäre zu kooperieren, solange es auf legale Weise seine Verpflichtung zur Verschwiegenheit außer Kraft setzt? Das ist eine Floskel, hinter der er sich verschanzt.«

Ich will widersprechen, doch ich weiß, dass es Zeitverschwendung wäre. Ellen ist ein Mensch, der Probleme *löst*. Sie denkt in Bahnen von *Wie können wir* oder *Wir können nicht, weil*. Wenn sie sagt, dass der Anwalt nicht mitspielt, dann ist das so.

Ich stoße einen resignierten Seufzer aus. »Verstanden, Ellen. Ich melde mich wieder bei Ihnen, sobald ich mehr habe.«

Ich lege auf und wähle Callies Nummer.

»Überarbeitung & Co.«, meldet sie sich. »Wie kann ich Ihnen helfen?«

Ich muss kichern. »Wie kommst du voran?«

»Bis jetzt haben wir nichts zum Prahlen gefunden«, sagt Callie, »aber wir gehen gründlich vor. Wir sind immer noch auf der Vorderseite des Hauses.«

Ich berichte ihr, was ich herausgefunden habe. Ich fange bei Gibbs an. Dann erzähle ich von Nicholson. Und schließlich berichte ich ihr, was Ellen zu alledem gemeint hat. Callie schweigt ein paar Sekunden, nachdem ich geendet habe, und verarbeitet die Informationen, bevor sie antwortet.

»Das waren ja aufregende achtundvierzig Stunden, selbst für dich.«

»Das kannst du laut sagen.«

»Dann mach Schluss für heute. Gene und ich sind hier. James ist irgendwo unterwegs und verbreitet seine miese Laune. Bonnie wartet bei Alan und Elaina. Wenn du schon nicht auf mich hören und dir einen Hund anschaffen willst, Zuckerschnäuzchen, dann fahr wenigstens nach Hause zu deiner Tochter.«

»Also schön«, sage ich. »Aber du rufst mich an, sobald du etwas herausgefunden hast.«

»Vielleicht«, sagt sie. »Vielleicht auch nicht. Und jetzt verschwinde endlich.«

Ich lege auf und lehne mich zurück. Schließe für einen Moment die Augen. Callie hat recht. Es waren zwei irrsinnige Tage.

Eine singende, blutbesudelte Sechzehnjährige. Verstümmelte Leichen. Das grauenvolle Tagebuch. Und schließlich das Schlimmste von allem. Meine Hände zittern, als mir bewusst wird, was ich sonst noch erlebt habe an diesem Tag. Ich beiße mir auf die Unterlippe, füge mir Schmerz zu, um die Tränen zu unterdrücken.

Ein Mann hat sich vor meinen Augen erschossen. Er hat mich angesehen, hat mit mir gesprochen, und dann hat er sich eine Pistole in den Mund gesteckt und abgedrückt. Sein Blut ist mir ins Gesicht gespritzt.

Ich kannte Dave Nicholson nicht, aber das spielt keine Rolle. Er gehörte nicht zu Kirby Mitchells Kategorie der »anderen«. Er war einer von uns. Er war durch und durch menschlich, und ich kann nicht mehr tun als um ihn trauern.

Ich höre Schritte auf dem Teppich und wische mir hastig mit der Hand über die Augen. Jemand klopft an meiner Tür; dann steckt Alan den Kopf herein.

»Ich habe unsere fröhliche kleine Killerin zu ihrem Wagen gebracht«, sagt er.

»Was hältst du von ›nach Hause fahren‹? Wenigstens für ein paar Stunden?«

Er denkt darüber nach. Seufzt.

»Für ein paar Stunden, ja. Großartige Idee.«

KAPITEL 41

Ich habe Alan gesagt, dass ich nachkomme; ich habe vorher noch eine Erledigung zu machen.

Ich fahre zum Krankenhaus. Es regnet schon wieder, und das ist okay so, weil es in meinem Innern ebenfalls regnet. Es ist kein starker Regen, nur ein leichtes, beständiges Nieseln. Es gehört zu meinem Job, sinniere ich. Das Wetter in dir drin. Zuhause und Familie ist Sonnenschein, die meiste Zeit. Die Arbeit ist fast immer Regen. Manchmal kommen Blitze und Donner hinzu, manchmal ist es nur ein Nieseln, aber es ist immer Regen.

Vor einiger Zeit ist mir bewusst geworden, dass ich meine Arbeit nicht liebe. Es ist nicht so, dass ich sie hasse, beileibe nicht. Aber ich kann meinen Job nicht lieben. Ich tue ihn, weil jemand ihn tun muss, und weil diese Arbeit mir im Blut liegt. Gut, böse – egal. Man tut es, weil man keine Wahl hat.

Was nicht ganz stimmt. Nicht mehr, jedenfalls. Du hast eine Wahl, nicht wahr? Vielleicht scheint ja in Quantico häufiger die Sonne? Trotzdem.

Ich parke den Wagen hinter dem Krankenhaus und renne durch den Regen zum Eingang, entschlossen, es schnell hinter mich zu bringen. Es ist fast sieben Uhr, und ich spüre das Verlangen nach einer starken Dosis Bonnie und Elaina. Ein bisschen Sonnenschein.

Als ich vor dem Zimmer eintreffe, sitzt Kirby auf einem Sessel neben der Tür und liest in einer Klatschillustrierten. Beim Klang meiner Schritte blickt sie auf. Für einen Moment blitzen die Raubtieraugen; dann verbirgt sie den Panther hinter einem Zwinkern und einem freundlichen Lächeln.

»Hi, Boss«, sagt sie.

»Hallo, Kirby. Wie geht es ihr?«

»Ich hab mich ihr selbst vorgestellt. Ich musste ganz schön auf sie einreden, das kann ich Ihnen sagen. Sie wollte sicher sein, dass ich jemanden erschießen kann. Ich musste sie überzeugen oder gehen. Ich konnte sie überzeugen.«

»Okay.«

»Gut« oder »Großartig« erscheint mir nicht angemessen.

»Dieses Mädchen ist total schrill im Kopf, Smoky Barrett«, sagt Kirby leise. In ihrer Stimme schwingt so etwas wie Bedauern. Es ist ein neuer Klang, und ich sehe Kirby mit einem Mal in anderem Licht.

Kirby scheint es zu spüren. Sie lächelt und zuckt die Schultern. »Ich mag sie.« Sie wendet sich wieder ihrer Illustrierten zu. »Gehen Sie rein. Ich muss unbedingt rausfinden, was mit Prinz William ist. Ich würde mich sofort auf seinen königlichen Körper stürzen, wenn ich eine Chance hätte.«

Ich muss grinsen. Dann öffne ich die Tür und betrete das Krankenzimmer. Sarah liegt in ihrem Bett und starrt durchs Fenster nach draußen. Ich sehe keine Bücher, und der Fernseher ist aus. Ich frage mich, ob sie den ganzen Tag nur daliegt und aus dem Fenster starrt und die Autos auf dem Parkplatz beobachtet. Als sie mich hört, wendet sie sich zu mir um.

»Hi«, sagt sie und lächelt.

»Selber hi.« Ich erwidere ihr Lächeln.

Sarah hat ein nettes Lächeln. Es ist nicht so rein, wie es sein sollte – dazu hat sie zu viel durchgemacht –, doch es gibt mir Hoffnung. Es zeigt mir, dass sie innerlich noch immer sie selbst ist.

Ich ziehe einen Stuhl zu ihrem Bett und setze mich.

»Und?«, frage ich. »Was hältst du von Kirby?«

»Sie ist irgendwie anders.«

Ich muss lächeln. Es ist eine kurze, aber perfekte Beschreibung.

»Magst du sie?«

»Ich glaub schon. Ja, doch. Ich mag, dass sie vor nichts Angst hat. Und dass sie diese Dinge tut. Sie wissen schon. Gefährliche Dinge. Sie hat mir gesagt, dass ich mich nicht schuldig fühlen soll, wenn sie getötet wird.«

Das reicht, um mir das Lächeln zu vergällen.

»Ja. Sicher. Sie wird dich beschützen, Sarah. Genauso wie die Leute, die dich ab morgen bei sich in ihrem Haus aufnehmen werden.«

Sie runzelt die Stirn. »Nein. Keine Pflegeeltern. Ich muss in ein Heim zurück. In einem Heim bringt er keine Menschen um.«

Stimmt. Bis jetzt jedenfalls. »Weißt du, warum das so ist, Sarah?«

»Vielleicht. Ich glaube, es liegt daran, dass mir in einem Heim alle egal sind. Und weil er weiß, dass das Leben in einem Heim schlimm ist. Es ist scheiße in einem Heim. Als Mädchen wird man geschlagen und belästigt und …« Sie winkt ab. »Sie wissen, was ich meine. Ich glaube, es reicht ihm, wenn er weiß, dass ich wegen ihm in einem Heim bin.«

»Ich verstehe.«

Ich schweige für einen Moment, während ich nachdenke. Ich suche nach den geeigneten Worten, weil mir gerade erst klar wird, wie ich selbst in dieser Sache empfinde. Ich liebe Elaina. Und Bonnie ist bei Elaina, während ich arbeite. Ein nicht eben kleiner und ziemlich selbstsüchtiger Teil von mir sagt: *Ja! Ganz genau! Du musst in ein Heim, nicht zu Pflegeeltern. Weil immer wieder Menschen in deiner nächsten Nähe sterben.*

Dann aber spüre ich, wie Sturheit sich in mir ausbreitet. Die gleiche Art von Sturheit, die mich bereits daran gehindert hat, aus dem Haus auszuziehen, in dem ich vergewaltigt wurde und in dem meine Familie gestorben ist.

»Du darfst dich nicht von deiner Angst leiten lassen«, sage ich zu Sarah. »Und du musst Hilfe von anderen annehmen. Diesmal ist es anders als all die anderen Male, Sarah. Wir wissen inzwischen, dass dieser Mann, dieser Künstler existiert. Wir wissen, was er ist. Wir unternehmen Schritte, um dich und uns vor ihm zu schützen. Der Mann und die Frau, bei denen du von morgen an wohnen wirst, wissen ganz genau, womit wir es zu tun haben. Sie haben trotzdem beschlossen, dich bei sich aufzunehmen. Außerdem ist Kirby in deiner Nähe und passt auf dich auf, vergiss das nicht.«

Sie blickt auf ihre Hände. Kämpft mit sich selbst. Ist unentschlossen.

»Ich weiß nicht.«

»Musst du auch nicht, Sarah«, sage ich mit beruhigender Stimme. »Du bist noch ein Kind. Du bist zu mir gekommen und hast mich um Hilfe gebeten. Jetzt bekommst du Hilfe.«

Sie seufzt. Es ist ein langgezogenes Seufzen, fast ein Schluchzen. Sie hebt den Blick und sieht mir in die Augen, dankbar.

»Okay«, sagt sie. »Und Sie sind sicher, dass den Leuten nichts passiert?«

Ich schüttle den Kopf. »Nein. Ich bin nicht sicher. Man kann niemals ganz sicher sein. Ich dachte, meine Familie wäre sicher, und sie ist trotzdem gestorben. Es geht nicht darum, eine Garantie zu haben. Es geht darum, alles zu tun, was man tun kann, und sich nicht von der Angst beherrschen zu lassen.« Ich deute auf die Zimmertür. »Ich habe eine sehr fähige Leibwächterin da draußen postiert, und sie wird dich überallhin begleiten. Und ich habe ein Team der absolut besten Leute, die den Künstler jagen. Das ist alles, was ich dir anbieten kann.«

»Dann wissen Sie Bescheid? Sie wissen, dass er wirklich existiert?«

»Absolut. Hundert Prozent.«

Die Erleichterung lässt sie erschauern, was mich verblüfft. Es sieht fast ein wenig ungläubig aus. Sie legt eine Hand an ihre Stirn. »Wow.« Sie streicht mit beiden Händen über ihre Wangen, wie jemand, der sich bemüht, die Fassung zu bewahren. »Wow. Entschuldigung. Es fällt mir schwer, das zu begreifen, nach all der Zeit und allem, was passiert ist.«

»Ich verstehe dich sehr gut.«

Sie sieht mich an. »Waren Sie schon im Haus meiner Eltern?«

»Ja.«

»Haben Sie …« Ihre Gesichtszüge werden weich. »Haben Sie gesehen, was er getan hat?«

Sie fängt an zu weinen. Ich beuge mich vor, nehme sie in die Arme.

»Haben Sie gesehen, was er getan hat?«, schluchzt sie.

»Ich habe es gesehen.« Ich streichle ihr übers Haar.

KAPITEL 42

Elaina hat ein Abendessen gekocht, und Bonnie und ich bleiben zum Essen. Elaina hat wie üblich gezaubert, und das Esszimmer ist ein Ort voller Heiterkeit. Alan und ich waren bei unserer Ankunft ernst und nüchtern gewesen; als das Dessert kommt, ist von der gedrückten Stimmung nichts mehr übrig. Wir lachen mehr als einmal laut und unbeschwert, und ich fühle mich entspannt.

Alan hat sich freiwillig ein letztes Mal bereit erklärt, gegen Bonnie Schach zu spielen. Ich bin ziemlich sicher, dass es ein fruchtloses Unterfangen ist. Elaina und ich überlassen die beiden ihrem Spiel und gehen zusammen zum Aufräumen in die Küche. In aller Ruhe spülen wir die Teller ab und räumen den Geschirrspüler ein. Ich höre Alan nebenan murren und stelle mir vor, wie Bonnie grinst, während sie sich eine seiner Figuren nach der anderen schnappt.

»Reden wir über Bonnies Schule«, sagt Elaina unvermittelt. »Ich hätte da einen Vorschlag.«

»Lass hören.«

Sie schwenkt den Wein in ihrem Glas. »Ich denke schon seit einiger Zeit darüber nach. Bonnie muss wieder zur Schule gehen, Smoky.«

»Ich weiß«, räume ich ein wenig ausweichend ein.

»Ich will dich nicht kritisieren. Ich bin mir der Umstände bewusst. Bonnie brauchte Zeit, um zu trauern und wieder ins Leben zurückzufinden. Du auch. Aber ich denke, diese Zeit ist vorbei, und meine Sorge ist nun, dass deine Angst um sie die eigentliche Barriere ist.«

Im ersten Moment will ich wütend reagieren und alles abstreiten. Doch Elaina hat recht. Es ist sechs Monate her. Ich war schon einmal Mutter, ich kenne meine Pflichten, und doch habe ich es in der ganzen Zeit nicht geschafft, Bonnies Impfzeugnisse zu besorgen, mit ihr zum Zahnarzt zu gehen oder sie zur Schule zu schicken. Ich habe einen Kokon für Bonnie und mich gesponnen. Er ist erhellt von Liebe, doch er hat einen fatalen Fehler: Seine Architektur ist von Angst inspiriert.

Ich fasse mir mit der Hand an den Kopf. »Ich weiß selbst nicht, wie ich das so lange durchgehen lassen konnte.«

Elaina schüttelt den Kopf. »Mach die keine Vorwürfe. Ändere die Situation. Das nennt man verantwortlich handeln.

Verantwortung ist etwas Aktives und verbessert die Dinge. Schuldvorwürfe ziehen dich nur nach unten.«

Ich blicke meine Freundin an. »Also schön. Aber ich sage dir, Elaina, ich *habe* Angst. Der Gedanke, dass Bonnie da draußen allein …«

Sie unterbricht mich sofort. »Ich dachte an Unterricht zu Hause. Und ich glaube, dass es mir großen Spaß machen würde.«

Ich blicke sie an. Mir fehlen mir die Worte. Unterricht zu Hause ist mir natürlich auch schon in den Sinn gekommen, doch ich habe den Gedanken verworfen, weil ich keine Möglichkeit gesehen habe, ihn in die Tat umzusetzen. Doch Elaina als Lehrerin … mir wird klar, dass es die perfekte Lösung ist. Sie löst fast jedes Problem. Das Problem von Bonnies unstillbarer Neugier und das Problem ihrer Stummheit.

Vergiss nicht das Problem von Smoky der Ängstlichen und Smoky der Fahrlässigen.

»Das würdest du tun?«

Elaina lächelt. »Es wäre mir eine große Freude. Ich habe im Internet nachgesehen – es ist nicht so schwierig.« Sie zuckt die Schultern. »Ich liebe Bonnie genauso wie dich, Smoky. Ihr gehört beide zu meiner Familie. Alan und ich sind nicht mit eigenen Kindern gesegnet, und das ist okay. Allerdings bedeutet es, dass ich andere Mittel und Wege finden muss, um Kinder in meinem Leben zu haben. Bonnie zu unterrichten ist eine dieser Möglichkeiten.«

»Und Sarah?«, frage ich.

Sie nickt. »Und Sarah. Darauf verstehe ich mich, Smoky. Ich kann mit Kindern umgehen, mit Menschen, die verletzt wurden. Also möchte ich es tun. Genauso, wie du Killer jagst, wahrscheinlich aus den gleichen Gründen: Weil es dir ein inneres Bedürfnis ist. Weil du es gut kannst.«

Ich denke über das Echo meiner eigenen, früheren Gedanken nach, und ich lächle sie an.

»Das ist eine großartige Idee«, sage ich.

»Dann ist ja alles klar.« Sie sieht mich freundlich an. »Ich wusste es gleich, denn ich kenne dich. Solange du die Wahrheit der Dinge sehen kannst, wirst du deine Verantwortung gegenüber Bonnie erfüllen. Du hast es bloß nicht gesehen. Deshalb ist es so weit gekommen. Du trägst keine Schuld.«

»Danke, Elaina.«

Ich weiß nicht, was ich sonst sagen soll, doch ich sehe an ihrem Lächeln, dass sie den Dank so begreift, wie er gemeint ist.

Und was ist, wenn du nach Quantico gehst? Wenn Alan und Elaina nicht genug sind, wenn sie nicht reichen, um dir das »Glück« zu geben, das du zu brauchen glaubst (ganz abgesehen davon, wie selbstsüchtig und undankbar das wäre)? Dann nimmst du Elaina ein Kind weg. Elaina, die niemals selbst Mutter sein kann, obwohl du weißt, dass sie eine bessere Mutter wäre als irgendjemand sonst, den ihr beide kennt, Anwesende eingeschlossen.

Trotzdem, denke ich, und für den Augenblick verstummt die innere Stimme.

Wir trinken unseren Wein und lächeln, während wir Alans gebrummtem Unmut lauschen, weil er schon wieder von einem kleinen Mädchen im Schach geschlagen wird.

Es ist halb zehn, und Bonnie und ich sind zu Hause. Wir kramen in der Küche auf der Suche nach Knabberzeug. Sie lässt mich wissen, dass sie ein wenig fernsehen möchte, und gibt mir zu verstehen, dass sie weiß, dass ich in Sarahs Tagebuch weiterlesen will.

Ich entdecke ein Glas Oliven, Bonnie eine Tüte Cheetos. Wir gehen ins Wohnzimmer und machen es uns in unserer jeweiligen Ecke des abgewetzten Sofas bequem. Ich drehe den Deckel des Olivenglases auf und nehme mir eine. Der salzige Geschmack explodiert in meinem Mund.

»Hat Elaina mit dir gesprochen?«, frage ich, die Olive im Mund. »Über den Hausunterricht?«

Sie nickt. *Ja.*

»Was hältst davon?«

Sie lächelt, nickt. *Das wäre wunderbar.*

Ich erwidere ihr Lächeln.

»Hat sie dir auch von Sarah erzählt?«

Wieder ein Nicken, ernster diesmal, bedeutungsschwer. Ich verstehe.

»Ja.« Ich nicke vor mich hin. »Sie ist in einem schlimmen Zustand. Wie denkst du darüber?«

Sie winkt mit der Hand. Abschätzig.

Kein großes Problem, nicht der Rede wert, sagt dieses Winken. *Ich bin nicht selbstsüchtig.*

»Okay.« Ich lächle sie an. Das Lächeln soll ihr zeigen, dass ich sie liebe.

Mein Handy summt. Ich schaue aufs Display. Es ist James.

»Die VICAP-Abfragen sind durch«, berichtet er. »Bis jetzt noch nichts, aber vielleicht morgen früh. Das Programm auf Michael Kingsleys Computer ist trotz aller Bemühungen noch nicht entschlüsselt. Ich fahre jetzt nach Hause, ich will das Tagebuch noch einmal lesen.«

Ich berichte ihm, was sich an diesem Tag ereignet hat. Als ich fertig bin, schweigt er nachdenklich.

»Du hast recht«, sagt er schließlich. »Irgendwie hängt alles zusammen. Wir brauchen die Informationen über den Großvater. Den Fall aus den Siebzigern. Nicholson.«

»So ist es.«

Ich schaue auf meine Notizen, gehe durch, was ich bisher geschrieben habe.

Ich nehme die Seite über den Täter zur Hand, alias **DER KÜNSTLER.**

Methodologie:

Ich füge einen Eintrag hinzu:

Kommuniziert fortgesetzt mit uns. Kommunikation liegt

in den Rätseln. Weshalb? Warum sagt er uns nicht einfach, was er zu sagen hat?

Ich denke darüber nach.

Will er nicht, dass wir sofort begreifen, was er sagt? Will er sich Zeit verschaffen?

Er hat Cathy Jones überfallen, ließ sie jedoch am Leben, damit sie eine Botschaft übermitteln kann.

Er nahm David Nicholsons Tochter als Geisel. Zwei Gründe: Nicholson sollte den Langstrom-Fall in die gewünschte Richtung lenken, und er sollte eine weitere Botschaft übermitteln. Riskant.

Botschaft von Jones – ihr Abzeichen und eine Phrase: Symbole sind BLOSS Symbole.

Botschaft von Nicholson: Der Mann hinter dem Symbol zählt, nicht das Symbol. Gefolgt von Nicholsons Selbstmord.

Warum musste Nicholson sterben? Antwort: Weil seine Verbindung zu dem Killer tiefer geht als die Langstrom-Ermittlungen. Rache.

Ich lese durch, was ich soeben geschrieben habe.

Du phantasierst. Alles nur Spekulation.

Ich lege die Seiten weg. Sie helfen mir heute Abend nicht weiter. Ich nehme Sarahs Tagebuch und mache es mir bequem.

Als ich anfange zu lesen, wird mir klar, dass ich allmählich begreife, wie Sarahs Geschichte in das größere Bild passt – nicht für den Künstler, sondern für Sarah.

Sie erzählt uns, was mit ihr passiert ist. Wie ihr Leben verlaufen ist. Es ist ein Mikrokosmos, ein Einblick in die Geschichte zerstörter Leben, die auf das Konto des Künstlers gehen. Wenn wir Sarahs Schmerz verstehen, sagt diese Geschichte, dann verstehen wir auch das russische Mädchen, dann verstehen wir Cathy Jones, und dann verstehen wir Nicholson.

Wenn wir um sie weinen, dann weinen wir um alle. Und erinnern uns.

Ich blättere die Seite um und lese weiter.

Sarahs Geschichte

Vierter Teil

KAPITEL 43 Manche Menschen sind einfach nur gut. Verstehen Sie, was ich meine? Vielleicht haben sie keine aufregenden Jobs, und vielleicht sind sie nicht die Attraktivsten, aber sie sind gut. Einfach nur gut.

Desiree und Ned waren solche Menschen.

Sie waren gut.

»Hör auf damit, Pumpkin«, schimpfte Sarah.

Der Hund versuchte seinen Kopf zwischen ihren Schoß und den Tisch zu stecken in der Hoffnung, herabfallende Krümel aufzufangen oder – Halleluja! – vielleicht ganze Essensbrocken. Sarah schob den monströsen Kopf des Tieres von sich.

»Ich glaube nicht, dass er auf dich hört«, sagte Ned. »Dieser Hund ist vernarrt in Kuchen. Frag mich nicht warum. Los, komm her, Pumpkin!«

Der Pitbull verließ den Tisch nur zögernd und äugte immer wieder nach dem Kuchen auf dem Tisch, während er nach draußen in den Garten geführt wurde. Schließlich kehrte Ned zurück und steckte weitere Kerzen durch die Glasur.

Sarah liebte Ned. Es war genau so, wie Desiree es versprochen hatte. Er war ein großer, schlaksiger Mann, ein wenig still, aber mit lächelnden Augen. Er trug stets die gleichen Sachen: Flanellhemd mit Kragenknöpfen, Bluejeans und Trekkingstiefel. Er trug die Haare etwas länger, als es Mode war, er neigte zum Schlurfen und hatte etwas leicht Gammeliges an sich, das sympathisch wirkte und eine Art liebenswerte Geistesabwesenheit verriet, was das eigene Erscheinungsbild anging. Sarah hatte ihn wütend erlebt, wütend auf sie und auf Desiree, doch sie hatte sich niemals bedroht gefühlt. Sie wusste, dass Ned sich eher die Hände abhacken würde als Desiree oder sie zu schlagen.

»Neun Kerzen, du meine Güte!«, sagte er wehmütig. »Besser, du fängst schon mal an, nach grauen Haaren zu suchen.«

Sarah grinste. »Du bist ein Blödmann, Ned!«

»Das habe ich gehört.«

Die letzte Kerze wurde hingestellt, als Desiree gerade durch die Haustür kam. Sarah bemerkte, dass sie aufgeregt war. Ihr Gesicht war gerötet.

Sie freut sich über irgendetwas. Sie freut sich sehr!

Desiree trug ein eingepacktes Geschenk, ein großes, rechteckiges flaches Ding. Sie trug es in die Küche und stellte es an die Wand.

»Ist es das?«, fragte Ned mit einem Nicken in Richtung des Pakets.

Desiree lächelte strahlend. »Ja. Ich war nicht sicher, ob ich es kriege. Ich kann's kaum abwarten, bis du es siehst, Sarah.«

Sarah brannte vor Neugier.

»Ist der Kuchen fertig?«, fragte Desiree.

»Hab gerade die letzte Kerze draufgesteckt.«

»Gut. Ich wasch mir nur eben durchs Gesicht und kühl mich ein bisschen ab, dann feiern wir Geburtstag!«

Sarah lächelte, nickte und schaute Desiree hinterher, die Ned im Schlepp mit sich zog. Dann schloss sie die Augen. Es war ein gutes Jahr gewesen. Ned und Desiree waren wunderbar. Sie hatten sie von Anfang an geliebt, und nach einem oder zwei Monaten hatte Sarah den letzten Rest von Misstrauen überwunden und ihre Liebe erwidert.

Sie öffnete die Augen, schaute den Kuchen an, sah die Geschenke auf dem Tisch und das große Paket an der Wand.

Ich könnte hier glücklich sein. Ich bin hier glücklich.

Nicht alles war perfekt. Noch immer wurde Sarah von gelegentlichen Albträumen geplagt. An manchen Tagen wachte sie morgens auf und war erfüllt von tiefer Traurigkeit, die wie aus dem Nichts kam. Und obwohl sie die Schule mochte, hatte sie bisher keine Freundschaften geschlossen. Nicht, weil Sarah sie abgelehnt hätte; sie hatte sich einfach nicht darum bemüht. Sie war noch nicht bereit dazu.

Die alte Wachtel Watson hatte sich zu Anfang oft sehen lassen, doch in den letzten neun Monaten war sie nur ein einziges Mal da gewesen – was Sarah nur recht war. Cathy Jones war ein paar Mal zu Besuch gekommen und schien sich aufrichtig zu freuen, dass es Sarah besser ging.

Sarah hatte längst einen Platz in Desirees Armen akzeptiert, wenn Trost nötig war. Nur ihre Geschichte über den Fremden hatte Sarah noch nicht erzählt. Desiree würde ihr sowie nicht glauben. Manchmal wusste Sarah nicht einmal, ob sie selbst es glaubte. Vielleicht hatte Cathy ja recht. Vielleicht hatte sie unter einem Schock gestanden und war verwirrt.

Sarah vertrieb diese Zweifel mit einem energischen Kopfschütteln. Heute war ihr Geburtstag, und sie wollte diesen Tag genießen.

Ned und Desiree kamen zurück.

»Können wir die Kerzen anzünden, Sarah?«, fragte Desiree.

»Na klar!«, rief Sarah.

Ned nahm ein Feuerzeug und zündete jede Kerze an. Danach sangen sie ein ziemlich misstönendes »Happy Birthday«.

»Wünsch dir was, Kleines, und dann puste sie alle aus!«, sagte Desiree.

Sarah schloss die Augen.

Ich wünsche mir … dass ich für immer hierbleiben kann.

Sie holte tief Luft, öffnete die Augen und blies sämtliche Kerzen auf einmal aus.

Ned und Desiree klatschten in die Hände.

»Ich wusste schon immer, dass du innen nur aus Luft bestehst!«, witzelte Ned.

»Was nun?«, fragte Desiree. »Möchtest du zuerst Kuchen essen oder deine Geschenke auspacken?«

Sarah konnte Desiree ansehen, wie sehr sie darauf brannte, dass Sarah das geheimnisvolle Geschenk auspackte.

»Zuerst die Geschenke!«

Hastig drehte Desiree sich um, ergriff das flache große Paket, das an der Wand gelehnt hatte, und reichte es Sarah.

Sarah wog es prüfend in den Händen. Es war groß, aber nicht sehr schwer. Ein Gemälde vielleicht? Oder ein Foto? Sie riss das Papier weg. Als sie den oberen Rand des Rahmens erblickte, machte ihr Herz einen Satz.

Ist das etwa …?

Sie riss das restliche Papier herunter, so schnell ihre kleinen Hände es ihr erlaubten. Dann sah sie, was es war, und ihr stockte der Atem.

Es war das Bild, das ihre Mutter für sie gemalt hatte. Das Baby im Wald, das Gesicht in den Wolken. Sarah blickte sprachlos zu Desiree hoch.

»Ich habe gespürt, wie sehr du dieses Bild liebst, als du mir davon erzählt hast, Sarah. Und weißt du was? Wie sich herausgestellt hat, hat Cathy Jones ein paar Sachen aus deinem Kinderzimmer weggepackt, nachdem sie … nachdem die Polizei fertig war. Ein paar Fotos und Spielsachen und so. Sie hat die Sachen für dich aufbewahrt, damit sie nicht verloren gehen. Das ist das Bild, nicht wahr?«

Sarah nickte. Sie war immer noch sprachlos. Das Herz pochte laut in ihrer Brust. Ihre Augen brannten.

»Danke«, hauchte sie schließlich. »Danke. Danke, danke, danke, danke! Ich weiß gar nicht …« Sie sah Desiree an, die sie anstrahle, und dann Ned, dessen Augen weich wurden. »Ich weiß nicht, was ich sagen soll.«

Desiree strich mit der Hand über Sarahs Haar, zupfte ihr

eine Locke aus der Stirn und klemmte sie ihr hinters Ohr. »Schon gut, Liebes. Gern geschehen.« Desiree strahlte.

Ned hüstelte und hielt Sarah einen Umschlag hin. »Das hier ist der andere Teil des Geschenks, Sarah. Es ist … na ja, eine Art Gutschein.«

Sarah wischte sich die Tränen von den Wangen und nahm den Umschlag entgegen. Sie fühlte sich überwältigt, ihr war ein wenig schwindlig, und ihre Hände zitterten, als sie den Umschlag öffnete. Darin steckte eine schlichte weiße Karte. Auf der Vorderseite stand »Happy Birthday«. Sarah klappte die Karte auf und las, was dort stand.

»Einzulösen von Sarah«, las sie. »Gutschein für eine Adoption.«

Sarahs Unterkiefer sank herab. Ihr Kopf ruckte herum, und sie sah, dass Desiree und Ned lächelten, zugleich aber nervös waren, beinahe ängstlich.

»Du musst nicht, wenn du nicht möchtest«, sagte Ned mit leiser Stimme. »Aber wenn du es möchtest … Desiree und ich möchten es auch. Wir möchten, dass du für immer bei uns bleibst.«

Was passiert mit mir? Warum kann ich nicht reden?

Sarah hatte das Gefühlt, von einer Riesenwoge überrollt zu werden. Sie war ein winziges Boot auf dem Kamm einer Welle und raste hinunter ins Tal, um auf der anderen Seite wieder nach oben getragen zu werden.

Was ist los?

Dann wurde es ihr mit plötzlicher Klarheit bewusst. Das war der Teil von ihr, den sie geheim gehalten hatte, verborgen, verschlossen in einem tiefen Verlies. An einem Ort, der angefüllt war mit *Nichts* und *Nichts* und *Hundeköpfen*. Erstarrte Angst, gefrorene Angst, aufgetaut von einem Augenblick zum anderen. Sie durchbrach Sarahs innere Barrieren und war voller Donner und Dornen.

Sie konnte nicht sprechen, doch es gelang ihr zu nicken, und dann brach sie in Tränen aus. Es war ein furchtbares, schmerzerfülltes Geräusch. Neds Augen wurden feucht, und Desiree breitete die Arme weit aus. Sarah flüchtete sich hinein und weinte drei Jahre unterdrückter Tränen.

KAPITEL 44 Sarah und Desiree saßen auf dem Sofa, während Ned im Büro am Computer vor sich hin murmelte und Rechnungen bezahlte. Der Kuchen war aufgegessen. Selbst Pumpkin hatte ein wenig davon abbekommen. Sarah hatte es ihm heimlich zugeschoben. Der Pitbull lag vor ihr auf dem Boden, und seine Füße zuckten, während er einen Hundetraum träumte.

»Ich bin so froh, dass du bei uns bleiben möchtest, Sarah«, sagte Desiree.

Sarah blickte ihre Pflegemutter an. Desiree sah glücklich aus. Glücklicher, als Sarah sie je zuvor gesehen hatte. Es erfüllte Sarahs Herz mit Freude. Sie wurde geliebt. Nein, mehr als das: Sie wurde *gebraucht!* Desiree und Ned brauchten *sie*, um ihr Leben komplett zu machen.

Diese Erkenntnis füllte eine Leere in Sarahs Innerem, die ihr bodenlos erschienen war. Eine tiefe Kaverne in ihrer Seele, voller Dunkelheit und Schmerz.

»Es war mein Wunsch«, sagte Sarah.

»Wie meinst du das?«

»Mein Geburtstagswunsch. Was ich mir gewünscht habe, als ich die Kerzen ausgepustet habe.«

Desiree hob überrascht die Brauen. »Wow. Ist das unheimlich oder was?«

Sarah lächelte still. »Ich glaube, es ist Zauberei.«

»Zauberei.« Desiree nickte. »Das gefällt mir.«

»Desiree?« Sarah sah zu Boden, rang mit sich.

»Was denn, Liebes?«

»Ich … ist es schlimm, dass ich auf einmal meinen Dad und meine Mommy vermisse? Ich meine, ich bin so glücklich wegen der Adoption und alles. Warum bin ich dann auf einmal traurig?«

Desiree seufzte und streichelte Sarahs Wange. »Ach, Liebes. Ich glaube …« Sie zögerte. »Ich glaube, das kommt daher, dass wir nicht deine leiblichen Eltern sind. Wir lieben dich, und du gibst unserem Leben einen Sinn. Wir fühlen uns endlich wieder wie eine Familie, aber wir sind kein vollwertiger Ersatz für deine Mom und deinen Dad. Wir sind etwas Neues in deinem Herzen, aber wir nehmen ihren Platz nicht ein. Verstehst du, was ich meine?«

»Ich glaub schon.« Sie sah Desiree prüfend an. »Also macht es dich auch traurig? Wegen deinem Baby, meine ich?«

»Ein wenig. Aber es macht mich mehr glücklich als traurig.«

Sarah dachte über diese Antwort nach.

»Mich auch«, sagte sie dann.

Sie rutschte näher zu Desiree, um sich an ihre neue Mutter zu kuscheln. Sie schalteten den Fernseher ein, und kurze Zeit später kam auch Ned aus dem Büro, und alle lachten zusammen, auch wenn die Sendungen gar nicht so lustig waren. Sarah erkannte den entspannten, behaglichen Rhythmus wieder.

Das ist mein Zuhause.

»Hier?«, fragte Ned.

Sarah nickte. »Genau.«

Ned schlug den Nagel in die Wand und hängte das Bild auf. Er trat zurück und musterte es mit kritischem Blick. »Sieht gerade aus.«

Das Bild hing am Fußende ihres Bettes, genau wie in ihrem alten Zimmer bei Mom und Dad. Sarah konnte den Blick nicht von dem Bild abwenden.

»Deine Mutter war sehr begabt, Sarah. Es ist ein wunderschönes Bild.«

»Sie hat jedes Jahr etwas für mich gemacht. Zu meinem Geburtstag. Das da war mein Lieblingsbild.« Sie drehte sich um und schaute Ned an. »Danke, dass du geholfen hast, es zu mir zurückzubringen.«

Ned lächelte und wandte den Blick ab. Er war schnell verlegen, wenn er gelobt wurde oder Dank bekam. Sarah sah ihm an, dass er sich freute.

»Keine Ursache. Du solltest dich bei Cathy bedanken.« Er runzelte die Stirn und hüstelte. »Und danke dafür, dass … du weißt schon … dass wir dich adoptieren dürfen.« Er sah sie an. »Ich möchte, dass du weißt, dass wir es beide wollen. Es bedeutet mir genauso viel wie Desiree.«

Sarah musterte den rauen Trucker mit dem gütigen Herzen. Sie wusste, dass er immer Probleme haben würde, seine Gefühle zu zeigen, doch sie wusste auch, dass sie sich seiner Liebe sicher sein konnte.

»Ich bin froh«, sagte sie. »Weil es mir genauso viel bedeutet. Ich liebe Desiree, und ich liebe auch dich, Ned.«

Bei ihren Worten sprang ein Funke in seine grauen Augen. Er sah glücklich und traurig zugleich aus.

»Du vermisst euer Baby noch mehr als Desiree, nicht wahr?«, sagte Sarah.

Ned starrte sie an. Blinzelte. Wandte den Blick ab. Seine Augen blieben auf dem Bild haften. Er sah es an, als er schließlich antwortete.

»Nachdem Diana gestorben war, habe ich beinahe aufgehört zu leben. Ich konnte mich nicht mehr bewegen, nicht mehr denken, nicht mehr arbeiten. Ich hatte das Gefühl, als hätte die Welt für mich aufgehört.« Er runzelte die Stirn. »Mein Vater war ein Trinker, und ich hatte mir geschworen, das Zeug niemals anzurühren. Doch als der Schmerz nach einem Monat nicht weniger wurde, ging ich in einen Laden und kaufte mir eine Flasche Scotch.« Er blickte Sarah an und lächelte sein sanftes Lächeln. »Desiree kam zu meiner Rettung. Sie packte die Flasche, zerschlug sie im Spülstein, stieß mich vor sich her und schrie mich an, bis ich zusammenbrach und tat, was ich schon die ganze Zeit hätte tun sollen.«

»Sie hat dich zum Weinen gebracht«, sagte Sarah.

»Genau. Und ich weinte. Ich weinte und weinte und weinte und konnte gar nicht mehr aufhören. Am nächsten Morgen ging es mir besser. Ich fing langsam wieder an zu leben.« Er breitete die Hände aus. »Desiree liebte mich genug, um mich zu retten, obwohl sie selbst getrauert hat. Die Antwort auf deine Frage ist also Nein. Desiree vermisst Diana mehr als ich, nicht weniger. Weil sie mehr Liebe in sich hat als irgendein Mensch, dem ich jemals begegnet bin.« Er blickte verlegen drein. »Wie dem auch sei, für dich ist jetzt Zeit zum Schlafengehen.«

»Ned?«

»Was denn, Kleines?«

»Liebst du mich auch?«

Der Moment verging in Schweigen. Dann lächelte Ned. Es war ein wunderschönes, strahlendes Lächeln, das die Verlegenheit beiseite fegte.

Das ist Mommys Lächeln!, staunte Sarah. *Sonnenschein auf Rosen!*

Ned kam zu Sarah und umarmte sie innig. Sie spürte seine Stärke und seine Sanftheit und das väterliche Versprechen, sie zu beschützen.

»Darauf kannst du *wetten*.«

Ein lautes »Wuff!« unterbrach die Umarmung. Sarah blickte nach unten und lachte. Dort stand Pumpkin und äugte zu ihnen hoch.

»Ja, es ist Schlafenszeit, Pumpkin«, sagte sie.

Ned musterte das Tier mit gespielt finsterem Blick. »Du bist immer noch ein Verräter, wie ich sehe«, sagte er.

Pumpkin hatte früher bei Ned und Desiree im Zimmer

geschlafen. Das hatte sich nach Sarahs Ankunft geändert, gleich in der ersten Nacht.

Sarah half dem Hund auf das Bett. Sie schlüpfte unter die Decke. Ned sah sie fragend an.

»Möchtest du, dass ich Desiree rufe, damit sie dich in die Decke wickelt?«, fragte er.

»Nein, ist okay.«

Sarah wusste, dass Ned erfreut war über ihre Antwort. Sie meinte es aufrichtig. Sie liebte Ned, und er liebte sie. Es war in Ordnung, wenn er sie in die Decke wickelte. Zu Hause war es normalerweise Dad gewesen, der sie ins Bett gebracht hatte. Sie vermisste dieses Ritual.

»Soll ich die Tür einen Spalt auflassen?«, fragte Ned.

»Ja, bitte.«

»Gute Nacht, Sarah.«

»Gute Nacht, Ned.«

Er warf einen letzten Blick auf das Gemälde, das er für Sarah aufgehängt hatte, und schüttelte den Kopf. »Das ist wirklich ein tolles Bild.«

Sarah träumte von ihrem Vater. Es war ein Traum ohne Worte. Nur er, sie und Lächeln. Der Traum war von schlichter Glückseligkeit. Die Luft war in Schwingung, erfüllt von einer perfekten Note, gespielt auf einer alten, kostbaren Violine.

Es war ein unglaublicher Ton, ein umfassender Ausdruck all der Dinge, die das Herz enthalten konnte, und man konnte den Klang der Violine nur im Traum hören. Sarah wusste nicht, wer sie spielte, und es war ihr auch egal. Sie sah in die Augen ihres Vaters und lächelte, und er erwiderte den Blick und lächelte ebenfalls, und der Ton verwandelte sich in den Wind und die Sonne und den Regen.

Die Musik endete, als ihr Vater sprach. Man kann nicht sprechen und zugleich den Ton hören. Er muss für sich allein in der Luft schweben.

»Hast du das gehört, Sarah?«, fragte ihr Dad.

»Was, Daddy?«

»Es klingt wie … Knurren.«

Sarah runzelte die Stirn. »Knurren?« Sie legte den Kopf zur Seite und spitzte die Ohren, und tatsächlich, jetzt hörte sie es auch, ein dumpfes Rumpeln, wie ein schwerer Motor, im Leerlauf vor einer Ampel. »Was bedeutet das, Daddy?«

Doch er war verschwunden, zusammen mit dem Wind und der Sonne und dem Regen. Kein Lächeln mehr für den Augenblick. Nur dunkle Wolken und Donner. Sarah blickte in ihrem Traum zum Himmel hinauf, und die Wolken grollten, lauter und lauter, so laut, dass es ihr unter die Haut ging und …

Sarah erwachte neben Pumpkin, der auf dem Bett saß, zur Zimmertür starrte und knurrte. Sie streichelte den großen Kopf des Hundes.

»Was ist denn, Pumpkin?«

Die Ohren des Tieres zuckten beim Klang ihrer Stimme, doch sein Blick blieb unverwandt auf die Tür gerichtet. Das Knurren wurde lauter, warnender, kündigte ein unmittelbar bevorstehendes wütendes Bellen an.

Das Geräusch, das Sarah dann hörte, sandte die Kälte des Weltalls durch ihren Körper. Eine Kälte, die sie bei der ersten Berührung erstarren ließ, die sämtliche Wärme aus ihr vertrieb und sie in einen Gletscher verwandelte.

»Ich habe noch nie ein wildes Tier gesehen, das sich selbst bemitleidet hat«, sagte eine Stimme.

Die Tür zu Sarahs Zimmer flog auf.

Pumpkin bellte.

»Alles Gute zum Geburtstag, Sarah.«

Ich habe mich gezwungen, alles aufzuschreiben, was mit meiner Mom und meinem Dad passiert ist. Sie haben es verdient, dass jemand die Wahrheit sagt. Mit ihnen fing schließlich alles an.

Bei Ned und Desiree kann ich es nicht. Ich kann es einfach nicht. Nicht mal in der dritten Person. Es reicht, wenn Sie erfahren, wer sie waren, was für Menschen sie waren, wie gut und wie gütig.

Er brachte sie um, mehr müssen Sie nicht wissen. Er erschoss Ned, und er schlug Desiree vor meinen Augen tot, und das alles nur, weil ich sie liebte und weil sie mich liebten und weil mein Schmerz seine Gerechtigkeit ist, was immer das bedeutet.

Wenn Sie wirklich wissen wollen, wie es sich angefühlt hat, dann tun Sie Folgendes: Denken Sie an etwas Schreckliches – das Schlimmste, das Sie sich vorstellen können, zum Beispiel ein Baby über einem offenen Feuer zu grillen –, und dann kichern Sie darüber. Machen Sie sich bewusst, was Sie getan haben, worüber Sie kichern, was Sie empfinden, und Sie bekommen eine leise Ahnung, wie ich mich gefühlt habe.

Er hat es getan, um eine große Schwärze in mir aufzureißen. Um meine Hoffnung zu töten und mir zu zeigen, wie gefährlich es ist, jemanden zu lieben. Es hat funktioniert. Für einen Moment, so lange, wie ich bei Ned und Desiree war, glaubte ich, dass ich vielleicht ein Teil ihrer Familie werden könnte. Seit damals habe ich nie wieder so etwas gefühlt.

O Gott, Desiree hat sich gewehrt! Sie hat sich verzweifelt gewehrt. Sie hat für mich gekämpft, auch wenn es ihr nicht geholfen hat.

Mein Gott, mein Gott …

Nein. Ich sollte aufhören, von Gott zu schreiben. Denn eines habe ich mit Bestimmtheit gelernt in jener Nacht.

Es gibt keinen Gott.

Der Künstler brachte Ned und Desiree um, und ich musste dabei zusehen. Ich starb mit ihnen, doch ich starb eigentlich nicht, nicht körperlich. Ich lebte und wünschte mir, ich wäre tot, doch das Leben ging weiter und ich tat das Einzige, das mir noch geblieben war.

Ich rief Cathy Jones an.

Ich rief sie an, und sie kam. Sie war die Einzige, die immer kam. Sie glaubte mir, auch nach jener Nacht. Sie war die Einzige, die mir jemals glaubte.

Ich liebe Cathy. Ich werde sie immer lieben. Sie hat getan, was sie konnte.

KAPITEL 45 »Du bringst Unglück, Prinzessin«, sagt Karen Watson, als sie mit Sarah von Desiree und Ned wegfuhr. »Manche Leute *haben* Pech. Du *bringst* den Leuten Pech.«

»Vielleicht habe ich ja eines Tages Glück und bringe *Ihnen* Pech, Ms. Watson«, entgegnete Sarah höhnisch.

Karen warf ihr einen Seitenblick zu und machte schmale Augen. »Red nur weiter so, und du kannst warten, bis du schwarz wirst, bevor ich dich noch einmal zu neuen Pflegeeltern bringe.«

Sarah starrte aus dem Seitenfenster. »Mir doch egal.«

»Ach ja? Na schön. Dann bleibst du in einem Erziehungsheim, bis du achtzehn bist.«

»Ist mir ganz egal.«

Sarah starrte unverwandt nach draußen auf die vorübergleitende Landschaft. Karen fühlte sich abgekanzelt. Es machte sie wütend.

Wer glaubt dieses Kind, wer es ist? Begreift sie nicht, was für eine Bürde sie ist?

Verdammte Göre. Sie würde es Sarah heimzahlen, auf der Stelle.

»Du kannst von mir aus im Heim verrotten!«

Sarah antwortete nicht. Karen Watson war ihr wie immer unter die Haut gegangen, doch nur für einen Moment. Dann war die Taubheit zurückgekehrt, und mit ihr hatte sich jenes tausend Pfund schwere Gewicht auf ihren Schultern niedergesenkt.

Sarah wurde in eine Notaufnahme gebracht und untersucht. Sie hatte eine leichte Konkussion (was immer das war), sodass sie nicht schlafen gehen durfte. Ansonsten hatte sie überall blaue Flecken und Schmerzen. Keine schlimmeren Verletzungen. Nicht äußerlich zumindest.

Ned. Desiree. Pumpkin. Mommy. Daddy. Buster.

Deine Liebe bringt den Tod.

Allmählich glaubte sie, dass es tatsächlich stimmte. Jeder, den sie geliebt hatte, war für immer verloren. Tot.

Ein unsicheres Aufflackern.

Mit einer Ausnahme: Cathy. Und noch einer: Theresa. Und vielleicht Doreen, falls sie noch lebte.

Sarah seufzte.

Theresa saß im Gefängnis. Das reichte dem Fremden vermutlich, für den Augenblick. Sie, Sarah, konnte entscheiden, was sie wegen ihrer Pflegeschwester unternehmen würde, wenn Theresa entlassen wurde. Was Cathy Jones anging – sie war Polizistin und konnte selbst auf sich aufpassen, nicht wahr? Nicht wahr?

Sie würde sich später den Kopf darüber zerbrechen. Jetzt gab es erst einmal andere Dinge, auf die sie sich konzentrieren musste.

Sarah kannte die Regeln von ihrem vorhergehenden Aufenthalt im Heim, und sie hatte sie nicht vergessen. Sie hatte nicht vor, wieder ganz unten in der Nahrungskette anzufangen.

Janet war so dünn wie eh und je, führte das Heim wie eh und je und verschloss wie eh und je die Augen vor dem, was in den Sälen vor sich ging. Janet gehörte zur schlimmsten Sorte von Leuten, die es gut meinten: Denen, die nicht imstande waren, das Böse zu erkennen.

Sie nickte Sarah mitfühlend zu.

»Hallo, Sarah.«

»Hi.«

»Ich habe schon gehört, was passiert ist. Hast du starke Schmerzen?«

Die Antwort lautete ja, doch Sarah schüttelte den Kopf. »Es geht schon. Ich würde mich nur gern hinlegen.«

Janet nickte. »Du darfst aber noch nicht schlafen, das weißt du?«

»Ja.«

»Brauchst du Hilfe mit deiner Tasche?«

»Nein, danke.«

Janet führte sie durch die vertrauten Gänge. Nichts hatte sich verändert in dem Jahr, in dem sie weg gewesen war.

Wahrscheinlich hat sich in den letzten zehn *Jahren nichts verändert.*

»Hier ist es. Nur zwei Türen weiter als dein altes Zimmer.«

»Danke, Janet.«

»Kein Problem.« Die dünne Frau wandte sich zum Gehen.

»Janet? Ist Kirsten noch da?«

Janet blieb stehen und drehte sich zu Sarah um. »Kirsten wurde vor drei Monaten von einem anderen Mädchen getötet. Sie bekamen Streit, und alles geriet außer Kontrolle.«

Sarah starrte Janet an und schluckte.

»Oh«, sagte sie.

Die hagere Frau musterte sie besorgt. »Ist wirklich alles in Ordnung, Sarah?«

Sarah fühlte sich, als hätte sie fünfzig Kilo Eisen auf dem Kopf.

Betäubung. Benommenheit. Willkommen zu Hause.

»Mir geht es gut.«

Sarah packte ihre Sachen aus, legte sich auf ihre Pritsche und wartete. Sie war am späten Nachmittag eingetroffen, und der Schlafsaal würde bis zum frühen Abend mehr oder weniger leer bleiben. Sie wusste, dass die Zeit gekommen war, ihren Zug zu machen.

Ihr Kopf schmerzte noch immer. Wenigstens war die Übelkeit abgeklungen. Sie hasste es, sich zu übergeben.

Niemand kotzt gerne, Dummkopf.

Es beunruhigte Sarah nicht, dass sie so viel mit sich selbst redete. Dieser Gedanke war ihr niemals gekommen. Wenn man so viel allein war wie sie, redete man mit sich selbst, um nicht verrückt zu *werden* und nicht, weil man verrückt *war*.

Taubheit und Benommenheit umfingen sie, badeten sie, durchdrangen sie, verbanden sich mit ihren Genen. Sarah spürte, dass sie irgendeine Schmerzschwelle überschritten hatte. Traurigkeit, Kummer – diese Empfindungen mussten unterdrückt werden. Sie waren zu stark, als dass Sarah ihnen gestatten durfte, sich Bahn zu brechen. Sie würden sie bei lebendigem Leib auffressen, wenn sie sie aus ihren Käfigen ließ.

Andere Emotionen waren erlaubt. Wut zum Beispiel. Zorn. Raserei. Sarah spürte, wie sie sich in ihr aufstauten. Jemand hatte ein Loch in ihre Seele gebohrt, und dieses Loch füllte sich mit finsteren, wütenden, geifernden Dingen. Eine Bestie stemmte sich gegen die Ränder des Lochs und knurrte und knurrte. Sarah fragte sich, wie lange sie diese Bestie unter Kontrolle halten konnte, und ob sie es überhaupt vermochte.

Mit den jüngsten Ereignissen war eine tektonische Verschiebung in Sarahs praktischem Denken einhergegangen. Ihr neuer Gott hieß Überleben. Alles andere war bloß Illusion.

Ich verändere mich. Genau so, wie der Fremde es gewollt hat.

Wie das?

Ich glaube, heute könnte ich jemanden töten, wenn ich es müsste. Mit sechs Jahren hätte ich das nicht gekonnt.

Herzlichen Glückwunsch zum Geburtstag.

Sie spielte mit einer Haarsträhne und lächelte ein leeres Lächeln.

Ich brach einem Mädchen die Finger und übernahm ihre Pritsche, mehr war nicht nötig. Ich war jetzt der Leithund im Zimmer, die Königin, die alles unter Kontrolle hatte.

Hey, machen Sie nicht so ein Gesicht!

Ich bin nicht stolz auf das, was ich getan habe. Ich habe getan, was ich tun musste.

Abgesehen davon habe ich heute viel mehr mit meinem neunjährigen Ich gemeinsam als mit meinem sechsjährigen. Mein sechsjähriges Ich ist längst begraben und vergessen.

KAPITEL 46 *Während ich zurückblicke und dies hier schreibe, wird Cathy zu so etwas wie meinem Spiegel. Eine Möglichkeit, mir anzuschauen, wie ich in den Augen von jemand anderem ausgesehen habe.*

Ich frage mich: Hat sie das alles wirklich so gedacht, oder lege ich ihr meine eigenen Worte in den Mund? Vielleicht ein bisschen von beidem? Vielleicht war Cathy Cathy, und vielleicht ist sie auf diesen Seiten zugleich mein jetziges Ich, das zurückblickt auf mein vergangenes Ich.

Meine Güte …

Cathy war bestürzt, als sie sah, wie Sarah sich entwickelte. Doch was gab es sonst Neues?

Es war Sarahs elfter Geburtstag. Cathy war mit einem Geschenk vorbeigekommen: einem Napfkuchen mit einer einzelnen Kerze darauf. Sarah hatte gelächelt, doch Cathy hatte ihr angesehen, dass es nur Höflichkeit gewesen war.

Was Cathy am meisten erschreckte waren Sarahs Augen. Sie waren nicht offen und ausdrucksvoll wie früher. Sie waren voller Mauern, leerer Stellen und Wachsamkeit. Es waren die Augen von Pokerspielern – oder Gefangenen.

Cathy kannte sich aus mit Augen wic diesen. Sie kannte sie von hartgesottenen Straßennutten und Berufsverbrechern. Augen wie diese sagten: »Ich weiß, wie der Hase läuft« oder »Ich beobachte dich« oder »Denk nicht mal dran, dir etwas zu nehmen, das mir gehört«.

Cathy waren weitere Veränderungen in den letzten beiden Jahren aufgefallen. Sie wusste, dass Sarah die Chefin in ihrem

Schlafsaal war, und sie konnte sich ziemlich gut ausmalen, wie es dazu gekommen war. Die anderen Mädchen fügten sich Sarah. Sie verhielt sich ihnen gegenüber herrisch und herablassend. Es herrschte Gefängnisatmosphäre. Die Regeln von Macht und Gewalt. Sarah schien sie gut gelernt zu haben.

Warum bist du überrascht? In einem Heim wie diesem gilt nun mal das Recht des Stärkeren, sonst gar nichts.

Cathy war entmutigt wegen ihrer Unfähigkeit, Sarah Hoffnung zu geben. Sie war nicht imstande gewesen, jemanden von ihren Kollegen von Sarahs Version der Geschichte und der Existenz des Killers zu überzeugen. Um die Wahrheit zu sagen, wenn Cathy nachts im Bett lag und nicht schlafen konnte, war sie nicht sicher, ob sie selbst hundertprozentig an die Existenz des Killers glaubte. Sie hatte es versucht, und sie hatte versagt. Und wenngleich Sarah erklärt hatte, es sei nicht weiter schlimm – Cathy wusste, dass es nur eine tapfere Lüge gewesen war. Es war schlimm. Es war sehr schlimm.

Cathy hatte getan, was in ihrer Macht stand. Sie hatte Kopien der Mord-Selbstmord-Akte von Sarahs Eltern gemacht, ebenso von den Akten über die Morde an Dennis und Desiree. Sie hatte zahllose Nächte damit verbracht, über diesen Akten zu brüten und nach Hinweisen oder Unstimmigkeiten zu suchen. Sie hatte sogar welche gefunden. Wenigstens in dieser Hinsicht verband sie noch etwas mit Sarah. Wenn sie mit ihr über die Fälle sprach, kam Leben in ihre kalten, harten Augen. Die Tatsache, dass Cathy ihr glaubte, war wichtig für Sarah. Sehr wichtig.

Trotzdem. Wir verlieren dich, Sarah. Dieses Heim und dieses Leben bringen dich um. Vor meinen Augen.

»Ich habe ein paar Neuigkeiten über Theresa«, berichtete Cathy.

Aufflackerndes Interesse.

»Welche denn?«

»Sie wird in drei Wochen auf Bewährung entlassen.«

Sarah wandte den Blick ab. »Toll.« Ihre Stimme klang abwesend.

»Sie möchte dich besuchen.«

»Nein!« Die Antwort kam mit solcher Vehemenz, dass Cathy erschrocken zusammenzuckte.

Cathy wartete. Kaute auf der Unterlippe.

»Warum nicht?«, fragte sie dann.

Die Leere und Härte verschwanden aus Sarahs Augen, wichen einer nackten Verzweiflung, die Cathy schmerzte.

»Wegen *ihm!*«, flüsterte Sarah mit beschwörender Stimme. »Wegen dem Mörder! Wenn er weiß, dass ich Theresa liebe, bringt er sie um!«

»Sarah, ich …«

Sarah griff über den Tisch hinweg nach Cathys Hand. »Versprich es mir, Cathy! Versprich mir, dass du Theresa nicht in meine Nähe lässt!«

Cathy starrte die Elfjährige lange und schweigend an, bevor sie schließlich nickte. »Also gut, Sarah«, sagte sie leise. »Was soll ich Theresa sagen?«

»Sag ihr, ich will sie nicht sehen, solange ich hier im Heim bin. Sie wird es verstehen.«

»Bist du sicher?«

Sarah lächelte. Es war eine müde Geste. »Ganz sicher.« Sie biss sich auf die Unterlippe. »Aber sag ihr … es dauert nicht mehr lange. Sobald ich hier raus bin, finde ich eine Möglichkeit, mich mit ihr in Verbindung zu setzen. Und einen Ort, wo wir vor dem Fremden sicher sind.«

Das Lächeln, die Lebhaftigkeit und die Hoffnung verschwanden aus ihren Augen. Die Leere kehrte zurück. Sarah erhob sich und packte den Kuchen. »Ich muss jetzt gehen«, sagte sie.

»Möchtest du nicht erst noch die Kerze anzünden?«, fragte Cathy.

»Nein.«

Cathy blickte Sarah hinterher. Das Mädchen ging gerade und aufrecht, ein Gang, der Selbstsicherheit verriet. Trotzdem wirkte sie klein. Und so, wie sie ging, wurde dieser Eindruck noch verstärkt.

Sarah lag auf ihrer Pritsche, aß den Kuchen und betrachtete den Umschlag. Er war an sie adressiert, an die Anschrift des Heims. Es gab keinen Absender, nur eine Briefmarke und einen Poststempel.

Es war der erste Brief, den Sarah jemals bekommen hatte, und es gefiel ihr nicht.

Mach ihn auf.

Okay. Vielleicht ist er ja von Theresa.

Sie dachte beinahe jeden Tag an Theresa. Manchmal träumte sie von ihrer Pflegeschwester. Phantasien, in denen sie gemeinsam flüchteten. Die Orte, zu denen sie kamen, waren niemals dunkel. Sorgen, Ängste und Ungeheuer waren an diesen Orten nicht erlaubt.

Die Träume weckten in Sarah jedes Mal den Wunsch, ewig zu schlafen. Theresa war die Nabe, um die sich das einzige Rad aus Hoffnung drehte, das Sarah noch geblieben war.

Sie riss den Umschlag auf. Er enthielt eine einfache weiße Karte. Auf der Vorderseite stand: »An deinem Geburtstag denke ich an dich.« Sarah runzelte die Stirn und klappte die Karte auf. Im Innern war eine Zeichnung von einem Domino; daneben standen die Worte: *Sei ein wildes Tier.*

Die Glasur des Napfkuchens schmeckte mit einem Mal sauer. Ein Frösteln durchlief sie.

Die Karte ist von ihm.

Sarah wusste, dass es so sein musste. Es spielte keine Rolle, dass er ihr noch nie zuvor etwas geschickt hatte. Es brauchte keine Erklärung. Es war das, was es war.

Sarah starrte auf die Karte und schob sie dann in den

Umschlag zurück, steckte ihn unter ihr Kopfkissen und wandte sich wieder dem Kuchen zu.

Ich verwandle mich in ein wildes Tier.

Komm her und besuch mich, und ich beweise es dir.

Ihr Grinsen war freudlos.

Ein Gutes hat das alles, dachte sie. *Es kann nicht mehr schlimmer werden. Das ist doch schon mal was.*

Ich weiß, was für ein törichter Gedanke das war. Selbstverständlich konnte es noch schlimmer werden. Ein ganzes Stück schlimmer. Und so kam es auch.

Karen Watson landete im Gefängnis. Ich weiß nicht genau warum, doch es überraschte mich nicht. Sie war böse. Sie hasste Kinder, und sie hatte Freude daran, Kindern das Leben schwer zu machen. Sie war wie ein großer alter Vampir, doch anstatt Blut zu saugen, saugte sie Seelen aus, und wie es aussah, hatte irgendjemand sie endlich mal dabei überrascht.

Karen hatte dafür gesorgt, dass ich nur noch zu schlechten Pflegeeltern kam. Bösen Menschen. In einigen Häusern wurde ich geschlagen. In ein paar anderen wurde ich angefasst, und das war schlimm, richtig schlimm, doch darüber reden wir nicht, nein, darüber reden wir kein Wort.

Doch nichts war so schlimm wie damals, als Ned und Desiree starben. Ich habe viel darüber nachgedacht. Der Tod der beiden war für mich tatsächlich der Anfang vom Ende. Es fing mit Mom und Dad und Buster an und endete mit Desiree und Ned und Pumpkin. Seit jenem Tag ist alles, ob gut oder böse, nur noch wie ein undeutlicher Traum.

Cathy hat mir angeboten, mich zu adoptieren, aber ich wollte nicht.

Ich hatte Angst, wissen Sie? Angst, dass Cathy sterben würde, falls sie mich bei sich aufnahm.

Dann verschwand sie ganz. Mir wurde erzählt, dass jemand sie überfallen hätte, doch keiner wollte mir verraten, was genau geschehen war oder wer es getan hatte. Sie nahm das Telefon nicht ab, wenn ich anrief, und sie rief niemals zurück, wenn ich eine Nachricht hinterließ.

Ich ließ Cathy in den tiefen schwarzen Schacht fallen, genau wie alles andere auch.

So nenne ich es – den tiefen schwarzen Schacht. Er ist in mir, er begann sich an dem Tag zu füllen, als Desiree und Ned starben. Er ist voll mit schwarzem, stinkendem Zeug, zäh wie Öl. Doch er ist auch irgendwie praktisch, weil man Dinge hineinwerfen kann, die einem weh tun. Sie versinken und verschwinden für immer.

Dass Cathy nicht zurückrief, tat weh. Also warf ich sie in den tiefen schwarzen Schacht. Bye-bye.

Was ich ganz gewiss nicht in den Schacht werfen würde, war das, was mit Karen Watson passiert war. Als diese Fotze ins Gefängnis musste. Ich weiß, ich weiß, Fotze ist ein furchtbar schlimmes Wort, besonders aus dem Mund eines Mädchens, aber ich kann nicht anders. Karen Watson war eine Fotze. Dieses Wort wurde praktisch eigens für sie erfunden! Ich hasste sie aus tiefstem Herzen, und ich hoffte, dass sie im Gefängnis abkratzte. Manchmal träume ich davon, dass jemand ein Messer in sie rammt und ihr den Bauch aufschlitzt, wie einem Fisch, und dass sie dann herumzappelt und schreit und blutet. Ich wache stets mit einem Grinsen auf, wenn ich diesen Traum hatte.

Eines Tages starb sie tatsächlich. Jemand schlitzte ihr die Kehle durch. Von einem Ohr zum anderen. Ich grinste, bis ich glaubte, meine Backen müssten reißen. Dann weinte ich, und die Verrückte in mir blinzelte ein paar Mal und weinte dann mit mir. Schwarze dicke Tränen.

Verdorbenes Wasser, Baby. Alles nur noch eine stinkende Brühe. Ungenießbar.

Was mich anging, ich landete immer wieder aufs Neue im Heim. Ich hatte inzwischen einen gewissen Ruf erlangt, also versuchten nicht viele Mädchen, sich mit mir anzulegen. Ich blieb für mich allein.

Was so am besten ist, weil ich mehr oder weniger erledigt bin, wissen Sie? Manchmal kriege ich dieses Gefühl, als würde ich nackt am Nordpol sitzen, aber mir ist nicht kalt, weil ich überhaupt nichts mehr fühlen kann. Ich blickte hinunter in den tiefen schwarzen Schacht, sehe zu, wie er blubbert. In unregelmäßigen Abständen werden Hände sichtbar, greifen nach draußen, und manchmal erkenne ich die Hände sogar.

Der Künstler ließ mich ein paar Jahre in Ruhe. Ich weiß es nicht genau, aber ich nehme an, er hat mich weiter beobachtet. Ich glaube, er war zufrieden, solange die Pflegeeltern bösartig waren.

An meinem vierzehnten Geburtstag bekam ich eine weitere Karte. Darauf stand: »Ich komme dich besuchen.« Das war alles. In jener Nacht wachte ich schreiend auf und konnte nicht mehr aufhören. Ich schrie und schrie und schrie. Sie mussten mir Beruhigungsmittel geben und mich auf ein Bett schnallen. Damals war ich diejenige, die in den großen schwarzen Schacht geworfen wurde. Blubb. Bye-bye, Sarah.

Die Kingsleys beschlossen, mich bei sich aufzunehmen, und ich bin nicht sicher, warum ich mich nicht widersetzt habe. Heutzutage fällt es mir schwer, gegen irgendetwas anzukämpfen. Meistens lasse ich mich treiben. Ich lasse mich treiben, und manchmal erzittere ich. Hin und wieder rede ich mit mir selbst, und dann treibe ich wieder dahin. Ach ja, und ich werfe weiter Dinge in den tiefen schwarzen Schacht. In letzter Zeit habe ich eine ganze Menge hineingeworfen. Inzwischen muss es so ungefähr alles sein. Ich möchte wie ein leeres Zimmer werden, mit weißen Wänden, und ich habe es fast geschafft. Es fehlt nicht mehr viel.

Ich schreibe diese Geschichte, weil es vielleicht meine letzte Gelegenheit ist, alles aufzuschreiben, bevor ich mich selbst für immer in den tiefen schwarzen Schacht stürze. Ich will nicht dort hinein, doch es fällt mir immer schwerer weiterzumachen, von Tag zu Tag, und die Wahnsinnige in mir kommt immer häufiger aus ihrem Loch. Da ist noch ein kleiner, beharrlicher Teil von mir, der sich daran erinnert, wie es war, sechs Jahre alt zu sein. Er redet immer weniger zu mir, doch wenn er es tut, dann sagt er mir, dass ich die Dinge aufschreiben soll und dass ich nach einem Weg suchen soll, Ihnen alles zu geben, Smoky Barrett.

Ich glaube nicht, dass Sie mich retten können, Smoky. Ich fürchte, ich habe zu viel Zeit in diesem Schacht verbracht, zu viel Zeit mit dem Schreiben von Geschichten, die ich hinterher wieder verbrannt habe.

Aber vielleicht schaffen Sie es ja trotzdem, den Künstler zu schnappen.

Und ihn in den richtigen tiefen schwarzen Schacht zu werfen.

Das war es so ungefähr. Der letzte Sprint auf dem weißen Papier.

Ein zerstörtes Leben?

Es kommt dem verdammt nahe, schätze ich.

Ich träume nicht mehr von Mom und Dad. Vor ein paar Nächten habe ich von Buster geträumt. Es kam ganz überraschend. Ich wachte auf und glaubte fast zu spüren, wo sein Kopf gelegen hat: auf meinem Bauch.

Doch Buster ist tot. Zusammen mit allen anderen.

Die größte Veränderung ist zugleich die tiefste:

Ich habe keine Hoffnung mehr.

ENDE?

Ich lese die letzten Zeilen von Sarahs Tagebuch und betaste mein Gesicht. Diesmal finde ich die Tränen. Bonnie kommt zu mir und nimmt meine freie Hand, streichelt sie, bietet mir ihren Trost. Nach ein paar Sekunden wische ich mir die Tränen ab.

»Tut mir leid, Schatz«, sage ich. »Ich habe etwas gelesen, das mich traurig gemacht hat. Tut mir leid.«

Sie schenkt mir eins von jenen Lächeln, die sagen: Alles in Ordnung, wir sind am Leben, und ich bin glücklich, dass du bei mir bist.

»Okay«, sage ich und zwinge mich, ihr Lächeln zu erwidern. Ich fühle mich immer noch arg mitgenommen.

Bonnie wartet, sucht meinen Blick erneut. Als ich sie anschaue, nickt sie mir zu. Deutet zur Decke über unseren Köpfen. Es dauert einen Moment, bevor ich begreife.

»Du hast eine Idee, was wir mit Alexas Zimmer machen könnten?«

Sie nickt. *Ja.*

»Sag es mir.«

Sie deutet auf sich, eine Pantomime des Schlafens, schüttelt den Kopf.

»Du möchtest nicht in diesem Zimmer schlafen.«

Ein rasches Nicken. *Stimmt.*

Sie tut so, als hielte sie etwas in der Hand, bewegt es in streichenden Bahnen auf und ab, und ich begreife mit einem Mal, was sie mir sagen will.

Als Bonnie mir zum ersten Mal gesagt hat, dass sie Wasserfarben möchte, war ich überglücklich. Die therapeutischen Möglichkeiten waren offensichtlich. Bonnie war stumm, und vielleicht würde sie durch ihren Pinsel sprechen.

Sie malte freundliche und weniger freundliche Bilder. Landschaften. Nächte voller Mondlicht. Tage voller Regen und Grau. Es gab keinen bestimmten Trend in ihren Bildern, nur dass alle *lebendig* waren, ganz gleich, welches Thema sie malte. Mein Lieblingsbild war eine Darstellung der Wüste unter einer sengenden Sonne. Es war eine Mischung von spröder Schönheit. Es gab heißen, hellen, gelben Sand. Es gab blauen, strahlenden, ewig wolkenlosen Himmel. Es gab einen einzelnen Kaktus, ganz allein inmitten der Leere, stark und groß und aufrecht. Er schien weder Gesellschaft noch Beistand zu benötigen. Es war ein selbstbewusster, reservierter Kaktus. Er konnte die Sonne und die Hitze und den Mangel an Wasser ertragen, und es ging ihm trotzdem gut, danke sehr, ganz ausgezeichnet sogar. Ich fragte mich immer wieder, ob er Bonnie repräsentierte.

Seit damals hat sie sich von Wasserfarben zu Öl und Acryl weiterentwickelt. Sie verbringt jede Woche einen ganzen Tag mit Malen, in intensiver, beinahe wütender Konzentration. Ich habe sie häufig heimlich dabei beobachtet, und ihre völlige Selbstversunkenheit rührt mich sehr. Ich kann sehen, wie die Welt um sie herum verschwindet, wenn sie malt. Ihre Konzentration richtet sich ausschließlich auf die Leinwand vor ihr, auf die Rufe in ihren Gedanken und die Bewegung ihrer Hand. Sie malt ohne Pause, ein immerwährender Marathon.

Vielleicht ist es der Akt des Malens, der therapeutisch wirkt. Vielleicht sind die Bilder zweitrangig. Vielleicht ist es nur die Tätigkeit des Pinselns.

Was auch immer, Bonnies Bilder sind gut. Sie hat Talent. Ihre Arbeiten sind von einer Lebendigkeit und Kühnheit, die jedes Bild zu etwas Zeitlosem machen.

Sie nickt, erfreut und vorsichtig zugleich. Sie streckt die Hand aus, ergreift meine, sieht mich besorgt an. Erneut dieses plötzliche, umfassende Begreifen.

»Aber nur dann, wenn ich nichts dagegen habe, oder wie?«

Ihr Lächeln ist sanft. Ich erwidere es und streichle ihre Wange.

»Das ist eine tolle Idee.«

Die Vorsicht verschwindet aus ihrem Lächeln. Das Strahlen arbeitet sich bis in meine tiefsten Winkel vor.

Sie deutet auf den Fernseher und sieht mich fragend an. Sie hat den Cartoon Channel gesehen.

Möchtest du mit mir zusammen fernsehen?, fragt sie.

Das scheint mir eine gute Idee zu sein.

»Darauf kannst du wetten!«

Ich breite die Arme aus, damit sie sich hineinkuscheln kann, und wir sehen gemeinsam fern, während ich versuche, mich in ihrem Sonnenschein zu baden und darauf hoffe, dass er stark genug ist, den Regen aus mir zu vertreiben.

Sei der Kaktus, denke ich. *Wir haben die Sonne. Zur Hölle mit dem Sand.*

KAPITEL 47 Es ist Morgen, und ich versuche Sarah zu beruhigen.

Sie hat Elaina kennengelernt, und in ihrem Gesicht sind neue Angst und neues Entsetzen zu erkennen. Sie weicht rückwärts zur Tür.

»Nein!«, sagt sie, die Augen weit und glänzend vor unterdrückten Tränen. »Auf keinen Fall. Nicht hier.«

Ich begreife, was sie damit meint. Sie hat die Güte und Liebe Elainas gesehen, hat sie binnen eines Sekundenbruchteils erkannt, und sie sieht Desiree und ihre Mutter vor dem inneren Auge und weiß, was kommen wird.

»Sarah. Liebes. Sieh mich an«, sage ich mit beruhigender Stimme.

Sie reagiert nicht. Starrt Elaina an.

»Nein. Auf keinen Fall. Ich will nicht dafür verantwortlich sein.«

Elaina tritt vor. Sie schiebt mich zur Seite. Der Ausdruck in ihrem Gesicht ist eine Mischung aus Mitgefühl und Schmerz. Als sie spricht, klingt ihre Stimme sanft, unendlich sanft.

»Sarah. Ich möchte, dass du hier bist. Hörst du mir zu? Ich kenne das Risiko, und ich will, dass du hier bei uns bist.«

Sarah starrt Elaina unablässig an. Sie spricht nicht mehr, doch sie schüttelt den Kopf, hin und her, hin und her, hin und her.

Elaina deutet auf ihre Glatze.

»Siehst du das?«, fragt sie. »Das war Krebs. Ich habe den Krebs besiegt. Und weißt du was noch? Vor sechs Monaten kam ein Mann in dieses Haus und nahm mich und Bonnie als Geisel. Er wollte uns töten, aber wir haben auch ihn besiegt.« Sie deutet auf uns alle – Alan, mich, Bonnie, auf sich selbst. »Wir haben ihn gemeinsam besiegt.«

»Nein!«, stöhnt Sarah.

Jetzt ist es Bonnie, die vortritt. Sie blickt zu mir auf, deutet auf sich, und ich runzle verblüfft die Stirn, versuche zu begreifen. Sie deutet erneut auf sich. Dann auf Sarah. Alle sehen ihr zu, atemlos, wie versteinert. Es dauert einen Moment, dann verstehe ich.

»Du möchtest, dass ich ihr von dir erzähle?«

Ein Nicken.

»Bist du sicher?«

Ein Nicken.

Ich wende mich zu Sarah. »Bonnies Mutter Annie war meine beste Freundin. Ein Mann – der gleiche, der später versucht hat, Elaina und Bonnie zu töten – brachte Annie vor Bonnies Augen um. Anschließend fesselte er Bonnie an ihre tote Mutter. Sie war drei Tage lang an den Leichnam gefesselt, bis ich sie gefunden habe.«

Sarah starrt Bonnie an.

»Weißt du, wo der Kerl jetzt ist?«, fragt Alan. »Er ist tot. Wir leben noch. Wir alle haben schlimme Dinge erlebt, Sarah. Du musst keine Angst um uns haben – wir sind es, die sich um dich sorgen. Lass uns die Verantwortung tragen. Das hier ist mein Haus, und ich möchte, dass du hier wohnst.«

Ich spüre, wie sie zwar nicht nachgibt, doch wie die Sehnsucht in ihr wächst. Bonnie ist es dann, die den Abgrund als Erste überbrückt. Sie geht zu Sarah und nimmt ihre Hand. Der Augenblick dauert an, und wir warten geduldig.

Schließlich sinken Sarahs Schultern herab.

Sie sagt nichts. Sie nickt nur. Ich fühle mich an Bonnie erinnert, und noch während ich diesem Gedanken nachhänge, blickt meine Pflegetochter mich an und lächelt traurig.

»Vergessen wir nicht, dass ich auch noch da bin«, sagt Kirby Mitchell, die nicht länger schweigen kann. »Ich bin da, und ich bin gewappnet für den Kampf gegen das Monster. Für den Kampf gegen ein riesiges Mutantenmonster.« Sie lächelt, zeigt ihre weißen Zähne und das Flackern ihrer Leopardenaugen. »Wenn der Vogel sich hier zeigt, werde ich ihm die Federn rupfen.«

Heute Morgen gibt es keinen frisch gemahlenen Kaffee, doch wenigstens hat es aufgehört zu regnen.

Alle sind im Großraumbüro versammelt und sehen mich an. Niemand wirkt so frisch und ausgeruht wie gestern. Nicht einmal Callie. Sie ist makellos und schön wie immer, doch ihre Augen sind rotgerändert vor Erschöpfung.

Assistant Director Jones kommt durch die Tür, einen Becher Kaffee in der Hand. Er entschuldigt sich nicht, dass er uns aufhält, und niemand erwartet es. Er ist der Boss. Zu spät zu kommen ist sein Vorrecht.

»Fangen Sie an«, sagt er.

»Okay«, antworte ich. »Du zuerst, Alan.«

Ich weiß, dass Alan gestern Nacht noch einmal im Büro war, um das Leben der Langstroms zu durchforsten.

»Erstens, Großvater Langstrom. Er war Lindas Vater, deswegen hieß er nicht Langstrom, sondern Walker. Tobias Walker.«

»Moment mal«, sagt AD Jones und stellt seinen Kaffeebecher ab. »Habe ich richtig gehört? Haben Sie gerade Tobias Walker gesagt?«

»Ja, Sir.«

»Heilige Scheiße.«

Alle sehen ihn an. Seine Miene ist grimmig.

»Ich habe Ihnen heute Morgen diese Liste gegeben, Agent Thorne. Die Polizeibeamten und Agenten, die zu der Sondereinheit abgestellt waren, die Jagd auf die Menschenschmuggler machen sollte … Werfen Sie einen Blick darauf.«

Callie überfliegt die vor ihr liegenden Seiten. Stockt.

»Tobias Walker war vom LAPD zu der Sondereinheit abgestellt.«

Ein Gefühl der Unwirklichkeit erfasst mich, gepaart mit elektrisierender Erregung.

»Hier steht ein weiterer Name, der dir bekannt sein dürfte, Smoky«, fährt Callie fort. »Dave Nicholson.«

»Nicholson?« AD Jones runzelt die Stirn. »Ein Detective

vom LAPD. Ein hochgewachsener Bursche. Ein guter Cop. Was ist mit ihm?«

Ich schildere Jones in knappen Worten, was sich gestern ereignet hat. Er ist geschockt.

»Selbstmord? Und seine Tochter wurde als Geisel genommen?« Er greift nach seinem Kaffee, überlegt es sich anders, streicht sich mit der Hand durchs Haar. Ich kann nicht sagen, ob er bestürzt ist oder wütend. Wahrscheinlich beides.

Mir kommt ein Gedanke, kreist in meinem Kopf, verdrängt jeden anderen. Eine aufgehende Sonne aus plötzlicher Erkenntnis.

»Was, wenn …?«

Alle sehen mich fragend an. Alle außer James. Er starrt ins Leere. Wie versteinert.

Sieht er das Gleiche wie ich?

Wahrscheinlich. Vielleicht.

»Hört zu«, sage ich und bemerke, wie die Aufregung meine Stimme zittern lässt. »Wir haben eine Sondereinheit, die versagt hat, wahrscheinlich wegen interner Korruption. Wir haben ein Rachemotiv. Wir haben zwei Schlüsselbotschaften des Killers. Die eine Botschaft von Cathy Jones, zusammen mit ihrem goldenen Polizeiabzeichen: *Symbole sind bloß Symbole.* Und die zweite von Nicholson: *Der Mann hinter dem Abzeichen ist wichtig, nicht das Abzeichen selbst.* In Verbindung mit dem, was wir bereits wissen – was sagt uns das?«

Keiner von ihnen ist so schnell wie James. Er ist da, hat zu mir aufgeschlossen, ist genauso weit wie ich. *Mein Zwilling im Geiste.*

»Nur weil jemand ein Abzeichen trägt, heißt das noch lange nicht, dass er zu den Guten gehört. Das will er damit sagen. Symbole sind bloß Symbole.«

Begreifen leuchtet in Alans Augen auf. »Genau! Ganz genau! Wir haben den Wald vor lauter Bäumen nicht gesehen! Rache war das Motiv, doch es sind nicht die Menschenschmuggler, die der Killer am schlimmsten bestrafen will. Deshalb ist Vargas so leicht davongekommen. Der Killer hat es auf die Mitglieder der Sondereinheit abgesehen! Wer immer es war, der die Kinder und das Versteck verraten hat.«

Stille. Alle verdauen das Gesagte und nicken, als es ihnen dämmert. Es ist plausibel, es ist die Wahrheit.

»Sir«, frage ich AD Jones. »Was können Sie uns über Tobias Walker erzählen? Woran erinnern Sie sich?«

Der Assistant Director reibt sich das Gesicht. »Gerüchte. Ich erinnere mich an viel Gerüchte. Walker war noch altmodischer als Haliburton. Ein widerlicher Kerl. Lief mit einem Totschläger durch die Gegend und hat ihn fleißig benutzt. Genauso wie Gummischläuche und Telefonbücher bei den Vernehmungen. Er war derjenige, den sie nach dem Angriff auf das Versteck am genauesten unter die Lupe genommen haben.«

»Wieso?«

»Die Abteilung für Innere Angelegenheiten beim LAPD hat schon dreimal wegen mutmaßlicher Bestechlichkeit gegen Walker ermittelt. Jedes Mal ist er ungeschoren davongekommen, doch die Gerüchte blieben. Er soll für das organisierte Verbrechen gearbeitet haben. Niemand konnte ihm je etwas nachweisen. Er starb 1983 an Lungenkrebs.«

»Unser Killer ist offensichtlich überzeugt, dass mehr dahintergesteckt hat als Gerüchte«, bemerkt James.

»Wer noch?«, frage ich. »Was ist aus Haliburton geworden, Sir?«

Das Gesicht von AD Jones wird aschfahl. »Noch vor einer Minute hätte ich gesagt, dass er seine Frau und sich selbst erschossen hat, doch angesichts der Umstände …«

»Wissen Sie Einzelheiten?«

»Es war 1998. Haliburton war bereits eine ganze Weile im Ruhestand. Er war Ende sechzig und beschäftigte sich mit seinen Hobbys. Wahrscheinlich hat er weiter Gedichte verfasst, oder er …«

»Gedichte?«, unterbreche ich Jones.

»Haliburton war ein extrem konservativer Mann. Ein fanatischer Gläubiger und Kirchgänger. Er traute niemandem über den Weg, der die Haare über die Ohren trug, und er kaufte seine Anzüge ohne Ausnahme bei Sears. Sie wissen, was ich meine. Er war rau und steckte voller Vorurteile. Er machte nie einen Witz. Aber ja, er schrieb Gedichte. Und er versteckte sie nicht. Einige seiner Arbeiten waren ziemlich gut.«

Ich berichte Jones von der Geschichte des Künstlers über einen Amateurdichter und dessen Frau.

»Du meine Güte«, sagt AD Jones und schüttelt ungläubig den Kopf. »Das wird ja immer besser! Haliburton hat seine Frau erschossen und dann sich selbst getötet – zumindest glaubten wir das immer.«

»Was ist mit einem Studenten der Philosophie?«, frage ich. »Gab es jemanden bei der Sondereinheit, auf den diese Bezeichnung zugetroffen hätte?«

»Nein, nicht dass ich wüsste.«

»Gab es sonst noch vorzeitige Todesfälle?«

»Von uns waren drei Leute bei der Sondereinheit. Haliburton, ich selbst und Jakob Stern. Stern ist Ende der Achtziger in den Ruhestand gegangen. Er ist nach Israel gezogen. Stern war einer von diesen Oldtimern. Ich habe nie wieder etwas von ihm gehört. Vom LAPD waren Walker und Nicholson vom Morddezernat dabei, außerdem ein Bursche namens Roberto Gonzalez von der Sitte. Über Walker und Nicholson wissen wir Bescheid, über Gonzalez allerdings habe ich keine Informationen. Er war ein junger Cop, zweisprachig. Ein anständiger Kerl, soweit ich mich erinnern kann.«

»Wir müssen herausfinden, was aus ihm und Stern geworden ist«, sage ich.

»Die große Frage bleibt bestehen«, meint Alan. »Allerdings haben wir jetzt die Zahl der möglichen Antworten eingeschränkt: Wer ist dieser Künstler, und warum verfolgt er die

Mitglieder der einstigen Sondereinheit mit solcher Erbarmungslosigkeit?«

»Ich hätte noch eine Frage«, sagt Callie. Sie blickt AD Jones an. »Ich möchte Ihnen nicht zu nahe treten, Sir, aber warum leben *Sie* noch?«

»Ich würde sagen, die Antwort liegt darin begründet, dass Mr. Jones Assistant Director ist«, meldet James sich zu Wort. »Ich denke nicht, dass Sie deswegen von seiner Liste verschwunden sind, Sir. Vielleicht spart er Sie bis zuletzt auf. Einen Assistant Director des FBI zu töten würde sehr viel Aufmerksamkeit erregen. Er ist vielleicht noch nicht bereit, so viel zu wagen.«

»Wie tröstlich«, sagt Jones.

»Zurück zu Alans Frage«, sage ich. »Die Logik diktiert, dass der Künstler als Kind den Menschenschmugglern zum Opfer gefallen ist. Es handelt sich nicht um irgendeinen Verwandten eines Opfers.«

»Wieso nicht?«, fragt Alan und beantwortet sich seine Frage sogleich selbst. »Wegen der Narben auf den Fußsohlen.«

»Genau.« Ich überlege einen Moment. »Callie, hast du im Haus der Langstroms etwas gefunden, das sich als nützlich erweisen könnte?«

»Ich habe einen verdammt langen Tag und eine Nacht mit Gene im Haus der Langstroms verbracht. Wir haben jede Menge Staub gefunden, aber nichts, das sich als beweiserheblich herausgestellt hätte. Die Antidepressiva von Linda Langstrom waren nicht vom Hausarzt der Familie verschrieben worden, sondern von einem Arzt auf der anderen Seite der Stadt.«

»Linda wollte es verbergen«, überlege ich laut.

»Ja. Und sie hat keine einzige Tablette eingenommen.«

Ich runzle die Stirn. »Kann jemand etwas damit anfangen?«

Niemand antwortet.

»James? Neuigkeiten über den Computer des Jungen?«

»Nein.«

Ich denke fieberhaft nach, vergeblich. Mir fällt nichts ein.

»Unsere vorerst erfolgversprechendste Spur ist und bleibt diese Stiftung.« Ich gebe den Inhalt meines Telefongesprächs mit Ellen wieder. »Wir brauchen die richterliche Vorladung, und zwar heute noch.«

»Das könnte Cathy Jones bewerkstelligen«, sagt AD Jones unvermittelt. »Sie müsste bezeugen können, dass die Langstroms wahrscheinlich von einem unbekannten Täter ermordet wurden. Das ist oberste Priorität.« Er wirft seinen Becher in den Abfalleimer und wendet sich zur Tür. »Halten Sie mich auf dem Laufenden, Smoky.« Er bleibt stehen, dreht sich zu mir um. »Noch was, Smoky. Schnappen Sie diesen Kerl so schnell wie möglich, Ich ziehe es vor, am Leben zu bleiben.«

»Ihr habt AD Jones gehört, Leute«, sage ich. »Callie und Alan, ihr kümmert euch um Cathy Jones. James, ich möchte, dass du herausfindest, was aus den beiden anderen Männern auf der Liste geworden ist, Stern und Gonzalez.«

Alle setzen sich in Bewegung. Wir sind wie Bluthunde, die eine Fährte aufgenommen haben.

KAPITEL 48

»Roberto Gonzalez wurde 1997 in seinem Haus ermordet«, sagt James. »Er wurde gefoltert, kastriert, und seine Genitalien wurden ihm in den Mund gesteckt.«

»Hört sich wie die Beschreibung an, die der Künstler von diesem ›Studenten der Philosophie‹ gegeben hat«, murmle ich. »Was noch?«

»Stern scheint wohlauf zu sein. Ich habe den Krisenstab alarmiert. Sie setzen sich unverzüglich mit den israelischen Behörden in Verbindung und stellen Stern unter Bewachung.«

»Was deine Theorie bezüglich Jones angeht, bin ich deiner Meinung, aber wieso hat er Stern ebenfalls verschont? Wieso lebt er noch?«

James zuckt die Schultern. »Es könnte an der räumlichen

Entfernung liegen. Israel ist weit weg, also nimmt er sich Stern als Letzten vor.«

»Schon möglich.« Ich kaue auf der Unterlippe. »Weißt du, es gibt da noch eine Spur, der wir bis jetzt nicht gefolgt sind.«

»Und welche?«

»Unser geheimnisvoller Unbekannter. Der Kerl, den Vargas in seinem Videoclip erwähnt hat. Ich nehme an, er ist der Anführer der Bande. Wäre er nicht ein Primärziel für den Künstler?«

»Wir sollten das für den Augenblick auf sich beruhen lassen.«

»Wieso?«

»Weil es eine Frage ist, die wir vielleicht niemals beantworten können. Der Drahtzieher wurde 1979 nicht gefunden, als eine ganze Spezialeinheit hinter ihm her war. Wieso sollten wir ihn heute finden?«

»Weil wir nicht korrupt sind.«

Er schüttelt den Kopf. »Das ist nicht der Punkt, Smoky. Zugegeben, wahrscheinlich bekam er damals interne Informationen und wurde gewarnt, vielleicht sogar geschützt. Ich glaube aber nicht, dass es eine große Verschwörung war, nicht innerhalb der Polizei, nicht wenn es um Menschenschmuggel geht. Erst recht nicht, wenn jemand *Kinder* schmuggelt. Nein, das war das Werk einer einzigen Person in der damaligen Sondereinheit. Von zwei Personen, höchstenfalls.«

»Walker?«

»Er ist der wahrscheinlichste Verdächtige, ja. Was mich an der Geschichte stört, ist die Tatsache, dass das gesamte Netzwerk verschwunden zu sein scheint. Als hätte es sich über Nacht aufgelöst. Keine weiteren Kinder mit Narben an den Füßen. Ich muss gestehen, das irritiert mich.«

»Wieso? Die Verbrecher wurden vorsichtig.«

»Nein. Sie waren bereits vorsichtig. Sie hatten jemanden auf der anderen Seite, der sie mit Informationen versorgte. Vorsichtig würde bedeuten, einen neuen Markt zu finden und eine neue Route. Den Laden gänzlich dichtmachen? Kriminelle werden vielleicht schlauer, aber sie geben ihr Geschäft nicht so einfach auf.«

»Vielleicht haben sie gar nicht aufgehört. Vielleicht sind sie cleverer geworden, oder sie haben ihr Geschäft verlagert. Der Sextourismus nimmt seit Jahren ständig zu. Vielleicht haben sie ihr Geschäft in ihrem Heimatland aufgezogen und sich damit jedes Risiko vom Hals geschafft.«

James zuckt die Schultern, doch ich weiß, dass diese Antwort ihn genauso wenig befriedigt wie mich. Er mag keine ungelösten Aufgaben und keine unbeantworteten Fragen, ob sie nun für unsere Ermittlungen von Bedeutung sind oder nicht.

Mein Handy summt. Es ist Callie. »Wir haben eine schriftliche Aussage von Cathy Jones«, berichtet sie. »Wir sind auf dem Rückweg ins Büro.«

»Gute Arbeit, Callie. Bring die Aussage her, und wir leiten sie direkt an Ellen Gardner weiter.«

»Wir sind in zwanzig Minuten da.«

Adrenalin schießt in meinen Kreislauf, unerwartet und heftig. Ich fühle mich aufgeputscht und ein wenig zittrig.

Jetzt kommt der Zug ins Rollen.

»Wir kriegen unsere Vorladung«, sage ich zu James.

»Vergiss nicht, worüber wir gesprochen haben.«

»Keine Bange.«

Ich weiß, was James sagen will. Untersuche jede Schlussfolgerung. Wir wandeln immer noch auf dem Pfad, den der Künstler für uns ausgelegt hat.

KAPITEL 49

Alles ist in Bewegung. Alan, Callie, James und ich. Wir haben die Vorladung und fahren im Lift nach unten, auf dem Weg zu Gibbs, dem Anwalt und Treuhänder der Langstrom-Stiftung.

Spannung hängt in der Luft wie statische Elektrizität. Wir waren gezwungen, untätig dazusitzen und alles zu ertragen. Die ganze Geschichte, Stück für Stück, eine Horrorshow. Wir haben Sarah und andere vor unserem geistigen Auge leiden sehen.

Jetzt sind wir vielleicht nur noch eine Stunde davon entfernt, die Identität des Künstlers aufzudecken. Es spielt keine Rolle, dass er es war, der uns auf diese Fährte gelockt hat. Wir wollen sein Gesicht sehen.

Wir steigen aus dem Aufzug, treten hinaus in die Halle. Vorne beim Empfang steht Tommy, ein Mobiltelefon in der Hand. Er sieht mich und winkt.

»Wartet einen Moment, ja?«, sage ich zu den anderen.

»Beeil dich«, sagt James.

»Hi«, sagt Tommy, als ich näher komme. »Ich wollte mich nur persönlich überzeugen, dass mit Kirby alles wie verabredet läuft.«

Ich muss lächeln. »Sie ist eine interessante Person, so viel steht fest …«

Ich höre ein metallisches Klicken, das ich nicht gleich einordnen kann. Es erscheint mir harmlos, dieses Geräusch, unbedeutend, doch irgendein Instinkt sagt mir, *schreit* in mir, dass ich reagieren muss – und zwar schnell.

Ich wirble herum und sehe einen Latino mit grimmigem Gesicht im Eingang. Er starrt mich an.

»Tommy!«, stoße ich hervor. Meine Hand zuckt zur Waffe.

Tommy folgt meinem Blick, und auch seine Hand bewegt sich blitzschnell unters Jackett.

Was ist das?

Der Latino wirft die Arme hoch. Seine Hände öffnen sich, und zwei Gegenstände segeln durch die Luft, in einem perfekten Bogen.

»Scheiße!«, brüllt Tommy.

Er stößt mich zurück, schiebt mich aus dem Weg, und ich

stolpere, falle rückwärts, und in einem einzigen Sekundenbruchteil erkenne ich, was passiert.

»Granaten!«, schreie ich. Zu spät.

Die Explosion in der Lobby des Dienstgebäudes ist gewaltig und ohrenbetäubend. Ich spüre eine Druckwelle und Hitze. Etwas streift mein Gesicht. Dann wird mir die Luft weggesaugt, nur für einen Moment, und ich falle, spüre, wie mein Kopf auf dem Marmorboden aufprallt, und alles wird mit einem Schlag grau, ganz grau …

Die Wolken in meinem Schädel weichen dem Gestank nach Rauch und dem Lärm von Schüssen.

Maschinenpistole, denke ich benommen.

Mit einem Schlag bin ich wieder hellwach. Ich liege auf dem Rücken. Ich kämpfe mich in eine sitzende Haltung, krieche auf allen vieren nach links, hektisch, als irgendetwas direkt neben mir sirrend vom Marmor abprallt.

Gott, tut mein Schädel weh!

Meine Ohren klingeln. Ich sehe mich um, entdecke Callie hinter einer marmorverkleideten Säule, das Gesicht verschmiert und grimmig, während sie das Feuer erwidert. Ich sehe James am Boden. Er müht sich hoch, Blut läuft ihm übers Gesicht. Alan brüllt ihn an.

»Bleib in Deckung, du Trottel!«

Die Maschinenpistole feuert weiter, ununterbrochen, Salve um Salve, und überzieht die Lobby mit einem Kugelhagel.

Der Latino meint es todernst, denke ich und muss beinahe kichern, tue es aber nicht, weil es verrückt wäre. *Ich muss einen klaren Kopf bekommen.*

Ich höre die Schüsse aus den Waffen meiner Freunde und Kollegen und ziehe meine eigene Pistole. Ich bin immer noch wacklig, gehorche nur meinem Instinkt,

Die Waffe gleitet in meine Hand und flüstert voller Vorfreude zu mir. Sie ist bereit.

Ich bin in dem Gang, in den Tommy mich gestoßen hat, und dann fällt mir alles wieder ein, und Grauen durchfährt mich, nacktes Entsetzen *(O Gott o Gott o Gott o Scheiße o du verdammte Scheiße)*, und ich suche nach Tommy, suche nach der blutigen Leiche, zu der er bestimmt geworden ist und vor deren Anblick ich mich fürchte, denn ich will nicht …

»Hier drüben!«, flüstert Tommy.

Ich wirble herum. Wie durch ein Wunder *(Danke, Gott, danke, Gott, danke)* ist er hinter mir. Er sitzt mit dem Rücken an der Wand. Sein Gesicht ist grau. Er blutet aus einer Schulterwunde.

»Du bist getroffen!«, rufe ich erschrocken.

»Wird wohl so sein«, murmelt er und versucht zu lächeln. »Tut verdammt weh. Aber alles okay. Granatsplitter in der Schulter, keine lebenswichtigen Organe verletzt. Blutung unter Kontrolle.«

Ich starre ihn an, während ich versuche, all das zu begreifen.

»Alles in Ordnung, Smoky«, wiederholt er. »Geh und erledige dieses Arschloch.«

Ja, erledigen wir dieses Arschloch!, flüstert meine Pistole mir zu, und diesmal gebe ich nach, erfüllt von kalter Mordlust.

Ich muss ihn nur sehen. Nur einmal kurz sehen. Wenn ich ihn sehe, treffe ich ihn.

Ich setze mich in Bewegung, tief geduckt, die Waffe schussbereit. Das Feuer aus der Maschinenpistole nimmt scheinbar kein Ende, der reinste Irrsinn an Blei und Stahl. Ich kann das Metall riechen, und ich höre die Projektile abprallen, höre die Querschläger jaulen und heulen und surren.

»Callie!«, rufe ich durch das Getöse und das Chaos.

Sie blickt zu mir.

Ich deute auf meine Augen. *Wie viele?*

Sie hebt einen Finger.

Einer.

Ich nicke und bedeute ihr, dass ich von ihr und Alan Feuerschutz will.

Sie nickt zurück. Ich sehe, wie sie Alan den Plan übermittelt. James hat sich hinter dem Pfeiler in Sicherheit gebracht, hinter dem auch Callie steht. Blut fließt aus einer Schnittwunde an seiner Stirn. Er sieht benommen aus, ist wahrscheinlich kampfunfähig.

Callie winkt mir mit erhobenem Daumen.

Ich werfe einen Blick zurück zu Tommy, packe meine Waffe und gehe in die Hocke, während ich auf die Stille warte, die irgendwann einsetzen muss.

Jeder muss mal nachladen.

Die Maschinenpistole scheint nicht zu verstummen. Ich weiß, dass es eine Illusion ist – die Zeit dehnt sich im Kampf, verliert ihre Bedeutung. Schweiß perlt mir von der Stirn, mir dröhnt der Schädel, es klirrt in meinen Ohren, und das Kordit in der Luft belegt meinen Gaumen mit einem metallischen Geschmack.

Dann, plötzlich, Stille.

Es ist wie ein Schock. Nach all dem Getöse ist die Stille selbst wie ein Geräusch.

Ich sehe, wie Callie um den Pfeiler herumwirbelt, die Waffe erhoben. Ich springe auf, blicke durch die Lobby, suche nach dem kleinen Latino mit dem grimmigen Gesicht …

Ich bleibe reglos stehen. Meine Pistole brüllt auf vor hilfloser Wut.

Der Eingangsbereich vor der Halle ist leer und verlassen.

KAPITEL 50 Ich renne zum Ausgang, springe durch die Metalldetektoren, die protestierend kreischen, vorbei an dem reglos daliegenden Sicherheitsbeamten. Ich vermag nicht zu sagen, ob er tot ist oder noch lebt.

Ich werfe mich mit der Schulter gegen die Tür und platze nach draußen auf die Stufen, schwer atmend, die Waffe in beiden Händen.

Nichts!

Ich renne die Stufen hinunter und auf den Parkplatz hinaus. Blicke nach links, nach rechts, suche nach dem Latino. Ich höre, wie hinter mir die Tür aufgestoßen wird. Dann ist Callie neben mir, gefolgt von Alan.

»Wo ist er?«, fragt Callie schwer atmend. »Er ist gerade erst durch die Tür, verdammt!«

Wir hören einen starken Motor aufheulen, dann das Quietschen von Reifen. Ich renne auf das Geräusch zu und sehe einen schwarzen Mustang, der vor mir flüchtet. Ich hebe die Pistole, will feuern – und in letzter Sekunde wird mir bewusst, dass ich nicht sicher sein kann. Ich kann nicht sicher sein, dass der Latino in diesem Wagen sitzt.

»Scheiße!«, rufe ich in hilfloser Wut.

»Kann man wohl sagen«, murmelt Alan.

Ich renne zurück ins Gebäude, drei Treppenstufen auf einmal, durch die Tür, die Detektoren. Callie und Alan folgen mir auf dem Fuß.

Die Lobby ist ein Bild der Verwüstung. Ich sehe drei Mann am Boden, die von anderen Agenten versorgt werden. Wenigstens vier weitere stehen mit gezogenen Waffen da, sichern wachsam. Mitch, der Chef der Sicherheitsleute, redet mit grimmigem Gesicht in sein Walkie-Talkie.

Ich wische mir mit zitternder Hand den Schweiß von der Stirn und versuche in die normale Raumzeit zurückzukehren. Ich denke immer noch in Sprüngen, abgehackt, stroboskopartig. Ich muss schnell denken, schnell handeln, doch ich muss auch innerlich zur Ruhe kommen.

»Sieh nach, was mit James ist«, beauftrage ich Callie.

Ich gehe zu Tommy. Sein Gesicht ist nicht mehr ganz so weiß, auch wenn er offensichtlich starke Schmerzen hat. Ich gehe neben ihm in die Hocke, nehme seine Hand in die meine.

»Du hast mir das Leben gerettet«, sage ich mit zitternder Stimme. »Du dummer, heldenhafter Trottel.«

»Ich …« Er zuckt zusammen. »Das sagst du bestimmt zu jedem Kerl, der dich vor umherfliegenden Granaten wegstößt.«

Ich will genauso schlagfertig antworten, doch mir fällt nichts ein, und ich stelle fest, dass es mir für den Moment die Sprache verschlagen hat. Ich liebe Tommy nicht, noch nicht, doch er bedeutet mir mehr als irgendein anderer Mann seit Matt. Wir sind *zusammen*.

»Tommy«, flüstere ich. »Ich dachte, du bist tot.« Meine Zunge fühlt sich wie betäubt an, wie unter Novocain, und mein Inneres ist aufgewühlt und nervös.

Er versucht nicht länger zu lächeln. Er sieht mir tief in die Augen. »Ich bin es nicht. Okay?«

Ich vertraue meiner Stimme nicht, deswegen nicke ich bloß.

»James ist kaum was passiert!«, ruft Callie, und ich zucke erschrocken zusammen. »Er braucht bloß ein paar Stiche.«

Ich sehe Tommy an. Er grinst schon wieder.

»Ich komme zurecht, Smoky. Geh nur.«

Ich drücke ein letztes Mal seine Hand, erhebe mich und stelle erleichtert fest, dass meine Beine nicht mehr zittern. Die Aufzugtüren gleiten zur Seite, und AD Jones kommt heraus, die Waffe gezogen, hinter sich eine Phalanx bewaffneter Agenten.

»Was war hier los?«, brüllt er.

»Jemand kam durch die Tür und warf zwei Handgranaten in die Lobby, Sir«, sage ich. »Anschließend hat er das Feuer aus einer Maschinenpistole eröffnet. Er ist durch die Vordertür entkommen.«

»Tote oder Verletzte?«

»Das weiß ich noch nicht.«

»Wissen wir, wer der Eindringling war?«

»Nein, Sir.«

Er wendet sich einem der Agenten zu, die mit ihm im Aufzug nach unten gefahren sind.

»Lassen Sie den Eingang bewachen. Nur medizinisches Personal darf durch, es sei denn, ich erteile persönlich die Erlaubnis. Schaffen Sie den Notarzt her. Bis dahin kümmern unsere Leute sich um die Verwundeten. Ich will die Agenten mit den besten medizinischen Kenntnissen hier unten haben, und sie sollen die Ärmel hochkrempeln.«

»Jawohl, Sir!«, antwortet der Agent und setzt sich in Bewegung.

AD Jones sieht zu, als seine Leute sich an die Arbeit machen und das Chaos sich nach und nach lichtet.

»Alles in Ordnung?«, fragt er und mustert mich prüfend. »Sie sind ein bisschen grau im Gesicht.«

»Stress«, antworte ich. Ich betaste die Stelle, wo ich mit dem Kopf auf dem Boden aufgeschlagen bin, und stelle erleichtert fest, dass es nur eine Beule ist, kein Blut. Meine Kopfschmerzen lassen bereits nach, also habe ich wahrscheinlich keine Gehirnerschütterung.

»Wir müssen herausfinden, wer der Hurensohn war und was gerade passiert ist«, sagt er.

»Ja, Sir.«

»Haben Sie den Kerl gesehen, Smoky?«

»Ja, Sir.«

»War er Araber?«

»Nein, Sir. Latino. Ende dreißig, Anfang vierzig.«

AD Jones flucht lästerlich.

»Wie ist er an unseren Sicherheitsleuten vorbeigekommen, verdammt noch mal?«

»Ist er nicht. Er kam durch die Eingangstür, warf zwei Granaten, eröffnete das Feuer und verschwand wieder.«

AD Jones schüttelt den Kopf. »Wie soll ich meine Leute vor dieser Art Bedrohung schützen?«

Ich antworte nicht. Er spricht nicht mit mir.

»Was sollen wir tun, Sir? Mein Team und ich.«

Er streicht sich mit der Hand durchs Haar, während sein Blick in die Runde schweift.

»Lassen Sie mir Alan hier«, sagt er dann. »Nehmen Sie Callie mit und führen Sie die richterliche Anordnung aus.«

Angesichts der Ereignisse ringsum bin ich für den Moment sprachlos.

»Aber Sir …« Ich wische mir über die Stirn. »Hören Sie, wenn Sie uns brauchen, sind wir da.«

»Wir werden wegen dieser Scheiße hier nicht von unserer Linie abweichen. Innerhalb der nächsten dreißig Minuten haben wir die Videoaufzeichnungen der Sicherheitskameras. Quantico wird genügend Leute schicken. Personalmangel ist wohl kaum meine größte Sorge.«

Ich antworte nicht.

Er sieht mich finster an. »Das war keine Bitte, Smoky.«

Ich seufze. Er hat recht, er ist der Boss, er ist stinksauer – ein unschlagbares Trio.

»Jawohl, Sir.«

»Dann machen Sie sich an die Arbeit.«

Ich gehe zu Callie. James steht inzwischen wieder, doch sein Blick ist verschwommen. Er drückt ein Taschentuch auf die Wunde an der Stirn. Blut ist über sein Gesicht und den Hals gelaufen und hat seinen Hemdenkragen versaut.

»Du siehst aus, als hätte dir jemand ein Beil gegen den Schädel geschlagen«, sage ich zu ihm.

Er lächelt – ein echtes Lächeln! –, und da weiß ich, dass er tatsächlich nicht bei sich ist.

»Nur ein Schnitt in die Kopfhaut«, sagt er und lächelt immer noch. Seine Stimme klingt getragen, beinahe fröhlich. »Solche Wunden bluten stark.«

Ich schaue Callie an, hebe die Augenbrauen. Callie zuckt die Schultern.

»Ich hab versucht, ihn zum Sitzenbleiben zu überreden.« Sie mustert James mit kritischem Blick. »Ich muss sagen, so gefällt er mir viel besser.«

»Weißt du was, Rotschopf?«, sagt James überlaut. Er schwankt ein wenig, als er sich gegen Callie lehnt. »Ich brauch dich wie … wie ein Loch im Kopf.« Er gackert los, wankt unsicher, und Callie und ich packen je einen Arm von ihm.

»Hey, Smoky, weißt du was?«, sagt er mit dieser entrückten Stimme und sieht mich an.

»Was?«, frage ich.

»Mir geht es nicht so gut.«

Seine Beine geben nach, und Callie und ich haben Mühe, ihn nicht fallen zu lassen. Wir helfen ihm in eine sitzende Haltung. Er versucht nicht wieder aufzustehen. Sein Gesicht ist grau und glänzt vor Schweiß.

»Er braucht einen Arzt«, sage ich besorgt. »Schwere Gehirnerschütterung, würde ich sagen.«

Als wäre es das Stichwort gewesen, öffnen sich die Türen, und Sanitäter stürzen herein, flankiert von Agenten mit gezückten Waffen.

»Wer fragt, dem wird gegeben«, sagt Callie, beugt sich vor und tätschelt James den Arm. »Jetzt kommen sie dich holen, Zuckerschnäuzchen.«

Er blickt sie aus verschleierten Augen an. Er scheint wieder ein wenig zu sich gefunden zu haben. Er ist konzentrierter. Er schluckt, verzieht schmerzvoll das Gesicht.

»Gut.« Mehr sagt er nicht. Dann setzt er sich so hin, dass er den Kopf zwischen die Knie stecken kann.

»Wie sieht der Plan aus?«, fragt Alan, der zu uns gestoßen ist.

Ich fasse kurz zusammen. Alan ist offensichtlich unverletzt geblieben. Seine Hände sind bis zu den Unterarmen voller Blut. Er bemerkt meinen Blick.

»Ein junger Bursche«, sagt er mit tonloser Stimme. »Er hatte eine offene Bauchwunde. Ich musste die Blutung mit den Händen stillen, aber er ist gestorben.« Stille. »Also, noch mal – wie lautet der Plan?«, fragt er dann.

Ich finde meine Stimme wieder. »Du bleibst auf Anordnung von AD Jones hier im Dienstgebäude. Callie und ich fahren zu Gibbs und überreichen ihm die richterliche Vorladung.«

»Okay.«

Alans Stimme klingt stumpf, doch ein Blick in seine Augen zeigt mir, dass er alles andere als benommen ist.

»Ich komme klar mit dem, was wir tun«, sagt er, als er meinen Blick bemerkt, und reibt die blutigen Hände an seinem Hemd ab. »Manchmal ist es hart, insbesondere, wenn die Opfer Kinder sind, aber normalerweise komme ich damit klar.« Sein Blick schweift durch die Halle, und er schüttelt den Kopf. »Womit ich nicht klarkomme, das ist diese willkürliche Scheiße!«

Ich berühre flüchtig seinen Arm.

»Fahrt«, sagt er und schaut auf James, der immer noch auf dem Boden sitzt. »Ich kümmere mich um ihn.«

Er will nicht reden, nicht im Augenblick. Ich verstehe.

Ich wende mich ab, nehme das Bild der Zerstörung in mich auf. Die Halle ist wie ein Bienenstock, voller Aktivität. Überrascht stelle ich fest, dass ich immer noch meine Waffe in der Hand halte. Ich schaue zu der großen Wanduhr. Sie hängt schief, doch sie läuft noch.

Neun Minuten sind vergangen, seit wir aus dem Aufzug gestiegen sind.

Ich schiebe meine Pistole ins Halfter. Ein letzter Blick zu Tommy, der von Sanitätern verarztet wird.

»Gehen wir«, sagt Callie.

Während wir über den Freeway jagen, rufe ich Elaina an. Ich weiß, dass es bald in den Nachrichten sein wird, was geschehen ist: Ich habe die Übertragungswagen und die Hubschrauber kommen sehen, als ich mit Callie losgefahren bin.

»Alan geht es gut, mir geht es gut, Callie geht es gut, und James geht es ebenfalls gut«, beende ich meinen kurzen Bericht. »Wir haben ein paar Schrammen, doch ansonsten ist alles in Ordnung.«

Elaina atmet auf. »Gott sei Dank. Möchtest du, dass ich es Bonnie sage?«

»Ja.«

»Danke, dass du angerufen und mich informiert hast, Smoky. Wenn ich es in den Nachrichten gesehen und nicht vorher schon alles von dir gehört hätte … Ich schätze, deswegen hast du angerufen.«

»Auch deswegen, ja. Ich wollte nicht, dass du dir Sorgen machst. Bring es Bonnie schonend bei. Und jetzt muss ich mit Kirby reden.«

Einen Augenblick später ist meine Auftragskillerin am Apparat. »Was gibt's, Boss?«, fragt sie gut gelaunt.

Ich erkläre es ihr.

»Ich möchte, dass Sie sie von dort wegbringen, Kirby. Ich will nicht, dass sie in diesem Haus bleiben. Haben Sie ein Versteck, wo Sie die drei unterbringen können?«

»Klar. Ich hab ein paar hübsche trockene Plätzchen für verregnete Tage. Erwarten wir Regen?«

»Eigentlich nicht. Aber Vorsicht ist besser als Nachsicht.«

»Ich melde mich, sobald wir umgezogen sind.«

Sie legt auf. Keine Fragen nach dem Warum, sondern augenblickliches Handeln. Tommy hatte recht: Kirby ist eine gute Wahl.

Ich habe keinen Grund zu der Annahme, dass das, was eben in der Lobby des FBI-Dienstgebäudes passiert ist, irgendwie mit Sarah und dem Künstler zu tun hat. Ich kann einen möglichen Zusammenhang aber auch nicht ausschließen – und derzeit sagt mir mein Entsetzen, dass das allein schon ein triftiger Grund ist, einen solchen Zusammenhang zu vermuten.

Callie schweigt, starrt mit beunruhigender Intensität durch

die Scheibe auf die Straße. Ihre rechte Wange ist schmutzig. An ihrem Hals sehe ich einen getrockneten Blutfleck.

»Es ist ein eigenartiges Gefühl«, sagt sie, als würde sie spüren, dass ich sie beobachte. »Loszufahren, während alle anderen zurückbleiben, meine ich.«

»Ich weiß. Sie kommen zurecht. Wir müssen unsere Aufgabe erledigen.«

»Es stört mich trotzdem.«

»Mich auch«, gestehe ich.

Wir kommen ohne Probleme durch. Kurz nachdem wir in Moorpark vom Freeway abgebogen sind, betreten wir Gibbs' Büro. Der Anwalt reißt die Augen auf; sein Unterkiefer sinkt herab.

»Was ist denn mit Ihnen beiden passiert?«, fragt er.

»Sie werden es aus den Nachrichten erfahren«, antworte ich und halte ihm die richterliche Vorladung hin. »Das hier ist für Sie.«

Er mustert uns noch einen Moment; dann öffnet er den Briefumschlag und liest den Inhalt der Vorladung.

»Es geht lediglich um die Identität des Stifters«, stellt er fest.

»Mehr brauchen wir nicht«, sage ich.

»Nun, das sind gute Neuigkeiten.«

Gibbs wirkt erleichtert. Er öffnet eine Schreibtischschublade, zieht eine dünne Akte hervor und lässt sie auf den Schreibtisch fallen.

»Das ist eine Kopie des unterzeichneten Stiftungsvertrages sowie eine Kopie seines Führerscheins«, sagt er und lächelt. »Sie haben sich gut beraten lassen«, fügt er hinzu. »Ich hätte Einspruch erhoben, wenn Sie mich zu Auskünften über die Stiftung vorgeladen hätten, aber die Identität des Stifters?« Er zuckt die Schultern. »Es gibt genügend Präzedenzfälle.«

Mein Lächeln ist oberflächlich. Ich ziehe die Akte zu mir

und schlage sie auf. Die erste Seite ist ein maschinegeschriebener Vertrag. Er beinhaltet Gebühren, Dienstleistungen, Zahlungsmodalitäten und Verpflichtungen der Partner. Ich überfliege den Vertrag bis zum unteren Rand auf der Suche nach dem, was mich wirklich interessiert.

»Gustavo Cabrera«, lese ich laut.

Ein Name, endlich. Der Name des Künstlers?

Vielleicht.

Ich blättere um. Was ich auf der nächsten Seite sehe, ist ein Schock und doch wieder nicht – eine beunruhigende Kombination. Mir läuft eine Gänsehaut über den Rücken.

»Smoky?«

Ich zeige auf das Blatt. Callie sieht hin. Macht schmale Augen.

Die Farbkopie von Cabreras Führerschein ist klar und deutlich. Wir erkennen den Mann auf dem Foto sofort.

Es ist der Latino aus der Lobby.

»Heilige Scheiße«, murmle ich.

Ist das wirklich eine so große Überraschung?

Nein, eigentlich nicht.

Ich kämpfe gegen das impulsive Verlangen, aus Gibbs' Büro zu stürmen. Alles in mir schreit nach Bewegung; dann aber kommt mir die Unterhaltung mit James in den Sinn.

Das ist der gefährlichste Teil, wird mir bewusst. Wir sind angekommen. Er weiß, dass wir da sind, und er wollte uns hier haben. Wenn wir jetzt die Schritte unternehmen, mit denen er rechnet – was sind die Konsequenzen? Er hat seine Absicht bereits klargemacht, mit Granaten und Kugeln. Er will eine Feuersbrunst entfesseln, ein Armageddon.

Wie können wir das verhindern?

Und was ist mit der anderen Sache, die mir die ganze Zeit durch den Kopf geht? Die auch James stört, und die auch er nicht zu benennen vermag?

»Danke«, sage ich zu Gibbs. »Wir müssen jetzt gehen.«

»Sie geben mir Bescheid?«, fragt er. »Falls es Auswirkungen auf die Stiftung als solche hat?«

»Machen wir.«

»Wer ist er?« Ich telefoniere mit Barry.

»Gustavo Cabrera. Achtunddreißig Jahre alt. Kam 1991 aus Mittelamerika in die Vereinigten Staaten. Wurde 1997 eingebürgert. Das ist alles ziemlich uninteressant. Interessant ist allerdings, dass er sich ein großes Haus mit einem riesigen Grundstück gekauft hat, ohne dass es Hinweise gibt, dass Cabrera einer geregelten Arbeit nachgeht. Und es gab Gerüchte, dass er Waffen hortet.«

»Wozu? Für eine Miliz?«

»Vielleicht ist er Waffennarr. Es wurde sowieso nichts gefunden. Der Informant, von dem der Tipp kam, galt im Allgemeinen als unzuverlässig, und er starb einige Zeit später an einer Überdosis Drogen. Es gibt noch zwei weitere Informationsschnipsel. Beide sind vertraulich – persönliche medizinische Informationen –, doch irgendjemand hat es herausgefunden und eine Aktennotiz gemacht. Erstens: Cabrera ist HIV-positiv.«

»Tatsache?«

»Ja.«

»Und die zweite Information?«

»Der Arzt hat festgestellt, dass Cabrera irgendwann gefoltert wurde. Narben von Peitschenhieben auf dem Gesäß und – aufgepasst – auf den Fußsohlen.«

»Heilige Scheiße!«, ruft Barry. »Sonst noch was?«

»Das ist alles.«

»Danke, Smoky. Ich gebe Ihnen Bescheid, wenn wir etwas Neues haben.«

»Okay.« Ich lege auf.

Ich bin beunruhigt. *Irgendetwas fehlt. Ein Nichts, wo etwas sein sollte.*

Gustavo Cabrera. Er scheint aus der richtigen Gegend zu

stammen, geographisch. Er hat Narben an den Fußsohlen. Ist Cabrera der Künstler? Warum zögere ich innerlich, diese Frage mit Ja zu beantworten?

Sarahs Tagebuch. Was hat sie ausgelassen?

»Gibt es ein Problem, Smoky?«, fragt Callie leise. »Worüber zerbrichst du dir den Kopf?«

»Es ist zu einfach«, sage ich. »Es kommt zu sehr wie gerufen. Irgendetwas passt nicht zu ihm. Es passt nicht zu dem, wer er ist.«

»Warum? Wie?«

Ich schüttle hilflos den Kopf. »Ich weiß es nicht genau. Aber … es dürfte nicht so einfach sein. Es kann nicht so einfach sein. Warum sollte er uns direkt auf seine Spur bringen?«

»Vielleicht ist er *verrückt*, Smoky.«

»Nein. Er weiß genau, was er tut. Er *wollte*, dass wir eine richterliche Verfügung erwirken, und er *wollte*, dass wir diese Akte sehen. Und mit seiner Terminator-Nummer in der Lobby hat er das FBI aufstieben lassen wie einen Bienenschwarm. Er hat sich nach ganz oben auf die Liste der meistgesuchten Verbrecher katapultiert und uns sein Gesicht gezeigt, nachdem er sich lange im Verborgenen gehalten hat. Warum?«

»Das ist dein Metier. *Du* bist diejenige, die sich in solche Typen hineinversetzen kann«, sagt Callie. Erwartungsvoll. Zuversichtlich, dass ich das Rätsel löse.

»Ich weiß keine Antwort. Irgendetwas ist da, ich spüre es, kann es aber nicht sehen. Es hat irgendwas mit Sarahs Tagebuch zu tun. Irgendetwas fehlt …«

Ich spüre es immer deutlicher, unmittelbar außerhalb meines Gesichtsfeldes. Ich sehe es aus den Augenwinkeln, ein Schatten, doch sobald ich den Kopf drehe, ist es verschwunden.

Irgendetwas, das da sein müsste, fehlt.

Irgendetwas fehlt …

Irgendetwas …

Ich reiße die Augen auf, als ich die Antwort sehe.

So ist es immer. Es ist das Endergebnis des Sammelns von Informationen und Beweisen, von Überlegungen und Schlussfolgerungen, von Instinkten und Gefühlen. Es ist, als würde ich einen Berg durch ein feines Sieb filtern, um ein Sandkorn zu finden, doch es ist verblüffend, wie entscheidend dieses Sandkorn sein kann.

O Gott.

Nicht »Irgendetwas«.

Irgendjemand.

»Du hast es herausgefunden, stimmt's?«, fragt Callie neben mir.

Ich bringe ein Nicken zustande.

Nicht alles, geht es mir durch den Kopf. *Ich habe nicht alles herausgefunden.*

Aber das hier schon.

Einige Dinge sind soeben klarer geworden. Klarer und noch viel schrecklicher.

KAPITEL 51

»Sind Sie ganz sicher, Smoky?«, fragt AD Jones.

»Ja, Sir.«

»Es gefällt mir nicht. Zu viele Unbekannte. Es könnte Tote geben.«

»Wenn wir es nicht auf meine Weise tun, Sir, verlieren wir möglicherweise Geiseln, die noch am Leben sind. Ich sehe keine Alternative.«

Eine lange Pause, gefolgt von einem tiefen Seufzer. »Bereiten Sie alles vor. Lassen Sie mich wissen, wann es losgeht.«

»Danke, Sir.« Ich beende das Gespräch und schaue Callie an. »Wir haben sein Okay.«

»Dann los.«

»Ja. Holen wir uns die letzten Fakten, die uns noch fehlen.«

Das Versteck, in das Kirby sich mit Elaina, Bonnie und Sarah zurückgezogen hat, sieht unsicher aus. Es ist ein Haus in Hollywood, alt, heruntergekommen, baufällig.

Kirby öffnet die Tür, als wir uns nähern, und winkt uns ins Innere. Sie hat ein Grinsen im Gesicht und eine Pistole im Bund ihrer Jeans. Sie sieht aus wie ein geistesgestörter blonder Pirat.

»Die ganze Bande ist da«, sagt sie und versucht jetzt nicht mehr, ihre Killeraugen zu verbergen. Ihr Leopardenblick huscht über die umliegenden Gebäude, und ihre Hand streichelt den Griff ihrer Pistole. Sie schließt die Tür hinter uns.

»Hi, Red Sonja.« Sie streckt Callie die Hand hin. »Sie müssen Callie sein. Ich bin Kirby, der Bodyguard. Was genau tun Sie?«

Callie ergreift Kirbys Hand und schenkt ihr ein blitzendes Lächeln. »Ich erhelle die Welt mit meiner Gegenwart.«

Kirby antwortet schlagfertig: »Hey, ich auch! Cool.« Sie führt uns in den hinteren Teil des Hauses. »Eins zwei drei vier Eckstein, alles muss versteckt sein! Los, kommt raus.«

Sarah, Bonnie und Elaina erscheinen. Bonnie kommt zu mir gerannt, umarmt mich um die Taille

»Hi, Zwerg!«, sage ich.

Sie sieht mich an, dann Callie. Ihre Augen füllen sich mit Besorgnis.

Callie begreift als Erste. »Keine Angst, uns ist nichts passiert. Nur ein bisschen Qualm und Dreck. Lässt sich alles mit Wasser und Seife aus der Welt schaffen.«

»Tommy ist an der Schulter verletzt«, sage ich zu Bonnie. »Ist aber nichts Schlimmes.«

Sie sucht in meinem Gesicht nach der Wahrheit. Nimmt sich dann einen Moment Zeit, um meinen Zustand einzuschätzen. Umarmt mich ein weiteres Mal.

Elaina ist besorgt, doch ich sehe, dass sie für die Mädchen stark ist. Vielleicht lassen die beiden sie auch nur in dem Glauben. »Warum … warum mussten wir hierherkommen und uns verstecken?«, fragt sie stockend.

»Eine Vorsichtsmaßnahme«, erkläre ich ihr. »Es hätte ein willkürlicher Terrorakt sein können. Das FBI hat genügend Feinde. Doch das Profil ließ auch die Vermutung zu, dass der Künstler zugeschlagen haben könnte – und wie sich herausstellt, lagen wir damit richtig.«

Sarah tritt vor. Ihr Gesichtsausdruck ist seltsam ruhig, als sie fragt: »Wer ist er?«

»Er heißt Gustavo Cabrera, achtunddreißig Jahre alt, aus Mittelamerika. Wir wissen nicht viel über ihn.«

Sarah blickt zu Boden. »Und was jetzt?«

Ich werfe einen Seitenblick zu Kirby und Callie. Beide wissen Bescheid. Elaina nicht.

»Jetzt«, sage ich, »werden wir beide uns unterhalten. Allein.«

Sarahs Kopf ruckt hoch. Sie starrt mich misstrauisch an; dann zuckt sie die Schultern und versucht gleichmütig zu erscheinen, doch ich kann erkennen, wie sie sich verspannt.

»Okay«, sagt sie.

Ich sehe Kirby mit erhobenen Augenbrauen an.

»Hinten gibt es zwei Zimmer«, erklärt sie. »Wir anderen Mädels unterhalten uns solange über Make-up und Kanonen.«

Ich gehe zu Sarah, lege ihr behutsam die Hand auf die Schulter. Sie blickt mich an, und irgendetwas Gehetztes, Gejagtes rührt sich in ihren wunderschönen Augen.

Weiß sie es?, frage ich mich.

Nicht mit Bestimmtheit, beantworte ich diese Frage. *Aber sie hat eine Ahnung, und sie fürchtet sich davor.*

Ich gehe mit ihr in eines der hinteren Zimmer und schließe hinter uns die Tür. Wir setzen uns aufs Bett.

Der am schwierigsten zu entdeckende Beweis ist der, der sich an einem Tatort befinden *müsste*, aber nicht dort ist. Dieses Fehlen ist es, das zuerst James aufgefallen ist – und dann mir, nachdem ich Sarahs Tagebuch gelesen habe.

Nachdem uns deutlich geworden ist, was fehlt, und nachdem wir es in Verbindung gebracht haben mit dem, was wir bereits über den Künstler wissen, sind die Dinge klar. Es ist bis jetzt nur ein Verdacht, noch ist nichts bewiesen, doch unsere Zuversicht ist groß.

Wir haben es gespürt, in den Knochen, James und ich.

Es ergibt Sinn.

Es ergibt sehr viel Sinn.

Ich stelle Sarah die Frage.

KAPITEL 52

»Sarah, wo ist Theresa?«

Die Veränderung ist wie ein Blitzschlag. Entsetzen spiegelt sich auf ihrem Gesicht, und sie schüttelt den Kopf, wieder und wieder.

»Nein, nein, nein«, flüstert sie. »Nein, nein, nein … bitte. Sie ist …« Ihre Gesichtszüge entgleisen. Wie ein Handtuch, das ausgewrungen wird. »Bitte nicht. Sie ist alles, was ich noch habe. Wenn ich sie verliere … wenn ich sie verliere, ist alles verloren, alles, alles … alles verloren.«

Sie lässt die Schultern hängen, sitzt zusammengesunken auf dem Bett, umarmt die Knie, lässt den Kopf hängen. Sie schaukelt langsam vor und zurück, schüttelt unablässig den Kopf.

»Er hat sie, nicht wahr? Der Künstler hat Theresa.«

Die Sache, die James und mich gestört hat, war eine komplizierte Mischung aus halb gesehenen und halb fehlenden Sandkörnchen. Eine Ahnung, wie der Künstler funktioniert. Sarahs Liebe zu Theresa. Die Geiselnahmen. Die Spur, die der Künstler für uns ausgelegt hat.

Doch am meisten war es das Fehlen jeglicher Erwähnung Theresas in Sarahs restlicher Geschichte.

Theresa sollte nicht mit Sarah in Kontakt treten, solange sie im Heim war. Schön und gut.

Doch was ist danach geschehen? Sarah liebt Theresa, und sie hat uns erzählt, was mit allen anderen Menschen geschehen ist, die sie liebt. Was aber ist mit Theresa?

»Sarah, sprich mit mir. Was ist mit Theresa?«

Sie hält den Kopf gesenkt. Ihre Stirn ruht auf den Knien, als sie zu reden beginnt. Sie spricht, als hätte sie die Worte einstudiert. Obwohl sie nicht auf dem Papier stehen. Ein letzter Gang zum Wasserloch.

Sarahs Geschichte

Das wahre Ende

KAPITEL 53 Sarah war im Schlaf vierzehn geworden, und es war ihr egal gewesen. Sie erwachte, stellte fest, dass sie ein Jahr älter geworden war, und es war ihr egal.

Die meisten Dinge waren ihr inzwischen egal. Es war gefährlich, mehr als Gleichgültigkeit für irgendetwas zu empfinden, denn das konnte Schmerz bedeuten, und mit Schmerz wurde Sarah nicht gut fertig.

Sie tanzte wie auf einem Drahtseil, seit ein paar Jahren schon. Die schlimmen Erfahrungen hatten sich aufgestaut, und ihre Seele war an einem Wendepunkt angelangt. Ihr war bewusst geworden, dass sie nur einen winzigen Schritt davon entfernt war, verrückt zu werden. Ein ganz leichter Stoß, ein Federhauch – mehr brauchte es nicht, um sie vom Seil zu stoßen. Es würde ein tiefer Sturz werden.

Das war ihr eines Morgens im Heim klar geworden. Sie hatte draußen gesessen, hatte ins Nichts gestarrt, an nichts gedacht. Sie hatte sich am Arm gekratzt, eine juckende Stelle. Sie hatte geblinzelt, einmal, und eine Stunde war vergangen. Ihr Arm hatte zu schmerzen angefangen. Schließlich hatte sie an sich heruntergeblickt und festgestellt, dass sie sich gekratzt hatte, bis das Blut kam.

Dieser Augenblick hatte ihre Betäubung vertrieben. Er hatte ihr Angst gemacht, Heidenangst. Sie wollte nicht den Verstand verlieren.

Manchmal fing sie an zu zittern. Sie hatte versucht, alleine zu sein, wenn die Anfälle kamen. Sie wollte nicht, dass die anderen Mädchen ihre Schwäche sahen. Sie konnte spüren, wenn das Zittern kam: In ihrem Magen breitete sich ein mulmiges Gefühl aus, und die Ränder ihres Sichtfelds wurden dunkel. Dann eilte sie in den Schlafsaal und legte sich auf ihre Pritsche, oder sie setzte sich auf eine Toilette, schlang die Arme um sich und ließ das Gewitter über sich hinwegziehen. Die Zeit verlor jegliche Bedeutung, wenn es so weit war.

Irgendwann hörte es jedes Mal auf.

Sie hatte Angst, und diese Angst war begründet. Nicht verrückt zu werden, nicht den Verstand verlieren war plötzlich Arbeit geworden, etwas, wofür sie sich anstrengen musste. Es war nicht mehr selbstverständlich.

Doch die meiste Zeit war Sarah einfach nur gleichgültig. Gleichgültig gegenüber allem. Der tiefe schwarze Schacht brodelte in ihrem Innern, blubbernd, ölig und stets hungrig. Sie fütterte ihm ihre Erinnerungen und verlor dabei Jahr für Jahr ein wenig mehr von sich selbst.

Sarah war jetzt vierzehn, fühlte sich aber, als wäre sie so alt wie die Ewigkeit.

Sie stieg aus dem Bett, zog sich an und ging nach draußen. Sie hatte nichts von Cathy gehört, keinen Besuch zum Geburtstag bekommen, und sie war bereit, auch Cathy in den schwarzen Schacht zu werfen, dachte sich aber, dass sie sich vielleicht draußen hinsetzen und noch ein bisschen warten sollte, bevor sie es tat. Vielleicht kam Cathy ja noch. Vielleicht brachte sie einen Napfkuchen, wie bisher jedes Jahr. Cathy tat ihr Bestes, das wusste Sarah. Sie wusste von dem Krieg, der in Cathys Herz tobte, von Cathys Problemen mit menschlicher Nähe. Sie war ihr nicht böse deswegen.

Es war ein schöner Tag. Die Sonne schien, doch es ging eine kühle Brise, sodass es nicht unerträglich heiß war. Sarah schloss die Augen, lehnte sich zurück und genoss den Moment.

Ein Wagen hupte laut und riss sie aus ihrer Versunkenheit.

Er hupte erneut, beharrlich, und Sarah runzelte die Stirn. Sie hob den Kopf und schaute zur Straße. Sie saß in der Nähe des Zauns, der das gesamte Gelände umschloss, allein und abseits von den anderen Mädchen. Rechts vom Heim erstreckte sich eine Wohnstraße – und dort stand der Wagen, an der Bordsteinkante. Irgendein schäbiger amerikanischer Schlitten. Stumpfer blauer Lack. Ein richtiger Schrotthaufen.

Jemand war am Beifahrerfenster.

Der Wagen hupte erneut, und nun war Sarah ziemlich sicher, dass es ihr galt, und sie fragte sich für einen Moment, ob es Cathy war ... aber nein, Cathy fuhr einen Toyota.

Sarah erhob sich und ging zum Zaun. Sie spähte aus zusammengekniffenen Augen zu dem Wagen, konzentrierte sich auf das Gesicht hinter der schmutzigen Beifahrerscheibe.

Fast konnte sie es erkennen. Es war das Gesicht einer jungen Frau.

Dann wurde das Gesicht von hinten gegen das Fenster gedrückt, und Sarah sah es ganz deutlich. In ihren Adern erstarrte das Blut zu Eis.

Theresa!

Sarah stand da wie angewurzelt. Sie konnte sich nicht rühren. Der Wind zerzauste ihr Haar.

Theresa war älter ...

(klar, sie muss inzwischen einundzwanzig sein ...)

... doch es war Theresa, kein Zweifel ...

(absolut kein Zweifel. Mach ein Bild, es hält länger)

... und sie war völlig verängstigt und weinte.

Sarah bemerkte einen Schatten hinter Theresa. Der Schatten bewegte sich, und Sarah erkannte ein Gesicht, das unter der Strumpfhose wie geschmolzen aussah. Es grinste sie an.

Sarah stand am Abgrund, ruderte wild mit den Armen und versuchte das Gleichgewicht zu wahren, und dann blubberte es in dem tiefen schwarzen Schacht, und etwas kehrte an die Oberfläche zurück. Es war

(Busters Kopf, Busters Kopf, Mommy mit der Pistole an der Schläfe)

Sarah ruderte immer noch, doch

(Hoppla …)

Sie richtete den Blick zum wolkenlosen Himmel, und sie schrie und schrie und schrie.

Die Zeit verging. Wahrscheinlich.

Sarah erwachte und staunte, dass sie nicht verrückt war. Und dann dämmerte ihr, dass es vielleicht besser wäre, verrückt zu *sein*.

Ihre Handgelenke waren an das Bett gefesselt. Ihre Knöchel ebenfalls. Das Bett sah wie ein Krankenbett aus. Wie Krankenbetten nun mal aussehen.

Sie musste bei dem Gedanken grinsen.

Beruhigungsmittel. Sie haben mir Beruhigungsmittel gegeben. Starke Beruhigungsmittel. Ich bin high, ich bin glücklich, und ich will mich umbringen, alles zur gleichen Zeit.

Sarah war schon einmal an diesem Ort aufgewacht, nach einem sehr lebendigen Traum, den sie einfach nicht aus ihrem Kopf hatte vertreiben können.

Sie kicherte albern und verlor erneut das Bewusstsein.

Sarah saß auf der Bettkante und dachte nach, versuchte einen Plan zu entwickeln, wie sie es bewerkstelligen konnte.

Die Ärzte hatten sie vor zwei Tagen von ihren Fesseln befreit. Sie befand sich in einer geschlossenen Abteilung, doch niemand behielt sie besonders im Auge. Man gab ihr Medikamente. Sarah tat, als würde sie die Mittel nehmen, und hatte ihre Ruhe. Sie wurde in Frieden gelassen, was ihr sehr recht war. Es verschaffte ihr Zeit, ihren Freitod zu planen.

Wie mache ich's? Welche Methoden kenne ich überhaupt?

Es musste etwas Endgültiges sein, das sie an einen Ort beförderte, von dem sie nicht zurückgeholt werden konnte.

Sie dachte lange und angestrengt nach. Letzten Endes wurde ihr klar, dass sie zuerst einen Weg von dieser Station finden musste. Hier würde man sie nicht sterben lassen. Es war ärgerlich, aber so war es nun mal.

Sie musste die Ärzte überzeugen, dass sie sich wieder unter Kontrolle hatte. Dass sie bereit und imstande war, wieder ein normales Leben im

(Los, rollt die Augen, Partyvolk!)

Erziehungsheim zu führen.

Keine große Sache. Das würde nicht besonders schwierig werden. Die medizinische Versorgung war hier nicht so intensiv, als dass jemand einen genaueren Blick auf Sarah oder sonst einen Patienten geworfen hätte.

Eine Woche später war Sarah wieder im Heim. Die dürre Janet schien sich tatsächlich über Sarahs Ankunft zu freuen und lächelte sie an. Sarah malte sich aus, wie Janet auf den Dachboden kam und sie, Sarah, an einem Strick von einem Balken baumeln sah. Sie lächelte zurück.

Sie ging in ihren Schlafsaal und fand ein neues Mädchen auf ihrer Pritsche. Sarah erklärte der Neuen, wie die Dinge im Heim liefen, indem sie ihr den Zeigefinger brach und ihre Sachen durchs Zimmer schleuderte. Sarah war nicht wütend oder so, aber das andere Mädchen war nun mal neu. Es wusste nicht, was alle anderen wussten: Komm Sarah ja nicht in die Quere!

Sarah betrachtete das andere Mädchen, das sich winselnd und heulend den gebrochenen Finger hielt.

Jetzt weißt du Bescheid.

Sarah rollte sich auf ihre Pritsche und verdrängte jeden Gedanken an den Zwischenfall oder das Mädchen. Sie musste über wichtigere Dinge nachdenken. Über das Sterben, zum Beispiel.

Ein paar Stunden später dachte sie immer noch darüber

nach, als eines der Mädchen in den Schlafsaal kam und sich vorsichtig Sarahs Pritsche näherte. Das Mädchen war ängstlich und verschüchtert.

»Was ist?«, fragte Sarah.

»Ich … Ich hab hier Post.« Das Mädchen war wirklich nervös.

Sarah runzelte die Stirn. »Für mich?«

»J-ja.«

»Gib her.«

Das Mädchen reichte Sarah einen weißen Umschlag und flüchtete aus dem Saal.

Sarah starrte auf den Umschlag. Mühelos durchschaute sie die falsche Banalität des weißen Papiers.

Der Brief ist von ihm.

Sie überlegte, ob sie ihn wegwerfen sollte. Ihn überhaupt nicht öffnen.

Ach, egal.

Sie verfluchte sich selbst und riss den Umschlag auf. Darin war ein einzelnes Blatt weißen Papiers. Es war ein elektronischer Brief, am Computer geschrieben und mit einem Tintenstrahler ausgedruckt. Gesichtslos, wie der Künstler selbst. Bedrohlich wie er selbst.

Nachträglich alles Gute zum Geburtstag, Sarah!

Erinnerst du dich an meine erste Lektion darüber, welche Wahl man als Individuum hat? Falls ja (und ich bin sicher, du erinnerst dich) wirst du dich auch an das Versprechen erinnern, das ich deiner Mutter gegeben habe – dass ich dich am Leben lasse. Und du wirst wissen, dass ich dieses Versprechen gehalten habe. Behalte das im Hinterkopf, wenn du weiterliest.

Theresa geht es ganz gut. Nicht ›prima‹ oder ›bestens‹ – sie ist ein wenig mitgenommen, um ehrlich zu sein –, doch sie ist gesund. Wir sind inzwischen drei Jahre zusammen.

Sie möchte dich wiedersehen, und ich würde das gerne einrichten. Doch sie wird dich nicht besuchen, solange du in dem Heim bist.

Gib uns Bescheid, sobald du zu einer neuen Pflegefamilie gezogen bist, und wir melden uns bei dir.

Der Brief trug keine Unterschrift.

Er war auf eine Weise geschrieben, dass jemand anders, der ihn las, ihn vielleicht eigenartig, ansonsten aber harmlos finden würde. Sarah hingegen verstand seine Bedeutung, genau wie der Künstler es beabsichtigt hatte.

Theresa lebt. Sie bleibt am Leben, solange ich tue, was der Künstler von mir verlangt. Er will, dass ich zu neuen Pflegeeltern gehe und warte.

Sarah hatte sich in den letzten Jahre gesträubt, zu Pflegeeltern zu gehen, obwohl es ein Leichtes gewesen wäre: Sie hätte Janet bloß sagen müssen, dass sie bereit sei, und lächeln, wenn ein interessiertes Paar vorbeikam. Sie war hübsch, sie war ein Mädchen, und es gab immer Paare, die sie bei sich aufnehmen wollten in der Hoffnung auf eine spätere Adoption.

Dann aber kam ihr ungewollt ein neuer Gedanke.

Was wird aus den Leuten, die mich bei sich aufnehmen?

Sarah spürte, wie Dunkelheit ihr Gesichtsfeld einengte, wie sich Unruhe in ihrem Magen regte. Sie drehte sich zur Wand, schlang die Arme um den Leib und fing an zu zittern.

Eine Stunde später vernichtete sie den Brief und ging zu Janet.

KAPITEL 54

Ungefähr ein Jahr später besuchte er sie bei den Kingsleys. Das Haus war leer bis auf Sarah. Die Familie war weggefahren, und Sarah hatte sich nicht wohlgefühlt (jedenfalls hatte sie ihren Pflegeeltern das gesagt; in Wirklichkeit war ihr nicht danach, sich mit Leuten anzufreunden, die in nicht allzu langer Zeit tot sein würden).

Michael hatte zu der Zeit bereits damit angefangen, Sarah zu erpressen und sie zu missbrauchen. Zuerst hatte sie Angst gehabt, weil sie nicht wusste, wie sie darauf reagieren würde. Sie musste bei diesen Pflegeeltern bleiben, um Theresas willen. Sie musste ausharren. Doch was, wenn Michael sie anfasste, und sie verlor die Kontrolle über sich?

Aber so schlimm war es nicht. Sie hasste Michael, doch es machte einen Unterschied, dass er kein Erwachsener war. Sarah wusste nicht den Grund dafür, doch es war so. Außerdem würde der Künstler Michael wahrscheinlich töten. Bei diesem Gedanken musste Sarah grinsen.

Einmal hatte sie gegrinst, nachdem Michael sie zum Sex gezwungen hatte, und er hatte es bemerkt.

»Was ist so lustig?«, fragte er.

Der Gedanke an deinen Tod, dachte Sarah.

»Nichts«, sagte sie.

Sie versuchte nicht über Dean und Laurel nachzudenken, wenn sie es vermeiden konnte. Laurel war nicht gerade eine Bilderbuchmutter und ganz gewiss keine Desiree, doch sie war ganz in Ordnung. Es gab Augenblicke aufrichtiger Fürsorge; es gab Zeiten, da Sarah spürte, dass Laurel aufrichtig an ihrem Wohlergehen interessiert war. Also hielt Sarah sich zurück und blieb für sich allein, so gut es ging.

Sie war in ihrem Zimmer, an ihrem Computer, als er auftauchte. Es war früher Nachmittag. Er hatte wieder die Strumpfhose über dem Gesicht. Er lächelte. Er lächelte immer.

»Hallo, Little Pain.«

Sie sagte nichts. Sie wartete nur. Das war alles, was sie tat, dieser Tage. Sie redete wenig, fühlte noch weniger und wartete.

Er kam zu ihr und setzte sich aufs Bett.

»Du hast meine Nachricht erhalten und meinen Worten geglaubt«, sagte er. »Das ist gut, Sarah. Das ist sehr gut, weil ich die Wahrheit geschrieben habe. Theresa lebt, und du hast dafür gesorgt, dass es so bleibt.«

Sie fand ihre Stimme wieder. »Haben Sie ihr wehgetan?«

»Ja. Und wenn wir hier fertig sind, gehe ich nach Hause und

tue ihr noch mehr weh. Aber solange du tust, was ich von dir verlange, werde ich sie nicht umbringen.«

Sarah spürte, wie etwas Neues durch die Trümmer in ihrem Innern emporkroch. Es dauerte einen Moment, bis sie es erkannte.

Hass.

»Ich hasse Sie«, sagt sie zu dem Künstler. Ihre Stimme klang nicht wütend oder erregt, sondern ganz normal. Wie die Stimme von jemandem, der eine nüchterne Feststellung trifft.

»Ich weiß«, antwortete der Künstler. »Und jetzt hör genau zu. Ich werde dir sagen, was du zu tun hast. Wenn ich fertig bin, erwarte ich deine Antwort.«

KAPITEL 55 Sarah hat den Kopf von den Knien gehoben und sieht mich an. Ich sehe eine Erschöpfung, die mir Angst macht. Ich schaue in das Gesicht eines Menschen, der längst aufgegeben hat.

»Was hat er dir gesagt?«, frage ich und achte vorsichtig darauf, meine Stimme frei zu halten von allem, das Sarah als Vorurteil missverstehen könnte.

Sie wendet den Blick von mir ab.

»Er hat gesagt, dass er das Passwort von Michaels Computer braucht. Er hat gesagt, dass er die Cops auf eine falsche Spur führen würde, zu einem falschen Mann, und dass ich ihm dabei helfen würde. Indem ich mein Tagebuch schreibe. Und indem ich nach Ihnen frage.«

»*Er* wollte, dass du nach mir fragst?«

Ihre Stimme ist tonlos. »Ja.«

»Was hat er mit ›einem falschen Mann‹ gemeint?«

»Er hat gesagt, dass er noch mehr Arbeit erledigen muss. Ich weiß nicht, was er damit gemeint hat. Er hat gesagt, er habe irgendwann vorgehabt, sich zu stellen, habe seine Meinung dann aber geändert.«

Diese Informationen muss ich erst einmal verdauen. Zwei Gedanken:

Der erste: James hat recht gehabt mit ihm.

Der zweite: Es ist nicht Cabrera.

Dann eine Frage:

Warum ist Cabrera in die Sache verwickelt?

»Hat er dir sonst noch etwas gesagt?«

Sarah schaut mich an. Ihr Blick ist berechnend, erwartungsvoll. Wie der eines Menschen, der eine erschütternde Wahrheit zu erzählen hat und die Risiken abwägt, ob er es tun soll oder nicht.

»Sarah, ich weiß, was er getan hat. Er hat dir das Gleiche angetan wie deiner Mom, wie Cathy Jones, wie all den anderen. Er hat jemanden geholt, den du liebst, und benutzt ihn dazu, dich zu bestimmten Dingen zu zwingen. Es ist nicht deine Schuld.« Ich sehe ihr in die Augen. »Ich mache dir keinen Vorwurf. Sieh mich an, Sarah. Du musst mir zuhören, du musst mich ansehen, und du musst mir glauben!«

Ihr Gesicht läuft rot an. Ob vor Trauer oder Wut, kann ich nicht sagen.

»Aber ich … ich *wusste* es! Ich *wusste*, dass er kommen und Dean und Laurel und Michael etwas antun würde! Und als er …«, sie atmet tief durch, ein Schnaufen, »als er mich zwang, Michael die Kehle durchzuschneiden, konnte ich nur daran denken, wie ich gegrinst habe, als ich an seinen Tod gedacht hatte. Und an Sie, als ich Sie belogen habe und … und … und als der Mann heute im FBI-Gebäude alles in die Luft gejagt hat … Leute wurden verletzt oder getötet, und ich … ich hätte ihn hierher führen können.« Ihr Gesicht ist jetzt ganz weiß. »Er hätte Bonnie und Elaina etwas antun können, und ich *wusste* es!«

»Er *wollte*, dass du es weißt, Sarah«, sage ich.

Sie steht auf und geht auf und ab, auf und ab, und Tränen rinnen ihr übers Gesicht. »Es ist mehr, Smoky! Viel mehr! Er hat gesagt, wenn ich tue, was er von mir verlangt, dann lässt er sie gehen!«

»Wen?«

»Theresa und noch ein anderes Mädchen. Er sagte, ihr Name sei Jessica.«

Ich bin bestürzt und wütend zugleich. Er hat Sarah die Verantwortung für das Leben vieler Menschen aufgebürdet; er hat ihr eine nicht zu ertragende Last auferlegt und eine Reihe brutaler Alternativen, die keine sind.

Ich denke an die Fußabdrücke, die wir am Kingsley-Tatort gefunden haben und an meine Frage nach Cabrera. Vielleicht wurde er nur in die Sache verwickelt, weil er Narben an den Fußsohlen hatte. Vielleicht hatte er eine eigene Rechnung zu begleichen?

»War der andere Mann dort, Sarah? Im Haus von Dean und Laurel?«

»Ich habe nichts gesehen.«

Vielleicht war Cabrera dort, und du hast ihn nicht gesehen. Vielleicht hatte er nur eine einzige Aufgabe – barfuß auf den Fliesen neben dem Pool zu stehen.

»Gibt es sonst noch etwas, Sarah? Irgendetwas, von dem du meinst, ich sollte es wissen?«

Schon wieder dieser Blick. Berechnend.

»Er wollte, dass ich noch eine Sache tue, nachdem Sie den Falschen getötet haben. Eine letzte Sache, und dann wollte er sie gehen lassen.«

»Was?«

»Er wollte, dass ich mit ihm schlafe.«

Ich starre sie an. Es hat mir für den Moment die Sprache verschlagen. *Das ist es*, geht es mir durch den Kopf. *Das i-Tüpfelchen in seinem perversen Spiel.*

Ein neuer Ausdruck erscheint jetzt auf diesem jungen und

doch so alten Gesicht. Ein Ausdruck von Entschlossenheit, gemischt mit einer Kälte, die zuzuordnen ich eine Sekunde brauche.

Kirby.

So sieht Kirby aus, wenn sie ihre wahren Augen nicht verbirgt.

»Was immer geschieht, hat er gesagt, würde innerhalb der nächsten Woche geschehen. Er hat gesagt, dass ich tun werde, was er von mir will, und dass ich dafür sorgen würde, dass Theresa nichts geschieht, und dann würde ich zuerst ihn und dann mich selbst töten.«

Sie sagt es mit solcher Gewissheit, dass ich nicht an ihren Worten zweifle.

»Theresa muss am Leben bleiben, Smoky.« Sie setzt sich aufs Bett, legt die Stirn wieder auf die Knie. »Es tut mir leid, was ich getan habe. Es ist meine Schuld, dass Dean, Laurel und Michael tot sind. Es ist meine Schuld, was mit dem FBI-Gebäude passiert ist. Ich bin ein schlechter Mensch. Ein schlechter Mensch.«

Sie beginnt zu schaukeln, vor und zurück, vor und zurück.

Die Tür öffnet sich. Es ist Elaina.

»Ich habe gelauscht«, sagt sie zu mir, als wäre das ganz selbstverständlich. Sie geht zu Sarah, die vor ihr zurückweichen will, doch Elaina ignoriert es, zieht Sarah an sich, drückt sie an sich, so gut es geht, während das Mädchen sich von ihr zu lösen versucht. »Hör zu!«, sagt Elaina zornig. »Du bist nicht böse. Du bist kein schlechter Mensch, hörst du? Was immer auch geschieht, du hast mich. Hörst du? Du hast mich.«

Elaina versucht nicht, Sarah zu sagen, dass alles nicht so schlimm ist. Sie sagt ihr lediglich, dass sie nicht allein ist.

Sarah erwidert Elainas Umarmung nicht, doch sie wehrt sich nicht mehr. Sie hält den Kopf gesenkt und zittert, während Elaina ihr übers Haar streichelt.

Ich sitze mit Kirby und Callie an einem altmodischen Resopal-Küchentisch, während ich mit AD Jones und Alan per Konferenzschaltung über mein Handy spreche. Der Lautsprecher ist eingeschaltet, und ich habe alle über mein Gespräch mit Sarah informiert.

»Wir haben ein ernstes Problem, Sir«, sage ich. »Eine ganze Reihe von Problemen, doch eins drängt ganz besonders. Selbst wenn wir einen Weg finden, Cabrera auszuschalten, ohne ihn zu töten – wir haben nicht den kleinsten Beweis gegen den Künstler. Wir wissen immer noch nicht, wer er ist. Er hat Sarah nie sein Gesicht gezeigt. Und ich vermute, die Fußabdrücke, die wir am Kingsley-Tatort gefunden haben, gehören Cabrera, nicht dem Künstler.«

»Vielleicht weiß Cabrera, wer der Künstler ist«, mutmaßt Alan.

»Vielleicht«, räume ich ein. »Aber wenn er es nicht weiß, sind wir in Schwierigkeiten.«

»Kümmern wir uns zunächst um das Naheliegende«, sagt AD Jones.

»Jawohl, Sir.«

»Was nun? Ist Cabrera das Opferlamm oder was?«

»Nicht nur das Opferlamm – das tote Opferlamm. Ich bin ziemlich sicher, dass er sich umbringen muss. Wahrscheinlich muss er sich von einem Cop erschießen lassen, in seinem eigenen Haus. Und ich bin sicher, wenn wir ihn erst getötet haben, finden wir alle möglichen Beweise dafür, dass er angeblich der Künstler war.«

»Und der Mistkerl kommt ungeschoren davon«, meldet Kirby sich zu Wort.

Am Telefon herrscht Schweigen, während AD Jones darüber nachdenkt. »Wie lautet der Plan?«, fragt er schließlich.

Ich sage ihm, was ich vorhabe. Er deckt mich mit Fragen ein, denkt wieder nach, stellt weitere Fragen.

»Genehmigt«, sagt er schließlich. »Aber seien Sie vorsichtig.

Und noch was, Smoky. Er hat drei Agenten getötet. Die Sicherheit meiner Leute kommt an erster Stelle, *seine* Sicherheit an letzter. Sie verstehen, was ich damit sagen will?«

»Jawohl, Sir.«

Selbstverständlich verstehe ich. Er befiehlt mir, Cabrera zu töten, sollte es nötig sein, um das Leben unserer Leute zu schützen.

»Ich rufe das SWAT-Team zusammen. Sie schaffen Ihren Hintern herbei, und dann sehen wir zu, dass wir die Operation in Gang bringen.«

»Dann ist Kirby für Sie in Ordnung, Sir?«

»Ich bin nicht sicher, ob das der richtige Ausdruck ist, Smoky, doch ich bin mit dem Plan einverstanden.«

Kirby ist schlau genug, den Mund zu halten, doch sie grinst mich an und winkt mit erhobenem Daumen. Sie ist glücklich – ein Kind, das genau das Geburtstagsgeschenk bekommt, das es sich gewünscht hat.

»Wir sehen uns in Kürze, Sir.« Ich beende das Gespräch.

»Da ich als Bodyguard hierbleibe«, sagt Callie trocken, »hätte ich nur eine Frage.«

»Und die wäre?«, fragt Kirby.

»Wo ist die Kaffeemaschine?«

Kirby zuckt die Schultern. »Schlechte Nachrichten, Callie. Es gibt hier keinen Kaffee. Abgesehen davon ist Kaffee ungesund. Alle möglichen Chemikalien in diesem Gesöff. Igitt.«

Callie fixiert Kirby mit ungläubigem Blick. »Wie kannst du es wagen, meine religiösen Überzeugungen zu kritisieren?«

Witzig wie immer, doch ihre Stimme klingt ein wenig gequält in meinen Ohren. Ich sehe genauer hin, und tatsächlich, Callie ist blass geworden. Zum ersten Mal glaube ich zu begreifen, wie schwer dieser Kampf für sie sein muss. Der Schmerz hört niemals auf, und Callie bekämpft ihn, doch sie zahlt einen hohen Preis.

Es ist eigenartig. Von all den schlimmen Dingen, die in letzter Zeit passiert sind oder von denen ich in Sarahs Tagebuch gelesen habe, trifft mich dies am stärksten: Die Vorstellung, dass Callie am Ende ihren Kampf verlieren könnte.

Ich gehe ins Schlafzimmer. Sarah hat aufgehört zu zittern, doch sie sieht furchtbar aus. Wie auch immer sie all die Jahre überstanden hat, woher auch immer sie die Kraft genommen hat – es ist vorbei. Nicht mehr lange, und Sarah zerbricht. Elaina streichelt ihr übers Haar, während Bonnie ihr die Hand hält.

Ich sage ihnen, wozu wir uns entschlossen haben. In Sarahs Augen erscheint ein Hauch von Leben.

»Wird es funktionieren?«, fragt sie.

»Ich glaub schon.«

Sie sieht mich an, schaut mich zum ersten Mal richtig an.

»Smoky …« Sie stockt. Beginnt von vorn. »Smoky, was immer auch passiert, lassen Sie nicht zu, dass er Ihnen oder sonst jemandem etwas tut. Selbst wenn es bedeutet, dass nicht … dass nicht alles so endet, wie ich es gerne hätte. Ich kann keine weitere Verantwortung mehr tragen. Ich kann nicht mehr.«

»Du bist nicht verantwortlich, Sarah. Entspann dich. Jetzt ist es unsere Aufgabe. Jetzt tragen wir die Verantwortung.«

Sie blickt zur Seite, und ich weiß, dass sie nichts mehr sagen wird. Bonnie wirft mir einen bedeutungsschweren Blick zu.

Sei vorsichtig, sagt dieser Blick.

Ich lächle.

»Bin ich doch immer.«

Elaina nickt mir zu, kahlköpfig und schön; dann wendet sie sich wieder Sarah zu. Wenn jemand die Seele dieses Mädchens wiederbeleben kann, dann ist es Elaina.

Kirby erscheint an der Tür. »Sind wir so weit?«, fragt sie forsch wie eh und je.

Eigentlich nicht, denke ich. *Aber wir müssen es trotzdem versuchen.*

KAPITEL 56 Jedes FBI-Büro hat sein eigenes Sondereinsatzkommando. Genau wie die Teams der Polizei verbringen diese SWAT-Teams jede Arbeitsstunde mit Training, es sei denn, sie sind im Einsatz. Sie halten sich auf den Punkt fit, und sie sehen auch so aus.

Der Chef des SWAT-Teams ist ein Agent namens Brady. Ich kenne ihn nicht mit Vornamen – für mich ist er nur Brady. Er ist Mitte vierzig und trägt das dunkle Haar militärisch kurz. Brady ist sehr groß, gut eins neunzig, und von professioneller Liebenswürdigkeit, die weder freundlich noch unfreundlich ist. Ihm die Hand zu schütteln ist so, als würde man einer in Stein gehauenen Figur die Hand schütteln.

»Das ist Ihre Show, Agentin Barrett«, sagt er. »Sagen Sie uns nur, was Sie brauchen.«

Wir befinden uns im Konferenzzimmer in der Etage unter meinem Büro. Alle sind anwesend, und alle blicken grimmig – mit Ausnahme von Kirby. Sie starrt die sechs Mann des SWAT-Teams hungrig an, als wären sie ein leckeres Dessert, das nur auf sie wartet.

»Gustavo Cabrera«, sage ich und lasse ein großformatiges Foto auf den Tisch fallen. »Achtunddreißig Jahre alt, wohnt in einem Haus in den Hollywood Hills. Großes, altes Gebäude auf einem Grundstück von zehntausend Quadratmetern.«

Einer der Männer des SWAT-Teams stößt einen Pfiff aus. »Das ist 'ne hübsche Stange Geld wert.«

»Wir haben Karten von der Gegend, und wir haben Pläne vom Haus.« Ich lasse beides neben das Foto auf den Tisch fallen. »Und nun der Knackpunkt. Wir brauchen Cabrera lebend. Wir sind ziemlich sicher, dass er den Befehl hat, sich erschießen zu lassen. Wahrscheinlich besitzt er ein beeindruckendes Waffenarsenal, und er wird den Auftrag haben, es zu benutzen.«

»Na toll«, sagt Brady.

»Darüber hinaus muss es auch auf unserer Seite authentisch

aussehen. Wir wollen Cabrera auf keinen Fall töten, aber wir wollen, dass der Künstler denkt, wir *hätten* ihn getötet.«

»Wie sollen wir das anstellen?«, fragt Brady. »Ohne uns dabei in Stücke schießen zu lassen?«

»Ablenkung, Jungs«, sagt Kirby und tritt vor. »Ablenkung.«

»Wer zur Hölle sind Sie?«

»Eine Blondine mit einer Kanone«, sagt sie mit breitem kalifornischem Dialekt, eine überraschend gute Imitation von Brady selbst.

»Ohne Sie beleidigen zu wollen, Ma'am!«, ruft einer der Männer vom SWAT-Team dazwischen. »Aber Sie sehen ungefähr so gefährlich aus wie der Pudel meiner Freundin!«

Kirby grinst den jungen Beamten an und zwinkert. »Tatsächlich?«

Sie geht zu ihm. Er heißt Boone, wie sein Namensschild zeigt. Boone ist stämmig, muskulös und absolut von sich überzeugt. Ein klassischer Alpha.

»Na los, probier's, Boone«, sagt Kirby.

Es geschieht so schnell, dass niemand Zeit hat zu reagieren. Kirby hämmert Boone die Faust in den Solarplexus. Seine Augen quellen hervor, und er geht nach Atem ringend in die Knie. In dem Sekundenbruchteil, den die anderen Mitglieder des SWAT-Teams zum Reagieren benötigen, zieht Kirby ihre Pistole, zielt auf jeden Einzelnen und sagt: »Peng, peng, peng …«

»… peng«, sagt Brady, gleichzeitig mit ihr. Er hat seine Waffe aus dem Halfter gerissen und zielt damit auf Kirby, bevor sie ihre Pistole auf ihn richten kann.

Sie verharrt für einen Moment. Sieht Brady an und grinst. Sie ignoriert Boone, der schnaufend nach Luft ringt.

»Nicht schlecht, alter Mann«, sagt Kirby. »Schätze, das ist der Grund, warum Sie der Boss von dieser Luschentruppe sind. Cool.«

Brady erwidert ihr Grinsen. Es ist, als würde man zwei Wölfe beobachten, die einen Waffenstillstand schließen.

»Los, hoch mit dir, Boone!«, befiehlt Brady. »Und lass diesen Unsinn!«

Der junge SWAT-Beamte kämpft sich auf die Beine und schießt einen finsteren Blick auf Kirby ab. Sie winkt ihm mit erhobenem Zeigefinger.

»Sind wir jetzt fertig mit den Dominanzspielchen?«, fragt AD Jones. »Sowohl den männlichen als auch den weiblichen?«

»Boone hat angefangen«, sagt Kirby. »Wäre er netter gewesen, hätte ich ihn bestimmt woanders angefasst.«

Alles kichert. Selbst Boone muss grinsen. Ich sehe, wie Brady meine Leibwächterin mustert und bei ihr alles das entdeckt, was ich schon längst entdeckt habe. Kirby ist verdammt gut in ihrem Job. Auf ihre eigene Art hat sie es geschafft, die Anspannung zu vertreiben und die Stimmung aufzuhellen. Gleichzeitig hat sie sich bei den Männern des SWAT-Teams Respekt verschafft. Stramme Leistung.

»Und wie heißen Sie?«, fragt Brady.

»Kirby. Aber Sie können mich Killer nennen, wenn Sie mögen.« Sie grinst ihm blitzend zu. »Alle meine Freunde nennen mich so.«

»Haben Sie viele Freunde?«

»I wo.«

Er nickt. »Ich auch nicht. Also erklären Sie uns doch mal, was Sie mit Ablenkung meinen.«

»Kein Problem. Sie und Ihre Macho-Killer-Kommandotruppe gehen von vorne ran, ganz nach Vorschrift, mit Sirenen und Megaphon und ›Geben Sie auf!‹ und so weiter. Während Sie das tun, ist der Typ abgelenkt, und Smoky und ich gehen durch die Hintertür rein.«

»Still und leise, schätze ich?«

»Still und leise und glatt wie die Innenseite meines Oberschenkels. Und die ist verdammt glatt, Mr. Brady, Sir.«

»M-hmmm. Glauben Sie nicht, dass er die Rückseite im Auge behält?«

»Kann sein. Deswegen müssen Sie ein paar Sachen hochjagen.«

Brady hebt eine Augenbraue. »Hochjagen?«

»Genau. Sie wissen schon: *kabumm!*«

»Wie sollen wir das Ihrer Meinung nach anstellen?«

»Können Sie keine Bombe auf seinem Rasen zünden oder so?«

Brady starrt Kirby nachdenklich an. Schließlich nickt er.

»Okay, junge Frau. Klingt einleuchtend. Trotzdem glaube ich, dass uns da noch etwas Besseres einfällt und dass wir nichts ›hochjagen‹ müssen, wie Sie es nennen.«

Kirby zuckt die Schultern. »Was immer Sie meinen. Ich dachte nur, ihr Jungs jagt gerne Dinge in die Luft.«

»Oh, das tun wir«, versichert er ihr. »Wir versuchen nur, so etwas zu vermeiden, wenn es nicht sein muss. Es macht die Nachbarn nervös, verstehen Sie?« Er beugt sich vor und breitet die Karte des Anwesens aus. »Kommen wir zu meinem Vorschlag. Wir hätten so oder so ein Problem mit der Größe des Grundstücks, würden wir zu Fuß kommen. Der Bursche sieht uns schon aus einer Meile Entfernung. Scheiße, er könnte überall Minen ausgelegt haben, und wir wüssten es erst, wenn wir drauftreten. Nein, wir kommen aus der Luft.«

»Hubschrauber?«, fragt Alan.

»Ja.« Brady deutet auf eine Stelle vor dem Haus. »Wir bleiben hier in der Luft stehen. Macht es schwieriger für ihn, auf uns zu feuern. Hoffentlich hat er keine Bazooka oder so was. Wir belegen das Haus mit einem Feuerteppich. Schweres Kaliber … ich schätze, ich kann Zwei-Zentimeter-Kanonen beschaffen und ein paar Rauchgranaten. Wir sorgen dafür, dass er seine Aufmerksamkeit auf uns konzentriert. Wir lassen den dritten Weltkrieg vor seinem Haus losbrechen.«

»Cool«, sagt Kirby.

»Ja. Und während das alles passiert, gehen Sie auf die Rückseite. Auf Ihr Zeichen hin jagen wir das Haus mit Tränengas voll. Sie dringen ein und …« Er breitet die Hände aus.

»… müssen den armen Kerl hoffentlich nicht erschießen«, beendet Kirby den Satz.

Brady sieht mich an. »Na, wie hört sich das an?«

»Wie eine grottenschlechte Idee«, sage ich. »Aber die beste unter den gegebenen Umständen.« Ich blicke auf die Uhr. »Es ist jetzt vier Uhr. Wie lange brauchen Sie, bis Sie einsatzbereit sind?«

»Wir können in einer halben Stunde in der Luft sein. Wie steht es mit Ihnen? Sie benötigen Westen und Masken.«

»Ich brauche keine Weste«, meldet Kirby sich zu Wort. »Das macht mich nur langsam. Aber eine Maske wäre nicht übel.«

»Es ist Ihre Beerdigung, nicht meine.« Brady zuckt die Schultern.

Sie boxt ihm gegen den Arm. »Sie haben keine Ahnung, wie oft ich mir diesen Spruch schon anhören musste.«

Genau wie Alan am Tag zuvor, starrt Brady sie überrascht an und reibt sich die Stelle, wo sie ihn getroffen hat. »Aua.«

»Das sagen alle.« Kirby lächelt. »Wie sieht's aus, können wir jetzt endlich ein bisschen ballern gehen?« Sie hebt die Waffe, die sie vorhin gezogen und noch nicht wieder zurück ins Halfter gesteckt hat. »Neue Kanone«, erklärt sie. »Die muss ich endlich mal einschießen.«

KAPITEL 57 Im Gegensatz zu Kirby habe ich mir eine Weste geben lassen. Ich kann verstehen, warum sie kugelsichere Westen nicht mag, doch mir fehlt ihre Raubtierhaftigkeit. Kirby ist für so etwas geboren – Hintertüren eintreten und in Häuser voller Tränengas und fliegender Kugeln eindringen. Kirby hat aber auch keine Bonnie, die auf sie wartet.

»Diese verdammte Maske ruiniert meine Frisur!«, schimpft sie, während sie das Ding untersucht.

Wir kauern an der Mauer, die die Rückseite des Anwesens umgibt. Es ist eine Sichtschutzwand, zwei Meter hoch. Wir müssen sie nicht auf dramatische Art und Weise überwinden – wir haben zwei kurze Leitern bei uns.

Man hat Kirby und mir MP5 Maschinenpistolen angeboten, doch wir haben dankend abgelehnt. »Bleib bei dem, was du kennst«, lautet ein altes taktisches Sprichwort. Ich kenne mich mit meiner schicken schwarzen Beretta aus wie im Schlaf. Kirby hat einen dummen Spruch abgelassen, die MP5 würde nicht zu ihrer Garderobe passen, doch ich weiß, dass ihre Gründe die gleichen sind. Reise leicht und benutz die Waffe, mit der du dich auskennst. Auch sie trägt nur eine Pistole.

»Wir sind bereit, over«, murmelt Kirby in ihr Kehlkopfmikrofon.

»Roger«, antwortet Brady eine Sekunde später. »Armageddon bricht los in zwei Minuten von meinem Zeichen an. Drei … zwei … eins … jetzt.«

»Cool«, flüstert Kirby. »Synchronisierte Uhren.«

»Der Count-down läuft, Kirby«, sagt Brady. »Haben Sie kapiert?«

»Klar, Boss.« Sie schaut mich an. »Hey, Boone. Glaubst du immer noch, dass ich ungefährlich bin?«

»Negativ, eindeutig negativ, BB«, kommt Boones amüsierte Antwort. BB steht für Beach Bunny, Strandhase. »Wenn du die Wahrheit hören willst – du bist eine schlechte Nachricht in einer hübschen Verpackung.«

Kirby überprüft ihre Pistole, während sie weiterplaudert. Mir hingegen flattert der Magen, und ich bin so aufgeputscht, dass es sich anfühlt, als müssten Funken von mir stieben.

Wenigstens sind deine Hände trocken, denke ich.

Das war schon immer so. Ganz gleich, was auf dem Spiel steht, ganz gleich, wie gefährlich der Einsatz ist, meine Hände schwitzen nie bei einer Schießerei. Und sie sind stets absolut ruhig.

»Fünfundvierzig Sekunden bis zum Losschlagen«, sagt Brady. Er klingt gelangweilt.

Ich denke an Gustavo Cabrera, der irgendwo in diesem Haus ist. Ich frage mich, ob er eine Waffe hält, während er durch ein Fenster nach draußen starrt. Sind seine Hände ruhig oder zittern sie? An was denkt er?

»Dreißig Sekunden«, sagt Brady.

»Wie fühlen Sie sich?«, fragt Kirby mich. Ihre Stimme klingt gelassen, doch ihre Augen blicken abschätzend. Sie will wissen, woran sie mit mir ist. Aktiva oder Passiva?, fragen diese Augen.

Ich strecke eine Hand aus, die Finger gespreizt. Zeige ihr, wie ruhig sie ist.

Sie nickt. »Cool.«

»Fünfzehn Sekunden bis D-Day.«

Kirby überprüft ihre Pistole, summt vor sich hin. Es dauert einen Moment, bis ich die Melodie erkenne. Yankee Doodle Dandy. Sie merkt, dass ich sie anstarre.

»Ich mag die Klassiker«, sagt sie.

»Zehn Sekunden. Bereitmachen.«

Wir beziehen Position am Fuß unserer Leitern.

Meine Endorphinfreunde sind zurück und haben ihre Freunde mitgebracht.

(Angst und Euphorie. Euphorie und Angst.)

»Fünf Sekunden. Fertigmachen zum Aufstoßen der Höllentore.«

»Nur zu, lasst sehen, was ihr habt, Daddy-o«, sagt Kirby gut gelaunt, während ihre Killeraugen leuchten.

Als das Maschinengewehrfeuer einsetzt, ist es trotz der Entfernung unglaublich laut.

»Das ist unser Zeichen!«, ruft Kirby.

Wir klettern die Leitern hoch, erreichen die Mauerkrone, schwingen uns hinüber. Wir lassen uns auf der anderen Seite vorsichtig hinunter und springen das letzte kleine Stück. Keine großartigen Stunts, kein geschicktes Abrollen – das Risiko eines verstauchten Knöchels ist zu groß.

Das Feuer aus den automatischen Waffen hält an, und ich sehe Blitze auf der anderen Seite des Hauses. Ich höre die Rotoren der Hubschrauber und eine Aufeinanderfolge lauter Geräusche, wahrscheinlich Blendgranaten. Während ich renne, mischt sich ein neues Geräusch in den Lärm. Es dauert einen Moment, bis ich es einordnen kann: Cabrera erwidert das Feuer, offensichtlich ebenfalls aus einer automatischen Waffe.

Kirby und ich rennen zur Rückseite des Hauses, so schnell unsere Füße uns tragen. Sie ist schneller als ich und schlägt mich um ein oder zwei Körperlängen, doch sie ist auch nicht behindert durch eine Flakweste, und sie ist jünger als ich.

Das Haus ist kleiner, als ich angesichts des riesigen Grundstücks gedacht hätte. Dreihundert Quadratmeter vielleicht, nach den Grundrissen, alles in einem einzigen Stockwerk. Es gibt einen Hintereingang, der durch einen kleinen Flur zur Küche führt. Wir erreichen die Tür. Ich schwer atmend, Kirby scheinbar unbeeindruckt.

»Wir sind da, Mr. Bossmann, Sir«, meldet sie Brady.

»Roger. Wir schneiden los.«

Damit meint Brady, dass sie den Rasen vor dem Haus mit Maschinengewehrfeuer eindecken, als gäbe es kein Morgen, gefolgt von ganzen Salven von Blendgranaten und Tränengasgranaten, die durch die Fenster ins Haus geschossen werden.

»Zeit für die Maske«, sagt Kirby.

Wir ziehen unsere Gasmasken über. Es sind SWAT-Modelle, mit breitem Sichtfeld und großer peripherer Sicht, doch es sind und bleiben Gasmasken. Auf meiner Stirn bilden sich Schweißperlen.

»Los geht's«, sagt Brady.

Ich habe geglaubt, es wäre vorher bereits laut gewesen, doch das war nichts im Vergleich mit dem Höllenlärm, den Bradys

Team jetzt vom Zaun bricht. Es hört sich an, als würden sie den Rasen in Stücke schneiden.

Das Geräusch zweier schwerer Maschinengewehre lässt die Luft vibrieren. Sekunden später krachen die Blendgranaten, eine nach der anderen, ohne Pause. Wir hören das Scheppern von zerspringendem Glas.

Kirby tritt die Tür auf, und wir sind im Haus. Ich kann nichts riechen außer dem Gummi der Maske, doch das Haus ist voller Rauch. Cabrera erwidert das Feuer. Der Lärm im Innern des Hauses ist beinahe unerträglich. Er kann uns unmöglich hören.

Kirby bewegt sich vorwärts, die Pistole gezogen, und ich folge ihr mit ebenfalls schussbereiter Waffe. Wir bewegen uns in Richtung des Lärms, den Cabreras Gewehr macht. Ununterbrochen detonieren Blendgranaten. Wir durchqueren die Küche und erreichen den Eingang zum Wohnzimmer und den Flur zur Vorderseite des Hauses. Wir postieren uns rechts und links und spähen um die Ecke.

Cabreras Silhouette zeichnet sich deutlich vor dem leuchtenden Hintergrund der explodierenden Blendgranaten ab. Er kniet und feuert in die Luft – auf den Hubschrauber, wie ich weiß. Er hat uns den Rücken zugekehrt, und sein Körper erzittert in unregelmäßigen Abständen, wenn er seine Waffe abfeuert, ein M-16, wie ich jetzt erkenne. Cabreras schwarze Gestalt ist umgeben von funkeldem zerbrochenem Glas aus den Fenstern.

Der Plan an diesem Punkt war einfach, aber wenig elegant: Wir versuchen, den Schweinehund zu überwältigen, wie Kirby es ausgedrückt hat.

Ich schaue sie an, und sie schaut mich an. Ich sehe ihr blitzendes Lächeln und nicke.

Wir haben nicht viel Zeit. Es dauert bestimmt nicht lange, ehe Cabrera sich fragt, warum Bradys Team so schlecht ist. Er wird die Falle riechen, sobald er zum Nachdenken kommt.

Kirby springt vor, rennt auf Cabrera zu. Ich atme unter meiner Maske einmal tief durch und folge ihr.

In diesem Augenblick schlagen Cabreras Instinkte Alarm, und er wirbelt herum, das M-16 im Anschlag, die Augen weit aufgerissen, die Lippen zusammengepresst. Kirby wird nicht langsamer, sie springt ihn an, statt von ihm weg und in Deckung zu huschen. Sie zwingt seine Waffe nach oben, als er feuert. Einschusslöcher erscheinen in der Decke. Staub wirbelt, Putz fliegt umher. Ich habe die Pistole oben und bewege mich hin und her, suche nach einer Gelegenheit zum Schuss, während die beiden miteinander kämpfen.

»Verdammt, Kirby!«, schreie ich. »Verschwinde aus meiner Schusslinie!«

Meine Stimme klingt dumpf unter der Maske und geht unter im menschengemachten Donnern draußen.

Kirby reißt mit der anderen Hand die eigene Waffe hoch. Cabrera lässt das M-16 fallen und schlägt mit der Handkante auf Kirbys Gelenk, während er mit der anderen nach ihrer Kehle zielt. Sie blockt den Schlag zum Hals ab, verliert dabei jedoch die Waffe. Cabreras Augen sind rot vom Tränengas, und er hustet, doch er kämpft verbissen.

»Scheiße!«, fluche ich, während ich hierhin und dorthin springe, mit hämmerndem Herzen, pochendem Schädel und immer noch trockenen Händen, auf der Suche nach einer Schussmöglichkeit.

Kirby versucht, Cabrera einen Tritt zwischen die Beine zu verpassen, doch er dreht ein Bein nach innen und fängt den Tritt mit dem Oberschenkel ab. Gleichzeitig gelingt es ihm, Kirby mit dem Handrücken eine Ohrfeige gegen die Maske zu versetzen. Ihr Kopf wird zur Seite gerissen, und sie taumelt nach hinten.

Die Zeit scheint zu erstarren.

Endlich!

Dank Kirbys Stolpern habe ich freies Schussfeld, und ich jage Cabrera eine Kugel in die Schulter.

Er stöhnt auf, fällt auf ein Knie. Kirby springt vor und rammt ihm die Faust ins Gesicht, einmal, zweimal, dreimal, und dann ist sie hinter ihm, während er Mühe hat, auf den Beinen zu bleiben, und nimmt ihn in einen Würgegriff.

Er zerrt an Kirbys Armen, doch es ist zu spät. Er verdreht die Augen, bis nur noch das Weiße zu sehen ist. Sie lässt los und stößt ihn von sich, sodass er auf dem Bauch landet. Dann zerrt sie zwei Plastikfesseln hervor und fesselt seine Gelenke.

Es ist vorbei, so schnell, wie es angefangen hat.

»Feuer einstellen, Jungs«, sagt Kirby. Die Maske verleiht ihrer Stimme ein unwirkliches Echo. »Wir haben ihn.«

Meine Hände schwitzen.

KAPITEL 58 Gustavo Cabrera sitzt auf einem Stuhl und starrt uns an. Seine Schulter wurde inzwischen versorgt. Seine Hände liegen gefesselt in seinem Schoß, nicht mehr auf seinem Rücken. Er hätte Grund, ängstlich und verunsichert zu sein, doch er macht den Eindruck eines Mannes, der mit sich selbst im Reinen ist. Seine Augen sind wegen der Tränengasreizung behandelt worden, und abschätzend starrt er Alan an.

Alan beginnt auf die liebenswürdige Tour, aber das täuscht. Wenn es darum geht, jemanden zu verhören, ist Alan wie ein Hai. Ein Wolf im Schafspelz. Er neigt den Kopf zur Seite, mustert Cabrera. Wartet.

»Ich lege ein Geständnis ab«, sagt Cabrera schließlich. »Ich sage Ihnen alles. Ich werde Ihnen auch sagen, wo Sie die Geiseln finden.«

Seine Stimme ist sanft, leise, beinahe ehrfurchtsvoll.

Alan tippt mit dem Finger an seine Lippen, während er nachdenkt. In einer plötzlichen Bewegung springt er auf, beugt sich vor und richtet den Zeigefinger auf Cabrera. Seine Stimme ist laut und zornig.

»Mr. Cabrera, wir wissen, dass Sie nicht der Mann sind, den wir suchen.«

Die Zufriedenheit in Cabreras Augen weicht einem Ausdruck des Erschreckens. Er öffnet den Mund, schließt ihn, öffnet ihn erneut. Er braucht einen Moment, bis er sich wieder unter Kontrolle hat. Dann presst er die Lippen zusammen. Seine Augen blicken traurig und entschlossen zugleich.

»Tut mir leid, aber ich weiß nicht, wovon Sie reden.«

Alan lacht bellend auf. Es ist ein irres, bedrohliches Lachen. Unheimlich. Ich wäre besorgt, wüsste ich nicht, dass alles nur gespielt ist. Er setzt sich genauso unvermittelt wieder, wie er aufgestanden ist, und beugt sich vor. Entspannt, wie jemand, der ein Schwätzchen halten will. Er lächelt und droht Cabrera verspielt mit dem Zeigefinger: »Böser Hund.« Oder: »Verarsch mich nicht, Freundchen, ich kann auch anders.«

»Hören Sie«, sagt er. »Ich habe einen Zeugen. Wir wissen, dass Sie nicht die Person sind, die wir suchen. Daran besteht kein Zweifel. Die einzige Frage ist – warum haben Sie für diesen Mann gearbeitet?« Alans Stimme ist leise und glatt wie Sirup auf Pfannkuchen. Dann, urplötzlich, ein markerschütterndes Gebrüll: »Verdammt noch mal, mach das Maul auf!«

Cabrera zuckt zusammen. Wendet den Blick ab. Alans Zickzack zwischen den Extremen verunsichert ihn. Macht ihm Angst. Seine Wange zuckt.

»Er ist gefoltert worden«, hat Alan mir vor dem Verhör gesagt. »Folter ist im Prinzip Bestrafung und Belohnung. Zwischen Opfer und Täter wird eine Beziehung hergestellt. Der Folterer brüllt sein Opfer an, sagt hasserfüllte Dinge und quält es mit glühenden Zigaretten, und danach versorgt er persönlich die Verbrennungen mit Salbe und gibt sich besorgt und tröstend. Am Ende hat das Opfer nur noch einen Wunsch.«

»Den Kerl mit der Salbe und den tröstenden Worten.«

»Genau. Wir werden Cabrera nicht mit Zigaretten verbrennen, aber der Wechsel zwischen Anbrüllen und Freundlichkeit sollte reichen, um ihn aus dem Gleichgewicht zu bringen.«

So läuft es, denke ich. Cabrera bricht der Schweiß aus.

»Mr. Cabrera«, fährt Alan fort. »Wir wissen, dass Sie eigentlich hier sterben sollten. Was ist, wenn ich Ihnen sage, dass wir bereit sind, das Spiel mitzuspielen und Ihren Tod vorzutäuschen? Dem Rest der Welt vorzumachen, wir hätten Sie bei der Festnahme erschossen?« Alan spricht wieder mit normaler Stimme. Er hat Cabrera klargemacht, dass er derjenige ist, der die Kontrolle hat, und er hat ihm Angst eingeflößt.

Cabrera sieht ihn an. Es ist ein hoffnungsvoller, erwartungsvoller Blick.

»Wenn Sie uns helfen«, fährt Alan fort, »tragen wir Sie in einem Leichensack nach draußen.« Er lehnt sich zurück. »Falls Sie nicht kooperieren, falls Sie sich nicht von uns helfen lassen wollen, führe ich Sie persönlich vor den laufenden Fernsehkameras nach draußen, und Ihr Freund weiß, dass Sie noch am Leben sind.«

Keine Antwort. Doch ich sehe den Kampf in Cabreras Innerem toben.

Er schaut Alan an, forscht in dessen Gesicht. Dann senkt er den Blick und starrt zu Boden, auf eine Stelle zwischen uns. Sein ganzer Körper sackt zusammen. Das Zucken in seiner Wange hört auf.

»Es ist mir egal, was aus mir wird. Verstehen Sie?«

Seine Stimme ist leise, demütig. Es ist schwierig, das sanfte Wesen vor mir mit dem eiskalten Burschen in Einklang zu bringen, der feuernd und Granaten schleudernd ins Dienstgebäude des FBI gestürmt ist. Welches von beiden ist sein wahres Gesicht?

Vielleicht beide.

»Ich verstehe das Konzept«, sagt Alan. »Ich verstehe aber nicht, inwiefern es auf Sie zutrifft. Klären Sie mich auf, Mr. Cabrera.«

Ein weiterer suchender Blick. Länger diesmal.

»Ich werde sowieso sterben. Es ist meine eigene Schuld, nicht die von jemand anderem. Eine Schwäche für Frauen, dazu Unvorsichtigkeit …« Ein Schulterzucken. »Ich habe gekriegt, was ich verdiene. Aids. Doch ich sage mir manchmal, vielleicht war es ja doch nicht allein meine Schuld. Ich wurde misshandelt. Als kleiner Junge.«

»Misshandelt? Wie?«

»Für eine kurze, schreckliche Zeit war ich das Eigentum sehr schlimmer Männer. Sie …« Er wendet den Blick ab. »Sie haben es mit mir getrieben. Als ich acht Jahre alt war. Diese Männer hatten mich gekidnappt, als ich Wasser für zu Hause holen wollte. Sie nahmen mich mit. Ich wurde gleich am ersten Tag von ihnen vergewaltigt und geschlagen. Sie peitschten mir die Fußsohlen, bis das Blut in Strömen floss.«

Seine Stimme klingt leise, beinahe verträumt, während er spricht.

»Sie verlangten von mir, etwas zu ihnen zu sagen, während sie mich schlugen. Ich musste sagen: ›Du bist Gott‹ und ›Ich danke dir, Gott‹. Je erbärmlicher wir weinten, desto schlimmer schlugen sie uns. Nur auf die Fußsohlen, immer nur die Fußsohlen. Ich wurde zusammen mit anderen Kindern, Jungen und Mädchen, nach Mexico City gebracht. Es war eine lange Reise, doch die Männer hielten uns mit Drohungen still.« Sein Blick hebt sich, kommt zu mir zurück. Er sieht aus, als müssten seine Augen bluten. »Manchmal habe ich gebetet, dass ich sterbe. Ich war verletzt, nicht nur am Körper.« Er tippt sich an den Kopf. »Auch am Verstand.« Er tippt sich an die Brust. »Und in der Seele.«

»Ich verstehe«, sagt Alan mitfühlend.

»Vielleicht«, sagte Cabrera. »Ja, vielleicht verstehen Sie tatsächlich. Es war die Hölle. In Mexico City hörten wir manchmal die Wachen reden. Wir entnahmen ihren Worten, dass wir in den nächsten Monaten nach Amerika gehen würden. Unsere

Ausbildung würde abgeschlossen sein, und wir sollten für viel Geld an andere Männer verkauft werden.«

Der Menschenschmuggler-Ring, denke ich. *Der Kreis schließt sich.*

»Ich war an einem Ort ohne Licht, ohne Gott. Ich wurde religiös erzogen, verstehen Sie? Ich wurde erzogen, an Jesus Christus zu glauben, an Gott, an die Mutter Gottes. Ich hatte Nacht für Nacht zu ihnen gebetet, voller Inbrunst, und trotzdem kamen die Männer zu mir und taten mir weh.« Er zuckt zusammen. »Ich konnte das damals nicht begreifen. Die Ganzheit von Gottes Plan. An jenem dunklen Ort, wo meine Verzweiflung am größten war, würde Gott mir einen Engel schicken.«

Er lächelt bei diesen Worten, und eine Art Leuchten ist in seinen Augen. Seine Stimme findet einen Rhythmus, wie eine Welle, die ständig anbrandet und das Ufer niemals erreicht.

»Er war etwas Besonderes, dieser Junge. Er war jünger als ich, kleiner als ich, aber irgendwie verlor er seine Seele nicht.« Sein Blick ist intensiv, er starrt mich an. »Lassen Sie mich erklären, was ich damit meine. Der Junge war erst sechs Jahre alt und sehr schön. So schön, dass die Männer ihn mehr als alle anderen missbrauchten. Jeden Tag, manchmal zweimal am Tag. Und der Junge ärgerte sie. Weil er nicht weinte. Sie wollten seine Tränen, doch er gab sie ihnen nicht. Sie schlugen ihn, damit er weinte.« Er schüttelt traurig den Kopf. »Natürlich weinte er irgendwann, jedes Mal. Trotzdem … er hat seine Seele nicht verloren. Nur ein Engel konnte diesen Männern so widerstehen.«

Gustavo schließt die Augen, öffnet sie wieder.

»Ich war kein Engel. Ich verlor meine Seele, stürzte tiefer und tiefer in die Verzweiflung. Ich wandte mich ab von Gottes Angesicht. In meiner Verzweiflung dachte ich daran, mich selbst zu töten. Ich glaube, der Junge hat es gespürt. Er kam nachts zu mir, flüsterte mir in der Dunkelheit Dinge zu, während seine Hände mein Gesicht streichelten. Mein schöner weißer Engel.

›Gott wird dich erretten‹, sagte er zu mir. ›Du musst an ihn glauben. Du darfst deinen Glauben nicht verlieren.‹

Er war erst sechs oder sieben Jahre alt, doch er sprach wie jemand, der viel älter war, und seine Worte retteten mich tatsächlich. Nach und nach erfuhr ich seine Geschichte. Er war von Gott gerufen worden, als er vier Jahre alt war. Er war fest entschlossen gewesen, im frühestmöglichen Alter dem Seminar beizutreten und sein Leben der Heiligen Dreifaltigkeit zu widmen. Eines Nachts kamen Männer, überfielen sein Zuhause, entführten ihn, entrissen ihn seiner Familie.

›Und trotzdem‹, sagte er zu mir. ›Trotzdem darfst du den Glauben nicht verlieren. Wir werden von Gott geprüft.‹ Er lächelte mich an, und es war ein so reines, seliges und frommes Lächeln, dass es mich aus meiner Verzweiflung riss, die mich zu ersticken drohte.«

Cabrera hat die Augen geschlossen, während er seine Vergangenheit ehrfürchtig noch einmal durchlebt.

»Das ging ein Jahr so. Er litt jeden Tag. Wir alle litten. In der Nacht sprach er zu uns anderen, ließ uns beten und verhinderte, dass wir uns mehr nach dem Tod sehnten als nach dem Leben.« Cabrera stockt, blickt zur Seite. »Eines Tages, eines schicksalhaften Tages rettete er nicht nur meine Seele, sondern auch meinen Leib.

Wir waren allein, nur er und ich. Wir wurden von einem Wächter zum Haus eines reichen Mannes gebracht, dem ein einzelner Knabe nicht reichte. Ich zitterte vor Angst, doch der Junge, der Engel, blieb ruhig wie immer. Er berührte meine Hand, er lächelte mich an, er betete. Je länger wir fuhren, desto besorgter wurde er, weil er sah, dass seine Gebete meine Seele nicht erreichten. Ich hatte Angst, trotz seiner Worte, und meine Angst wurde immer größer, je näher wir unserem Ziel kamen, bis ich am ganzen Körper zitterte. Wir erreichten das Haus, und ohne Vorwarnung nahm er mein Gesicht in die Hände. Er küsste mich auf die Stirn und sagte mir, ich solle mich bereithalten.

›Hab keine Angst, und vertrau auf Gott!‹, sagte er zu mir.

Wir stiegen aus dem Wagen, und der Wächter ging hinter uns her. Ohne Vorwarnung drehte der Junge sich um und schlug dem den Wächter die Faust in den Unterleib. Die Wachen waren an unseren Gehorsam gewöhnt und rechneten nicht mit Widerstand, deshalb konnte er den Wächter überrumpeln. Der Mann klappte zusammen und schrie vor Schmerz und Wut.

›Lauf!‹, rief der Junge mir zu.

Ich stand da, zitterte am ganzen Leib, war nicht imstande, mich zu bewegen. Ein wehrloses Opfer.

›Lauf!‹, rief der Junge erneut, mit der Donnerstimme eines Engels, und dann fiel er über den Wächter her und biss und trat nach ihm.

Endlich begriff ich, was er von mir wollte.

Ich rannte los.«

Cabrera reibt sich den Unterarm. Ich sehe ihn als kleinen Jungen, doch es vermischt sich mit der Gegenwart. Der Angst, der Unentschlossenheit und der Freude, aus der Hölle entkommen zu sein. Den Schuldgefühlen, genommen zu haben, was der Junge ihm dargeboten hatte, und ihn allein zurückzulassen.

»Sie müssen nicht wissen, wie es danach gewesen ist, nicht in allen Einzelheiten. Jedenfalls, ich entkam und kehrte zu meiner Familie zurück. Ich lebte einige Jahre als stiller, bekümmerter Knabe und später als bekümmerter Mann. Ich war kein Heiliger, ich war sehr oft ein Sünder, doch ich lebte, und das ist das Wichtigste. Ich überlebte. Ich beging nicht Selbstmord, hatte meine unsterbliche Seele nicht der Verdammnis überantwortet. Verstehen Sie? Der Junge hat mich vor dem allerschlimmsten Schicksal bewahrt. Dank ihm steht der Himmel mir nach meinem Tod offen.«

Ich teile Cabreras Glauben nicht, doch ich kann seine Stärke spüren, die Kraft, die er aus ihm zieht, und das rührt mich.

»Ich ging nach Amerika«, fährt er fort. »Ich glaubte an Gott, doch ich war voller Kummer, ständig voller Kummer. Ich schäme mich zu sagen, dass ich manchmal Drogen nahm. Dass ich zu Prostituierten ging. Ich infizierte mich mit dem Virus.« Er schüttelt den Kopf. »Wieder Verzweiflung. Wieder der Gedanke, dass der Tod vielleicht besser ist als das Leben. Damals wurde mir klar, dass das Virus eine Botschaft von Gott war. Er hatte mir einmal einen Engel geschickt, und der hat mich gerettet. Ich hätte dankbar sein sollen. Stattdessen hatte ich meine Jahre damit verschwendet, über meinen eigenen Sorgen und meiner Wut zu brüten.

Ich hörte auf Gottes Warnung. Ich änderte mein Leben, wurde zölibatär. Ich kam Gott näher. Und eines Tages, vor elf Jahren, kehrte mein Engel zurück.«

Cabreras Augen sind mit einem Mal voll Trauer.

»Er war noch immer ein Engel, doch er war kein Engel des Lichts mehr. Er war ein dunkler Engel geworden. Ein Todesengel, der einzig für die Rache existiert.«

Die Tätowierung, geht es mir durch den Kopf.

»Er erzählte mir, dass er Furchtbares durchgemacht hatte, weil er mir zur Flucht verholfen hatte. Ich kann Ihnen nicht wiedergeben, was er mir erzählt hat. Es ist zu schrecklich, zu böse. Er erzählte mir, dass sogar er zu manchen Zeiten an Gottes Liebe zweifelte. Doch dann erinnerte er sich an mich, und er betete zu Gott und war wieder sicher. Gott prüfte ihn. Gott würde ihn von diesem Ort wegführen.« Cabrera verzieht das Gesicht. »Eines Tages führte Gott ihn weg. Eines Tages wurden all die Gebete, der Glaube, sein Opfer für mich, all diese Dinge von Gott belohnt. Er und die anderen Kinder, inzwischen in Amerika, wurden von der Polizei gerettet, vom FBI.

Er hat es als einen wunderbaren Augenblick beschrieben. Es war, als hätte Gott ihn geküsst. Sein Glaube und sein Leiden waren belohnt worden.«

Cabrera verstummt. Er schweigt für lange Zeit. In mir steigt ein ungutes Gefühl auf. Eine innere Stimme verrät mir, was als Nächstes kommt.

»Eines Nachts, so erzählte er, hätte Gott sie geholt und in die Hölle zurückgebracht. Männer kamen, während sie schliefen, und ermordeten die Polizisten, die sie beschützten. Sie nahmen ihn und die anderen Kinder mit und führten sie zurück in die Sklaverei. Es war furchtbar«, flüstert Cabrera. »Können Sie sich das vorstellen? In Sicherheit zu sein und dann wieder geraubt zu werden? Erneut alle Hoffnung zu verlieren? Für ihn war es schlimmer als für alle anderen. Sie wussten, dass er geholfen hatte, dass er der Polizei den Namen eines seiner Schergen genannt hatte. Sie brachten ihn nicht um, doch sie bestraften ihn … auf eine Weise, die seine frühere Existenz in der Hölle wie den Himmel erscheinen ließ.«

Ich habe es gewusst. Irgendetwas in mir hat es gewusst, und jetzt habe ich die Bestätigung.

Ich trete neben Alan. »Der Name des Jungen war Juan, stimmt das?«, frage ich Cabrera.

Er nickt. »Ja. Er war ein Engel mit Namen Juan.«

Ich weiß nicht, ob sein Bild von Juan als einem jungen Heiligen der Wahrheit entspricht oder ob es die idealisierten Erinnerungen eines verängstigten, gequälten und missbrauchten Kindes sind, das einen guten Freund fand, als es ihn am dringendsten brauchte. Doch ich weiß, dass ich Geschichten wie diese schon häufiger gehört habe. Es sind Geschichten, bei denen niemand gewinnt, nicht einmal wir.

Killer sind Killer, und was sie tun, ist unverzeihlich, doch es gibt eine gewisse Tragik bei denen, die zu Killern gemacht wurden. Man kann es sehen, an ihrer Wut. Ihr Tun hat weniger mit Lust zu tun, mehr mit Raserei und Brüllen. Sie brüllen den Vater an, der sie missbraucht hat, die Mutter, die sie geschlagen hat, den Bruder, der sie mit Zigaretten verbrannt hat. Sie beginnen mit Hilflosigkeit und enden mit Tod. Man schnappt sie und sperrt sie ein, weil es getan werden muss, doch man spürt keine Befriedigung dabei.

»Bitte fahren Sie fort«, sagt Alan. Seine Stimme klingt jetzt sanft und freundlich.

»Er sagte mir, ihm wäre klar geworden, dass Gott einen neuen Plan für ihn hätte. Dass er gesündigt hatte, indem er sich als Heiligen betrachtet und seine Leiden mit denen Christi verglichen hatte. Seine Pflicht, das wisse er nun, bestünde nicht darin zu heilen, sondern zu rächen.« Unruhig verlagert Cabrera sein Gewicht auf dem Stuhl. »Seine Augen waren furchtbar anzuschauen, als er diese Worte sprach. Solch eine Wut, solch eine Raserei! Sie sahen nicht aus wie die Augen eines Menschen, den Gott gesegnet hat. Doch wer war ich, darüber zu urteilen?« Cabrera seufzt. »Er war seinen Wächtern ein weiteres Mal entkommen. Er erzählte mir, dass er später zurückgekehrt war, um Blut und Rache auf die Männer herabzubeschwören, die ihn gefoltert hatten. Auf diese Weise erfuhr er, dass es zwei Männer gewesen waren, ein Polizist und ein FBI-Agent, die ihn und die anderen Kinder verraten hatten. Diese Männer, sagte er, seien die Schlimmsten von allen. Sie würden Masken tragen, und sie würden sich hinter Symbolen verstecken, hinter Abzeichen.

Er hatte einen Plan, einen langfristigen Plan, und er bat mich, ihm zu helfen. Er durfte sich nicht fassen lassen, nachdem er alles getan hatte, nachdem alles erledigt war. Gott hatte ihm enthüllt, dass sein Werk über die Rache für das eigene Leid hinausging. Er brauchte mich, damit ich für das FBI und die Polizei in seine Rolle schlüpfte. Ich war einverstanden.«

»Sir«, sagt Alan. »Wissen Sie, wo wir Juan finden können?«

Cabrera nickt. »Selbstverständlich. Aber ich werde es Ihnen nicht sagen.«

»Warum nicht?«, fragt Alan. »Sie müssen doch wissen, dass er nicht Gottes Willen ausführt, Gustavo. Er hat unschuldige Menschen ermordet. Er hat das Leben eines jungen Mädchens zerstört.« Alan starrt Cabrera in die Augen. »*Du sollst nicht töten*,

Gustavo. Sie haben für ihn getötet. In der Eingangshalle des FBI-Dienstgebäudes starben unschuldige junge Männer. Gute Männer, die niemals ein Kind verletzt oder irgendetwas anderes als ihre Arbeit getan haben.«

Schmerz erfüllt sein Gesicht. »Ich weiß! Ich weiß es! Und ich werde zu Gott beten, dass er mir vergibt. Aber Sie müssen verstehen ... ich kann ihn nicht verraten. Er hat mich gerettet! Ich kann ihn niemals verraten! Ich tue das nicht wegen dem, was er heute ist. Ich tue es für den, der er früher einmal war.«

Es klingt melodramatisch, doch Cabreras Ernsthaftigkeit macht es herzzerreißend.

Alan versucht es wieder und wieder. Er bringt Cabrera zum Schwitzen, das Zucken der Wange ist wieder zurück, doch es ist vergebens. Es ist, als würde er gegen eine Wand anrennen.

Cabrera wurde vor einem Schicksal bewahrt, das nach Meinung vieler Menschen schlimmer ist als der Tod. Juan half ihm zu entkommen, nicht nur aus seinem körperlichen Gefängnis, auch aus seiner Verzweiflung. Cabreras Leben war bis zu einem gewissen Maß zerstört durch Böses, das andere ihm angetan hatten, doch sein Glaube versprach ihm immer noch die Erlösung. Es war eine Tür, die Juan für ihn offengelassen hatte.

Was Juan betraf ... das war eine Horrorgeschichte, die ich einfach nicht fassen konnte. Das absolut Schrecklichste, das Allerschlimmste daran war, dass wir, das FBI und die Polizei von Los Angeles, geholfen hatten, dieses Monster zu erschaffen. Irgendein korrupter Mistkerl hatte Juan verkauft und den sanften Knaben mit dem unerschütterlichen Glauben für immer vernichtet. Juan war ein gefallener Engel – dank der Hilfe jener Menschen, denen er am meisten vertraut hatte.

Alles an dieser Geschichte handelte vom absolut Schlimmsten oder Besten im Menschen, und ich konnte mir nicht vorstellen, dass Cabrera nachgeben würde.

»Es gibt da eine Sache, die Juan mir erlaubt hat«, sagt er schließlich.

»Und das wäre?«

Er neigt den Kopf nach links. »Drüben im Arbeitszimmer. Im Computer. Das Versteck, wo die Mädchen sind, Jennifer und Theresa. Sie sind am Leben.« Er seufzt erneut, trauriger diesmal. »Ein Engel hat sie in die Hölle gestoßen. Sie hatten eine schwere Zeit.«

»*Wo* sind sie?«

Ich stelle Alan die Frage, obwohl er sie mir bereits beantwortet hat. Ich fasse es einfach nicht.

»North Dakota«, sagt er. »In einem ehemaligen Raketensilo. Tausend Quadratmeter, unterirdisch, irgendwo mitten im Nichts. Die Regierung hat in den letzten Jahren eine Reihe von Silos und unterirdischen Basen aufgegeben. Sie wurden leergeräumt und verkauft, hauptsächlich an Immobilienunternehmen, die sie provisorisch hergerichtet und an Privatpersonen weiterverkauft haben.«

»Ist das legal?«, frage ich erstaunt.

Alan zuckt die Schultern. »Wieso nicht?«

Wie Cabrera versprochen hat, haben wir den Ort, an dem Theresa und Jennifer gefangen gehalten werden, auf dem Computer in seinem Arbeitszimmer gefunden, zusammen mit körnigen Fotos der Mädchen – zumindest nehme ich an, dass es die Mädchen sind. Sie sind nackt und sehen jämmerlich aus, verhärmt und verzweifelt, doch sie scheinen unverletzt.

»Setz dich mit dem FBI in North Dakota in Verbindung. Wir werden die Mädchen befreien und herbringen. Weißt du, wie man in diese Anlage gelangt?«

»Ein elektronisches Kombinationsschloss mit einem Kode aus dreißig Ziffern. Ich sorge dafür, dass sie ihn parat haben.«

Er geht zur Vorderseite des Hauses. Die Luft draußen ist erfüllt vom Lärm der Hubschrauber, die für verschiedene Nachrichtensender vor Ort sind. Bis jetzt sind nur diese Helikopter hier – einer der Vorteile, weil das Haus von Cabrera auf dem Land und hinter Mauern und einem Tor liegt. Brady hat Männer an den Eingängen zum Grundstück postiert, bis die einheimische Polizei eintrifft und übernimmt. Keiner kommt rein, basta.

Boone und ein anderes Mitglied von Bradys SWAT-Team sind im Wagen des Coroners und eskortieren Cabreras »Leichnam« zum Leichenschauhaus. In Wirklichkeit wird Cabrera nicht dort ankommen. Wir werden ihn in ein sicheres Versteck bringen, wo er bewacht wird.

Ich nehme mir einen Moment Zeit und schaue mich um.

Er war hier, aber er hat nicht hier gewohnt.

Ich tippe eine Schnellwahlnummer auf meinem Handy.

»Ja?«, fragt James ohne Umschweife oder Begrüßung, wie üblich.

»Wo bist du?«

»Ich entlasse mich selbst. Diese Spinner wollen, dass ich noch bleibe. Ich gehe nach Hause.«

»Das ist nicht nett von dir, James. Diese ›Spinner‹ haben dich zusammengenäht.«

»Das war ja auch in Ordnung. Mich hierzubehalten aber nicht.«

Ich gebe es auf. »Ich brauche deine Meinung.«

»Schieß los.«

Das ist einer der Gründe, weshalb wir James nicht längst schon erwürgt haben. Er ist immer versessen auf die Arbeit.

Ich berichte ihm, was passiert ist.

»Cabrera sagt, er kennt die Identität des Künstlers. Aber er will sie uns nicht verraten.«

James schweigt. Denkt nach.

»Mir fällt nichts ein.«

»Mir auch nicht. Hör zu … ich weiß, du willst nach Hause, aber ich brauche dich noch einmal an Michael Kingsleys Computer. Die Verschlüsselung des Künstlers kann so schwer nicht zu knacken sein. Schließlich *will* er ja, dass wir die Daten finden.«

»Dakota ist dran«, sagt Alan und reißt mich aus meinen Gedanken. »Sie schicken Leute und ein SWAT-Team sowie das einheimische Bombenkommando, falls der Künstler eine nette Überraschung vorbereitet hat.«

»Wo ist Kirby?«

»Nicht mehr da. Sie hat gesagt, sie geht zum Versteck zurück.«

»Wir haben ein Problem, Alan. Wir haben keine Beweise. Kein einziges forensisches Indiz. Selbst wenn wir die Identität des Künstlers kennen würden, hätten wir nichts gegen ihn in der Hand. Überhaupt nichts.«

Er breitet die Hände aus. »Dann können wir nur eins tun.«

»Und das wäre?«

»Wir müssen den Acker pflügen. Schaff Callie und Gene und was weiß ich wen herbei. Wir müssen die Leute befragen. Ich habe das schon mehr als einmal durchgemacht. Manchmal gibt es keinen Ersatz für langwierige, schmutzige Polizeiarbeit.«

»Ich weiß, ich weiß. Mein Problem ist eher konzeptionell. Soll ich dir sagen, was ich sehe, wenn ich diesen Fall betrachte? Keiner unserer Fortschritte beruht auf Spuren. Wir sind allein dadurch weitergekommen, dass wir verstanden haben, wie dieser Bursche *funktioniert*. Er lässt keine Spuren zurück.«

»Aber er lässt Dinge aus. Wie die Sache mit Theresa. Er konnte es nicht kontrollieren, und er hat nicht bemerkt, dass Sarah es ausgelassen hat.« Alan zuckt die Schultern. »Er ist gerissen, aber nicht übermenschlich.«

Ich weiß, Alan hat recht. Ich weiß es tief in meinen Eingeweiden. Es wurmt mich trotzdem. So nahe dran zu sein und erkennen zu müssen, dass man eigentlich keinen Schritt weitergekommen ist.

Ich gebe nach. »Also schön. Holen wir Callie und Gene her.«

»Machen wir.«

Ich gehe in Cabreras Arbeitszimmer und versuche meinen Zorn und meine Enttäuschung in den Griff zu bekommen, während Alan bei Callie anruft und sie über die bevorstehende Aufgabe informiert. Das Arbeitszimmer ist eingerichtet wie der Rest des Hauses: dunkles Holz, dunkle Teppiche, braune Wände. Altmodisch und luxuriös, jedenfalls soll es den Anschein erwecken. Für mich ist es einfach nur hässlich.

Der Schreibtisch ist tadellos aufgeräumt. Zu ordentlich. Ich trete näher heran und nicke vor mich hin. Cabrera ist zwanghaft. Auf der linken Seite des Schreibtisches liegen drei Füllfederhalter. Sie sind untereinander und in Richtung zur Schreibtischkante perfekt ausgerichtet. Auf der rechten Seite des Schreibtisches liegen drei weitere Stifte, und ein flüchtiger Blick bestätigt mir, dass sie nicht nur untereinander, sondern auch zu den Stiften auf der linken Seite ausgerichtet sind. Am oberen Rand, in der Nähe des Computermonitors, liegt ein Brieföffner. Er liegt genau in der Mitte zwischen den Stiften rechts und links. Neugierig öffne ich die mittlere Schublade und erblicke exakte Arrangements von Klammern, Klipsen und Gummis. Ich habe nicht vor, sie zu zählen, doch ich schätze, sie passen mengenmäßig zueinander. Interessant, aber nicht hilfreich.

Ich blickte auf den Monitor. Eines der Symbole erweckt meine Aufmerksamkeit. Das Adressbuch.

Ich beuge mich vor, bewege den Cursor auf das Symbol, klicke es mit der Maus an. Eine Liste mit Telefonnummern und Adressen öffnet sich. Es sind nicht viele – eine Mischung aus geschäftlichen und privaten Einträgen. Ich gehe sie durch.

Etwas erweckt meine Aufmerksamkeit. Ich runzle die Stirn und scrolle die Liste erneut von oben nach unten. Da war es wieder.

Auslassungen …

Irgendetwas fehlt. Was?

Ich scrolle die Liste noch fünf weitere Male durch, bevor ich es sehe.

»Verdammt!« Ich richte mich kerzengerade auf. Ich bin schockiert. Ich schlage mir mit der Hand gegen die Stirn, entsetzt über meine eigene Dummheit. »Du blöde Kuh!«, schimpfe ich über mich selbst.

Es sind nicht die Beweise, die auf ihn hindeuten.

Es ist das Fehlen jeglicher Beweise.

»Alan!«, rufe ich.

Er kommt zu mir, die Augenbrauen fragend erhoben.

»Was ist?«

»Ich weiß, wer der Künstler ist.«

KAPITEL 59 »Sie haben die Mädchen befreit«, berichtet Alan. Er hat soeben eine längere Unterhaltung auf seinem Handy geführt. »Jennifer und Theresa. Sie sind körperlich gesund, aber noch nicht vernehmungsfähig.« Er verzieht das Gesicht. »Mein Gott, Jennifer war mehr als zehn Jahre in diesem Silo gefangen. Theresa fünf. Dieser Kerl hat ihnen tausend Quadratmeter Raum gegeben, hat ihnen zu essen und zu trinken gegeben … verdammt, er hat ihnen sogar Satellitenfernsehen und Musik erlaubt. Nur nach draußen durften sie nicht. Kein einziges Mal. Und sie durften keine Kleidung tragen. Er hat zu ihnen gesagt …« Alan zögert. »Er hat zu ihnen gesagt, wenn sie versuchen zu fliehen oder sich umzubringen, tötet er jemanden, den sie lieben. Beide Mädchen sind psychische Wracks. Möglich, dass er sie geschlagen hat.«

»Wahrscheinlich sogar«, sage ich. Ich bin froh, dass die Mädchen leben, doch der Gedanke an ihr Los macht mich wütend, wie alles andere an diesem Fall.

Wir haben im Wagen gesessen und auf Callie gewartet, als der Anruf einging. Mir kommt ein Gedanke.

»Ruf sie zurück«, sage ich zu Alan. »Der Agent in Charge soll die Mädchen fragen, ob sie je sein Gesicht gesehen haben.«

Alan wählt. »Johnson?«, fragt er. »Ich bin es noch mal, Alan Washington. Sie müssen den Mädchen eine Frage für mich stellen …«

Wir warten.

»Ja?«, fragt Alan. Sieht mich an. Schüttelt den Kopf. Die Mädchen haben das Gesicht des Künstlers nicht gesehen.

Verdammt.

Alan runzelt die Stirn. »Verzeihung, können Sie das wiederholen?« Seine Miene wird ernst. »Oh. Sagen Sie ihr, Sarah geht es gut. Und noch was, Johnson. Sie müssen Jennifer Nicholson eine Nachricht überbringen …« Er beendet das Gespräch. »Theresa hat sich gleich als Erstes nach Sarah erkundigt.«

Ich antworte nicht. Was soll ich auch sagen?

Callie und Gene sind da. Callie springt aus dem Wagen und kommt herbei. Sie hat sich sauber gemacht und sieht so makellos aus wie immer. Sie nickt in Richtung Haus, betrachtet die zerschossenen Fenster, den von Kugeln umgepflügten Rasen. »Gefällt mir, was ihr hier veranstaltet habt.«

»Hallo, Smoky«, sagt Gene. Er wirkt müde.

»Hi, Gene.«

Ich will gerade berichten, als ein weiterer Wagen zum Haus kommt. Brady erscheint wie aus dem Nichts, während der Wagen sich nähert.

»AD Jones«, sagt er.

»Hört, hört, die ganze Bande ist versammelt«, murmelt Callie. »Übrigens – Kirby schien enttäuscht zu sein, weil sie niemanden erschießen durfte.«

»Sie hat ihre Sache gut gemacht«, sagt Brady, während er Callie nachdenklich mustert.

Ich beobachte, wie Callie den Blick erwidert, erkenne das

beinahe lustvolle Funkeln in ihren Augen. Sie streckt Brady eine Hand entgegen.

»Ich glaube nicht, dass wir uns schon mal begegnet sind«, sagt sie.

»Brady.« Der SWAT-Commander schüttelte ihr die Hand. »Und Sie sind …?«

»Callie Thorne. Aber Sie können gern Schönheit zu mir sagen.«

»Nicht zu viel verlangt.«

Callie zwinkert mir zu. »Der Mann gefällt mir.«

Der Wagen hält bei uns, und AD Jones steigt aus. Das neckische Geplänkel verstummt. Der Assistant Director erinnert mich an Callie und Brady zugleich: unermüdlich, voller Energie, tadelloses, gepflegtes Äußeres.

»Erzählen Sie mir, was Sie haben«, sagt er ohne Umschweife.

Ich informiere ihn über den Zugriff, das nachfolgende Verhör Cabreras und die Mädchen im ehemaligen Raketensilo in North Dakota.

»Neuigkeiten über die Mädchen?«, wendet Jones sich an Alan.

»Nein, Sir. Wir rechnen aber jeden Moment damit.«

Ich erzähle Jones von Juan und sehe, wie in Jones' Augen ein Ausdruck der Trauer erscheint. Er dreht den Kopf zur Seite. Leise sagt er: »Mein Gott, und wir sind schuld daran. Wir haben das zu verantworten.«

Ich warte, bis er sich wieder gefasst hat.

»Okay«, sagt er. »Wir wissen also, wer er war. Wissen wir auch, wer er ist? Haben wir einen Namen?«

Ich sage es ihm. Alan weiß es bereits. Es ist das erste Mal, dass Callie es hört, und ihr schockierter Gesichtsausdruck passt zur Miene von AD Jones.

»Gibbs?«, fragt Jones ungläubig. »Der Verwalter der Stiftung? Wollen Sie mich auf den Arm nehmen?«

»Ich wünschte, es wäre so, Sir. Aber es ergibt Sinn. Wir hätten schon früher daran denken müssen. Es war mein Versäumnis, Sir. Der Kerl sitzt direkt vor unserer Nase, aber ich habe es nicht gesehen – bis ich die Liste in Cabreras Computer gefunden habe. Es war aber nicht das, was auf der Liste stand, sondern das, was *nicht* darauf stand.«

Er starrt mich an, runzelt die Stirn. Dann hellt seine Miene sich auf, als er begreift. »Gibbs stand nicht auf der Liste?«

»So ist es, Sir. Eine Suche in Cabreras Arbeitszimmer brachte nichts zu Tage, das mit Gibbs oder der Langstrom-Stiftung in Verbindung gestanden hätte. Doch Cabrera ist pedantisch, beinahe schon zwanghaft. Die Liste der Kontakte, die ich gefunden habe, war absolut vollständig. Er hatte Telefonnummern von allem und jedem, angefangen bei der Frau, die ihm die Haare schneidet, bis hin zur Müllabfuhr. Festnetznummern, Mobilnummern, E-Mail-Adressen, Faxnummern … aber nicht die Nummer seines *Anwalts?* Auf keinen Fall hat er sie versehentlich ausgelassen. Und da ist noch etwas.« Ich blinzle AD Jones an. »Juan war ziemlich hellhäutig, nicht wahr?«

»Ja. Er sah fast wie ein Weißer aus.«

»Gibbs ist weiß. Cabrera nannte Juan einen ›weißen Engel‹. Ich dachte, es wäre eine Redensart, aber zusammen mit dem fehlenden Eintrag in Cabreras elektronischem Adressbuch dämmerte mir, dass er damit die Hautfarbe gemeint hat.«

»Es ist noch nicht erwiesen«, sagt Alan, »aber es trifft sehr wahrscheinlich zu. Er versteckt sich vor unser aller Augen, für jeden zu sehen. Gerissen, aber riskant. Das passt zu ihm und seiner Vorgehensweise.«

AD Jones schüttelt den Kopf. Auf seinem Gesicht spiegeln sich Unglauben, Verbitterung und Zorn. Ich weiß genau, wie er sich fühlt. »Und was ist das Problem?«, fragt er.

»Keine Beweise«, sage ich. »Niemand außer Cabrera hat sein Gesicht gesehen. An keinem der uns bekannten Tatorte wurde irgendeine Spur gefunden, irgendetwas Beweiserhebliches. Wir haben nichts, um ihn mit einem der Verbrechen in Verbindung zu bringen, es sei denn, er legt ein Geständnis ab.« Ich deute auf Callie und Gene. »Die beiden werden das Haus auf den Kopf stellen. Vielleicht haben wir diesmal Glück und finden etwas.«

AD Jones schüttelt den Kopf. »Verdammt!« Er zeigt mit dem Finger auf mich. »Sie *müssen* etwas finden, Smoky. Egal was. Genug ist genug. Machen Sie dieser Geschichte ein Ende.«

Er macht kehrt und geht zurück zu seinem Wagen, ohne mich noch eines Wortes zu würdigen. Ich blicke ihm verwundert nach. Sekunden später ist der Wagen unterwegs zum Tor und der wachsenden Traube wartender Reporter.

»Tja«, sagt Callie zu Brady, »ich nehme an, Sie und ich müssen unsere Unterhaltung auf später verschieben. Es wird doch ein Später geben?«

Brady tippt sich an einen imaginären Mützenschirm.

»Absolut, Ma'am.«

Er schlendert davon. Callie starrt auf seinen Hintern, als er sich entfernt.

»Ah, Lust«, seufzt sie. Dann wendet sie sich zum Haus, zwinkert mir zu. Callie tut, was sie immer tut: Sie versucht, den Dingen ihre unerträgliche Schärfe zu nehmen. Wie das Radio und das Sonnenlicht in meinem Schlafzimmer vor einer halben Ewigkeit.

»Bereit, Gene?«, fragt sie.

»Bereit.«

Sie gehen gemeinsam zum Haus. Ich sehe, wie Callie in ihre Tasche greift und eine Vicodin einnimmt.

Ich wünsche mir im Moment nichts so sehr wie einen ordentlichen Schluck Tequila.

Nur einen.

Ich warte. Es macht mich wahnsinnig.

Ich habe alles getan, was ich tun kann. Gibbs wird observiert.

Cabrera ist in Gewahrsam. Theresa und Jessica sind im Krankenhaus, wo Ärzte und Krankenpfleger sich um sie kümmern. Bonnie, Elaina und Sarah sind in Sicherheit. Alan telefoniert mit Elaina und erzählt ihr, was wir über Theresa wissen, damit sie es Sarah weitersagen kann. Callie und Gene sind in Cabreras Haus und versuchen, Schnelligkeit mit Sorgfalt in Einklang zu bringen. Die Sorgfalt trägt den Sieg davon.

Ich kann nichts tun als warten.

Alan kommt zu mir. »Elaina wird es Sarah erzählen. Wenigstens können wir ihr ein wenig Hoffnung geben.«

»Was meinst du, Alan? Selbst wenn wir Juan erwischen – wird es ein gutes Ende geben? Oder wird er tun, was er schon die ganze Zeit tun wollte?«

Ich weiß selbst nicht, warum ich Alan diese Fragen stelle. Vielleicht, weil er mein Freund ist. Vielleicht, weil von meinen Mitarbeitern derjenige ist, an den ich mich lehnen, zu dem ich aufblicken kann, Untergebener oder nicht.

Er schweigt einen langen Augenblick. »Wenn wir ihn schnappen, tun wir unsere Arbeit. Wir verhindern, dass er noch mehr Unheil anrichtet. Wir verschaffen Sarah die Chance auf ein normales Leben. Mehr nicht, aber auch nicht weniger. Es mag nicht die beste Antwort sein, aber mehr können wir nun mal nicht tun, und für mehr sind wir auch nicht verantwortlich.« Er schaut mich an, lächelt. »Du willst wissen, ob Sarah innerlich bereits tot ist? Ob er ihren Geist, ihre Seele ermordet hat? Ich weiß es nicht. Sarah weiß es selbst nicht. Aber wir verschaffen ihr die Chance, es herauszufinden. Vielleicht ist das nicht genug, aber es ist besser als nichts.«

»Und was ist mit Juan?«, frage ich.

»Er ist ein Verbrecher. Seine Tage als Opfer liegen lange zurück.«

Ich denke über Alans Worte nach. Sie trösten mich – und auch wieder nicht. Meine Stimmung schlägt Kapriolen, wirft sich umher wie jemand, der auf einem Bett zu schlafen versucht, das nur an manchen Stellen weich ist. Dieses Gefühl ist nicht neu für mich.

Gerechtigkeit für die Toten. Wenigstens das. Doch es ist keine Erlösung, erst recht keine Auferstehung. Die Toten bleiben tot, auch wenn die gefangen wurden, die für ihren Tod verantwortlich sind. Die Wahrheit, das Traurige an alledem ist – es macht unsere Arbeit weder erfüllend noch völlig sinnlos.

Akzeptanz und Unruhe. Zwei Wellen, die mich sanft hin und her wiegen, für immer und ewig.

Ich warte.

Während ich warte, ruft Tommy an. Ich fühle mich schuldig und freue mich zugleich – zwei neue Wellen. Schuldig, weil ich ihn nicht angerufen und mich erkundigt habe, wie es ihm geht. Erfreut darüber, seine Stimme zu hören, glücklich, dass er lebt.

»Wie geht es dir?«, frage ich.

»Geht so. Keine größere Verletzung des Muskels. Das Schlüsselbein ist gebrochen, und es tut höllisch weh, aber ich werde dadurch nicht zum Invaliden.«

»Tut mir leid, dass ich mich nicht gemeldet habe.«

»Schon okay. Du tust deinen Job, Smoky. Es gibt Zeiten, da bin ich genauso sehr mit meiner Arbeit beschäftigt. Das ist nun mal so. Wenn wir anfangen, darüber Buch zu führen, ist es vorbei, bevor es richtig losgeht.«

Seine Worte wärmen mich. »Wo bist du im Augenblick?«

»Zu Hause. Ich wollte dich anrufen, bevor ich meine Schmerzmittel nehme. Sie machen mich ein wenig vertrottelt, weißt du.«

»Tatsächlich? Vielleicht sollte ich vorbeikommen und es ausnutzen, solange du unter dem Einfluss von dem Zeug stehst.«

»Schwester Smoky badet mich und seift mich ein? Nicht übel. Ich sollte mich häufiger in die Luft sprengen lassen.«

Der psychische Druck lässt mich mit einem albernen Kichern reagieren. Erschrocken schlage ich mir die Hand vor den Mund.

»Mach dich wieder an die Arbeit«, sagt Tommy. »Wir reden morgen.«

»Okay. Bye«, sage ich und unterbreche die Verbindung.

Alan sieht mich an. »Hast du gerade gekichert?«

Ich runzle die Stirn. »Ich? Aber nein, ich kichere nicht.«

»Aha.«

Wir warten.

Callie und Gene haben das Haus zur Hälfte durch. Sie haben mehrere Fingerabdrücke von Cabrera, die sie zum Vergleichen benutzen. Bis jetzt haben sie nichts gefunden.

Es ist drei Uhr morgens. Die Reporter und die Helikopter sind verschwunden. AD Jones hat sie clever ausgetrickst. Er hat sich als Informationsquelle präsentiert, und sie sind ihm gefolgt wie eine Horde hungriger Vampire. Ich nehme an, die Story, wie *wir* sie wollen, ist inzwischen über die Fernsehschirme der Nation geflimmert und steht zum Nachlesen auf den Internetseiten. Morgen früh wird sie die Titelseiten der Zeitungen schmücken: Cabrera gefunden. Verdächtiger tot. Fall gelöst.

Wir warten.

Um halb fünf summt mein Handy.

»Ja?«

»Kirby hier.«

Die schlichte Tatsache, dass sie mit ernster Stimme spricht und keine Sprüche folgen, lässt sämtliche Alarmglocken in mir schrillen.

»Was ist passiert?«, frage ich.

»Sarah ist verschwunden.«

KAPITEL 60 Ich schreie Kirby beinahe an. Es ist Wut, angefacht durch Angst.

»Was soll das heißen, sie ist verschwunden? Sie sollten auf das Mädchen aufpassen!«

Kirbys Stimme ist ruhig, aber nicht rechtfertigend. »Ich weiß. Ich habe auf Leute gewartet, die versuchen, von draußen in das Versteck einzudringen. Ich habe nicht damit gerechnet, dass Sarah versuchen könnte, es zu verlassen. Sie stand nicht unter Arrest. Sie ist einfach gegangen. Ich war auf der Toilette, und da ist sie zur Tür raus. Sie hat eine Notiz zurückgelassen. ›Ich muss etwas erledigen‹, hat sie geschrieben.«

Ich nehme das Handy vom Ohr. »Verdammter Mist!«, fluche ich. Alan war im Haus. Jetzt kommt er herausgerannt.

»Wissen Sie, wohin Sarah gegangen sein könnte?«, fragt Kirby.

Ich halte inne, wie vor den Kopf geschlagen.

Weiß ich es?

Die Stimme in meinem Kopf antwortet. Sie ist anklagend.

Natürlich weißt du es. Hättest du zugehört, hättest du gewusst, dass es so weit kommt. Aber du warst zu sehr mit dir selbst beschäftigt.

Plötzlich erscheint die Wahrheit, die ich mir klarzumachen versuche.

Sarah, die ihn sich einprägt. Die Art, wie er spricht. Sie hat gesagt, sie würde seine Stimme niemals vergessen.

Sarah, die vor ein paar Tagen einen Anruf von Gibbs entgegennimmt, den er angeblich macht, um sich davon zu überzeugen, dass Sarah nichts gegen unseren Besuch in ihrem Elternhaus hat.

Ich fasse mir mit einer Hand an die Schläfen. In meinem Kopf dreht sich alles, und mein Herz pocht wie verrückt.

Der Künstler hat vor kurzem mit ihr gesprochen – an dem Tag, als er die Kingsleys umgebracht hat. Anschließend hat er mit ihr am

Telefon geredet, im Krankenhaus, und sich als Gibbs ausgegeben. Sarah wusste es in dem Augenblick, als sie seine Stimme hörte. Er wollte wahrscheinlich, dass sie es weiß.

»Ja«, sage ich zu Kirby. »Ich könnte mir vorstellen, wohin sie gegangen ist. Bleiben Sie bei Bonnie und Elaina. Ich melde mich wieder.«

Ich lege auf, bevor sie etwas erwidern kann.

Sarah wusste es. Sobald sie erfuhr, dass Theresa in Sicherheit war, hat sie sich auf den Weg gemacht, um zu tun, was sie sich mehr ersehnt als alles andere.

Sie hat sich auf den Weg gemacht, um den Künstler zu töten.

Der endlose Kreis.

»Was ist?«, fragt Alan.

Ich sehe die Angst in seinen Augen. Ich kann es ihm nicht verdenken. Das letzte Mal, als wir vor dem Abschluss eines Falles standen und ich einen Anruf erhielt, der bei mir eine solche Reaktion bewirkte, war Elaina in Gefahr.

»Elaina und Bonnie geht es gut«, sage ich rasch. »Sarah ist ausgebüchst.«

Ich sehe, wie Alan überlegt, wie sein Verstand rast. Und dann sehe ich, dass auch ihm klar wird, wohin Sarah will.

»Gibbs. Sie will zu Gibbs und ihn töten.«

»Ja«, sage ich.

Die Angst bleibt in seinen Augen. Es geht nicht um Elaina, nicht um Bonnie, nicht um mich. Es geht nicht um Callie, nicht um James.

Es geht um Sarah.

Ich höre James' Stimme in meinem Kopf. *Jedes Opfer.*

»Wenn wir zulassen, dass sie ihn tötet, findet sie nie wieder zurück«, murmelt Alan.

Seine Worte reißen mich aus meiner Erstarrung.

»Setz dich mit der Observation in Verbindung, Alan. Alarmiere sie, verschaff dir die Adresse. Wenn sie Sarah entdecken, sollen sie sie festhalten. Ansonsten sollen sie warten, bis wir da sind. Ich gebe Callie Bescheid, wohin wir fahren.«

Ich renne zum Haus. Callie ist in einem der Schlafzimmer.

Ich sage ihr, was passiert ist – und was passieren wird. Erneut sehe ich Angst. In ihren Augen ist die gleiche Angst wie in Alans Augen. Es ist eigenartig, Callie so zu sehen. Beunruhigend. Keiner aus dem Team hat sich Sarahs Geschichte, ihrem Tagebuch entziehen können, ohne eine Narbe zurückzubehalten.

»Dann fahr schnell«, sagt Callie. »Ich kümmere mich um alles hier vor Ort.«

KAPITEL 61 Wie sich herausstellt, wohnt Gibbs – Juan – nicht weit entfernt, nicht nach den Maßstäben von Los Angeles. Zu dieser frühen Morgenstunde, da kein Verkehr uns behindert, müssten wir in zwanzig Minuten im San Fernando Valley und vor seinem Haus sein.

Auf dem Weg dorthin summt mein Handy erneut.

»Spreche ich mit Smoky Barrett?«, fragt eine tiefe Männerstimme.

»Ja. Wer ist da?«

»Mein Name ist Lenz. Ich bin einer der Agenten, die mit der Observation von Gibbs beauftragt wurden. Wir haben ein Problem, Ma'am.«

Mein Herz schlägt schneller. »Was?«

»Mein Partner und ich haben das Haus im Auge behalten. Alles war ruhig. Vor fünf Minuten aber hat plötzlich jemand auf uns gefeuert ... das heißt, nicht auf uns, sondern auf den Wagen. Einschläge im Kofferraum und in der Heckscheibe. Wir haben uns in die Sitze geduckt und unsere Waffen gezogen. Als wir die Köpfe schließlich wieder nach draußen gesteckt haben, sahen wir eine junge Frau am Wagen vorbei zur Tür von Gibbs rennen.«

»Verdammt!«, entfährt es mir. »Ist sie ins Haus eingedrungen?«

Agent Lenz' Stimme klingt zerknirscht. »Ja. Vor höchstens drei Minuten.«

»Ich bin gleich bei Ihnen! Bleiben sie zurück, und halten Sie die Augen auf!«

Es ist ein kleines Haus. Bescheiden. Zweistöckig, in älteren, was so viel heißt wie besseren, Zeiten erbaut. Es hat einen kleinen Vorgarten, ohne Zaun und ohne Bäume. Die Einfahrt führt von der Straße zu einer abseitsstehenden Einzelgarage. Die Straße liegt still da. Bald geht die Sonne auf; wir sehen das Licht des neuen Tages über den Dächern.

Ein Agent, den ich nicht kenne, erwartet uns. Er kommt zu uns, als wir aus dem Wagen steigen.

»Lenz«, stellt er sich vor. Er ist um die vierzig, wirkt ein wenig hausbacken und hat das hagere Aussehen und die fahle Haut eines starken Rauchers. »Diese Geschichte tut mir sehr leid, Agentin Barrett.«

»Sie bleiben hier«, sage ich zu ihm. »Ihr Partner soll die Rückseite des Hauses im Auge behalten. Wir gehen zur Vordertür.«

»Verstanden.«

Lenz und sein Partner setzen sich in Bewegung. Alan und ich ebenfalls. Wir haben unsere Waffen nicht gezogen, doch unsere Hände ruhen auf den Griffen. Als wir die Stufen zur Eingangsterrasse hinaufsteigen, höre ich Sarah. Sie schreit, sie kreischt.

»Du hast den Tod verdient! Ich bringe dich um! Hast du gehört?«

Eine Stimme antwortet. Sie ist zu leise, als dass ich die Worte verstehen könnte.

»Bereit?«, frage ich Alan.

»Bereit«, flüstert er, mein Freund, zu dem ich insgeheim aufblicke.

Es ist der entscheidende Augenblick. Ich höre es an Sarahs Stimme. Keine Zeit für Finesse. Jetzt ist Handeln gefragt.

Wir huschen zur Vordertür. Ich drehe prüfend den Knauf. Er bewegt sich, und ich stoße die Tür weit auf, springe ins Innere, mit gezogener Pistole. Alan folgt mir auf dem Fuß.

»Sarah?«, rufe ich. »Bist du da?«

»Gehen Sie weg! Gehen Sie weg! Gehen Sie weg, weg, weg!«

Es kommt aus der Küche, im hinteren Teil des Hauses. Es ist nicht weit; mit ein paar Schritten bin ich bei der Tür. Ich blicke in die Küche und erstarre.

Sie ist klein und altmodisch. Der Esstisch steht abseits vom Herd, sauber, doch abgewetzt, mit vier alten Küchenstühlen darum. Schlicht und einfach.

Juan sitzt auf einem der Stühle. Lächelt. Sarah steht vor ihm, vielleicht anderthalb Meter, und zielt mit einer Waffe auf seinen Kopf. Die Waffe sieht nach einem schweren Achtunddreißiger Revolver aus. Eine Obszönität in Sarahs kleinen Händen. Etwas, das nicht dorthin gehört.

Ich erkenne Gibbs kaum wieder. Er trägt keinen Bart.

Es war ein falscher Bart, Idiotin.

Er dreht sich zu mir um, sieht mich, lächelt noch breiter.

Und die Augen sind nicht blau, sie sind braun. Er hat farbige Kontaktlinsen getragen.

»Hallo, Agentin Barrett«, begrüßt er mich mit unterwürfiger Stimme, doch seine Augen leuchten. Er hat die Maske fallen lassen, zeigt den Wahnsinn, der ihn beherrscht. »Sind Sie die gute Seite von dem, was aus mir geworden ist?«

»Halt's Maul!«, schreit Sarah ihn an. Die Waffe in ihren Händen zittert.

Ich sehe zu Alan. Schüttle den Kopf. Bedeute ihm zu warten. Ich senke die Waffe, ohne sie wegzustecken.

Sarah hat völlig die Fassung verloren. Ich sehe ihr Gesicht, und endlich verstehe ich, was der Künstler alias Juan all die Jahre erreichen wollte.

Sarahs Gesicht ist das eines Engels – ein Engel mit gestutzten Flügeln, dem die Gnade Gottes entzogen wurde. Da ist kein Glaube mehr, keine Hoffnung.

Ein zerstörtes Leben.

Ich blicke zu Juan und sehe, wie er das Entsetzen in sich aufsaugt, das für ihn zu einer Art Ekstase geworden ist. Vielleicht hat er irgendwann einmal gesagt, dass es nur um Gerechtigkeit geht. Vielleicht ging es irgendwann tatsächlich einmal darum. Doch seitdem hat er sich verändert, auf die grundlegendste und schlimmste nur denkbare Weise, bis es ihm nur noch um eines ging: die Freude, andere leiden zu lassen.

Er hatte sich aufgemacht, böse Menschen zu bestrafen. Und indem er das tat, wurde er selbst böse.

»Das ist nicht das Ende, das ich geplant hatte«, sagt er. Er beachtet mich jetzt gar nicht mehr. »Doch Gottes Wille ist in allem, und ich sehe, was er hier tut in seiner unendlichen Weisheit, gelobt sei der Herr. Er hat mich auf den Weg gesandt, um dich nach meinem Ebenbild neu zu erschaffen, und jetzt sehe ich, dass dies nur vollendet werden kann, wenn ich von deiner Hand sterbe, Sarah. Gelobt sei der Herr. Du wirst mich im Namen der Rache töten. Du wirst mich töten, weil du denkst, dass es richtig ist, doch ich sehe jetzt, dass du mich nur deswegen töten wirst, weil Gott es so will, gelobt sei der Herr.« Er zögert, blickt zu Boden.

»Du wirst mich nicht töten, um Theresa zu retten. Sie wurde bereits befreit, ist unverletzt. Du wirst mich töten, weil du danach dürstest, mein Blut zu vergießen, ein Verlangen, das in dir brennt, das dich verzehrt mit seiner Kraft. Und woher kommt dieses Verlangen? Woher kommt diese verzehrende Flamme?«

Er nickt, grinst. »Es ist die Flamme Gottes, Little Pain. Siehst du das nicht? Ich war ein Racheengel, den der Schöpfer gesandt hat, um die Männer zu vernichten, die sich hinter Symbolen verstecken. Dämonen, die in feinen Anzügen durch die Welt streifen und so tun, als wollten sie Gutes tun, während sie in Wirklichkeit die Seelen der Unschuldigen verderben.

Ich wurde von Gott gesandt, um eine Schneise zu schlagen, eine Schneise voller Blut, in dem sowohl Täter als auch Opfer ertrinken, Unschuldige und Schuldige, ohne Unterschied. Was bedeuten schon ein paar unschuldige Tote, wenn es um das große Ganze geht? Ich wurde geopfert, sodass der Herr mich zu seinem Schwert schmieden konnte. Ich habe dich geopfert, damit du zu mir werden und meinen Platz einnehmen kannst, gelobt sei der Herr!«

Er beugt sich vor, schließt die Augen, einen Ausdruck der Glückseligkeit auf dem Gesicht. »Ich bin bereit, Gott dem Herrn gegenüberzutreten. Der Mutter Gottes, voll der Gnade.«

Ich betrete die Küche, ignoriere Juan, beobachte Sarah. Ich gehe zu ihr, bleibe nicht stehen, bis ich direkt neben ihr bin. Sie reagiert nicht, kann den Blick nicht von Juans Gesicht lösen.

Sie sieht, wird mir bewusst, wie ich sehe. Wie James sieht. Wie jene arme FBI-Agentin, die sich in den Kopf geschossen hat. Sarah sieht Juan, und sie begreift.

Ihr Schmerz ist sein Klimax. Doch die Gründe hinter allem sind Tragödie und Irrsinn.

Ich kann den Schmerz, die Not, die Verzweiflung spüren, die Sarah ausstrahlt. Es brennt wie Feuer. Ihr Finger am Abzug zittert, und sie verharrt im Augenblick. Sie will seinen Tod, doch sie hat auch Angst. Angst, dass es nicht reichen könnte. Dass es nicht lange genug dauern könnte. Dass es zu schnell vorbei ist und nicht ausreicht, um das Loch in ihrem Innern zu füllen.

Und sie hat recht. Sie könnte ihn für eine ganze Ewigkeit töten, und am Ende würde sie nur sich selbst verlieren.

Was soll ich ihr sagen? Ich habe nur eine Chance. Vielleicht zwei.

Juan betet. Inbrünstig, eifrig, stolz.

Wahnsinnig.

Er hat als organisierter Täter angefangen, doch Dr. Child,

der Profiler, hat recht. Der Wahnsinn war bereits da gewesen, hatte im Verborgenen geschlummert und dann heimtückisch wie ein Virus zugeschlagen.

Ich verdränge seine Stimme aus meinen Gedanken, konzentriere mich ganz auf Sarahs Engelsgesicht.

Im Fallen begriffen, aber noch nicht ganz gefallen.

Theresa, Buster, Desiree. Güte und Lächeln und Liebe … alles dahin. Wo ist der Schlüssel? Wie kann ich sie von dem Abgrund wegzerren, an dessen Rand sie steht? Wie kann ich ihren nächsten Schritt verhindern, der sie unwiderruflich in die Tiefe stürzen lässt?

Nach und nach dämmert es mir. Nicht mit einem Donnerschlag, eher wie eine im Wind tanzende Feder. Ein geisterhafter Kuss.

Ich beuge mich vor, bringe den Mund an ihr Ohr. Ich flüstere zu ihr, und ich lege die Macht meines ganzen Ich in meine Stimme, meinen eigenen überstandenen Schmerz. Wir sind beide Engel mit gestutzten Flügeln, außen und innen vernarbt, und wir bluten beide aus Wunden, die nicht heilen wollen. Die Entscheidung ist keine Entscheidung zwischen Gut oder Böse. Zwischen Glücklich- oder Traurigsein. Zwischen Hoffnung oder Verzweiflung. Die Entscheidung ist die einfachste von allen. Es ist die Entscheidung zu leben oder zu sterben. Darauf zu setzen, dass das Leiden nachlässt, wenn das Leben seinen Lauf nimmt, und dass irgendwann wieder bessere Zeiten kommen.

Ich lege Matt und Alexa in meine Stimme, und ich hoffe, dass sie meine Worte in Sarahs Herz lenken.

»Deine Mutter sieht aus den Wolken zu dir herab, Sarah. Für immer und alle Zeit, und sie will das nicht. Der einzige Ort, an dem sie noch lebt, ist in dir, Sarah. Das ist der letzte Rest von ihr. Wenn du ihn tötest, stirbt auch sie, endgültig.« Ich richte mich auf, trete zurück. »Mehr werde ich dir nicht sagen. Es ist deine Entscheidung. Du triffst die Wahl.«

Juan blickt aus zusammengekniffenen Augen zu mir. Mustert Sarah. Lächelt wie eine Schlange, die Milch mit Honig schleckt.

»Du hast deine Wahl bereits getroffen, Little Pain«, sagt er dann. »Brauchst du meine Hilfe? Brauchst du mich, um dich zu erinnern? Um die Flamme in dir zu entfachen, damit du Gottes Wille erfüllen kannst?« Er leckt sich über die Lippen. »Deine Mutter … Ich habe sie angefasst, nachdem sie tot war. Ich habe sie an den intimsten Stellen angefasst. *Ich war in ihr.*«

Sarah erstarrt. Mir stockt der Atem. Ich warte darauf, dass sie ihn erschießt. Ein dunkler Teil meiner Selbst, jener Teil mit den Killeraugen, vergisst mein Vorhaben und will, *sehnt* sich danach, dass sie Juan tötet.

Stattdessen fängt Sarah an zu zittern.

Es beginnt als leichtes Erbeben, wie der Tremor, der einem Erdbeben vorangeht. Er bewegt sich von ihren Händen über die Arme zu den Schultern. Über die Brust nach unten, zu den Beinen; es ist ein furchtbares Zittern, bis es so aussieht, als müsste sie jeden Moment zerspringen – und dann erstarrt sie.

Legt den Kopf in den Nacken.

Stößt ein Heulen aus. Ein grauenvolles, herzzerreißendes Heulen.

Es ist das Heulen einer Mutter, die aufwacht und sieht, dass sie sich im Schlaf auf ihr Baby gerollt und es erstickt hat. Es bohrt sich in mein Herz.

Während sie heult, sehe ich Juan und bemerke seine Ekstase. Ich sehe ihn erzittern, sehe, wie es ihn schüttelt, beobachte, wie sein Oberkörper vornübersinkt, wie seine Hände sich zu Fäusten ballen. Ich höre ihn stöhnen. Lang anhaltend, voller nasser, widerlicher Dinge, voll stinkender, klebriger Toter. Es harmoniert mit Sarahs misstönendem Geheul. Es ist dämonisch. Juans Sturz ist bodenlos, vollständig. Er ist nicht besser als die Männer, die ihn zu dem gemacht haben, was er nun ist.

Sarah stürzt zu Boden, krümmt sich. Sie heult weiter, immer weiter.

»Keine Bewegung«, rufe ich Juan über das schreckliche Heulen hinweg zu.

Er beachtet mich gar nicht. Er kann den Blick nicht von Sarahs Agonie wenden.

Als er endlich spricht, bebt seine Stimme vor Faszination.

»Dort bin *ich*.«

Am Ende

Die Dinge, die leuchten

KAPITEL 62

»Bist du dir ganz sicher, Kleines?«

Bonnie lächelt zu mir auf. Sie meint es ernst.

Wir sind im Begriff, ein Verhörzimmer zu betreten. Das Zimmer, in dem Juan wartet. Bonnie hat darauf bestanden, ihn zu sehen. Die Gründe will sie mir nicht verraten, noch nicht. Zuerst habe ich mich geweigert. Ich wurde sogar richtig böse, doch Bonnie ließ sich nicht von ihrem Entschluss abbringen.

»Warum?«, habe ich sie gefragt. »Kannst du mir wenigstens den Grund verraten?«

Sie vollführt eine Pantomime. Jemand, der jemand anderem etwas gibt.

»Du willst ihm etwas geben? Ein Geschenk?«

Sie nickt. Zögert. Macht eine Bewegung, als würde sie etwas an mich reichen, dann etwas an Juan, wie sie mir zu verstehen gibt, indem sie auf den Namen auf dem Papier deutet.

»Du hast ein Geschenk für mich und für Juan?«

Ein ernstes Lächeln. Ein Nicken.

Ich hatte gehofft, dass Juan mir die Begegnung erspart, indem er sich weigert, uns zu sehen, doch zu meinem Erstaunen – und meiner Beunruhigung – hat er zugestimmt. Und jetzt stehen wir hier.

Bonnie hat einen Notizblock unter dem Arm. Sie trägt einen Marker in der Hand. Einen Stift hat man ihr nicht gelassen. Zu spitz, zu gefährlich. Es war nicht einfach, die Wachen zu überreden, ihr wenigstens den Marker zu erlauben.

Wir betreten das Zimmer. Und da ist Juan, gefesselt an Händen und Füßen, mit einer Kette an einer Öse im Boden gesichert. Er lächelt, als wir eintreten. Es ist ein breites Lächeln, ein träges Grinsen, ein Hund, der sich an einem sonnigen Fleck räkelt.

Für den Moment ist er der Sünder, nicht der Heilige.

Man hat mich informiert, dass Juan ständig zwischen diesen beiden Rollen wechselt. Vor kurzem hat er einen ganzen Nachmittag in der Gefängniskapelle verbracht, auf den Knien, die Arme ausgebreitet, und zu Gott gebetet. Noch in der gleichen Nacht hat er seinen Zellengenossen vergewaltigt. Hat vor sich hin gekichert, als der jüngere Mann schrie. Seit diesem Zwischenfall betet und schläft Juan nur noch allein in seiner Zelle. Einzelhaft.

»Agentin Barrett!«, sagt er. »Und die kleine Bonnie! Wie geht es Ihnen beiden?«

Nachdem ihm bewusst geworden war, dass er nicht sterben würde, hatte er geredet wie ein Wasserfall. Wie nicht anders zu erwarten, war er stolz auf seine Taten. Er war selbstgerecht, und jetzt hatte er endlich eine Zuhörerschaft, der er predigen konnte. Wir hingen an seinen Lippen, nahmen jedes Wort in uns auf und lauschten, wie er sich selbst um Kopf und Kragen redete.

Es hatte eine ganze Weile gedauert, bis er zweifelsfrei herausgefunden hatte, welche beiden Mitglieder der Sondereinheit ihn damals verraten hatten, als er noch ein kleiner Junge gewesen war.

Juan hatte Jahre gebraucht, um den Geldfluss von seiner Quelle bis zum Ziel zu dokumentieren. Zuerst hatte er die Beweise gegen Tobias Walker zusammen. Das war vor mehr als einem Jahrzehnt gewesen. Die Spur beim FBI war schwieriger zu verfolgen. Jacob Stern war ein gerissener Bursche gewesen.

Juan hatte herausgefunden, dass Stern über das LAPD zum FBI gekommen war, und dass er tatsächlich für eine gewisse

Zeit auf dem gleichen Revier Dienst getan hatte wie Walker. Das hatte Juans Misstrauen erweckt. Seine Beharrlichkeit und seine Unbarmherzigkeit hatten ihm schließlich die Informationen beschafft, die er brauchte.

Walker war der primäre Kontakt zur Unterwelt, der eigentliche Judas bei der ganzen Sache. Später hatte er Sterns Hilfe benötigt, um die Spur des Geldes zu verwischen; deshalb hatte Walker den FBI-Mann in seinen Plan mit einbezogen. Juan hatte Beweise für Sterns Mittäterschaft und für Walkers Sünden. Alles war auf Michael Kingsleys Computer gespeichert.

»Ich wollte Ihnen das Passwort geben und warten, bis Sie ein Auslieferungsersuchen gestellt hatten. Sobald er hier gewesen wäre, hätte ich meine Rache an ihm vollzogen.« Juan zeigt ein Raubtiergrinsen. »Es hätte selbstverständlich wie ein Unfall ausgesehen, schließlich war ich ja offiziell tot. Aber damit hätte ich leben können. Wichtig ist, dass die Welt erfahren hätte … dass sie verstanden hätte. Symbole bedeuten nichts. Die Seele ist entscheidend. Symbole sind bloß Symbole.«

Was das angeht, war er tatsächlich erfolgreich. Das Auslieferungsverfahren gegen Stern ist in vollem Gang. Ich hoffe, dass er einen grausamen Tod im Gefängnis stirbt. Stern und Walker sind letzten Endes verantwortlich für alles, was geschehen ist. Sie haben dieses Monster erschaffen, und wenn Juan sich damit zufriedengegeben hätte, nur diese beiden zu »besuchen«, wäre in meinen Augen der Gerechtigkeit Genüge getan worden. Stattdessen hat Juan viele Jahre lang Leid und Tod über zahlreiche Menschen gebracht. Er hat Unschuldige vernichtet, und das kann ich ihm nicht verzeihen.

Wir haben ihn nach AD Jones gefragt. Seine Antwort war überraschend pragmatisch: »Zu riskant, einen Assistant Director zu töten. Ich wollte abwarten und ihn zu einem späteren Zeitpunkt erledigen.«

Alles das erklärt auch, warum Juan sich überhaupt gezeigt hat. Es war eine geplante Abfolge von Ereignissen, die uns zu

Cabrera führen sollten und von dort zu Stern. Sobald Stern in den Staaten war …

Schaudernd denke ich daran, wie kurz davor Juan war, seine Pläne in die Tat umzusetzen.

Juan wirft sämtlichen anderen Mitgliedern der damaligen Sondereinheit vor, Walkers und Sterns »wahre« Farben nicht gesehen zu haben. Seiner Meinung nach war es ihre Aufgabe, ihn zu schützen. Sie haben versagt, und deswegen haben sie den Tod verdient.

Den Frauen gegenüber ließ er mehr Gnade walten, weil sie nicht Teil des ursprünglichen Betrugs waren.

»Doch sie waren Huren, blind für die Unzulänglichkeiten der Seelen ihrer Männer«, sagt Juan.

Sie hatten *versagt*. Deshalb verdienten sie den Tod.

Es ging um Versagen, wurde mir bewusst. Alles drehte sich nur darum. Juans Umgebung hatte versagt, wahrscheinlich von Geburt an, und so war er zu einem Killer herangewachsen, der kein Erbarmen mit Versagern hatte.

Als Juan über Walker sprach, erlebte ich den reinsten, tiefsten Hass, den ich wahrscheinlich in meinem ganzen Leben zu sehen bekomme. Juans Gesicht blieb ruhig, doch in seinen Augen loderte das Feuer der Hölle, und seine Stimme vibrierte vor unterdrückter Wut und Gift.

»Er entkam meiner Hand«, sagte er. »Nicht aber seine Kinder und deren Kinder!«, brüstete er sich voller Hass. »Ich habe die Langstroms vernichtet. Sie hätten ihre *Sorge* sehen sollen. Es war *wunderbar!* Und ihr Tod war meine Rache, meine *Gerechtigkeit*. Wissen Sie warum? Weil ich dafür gesorgt habe, dass sie nun in der Hölle schmoren!« Seine Augen schienen nur noch aus Pupillen zu bestehen, schwarz wie die Nacht. »Verstehen Sie? Sie haben Selbstmord begangen! Was auch mit mir geschehen mag, sie brennen bis in alle Ewigkeit in der Hölle!«

Er hatte gelacht und gelacht und gelacht. Der reinste Irrsinn.

Ich war neugierig gewesen, warum er seine Vorgehensweise immer wieder geändert hatte. Er hatte Haliburton erschossen, nachdem er ihn gezwungen hatte, ein Gedicht zu schreiben, und er hatte Gonzalez gefoltert und kastriert.

»Weil es nicht um ein Ritual ging«, erklärte er mir. »Es ging um Leid. Ich habe ihren Tod so bewerkstelligt, dass sie vorher die größtmöglichen Qualen durchlitten. Das Körperliche war auch wichtig, natürlich, doch der seelische Schmerz war das Allerwichtigste, gelobt sei Gott der Herr.«

Sarah gehörte selbstverständlich ihm – allerdings nur in seinen Augen. Er hatte ihr Leben manipuliert, hatte Verrat und Betrug erschaffen und ihr eine Ahnung des lebendigen Albtraums verschafft, den er selbst durchlebt hatte, in der Gewissheit, dass sie – wenn er fertig war – zu dem werden würde, was er selbst war.

Er ist allen Ernstes überzeugt, dass es genauso gekommen ist.

Ich weiß es besser. Sarah ist kein Juan. Juan ist böse. Sarah ist gut. In meinem Job denke ich selten in solchen Schwarzweißbegriffen, doch hier ist es erforderlich. Sarahs Seele ist vernarbt, aber nicht brandig.

Der Mr. Unbekannt, den Vargas in seinem Video erwähnt hat, ist längst tot. Juan hatte dafür gesorgt. Er war seinen Häschern entkommen, als er fünfzehn war. Vier Jahre später hatte er sie gejagt und zur Strecke gebracht, einen nach dem anderen. Sie alle starben auf unterschiedliche, grässliche Art und Weise. Das Video war ein Ablenkungsmanöver gewesen, das uns beschäftigen und auf eine falsche Fährte führen sollte. Juan hatte Vargas bezahlt, damit er das Video drehte.

»Er war so hinüber«, erzählte Juan, »dass er nicht einmal wissen wollte, wofür ich das Video brauchte. Er wusste nicht mehr, wer ich war. Soll man das für möglich halten? Diese Junkies sind wirklich der Liebe Gottes beraubt.«

Jetzt stehen wir hier, und ich frage mich warum. Ich möchte

nicht hier sein. Juan ist eine verlorene Seele, nicht zu retten, würdig sowohl meines Erbarmens als auch meiner Wut.

Er richtet seine leuchtenden Augen auf Bonnie. »Warum wolltest du mich unbedingt sehen, kleine Person?«

Bonnie ist die ganze Zeit gelassen geblieben. Juan scheint sie nicht zu berühren, oder das, was er ist, oder seine Gegenwart. Sie tritt zum Tisch, klappt den Block auf und beginnt zu schreiben. Ich sehe ihr gespannt zu.

Als sie fertig ist, hält sie mir den Block hin. Gibt mir zu verstehen, dass ich lesen soll, was sie geschrieben hat.

»Sie möchte wissen, ob Sie vertraut sind mit Bonnies Geschichte.«

Juan nickt. Sein Interesse ist aufgeflammt. »Selbstverständlich bin ich damit vertraut! Das war ein inspirierender Akt! Dich zum Zusehen zu zwingen, während er deine Mutter vergewaltigt und tötet, und dich an ihren Leichnam zu fesseln! Ein Meisterwerk von einem wahren Künstler des Todes.«

»Du Dreckskerl!«, fauche ich, zitternd vor Wut.

Bonnie legt mir eine Hand auf den Arm. Sie nimmt den Block wieder an sich. Ich funkle Juan an, während sie wieder ein paar Worte schreibt. Juan lächelt mich an. Bonnie reicht mir den Block. Ich lese, was sie geschrieben hat, und mein Herz stottert …

»Sie …« Ich räuspere mich. »Sie möchte wissen, ob Sie gerne von ihr erfahren möchten, warum sie nicht spricht. Den wahren Grund. Sie glaubt, dass Sie es zu schätzen wissen.«

Ich schaue Bonnie an. »Wir sollten gehen. Das alles gefällt mir nicht.«

Wieder tätschelt sie meinen Arm. Heiter, gelassen.

Vertrau mir, sagt ihr Blick.

Juan leckt sich die Lippen. Ein Mundwinkel zuckt.

»Oh, das würde ich sehr gerne hören!«, sagt er.

Bonnie lächelt ihn an, nimmt den Notizblock, kauert über ihm, schreibt. Sie reicht ihn mir, doch bevor ich lesen kann, bemerke ich ihren Blick. Ich sehe Besorgnis in ihren Augen. Ich sehe ein klein wenig Weisheit. Entschieden zu viel für ein Mädchen ihres Alters. Und ich sehe noch mehr von dieser unbeirrbaren Heiterkeit.

Mach dich bereit, aber hab keine Angst, scheint ihr Blick mir sagen zu wollen.

Ich lese, was sie geschrieben hat, und ich weiß warum. Mir stockt der Atem. Meine Hände zittern. Eine Träne kullert mir über die Wange. Ich habe das Gefühl, als würde ich fallen.

Mein Schmerz ist ein gefundenes Fressen für Juan. Blut in seinem Wasser. Seine Nüstern beben.

»Sag es mir!«, verlangt er.

Ich starre Bonnie an, fühle mich wie betäubt. Verzweiflung breitet sich in mir aus.

Ein Geschenk für Juan? Zugegeben, es ist eins. Er würde es lieben, jener böse Teil von ihm. Warum wollte sie ihm dieses schreckliche, dieses furchtbare Geschenk machen?

Sie streckt die Hand nach meinem Gesicht aus, wischt mir die Träne von der Wange.

Nur zu, sagt ihr Lächeln. *Vertrau mir.*

Ich atme tief durch.

»Sie sagt …« Ich stocke. »Sie sagt, dass sie nicht mehr reden will, weil ihre Mutter es auch nicht mehr kann.«

Juan ist genauso berührt von dieser Eröffnung, wenngleich aus völlig anderen Gründen. Er öffnet den Mund, lehnt sich zurück. Er blinzelt in schneller Folge, und sein Atem geht flach.

Die Freude am Leiden anderer.

Ich schaue Bonnie an. »Können wir jetzt gehen?«, frage ich sie. Ich fühle mich hohl. Ich will nach Hause, will mich unter der Bettdecke verkriechen und weinen.

Sie hebt den Finger.

Eine Sache noch, sagt sie.

Sie wendet sich Juan zu und lächelt ihr wundervolles, unschuldiges Lächeln, und es überrascht Juan. Er runzelt die Stirn. Fühlt sich mit einem Mal unbehaglich. Unsicher.

»Aber ich habe meine Meinung geändert«, sagt Bonnie mit fester, deutlicher Stimme. »Ich habe beschlossen, dass die Zeit gekommen ist, wieder zu sprechen.«

Ich springe so unvermittelt von meinem Stuhl auf, dass er polternd nach hinten kippt.

»Bonnie!« Es löst sich als Schrei aus mir.

Sie steht ebenfalls auf. Klemmt sich ihren Notizblock unter den Arm und nimmt meine Hand. »Hi, Smoky.«

Jetzt bin ich diejenige, die die Sprache verloren hat.

»Fahren wir nach Hause«, sagt Bonnie. Sie dreht sich zu Juan um. Ihre Heiterkeit schwindet für einen Moment. »Schmoren Sie in der Hölle, Mister.«

Er starrt sie an, wütend, nachdenklich.

Versteht er es?, frage ich mich. *Sieht er, was sie sagt?*

In diesem Moment war Bonnie in gewisser Weise der Engel, der Juan selbst einst gewesen ist. Unschuldig und rein, ohne Erbarmen und Mitleid für ihn, ohne einen Gedanken an das, was er einmal gewesen ist und voller Gewissheit, was er heute ist.

Sie hat ihm das Geschenk ihrer Verzweiflung gemacht und es ihm gleich wieder weggenommen, indem sie mir meinen Triumph geschenkt hat.

In dem Verhörzimmer, zusammen mit diesem bösen, verlorenen Mann, war ich so glücklich wie seit vielen Monaten nicht mehr. Und das war es, was Bonnie mir, uns, jedem sagen wollte.

Wie schlimm es auch werden mag – in den wichtigen, entscheidenden Dingen triumphieren die Bösen nur dann, wenn wir sie lassen.

Es war auch der Moment, in dem mir klar wurde, dass ich nicht nach Quantico gehen würde. Ich war lange genug davongerannt.

In diesem Moment begann das Leben endlich wieder zu strahlen.

So wird es immer sein. Man muss es nur zulassen.

KAPITEL 63

Ich sitze im Sessel vor Matts Computer und starre auf den Monitor. Ich habe ein Glas Tequila in der Hand, das bereitwillig darauf wartet, mir zu helfen. Flüssiger Mut.

Ich starre auf das Glas und runzle die Stirn.

Bonnie schläft. Ich denke an ihre Stärke im Vergleich zu meiner Schwäche, und ich fühle mich beschämt.

Ich stelle das Glas ab. Starre auf den Monitor.

1forUtwo4Me.

Fünf Tage. So viel Zeit ist vergangen von meinem ersten Zusammentreffen mit Sarah bis zur Festnahme von Juan. Seither sind weitere Tage vergangen, doch es sind jene fünf Tage, die mir in der Erinnerung wie Jahre erscheinen.

Ich trage eine neue Narbe in mir. Sarahs Narbe. Sie ist unsichtbar, doch die tiefsten Schnitte sind immer die unsichtbaren, der *Todesmarsch* im Innern. Der Körper altert und verwelkt und stirbt. Eine Seele kann ebenfalls altern. Eine sechs Jahre alte Seele kann binnen eines Herzschlags sechzig werden.

Doch im Unterschied zum Körper vermag die Seele diesen Vorgang umzukehren und vielleicht nicht wieder jung werden, doch sie kann sich revitalisieren. Wieder *leben.*

Sarahs Erlebnisse haben mich tief getroffen. Meine eigenen Erlebnisse haben mich altern lassen, zu schnell, zu sehr. Doch Narben sind mehr als Erinnerungen an ehemalige Wunden. Sie sind auch der Beweis für Heilung.

Ich akzeptiere, dass ich wohl mein Leben lang Augenblicke voller Schmerz erleiden werde, wenn ich an Matt und Alexa denke. Aber das ist nun mal so. Es gibt nur eine Möglichkeit, für immer davon frei zu sein: Die beiden zu vergessen. Aber ich bin nicht bereit, auch nur auf eine Sekunde auf sie zu verzichten.

Ich akzeptiere, dass es Augenblicke großer Angst gibt, wenn es um Bonnie geht, und ich akzeptiere, dass auch dies vielleicht nie enden wird. Alle Eltern haben Angst um ihre Kinder, und ich habe mehr Grund zur Angst als die meisten anderen.

Ich bin gezeichnet. Die Vergangenheit hat ihre Spuren bei mir hinterlassen, doch ich lebe. Und ich bin ziemlich sicher, dass ich häufiger glücklich sein werde als traurig. Ziemlich sicher, dass zumindest Teile meines Lebens strahlen werden.

Mehr kann ich nicht erwarten. Mehr kann ich vielleicht erhoffen, aber nicht verlangen.

Wir sind fertig mit dem Wegpacken im Haus, Bonnie und ich. Wir haben Alexas Zimmer in ein kleines Atelier für Bonnie verwandelt. Ein passendes Andenken.

Jetzt kommt die letzte Sache.

1forUtwo4Me.

Ich habe erkannt, dass meine Angst vor dem, was vor mir liegt, nicht allein daher rührt, was ich vielleicht finden werde.

Man liebt einen Menschen, lebt mit ihm zusammen, heiratet ihn. Man verbringt sein ganzes Leben damit, ihn kennen zu lernen. Ich habe jeden Tag etwas Neues über Matt herausgefunden, jeden Monat, jedes Jahr. Und dann starb er, und das Lernen endete.

Bis heute.

Wenn ich *1forUtwo4Me* eingebe und den Ordner öffne, der als »Privat« markiert ist, werde ich etwas Gutes oder etwas Schlechtes erfahren, doch was immer es sein mag, es ist das unwiderruflich Letzte, das ich jemals über meinen Mann erfahren werde.

Ich habe Angst vor dieser Endgültigkeit.

Vielleicht sollte ich damit warten. Vielleicht sollte ich warten, bis ich alt und grau bin.

Ich ignoriere meinen Tequila. Ich beuge mich vor, klicke auf den Ordner. Ich gebe das Passwort ein und erhalte Zugriff.

Ich sehe Symbole, die darauf hinweisen, dass es sich bei den Dateien um Fotos handelt. Sie sind alle nummeriert. Ich fahre mit dem Mauszeiger auf ein Symbol, zögere erneut.

Was werde ich sehen, wenn ich hier drauf klicke?

Für einen Moment, einen kurzen Moment, überlege ich, ob ich alles löschen soll. Es auf sich beruhen lassen.

Dann klicke ich auf das Symbol, und das Bild öffnet sich. Mein Unterkiefer sinkt herab.

Es ist ein Bild von mir und Matt beim Sex.

Ich blinzle, schaue genauer hin, erinnere mich. Das Bild wurde von der Seite aufgenommen, sodass unsere Körper im Profil zu sehen sind. Mein Kopf liegt im Nacken, meine Augen sind in Ekstase geschlossen. Matt blickt auf mich herab. Sein Mund ist leicht geöffnet.

Es ist kein künstlerisches Bild, doch es ist auch nicht rein anatomisch oder gar primitiv. Es sieht aus wie ein Amateurfoto. Was es ja auch ist.

Matt und ich haben eine Phase durchgemacht, von der ich heute weiß, dass viele Paare sie durchleben. Wo Sex zu einem Gegenstand konzentrierter Faszination und gegenseitiger Erkundung wird. Man probiert Dinge aus, man experimentiert, man verlässt den Bereich des eigenen Behagens ein klein wenig. Schließlich findet man sein Gleichgewicht, einen Ort, der die Balance jener Dinge bewahrt, die einen erregen, ohne Scham zu erwecken. Es ist eine Zeit des Fummelns, der Verlegenheit, der Fehler. Es erfordert Vertrauen. Das Erkunden ist nicht immer anmutig. Manchmal kann es demütigend sein.

Matt und ich haben beim Sex Fotos voneinander gemacht. Zuerst fanden wir es aufregend, doch es hielt nicht an. Es war nichts, weswegen wir uns schämten; es war etwas, das wir abgehakt hatten, weil wir damit fertig waren. Wir hatten es probiert, es war interessant – und wir wandten uns anderen Dingen zu.

Ich blättere die Fotos durch, öffne eins nach dem anderen, erinnere mich an jeden Moment. Es sind Fotos von mir, auf denen ich versuche, frech zu sein (ohne albern auszusehen). Ein Bild von Matt, wie er auf dem Bett sitzt, den Kopf auf dem Kopfbrett. Er lächelt. Ich schließe die Augen. Ich brauche das Bild nicht. Ich sehe das Lächeln, das zerzauste Haar, das Funkeln in seinen Augen. Ich sehe seinen Penis, und ich erinnere mich, wie ich einmal dachte, dass ich ihn besser kenne als irgendeine andere Frau, dass er in mir und an mir und auf mir war. Ich habe ihn berührt, habe gekichert, ich war wütend auf ihn gewesen, wenn er zu sehr gefordert hatte. Ich hatte meine Jungfräulichkeit an ihn verloren.

Meine Augen brennen. Das, denke ich, sind Augenblicke, die niemals wiederkehren werden. Ich weiß nicht, was die Zukunft in Bezug auf Liebe und Beziehung bringen wird. Ich weiß, dass ich nie wieder so jung sein werde wie auf diesen Fotos, dass ich nie wieder das brennende Verlangen haben werde, auf Erkundung zu gehen.

Matt und ich haben alles erforscht. Wir haben gevögelt und gelacht und geweint und gelernt und unsere Neugier befriedigt.

Das hier war seins, seins ganz allein.

»1forUtwo4Me, Baby.« Ich lächle, und Tränen kullern mir über die Wangen.

Matt antwortet nicht. Er lächelt mich an. Wartet.

Sag die Worte, ermahnt mich dieses Lächeln.

Also sage ich sie.

»Leb wohl, Matt.«

Ich schließe den Ordner.

KAPITEL 64 »Bist du fertig?«, fragt Tommy.

»Mach meinen Reißverschluss zu, und meine Antwort lautet Ja«, antworte ich.

Er gehorcht, und dann zieht er mich mit seinem unverletzten Arm an sich. Er küsst mich auf den Hals. Es fühlt sich vertraut an. Es tut gut.

Ich höre sich nähernde Schritte. Meine frühreife Tochter erscheint in der Tür. Sie verdreht die Augen.

»Könnt ihr nicht mal für einen Moment damit aufhören? Ich will endlich zu Sarah!«

»Ja, klar, Zwerg«, sage ich lächelnd und löse mich von Tommy. »Wir sind fertig.«

Ein Monat ist vergangen. Sarah hat eine Woche im Bett gelegen. Eine Woche später fing sie wieder an zu reden. Theresa, Bonnie und Elaina verbrachten Stunden an ihrem Bett im Krankenhaus und haben ihr geholfen, die Verzweiflung zu überwinden. Doch es ging langsam, sehr langsam.

Es ist Cathy Jones, die schließlich zu Sarah durchgedrungen ist. Callie hat die ehemalige Polizistin ins Krankenhaus gefahren. Sarah hat sie gesehen und ist in Tränen ausgebrochen. Cathy ist zu ihr gegangen und hat sie in die Arme geschlossen, und wir haben die beiden allein gelassen.

Und Theresa? Sie war tatsächlich so wunderbar und unverwüstlich, wie Sarah sie geschildert hat. Sie hatte kein großes Interesse an ihrer eigenen Genesung oder daran, aufgepäppelt zu werden. Sie wollte nur eins. Sie wollte Sarah sehen. Theresa ist von einer Kraft und einer Wärme beseelt, die nicht einmal Juan hat auslöschen können. Sie gibt mir Hoffnung für Sarah.

Letzte Woche erhielt ich den Anruf. Sarah wurde aus dem Krankenhaus nach Hause entlassen. In ihr richtiges Elternhaus – das Zuhause, das sie vor so vielen Jahren verlassen musste. Die

Ironie, dass dieses Geschenk ausgerechnet von Juan stammt, entging keinem von uns. Es war uns egal.

Cathy war auf Theresas Bitte in das Haus eingezogen. Theresa hatte es von oben bis unten gereinigt, hatte sämtliche Läden weit geöffnet und Licht und Luft hineingelassen. Sie hatte das Bild an die Wand über dem Fußende von Sarahs Bett gehängt.

Ich hatte ebenfalls eine Idee. Eine Möglichkeit. Mit Theresas Hilfe ging ich der Sache nach und stellte fest, dass wir ein Begrüßungsgeschenk für Sarah hatten, von dem wir ziemlich sicher waren, dass es ihr gefallen würde.

»Sind wir bald da?«, fragt Bonnie.

»Fast«, sagt Tommy. »Ich weiß nur nicht mehr genau, welchen Abzweig ich nehmen muss. Die blöden Serpentinen von Malibu!«

»Es geht nach links«, sagt Bonnie geduldig. »Ich hab den Weg auswendig gelernt.«

Ich lehne mich zurück und genieße das Geräusch von Bonnies Stimme. Es ist wie Zauberei für mich. Musik.

»Da wären wir.«

Wir halten am Straßenrand. Elaina und Theresa und Callie kommen aus dem Haus, um uns zu begrüßen, gefolgt von einem Überraschungsgast: Kirby.

»Ist sie da?«, fragt Bonnie aufgeregt und rennt ihnen entgegen.

»Ja«, sagt Elaina und lächelt. »Sie ist im Haus. Sie ruht sich aus.«

Bonnie rennt zur Tür, so schnell ihre Füße sie tragen.

»Jetzt sehe ich, wo unser Platz in der Ordnung der Dinge ist«, sagt Callie. »Wir sind uninteressant, Zuckerschnäuzchen. Alt und uninteressant.«

»Du vielleicht, Rotschopf«, sagt Kirby. »Ich bleibe für alle Ewigkeit jung.«

»Das liegt wahrscheinlich daran, dass du sterben wirst, bevor du alt bist«, sagt Brady in seinem breiten kalifornischen Dialekt und kommt aus dem Haus.

Er und Callie treffen sich jetzt öfters. Ich erinnere mich daran, was sie mir über ihre Probleme mit Beziehungen erzählt hat und darüber, wie ausgehungert und leer sie ist, und ich frage mich, ob sich vielleicht auch das ändert. Ich hoffe es für Callie. Ihre Hand gleitet immer noch verstohlen nach der Jackentasche mit dem Vicodin, öfter als mir lieb ist, und es ist ungewiss, was sich aus dieser Geschichte entwickelt. Doch es gibt verschiedene Arten von Schmerz, und der Schmerz der Einsamkeit … das ist ein Schmerz, gegen den es keine Pillen gibt.

Es überfällt mich aus dem Nichts. Es rauscht auf mich herab, keine Fledermaus, keine Taube, sondern irgendetwas dazwischen. Alan, verfolgt von den Geräuschen einer kreischenden Mutter. Callie, äußerlich perfekt, verletzlich und verwundet im Innern. Ich und meine Narben. Mir wird bewusst, dass wir Freude und Schmerz teilen, für immer unter uns teilen, während wir unsere Donuts essen und nach dem Lichtschimmer am Wasserloch suchen.

Und das ist in Ordnung so. Das ist das Leben. Immer noch die beste Alternative zum Tod.

»Und?«, fragt Theresa aufgeregt. »Geht ihr ihn holen?«

Ich lächle. »Gleich. Ich will nur warten, bis alle im Haus sind.«

Die Gruppe geht nach drinnen. Es wird nicht lange dauern, bis andere hinzukommen. Callies Tochter und Enkel. Barry Franklin. Leute, die Juan begegnet sind oder die Sarah einfach nur Hoffnung machen wollen. Leute, die den Kreis durchbrechen wollen, bei Juan.

Die dafür sorgen wollen, dass Sarah kein zerstörtes Leben ist.

Ich gehe nach nebenan und klopfe. Einen Moment später

wird mir geöffnet. Jamie Overman steht dort, und sie bittet mich herein. Ihr Ehemann erscheint neben ihr.

»Danke, dass Sie das machen«, sage ich zu den Overmans. »Danke, dass Sie es ermöglicht haben.«

John ist ein schüchterner Mann. Er lächelt und schweigt. Jamie nickt. »Es war uns ein Vergnügen. Sam und Linda waren gute Nachbarn und gute Menschen. Warten Sie, ich gehe sie holen.«

Sie geht davon und kommt kurze Zeit später mit dem zurück, was ich haben will. Etwas aus der Vergangenheit, von dem ich glaube, dass es Sarah Hoffnung geben wird.

Ich blicke hinunter auf den Hoffnungsspender, etwas Lebendigem aus einer lange toten Vergangenheit. Sie ist älter, grauer, langsamer. Doch ich sehe einen Funken von jener dummen Zuneigung und Erwartung in ihren Augen, der mich zum Lächeln bringt.

»Hi, Doreen«, sage ich zu der Hündin und gehe in die Hocke, sodass wir uns in die Augen sehen. Sie wedelt mit dem Schwanz und leckt mir das Gesicht.

Selber hi und ich mag dich und was machen wir?

»Gehen wir, Süße. Ich möchte dir jemanden von früher vorstellen. Sie braucht dich.«

Ein Killer, der wie ein Computervirus agiert: unsichtbar und allgegenwärtig

Veit Etzold
FINAL CUT
Thriller
448 Seiten
ISBN 978-3-404-16687-9

Er nennt sich *der Namenlose,* und seine Taten versetzen ganz Berlin in Angst und Schrecken. Hauptkommissarin Clara Vidalis und ihr Team sind in der Abteilung für Pathopsychologie ohnehin schon für die schweren Fälle zuständig, aber die Vorgehensweise dieses Verbrechers raubt selbst ihnen den Atem. Perfide und genial, lenkt er die Ermittler stets auf die falsche Fährte. Und erst allmählich begreift die Kommissarin, dass *der Namenlose* sein grausames Spiel nicht mit der Polizei spielen will, sondern nur mit einem Menschen: mit ihr, Clara Vidalis.

Bastei Lübbe Taschenbuch

Die Jagd nach dem ältesten Geheimnis der Menschheit hat begonnen

Simon Toyne
SANCTUS
Thriller
Au dem Englischen
von R ner Schumacher
560 Seiten
ISB/ 978-3-404-16636-7

Es gibt einen Ort, der für alle Welt verbote st: die Bergzitadelle von Trahpah. Nun flimmern unglaubl ne Bilder über die Fernsehschirme. Sie zeigen ein Kreuz au dem Gipfel der verbotenen Festung. Ein Kreuz, das dort nich stehen dürfte. Als die Kameras näher heranzoomen, wird ei Mönch erkennbar, die Arme zu beiden Seiten ausgestreckt, d Kopf gesenkt. Erst nach Stunden bewegt er sich – und springt i den Tod. Das war ein symbolischer Akt, der die Augen der We auf Trahpah lenken sollte. Denn hier befindet sich das älteste eheimnis der Menschheit, vom Orden der Sancti seit 3000 Ja en bewacht. Und nun ist die Zeit gekommen, dieses Geheimni u offenbaren – auch wenn es die Welt für immer verändern wir·

Bastei Lübb aschenbuch

Er sammelt. Stimmen. Schmerzensschreie von Menschen, die er foltert.

Martin Conrath
DER SCHMERZSAMMLER
Thriller
400 Seiten
ISBN 978-3-404-16807-1

Fran Miller, Profilerin und Sektenbeauftragte des LKA Düsseldorf, geht einem ruhigen Schreibtischjob nach. Doch während der Ermittlungen zu einem satanistisch motivierten Mord gerät sie selbst ins Fadenkreuz eines obsessiven Killers. Er foltert seine Opfer bestialisch, bevor er sie tötet. Fran erkennt sein Motiv: Er sammelt die Schreie seiner Opfer. Niemand glaubt ihr ein tödlicher Irrtum. Denn nicht nur Fran steht auf der Liste des Schmerzsammlers ...

Bastei Lübbe Taschenbuch

Werde Teil der Bastei Lübbe Welt
f
You Tube
www.luebbe.de/Meinewelt
Lesen, rezensieren, Bücher gewinnen
Lerne Autoren, Verlagsmitarbeiter und andere Leser kennen